김우창 金禹昌

1936년 전라남도 함평 출생. 서울대학교 문리과대학 정치학과에 입학해 영문학과로 전과했다. 미국 오하이오 웨슬리언대학교를 거쳐 코넬대학교에서 영문학 석사 학위를, 하버드대학교에서 미국문명사 박사 학위를 취득했다. 서울대학교 영문학과 전임강사, 고려대학교 영문학과 교수와 이화여자대학교 학술원 석좌교수를 지냈으며《세계의 문학》편집위원,《비평》발행인이었다. 현재 고려대학교 명예교수, 대한민국예술원 회원으로 있다.

저서로『궁핍한 시대의 시인』(1977),『지상의 척도』(1981),『심미적 이성의 탐구』(1992),『풍경과 마음』(2002),『자유와 인간적인 삶』(2007),『정의와 정의의 조건』(2008),『깊은 마음의 생태학』(2014) 등이 있으며, 역서『가을에 부쳐』(1976),『미메시스』(공역, 1987),『나, 후안 데 파레하』(2008) 등과 대담집『세 개의 동그라미』(2008) 등이 있다. 서울문화예술평론상, 팔봉비평문학상, 대산문학상, 금호학술상, 고려대학술상, 한국백상출판문화상 저작상, 인촌상, 경암학술상을 수상했고, 2003년 녹조근정훈장을 받았다.

문학과 그 너머

문학과 그 너머

현대 문학과
사회에 관한
에세이

김우창 전집

7

1987~1999

민음사

간행의 말

　1960년대부터 글을 발표하기 시작한 김우창은 문학 평론가이자 영문학자로 글쓰기를 시작하여 2015년 현재까지 50년에 걸쳐 활동해 온 한국의 인문학자이다. 서양 문학과 서구 이론에 대한 광범위한 천착을 한국 문학에 대한 깊은 관심과 현실 진단으로 연결시킨 김우창의 평론은 한국 현대 문학사의 고전으로 읽히고 있다. 우리 사회의 대표적 지성으로서 세계의 석학들과 소통해 온 그의 이력은 개인의 실존적 체험을 사상하지 않은 채, 개인과 사회 정치적 현실을 매개할 지평을 찾아 나간 곤핍한 역정이었다. 전통의 원형은 역사의 파란 속에 흩어지고, 사회는 크고 작은 이념 논쟁으로 흔들리며, 개인은 정보 과잉 속에서 자신을 잃고 부유하는 오늘날, 전체적 비전을 잃지 않으면서 오늘의 구체로부터 삶의 더 넓고 깊은 가능성을 모색하는 김우창의 학문은 우리가 믿고 의지할 수 있는 소중한 자산의 하나가 아닌가 한다. 그리하여 간행 위원들은 그 모든 고민이 담긴 글을 잠정적이나마 하나의 완결된 형태로 묶어 선보여야 할 필요성을 절감했다. 이것이 바로 이번 김우창 전집이 기획된 이유이다.

김우창의 원고는 그 분량에 있어 실로 방대하고, 그 주제에 있어 가히 전면적(全面的)이다. 글의 전체 분량은 새로 선보이는 전집 19권을 기준으로 약 원고지 5만 5000매에 이른다. 새 전집의 각 권은 평균 700~800쪽가량인데, 300쪽 내외로 책을 내는 요즘 기준으로 보면 실제로는 40권에 달한다고 봐야 할 것이다. 이 막대한 분량은 그 자체로 일제 시대와 해방 전후, 6·25 전쟁과 군부 독재기 그리고 세계화 시대에 이르기까지 한국 현대사를 따라온 흔적이다. 김우창의 저작은, 그의 책 제목을 빗대어 말하면, '정치와 삶의 세계'를 성찰하고 '정의와 정의의 조건'을 탐색하면서 '이성적 사회를 향하여' 나아가고자 애쓰는 가운데 '자유와 인간적인 삶'을 갈구해 온 어떤 정신의 행로를 보여 준다. 그것은 '궁핍한 시대'에 한 인간이 '기이한 생각의 바다'를 항해하면서 '보편 이념과 나날의 삶'이 조화되는 '지상의 척도'를 모색한 자취로 요약해도 좋을 것이다.

2014년 1월에 민음사와 전집을 내기로 결정한 후 5월부터 실무진이 구성되어 본격적인 활동을 시작했다. 방대한 원고에 대한 책임 있는 편집 작업은 일관된 원칙 아래 서너 분야, 곧 자료 조사와 기록 그리고 입력, 원문 대조와 교정 교열, 재검토와 확인 등으로 세분화되었고, 각 분야의 성과는 편집 회의에서 끊임없이 확인, 보충을 거쳐 재통합되었다.

편집 회의는 대개 2주마다 한 번씩 열렸고, 2015년 12월 현재까지 35차례 진행되었다. 이 회의에는 김우창 선생을 비롯하여 문광훈 간행 위원, 류한형 간사, 민음사 박향우 차장, 신새벽 사원이 거의 빠짐없이 참석했고, 박향우 차장이 지난 10월 퇴사한 뒤로 신동해 부장이 같이했다. 이 회의에서는 그간의 작업에서 진척된 내용과 보충되어야 할 사항에 대해 서로 의견을 교환했고, 다음 회의까지 무엇을 해야 할지를 결정했다. 일관된 원칙과 유기적인 협업 아래 진행된 편집 회의는 매번 많은 물음과 제안을 낳았고, 이것들은 그때그때 상호 확인 속에서 계속 보완되었다. 그것은 개별 사안에 대한 고도의 집중과 전체 지형에 대한 포괄적 조감 그리고 짜임새 있는 편성력을 요구하는 일이었다. 이렇게 19권의 전체 목록은 점차 뚜렷한 윤곽을 잡아 갔다.

자료의 수집과 입력 그리고 원문 대조는 류한형 간사를 중심으로 서울대학교 국어국문학과 대학원의 천춘화 박사, 김경은, 허선애, 허윤, 노민혜, 김은하 선생이 해 주셨다. 최근 자료는 스캔했지만, 세로쓰기로 된 1970년대 이전 자료는 직접 타자해야 했다. 원문 대조가 끝난 원고의 1차 교정은 조판 후 민음사 편집부의 박향우 차장과 신새벽 사원이 맡았다. 문광훈 위원은 1차로 교정된 이 원고를 그동안 단행본으로 묶이지 않은 글과 함께 모두 검토했다. 단어나 문장의 뜻이 불분명한 경우에는 하나도 남김 없이 김우창 선생의 확인을 받고 고쳤다. 이 원고는 다시 편집부로 전해져 박향우 차장의 책임 아래 신새벽 사원과 파주 편집팀의 남선영 차장, 이남숙 과장, 김남희 과장, 박상미 대리, 김정미 대리가 교정 교열을 보았다.

최선을 다했으나 여러 미비가 있을 것이다. 독자 여러분들의 관심과 질정을 기대한다.

2015년 12월
김우창 전집 간행 위원회

일러두기

편집상의 큰 원칙은 아래와 같다.

1 민음사판 『김우창 전집』은 1964년부터 2014년까지 한국어로 발표된 김우창의 모든 글을 모은 것이다. 외국어 원고는 제외하였다.

2 이미 출간된 단행본인 경우에는 원래의 형태를 존중하였다. 그에 따라 기존 『김우창 전집』(전5권, 민음사)이 이번 전집의 1~5권을 이룬다. 그 외의 단행본은 분량과 주제를 고려하여 서로 관련되는 것끼리 묶었다.(12~16권)

3 단행본으로 나온 적이 없는 새로운 원고는 6~11권, 17~19권으로 묶었다.

4 각 권은 모두 발표 연도를 기준으로 배열하였고, 이렇게 배열한 한 권의 분량 안에서 다시 주제별로 묶었다. 훗날 수정, 보충한 글은 마지막 고친 연도에 작성된 것으로 간주하여 실었다. 한 가지 예외는 10권 5장 '추억 몇 가지'인데, 자전적인 글을 따로 묶은 것이다.

5 각 권은 대부분 시, 소설에 대한 비평 등 문학에 대한 논의 이외에 사회, 정치 분석과 철학, 인문 과학론 그리고 문화론을 포함한다.(6~7권, 10~11권) 주제적으로 아주 다른 글들, 예를 들어 도시론과 건축론 그리고 미학은 『도시, 주거, 예술』(8권)에 따로 모았고, 미술론은 『사물의 상상력』(9권)으로 묶었다. 여기에는 대담/인터뷰(18~19권)도 포함된다.

6 기존의 원고는 발표된 상태 그대로 싣는 것을 원칙으로 삼아 탈오자나 인명, 지명이 오래된 표기일 때만 고쳤다. 단어나 문장의 의미가 불분명한 경우에는 저자의 확인을 받은 후 수정하였다. 단락 구분이 잘못되어 있거나 문장이 너무 긴 경우에는 가독성을 위해 행 조절을 했다.

7 각주는 원문의 저자 주이다. 출전에 관해 설명을 덧붙인 경우에는 '편집자 주'로 표시하였다.

8 맞춤법과 외래어 표기는 국립국어원 규정에 따르되, 띄어쓰기는 민음사 자체 규정을 따랐다. 한자어는 처음 1회 병기하는 것을 원칙으로 하고, 문맥상 필요하다고 판단되는 경우 여러 번 병기하였다.

본문에서 쓰인 기호는 다음과 같다.

　　책명, 전집, 단행본, 총서(문고) 이름: 『　』

　　개별 작품, 논문, 기사: 「　」

　　신문, 잡지: 《　》

1부

한국 문학
비평

1장

시의 언어와
시적 인간

미국 시에 있어서의 자연

1

시와 자연과의 관계가 불가분의 것임은 말할 것도 없다. 꽃, 새, 달, 산, 바람, 하늘 ─ 이러한 것들이 없이 시가 성립할 수 있는가? 농경 사회에 있어서 자연물은 인간에 대하여 절대적인 우위에 있는 환경이었기 때문에, 시인이든 또는 다른 누구이든 자연물에 주목하는 것은 당연한 일이다. 이에 대하여 도시화와 더불어 도시의 시가 있게 되는 것도 당연하다. 서양에 있어서 보들레르를 도시의 시인의 효시라고 한다면, 영미 시에서 본격적인 도시의 시인은 T. S. 엘리엇이다. 그러나 계속되는 세계적인 도시화와는 관계없이, 시는 여전히 꽃과 산과 들에 친숙하다. 이러한 의미에서, 영국의 시인 캐슬린 레인(Kathleen Raine)이 말한 바 있듯이, 시의 연대는 오늘에 있어서도 기원 원년(紀元元年, Year One)이다.

쉽게 말하여, 자연물은 시의 언어이다. 시는 자연물에 대한 우리의 느낌을 나타내고 또 자연물의 이미지를 사용하여 스스로의 정서를 표현한다.

슬픔의 사연을 위하여서는
허전한 문 앞과 단풍잎 하나,

사랑의 위하여서는,
서로 기댄 풀잎과 바다 위의 불빛이 둘

For all the history of grief
An empty doorway and a maple leaf

For love
The leaning grasses and the two/lights above the sea —[1]

매클리시의 「시학」은 이렇게 처방하고 있거니와 이것은 대개의 시에 옛날이나 오늘이나 해당되는 것이다. 사람이 자연에 감응하고 그 감응과 내적인 정서를 대응시켜 스스로를 표현한다는 것은 극히 자연스러운 일이다. 그러나 왜 하필이면 이런 대응이 생겨날까에 대하여 질문을 말해 볼 수도 있는 일이다. 내가 이 질문에 답하겠다는 것은 아니지만, 거기에 무엇인가 필연적인 관계가 없는 것처럼도 보이는 것이다.

본래 자연에 대한 우리의 반응은 심미적인 것이라기보다 공리적인 의의를 가졌던 것이었는지 모른다. 사람이 자연 속에 있으며 그것에 의하여 지배되는 한, 사람이 자연에 대한 관찰을 게을리하지 않는 것은 그의 생존에 관계되어 있는 일이었다고 할 수 있다. 이 자연 관찰이 직접적인 의미에서만 유용성을 가졌다는 말은 아니다. 어떤 경우에 부분적인 자연 관찰

---

1   Archibald Macleish, "Ars Poetica".

은 그 자체로 의의가 있는 것이 아니라 자연 전체의 진상에 대한 표적으로서 의미를 가질 수 있다는 말이다. 필요한 것은 부분적 자연 관찰을 합쳐서 하나의 자연관, 세계관을 구성하는 일이 있을 것이다. 이런 의미에 있어서, 자연을 이야기하는 시인은 원초적 또는 원시적 철학자였다. 자연에 대한 시인의 탐구가 철학적인 면을 가지고 있다는 것은 시대에 따라 또는 문화에 따라 변화하는 자연관의 경우에 분명하다. 우리는 고전주의적 자연관이 있고 낭만주의적 자연관이 있으며, 동양의 자연관이 있고 서양의 자연관, 또는 영국이나 미국의 자연관이 있음을 알고 있다. 여러 자연관의 병존 또는 계기는 인간과 자연의 관계가 시대와 사회에 따라서 다를 수 있기 때문이기도 하고 그러한 관계의 다름과 관련하여 그에 대한 인간의 관념이 다르기 때문이라고 할 수 있다. 그러나 다른 한편으로 서로 다른 자연관은 인간이 그의 환경과 그 환경에 대한 관계를 다르게 생각하려고 애쓰는 노력의 표현이라 할 수 있다. 이 적극적인 의미에 있어서, 한 시대나 사회의 자연관은 사람이 스스로의 위치를 정의하는 데 중요한 역할을 한다고 할 수 있는 것이다. 이렇게 볼 때, 자연에 대하여 시인이 말하는 언어는 인간의 자기 정의의 기획에 있어서 근원적인 단계가 되는 것이다. 물론 자연에 대한 모든 시적 발언이 이와 같은 의미에서 창조적인 것은 아니다. 그것은 당대의 지배적인 자연관 또는 세계관의 수동적인 반영에 불과하다. 그렇다고 하더라도 누적되는 반영은 변용되게 마련이고 이 변용은 자연과 인간의 관계에 대한 새로운 정의에 기여하게 마련이다.

이렇게 말하고 보면, 위에서 진술한 바와는 달리, 자연에 대한 시의 또는 시인의 관계가 늘 한결같지는 않다는 말이 된다. 한결같거나 다른 것은 물론 시각의 차이의 문제이다. 시인의 자연과의 관련은 시대와 문화를 초월하여 지속된다. 다만 그 관련의 구체적인 모습은 크게 또는 작게 다르게 마련이다. 이 다름 속에서 인간과 자연의 관계는 조화로서 또는 부조화로

서 또는 그 중간의 여러 단계적 상태를 나타내는 것으로 생각된다. 이렇게
다른 이해는 달라지는 자연관뿐만 아니라 인간의 달라지는 자기 이해를
드러내 준다. 이 글에서 나는 미국 시에 있어서의 ─ 특히 현대 시에 있어
서의 특이한 자연관을 추출해 내면서, 그것의 의미에 대하여 생각해 보고
동시에 일반적으로 자연에 대한 시적 탐색의 의의를 암시해 볼까 한다.

2

　위에서 말한 바와 같이, 시인이 자연에 대하여 어떤 느낌을 가지고 이
를 표현하고 또 스스로의 느낌을 자연에 의탁하여 읊었던 것은 자연과 인
간 사이에, 보들레르의 말을 빌려, 상응 관계(correspondance)가 있기 때문
이다. 이것은, 앞에서 비친 바와 같이, 구체적인 자연물과 자연물, 자연물
과 인간 정서의 대응일 수도 있지만, 전체적인 의미에서 자연과 인간의 일
치에 대한 철학적 가정일 수도 있다. 흔히 이야기되다시피 영미 시에 있어
서, 이러한 자연과 사람의 조화와 일치에 가장 대표적인 표현을 준 것은 워
즈워스와 같은 낭만주의 시인이다. 워즈워스의 시의 기본적인 가정은 「틴
턴 사원」에 표현되어 있는바,

　　한없이 깊이 섞여 있는
　　어떤 것에 대한 느낌 ─
　　지는 해의 빛 속에 머물며,
　　둥그런 바다, 설레는 바람,
　　푸른 하늘, 사람의 마음에
　　머무는 한없이 깊이 어우러져 있는 것:

> 모든 생각하는 존재, 모든 생각의 모든 대상,
>
> 그것을 재촉하고, 사물 사이로 관류하는,
>
> 하나의 움직임, 하나의 정기[2]

의 느낌에 대한 믿음이다. 이 느낌 또는 믿음은 낭만주의와 그 이후 자연관 밑에 깔려 있다.

　말할 것도 없이, 자연과 인간의 일치에 대한 믿음이 새로이 확인된다는 것은 그것이 벌써 문제적인 상태에 있다는 것을 나타낸다고 할 수 있다. 사실 낭만주의자들에게 있어서도 자연은 인간과 일치되고 조화되는 것만은 아니었다. 워즈워스의 밝은 자연에 대하여 우리는 이에 일치하면서 대조되는 것으로서 콜리지(Samuel Taylor Coleridge)의 자연을 생각할 수 있다. 콜리지에게 자연은 그의 여러 시와 또 산문에서 보는 바와 같이 밝은 믿음의 근원이면서도 그것보다는 더 중요하게 어둡고 마적인(daemonic) 것이었거니와 이것 또한 다른 낭만주의자들에게서 많이 볼 수 있는 것이다. 사실 워즈워스에게서조차 이러한 자연의 어둠에 대한 느낌은 그의 시적 상상력을 떠나지 않는 것이었다. 어쩌면 그에게 자연은 어둡고 마적(魔的)이며 위험스러운 것이라기보다는 더 사실적인 관점에서 인간에게 비우호적인 것으로 보였다. 그리하여 그는 자연과 인간의 불일치와 부조화에 대한

2　**Lines Composed a Few Miles above Tintern Abbey**

　……a sense sublime
　Of something far more deeply interfused,
　Whose dwelling is the light of setting suns,
　And the round ocean and the living air,
　And the blue sky, and in the mind of man:
　A motion and a spirit, that impels
　All thinking things, all objects of all thought,
　And rolls through all things……

느낌을 더욱 설득력 있게 전달해 주기도 한다.

가령, 자연과 인간의 일치에 대한 가장 긴 명상인, 그의 「서시(The Prelude)」에도 그러한 느낌은 산견되는 것이다. 살인범이 처단되었던 장소의 삭막한 풍경 가운데 바람에 불리며 어렵사리 버티어 선 여자의 모습을 말하면서 그는 그가 느낀 "몽환적 삭막함(visionary dreariness)"의 느낌(제12권)[3]을 말한 바 있는데, 이러한 느낌이 바로 그러한 것이다. 보들레르의 상응 ─ 관능적인 조화의 느낌을 표현하고 있는 상응의 밑바닥에 들어 있는 것도, 자연과 인간의 일치를 이야기한다고는 하지만, "어둡고 깊은 통일(une ténébreuse et profonde unité)"에서 나오는 일치의 느낌이다.[4]

어둠의 낭만주의에서 자연은 어두운 것이면서, 그렇다고 하여 반드시 인간과의 단절을 나타내는 것은 아니었다. 콜리지에게도 보들레르에게도 자연의 어둠은 위험스러운 것이면서도 오히려 사람과 자연을 하나로 연결시켜 줄 수 있는 것이기도 하였다. 「쿠블라 칸(Kubla Khan)」의 이미지들이 암시하고 있는 것처럼 지하로 흐르는 강이 솟구쳐서 지상의 낙원의 샘물이 되는 것이다.

그러나 자연과 인간 사이의 유대를 완전한 단절의 관점에서 본 것은 자연주의이다. 물론 자연주의도 사람과 자연을 하나로 보는 세계관이라고 말할 수도 있다. 인간이 물리 법칙이나 자연법칙이 지배하는 세계의 일부라는 것은 모든 자연주의적 관점에서 공통되는 명제이다. 문제는 이러한 과학주의가 인간의 깊은 내면적 욕구에 배치된다는 것이다. 그 관점에서 인간은 자연의 일부임에는 틀림이 없지만, 자연에 있어 아무런 특권적 위치를 차지하고 있지도 아니하며, 그의 고결한 정서는 자연에게는 전혀 아

---

3 *The Prelude*, BK. XII, pp. 11, 246~261.

4 "Correspondances".

무런 의미도 가진 것이 아니다. 그리하여 자연법칙적 차원에서의 일치는 깊은 정서적 단절의 느낌을 유발하는 것이다. 이 정서적 단절은 세계를 시적인 관점 또는 더 확대하여 심미적 또는 윤리적 관점에서 파악할 수 없게 한다. 자연주의적 세계관에 대한 미적 감수성의 반응은 조지프 우드 크루치(Joseph Wood Krutch)가 『현대 기질(*The Modern Temper*)』(1925)이라는 책에서 잘 요약한 바 있다.

> [옛날에] 사람들은 자연이 충족시켜 주지 않는 필요나 자연이 인정하지 않는 이상을 가지고 있지 아니하였다. 그들은 자연과 일체라고 느꼈다. 그들은 자연을 그 자신의 모습으로 다시 빚어낼 만한 강력한 상상력을 가지고 있었던 것이다. 그리고 이와 같은 편안한 일체감이 없이 마음의 평화를 유지할 수 있는 사람은 많지 아니할 것이다. 그러나 과학에 보여 주는 세계에 있어서 그러한 정서적 대응 관계를 찾기는 점점 더 어렵게 된다. 윤리의 영역이나 인간 정서의 모든 영역은 자연의 모양에서 아무런 자리를 얻지 못한다. 그것은 만족이 있을 수 없는 욕구들을 만들어 낼 뿐이다. 그리하여 인간의 지식은 인간의 욕구와 치열한 갈등 속에 들어간다.[5]

비인간적인 자연에 대한 크루치의 반응은 다분히 과장된 것이라 할 수 있다. 그러나 이것은 신앙과 새로운 과학적 실증주의 사이에서 고민하던 19세기 중엽부터 20세기 초엽의 서양인에게는 중대한 문제로 비쳤다. 그리고 그것이 대체로 세속화된 과학주의가 가져온 정신적 위기의 한 면을 나타내고 있는 것임은 틀림없다.

---

5 Joseph Wood Krutch, *The Modern Temper*(New York: Harcourt & Brace, 1929, 1956(Harvest Books)), p. 10.

지금까지 살펴본 서양의 자연관에 대한 별견은 반드시 역사적이거나 실증적인 개관이 아니다. 위에서 우리가 시도한 것은 역사적이라기보다는 도식적인 단순화이다. 간단히 되풀이하건대, 인간의 자연에 대한 관계는 조화와 일치의 관계일 수도 있고 불일치와 부조화의 관계일 수도 있다. 물론 이 양극 사이에는 몇 가지 뉘앙스를 달리하는 관점들이 섞여 있다. 가령 인간과 자연의 관계를 반드시 밝고 행복한 것이라기보다는 불확실성과 위험을 배태하고 있는 어두운 관계라고 보는 경우에도 그러한 관계 속에도 모호한 의미의 교통은 가능한 것으로 생각될 수 있는 것이다. 이에 대하여 자연주의적 태도는 조금 더 철저한 단절의 관계를 설정한다.

이러한 두 가지 또는 네 가지의 자연에 대한 태도는 미국 문학 또는 미국 시에도 그대로 발견할 수 있다. 그러나 그것들의 상대적 비중이나 그것들이 가진 뉘앙스는 그 나름의 특징을 가지고 있다. 미국 문학에 있어서 자연을 주제적 관심으로 한 문학 운동을 생각한다면, 제일 손쉽게 에머슨을 비롯한 초절주의자들을 말할 수 있다. 에머슨에게 자연과 인간은 천의무봉(天衣無縫)의 정신적 옷감을 이루는 것이었다. 그의 초절적 자연관의 최초의 중요한 선언인 「자연(Nature)」(1836)에서 그는 쓰고 있다.

들과 숲이 베푸는 가장 큰 기쁨은 사람과 식물 사이에 존재하는 은밀한 관계에 대한 느낌이다. 나는 알아주는 자 없이 혼자 있는 것이 아니다. 그들이 나에게 눈짓하고 내가 그들에게 눈짓한다. 비바람 속에 가지가 흔들림은 나에게 새롭고도 오래된 것이다. 그것은 나를 놀라게 한다. 그러면서 그것은 내가 전혀 모르는 것이 아니다. 그 느낌은, 내가 바르게 생각하고 바르게 행동할 때, 보다 높은 생각, 보다 좋은 감정이 나를 사로잡을 때의 느낌과 같다.[6]

---

6 "The greatest delight which the fields and woods minister, is the suggestion of an occult relation

에머슨의 조화에 대한 느낌에 대하여 좀 더 어두운 자연관도 물론 존재한다. 호손에게 자연 상태는 도덕적으로 위험한 상태이다. 『주홍글씨』에서, 그가 어두운 숲의 상징을 능숙하게 사용하고 있는 것은 이미 많이 지적된 바가 있는 일이다. "야성적이며 이교도적인 숲의 자연, 인간의 법에 의하여 순치된 바 없으며, 보다 높은 진리에 의하여 밝혀진 바가 없는 숲의 자연(that wild, heathen Nature of the forest, never subjugated by human law, nor illumined by higher truth)"[7]은 근본적으로 도덕적 황무지와 일치한다. 그럼에도 불구하고 호손의 숲이 인간과 무관계한 것은 아니다. 그것은 어두운 것이면서 동시에 인간의 도덕적 어둠에 대응하는 것이다.

명암을 동시에 포함하면서, 어둠의 우위로 인하여 인간에게 공포를 주는 자연도 인간과의 어떤 교감 상태에 있다. 이것은 부정적 자연의 어떤 면을 강조하는 '장엄미'의 표현에서 가장 잘 드러난다. 에드먼드 버크(Edmund Burke)는 암흑이나 안개와 같은 어둠, 폭풍우나 폭포와 같은 힘, 어둠, 정적, 고독, 가령 바다, 원시림, 초원, 사막에서 느끼는 박탈의 상태, 광대함 등이 장엄미의 중요한 근원인 것으로 말하였다. 자연의 험악한 현상들은 우리의 마음에 공포를 불러일으키고 우리의 생존에 위협이 된다. 그럼에도 불구하고 그것은 우리에게 해방의 느낌을 주고 그에 특유한 미적 쾌감을 준다.

실러(F. Schiller)가 장엄미를 말하면서 설명하듯이, 자연의 적대적인 힘

---

between man and the vegetable. I am not alone and unacknowledged. They nod to me and I to them. The waving of the boughs is new to me and old. It takes me by surprise, and yet is not unknown. Its effect is like that of a higher thought or a better emotion, when I deemed I was thinking justly or doing right." Nature, I, in Floyd Stovall et al. eds., *Eight American Writers*(New York: W.W. Norton, 1963), p. 191.

7 *The Scarlet Letter*, XVIII. "A Flood of Sunshine"(New York: W. W. Norton, Norton Critical Edition, 1978), pp. 145~146.

은 그 불가해성과 파괴성을 가지고 인간의 지적·신체적 능력의 한계를 상기시켜 주지만, 동시에 인간의 내면에 잠재해 있는 새로운 힘 ─ 자연의 힘에 대응하는 새로운 힘을 깨닫게 한다. "밖에 있는 장대함이 그 자신 속에 있는 절대적 장대함을 비추어 알게 하는 거울이 된다. …… 한없이 멀리 펼쳐진 광경, 눈으로 헤아릴 수 없는 높이, 발아래 있는 광대한 바다, 더 광대한 머리 위의 바다, ─ 이러한 것은 인간의 정신을 현실의 좁은 영역으로부터, 그리고 물리적 삶의 억압적 굴레로부터 빼어낸다. 자연의 단순한 장대함은 그에게 보다 거대한 평가의 기준을 예시해 주는 것이다. ……"⁸ 그리고 그의 마음 가운데 새로운 힘을 불러일으킨다. 이러한 의미에서 자연과 인간 사이의 유대는 더욱 깊은 차원에서 확인되는 것이다. 미국에 있어서, 장엄한 자연에 대한 느낌은 바트럼(William Bartram)의 여행기나 기타 박물지적인 기록에 나온다. 주요 문학 작품에 있어서는 제임스 페니모어 쿠퍼의 작품의 도처에 나오는 자연 묘사 같은 데에서도 같은 자연의 묘사를 볼 수 있다. 그러나 장엄한 풍경은 19세기의 화가들, 가령 애셔 B. 듀랜드(Asher B. Durand), 토머스 콜(Thomas Cole), 재스퍼 크롭시(Jasper Cropsey) 등의 화가들에 의하여 더 적극적으로 추구되었다.

장엄미는 인위적으로 확인된 미적 가치이다. 그것은 낭만적 투영의 소산이거나 적어도, 흔히 지적되듯이, 자연에 대하여 일정한 미적 거리를 유지하며 자연을 관조하는 사람의 관점에 보이게 되는 추상화된 자연의 한 풍모이다. 그러나 이것이 자연 현상 자체에 근거한 미적 지각에 나타나는 것임은 틀림이 없다. 아마 이것은 미국에 있어서 특히 그러하였을 것으로 생각된다. 아메리카는, 그 식민의 역사의 어느 때에 있어서나, 무엇보

---

8 "On the Sublime" in *Two Essays by Friedrich Schiller: Naive and Sentimental Poetry & On the Sublime*(New York: Ungar, 1966), p. 204.

다도 자연이 압도적인 인상을 남기는 곳이었다. 이 자연을 하나로 파악하고자 할 때, 가장 적절한 개념은 장엄미의 개념이었다고 할 수 있다. 어떻게 보면 낭만주의 이전에 있어서 미국의 자연은 이미 장엄미의 속성, 야성적 난폭성과 측정할 수 없는 광대무변함을 가지고 있었다. 윌리엄 브래드퍼드(William Bradford)가 처음에 본 아메리카는 "야성의 짐승과 야성의 사람으로 차 있는 흉악하고 삭막한 황야(a hideous and desolate wilderness, full of wild beasts and wild men)"였고 "온 고장이 수풀로 차 있어서 야성적이고 야만적인 기색을 띠고 있는(a wild and savage hew)" 곳이었다.[9] 에드워드 존슨(Edward Johnson)에게 아메리카는 "이 황량한 사막(this howling Desert)"이었고, "지금까지 그와 같이 빈약한 수단으로 사람이 해 보려고 했던 일 가운데 가장 커다란 난관과 삼림 작업"[10]을 요구하는 곳이었다. 그리하여 상당한 세월이 간 다음에도, 코튼 매더(Cotton Mather)의 눈에, 아메리카는 "칙칙한 비기독교적 어둠"에 차 있는 황야로 보였다.[11]

이와 같이 미국의 초기 식민인들의 자연 묘사는 다분히 장엄미의 특징을 포함하는 것이다. 그러나 여기에 주목할 것은, 이 초기 식민의 자연 묘사의 배경이 되는 실용적인 측면이다. 브래드퍼드에게 아메리카의 자연이 "흉악하고 삭막한 황야"로 보이는 것은 그것을 정착하여야 할 땅으로 생각할 때의 느낌을 나타낸 것이다. 그는 그 황야가 "그들의 옷과 갑옷을 갈가리 찢는 덤불"[12]에 차 있음에 낭패하였다. 에드워드 존슨의 "사막"이라는 말은 농경지로서의 신대륙의 어려움을 길게 서술한 다음 그의 종합적

---

9 "Of Plymouth Plantation" in John Conron, *The American Landscape: A Critical Anthology of Prose and Poetry*(New York: Oxford University Press, 1973), p. 118.

10 Ibid., p. 124.

11 Quoted in Conron, p. 114.

12 Ibid., p. 119.

인 평가를 요약하는 말이다. 이들에게 아메리카가 황야요 사막이라면 그것은 정서적인 의미에서가 아니라 실제적 작업의 장이며 대상으로서 그러한 것이었다. 그것은 과업으로서의 사막이다. 이 실제적인 과업으로서의 자연에 대한 태도는 미국에 특이한 태도인 것으로 보인다. 물론 영문학에서도 그러한 것이 없는 것은 아니다. 위에서 우리는 워즈워스에 있어서의 "몽환적 삭막함"의 느낌에 대해 언급했지만, 이 느낌은 다분히 자연 속에서 생존을 얻어 내야 하는 인간의 느낌에 속하는 것이다. 이 이외에도 워즈워스에게 작업으로서의 자연의 관점이 없는 것은 아니다.(가령 「마이클(Michael)」 등의 시에서 노동의 위엄은 중요한 시의 요소가 되어 있다.) 또는 조지 크래브(George Crabbe)의 시에 나오는 자연은 압도적으로 사실적이다. 그럼에도 불구하고 이러한 자연에 대한 태도는 미국 문학에 있어서 가장 전형적인 것이 아닌가 한다. 본고에서 앞으로 언급해 보고자 하는 20세기의 미국 시에서 보게 되는 전형적 자연관도 여기에 이어지는 것이다.

3

이미 말한 바와 같이, 19세기 말로부터 20세기 초엽까지의 전형적인 자연관은 자연주의적 자연관이다. 인간이 자연의 일부, 그것도 극히 작은 일부이며, 자연이 인간의 여러 가지 소망에 비정할 만큼 무관심하다는 생각은 서양의 근세 문학 또는 사상에 일반적으로 받아들여지고 있는, 세계관의 대전제라고 할 수 있다. 다만 그것이 얼마나 주제적으로 표현되고 있느냐가 다를 뿐이다. 말할 것도 없이, 이것을 가장 두드러진 주제로 표현한 것은 주로 자연주의의 소설이다. 그러나 자연주의가 시에서 직접적인 내용으로 또는 방법으로 이야기된 경우는 현저한 예를 찾기가 어려운 것으로 생각된다. 아마 주요 시인으로는 영국의 토머스 하디(Thomas Hardy) 정도에서 그 대표적인 경우를 찾을 수 있을는지 모른다. 미국에 있어서, 스티븐 크레인(Stephen Crane)의 「어떤 사람이 우주에게 말했다(A Man Said to the Universe)」와 같은 시가 단적으로 자연주의적 태도를 간단히 표현하고 있는 것으로 들어질 수는 있을 것이다.

> 어떤 사람이 우주에게 말했다:
> "선생님, 나는 존재합니다!"
> "허나," 우주는 답하여 말했다.
> "그 사실이 나에게
> 의무감을 만들어 주지는 않았다."

> A man said to the universe:
> "Sir, I exist."
> "However," replied the universe,
> "The fact has not created in me
> A sense of obligation."

그러나 자연주의적 세계관 또는 자연관은 수많은 시인들의 인생 태도의 근저가 되어 있다. 그것은 윌리엄 본 무디(William Vaughn Moody)나 트럼불 스티크니(Trumbull Stickney) 같은 시인에서도 그러하지만, 특히 에드윈 알링턴 로빈슨이나 로버트 프로스트(Robert Frost)에서 매우 중요한 기저음이 되어 있다. 그러면서도 그것이 직접적인 의미에서 자연주의적 명제로 진술되는 경우는 많지 않다. 또 그렇다는 것은 그것이 중요한 뉘앙스의 차이를 가지고 나타난다는 것을 말한다. 뉘앙스는 그 세부의 느낌에서도 차이를 만들어 내지만, 궁극적으로는 자연주의적 명제에 대한 감정의 색깔을 전혀 다른 것이 되게 한다. 이 글에서 내가 주목하고자 하는 것은 바로 자연주의적 자연관을 전제로 하는 태도에 있어서도 그것에 대한 지각과 정서가 극히 다를 수 있다는 사실이다. 이 사실이 미국 시의 중요한 특징을 이루는 것이다.

위에서 말한바 대체로 장엄미의 자연관에 흡수할 수 있는 자연관은 일단은 자연을 부정적인 힘의 근원으로 보는 부정적 낭만주의와 비슷하다. 그러면서도, 이미 주목한 바와 같이, 낭만주의는 인간과 자연의 교감——어떻게 보면, 더욱 깊은 의미에 있어서의 교감을 부정하지 아니한다. 여기에 대하여 자연주의의 자연관은 인간과 자연의 관계에 부정적인 조명을 가하는 것이다. 그러나 그것은 자연의 부정적 측면이 인간의 어떤 미적 윤리적 소망에 대응할 수도 있는 것이라는 점까지도 부정한다. 이 자연주의에서 자연은 인간의 욕구에 대하여 완전히 비정한 무관심을 보여줄 뿐이다. 그러나 이 무관심의 인식은 이미 자연에다 어떤 의지를 부여함으로써 자연을 인간화하는 면을 가지고 있다. 테니슨이 자연을 "탐욕으로 하여/ 이빨과 손톱이 붉은 자연(Nature, red in tooth and claw/ with ravine)"[13]이라고 한다거나 하다가 "지둔한 우연이 해와 비를 막고/ 도박하는 시간이 재미로 신음을 점지한다(Crass Casualty obstructs the sun and rain,/ And dicing Time for gladness casts a moan……)"[14]라고 할 때, 자연은 어떤 의도——악의적인 의도를 가진 것으로 생각되어 있다.

그보다도 더 중요한 것은, 자연주의에 있어서의 자연에 대한 인간의 반응은 비정의 대상에 대한 것으로는 너무 격정적이다. 이러한 감정적 태도

---

13 *In Memoriam A. H. H.* LVI.
14 "Hap".

에 대하여 자연은 조금 더 중립적인 것으로, 그 안에 어떤 악의를 숨겨 가진 것도 아니며, 그 무관심에 대하여 사람이 어떤 섭섭함이나 원한을 가져야 할 것도 아닌 것으로 파악될 수 있다. 물론 인간의 언어는 그 본질상 어떤 종류의 판단도 유보하는 — 결국은 심미적, 윤리적 판단도 더 근본적인 지각의 판단, 또는 지각 현상에 내재하는 편향으로부터 일어난다고 할수 있다. — 진술을 할 수 없는 것처럼도 보인다. 참다운 의미에서의 중립적 자연을 이야기하려면, 적어도 주어지는 지각여료(知覺與料)를 받아들이는, 따라서 그것을 흔쾌하게 수용하는 태도가 필요한 것으로 보인다. 그리하여 중립적 자연에 대한 진술은 그것에 부정적 태도를 취하는 것이 아니라 그것을 긍정적으로 수용하는 형태를 취한다. 그렇긴 하나 대체적으로 말하여, 자연이 인간의 소망과 무관한 것이라고 한다면, 그 사실을 섭섭함이나 슬픔이나 원한을 가지고 말하는 것이 아니라 중립적으로 수용하려는 태도가 있을 수 있다. 미국 시에 보이는, 그러면서 최근의 시에 올수록 두드러지는 미국 시의 특징을 이루는 것은 바로 이러한 태도이다.

위에서 언급한 일이 있는 아메리카의 초기 식민인들, 윌리엄 브래드퍼드나 에드워드 존슨이 미국의 자연을 "흉악하고 삭막한 사막", 또는 "이 황량한 사막"이라고 했을 때, 그것은 정서적이라기보다는 사실적 태도를 나타내는 말이었다. 19세기 초엽에 미국의 초원을 말하면서, 브라이언트가 "이것은 사막의 정원, 이것은 베어 내지 않는 들,/ 끝 간 데 없으며 아름다운,/ 영국은 이것을 이름할 말이 없다.(These are the gardens of the Desert, these/ the unshorn fields, boundless and beautiful,/ For which the speech of England has no name.)"[15]라고 했을 때, 그는 사람의 통상적 시적 정서의 테두리를 벗어나는 자연에 언급한 것이다. 헨리 데이비드 소로(Henry David Thoreau)

---

15 "The Prairies".

는 누구보다도 인간과 관계없는 자연, "근원적이고 순치되지 아니한, 영원히 순치될 수 없는 자연(primeval, untamed, and forever untameable Nature)"을 잘 알고 있었다. 그것은 "광활하고 음울하고 외포감을 일으키는 것(vast and drear and inhuman)"으로 그것은 "우리가 흔히 들어 온 어머니 대지도 아니며, 밟고, 거기에 묻히고 할 땅"[16]도 아니다.

이러한 자연은 비인간적인 것이어서 인간의 희로애락 또는 더 나아가서 인간의 서술적 노력까지도 초월하고 있는 것으로 말할 수 있다. 그러나 사람이 하는 일로 사람의 인식적, 정서적, 실제적 관심을 초월할 수 있는 것은 없다. 초월의 노력에 있어서조차 그렇다. 초기의 식민인들이 미국의 자연에서 사막을 발견했다면, 그것은 자연이 그들의 경작 노력에 쉽게 순응하는 것이 아니었기 때문이다. 자연은 노동의 과제로서 생각되고, 그럴 때 그것은 미적이거나 장엄한 정서라기보다는 엄청난 작업의 관점에서 황량한 사막으로 보인 것이다. 그런데 반드시 같은 것은 아니라도 노동의 관점에서의 자연에 대한 태도는 중립적 물리적 사실로서 자연을 인지하는 데 있어서 한 중요한 요소가 된다. 그러면서 이것은 다시 조금 더 적극적인 심미적 성격을 띨 수 있다. 그 경우 자연의 물리적인 측면은 부정적인 것이 아니라 긍정적인 것으로, 저주가 아니라 위안으로 받아들여진다. 이러한 통합된 느낌은 소로가 잘 표현한 바 있다.

우리는 순치되지 아니한 자연을 강장제처럼 마실 필요가 있다. 때로 해오라기 숨어 있는 물가를 건너고 또는 도요새의 울음에 귀 기울이며, 좀 더 저만치 야성과 고독 속에 사는 새들이 둥주리를 틀고 족제비가 땅을 기는 사초 섶에서 소근대는 사초 냄새를 맡을 필요가 있는 것이다. 동시에 우리는 모든 것이 신

---

16 Excerpt from "The Maine Woods" in Conron, op. cit., p. 252.

비룹고 가늠할 수 없으며, 땅과 물이 한없이 거칠고, 헤아릴 수 없는 것이며, 우리가 측량하고 깊이를 잰 것이 아닐 것을 요망한다. 자연은 아무리 있어도 부족하다. 한없는 자연의 힘을 느끼게 하는 풍경, 거대하고 광막한 지형, 난파선의 잔해가 있는 바닷가, 솟기도 하고 또는 땅에 쓰러져 썩어 가기도 하는 나무가 있는 원시림, 천둥 번개를 품은 비구름, 한번 내리면 한 삼 주일쯤은 내리고 곳곳에 새로운 냇물을 이루어 놓는 비 — 이러한 것들로써 마음을 싱싱하게 하여야 한다. 우리는 우리 자신의 한계가 범해지고, 우리의 발길이 미치지 못하는 것에 삶을 자유롭게 방목되게 할 필요가 있다.[17]

이러한 구절들에서 소로가 표현하고 있는 것은 일종의 장엄미이다. 그러나 동시에 그것은 다른 낭만주의적 표현에 비하여 사실적인 것이라고 하여야 한다. 이것은 측량 기사로서, 농부로서의 소로 이력을 보면 쉽게 수긍이 가는 일이다. 여기에서 주목하게 되는 것은 이러한 구절의 사실성과 아울러 자연에 대한 경탄감이다. 이 경탄감은, 장엄미의 공식이 표현하듯이 우리의 인간적 힘을 압도하는 것에 대한 경탄감이다. 다만 여기의 힘은 어떤 괴력을 대표한다기보다 단지 거대성, 항구성, 지속성과 같은 비교적 중립적인 속성을 가진 것이다.(워즈워스에 있어서도 자연의 이러한 면모에 대한 경탄이 있다.) 이것은 쉽게 말로 표현할 수 없는 거대성에 대한 종교적 외포감에 연결된다.(또는 거꾸로 종교적 외포감이란 우리의 의지에 대립되면서 그것의 토대가 되는 절대적 필연성에 대한 요청이다. 그리고 그 요청에 답하는 것이 술어 없는 물리적 사실로서의 거대한 자연어이다.) 우리가 미국의 현대 시에서 보는 것도 이러한 느낌이다. 그리고 그것은 소로의 경우처럼 노동과 사실성

---

17 *Walden in Walden and Civil Disobedience*(New York: W. W. Norton, Norton Critical Edition), p. 210.

과 연결되어 있다.

4

월리스 스티븐스는 화사한 프랑스풍의 시인으로 알려져 있지만, 단순한 물리적 사실로서의 자연에 대한 느낌이 ─ 특히 미국적 현실의 가장 중요한 부분으로서 이러한 자연에 대한 느낌이 그의 시적 명상에서 중심적 테마가 된다는 것은 별로 이야기되지 않는다. 그의 물리적 자연에 대한 느낌은 「어떻게 살 것인가, 무엇을 할 것인가(How to Live, What to Do)」에 가장 간단히 표현되어 있다.

어제저녁 청정치 못한 세상 위로
깨끗지 못하게 바위 위에 달이 떴다.
그와 그의 벗은 영웅적 고지를 오르기 전
휴식을 취하기 위하여 멈추어 섰었다.

바람은 장엄한 소리를 내며
그들 위에 차겁게 불어내렸다.
그들은 화염 얼룩진 해를 버리고
더욱 넘치는 불꽃의 햇빛을 찾아 나섰다.

그 대신 풀잎 수술단 바위가
육중하게 높이 또 벌거벗은 채
나무 위로 솟아 있고, 산마루는

거인의 팔처럼 구름 사이에 있었다.

거기에는 목소리도 깃털 단 영상도,
노래꾼도, 스님도 없었다. 다만
거대한 바위의 높다람 그리고
쉬기 위하여 멈추어 선 두 사람뿐.

찬바람이 있고, 그들이 뒤로한
땅의 흙탕에서 멀리, 바람의 소리,
영웅적인 소리, 기뻐하는,
환희에 찬, 자신 있는 소리가 있었다.[18]

---

18 Last evening the moon rose above this rock
　　Impure upon a world unpurged.
　　The man and his companion stopped
　　To rest before the heroic height.
　　Coldly the wind fell upon them
　　In many majesties of sound:
　　They that had left the flame-freaked sun
　　To seek a sun of fuller fire.
　　Instead there was this tufted rock
　　Massively rising high and bare
　　Beyond all trees, the ridges thrown
　　Like giant arms among the clouds
　　There was neither voice nor rested image,
　　No chorister, nor priest. There was
　　Only the great height of the rock
　　And the two of them standing still to rest.
　　There was the cold wind and the sound
　　It made, away from the muck of the land
　　That they had left, heroic sound
　　Joyous and jubilant and sure.

이 시에서 두 주인공은 고양된 삶을 찾아 나서지만, 그들의 탐색 끝에 발견하는 것은 장식적 영웅주의나 종교적 엄숙성을 정당화해 줄 수 있는 어떤 것이 아니다. 그것은 높다랗게 벌거벗은 바위일 뿐이다. 그러나 이 바위는 그 나름으로 춥고 깨끗하고 영웅적인 기쁨을 제공해 주는 근거가 된다. 소로에서 보는 바와 같은, 이러한 벌거벗은 자연이 주는 해방감은 스티븐스의 다른 시에서도 중요한 미적 정서의 하나로 나타나지만, 다른 미국 시인들에서도 발견할 수 있는 것이다.

흥미로운 것은 '바위'의 이미지의 빈번한 등장이다. 낭만주의자들의 자연의 이미지로서의 나무에 대하여 바위는 거의 이 지질학적 자연주의의 문장(紋章)인 것으로 보인다. 로빈슨 제퍼스(Robinson Jeffers)에게 그것은 자연 질서를 가장 잘 요약해 주는 것이다. 「오, 아름다운 바위여(Oh, Lovely Rock)」에서 그는 산에서 캠핑하던 경험을 묘사하고 있는데, 인간과 나무와 바위와 어울려 이루는 광경을 통하여 인간과 자연의 관계를 그는 다음과 같이 인상적으로 암시한다.

우리는 자갈 위에 눕고 몸을 덥히기 위하여 모닥불을 지폈다.
자정이 지나고 두서너 개의 석탄만이 서늘해지는 어둠 속에 붉게 빛을 냈다. 나는 죽은 월계 잎의 한 줌을
꺼지는 불 위에 보태고 그 위에 마른 가지를 펴 두고 다시 누웠다. 살아난 불꽃이
잠든 아들과 그 동무의 얼굴과 살골물 저편의 거대한 절벽의 벽면을 비추었다.
머리 위의 가벼운 잎이 불의 숨결에 춤추고, 나뭇둥이 떠올랐다.
나의 눈을 사로잡은 바위의 벽이었다. 별스러울 것도 없는, 엷은 회색의 섬록암. 두세 개의 줄이 난,

사태와 홍수가 한없이 마멸하여 부드럽게 닦이운. 고사리도 이끼도 나지 않는.

마치 나는 바위를 처음으로 보는 듯했다. 불꽃에 조명된 거죽을 꿰뚫어, 진정한 육체의, 살아 있는 바위를.

별스러울 것도 없는, 얼마나 특별한지 말로 할 수 없다.

침묵의 뜨거움, 깊고 높은 기상, 순결한 아름다움, 우리 운명의 밖에서 펼쳐지는 이 운명,

그것은 이 산에 웃음 짓는 엄숙한 어린애처럼 있다. 나는 죽을 것이다. 나의 아이들은

살고 또 죽을 것이다. 우리 세상은 변화와 발견의 급속한 고통을 거쳐 지속할 것이다. 이 시대는 죽을 것이다.

그리고 새로운 베들레헴의 주변에서 늑대는 눈 속에 운다: 이 바위는 여기에 있을 것이다. 엄숙히, 진지하게, 수동적이 아니게.

그 원자들의 에네르기는 산을 온통 위로 받쳐 들고, 나는, 빽빽한 여러 세기 이전에

그 강한 현실을, 이 외로운 바위를 사랑과 경탄으로 느꼈다.[19]

---

19 We lay on gravel and kept a little camp-fire for warmth.

Past midnight only two or three coals glowed red in the cooling darkness; I laid a clutch of dead bay-leaves

On the ember ends and felted dry sticks across them and lay down again. The revived flame

Lighted my sleeping son's face and his companion's, and the vertical face of the great gorge-wall

Across the stream. Light leaves overhead danced in the fire's breath, tree-trunks were seen; it was the rock wall

That fascinated my eyes and mind. Nothing strange; light-gray diorite with two or three slanting seams in it,

Smooth-polished by the endless attrition of slides and floods; no fern nor lichen, pure naked rock ⋯⋯ as if I were

Seeing rock for the first time. As if I were seeing through the flame-lit surface into the real and bodily

바위의 지질학적 지속성에 견주면, 인간의 삶이란 극히 짧고 가볍다. 그러나 제퍼스는 그 대조가 인간의 삶을 값없는 것이 되게 하기보다는 더 귀한 것이 되게 한다고 생각한다. 그는 다른 시에서 조밀한 인간 문명이 소멸한 자연에서 인간이 "넓이의 위엄, 희귀함의 가치(The dignity of room, the value of rareness)"[20]를 얻는다고 말하고 있지만, 바위의 지질학적 연륜도 인간을 고귀하게 한다고 생각하는 것이다.

같은 발상은 서부의 시인 케네스 렉스로스(Kenneth Rexroth)의 시에서도 볼 수 있다. 그는 「또다시 라이엘의 가설(Lyell's Hypothesis Again)」에서 자연 속의 인간을 그린다.

> 따뜻한 사월의 공기 속에 옷을 벗고
> 우리는 벼랑의 바람 피한 양지,
> 붉은 삼나무 아래 눕는다.
> 내 위로 몸 굽혀 앉는 너의
> 옆구리에 물린 자국인 듯 붉은 표적,
> 삼나무 방울이 살 속으로 눌려 간 자국을 본다.

And living rock. Nothing strange ...... I cannot
Tell you how strange: the silent passion, the deep nobility and childlike loveliness: this fate going on
Outside our fates. It is here in the mountain like a grave smiling child. I shall die, and my boys
Will live and die, our world will go on through its rapid agonies of change and discovery; this age will die,
And wolves have howled in the snow around a new Bethlehem: this rock will be here, grave, earnest, not passive: the energies
That are its atoms will still be bearing the whole mountain above: and I, many packed centuries ago,
Felt its intense reality with love and wonder, this lonely rock.

20 "November Surf".

우리 머리 위의 절벽의 갈탄에도
같은 자국이 있다. 빙하기 이전의
세코이야 랑스도르피, 그 이후의
셈페르비렌스. 흘러간 세월이야 다르지만,
그 사이에 별로 다를 것은 없다.

이 봄꽃들의 향그러운
썩어 가는 악취 속에, 몸 씻고,
물가에 밀려온 잡동사니와 함께,
벌거벗고 서늘하게 함께,
이 나무 밑에서 한순간
우리는 원한을 벗어 버린다.
사랑과 잃은 사랑과 배반의 사랑의
원한을. 그럴 수도 있었을 일과,
그럴 수 있는 일은 지금 있는 일과 더불어
떨어져 나가고, 그것은 사람의 살과 돌의
영원한 탄화수소에 찍히는
이러한 상형 문자를 남길 뿐이다.[21]

---

21 Naked in the warm April air,
 We lie under the redwoods,
 In the sunny lee of a cliff.
 As you kneel above me I see
 Tiny red marks on your flanks
 Like bites, where the redwood cones
 Have pressed into your flesh.
 You can find just the same marks
 In the lignite in the cliff
 Over our heads. Sequoia

렉스로스에게 삶은 애매한 의미를 가지고 있는 것이다. 그것은 괴로움과 아름다움, 무상함과 영원, 부패와 청결을 섞어 가지고 있다. 위의 인용 부분에서 삼나무 방울이 벌레 문 자국처럼 살갗에 자국을 남긴다는 것은, 앞에서 말한, "불타는 네서스의 적삼 속에서 육체를 묶어 놓는/ 인정과 고뇌의/ 그물(The tissue/ Of sympathy and agony/ That binds the flesh in its Nessus' shirt)"이나 "멸망해 버린, 멸망해 가는 세계의/ 거대한 비개인적인/ 원한 (the vast/ Impersonal vindictiveness/ Of the ruined and ruining world)"의 또 하나의 표현으로 보인다. 그러나 그는 오랜 지질학적 세월 속에 존재했던 생명 현상이 그러했듯이 그와 그의 연인의 생명의 동작이 바위 속에 흡수될 것이라는 데에서 위안을 얻는다. 자연이 사람에 작용하고 사람이 작용하여 이루는 자연의 과정은 어떤 신비로운 '상형 문자'로서 보인다. 거대한 우주적 관점에서 그는 거기에서, 그의 시집의 이름을 빌려, '사물들의 명자 (銘字)(the Signature of All Things)'를 보는 것이다.

Langsdorfii before the ice,
And sempervirens afterwards,
There is little difference,
Except for all those years.

Here in the sweet, moribund
Fetor of spring flowers, washed,
Flotsam and jetsam together,
Cool and naked together,
Under this tree for a moment,
We have escaped the bitterness
Of love, and love lost, and love
Betrayed. And what might have been,
And what might be, fall equally
Away with what is, and leave
Only these ideograms
Printed on the immortal
Hydrocarbons of flesh and stone.

렉스로스의 범신론보다는 조금 더 일상적 차원에서, 게리 스나이더 (Gary Snyder)도 자연의 비인간성에서 위안을 얻는다. 그리고 이것은 종종 광물적 자연의 묘사로서 표현된다.「파이우티 계곡(Piute Creek)」과 같은 시는 전형적이다.

하나의 화강암 산마루
나무 한 그루면 족하다.
또는 바위 하나, 작은 시내,
연못에 뜬 나무껍질 하나.
산 너머 산, 접히고 비틀린
탄탄한 나무들이 가는 돌 틈에
비집고 서고, 그 뒤로
커다란 달 ── 이것은 너무하다.
마음이 비틀거린다. 백만 번의
여름, 밤바람 자고, 바위는
따스하다. 끝없는 산들 위로 하늘,
사람으로 인연하는 허접쓰레기
모두 떨어져 나가고, 단단한 바위 비틀거린다.
무겁기만 한 현재조차도
이 거품의 심장을 비끄러 나가는 듯
말들이며 책이며 모두,
높은 바위턱에서 내리다
마른 공기 속에 말라 버린 시내와 같다.
맑게 집중하는 마음은
보는 것이 참으로 보이는 것이라는 외

다른 아무런 의미가 없다.

바위를 사랑하는 사람은 없다.

그러나 여기는 우리가 있는 곳.

밤기운이 차다. 달빛 속에 번쩍하는 것이

노간주 나무의 그늘로 든다.

거기에서 보이지 않게

쿠거나 코요테의 냉엄한 눈이,

일어나 가는 나를 본다.[22]

---

22 One granite ridge

A tree, would be enough

Or even a rock, a small creek,

A bark shred in a pool.

Hill beyond hill, folded and twisted

Tough trees crammed

In thin stone fractures

A huge moon on it all, is too much.

The mind wanders. A million

Summers, night air still and the rocks

Warm.   Sky over endless mountains.

All the junk that goes with being human

Drops away, hard rock wavers

Even the heavy present seems to fail

This bubble of a heart.

Words and books

Like a small creek off a high ledge

Gone in the dry air.

A clear, attentive mind

Has no meaning but that

Which sees is truly seen.

No one loves rock, yet we are here.

Night chills. A flick

In the moonlight

Slips into Juniper shadow:

Back there unseen

5

이러한 바위에 대한 또는 자연에 대한 시적 체험에 낭만적 심미주의 또는 장엄미에 대한 취미가 들어 있는 것은 사실이지만, 다시 한 번 우리는 현대 미국 시의 자연관이 반드시 낭만적인 것만은 아니라는 데 주목할 필요가 있다. 여기에 보이는 자연은 보여지는 것이라기보다는 그곳에서 생활하고 노동의 대상이 되는 자연이다. 이것은 중심적 상징으로서의 바위에 이미 들어 있다고 말할 수도 있다. 가스통 바슐라르는 바위를 포함한 대지의 이미지가 한편으로는 단단함과 저항 그리고 다른 한편으로는 의지와 노동에 이어짐을 지적한 바 있다. 단단한 물질을 상상하는 것은 그것에 대한 인간의 작용을 상정함으로써만 가능하다. 바슐라르의 말과 같이, "노동은 그것을 작동하게 하는 물질적 이미지를 통하여 그 노력에 맞서는 물질 자체를 만들어 낸다. 작업인(homo faber)은 그 물질에 대한 작업에서 기하학적 조립의 사고에 만족하지 않는다. 그는 기초적 물질의 내밀한 단단함을 향수한다. 그는 그가 굽게 하는 모든 물질의 가소성(可塑性)을 즐긴다."[23] 다만 20세기의 미국 시인들은 단단하기만 하고 가소성이 없는 것이 자연이라고 느꼈다고 할 수 있으나, 그들의 단단함의 이미지 또는 바위의 이미지가 대체로 비슷한 저항과 노동의 연상 회로 속에 있는 것은 틀림이 없는 것으로 생각된다. 이것은 이들 미국 시인들의 개인적 이력에 의해서도 뒷받침되는 일이다.

제퍼스나 렉스로스, 스나이더 또는 자연에 대하여 비슷한 양의적 태도

Cold proud eyes
Of Cougar or Coyote
Watch me rise and go.

23 Gaston Bachelard, *La Terre et les rêveries de la volonté*(Paris: Librairie José Corti, 1948), pp. 31~32.

를 가지고 있다고 말할 수 있는 또 하나의 중요한 시인 로버트 프로스트 등은 전적으로 농사만을 한 사람은 아니면서 한때는 농사에 관계하거나 적어도 자연 속에 살면서 그곳에서 생활 수단을 찾고자 했던 사람이다. 그들의 자연 속의 생활인으로서의 삶이 그들의 자연에 대한 눈을 독특한 것이되게 한 것은 당연한 일이다. 노동 또는 생활과 자연의 관계는 그들의 시에있어서의 대체적인 배경을 이룬다고 할 수 있거니와, 노동과 자연의 미학은 제퍼스의 「안개 속의 배(Boats in a Fog)」와 같은 시에 가장 잘 요약되어표현되어 있다.

> 스포츠, 예절, 무대, 예술, 춤추는 사람의 묘기,
>
> 음악의 넘치는 목소리는
>
> 어린아이에게는 매력이 있지만, 고귀함을 결한다.
>
> 아름다움을 만드는 것은 아픈 진지함이다. 어른이 되어
>
> 마음은 안다.
>
> 홀연히 흐르는 안개 바다의 소리를 감싼다.
>
> 그 안에 고동하는 기관의 소리,
>
> 이윽고, 돌을 던지면 맞을 거리, 바위와 안개 사이로,
>
> 하나씩 하나씩 신비에서 나오는 그림자,
>
> 고깃배들, 벼랑을 지침 삼아,
>
> 줄을 이어, 바다 안개의 위험과
>
> 해변의 화강암에 깨어지는 백파(白波) 사이,
>
> 위태로운 길을 따라가는 배들.
>
> 하나씩 하나씩, 향도선(嚮導船)을 좇아 여섯 척의 배가 내 곁을 지난다.
>
> 안개에서 나와 다시 안개 속으로,
>
> 기관의 고동이 안개에 감싸인 채, 참을성 있게, 조심스러이,

반도의 가장자리를 돌아

몬테레이 항의 부표들이 있는 곳으로 펠리칸의 비상도

보기에 더 아름다울 수는 없다.

유성(遊星)들의 비상도 더 고귀할 수 없다. 모든 예술은

이 본질적 현실,

똑같이 진지한 자연의 요소들 사이에

그들의 일에 종사하는 피조물들의

본질적 현실 앞에서 힘을 잃는다.[24]

자연 속에 있어서의 인간의 일을 제퍼스의 이 시보다 더 아름답게 묘

---

24 Sports and gallantries, the stage, the arts, the antics of dancers,
   The exuberant voices of music,
   Have charm for children but lack nobility; it is bitter earnestness
   That makes beauty; the mind
   Knows, grown adult.
   A sudden fog-drift muffled the ocean,
   A throbbing of engines moved in it,
   At length, a stone's throw out, between the rocks and the vapor,
   One by one moved shadows
   Out of the mystery, shadows, fishing-boats, trailing each other
   Following the cliff for guidance,
   Holding a difficult path between the peril of the sea-fog
   And the foam on the shore granite.
   One by one, trailing their leader, six crept by me,
   Out of the vapor and into it,
   The throb of their engines subdued by the fog, patient and cautious,
   Coasting all round the peninsula
   Back to the buoys in Monterey harbor. A flight of pelicans
   Is nothing lovelier to look at;
   The flight of the planets is nothing nobler; all the arts lose virtue
   Against the essential reality
   Of creatures going about their business among the equally
   Earnest elements of nature.

사하기도 어렵겠으나, 어떻게 보면 이 시의 문제점은 그것이 너무 아름답다는 데 있다고 할 수도 있다. 그것은 장엄미의 과장에 가깝다. 또 그렇다는 것은 그것이 심미적 관조의 태도에 지나치게 깊이 잠겨 있다는 말이기도 하다. 현대 미국 시에서 더 일상적인 차원에서의 자연과 인간의 관계를 철저히 의식하고 있는 것은 로버트 프로스트이다. 그의 관점에서 이 관계는 장엄미를 허용하기에는 너무 삭막한 것으로 보인다. 그런 만큼 그는 조금 더 자연주의의 태도에 가까우면서도 일상적 생활의 느낌을 떠나지 않는다.

「구도(Design)」, 「밤에 익숙해짐(Acquainted with Night)」, 또는 「삭막한 땅(Desert Places)」 등에서 자연은 비인간적이고 냉혹한 장소로서 표현된다. 다른 시들에서는, 자연은 인간의 노력을 무화하고 어려운 노동의 되풀이가 되게 하는 살림의 터로서 생각된다. 「큰비 나리는 때(In Time of Cloudburst)」에서 그가 말하고 있는 것처럼, 자연은 인간에게 비의 혜택을 주면서 가꾸어 놓은 땅의 표토를 바다로 들어가게 하고 급기야는 상전(桑田)이 벽해(碧海)가 되게 할 수가 있는 것이다. 여기에 대하여, 인간의 할 일은 끊임없는 되풀이의 노동에, 또 그러한 노동을 요구하는 인간 조건에 지치지 않도록 하는 것이다. 이 시의 말미에서, 시인은 바란다.

그처럼 끝없는 되풀이에
비슷한 나의 애씀이 나를
지치게 하고 심통 나게 하고
인간 조건에 분격하지 않게 하도록

May my application so close
To the endless repetition

Never make me tired and morose

And resentful of man's condition.

자연의 인간에 대한 적의는 프로스트의 기본적인 주제이다. 「마지막 풀베기(The Last Mowing)」에서, 목초지는 사람이 풀베기를 그치는 순간 야생의 상태로 돌아가 버린다. 「시골 일을 잘 알 필요가 있다(The Need of Being Versed in Country Things)」는 불타 버린 집에 다시 돌아오는 자연의 자연스러움을 말한다. 그의 시에서는 자연의 인간에 대한 적의나 승리를 주제로 삼지 않는 경우에도, 인간의 힘으로 어찌할 수 없는 자연은, 편재하는 생존의 조건으로 그의 모든 지각에 삼투되어 있다. 「나뭇더미(The Wood-Pile)」에서 사람이 만들어 놓은 나뭇더미는 아무런 이정표도, 지침도 없는 자연 속에서 퇴화하는 인간의 노력을 나타낸다. 「담을 고치며(Mending Wall)」의 처음에 나오는 구절,

무엇인가 담을 좋아하지 않는 것이 있어,
담 아래의 언 땅을 부풀게 하여
볕이 날 때, 위쪽의 돌을 구르게 하고,
두 사람쯤 나란히 빠져 갈 틈을 낸다.

Something there is that doesn't love a wall,
That sends the frozen-ground-swell under it
And spills the upper boulders in the sun,
And makes gaps even two can pass abreast.

── 이러한 구절의 밑에 들어 있는 프로스트의 생각은 인간의 시지프스적

노력을 헛되게 하는 적대적인 자연에 대한 지각이다. 자연은 이러한 사람의 물리적 환경으로서만 인간에게 적대적인 것이 아니다. 그가 그리는 보스턴 북쪽의 사람들의 정신 상태도 자연조건에 의하여 극히 좁게 제한된다. 「담을 고치며」에서도 그러한 문제에 대한 언급을 보지만, 외로움과 정신적 빈곤은 농사하며 사는 인간의 특징이다. 마르크스가 말한 "농촌적 바보스러움"을 아마 가장 잘 묘사한 것이 프로스트일 것이다. 이 바보스러움에 대한 느낌도 그의 시에 편재하는 것이지만, 「문틀에 선 인물(The Figure in the Doorway)」과 같은 시는 간결한 필치로써 이것을 가장 잘 요약하고 있는 예로서 들어질 수 있을 것이다.

가풀막을 오른 다음 우리는
편편한 고산 지대를 갔다. 보이느니
더부룩한 참나무뿐, 참나무는
흙이 적어 두께를 얻지 못하고,
이 단조로움 속을 달려 우리는
사람 하나 살고 있는 곳에 이르렀다.
그의 껑충하게 큰 모습이 오두막 문에 찼다.
그가 집안 쪽으로 넘어져 마루에 누우면,
그의 몸은 저편 벽에 닿을 것이었다.
지나치는 우리가 넘어지는 것을 볼 것은 아니지만,
모든 곳에서 몇 십 리 떨어져 산다는 것.
그것을 그가 견딜 수 있음이 분명했다.
그는 흔들림 없이 서 있었다. 시무룩하고
껑충함은 부족함이 있는 때문만은 아니었다.
불을 때고 밝힘에는 참나무가 있었고,

닭이 한 마리, 눈앞에 오가는 돼지 한 마리.

우물이 있고, 빗물을 받을 수 있고,

열 자에 스무 자의 남새밭이 있었다.

또 일상적 흥밋거리가 없음도 아니었다.

그것은 우리가 타고 지나는 기차였을 것이다.

그는 식당차에서 밥 먹는 우리를 보고,

생각이 내키면 인사로 손을 들어 보일 수도 있을 것이다.[25]

인간의 생존이라는 관점에서 파악되는 자연은 불가피하게 사실적으로 보여지는 것이라고 하겠지만 프로스트의 "시무룩한 껑충한" 자연관은 동

---

25 The grade surmounted we were speeding high
Through level mountains nothing to the eye
But scrub oak, scrub oak and the lack of earth
That kept the oak from getting any girth.
But as through the monotony we ran,
We came to where there was a living man.
His great gaunt figure filled his cabin door,
And had he fallen inward on the floor,
He must have measured to the further wall.
But we who passed were not to see him fall.
The miles and miles he lived from anywhere
Were evidently something he could bear.
He stood unshaken; and if grim and gaunt,
It was not necessarily from want.
He had the oaks for heating and for light.
He had a hen, he had a pig, in sight.
He had a well, he had the rain to catch.
He had a ten-by-twenty garden patch.
Nor did he lack for common entertainment.
That I assume was what our passing train meant.
He could look at us in our diner eating,
And if so moved, uncurl a hand in greeting.

시에 조금 더 미적인 관점에 접근해 가는 것이 보통이다. 위에 든 시들에서도 자연은 적대적인 힘으로 파악되지만, 그것이 원한이나 분격의 이유가 되는 것은 아니다. 그것은 건강한 사실주의와 근본적 낙관주의를 통하여 그것 나름의 균형을 얻으며, 전체적으로 그의 사실주의는 자연의 아름다움에 대한 찬탄──장엄미에 비슷한 고양한 감정으로 바뀌는 것이다. 다만 이 고양된 관점이, 다른 보다 낭만적인 시인들──제퍼스나 렉스로스까지 포함한 낭만적 시인에서처럼 신비주의적 색채를 띠는 경우가 드물 뿐이다. 자연의 정신적인 의미에 대한 명상은 기껏해야 「둘이 둘을 보다(Two Look at Two)」나 「주어진 것의 최선(The Most of It)」 정도에 표현된 것이 프로스트의 철저한 사실주의가 허용하는 한도일 것이다.

가령 「주어진 것의 최선」에서, 프로스트는 인간의 우주적인 고립과 이것을 극복하고자 하는 인간의 욕구에 언급하면서, 여기에 대한 만족할 만한 답변이 없는 것은 사실이지만, 그렇다고 우주가 전혀 삭막한 것만은 아니라고 말한다. 우주는 그 나름으로 인간의 정신적 욕구에 대한 간접적인 답변을 가지고 있는 것이다. 이 답변의 상징으로 프로스트는 사슴을 등장시키고 있다. 외로운 자연에서, 인간의 사랑의 외침에 답하여 나타난 것이 사슴이라고 할 수 있겠는데, 프로스트는 사슴을 이렇게 묘사한다.

> 그리고 그의 외침에 답하여 아무것도 없었다.
> 벼락의 자갈 사면의 저켠에 무너지는 소리 나고
> 먼 물속에 첨벙이며 출현한 것, 그것 이외에는.
> 허나 헤엄쳐 올 시간을 기다려
> 가까이 온 모습을 보았을 때, 그것은,
> 사람의 모습, 그에 더하는 다른 어떤 사람이 아니라──
> 힘차게 나타난 것은 우람한 사슴이었다.

구겨진 수면을 앞으로 밀어내며,

사슴은 폭포로 쏟아지는 물 흘리며 기슭에 올라

각질의 발걸음으로 바위틈을 딛고,

잡목을 밀쳤다. 그것뿐이었다.[26]

　우람한 사슴의 힘차면서도 질박한 모습 ── 이것으로 자연을 상징하면서, 프로스트는 억제된 한도 속에서 그것의 아름다움, 그 장엄함의 가능성을 허용하고 있는 것이다.

6

　그 세부적인 뉘앙스와 의미는 여러 가지로 다를 수 있지만, 위에서 이미 비친 바와 같이, 현대 미국 시의 자연관의 핵심을 이루는 것은 사실주의적 태도이다. 그것은 자연주의적 이해로부터 시작하지만, 그것의 형이상학적인 비관주의를 넘어, 조금 더 조용하게, 있는 대로의 물리적 사실로서

---

26 And nothing ever came of what he cried
　Unless it was the embodiment that crashed
　In the cliff's talus on the other side,
　And then in the far distant water splashed,
　But after a time allowed for it to swim,
　Instead of proving human when it neared
　And someone else additional to him,
　As a great buck it powerfully appeared,
　Pushing the crumpled water up ahead,
　And landed pouring like a waterfall,
　And stumbled through the rocks with horny tread,
　And forced the underbrush ── and that was all.

자연을 받아들이려고 한다. 그러면서 그것은 조금 더 개방적인 수용적 태도에로 또는 궁극적으로 지질학적인 신비주의로 나아간다. 이러한 자연관은 다른 종류의 자연관 — 낭만적이거나, 장엄미의 관점이거나 비관적 자연주의의 관점의, 자연관에 비하여 더 성숙한 것이라고 말할 수 있다. 그것은 어느 것보다도 과학적 태도에 가까운 것이고, 또 그것에 대하여 어떤 감정적 예비 판단을 내리는 것보다는 있는 그대로를 수용하고자 하는 것이기 때문이다. 그러나 대체적으로 말하여, 이러한 태도도, 있을 수 있는 여러 대안 중의 하나에 불과하며, 어떤 철학적 입장에 따르는 선택에 불과하다고 말해야 할 것이다.

인류학자 스탠리 다이아몬드(Stanley Diamond)는 『원시를 찾아서(*In Search of the Primitive*)』에서, 서구 문명의 원시에 대한 관심은 서양 문명에 대한 비판의 거점을 마련하기 위한 방법의 하나라고 말한 바 있다. 물론 그렇다고 그것이 가공적이며 하등의 객관성도 가지고 있지 않다는 말은 아니다. 그러나 그것이 하나의 '구성물(construct)'이며, 그 구성물이 그것을 만들어 낸 사람들과 시대에 대하여 중요한 정치적 의미를 갖는 것임은 틀림이 없다. '원시'에 비슷한 '자연'에 대한 관심도 이와 같은 관점에서 평가될 수 있을 것이다.[27] 낭만주의자의 자연 선호는 인간의 원초적인 자연 친화를 나타내면서 동시에 당대의 사회에 대한 반대 명제를 제시한다. 그런가 하면 자연주의자의 진화론적 자연관은 치열한 생존 경쟁에 의하여 특징지어지는 자본주의의 사회상을 반영한다. 이렇게 말하는 것은 물론 극단적인 단순화이나 이러한 반대 또는 반영의 관계가 낭만주의나 자연주의의 자연관의 한 진실을 이루는 것임은 재론할 여지가 없다.

---

27 Cf. Stanley Diamond, *In Search of the Primitive*(New York, N. J.: Transaction Books, 1974), pp. 203~228.

그런데 이러한 자연관이 어떤 의미에서든지 사회에 대하여 하나의 그림자로서, 하나의 부정성(negativity)으로 존재한다고 한다면, 미국 문학에 보이는 자연관은 그러한 부정성이면서 동시에 그 나름의 독자적인 현실성을 갖는 적극적 원리이다. 그것은 그것 나름의 하나의 세계관이며 삶의 방식을 형성하는 것으로 보인다. 이것은 미국에 있어서의 자연의 우위에 따르는 이해할 만한 결과이다. 미국에서 자연관은 단순히 낭만적인 향수의 표현이 아니라 현실적 삶의 표현인 것이다. 이것은 초기 개척자들의 경우에 당연히 그랬을 것으로 생각되지만, 20세기의 시인들에게서도 대체로 그렇다고 할 수 있다. 그리고 20세기 후반에 와서, 이러한 현실주의적 자연관은 적극적인 대체 이데올로기, 대체 사회에 대한 비전으로서 의식적으로 확대되는 것으로 보인다. 로빈슨 제퍼스나 프로스트 또는 렉스로스가 자연을 말할 때, 그것은(가령 홉킨스(Gerard Hopkins)나 하디의 경우와는 달리) 그것 나름의 독자적인 삶의 체계를 이루고 있는 자연이다. 그것은 그 속에서 생활될 수 있는 공간이며, 삶의 방법이다. 이것은 조금 더 젊은 세대의 시인들에게서는 더욱 적극적으로 주창되는 정치와 문명의 프로그램이 된다.

이러한 관점을 가장 잘 대표하고 있는 것이 게리 스나이더라고 할 수 있다. 그는 시를 쓰면서 계속적으로 정치적 발언을 해 왔는데, 이 발언에서 우리는 그의 시의 관심의 사회적 함축을 짐작해 볼 수 있다. 그것은 오늘의 과학 기술 문명과 사회 조직의 파괴성, 비인간성, 반생명성, 반자연성에 집중되어 있다. 이에 대하여, 그가 이상적으로 생각하는 것은 자연환경 속에 적응하는 종족 사회(tribal society)이다. "오늘의 문명의 잘못은, 자연이 참스러운 것이 아니며, 사람처럼 살아 있는 것이 아니라는, 또는 사람만큼 현명한 것이 아니며, 어떤 의미로는 죽어 있는 것이라는, 또 동물은 지능이나 감정에 있어서 너무 낮은 차원에 있어서 우리는 그것에 마음을 쓸 필요가 없는 것이라는 잘못된 생각에 있다." 기술 문명을 계승하여 새로 탄생할 문명은 "자연의 힘과의 교감의 통로를 열고 유지하려고 한 원시적 세계관"을 되찾아야 한다.[28]

더욱 구체적으로 새로운 문명은 실제 자연 경제 속에 뿌리를 내린 공동체들의 확산으로 이룩될 수 있다. "어떤 종류의 공동체들이 후진적 농촌 지역에 세워지고 번창할 수 있을 것이다. ……종내에는 도시는 종족의 축제적 회합이라는 형식으로만 존재하면서 몇 주일 후면 해체되는 것이 될 것이다.……"[29] 어떻게 보면 그의 시는 이러한 정치적·문명사적 관심의 한 부분에 불과하다. 그에게 시는 원시 사회나 마찬가지로 "원시적"이다. 그것은 "노래하는 사람에게 고유하면서 깊은 차원에서는 모든 사람에게 공통된 희귀하고 강력한 심리 상태"[30]를 나타낸다. 이것은 원시 사회에서는 평상적인 심리 상태였다고 스나이더는 생각한다. 그리고 그는 원시 사회의 조건을 비교적 구체적으로 나열한다. 거기에서는,

사람들은 연장을 별로 가지고 있지 않고, 역사에 무관심하며, 쌓여 있는 서적보다는 살아 있는 구전 전통을 가지며, 지배적인 사회 목표를 가지지 아니하며, 성적 생활과 내면생활의 자유가 있어서, 사람들은 압도적으로 현재에 살았다. 그들의 일상생활은 친구와 가족의 옷감이며, 사람의 육체가 이루는 감정과 에너지의 장이며 그들이 발 딛고 있는 땅이며 지구를 감싸는 바람이며, 의식의 다양한 구역이다.[31]

---

28 Gary Snyder, "The Wilderness", *Turtle Island*(New York: New Directions, 1974), p. 107.

29 "Four Changes", *Turtle Island*, p. 101.

30 Gary Snyder, "Poetry & the Primitive", *Earth House Hold*(New York: New Directions, 1969), p. 117.

31 Ibid., p. 117.

스나이더에게는 시란 이러한 원시 공동체의 구체성과 정신성에 가까이 가려는 시도인 것이다.

　시인으로서 나는 지상의 가장 고대적인 가치를 견지한다. 그것은 후기 구석기 시대까지 소급한다. 땅의 비옥함, 동물의 마술, 고독 속에 갖는 힘의 비전, 무서운 입문 의식과 재생, 춤의 사랑과 입신의 경지, 종족의 공동 노동, 나는 역사와 야생의 자연을 하나로 마음속에 지니고자 한다. 그리하여 시가 사물의 진정한 척도에 맞갖고 우리 시대의 불균형과 무지에 맞설 수 있도록.[32]

　스나이더의 시에 있어서의 자연에 대한 느낌의 여러 관련은, 이미 비춘 바와 같이, 분명하게 표현된 것이거니와, 비슷한 느낌은 반드시 성명서조로 선언된 것이 아니더라도 많은 젊은 시인 —— 특히 서부의 젊은 시인들에게 있어서 암암리에 전제되어 있는 것이 아닌가 한다. 가령 로버트 블라이 (Robert Bly)가 시에라 클럽(Sierra Club)을 위하여 편집한 사화집, 『우주 소식(*News of the Universe*)』[33]에 실려 있는 젊은 시인들의 시들은 그 예로서 들어질 수 있다.(블라이의 이름이나 시에라 클럽의 역사가 모두 야생의 자연에 관계되어 있는 것이므로, 그 사람의 편집에 그 기관에서 내는 책은 저절로 자연 주제의 시를 많이 수록할 것으로 말할 수 있지만, 이러한 사화집이 나온다는 것 자체가 하나의 증후라고 해야 할 것이다.) 우리에게는 아직 생소한 그리고 대체적으로 그 시적 발전의 결과의 방향을 알 수 없는 시인들에서도 우리는, 위에서 말한 여러 특징들, 자연의 지질학적 신비에 대한 경외감, 노동에 대한 특이한 감수성, 현대 문명에 대한 비판적 의식, 그것을 대체할 수 있는 삶의 방식에 대한

---

32 Quoted in Richard Ellmann and Robert O'Claire eds., *The Norton Anthology of Modern Poetry*(New York: W. W. Norton, 1973), p. 1261.

33 News of the Universe, ed. by Robert Bly(San Francisco: Sierra Club Books, 1980).

모색 등을 발견할 수 있다.

바위는 여전히 중심적 상징의 하나이다. 프레드 베리(Fred Berry)는 「탄화규토암(炭化珪土岩, Silica Carbonate Rock)」을 다음과 같이 묘사했다.

> 뜨거운 물로 하여
>
> 그 뱀 같은 물질로부터 변한
>
> 희고 단단한 암석. 어떻겐지는 모르지만,
>
> 전생으로부터 변용되어 누가 알랴,
>
> 인디언이 깎아서 담뱃대를 만들고 손에 비벼
>
> 귀신을 달래는 데 쓴
>
> 광택 나는 녹색 물질로부터
>
> 유래해 내려오는 것임을.[34]

이 시인에게 광물의 지질학적 역사의 길이는 그대로 하나의 경이와 안도의 원천이 된다.

메리 올리버(Mary Oliver)는 「숲속에 잠자다(Sleeping in the Forest)」라는 시에서 지구의 물리적 자연을 조금 더 적극적으로 모성적 위안의 근거로 그린다.

---

34 White hard rock
   altered from that serpentine body
   by hot waters, no one knows just how,
   metamorphosed from your earlier life
   who would guess you're descended from that
   green lustrous material
   the Indians carved for pipes or rubbed in their hands
   to gladden spirits.

나는 지구가 나를

안다고 생각했다.

그녀는 나를 부드러이 받아들이고

그녀의 검은 치마와 이끼와 씨앗

가득한 주머니를 펼쳐 놓았다.

나는 그렇게 잘 잔 일이 없었다.

강바닥의 돌멩이, 나와

별들의 흰 불 사이에 아무것도 없이……[35]

찰스 시믹(Charles Simic)은 작은 돌의 내면에서 위안을 찾는다.

돌 속으로 가라.

그것이 나의 길이다.

비둘기가 된다거나

호랑이의 이빨로 이를 가는 것,

그것은 다른 사람의 일,

나는 돌이 되어 행복하다.[36]

---

35 I thought the earth
remembered me, she
took me back to tenderly, arranging
her dark skirts, her pockets
full of lichens and seeds. I slept
as never before, a stone
  on the riverbed, nothing
between me and the white fire of the stars……

36 Stone

Go inside a stone

자연에 대한 친숙함은 자연 속에서의 노동에 대한 편안한 태도에서 더욱 일상적으로 표현된다. 젊은 시인들에게 농촌 노동은 매우 자연스러운 것이다. 로버트 선드(Robert Sund)의 시「포아풀 37번(Bunch Grass 37)」은 매우 사실적인 어조로 밀 농사 이야기를 하면서, 밀 운반 기차의 상자를 손질하는 목수에 대해 언급한다. 이 목수는 목수이면서 성경, 루퍼스 존스(Rufus Jones), 에크하르트,『무지의 구름(The Cloud of Unknowing)』과 같은 신비서를 읽고 있는 사람이다. 그는 영적 비전과 노동을 아울러 가진 사람으로 이야기되거니와, 이러한 노동과 정신의 결합을 필자도 자신의 인생 태도로서 받아들이고 있는 것에 틀림이 없다. 마이클 데니스 브라운(Michael Dennis Browne)은 농촌의 일상적 사건을 더욱 직설적이고 사실적인 방법으로 기술한다.

> 양 새끼가 태어나는 것을 보았다.
> 양몰이가 쫓아가 큰 암양을 잡고,
> 모로 눕게 하였다.
> 양몰이가 병에서 무슨 약을 내어 손에 바르는 것을 보았다.
> 그가 몸을 굽혀 손을 안으로 밀어 넣었다.
> 어미 양이 두 번 소리 지르는 것을 들었다.
> 두 날카로운 소리. 높이 우는 소리.
> 그가 늘어진 흰 주머니를 꺼내는 것을 보았다.
> 그가 그것을 땅에 놓은 것을 보았다.

That would be my way.
Let somebody else become a dove
Or gnash with a tiger's tooth.
I am happy to be a stone.

그가 꿇고 앉아 이로 끈을 끊는 것을 보았다.

그가 주머니를 치는 것을 보았다.

그것이 움직이지 않는 것을 보았다.

......37

이러한 평면적 기술은 미시적인 것이지만, D. H. 로런스의 동물시에서
처럼(그러나 로런스의 생명주의의 수다스러움이 없이) 생명의 직접적 사실성을
전달한다. 농촌의 일상은 이와 같이 사실적이면서도 그 나름의 냉혹한 깊
이를 가지고 있다고 시인은 말하고 있는 것처럼 보인다. 이러한 소박한 사
실성의 시는 이들 시인에게 농촌의 생활, 농촌에 있어서의 노동과 정신의
결합이 이제는 어떤 태도 짓기나 결의가 필요 없는 자연스러운 일이 되었
다는 느낌을 준다. 그러나 여전히 도시의 기술 문명은 오늘의 시대의 주류
를 이룬다. 그리하여 자연은 도시와 현대에 대한 비판으로 작용한다. 블라
이의 사화집에 그러한 시는 허다하다. 루이스 젱킨스(Louis Jenkins)의 「도
서관(Library)」은 자연과 현대 문명을 재미있게 대조시킨다.

---

37 Lamb

Saw a lamb being born.
Saw the shepherd chase and grab a big ewe
and dump her on her side.
Saw him rub some stuff from a bottle on his hands.
Saw him bend and reach in.
Heard two cries from the ewe.
Two sharp quick cries. Like high grunts.
Saw him pull out a slack white package.
Saw him lay it out on the ground.
Saw him kneel and take his teeth to the cord.
Saw him slap the package around.
Saw it not move.

나는 책상에 앉아 시집을 열고 천천히 키 큰 나무 그늘로 들어간다. 아마 흰 소나무이리라. 땅 위에는 갈색의 부드러운 솔잎이 깔리고 동물들이 여기에 왔다가 내 눈에 뜨이기 전에 사라진 듯한 흔적이 있다. 그러나 오솔길은 삼나무 늪에 닿는다. 젖은 땅, 쓰러진 나무, 썩는 갈잎. 나는 조심스럽게, 급하게, 기분 좋게 움직여 간다.

도서관에 다른 독자가 온다. 그는 시집이 아니라 『고소득 직업을 얻는 방법』, 『앞으로 나아가기』와 같은 책을 읽는다. 그로 인하여 자연 속을 서서히 걸어가는 독서법은 불가능해진다. 모든 것은 허겁지겁 급하게 움직인다. 그것이 현대의 삶이다.

우리는 이제 빠르게 앞으로 나아간다. 두 번째 자란 우엉과 자작나무 사이로 간다. 덤불로 하여 얼굴이 할퀴고 옷이 찢긴다. 이제 우리는 더 빨리 나아가며, 오솔길을 확인하는데, 그 뒤로 불도저와 전기톱을 든 노무자들과 제지 회사 대표들이 따라온다.[38]

---

38 I sit down at a table and open a book of poems and move slowly into the shadows of tall trees. They are white pines I think. The ground is covered with soft brown needles and there are signs that animals have come here silently and vanished before I could catch sight of them. But here the trail edges into a cedar swamp; wet ground, deadfall and rotting leaves. I move carefully but rapidly, pleased with myself.

Someone else comes and sits down at the table, a serious looking young man with a large stack of books. He takes a book from the top of the stack and opens it. The book is called *How to Get a High Paying Job*. He flips through it and lays it down and picks up another and pages through it quickly. It is titled *Moving Ahead*.

We are moving ahead very rapidly now, through a second growth of popple and birch, our faces scratched and our clothes torn by the underbrush. We are moving even faster now, followed closely by bulldozers and crews with chain saws and representatives of the paper company.

「텔레비전 속의 폭력(Violence on Television)」이라는 시에서는 젱킨스는 자연과 현대 문명의 대조를 하나의 환상을 통하여 재치 있게 암시한다.

모든 방송국의 방송이 끝난 다음에 텔레비전을 켜고 눈 내리는 것만을 보는 것이 제일 좋다. 이것은 그대가 살고 싶었던 그대의 다른 인생이다. 어딘가 숲 속에, 주막이 있고, 주유소가 있는, 길이 조금 넓어진 듯한 것에 불과한 가장 가까운 읍에서마저 십 마일이 되는 곳. 집으로 차를 몰아갈 때면, 한밤중, 반쯤 취한 상태에서, 길은 위태롭다. 마누라는 집에 혼자 있는데 걱정이 되어 근심스럽게 눈을 바라본다. 이 눈은 쉼 없이 여러 날을 온 눈, 제설기로도 다 쳐낼 도리가 없다. 그래서 길을 살피며 천천히 차를 몬다. 저기! 보았지? 헤드라이트 빛의 가장자리에, 무언가, 큰 동물, 아니면 사람인가, 무엇이 길을 건넜다. 세워라. 그 자는 자작나무 사이에 있다. 흰 양복을 입은 키가 큰 사람. 아니다, 사람이 아니다. 무엇이 되었든지, 그것이 손짓한다. 사람의 손짓 같은 것을, 그리고 숲 속으로 물러간다. 그는 멈추어 서서 다시 손짓한다. 눈이 차 주변에 쌓인다. 오겠어?[39]

이 시에서 자연은 있는 그대로가 아니라 상상의 대상으로 제시되어 있다. 그것은 텔레비전으로 대표되는 소비문화에 대한 반대 이미지이다. 그

---

[39] It is best to turn on the set only after all the stations have gone off the air and just watch the snow fall. This is the other life you have been promising yourself. Somewhere back in the woods, ten miles from the nearest town and just a wide place in the road with a tavern and gas station. When you drive home, after midnight, half drunk, the roads are treacherous. And your wife is home alone, worried, looking anxiously out at the snow. This snow has been falling steadily for days, so steadily the snow plows can't keep up. So you drive slow, peering down the road. And there! Did you see it? Just at the edge of your headlight beams, something, a large animal, or a man, crossing the road. Stop. There he is among the birches, a tall man wearing a white suit. No it isn't a man. Whatever it is-it motions to you, an almost human gesture, then retreats farther into the woods. He stops and motions again. The snow is piling up all around the car. Are you coming?

러면서 그것은 위험스러운 것으로 생각된다. 그것은 이 시의 화자를 텔레비전과 자동차와 아내와 가정으로 이루어진 세계로부터 떼어 내어 원시의 세계로 유혹해 갈 수 있는 위험, 힘 또는 폭력을 가진 것이다.

사실 오늘의 사회에서, 이미 비친 바와 같이, 자연은 기존 사회에 대한 파괴적 비전으로 작용한다. 이 비전은 비전에 그치는 것이 아니고 자연 속의 삶으로서의 사실적 근거를 갖는 만큼 더 중요한 것이라고 말할 수 있다. 위에서 간단히 살펴본 젊은 시인들의 시는 그 사실성, 그 일상성과 아울러 그 정신적 발돋움에 있어서 게리 스나이더가 제시한 새로운 문명에 대한 주석들을 이룬다. 그러면서 그것은 스나이더의 비변의 열의를 가지고 있지 않는 대신 현실 생활에 있어서 보다 사실적인 의미를 갖는다고 할 수 있다.

이들 시인의 자연에 대한 느낌이 신비적인 것이든 사실적인 것이든 그것이 상당히 정치적인 연관을 가지고 있는 것은 틀림이 없다. 프랑스의 좌파 지식인 앙드레 고르츠(André Gorz)는 1970년대 중반에 미국을 여행한 바 있는데, 그때 그는 1960년대와 1970년대 말의 급진주의의 운동인 큰 파도가 지나간 다음에 미국에서 사회 개조의 대표적 에너지는 서부의 작은 규모의 공동체들에서 발견될 수 있다고 생각하였다. 서부의 새 공동체에서 일은 개인의 이니셔티브와 자유로운 개인 협동적 작업으로 해결된다. 이러한 공동체의 이점은 그것이 개인적으로나 사회적으로나 자율을 가능하게 하고 인간성의 유지와 발전을 허용한다는 데 있다. 이러한 것들은 주로 사회나 정치의 조직에 관계된 것이지만, 작은 공동체는 그 나름의 경제와 기술을 필요로 한다. 그것은 커다란 기술보다는 중간 정도이다. 그러한 기술은 자연환경이나 자원과의 적절한 조화를 유지하고 또 그것을 전제로 하는 것이다.

우리의 논의와 관련하여 중요한 것은 이 자연과의 조화된 관계인데, 작은 규모의 기술과 경제는 불가피하게 자연에 의존할 수밖에 없는 것이겠으나, 사실 고르츠가 구체적으로 기술하고 있는 공동체는 전반적으로 세계와 인생에 대한 자연적인 태도에 의하여 특징지어진다. 여기에서 존중되는 것은 감각적이고 육체적인 인간이고 그의 구체적 체험과 활동이다. 자연이 인간에게 들어오는 것은 육체의 감각적 체험을 통하여서이다. 생각이 경시되는 것은 아니지만, 그것은 다른 어디에서보다 자유롭고 창의적이면서도 다른 한편으로는 경험의 구체성을 떠나지 아니한다. 정치 행동에 있어서도 존중되는 것은 조직이나 기획이 아니라 자연 발생적인 직접 행동이다. 이러한 작은 공동체의 특성이나 행동 양식을 특징짓는 입장을 하나로 요약하여 말한다면, 그것은 자연적 경험주의라고 할 수 있겠는데, 이것은 위에서 우리가 살펴본 시들의 세계관이라고도 할 수 있는 것이다. 시에 있어서의 자연에 대한 관심과 현실 정치에 있어서의 분권적 자연 공동체에 대한 관심은 서로 분리된 것이 아니다. 시는 예로부터 자연에 대한 뗄 수 없는 관심을 가져 왔지만, 20세기 후반에 와서 그것은 고르츠가 "미국 혁명의 계속"[40]이라고 부른 현상의 일부가 된 것이다. 물론 이러한 관련 속에서 시 자체도, 위에서 살핀 바와 같이, 달라지기는 하였다. 그럼으로써 정치적인 움직임에 가까이 갈 수 있는 친화력을 가지게 된 것이다.

고르츠의 미국의 공동체 운동에 대한 관찰은 서양 문명이 부딪친 전반적인 위기에 대한 진단의 일부를 이룬다. 이 위기는 가장 단적으로는 기술 문명에 의한 자연 자원의 탕진과 환경 파괴로 인하여 야기된 것이다. 산업 발전이나 경제 성장을 전제로 하는 문명은 조만간에 엄청난 재난에 부딪치게 마련이다. 이 재난을 피하는 데에 있어서 자연과 환경에 대한 조심

---

40 Cf. *Ecology as Politics*(Boston: South End Press, 1980), especially "Epilogue: Continuing the American Revolution."

스러운 고려는 불가피하다. 그런데 이 환경 문제는 그간의 산업 사회의 문제 ─ 그것이 자본주의적이든 사회주의적이든 산업의 대규모 발전에 기초한 사회의 다른 문제를 부각시키는 역할을 한다. 그것은 이러한 사회가 증대시켜 온 비인간화, 소외, 억압의 문제이다. 오늘의 사회는, 자본주의 체제에서나 사회주의 체제에서나, 거대한 조직의 사회이다. 이 조직 속에서 사람들은 껍데기만 있는 기능인에 불과하다. 고르츠의 생각으로는 산업 사회에 있어서의 인간의 불행은 자연에 대한 잘못된 태도에 긴밀히 연결되어 있다. 즉 자연을 인간이 전면적으로 지배하려는 것이 잘못인 것이다. 왜냐하면 "자연에 대한 전면적인 지배는 불가피하게 지배의 기술에 의한 인간의 지배를 가져오기"[41] 때문이다. 환경의 위기는 이 두 지배의 연계를 보여 준다. 그리고 그것은 위기이기는 하지만, 이 두 지배를 동시에 철폐할 수 있는 계기를 제공해 주기도 한다. "미국 혁명의 계속"은 이 철폐의 실험적 경우를 보여 주는 것이다.

그러나 다른 관찰자들에게 이 두 위기는 반드시 연결된 것이 아닌 것으로 생각될 수 있다. 세계의 많은 곳에서 아직도 빈곤, 자유, 평등 등의 문제는 산업 발전에 의하여 해결될 수 있다고 생각되고 있다. 어느 정도의 발전에도 불구하고, 아직도 문제가 있다면, 그것은 발전이 아니라 미발전 또는 불완전한 발전으로 인한 것이다. 필요한 것은 발전이며 이것은 자연 자원과 환경의 제약을 존중하는 것이 아니라 그것에 적극적으로 작용하는 데에서 이루어질 수 있다. ─ 이렇게 생각되는 것이다. 공해에 대한 걱정에 가장 잘 나타나는 환경의 문제에 대한 의식은 상당히 보편화된 것이지만, 환경의 문제는 적절한 대응 조치에 의하여 또는 보다 급속한 경제 발전과 과학 기술의 발전에 의하여 해결될 것으로 믿어진다.

---

41 Ibid., p. 20.

그렇기는 하면서도 오늘의 산업 사회에 문제가 있다는 것은 일반적으로 인정되어 있다고 할 수 있다. 이것은 자본주의에서나 사회주의 체제 어느 쪽에도 있는 것이지만, 산업 사회의 인간적 모순은 어떻게 보면 바로 인간 해방을 목표로 하고 그것의 일부 수단을 산업 발전에서 찾고자 했던 마르크스주의 사회에서 더 분명하다고 할 수 있는데, 고르츠가 요약한 바에 따르면,

노동 계급으로 하여금 그 쇠사슬을 벗어던지고 보편적 자유를 수립할 수 있게 할 것으로 생각되었던, 생산력의 발전은, 그러한 목표를 달성한 것이 아니라 노동자들이 가지고 있던 마지막 자주성의 한 오라기까지 그들에게서 박탈하여 버리고 육체노동과 지식 노동의 구분을 심화하고, 생산자의 물질적 실존적 근거를 파괴하여 버렸다.[42]

이것은 단순히 경제, 사회 또는 정치적 측면에서만이 아니라 그것을 넘어가는 전면적인 인간적 위기를 가져오게 되었다. 그것은 "개인과 경제 영역의 관계에 있어서의 위기, 노동의 성격에 있어서의 위기, 자연과 우리의 육체, 우리의 성, 사회, 미래 세대와 역사에 대하여 우리가 갖는 관계에 있어서의 위기, 도시 생활, 주거 환경, 의학, 교육, 과학의 위기"[43]를 가져온 것이다. 다만 이런 위기가 사실이라고 하더라도, 이것이 인간 생활의 근본적 모태인 자연과의 관련에 있어서, 사회 조직, 생활 방식, 가치 태도의 혁명적 변화를 필연적으로 요청하고 있는가 하는 점에 대해서는 이론이 있을 수 있다고 할 것이다. 아직도 사람들의 마음에서 이러한 위기는 환경의 제

---

42 Ibid., p. 11.

43 Ibid., p. 12.

약에 대한 의식으로 나아가지 않고 있다. 그리하여 그러한 위기는 단순히 사회 조직의 차원에서 해소될 수 있는 것으로 생각되는 것이다.

그러나 오늘날 산업 문명의 위기가 사회적 측면에 한정되든지 또는 궁극적으로 자연 자원과 환경의 제약에까지 연결된 것이든지, 사의 자연에 대한 관심은 이 위기에 널리 관계될 수 있다. 위에서 우리는 대체로 오늘의 미국 시가 갖는 의미를 "환경의 정치학"에 관련하여 설명하였다. 그러나 자연을 소재로 한 시는 그것보다는 더 추상적인 의미를 가질 수도 있다. 위에서 들어 본 시들도 대체로 넓은 의미에서 자연에 대한 직접적인 탐색이며 거기에서 유도해 낼 수 있는 어떤 우의(寓意)라는 관점에서 해석할 여지가 없는 것은 아니지만, 보다 많은 자연시는 이보다 넓은 자연 탐색과 그우의의 도출에 주안점을 가진 것으로 말할 수 있을는지 모른다.

가령 이러한 넓은 의미와 자연시의 관련은 A. R. 애먼스(Ammons)의 「코손스 강구(江口)(Corsons Inlet)」와 같은 시에서 볼 수 있다. 이 시에서 애먼스는 그의 산보에서 마주치는 자연의 풍경을 직설적으로 서술하고 있는데, 이 서술은 쉽게 수긍할 수 있는 자연에 대한 관찰을 담고 있으면서 동시에 그러한 관찰이 시사하는 인간적 삶에 대한 중요한 함축을 말하고 있다. 자연은 우선 기하학적인 선이나 형태보다는 여러 가지 곡절이 많은 선과 형태로 이루어졌다는 것에 산보 중의 애먼스는 주목한다.

> 산보는 해방한다. 그리하여 나는 형태,
> 수직적인 것들,
> 직선, 덩어리, 사각 상자, 막힘,
> 생각의 이러한 것들에서 풀려나 눈으로 보는 것의
> 색깔과 명암, 오름, 흐르는 구비,
> 어울림에 든다.

이러한 사고와 자연의 대조는 인간적 질서의 의미에 중요한 시사를 준다. 자연의 흐르는 듯한 모습은 사람에게 "작은 의미(eddies of meaning)"만을 허용하며, 전체(Overall)의 질서를 포착할 수 없게 한다.

자연에는 날카로운 선이 별로 없다. 푸리물라의 구역이 있고,
여기저기 흩어진 상태로;
소귀나무의 무질서한 질서; 모래 둔덕의 사이로
불규칙하게 갈대의 늪,
갈대만이 아니고, 풀, 소귀, 톱풀, 또
대체로는 갈대가 지배적이다.

또 자연은 공간적으로 구획이 분명하지 아니할 뿐만 아니라 시간적으로 끊임없이 변화하는 사건의 세계이다.

……모래의 다양한 사건들은
모래 둔덕의 모양을 바꾸고 그 모양은
내일이면 또 다른 것이다.

이러한 변화하는 모양은 단순한 물리적 힘들의 작용에 의하여서만 결정되는 것이 아니다. 자연의 모양은 이미 식물의 생태계에서도 보는 것이지만, 동물들의 생존 경쟁에 의해서도 사건적 성격을 띠는 것이다. "갈매기는 게를 잡아 껍질을 깨고/ 그 내장을 쪼아내고, 부드러운 껍질의 다리를 삼키고……", "흰 다리의 작은 해오라기는/ ……사뿐히 걸으며, 여울에서 낚시를 하고……" 이러한 경쟁들이 삶을 위험에 차고 투쟁적인 것이 되게 한다. 그러면서 위에 언급한 구절들에서도 비치고 있는 바와 같이 모든

것이 완전한 혼돈인 것은 아니다. 자연이 보여 주는 것은 "끊임없는 변화 속에 유지되는/ 질서, 엔트로피 넘치는 집합/ 그럼에도, 하나의 사건으로,/ 혼란이 아닌 것으로/ 분리 가능하고 주목 가능한" 것들이다.

시의 마지막은, 이미 자연의 형상을 통해서 암시적으로 주어진 자연의 교훈을, 인간을 위한 또는 시인 자신을 위한 우의로 바꾸어 요약한다. 세계에 질서가 없는 것은 아니다. 그러나 그것은 좁고 엄격한 것이 아니다.

> 요약으로의 질서, 행동들의 최종적 결과로서의 질서가
> 지배적이 되거나 발생한다. 예측할 수 없는 방법으로
> (내가 모래톱의 꼭대기 위에 올라서는 것을 보고,
> 제비들은
> 날아갈 수도 있고, ─어떤 소귀나무는
> 열매 없이
> 가을에 들 수 있다.) 그리고
> 평온함이 있다;
>
> 의도적 공포, 이미지나 기획이나
> 생각의 억지가 없는 것:
> 선전, 현실을 굽혀 법칙에 맞춤이 없는 것.
>
> 공포는 어디에나 있지만 의도된 것은 아니며,
> 모든 도피의 가능성은 열려 있는 것.
> 아무 길도 막히지 않는 것. 문득
> 모든 길이 막히는 일 이외에는

나는 좁은 질서, 제한된 탄탄함을 본다.

그러나 그 쉬운 승리에로 달려가지는 않겠다.

느슨하고 넓은 힘들을 가지고 씨름해 보겠다.

나는 넓어 가는 무질서의 부여잡음을 질서로 붙들련다.

폭을 넓히며, 폭이 나의 부여잡음을 넘어가는

자유를, 최종적 관점이 없으며

내가 완전히 알아버린 것이 없으며

내일의 새로운 산보는 새로운 산보라는 자유를 누리며[44]

---

44 Quotation from A. R. Ammons "Corsons Inlet"

The walk liberating, I was released from forms,
from the perpendiculars,
 straight lines, blocks, boxes, binds
of thought
into the hues, shadings, rises, flowing bends and blends
of sight……
in nature there are few sharp lines: there are areas of
primrose
more or less dispersed;
disorderly orders of bayberry; between the rows
of dunes,
irregular swamps of reeds,
though not reeds alone, but grass, bayberry, yarrow, all……
predominantly reeds……
manifold events of sand
change the dune's shape that will not be the same shape
omorrow……
orders as summaries, as outcomes of actions override
or in some way result, not predictably(seeing me gain
the top of a dune,
the swallows
could take flight ── some other fields of bayberry
could enter fall
berryless and there is serenity:

애먼스의 자연의 정치적 사회적 우의성(寓意性)은 위와 같은 시에서 분명하다. 그가 자연에서 발견하는 것은 전체주의적 질서가 아니라 개방적이고 프래그머틱한 질서에 대한 교훈이다. 그러나 이러한 직접적인 교훈이 없는 시에서도 도덕적 의미는 언제나 자연 묘사의 다른 측면을 이룬다. "쓸모없는 것의 크기를 보존하는 일(Conseving the Magnitude of Uselessness)"에서 사람이 별로 반가워하지 않는 자연 현상 — 바다, 바람, 북극, 얼음의 바다 등을 말하고, "쓸모 있는 것은 영원한 값어치를 가질 수 없다(nothing useful is lasting value)"라고 할 때, 또는 「물너울(Swells)」에서, "모든 것을 고르게 하는 깊은 바다의 움직임은/ 천년에 한 번 알아볼 만하게 움직인다(on the ocean/ floor an average so vast occurs it moves/ in a noticeability of a thousands years)"라 말할 때, 또는 「나무의 기슭(Coast of Trees)」에서, "맑게 개이는 구상물(the cleared particular)"이 "길(the Way)"이라고 할 때, 이러한 진술들은 현대의 공리주의적 태도나 바삐 돌아가는 번설주의(煩屑主義),

no arranged terror: no forcing of image, plan,
or thought:
no propaganda, no humbling of reality to precept:

terror pervades but is not arranged, all possibilities
of escape open: no route shut, except in
the sudden loss of all routes:

I see narrow orders, limited tightness, but will
not run to that easy victory:
still around the looser, wider forces work:
I will try
to fasten into order enlarging grasps of disorder, widening
scope, but enjoying the freedom that
Scope eludes my grasp, that there is no finality of vision,
that I have perceived nothing completely,
that tomorrow a new walk is a new walk.

추상적 사고 — 이러한 것에 반대되는 도덕적 태도의 천명이 된다. 그리하여 그러한 천명은 "개인과 개인의 경제 영역에 있어서의 관계에 있어서의 위기, 노동의 성격에 있어서의 위기, 자연과 우리의 육체, 우리의 성, 사회, 미래 세대와 역사에 대하여 우리가 갖는 관계에 있어서의 위기"에 대한 중요한 반응이 되는 것이다.

7

위에서 이미 말한 바와 같이, 시인이나 시대의 시에 보이는 자연관은 시대의 문제의 지평 속에서 구성되는 구성물이다. 그러나 이렇게 말하면서, 마지막으로 주목해야 하는 것은 이러한 구조물이 반드시 자의적(恣意的)인 것, 또는 특정한 관심과 이념의 체계로부터 벗어날 수 없다는 뜻에서 이데올로기적인 것만은 아니라는 사실이다. 시인의 자연관이 개인적 또는 집단적 이데올로기에 의하여 규정된다면 시인의 자연의 탐색은, 이 글의 머리에서 비친 바와 같이, 그러한 이데올로기를 초월하는 원초적인 철학적 지각을 제공해 주는 것이라고 말할 수 있다. 위에 든 애먼스의 시에 있어서도, 적어도 표면에 나타난 순서로 볼 때, 자연에 대한 관찰은 인간의 개인적 사회적 삶에 대한 유추적 결론에 선행한다. 물론 자연 관찰 자체가 미리 주어진 의미에 의하여 방향 지어졌다는 것도 부인할 수 없지만, 시인의 작업은 어떤 이념적 파악보다도 자연 발생적인 영감에 의존하는 바가 많은 작업이라 할 때, 그것의 원초적 성격도 인정하여 마땅한 것일 것이다. 이것은 20세기의 시에 있어서 특히 그러한 것으로 말할 수 있다. 20세기의 시의 즉물적 경향은 어디에서나 볼 수 있는 것이지만, 있는 그대로의 물리적 사실에의 근접이 20세기 미국 시의 특징을 이룬다는 것은 위에서도 지적한 바이다. 이런 의미에서 20세기의 미국 시는, 그 자연에 대한 태도에 있어서 철학의 제일 원리에 대한 탐구에 매우 근접해 간 것이 아닌가 한다.

철학의 제일 원리는 형이상학적 전제들이 없어진 현대에 있어서 불가피하게 경험의 현실에서 나오는 것일 수밖에 없다. 이것은 모든 개념적 가공 작업의 단초가 되면서 무어라고 규정될 수 없는, 세계에 대한 원초적 질적 경험이다. 찰스 퍼스(Charles Peirce)는 이것을 단순히 "일차성(Firstness)"이라고 불렀다. 그것은 "어떤 복합적 경험에 의해서 주어지는 분석되지 아니한 전체적 인상, 사실이라고 생각되기보다는 하나의 질로서, 단순한 적극적 현상의 가능성이다."[45] 현대 시인의 자연에 대한 탐구, —— 낭만주의자들이 생각하던, 감정적 윤리적 장식을 벗어 버린 자연에 대한 탐구는 이러한, 술어 없는, 분석되지 아니한 전체적 인상의 탐구에 비슷하거나 적어도 그러한 것을 향한 충동을 포함한다. 그것은 더 정확히는 현상학에 있어서의 전제를 벗어 버린, 사물 자체에 대한 탐구에 유사하다.

한 현상학자에 의하면 모든 지각 현상에는 하나의 근원적인 배경(background)이 전제된다. 그것은 "함축적인 것, 비현실적인 것, 불분명한 것, 구분되지 아니한 것, 비분절적인 것의 가장자리, 부적절한 자명성의 가능한 직관의 대상물의 복합"[46]이다. 그러면서도 그것은 감각적이며 물질적인 것으로서 직접 경험으로 현존하는 것이다. 서술하기 어려운 불분명한 것이면서, 물질적인 원초적 배경의 성질은 구체적으로 가장 근본적 배경인 지구의 성질에 잘 나타난다. "……지구는 우리 감각 경험의 배경에 단단함과 휴지(休止)의 근원으로 현존한다. 풍경은 그것에 의지하여 자리한

---

45 Charles S. Peirce; *Selected Writings ed. by Philip P.Wiener*(New York: Dorer Publications, 1958), p. 384.

46 Alphonso Lingis, "The Elemental Background", in James M. Edie ed., *New Essays in Phenomenology*(Chicago: Quadranyle Books, 1969), p. 25.

다. 외곽이 없고, 우리의 눈으로 그 윤곽을 모두 다 포용할 수 없으며, 탐색되지 아니한 것으로, 그것은 지각의 대상이 될 수 없다. 그것의 현존은 원초적이다. …… 그것은 언제나 '여기', 우리가 존재하는 원시적 '여기'에 있다. 그것은 대상적 물체처럼 움직이고 있는 것이 아니다. 그러나 멈추어 있는 것도 아니다. 왜냐하면 물체들은 그것에 기초해 있지만, 그것은 다른 아무것에도 기초해 있지 않기 때문이다. 그것은 떠받치는 단단함과 정지의 순수한 길이이며, 기저가 없는 속성이며, 형상이 없는 내용이다. ……"[47]

현대 시 모두가 이러한 근원적인 것에 대한 탐구는 아니다. 시인도, 애몬스가 말하듯이, "현실은, 여러 번역이 있으나,/ 이름이 없다(the reality is though susceptible/ to versions, without denomination)"[48]라는 것을 알고 있지만, 역시 그것은 이름을 떠나서 존재할 수 없으며, 그것도 우리에게 가장 가까운 것들의 이름을 떠나서 존재할 수가 없다는 것을 동시에 안다. 그것이 또한 시의 가치를 이룬다. 그럼에도 불구하고 현대의 미국 시가 위에 인용해 본 철학의 근원적 바탕에 대한 강렬한 충동을 가지고 있는 것은 틀림이 없다. 그것은 그 자연에 관한 탐색에 가장 잘 나타난다. 그럼으로 하여 그것의 여러 도덕적 또는 정치적 발언은 더욱 설득력을 갖는다. 또 그러니만큼 미국 사회의 문제에 대한, 비록 총체적이거나 전반적인 것은 아니라고 하더라도, 어느 때에 있어서보다 근본적인 비판과 대안을 제시할 수 있다. 물론 이것은 위에서 본 바와 같이, 당대 사회의 이데올로기적 지평에 의하여 제한되는 것이다.

어떤 경우에나 자연 또는 다른 어떤 것에 대한 시적인 파악은 구성물에 불과하다. 더 나아가서는 더 근원적인 '일차성'에 대한 탐구도 그것이 언

---

47 Ibid., pp. 36~37.
48 "Coast of Trees".

어로 표현되는 순간 여러 있을 수 있는 구성물 가운데 하나의 구성물에 불과하다. 그러나 이 원초적인 것에 대한 시적인 탐구는 그것이 진리의 탐구에 일치하지 아니하면서도 중요한 철학적 또는 근원적 의미를 갖는다. 그것은 시를 위하여 그 철학적 원초성을 회복하여 준다. 그것은 미국 시에 한정되지 않는 보편적 의미를 갖는다. 스티븐스는 현대 시의 상황을 요약 설명하면서, "천국과 지옥의 시는 이미 쓰였거니와 땅 위의 시는 앞으로 쓰여야 한다."[49]라고 말한 바 있다. 하늘에 근거를 둔 형이상학이 사라진 마당에서 모든 것은 땅에서 시작할 수밖에 없다. 이것은 땅 위의 원초적 경험으로부터 시작하여야 한다는 말이다. 시의 근원적 자연에 대한 탐구는 이 원초적 경험에 대한 중요한 탐구이다. 미래의 시에서 원초적 경험의 계시의 마당으로서의 자연에 대한 관심은 필수적인 것일 것이다. 이것은 미국 현대 시에만 한정되는 조건이 아니다.

(1987년)

---

49 Wallace Stevens, "Imagination as Value", *The Necessary Angel*(New York: Vintage Books, 1951), p. 142.

불가능한 순수시와 가능한 시심

　그가《동아일보》신춘문예에 당선된 후 선자(選者)의 한 사람이었던 나를 찾아왔을 때, 고운기 씨는 놀랍게도 아직도 대학에 재학하고 있는 젊은 학생이었다. 그리고 그는 재학생치고도 매우 어린 인상을 주었다. 그런데 그 후 여러 해가 지나고 난 다음에도 그의 인상은 크게 달라지지 아니하였다. 물론 얼마간의 세월이 지난다고 갑자기 늙어 버리는 수가 있는 것은 아니지만, 고운기 씨의 첫인상 또는 그 후에도 계속된 인상은 나이 탓도 나이 탓이려니와 그의 심성과 관계되는 것일 것이다. 고운기 씨는 그동안에 적지 아니한 시를 쓰고 이제 첫 시집을 내게 되었지만, 그의 시를 특징짓고 있는 것은 맑고 고운 심성이다. 이것이 유독 나이에만 관계된 것은 아니면서, 맑고 고운 심성이 젊음의 특권인 것도 사실인 것이다.

　물론 맑거나 고운 것도 상대적인 상태로서, 그렇지 못한 것에 대하여 비로소 그러한 것으로서 의식화되게 마련이다. 고운기 씨의 고운 마음도, 우리 시대의 모든 것이 그럴 수밖에 없듯이, 시대의 가난과 불의에 부딪쳐 스스로를 그렇지 않은 것으로, 그렇지 아니하여야 할 것으로 의식하는 고운 마음이다.

「왕십리 시편 3」은 이러한 복합적인 사정을 아름답게(또 고운기 씨로는 좀 드문 일로 자신의 이름을 가지고 희롱을 해 보는 정도의 여유와 재치를 가지고) 이야기하고 있다.

비 오는 아침 우산을 들고 나갔다가
돌아오는 저녁 맑게 갠 날이면
곱게 접어 오는 우산처럼
나의 하루도 그렇게 고왔던가 생각한다
알고 보면 세상은
내 이름자만큼이나 곱게 살 건 못 되지만
그랬던 사람은 내나 맨날 못살고
자식은 학교도 못 보내 열등감만 키우는
그 궁상맞은 생활을 어찌 감당하랴만
하늘에 별이 빛나고 땅에 흙이 숨 쉬듯
얼굴을 스치는 바람이 어느 땐 꿈결같이 흐르나니
곱게 접은 우산은 손잡아도 부드러운 감촉
호주머니에 빈손을 넣으면
그대 살아 온 아름다운 추억처럼 내일이 잡히고
시장 골목 극장에 네온사인이 불 밝히며
싸구려 대폿집에도 두만강이 흘러
우리는 흘러 가없는 세상.

위의 시가 말하듯이 곱게만은 살기 어려운 세상이지만, 그렇다고 이 세상이 고운 것을 전혀 허용하지 않는 그런 세상만인 것도 아니다. 다만 오늘에 있어서, 그것은 오히려 그렇지 않은 것과의 관계에서 두드러지게도 된다. 고운기 씨에게 사람의 고운 마음을 우울하게 하는 것은, 위의 시에서도 보듯이, 무엇보다도 가난이고, 잘사는 사람이 있고 못사는 사람이 있게 되어 있는 오늘의 세상의 생김새이고, "누구든 만나 손잡아 보면/ 밤새 마주 앉아 회포 풀고 싶은 사람 없"(「1985년 겨울」)는 삭막한 인정이다. 그러나 세상에 가난과 불의와 몰인정이 가득하다고 하더라도 그것에 대한 고운기 씨의 반응은 격렬한 분노와 같은 것이라기보다는 주로 아픈 마음이다. 물론 이렇다는 것은 그가 시대의 큰 세력들의 움직임들을 의식하지 않는다는 것은 아니다. 「피뢰침」에서 그가 말하고 있듯이, 최루탄 속에도 잎이 피고 새가 울며, 시대의 고통 속에서도 우리가 평온의 순간들을 누린다면, 그것은 "이 황량한 시대의/ 비 내리는 저 꼭대기에 홀로 서/ 벼락을 맞고 있는 사람"이 있기 때문이다. 다만 고운기 씨의 마음은 이 벼락을 맞는 사람에 그대로 동화되기보다는 이러한 사람과 피어나는 꽃과의 슬프면서 아름다운 대조에 민감한 것이다.

사실 오늘의 모든 젊은 시인들이 그러하듯 고운기 씨도 오늘의 시대상에 민감하다. 그러나 그의 시의 특징은 그러한 시대상에 기초한 리얼리즘보다 서정성에 있다. 그리하여 이러한 연관에서 요즘의 젊은 시인들에게서는 보기 힘든 것으로, 그의 시는 두드러지게 시적이며 음악적이다.

변방에 수자리 서는 친구
먼 산과 물이 그리도 낯설었는가
돌아올 기약은 굳세었어도
우리들 배운 궁핍 사이로
가을 찬 바람 스며드는데
사람처럼 사는 일은 서리보다 차갑고

소식 한 장 띄우기 어렵거니

만나 보기야 꿈에나 바라는 일

면회 가는 늙은 어미 뒷모습 보고

내 눈은 하염없이 눈물로 그득할 뿐

—「부르는 소리」중에서

이러한 구절들의 음악성은 자명하다. 그리고 이 음악성에서 우리가 주의하는 것은 그것이 전통적이라는 것이다. 이 전통은 물론 20세기의 서정시의 전통이기도 하고 또 그보다 더 소급해 올라갈 수 있는 것이기도 하다. "변방에 수자리"라는 어휘가 벌써 조선 시대로 또는 두보의 당 대(唐代)로 우리를 이끌어 간다. 이러한 전통적 측면은 "소식 한 장 띄우기 어렵거니/ 만나 보기야 꿈에나 바라는 일/ 면회 가는 늙은 어미 뒷모습 보고/ 내 눈은 하염없이 눈물로 그득할 뿐"과 같은 고경(古勁)한 조사(措辭)나 감정이나 상황 처리에서도 느껴진다. 그리고 최종적으로 이러한 것들이 이 구절의 서정적 가락에 종합되는 것이다.

시의 가락은 시적인 마음에서 온다. 시의 마음이 곱고 맑은 마음이란 것은 예로부터 우리 전통에서 이야기되어 오던 것이다.(이런 것만이 전부는 아니지만.) 아무리 시대가 혼탁해지고 바뀌고 하여도 그것을 어떻게 지켜 나가느냐 하는 문제는 시 쓰는 사람의 근본 문제이어야 마땅하다. 시가 삶에 기여하는 바도 바로 우리로 하여금 맑은 시심을 지키게 한다는 데 있다고 할 수도 있다. 그러나 그것이 쉬운 일은 아니다. 쉽지 않은 것은 우리의 마음이 흔들리기 때문만은 아니다. 바뀐 시대의 정황이 흔들리지 않는 마음까지도 그 자신이 아닌 다른 무엇이 되게 해 버리고 마는 것이다. 「부르는 소리」는 아름답고 위엄 있는 시이다. 그러나 거기에서 오늘의 병역(兵役)의 현실성을 느끼기는 어렵다. 전통적 시적 정서는 현실을 현실로 남겨 두지 않고 서정(抒情)의 계기로 바꾸어 버린다.

맑고 고운 시심(詩心)이야말로 시의 핵심이다. 그러나 그것은 시적 정서 이상의 것으로 더 단단해질 필요가 있다. 그래서 오늘날에 있어서 시적 순수성은 불가능하다고 할 사람이 있을는지 모른다. 스스로를 순수하다고 느끼는 순수성은 이미 순수성이 아니다. 이것은 실러가 「소박하고 정서적인(情緒的)인 시에 대하여」라는 글에서 이미 이야기한 바가 있는 일이다. 그러나 실러의 주장과는 달리 순수성은, 되풀이하건대, 시의 핵심이다. 이것을 어떻게 유지하고 또는 어떻게 얻을 것인가? 고운기 씨의 과제는 이러한 물음에 답변을 찾는 데 있는지도 모른다. 그의 첫 시집이라는 하나의 결산, 하나의 출발을 보면서 그의 시적 업적의 인상에 대한 소감을 적어 축하의 말에 대신한다. 계속적인 정진과 성공을 기원하는 바이다.

(1987년)

보통의 말

박경석 형의 세 번째 시집에 부쳐

박경석 형이 서울로 이사를 한 것은 시에 적혀 있는 증거로 보아 거의 20년 가까이 된 것이 아닌가 싶지만 박 형만큼 그대로 전라도 사람으로 남아 있는 사람도 많지 않을 것이다. 꼭 전라도 얼굴이 따로 있을 리가 없건만, 가늘면서 장난기 어린 눈, 날카로운 콧대, 잔주름 많은 마른 나무껍질 빛깔의 피부, 그리고 방에 들어서면서 의자에 털썩 주저앉는 모습의 풍도(風度), 그리고 이내 터뜨리는 너털웃음, 이런 것들이 전라도의 인상을 어김없이 주는 것이다. 그의 말의 억양이 근본 미상의 서울말에 조금도 오염되지 않은 것이 인상의 중요한 부분임은 말할 것도 없다. 환경이 바뀌고 날고 기는 재주들을 가진 사람들의 소리가 크고 작은 바람이 되어 수런대도 그는 태어난 대로 자라난 대로의 한 그루 전라도 나무인 것이다.

그런데 그가 전라도 말이 아니라 표준어로 시를 쓰는 것은 오히려 역설적으로 당연한 일이다. 그의 시는 가장 틀림이 없는 표준어로 되어 있을 뿐만 아니라 아마 근래의 우리 시단에서 가장 단정한 행과 연과 리듬, 그리고 진술의 형태를 지키고 있지 않은가 한다. 대학 때부터의 국문학도로서, 오랜 국어 교사로서 모범적인 문장을 쓴다는 것은 당연한 의무에 속하는 일이다. 그는 충실한 국민이다. 전라도 사람이란 것이 극히 자연스러운 일인 것처럼 충실한 국민의 한 사람이란 것이 자연스러운 것이다. 그리고 그 충실함에는 표준어로 글을 쓴다는 것이 포함된다.

이러한 점은 시의 내용에서도 다시 확인된다. 그의 시의 감정적인 핵심을 이루고 있는 것은 그의 가족에 대한 보살핌의 사랑이다. 그는 학교에서 아이들이 받아 오는 성적표에 마음 쓰고 집안일을 돕는 딸에게 고마워하고 군에 입대하여 훈련을 받는 아들을 안쓰러워하는 자상한 아버지이다. 그중에도 극진한 것은 아내에 대한 사랑이다. 그에게 젊은 시절의 사랑은 계속적으로 사랑과 고마움을 새롭게 해 주는 추억으로 되돌아오는 것이다. 가정의 화목과 행복은 그에게 가장 중요한 인생의 지표이다. 그리고 그는 모든 징후로 보아 행복한 남편이며 아버지로 짐작된다.

그렇다고 그에게 괴로운 일이 없는 것은 아니다. 서울에 뿌리내리고 직업을 갖고 참고 견디며 그것을 지켜 나가는 것이 어디 쉬운 일인가. 밀고 밀리면서 먹고사는 일과, 층층시하 잘나고 무지르는 사람 많은 가운데 체신 지키고 살기가 어려운 일임은 박 형의 시 여기저기에 묻어 나온다. 특이한 것은 오히려 그 어려움을 과장하지 않고 균형 있는 인생의 느낌 속에 통제하고 있다는 점이다. 이것은 시대에의 문제에 있어서도 그렇다. 시의 중심이 가족에 대한 느낌에 있다고 해서 그의 시가 내향적 또는 내면적 시라는 말은 아니다. 그러한 느낌에도 불구하고 그는 건전하게 외향적이다. 이 외향성은 저절로 그의 시각과 관심을 시사 문제로 향하게 한다. 군사 독재, 고문치사, 부패와 억압으로 엮어진 정치와 사회에 대한 비평들은 그의 시의 가장 중요한 부분을 이룬다. 이것은, 잘살든, 살 만하든, 또는 못살든, 오늘의 시대에 사는 사람으로서 당연한 일이기도 하다. 그것이 튼튼한 또는 가까스로 얽어 놓은 우리의 삶에 테두리를 이루고 있는 것이다. 그런데 이 경우에도 박경석 형의 시는 시대의 어지러움으로 하여금 그의 나날의 삶의 적절한 균형 속에서 제자리를 지키게 한다.

> 정치가와 암캐들은
> 무허가 출입이 금지된 고장.
> 소돔 왕국에 내리는 유황,
> 짧은 미니와 노브라의 유방으로
> 성중(城中)을 태우는 불기둥 대신
> 초승달이 켜지는 마을 어귀에
> 어긔야 머리곰 비춰오시라
> 고개 다수굿이 지아비를 기다리는
> 정읍사(井邑詞)의 집.
> 집집마다 문득
> 광주(光州) 갑구(甲區)의 불이 켜진다.
>
> ——「불이 켜진다」전문

부패한 정치와 섹스가 횡행하는 세상은 성경의 소돔같이 되었지만, 전부가 그러한 것은 아니다. 아직도 전통적인 자연과 음전한 지아비 지어미가 살고 있는 곳이 없는 것은 아니다. 그러한 동네에 퇴폐의 뉴스는, 흔한 불평과 비난과 조소의 기능 그대로, 자기 정의를 위한 반대 명제 노릇을 하는 것에 불과하다.

세상의 어지러움이 자기 정당성의 반대 명제 이상의 것이 아니 되는 세계는 너무 안이한 세계라고 할는지 모른다. 그러나 그러한 세계야말로 우리들 대부분의 세계이다. 그것이 안이하다고 하더라도, 그것은 회피와 은신의 세계는 아니다. 회피하고 은신할 언어와 몸가짐의 그늘진 자락이 없는 곳에 숨을 곳이 많을 수가 없다. 그것은 안이할는지 모르지만 단순하다. 그 단순성으로부터, 작고 큰 인생의 고비에서 시를 시, 비를 비라 하고 그렇게 행하는 적절성이 나올 수 있다. 그리고 무엇보다도 구겨진 자락 없는 말과 마음과 행동 ── 이것의 건전한 상식성이 어지러운 삶을 안이하게 또 편안하게 해 주는 것일 것이다.

오늘날은 수사의 시대이다. 수사는 다른 사람을 상대로 하여 하는 말이다. 당대의 수사는 일단은 비분강개의 웅변과 피를 토하는 격문조의 문장에 의하여 대표된다. 여기에 대하여 현대적 서정시의 주된 스타일은 내면 독백이다. 내면의 시가 짐짓 스스로 중얼거리는 소리에 가까운 듯하다면, 수사적 시는 상대를 두고 하는 말의 몸짓이다. 그러나 스스로 중얼거리는 듯한 말도 엄밀한 의미에서는 완전히 혼자 중얼거리는 소리는 아니다. 완전히 혼자 있을 때 언어는 죽어 없어진다. 그러나 다른 사람이 들으라는 소리냐 아니냐는 정도의 문제다. 어떤 언어는 다른 사람을 상대로 공분을 일으킨다거나 나무란다거나 하는 말이 아니고, 스스로 제 속을 비추고 스스로 흥분하는 것을 드러내는 말이라고 하더라도 자연스럽다 하기에는 지나치게 현란하고 인위적이어서 남의 눈을 끌려는 것이 명백하다. 그런 때 이러한 언어도 수사적이라 할 수 있다. 박경석 형의 시는 이런 것들과는 조금 다르게 수사적이다. 그것은 그 표준적인 단정성에서 이미 구식의 수사를 느끼게 한다. 그것은 분명 상대가 있는 언어이다. 그러면서 특히 누구에게 열렬하게 사자후를 하려는 것은 아니다. 그의 시들은 주로 어지러운 세상의 여러 세력 속에서 스스로의 선 자리를 확인하려는 것이다. 그리하여 우리는 그것을 바깥의 언어로 스스로의 안을 다짐하는 말이라고 할 수 있다. 그것이 상식적인 판단을 낳는다는 것은 당연하다.

이렇게 말하는 것은 그의 언어가 극히 정상적인 언어의 상태를 나타낸다고 말하는 것이다. 그는 보통 사람이 보통 사람에게 또 스스로에게 하는 말을 쓰고 있는 것이다. 한 사회의 말의 건전성은 바로 이 보통 말의 건전성에 달려 있다. 다만 우리의 언어는 너무 오랫동안 외면적 수사에 매여 있었다. 이것이 한편으로는 언어의 내면을 —그것은 그 사람의 내면이다.— 말려 버리는 결과를 가져왔다. 그리하여 어떤 사람은 목소리가 낡은 수사를 살려 낼 수 있다고 하고, 다른 어떤 사람은 기발한 말과 감각으로 말의 촉각을 되살리려 한다. 이러한 노력들이 그 나름의 의의가 없는 것은 아니나, 말의 근본은 우리가 안으로 밖으로 휘뚜루 쓸 수 있는 보통 언어이다. 오늘날 우리가 가지고 있지 않은 것이 중간 높이의 상식 언어이다. 이미 비친 바와 같이 이러한 언어가 문제를 가지고 있으며, 특히 시적으로 살아 있는 언어가 되는 데 어려움이 있는 것은 사실이다. 더러 여러 사람과 시를 이야기하는 자리에서 보면, 단정한 조사, 시행과 리듬, 명료한 진술 —즉 상식적인 언어의 시적 가치를 설득한다는 것이 얼마나 어려운 것인가를 알게 된다. 그러나 이러한 언어를 우리의 언어생활과 문학의 핵심에 돌아오게 하는 것이 극히 중요한 일임에는 틀림이 없는 것이다.(물론 상식을 가지고 상식이 얻어질 수 없는 것이 오늘의 상황이라는 진단도 가능하다.)

박경석 형의 시가 속해 있는 것은 이 중간 정도의 보통의 언어의 세계이다. 여기에 생명을 불어넣는 일이 쉬운 일이 아니다. 그러면서 그것은 필요한 일이고, 우리 사회에 의젓한 핵심을 유지하는 데 관계되는 것이다. 이번에 박 형이 세 번째 시집을 출간함에 있어서 몇 마디 적어 축하의 뜻을 표한다.

(1992년)

시대의 중심에서

김지하의 정치와 시

1. 동구라파, 민주화, 정신의 전환

사회주의적 전체주의 체제 아래에서 동구라파의 작가들이 부딪친 문제의 하나가 표현의 통제의 문제였다면, 정권의 붕괴 후 작가들은 이제 자유의 문제 ─ 보통 시민보다는 작가의 관점에서는 더 심각한 자유의 문제에 부딪치게 되었다. 전체주의 체제하에서 많은 작가의 주제는 정치적 억압이었고, 그것에 대한 저항은 강력한 도덕적 관점을 제공하였다. 억압의 정치는 우리의 삶을 조여 매는 견디기 어려운 제약이 되지만, 우리의 인생을 잔격정과 욕망으로부터 해방하여 그것을 확실한 방향으로 이끌어 주고, 또 보다 고양된 차원으로 높여 주는 일을 한다.

작가의 경우 ─ 물론 말할 수 없는 개인적인 고통(정신적 육체적 고통), 빈곤, 테러리즘, 고문, 투옥, 정신적 좌절 등의 대가를 지불하는 일이 허다하지만 ─ 그것은 작품 생산의 중요한 조건을 만들어 줄 수 있다. 즉 의의 있는 주제, 기법 그리고 열렬한 의사 전달의 틀을 마련해 준다. 더 나아가 흔히 작가의 깊은 동기의 하나를 이루는 것은 어떤 종류의 형이상학적 추구라고 할 수 있는데, 긴급을 요하는 정치적 과제는 이것에 대신하는 초월의 기회를 작가에게 주고, 그가 형이상학적으로 추구했을 삶의 통일성을 마련해 줄 수도 있다. 여기에 대하여 자유의 상태는 사회적으로 또 개인적으로 보다 행복한 상태임에 틀림이 없지만, 동시에 많은 사람 — 특히 작가로부터 그의 인생의 고양된 계획을 앗아 가 버릴 수 있다. 이러한 상황은 어느 정도 우리 작가의 경우에도 해당된다.

1987년 이후의 군사 정권의 후퇴와 정치의 문민화는, 그에 따른 민주주의의 진전에 대한 판단의 관점에 따라 상당히 다르게 평가할 수는 있겠으나, 우리의 정치 상황으로부터 긴박감을 앗아 가고 우리 사회의 과제를 — 문학적으로나 정치적으로나 — 재조정할 것을 요구하게 되었다. 이루어진 것은 일단의 정치적 민주화였다. 그것은 우선 긴급한 요청을 충족시켜 주었다. 물론 우리는 물어볼 수 있다. 그것은 만족할 만한 것인가. 많은 사람들이 그것은 일단 받아들이고 축하하여야 할 것이면서 또 만족할 만한 것은 아니라고 할 것이다. 이 불만 — 실망 또는 절망감과 비슷한 불만은 현실적 차원에서도 오고, 또 철학적 또는 형이상학적 차원에서도 온다. 또 그것은 실존적 차원에서도 생각될 수 있다. 이 일단의 민주화 또는 더 구체적으로 문민 대통령의 선출이 정치적 변화의 종착역이 될 수는 없는 일이다.

일단의 민주화 그다음에 필요한 것은 무엇인가. 정치적 민주화는 불법적 체포, 고문, 투옥이 없어진 것 또는 감소한 것으로 충분한가. 또는 대통령 선거가 자유롭고 공정한 것으로 정치 체제가 민주적이 되었다고 할 수 있는가. 우리의 삶의 모든 면에서 느끼는 비민주적 압력들은 어떻게 제거될 수 있는가. 민주주의는 소극적으로도 적극적으로도 정의될 수 있다. 가장 소극적이면서 또 가장 중요하고 또 많은 사람들이 쉽게 동의할 수 있는 것은 가장 직접적인 의미에서 정치적 자유이다. 가령 신체의 자유와 같은 전통적 민주주의 사회의 조건이 그러한 것이다. 그러나 그보다 더 많은 민주화의 계속이 필요한 것으로 생각될 수도 있다. 또 그것 없이는 최소한도의 자유도 유명무실한 것이 될 수 있다. 많은 사람들에게 중요한 민주화의 소득은 경제적 ─ 특히 그것의 고른 분배라고 생각될 것이다. 평등한 분배가 이제 가능해졌는가. 그것을 보장할 수 있는 제도는 마련되었는가. 다시 분배는 물질적 욕구의 고른 충족을 요구하는 것에 그칠 수도 있지만, 그것은 전혀 다른 욕망의 체계의 정립을 말하는 것이 될 수도 있다.

어느 쪽이거나 결국 그것은 인생의 참모습에 대한 다른 설정과 그것에 대응하는 총체적 체제의 수립을 요구하는 것일 수 있다. 이것은 삶의 전체적 이해와 조직 ─ 철학적 형이상학적 근본에 관계되는 것이다. 이것은 급진적이고 총체적인 민주화에 대한 요구에나 또는 그보다는 소극적이고 점진적인 민주화의 요구에나 모두 포함되어 있는 것이다. 민주주의의 한 의미가 자유에 있는 것은 사실이지만, 자유의 의미는 행복의 실현을 위한 조건으로서 그것이 작용한다는 데에 있다. 여기서 이 자유는 그 자체로서 (물론 그것의 제도적 보장과 이에 추가한 한정된 사회적 의지로서의 선의가 합세하여) 행복의 실현을 가능하게 하는 충분한 조건이라고 생각될 수도 있고, 또는 행복의 강제적 실현을 위한 전략적 첫 단계에 불과한 것으로 간주될 수도 있다.

사회적으로 실현되어야 하는 행복의 제일 조건은 종종 엄격한 의미에서이든 대체적인 의미에서이든 그것이 평등한 것이어야 한다는 것으로 생각된다. 1987년 이후의 점차적 민주화에 대하여 느끼는 초조함은 그 정열의 밑바닥에 있어서의 이러한 민주주의에 대한 관점의 차이에서 상당히 달라질 수 있다. 점진주의자에게 일단의 민주주의는 보다 나은 삶을 향한 과정의 시작이고, 혁명주의자에게 그것은 다시 극복되어야 할 어떤 것에 불과하다. 그러나 어느 경우에나, 단순히 약육강식의 무한 경쟁을 삶의 궁극적 상황으로 받아들이는 사람이라면 몰라도, 일단의 민주화에 대한 실망은 피할 수 없는 것이 아닌가 한다. 그것은 어느 경우에나 조건이며 제일 단계에 불과하다. 그것은 그 자체로는 행복의 약속을 실현해 줄 수 없는 것이다.

사실 민주주의 또는 독재주의란 그 자체로 문제의 원인이라기보다 보다 큰 상황의 한 증후에 불과하다고 할 수 있는 면이 있다. 다만 이 더 큰 상황이 어떤 것이며 그것의 개선을 위하여 무엇을 해야 하는지는 그렇게 분명치 않다. 아마 가장 구체적인 차원에서 생각하면 그것은 보다 큰 것, 하나의 총체적 상황이면서도 그것 자체로 실체를 가진 것이라고 하기보다는 무수한 구체적인 제도와 문화의 실천으로 이루어진 것이라고 할 수 있다. 그러나 이것은 민주화의 투쟁에 참여한 사람에게는 받아들이기 어려운 것이다. 그것은 사회의 근본적 변화에 대한 믿음을 배반하는 것으로 보이기 때문이다. 또 그것이 전혀 사실이 아닌 것은 아니다. 이것은 급진주의자에게 그러하지만, 점진주의자의 경우에도 어느 정도 그러할 수밖에 없다. 그렇다는 것은 어느 경우에도 민주화는 보다 나은 사회에 대한 기대에 서식할 수밖에 없었던 것이다. 그러나 민주화 — 또는 일단의 민주화 이후의 현실은, 어떤 종류의 정치적 악이 없어진 것이 사실임에도 불구하고, 너무나 이 기대에서 먼 것이다. 그러면서 이것을 넘어서는 현실적 전략은 불분명한 것이다. 그리하여 승리는 실망과 공존하고 일반적 분위기는 출구 없는 불만이 된다.

전통적 자유를 충분한 수확으로 여기는 자유주의자에 대하여 자유가 가능하게 하는 것보다는 더 완전한 사회의 쟁취를 생각하는 사람에게 사회주의 혁명의 이상은 실망과 불만의 현실을 넘어가는 일정한 프로그램을 제공하여 주는 것으로 보였다. 그러나 그것이 실현 가능한 것인지 아닌지는 분명치 않다. 공산주의 비판에 증후적인 역할을 한 밀로반 질라스의 저서의 이름에 '불완전한 사회'라는 말이 있지만, 지금 생각해 보면, 완전한 사회의 추구는 그것의 실현 가능성 여부를 떠나서 보통 사람에게, 그 현실이 너무나 견디기 어려운 것이 아닌 한은, 지나치게 많은 것을 요구하는 것일 것이다. 타협 없는 공산화 계획의 화신이라고 할 수 있는 스탈린까지도 하나의 혁명 후에 또 하나의 혁명이 오는 데에는 한 세대가 걸린다고 말한 일이 있다. 혁명이 요구하는 희생과 피로는 한 사람의 생애에 두 번 반복될 수 없을 정도로 크다는 의미일 것이다. 그러나 이러한 인간성에 입각한 관찰을 떠나서, 또는 다른 현실적 어려움을 떠나서, 20세기의 사회주의 혁명 이상의 유지는 쉬운 것이 아니었다. 그것은 소련도 사회주의 국가들의 현실이 가하는 손상에 견디기가 어려웠기 때문이었다. 그러나 말할 것도 없이 사회주의적 기획에 결정적 타격을 가한 것은 1980년대 말부터의 소련 및 동구라파의 사회주의 체제의 붕괴였다.

앞에서 사회주의 체제 속의 작가들의 입장이 한국의 상황과 유사성을 가지고 있음을 말한 바 있지만, 다시 말하건대, 동구라파 사회주의의 붕괴는 단순히 유사한 사례를 제공해 주는 것만은 아니었다. 한국의 민주화는 한편으로 라틴 아메리카 등 세계의 여러 지역에서 군사 독재자가 후퇴한 것과 병행된 현상이었지만, 다른 한편으로 사회주의 전체주의의 붕괴도, 그 현실적인 관련이 발견되든 아니 되든, 커다란 세계적인 변화의 일부를 이룬 것이었다고 할 수 있다. 이 변화에 우리의 생각도 적응하지 아니하면 아니 되었다. 적응 이전에 이미 생각은 바뀌고 있었다고 말할 수도 있다. 사람의 생각이란 현실의 힘에 보이게 보이지 않게 지배되기 쉬운 것이므로, 그것은 세계사의 사실 관계에 일어난 숨은 파동에 자기도 모르게 반응하게 마련이다. 그러나 이것은 반드시 사고와 힘의 관계로 인한 것이기도 하지만, 그리하여 힘의 현상으로서의 체제의 붕괴 그 자체가 우리의 사고를 바꾼 것이지만, 그와 동시에 그 붕괴가 규지(窺知)하게 한 그 현실의 부패와 억압적 성격은 많은 사람들의 생각을 바꾸어 놓지 아니할 수 없었다.

한국의 비판적 사고 또는 사회주의적 사고가 반드시 소련의 사회주의를 그 이상적 모델로 삼았다고 할 수는 없겠으나, 그 체제의 건재는, 그것이 가지고 있는 중대한 또는 결정적인 문제점들에도 불구하고, 목전의 현실에 대한 다른 대안의 가능성을 암시하는 것이었다. 대안에 대한 생각은 대안의 가능성 속에 움직인다. 소련 체제의 붕괴는 현실 사회주의의 붕괴를 넘어서 적어도 지금까지는 이러한 가능성의 지평 자체가 닫혀 버렸다는 의의를 갖는다.

이러한 지평선의 폐쇄의 문제는 단지 사회주의의 전망에만 한정되는 것은 아니다. 보다 나은 사회에 대한 어떤 종류의 관심도 이론적으로 말하건대 대체 사회의 가능성 — 개연적 가능성과 현실적 이행의 가능성을 전제하여 생겨나고 유지된다. 현실 사회주의 체제의 붕괴 이후의 여러 가지 사상적 발전은 이러한 이론적 전제가 참으로 현실의 일부라는 것을 드러내 준다. 오늘날 한국에 있어서나 세계적으로나 현실 자본주의에 대한 일체의 대안적 사고와 실천은, 단순히 사회주의 혁명 운동뿐만 아니라 다른 점진적 개혁의 기획까지를 포함하여, 그 동기와 동력을 상실한 것으로 보이는 것이다. 또 이러한 현실로부터의 초월적 가능성의 소멸은 얼른 생각하여 그러한 정치적 움직임과 관계없는 듯한 삶의 여러 국면에도 그 영향을 나타내고 있다. 그것은 일상생활에서의 소비주의와 출세주의의 창궐에서도 보거니와 문학에 있어서도 감각과 환상의 인위적 자극을 목표로 하는 소비적 향락적 문학의 유행에서도 볼 수 있는 것이다.

그러나 사회와 역사의 대체적 가능성에 가장 크게 의지하였던 것은 혁명적 또는 행동주의적 실천과 사고였고, 그러한 가능성의 소멸이 가장 심각한 위기가 되는 것은 여기에 몸을 바쳤던 사람의 경우임은 말할 것도 없다. 사회주의 체제의 붕괴는 새로운 사회의 실천을 위한 이론적 도약을 불가능한 것이 되게 하였다. 이것은 사회와 경제의 이론상의 문제이면서 많은 사람에게 깊이 개인적인 문제이기도 하다. 마르크스주의자들에게 그 개종의 첫 경험은 거의 종교적인 깨우침과 비슷한 것이다. 20세기 서구에서 가장 유명한 개종자이며 재개종자인 아서 쾨슬러가 표현하는 바와 같이, 마르크스주의의 빛을 본 다음,

새로운 빛이 사방에서 머리로 쏟아져 오는 듯하다. 우주 전체가, 마치 흩어졌던 퍼즐 조각들이 마술에 의하여 한데 맞아 들어가듯, 하나의 모양으로 맞아 들어간다. 어떠한 문제에나 이제는 답이 있고, 회의와 갈등은 먼 과거지사요 아무것도 모르는 자들의 따분한 세계에서 살 때의 답답한 무지 속에 있던 때의 일이다. 아무것도 이제는 내적인 평화를 흔들어 놓을 수는 없다. 오직 두려운 것은 인생을 살 만한 것이 되게 하는 믿음을 잊어버리고 아비규환의 어둠의 변방에 떨어지는 일이다.[1]

여기에서 말하는 것은 지적인 체험으로서의 마르크스주의이지만, 20세기 초의 마르크스주의자에게 마르크스주의의 체험은, 쾨슬러 자신이 말하고 있는 바와 같이, 거의 모든 종교적 체험과 비슷한 것이었다. 그렇다는 것은 그것이 단순히 지적인 체험이 아니라 개인적 실존의 깊이에 관계되는 체험이라는 것이다. 뿐만 아니라 마르크스주의에의 개종은 행동에의 투신을 요구함으로써 저절로 실존적 결단의 성격을 띨 수밖에 없다. 그리고 그 혁명적 신념이 요구하는 행동이란 극히 어려운 조건하에서 이루어

---

1 리처드 크로스먼 엮음, 『실패한 신』(뉴욕: 반탐 출판사, 1952), 22쪽.

지는 것인 까닭에 결연한 의지로만 이루어지는 행동의 한 발짝 한 발짝은 저절로 믿음에 대한 실존적 확인이 된다. 행동이 그 자체로서 믿음을 정당화하는 것이다. 그러고 나서 사회의 객관적 이론까지도 이 믿음에 의하여 정당화된다. 그러나 이 믿음의 근거가 되었던 보다 나은 미래의 현실성이 의심될 때 믿음 자체가 흔들리고 믿음으로 조직되었던 삶이 크게 흔들리게 된다.

그러나 이러한 현실의 충격과 그로 인한 전향은 사회주의의 몰락 이전에도 이미 충분히 경험될 수 있다. 아마 가장 쉬운 것은 투쟁의 고통과 의지의 피로로 일어나는 믿음의 상실일 것이다. 그러나 달리는 마르크스주의의 믿음 그리고 모든 혁명적 믿음이 내포하고 있는 견딜 수 없는 모순에 연유하는 흔들림도 중요한 요인이다. 혁명적 믿음은 삶의 많은 위로의 포기를 요구한다. 또는 그것에 대한 철저한 경멸 또는 그것의 파괴를 요구한다. 그러나 그보다 더 어려운 것은 도덕적 입장의 모순이다. 혁명적 행동은 (사실 모든 정치적 행동은 이러한 면을 포함하지만) 선의 사회를 지향하면서 악 — 폭력과 사술의 사용을 서슴지 않는다. 또는 그것을 불가피하게 한다. 이러한 모순은, 메를로퐁티가 기독교도는 결코 혁명가가 될 수 없다고 말할 때 단적으로 드러난다. 정의의 면에서는 기독교에 세상의 혁명적 개조를 정당하게 할 요소가 충분히 있음에도 불구하고, 현세에 그 원리를 두지 않는 기독교는 혁명의 미래에 모든 것을 맡길 수는 없다. 그런데 그중에도 실천의 차원에서 중요한 부정적 요소는 악에 대한 기독교의 태도이다. 기독교의 관점에서도, "죄악이 보편적 선을 창조하며, 사람의 잘못이 좋은 결과를 낳을 수 있다. 이것은 뒤를 돌아볼 때이다. 그러나 결단의 순간에 이렇게 말할 수는 없다. 그 순간에는 죄는 금지 사항이기 때문이다. ……기독교도는 언제나 기존의 악을 받아들일 수 있다. 그러나 죄를 범하여 진보를 얻어서는 아니 된다. 그는 이미 끝난 혁명을 지지하고 그 범죄를 용서할 수는 있지만, 혁명을 시작할 수는 없다."[2] 메를로퐁티의 기독교 분석은 현실의 불확실성을 인정하지 못하는 기독교와 바로 불확실한 미래에 투신하여 새로운 미래를 만들어 내는 혁명을 대조시켜 말한 것이다.

그러나 미래와 역사가 참으로 모호하고 역사 속의 선악이 불분명한 것이라면, 불확실성에 대한 도전이 허용될 수 있는가. 모호성을 역사의 핵심으로 생각한 메를로퐁티도 궁극적으로는 마르크스주의가 보장하는 미래, 그 미래의 궁극적인 선을 믿음으로써만 모호성의 놀이를 놀 수가 있었다. 잠정적인 악의 수단이 궁극적인 선에 의하여 정당화된다고 할 때, 궁극적인 선을 누가 보장할 것인가? 그것은 언제 실현되는 것인가? 선의 이름으로 수용되는 악이 악에 그치며, 또 정당화될 수 없는 악까지 허용할 가능성은 없는가? 이러한 질문은 여전히 남고, 또 사회주의의 붕괴는 어느 때보다도 이러한 질문들을 정당화하는 것으로 보인다.(소련 체제의 붕괴를 설명하면서 어떤 서방의 관찰자는 그것을 궁극적인 차원에까지 밀고 가 '증오와 의심'에 기초한 사회의 배리로 인한 것이라고 말한 일이 있지만, 혁명적 믿음에 의하여 정당화되는 혁명적 상황은 인간 심리의 온갖 부정적 동기를 방출하게 하는 계기가 될 수 있다.)

혁명적 믿음과 상황에서의 선악의 혼미는 도덕적 선택의 딜레마를 나타내는 것이라기보다는 더 깊은 의미에서의 실존적 문제를 나타낸다고 하는 것이 맞는 것인지 모른다. 메를로퐁티가 말하는 것처럼, 악으로부터 선이 나올 수도 있는 것이 인간의 역사라고 할는지 모른다. 뿐만 아니라, 역사의 모든 양의성에도 불구하고, 역사의 궤도는 선에 의하여 받쳐져 있고, 이 궤도 위에서 악은 그 일정한 역할의 종료와 함께 다시 선의 바탕으로 되돌아가는 것으로 생각될 수도 있다. 그러나 그렇게 되는 경우에도 그것이 혁명의 의도 또는 혁명을 뒷받침하는 근본적인 선의 의지에 의하

---

2   모리스 메를로퐁티, 『의미와 무의미』(노스웨스턴대학출판부, 1964), 177쪽.

여 그러한 전환이 일어나는 것은 아닐 가능성이 크다. 갤브레이스가 자본주의 기업 조직들의 무작정한 자기 확장의 경향을 지적한 것은 한때 유명한 것이었는데, 모든 인간의 경영은 — 개인의 의지, 삶의 형식, 집단적 조직 또는 제도는 그 나름의 자기 보존 또는 확장의 관성을 갖는다고 할 수 있다. 폴란드 영화 「예스터데이」는 당국이 금지하는 영국의 비틀스 음악을 추구하는 공산 체제하의 젊은이들의 고민을 그린 것인데, 이들의 고민은 해방과 혁명의 투쟁에 필요했으면서 그러한 필요가 사라진 다음에도 부과되는 금욕적 기율의 불합리성을 배경으로 그려진다. 혁명의 첫 세대에게 혁명의 원인이 사라졌다는 것은 받아들이기 어려운 일이고, 또 새로운 세대에게 신화적인 혁명의 원인은 현실적일 수가 없는 것이다. 민중의 고통에서 출발하는 혁명도 곧 민중과는 반드시 일치하지 않는 그 자체적인 이해와 관성을 발전시킨다. 새로운 사회의 탄생을 위하여 동원되었던 폭력, 증오, 불신 등은 쉽게 사라지지 아니한다. 선을 위한 악은 그 나름의 관성을 유지한다.

　다시 한 번 말하건대, 이것은 단순히 선악의 선택의 문제만은 아니다. 이것은 개체적 실존의 필연성에 이어져 있다. 주어진 현실에 비판적이라는 것은 그것을 일부 또는 일면적으로 부정하는 일이다. 그런데 현실의 억압성이 크면 클수록, 또 현실에의 대결이 가열하면 가열할수록 부정은 전면적이 된다. 그리고 투쟁적 인간의 삶은 이 전면적 부정에 기초하여 구축된다. 물론 다른 한편으로 그의 부정은 보다 나은 삶에 대한 비전에 연결되어 있고, 그러니만큼 현실에 안주하고 있는 삶보다도 그의 부정은 더 철저한 긍정을 숨겨 가지고 있다고 할 수 있다. 그러나 현실적으로 긍정의 궁극적인 조건이 실현되지 않는 한, 그는 부정이 제공하는 결연한 의지를 필요로 한다. 그리하여 그의 삶은 부정과 긍정의 양극 사이에 팽팽하게 펼쳐지게 된다. 그것은 의식의 면에서만이 아니라 삶의 구체적인 평면에서도 괴로운 것일 수밖에 없다. 사회적으로나 개인적으로나 부정과 긍정의 치환은 혁명적인 진통을 수반할 것이기 때문이다.

2. 직접성의 정치와 시

1960년대 이후의 우리 문학은 위에 말한 비판과 저항의 문학과 삶이 지니는 여러 문제들을 경험하였다. 그중에도 김지하는 가장 치열하게 이 문제들의 핵심에 있었던 시인이다. 그의 시적 경력과 삶에서 가장 분명한 것은 그의 현실 부정의 철저성과 그것의 실존적 결과로 겪게 된 수난이다. 그의 수난은 1970년의 「오적」 사건 이후 1970년대에 계속된 저항, 체포, 투옥 등의 극적 사건들로 대표되지만, 그 이후에도 정치적으로, 개인적으로 또 그의 사고와 시의 전개에 있어서, 그의 고뇌는 그치지 아니하였다. 추상적으로 말하건대, 궁극적으로 그의 부정과 저항과 고뇌를 규정한 것은, 그 것을 사회주의적 이상이라고 부르든 민중주의라고 부르든 또는 제3세계 민족주의라고 부르든, 어떤 정의로운 사회에 대한 비전과 갈망이었던 것은 틀림이 없지만, 그가 분명한 이념, 이데올로기 또는 사회 과학적인 기획에 그의 삶이나 시를 내맡긴 적은 없다고 할 수 있다. 그가 시대의 이러한 이념적 지평과 무관한 것이 아님은 물론이다. 다만 그는 이러한 관계의 지평 속에 있으면서, 그 단순한 이념적 표현에서보다 실존적 복판에서 또 그 것의 철학적 또는 형이상학적 복판에서 산 것이다.

김지하의 삶과 시의 특징은 실존적 철저성이다. 그가 어떤 이념적 경향을 가진다고 하더라도 그것은 밖으로부터 체계로서 또는 기성 개념의 다발로서 넘겨받은 것이라기보다도 스스로의 사고 과정을 통해서 — 또는 무엇보다도 그 자신의 삶을 통해서 그리고 그의 생각을 실행하는 정치적 저항 행동 속에서 새로 생각되고 육화된 것이다. 이러한 실존적 성격이 그의 시에 다른 어떤 종류의 이념적 시에 비하여 볼 때 높은 진솔성(Eigentlichkeit)을 부여한다. 그런데 이것은 동시에 그의 문학에 철학적, 형이상학적 성격을 부여한다. 이것은 일견 역설적인 것처럼 보인다. 김지하의 시는 체험적 깊이에 뿌리내리고 있지만 그렇다고 그것이 보통의 의미에서의 경험적 성격을 가지고 있는 것은 아니다. 그것은 경험을 정확하게 회고하고, 관찰하고 분석하고 이해하는 시가 아니다. 그의 시가 이념적이 아니라 개인적이라면, 그것은 실존적 가능성의 한계에 살려는 결단에서 나온다는 의미에서, 다시 말하여, 한계 속의 삶의 체험이라는 의미에서 개인적이고 경험적이다. 이 한계의 삶은 사회적 정치적으로는 자유나 정의에의 의지로 동기 지어지는 것이지만, 동시에 그것은 이 한계 자체를 확인하려는 철학적 형이상학적 또는 정신적 동기로부터 추구되는 것이기도 하다. 그것은 삶의 필연성의 흔적에 대한 추구이다. 그러한 의미에서 그의 시가 근년에 와서 더욱 철학적 성격을 띤 것은 자연스러운 것이라고 할 수 있다. 김지하는 정치적 시인이면서, 실존적 시인이며, 철학자이며, 최근의 시전집에 부친 발문에서 정현종이 말하고 있듯이, 무당이며, 소를 찾는 노래에서 가장 적절한 선례를 얻었다고 생각하는 구도자이다.

김지하를 한국의 정치와 문학의 험한 마당으로 내리몬 「오적」(1970)의 심리적 동기는 전형적이다. 말할 것도 없이 그것은 당대의 비리에 대한 가장 신랄한 그리고 신명 나는 풍자시이고 또 저항시인데, 그러니만큼 시대를 향한 정치적 또 도덕적 판단의 준열함이 없이는 쓰일 수 없는 시이다. 그러나 이 준열한 판단이 추상적으로 제시되는 것이 아니라 억제할 수 없는 충동 — 이성적으로 설명할 수 없는 욕망의 분출 또는 틀어진 심술의 작용으로 나타난다.

시(詩)를 쓰되 좀스럽게 쓰지 말고 똑 이렇게 쓰렷다.

내 어쩌다 붓끝이 험한 죄로 칠전에 끌려가

볼기를 맞은 지도 하도 오래라 삭신이 근질근질

방정맞은 조동아리 손목댕이 오물오물 수물수물

뭐든 자꾸 쓰고 싶어 견딜 수가 없으니, 에라 모르겠다

볼기가 확확 불이 나게 맞을 때는 맞더라도

내 별별 이상한 도둑 이야길 하나 쓰겠다.

이러한 구절에 나와 있는 누를 수 없는 충동이 시와 정치의 근원적인 동력이 되는 모양은 2년 후의 「비어」에서 더 포괄적으로 표현되어 있다. 지난 20년간을 시대와 더불어 느끼고 살았던 많은 한국인에게, 사지가 절단되고 목숨까지 없어진 다음에도 몸뚱이를 사방 벽에 부딪쳐 쿵 하는 소리를 내고 이 소리로 하여 장안의 권세 있는 자를 불안에 떨게 하는 「비어」의 주인공, 안도(安道)는 아마 김지하의 시의 기저음이고 중심적 이미지로 기억될 것이다. 그 시적 효과는 서울 장안에 울려 퍼지는 그의 벽 부딪는 소리 같은 상징적 울림에 표현되는 것이겠지만, 「비어」는 동시에 김지하의 저항의 여러 사실적 조건들을 밝혀 준다. 다시 말하여 안도는 사지가 없어지고 목숨이 없어져도 꺾이지 않는 의지의 상징이다. 그 의지는 그의 견딜 수 없는 핍박에서 생겨난다. 그가 사는 환경이 견딜 수 없는 것이고 그것이 그로 하여금 저항을 불가피하게 하는 것이다.

삼백예순날 하루도 뺀한 틈 없이 이놈 저놈 권세 좋은 놈 입심 좋은 놈 뱃심 좋은 놈 깡 좋은 놈 빽 좋은 놈 마빡에 관(官)짜 쓴 놈 콧대 위에 리(吏)짜 쓴 놈, 삼삼 구라, 빙빙 접시

웃는 눈 날랜 입에 사짜 기짜 꾼짜 쓴 놈, 싯누런 금이빨에 협짜 잡짜 배짜

쓴 놈

천하에 날강도 같은 형형색색 잡놈들에게 그저 들들들들들

들볶이고 씹히고 얻어터지고 물리고 걷어채이고 피 보고 지지 밟히고 땅 맞고

싸그리 마지막 속옷 안에 꽁꽁 꼬불쳐 둔 고향 길 차비까지 죄 털리고 맥진 기진

박죽뒤죽 풀대죽 초죽음 산송장이 다 된 위에

간첩으로 몰리고 단속에 걸리고 철거당하고 가렴주구의 대상이 되고 하는 것이 안도의 삶이다. 이것은 누구에게나 견딜 수 없는 일이지만, 이것이 안도의 저항을 부르는 것은 그가 유달리 압제의 노력에 물리지 아니하려는 의지가 강한 사람이기 때문이다. 그는 "두 발로 땅을 딛고 버텨" 서고, "한 번만 버텨" 서고자 하는 소망이 강한 것이다. 이렇게 말하는 것은 안도의 저항이 사회의 부정의에 대한 저항이고 그의 저항의 힘은 그의 남다른 정의감에서 나온다고 말하는 것이다. 그러나 주의할 것은 이러한 추상적 설명에는 완전히 포착되지 않는, 저항의 직접성이다. '버티고자 함'은 도덕적 의지를 비유적으로 말한 것이라고 하겠지만, 동시에 그것은 훨씬 더 원초적인 충동을 표현하는 것이기도 하다. 안도의 직립의 충동을 억압하는 것은 물론 사회의 부정의이다. 그러나 그것도 추상적인 것이라기보다는 실제의 물리적 힘으로 나타나는 부정의이고 아니면 적어도 일상생활에 구체적으로 부딪치는 폭력과 부패의 요소이다.

이러한 직접성에의 의지가 바로 이미 비친 바와 같이, 김지하로 하여금 우리 시대의 정치를 가장 치열하게 산 시인이게 하면서 동시에 실존적 시인이게 하고, 또 이데올로기의 한복판에 있으면서 비이데올로기적 시인이 되게 한다. 김지하라 하면 얼른 떠오르는 것은 투사의 이미지이지만, 담시

들을 제외한 그의 시의 증거에 따르면 그는 매우 섬세한 또는 섬약하기까지 한 시인이라는 인상을 주는 경우가 드물지 않다. 물론 그의 시는 처음부터 정치적이고 정치적 상황에 대한 언급이지만, 그럼에도 불구하고 그것은 어떤 때는 청승스러울 정도로 서정적인 것이다. 이러한 서정성은 모든 것을 실존적 절실성 속에서, 그 급박하고 직접적인 느낌 속에서 거머쥐려고 하는 충동과 관계있는 것일 것이다. 최초의 시집 『황토』의 표제 시라고 할 「황톳길」은 그 선율 자체가 극히 서정적이다.

> 황톳길에 선연한
> 핏자욱 핏자욱 따라
> 나는 간다 애비야
> 네가 죽었고
> 지금은 검고 해만 타는 곳
> 두 손엔 철삿줄
> 뜨거운 해가
> 땀과 눈물과 모밀밭을 태우는
> 총부리 칼날 아래 더위 속으로

이러한 영탄적 가락은 험난한 인생에 대한 슬픈 인식을 비친다. 「황톳길」의 상황은 정치적 곤경에 처한 행동인의 상황이다. 그러나 표현된 감정은 이 반드시 따뜻하다고만은 할 수 없는 세계에 버려진 외로운 존재로서 사람이 스스로의 삶을 돌아볼 때 저절로 일어나는 느낌이다. 「땅끝」에서 서정성은 실존적 고독 또는 허무의 느낌에 연결된다.

> 굳게 다문 돌부처의 입술에

침을 뱉든 거역의 예리한 기쁨의 날도

이끼의 샘

아아 깊이 잠든 이끼의 샘

고여 춤추었든 아름다운 유황의 푸른

불길도 지고

뜬눈의 긴긴 밤 내 이마 위에

쉴새없이 나직한 비명들은 배회하다

바다에 지고

　

여기에 표현된 것은 어떤 절망감이다. 그러나 「황톳길」에서나 마찬가지로 다시 한 번 이 시의 상황은 행동적 인간의 그것임을 상기할 필요가 있다. 시에 표현된 고독과 허무의 느낌은 일견 보통의 서정시에서 보는 그러한 느낌과 비슷하지만, 그것은, 시에 이미 표현된 바와 같이, 실패한 정치적 행동의 결과에서 오는 것이다.

그러나 성패에 관계없이 절망감 또는 극한적 감정은 행동적 인간이 그 결단의 순간에 자주 부딪치게 되는 일반적인 감정인지도 모른다. 육사의 「광야」나 「절정」과 같은 시에서 우리는 행동과 실존적 감상의 결합을 본 바 있다. 김지하의 경우 「어름」과 같은 시는 보다 더 단적으로 육사의 「절정」의 인식이나 느낌을 표현한다. 김지하는 이 시에서 스스로의 상황을 줄타는 광대에 비교하고 있는데, 어느 경우에나 그것은 "칼날에 더한 가파로움/ 잠보다 더한 이 홀로 가는 허공의 아픔"을 가져오는 것이다.

　

외줄에 거네

왼쪽도 오른쪽도 허공도 땅도 모두

지옥이라서 거네 딴 길이 없어

제길할 딴 길이 없어 어름에 거네
목숨을 발에 걸어 한중간에 걸어 이미 태어날 적에

여기의 위태로운 모험은 광대의 것이기도 하고 행동주의자의 것이기도 한 것이다. 외로운 결단과 행동의 문제가 고독과 처절함의 관점에서만 파악된다고 생각하는 것은 잘못이다. 그러기 위해서는 그것은 조금 더 추상적인 관념에서 생각되어야 할 것이다. 김지하에게 외로운 행동의 모험은 반드시 윤리 도덕이나 정치적 이념이나 이상의 이름으로 이루어지는 엄숙하고 비장한 결심의 어쩔 수 없는 결과가 아니다. 그것은 훨씬 더 직접적이다. 그것은 외롭고 괴로운 결단의 결과이면서 동시에 엑스터시의 체험이다. 위의 시에 그렇게 말하여지고 있는 것은 아니지만, 위험한 외줄 위의 모험에 목숨을 걸고 나서는 일은 그 나름의 절정에 도전하는 일이다. 거기에는 단호한 버림에서 오는 호기스러운 해방감이 있다. "죽음은 좋은 것/ 단 한 번뿐일 테니까"라는 후렴은 비탄의 신음 소리보다는 도전과 해방에의 운동을 담고 있다. 이러한 면은 김지하의 정치적인 시들에서 더 분명하다. 위에 든 「땅끝」에서 정치적 순간은 "예리한 기쁨의 날" 또는 "아름다운 유황의 푸른 불길"과 일치한다. 「사월」에서 정치적 봉기는 "모순이 소리치는 거리의 한복판으로/ 반역의 미친 미친 저 짐승의 기쁨 속으로/ 오라"라는 모순의 엑스터시에의 초대로 표현된다.

절정의 체험은 어떤 극렬한 것에 자신을 내던지는 데에서 주어진다. 그러나 그것은 그러한 체험에 대한 갈구가 우리에게 있기 때문이다. 사실상 절정의 체험은 모든 것을 투기하는 행동의 체험이지만, 보다 핵심적인 것은 그러한 체험 속에 실현되는 나의 생명력이다. 그리하여 행동의 체험의 지혜는 궁극적으로 내 마음속에 타고 있는 의지, 정열, 또는 김지하적 표현으로 생명의 불꽃의 확인을 가리킨다. 내적인 불꽃에 대한 관심은 김지하의 초기 시에서부터 눈에 띈다. 위에서 우리는 "아름다운 유황의 푸른 불길"에 대해 언급했거니와, 이것은 반란이 태우는 길거리의 불일 수도 있지만, 내면의 불일 수도 있다. 불은 김지하의 시의 도처에 나오는데, 초기 시 중 「황불」은 밖에도 있기는 하나 더 많이는 안에 있는 불을 주제로 한 시이다.

갔네
황불이 일어
하늬도 소소리도
회오리도 없이 고인 불
잠 속에 고인
불 속에 깊이 고인 불 속에 내린
육신의 육신의 뿌리에 내린

이 불이 "육신의 휘모리"에 내리고 신명으로 내리고 난장에 내리고, 정치적 저항, "육신에 내리친 계엄의 미친/ 저 난장 위에 저 총창 위에 저 말발굽 위에/ 저 바리케이트 위에" 뛰는 힘이 되는 것이다.

정치를 내면적 정열의 양식으로 보는 일은 우리 전통에서 흔한 일이다. 아마 그 연원은 정치를 주로 개인적이면서 영웅적 야심 실현의 장, 남자의 웅지의 신장, 나아가 절대적 권력 의지의 각축장으로 보는 전통에 있는 것일 것이다. 근년에 와서 이것은 더 단순한 근원적 활력의 분출이라는 낭만적 관점으로 바뀌게 된 것으로 보인다. 그것은 우리의 근대사가 저항적이며 민중적인 대사건으로 점철되었던 것에 관련된 것인지 모른다. 4·19를 주제로 한 시들에서 보는 "자유 너 영원한 활화산이여" 하는 식의 표현은 정치적 사건의 기념에 가장 자주 쓰이는 표현일 것이다. 정치를 원초적 자연의 폭발적 리듬의 일부를 이루는 것으로 보는 관점은 어느 정도 김지하의 시에서도 찾을 수 있다. 가령 혁명적 폭발을, 조용히 보이지 않게 작게 에너지를 축적하고 있다가 "어느 날 갑자기 넘쳐 버릴 바다/ 넘치면 휩쓸어 버릴 자비가 없는 바다"(「바다」)라고 비유한 것은 전형적인 것이지만, 이와 비슷한 이미지, 비유 추론은 그의 시의 여러 곳에서 산견된다. 그러나 김지하의 독특한 점은 이러한 정열의 정치를 추상적인 수사와 낭만화로부터 가장 직접적인 차원으로, 그리하여 그것을 낭만적 수사의 허위로부터 감각과 육체의 진실로 끌어내린 데에 있다고 할 수 있다. 위에서 말한 바와 같이, 그에게 정치적 반항은 좀이 쑤셔서 못 견디는 육체의 느낌으로 또는 똑바로 서고자 하는 사람의 거의 동물적 충동으로 파악되는 경우가 많은 것이다.

> 오래 굶어 환장한 이 거대한 빈 창자를 끌고
> 서울로 가자구 가서 줏어 먹어 보자구 닥치는 대로
> 닥치는 대로 우라질 것 이봐 어서 가자구
> 생선 뼈다귀도 콩나물 대가리
> 개들이 먹다 버린 암소 갈비도 복쟁이도
> 집도 거리도 자동차도 모조리 모조리 우라질 것
> 암수컷 가릴 것 없이 살진 놈으로만 콰콱콱
> 사람 고기도 씹어 보자구
> 어허 몹시 시장타
> 돈마저도
> 콱.
>
> ──「허기」

이러한 부분에서 정치와 반항의 힘은 육체적인 것의 무차별한 야만성 또는 폭력성과 일치한다. 정치는 근본적으로 야만적일 수밖에 없는 힘, 다시 말하여 폭력에 관계된다. 그것을 우리가 아무리 미화하더라도 정치는 이 야만성, 이 폭력성으로부터 완전히 벗어날 수 없다. 혁명의 정치는 이것을 솔직하게 받아들이고 성립하는 정치이다. 그러나 다른 한편으로 정치는 이 야만적 폭력을 이성적으로 통제하려는 인간의 연약한 노력이란 면을 가지고 있다. 근대적 혁명이야말로 그 가능성의 전제하에서 성립하는 정치적 이해이며 행동인 것이다. 「허기」의 폭력은, 적어도 그 시의 범위 안에서는, 이러한 이성적 통제를 완전히 벗어 버린 허기와 식욕과 증오와 싸움을 말하고 있는 것처럼 보인다. 냉정하게 생각해 볼 때 우리는 여기의 가공할 폭력성에 의문을 가질 수 있다. 그러나 시로서 「허기」에 박진감을 주고 있는 것은 그러한 제약 없는 폭력의 에너지이다. 그런데 오늘의 시대의 정치 철학으로서 그러한 폭력 옹호가 어떤 의미를 갖든지, 바로 그것이 이 시에뿐만 아니라 김지하의 전 작품에 또 사실 그의 삶에 박진성 그리고 어떤 진실성을 확보해 주는 것이 아닌가 하고 생각할 수 있다.

정의를 위한 정치적 투쟁의 위험 중의 하나는 그러한 투쟁의 수사가 곧 가짜의 것이 될 수 있다는 것이다. 정의를 말하기는 쉬운 것이다. 그것은 말하는 사람의 자기 평가를 높여 주고 또 다른 사람의 높은 평가를 얻어 낼 수 있는 좋은 수단이다. 말하자면 정의의 언어는 좋은 상술이요 정책일 수 있는 것이다. 물론 정의의 수사를 휘두르는 것이 쉬운 것은 아니다. 그것은 그에 따른 위험이 있기 때문이다. 자기 가치의 향상과 세간적 평가를 위해서 위험을 무릅쓰는 것도 그 나름의 용기를 요구한다. 뿐만 아니라 그러한 무릅씀은 저절로 사람을 자신의 실존적 진실에 부딪치게 하여 궁극적으로 그를 새로운 사람이 되게 할 수 있다. 그러나 위험과 용기와 희생의 대가에도 불구하고, 사르트르가 "나쁜 믿음(mauvaise foi)"이라고 부른 심리 조작을 통해서 자기를 확인하고자 하는 욕구, "나를 사물의 형식으로 고정된 초월적 모습으로 확인하려는" 충동은 사람에게 너무나 강한 것이다. 이 확인을 위하여 사람들은 많은 것을 무릅쓸 수 있다. 나쁜 믿음의 가능성은 어떠한 존재 양식에도 그림자로서 따라다닌다. 어떻게 보면, 존재의 진실성과 허위성을 가려내는 방법은 없다고 할는지 모른다. 그러나 가령 정치의 영역에서 우리는 참된 지사와 지사로서의 포즈를 추구하는 사람 —— 두 종류의 실체와 그림자가 있을 수 있음을 직관적으로 느낀다.

김지하의 경우, 그의 정치적 언표와 삶이 분명히 가질 수 있는 비장성에도 불구하고, 그의 시에서 지사연하는 포즈는 쉽게 적발하기 어려운 것이 아닌가 한다. 이것은, 위에서 말한 것처럼, 그의 직접성에의 강한 의지에 관계된다. 되풀이하건대 그에게 정치는 명분이나 구호가 아니라 감각과 육체와 불꽃같은 정열(불끈하는 힘)의 실현이다. 그것은 세속의 관점에서 (체제 내적이거나 반체제적이거나) 높은 형태를 취하는 것이 아니기 때문에 반드시 지사의 높은 품격에 첨화가 되는 것은 아니다. 「허기」의 식욕과 폭력은 이러한 차원에서 생각될 수 있는 것이다. 폭력은 무차별적이다. 그것은 정열의 인간에게 현실과 진실의 증거가 되는 절실성의 실현, 절정의 체험의 하나이다. 그것은 반드시 추상적인 공식에 의하여 정당화되는 것이 아니다. 그것에 정당성이 있다면, 그것은 그 자체로 정당하다. 그러면서도 몰가치적이다. 그리하여 그것은 여러 의미에서 위험한 가능성까지도 가질 수 있다. 그러면서도 그것은 그 나름으로 악이 아니라 선이다. 많은 저항적 에너지는 좋은 데에서 나오기도 하지만, 도덕적으로나 감정적으로나 나쁜 데에서도 나온다. 정치적 힘의 큰 부분이 시의, 의심, 미움 또는 일반적으로 니체가 원한이라고 부른 정신생활의 왜곡에서 나오는 것임은 부정할 수 없다. 이것은 김지하의 시의 정서적 자료에도 해당시킬 수 있다. 그러나 분출이 하나의 절정의 체험이라고 할 때, 그 후에 나쁜 감정은 남은 감정으로는 별로 존재하지 아니한다고 할 수 있다. 그 분출 자체가 청정 작용 또는 살풀이의 작용을 하는 것이다. 그리하여 그다음의 삶의 작업은 악의 없이 시작될 수도 있다.(프란츠 파농이 말한 일이 있는 정치적 폭력의 청정 작용도 이러한 것을 가리킨 것인지 모른다.)

김지하에 있어서 정치적 행동이 인간 생존의 직접적 표출로서 그 자체로 완성되는 것이라고 해서, 그에게 정치적 입장이 없다는 것은 물론 아니다. 그의 정치적 입장은 거의 자명하다. 그러나 그가 민중주의자이든 사회주의자이든 민족주의자이든, 그러한 이념적 요소는 체험적 직접성에 용해되어서 존재한다. 그것들은 이 직접성에 의하여 시험된다. 이와 관련하여 우리는 김지하의 정치적 의의가 의심할 수 없는 것임에도 불구하고 그의 시에서 추상적 구호로 요약된 정치적 이념을 별로 볼 수 없는 것에 주목할 수 있다. "신새벽 뒷골목에/ 네 이름을 쓴다 민주주의여"로 시작하는 「타는 목마름으로」는 김지하의 시 가운데 가장 유명한 것 중의 하나인데, 여기에서 우리는 민주주의가 주문처럼 시적 구성의 핵심을 이루는 것을 본다. 그러나 대체로 그의 시에서 민주, 민중, 민족, 자유, 평등, 정의, 계급, 노동자, 기층민, 혁명 등의 나올 법한 단어들은 별로 주제화되어 등장하지 아니한다.

통일과 같은 말 또는 주제가 나오는 맥락도 특이하다. 과히 많다고 할 수 없는 통일 주제의 시들은 『검은 산 하얀 방』(1986)에 들어 있다. 여기의 시들은 대체적으로 말하여 김지하의 다른 시들에 비하여 감정적 열도가 현저하게 낮다. 이것은 김지하의 시론적 관찰에서 그 스스로 시사한 것이다. 이 시들은 구술로 씌었던 것인데, 구술이라는 방식에도 불구하고 이 시들은 그에게 너무 경직된 것으로 생각되었던 것으로 보인다.

원주에서의 이 구술은 내용이 분단, 통일 등의 문제이어서일까, 해남과는 달리 퍽 교술적(敎述的)이었고 내가 평소부터 언짢게 생각해 온 그 '다'형의 시행들, 이른바 '냉동(冷凍) 구조'로 이어지고 있었다.[3]

이러한 딱딱한 시의 느낌에 만족하지 못한 시인은 이것을 다시 그의 보다 더 정서적인 형식으로 고쳐 써 보았지만, 결국 시는 '다' 자형으로 돌아가 버리고 말았던 것이다. 과연 이 통일 주제의 시는 감정의 열도를 결하고 있다고 할 것이다. 그러나 그것이 이들 시를 반드시 시로서 다른 시에 못한 것이 되게 하는 것은 아니다. 오히려 그것은 시의 영역의 확대에 도움이 되는 경우도 없지는 아니하다.(김지하의 자신의 절실성에로 몰아가는 구심적 집중은 그의 시의 폭을 줄이고 단조롭게 하는 효과를 가져오기도 한다.) 또 그것은 그의 시의 정직성을 다시 한 번 지켜 주는 역할을 한다. 그는 직접적으로 체험될 수 없는 사항을 상투적이고 과장된 감정으로 외칠 수가 없는 것이다.

「녹슨 기관차 가득히 꽃을」과 같은 시의 "당신이 내게 올 수 있다면/ 고원에 만발한 한 아름 나리꽃 안고 산철쭉도 안고" 등의 시행은 특히 개성적이랄 것은 없지만, 평범한 이미지, 평범한 언어를 통한 남북 해후의 가능성을 말한 것인데, 그 담담한 수사는 그 꽃의 이미지와 함께 평화와 통일의 메시지를 잘 전달한다. 「수수께끼」 같은 시는 과연 매우 건조한 감정의 시이다.

> 젓가락은 둘인가 하나인가
> 젓가락은 둘이면서 하나다
> 모았을 땐 하나
> 벌렸을 땐 둘

---

3 김지하, 『김지하 시전집 2』(솔, 1993), 317쪽.

모았다 벌렸다 하는 것이 젓가락이매
남과 북도 우선 당분간은 그럴 일이다.

이것이 건조한 시이기는 하지만, 감정의 격앙만이 시의 전달 방법은 아
니다. 이러한 시가 보여 주는 비유의 독창성 그리고 발언의 순리성도 중요
한 시적 가치이다. 『검은 산 하얀 방』의 시 가운데 보다 더 침착한 접근 방
법으로 가장 성공한 시는, 반드시 남북통일의 문제를 다루었다고 할 수는
없으나, 「우리 앞에 있는 분명한 희망」이다. 이 시의 교술 내용은 비교적
명료하다. 우리가 주의를 기울여야 할 것은 미래가 아니라 현재라는 것이
다. 이것은 시의 마지막에 진술되어 있다.

그렇다면 우리에게 희망은

아주 커다랗게
아주 환하게
아주 분명하게
바로 우리 눈앞에

있다.

재미있는 것은 이 점을 설득하기 위해서 사용된 비유이다.

술병 속에 있을 때는 술병 밖을 기억하고 그리워한다
술병 밖에서는 술병 속에 들어 있던 행복한 때를 추억한다
한마디로 말하자

마찬가지 얘기다

술병은 이 지상에 존재하지 않는다

술병의 유혹은 인간의 어떤 도피적 성향을 현실적으로 또 확대된 인간 체험의 유형으로 나타낸다. 그러면서 여기에서 그것은 목하의 정치적 문제에 설득력 있게 적용된다. 이 비유는 현실성과 적절성으로 인하여 매우 효과적인 설득력을 가지고 있지만, 이러한 특질들은 예리하고 섬세한 지적 작용의 결과이다. 다시 한 번 감정의 격앙만이 시적 수사의 필수 요건이 아님을 말하여 주는 예라 할 것이다. 그러면서도 다른 격앙된 시들과 공통점이 없는 것은 아니다. 그것은 시적 작용의 개인적 성격이다. 여기의 기발한 비유는 상투적인 것이 아니라 시인의 독창적인 발견이다. 보다 격앙된 시의 핵심이 되는 것은 체험의 직접성이다. 이러한 지적인 시의 핵심은 지적 체험의 독자성, 즉, 그 나름의 직접성이다.

「우리 앞에 있는 분명한 희망」이 그 기지(機智)의 수법에서 새로운 것이라고 한다면, 그것은 내용의 면에서도 새로운 것을 보여 주는 시이다. 그것은 1980년대에 분명해진 김지하의 정치적 관점의 변화를 극적으로 드러내 주는 시의 하나인데, 미래가 아니라 현재의 중요성의 강조는 정치적 혁명의 전망에도 해당되고, '검은 산 하얀 방 너머'의 시들의 주제가 되어 있는 통일의 문제에도 해당되는 것이다. 이것을 통일에 적용하면, 시인의 관심의 바탕은 자신이 살고 있는 세계라는, 어쩌면, 남한일 수밖에 없다는 것이라고 말할 수 있다. 김지하에게 모든 것은 뜨거운 감정의 매체를 통해서만 시적인 체험이 된다. 목포와 원주 그리고 서울 등을 삶의 터전으로 삼은 시인에게 아무래도 추상적일 수밖에 없는 통일의 문제는 추상적으로 다루어질 수밖에 없을 것이다. 그것이 그의 진실성의 길에 맞는 것이다.

3. 생명에로

그러나, 방금 말한 바와 같이, 이 시가 단적으로 표현하고 있는 것은 김지하의 정치적 방위의 극적 전환이다. 전환의 계기가 된 것들은 여러 가지가 있겠지만, 우리가 여기에서 말하고자 하는 것은 그러한 전환에 어느 정도 내적 필연성이 있으며, 그 필연성의 계기는 가차 없는 체험적 직접성의 추구에 있다는 것이다. 김지하에게 현실에 대한 저항 또는, 더 일반적으로 말하여, 부정의 근본 동력은 지금 이 자리에서의 삶 ― 감각과 육체와 정신에 느껴지는 삶이 견딜 수 없다는 사실이다. 이 견딜 수 없음이 사회적 모순에 연유하는 한, 그의 부정은 새로운 사회, 자유롭고 민주적이고 평등한 민중의 사회에로 연결되고 그것은 그것을 위한 투쟁과 궤를 같이한다. 그러나 이러한 사회가 미래의 이상으로 있는 한 또 이론적 체계로 제시되는 것인 한 그것은 오늘의 감각과 육체 또는 오늘의 신명에 현재하는 것은 아니다. 그것은 어느 정도는 냉동된 이론으로서 구성되고 논의되고 설득되는 것이다. 그것은 '다' 자의 산문의 세계로서, 시적 신명 속에 체험되지는 아니한다.

김지하가 아니라도 시인이 이론적으로 구성된 유토피아의 세계에서 편안하게 앉아 있기가 힘들다는 것은 사회 혁명기의 와중에서 시인들이 겪는 열광과 환멸과 수난의 짧은 궤적들에서 흔히 보는 일이다. 시인은 혁명의 기획에 대하여 늘 착잡한 관계에 있고 또 그쪽에서 볼 때 수상한 인물이기 쉽다. 그러나 그는 그의 체험적 충실성으로 하여 가장 정직한 혁명의 증언자일 수 있다. 시인이 보통 삶보다도 이상에 친근한 사람인 것은 사실이기 때문에 그는 미래의 비전에 누구보다도 쉽게 열광한다. 그러나 그는, 시적 신명이 삶의 수단인 한, 지금 여기의 삶에 밀착할 수밖에 없다. 그에게 미래가 존재한다면 그것은 미래에 있으면서도 오늘 여기에도 있는 미래이다. 그러므로 오늘에 이어지지 아니하는 미래는 그에게 곧 허구로서, 거짓으로서 드러난다.

시인의 신명은 삶의 현실의 강한 현존에 대한 요구이다. 이것이 그로 하여금 견딜 수 없는 오늘의 현실의 부정으로 내모는 것이다. 그러나 행동으로 표현되는 부정은 그 나름의 열광을 제공하고 이 열광을 통하여 현실은 가장 강력하게 드러난다. 어떤 종교적 그리고 시적 감수성은 "조직 사회와의 타협으로도 약화될 수 없는 성스러운 폭력"에 이끌린다.(여기의 폭력의 정의는 폭력의 신비스러운 능력에 대하여 깊은 관심을 가지고 있었던 조르주 바타유가 브론테의 핵심적 동기를 설명하면서 말한 것이다.) 그것은 폭력이 성스러운 것과 일치하는 면이 있기 때문이다. 그리고, 우리의 논의와 관련해서, 성스럽다는 것은 무한과 무시간의 현실의 현존에 다름 아니다. 혁명적 상황은, 또 다른 바타유의 관심의 대상인 사드의 경우에 그랬던 것처럼, 이러한 성스러운 폭력이 폭발하는 순간이다. 행동적 인간의 개인적 반역의 경우에도 성스러운 것은 현실화된다.(어쩌면 이 현실화는 혁명보다는 반란의 경우에 더욱 뚜렷한 것이라고 말할 수 있다. 사드의 절정은 반란이지 혁명 ─ 특히 이성적 기획에 지배되는 혁명은 아니었다.)

그러나 현실은, 사드와 같은 변태적 인간의 경우라면 몰라도, 여러 형태로 현존한다. 성스러운 폭력은 종교의 신비주의적 체험으로 순치될 수 있다. 또는 세속적인 측면에서도 폭력과 부정의 순간에 드러나는 현실은 그러한 집중 상태에서가 아니더라도 삶의 지각에 충일한 형태로 현존할 수 있다. 묵시록의 시인만이 아니라 일반적으로, 세상의 일상적 사물의 아름다움을 읊는 시인들은 이것을 증언한다.

김지하에게 중요한 것은, 되풀이하건대, 현실의 직접적인 현존 ─ 육체적 현존이었다. 이것은 처음에 저항의 시와 행동을 통해서 실현되었다. 그러나 이것은 그것이 제공하는 기회의 적극적 추구보다는 시대적 상황의 결과였다고 할 것이다. 그러한 요소가 전혀 없다고 할 수는 없지만 변태적 절정의 추구보다도 (또 선악의 요소의 구분은 인간 현실 자체보다는 언어적 구별의 필요에서 온다고 할 수 있다.) 그가 일찍부터 느꼈던 생명의 온전성의 유지와 확인이 그의 핵심적 동기였다. 그에게는, 위에서 인용한 「황불」에서 본 것처럼, "하늬도 소소리도/ 회오리도 없이 고인 불" "육신의 육신의 뿌리에 내린" 불이 중요한 것이다. 이것은, 「녹두꽃」 또 다른 많은 시에서 이야기되듯이, 억압과 저항의 충돌 속에서 더욱 강해지는 불로서

깊은 밤 넋 속의 깊고
깊은 상처에 살아
모질수록 매질 아래 날이 갈수록
홉뜨는 눈동자에 핏발로 살아

있는 것이기도 하지만, 그러한 불 또는 생명은 보다 온화한 존재태로서도 지각되는 것이다. 「푸른 옷」은 감옥의 경험을 말하는 것으로서 이 시의 푸른 옷은 수의를 지칭하는 것이지만, 동시에 또는 그보다도 더, 자연 세계의 푸른 색, 하늘의 푸른색 또 푸른 하늘에 존재하는 작은 아름다운 것들을 연상시키는 것이다. 이러한 평화로운 생존과 자연에 대한 갈구는 다음과 같은 구절에 잘 나와 있다.

캄캄한 밤에 그토록
새벽이 오길 애가 타도록
기다리던 눈들에 흘러넘치는 맑은 눈물들에
영롱한 나팔꽃 한 번이나마 어릴 수 있다면
햇살이 빛날 수만 있다면

꿈마다 먹구름 뚫고 열리든 새푸른 하늘

쏟아지는 햇살 아래 잠시나마 서 있을 수만 있다면

좋겠네 푸른 옷에 갇힌 채 죽더라도 좋겠네

이러한 구절에서 보는 바와 같은, 격렬한 삶이 아니라 보다 이완된 삶에 대한 긍정 — 그것도 반드시 사회적 관점에서가 아니라, 위의 이미지들이 시사하듯이, 자연 속에서 평정된 삶에 대한 긍정 또는 그리움이 그의 시에 일찍부터 등장하는 것은 주목할 만하다. 그것은 일찍부터 그의 숨은 동기의 하나였다. 그러므로 그의 정치적 입장의 새로운 변화가 사회주의 체제의 붕괴나 더 나아가 문민정부의 성립 이전에 일어난 것은 놀라운 일이 아니다. 그러나 보다 이완된 삶에 대한 긍정은 1980년대부터 점점 중요한 경향이 된다. 그리하여 단순히 여러 면의 공존이나 계기가 아니라 분명한 전환이나 변화를 이야기하는 것이 가능하다. 이러한 변화는, 위에서 비친 바와 같이 김지하의 시에 이미 존재하던 요소의 발전이며 또 그의 문제 구조의 필연적 전개라고 할 수 있는 면이 있으면서, 다른 요소와 사정 — 복역과 병이 가져온 고통에서 온 새로운 깨우침, 정치적 정세의 변화와 사회 경제적 사정의 향상 또는 나이에 따른 원숙 — 이러한 사정들이 관계된 것으로 말할 수도 있다. 하여튼 그의 시에서 우리는 둥근 것, 부드러운 것, 작은 것, 흐르는 것, 맑은 것 등에 대한 이미지와 강조를 점점 더 많이 발견한다.

「기마상(騎馬像)」의 시사하는 바에 따르면 김지하의 보다 유연한 삶의 자세에 대한 관심은 강한 의지와 투쟁의 삶의 옹호의 자연스러운 다른 면으로 보인다. 이 시는 처음에 힘의 표현으로서의 기마상을 말한다.

살아 있는 힘의 동결

살아 있는 민중의 거센 힘의

동결, 전진하는 싸움의 동결
빛나는 근육의 파도와
쏟아져 흐르는 땀의 눈부심과
외침과 쇳소리들의 동결
뜨거운 대낮의 햇빛 아래서의
동결, 표정과 노여움과 용기의 동결
사랑의 동결, 부재(不在), 꽉 찬
부재(不在), ……

이것은 상투적인 듯한 인상을 주기도 하지만 드물게 힘차고 위엄 있는 민중상의 스케치이다. 그러나 "사랑의 동결"로부터 시작하여 다음에 계속되는 구절에서 힘의 응결로서의 "동결"은 양의적인 의미를 가진 것임이 드러난다. 그러나 이 양의성의 의도는 반드시 조소나 비판을 암시하는 것이라기보다 권력의 과정의 양의성 또는 자연스러운 과정을 말하는 것으로 취할 수 있다. 그러나 다음 단계에서 기마상에 동결되었던 힘은 다시 한 번 변화한다.

……그러나 동결은 나이를
먹는다 기마상이 금이 가듯이
동결은 늙어 어린이
처럼 부드러워진다
다시금 움직이려 한다
굳게 다문 입술에 미소가 번진다
육체의 이 살아 있는 육체
의 기쁨이 샘솟는다

소리가 시작되려고 한다
말은 울려고 한다
발굽이 움직인다 말갈기가
움직인다

「기마상」은 그 수사의 힘에 있어서 그리고 모순과 변화의 정치적 과정에 대한 그 간결하면서도 깊이 있는 관찰에 있어서 브레히트의 정치 시에 비교할 만하다. 이러한 시가 보여 주는 지적 확실성은 김지하의 정치적 변화가 감정적 변덕이나 의지의 노쇠화에 기인한 것이 아님을 느끼게 한다.

그러나 다른 시적 표현들은 지적인 이해보다는 더 단순하게 삶의 다양하고 유연한 국면의 회복 또는 재발견으로서 그의 변화를 기록한다. 「결핍」은 동그라미의 찬미이다. 그것이 '애린'의 의미이기도 하다. 시인 자신은 그 뜻을 밝히기를 거부함으로써 그것의 암시적이고 포괄적인 상태에 놓으려고 하나, 애린의 뜻은 사랑과 연민, 기독교의 사랑과 불교의 자비를 합한 것, 또는 자선의 뜻을 포함한 사랑, 카리타스(caritas)를 지칭할 것으로 생각된다. 그러나 그것은 더 구체적으로 시인 자신이 「결핍」에서 말하고 있듯이, "무엇이든 가볍고 밝고 작고 해맑은/ 공, 풍선, 비눗방울, 능금, 은행, 귤, 수국, 함박, 수박, 참외, 솜사탕, 뭉게구름, 고양이 허리, 애기 턱, 아가씨들 엉덩이, 하얀 옛 항아리, 그저 둥근 원"을 말하고 그것은 "찬 것/ 모난 것/ 딱딱한 것 녹슨 것/ 낡고 썩고 삭아지는 것"에 대립하는 것이다.

그러나 김지하가 그의 정신적 가치의 기본으로 삼고자 하는 (그러면서 그다지 성공적인 의미어라고 할 수는 없는) 애린이라는 말이 나타내듯이, 이러한 새로운 유연성의 긍정은 그러한 성질을 가진 개개의 사물의 긍정일 뿐만이 아니라 그러한 개개의 것이 존재하는 철학적 또는 형이상학적 바탕에 대한 긍정이다. 또 위에서 말한 것처럼, 김지하의 시에 원래부터, 뜨겁고 폭발적인 것에 나란히 맑은 것이나 부드러운 것에 대한 그리움이 있지만, 그것은 어떤 시기와 계기를 통하여 일어난 전체적인 변화로서 확실한 것이 된다. 김지하에게 모든 것은 전체적인 것 또는 근본적인 것에 대한 관계에서 일어난다. 그런 의미에서 그는, 다시 한 번, 철학적이면서 생존의 한계를 시험하여 일을 결정하는 심성의 시인이다. 그의 새로운 형이상학적 바탕 또는 대원리에 이르는 철학적인 그러면서도 체험적인 경위의 일단을 보여 주는 시는 「피쏘」와 같은 시이다. 이 시에서 시인은 총격을 받은 상태에 있다. "하늘에 가득 찬" 총알은 마치 시인만을 노리는 것 같다. 그러나 시인은 그 총알이 단순히 자기만을 노리는 것이 아니라는 것을 깨닫는다.

> 하늘에 가득 찬 총알 총알 총알
> 그 구리의 빛은
>
> 찢어진 왼쪽 다리 끌며 당신 찾는데
> 내 외침만 찾을까요
> 내 눈만 찾을까요
> 내 손만 찾을까요
> 찢어진 다리 흐르는 피가 흘러가는 곳 거기 당신이 누워 숨지고 있겠지요
> 아 아 피쏘 속에서
> 당신 누워 숨지고 있겠지요

총알은 다른 사람도 찾고 있는 것이다. 그것은 공동 운명이다.(어쩌면 이 공동 운명은, 이 시의 흩뜨러진 문맥으로 분명히 짐작하기는 어려우나, 추격자까지 포함하는 것으로 여겨진다.) 여기에서 희생되는 목숨들의 생각은 모든 목숨의 연약함, 귀중함에 대한 깨달음과 그리고 연민으로 이어진다. 위의 인용에

이어서 시인은 말한다.

> 가물거리는
> 마지막 생각
> 가물거리는 마지막 눈
> 그 속에 타고 있는
> 삼화사 촛불
> 마지막 들리는
> 삼화사 독경 소리
> 마지막 보이는
> 삼화사 쇠 부처님
> 아 아
> 물방울.

　이 시의 상황은 초기 시의 그것이나 마찬가지로 극한적 상황이다. 되풀이하건대, 김지하에게 모든 것은 극한 상황에서 시험되어야 한다. 이것이 그의 철학적, 체험적 방법이다. 그러나 시험의 결과는 초기와 판이하다. 극한 상황에서 분명해지는 것은 생명의 절대적 가치이다. 그러나 그 생명의 모양과 의미는 다르게 인식된다. 「녹두꽃」에서 생명의 불은 모든 것을 태워 버리는 횃불이다.("횃불이여 그슬러라/ 하늘을 온 세상을") 그러나 「피쏘」에 보이는 불은 절에 타는 촛불이다. 사람의 목숨은 독경의 촛불이며, 목숨은 그러한 정진을 통해서 한편으로 부처님을 보고 다른 한편으로 물방울처럼 연약한 목숨의 실상을 보는 한 계기이다.
　생각이나 삶의 한계를 통하여 내려지는 실존적, 철학적, 정치적 결단이 중요하면서도, 보통 차원에서의 경험적 계기들이 없는 것은 아니다. 그의

1980년대의 전신과 관련하여, 그것은 그의 『애린』 시편에 여기저기 표현되어 있다. 「그 소, 애린」의 17번 시는, 이것도 철학적 추상화를 거친 것이지만, 긴 고통이 가져오는 교훈으로서의 겸허함과 아울러 커질 수밖에 없는 피로감을 절실하게 또 정직하게 표현한다.

> 비참을 에누리 없이
> 비참대로 바라보자 했었지
> 그게 언제였던가
> 그땐 행복했을 때
> 바라보아도 그리 험하지는 않았을 때
> 바라볼수록 마음 깊은 곳
> 자만심 꿈틀거려
> 눈빛 빛날 때
> 보지 않으려 감추려 숨기려
> 끝끝내 마음 속이려 몸살 낼수록
> 더욱 비참해지는 지금에 와 슬몃
> 되돌아보니
> 참
> 그땐 행복했을 때.

심경의 차원에서가 아니라 지적인 차원에서 변화에 작용했을 법한 객관적인 경험 등도 없지는 아니하였을 것으로 생각된다. 시기적으로 조금 더 소급하는 것으로 보이지만, 「여름 감방에서」는 감방에서 함께 지낸 전과 이십 범 마적대 출신 "따통꾼 안(安) 씨"의 이야기를 적고 있는데, "마을을 통째로 들어먹고 중국 년을/ 한꺼번에 셋씩이나 상관"했고 시인과 밤에 "삥질"을 하는 그의 인생의 확신은 "인간은 모두 다 도둑놈이라"라는 것이다. 「민족의 비극이지 뭘」은, 한글을 겨우 해독하고 "불친절한 보수지의 한문 글자"를 시인에게 물어서 알고, 6·25 때는 차례로 국군, 인민군, 유엔군, 중공군이 되었다가 텅 빈 원주에서 어느 날 카빈총 한 자루를 메고 미군이 남겨 둔 물자를 마음대로 하였던 한 순간을 생애 최고의 행복한 순간으로 추억하며 "6·25는 좋았어"라고 말하며, 시인의 "그래서 결론이 뭐요?" 하고 묻는 말에 "민족의 비극이지 뭘"이라고 답하던 어느 인물을, 오늘의 한국 시에서는 찾기 어려운 객관성 ─ 현실의 양의성을 아무런 주관적 의미 부여 없이 수용하는 객관성을 가지고 이야기하고 있다.(그렇기에 이야기는 더욱 처절하기도 하고 희극적이기도 하다.) 이러한 인물 ─ 분명 피압박 계급에 속하는 이러한 인물에 대한 경험은, 물론 다른 비슷하게 불투명한 의미의 사물이나 인물들의 경험과 함께, 시인으로 하여금 사회와 인생의 이데올로기적 재단이 얼마나 허구적인 것인가를 깨닫게 하는 데 도움을 주었을 것이다.

이러한 관찰, 이러한 체험, 이러한 철학적, 실존적 계기 등이 아울러 이루어진 것이 후기 김지하의 시 세계이다. 여기에서 그는 작은 것, 연약한 것, 일상적인 것, 보통 사람의 세계로 눈을 돌리고, 그것의 가치, 오늘 이 자리에서의 가치를 긍정하려 한다. 물론 이것이 용이한 것은 아니다. 이 긍정은 그의 정치적 과거, 고통의 체험, 실존적 철저성, 형이상학적 집요성, 어쩌면 종교적이라고 규정해야 할 구도적 정진 ─ 이러한 것들과의 갈등 속에서 또는 그것들의 결론으로서 또는 적어도 그러한 것들과의 공존 속에서 이루어진다.

4. 새로운 삶의 노래:『중심의 괴로움』

위에서 시사하려고 한 바와 같이, 김지하의 전신은 오랫동안 준비되고 예고된 것이었다. 그러나 그것은 진전과 후퇴, 주저와 진행을 통해서 이루어지는 것이었다.『검은 산 하얀 방』의 '바다'로 분류되어 있는 시편들의「바다」에서 그는 분명하게 "숱한 저 옛 벗들이/ 빛 밝은 날 눈부신 물속의 이어도/ 일곱 빛 영롱한 낙토의 꿈에 미쳐/ 가차 없이 파멸해" 갔음을 인정하고 이러한 파멸로부터 탈출하여야겠다는 결심을 표명하였다. 그런데 물속의 이어도로 가는 사람들이 파멸했다고 말하면서도 시인이 이 시에서 탈출하여 가겠다고 말한 곳은 육지가 아니라 바다 —— "저 큰 물결이 손짓해 나를 부르는/ 망망한 바다", "아득한 바다", "끝없는 무궁의 바다"이다. 그에게 정치적 유토피아에 이끌리는 길은, 그 외적인 고난에도 불구하고, 섬으로 가는 쉬운 길이요, 유토피아적 정치 노선으로부터 벗어져 나가는 길이야말로 험난한 고해(苦海)에 사는 길인 것이다.(물론 이 시의 뒷부분에도 말하여졌듯이 그것은 결국은 더없이 아름다운 화엄의 바다와 일치하는 것이기는 하다.) 그런데 이 고해에까지 가는 것도 김지하와 같이 정치적 방위 속에서 움직이던 사람에게는 쉬운 일이 아니다. 그는 이 중간의 길에서 —— "옛 삶은 끝이 나고/ 새 삶은 시작되지 않았다"(「속2」) —— 자아의 위축과 허탈과 외로움 그리고 무엇보다도 마음속의 강박증 —— 이러한 것들을 극복하여야 한다.

『별밭을 우러르며』(1989)는 시집의 제목으로부터 시인의 의도를 분명히 하고 있다. 그는 이제 역사로부터 별밭을 바라보고 자신의 선 자리를 가늠한다. 그러나 아직 별의 세계로 가지는 못한다. 그에게 자연은 가장 큰 치유의 근원이지만, 그리하여 봄의 신생은 가장 중요한 위로이지만, 새로 피는 대흥사의 동백꽃을 보면서 그는 아직도 감옥의 사슬 소리를 듣는다.

물론 그것은 사람을 이생에 묶어 두는 요인으로서의 꽃, "붉은 붉은 꽃 사슬 두른/ 동백 숲"과 겹치어 들리는 소리이다.(「겨울 거울 3」) 『별밭을 우러르며』에서의 시인의 위치는 「겨울 거울 4」에 가장 잘 이야기되어 있다고 할 수 있다.

> 자본과 자본론에 묶여
> 헤어나지 못하는
> 이 잠 속에
> 낮닭 울음소리

자본론에서 빠져나왔을 때 받아들여야 할 것은 자본의 세계이다. 그러나 그 두 틈으로 낮닭이 우는 세계가 있다. 이것은 아마 원초적인 자연 속의 인간의 삶 또 그것이 시사하는 다른 세계를 가리키는 것이기도 하고, 사람의 일상적인 세계를 포함하기도 하는 것이다. "해는 중천인데/ 요란한 닭 울음소리"——닭 울음소리는 새로운 날을 알리는, 어떤 새로운 고지의 상징이지만, 또 농촌의 한가한 일상의 소리이다. 그리고 김지하에게 새로운 삶을 위한 중요한 정신적 훈련은 일상적 삶이다.

닭 소리에서 그가 듣는 것은 일상적인 삶의 소리이다. "길이 열린다 살림의 길/ 희미한 아이들 먼 웃음소리가." 이것은 그의 「새벽길」의 한 구절이지만, 그에게 새벽길은 정치적 잠행의 길이 아니라 살림에의 길이다. 크게 살려는 사람에게 그렇게 살아야 한다는 세상에서, 살림의 자질구레한 세계란 수모스러운 것이다. 그러나 수모의 훈련은 겸허의 훈련이며 새로운 평화에의 훈련이다. 「속살 5」에서 시인은 말한다.

> 무릎 꿇어 버릇하니

그게 편해진다

허리 굽혀 버릇하니
그쪽이 익숙해진다

그러면서도 시인의 삶이 벼랑에 있다는 느낌은 없어지지 아니한다. 그
의 새 길에의 일보는 벼랑에서의 삶을 위한 외침이다.

삶은 명치끝에
노을만큼 타다 사위어 가는데

온몸 저려 오는 소리 있어
살아라
살아라
울부짖는다

한 치 틈도 없는 벼랑에 서서
살자 살자고
누군가 부르짖는다

—「벼랑」

생명이란 말은 요즘 김지하에 의하여 구호화되었지만, 「생명」이라는
시에서 확인되는 생명도 이러한 벼랑의 확인이다.

돌이킬 수도

밀어붙일 수도 없는 이 자리

노랗게 쓰러져 버릴 수도
뿌리쳐 솟구칠 수도 없는
이 마지막 자리

　여기에서 한 줄기 희망의 생명이 확인되는 것이다. 그러면서도 그의 내면적 투쟁은 계속된다. 희망이 동터 오면서도 뿌리치기 어려운 절망과의 투쟁은 「악마」와 같은 시에서 가장 잘 표현되어 있다. 이 시에 의하면, 그것은 타살이냐 자살이냐를 강요하는 정도의 격렬한 것으로 보인다.

칼이 눈에 띄면
당장 치우느라 부산하다
두렵다
칼이 눈에 띄면
칼을 잡고 누군가 쑤시든가
나를 찌를 것 같아 두렵다

　시인에게 보다 확실한 긍정은 아직도 과제로 ── 주로 내면의 과제로 남는다.

치우자 치우자 부산으로 될까
마음속 깊이 가득 찬
칼을 그대로 둔 채로.

시전집(1993)에 '쉰'이라는 제하에 포함된 시들로부터 김지하의 악마와의 싸움은 거의 끝난 것으로 보인다.「쉰」은『중심의 괴로움』에도 다시 수록되어 있는데, 사정은 마찬가지이다. 갈등과 상처가 없어지는 것은 아니지만,「쉰」에서 시작하여 이번 새 시집은 싸움이 많이 끝난 후의 본격적인 신생의 노래가 된다.「쉰」그리고 새 시집의 머리에 있는「역려(逆旅)」는 이 모임의 시들 가운데 제일 고통스러운 그리고 강력한 시라고 할 수 있는데, 여기에서도 그의 고뇌와 상처는 매우 중요한 의식의 주제가 되어 있다. 그러나 적어도 시가 말하는 바로는 그의 삶의 부정적 상징들은 새로운 의미를 얻은 것이 되어 있다. 시 머리의 이미지는 그의 마음의 강박적 흔적을 말함에 있어서 매우 효과적이다.

　　내가 가끔
　　꿈에 보는 집이 하나 있는데

　　세 칸짜리 초가집
　　빈 초가집

　　댓돌에 피 고이고 부엌엔
　　식칼 떨어진

　　그 집에
　　내가 사는 꿈이 하나 있는데

　　뒤꼍에 우엉은
　　키 넘게 자라고 거기

거적에 싸인 시체가 하나

아득한 곳에서 천둥소리 울려오는
잿빛 꿈속의 내 집
옛 고부군에 있었다는
고즈넉한
그 집.

시인의 추억 또는 역사적으로 재구성되는 추억이 무엇을 뜻하는지는 분명치 않다. 그러나 그것이 가난과 살인과 황폐한 집 ── 피로 물들여진 어느 삶의 황폐한 현장을 말하고 있다는 것은 전달된다. 이것은 김지하의 심리적 드라마의 원형적 현장이라고 할 수 있다. 이 원죄와 같은 현장에서 풀려나오는 일들이 행복하고 평화로운 것일 수는 없다. 그것은 더 많은 죽음의 추억들과 회한과 원한의 무대이다. 그러나 이 모든 것은 새로운 연꽃으로 환생한다.

내 이마는 기억의 집
회한과 원한 가득한 진흙탕
연꽃 한 송이 일찍 피어
이마를 가르며 붉게 벌어진다

「줄탁(啐啄)」은 (약간 그 문맥이 분명치 아니한 대로) 부정과 긍정의 역전을 아름다운 이미지로 다음과 같이 표현한다.

내가 타 죽은

나무가 내 속에 자란다
나는 죽어서
나무 위에
조각달로 뜬다

　나를 태운 나무가 내 속에 산 나무가 되고 나는 그 위에 비치는 조각달
이 된다는 이미지는 매우 아름다운 이미지로서 애증이나 운수를 초월한
어떤 윤회와 조화의 세계를 암시하기는 하지만, 정확히 어떤 의미를 가지
고 있는지는 풀어 말하기 어렵다. 그러나 정확한 해석을 못 하더라도 우리
는 그것이 자의적으로 구성된 것이라기보다는 어떤 철학적, 정신적 의미
를 가지고 있다는 느낌을 받는다. 어떤 경우에나, 김지하의 근본적인 깨우
침이 고통의 아름다운 변용이라고 하더라도 그것은 단순히 느껴지고 주장
되기보다는 철학적 모색을 통해서 또는 종교적 명상(가령 심우송(尋牛頌)의
선적(禪的) 명상 같은)을 통해서 얻어지는 것이다. 김지하에게 모든 것은 철
학적, 체험적 필연성에 의하여 검증되어야 한다.
　김지하의 생명 긍정은 생명 현상의 테두리로서의 우주 공간과 무한한
시간의 연속을 새삼스럽게 깨닫는 데 관계되어 있다. 많은 종교적 관점이
보여 주듯이 우리의 관심과 눈이 넓은 시공에 열리게 될 때 마음은 우리 주
변의 좁은 집착에서 해방된다. 그러나 동시에 역설적으로 우리의 삶에 대
한 바른 원근법 — 그 사소성을 깨닫게 하는 원근법은 그것의 귀중함을,
그러나 그것만의 귀중함이 아니라 우주의 광대무변한 시공 속에 공존하고
있는 똑같이 허무한, 모든 생명체 그리고 존재자의 귀중함을 깨닫게 한다.
이것이 김지하의 긍정의 도식이다. 물론 그것은 그러한 도식으로 제시되
는 것이 아니라 그의 실존적 체험과 자각의 결과로서 어렵게 현시된다. 사
실 이러한 도식은 체험으로서만 설득력을 얻는 것이지, 도식으로서는 어

떠한 의미를 가질 수 없다.

이미 위에서 인용한 「벼랑」이나 「생명」에서 본 것처럼 김지하의 우주적 자각은 극한적인 상황에서의 자신의 생명의 확인에서 출발한다. 이들 시에서의 생명의 인식은 추상화된 이미지로 포착되어 있지만, 그것은 더욱 일상적인 의미에서의 자아의 인식에 무관한 것은 아니다. 「그 소, 애린 27」에서 김지하의 자신의 목숨에 대한 생각은 병든 가장의 생명에 대한 생각이다.

> 아직은 저를 데려가지 마십시오
> 아이들을 먹이고 키워야 합니다

1980년대 이후의 김지하의 시에 빈번한 외로움의 느낌도 자신의 생명의 자각에 관계된다. 그의 많은 시들의 묘사는, 홀로 방에 있고 길을 가고 노방에 앉아 길 가는 사람을 보고 자연을 보고 하는, 집단으로부터 떨어져 혼자 있는 시인의 모습을 떠올리게 한다. 「그 소, 애린 4」에서는 그는 외로움을 솔직히 선언한다.

> 외롭다
> 이 말 한마디
> 하기도 퍽은 어렵더라만
> 이제는 하마
> 크게
> 허공에 하마
> 외롭다

그에게는 "입 있어도/ 말 건넬 이 이 세상엔 이미 없"는(「그 소, 애린 4」) 것이다. "날 찾을 이 없음도 다 알고/ 망연히 앉아 있는 나날"(「바램 2」)과 같은 시구는 전통적으로 초야에 숨어 지낸 시인들의 대인난(對人難)의 느낌을 표한다.

그러나, 위에서 말한 것처럼 고독은 김지하에게 철학적 의미를 갖는다. 외로운 자아의 확인은 한편으로 삶의 모든 것을 가능하게 하는 근본적 지주의 하나이지만, 다른 한편으로 그것은 그것의 우주에서의 위치에 대한 인식으로 나아가는 거점이기도 하다. 외로움의 느낌을 넘어서 하나의 절대적인 원점으로서의 자아는 위에서 이미 인용한 「벼랑」이나 「생명」에 표현되어 있지만 이것은 더 철저한 모습으로 이번 시집의 「다 가고」와 같은 데에 표현되어 있다.

다 가고
나만 남으리

솔잎 누렇게 변해
새들 떠나고

길짐승도 물고기도
벌레 모두 떠나고

주위의 친구들
하나둘씩 병으로 죽어 없어지고

나만 남으리

지구 위에 홀로

지구마저 흙도 돌도
물도 공기도 마저 다 죽어

나라 이름 붙인
허깨비만 남으리

끝내는
오도 가도 못할 천벌처럼
나만 오똑 남으리.

이 시는 단순히 자아 확인의 시라고 할 수는 없다. 시의 배경은 공해에 찌들어 가는 지구이다. 시가 표현하고 있는 느낌은 파괴되어 가는 지구 환경과 인간에 대한 황막한 느낌이다. 그리고 동시에 그것은 지구 보존과 인간 공동체의 보존을 위한 호소이다. 그러나 이 시가 모든 것이 소멸해도 남아 있을 자아의 절대성을 말하고 있는 것도 사실이다.

김지하가 자아의 절대성을 말한다고 하여도 그것은 이미 세속적인 의미에서의 자아는 아니다. 「그 소, 애린 25」에서 그는 "나는 아무것도 아니요/ 나는 흙이요 나무요 벌레요 새요"라고 말한 바 있다. 이번 시집의 「예전엔」에서는 마음속에 태어나는 새로운 나는 나 아닌 나의 노래를 가능하게 하는 나라고 말한다.("내 안에 다시 태어나는/ 나 아닌 나의 노래") 그 '나'는 시의 머리에 나와 있는 메마른 나무의 이미지로 암시된다.

예전에 풍성했던

온갖 생각들 자취 없고

빈자리에
메마른 나무 그림자 하나

메마르기 때문에 이 나뭇가지에는 새가 앉고 새 노래가 깃들 수 있다.
「일산시첩(一山詩帖) 5」에서 시인의 자아는 뼈만 남은 것으로 말하여진다.

내 몸에
살 떠나고

뼈만 남았구나

바로 이러한 줄어진 자아는 만물을 향하여 열린다.

흰 햇살 눈부신
뼛속에서
무지개 꿈꾸고

뼛속에서
풀잎 자라고
해와 달 뜨고

더 일반적으로, 뼈만 남은 자아는 "새 천지 키우는 자리"인 것이다. 궁
극적으로 생명 긍정의 절대적인 지점으로서의 자아의 의미는 결국 이와

같이 나 아닌 나로 열리고 그것을 길러 주는 일에서 찾아진다. 위에서 언급했던 「피쏘」에서 자신의 생명에 대한 위험 의식이 다른 사람의 생명에 대한 공감으로 이어지는 것을 보았다. '나'의 확인은 동시에 다른 사람의 나, 다른 존재자의 존재에 대한 공감적 확인과 함께 성립한다. 이것은 기쁘고 슬픈 일에의 공감의 느낌으로 표현된다. 「빗소리」에서 귀 열린 시인은 "삼라만상/ 숨 쉬는 소리"를 듣지만, 그중에도 만물의 괴로움의 소리를 듣는다.

> 내 마음속 파초잎에
> 귀 열리어
> 모든 생명들
> 신음 소리 듣네
> 신음 소리들 모여
> 하늘로 비 솟는 소리
> 굿 치는 소리 영산 소리 듣네

「새봄 3」의 공감적 확인은 봄의 생명의 긍정 ── 만물이 형제라는 성 프란체스코의 찬가와 비슷한 찬가가 된다.

> 흙도 물도 공기도 바람도
> 모두 다 형제라고
> 형제보다 더 높은
> 어른이라고
> 그리 생각하게 되었지요

이러한 공감은 이와 같이 피조물의 고통에 대한 연민이 되고 또 그에 대한 축복과 찬가가 되지만, 그것이 사회적, 윤리적 의미를 가지게 되는 것은 당연하다. 그러나 그것은, 적어도 이 시집에 있어서는, 구체적으로 고통받는 사람 또는 일반적으로 중생에 대한 공감과 연민으로보다는, 시인이 실천하려고 하고 또 인간적 삶의 기본이라고 생각하는, 윤리적 태도에 대한 진술로 표현된다. 가령, 겸허, 감사의 마음 그리고 무엇보다도 공경은 만물 공존의 윤리로서 가장 중요한 덕목이다. 「저녁 산책」에서는 되풀이하여 "숙인 머리"를 말하고, 숙인 머리에 종소리, 새들, 바람, 별들이 모인다고 한다. 「새봄 4」는 살아 있는 것, 하루 세끼 밥 먹는 것, 새봄이 오고 꽃이 피는 것, 우주를 느낄 수 있는 것이 다 고마운 일이라고 말한다. 「새봄 6」은 작은 것들에 대한 공경을 말한다.

꽃 사이를
벌이 드나들고

아기들
공원에서 뛰놀 때

가슴 두근거린다
모든 것 공경스러워
눈 가늘어진다.

「공경」은 더 분명하게 그것이 사람의 기본적인 윤리적 자세임을 말한다. 공경은 여인을 보고 또는 어린이 앞에서 또는 우주의 새싹의 탄생을 알고 뛰는 마음인데, 높은 데에 올라선 사람만이 아는 경지이다.

김지하의 자기를 낮게 하고 다른 생명을 공경하는 철학은 우주의 대궁정에서 끝난다. 또는 그것을 바탕으로 한다. 자아의 의미는 궁극적으로 우주와의 일치에 있다. 개념적으로 우선 그것은, 위에서 말한 바와 같이, 우주를 아는 거점이다. 나는 우주 안에 있다. 이것이 윤리적 삶을 요청한다. 「정발산 아래」는 이것을 수학적 구도로 말한다.

정발산 아래
아파트
아파트 속에 갇힌
나
내 속에는 정발산
정발산 속엔 또
해와 달과 별과 바람

나 이제 거리에서도 산에 살고
벽 너머 이웃에 살고
나 아닌
나를 살고

「태고」는 조금 더 철학적으로 나와 우주의 일치를 말한다. 나는 우주의 육체를 지니고 있고 나는 우주 속에서 무궁하다고 말한다.

내 손바닥에
태고의 삶이
고여 있다

그런 의미에서 나의 육체는 "무궁한 나를 생각"할 수 있게 한다. 「나 한 때」는 같은 주제를 좀 더 확대하여 되풀이한다. 나는 잎새와 새들과 물방울과 더불어 우주 속에 있다. 나는 이것들에 의하여 이미 점지되었다. 그리하여 시인은 "지금도/ 신실하고 웅숭스런/ 무궁한 나의 삶"을 말하고 "내 귓속에/ 내 핏줄 속에 울리는/ 우주의 시간"을 듣는다. 「새봄 8」에서 이러한 일치를 말하는 철학은 과학적 언어를 빌린 것이기는 하지만, 아트만과 브라만의 합치를 이야기하는 인도 철학과 비슷한 것이다.

내 나이
몇인가 헤아려 보니

지구에 생명 생긴 뒤 삼십오억 살
우주가 폭발한 뒤 백오십억 살
그전 그후 꿰뚫어 무궁 살

아 무궁

나는 끝없이 죽으며
죽지 않는 삶

두려움 없어라

오늘
풀 한 포기 사랑하리라
나를 사랑하리.

5. "그날은 없다"

이러한 우주적 관점에서 볼 때, 짧은 시간적 원근법 속에서 미래를 계획하는 또는 미래로 오늘의 삶을 미루는 일들은 그렇게 의미 있는 것이 될 수 없다. 그러나 무궁한 시간과 공간 속에서 볼 때 역설적으로 유일하게 의미 있는 것은 오늘 여기의 삶뿐이다.

그날은
없다

있는 것
살아 있는 것은
지금 여기

여기서 저기로
지금에서 옛날 훗날로
위아래로 사방팔방으로

살아
넘치는 지금 여기
끝없는 그날이 있다

그리움도
그러매
나를 향하라

내 속에

님

이토록 살아 계시어

나날이

이리 죽지 않고

삶.

—「그날」

오늘의 넘치는 삶을 외면하고 그날을 기하려는 인간 행동의 가장 대표적인 것은 정치 —— 그중에도 미래의 사회에 대한 일정한 기획을 가지고 움직이는 유토피아적 정치이다. 김지하는 그것을 거부한다. 그러나 그가 현실의 행동을 모두 거부하는 것은 아니다. 그가 원하는 것은 우주의 생명의 원칙에 대한 자각에 입각한 윤리적 정치이다. 그는 아마 인간의 우주적 의의를 손상하는 정치적, 사회적, 경제적 움직임들을 고치는 것이 마땅하다고 생각할 것이다. 그런데 우주의 윤리적, 종교적 의의는 사람에 한정되는 것이 아니다. 그의 "새로운 교회/ 풀잎의 흙과 물의 교회"(「새 교회」)이다. 그의 정치는 지금에 있어서 환경의 오손에 관계되어 있다. 이번의 시집에서 가장 강렬하게 비판적으로 이야기되어 있는 것은 자연의 손상이다. 물론 이것이 특정한 산업 체제, 정치 체제의 소산인 한, 그가 그것에 대하여 호의적일 수는 없을 것이다.

그러나 대체로 그는 이번 시집에서 세계를 긍정하고 찬미하고자 한다. 그러나 찬미의 대상이, 그 철학적 대긍정에도 불구하고, 모든 것에 미치는 것은 아니다. 그것은 정치와 사회 또는 문화 속에 있는 인간과 그 업적을 외면한다. 한편으로 이것은 김지하의 초기의 격렬한 정치적 관심에 대조되지만, 다른 한편으로 그 관심을 계승하는 것이다. 그렇다는 것은 사실 초기의 관심도 매우 한정된 의미에서만 정치적이었기 때문이다. 그것은 어떻게 보면 그의 실존적 치열성 때문이었다. 그것은 그로 하여금 초미의 과제 이외의 다른 것에 마음을 돌리는 여유를 스스로에게 허락하지 아니하였다. 그러나 동시에 이 치열성이 그로 하여금 우리 시대의 "중심의 괴로움"을 살게 하고, 또 그것을 가장 거짓 없는 직접성 속에 살게 하였다. 그러나 그것은 괴로운 것이었다. 자칫하면 그것은 인생에 초토만이 남을 그러한 것이었다. 그러나 이 시집은 그가 시대와 삶의 다른 중심에 이른 것을 기록한다. 이번의 시집은 그의 신생(新生)의 서(書)이다. 신생의 깨우침이 주로 자연의, 삶의 새로움과 영원함을 말하는 것은 당연하다. 그의 다음의 발전에서 우리는 그의 시가 보다 많은 인간사의 중심을 관통하는 것이 될 것을 기대해 볼 만하다. 그런 경우 우리의 역사는 가차 없이 진실되고 철저하면서도 풍요한 시인을 얻게 될 것이다.

(1994년)

백百의 세계를 보는 하나의 눈

　학계의 선배이기도 하지만 나의 중학교 선배이신 범대순 교수는 정확히 확인하지는 못하였지만 미루어 짐작하건대 이제 정년을 몇 년 남기시지 아니한 것이 아닌가 한다. 그러니 이번의 시집 『백의 세계를 보는 하나의 눈』에 추억의 시편들이 눈에 많이 뜨이고, 또 아울러 삶의 황혼에 대한 명상들이 많이 있는 것은 자연스럽다 하겠다. 삶의 시작과 끝의 주제가 한번 보인다는 것은 범 교수의 연륜을 짐작하게 하는 것이면서 또 시의 폭을 말하는 것이기도 하다. 그것은 삶을 넓은 시각에서 조감한다는 것을 뜻한다. 대체로 우리 전통에서 삶을 넓게 본다는 것은 어떤 종류의 달관, 혹은 평화에 이른다는 것을 말하는 것으로 생각되어진다. 과연 우리는 이 시집에서 노년의 달관, 정화, 관용 또는 지혜에 접하게 된다.

　물론 모든 노년 또는 노년의 삶에 대한 넓은 조감이 그러한 경지에 이르는 것은 아니다. 우리가 이 경지를 이 시집에서 느낀다는 것은 말할 것도 없이 범대순 교수 스스로 이룬 것이다. 그러나 동시에 그 연배의 독특한 체험으로 가능해진 것으로도 보인다. 범 교수의 추억담에서 보듯이, 그 연배분들의 어린 시절 가장 큰 주제의 하나는 가난이다. 그러나 동시에 가난에도 불구하고 또는 바로 가난하였던 까닭에 사람들은 지금보다는 좀 더 인정이 있는, 그리하여 조금 더 인간적인 삶을 살았다는 생각이 든다. 물론 그 삶의 부족한 점을 말하고, 또는 더 나아가 그때도 역시 정치적 격동기였기에 그 격동 속에서 일어난 비인간적인 일들을 들자면 그것도 한이 없겠지만, 그때가 ─ 그때란 넓게 말하여 경제 성장으로 우리의 삶과 심성이 크게 달라지기 시작하기 이전의 전투를 일컬어 하는 말인데, 그때가 적어도 심성의 근본 바탕에서는 조금 더 인간적인 것이 아니었나 하는 생각이 드는 것이다. 아니면 그때는 삶의 여러 요소가 단순한 조화를 가지고 있었고, 또는 적어도 하나의 질서 속에 파악될 수 있었다고 할 수 있을는지 모른다. 그리고 이러한 단순한 삶이 원형으로 남아 있어서 후에까지도 삶을 조금 더 너그럽게 고요하게 보게 하고, 노년의 지혜를 가능하게 해 준 것인지도 모른다.

범대순 교수의 어린 시절에서 떠오르는 이미지들은, 주로 어린 시절을 회고한 「잡초고」의 여러 시편에서 나오는, 반은 쓰러진 사립문, 맨발의 소년들, "세금팔"과 자갈길, 개똥도 얼고 고추도 어는 겨울의 추위, 집안일로 결석하고 냉수 먹고 공을 차는 아이들, 어머니의 흙 묻은 젖, 물에 빠져 죽을 뻔한 아이를 두고 한 놈쯤 없어지면 했다는 아버지 등이다. 이러한 이미지들이 가난하고 가혹한 삶만을 나타내는 것은 아니다. 그것은 추억 속에서 아름다운 것이, 그러나 지나치게 아름다운 것이 아닌 것이 된다.(범 교수의 시는 감정적 미화나 추화 없이 사실을 사실대로 견딜 수 있는 힘을 가지고 있다.)

「옛날」은 사라진 지난날의 의미를 가장 잘 압축하여 표현하고 있다.

옛날에는 돌덩이가 개똥 쇠똥같이
우리들의 맨발과 같이 놀았었다.

옛날에는 울 밑에 꽃뱀이 일어나
무지개같이 먼 하늘로 날아갔다.

큰물이 날 때 소가 떠내려갔다.
지붕이 내려앉아 다 같이 울었다.
옛날에는 늘 무섭고 높았었다.
옛날에는 길고 멀고 어두웠다.

이러한 어린 시절의 회상은 좋은 일, 나쁜 일 아울러서 강한 반응을 할 수 있는 어린아이들의 고양된 감성의 소멸에 대한 아쉬움을 말하고 있는 것이지만, 동시에 우리의 삶의 환경의 변화에 대한 일반적인 판단을 담고 있기도 하다. 이것은 이 시의 마지막 연에서 더 분명하다.

가득하였던 밤하늘에 별도 사라지고
푸른 하늘도 구름도 멀리 가 버렸다.
울을 넘는 꽃뱀도 귀신도 죽어 버리고
옛날도 나의 맨발도 다 가 버렸다.

서양의 현대 시의 근본적 상황으로 리처드는 마술적 세계의 소멸을 지적한 일이 있다. 위의 구절은 같은 상황이 우리 사회의 변화에도 해당된다는 것을 간결하게 표현해 준다. 사실 오늘의 시점에서 이것은 단순한 상징적 차원이 아니라 더 사실적인 측면에서 우리 사회에 일어난 것을 말하고 있다.

대체적으로 그간의 우리 사회의 변화는 마술의 소멸 — 그리고 위의 구절이 동시에 시사하는 바와 같이 자연과의 친밀한 관계의 소멸, 또는 일반적으로 자연 공동체의 소멸로도 말할 수 있다. 그러나 적어도 외형적으로 변화는 정치적 격동의 형태를 띠었었다. 범 교수의 시에도 그러한 정치적 격동이 흔적을 남기고 있다. 그러나 그것은 직접적이기보다는 간접적인 것으로 나타난다. 가령 정치는 시민의 또는 시의 화자의 죄의식 — 정치로부터 거리를 유지한 것에 대한 죄의식으로 나타난다.

> 숨 돌려 사랑을 향할 수 있었던 것은
> 숨어서 정직을 얻을 수 있었던 것은
> 무등산 깊은 골짜기 바위같이 벗하여
> 무섭게 어두운 다만 겨울의 안이었을 뿐.

미움의 시대에 사람의 삶에서 더 근본적인 것이어야 할 사랑은 이렇게 도피로 느껴질 수도 있는 것이다. 그것이 범 교수의 주된 정조를 이룬다고 할 수는 없으나, 말하자면 '겨울의 안이'에 대한 반작용이라 할 수 있는, 행동주의의 찬미에서도 우리는 시대가 강요하는 정치의 인력을 볼 수 있다. 범 교수는 학생들의 행동주의를 다음과 같이 그린다.

> 넉넉한 사색의 소나무 숲에 모여
> 젊은이들은 더욱 열이 올랐다.
> 끊임없이 역사가 철학에 부딪혔다.
> 젊은 가슴 안에 천년이 불탔다.
>
> 그때 큰 절 범종이 울었다.
> 산 지붕에 닿는 푸른 하늘이면서
> 광장의 분수 같은 젊은이들이

타는 파도의 내일에 뛰어들었다.

위 구절에서 범종에 대한 언급은 정치적 행동을 종교적 정열의 차원으로 끌어올리고 있지만, 1980년대에 자주 보았던 분신은 더욱 강한 낭만주의적 관점에서 묘사된다.

정오에 눈을 감고 일어섰다.
불은 사랑하는 사람같이 타올랐다.
꾀꼬리 울음이 꽃잎같이 지는 길로
푸른 울음소리를 따라 그는 달려갔다.

『백을 세계를 보는 하나의 눈』의 많은 사물은 범 교수의 넓은 해외여행의 인상과 감회를 적은 것이다. 그러나 그중에도 역점이 가 있는 것은 감회 ─ 또는 여행을 계기로 하여 일어난 생각들이다. 그것들은 개인적인 것이라기보다는 불가피하게 오늘의 세계에서 과히 높은 국제적 명성을 누린다고 할 수는 없는 한국에 사는 한국인으로서의 반응을 정리한 것이다. 범 교수의 반응은 비록 표면에 강하게 표현하고 있지는 아니하지만 민족주의적이다. 범 교수는 미국은 땅은 크고 사람은 작은 나라라고 한다. 이것은 미국의 힘에 눌리는 느낌을 피할 수 없는 우리의 반응일 것이다. 또 그는 미국의 농촌의 한 농부를 만나 그 풍요를 보고, 그의 농산물이 아프리카의 기근 지대로 가는 것이 아님을 주목한다.

이러한 외국 여행의 소감은 타당성이 없는 것은 아니면서, 유감스럽게도, 자칫하면 단순한 시새움과 열등감의 발현에 불과한 것이 될 수도 있다. 영불 해협에 터널이 뚫어진 것은 최근의 일인데, 이러한 뉴스를 듣고 "하루 내 나는 괜히 배가 아팠다"라고 범 교수는 고백한다. 물론 이렇게 배 아

푼 것이 옳다는 것은 아닐 것이다. 이 시의 끝에서 범 교수 자신,

> 섬놈들이나 뙤놈들이나 할 것 없이
> 개구리들도 명주옷 입고 꽃대님 치고
> 같이 우리도 공자와 여래가 있는데
> 왜 나의 배는 하루 내 가라앉지 않는가

하고 자문하고 있다.(위의 구절에서 '같이'는 무슨 뜻일까? 시집 전편에 걸쳐서 '같이'는 범 교수만의 특이한 의미로 사용되는 것으로 보인다.) 물음은 배 아플 이유가 없으며 배 아플 것이 없다는 말이지만, 그 말 또한 시새움의 느낌을 초월한 것으로 들리지는 아니한다. 그것은 우리도 내놓을 것이 없지 않다는 계속된 경쟁의식에 기초한 것이다. 스코틀랜드 여행에서도 우리는 비슷한 느낌의 표현을 본다. 시인은 여행 중 무식한 스코틀랜드 사람을 만나고, 그가 한국에 대하여, 동양에 대하여 전혀 알지 못할 뿐만 아니라 한국을 아프리카와 비슷한 것으로 아는 것을 보고 놀란다. 그리하여 그는,

> 그리스 신화 성서며 셰익스피어
> 그리고 동양의 고전과 피의 영국사
> 먼 나라 무식한 사람을 다스리는데
> 먼 나라에 한나절 신열이 났었다.

라고 그 자신의 분통과 계몽의 노력을 기록하고 있다.

　해외에서 이러한 무식한 외국인을 만나는 것은 드문 일이 아니고, 또 거기에 분개를 느끼는 것은 극히 자연스럽다. 그러나 동시에 그러한 분개가 우리의 객관적인 인식을 도와주거나 내면생활의 심화를 가져오는 것은 아

니다. 그것은 오히려 그들의 척도에, 또는 나의 깊은 내면적 필요와는 관계 없는 외면적인 척도에 말려들어 가는 결과가 될 뿐이다. 개인의 삶이나 국가가 쓸데없는 비교 경쟁 없이 각자의 존엄성 ─ 장점과 결점을 다 아우르면서 유일무이한 단독자로서의 위엄을 지키고, 또 다른 사람이나 국가의 존엄성을 인정할 수 있는 방법이 있어 마땅하다.

니체는 민주주의 시대를 '한(恨, ressentiment)'의 시대로 규정한 바 있다. 한은 약자가 그의 열등한 처지를 도덕적 우월의 입장으로 바꾸는 심리적 조작의 방법이다. 그러한 한이 정당하냐 아니하냐를 떠나서, 문제는 그것이 진정으로 건강하고 강력한 도덕적 힘의 형성에 부정적인 방해물이 된다는 것이다. 우리의 오늘이야말로 한에 의하여 특징지어지는 시대로 알수 있다. 특히 우리의 정치는 그것에 의하여 지배되는 감이 있다. 한의 무반성적 표현은 바야흐로 모든 진정한 도덕적 사고와 판별, 그리고 행동의 어려운 추구를 대신해 가는 것으로 보인다. 여기에서 이러한 문제에 대해 언급하는 것은 그것을 본격적으로 논하자는 것도 아니고, 범 교수의 시가 이러한 점을 특히 노정하고 있다고 말하려는 것도 아니다. 다만 범 교수와 같은 이의 시에서도 그러한 요소가 보이는 것으로 하여 우리 모두가 시대의 지배적 심리에서 벗어나는 것이 얼마나 어려운 것인가를 새삼스럽게 깨닫게 되는 것이다.

이러나저러나 우리 시대의 혼란에서 순수함 ─ 범 교수의 어린 시절이 그 나름으로 보여 주었던 순수함, 그 생명에 대한 경이, 비뚤어지지 아니한 긍정적 에너지를 그대로 지키기는 불가능한 일이다. 한의 비생산성을 피하면서 할 수 있는 일의 하나는 삶의 모순을 그대로 포용하는 것일 것이다. 「역설고」가 말하고 있는 것은 바로 이러한 모순의 불가피함 그리고 그것의 적극적 수용이다.

까치가 숨 돌리는 사이 간간이
참새의 거짓말이 섞이듯
비 개인 날 아침 구름이
푸른 하늘을 애써 늘리듯이.

붉은 기운 풀 죽은 깃발이
한 장 안에 같이 역사이듯
메마른 대륙에 별이 뜨듯
꽃이 잡초와 같이 들이듯.

대성당 안에 피 묻은 칼이듯
칼로 하여 더욱 경건하듯
노예의 마음이 자유이듯.
겨울이 끊임없이 여자이듯이.

흙으로 가고 바람이 될 우리가
같은 이불 속에서 붉게 있듯
청첩이 하나의 상자 속에서
부고와 같이 붉게 있다.

　삶의 역설을 수용할 수 있는 것은 낭만적 기분이나 한의 자기 정당화의
안이함을 넘어가는 삶에 대한 대긍정의 마음이 있기 때문일 것이다. 삶의
모든 부정적 계기는 오로지 이 대긍정에의 길의 일부로서 의미를 갖는다.
방법적 의미가 없다면 부정에의 탐닉이 무슨 보탬이 되는가. 위 시의 역설
은 삶의 일체성에서 해소된다. 그런데 이 대긍정은 또 역설적으로 삶의 무

상함에 대한 깨우침에 연결되어 있다. 나이가 가져오는 지혜 그리고 동양적 지혜의 한 의미도 삶의 무상과 존귀함을 하나로 보는 데에서 나온다. 노년과 죽음을 생각하는 시 「떠나는 길에」는 삶의 끝에서 느끼는, 비고 찬 것의 통일을 다음과 같이 말하고 있다.

비어 오히려 넉넉한 느낌을 같이
고요하고 가득한 소리를 얻는다.
귀 안이 이미 실솔같이 울어도
천하의 가을이 두렵지 않다.

그리고 시인은 이어서 삶의 정열과 그 사윔 그리고 그것의 고마움과 덧없음을 다음과 같이 말한다.

새도 나도 내일을 믿으면서
끊임없이 푸른빛을 그리워했다.
별을 향하던 붉은 날개같이
어디 건너편에 지는 화살같이.

안녕, 안녕히 손을 흔들면서
돌에게까지도 인사하고 싶구나
풀잎이 바람의 뜻을 알기까지
그리 멀고 큰 세월은 아니었다.

여기에 나와 있는 삶의 긍정과 달관은, 방금 비친 바와 같이 나이와 더불어 온다. 또 그것은 동양의 지혜에 이야기되어 온 것이다. 그러나 다른 한편으로 그것은 멀리 어린 시절부터 온다고 할 수도 있다. 궁핍한 대로 하나였던 어린 시절의 삶의 모형은 두고두고 성장하는 삶의 힘이 된다. 범 교수의 시가 어린 시절에 대한 회상을 많이 담고 있는 것은 우연이 아닐 것이다. 우리는 이러한 어린 시절 —— 근본적으로 농업에 기초한, 농촌에 뿌리 내리고 있던 이러한 삶을 이제는 가지고 있지 않다. 우리의 감성이 날로 거칠어 가고 우리의 시가 경박한 자기 과시나 한으로 이루어지게 되는 것은 이러한 사연에 관계되어 있는 것인지도 모른다.

(1994년)

잃어버린 서정, 잃어버린 세계

　시라고 하면 우선 서정시를 생각하게 마련이지만, 모든 시가 다 서정시인 것은 아니다. 그리고 오늘날에 올수록 시는 서정시이기를 그치는 것으로 보인다. 서정성의 쇠퇴 과정에서 천상병은 우리의 최후의 서정 시인에 해당된다. 물론 그만이 유독 최후의 서정을 대표한다고 하는 것은 아니지만, 그는 이제는 사라져 버린 어떤 종류의 서정성을 뛰어나게 표현하였다. 그는 1930년생이고, 1950년에 시단에 등단한 시인인데, 그의 서정은 그의 생년과 그의 서정시가 많이 발표된 1950년대로부터 1970년대까지의 독특한 감수성으로 정의되는 것이다. 그것은 한편으로는 전통적으로 시적인 감흥이라고 말하여지는 감정에 이어지면서 다른 한편으로는, 조금 더 현대적 계기의 세례를 받은 어떤 감정에 열려 있는 감수성이다.

　　목어(木魚)를 두드리다
　　졸음에 겨워

고오운 상좌 아이도
잠이 들었다.

부처님은 말이 없이
웃으시는데

서역 만리(西域 萬里)ㅅ 길
눈부신 노을 아래

모란이 진다.

—「고사(古寺) 1」

　조지훈의 이러한 서정은 대부분의 독자가 전통적인 시적 감정을 표현하고 있는 것으로 곧 알 수 있는 것이다. 꽃이 지는 것과 비슷하게 떨어지는 잎을 그리는 김종삼의 「주름 간 대리석(代理石)」도 같은 시적인 감정을 표현하고 있지만, 그것은 조금 더 현대화되어 있다.

　　— 한 모퉁이는 달빛 드는 낡은 구조(構造)의 대리석(代理石). 그 마당 사원(寺院) 한구석 —
　잎사귀가 한 잎 두 잎 내려앉았다.

　김종삼의 문단 등장은 대체로 천상병과 비슷한 시기이지만, 출생 연대로는 그의 9년 연장이었다. 천상병의 낙엽은 조금 더 긴장된 상황에 떨어지는 것이다.

외로움에 가슴 조일 때

하염없이 잎이 떨어져 오고

들에 나가 팔을 벌리면

보일 듯이 안 보일 듯이 흐르는

한 떨기 구름

—「푸른 것만이 아니다」

조지훈의 고사(古寺)에 지는 잎은 고사의 유구한 느낌을 강조해 준다. 물론 떨어지는 잎 자체는 생멸의 무상함 속에 있는 것으로서 옛 절의 역사의 유구성이나 부처님의 세계의 영원에 대조되는 것이지만, 이 대조로써 그것은 한편으로는 영원한 세계의 영원함을 두드러지게 하고, 다른 한편으로는 궁극적으로는 그것마저도 그 일부를 이루고 그 속에 거두어들여지는 것임을 암시한다. 김종삼의 시는 이러한 종교적인 테두리를 가지고 있지 않다. 그의 시에서 말하여지는 낙엽도 종교적 구조물 위에 내리는 것이지만, 강조되어 있는 것은 그 구조물의 내적 실체를 이루는 부처님 또는 어떤 신과 같은 초월적 존재보다는 구조물 자체, 특히 대리석이라는 아름답고 견고한 물질적 구조물이다. 그리하여 피고 지는 잎의 무상한 생명은 종교적이면서 동시에, 또는, 그보다는 기념비적 예술적 구조물의 유구함과 대조된다. 물론 여기에서도 이 대조는 무상한 생명 현상도 유구함의 질서 속에 편입되고 그 질서의 일부가 되는 것임을 암시하는 것이기도 하다.

천상병의 시구에서도 같은 영원과 순간의 변증법을 볼 수 있다. 다만 영원의 질서 자체가 변화를 초월하여 존재하는 흔들리지 않는 근거로 생각되지 아니한 느낌을 주기는 한다. 시인이 외로움을 느끼고 떨어지는 잎에 상심할 때, 하늘에 흐르는 구름에서 받는 위안은 무엇인가. 한 떨기 뜬구름이 말하여 주는 것은 고독이나 사멸이 자연의 섭리라는 것이다. 생멸과 유전이 우주의 한 섭리라는 것은 하나의 위로임에 틀림이 없지만——특히 한 떨기 꽃에 그리고 또 표 나지 않게 순하게 흐르는 물과 비슷하게 느껴진 구름의 모습으로 말하여진 우주의 섭리가 위안이 되는 것임에는 틀림이 없지만, 그것이 변화를 초월하여 존재하는 영원의 보장만큼은 만족스러운 것은 아닐 것이다. 영원한 것이 없지는 아니하지만, 영원과 순간 또는 일체성과 개체성의 관계는 조화보다는 모순으로 파악된다. 위에 인용한 구절은 시의 두 번째 연이지만, 첫 연은 다음과 같이 시작한다.

> 저기 저렇게 맑고 푸른 하늘을
> 자꾸 보고 또 보는데
> 푸른 것만이 아니다.

이 난해한 첫 연에서 시인이 말하고자 하는 것은, 세계의 원리가 반드시 긍정적인 것만을 포함하는 것은 아니라는 것이다. 하늘을 허망한 인간사를 초월하는 어떤 우주적 원리로 본다면, 그것은 반드시 맑고 변함없는 것——푸른 것만을 가지고 있는 것만은 아니라는 것이다. 그리하여 거기에서 시인은 뜬구름이 일었다 지는 것을 보는 것이다. 이것은 이 구름의 생태를 통하여 자신의 외로움과 나뭇잎의 떨어져 감과 하나인 것이다. 그것은 반드시 영원한 것의 일부가 되는 것은 아니다. 그렇다고 한다면, 그것은 생멸과 변화가 우주 과정의 일부라는 뜻에서만 그러하다.

천상병의 시적 감정이 조지훈이나 김종삼의 그것에 비하여 조금 더 불안한 세계 인식을 드러낸다고 하여도, 그 근본적 구도는 비슷하다고 하여야 한다. 그리고 그가 우리 시대의 최후의 서정 시인이라고 할 때, 그 서정성의 근거도 이 근본 구도에 관계되는 것으로 생각된다.

전통적으로 시에서 기대하는 서정성이란 무엇인가. 시가 사람의 마음에 느끼는 뜻이나 감정을 드러내는 언어 표현이라는 것은 주지의 사실이다. 이 뜻이나 감정은 마음속에 절로 일어나는 것일 수도 있으나, 대개는 어떤 사물이나 계기에 접하여 일어나는 것이다. 그럼으로 하여 그것은 내적 표현 이외에도 묘사적 성격도 가지게 된다. 이러한 뜻에서 주자(朱子)가 시를 정의하여 "詩者 人心之感物而形於言之餘也."라고 한 것은 대체로 우리가 시에 대하여 가지고 있는 상식적 이해를 나타낸 것이다. 그러나 사물에 대한 모든 감응이 시가 되는 것은 아니다. 그 가운데에도 어떤 특정한 것만이 시적 언어로 표현될 만한 것이라고 흔히 생각된다. 이 선택된 감정이란 주자의 관점에서는 도덕적 수양에 도움이 되는 것이었다. 그러니까 사물이나 그 사물에 응하여 일어나는 감정은 도덕적 교훈을 전달하는 만큼만 시적으로 유용성을 갖는 것이다. 이러한 시에 대한 도덕적 견해는 시를 지나치게 좁게 해석하는 것이다. 그러나 시가 어떤 감정이나 사물을 그린다고 한다면, 그것은 대체로, 반드시 도덕적 교훈은 아니라고 하더라도, 그것에 어떠한 의미를 발견하는 까닭이다.

시는 도덕적 교훈 속에는 아닐망정 특정한 대상물을 어떠한 상위의 의미 체계 속에 포섭하는 행위이다. 이 상위 체계의 역할은 도덕적 교훈 또는 다른 종류의 기성 이데올로기가 할 수 있는 것이지만, 시에 나오는 구체적이고 대상적인 체험을 도덕이나 이데올로기로 옮겨 놓는 시가 대체로는 시적 기쁨을 주지 못하는 것은 우리가 자주 보는 것이다. 전통적으로 보다 많은 경우 시적 감흥은 시적 대상물이 유발하는 형이상학적 정서에 의존하는 것으로 생각된다. 시인들이 "현현의 순간(epiphanic moment)"이라고도 "특권의 순간(moment privilege)"이라고도 부르는 것은 이러한 시적 순간을 설명하려는 말들이다. 그러나 형이상학적이라고 하여 반드시 커다란 추상적 명제로 표현되는 초월적 진리를 말하는 것은 아니다. 그것은 매우 일상적인 삶에서의 특별한 순간이다. 로만 잉가르덴이 문학 작품의 특성의 하나로 "형이상학적 성격"이라고 부른 것도 이러한 순간을 말한 것이다. "사람의 삶은 말하자면 무의미하게, 비록 그 개미 같은 인생살이에서 어떤 큰일이 이루어질지는 모른지만, 잿빛으로, 무목적적으로 흘러갈 뿐이다. 그러다가 어느 날 ── 마치 하나의 은총처럼 ── 특별할 것도 없고 주의하지도 않았던, 일상적이고 감추어져 있던 바탕으로부터 하나의 '사건'이 일어나고, 그것이 우리와 우리의 세계를 형언할 수 없는 분위기로 감싸게 된다." 이런 때의 빛의 느낌이 형이상학적인 것이다. 그러나 이것은 단지 알 수 없는 바탕 또는 이유만의 사건은 아닌지 모른다.

형이상학적 정서란 좀 더 단순하게 우리가 삶의 전체에 대하여 갖는 느낌이라고 불러도 좋다. 즉 아무리 바쁜 삶의 흐름 속에서도 가지게 마련인 산다는 것에 대한 경이감, 신비감, 의아감, 또는 허무감이나 무의미감과 같은 것이다. 산다는 것과 우리 의식 사이의 간격에서 또 다른 여러 다른 감정들이 일어나고, 또 그것은 문화에 따라서 일정한 유형으로 정형화된다. "마른 가지에 까마귀 멈추어 선 가을 어스름"과 같은 짧은 서경(敍景)의 효과는 그것이 환기하는 삶에 대한 느낌 ── 형이상학적 정서에서 오는 것이다.

위에 인용한 세 시인의 시가 표현하고 있는 것도 비슷한 형이상학적 정서이다. 쓸쓸함이라든지, 무상함, 또 역설적으로 이러한 느낌으로 확인되는 정적감과 일체감은 동양 시에서 특히 특권화된 형이상학적 정서이다. 쓸쓸함이나 무상의 느낌은 삶의 밑에 가로놓여 있는 삶 전체에 대한 느낌으로 나아가는 예비적 정서이다. 주자가 시가 사물에 감응한다고 할 때에도 이러한 것을 뜻하였는지 모른다. 그 감응이란 인간의 본성이 움직이는 것이고, 본성은 사람이 고요함 속에 있을 때 하늘과 일치한 상태를 지칭하는 것인데,("人生而靜 天之性也.") 이러한 바탕이 되는 삶의 느낌과 특정한 사물과의 만남이 일어나는 것이, 또는 거꾸로 사물과의 만남을 통해서 삶의 바탕을 되돌아보게 되는 것이, 시적 계기가 되는 것이라고 할 수 있기 때문이다.

하여튼 중요한 것은 전통적인 시에서 시적 순간은 사물에 촉발되어 삶의 전체에 대한 느낌을 환기하게 되는 순간일 경우가 많다는 것이다. 이 시적 대상물과 삶의 전체와의 만남이 서정성의 근거가 되는 것으로 보인다. 위에서 잠깐 언급한 「푸른 것만이 아니다」가 우리에게 주는 시적 전율(frisson poétique)은 삶의 한 계기에서 시인이 삶 전체에 돌리는 질문에 관계되어 있다. 시인의 외로움은 떨어지는 잎이나 구름을 생각하게 하고, 또는 (여기에 인용하지 않은 부분에서) 세월이나 신록, 그리고 뜨고 지는 달을 생각하게 하고, 이것들의 보다 큰 테두리로서의 하늘에 대한 관계를 생각한다. 이 시가 아니라도 여기의 이러한 시간 속의 삶과 그것을 넘어가는 전체성과의 병치에서 일어나는 형이상학적 정서의 서정적 효과는 천상병의 시의 특징을 이룬다.

형이상학적 큰 것과 일상적 삶의 계기의 상호 작용은 그의 초기 시의 많은 부분에서 쉽게 볼 수 있다.

> 깊은 밤
> 멍청히 누워 있으면
> 어디선가 소리가 난다.
> 방 안은 캄캄해도
> 지붕 위에는
> 별빛이 소복이 쌓인다.
>
> ─「은하수에서 온 사나이: 윤동주론」

시인은 방 안에 갇혀 있으면서도 이렇게 방 밖의 무한한 공간을 생각한다. 이것은 천상병의 이야기이면서도 제목이 말하고 있듯이 윤동주의 이

야기이고, 또 그러니만큼 시인의 본질을 말하고 있는 것이다. 같은 병치는
「한낮의 별빛」의 주제이기도 하다.

> 돌담 가까이
> 창가에 흰 빨래들
> 지붕 가까이
>   애기처럼 고이 잠든
>   한낮의 별빛을 너는 보느냐…….

이러한 큰 것과 작은 것의 병치는 공간적으로만 제시되지 아니한다. 말
할 것도 없이 더 중요한 것은 이것이 사람의 삶의 역정의 비유라는 것이다.
천상병의 시 특유의 우수는 인생의 많은 계기들을 인생의 시간적 전개 속
에서 — 그리하여 불가피하게 무상한 느낌을 환기하는 시간성 속에서 보
는 데에서 유래한다. 그에게 한 현상이 눈에 뜨인다면, 그것은 시간의 유전
속에 있는 것을 안 순간이다. "지난날, 너 다녀간 바 있는 무수한 나뭇가지
사이로 빛은 가고 어둠이 보인다."(「서대문에서: 새」) 계절의 경우도 그렇다.
가을이 온다면, 그것은 다른 가을과의 관계 속에 있는, 또 되풀이될 수 없
는 귀한 순간과의 관계에 있는 가을이다. 그리하여 그는 가을을 말하면서,
"가을은/ 다시 올 테지"라고 하면서 동시에 쓸쓸하게 묻는다.

> 다시 올까?
> 나와 네 외로운 마음이,
> 지금처럼
> 순하게 겹친 순간이……
>
> ─「들국화」

삶의 시간성의 의식은 대체로 그로 하여금 위의 구절에서나 마찬가지로 삶을 무상하고 위태로운 것으로 파악하게 한다. 이러한 삶의 의식은 「미소: 새」에 잘 요약되어 있다.

入가 흐뭇스레 진 엷은 웃음은.
삶과 죽음 가에 살짝 걸린
실오라기 외나무다리.

새는 그 다리 위를 날아간다.
우정과 결심, 그리고 용기
그런 양 나래 저으며……

이와 같이 삶의 좋은 순간 — 미소라든가, 우정이라든가, 용기라든가 하는 것들은 생과 사의 사이에서 사람으로 하여금 긍정적 지속을 가능하게 하는 매우 위태로운 외나무다리와 같은 것이다. 그러나 삶을 그 실존적 전체성에서 파악하는 것의 참 의미는 그것이 삶을 대긍정으로 받아들일 수 있게 한다는 데 있다. 그리하여 시인은 이어서 말한다.

풀잎 슬몃 건드리는 바람이기보다
그 뿌리에 와 닿아 주는 바람,
이 가슴팍에서 빛나는 햇발.

오늘도 가고 내일도 갈
풀밭 길에서
입가 언덕에 맑은 웃음 몇 번인가……

웃음은 어려운 생존의 조건에서도 햇발이 되기에 족하다. 그리고 삶은 궁극적으로 어둠보다는 이러한 밝음에 의하여 뒷받침되고 있는 것이다.

　　햇빛 반짝이는 언덕으로 오라
　　나의 친구여,

　　언덕에서 언덕으로 가기에는
　　수많은 바다를 건너야 한다지만,

　　햇빛 반짝이는 언덕으로 오라
　　나의 친구여……

　이러한 대긍정의 자세에도 불구하고(물론 그것은 부정적 상황의 틈에서 역설적으로 비추는 긍정이지만) 천상병의 생애가 간구한 것이었음은 잘 알려진 사실이다. 뿐만 아니라 그것은 그의 시에도 되풀이하여 언급되고 있는 그의 삶의 기본적인 사실이다. 그는 시에서 "가난은 내 직업"이라고 말한 일이 있다.

　그러나 놀라운 것은 이 가난이 현실적으로 어떠한 것이었든지 간에, 적어도 시적으로 고양된 순간에 있어서는 비참이나 불행이나 원한이나 분노의 감정을 일으키지 아니한다는 것이다. 그는 가난이 그로 하여금 "비쳐 오는 햇빛에 떳떳할 수 있"게 하였다고 말한다. 그러나 이 떳떳함이란 말이 시사하는바, 흔히 가난의 주장에서 보는 정의와 분노나 자기 정당성의 주장은 그의 시에서 흔히 발견되지 아니한다. 그에게 가난이 햇빛에 관계된다면, 이 햇빛은 사회적 감정으로서의 당당함보다도 시각의 투명성을 뜻하는 것일 것이다. 이 투명성은 삶의 어둠과 밝음, 특히 아름다움을 볼 수 있는 능력이다. 그것은 욕심의 흐림이 없음으로써 온전할 수 있는 것이기 때문에 가난에 의하여 쉬워지는 것이다. 그렇다고 하여 그가 철학적 투시력을 원하였다는 것은 아니다. 그에게 무엇보다도 중요한 것은 행복이었다. 위의 구절들이 나오는 시, 「가난은」의 서두가 말하고 있는 것은 행복이다.

> 오늘 아침을 다소 행복하다고 생각하는 것은
> 한 잔 커피와 갑 속의 담배,
> 해장을 하고도 버스 값이 남았다는 것

가난이 불가피한 것이라면, 그것 속에서라도 행복을 발견하는 것이 현명한 것이겠지만, 달리 보면, 가난으로 하여 비로소 한 잔 커피와 갑 속에 남은 담배와 해장의 요기와 버스 값의 가치를 감식할 수 있다고 할 수도 있는 것이다.

천상병의 시가 시사하는 바대로라면, 가난과 행복에는 어떠한 상관관계가 있는 것으로 보인다. 위에서 우리는 이미 이 관계를 조금은 따져 보았다. 가난은 사물에 대한 또는 일반적으로 삶과 세상에 대한 눈을 투명하게 하는 작용을 한다. 그것은 작은 것의 귀함을 알게 하는 인식의 조건이다. 그러나 다른 한편으로 이러한 인식은 그 작은 것마저도 기약할 수 없는 것이 되게 하는 무상한 삶의 거대함에 비추어서 가능해지는 것이다. 그것은 이 거대함과 작은 것의 맞물림을 긍정하는 행위이다. 가난은 삶의 거대함을 알게 한다. 가난은 작은 것과 큰 것의 교호로써 이루어지게 마련인 삶에 대한 균형 있는 인식을 가능하게 한다. 이렇게 보면 가난은 그 자체로보다는 하나의 철학적 의미에서 행복의 조건이 될 수 있다. 그것은 필연적인 조건이라기보다는 균형된 삶을 사는 데에 도움을 주는 요인이다.(아무리 부하여도 사람은 세계의 거대함에 비추어, 또 그리고 그의 삶의 한정에 비추어 지극히 가난할 수밖에 없는 것이 아닌가.)

위에서 정의하려 한 것처럼 서정성이 사람의 삶의 큰 것과 작은 것의 마주침, 삶의 거대한 형이상학적 신비와의 마주침에서 연유하는 것이라고 한다면, 가난의 철학적 의미는 서정성의 그것과 같다. 그러한 의미에서의 가난이나 서정성은 천상병이 속하였던 세대의 문화—삶에 대한 그 나름의 균형된 철학적 인식을 내장한 문화에서 나오는 것으로 생각된다. 이 문화란, 다시 말하여 사람의 삶을 그 형이상학적 조건—하늘과 산과 나무 등의 자연, 태어나고 사랑하고 고통하고 죽는 인간의 삶의 생애의 순환 그리고 그러한 사람들의 삶이 이루는 시간적 공간적 상호 관계, 이러한 조건들 속에서 파악하게 하여 주는 문화이다. 이 문화는 철학적 의미를 가지고 있기는 하지만, 물론 사변적으로 전개한 철학적 문화라기보다는 감수성이고 생활이다. 그것은 사람이 자신의 삶을 알아볼 만한 또 실제적으로 감당할 만한 넓이와 한계 속에 두고자 하는 자연스러운 요구의 표현이다. 이러한 여유란 삶과 의식 사이에 공간을 필요로 하고, 이 공간이 저절로 철학적 반성을 통하여 의식화되기도 하는 것이다.

김종삼의 「소리」는 그런 한계 또는 공간에 둘러싸여 있는 한 풍경을 다음과 같이 그리고 있다.

산마루에서 한참 내려다보이는
초가집
몇 채

하늘이 너무 멀다.

얇은 소릴 내이는

초가집

몇 채

가는 연기들이

지난 일들은 삶을 치르느라고

죽고 사는 일들이

지금은 죽은 듯이

잊혀졌다는 듯이

얕은 소릴 내이는

초가집

몇 채

가는 연기들이

　시의 가운데 있는 초가의 삶은 가난하고 신산스러운 것임에 틀림이 없다. 그것은 (문맥이 분명치 않은 대로 해석해 보면) 현재의 삶의 간곤함에 과거의 일들도 생사의 전체적인 전망도 잊고 ― 그리하여 기억과 전망을 가진 삶을 살지 못하는 삶이지만, 그것은 초가와 가는 연기와 얕은 소리로만 자기의 존재를 알리는 연약한 삶이지만, 그래도 그것이 하늘과 산의 커다란 풍경 속에 있으며, 지난 일과 죽음과 삶의 ― 어쩌면 한 사람만이 아니라 여러 세대의 죽고 사는 일의 연쇄 속에 있다는 사실은 분명하다. 이 작은 삶을 에워싸고 있는 큰 테두리는 실제의 공간이면서 또 의식의 공간이다. 이 공간은 시인의 의식 속에 있지만, 동시에 사실 초가의 삶의 의식 속에도 작용할 것임이 분명하다. 이러한 배경과 초점의 삼투는 초가의 가난 또는 조촐함으로 인하여 더욱 쉽게 가능해지는 것이겠지만, 간고한 삶이 이러한 삼투 또는 균형의 필수적인 조건인 것은 아니다. 되풀이하여 그것은 전체를 균형 속에서 소작할 수 있는 실제적 공간과 철학적 문화로 인하여 가능한 것이다.

"찬 처마에 달이 비치어 강산의 빛깔이요/ 고요한 밤에 책을 펴니 우주의 마음이다." ─ 이러한 시구에서 보는 바와 같은, 반드시 가난한 것은 아닌, 인간과 자연의 조화된 삶은 옛날의 시나 시조의 상투적인 주제이다. 다만 옛날의 조화의 비전은 김종삼의 시대에 와서는 더 이상 지속할 수 없는 것이 되어 가난과 고통 속에서만 역설적으로 긍정될 수 있는 것이 된 것이다. 그리고 이러나저러나 그것은 근대화와 경제 발전 그리고 정치적 경제적 욕망의 해방 속에서 자연스러운 상태거나 불가피한 형편이 아니고 방어적으로 내세워야 되는 주장이 되었다. 이것은 천상병의 경우에도 마찬가지이다.

천상병 시인의 생애에서 커다란 전기를 이루는 것은 수락산 밑에 정착한 일이다. 이것은 그에게 도시의 보헤미안으로부터 안정된 시민으로의 전환을 가져왔다. 이 전환은 그 자신의 삶에 대한 인식에서는 다분히 산림이나 시골에 한거하는 처사의 이미지로 표상되는 것이었던 것 같다. 수락산 이사 이후의 그의 시는 거의 전적으로 그곳에서의 삶에 관한 것이 되었다. 그것은 변두리의 삶이었지만, 그의 마음속에는 매우 긍정적으로 투사되었다. 그는 그곳의 삶의 환경을 다음과 같이 요약하여 말한 바 있다.

> 나 사는 곳
> 도봉구 상계 1동
> 서울의 최북방이고
> 변두리의 변두리.

수락산과 도봉산
양편에 우뚝 솟고
공기 맑고 청명하고
산 위 계곡은 깨끗하기 짝없다.

통틀어 조촐하고
다방 하나 술집 몇 개
이발소와 잡화점
이 동네 그저 태평성대.

여긴 서울의 별천지
말하자면 시골 풍경
사람들은 다 순박하고
자연을 사랑하고 향토 아끼다.

「동네」가 그리고 있는 마을은 서울의 변두리이면서도 김종삼의 「소리」
의 초가 동네처럼, 산과 물과 하늘을 배경으로 한 인간의 삶의 개인적이며
공동체적인 형태를 유지하고 있다. 천상병이 자신의 삶에 대하여 가지고
있던 이미지의 출처는 우여곡절과 변조가 있는 대로 전통적인 것이었다고
할 수 있다.

그러나 그러한 심상은 불원간 도시의 고층 아파트와 휀소가 삼켜 버리
게 될 과도적 현상의 허상에 불과했다. 그것은 과거로부터의 잔상으로서
만 존재할 뿐이다. 처음 천상병이 이사하였던 곳은 서울의 경계로부터 80
또는 100미터 떨어져 있던 곳이다. 그가 다시 이사를 한 것인지도 모른지
만, 위의 시에서 그것은 상계1동이 되어 있는데, 이것은 그의 주거지가 서

울에 편입된 때문일 가능성이 크다. 하여튼 오늘날 상계동은 고층 아파트 군이 밀집된 가장 도시적인 곳이 되어, 하늘과 산과 물과 일체적으로 조화된 마을이라는 이미지와는 먼 것이 되었다. 물론 이러한 도시화와 그 부조화를 피하고자 하면, 다시 더 서울에서 멀리 산이 우뚝 솟고 공기 맑고, 계곡 깨끗한 곳으로 옮겨 갈 수 있을 것이다. 그러나 그러한 곳으로 옮겨 가더라도 그것이 마음으로부터 자연에 열리고 그 사실 속에 행복을 발견하는 마을이기는 쉽지 않을 것이다.

우리의 삶이 향하는 전체는 자연이거나 인간의 형이상학적 운명이 아니다. 우리의 삶 — 작든 크든 현 순간의 필연성 속에서 영위되는 우리의 삶을 둘러싸고 있는 전체성은 자연도 삶의 형이상학적 한계도 생활의 공동체도 아니다. 그것은 정치이며 사회이며 부이다. 그리고 이것들의 밑에 있는 것은 우리의 개인적이고 집단적인 욕망이고, 이 욕망의 무한한 해방 속에서 우리의 시선은 무한히 확대되는 정치와 사회와 부의 저 너머를 볼 수 없게 되었다. 천상병이 이사해 간 수락산 밑의 마을은, 앞에서 말한 바와 같이, 과도적인 형태의 마을이었고, 그것은 이미 새로 올 것에 의하여 수세에 몰리고 있었다. 이것은 천상병의 삶의 자세의 경우에도 마찬가지였다. 그가 생각한 자연 속의 공동체는, 불가피한 현실의 사정으로나 이념으로나, 사회의 대표적 표상은 아니었다. 그것은 사람들이 그런대로 잊을 수 없는 과거의 이념으로 노스탤지어나 연민을 가지고 되돌아볼 수도 있고, 더 심하게는 흥미로운 기이함으로 바라볼 수도 있으나, 아무런 현실적 의미를 가질 수는 없는 것이었다.

이러한 사정은 천상병의 시에서도 읽을 수 있는 것이다. 수락산 이후 그의 시는 그 이전의 시에 비하여 현격하게 서정성을 잃게 된다. 그 결과 서정주의의 감상에서 벗어나 현실의 단단함이 더하여져 얻는 바도 없지 않았다. 그러나 궁극적으로는 잃는 바가 훨씬 많았다. 그는 여전히 가난함과 행복과 선의의 이웃과 또 자연에 대하여 말하였지만, 그러한 것들은 그 자체로 한정되는 것일 뿐 더 넓은 공간과의 변증법적 관계 속에서 말하여지는 것이 아니었다. 물론 이것은 천상병의 시의 특이한 문제는 아니다. 사람의 구체적 체험이란 대체로 사물의 구체에서도 이념적 설명 체계로 직접적으로 주어지는 것이 아니라, 삶의 신비에로 열리는 감성의 불확실성 속에서 이러한 것들이 부딪치고 합성되는 데에서 일어난다. 또 시적 체험은 이러한 구체적 체험의 체험이다. 넓은 의미의 공간을 상실한 시는 구체적 체험의 새로움을 만들어 내지 못한다.

오늘의 시의 문제는 이러한 공간의 상실과 관련되어 있다. 이 공간이 인위적으로 만들어질 수는 없다. 또 상투적으로 정형화된 자연과 삶의 형이상학적 신비는 이미 전근대의 시대로부터 그 시적 울림을 잃어 가고 있었다. 그것은 과거의 것이다. 이 공간은 ─ 어쩌면 부정의 무한으로만 존재할지도 모르는 이러한 공간은 시인이 한 편 한 편의 시에서 새로이 찾아야 하는 것일는지 모른다. 그렇다고 하더라도 그것 없이는 시적 울림 ─ 서정성으로 존재하였던 시적 울림은 되살아날 수 없다. 천상병은 이 전통적 시의 공간 ─ 과거의 유산으로서 남아 있던, 그러면서 현대의 부정과 긴장 속에서 되살려진 시의 공간에서 그의 서정성을 끌어냈다. 그러나 그것은 거의 마지막 노력이었다. 그 서정성의 업적과 그 소멸, 또 그것을 가능하게 했던 세계의 마지막 힘과 소멸을 우리는 그의 시적 또 인간적 경력에서 본다.

(1996년)

오늘의 북소리

고은 『어느 기념비』 시집에 부쳐

1960년대 이후 많은 사람들 그리고 시인과 작가의 중심적 관심은 억압적 체제로부터의 해방이었다. 이 해방에의 관심을 정치적 민주주의의 실현이라는 목표 또는 문민정부의 수립이라는 목표로 지나치게 간단하게 요약하는 것은 부당한 일이지만, 1987년 그리고 1993년 두 차례의 그런대로의 민주화를 계기로 해방적 관심은 일단의 고비를 넘기게 되었다. 이것은 해방 운동 또는 민주화 운동에 위기를 가져왔다. 이 위기는 행동주의적 관점에서 운동의 정체를 의미할 수도 있지만, 반드시 부정적으로만 취할 수는 없는 것이기도 하다. 그것은 그간의 정치 운동의 목표가 어느 정도 달성되었다는 것을 의미하고, 또 사회적으로 집단적 목표의 재점검과 재확립 그리고 더 일반적으로 정치적 이념과 행동의 목표에 대한 새로운 검토를 촉구하고, 사상적인 관점에서 사회의 존재 방식에 대한 이해를 심화하게 될 계기가 되는 것이라고 할 수도 있기 때문이다. 그런데 이러한 민주화의 위기는 해방이나 민주화에 헌신했던 사람들에게는, 물론 그것을 집단적 문제로부터 반드시 분리하여 말할 수는 없지만, 개인적인 의미에서도 정신적 위기를 가져왔다. 자기가 선 자리 또 앞으로 해야 할 일들에 대한 새로운 반성이 필요하게 되었기 때문이다.

정치적 사회적 운동만이 아니라 사람이 하는 일은 다 그러한 면을 가지고 있지만, 우리가 설정하는 커다란 목표는 두 가지의 의미를 가지게 된다. 하나의 의미는 말할 것도 없이 그 목표를 달성하는 데에서 얻어지는 것이고, 다른 하나의 의미는, 의도되지 아니한 것이면서도, 목표의 실천을 위하여 동원되는 정열 자체에서 발견되는 것이다. 사회적으로나 개인적으로나 목표란, 그것이 어떤 것이었든지 간에 또는 달성되는 것이든 아니든 간에, 삶에 일정한 질서와 에너지를 준다는 점에서 가치를 갖게 마련이다. 그 중에도 아마 현재의 시간만이 참으로 삶의 시간이며, 그것의 소유가 정열에 의해서만 가능하다는 관점에서 본다면, 어떤 목표의 중요성은 목표의 달성에 못지않게 에너지와 정열의 현실화에 있다고 할 수 있다. 그러한 의미에서, 달성되는 목표는 언제나 실망적인 것일 수밖에 없다. 해방 또는 민주화 운동의 종결이 가져온 위기도 이 두 가지 관점에서 말할 수 있다. 말할 것도 없이 민주화 ─1987년과 1993년의 대통령 선거로 표지되는, 적어도 민주화에 있어서의 일단의 진전이라고 할 수 있는 정치적 과실이 가져온 실망의 원인은, 객관적으로 평가하여, 한편으로 그것이 극히 불충분한 민주화에 불과한 것이라는 것이고, 정치적 민주화라는 것이 우리 사회가 가지고 있는 엄청난 문제 가운데 일부에 불과하다는 것이 드러난 때문이지만, 심리적으로는 조금 전에 말한 바와 같이 달성된 목표가 가져오는 삶의 정열의 소산도 거기에 하나의 중요한 원인이 된다고 하여야 한다.

1970년대 이후의 고은 선생의 시와 삶은 민주화 운동으로부터 분리하여 생각하기 어렵다. 민주화 운동에서의 그의 존재는 그만큼 큰 것이었다. 이것은 밖에서 보는 우리의 인상이지만, 그 자신에게도 그러한 것일 것이다.(물론 그 자신에게는 그의 존재를 크다고 생각해서라기보다도, 그가 시와 삶의 많은 것을 바쳤던 민주화의 움직임이 그에게 중요한 것이었다는 점에서 그러한 것일 것이다.) 하여튼 고은 선생의 이번 시집에서도 이 민주화 후의 위기적 상황에 대한 반성을 발견하게 되는 것은 자연스럽다. 물론 이 반성은 그 자신의 입각지에 관한 것이면서, 오늘날의 일반적인 상황의 해명에 도움이 되는 것이다. 그러나 더 중요한 것은 그것이 그의 시의 여러 관련과 뿌리를 드러내준다는 점일 것이다.

「참여시」라는 제목의 시는 그의 정치적 참여와 그 참여의 1990년대의 상황을 가장 직접적으로 설명하는 시이다. 이 시에서 그는 그의 정치적 참여를 다음과 같이 요약한다.

> 그동안 나는 바람 부는 서울에서 광주에서
> 부산에서
> 한반도 휴전선 언저리에서
> 이 몸뚱어리 한 개로
> 하염없는 즉흥 참여시를 노래하였습니다
> 때로는
> 느닷없는 폭풍우의 밤바다 파도 자락이 되고저
> 땅 위의 피 어린 우연에 떨어지는 벼락이 되고저 하였습니다
> 때로는
> 한 방울의 눈물도 되지 못하면서
> 벗들과 함께
> 눈물의 거리에 서 있었습니다

정치적 참여는 그로 하여금 저항과 시위가 필요한 곳이면 전국 어디에나 가게 하였고, 또 어떤 상황 속에나 뛰어들게 하였다. 그런데 흥미로운

것은 이러한 참여를 설명하는 데에 있어서 "몸뚱어리", "폭풍우의 밤바다 파도 자락", "피 어린 우연에 떨어지는 벼락", "눈물" 등 육체를 포함하여 세계의 원초적 현상의 이미지가 사용되고, 그것과 관련해서 파토스적 요소가 강조된다는 점이다. (이러한 질풍노도의 정열의 원천이 무엇인가는 나중에 더 살펴보겠지만) 많은 것이 정열의 강력함에 달려 있었던 만큼, 사후의 허탈감이 큰 것은 당연하다. 더구나 뜨거운 행동의 결과가 다음 세대에 이어질 때 반드시, 그것이 원래 행동에 바쳐진 정열에 맞먹을 수 있는 것은 아니었다. 그가 보는 결과는 순치와 망각의 세대이다.

> 오늘 후두둑 날아오르는 것은
> 잘 길들여진
> 비둘기 몇백 마리일 뿐
> 텅 빈 광장은
> 언제 그곳이 그토록 거룩한 것이었던가를 통 모르고 있습니다

그러나 이러한 안티클라이맥스가 시대의 참모습은 아니며, 그리고 귀 기울이면, "새로운 시절의 북소리가/ 둥둥둥" 들린다고 시인은 말한다.

> 그런데 귀 기울이면 들려옵니다
> 새로운 시절의 북소리가
> 둥둥둥
> 새로운 시절 참여시의 커다란 의미가 치솟는 북소리가 들려옵니다
> 참여란 어제까지도 오늘입니다
> 내일에 이르는 오늘입니다
> 나도 저 북소리와 함께

다시 벌떡 일어서서 응시합니다

내가 언제까지나 참여할 파괴와 창조의 한반도 어느 지점에서
눈보라 날리는 날
둥둥둥
때맞춰 북소리가 들려옵니다

　그런데 시인이 듣는 이 새로운 시절의 북소리는 무엇인가. 여기에 대하여 시인은 분명한 답을 주지는 아니한다. 민주화 이전의 참여 시인, 정치 행동가로서의 고은 선생의 정치적 이상을 가령 민주화, 평등한 민중의 사회 또는 통일 한국 등의 말로 요약한다면, 그러한 이상을 그가 포기하였다는 증거는 없다. 짐작컨대, 그의 정치적 이상은 아마 지금도 이러한 말로 표현할 수 있는 것일 것임에 틀림이 없다. 오늘에도 "참여시의 커다란 의미가 치솟는 북소리"가 들린다고 하는 것은 이러한 이상이 오늘에도 죽지 않고 살아 있다는 것을 강조하여 말하는 것일 수 있다.
　그러나 이 강조는 오늘의 순간이 그러한 강조가 필요할 만큼 그러한 북소리가 들리지 아니하기 때문이다. "참여란 어제까지도 오늘입니다/ 내일에 이르는 오늘입니다." 어제의 참여가 계속되는 것, 또 그것이 내일로 이어지는 것은 지금 이 순간의 참여의 힘에 의한 것이므로, 오늘의 참여가 중요한 것이다. 이 참여를 확인하지 않고, 오늘에도 북소리를 말하는 것은 지나치게 자격지심의 구호처럼도 들리고, 또 물러가 버린 현실을 드높은 구호로 호도하려는 흔한 정치적 제스처로 들릴 수도 있다. 오늘의 현실은 어떠한 것인가. 출발은 추상적인 이념보다도 이 시간의 힘이 무엇인가를 확인하는 데에서 가능하다고 할 수도 있다. 그러고 보면, 위의 시에서 현재의 참여의 중요성에 대한 강조도 바로 이것을 말하고 있는 것으로 해석할 수

도 있다. 위의 구절에서도 말하여지고 있는 것은 북소리를 울리라는 것보다는 울리고 있는 북소리를 귀기울여 들으라는 것이다.

그런데 이 순간의 북소리는 어떠한 것인가. 그것은 단순히 말하면, 무엇보다도 오늘의 삶에 충실한 것이다. 이것은 과거의 북소리를 잊어버리는 것을 포함한다. 이번의 시집 전반에 걸쳐 우리가 발견하는 것은 오늘의 중요성이고, 이 중요성이 잊어버림을 요구한다는 메시지이다. 물론 그것은 되는대로의 현실에 순응하라는 말은 아니다. 오늘의 삶에 밀착하라는 것은, 잊음의 권고이기도 하지만, 1980년대까지의 격렬한 참여를 가능하게 했던 바탕인 삶의 현실에 충실하라는 것이다. 물론 이것은 시인 고유의 관점에서 파악한 삶의 현실, 그의 독특한 행동주의적 관점에서 파악한 삶의 현실이다. 이번의 시집에서 살필 수 있는 것은 이 바탕, 고 선생의 참여의 슬로건이 되었던 정치적 이상보다는 이러한 이상의 근본이 되는 철학적 또는 형이상학적 입장이다.

분명 이번의 시집의 중요한 주제의 하나는 과거에 대한 집착 ─ 특히 과거에 이룩한 것에 대한 집착을 버리는 일에 대한 것이다. 가령 이것은 시인이 자신의 시적 업적 또는 시에 집착하지 말아야 한다는 명제로 표현될 수도 있다. "그 시인"은 시를 쓰지 않는 시인, 시를 남기지 않는 시인을 말하고 있다. 시는 쓰지 않는 것이 좋다. 쓴다면, 바람에 날려 보내고 말아야 한다. 자신의 시만이 아니라, "몇천 년 동안의 수많은 동서고금의 시들"도 함께 바람에 날려 보내야 한다. 이러한 무집착은 사실 시인의 경우보다도 권력의 경우에, 또 일반적으로 확대하여 자신이 이룩한 일에 머무르고자 하는 사람에게, 두루 중요한 것이다. 이루어진 일에 집착하고, 그것이 오래오래 남기를 바라는 사람은, "불멸이란 얼마나 슬픈 것인가"를 알지 못하고, "이 세상"이 "부서지는 세상인 것을" 잊어버린 미몽 속의 인간이다. 진실을 아는 사람은 "비바람에 쓸 이름", "물결에 쓸 이름"이 된다. 그것이 오히려 영원한 것이다.(「어느 기념비」) 또는 늙은 사자의 위엄은 지나간 날의 군림에 있는 것이 아니라 그것으로부터 초연한 데에 있다. 「사자」는 모범적인 사자의 모습을 다음과 같이 말한다.

> 지나간 날들의 군림조차
> 한갓 티끌인 오늘
> 드넓은 초원 전체에서 일어나는
> 어느 일도
> 아랑곳하지 않는 채
> 오직 먼 데 바라보고 있다.

이러한 버림은 세상의 영고성쇠의 법칙이 불가피하게 하는 것이기도 하지만, 궁극적으로는 불교와 같은 종교의 현실 인식에 의하여 뒷받침되는 것이다. 세계의 실재는 세속적인 명예나 권위로 포착될 수 있는 것이 아니다. 시인이 말로써 무엇을 표현한다는 것이 허무한 일이라면, 사람이 사물에 붙이는 이름 자체가 실재의 참모습에 부합하는 것이 아니다. 이름은 무명(無明) 속에 있는 인간의 방편일 뿐 실재가 아닌 것이다.

> 밤에는 누가 누구인 줄 몰라
> 이름 불렀다
> 거기까지가 이름이고
> 그 뒤로는 대낮에도 내내 이름의 노예일 줄이야
>
> ──「이름」에서

자연의 세계에서 실재는 물소리나 자연 현상에 붙이는 이름이 아니라

"그것이 제 이름인 줄도 모르는 가을 물소리"에 있다. 그러니까, 다시 말하여, 사람이 시적 언어를 만들어 내고, 불멸의 기념비를 세우고, 권력의 영구함을 생각하고 하는 것은 모두 부질없는 일이다. 실재는 말이나 조각이나 권력의 구조로 확정될 수 있는 것이 아니다. 그것은 이름할 수 없는 것이다. 따라서 해탈은 또는 적어도 마음의 위로는 이 이름할 수 없는 실재에 합치는 데에서 온다. 위에 든 시들은 모두 이 합치야말로 참으로 삶의 근거가 되는 것이라고 말한다. 거기에 이름 없는 가을 물소리의 서늘함이 있고, 세속적 권력에서 풀려난 자의 "아랑곳하지 않는 채/ 오직 먼 데 바라보"는 활달한 기상이 있다.

그러나 세속적인 계박으로부터의 해탈이 이러한 보상 ― 최소한의 경우라도 진리와의 일치, 자연과의 감각적 일치, 거대한 공간과 자연의 요소들과의 일치 또는 "안나푸르나 밑 일자무식의 어둠"과의 일치라는 보상만을 주는 것은 아니다. 모든 것을 버리고 유전하는 현실의 흐름에 몸을 맡길 때 오는 해방감은 우리가 흔히 들어 온 것이다. 이번의 시집에서 뛰어난 부분은 그보다도 해방이 밝혀 주는 무서운 허무의 진리에 대한 묘사이다. 「지난밤의 꿈」은 꿈이라는 형식으로 이러한 허무의 체험을 이야기하고 있다. 여기에 중심적 상징이 되어 있는 것은, 시인이 인도의 데칸 고원에서 호주머니의 모든 것 ―여권, 수첩, 물병, 돈 등을 버리고, 기억을 버리고 "흘릴 땀 한 방울"까지도 쏟아 버리고 난 다음 홀연 마주친 흰머리독수리이다. 모든 것을 잃어버린 한계 상황에서 시인이 가장 뚜렷하게 본 것은,

하늘 속 쏜살로 내려와
늙어 빠진 소의 주검을
마구 파먹다가

한순간 고개 들어

문득 파먹기를 작파하고

나를 쏘아보던 일

이다. 이러한 무서운 허무의 비전은 부처님의 진리의 일부이기도 하다. 이
러한 진리는 「제목 없이」에 드물게 객관적이고 간략한 우화로써 이야기되
어 있다.

49년 동안이나 여기저기 강 건너

맨발로 먼짓길 떠돌며

가는 곳마다

횡설수설이다가

그만 세상 작파할 때에 이르자

나 일찍이 한 마디 말한 적 없노라고

시치미 뚝 뗀

여든 몇 살의 나그네 교사가 있었습니다

2500년 전쯤이던가

그런데 그의 마지막 말도 듣지 못한 귀머거리가 있었습니다

섭씨 42도의 뜨거움도 그대로 두고

하늘 속 솔개 떠 한동안 움직이지 않고

그 솔개 눈빛 싱그러이 늙은 시신을 노리는데

위의 교사는 아마 석가모니를 말하는 것일 터인데, 그의 가르침은 "횡
설수설"이 되었다가 무언(無言)이 된다. 더 중요한 것은 듣는 사람이 귀머

거리라는 사실이고, 그가 곧 시체가 될 사람이며, 42도의 초열(焦熱) 속에서도 싱그러운 솔개가 그 시체를 노린다는 사실이다. 이것이 말하자면 부처의 가르침도 넘어가는 또는 이미 그의 가르침 속에 들어 있는 진리이다.

「지난밤의 꿈」이나 「제목 없이」는 고통과 죽음과 무의미로 끝나는 삶의 무서운 진리를 말하는 시이다. 그러면서도 그것이 완전한 절망이나 부정으로 끝나는 것은 아니다. 사람에게는 견디기 어려운 뜨거움 속에서도 싱그러운 솔개 ─ 주검을 먹고 사는 솔개는 죽음의 상징이면서, 언어와 의미를 초월하여 지속되는 삶의 상징이다. 죽음의 상황 속에서도 삶은 계속된다. 바로 죽음의 상황을 거름으로 하여 지속되는 것이다. 이러한 상징을 통해서 시인이 말하고자 하는 것은 초열 지옥까지도 포함하는 현실 세계를 그대로 받아들이는 대긍정의 필요이다. 이 대긍정으로 하여 비로소 사자의 영광으로부터의 초연함이 있고, 흐르는 가을 물의 서늘함이 가능한 것이다. 그리고 민중 운동의 정체 속에서도 "새로운 시절의 북소리"를 들을 수 있는 것이다. "새로운 시절의 북소리"는 어떠한 조건하에서도 지속되는 삶 그것에 다름이 아니다.

그러나 주검을 파먹는 흰머리독수리까지를 포함하는 삶의 대긍정은, 다시 뒤집어 볼 때, 단순한 긍정은 아니다. 그것은 긍정할 수 없는 것을 긍정하는 것이다. 그리하여 그것은 여러 가지 모순된 움직임을 포함한다. 이러한 모순의 움직임으로 하여 삶과 현실에 대한 대긍정은 단순히 현상의 수락이 아니라, 정치적 개혁 운동에의 적극적 참여로 이어지는 것이다. 그러나 불교적 대부정·긍정과 혁신적 정치와의 관계는 매우 착잡한 것으로서 간단히 설명되지 않는 점들을 가지고 있다. 이 관계를 밝히는 것은 고은 선생의 시의 핵심적 고리를 밝히는 일이 되고, 또 그것이 불교적이든 아니든 그와 비슷한 대도약을 바탕으로 하는 한국적 현실 참여의 핵심에 가까이 가는 일이 된다.

전통적으로 불교의 현실 수락은 현실 속에서의 삶이 고통의 삶임을 인정하는 일이고, 또 그것에 대한 연민과 구조(救助)의 노력의 필요를 받아들이는 일이다. 고은 선생의 대긍정도 이러한 일에 이어진다. 이번의 시집에서「슬픔」은, 불교적 대부정 또는 대긍정의 한 결과인 자비심이 현대인의 지적 태도에 결여되었음을 개탄하는 시이다.

> 인텔리겐치아로부터 슬픔이 없어졌다
> 슬픔이 없다니
> 슬픔이 없다니
> 이렇게 멀리 떠내려온 가난뱅이가 되어 버렸을 줄이야

자비심 없는 지성은 빈약한 것이며 인간성의 근원을 벗어나는 일이다. 현실 인식의 밑에 들어 있어야 하는 것은, 전통적 표현으로는, 생명을 기르는 큰 슬픔이어야 한다. 그러나 고은 선생의 대긍정의 결과는 전통적 자비심보다는 조금 더 강인한 형태로 그리고 추상적인 형태로 표현되는 것이 보통이다. 이 강인한 긍정의 가장 볼만한 성과를 이루는 것은『만인보(萬人譜)』의 리얼리즘이다.『만인보』에 묘사되어 있는 한국인의 삶은 반드시 훌륭하다거나 아름다운 삶이 아니다. 그것은 오히려 모순과 갈등과 불합리한 욕망으로 가득 찬 삶이다. 그것은 긍정하기 어려운 특징과 요인을 너무나 많이 가지고 있다. 그러한 의미에서,『만인보』의 많은 것은, 조금 확대하여 말한다면, 주검을 파먹는 솔개를 긍정하는 마음으로만 긍정될 수 있는 것들이라고 할 수 있다. 그러면서도 이 긍정은 결코 훌륭한 것으로만 볼 수 없는 서민의 삶에 대한 시인의 찬탄을 나타낸 것이다.『만인보』의 삶은 찌그러지고 뒤틀린 것이면서도 너무나 인간적인, 그리고 풍부한 인간성에 차 있는 삶이다.

궁극적으로 보면, 『만인보』의 삶이 드러내는 모순과 갈등에 대한 책임은 억압적 정치 체제나 사회 체제로 돌릴 수 있지만, 적어도 시에 그려져 있는 바로는 그 삶은, 정치적 분석으로 설명되는, 또는 그것의 자료와 증거가 되는 그러한 삶이 아니라, 그 자체의 실감으로서 독자를 설득하는 삶이다. 달리 말하면, 『만인보』에서 보는 것은 있는 대로의 민중의 삶인데, 이 삶을 있는 대로 포착한 점이 바로 『만인보』에 실려 있는 단편들을 단순히 민중의 위대성을 말하려는 이데올로기의 시 이상의 것이 되게 한다.

그러나 고은 선생의 시들에 이데올로기적 측면이 없는 것은 아니다. 그것은 그간의 정치적 상황과 우리 사회의 정치적 사고의 일반적 경향에도 연유하는 것이고, 어쩌면 불교적 세계관의 추상성에도 관계되는 일일 것이고, 또 그의 개인적인 정열의 분방함에서 나오는 어떤 추상화 경향으로 인한 것이기도 할 것이다. 그러나 이러한 것들은 결국 개인적인 정열 — 고통의 삶, 또는 「황사」의 비유를 빌려, "모진 세월 모진 병"의 원인이 되고 치유책이 되는 황사 속의 민중의 삶을 적극적으로 긍정하고자 하는 그의 도덕적 정열에 합쳐지는 것으로 말할 수 있다. 이러나저러나 고통의 삶을 긍정하고 그것에 뛰어들려는 결의를 되풀이하지 않고는 그에게 옥살이를 포함한 정치적 행동주의는 불가능했을 것이다. 이러한 결의가 불가피하게 삶의 복잡한 양상들의 단순화와 추상화를 요구한다. 이러한 현실적 필요는 이데올로기의 단순화 — 사실 그것도 현실 정치 행동의 논리가 요구하는 것이라고 하여야겠지만 — 그리고 불교의 모든 것을 부정하고 모든 것을 긍정하는 공(空)의 철학과 연결되어 고은 선생의 시의 어떤 추상성을 만들어 내는 것이다.

가령 그의 시가 종종 애국 선언이 되는 것은 이러한 관련에서 생각할 수 있다. 나는 여기에서 그 불가피성을 인정하면서도, 시의 호소력이나 시가 우리에게 주는 통찰의 깊이라는 관점에서 애국 선언이나 또는 다른 추상적 주장이 문제가 될 수 있다는 고언을 고 선생께 드리지 아니할 수 없다. 물론 이번의 시집에서는, 갈망하는 것의 하나가 "조국을 사랑하지 않는 그 자유"(「어느 날 혼자」)라고까지 말할 여유가 고 선생에게 생긴 만큼, 추상적 애국 선언이 많이 줄어든 것은 사실이다. 그러나 아직도 이 자유가 완전히 활달한 것은 아니다. 「고산자 김정호의 넋이 되어」와 같은 시가 예가 될 수 있다. 이 시의 주장은 김정호가 온갖 고초를 다 겪으며 삼천리 강산을 답사하여 지도를 만들어 낸 것은 그가 오로지 "조국 삼천리 강산을 온몸으로 사랑하였"기 때문이라는 것이다. 이러한 주장이 틀린 것은 아니겠지만, 이러한 시에서 독자가 아쉽게 생각하는 것은 김정호의 애국의 체험의 실상을 실감하게 하는 구체성이 약하다는 점이다.(사실 많은 애국 시나 정치적인 시 작자들의 문제점은 시의 설득이 주장의 당위성이 아니라 그 체험적 진실로써 이루어진다는 것을 잊어버리는 것이다.) 어떤 경우에나 김정호의 체험의 내용은 애국의 주장으로 요약되는 것보다는 더 복합적인 것이었을 것이다.

그러나 고은 선생의 시의 추상성은 일반적으로 모순의 통일의 급박함이라는 공식으로 설명할 수 있다. 이것은 모순된 현실을 한달음에 수용하려는 도덕적 강박성이 그 원인이지만, 하여튼 결과는 경험적 현실의 단축이다. 가령, 위의 김정호에 대한 시는 「대동여지도」의 작성의 보상이 감옥이었다는 사실을 언급하고 있다. 그러면 우리는 애국을 감옥으로 보상하는 나라를 사랑한다는 것이 무엇을 의미하는 것일까 하는 생각을 하지 아니할 수 없다. 이러한 의아심은 김정호에게도 그의 답사 중에 일어나는 의아심이었을 것이고, 그가 애국자였다면, 그 애국은 이 질문의 고민을 경유하고 그것과 화해한 애국이었어야 할 것이다. 그러니까 시에 언급되어 있는 내용을 들어서 말하더라도, 삼천리를 답사하고 지도를 만드는 애국과, 다른 한편으로 수난을 통하여 그가 가졌을 법하고 독자도 갖지 아니할 수 없는 나라의 존재 방식에 대한 다른 이해와의 사이에 있는 모순은 그대로 넘어가 버릴 수 없는 것이다.

또 다른 시를 들어, 「황사」는 중국으로부터 불어오는 바람을 타고 오는 황사를 주제로 한다. 이 시는 처음에 황사가 재난의 원인이 되어 눈병이 나게 하고 눈을 멀게 하며 허파를 떼어 가는 작용을 한다고 지적한다. 그러나 동시에 그 황사를 온몸으로 맞이하는 것이 한국 사람의 삶의 길이라고 이 시는 말한다. 고난으로서의 삶을 받아들이는 것이 삶의 필요조건이라는 이 시의 주장은 타당한 것이라고 하겠지만, 이 시가 설명하지 아니하는 것은 어떻게 이 고난의 조건이 생명의 씨앗이 되는가 하는 경로이다. 달리 말하여, 이 시의 논리에서 재난으로서의 황사와 생명의 토대로서의 황사 사이에 있는 모순은 너무 쉽게 하나가 되려는 열정 속에 감추어져 버리고 만다. 또는 예를 하나 더 들건대, 「거북의 시간」은 고통과 오욕의 단련에 의하여 태어나는 빛나는 견고함을 말하는 시이다. 그것은 시궁창에 버려지고 처마 밑에 던져져서 단단해지는 나무토막이 "…… 가을의 하늘 깊은 빛/ 아니 땅 위 그 어디메/ 숨은 비췻빛 그대로 스민 그릇"이 된다는 우화로 이야기된다. 그러나 여기에서도 우리는 모순된 두 조건의 일치가 너무 급함을 느낀다. 사실 이것은 진흙으로부터 연꽃이 피어 나온다는 불교의 원형적 신화와 비슷한 것인데, 이 경우에도 경험적인 세계의 사람에게는 어떤 조건하에서 진흙이 연꽃이 되는지 그 구체적인 경로를 알 필요가 있는 것이다.

고은 선생의 시에 보이는 어떤 추상성 —— 모순된 것을 너무 한달음에 하나로서 포용하며, 그 사이의 긴장과 상호 작용에 충분히 주목하지 않는 데에서 생기는 추상성은, 문제를 가진 것이면서도, 위에서 이미 말한 것처럼, 그의 삶과 생각의 뿌리의 여러 관련에서 나오는 것이기 때문에 우리가 그대로 받아들여야 하는 특징이라고 하여야 할는지 모른다. 그것은, 조금 더 압축되었으면 하는 느낌을 주는 그의 문체, 또는 그와 반대로 선

문답의 당혹감을 주는 생략법(가령 예를 들어,「창가에서」의 전문은 "더 이상 무엇을 바라겠느냐// 먼 곳이 있다/ 가까운 곳이 있다"이다.) ── 이러한 것들과 더불어 그의 생존의 뿌리에 얽혀 있는, 따로 떼어 낼 수 없는 요인처럼 보이는 것이다. 그는 정치 선동가처럼 장황할 수밖에 없고, 선승처럼 간결할 수밖에 없다. 그는 막힘 없이 삶의 현실을 행동적으로 수용하려는 정열의 인간이고, 그 행동주의를 말로 표현할 때 그것은 일도양단의 공안이나 "할(喝)"하는 꾸짖음이 되고 교과서적인 훈시가 된다. 어쩌면 이러한 것은 "밤마다 귀신 삼천 마리와 함께 춤"추며, "실컷 합선되어 타 버"리기를 요구한 그의 시대와 그의 삶의 탓으로 돌릴 수밖에 없는 것일 것이다.

그러나 이번의 시집에 보면, 그는 합선되어 타 버리는 세계로부터 분리된 두 선이 경험의 회로를 만드는 세계로 옮겨 오고 있는 것으로 생각된다. 어떤 시는 일상적, 정치적, 불교적 행동주의의 단호함을 나타내기보다는 조금 더 서정적인 느낌의 모호함 속에 머무르는 그를 보여 준다.

잊어버린
지난날의 그 무엇 그 무엇들이 쌓여
먼 산줄기 저녁 어스름의 무능으로
이토록 마음 가득할 줄이야

──「망각」에서

이러한 시구가 말하는 회한의 감정은 단호한 애국적 또는 도덕적 행동의 세계 또는 궁극적 실재가 있는 형이상학적 세계가 아니라 조금 더 모호한 감정의 명암이 교차하는 내면적 시의 세계에 속하는 것이다. 그것은 누구나 경험할 수 있는 세계의 감정이다. 그러나, 정치적인 관점에서도, 그것이 반드시 현실 세계와 무관한 것은 아니다. 망각되어 버린 삶의 가능성에 대한 회한은 개인의 감정이면서 삶의 여러 가능성에 대한 관용성, 또 연민이나 자비심에도 통하는 감정이다. 「들국화」는 이와 비슷한 애틋한 느낌을 고향에 확대하고 있다.

> 갈 곳이 있는 사람은
> 얼마나 행복한가
> 돌아올 곳이 있는 사람은
> 또 얼마나 행복한가
>
> 고개 숙여 돌아오는 길
> 누가 우러러보지 않아도
> 하늘이야 얼마나 아스라이 드높으신지
>
> 내 조상 대대의 산자락이거든
> 거기 불현듯 손짓 있어
> 어떤 이름도 붙일 수 없는 들국화
> 한 송이
> 한 송이와 더불어
> 얼마나 행복한가

같은 종류의 고향에 대한 긍정, 또 사람 사는 근본적인 조건에 대한 생각은 「별」에도 표현되어 있다. 다만 여기에서 그 범위는 우주적인 것에까지 확대되어 있다.

> 저문 강 다리 있어라

건너갈 다리 있어라

강 건너 기다리는 언덕 있어라

산 넘어 저녁연기 오르는 마을 있어라
그 마을
기다리는 사람 있어라

하루 일 다 하고 기다리는 사람 있어라

하늘에 별 있어라
기다리는 사람의 눈에 별 있어라

별 있어라
별 있어라

　이러한 시에 표현되어 있는 것은 고은 선생의 다른 시에서 표현되어 있는 것과는 다른 종류의 대긍정이다. 이것은 사람이 사람답게 사는 기본 조건을 표현하고 규정한다. 그것은 보통 사람도 경험적으로 이해할 수 있는 것이다. 그것을 받아들이기 위하여 종교적 강성이나 정치적 행동의 결단이 필요한 것은 아니다. 그러나 다른 한편으로 이러한 너그러운 경험적 서정은 현실에의 정치적 도덕적 참여를 거치지 아니하고는 얻어지지 아니하는 것일 것이다. 또 그러니만큼 그것은 다시 이러한 현실과의 연결을 통하여 완성되는 것일 것이다.

　우리는 위의 시들이 말하고 있는 기본적 조건의 구현이 오늘의 상황에서 얼마나 어려운 것인가 안다. 그러한 의미에서 이러한 서정적 긍정을 추상적이라고 말할 사람도 있을 것이다. 정치를 통하여 말하든, 삶의 현실을 통하여서 말하든, 또는 시적 표현을 통하여서 말하든, 쉬운 답변이 없는 것이 오늘의 상황이다.

(1997년)

날던 새들 떼 지어 제집으로 돌아온다

시의 호소력이 산문으로 설명할 수 있는 의미에 한정될 수 없는 것임은 일반적으로 인정되어 있는 일이다. 시는 의미를 전달하기 전에 전달한다. 시는 언어의 예술이다. 그러나 시의 언어는 설명으로 쉽게 포착할 수 없는 언어의 여러 숨은 힘을 빌려 쓴다. 의미를 넘어서서 언어의 미묘한 음악과 희미한 연상과 심상이 중요하다. 그러면서도 이러한 것들은 특정한 언어와 그 언어와 함께 있는 문화에 밀착되어 존재한다. 그리하여 하나의 언어에서 다른 언어로 시를 옮기는 것은 불가능하다고 한다. 그러나 다른 한편으로 시가 의미 전달을 넘어서 존재한다면 그것은 역시 의미 전달을 그 기능으로 하는 언어 ― 즉 특정한 언어를 넘어서 존재한다는 말이 된다고 할 수도 있다. 시의 숨은 힘인 음악과 심상과 연상은 특정한 말에 밀착해 있으면서 궁극적으로 그것마저도 넘어서는 무엇인가를 가리키는 작용을 하는 것이다.

시가 특정한 언어와 불가분의 것이라고 하더라도, '시적인 것'은 그것을 넘어서 존재하는 것으로 생각할 수 있다. 심지어 그것은 구체적인 시를 넘어서 존재하는 것인지도 모른다. 우리가 어떤 일을 두고 '시적'이라고 할 때, 시를 많이 읽었든 아니 읽었든 사람들은 그것이 무엇을 뜻하는 것인가를 안다. 또는 우리는 어떤 구체적인 시를 읽기 전에 '시적인 것'에 대한 기대를 가지고 시를 대하고, 그 시가 이 기대에 미치지 못함을 경험한다. 어쩌면 우리의 구체적인 시의 경험은 필연적으로 '시적인 것'에 대한 기대에 못 미치는 것이다. 우리는 시를 읽기 전에도 그것을 넘어서 시를 알고 있는 것이다. 그것은 마음속에 있고, 또는 어쩌면 마음 그 자체의 한 면이라고 할 수 있다. 시의 음악과 심상과 연상이 지칭하는 것은 이 마음의 시 또는 시의 마음이다.

다시 말하여 시는 표현 이전에 마음으로 존재한다. 문심(文心) 또는 시심(詩心)이라는 말이 있지만, 시의 언어적 표현은 이 마음의 나타남에 불과하다고 하겠는데, 시는 뜻을 말하는 것이라는 것도 이를 가리키는 것이라고 말할 수 있다. 시는 시심의 표현이다. 그러나 그 마음은 스스로 따로 존재하기보다는 사물에 감응하여 존재한다. 시는 마음의 어떤 특정한 존재 방식이고 동시에 사물의 특정한 존재 방식이다.

이렇게 볼 때 시는 하나의 언어에서 또 하나의 언어로 옮기기가 쉬운 것이라고 위에서 말한 것과는 다른 주장을 펼 수도 있다. 다만, 그것은 시심에 의하여 매개되어야 한다. 옮기는 일은 한 언어에서 다른 언어에게로 가는 것이 아니라, 하나의 언어에 있어서의 표현을 시심으로 환원하고 이 시심으로부터 다른 언어로 다시 창조하는 일이다. 모든 시가 그러한 것은 아니겠고, 나의 짧은 지식으로 예들을 널리 생각할 수는 없지만, 어떤 시들은 한 언어로부터 다른 언어로 옮겨져서 옮겨 간 언어 속에 그대로 자리해 버리는 경우가 없지 아니할 성싶다. 영국 시에 있어서는 페르시아의 시인 우마르 하이얌의 시가 번역되어 거의 영시의 일부가 된 것과 같은 경우는 한두드러진 예이다. 물론 유태 성경에 들어 있는 시 또는 성경 전체가 더욱 좋은 예라고 할 수 있을는지는 모르겠다. 조선 시대의 두보 시 번역 같은 것도 조선 시의 일부를 이룰 수 있었을 성싶지만, 그것이 우리 시의 전개에 적극적으로 수용되었던 것은 아니었던 것 같다. 그러나 지금에라도 참으로 좋은 번역은 그대로 우리 시의 일부가 되고, 아니면 적어도 그것을 살찌게 할 밑거름이 될 수 있는 것이 아닌가 한다.

이번의 금아 선생의 시 번역과 같은 것이 거기에 하나의 중요한 공헌이 될 것이다. 이 번역 시집은 그 번역의 대상을 동서고금에서 고른 것이지만, 번역된 시들은 번역으로 남아 있기보다는 우리말 시가 됨을 목표로 한다. 아마 번역의 대상이 유독 그러한 것으로 골라진 것이겠지만, 여기의 시에서 우리가 느끼게 되는 것은 특정 언어를 넘어서는 보편적 시심의 존재이다. 그리하여 그것은 원시에도 존재하며 또 우리말로 옮겨진 후에도 재창조된 언어 속에 존재한다. 보편적 시심이 있다고 한다면, 그것은 어떤 것일까.

> 한 해 동안의 모든 향기와 꽃은
> 한 마리 벌의 주머니 속에 있고
> 한 광산의 모든 황홀과 재산은
> 한 보석의 가슴 속에 있고
> 한 진주 속에는 바다의 그늘과 광채가 들어 있다
>
> ──「최상의 아름다움」 중에서

이러한 구절에서 우리는 향기와 감미와 광채와 그늘이 시적인 상상력에 특별한 호소력을 가지고 있음을 알 수 있다. 그러면서도 이러한 것들은 특별히 압축된 형식으로 나타남으로써 시적인 아름다움을 가진 것이 된다. 그러한 의미에서 광산의 황홀과 재산을 압축하여 단단하고 빛나는 것으로 지니게 되는 보석은 대표적인 시적 이미지이다. 이것은 시의 형태적 특징에도 그대로 나타난다. 시는 대체로 산문에 비하여 짧다. 그것은 압축된 언어이다. 이것은 서정시를 두고 하는 말이지만, 장시에 있어서도 시는, 그것이 시로 남아 있는 한은, 마디마디가 압축된 언어일 수밖에 없다.

압축이 빛나는 것과 중첩되는 것은 특별한 의미를 갖는다. 압축하는 방법은 농도를 높이는 일일 수도 있고, 투명하게 하여 작은 것 가운데 많은 것을 비치게 하는 일일 수도 있다. 보석은 높은 압력 속에서 만들어지는 것이면서 빛을 반사하고 빛의 밝기는 넓은 세계를 끌어들인다. 그러나 시에서 더 많이 보는 것은 서로 비치는 반사의 방법일 것이다. 맑은 것들 ─ 특히 맑은 물의 이미지가 중요한 것은 그러한 연유에서일 것이다. 하여튼 시의 마음은 강렬한 것을 추구하며 동시에 투명한 것에 끌린다. 이것들은 합치기도 하고 또는 서로 별개의 것으로 또는 서로 모순되는 것으로 쪼개어 나타나기도 한다. 그러나 아무래도 더 근본적인 것은, 위에 인용한 구절에서의 압축의 중요성에도 불구하고, 투명한 것일 가능성이 크다. 시는 아무리 강력한 것들을 표현한다고 하더라도 결국은 언어의 직조물을 바라보는 관조의 눈을 전제로 하기 때문이다. 그런 의미에서 생각에 사특한 것이 없는 것이 시의 마음이란 말은 옳은 말이다.

나는 샘물을 치러 가련다
나뭇잎들만 건져내면 된다
그리고 물이 맑아지는 것을 들여다보련다
—「목장」중에서

이러한 간단한 동작의 묘사에서 핵심이 되는 것은 샘물이고, 이 샘물 — 맑아지는 샘물의 투명성에서 독자는 맑아지는 마음과 세상을 느낀다. 그것이 이러한 묘사의 신선함의 비밀이다. 별의 이미지는 종종 압축을 말하는 것인지 어떤 조용한 투명성을 말하는 것인지 분명치 않다. 「그 애는 인적 없는 곳에 살았다」에서 인적 없는 곳의 소녀가 "이끼 낀 돌 옆/ 반쯤 숨은 바이올렛같이/ 하늘에 홀로 비치는/ 고운 별"에 비유될 때, 별은 압축의 심상이기보다는 빛남과 맑음의 심상이다.

시의 압축되고 투명한 마음의 변조는 물론 다양하다. 셰익스피어의 「소네트 29」를 종결하는 이미지는 임금의 영화도 부럽지 않은 노고지리의 비상이다. "첫", "새벽", "하늘"은 모두 다 신선한 것들이다. 이 가운데 종다리의 솟구침은 다른 것이 끼어들 수 없는 일체의 움직임을 말한다. 이러한 이미지들에서 우리가 느끼는 것은 생명의 싱싱한 발현이다. 그러나 압축은 보다 밀도가 약한 상태에로의 변조일 수도 있다. 시는 이미지들의 병존으로 우리의 마음을 이끌어 간다. 이 병존은 이미지들의 단순한 병존일 수도 있지만, 대체로는 일정한 구도를 이루게 마련이다. 시가 하는 일은 공간의 창조이다. 이러나저러나 시나 미술에서 풍경은 가장 중요한 예술적 지각의 결과이다. 「그 애는 인적 없는 곳에 살았다」는 하나의 풍경 속에 있는 소녀의 초상이다. 또 같은 시인의 「외로운 추수꾼」은 더욱 적극적으로 풍경의 느낌을 준다.

　　　보아라 혼자 넓은 들에서 일하는
　　　저 하일랜드 처녀를,
　　　혼자 낫질하고 혼자 묶고
　　　처량한 노래 혼자서 부르는 저 처녀를

　　　　　　　　　　　　　　　　　　　—「외로운 추수꾼」 중에서

이 시의 처녀는 가을의 들에 있다. 그런데 그녀의 노래는 또 다른 풍경, 또 다른 공간을 연다.

> 아라비아 사막
> 어느 그늘에서 쉬고 있는 나그네
> 나이팅게일 소리 저리도 반가우리,
> 멀리 헤브리디스 바다
> 적막을 깨뜨리는
> 봄철 뻐꾸기 소리
> 이리도 마음 설레리
>
> ―「외로운 추수꾼」 중에서

하일랜드 처녀가 환기하는 고장은 아라비아나 헤브리디스 같은 황량한 곳이다. 하일랜드의 넓은 들도 그러하다. 그러면서도 그녀의 노래는 황량한 곳을 환기하며 그것에 기쁨의 또는 슬픔의 또는 인간적 존재의 초점을 제공한다. 드러나는 것은 단순한 공간이 아니다. 그것은 삶의 한 방식으로서의 공간이다. 처녀의 생생한 삶은 황량한 공간을 하나의 의미 속에 거두어들인다. 이것은 바로 노래가 하는 일이기도 하다. 삶의 근본이 시의 근본과 다른 것이 아니라고 할 때, 그것은 당연한 일이다.

거두어들여지는 것이 모두 아름다운 것은 아니다. 이미 본 바와 같이 환기된 고장들은 황량한 곳이다. 그런 데다가 노래 ― 아름다우면서도 슬픈 노래는 "오래된 아득한 불행/ 그리고 옛날의 전쟁들"을 오늘의 일상적인 것들과 함께 ― 이 일상적인 것은 자연적인 상실과 아픔을 포함한다. ―거두어들인다. 그러나 처녀의 생생한 삶과 노래에 거두어들여짐으로써, 황량한 공간, 전쟁과 아픔, 오늘의 삶과 옛날의 추억은 아름다움으로 승화된다. 시의 거두어들임은 이렇게 힘과 불행, 나쁜 것과 좋은 것을 다 같이 포함한다. 그리하여 아름다움은 밝음과 함께 어둠을 지녀서 더욱 아름답다. 낭만적 상상력에서 가장 아름다운 여자는 어둠과 밝음을 동시에 지닌다.

> 그녀가 걷는 아름다움은
> 구름 없는 나라, 별 많은 밤과도 같아라
> 어둠과 밝음의 가장 좋은 것들이
> 그녀의 모습과 그녀의 눈매에 깃들어 있도다
>
> ──「그녀가 걷는 아름다움은」 중에서

「그녀가 걷는 아름다움은」의 시인보다도 70년 후에 온 또 다른 시인도 시인의 꿈이 "밤과 낮과 황혼의/ 푸르고 어슴푸레하고 때로 어두운 ...... 채단"과 비슷함을 말한다. 이러한 채단은 문자 그대로 세상이 명암으로 이루어졌으며, 그러기에 아름다운 것임을 말하고 있지만, 여기의 명암이란 물론 세상의 것이면서 동시에 또는 그보다는 사람 삶의 그것이다. 그것은 「외로운 추수꾼」에서 이미 본 대로이다. 또는 다음의 시구,

> 창백한 슬픔마저 섞여 짜여서
> 더욱 아름다워진 사랑의 빛깔
>
> ──「노래」 전문

은 더 단적으로 슬픔이 삶의 아름다움의 일부가 되어 있음을 말한다. 셰익스피어의 「소네트 73」은 인생의 무상함을 말하지만, 동시에 무상한 것을 사랑함을 말한다. 우리 시인 윤동주도 스러져 가는 것들에 대한 사랑을 말

한 바 있지만, 스러져 가는 것은 스러져 가기 때문에 더욱 사랑스럽다고 할수 있다. 「그 애는 인적 없는 곳에 살았다」에서 시인이, "그러나 그 애는 무덤 속에 묻히고/ 아, 세상이 내게는 어찌나 달라졌는지!" 하고 한탄할 때, 삶의 덧없음은 특히 예리한 것으로 느껴진다. 세상은 그대로 있건만, 그것은 나에게는 전혀 다른 세상 — 또는 세상이 아주 없어진 것이나 다름없이되는 것이다. 우리의 세상은 나에게만 있기도 하고 없기도 하다. 덧없음은우리의 처절한 고독의 다른 형태이다. 그러나 시는 이 무상, 이 고독을 하나의 공간 속에 수용한다.

명암 병존의 논리는 삶과 죽음에도 적용할 수 있다. 「소네트 66」에서, 시인이 "이 세상 떠나고 싶다/ 그대를 두고 가지 않는다면"이라고 말할때, 사랑은 타락한 세계에 대한 절망 — 죽음을 희구하게 할 만큼이나 큰절망을 극복하게 하지만, 동시에 세상의 그러함이 사랑을 더욱 귀한 것이되게 하기도 한다. 비슷한 심정은 300년 후의 영국 시인에 의해서도 표현된다.

그렇다면 나의 영혼은 죽음을 꿈을 버리옵고
삶의 낮은 경지를 다시 찾겠나이다
———「포르투갈 말에서 번역한 소네트 23」 중에서

"무덤의 습기" 속에 있는 죽음은 삶만 못하고, 다시 그 죽음을 극복하지 못하는 삶은 죽음만 못하지만, 못한 것들 가운데의 선택이기 때문에 사랑의 선택과 결단은 그 절실함을 더하게 된다. 인생이 죽음을 포함하고 또, 「소네트 66」이 열거하고 있듯이, 부패와 불의와 허위 그리고 악으로 가득한 것이라고 하더라도, 그러한 가운데 우리가 사랑을 긍정하고 또 청렴과정의, 진실 그리고 선을 확인하는 것은 긍정과 확인을 위한 강한 의지가 있기 때문이다. 시심은 의지를 말한다.

> 변화에 변심 않고
> 사랑만은 견디느니
> 폭풍이 몰아쳐도
> 사랑만은 견디느니

―「소네트116」중에서

변함없는 사랑이란 사실을 말한 것이라기보다는 ― 그러기에 사랑의 감정이 만들어 내는 거짓이라기보다는, 일종의 도덕적 의지의 선언이다. 이러한 의지는 정치적 또는 사회적 불의에 대한 대항에서 가장 뚜렷한 것이 된다. "감옥에서 가장 밝아지는 빛, 자유!/ 너 있는 곳이 심장"이라고 말하며, 시인은 자유를 존재하게 하는 것은 오로지 사람의 마음이며, 또 그것이 자유로운 세상을 가능하게 한다는 것을 우리에게 전하고자 한다.

사람의 마음은 압축된 사물들에 대응하는 강고한 의지를 통하여서만 작용하는 것은 아니다. 그것은 오히려 섬세한 또는 보이지 않는 매개를 통하여 많은 것을 너그럽게 존재하게 하는 부드러운 매체이다. 마음은 우리로 하여금 물에 젖은 졸음 낀 수련의 섬세함에 감응하게 하고, 거기에 내리는 산 그림자를 아픔으로 감지하게 한다.(「수련」) 마음의 섬세함이 사물의 섬세한 기미를 위한 인식의 수단이 되는 것이다. 또 아름다움과 행복을 감지하는 마음은 전쟁에 나가는 병사에게, "일찍이 사랑할 꽃을 주고 거닐 길을 주고" 한 조국을 하나의 정서적 공간으로 성립하게 한다. 있는 대로의 것을 있는 대로 있게 하는 마음은 블레이크의 시편들에서 도덕적 의미를 띤다. 너그러운 마음은 아이들로 하여금 시간이 지나서까지 놀게 하며 언덕에 둘러싸인 풀밭을 메아리가 울리는 기쁨의 공간이게 한다.(「유모의 노래」) 유순함과 온화함은 어린 양과 어린아이를 행복한 시냇가와 들에 있게 하고, 궁극적으로 이 모든 것을 포용하는 신과 양과 아이를 하나가 되게 한다.(「양」)

전원의 이상은 여러 나라에서 두루 발견되지만, 이 이상은 특히 동양 시의 마음 깊은 곳에 있는 것이었다. 「돌아가리라(歸去來辭)」는 세속적 부귀 추구의 번거로움과 질박한 전원의 삶의 행복을 노래한 가장 유명한 시의 하나이다. 도연명은 이 시의 서문에서 자신의 성정이 자연 솔직하여 그를 굽혀서까지 부지런을 떨 수 없는 종류의 것이라고 말하고 있다. 그러한 담백한 성정이 편안할 수 있는 것은 고향의 전원이다. 그곳에서 정신은 육체의 노예로서 눌려 지내지 아니하여도 된다. 머슴아이와 어린 자식과 소나무와 국화와 술, 남으로 나 있는 창이 있는 작은 공간, 문을 닫고 사는 은거의 생활 —— 이러한 것이 행복의 참된 요소이다. 귀거래자의 한가한 행복의 심정은 그의 자연 소요에 가장 잘 나타나 있다.

구름은 무심하게 산을 넘어가고
새는 지쳐 둥지로 돌아온다
고요히 해는 지고
외로이 서 있는 소나무를 어루만지며
나의 마음은 평온으로 돌아오다

—「돌아가리라」 중에서

전원의 삶, 자연에로의 복귀는 "마음 내키는 대로 사"는 것이면서 동시에 자연의 기율에 순응하고 "하늘의 명"을 달게 즐기는 일이다. 자연의 삶이 사람에게 돌려주는 것은 정신적으로 자연의 '트여 있음' 안에 있는 인간의 생존이다. 그것은 위에 인용한 자연 묘사에 또는 다른 자연에 대한 언급에 두루 들어 있다. 그런데 이것은 단순한 공간적 넓이를 뜻하는 것은 아니다. 현실에 있어서 고향으로 돌아가는 것은 좁은 땅에 한정하여 사는 것을 뜻한다. 「전원으로 돌아와서」에 보면 "네모난 택지는 십여 묘/ 초옥에는 여덟, 아홉 개의 방"이 있을 뿐이다. 방의 넓이는 무릎을 들여놓을 정도에 불과하다. 그러나 집 안에 잡스러운 것이 없으니, "빈 방에는 넉넉한 한가로움"이 있다.

전원에서 산다는 것은 반드시 먼 곳만을 뜻하는 것도 아니다. 「음주」에서 시인의 집은 사람이 많이 사는 곳에 있으나 세상의 번사로부터는 멀리 있다. 세상의 명리에 관계없이 "마음이 떨어져 있으면 땅도 자연히 멀기" 때문이다. 또는 더 나아가서 전원으로 돌아간다는 것은 자신의 고향으로 간다는 것이지만, 이 돌아감은 무엇인가. 그것은 결국 "마지막 귀향"을 준비하는 것, 우주의 과정 속에서 형체 없는 것으로 돌아감을 예비하는 것이다. "날던 새들 때 지어 제집으로 돌아"오듯이, 근원적으로 회귀에 그 "진정한 의미"가 있는 것이다.

오늘날 우리가 도연명처럼 전원으로 돌아갈 수 있는가. 사실 그것은 가능한 것일 수도 있고 그렇지 아니한 것일 수도 있다. 그러나 근원적 회귀의 의미에서 그것은 언제나 희망해 볼 수는 있다. 전원이 아니더라도 시가 말하는 것은 근원적인 회귀이다. 그것은 본래의 시의 마음으로 돌아가는 것을 말한다. 그러면서 동시에 그것이 열어 주는 삶의 공간 ─ 자연과 삶, 나와 네가 조촐한 조화 속에 있는, 그리고 자연과 인생에는 어둠과 괴로움 그리고 허무와 죽음 또한 없지 아니하기에, 이러한 것들이 하나의 가슴 아픈, 그러나 아름다운 화해 속에 있는 삶의 공간으로 돌아가는 것을 말한다. 금아 선생이 우리말로 옮기신 세계의 여러 명편들이 우리에게 다시 생각하게 하는 것은 이러한 시심에의 복귀, 마음의 고향에로의 복귀의 중요성이다.

(1997년)

시인 이기철과 자연의 교육

　우리에게 너무나 친숙한 많은 다른 것들과 같이, 시도 알 듯하면서도, 꼭 집어 말하라고 하면, 알기 어려워지는 물건의 하나이다. 가장 잘된 순서로 놓은 가장 잘된 말들이라는 콜리지의 정의는 아마 가장 넓게 시를 정의하려는 점에서, 뜻을 말하는 것이 시라는 『서경(書經)』의 정의에 버금간다고 할 수 있다. 그러나 지나치게 포괄적인 정의는 틀리지 않는다는 장점은 있으나, 내용이 빈약하다는 약점을 면할 수 없다. 콜리지의 정의는 시를 형식의 관점에서만 말한 것인데, 시적 감흥의 원인은 어쩌면 이러한 정의가 시사하는 대로 형식의 정제성에 있다고 할 수 있다. 시언지(詩言志)라는 말에 이어져 나오는 것은 가영언(歌永言)이라는 말이거니와, 노래가 길다는 말은 비유적으로 여러 가지로 해석될 수 있는 것이어서, 그 뜻을 간단히 짐작할 수 없다. 그것이 말에 장단의 절도가 있음을 가리키는 것이라는 주석은 이를 가장 형식적인 관점에서 해석한 것이다. 말에는 이미 장단이 있고 이 장단이 강조되는 것이 시이다. 그러나 이렇게 시를 형식적으로 정의하고만 만다면, 어딘가 부족한 느낌이 남아 있는 것은 어쩔 수 없다. 뜻이 움직이는 것은 사물에 감응하기 때문이고, 감응은 아무래도 사물의 내용으로 인한 것일 것이다.

그러나 다른 한편으로 가장 잘된 순서의 가장 잘된 말이라는 것은 말의 바깥 모양을 말하는 것이면서 동시에 시인의 공력의 한 표현이다. 공력을 들여서 무엇을 만든다는 것은 그 자체로 좋은 일이지만, 그것은 또한 내용적으로도 좋은 것이 생산품에 깃들게 하는 것이라고 말할 수 있다. 그것은 하나의 방법론으로서 이 방법이 좋은 것을 제품 안에 들어오게 하는 것이다. 이때 안으로 들어오는 것은 일단은 희로애락의 계기가 되는 사물이다. 그러나 시나 다른 예술 작품이 사람에게 전달하는 것은 단순히 거기에 반영되어 있는 현실적 계기가 아니고, 그것을 가능하게 하는 정신 — 공력으로써 집중하게 되는 정신의 현재성이다. 그리하여 예술 작품에서 재현되는 현실은 사실 이러한 정신을 구현하기 위한 수단일 뿐이라는 생각을 할 수 있다. 이렇게 볼 때, 잘된 순서의 잘된 말의 형식미는 사물 가운데 집중의 정신을 내리게 하는 강신의 방법이다. 이것만으로 시를 말할 수 있는 것은 아니겠지만, 시의 한 의의는 여기에 있고, 이것이 깊은 의미에서 시로 하여금 정신적 의미 또 세간적인 차원에서는 교육적 의미를 가지게 하는 것이다.

이렇게 복잡하게 말하지 않더라도 시의 효용의 하나가 교육적이라는 것은 틀림이 없다. 다만 그것을 지나치게 좁은 의미로 해석하는 것은 시를 죽이는 것이 될 것이다. 시를 읽는 것은 새로이 느끼고 생각하는 기회를 갖는 것이고 이 느낌과 생각은 독자를 조금 더 넓은 내면 공간으로 또 그리하여, 의미 있는 외면 공간이란 내면 공간과의 대응 속에서만 존재하는 것인 까닭에, 보다 넓은 삶의 공간으로 나아가게 하는 것이어서 마땅한 것일 것이다. 사실 문학의 독서가 가장 강력한 효력을 갖는 것은 젊은 독자에게 있어서이다. 아직도 굳어지지 아니한 마음의 소유자란 형성기에 있는 청소년이다. 문학은 이들에게 가장 큰 영향력을 갖는다. 그것은 그들의 정신의 형성에 기여한다. 문학이 아무리 당대적인 일에 관하여 쓰고 당대적인 현실에 작용할 것을 원한다고 하여도 그것은 지금의 세대에보다는 다음의 세대에서 의의를 갖는 것이고, 다음의 세대의 심성에 형성적 영향을 갖는다. 이러한 의미에서 나는 오늘날 우리의 시인 가운데 가장 교육적인 시인의 한 사람이 이기철 씨가 아닐까 생각한다. 그의 시는 우리의 자라는 청소년에게 가장 안심하고 읽힐 수 있는 시이다. 그의 시는 어떤 것이나 읽어서 도움이 되었지, 문제적으로 생각될 수 있는 것은 거의 없다. 그의 시는 오늘의 시 가운데 가장 건전한 시이다.

시는 본질적으로 불온한 것이라는 생각이 있다. 시의 재미에 정치적으로나 도덕적으로나 보지 말아야 할 것을 들여다보는 재미가 없는 것은 아니다. 또 이러한 간단한 관점에서보다도 더 심각한 시의 불온성을 말할 수도 있지만, 그것을 너무 강조한다면, 모든 작위적인 것이 그러하듯이, 역겨운 것이 되기도 하고, 반복되는 광고 문안들처럼, 상업적 표지가 되기도 한다. 어떠한 경우에나 시의 성격의 한 면에 불온성이 있다면, 그것은 시가 반응하는 사회와 삶에 온당성이 결여되었기 때문이다. 그리하여 사실 시의 불온성이란 그 온당성으로 인하여 그러한 인상을 주는 것이라고 할 수도 있다. 따라서 온당한 시가 한 시대의 또 한 문학 전통의 근본을 이루어야 한다고 생각하는 것은 전혀 무리스러운 일이 아니다. 우리는 이기철 씨가 우리에게는 매우 희귀한 온당한 시 또는 건전성의 시의 시인임을 기쁘게 생각하여야 할 것이다.

이기철 씨의 교육적 관점에서의 온당성 또는 건전성은 어느 정도는 그가 교육자라는 사실에 관계된 일일 것이다. 시인들이 비교적 편하게 몸을 의지할 수 있는 곳이 교육계이기 때문에 이것은 하필 이기철 씨에게만 해당되는 일은 아니라고 하여야 하겠지만, 그는 지금의 영남대학의 국문과에 자리를 잡기 전에도 이미 그 교육 배경이나 전력으로도 대학보다는 더 본격적인 의미에서 교육계에 관계를 가지고 있었다. 꼭 이러한 이력 때문이라고 할 수는 없지만, 우리는 그의 단정한 용모와 몸가짐 그리고 옷차림에서도 그러한 교육의 냄새를 느낄 수 있다. 그러나 그의 단정함은 교육자의 자세를 위한 몸 추스르기가 아니라 자연스러운 인간의 자연스러운 우아함의 결과라고 하는 것이 옳을는지 모른다. 그의 시의 주제는 자연이다. 그가 되풀이하여 말하고 있는 것은 자연에 친숙한, 자연스러운 삶이다. 자연은 절제와 우아함의 근원이다. 사람은 자연 속에서 사는 한 또는 적어도 자연의 영감을 잊지 않고 있는 한 자연의 자연스러운 기율 속에서 살 수 있는 것일 것이다.

그러나 다시 말하여야 할 것은 그가 교육자라고 해서 고루한 사람이라는 것은 아니라는 것이다. 나는 미국에서 이기철 씨 부처를 만난 일이 있다. 그는 예나 마찬가지로 침착하고 우아한 몸가짐의 사람이었지만, 그가 익숙하지 못한 미국 땅을 철저하게 여행하고 답사할 계획을 세우고 있는 것에 놀랐다. 그는 넓은 지리적 호기심 ─ 물론 그것은 다른 종류의 지적 탐구심의 증표라고 하여야 할 터인데, 이 호기심을 만족시키기 위하여 현실적 계획을 세우고 이것을 체계적으로 수행하는 일을 할 수 있는 사람 ─ 결국 지리의 넓음은 마음의 넓음의 대응물임으로 하여 매우 폭넓게 지적이고 정열적이고 의지적인 인물이라는 인상을 주었다. 이것은 그의 넓은 세상 견문과 시의 세계로써도 알 수 있는 일이다.

그런데 건전한가 불건전한가 온당한가 불온한가를 떠나서, 세상에 지겨운 것이 교훈적인 시이다. 사람들에게 사회 정의와 애국 애족과 윤리 도덕의 훈시를 내리실 준비가 되어 있는 또는 보기만 해도 훈시를 풍기는 사람들을 만나는 것은 지겨운 일이다. 또는 단순히 "그것은 이렇게 되어 있는 거야" 하고 우리의 무지를 계발해 주는 유식인의 보이지 않는 자만도 우리의 마음을 편하게 해 주지 아니한다. 또는 가장 진지한 진리들도 추상적 명제로 표현되고, 세 번 이상 되풀이되고 또는 고정된 강령이 될 때, 그것은 시에서 시적 감흥을 빼앗아 버리기 십상이다. 시적 감흥이 없어진다는 것은 물론 시 외의 삶의 영역에서도 별로 흥취 있는 일이 되지 못한다는 것이다. 교육과 교훈은 없을 수 없는 것이면서도, 그것을 삶의 자연스러운 풍취 속에 스며들게 하기는 여간 어려운 것이 아니다.(스며들게 한다는 말 자체가 교육적 편법과 조종의 의사를 드러내는 것이어서, 무엇을 스며들게 하면 그것은 벌써 의심적은 것이 되어 버리는 것이지만.) 그러나 이러한 어려운 교육과 교훈의 작업에서도 별로 거부감을 주지 않는 하나의 근원이 있다. 그것이 자연이다.

이기철 씨의 시의 원천은 자연이다. 자연은 우리에게 꾸짖는 것도 아니고 칭찬하는 것도 아니고 도대체 무엇을 가르치려는 것도 아니다. 그것은 단순히 그 자신으로 있고 인간이 그 곁에 또는 그 품 안에 있을 뿐이다. 그러면서도 감흥이 일고 훈육이 이루어지는 것이다. 동양의 유구한 전통에서 자연은 시의 유일한 소재였다. 시인의 일은 자연을 — 대체적으로는 자연의 어떤 특정한 면이지만, 하여튼 자연을 시 속에 초빙하는 일이었다. 이것은 상당 정도는 서양의 시에서도 그렇고, 아마 세계의 모든 시가 하는 주된 일의 하나였을 것이다. 이기철 씨는 처음부터 자연을 읊는 시인이었다. '청산행(靑山行)'은 초기 시집의 제목이지만, 이것은 그 이후의 시집의 제목으로도 적절한 것이다. 그가 돌아가는 것은 늘 청산이고 노래하는 것도 늘 청산이다. 그러나 청산이 그에게 가장 중요한 것이라고 하여 그것으로 도사 연하는 평계를 삼는 것은 아니다. 오늘날의 삶에서 청산은 대체로는 가까이 있는 것이 아니어서 찾아갈 수밖에 없지만, 그의 청산행이 억지스러운 것은 아니다. 그것은 절로 돌아가고 절로 나오는 노래이다. 그의 청산의 노래는 단순하다.

산의 주인인 숲 속에서
새들은 숲의 주인이 된다.

그날의 맨 처음 달려온 햇빛에
새들은 부리를 씻고
하늘 위의 식사가 노래처럼 즐거움을
사람이 알아듣지 못하는 말로
나뭇잎에 새겨 놓는다.

—「새들은 초록의 주인이 된다」

이러한 자연의 순한 아름다움에 대한 관찰은 그로 하여금, 비록 흔히 생각하는 자연의 풍경은 아니라도, 삶의 작은 것들과 일들을 자연의 일부인 양 받아들이게 한다.

내 발을 따라다니는 구두의 유순은 정겨웁다
상 위에 오르는 전분과 녹말
한 알 비타민, 푸른 배추의 살들은 정겨웁다.

내가 껴안고 싶은 것은 헌옷, 삭은 지붕, 녹슨 창틀 들
날아간 새들이 빠뜨린 흰 깃털
놀을 물고 있는 강아지들

—「닳을수록 보석이 되는」

일상의 생활 가운데 닳고 낡은 것, 조촐한 것을 정겹게 생각하는 것은 단순히 안빈지족의 억제된 삶만을 찬양하려는 것이 아니다. 위에 언급한

시들이 실린 시집보다 10년 전에 나온 시집에서 이기철 씨는 전쟁 반대의 명목으로 전쟁이 파괴하는 것, 그러니 아껴야 할 것들의 목록을 작성한 바 있다. 그 목록은 자못 화려하다. 시집 『전쟁과 평화』는 시집 전체가 그러한 목록이다. 그중에 「패랭이꽃은 아직도 들에 핀다」라는 시의 머리에 들고 있는 것만 보아도, 그것은 "달콤한 말들과 올리브유와 달콤한 입술과 부드러운 손"을 포함한다. 두 번째 연에서

> 빨리 오너라. 아마릴리스 향기와
> 포도와 젤리와 칠면조의 식사를 마치면 너무 늦으리라
> 비로드와 우단의 의상을 입고
> 발 편한 부츠와 마차를 타면 늦으리라

라고 피난에 필요한 것과 꼭 필요한 것이 아닌 것을 갈라서 이야기할 때, 급하지 않은 것들로 분류된 것들은 반드시 부패와 타락의 징표로서 타매의 대상이 되는 것은 아니다. 그러한 것들도 삶의 아름다움의 일부이기는 하지만, 삶의 필요와 완급과 경중을 가리는 일이 불가피할 때, 그것은 조금 덜 중요한 것이 될 수밖에 없는 것이다.

다만 그의 최근의 시집, 『유리의 나날』에 보면, 이러한 너그러움은 전적으로 움츠러진 것이 되었다. 이 시의 중심 심상은 제목의 유리이거니와 이것은 육체의 불투명성이 고통스러운 수행을 통하여 투명한 경지에 이르는 것을 나타낸다. 그가 원하는 것은 "몸이 숯이 되었다가 별이 되는 것"이다.(「덕유에는 길이 없다」) 이 시집에도 그전의 작고 부드럽고 아름다운 자연에 대한 송가가 없는 것은 아니지만, 이제 그가 자연에서 찾는 심상으로서 중요한 것은 "발의 상처 두려워하지 않고/ 가시밭 사이로도 노래하며 흘러"가는 물이며(「물의 유리 2」) "제 가지로 제 둥치를 회초리질 하는 나물

들"(「덕유에는 길이 없다」) 또는 "수천의 기왓장으로 무성하던 잎새들/ 땅으로 내려놓고/ 혼자 겨울을 버티는 나무"이다.(「유리에 닿는 길 1」) 자연이 반드시 달콤함과 아름다움을 말하여 주는 것은 아니다. 그것은 그에 못지않은 혹독한 상전이다. 자연의 혹독함만이 아니라 대체로 삶과 인간의 혹독함 가운데 맑은 심성으로 살아남는 것은 가장 높은 도덕적 훈련의 하나이다. 자연의 너그러움에 안기고자 한 이기철 씨가 추운 겨울 나무의 산의 깨우침에 이르고자 하는 것은 자연스러운 일이다.

그러나 그의 고행으로 가능해지는 정신적 경지는 조금 너무 되풀이하여 강조되는 감이 있어서, 어떤 독자들은 그의 초기 시의 편안함을 아쉬워할지 모른다. 아니면, 그의 청산이거나 겨울 산의 이미지의 뒤에는 우리에게 말하지 않은 커다란 시련의 체험이 있는 것인지, 이 점을 우리가 추측할 수는 없으나, 이러한 수도의 시에 이르러 우리는 대체적으로 이기철 씨가 매우 방법적인 시인임을 새삼스럽게 상기하게 된다. 청산이나 전쟁이나 열하의 여행이나 그에게 어떠한 주제의 추구는 매우 체계적인 것이었다. 이번에도 조금 감당하기 어렵게 무거운 의미의 짐을 지고 있는 유리라는 심상을 통해서 해탈의 명상을 시도하는 것은 그의 시의 방법성을 다시 한 번 생각하게 하는 것이다. 이것은 그의 산문에서도 증거할 수 있는 일이다. 그의 산문은 드물게 날카로운 지적 예리함과 체계성을 가지고 있다. 또 이것이 그의 교육자로서의 풍모에 관계되는 것일까.

이기철 씨는 아직도 젊은 시인이다. 이것은 나이 이야기라기보다는 그의 왕성한 창작력을 가리켜서 하는 말이다. 그가 앞으로 어떠한 발전을 보여 줄지 기대해 볼 만하다. 그 발전이 정신적 경지에 관계될 것임은 추측할 수 있는 일이다. 그의 시는 깊이를 더해 갈 것이다. 다만 이러한 시대가 틀림없이 충족될 것을 믿으면서 또 그의 방법성을 높이 사면서, 시의 방법은 체계보다는 집중이라는 것을 사족으로 말하고 싶다. 어느 경우에나 그의 시가 가장 교육적인 시로 남아 있을 것은 틀림이 없다. 그리고 그러는 한 오늘의 시와 삶의 혼란 속에서 그는 지켜야 할 핵심에 남아 있다.

(1998년)

시의 리듬에 관하여

1

20세기의 가장 서정적인 시 또는 시적인 시를 생각한다면 역시 김소월의 시들이 될 것이다. 그런데 소월의 시의 특성은 그 음악성에 있다. 음악성이 시의 내용과 절묘하게 조화되는 것이 소월의 시의 비결이다.

그립다
말을 할까
하니 그리워

그냥 갈까
그래도
다시 더 한번……

저 산에도 까마귀, 들에 까마귀

서산에서 해 진다고

지저귑니다.

　내용으로 따지자면, 이 구절의 내용은 '이별은 섭섭한 것'이라는 진부한 것이다. 이것을 시로 바꾸는 것은 말의 음악성이다. 물론 다른 시적인 요소들이 없는 것은 아니다. 대체로 시적이라고 하는 것은 사람의 정감을 움직이는 어떤 것을 지칭하고, 이별은 그 자체로 슬픈 것이라고 할 수 있기 때문에 쉽게 시의 소재가 된다. 거기에다가 위의 구절에서 까마귀 우는 산골의 저녁은 어둠과 종말과 불길함을 연상시킴으로써 이별의 슬픈 정을 보강한다. 그러나 위의 구절의 시적 효과에서 소재나 심상보다 더 중요한 것이 7·5조의 율동인 것임에는 틀림이 없다.

　대체로 시는 음악이 있음으로 하여 비로소 감정을 전달하는 말이 된다. 그리하여 어떤 경우는 말이야 어찌 되었든지 간에 가락만 있으면 감정이 생기게 되어 있다. 별로 시적이라고 할 수 없는 노래 가사가 감정적인 것이 되는 것 같은 그러한 경우이다. 그러나 시나 노래에 전달되는 감정이 있는 대로의 감정이라고 할 수는 없다. 음악은 시의 내용에 감정을 부여하면서 동시에 그것을 감정을 넘어가는 차원으로 이끌어 간다. "그립다 말을 할까 하니 그리워"라는 구절은 산문적으로는, 그립다고는 하지만, 그 감정도 말을 하자면 그렇고 구태여 그렇게 말을 하지 않으면 그런 것도 아니라는, 약간 경박한 내용을 표현한다. 그러나 표현의 섬세함이 이러한 경박함을 호도하는 것으로도 보인다. 동시에 그것은 다른 의미의 어떤 가벼움에 이어진다. 이 가벼움은 객관성의 가벼움이다. 이 이중의 가벼움은 다음의 구절에서 다시 확인된다.

앞 강물, 뒷 강물

흐르는 물은

어서 따라오라고 따라가자고

흘러도 연달아 흐릅디다려.

　여기에서, 시인은 이별이란 강물의 흐름과 같이 천지의 불가피한 이치라고, 스스로의 이별의 결정의 정당성을 말하고, 또 마지막 "흐릅디다려"의 과거 시제로써 자기가 이야기하고 있는 애틋한 이별이 사실은 그전에 일어난 일이며, 그러니만큼 현재의 절실함을 가지고 있지 아니한 것이라는 것을 시사한다. 그런데 가벼움의 느낌은 내용 이전에 시의 음악에 이미 표현된 것이다. 가락은 감정의 승화를 가져온다. 가벼움의 한 부분은 이 승화의 결과이다.

2

　시에 있어서 음악의 중요성은 아무리 강조해도 지나치지 않는다. 그런데 요즘에 씌어지는 시들을 볼 때, 분명한 음악성을 확인한다는 것은 대체로 어려운 일이 되었다. 그리하여 요즘의 시는 소월이나 영랑이나 또는 청록파의 시들과는 전혀 다른 것이 되었다. 이것은 요즘의 시인이 시의 가장 중요한 자산을 버린 결과라고 할 수도 있다. 그러나 오늘날 소월의 음악을 가진 시가 가능한 것일까? 지금도 우리는 소월의 시를 즐길 수 있지만, 그러한 시풍으로 씌어지는 오늘날의 시를 즐기기는 쉽지 않다. 지금도 소월적인 음악의 시가 없는 것은 아니지만, 그러한 시는, 예외적인 경우가 아니면, 대체로 천박한 느낌을 주고 역겨움을 일으키기 쉽다. 소월적인 시, 그러한 음악은 이제 불가능하게 된 것이다.

시의 음악은 자의적으로 또는 기계적으로 외부로부터 부여될 수 있는 것이 아니라 발견되어야 하는 어떤 것이다. 보다 전통적인 시대에 시의 형식은 시인의 손 밑에 놓여 있어서, 시인은 이것을 들어 올려 쓰기만 하면 되었던 것처럼 보인다. 그러나 어느 시대에나 진정 잘된 시에서 적절한 음악의 형식은 발견되어야 한다. 어떤 시기에 그 발견은 지극히 어려운 일이 된다. 오늘의 시대는 그러한 시대로 생각된다. 그러나 그러한 시기에도 시인의 음악을 찾는 노력이 완전히 포기될 수는 없다. 오늘의 문제의 하나는 마치 그러한 것이 문제가 아닌 것처럼 생각된다는 데에 있다.

시인이 찾아야 하는 음악의 관점에서 그 어려움을 말한 캐나다의 시인 데니스 리의 고백은 대체로 많은 시인의 경우에 해당되는 것이다. 그에게 시는 어떤 리듬의 느낌으로 시작한다. 쓰는 일은 이 리듬을 만족시켜 주는 말을 찾아내는 작업이다. 풍부한 문학 유산을 가진 영어는 처음에 그에게 이 작업에 동원될 수 있는 풍부한 자원을 의미하는 것으로 보였다. 그러나 영어로 씌어진 문학이 발달한 공간적 바탕인 영국이나 미국은 캐나다와 다른 곳으로서, 영국과 미국의 경험에서 나온 말들은 그가 쓰는 시에서 살아 있는 말이 되지 못함을 그는 깨닫게 되었다. "……영국이나 미국이나 캐나다의 전통 속에 있는 말들은 아무렇게나 무더기로 쌓여 있었다. 큰 덩어리라 생각해 보면, 그 말들은 빛나는 약속을 가지고 있었다. 그러나 말 하나하나를 시에 놓이게 하려 하면, 그 말들은 뻣뻣해지고, 늘어지고, 빽빽한 것이 되었다. 말을 휘젓고, 쿡쿡 찌르고, 자리에다 밀어 놓아 보았지만, 그것을 제대로 입에 내어 말할 수는 없었다." 전통적인 영어의 말들은 그에게 외면적이고, 죽어 있고, 가짜의 말들로 느껴진다. 이러한 말들의 경직성, 허위성은 그로 하여금 첫 시집 이후에 오랫동안 시를 쓰지 못하게 하였다.

말의 진위를 가려내 주는 것은 내면의 귀로 듣는 리듬이다. 이 리듬은 추상적인 음악의 박자가 아니라, 한편으로 시인의 개인적 삶의 느낌에서 그리고 다른 한편으로, 개인의 삶의 느낌이란 결국 오늘 이 자리의 삶의 느낌이기 때문에, 자기가 살고 있는 고장의 삶의 느낌에서 솟아 나오는 것이다. 오늘 이 자리를 자신의 삶의 터전으로, 참으로 편안한 집으로 느끼는 것이 가능한가 아니한가 ─ 그것은 이러한 느낌에 관계되어 있다. 데니스 리는 이러한 느낌의 관점에서 쉽게 수락할 수 있는 말들을 찾기가 어려웠던 것이다. 그것은 캐나다가 일종의 식민지적 상황에 있다는 것을 의미하였고, 그에게 시를 다시 쓴다는 것은 식민지적 상황을 극복하고 그의 내적 리듬이 동의할 수 있는 언어를 새로 발견하는 것을 의미하였다.[1]

시인에게 절실한 리듬의 느낌은, 식민지든 아니든, 시인이 살고 있는 삶과 고장 사이에 존재하는 어떤 생존의 끈에서 나온다. 우리 시대의 시인들에게 소월이나 영랑의 시적 음악이 쓸모없는 것이 되었다면, 그것은 우리에게 우리의 고장이나 사는 일이 그렇게 친숙한 곳이 ─ 또는 하나의 안정된 질서 속에 거머쥘 수 있는 곳이 아니 되게 되었다는 사실에 관계되는 일이다. 소월을 비롯하여 20세기의 우리의 음악적인 시인들이 산 시대는 일제 식민지 시대였지만, 근본적인 감수성에 있어서는 식민지 상황마저도 오늘의 시대만큼은 낯선 시대가 아니었다고 할는지 모른다. 그도 그럴 것이 정치의 총체적 상황에도 불구하고 구체적인 삶의 방식이나 거기에 관련되어 있는 느낌에 있어서 소월의 시대는 1960년대 이후의 근대화 시기보다도 전통적인 귀속감을 지탱해 주는 요인들을 많이 가지고 있었다고 할 수 있기 때문이다. 그러나 어떤 시기에나 ─ 특히 현대와 같은 변화의

---

1 Dennis Lee, "Cadence, Country, Silence: Writing in Colonial Space", *Boundary 2, 3(1)*(Fall, 1974), Bill Ashcroft, Gareth Griffiths and Helen Tiffin eds., *The Postcolonial Studies Reader*(New York and London: Routledge, 1995), pp. 397~401.

속도가 빠른 시대에 있어서, 삶의 근본을 통괄하는 리듬은 쉽게 삶의 외적인 조건에 어울리는 것이 되기 어렵다고 할 것이다.

리듬이 시 쓰기나 읽기에서 중요한 것은 그것이 시를 시가 되게 하고, 시인에게나 독자에게나, 단순히 의미 내용으로만은 가릴 수 없는 어떤 적절성의 판단 기준을 제공해 준다는 뜻에서만은 아니다. 그것이 시의 리트머스 시험지의 역할을 한다면, 데니스 리의 고백에 이미 들어 있는 바와 같이, 그 시험이 드러내 주는 것은 훨씬 더 근원적인 것이다. 그것은 분명하게 설명할 수 없는 방식으로 개인이나 공동체의 삶의 근본에 관계된다. 리듬의 공동체적 의미는 비교적 쉽게 짐작할 수 있다. 사람들이 모여서 노래를 하고, 춤을 추고, 왁자한 축제를 벌이거나 더 정연한 축의 행사를 하거나 할 때의 일에는 공통된 리듬의 즐거움이 관류한다.

일반적으로 사람들의 삶에서 리듬의 중요성을 관찰한 바 있는 에드워드 홀에 의하면, 리듬은 흔히 생각하는 것보다는 사람의 삶에 훨씬 편안한 것이다. 그것은 개인의 삶에 있으며 그것을 초월하여 공동체 속에 있다. 두 사람 또는 여러 사람 사이에 벌어지는 대화나 동작이나 놀이는 많은 경우 하나의 리듬 속에서 움직인다. 그리고 그의 생각으로는 한 사회나 문화는 거기에 어떤 통일을 주는 고유한 리듬을 가지고 있다. 음악가가 음악에 리듬을 사용하는 것은 이미 공동체에 맥동하고 있는 리듬을 취하여 그것을 음악화하여 다시 공동체의 사람들에게 되돌려 주는 행위이다. 홀의 관찰에 따르면, "인간은 리듬의 바다에서 산다. 이것은 어떤 사람들에게는 알 수 없는 것이지만, 다른 어떤 사람들에게는 손에 잡힐 듯이 분명한 것이다. 그리하여 작곡가는 이 바다를 따 내어, 느낌은 있었지만 음악으로 표현된 바 없는 리듬을 민중 전체에게 표현해 준다. 시인도 다른 차원에서 같은 일을 한다."[2]

물론 홀은 무의식 속에 흐르고 있는, 그리하여 시인이나 음악가에 의하여 새롭게 인지되어야 하는 리듬을 말하면서 이것이 이미 의식화되어 있는 사회와 문화의 리듬에 어떻게 관계되는가에 대하여 언급하지는 아니한다. 가령, 동양 음악의 오음계 및 고유한 박자와 서양 음악의 온음계와 그 리듬 조직에 관련된 사회의 공동체적 리듬은 어떻게 관계되는가. 이러한 질문들은 예술 형식을 생각하는 데에 있어서 보다 직접적인 의미를 가질 것으로 생각된다. 그러나 여기에서 우리는 홀이 말하는 바와 같은 삶의 리듬의 존재에 주목해서, 그것이 많은 전통에서 이미 정형화된 형식들로 고정된 것이라는 것, 그리고 이 둘 사이의 관계는 더 구체적으로 생각해 볼 만한 것이라는 것을 지적할 수 있을 뿐이다. 하여튼 시나 음악의 리듬은 발견되어야만 하는 것은 아니다.

음악의 경우나 마찬가지로, 시의 리듬 형식은 상당 부분 이미 관행으로서 수립되어 정형화된 리듬을 차용한 것일 것이다. 그러나 다른 한편으로 정형의 리듬도 언젠가는 발견된 것일 것이고, 또 정형도 변하는 것인 까닭에 다시 수정되고 발견되어야 한다. 특히 새로운 발견이 필요한 것은 변화가 심한 시기에서이다. 록이나 재즈의 세계에서 새로운 리듬, 새로운 선율이나 화음이 중요한 것은 현대의 사회적 리듬의 변화 속도를 나타내는 것이다. 역사상 전무후무한 변화를 겪고 있는 우리 사회의 리듬은 어떤 것인가. 현대적 삶의 방식의 도입 및 정착과 더불어 핵심적인 삶의 리듬은 어떠한 것인가. 그것들은 시의 언어에 어떻게 전파되어 들어오는 것인가. 아니면 오늘날처럼 잡다해진 세계에는 그러한 리듬이란 존재하지 않는 것인가. 오늘날 씌어지고 있는 시들을 보면, 리듬의 부재가 오늘의 삶과 언어의 주된 특징인지 모른다. 그러면서도 우리는 리듬이 시의 핵심이라는 옛 생

---

2 Edward T. Hall, *The Dance of Life: The Other Dimension of Time*(New York: Anchor Books, 1984), pp. 170~171.

각을 버리지 못한다.

3

리듬의 현상이, 이미 말한 바와 같이, 집단적인 삶에 관계되어 있는 것은 틀림이 없다. 시인이 그의 근원적 삶의 느낌에 맞는 리듬을 발견하는 것은 그 테두리 안에서 이루어지는 것이다. 그러나 시인의 작업에서 리듬의 문제는 집단적 사명감의 문제가 아니라 훨씬 직접적인 문제이다. 그것이 시 쓰기에 직접적인 과제로서 나타난다. 또 그것은 시인이 자신의 고유한 삶의 근본에 이르려는 노력에 관계된다. 데니스 리는 시적 움직임의 시작을 다음과 같이 말한다.

글 쓰는 사람으로서 나의 삶은 대부분 빛나는 쏟아짐, 긴장된 폭포수와 같은 리듬, 케이던스에 귀를 기울이는 일이 된다. 주변의 사물에 맞부딪는 일로부터 한발 물러서면, 사물들을 그 낱낱의 개성을 손상하지 않으면서도 서로서로 더욱 정연한 관계 속에 자리하게 하는 케이던스가 휘돌며, 번득이며, 춤추고 있는 것을 느낀다. 그것은 간단없이 거기에 있다. 그렇지만 나는 며칠이고 그것을 깨닫지 못하기도 한다. ……처음에 들리는 것에는 내용이 없다. 그러나 시가 나오게 되면, 그 내용은 내 귀에 들려오던 케이던스에 맞는 것이라야 한다. 그렇지 않으면 시가 되지 아니한다. 케이던스를 '듣는다'고 했지만, 나는 그것을 어떻게 말해야 할지 모른다. 청각적인 감각이 있는 것은 아니다. 환청을 하는 것이 아니면서, 나는 변화하는, 간단없는 흔들림과 같은 어떤 것을 귀로 그리고 온몸으로 듣는 느낌을 갖는다. 그것은 매우 사실적인 현상이지만, 무슨 감각으로 감지되는 것인지 그 이름을 댈 수는 없다.

그것을 반드시 리듬이라고 하여야 할는지는 분명하지 않지만, 시가 형언하기 어려운 느낌에서 시작한다는 것은 다른 시인들도 보고하는 일이다. T. S. 엘리엇이 시작의 단초, 서정적인 시의 단초에 대하여 말하는 것도 그러한 것이다. 고트프리트 벤 등 다른 시인들의 말들을 인용하면서 말한 것이기 때문에 그것은 더욱 보편적인 시적 경험으로 받아들일 수 있다. 벤은 시의 시작은 마음에 "하나의 멍멍한 느낌의 창조적 싹"이라고 말한다. 마음속에 싹트는 것이 생기고, 거기에 맞는 말을 찾아야 한다. 무슨 말이 되어야 할지는 말을 찾게 될 때까지는 알지 못한다. 적절한 순서로 배열된 말을 찾아내었을 때는 말들로 대치된 단초의 싹은 사라져 버린다. 이 단초의 느낌은 19세기 영국 시인 베도스의 말로, "어둠 속에서 '나는 무엇이 되지?' 개구리 목소리로 외치는, 몸뚱이 없는 아이의 생명"의 울부짖음과 같은 것이다.

시인의 마음속에서 생기는 태어나고자 하는 어떤 충동은 시인에게, 엘리엇의 말로는, 악귀와 같아서, 시인은 이 악귀로부터 풀려나기 위해서 시의 언어를 발견해야 하는 것이다.[3] 시 쓰는 일의 어려움은 이 발견의 어려움이다. 이것은 새삼스럽게 말할 필요도 없는 자명한 사실이지만, 모든 것이 전통적인 틀 안에서 움직이고 있었을 고려 명종조의 김극기(金克己)의 시에서도 시의 괴로운 영감은 엘리엇의 악귀(demon)와 비슷하게 '시마(詩魔)'라고 표현되는 것을 볼 수 있다.

> 만 리에서 집에 돌아오니 다만 이 몸뿐이로세.
> 숲새는 정이 있어 나그네 보고 우는구나.
> 들꽃은 말도 없이 웃으며 나를 만류하네.

---

3 "Three Voices of Poetry."

시마가 도처에 와 성화 대니,

곤궁한 시름 말고도 벌써 괴로운 일이로세.[4]

이와 같이, 김극기는 '고원역(高原驛)'이라 제(題)한 시에서, 세상의 모든 것을 버리고 시골로 은퇴한 후에도 시마의 괴로움을 겪는다고 말한다. 엘리엇이나 김극기가 말하는 시마는 무어라고 설명할 수 없는 충동이지만, 그것을 데니스 리의 리듬과 비슷한 것으로 생각하여 크게 틀린 것은 아닐 것이다. 또는 이 형언하기 어려운 충동이 형태로 나아가기 시작한 곳에 감지되는 것이 리듬의 느낌이라고 할 수 있을 것이다.

리듬은 내적인 것이면서 외적인 표현으로 나아가는 움직임이다. 엘리엇이 말하는 시적 충동은 언어로써 표현됨으로써 압력을 덜게 된다. 이것은 인간 충동의 외면화의 다른 과정을 말한 것이다. 엘리엇의 언어적 표현을 기다리는 충동은 시적 언어이고, 그만큼 그것은 일정한 리듬과 케이던스를 가진 언어이다. 데니스 리의 케이던스도 결국은 언어 표현에서 그 종착역을 갖는다. 시적 창조의 단초의 두 과정을 하나로 묶는다면, 시의 과정은 어떤 마음속의 움직임, 리듬의 생성 그리고 언어적 표현의 순서로 진행되는 외면화의 과정이다.

4

그러나 다시 한 번 우리는 리듬의 특징이 그것이 안과 밖에 걸쳐 작용한

4 서거정, 『동문선 2』(솔출판사, 1998), 85쪽.
   "萬里歸家只此身, 林鳥有情嚶向客, 蕪花無語笑留人, 詩魔觸處來相惱, 不待窮愁已苦辛", 앞의 책,
   15쪽.

다는 사실을 상기할 필요가 있다. 그것은 단순히 안으로부터 밖으로 표출되는 과정이 아니다. 그것은 안과 밖에 동시에 일어나는 사건이다. 자신의 내적 리듬에 귀를 기울이든, 집단의 리듬에 박자를 맞추든 사람은 사실 개인이나 집단을 넘어가는 원초적인 현상에 참여하는 것이다.

루이스 토머스는, 동물 세계에 편만한 규칙적인 소리의 존재에 주의하고, 열역학과 생물학의 관념을 빌려, 이러한 소리는 "혼돈 속에 있는 무생명의 우발적 무기 물질이 …… 질서 있는 생명 형태의 무도에로 변용한 것을 기억하는 행위"라고 말한다.[5] 에드워드 홀이 말하는 원초적 리듬은 이러한 원초적 생명 현상에서 연유하는 것이라고 할 수 있다. 그 리듬은 그만큼 근원적인 것이다. 윌리엄 콘던에 의하면, 리듬은 자아의식의 밑에 들어 있는 것이고, 집단의 리듬은 이것과는 다른 섬세한 얼크러짐으로 이루어지는 것이다. "자아 정의(定義)는 동시적 리듬 과정에 깊이 뿌리를 내리고 있다." 그렇다는 것은, "조직에는 리듬이 내재해 있고, 따라서 리듬이 인격의 조직화에서 기본적인 디자인 기능을 하기 때문이다."[6] 사람의 몸과 행동과 언어에는 일정한 간격을 가진 전자파들이 작용하고 있어서, 이러한 전자파들이 서로 조화된 동시성을 이루면서 총체적인 형태를 이룰 때, 하나의 인격체로서의 개인은 온전한 자아로서 기능할 수 있다. 그리고 이 전자파들은 대화나 놀이나 동작에 있어서, 여러 사람 사이를 조율하는 역할을 한다. 그리하여 리듬은 개인적인 일체성뿐만 아니라 집단적 일체성의 확보에 중요한 기본이 된다.[7]

시인이 듣는 리듬은 개인과 집단의 구분을 초월하는 어떤 것이다. 개인은 집단에 주의하든지 아니하든지, 이미 커다란 공통된 현상 속에 있다. 시

5 Lewis Thomas, *The Lives of a Cell* (New York: Bantam Books, 1974), p. 27.

6 Edward T. Mall, op. cit., p. 180.

7 Ibid., pp. 178~184.

인은 그의 존재의 깊은 곳에서 들려오는 리듬에 귀 기울임으로써 이러한 생명의 근원으로부터 오는 메시지를 듣고자 한다. 그것은 늘 섬세하게 변하는 현재 진행형의 현상이다. 이것은 극히 섬세한 귀에 의하여서만 포착될 수 있다. 그러면서 그것은 우리에게 가장 가까이 있는 삶의 맥동이다. 그러나 이것을 시나 음악으로 포착하기가 쉬운 것은 아니다. 그것은 모든 자의식의 과정이 어려운 것과 같다. 가장 간단한 것도 스스로의 자발적이고 능동적인 작용은 우리에게 극히 익숙한 것이면서도, 의식화하기 어려운 것이다.

그러나 아마 더 강조되어야 할 것은 이러한 리듬이 극히 내밀한 것이면서도 객관적이라는 사실일 것이다. 되풀이하여, 그것은 개체적 삶을 초월한다. 이것은 우리의 일상적인 경험에서도 쉽게 알 수 있는 것이다. 음악의 리듬이 ─ 특히 무도곡과 같은 음악의 리듬이 우리의 마음과 몸에 쉽게 침입해 오는 것은 누구나 쉽게 아는 일이다. 흔히 주목되지 아니하는 것은 사람들이 노래를 노랫말보다도 쉽게 기억하는 것 ─ 또는 적어도 곡조가 있는 노랫말을 더 쉽게 기억하는 것과 같은 흔한 사례이다.(물론 이러한 경우에 작용하는 것은 리듬만이 아니고 선율을 포함한 가락 전체이다.) 리듬이 기억에서 중요한 역할을 하는 것은 분명하다. 이것은 동서를 막론하고 운문이 기억의 보조 수단으로 사용된 것에서 단적으로 볼 수 있는 것이다. 헤시오도스의 농사에 관한 시나 우리의 「농가월령가(農家月令歌)」와 같은 것은 그 쉬운 예이다. 리듬이나 가락은 이러한 경우에 외면에서 오는 것 같으면서 그대로 내면에 각인되는 것이다. 물론 이러한 각인 작용은 이미 우리의 마음속에 이 리듬이 작용하고 있었기 때문이다.

5

그러나 다시 한 번 이 리듬은 이미 객관성을 가지고 있다. 리듬의 특징인 규칙성은 바로 그 증거이다. 규칙성은 일시적인 사물을 초월하여 이데아의 항구성을 가진 존재의 특성이다. 물론 리듬은 극히 물리적인 현상이다. 그것은 소리 또는 다른 물질적 현상이 없이는 생겨날 수 없다. 그러나 물질의 파동이 만들어 내는 리듬의 규칙성은 그 물질적 매체를 초월한다. 달리 말하면 물질은 이데아 속에서 현실화된다. 그리고 리듬은 이러한 결합의 한 예이다.

리듬의 양면성은 음악의 특성이다. 음악은 가장 감각적이고 구체적인 예술이면서 가장 추상적인 예술이다. 또 그것은 가장 주관적인 표현이면서 객관적인 형식의 구조물이다. 시도 이러한 주관과 객관의 양면을 아울러 가지고 있다. 그런데 이 양면성의 상당 부분은 시의 근원을 이루는 리듬의 신비에 관계된다. 음악을 어떻게 정의하느냐 하는 것은 간단한 문제가 아니지만, 어떠한 이론가들은 소리의 역동적 관계의 구조물이 음악의 미적 의미의 본질을 이룬다고 말한다. 이와 비슷하게 시의 리듬의 짜임새가 미적 구조물로서의 시의 일부분을 이루는 것임은 틀림없다.

그렇다고 하더라도 이렇게만 생각하는 것은 시의 음악적 자원의 한정성에 비추어 시의 가능성을 지나치게 단순화하는 것이 될 것이다. 시의 음악은 리듬을 기본으로 하는 소리만으로 이루어지는 것이라기보다는 소리와 의미의 결합을 통하여 섬세하고 복잡한 형태를 갖추게 된다고 하여야 한다. 음악의 경우는 그것을 소리의 구조물이라고만 이해하는 것이 가능할는지 모른다. 그러나 그러한 구조의 인지가 일차적이고 직접적이라고 할 수는 없을 것이다. 시에 있어서 의미 전달이 전경에 놓이듯이, 음악에서는 감정적 차원에서의 인지가 선행한다. 음악이 순수한 소리의 구조물이라는 견해를 비판하는 음악 현상학자 빅토어 추커칸들의 의견으로는, 음악은, "감정의 형태 …… 경험의 법칙, 정서와 느낌의 질서"이다. 달리 말하여 그것은 인간 내면성의 표현 양식이다. 그러나 동시에 음악은 내면만이 아니라 실제 현실 세계에서의 소리들의 움직임을 나타낸다.[8] 그리고 그의 생각에 음악이 내면의 감정 세계를 표현한다고 하더라도, 그것은 직접적인 것이라기보다 소리의 구조에 의하여 형태가 주어진 것이다. 이 형태가 감정을 객관적인 세계 안에 인지할 수 있는 것으로 존재하게 하는 것이다. 시의 경우에, 시적 표현은 리듬과 음악의 요소를 하나의 밑바탕으로 하면서, 다른 요소들과의 더 복잡한 관계 속에서 현상화된다.

음악에서나 마찬가지로 시에 있어서도 감정은 중요하다. 감정은 이미 리듬의 율동 속에 들어 있다. 그러나 그것은 내용을 포함한 여러 요인들에 의하여 강조된다. 그러나 감정만으로 존재하는 감정은, 시의 리듬에 못지않게 단순한 것이기 쉽다. 사실 시가 말하는 감정은 그 자체로는 상당한 정도 상투적인 것이다. 감정의 단순성은 생각의 다양성과 복잡성에 비할 수 없다. 매체로서의 음악은 감정보다는 훨씬 복잡한 생각을 전달할 수 있게 한다. 생각은 질료로서의 감정을 다양하고 정치하게 한다. 여기에서도 감정은 형태로 형성되어야 하는 어떤 것이다. 감정은 적극적인 움직임을 가진 것이라기보다는 주어진 생각과 일에 따르는 종속 현상의 성격을 갖는다. 그 수동적 성격을 망각한 감정의 강조가 — 대중 선동에서나 시나 예술에서의 이러한 강조를 위한 노력이 역겨운 결과를 낳는 것은 흔히 관찰

---

8 음악과 감정의 관계에 대해서는 다음 참조. Victor Zuckerkandl, *Man the Musician*(Princeton, N. J.: Princeton University Press, 1973), pp. 149~162. 추커칸들은 음악에서 음의 움직임이 감정과는 관계가 없는 순전한 소리의 "역동적 모양"을 나타낸다는 에두아르트 한슬리크의 생각과 그것이 희로애락의 감정을 표현하는 것은 아니지만, 그런대로 내면의 표현 양식이라는 수잔 랭어의 생각을 소개하면서, 그것이 감정의 형식이면서 동시에 객관적인 의미에서 음의 움직임을 나타내는 것이라고 주장한다.

할 수 있는 일이다. 그러나 생각도 감정의 강조나 마찬가지로 단순화 작용을 한다. 사실 생각의 기능은 단순화이다. 이 단순화는 리듬에 의하여 더욱 강조된다. 구호, 슬로건, 군가, 애국 시, 축사나 축가 등은 이러한 현상을 가장 잘 보여 준다. 가장 단순한 생각을 가지고 있는 시는 대개 분명한 리듬을 가지고 있는 것이기 쉽다.

진정한 다양성이란 생각보다는 사물과 사건의 세계에 속한다. 사물의 세계가 생각을 다양하게 한다. 다만 역설적으로 사물의 다양성은 생각의 단순화 속에 포착되어서 비로소 의미 있는 다양성으로 인지된다. 또 생각은 감정과 연결되어 더욱 섬세한 것이 되기도 한다. 어느 때에나 시의 생각은 감정과 밀접한 관계에 있다. 그것은 리듬과 음악 속에 있음으로써 이미 감정에 오염되어 있다고 할 것이다. 사물과 생각의 뉘앙스라는 것은 많은 경우 같은 생각 안에 존재하는 감정으로 인지되는 차이를 말한다. 그리고 그것은 깊이를 말하기도 한다. 깊이란 어떤 현상이 보다 큰 현상의 일부라는 것을 말하는 것이다. 그러나 이 큰 현상은 어떤 의미에서는 단순히 객관적으로 존재하기보다는 우리의 인식 속에 존재하고, 이 인식은 부분적인 현상의 배경으로 작용한다. 이 주체적 또는 주관적 인식은 특히 공간적으로 조감될 수 있는 풍경과 같은 것보다는 시간 속에 전개되는 사건의 경우에 중요하다고 할 수 있다. 그런데 이 배경은 분명하게 주제화되어 인지되거나 기억되기보다는 막연한 느낌과 같은 것으로 존재한다.

깊이는 어떤 사물이 불러일으키는 기억이나 향수에서 가장 잘 나타난다. 그러면서 그것은 어떤 감정의 정수처럼 존재한다. 이러한 현상은 공간적 제시와 인지를 다시 생각하게 한다. 여기에서도 기억은 작용하는 것이다. 즉 고정된 풍경에 시적인 울림을 주는 것은 그에 겹치는 다른 풍경들의 기억이다. 기억을 통한 체험의 중첩화 — 이것이 뉘앙스 있는 지각의 비결이 되는 것이다. 결국 사물이나 생각이나 감정이나 음악의 단순화는 이런 예술적 체험의 요소가 분해되어 일어나는 현상이다. 이에 대하여 이것의 합성은 예술적 체험의 복합체를 실현시켜 준다.

6

여기에서 우리가 이야기하는 것은 이 체험을 객관화하는 여러 기제이다. 객관화한다는 것은 무엇을 말하는가. 그것이 반드시 객관적 의미의 전달을 말한다고 할 수는 없다. 의미의 전달이 시의 중요한 한 부분임에는 틀림이 없으나 그것은 언어 소통보다는 더 복잡한 과정을 통하여 이루어지는 것으로 보인다. 이 관점에서는 산문적 의미 전달을 시의 기능으로 인정하는 것을 부정하는 것도 일단은 타당한 것으로 말할 수 있다. 엘리엇은 시에 있어서 의미란 도둑이 남의 집을 침입할 때 집 지키는 개에게 던져 주는 고깃덩어리와 같다고 말한 일이 있다. 시인의 작업은 의미 있는 내용을 전달하는 데에 있지 아니하다는 말이다. 그렇다고 그가 시의 전달 기능을 전혀 무시하는 것이라고 말할 수는 없다. 그의 시는 강한 메시지를 가지고 있다. 다만 그가 말한 것은 단순한 정보의 교환 이상의 것이 시에서 이루어진다는 것일 것이다.

엘리엇 이외에도 많은 시인들이 시의 의미 전달을 불편하게 생각하였다. 그것은 상징주의 시학의 도처에서 발견할 수 있다. 반드시 상징주의 시인이라고 할 수는 없지만, 미국 시인 아치볼드 매클리시의 "시는 의미하는 것이 아니라 존재하여야 한다."라는 말은 같은 불편한 느낌을 가장 간단히 표현한 것이다. 그러나 존재하는 것은 의미가 없는 것인가. 위의 시구에서 말하고 있는 시의 존재 양태를 비유적으로 설명하기 위해서, 매클리시가 예로 들고 있는 것은 둥그런 과일, 손끝에 만져지는 금화, 옷소매가 닳게 하고 이끼가 앉은 돌로 만든 창틀 들이다. 시는 이러한 것들처럼 존재해야 한다는 것이다. 그는 또한 슬픔을 표현하는 데에는 인적 끊긴 현관과 단풍잎, 사랑을 표현하는 데에는 바람에 눕는 풀들과 바다 위의 두 불빛으로 족하다고도 말한다. 이러한 이미지들이 시사하는 것은 말로 하지 않더라도 사물들이 이미 의미를 전달한다는 사실이다. 세상에 가득한 사물은 이미 의미로 차 있다. 시는 이것을 표현하고자 한다. 그러나 이 의미는 표현되기 전에는 의미로 존재하지 아니한다. 그러므로 표현된 의미는 사물 그 자체의 의미와는 다른 것이다.

시가 의도하는 것은 시가 표현하는 사실들의 세계에 여느 사물처럼 존재하게 되는 것이다. 이것은 시 또는 일반적으로 예술적 충동이 유독 대표하고 있는 어떤 인간적 소망이다. 그러면서 의미 이전의 의미의 객관화는 모든 인식 작용의 한 계기로 존재하는 것이라고 할 수도 있다. 그것은 사실 언어로 표현되는 의미와 다르면서 그것에 이르는 과정의 하나이다. 의미는 언어나 기호의 체계 속에 존재하는 것이 되기 전에 대상화되어야 하고, 객관화는 이 대상화의 필요 요건이다. 예술 작품에 작용하는 바와 같은 형식화의 요인들은 이러한 대상화, 객관화의 기제가 되는 것이라 할 수 있다.

"마음의 뜻이 움직여 시가 되고, 정이 움직여서 말이 되고, 말이 부족하면, 차탄하고, 차탄하여 부족하면 길게 노래하고 그것도 부족하면 모르는 사이에 노래한다."라는 「모시서(毛詩序)」의 시와 가무에 대한 설명은 마음의 움직임이 형식을 통하여 외면화된다는 것을 말한다. 여기에서 형식화는 주로 리듬과 음악을 매체로 하여 이루어진다. 그리고 이러한 형식화는 객관화의 필요에 긴밀히 연결되어 있는 것으로 생각된다. 청각과 동작의 양식화는 시각화에 연결된다. 사실 볼 수 있다는 것이야말로 대상화와 객관화의 가장 중요한 표지이다. 『논어』에서 "시란 흥을 일으킬 수 있고, 보게 할 수 있다.(可以興, 可以觀.)"라고 할 때, 이것은 시를 감정과 함께 보는 일에 연결한 것이다. 여기에서 본다는 것은 흔히 느낌을 보게 하는 것, 관감(觀感)하게 하는 것 또는 적어도 알 만한 것이 되게 한다는 의미로 해석된다. 그런데 이와 관련하여 감정을 가리키는 흥이란 말도 시에 관련시켜 말할 때 이미 단순한 감정을 말하기보다도 객관화되어 가고 있는 감정을 말한다. 어떤 해석으로는, 『시경』에 있어서, 흥은 되풀이되는 모티프 또는 후렴을 말한다. 말하자면 일정한 감정을 유발하고 유지해 주는 시구가 흥인 것이다.[9] 그것은 이러한 의미에서 이미 감정이라기보다는 대상적으로 고정된 감정의 공식이다. 이 공식이 감정의 객관화에 크게 공헌할 것임은 틀림이 없다.

다시 본다는 것으로 되돌아가, 시에 있어서 이미저리의 중요성은 동서고금에 공통된 것이다. 객관화라는 말 자체에 이미 본다는 뜻이 들어 있다. 예술적 충동은 봄으로써 사물과 경험과 심정을 객관화하려는 것이다. 이러한 의미에서 시각 예술은 더 분명하게 예술의 한 국면을 드러내 준다. 그러면서 그것은 객관화라는 것이 단순히 대상화하여 보려는 것에 한정된 것이 아니고, 사실의 세계 속에 실재하게 하려는 것이라는 것을 말하여 준다. 더 나아가, 건축은 이러한 객관화 그리고 더 나아가 사실화로 하여금 실용의 세계에 자리할 수 있게 한다. 시도 이러한 객관화와 사실화의 충동을 내포한다. 시적 관심은 내적 경험을 포함한 세계 경험의 상상 가능성 — 객관적인 이미지나 형태로 파악할 가능성에 있다. 이것은 유독 시적인 관심이 아니라 세상에 살아가는 사람들의 근본적인 관심이다. 말하자면 사람은 그의 세계를 크게든 작게든 늘 상상 가능한 것으로 지녀야 할 필요를 가지고 있다. 언어가 전달하는 의미는 이 상상 가능성

---

9 Shi-Hsiang Chen, "The Shi-Ching: Its Generic Significance in Chinese Literary History", Cyrill Birch ed., *Studies in Chinese Literary Genres* (Berkeley and Los Angeles: University of California Press, 1974) 참조.

의 다음에 오는 구조화이다. 이 상상 가능성의 주된 역할을 하는 것이 시의 형식적 요소이다.

상상 가능성은 언어나 사물을 의미 있는 것으로 인지한다는 것과는 다른 일이다. 의미가 무엇인가는 간단한 해명으로 끝날 수 있는 것이 아니지만, 그것은 대체로 특수한 안건을 다른 행동이나 관념이나 믿음의 체계 속에 포섭하는 것을 말한다. 언어 표현의 경우 말은 실제적 상황이나, 사전이나, 생각 등에 비추어 이해할 만한 것이어야 할 것이 요구된다. 그리고 그것은 일관된 체계, 궁극적으로 일종의 논리적 체계 속에 포섭될 수 있어야 한다. 그러나 세계에는 그러한 포섭의 관계 속에 들어가지 않는 의미 가능성이 있다. 인공적인 세계에서 모든 것은 일정한 의미가 있는 것으로 이해된다. 건물에서 창문은 채광이나 조망 등의 관점에서 합리적인 것이어야 한다. 그러나 이러한 관점에서 이해할 수 없는 창문도 있을 수 있다. 사물의 존재는 늘 의미 있는 것은 아니다. 언어도 의미 전달의 기능만을 가진 것은 아니다. 말을 처음 배우는 아이들의 재잘거림은 실제적인 관점에서는 의미가 있다고 하겠지만, 언어적으로 의미를 성취한 말은 아니다. 상상 가능성은 의미를 초월하는 또는 그에 이르지 못한 것이면서도 대상화될 수 있는 것들을 포함한다. 그러나 모든 것이 상상 가능한 것으로 존재하지는 아니한다. 상상 가능한 것은 일정한 모양을 갖춘 것이라야 한다. 부분과 부분 그리고 전체의 상호 관계에 일정한 질서를 드러내 주는 것만이 상상될 수 있다.

게슈탈트 심리학은 기하학적으로 단순한 형태들이 지각의 기본 도식이 된다고 한다. 이것은 상상 가능성의 조건에 대한 하나의 간단한 예가 된다. 다만 이 형태들이 지각의 삶 속에서 늘 완성된 게슈탈트를 이룬다고 하기는 어려울 것이다. 지각의 삶은 간단없이 지속된다. 이 지속되는 지각의 삶 속에는 반쯤 형성된 또는 형성되다 만 영상들이 부침한다. 이러한 의미에서 사람과 그 세계와의 마주침 사이에는, 상상 가능한 형체들의 부침하는 지각의 강이 흐른다. 이 형체들은 더 분명한 게슈탈트에 이르기도 하고, 루돌프 아른하임이 「시각적 사고」에서 말하듯이, 여기에서 출발하여 더 복잡한 이론적인 사고로 발전하기도 할 것이다. 그러면서도 이것이 반드시 선형 사고의 하위에 있는 것으로 말하기는 어렵다. 많은 높은 사고도 결국 모양(pattern)의 인식이라고 할 수 있기 때문이다. 미적 영역의 많은 인식이 그러하지만, 보다 넓어진 물리학의 연구를 '유기적 에너지의 모양(Patterns of Organic Energy)'의 연구라고 말하는 경우에도 그것은 해당되는 것이다.[10]

시는 언어 행위이면서 세계의 상상 가능성과 그 처리 과정에서 유래하는 모양의 인지에 깊이 관계되어 있는 언어 행위이다. 이 모양은 시에서 객관화되어 예시된다. 이미저리나 리듬의 중요성은 여기에서 온다. 그러나 그것이 언어로 이루어지는 것임에는 변함이 없다. 그리고 모양의 인지나 그 객관화는 언어의 의미로서 완성된다. 시는 순수한 사물도 아니고 형식도 아니다. 그것은 삶에 대하여, 개인의 실존에 대하여, 또 사회에 대하여, 발언하는 언어적 행위이다. 시가 완전히 객관화하는 것은 그것이 전하는 메시지를 통하여서이다. 그러나 시를 형식이 되게 하는 여러 요소에 대한 관찰에서 우리가 깨닫게 되는 것은 그것이 시로 하여금 객체성을 잃게 하는 요소이기도 하다는 것이다. 메시지의 내용은 여러 가지 형태를 취할 수 있다. 그러는 한에서 그것은 독자적인 존재를 갖는 것은 아니다. 언어는 전달이 끝난 후 없어도 좋은 투명한 매체일 뿐이다. 그것은 하나의 물건처럼 객관적으로 존재하지 아니한다.

이에 대하여 시의 언어는 전달과 더불어 사라지는 의사소통 과정의 요

---

10 가령 Gary Zukav, *The Dancing of WuLi Masters: An Overview of the New Physics*(New York: William Morrow, 1979)에서.

소이면서, 동시에 대체될 수 없는 사물 자체로 또는 모양으로 존재한다. 그것은 시적 표현이 다른 동의어로 대체될 수 없는 데에서 알 수 있다. 소월이 표현한 이별의 마음의 내용은 여러 가지의 같은 내용을 가진 말로 표현될 수 있지만, "그립다 말을 할까 하니 그리워/그냥 갈까 그래도 다시 더 한번"이라는 말 무늬의 모양은 다른 동의어의 표현에는 나타날 수가 없다. 이렇게 리듬은 언어에 유일한 사물로서의 존재성을 부여한다. 물론 이미저리나 의미도 여기에 작용한다. 그리고 그것은 단순한 미적인 요구를 만족시키는 것 이상으로 인간의 근본적인 심성의 작용에 관계되어 있다.

7

시의 언어를 대체할 수 없는 모양으로 고정시키는 것은 이미저리나 생각보다도 리듬이다. 리듬은 그 단순성에 있어서 거의 기계적이다. 이것이 리듬으로 하여금 이미저리가 가지고 있지 못한 형식화 능력을 가지게 한다. 말은 이 형식 능력에 힘입어 일정한 형태로 고정된다. 그리하여 리듬과 결합한 말의 의미는 달리 대체할 수 없는 어떤 것이 된다. 그러나 대체할 수 없다는 것도 여러 가지 층을 가지고 있다. 가령 구호는 많은 경우 리듬에 의하여 고정된 언어이다. 구호는 하나로 굳어진 말이면서 유일무이한 체험을 표현하지는 아니한다. '부정부패 척결하여 정의 사회 구현하자'는 외우기 쉬운 확정성을 가진 언어이지만, 그에 대응하는 대체 불가능한 체험을 표현하고 있다고 말할 수는 없다.

시에 있어서 리듬의 의의는 기계적인 확정성을 넘어 심각한 체험을 객관화하여 준다는 데에 있을 것이다. 사실 리듬이 기계적이라거나 고정된 모양을 뜻하는 것처럼 생각하는 것은 하나의 편의에 불과하다. 그렇게 말하는 것은 그것을 공간적인 것으로 파악한 것이다. 그러나 리듬은 가시적이고 물질적인 존재가 아니다. 리듬은 시간의 형식이다. 공간적으로나 물질적으로는 그것의 흔적이 보일 뿐이다. 그것은 시간성으로서의 생명과 일치한다. 시간은 보편적인 것이면서도 모든 인간사에 유일무이한 독자성을 부여하는 매체이다. 언어의 리듬과의 결합이 특유한 모양을 표현하고 삶의 유일성의 체험의 순간에 대응한다면, 그것은 리듬의 생명의 시간성에 참여하고 있기 때문이다.

대체 불가능한 체험이라는 관점에서 대표적인 것은 기계적 실존의 체험이다. 그리고 궁극적으로는 그것은 표현의 가능성을 넘어간다. 그러나 어떠한 시는 이 표현 불가능한 것을 지향한다. 후고 폰 호프만슈탈의 「외면적 삶의 발라드」는 일반적 의미로 환원할 수 없는 일회적인 사건으로서의 삶에 대해서 흥미로운 직관을 표현하고 있는 시이다. 그는 이 시에서, 인생의 의미에 대한 많은 질문을 발한 후 다음과 같이 말한다.

이것은 모두 무엇에 소용되는가. 이 놀이.
우리가 커다랗게 자라고 영원히 홀로 있으며
방황하여 아무런 종착점에도 이르지 못하는 놀이는?

많은 것을 보았다는 것은 무슨 소용이 있는가?
그래도 '저녁'이라고 말하는 사람은 많은 것을 말하는 사람이다.
하나의 말, 벌집이 송송한 구멍에서 무거운
꿀이 흐르듯, 깊은 의미와 슬픔이 흐르는 이 말을.

삶은 꿀이 벌집에 담기듯이, 삶의 모든 내적인 의미가 담겨 있는 한 순간으로 대표된다. 개체적 삶의 경위는 표현할 수 없는 내적인 체험으로 남아 있다. 그것은 그 자체로 유일하며 충만하다. 삶이 삶의 충만 이상의 무엇을 바라겠는가. 삶은 그 자체의 유일한 표현이기를 원한다.

그러나 이러한 내용을 말하는 시에 역설이 없는 것은 아니다. 그에 대한 다른 언표가 있을 수 없는 삶의 충만은 다른 외적인 표현—언어와 행동이 표현을 통하여 이르게 되는, 다시 말하여 외적인 삶을 통하여 이르게 되는 최종적인 종착역이다. 그것은 성장과 고통과 기쁨과—결국 이르지는 못할망정 찾아가고자 했던 목적 그리고 질문의 결과로 인하여 가능하여지는 것이다. 그러나 호프만슈탈이 말하고자 하는 것은 궁극적으로 인생의 의미는 안으로 가득해지는 어떤 것 이외의 다른 것이 아니라는 것이다. 그것은 외부적으로 표현될 수밖에 없는 말로 설명할 수 있는 것이 아니다. 그러면서도 이러한 말을 하는 호프만슈탈의 시가 전달되는 것은 또 하나의 역설이다.

호프만슈탈의 인생처럼 시의 궁극적인 의미는 그 자체의 형식적 완성의 충만함일는지 모른다. 그러나 이 완성을 가능하게 하는 형식은 개체적인 충만을 넘어간다. 이 형식적 요소의 하나로서의 리듬은 완전히 개체적인 것이 아니다. 우리는 위에서 리듬의 공동체적 기원을 말하였다. 시인이나 음악가의 리듬은 독자적인 것이라기보다도 공동체의 삶으로부터 발전되어 나오는 것이다. 그러면서 동시에 그것은 개체의 깊이로부터 체험되는 것이 됨으로써 삶의 새로운 표현으로서의 의미를 갖는다. 공동체의 리듬은 개체적 체험 속에서 믿을 수 있는 것이 되고, 개체적 체험은 공동체의 리듬 속에서 외면화를 얻는 것이다. 또 거꾸로 개체적 삶이 가장 개체적인 것이 되는 경우도 공동체의 리듬이 가능하게 하는 분절화에 의존하지 아니하고는 객관화될 수 없다. 호프만슈탈은 그의 시대를 하나의 종말로서 파악하였다. 그는 개인적인 감수성을 넘어가는 공동체적 삶의 의미를 발견할 수 없었다. 그러면서도 그의 시는 오랜 전통의 세련에 의지하여서만 가능했다. 공동체적 리듬과 개인적 시적 리듬 사이의 역설적 관계는 혼란의 시대에서 불가피한 것일 것이다.

그러나 어떤 시대에는 그러한 역설적 관계도 성립하기 어려운 것으로 보인다. 우리 세대의 한 특징으로 구호의 범람을 들 수 있다. 그러나 동시에 근년에 와서 이러한 구호도 점점 사라져 가는 것을 본다. 그 대신 매우 내밀한 개인적인 언어들이 공공의 장소에 — 광고에, 대중 매체에, 작품에 나타난다. 가령 광고에서 "⋯⋯로 바꾸니 그렇게 좋을 수가 없드라구요." 하는 것과 같은 표현의 경우를 들어보자. 이것은 극히 개인적인 대화 속의 말의 느낌을 나타내려는 언어이다. 이러한 가짜 개인적 스타일의 범람은 진정한 객관적 스타일이 없는 곳에는 진정한 내면적 체험의 표현도 있을 수 없다는 것을 깨닫게 한다. 사람이 참으로 개체적 존재가 되는 것도 객관적인 것에로의 자기 초월이 없이는 불가능한 것일 것이다. 윌리엄 콘던이 말하는 바와 같이, 리듬은 개인의 삶에 개체적 정의를 부여한다. 그러나 그 리듬은 사회에서, 또 삶의 근원으로부터 온다.

(2000년)

시의 마음

시는 무엇인가? 이러한 질문은 답이 자명한 것 같기도 하고, 물어도 시원한 대답을 기대할 수 없는 것일 것 같기도 하다. 그런데 여기에 대한 대답이 무엇이 되든지 간에 이러한 질문에 대한 답변은 시를 다른 예술로부터 또는 다른 언어 표현으로부터 변별해 주는 특징을 찾는 것이 될 가능성이 크다. 그러나 그러한 특징이 있다고 하더라도 그것은 반드시 시라는 언어 구조물에 내재하는 것만은 아닐 수 있다. 시 낭독의 경우, 많은 낭독자가 시는 보통의 말과 다른 방식으로 읽어야 한다는 생각을 가지고 있는 것이 분명하다. 어떤 언어가 시가 되는 것은 그 언어가 낭독되는 특별한 방식 때문이라는 것이 이러한 생각 속에 들어 있는 것일 것이다. 그 방식이란 대체로, 우리나라의 시 낭독의 경우 감정을 실은 목소리로 읽는 것이다. 사실 산문적인 내용이거나 또는 별로 내용이 없는 것도 감정의 변용 속에서 시적인 것이 되는 것을 보는 수가 없지 않다. 시 낭독이라는 공연에는 다른 요소들도 섞여 들어간다. 그것이 이미 어떤 언어를 시로 바꾸는 준비를 한다. 시 낭독회에 간다든지 또는 시 낭독을 들을 준비를 한다든지 할 때, 이미 사람들은 시를 들을 용의가 되고, 이 용의 속에서 약간의 암시만 주어진다면 귀에 들리는 언어를 시적인 것으로 받아들일 준비가 되는 것이다.

물론 말하여지는 언어는 흔히 시란 이러한 것이라고 하는 예상에 조금은 맞아 들어가야 한다. 적어도 읽혀지는 말은 그것이 보통의 언어와는 다른 것이라는 것을 알리는 신호 — 비일상화의 신호를 가지고 있어야 한다. 이 중에도 시의 소재가 감정을 보통 이상으로 유발하는 것이어야 한다는 것은 가장 기본적인 기대 요건이다. 물론 이것도 대개는 상투적인 것이어야 하는 것이기 때문에 지나치게 상궤를 벗어나는 것이어서는 아니 되겠지만, 언어가 리듬을 가진 것이라야 한다는 것도 요구되는 요건의 하나이다. 그러나 이것도 반드시 읽혀지는 말에 내재하는 것일 필요는 없다. 어떤 말이라도 말하는 방식 또는 읽는 방식에 따라서는 밖으로부터 리듬이 부여될 수 있기 때문이다. 문장의 구문이나 연어법이 보통과는 다르게 되는 것도 흔히 기대되는 것의 하나이다. 눈으로 시를 읽는 데에는 또 다른 요건들이 작용한다. 가령 산문과는 다르게 줄을 바꾸어 씌어 있다는 것은 읽히는 텍스트가 시라는 것을 알리는 가장 일반적인 표시이다. 산문시라는 것도 있으나 그러한 경우, 다른 비일상화의 신호가 더 강화될 필요가 있다. 줄을 바꾸어 쓰는 이외에도 시의 연과 연 사이에 생기는 공간도 비슷한 시의 구성 요건이다. 줄 바꾸기나 연 만들기의 공간은 그 안에 있는 언어들을 돋보이게 하면서 그것을 다른 것들로부터 유리해 내는 기능을 한다. 이것은 그림이 액자에 의하여 주변의 일상적 현상으로부터 유리되는 것과 비슷하다. 시의 공간적 액자화는 시가 성립하는 가장 기본적인 조건을 단적으로 말하여 준다.

그런데 주목할 것은 이것이 단순히 물리적 현상이 아니라 심리적 대응물을 가진 것이라는 사실이다. 공간적 액자가 없다고 하더라도 사람의 마음에 일정한 독립된 영역이 만들어짐으로써 시는 존재한다. 시심(詩心)이라는 말이 더러 쓰이지만, 말하자면 시심이 만들어지는 것이다. 흥미로운 가능성은 이 시심이 반드시 시 속에 스며 있는 것이라기보다도 시의 예비 조건으로서 미리 독자의 마음에 준비된다는 것이다. 시심은 독자의 마음에 들어 있고 어떤 예비적인 신호에 의하여 유발되고, 그런 다음 이것에 바탕하여 시가 받아들여질 수 있게 되는 것이다.

이러한 마음의 준비는 유독 시에만 한정되는 것은 아니다. 많은 일에서 일이 벌어지기 전에 사람들은 그 일에 합당한 마음가짐을 가져야 한다. 음악회를 가거나 그림의 전시회에 갈 때에는 그것에 맞게끔 마음에 준비되는 것이 있다. 공부에는 공부할 자세가 있어야 한다. ── 이것은 우리 사회처럼 입시 준비가 중요한 사회에서 누구나 알고 있는 일이다. 운동선수의 경우 뛰어가면서 책을 읽을 수는 없다. 책을 읽거나 글을 익히거나 생각을 하려면, 몸의 움직임을 정지시키거나 아니면 적어도 완만한 것이 되게 하여야 한다. 심각하게 책을 읽는 자세의 전형은 책상에 앉는 것이다. 그러한 경우에도 마음을 가라앉히고 집중을 하고 생각을 하는 마음의 준비가 없이 앉아 보아야 소용이 없는 일이다. 사람이 살고 일을 하고 움직이는 것 ── 이러한 일은 어느 것이든 끊임없이 마음가짐을 조종하는 일을 수반한다. 일을 하는 자세와 노는 일이 같은 것일 수는 없다. 버스를 타는 마음은 일터에서의 마음과 다르다. 버스에서 우리의 주의는 피상적인 것이 된다. 그러나 일터에서 우리는 주변의 일에 더욱 면밀한 주의를 한다. 집에서와 일터에서의 긴장도는 우리가 그것을 의식하지 않더라도 다를 수밖에 없다. 물론 마음의 자세가 가장 분명하게 의식화되는 것은 집중을 많이 필요로 하는 일에서이다. 집중에는 의식적인 노력이 필요하다. 사람들이 집중하여 일하는 때에 그것을 중단시키는 외부로부터의 방해를 싫어하는 것은 당연하다. 한번 중단된 집중을 다시 되찾는 데에는 새로운 노력이 필요하다.

대체로 주의의 집중은 사물을 건성으로 대강대강 보는 것과 대조된다.

집중하는 시선은 대상 이외의 것을 배제하고 하나의 대상에 머물며 그 세밀한 내용을 직관하게 된다. 여기에서 우리가 떠올리는 심상은 좁고 날카로운 시선과 사물의 밀착이다. 그러나 이러한 주의와 집중이 가능하기 위해서는 또 하나의 예비적인 심리 상태가 필요하다. 이 예비 단계에서 마음은 집중되는 것이기보다는 조용해진다. 주의가 작용하지만, 그것은 어떤 특정한 대상에 모아지기보다는 일정한 넓이의 장을 널리 포용한다. 이 넓은 주의에 평정한 마음이 필요하다. 지각 심리학자들은 시각이 어떤 특정 사물을 볼 때, 그것을 일정한 구역의 배경(background)으로 존재하는 돋보임의 모양(figure)을 보는 것이라고 말한다. 마음의 집중에도 그러한 배경과 모양의 관계가 작용한다고 할 수 있다. 책을 읽으며 공부한다는 것은 책의 내용에 집중한다는 것을 말하지만, 그 전에 갖추는 마음의 자세는 집중 이전의 수용의 바탕을 준비하는 일이다. 시를 듣거나 읽는 것도 시를 자세히 읽는다는 것을 의미하는 것이지만, 동시에 어떤 종류의 암시에 의하여 이러한 바탕의 마음이 준비된다는 말이기도 하다.

마음의 예비적 자세로써 집중의 바탕을 마련하는 일은 대상의 관점에서 볼 때, 대상의 세계를 하나의 장으로 구성하는 행위이다. 현상학은 주의에 따라 드러나게 되는 독특한 세계들이 있음에 주목한 바 있다. 윌리엄 제임스는 사람이 사는 세계 또는 경험하는 세계가 생각하기 나름에 따라서 구성되는 다원적 세계들로 구성된다는 것을 지적한 바 있다. 주관적인 태도에 따라서 성립하는 '이차적인 세계(Sub-Universe)'에는 감각과 물리적 사물들의 세계, 과학의 세계, 논리, 수학, 형이상학, 윤리 또는 미학이 드러내는 이념적 세계, 특정한 사회의 사람들이 신봉하는 종족적 우상의 세계 또는 심지어 광증의 세계 등이 있을 수 있다. 이러한 제임스의 생각에 알프레드 슐츠는 좀 더 면밀한 현상학적 논리를 부여하고자 하였다. 이차적 세계의 성립에 관한 그의 생각을 요약해 보면, 사람이 사는 세계는 '삶에 대한 주의 방식의 차이에 따라', '의식의 특정한 강도'와 그에 따르는 의식의 태도(현상학적으로 말하면 에포케)에 의하여 특정한 '인지의 스타일'을 가진 의미의 영역들로 구성된다. 여기에서 기본이 되는 것은 물론 일상생활의 구역이다.

우리가 틀림없는 현실로 알고 있는 일상적 삶의 세계도 현상학적으로 말할 때, 일정한 의식의 태도에 대응하는 한정된 스타일을 가진 의미 구역에 불과하다. 과학의 세계나 환상의 세계는 물론 누구나 인정하는바 일상적 현실에 관계되어 있으면서도 별개의 영역을 구성하는 세계이다. 그 이외에 현실로부터 일시적 일탈을 허용하는 극장의 연극 세계, 그림 속으로 들어가면서 생겨나는 그림의 세계 같은 것도 일상생활의 일부이면서도 그와는 다른, '충격'의 세계를 이룬다. 종교적인 신앙의 세계도 그러한 것이고, 조금 더 일시적인 것으로서는 어떤 우스개를 듣고 일시적으로 우리의 일상성의 세계를 오히려 어리석음의 세계로 받아들이게 하는 경우도 그러한 충격을 내포하고 있는 세계가 된다.[1] 이와 비슷하게 우리는 시의 세계라는 것도 의식의 지향성의 일정한 설정에 대응하여 성립하는 이러한 여러 가지 세계의 하나라고 생각할 수 있다. 이것은 시가 있기 전에 시적 태도로 구성되는 의미 구역이다.

다만 시의 세계는 제임스나 슐츠의 설명에서 시사되는 것보다도 훨씬 섬세한 것으로서 쉽게 그 경계선을 그어 놓기 어려운 것으로 보인다. 또 사실 시뿐만 아니라 우리의 세계 속에 들어 있는 수많은 이차적인 세계는 그들이 생각하는 것보다는 대체로 훨씬 유동적인 것으로 생각하여 마땅할 것이다. 그리고 이것이 더욱 근원적인 것이어서, 사람들이 인지하는 분명

---

1 Alfred Schultz, "On Multiple Realities", *Collected Papers 1*(The Hague, The Netherlands: Marinus Nijhoff, 1973) 참조.

한 윤곽의 구역들은 이 섬세한 세계의 변화로부터 다시 한 번 결정화된 것이라 할 수 있다. 삶의 의미 구역 또는 세계는 차라리 음악에 있어서의 조(調)와 비슷한 것이라고 하는 것이 옳을지 모른다. 그리하여 음악에 장조가 있고 단조가 있으며, 그 안에 으뜸음에 따라 여러 변종의 조가 있을 수 있고, 또 서양 음악의 전음계에 대하여 동양 음악의 오음계식 음의 조직이 있고―이러한 음악의 여러 스타일이 가능하듯이, 우리의 삶은 계속적으로 유연한 변조를 통하여 수시로 다른 모드(mode)로 조직된다고 할 수 있다. 또는 삶은 단순히 수시로 경우에 따라 하나의 조에서 다른 하나의 조로 옮겨 간다고 할 수도 있다. 이것은 가벼운 기분의 변화로 느껴지기도 하고, 행동과 인격의 존재 양식이 전부 바뀌는 구역 이동으로 분명하게 인식되기도 하는 것일 것이다. 시의 세계는 어떤 종류의 조의 설정에 따라 성립하는 이 섬세한 세계의 한 형태로 생각해 볼 수 있다.

그런데 이 조는 음악에서 그러하듯이 한 편의 음악 안에 내재하고 그로부터 유추할 수 있는 것이면서 동시에 특정한 음악에 선행하여 존재하는 예비적 바탕이다. 이것은 그 의미를 따져 보면 매우 신비스러운 것이지만, 사실상의 작용에서는 매우 간단한 기호로서 작동한다. 시의 외면적 특징적 암시는 시적인 마음가짐과 시적인 세계의 열림을 알려 주는 간단한 신호들이다. 이러한 신호들에 대해서는 이미 위에서 언급했지만, 더 간단한 것으로서는 시적 효과를 위한 특이한 문법 기호들을 들어 볼 수 있다. "화설 아조 인조조 때에 전라도 남원부사 이등이 한 아달을 두었으니 명은 영이라 연광이 십륙에 관옥의 기상과 두목지 풍채와 이백의 문장을 겸하였으니 칭찬 아닐 이 없더라……" 이러한 문장에서 '화설'은 바야흐로 서술되는 세계가 허구의 세계임을 미리 알리는 신호이다. '더라'는 다시 이러한 진술에 거리를 두어야 한다는 기호이다. 간접화가 설화의 세계를 지칭하는 기호라면, 감탄의 표시들은 시 세계의 형성 요소이다.

강호의 기약 두고 십 년을 분주하니

그 모라는 백구더른 더듸 온다 ᄒ것마는

성은이 지충ᄒ기로 갑고 가려 ᄒ노라

　위의 시조에서 보는 바와 같이, 옛시조의 대부분은 '······하노라' 하는 어미로 끝난다. 그 외에는 '······이로다', '······하나니' 등의 어미도 빈번하다. 이러한 어미들은 모두 어떤 감탄의 경지를 말하고, 적어도 말의 내용이 중립적 서술이 아니라는 것을 나타내는 기능을 담당한다. 시를 시라고 알리는 신호에는 또 보통의 언어와는 다른 시어나 아어가 있다. 이러한 특별한 언어는 어떤 현상을 말하되 그것을 조금 고양된 감정 상태에서 취하라는 지시를 내포로 하고 있다. 그러나 우리나라 말에서처럼 언어의 시적인 기능을 지시하는 특별한 문법적 기호가 있는 경우는 다른 언어에서는 그리 많지 않은 것으로 보인다. 이것은 그만큼 한국인의 정신과 세계 인식에서 시적인 세계 또 허구의 세계가 중요한 역할을 하였다는 것을 의미하는 것이라고 할 수 있다.

　삶의 조직에서의 시의 중요성은 동아시아의 전통에 공통된 것으로 생각된다. 우리말에서와 같은 시적 음절은 일본어에서도 볼 수 있다. 중국 시의 경우 문법적인 것보다는 음운 조직이나 대구적 구성이나 정해진 주제 등이 비일상화의 역할을 하는 것으로 보인다. 시의 중요성은 『시경』의 중요성으로 대표될 수 있다. 시가 경전으로 생각된다면, 그 의미가 사회나 삶 전체에 막중하다는 것이 인정되었다는 것일 것이다. 한 민족이나 문명의 정신생활에서 시가 경전의 위치에 오른 것은 다른 전통에서도 볼 수 있는 것이다. 다만 서구나 인도 또는 유태 전통에서 그러한 시는 영웅적이거나 종교적인 내용의 것이다. 동아시아의 특이성은 그것이 서사적이기보다는 서정적인 것이라는 점이다. 시가 사회적으로 중요한 기능을 가진 것으로 생각된 것에는 그럴 만한 이유가 있다. 경전적인 시는 어떤 경우나 대상 민족에게 어떤 고양된 세계를 가르치려는 목적을 가지고 있다. 종교적인 시의 목적은 자명하다. 영웅적인 시는 개인적으로나 집단적으로 영웅적 삶의 필요를 강조한다. 서정시의 경우 그 사회적 기능은 다른 경우에 비하여 분명하게 말하기 어려운 것으로 보인다.

민족 전통을 통틀어 서정시가 가르치려는 것은 무엇인가? 시가 할 수 있는 일의 하나가 온유돈후(溫柔敦厚)함을 가르치는 것이라는 것은 유교적 해석이다. 이것이 그 한 가지 기능이라고 할 때, 이것은 어떻게 가르쳐지는가? 그것은 시의 내용 —— 자연이라든가 효제충신이라든가 또는 애정의 섬세한 기미라든가를 말하는 내용으로도 가르쳐지지만, 내용에 관계없이 시라는 것이 유발하는 어떤 감정의 태도로서 가르쳐지는 것이 아닌가 —— 나는 이렇게 생각해 본다. 시의 구체적인 내용보다도 시적인 영역과 시적인 마음가짐의 유지 자체가 일정한 사회적 기능을 한다고 생각하는 것이다. 위에서 이미 비친 바와 같이 사람들은 시라면 이미 약간의 암시만 있어도 시적 태도 속으로 들어간다. 이러한 태도를 가용 상태로 두는 것이 시의 기능의 하나인 것이다. 그러한 태도는 특정한 시와 관계없이 하나의 세계를 연다.

내용에 관계없이 세계에 대한 일정한 관점, 더 나아가 세계를 가능하게 하기 위하여 특정한 의식의 스타일과 태도를 만들어 내는 예는 달리도 생각해 볼 수 있다. 가령 기도와 같은 것은 단적으로 일정한 의식의 태도를 만들어 내고 그에 대응하는 세계를 나타나게 하는 방법의 하나이다. 기도를 드릴 때 정해진 기도문이라는 것이 있지만, 그 내용이 그다지 중요한 것으로 생각되지는 아니한다. 설사 본래 중요했다고 하더라도 그것은 무한히 되풀이됨으로써 신선한 의미를 상실한 것이 된다. 또는 오히려 되풀이됨으로써 그것은 변함없는 것의 권위를 얻게 된다고도 할 수 있다. 내용 없는 기도의 중요성은 염불에서 단적으로 볼 수 있다. 암송되는 다라니에 의미가 없는 것은 아니나 그것을 외우거나 듣는 사람에게 중요한 것은 그 내용이라기보다는 암송이 가져오는 어떤 마음 상태이다. 내용보다도 어떤 절차를 통하여 마음과 태도가 정하여지는 것을 가장 잘 나타내는 것은 여러 가지 제례 의식이다. 거기에는 언어도 있지만, 그보다 형식화된 행동이 주요하다. 그것이 일정한 심리를 유발하고 세계에 대한 일정한 태도를 고정시킨다. 동아시아의 정치 철학에서 제례는 세상을 평정하는 기본적인 수단으로 생각되었다. 시는 제례 또는 예악과 비슷한 범주에 드는 것이었다. 시의 내용과 형식이 현대적 관점에서 볼 때 한정되고 보수적인 것은 이러한 사회적 기능과 관계가 있다.

그렇다고 시가 반드시 거창한 명분의 거창한 임무를 수행하는 것은 아니었을 것이다. 연구되어야 할 것은 어떻게 문명이나 문화의 기본적인 구도가 전혀 그것과 관계없는 듯이 보이는 작은 일에까지 삼투하는가 하는 것이다. 어쨌든 동아시아의 시 ── 한국의 시는 사회의 제례와 예악 그리고 시문의 거창한 구도 속에서 하나의 역할을 맡았던 것으로 생각된다. 위에 든 정철의 시조는 특히 이데올로기적 색채가 강하다. 이데올로기는 자연, 은일, 충군, 출사 등의 주제에 들어 있지만, 문체에도 배어 있다. 긴장하는 주제의 대조, 한자어와 토착어의 조화, 시조가 가지고 있는 삼부 구조의 논리성 등은 문체적으로 적절한 높이로 고양된 심리 상태를 나타낸다. 특히 주목하고 싶은 것은 '하노라' 하는 어미의 역할이다. 그것은 이미 말한 바와 같이 어떤 감탄을 표하고 있지만, 그것은 사회적으로 자신을 일정한 높이에서 파악하는 사람의 감탄과, 동시에 감탄을 통해서 우러나는 결의를 표하는 어미이다. 미국의 한 학자는 중국의 전통적 『시경』 해석이 '시학에 수행적 힘을 부여하려는 결정'에서 나오는 것이라고 한 일이 있다. 위의 시조의 어미는 감탄의 감정으로 하여금 도덕적 수행의 예비 행위로서 의지를 확인하게 하는 역할을 한다고 말할 수 있다. 이것은 다른 시조에도 대체로 해당되는 것이다.

이외에도 시조가 환기하려는 감정과 의지의 태도의 종류는 더 많을 것이다. 적어도 20세기에 들어오면서 시적 태도는 조선조 시대의 시조에서 보이는 것보다는 덜 수행적인 것이 되었다. 그리하여 시적이라는 것은 보다 부드러운 태도와 정서에 관계있는 것이 되었다. 그러나 근본적으로 그것이 감탄의 감정에 관계된다는 점은 변함이 없다. 다만 감탄을 불러일으키는 것은 유교적인 것보다는 더 부드러운 것 — 그러면서도 반드시 전통적인 것으로부터 완전히 멀어져 있는 것은 아닌, 달이나 꽃이나 나무나 기타 자연의 부드러운 대상들 그리고 그에 대응하는 사람의 여러 가지 그리움의 감정이 되었을 뿐이다. 그런데 문제는 이러한 시적인 것의 환기가 이제는 오늘의 현실에서 서 있을 자리가 별로 없게 되었다는 것이다. 그리하여 그러한 시적인 세계의 환기는 인위적인 것으로, 설득력 없는 자기 연출로 느껴진다는 것이다. 그럼에도 불구하고 옛날식의 시적 추구가 완전히 중단된 것은 아니다. 아직도 그것은 대중적 이해에서 시적인 것의 전형으로 남아 있다. 필요한 것은 시적인 것에 대한 새로운 정의이다. 그러나 새로운 세계가 간단한 추상적인 정의에 의하여 얻어지는 것은 아니다. 그것은 새로운 세계 — 새로운 의미 구역과 의미 구역을 만들어 내는 의식의 스타일과 모드를 포용하는 세계가 성립함으로써 가능한 것일 것이다. 그러나 서정시의 역사적 연원은 우리 사회에서 아직도 많이 쓰이고 있는 시적인 시의 위상과 새로운 시의 모드의 필요를 보다 이해할 만한 것이 되게 한다.

(1999년)

보려는 의지와 시

1

인생에 궁극적인 의미가 있는가 아니면 없는 것일까. 사람들은 이 의미에 대해서 물어보기를 그치지 아니한다. 그리고 결국에는 무엇인가 의미가 있는 것이라는 위안을 건져 낸다. 이 위안은 초월적인 근원에서, 역사와 사회에서, 사람과 사람 사이의 사랑과 미움에서, 자연에서 또는 사람의 매일매일의 삶에서 찾아진다. 허만하 씨는 쉬운 위안을 거부하는 시인이다. 지금 우리 시단에서 쓰고 있는 시인 가운데 이러한 점에서 그는 가장 가차없는 시인이라는 인상을 준다. 물론 그에게도 위안이 없는 것은 아니다. 위안을 말할 생각이 없이는 시가 불가능한 것인지도 모른다. 결국 시는 인생이 살 만한 것이라는 것을 믿고자 하는 인간의 자기 위안이다. 어두운 밤에 혼자 중얼거리는 말이 무언가 마음을 가라앉히는 정도라도 시는 위안을 제공하는 데에 그 기능을 발휘하는 것으로 보인다. 이 위안을 건져 내는 방법이 다를 뿐이다. 그러니까 허만하 씨를 두고 쉬운 위안을 거부하는 시인이라고 할 때, 그것은 그에게 위안은 어려운 경로를 통하여 얻어진다는 말이 되는 것일 것이다. 그의 시가 오늘날 활동하고 있는 많은 시인들과 다른 것은 그가 연배로나 활동의 무대로나 이들의 경우로부터 상당히 거리를 가지고 있다는 것에 관계가 있을 것이다. 그에게서 우리가 위안을 발견한다면, 그것은 어쩌면 지금 중앙에서 활동하는 시인들보다는 전 세대의 사람들의 위안의 방식과 비슷한 것이 아닌가 하는 생각이 든다. 그것은 위안이 있을 수 없는 극한적 상황을 확인하고 그러한 상황으로부터 역전하여 무엇인가 긍정할 것을 발견하는 방식이다.

이번의 시집의 시들로 보건대, 인간 상황을 저울질하는 데에 허만하 씨에게 중요한 것은 삶을 에워싸고 있는 시공간의 거대함이다. 그것은 사람의 삶과 사람이 원하는 많은 것들을 작고 하찮은 것 그리고 허무한 것이 되게 한다. 공간의 무한함이 두려움을 준다고 한 파스칼의 말은 유명한 말이지만, 이러한 무한 공간은 사람을 하찮은 존재로 보이게 하면서 동시에 형이상학적 외포감을 불러일으켜 사람의 마음을 초월적인 것에로 이끌어 간다. 기이하다면 기이한 일이지만, 천문학적인 것과는 달리 사람의 삶을 에워싸고 있는 거대 환경 가운데 지질학적인 것이나 생물학적인 것 ― 또는 지구 환경에서 개체적인 삶을 넘어가는 조건은 위안이 없는 무력감이나 허무감을 준다. 허만하 씨의 거대한 시공은 지질학과 생물학의 그것이다. 위안이 있더라도 그것은 이 조건으로부터 끌어내는 것이 아니면 아니 된다. 시집의 머리에 있는 몇 편의 시는 곧 이러한 원근법에 대한 관심을 드러낸다.

「바위의 적의」는 지구의 지질학적 역사에서 사람 또는 생명체의 존재가 얼마나 허망한 것인가 ― 지구의 현실에 조화될 수 없는 것인가를 말한다. 생명 환경으로서의 지구는 바위이다. 허만하 씨의 관점에서는 바위는 생명에 대하여 냉혹할 뿐만 아니라 더 나아가 그 파멸을 의도하는 것으로 보인다. 그는 지층을 이루고 있는 바위를 보고 지구의 긴 역사에서 소멸해 간 생명, 결국 석유로서만 남게 된 생명의 역사를 생각한다.

바위는 조용하게 기억하고 있었다. 쓰러지는 양치식물의 숲. 아우성치는 맘모스의 마지막 울음소리. 쌓인 시간의 무게 밑에서 목숨은 진한 원유로 일렁이고 있었다.

사람을 기다리는 것도 같은 운명이다. "바위는 기다리고 있다. 인류의 멸망을." 그러나 모든 것이 참담한 소멸로 끝나는 것은 아니다. 시의 마지막에서 시인은 자연은 생성과 소멸의 순환에도 불구하고 영원한 것처럼 말한다.

찢어진 바위틈에서 갈맷빛 물이 솟구쳐 바다가 되고 부스러진 스스로의 피부에서 다시 풀밭이 일어서서 눈부신 고함 소리를 지르며 연둣빛 바람을 흔드는 부활의 순간을.

바위는 기다리고 있다. 바위로부터 부활하는 갈맷빛 물이나 고함하는 풀밭이나 연둣빛 바람이 단순히 냉혹한 지질학적 진실만을 말하는 것은 아닐 것이다. 거대한 지질학적 시간 속에 위안의 순간은 있다. 그러나 「바위의 적의」가 인간 또는 대체적으로 생명의 지질학적 운명을 낙관적으로 보려는 것이 아님은 틀림이 없다.

허만하 씨가 거시적 관점에서의 생명의 허망함을 절실하게 느끼는 것은 시집 모두의 「지층」에서도 볼 수 있다. 그는 "연대기란 원래 없는 것이다. 짓밟히고 만 고유한 모습의 꿈이 있었을 따름이다"라고 말한다. 그에게 생명의 경영의 상징은 수몰 지역에서 물에 잠기는 미루나무이다. "총저수 면적 7.83평방킬로미터의 시퍼런 깊이에 잠긴 마을과 들녘은 보이지 않았으나 묻힌 야산 위 키 큰 한 그루 미루나무 가지 끝이 가을 햇살처럼 눈부신 소리를 지르고 있었다.”

이 시집에는 여행기가 많다. 그간의 경제 성장에 힘입어 세계 각지를 여행하는 사람이 많아지고 시인들의 해외 나들이도 많아졌다. 허만하 씨의 여행기에서 말하여지는 것은 대체로 문명의 중심지의 관광담이라기보다도 그의 관심사인 지질학적 시간 속의 인간의 운명을 확인해 주는 광경이다. 가령 대표적인 것은 타클라마칸 사막의 니야 강의 정경과 같은 것이다. (물론 시인이 실제로 이곳을 꼭 방문했을 필요는 없다. 이곳은 단지 시를 위한 상상의 지역일 수도 있다.)

빗방울이 모이는 곳에는 취락이 있다. 젖꼭지를 애에게 물린 여인이 물동이를 이고 어정거리는 골목길. 뱀 같은 끈으로 허리를 동여맨 흰옷의 여인이 맨발로 야생의 열매를 따는 마을.

—「강은 사막에서 죽는다」 부분

사막 가운데 있는 마을의 이러한 정경은 그 자체로서 영원한 인간의 삶의 모습을 보여 주는 것 같아 객관적인 묘사만으로도 시적 효과를 갖는 것으로 생각된다. 그러나 시인의 해석이 지나치게 강한 감이 없지 않으나, 이 인간의 마을의 정경은 보다 삭막한 사막을 배경으로 하여 보다 시적인 것이 된다.

이곳에서는 취락은 벌써 모래바람의 유적이다. 역사의 슬픈 발자국을 남긴 흐름은 망설임을 버리고 다시 모래바람 쪽으로 방향을 잡는다.

인간의 경영은 이와 같이 사막에서 사막으로 가는 거대한 시간 가운데 한 순간에 불과하다. 「카이로 일기」에 기록된 카이로의 인상은 이것을 다시 확인해 준다. 카이로는 "모래 언덕같이 무너진 왕조"를 느끼게 하는 도시이다. 이곳에서는 모든 것이 무너져 간다. 나일 강의 흐름도 적의를 가진 밤바다로 해체되는 것 같다.

나일의 하구는 몇 번이나 뒤를 돌아보고

밤의 바다는

흰 거품을 내뿜고 있다

이곳에서는 사람도 모래에 묻힘은 물론 언덕이 밤새 자리를 옮기는 곳이다. "사구는 별이 만드는 길을 따라// 밤새 자리를 옮긴다." 그리하여 카이로에서는 그 이름에까지도 잔모래가 쌓여 가는 듯하다. 거기에 사는 사람의 경우 살아 있어도 이미 유적과 같다. 시는 결론처럼 "그 여인의 허벅지는// 유적이었다"라고 말한다.

미국의 여행에서도 시인이 보는 것은──그것이 전부라고 할 수는 없지만──인간 경영의 영고성쇠와 무상이다. 나이아가라 폭포에서는 떨어지는 폭포의 모양과 소리에서 시인이 느끼는 것은 사라져 버린 들소 떼와 깃털 관을 쓰고 쓰러져 간 인디언 부족이다.(「깃털의 관(冠)」) 코네티컷 강에서는 풀리는 날씨에 유빙의 소리를 듣고 강 이름으로만 남아 있는 코네티컷이라는 부족을 생각하고 두보의 시구 "국파산하재(國破山下在) 성춘초목심(城春草木深)"을 실감한다. 그리고 환상 속에 보는 두보에게 말한다. "당신의 시도 고비 사막의 흙먼지처럼 바람에 흩날리는 것이 되겠지요. 황하도 사막이 되겠지요……"(「코네티컷 강」) 조지 호 근처의 타이콘데로가 요새에서도 시인은 "쓸쓸한 이름과/ 돌활촉과 돌도끼들을 꽃처럼 남기고/ 홀연히 사라져 버린 한 종족"을 생각한다.(「조지 호(湖)에서」) 시베리아에서 시인은, (이것은 파스테르나크의 소설에서 나온 풍경인지 모르지만) 사람의 일 일체가 자연의 무한함 속에 스러진다는 사실을 실감한다. "우랄의 산줄기를 바라보는 평원에서 물기에 젖은 관능도 마지막 포옹도 국경도 썰렁한 겨울 풍경의 한 부분에 불과하다." 또 "선지피를 흘리는 혁명도 평원을 건너는 늙은 바람도 끝없는 자작나무 숲에 지나지 않는다. 시베리아의 광야에서는 지도도 말을 잃어버린다."(「이별」)

자연의 무화 작용의 인식은 물론 여행의 효과만이 아니다. 위에서 언급한 「지층」은 한국 내에서의 수몰 지구의 모습을 지질학으로 확대한 것이다. 역사의 교훈은 사람의 경영의 부질없음이다. 「이름 없는 절터에서」는 신라의 역사 —— 실크로드와 장안(長安)과 삶의 관능적 실감을 한데 모았던 신라의 역사도 오늘에 와서는 "논두렁길 돌무더기 속에 섞여 있는 기와 조각 한 토막"에 불과하다고 한다. 그리고 "서라벌 터전에 서면 나 그네도 절터의 메타포에 불과하다." 「장유(長有)의 수채화」의 주제는 가을 풀로 돌아간 왕업을 말하는 전통적인 한시와 시조의 주제이다. "김해(金海) 장유에서 진해에 이르는 폐도" "멸망한 왕조 가야의 들녘"에서 시인이 회상하는 사라진 삶의 역사는 시인 자신과 그 가족의 삶의 일회성에 중복된다. 「낙동강 하구에서」에서는, 다른 감흥도 말하여지지만 —— 가령 "적멸의 아름다움," 최후의 "커다란 긍정"이 있기도 하지만 —— 강과 바다의 합류를 해체의 이미지로 포착한다. "바다에 이르러/ 강은 이름을 잃어버"리는 것이다.

2

지구의 지질학적 연대에 대한 상상이나 자연 현상과 여행에서의 삶에 대한 지구의 이질성의 확인 —— 이러한 것들은 삶과 삶의 조건을 삭막한 것으로 파악하게 한다. 그렇다고 하더라도 다른 한편으로 그것도, 천문학적 현상이 주는 것과는 다른 것일망정, 삶의 환경에 대한 외포감과 일종의 체념이 섞인 마음의 평화를 줄 수 있다. 허만하 씨의 지질학적 생명관에서 나오는 인생 태도에도 그러한 것이 없지 않지만(조금 전에 언급한 「낙동강 하구에서」처럼) 그에게서 가장 두드러진 것은 삭막함의 느낌 자체이고, 그다음은 그러한 적의에 찬 세계에 맞설 수 있는 강인한 의지의 강조이다. 「깃털의 관」에서 인디언들은 사라진 부족이지만 동시에 "멸망의 깃발을 하늘 높이 쳐들며/ 조용히 쓰러지던/ 고독한 정신의 높은 수위"를 보여 주었다고 예찬된다. 그러나 의지의 강조는 보다 개인적인 체험 —— 특히 6·25의 전쟁 체험과 냉혹하면서 냉혹한 것만은 아닌 한국적 시골의 삶 그리고 어린 시절의 추억 —— 이러한 개인적 체험에 관계되어 있는 것으로 생각된다. 그리고 이러한 체험은 다른 한편으로 그의 예술적 신념에서 보다 적극적인 예술과 예술가의 존재 방식 그리고 인간의 실존의 양식으로 승화된다.

6·25의 전쟁 체험은 허만하 씨에게 삶의 향방을 결정하는 데에 가장 기초적인 체험이 아닌가 하는 생각이 든다. 그러나 이 시집에 6·25를 직접 다룬 시는 별로 없다. 「독」과 같은 것은 그 드문 예의 하나인데, 전쟁은 주로 부산 피난의 고통으로 체험되고, 그것은 프랑스식 실존주의의 눈으로 파악된다. "극약을 가슴에 품고/ 피난 도시에서 우리는/ 헤매는 쓸쓸한 암호에 불과했다"고 허만하 씨는 상황을 요약한다. 거기에서 사람과 사람 사이에 오고 가는 것은 독약이고

한 시인이

마지막으로 잡은 것은

가슴 위에서 잡은 자기의 다른 켠 손에 불과했다.

그리하여 실존주의 모토처럼 되풀이된 『이방인』의 말, "Rien, Rien(아무것도, 아무것도)"이 모든 것을 설명했다. 문학청년적 실존주의보다도 실감나는 체험은 「잔열의 마을」에 이야기되어 있다. 한 병사가(이것은 시인 자신이기 쉽다.) 전쟁 중에 침공군의 일원으로서 마을에 들어간다. 마을은 철저하게 비어 있다.

마을에는 인기척이 없었고 소리도 없었다. 색채도 없었다. 개도 없었고 바람도 없었다. 오직 눈부신 빛의 흡수와 짙은 그 음영만이 흩어져 있는 빈 마을을, 이따금 출토하는 목간(木簡)의 잔열처럼 건조한 마을을 나는 황폐한 게릴라처럼 들어서고 있었다. 누가 없소! 누가 없소! 절망과 같은 고요를 향하여 거의 갈증처럼 고함을 질렀으나 …… 나의 인후는 토담처럼 부스러질 따름이었다.

병사가 느끼는 철저한 비어 있음은 거의 형이상학적 체험이 된다. 사람을 찾는 그의 목소리는, 그곳이 어쩌면 적군이 숨어 있을 마을일 수도 있음에도, 무가 아니라 유를 찾는 절망과 갈증의 부르짖음이다. 그는 그의 총의 무게를 느끼고 탄환이 피로해짐을 느낀다. 그의 총과 탄환 그리고 병사 자신의 피로는 전쟁 피로이면서 무의 체험이고 동시에 최대로 소극적인 그 상태에서 일어나는 강한 긍정에의 갈망이라고 할 수 있다. 적과 우군, 전쟁과 평화를 넘어선 존재에의 의지가 거기에 움직이고 있는 것이다.

이러한 최소한의 상태에서의 긍정이야말로 참으로 절실한 체험으로 증명된 긍정이다. 이에 대하여, 다른 시들은 보다 평범하게 삶의 의지의 긍정을 표현한다. 피난처에서의 실존주의는 니힐리즘과 절망의 표현인 것 같으면서도 가슴에 품은 독약에, 또는 모든 것이 허무하다는 강한 주장 속에, 이미 독한 마음과 결단을 시사한다. 「신현의 쑥」은 어려운 조건하에서의 살아남은 강인함 또는 단순한 강인함을 긍정하는 시이다. 이 삶의 의지는 극히 여리고 약한 것이면서도 불가항력적인 강인함을 가지고 있다. 시인은 그러한 약하면서 강인한 의지를 빈 포로수용소의 콘크리트 사이에 자라는 쑥에서 본다.

> 거제도 신현 산비탈에 남아 있는
> 부서지다 만 앙상한 콘크리트 구조물
> 담벽과 마른풀 틈새에
> 몇 포기 쑥이 자라고 있다.
> 새로 피어난 어린 잎사귀에 묻어 있는
> 젖빛 솜털의 눈부심
> 목숨의 정갈한 부드러움
> 문짝 떨어진 창구멍을 드나드는
> 바람에 쑥 냄새 같은 엷은 화약내가 묻어 있다.
> 빈 포로수용소 콘크리트의 적막한 그늘.

이 쑥의 상징은 다시 김수영의 시적 저항의 강인함에 이어진다. 시는 허만하 씨에게 바로 강인함의 기술이다. 포로수용소에서 자유를 생각하던 김수영의 시를 그는

> 여윈 앞가슴으로 미친 역사와 맞서던

쇳물같이 뜨거운 언어

풀잎같이 부드러운 언어

쑥같이 되살아나는 모진 언어

판문점 포로송환위원회 앞에

폭포처럼 수직으로 선 알몸의 시.

라고 말한다. 비슷한 이미지를 써서 「여름풀 노래」는 전쟁이나 또 다른 고
초와 간난에도 불구하고 자라는 풀들의 강한 삶의 의지를 예찬한다. 그는
말한다.

사람의 피를 마시고 자란

심연빛으로 물든 원시의 풀밭,

여름풀이 성성한 것은

끊임없이 손을 흔들고 있기 때문이다.

삶을 극한 상황으로 몰아간 6·25의 체험 외에 허만하 씨의 기층적 체험
은 한국의 농촌의 삶의 체험이다. 이것은 특히 어린 시절의 고향에 관계되
어 있는 것으로 생각된다. 고향이나 고토는 시인들에게 또는 누구에게나
그리움의 대상이 되는 것인데, 이것은 허만하 씨의 경우도 마찬가지이다.
다만 이것은 단순히 그리운 시절과 고장일 뿐만 아니라 하나의 강인한 삶
의 표상이 된다. 이 결합은 중요하다. 그렇다는 것은 극한 상황에서도 삶의
의지를 긍정할 수 있는 것은 삶이 살 만한 것이라는 믿음으로 인한 것이다.
허만하 씨에게 어려웠지만 그리운 삶의 형태들은 바로 이러한 믿음을 제
공해 주는 원천이 된다. 대체적으로 그의 시를 읽으면, 그의 국제 여행에도

불구하고, 그의 시의 지명들 ─ 김해 장유, 이가리, 거제도 신현, 학동, 부산, 대구, 의령, 선도산, 낙동강 등 이러한 지명들이 그의 시의 진정한 무대를 윤곽 지어 준다는 것을 알 수 있다. 분명하게 드러나지는 않지만, 그에게 삶의 원형적인 모습을 보여 주는 것은 이 지역의 토착적인 삶이다.

위에서 언급한 바 있는 타클라마칸 사막의 어느 마을 ─ "젖꼭지를 애에게 물린 여인이 물동이를 이고 어정거리는 골목길. 뱀 같은 끈으로 허리를 동여맨 흰옷의 여인이 맨발로 야생의 열매를 따는 마을"의 묘사가 아마 삭막하면서도 긍정적인 삶의 모습이 되는 것은 그것이 경상도 시골의 삶과 겹치는 때문일 것이다. 그것은 "시장 들머리에 앉아 산나물을 팔고 있는 흰 수건 두른 할머니의 얼굴"(「솔방울을 위한 에스키스」)의 묘사와 비슷하다. 「이가리(二加里) 뒷길」은 「잔열의 마을」과 비슷하게 비어 있는 마을의 느낌을 거의 아무런 주석이 없이 전달하는 시이다. 그러면서도 "닭장 곁에서 맨드라미꽃이 까만 씨앗을 품고 있는 정오. 비닐 대야 밑바닥에는 지친 면 러닝셔츠 두 벌 구정물처럼 구겨져 있었다"와 같은 묘사는 분명 궁핍의 풍경을 그리면서도 소박한 평온과 안정을 전달하는 표현인 것으로 생각된다.

간곡하고 강인하면서 그리운 토착적 삶을 가장 길게 이야기하고 있는 시는 화가 박수근의 그림을 이야기로 풀어 놓은 「길: 박수근의 그림」이다.

잎 진 겨울나무 가지 끝을 부는 회초리 바람 소리 아득하고 어머니는 언제나 나무와 함께 있다. 울부짖는 고난의 길 위에 있다. 흰 수건으로 머리를 두르고 한 아이를 업은 어머니가 다른 아이 손을 잡고 여덟팔자걸음을 걷고 있는 아득하고 먼 길. 길 끝은 잘 보이지 않았으나 어머니는 언제나 머리 위에 광주리를 이고, 또는 지친 빨랫거리를 담은 대야를 이고 바람 소리 휘몰아치는 길 위에 있다. 일과 인내가 삶 자체였던 어머니. 짐이 몸의 일부가 되어 버린 어머니.

박수근이 그리고자 했던 것은 이러한 어머니이다. 어머니의 느낌은 대표적으로 어머니의 손등 — "가야 토기의 살갗같이 우울한 듯 안으로 밝고 비바람에 시달린 바위의 살결같이 거칠고도 푸근한 어머니의 손등"으로 전달된다.

3

허만하 씨의 시의 핵심에 들어 있는 이러한 긍정적 심상에도 불구하고 그의 긍정은 하나의 조화된 명제로 단일화되지 아니한다. 긍정이 있다면, 그것은 철저한 허무 의식과 그에 대항하는 의지의 모순으로써 이루어진다. 삶이 긍정될 수 있는 것은 그것이 무한한 허무의 드라마에서 소멸하는 그리고 의지로 맞서는 한 순간이기 때문이다. 「신현의 쑥」을 비롯한 강한 삶의 주제에 대한 그의 시에는 그러한 모순 속의 긍정이 들어 있다. 「드라이 마티니」는 이것을 예술가는 아니라도 예술가적인 인간의 퇴폐주의적인 또는 실존주의적 삶의 모습으로 묘사한다.

> 제임스 강(江)의 불빛이
> 포의 상상력처럼 번뜩이는 마을
> 봄을 머금은 바람이
> 아득한 지평처럼 쓰러지는 마을
> 그는 늙어 가는 도시에
> 발자국을 남기지 않았다.

그는 낯선 도시의 뒷골목에서

마티니의 얼음빛을 사랑했다.

올리브의 열매 같은 한 알의

포말을 사랑했다.

캄캄한 하늘에

네온의 불빛이 피곤하게 걸려 있는

현학적인 거리에서

그는 스스로의 소멸을 사랑했다.

꿈의 시체 위에 다시 쓰러지는

투명한 꿈의 투신

빙하의 등을 흥건히 적시는

마지막 노을의 기억 같은 것을

조용히 그는 독처럼 마셨다.

빙하에 비치는 노을의 기억을 술처럼, 독처럼 마시는 사람 —— 실존주의적 삶의 의미는 허무 속의 향수(享受)에 있다. 이것은, 위의 시에도 에드거 앨런 포가 이야기되어 있지만, 서양 현대 문학사의 퇴폐적인 예술가 또는 프랑스 문학사의 용어를 빌려 "저주받은 시인(les poètes maudits)"이라고 불릴 수 있는 예술가들의 삶에서 볼 수 있는 것이다.

그러나 허만하 씨가 더 가까이 생각하는 사람들은 조금 더 철저한 실존의 모험을 시도한 사람들이다. 그에게 허무와 긍정의 모순의 변증법은 단지 하나의 삶의 방식이 아니라 철학적 명제이다. 이 존재론적 불가피성을 가장 잘 구현하는 사람은 어떤 종류의 예술가이다. 예술은 이 명제를 실현하려는 처절한 노력이다. 「물질의 꿈」은 사람이란 실체가 아니라 부재일 뿐이라는 실존주의적 입장을 설명하려는 시이다. 사람은 물질의 세계 속에 존재하고 스스로 물질로 이루어진 존재이다. 그러나 물질은 아니다. 그런 이유로 하여, 사르트르 실존 분석에서 대자(pour-soi)로서의 인간 존재가 즉자(en-soi), 즉 물질적 실체를 향해 가듯이, 부재하는 존재인 사람은 물질의 아름다움을 향해 가는 욕구이다. 이 시의 비유를 빌리면, 사람은 70퍼센트가 물인 지구 위에 존재하고 스스로 80퍼센트의 물로 구성되어 있다. 그러나 혼으로서의 사람에게는 수분이 없다. 그는 물을 바라볼 수 있을 뿐이다.

시인은 그의 눈으로 하이델베르크의 네카어 강의 깊은 물빛이나 에메랄드빛 동해 물빛을 바라보지만, 바라보는 눈은 "뜨거운 바람과 잔모래만이 어울고 있는/ 최후의 사막에 누워 있는 미라의 움푹한 눈"이다. 그는 "나의 실체는 물이 아니라/ 그리움이다"라고 단정한다. 이 그리움은 물질을 향해 가면서, 궁극적으로는 그것에 만족할 수 없는 절대적 그리움이다. 그것은 물질이면서 물질이 아닌 세계를 향해 간다. 그것은

> 시간의 손길이 닿은 적 없는
> 반짝이는 잎사귀도 시들지 않는
> 춤추는 불꽃도 꺼질 줄 모르는
> 함박눈처럼 눈부신 어둠이 자욱한
> 고향에 대한
> 아득한 그리움.

이다. 이 그리움 ─ 이 세상에서 영감을 얻으면서 이 세상의 소멸을 넘어가는, 밝음을 향하면서 동시에 어둠이 자욱한 곳을 향하는, 인간의 내부에 서리면서 "성운과 성운 사이를 헤엄치고 있는" 이 그리움은 형이상학적인 것이다. 이러한 형이상학적 그리움은 이 세상에서 그리움의 대상에 이를

수 없다. 그러나 그것이 예술가를 움직이는 힘이다. 그것은 예술가들로 하여금 예술을 창조하게 할 뿐만 아니라 예술가들의 삶 자체를 형이상학적 모험 — 이 세상의 관점에서는 자기 파괴로 이끌어 가는 실존의 모험이 되게 한다. 이러한 관점에서 그의 영웅은 방법적 철저성을 가지고 이 모험을 추구한 랭보이고 베토벤이고 고흐이다.

「사하라에서 띄우는 최후의 엽서」는 사막의 길을 가는 랭보의 불굴의 탐구 정신을 말하는 것으로 보인다. 사막의 길은 고통의 길이다. 다리를 절단하게 했던 암종은 팔에까지 번진다. 아픔은 해시시로도 없어지지 아니한다. 모래 위의 탐험가는 고통으로 모래 위를 뒹군다. 고통은 그의 신체의 일부이다. 사막의 고통 속에서 초록의 평원, 눈송이처럼 지는 꽃잎들이 긍정된다. 미리 생각해 놓은 생각은 없다. "나의 풍경에 이데올로기는 없다." 오직 미지에의 나아감이 있을 뿐이다. 그 길은 감수성과 언어와 육체의 눈을 폭파시키면서 가는 길이다. 마지막의 보상은 자신의 슬픔을 스스로 은하 속의 별이 되게 하는 것이다. 「낙타는 십 리 밖에서도」는 또다시 랭보의 형이상학적 탐구를 주제로 한다. 아프리카의 사막에서 그는 길이 없는 곳에 길을 만들며 가고 길이 만들어지면 다시 새로운 길을 만들어야 한다. "길이 끝나는 데서/ 사막이 시작한다고 랭보는 말했다" — 허만하 씨는 이렇게 전한다. 랭보는 목발을 짚고 모래 바다 위를 걷고 걷다가 쓰러지고 상처를 입는다. 그래도 간다. 사막에서 그가 확인하는 것은 한편으로 프랑스의 로슈 지방의 푸른 언덕에 대한 향수이고 마르세유의 바다의 아름다움이다. 그리고 쓰레기로서라도 — 상아와 같은 쓰레기로 — 살아야 한다는 삶에의 의지이다. 그러나 그 자신의 영혼은 건조하다. 그럼으로 하여 그는 다시 가고 가야 한다.

맑은 영혼은 기어서라도 길 끝에 이르고

그 길 끝에서
다시 스스로의 길을 만든다
지도의 한 부분으로 사라진다

이러한 예술가의 추구는 개인적인 의미만을 가진 것이 아니다. 랭보가 커다란 고통 속에 시도하는 실존의 모험은 새로운 미래를 위하여 필요하다. 허만하 씨의 표현으로 "바람은/ 미래 쪽에서 불어온다." 랭보에 관한 두 시의 결론은 시인이 또는 인간이 그 그리움으로부터 찾는 것은 이 세상의 것에 의하여 암시되면서도 이 세상을 넘어가는 어떤 것이다.

허만하 씨의 예술가 영웅에는 시인 박남수도 있다. 그도 고향을 떠나 고향을 그리워한다. 서울에서 평양까지 열여드레를 걸려 걸었던 그 — 이제 미국에 정착한 그의 생애를 표상하는 것은 "들길처럼 비탈지기도 하고 억새풀 들녘에서 쓰러지기도" 하는 플로리다 해안의 바람이다. 그는 "고향에 대한 사무치는 그리움으로 스스로 한 마리 새가 되어 무한 공간의 저편으로 비상"한 시인이다. 그의 죽음까지도 이러한 비상의 연장이다. 그렇게 하여 "그의 시는 끝내 무릎을 꿇지 않았다."(「새」) 또 다른 예술가 베토벤은 "감은 두 눈으로" 여름을 보고 눈부신 가을을 보았다. 그러고는 소리의 예술가이면서도 듣기를 거부하기 위하여 귀를 침묵시키고,(「섬」) "폭발하는 여울처럼 부서지는 갈채를/ 두 눈으로 들었"다.(「장미의 가시·언어의 가시」) 모든 것은 현실에서 출발하면서 그것을 초월하는 예술적 비전 속에 있다. 베토벤은 "푸른 절벽으로/ 스스로를 지키려 멈추어 선 섬"이다.(「섬」) 즉 그는 사물의 바다에서 오로지 스스로의 의지로써 현실을 만들어 내는 사람이다.

허만하 씨가 가장 여러 편의 시로 예술가와 예술가의 모험을 이야기하는 데 주인공을 삼은 사람은 고흐이다. 고흐야말로 고독과 병고, 특히 정신

착란의 위험을 무릅쓰고 예술에 헌신한 예술가의 전형이다. 그러나 우리는 허만하 씨의 고흐 시에서 예술적 추구의 형이상학적 절망이 랭보에 관한 시에서보다는 많이 누그러진 것을 느낄 수 있다. 그리하여 고흐에서는 절체절명의 실존의 모험 이외에 보다 일상적 삶의 아름다움이 달성 가능한 것이 된다.

그래도 역시 고흐를 주제로 한 아홉 편의 시에서도 예술가적 삶의 특징은 끝날 수 없는 길 가기에 있다. 고흐의 구두는 중심적인 상징이다. 그의 구두는 많은 도시와 "별의 해안선"과 어둠과 고독과 고뇌와 엄숙한 적막의 길을 걸어왔다. 거의 가사 상태에 이르렀지만, 아직도 가야 할 길이 있다. "검은 불꽃의 삼목 나무와 소용돌이치는 별과 달이 비치는 밤길"도 앞으로 가야 할 길이다. 그러나 예술가가 가야 하는 길은 더 어려운 전신(轉身)을 위한 길이다. "절망을 찾아 다시 떠나야겠다. 고추잠자리는 아침 태양 최초의 빛으로 날개를 편다. 최후의 전신을 위하여 나는 다시 길 위에 서련다." 고흐는 허만하 씨의 시에서 그 동생 테오에게 이렇게 말한다.(「한 켤레 구두: 고흐의 눈 4」) 그러다가 예술가는 마치 석탄의 검은빛을 보듯 또는 밤바다를 비치는 등대의 불빛으로 검은 물이랑을 보듯 아름다움을 본다. 운모처럼 반짝이는 잔설, 메밀밭의 달빛도 약한 대로 그러한 아름다움의 비전 속에 드러난다.(「잔설: 고흐의 눈 2」) 보다 분명한 계절의 아름다움 ── "무더기로 서서 두 팔을 쳐들고 왼 몸으로 지르는 산벚나무의 고함 소리," "아를의 복사꽃 나무" 등이 주는 희열도 물론 예술가의 몫이다.(「복사꽃 나무 한 그루: 고흐의 눈 5」)

그러나 그보다는 예술가의 추구는 이룩되지 아니하는 것에 대한 추구이다. 예술가의 추구는 격렬한 의지로서만, "죽음을 모르는 불꽃의 몸부림"으로서만 어떤 실현에 이른다.(「발화점: 고흐의 눈 6」) 또는 더 본질적인 의미에서, 예술가의 추구는, 허만하 씨에게 초월에의 추구이다. 예술의 자기실현도 여기에서 오지만, 그보다 그의 절망이 여기에서 온다. 예술가로 하여금 탐구의 길에 나서게 하는 것은 언어이다. 「사하라에서 띄우는 최후의 엽서」에서 허만하 씨는 랭보의 입을 빌려, "화약처럼 터지는 나의 언어/ 나는 불타는 언어로 내 두 눈을 태웠다"라고 보이는 세계에 대한 언어의 우위를 말하였다. 예술가는 보는 사람이고 랭보의 말대로 보는 사람(voyant)은 이 세상 너머를 보는 사람이다. 고흐의 시에서 허만하 씨는 새가 나는 것은 하늘이 있어서도 아니고 날개가 있어서도 아니고 "난다는 말이 있기 때문"이라고 말한다. 그것이 외로운 보상 없는 그리움의 근원이다.(「오베르의 들녘: 고흐의 눈 1」) 또는 예술가에게 유일하게 존재하는 것은 모든 외적인 보조를 버린, 자신의 벌거벗은 정열과 의지라고 하는 것이 옳을는지 모른다. "나는 내 것이 아닌 모든 것을 겨울나무처럼 벗어 던지고 알몸으로 서 있다. 괴로움만이 내 것이다".(「미완의 자화상: 고흐의 눈 8」)

사람과 사람의 관계에서도 최후의 화합은 없다. 사람 사이의 사랑은 근본적으로 극복될 수 없는 외로운 존재가 상처 입고 상처 입히는 행위이다.(「쓸쓸한 포옹: 고흐의 눈 3」) 그러나 간고와 정열과 의지와 노력 속에서 모든 것을 하나로 꿰뚫어 보는 예술적 비전이 주어진다. 어떤 그림(가령 「별 빛나는 밤」)에서 고흐는, 허만하 씨의 해석으로는, 어린 시절과 먼 공간과 죽음과 생명을 한 번에 예술로 거머쥘 수 있다.

솜과자같이 밤하늘에 떠 있는 천체의 어지러움. 아득한 성운의 원심력은 짙은 쪽빛이다. 죽음을 배어 검은 촛불처럼 타오르는 삼목 나무의 신성한 일렁임.

—이러한 경험은 그러한 정점의 경험의 하나이다. 이러한 정점의 경험과 더불어 주의할 것은 이 경험에는 "꿈속에서 걸었던 길을 돌아가는 두

농부의 노래에 묻어 있는 누런 더위도 보인다"는 점이다.(「삼목 나무가 있는 길: 고흐의 눈 7」)

고흐 시들이 예술적 추구의 괴로움에 대한 강한 인식을 담고 있음에도 불구하고 일정한 균형에 이른 시인의 심리 상태를 표현하고 있는 것은 틀림없는 것 같다. 고흐를 생각하는 시가 '고흐의 눈'이라는 부제를 가지고 있는 것은 주목할 만한 일이다. 사실 이 시가 아니라도 이번 시집의 후반에 모아진 시들은 눈을 많이 이야기한다. 여기의 눈은 랭보의 뜻에서만 보는 눈은 아니다. 허만하 씨에게 이 시집의 처음부터 주어진 삶의 현실을 있는 그대로 직시해야 한다는 의지는 남달리 강한 것으로 말할 수 있다. 그것이 냉혹한 삶의 여러 조건에 대한 되풀이되는 강조로 나타나는 것이다. 강조되는 부정은 모순을 꿰뚫고 나아가는 처절한 정열이 된다. 현실을 직시하는 일이 역설적으로 낭만적인 정열이 되는 것이다. 고흐 주제의 시에도 낭만적인 정열이 강하게 들어 있다. 그러나 고흐 주제의 시에서 그의 있는 그대로 보겠다는 집념은 조금 더 명실상부한 것이 된다고 할 수 있다. 「고흐의 풍경」에서 시인은 말한다.

숨을 거둘 때까지
꿈을 비웃으라,
피가 흐르는
나의 배경에서는
까마귀가 날고 있다.

유황처럼 끓고 있는
보리밭 위를
검은 덩어리들이

낮게낮게 날고 있다.

보리밭 위로 나는 까마귀는 아마 리얼리즘의 상징일는지 모른다. 그것은 하여튼 간에 꿈이 아니라 현실을 그린다는 생각은 허만하 씨에게 중요한 것으로 생각된다. 「진흙에 대하여」에서 그는, "나의 꿈은/ 시꺼먼 진흙이다"라고 말한다. 눈송이의 눈부신 아름다움이 태어나는 것은 "진흙처럼 캄캄한 구름 가운데서"이다. 허만하 씨의 리얼리즘은 눈과 진흙의 모순된 얼크러짐에 대한 지적에서만이 아니고 이 시집의 뒤편에 실려 있는 일련의 즉물적인 객관성을 지향하는 시들 — 대체로 데생이라든가 에스키스 또는 습작과 같은 부제가 있는 시들에 표현되어 있다. 「조약돌을 위한 데생」은 조용한 언어로써 "저마다 고유한 과거를 가지고 있"는 조약돌을 소묘하고자 한다. 「피라미를 위한 에스키스」는, 적어도 그 가운데 부분에서, 아무런 감정적 코멘트가 없는, 객관적 묘사로써 피라미의 움직임을 그린다. 「마른 멸치를 위한 에스키스」는 마른 멸치의 정교한 뼈대를 통하여 물속에서 살아 있었던 때의 역사를 읽는다.

4

이러한 즉물적 객관성은, 위에서 말한 바와 같이, 허만하 씨의 예술의 실존적 의미에 대한 탐구가 일정한 균형에 이르렀다는 표시로 생각된다. 그렇다고 그의 형이상학적 탐구의 괴로움이 끝난 것은 아니다. 그러나 그것은 어느 정도의 평온 속에 자리 잡게 된다. 뿐만 아니라 그것은 허만하 씨의 시의 전체적인 모양에 있어서 또 하나의 국면을 준비하는 것으로 볼 수 있다. 이 국면에서 그의 형이상학적 모험은 말하자면 조금은 종교적인 것이 되고, 그것을 통하여 격렬한 움직임의 속도를 줄이게 되는 것으로 보이는 것이다.

「기하학 연습장」의 첫 부분 "문"은 그의 탐구를 적절하고 분명한 이미지로 요약한다. 그것은 문을 열면 또 문이 있고 하는 식으로 한없이 계속되는 문의 이미지이다. 이 문은 긴 원근법을 이루며 소멸점으로 사라진다. "문 안에 다시 문이 나타나고 첫 번째 문에서 점점 멀어져 가던 문은 드디어 작은 점이 되어 사라지고 말았다." 이 문의 원근법은 한없이 지속되어야 하는 예술적 정신적 실존적 탐구를 기하학적으로 도식화한 것으로 보인다. 그런데 놀라운 것은 이러한 한없는 문의 원근법은 두 거울이 서로 비추는 데에서 생겨나는 환영이라는 것이다. "벽면의 문은 마주 선 두 거울에 비친 자기를 보고 있었다." 이 뜻은 분명치 않다. 여기의 벽면의 문은 무엇이며 두 개의 거울은 무엇을 뜻하는 것일까?

고흐의 자화상을 주제로 한 시에서 그의 자화상은 자기 응시를 통해서 자기의 참모습에 이르려는 것이지만, "나와 나 사이에의 아득한 거리"는 메꾸어지지 않고 남아 있는 것으로 말하여진다.(「미완의 자화상: 고흐의 눈 8」) 문은 어디로 가야 하는 존재, 비어 있는 존재로서의 인간을 말하는 것일 수도 있다. 그것이 지향하는 것은 자신의 참 존재에 이르는 것이다. 그러나 그것은 파악되지 아니하고 한없이 계속되는 문 속으로 사라질 뿐이다. 그러나 거울 놀이는 적어도 이 시에서는 절망적인 필요에서 생겨나는 것은 아니다. "문은 심심했다" ― 시인은 이렇게 설명한다. 그러나 더 중요한 것은 아마 그다음의 "수녀들이 한 줄로 줄을 서서 지나가고 있었다"라는 말일 것이다. 그 문을 통과해서 들어갈 수 있는 것은 신을 경배하는 수녀들이다. 이 시의 문은 교회에 있는 문이다. 형이상학적 모험은 종교로 끝날 수밖에 없다는 것이 시사되는 것일까. 「기하학 연습장」의 두 번째 부분은 시간과 영원을 하나로 합치려는 것은 잘못된 것이라고 말한다.

하늘까지 자란 완두콩 넝쿨을 타고 오르다가 떨어진 사람을 본 적이 있다. 그는 타이트 스타킹을 입고 있었다. 날개가 붙어 있었던 자리를 겨드랑 둘레에 흔적처럼 가지고 있었다.

땅 위에서 만든 무한한 시간의 길이를 사다리처럼 세워도 영원에 이르지 못하고 쓰러진다. 영원은 시간과 다르다. 땅 위의 시간은 사슴처럼 점프를 해도 천상의 뜨락에 이르지 못하고 떨어지고 만다.

굴참나무 숲에 깔려 있는 도토리를 보라.

위에 언급한 「진흙에 대하여」라는 제목의 시들은 이 시집의 배열에서 「기하학 연습장」의 바로 뒤에 있다. "나의 꿈은/ 시꺼먼 진흙이다"라는 말은 꿈의 값이 낮은 것임을 말하는 것일까 아니면 초월의 꿈을 꾸어도 돌아가는 곳은 근본적으로 진흙이라는 것일까. 나의 꿈은 복합적인 것이다. 「눈길」에서 그는 말한다. "나의 꿈은 진흙이다/ 신(神)과 악마가 함께 깃들여 있는/ 쓸쓸한 물질이다." 또 시인은 말한다. "나의 꿈은 언제나/ 밟히고 만다." 태어나는 것은 아름다움이 아니라 더러움이다. "밤하늘의 캄캄한 깊이에서/ 눈송이처럼 태어나는/ 나의 더러움" —— 이러한 구절들에서 허만하 씨는 인간의 능력에 대하여 보다 겸허한 생각을 갖는 것으로 보인다. 그리하여 그는 신에 가까이 간다. 「퇴래리(退來里)의 토르소」(다시 돌아가는 고장의 움직임이 불가능한 몸채!)에서, 그는 말한다. "외로움을 앓는 신은 어딘가에 있다."

「깡통 소묘(素描)」도 이러한 겸허한 자기 반성의 시로서 생각된다. 여기에서 그는 그의 실존주의적 추구가 본래적인 것이 아니었다고 말하는 것으로 보인다.

회의의 이빨에 할퀴이면서

어느 식민지의 사구에 추락한 기체같이

관념과 현실의 그 끝없는 해안선 위에

지체를 뻗고 있는 나의 변사체같이

누군가!

부드러운 아침 햇살을 눈부시게 반사하면서

어느덧 내 사상의 강변에서

부식해 가고 있는 이 싸늘한 은빛 살갗은.

어느 이민족의 손으로 인해

어느 평화스런 군항을 거쳐

내 손바닥 위에 주둔하게 되었을까.

이 바다를 건너온 원주형의 아메리카니즘은.

다시 무엇을 설득하려는가,

독사의 혓바닥같이 날름거리는 자모.

Coca Cola.

이 시는 허만하 씨의 시 가운데에도 특히 난해하여 쉽게 풀이할 수 없다. 그러면서도 다른 시들의 사변성과는 다른 그 즉물적이고 초현실주의적인 소묘의 박진감은 그 나름의 설득력을 가지고 있다. 아마 그 뜻은 외래사상의 자신의 내면에의 침입을 뉘우치는 것에 관계되는 것일 것이다. 뒷부분에서 코카콜라는 흔히 말하듯이 미국 문화 일반을 대표하는 것으로, 주둔군으로 또는 독사 ─ 치사케 할 수 있는 독사든지 아니면 유혹의 뱀이든지, 독사로 말하여지고 있는데, 그것은 하여튼 외부에서 나타난 위협적인 존재이다. 그런데 전반에서 그것은 식민지의 모래톱에 추락한 비행기, 현실과 사상이 이어지는 부분인 해변에 누워 있는 시인 자신의 변사체, 시인의 사상의 강변에서 부식하고 있는 금속의 폐기물로 말하여지고 있다.

　이 여러 가지 착잡한 비유들을 하나로 종합하기는 쉽지 않다. 비행기는 아마 시인 자신이 그것으로써 비상을 꾀했던 수단이라고 할 수 있을 것이다. 그것은 하늘이나 본토에 비상하는 대신에 식민지에 추락하고 말았다. 그런데 그것은 또 시인 자신의 과거의 자아이기도 하다. 그것은 이제 쓸모없는 부식하는 금속의 폐기물이 되었다. 이것은 모두 사상의 내면 세계에서 일어난 일이다. 시인은 무엇보다도 사상적 비상에 대하여 집착하고 있었다. 그러니만큼 이 시는 그 점을 반성하는 것일 것이다. 푸른 하늘에의 비상에 반대되는 이미지가 위에 언급한 진흙이라고 할 것인데, 「진흙에 대하여 2」에서 시인은 진흙이 수없는 발밑에 짓밟히는 존재이면서도, 밟는 것은 신이 아니고 세상의 지배자일 뿐이라는 말을 하고 있다. 허만하 씨의 독특한 방언들로 이루어진 난해한 구절이지만, 인용해 본다.

　　　수없는 발에 짓밟힌 진흙.
　　　진흙 가운데 숨어 있는 눈의 성분은
　　　눈에 보이지 않는다.
　　　눈은 가식처럼 아름답지만
　　　눈은 진흙의 부분에 불과하다
　　　다시 스스로의 모습을
　　　되찾을 수 없는
　　　미련한 진흙 덩어리.
　　　그날 신(神)이 밟았던 것은
　　　눈의 더러움이 아니라
　　　아득히 먼 나라의
　　　낯선 거리 이름이었다.

우리들은 우리들의 모국어와

지배자의 언어, 두 가지 말을

함께 가지고 있다

그렇게 말하던 북유럽 소녀의 잔설 같은 미소,

진흙은 발에 밟히지만, 그것은 신의 뜻이 아니다. 신의 관점에서 밟혀야
되는 것은 모국어에 보태어 지배자의 말을 수용한 길거리 — 아마 거리의
이름도 지배자의 말이 되었을 터인데, 지배자를 받아들인 길거리라는 것
이 위의 시구가 말하는 내용의 일부일 것이다.(여기에서 화제가 되어 있는 것은
핀란드와 소련 사이에 분쟁의 지역으로 존재하던 카렐리야이다.) 비슷하게 「깡통
소묘(素描)」도 식민지적 상황을 말하는 것일 것이다. 이렇게 하여 이 시가
외래 사상의 실패를 말한 것으로 해석할 수 있지만, 다시 한 번 이 시의 호
소력은 이상한 바닷가에 떨어져 있는 깡통의 회화적인 선명함에서 온다고
할 것이다.

시집에 실려 있는 시들의 연대적 순서는 분명하지 않지만, 어둠과 밝음
의 비상보다는 커다란 자연과 우주의 섭리에의 순응을 말하는 시들은 외
래적 관념의 비상의 실패를 인정한 시의 다음에 배열 가능한 것이 아닌가
한다. 「원형(原形)의 꿈」에서 시인은 우연히 떨어뜨린 위스키의 병이 깨어
짐을 보고 위스키가 그 원료와 원산지로 환원하는 것을 생각한다. 동시에
강이 하구를 찾아 분수령으로 가고 멸종한 매머드가 살아나고 하는 광경
을 상상하게 된다. 또 여기에 숨어 있는 주제의 하나는 아마 시인 자신의
우주의 근원으로의 회귀일 것이다. 이 모든 회귀는, 가령, 「바위의 적의」에
서처럼, 반드시 인류 멸망의 비전을 말하는 것이라기보다는 근원 회귀의
당위를 수락하는 것으로 보인다. 시집의 마지막 부분에는 분명 근원 회귀
를 찬양하는 시가 많이 실려 있다. 「목숨의 함정」은 강물을 거꾸로 헤엄하

여 알을 낳고 죽는 연어들의 삶의 사이클을 "목숨의 자유"를 얻는 행위로
말하고, 그 종말을 찬양한다.

> 아름답다
> 사라지는 것은 아름답다
> 시에서 언어가 떠난 뒤의 빈 숲은
> 아름답다

한 사람의 가장의 죽음을 어린 시절의 세발자전거를 타고 구름 속으로
들어가는 것처럼 말하고 있는 「구름의 세발자전거」에서 죽음은 분명 치열
한 초월의 행위보다는 가벼운 유머와 순응의 관점에서 받아들여진다. 이
렇게 하여 허만하 씨의 이번 시집은 일단의 평화로운 종결을 갖는다. 이 종
결은 진지하고 복잡한 시적 추구의 보상으로 얻어진 것이다. 이 시집의 증
거로 보아 허만하 씨는 우리 시단에 드물게 보는 끈질김과 일관성을 가지
고 중요한 주제를 추구하는 시인이다. 어설픈 사고와 감상과 대중적 푸닥
거리와 쉬운 위안이 유행하는 시대에 있어서 이만큼 깊이 생각하고 끈질
기게 생각하는 시인이 있다는 것은 놀라운 일이다.

그러나 대가가 없는 것은 아니다. 허만하 씨의 끈질긴 사고는 그의 시를
상당한 정도로 난해한 것이 되게 하고 서정적 호소력을 약하게 한다. 이것
은 불가피한 것인지 모른다. 그러나 더 중요한 것은 그것이 그의 주제와 관
심을 좁혀 놓는 결과를 낳는다는 것이다. 그의 풍경에 이데올로기는 없다
고 그는 말하지만, 지나치게 강조되는 주제와 그 주제의 추구는, 그 주제가
비록 중요하고 근원적인 것이라고 하더라도, 이데올로기처럼, 우리의 시
선과 언어를 제약하는 결과를 낳는다. 아마 문제의 하나는 이 이데올로기
가 시적 체험의 직접성의 밖으로부터 온다는 사실에 있을 것이다. 그것은

그 자신이 인정한 바와 같이 실존주의라든가 상징주의라든가 하는 데로부터 그의 주제와 철학이 수입된 것이기 때문만은 아니다.(그것은 단지 수입된 것이 아니고 그 자신의 체험의 절실성에 이어지는 것이다.) 그것은 그의 시적 주제의 밑에 있는 사디즘에 관계된다. 이것은 외래적인 것이라기보다 우리 문학에서 흔히 볼 수 있는 것이다.

예술의 비전은 현실 세계의 사물을 넘어서 보이지 않는 세계의 황홀에 이르러야 한다는 생각 ─ 위에서 언급한바 그가 랭보나 베토벤의 삶을 통해서 말하려고 한 것은 사실 한국의 현대 문학의 전통에 낯선 것이 아니다. 앞에서 언급한 랭보에 관한 시에서 우리는 "불타는 언어로 내 두 눈을 태웠다"(「사하라에서 띄우는 최후의 엽서」)라는 구절을 보았지만, 비슷한 이미지는 다른 시에서 자주 나온다.

> 보기 위하여
> 송곳으로 한쪽 눈을 찌른 최북(崔北)의 살의가 낳은
> 혁명처럼 고요한 산수
> 멀어 버린 눈의 내면에서
> 일렁이는 캄캄한 바다
>
> 보기 위하여
> 눈동자를 지워 버린
> 모딜리아니의 눈.
>
> 그의 눈에 보는 것은
> 피 흘리는 침묵이다
>
> ─「장미의 가시·언어의 가시」 부분

한국의 독자는, 랭보나 모딜리아니에 대한 언급에도 불구하고, 이러한 구절의 한국적 친밀성을 곧 인정할 수 있을 것이다. 삶의 절정을 자기 파괴에서 보는 도식은 우리가 흔히 보는 것이다. 이것을 창조는 상처의 결과라고 프로이트적인 설명을 가하든, 한(恨)의 변증법으로 설명하든, 이러한 사디즘이 다른 이데올로기적 단순화와 마찬가지로 인간 상황의 고통을 편리하게 보는 방법인 것이 되는 것임에는 변함이 없다. 삶과 세상의 악과 모순의 고통을 당연한 형이상학적 또는 역사의 변증법적 진행의 당연한 사항으로 받아들이게 하는 것 ─ 이데올로기란 이러한 것을 말한다. 고통이 현실의 고통으로서의 지속이 아니라 공식화될 때, 그리하여 정당화될 때, 공식은 그것이 외래적이냐 아니냐 하는 것보다도 공식이라는 사실 자체로서 유해한 것이다.

　허만하 씨의 실존적 모순에 대한 관심이 반드시 이데올로기적 공식화를 가져온다는 것은 아니다. 아마 그의 관심은 인간 조건 또는 우리 상황의 모순된 조건에 대한 진지한 고민을 표현하고 있는 것일 것이다. 다만 여기에서 우려하는 것은 이 관심이 자칫 잘못하면 이데올로기적 단순화의 위험을 가질 수 있다는 점이다. 허만하 씨의 시는 이 시집의 뒷부분의 시들에서 삶에 대하여 더 관대한 것이 된 것으로 보인다. 그러나 시로서 더 흥미로운 것은 앞부분의 시일는지도 모른다. 이것은 문제를 더 복잡하게 만든다. 허만하 씨가, 위에서 말한 바와 같이, 끝까지 자신의 독자적인 눈으로 세계를 바라보고 사고하고 그것을 독자적인 언어로 표현했다는 사실은 틀림이 없다. 우리는 그의 시와 시적 탐구의 보기 드문 철저성에 경의를 표할 수밖에 없다.

(1999년)

시를 찾아서

오세영 씨의 새 시집 『벼랑의 꿈』

사람이 사는 곳이면, 어느 곳 어느 때나 시 또는 시와 비슷한 것이 있다. 그리고 사람들은 대체로 시 또는 그에 해당하는 말을 듣고 그에 대한 어떠한 심상을 떠올릴 수 있다. 물론 시를 개념적으로 정의하기가 쉬운 것도 아니고, 또 사람들이 시의 심상을 마음에 지닌다고 하여도 그것을 끄집어내어 비교해 보면, 서로서로 엉뚱한 느낌을 갖는 것이 될 가능성이 있다. 그러나 이러한 어려움이나 차이에도 불구하고 시라는 것이 존재함은 틀림이 없다. 시는 존재론적 범주이다. 시가 객관적으로 사물처럼 존재하는지 어쩐지는 분명하지 않다. 그러나 시라는 것을 전제로 할 때, 사람들은 어떤 종류의 세계가 나타나게 됨을 알고 있다. 세계를 대하는 여러 태도 가운데 분명 시적인 태도라는 것이 가능하다. 그리고 이 태도 —— 일정한 인식과 정서의 양식으로서의 시적 태도에 따라 세계는 그에 특이한 계시들을 준비한다. 그리고 이 계시들은 함께 시적 세계를 구성한다. 이 시적 세계는 태도의 원리에 따라 선택되어진 부분적 세계이지만, 달리 보면, 시적 태도는 시적 세계를 전제함으로써 가능하여지고, 또

이 전제는 사실상 주어진 세계의 존재론적 아프리오리에 의하여 가능하여지는 것이라고 할 수 있다.

존재론적 근거가 무엇이든지 간에, 시적인 것은 주어지는 것이면서 또 구성되는 것이다. 또 이것은 많은 인간의 존재 방식과 같이 역사적으로 구성, 변용, 소멸, 재구성된다. 많은 문화에서 시적인 것을 지시하는 방법이란 대체로 자연이 느끼게 하는 암시를 통하여서이다. 이것은 특히 동양의 전통에서 그러하다. 자연을 읊는 시를 제외한다면, 중국이나 한국의 시로서 별로 남는 것이 없을 것이다. 다른 전통에서도 그러한 면이 없는 것은 아니지만, 동양의 시에서 자연을 말하는 것은 어떤 특정한 자연과의 만남을 사실적으로 포착하려는 것보다도 자연을 방편으로 하여 시적인 것에 접근하려는 것이라고 할 수 있다. 어떤 경우에나 시는 기도와 비슷한 점을 가지고 있다. 기도에서 기도에 사용되는 언어는 별로 중요한 것이 아니다. 그것은 기도자가 이해하는 말일 수도 있지만, 이해하지 못하는 외국어일 수도 있다. 또 기도문은 이해하는 것이든 아니든 늘 새로운 내용을 담은 것일 필요도 없다. 같은 기도문이 다른 기회 다른 시대에 그대로 사용된다고 하여도 흠이 되지는 아니한다. 기도가 일정한 정신 상태를 유발하고 그것을 통하여 비록 일시적으로나마 세계에 대하여 일정한 태도를 취하게 한다면, 그것으로써 기도의 일단의 기능은 수행되는 것이다. 동양 전통의 자연 시는 이러한 기도와 비슷한 기능을 가지고 있다. 시적인 것에 접근하는 방편이라는 점에서 그러하고, 또 실제 기도와 비슷하게 일정한 평정의 정신 상태를 조장하려 한다는 점에서 그러하다.

시는 인간 존재에 근원적인 것이다. 모든 근원적인 것이 그러하듯 그것을 하나의 이해나 개념에 쉽게 한정할 수는 없다. 동시에 그것은 사회 기능 속에서 일정한 의미를 갖는다. 이 기능의 총체는 인간의 존재 방식에 대한 역사적 결정에서 나오고, 그러니만큼 그것도 쉽게 규정될 수는 없다. 그러나 사회적 기능이라는 면에서 이 기능들은 상당히 구체적인 것이다. 한 시대에서 시적인 것이란 이 기능들이 구성하는 질서의 원리가 되는 일정한 태도 ─ 가령 전통적 사회에서는 일정한 공경의 태도를 조성하는 역할을 한다. 전통 사회에서뿐만 아니라 어떤 사회에서나 순응 내지 인지의 태도까지도 공경은 아니라도 수용적 태도를 필요로 한다. 다만 전통 사회에서 이 수용의 태도는 공경의 태도로까지 치우치게 될 뿐이다. 이러한 의미에서 시는 공동체적 의의를 갖는다. 그러나 그것은 개인적 심성을 통하여서 작용한다. 그리하여 그것은 사회적 삶의 압력에 대한 개인적 심성의 저항 행위처럼 보인다. 그러나 시의 기능은 이것을 통합하는 데에 있다. 시는 개인과 사회의 균형을 확보함으로써, 한편으로 개인의 내면생활을 사회로부터 보호하고, 다른 한편으로 그 내면의 관조적 태도를 통하여 다시 사회에의 복귀를 준비한다.

동양의 전통 ─ 특히 유교 전통에서 선비의 인간적 실현은 관직을 통한 사회봉사로써 이루어지는 것으로 생각된다. 그러나 출사(出仕)의 기회가 누구에게나 주어질 수 있는 것은 아니며, 또는 그런 경우도 그 조건이 유교적 도덕의 요구에 맞는 것일 때에만 정당성을 갖는다. 관리의 길에 나아가지 못할 때에, 선비가 선택하는 것은 자연 속에서의 은일(隱逸)이다. 자연을 소재로 한 시의 배경은 은일의 삶에 있다. 자연의 시는, 한편으로 작은 것에 만족하는 행복을 찬양하지만, 다른 한편, 하나의 숨은 동기로서, 그러한 삶의 형이상학적 정당성을 주장하기도 한다. 신을 상정하지 않은 세계관에서 자연은 인간의 삶의 초월적 근거이다. 은일의 삶은 이 근거에 가장 가까운 삶이다. 그러니만큼 더 나아가 자연의 삶은 사환(仕宦)의 길에 우선하는 것일 뿐만 아니라 그것을 정당화하는 근거이다. 그것은 어떠한 인생에 있어서나 ─ 벼슬 중의 사람에 의하여서도, 늘 상기되어야 할 근본인 것이다.

그리하여 관리의 시에서도 자연은 가장 중요한 모티프가 된다. 그러면서 자연은 개체적 삶을 초월하여 있으면서도 또 개인에게 직접적으로 감각적 호소력을 가지며 감동의 원천이 되는 까닭에, 개인의 심성에 직접적으로 작용하는 힘이다. 자연에 대한 일정한 심성적 태도는 사환과 은일, 개인과 사회를 하나로 존재하게 하는 중심 원리이다. 그것은 개인의 삶의 원리로서, 사회 질서를 정당화해 주는 원리로서 끊임없이 환기될 필요가 있다. 유교의 정치 사회 질서의 정당성은 그것이 자연의 대원리에 합치되는 것이라는 것에서 근거 지워진다. 자연의 환기는, 비록 그것이 사회 내의 삶에 대한 반대 명제처럼 보이는 경우에도, 전통적 질서의 심성적 중심 기제이다.

김부식의 시, 「감로사차운(甘露寺次韻)」 같은 것은 이러한 사정을 잘 대표해 준다.

> 속된 사람이 오지 않는 곳
> 올라와 바라보면 마음 트인다.
> 산의 모습은 가을에 더욱 좋고
> 강물 빛깔은 밤에도 밝다.
> 흰 물새는 높이 날아 사라지고
> 외로운 배는 홀로 가니 가볍다.
> 부끄러워라, 달팽이 뿔 위에서
> 반평생 동안 공명 찾아 허덕였다.[1]

이 시에서 김부식은 자연의 트인 경관을 제시하고 그에 비추어 볼 때 사환의 길은 달팽이 뿔 위에서 허덕이는 것과 같다고 한다. 김부식에게는 이

---

1 김달진(金達鎭) 역해, 『한국 한시(漢詩) 1』(민음사, 1989).

러한 주제의 시가 달리도 있지만, 그렇다고 하여 그가 관직을 버렸다는 기록은 없다. 이것은 벼슬을 추구하여 마지않은 다른 관리의 경우에도 마찬가지이다.

자연을 말하는 것은 삶의 근본적인 지평을 상기하고 그것으로써 사회의 부분성을 확인하고 사회에 대항하는 개인적 심성을 깊이 하면서 동시에 역설적으로 사회 질서의 근본을 확인하는 일이다. 김부식의 시는 동양의 전통에서 시적인 것을 정의해 온 역사의 파라미터를 전형적으로 보여준다. 물론 이러한 역사적으로 형성된 전통이 시의 모든 것을 포괄하는 것은 아니다. 시적인 것은 전통 사회 내에서의 사회와 개인의 존재 방식의 한 형태 그리고 그 기제 이상의 것이다. 다른 전통에는 다른 형태의 시가 존재한다. 또 오늘날 우리 사회에서도 요즘 쓰이는 많은 시가 정의하려 하는 시적인 것은 전통적인 시적인 것의 외연과 내포를 초월한다. 다만 오늘의 한국 시는 아직도 시적인 것의 전통적 이해를 벗어나면서 새로운 것을 찾아나가는 과정 중에 있는 것으로 생각된다. 앞으로 그것이 어떠한 것으로 윤곽이 잡힐는지 아직도 분명치 않다. 이 과정에서 전통은 자산이면서 동시에 제약으로 작용한다. 그러나 요즘에도 전통이 여러 곳에서 여러 가지로 작용하는 것은 당연하다.

오세영 씨는 오늘의 시인들 가운데에서 가장 전통적인 시를 쓰는 사람의 하나이다. 그것은 그는 근대 이전의 시적 전통 속에 있을 뿐만 아니라 근본적으로 그것의 확대 발전 변용 또는 쇠퇴를 보여 준 우리의 현대 시의 흐름 속에 있다. 그의 시는 그보다도 이러한 현대 시 — 김소월이나 청록파의 시 또는 서정주나 박재삼 또는 더 일반적으로 그의 연구 대상이 되었던 낭만주의 시의 영향을 강하게 흡수하면서, 이들이 계승하고 있는 전통적인 시 해석에 맞닿아 있다고 말하는 것이 더 정확할 것이다. 그러면서 물론 그의 시는 전통적인 이해에 입각한 시적인 것과는 다른 면을 보여 준다.

그리고 더 일반적으로 한국의 시적인 것의 역사의 현대적 변모를 규지할
수 있게 한다.

오세영 씨는 전통적인 시인들이 그러했듯이 인생의 교사를 자연에서
발견한다. 물론 자연은 그 자체로보다도 그것과 다른 종류의 삶에 대조되
는 배경으로서 중요하다. 자연은 하나의 총체적인 테두리가 되고, 그에 대
하여 다른 것들은 일시적인 것에 불과하다. 일시적인 것들도 물론 자연의
일부이다. 사람은 자연에서 이 양면을 배운다. 다음의 시에서 자연은 산과
같은 비교적 항구적인 것과 구름이나 여울물과 같은 유전하는 것에 대한
상징을 아울러 제공한다.

> 산이 온종일
> 흰 구름 우러러 사는 것처럼
> 그렇게 소리 없이 살 일이다.
> 여울이 온종일
> 산그늘 드리워 사는 것처럼
> 그렇게 무심히 살 일이다.
>
> ─「산문에 기대어」

산은 유전하는 것들을 넘어선 의연한 자세를 권장한다. 그러나 자연에
대한 의심 없는 믿음이 현대에 가능한 것일까. 위의 시에서 "……살 일이
다"라는 어구가 내비치는바 이러한 권장이 필요하다는 시사 자체가 이미
그러한 의연함이 존재하기 어렵다는 것을 말한다. 그것은 자연의 자족적
인 삶을 묘사하고 있는 것만은 아니다. 이것은 전통적 시에서의 자연에의
평안한 귀의에 대조된다. 따라서 다른 시들에서 자연은 반드시 분명한 교
훈이나 계시를 주는 것은 아닌 것으로 말하여지기도 한다. 자연은 돌아가

야 할 근원이면서도 분명한 길을 제시해 주지 않는 것으로 생각되기도 하는 것이다.

> 이 벼랑 건너뛰면 또 다른 벼랑,
> 저 봉우리 넘어서면 또
> 흐르는 구름,
> 가도 가도 길은 끝이 없는데
>
> ──「겨울 길」

또는 자연은 끊임없이 호소의 대상이면서도 그 교훈을 분명하게 말하지 않는 것으로 말하여지기도 한다.('말씀하셨나' 하는 말에 이미 자연을 높이는 태도가 들어 있어서, 그것 자체가 중요하다고 하겠지만.)

> 무어라 말씀하셨나.
> 돌아서 옆을 보면
> 화들짝 붉히는 낯익은 얼굴
> ……
> 산은 산으로 말하고
> 나무는 나무로 말하는데
> 소리가 아니면 듣지 못하는
> 귀머거리 하루해는
> ……
> 어느덧 하얗게 센 반백의
> 귀머거리.
> 아직도 귀 어두운 반백의

철딱서니.

—「단풍 숲 속을 가며」부분

때로는 자연의 교훈의 어려움은 전달의 어려움이면서 실행의 어려움으로 말하여진다. 자연을 따르려 한들 그것이 가능한 것인가 또는 무슨 소용이 있는가 하는 마음이 이는 것이다.

산자락 덮고 잔들
산이겠느냐
산그늘 지고 산들
산이겠느냐.
산이 산인들 또 어쩌겠느냐.

—「겨울 노래」부분

이러한 오늘의 상황에서의 불가피한 회의는 오세영 씨의 자연을 사실적이거나 형이상학적 존재가 아니라 심리적 전략이 되게 한다.(물론 가령 위의 김부식의 시에서 자연의 삶은 사실적 선택으로서 어려운 것이지만, 그 선택의 의의 자체가 회의의 대상이 되지는 아니한다. 이러한 형이상학적 불안 또는 회의는 20세기의 낭만주의 시에 일반적으로 보이는 것이다.) 심리화된 자연은 귀의의 장이라기보다는 영탄의 장이 된다. 달리 말하여, 자연은 주로 적극적인 형이상학적 실체로보다도 상처받은 마음의 위안의 터로 생각되는 것이다.

그러나 이번 시집에서 '고죽도' 부분의 시들은 서정적 영탄보다는 전통적인 자연 시의 적극적 믿음의 엄숙성을 가지고 있다. 그 부분의 대표 시가 되는 「고죽도」는 고고한 선비의 모습을 그린다. 그는 어떠한 정신적 경지에 이른 사람이다. 그러나 주의할 것은 그가 자연에 편안하게 귀의한 사람이 아니라 오히려 자연의 험악함에 맞서서 정신의 고고함을 드높이는 사람이라는 사실이다. 시에 말하여진 강풍과 파도는 동시에 역설적으로 선비의 드높은 기상의 상징이 되는 면이 없지는 아니하지만, 그 관계가 조화의 관계인 것은 아니다.

> 기우뚱
> 밀리는 선체
> 밖은 폭풍이 몰아치는데
> 희미한 촛불 아래 홀로 앉아
> 정성 들여 먹을 간다.

선비가 연출되는 무대를 「고죽도」는 이렇게 묘사한다. 「능단금강반야바라밀경」에서 기리는 의연한 정신의 자세도 비슷하다.

> 경전을 앞에 두고 단정히 꿇어앉은
> 백두 절벽의 서늘한
> 이마.
> 어제는 지면에 시나브로 도화꽃 지더니
> 오늘은 갈잎이 스산하구나.
> 명경지수 어리는 높푸른 하늘.
> 흰 구름 한 자락 가는 곳 어디인지
> 책장을 넘길 때마다 어두웠다 밝아지는
> 이승의 밤과 낮은 흐르는 강물인데
> 낭랑하게 경을 읽는
> 계곡물 소리.

위의 시에서 흔들림이 없는 승려의 심성의 상징은 명경지수라든가 계곡물 소리라든가 하는 자연에서 온다. 그러나 그것은 시나브로 꽃 지고, 갈잎 스산하고, 구름에 어두웠다 밝아지는 시간의 변화에 대조되는 심상에 불과하다. 자연은 이미 그 자체가 둘로 나누어져 있다. 또는 하나는 자연의 현실이며, 다른 하나는 자연의 심상이다. 양분된 자연은 "흐르는 물"이라는 심상으로써 변화를 하나의 과정으로 파악하는 인식을 통하여 하나가 된다. 모든 것은 자연 질서의 의연한 지속이라기보다도 심리적 자세이다. 그리하여 요즘에도 더러 듣는 선비론에서처럼 선비의 모습은 자연스러운 사실이라기보다도 자세이며 허세이기까지 하다는 느낌을 준다.

이것은 다시 말하여, 전통적인 시에도 그것이 없었던 것은 아니지만, 오세영 씨의 시에서, 또 다른 현대의 낭만주의 시에서, 자연이 심리화되어 존재한다는 말인데, 이러한 자연이 주로 마음의 애증의 문제와 연결되어서 생각되는 것은 당연하다. 오세영 씨의 시에서 자연의 교훈은 주로 애증과 관계하여, 그것에 초연하여야 한다는 것이고, 또 다른 한편으로 애증의 소망은 실현된다는 약속이다. 「속구룡사시편」은 시인이 자연을 찾는 이유를 애증의 문제에 다음과 같이 연결한다.

한 철을 치악에서 보냈더니라.
눈 덮인 묏부리를 치어다보며
그리운 이 생각 않고 살았더니라.
빈 가지에 홀로 앉아
하늘 문 엿보는 산까치같이.

이렇게 자연의 풍경은 사랑을 잊게 하지만, 다음 연에서 그것은 미움도 잊게 한다.

한 철을 구룡에서 보냈더니라
대웅전 추녀 끝을 치어다보며
미운 이 생각 않고 살았더니라.
흰 구름 서너 짐 머리에 이고
바람길 엿보는 풍경같이.

이와 같이 눈 덮인 산, 빈 가지, 하늘, 산까치, 구름 그리고 자연에 가깝게 된, 오래되고 전통적인 사원의 추녀, 이 시의 세 번째 연에서 보는 바와 같이 '깨어진 기와' 등이 말해 주는 교훈은 애증과 정서의 계박을 벗어나라는 것이다. 그러나 애증의 초월은, 달리 보면, 단지 그것을 완전히 벗어나라는 것보다도 그것의 변화를 받아들이라는 말이다. 위에서 자연의 이미지들은 시간이나 계절과 함께 변하는 것들이다. 자연의 가르침에 따라, 사랑은 사랑이면서 동시에 이별로서 끝나는 것일 수 있어야 한다. 사랑이나 마찬가지로 이별은 어디에나 자연스럽게 존재하는 것이다. 뿐만 아니라 그것은 모든 것을 끝내는 것이 아니다. 이별 후에도 사랑은 남는다.

어디에나 너는 있다.
산 여울 맑은 물에 어리는
서늘한 너의 눈매.
눈은 젖어 있구나.
숲 속 바람에 어리는
청아한 너의 음성.

—「이별이란」 부분

떠나간 사랑은 자연의 모습의 도처에 스며 있다. 그러니만큼 그것은 없어지는 것은 아니다. 그러나 없어지면서 없어지지 아니하는 사랑의 지양은 물론 이별이 자연의 질서라는 것을 받아들임으로써 가능하다. 시인은 사랑에 "더 이상 연연해하지 않기로 했다"라고 말한다. "이별이란 흐르는 강물" 또는 "흐르는 바람" ── 자연의 이치인 것이다.

유전은 사람과 미움만이 아니라 모든 것의 이치이다. "떡갈잎 흔드는 저 바람이" 말하고 있듯이, 자연을 보면, "슬픔이 기쁨 된들 어이하리요/ 기쁨이 슬픔 된들 또 어이하리요"라고 말할 수밖에 없다. 그러한 운명은 그대로 받아들여서 마땅하다.

> 어제 뺨에 흐르던 저 눈물이
> 오늘은 가슴을 적시는 이 눈물이듯
> 바람 불고 천둥 울고 어두운 날은
> 물에 젖어 멍청히
> 땅만 바래고
> 바람 자고, 꽃잎 벌고, 푸르른 날은
> 빛을 좇아 아득히
> 하늘 바래고.

모든 것은 유전한다. 그리하여 「흐르는 것 어찌 여울뿐이랴」에서 말하듯, 잃은 것을 다시 찾으려 하는 것은 부질없는 일인 까닭에 시인은, "아이야,/ 그만두어라,/ 흐르는 것 어이 여울뿐이랴"라고 말하는 것이다. 그러나 심리적 위안이 필요하다면 궁극적으로 그것은 체념만으로 얻어질 수 없다. 자연의 교훈이 체념과 초탈이라고 하여도, 그것은 매서운 금욕주의를 말하는 것은 아니다. 오세영 씨의 자연은, 예컨대, 유치환이 「바위」에서 말하는 바와 같은,

아예 애련(愛憐)에 물들지 않고

희로(喜怒)에 움직이지 않고

비와 바람에 깎이는 대로

억년(億年) 비정(非情)의 함묵(緘黙)에

빠져들어 가는 상태를 말하는 것이 아니라, 서정주의 시, 「추석(秋夕)」에서, 시인이

추석(秋夕)이라

밝은 달아

너 어느 골방에서

한잠도 안 자고 앉았다가

그 눈섭 꺼내 들고

기왓장 넘어오는고

하고 말할 때의 자연과 애인의 신체의 궁극적인 일치를 약속하는 자연이다. 오세영 씨에 있어서, 자연을 통한 사람의 충족은 그렇게 너그럽게 이루어지는 것은 아니면서도, 자연은 애증을 멀리하게 하는 것이면서 동시에 그것은 포용하는 것인 것으로 생각된다. 자연은 어떤 경우에는 애증의 성급함을 달래어 완만함을 조장하는 것으로 받아들여진다. 「풀잎의 노래」는 애증의 문제만이 아니라 일반적으로, 안타까이 쫓는 것보다는 조용히 순응하는 데에서 욕망을 이루어지게 하는 것이 자연의 질서라고 말한다. 산으로 쫓아가던 새는 놓치게 마련이지만, 집에 돌아와 보면 집에 새가 와 있는 것을 발견하게 되는 것이다.

산에서 놓친 동박새.
이 아침 창가에서 울고
들에서 놓친 할미새.
이 저녁 사립문에서 울고.

　이러한 참을성은 어떠한 때는 더 실질적인 열매를 가져오기도 한다. 계절을 따라 심고 거두는 일이 바로 그 경우이다.

지난봄 새순 말려 띄운
작설을
늦가을 해어름에 비로소 뜯네.
　　　　　　　　　　　　　　　—「기다림」부분

　그러나 자연이 인간의 사랑을 충족시켜 주는 것은 직접적이라기보다도 그에 대신하는 여러 등가물을 통하여서이다. 자연은 도처에서 사랑과 삶의 등가물을 되돌려 주는 다정한 곳이다. 약수를 떠 올리면 거기에는 하늘과 흰 구름이 있고, 그리운 이 모습이 어려 있는 것을 발견한다.(「샘물의 노래」) 이번 시집에서, '정한부'라는 부분에 모아 놓은 시들은 특히 사랑의 터전으로서의 자연을 노래하는 시들이다. 사랑의 자취는 나뭇가지 위의 바람 소리, 가랑비 내리는 소리들(「너의 목소리」), 망초꽃, 하얀 나비, 달빛, 분꽃(「태평양엔 비 내리고」), 아지랑이, 물안개, 흰 구름(「이별 후」), 바람, 동자(童子)꽃, 물소리, 조약돌에 비치는 것으로 말하여지는 것이다.
　연기되거나 대리 충족되는 욕망이 반드시 행복한 것은 아니다. 사랑의 부재는 어떤 때 '적멸'로까지 심화된다. 앞에서 인용한 「산문에 기대어」의 구절은 "꽃이 피면 무엇하리요/ 꽃이 지면 무엇하리요"로 이어진다. 그러나 시인은 자연과 더불어 있으면서 꽃 피고 지는 일에 흔들리는 그의 마음을 달래고 있는 것이다. 인생사는 이보다도 가슴 아픈 일들을 지닐 수 있다. 그러한 경우 자연은 그에 대응할 만한 등가물을 가지고 있다. 그러면서 그것은 위로의 근원이 된다. 상실의 경험을 위해서도 자연은 위안을 가지고 있다. 적멸의 경험으로 이야기되는 고독의 경험도 그에 맞는 아름다운 상징이 있다.

> 적막한 외로움 견딜 수 없어
> 살포시 뚝 위로 내려와 서면
> 우지끈 이마를 때리는 소리.
> 눈 더미에 부러지는 솔가지 소리.
>
> —「적멸」부분

자연은 오세영 씨에게 궁극적으로 비인간적인 것이 아니라 인간적인 것이다. 회의는 그의 자연 경험을 심리화하는 역할을 할 뿐이다. 자연은 언제나 사람에 화답한다. 다만 오세영 씨의 자연관에서 거기에 비정한 것이 있다면, 인간은 자연에의 부름이 부족하기 때문이다. 「적막」은 이러한 자연 철학을 말하고 있는 시이다. 자연은 메아리와 같다.

> '아' 하고 외치면 '아' 하고 돌아온다.
> '아' 다르고 '어' 다른데
> '아' 와 '어' 틀림이 없이 다른 게 돌아오는 그
> 산울림.

그리하여 "산벚나무에 다시 산벚꽃 피고/ 산딸나무엔 산딸꽃 핀다." 사

람의 사랑과 미움 또는 눈물과 웃음도 이러한 대화적 관계를 가지고 있다. 이에 대하여 모든 것을 떠나보낼 때, 남는 것이 적막이다. 그러면 삶이 구해야 할 것은 사랑과 웃음의 메아리라고 할는지 모른다. 그러나 오세영 씨는, 적어도 「적막」에서는, 모든 애증이 끝나는 지점의 적막도 아름다운 것으로 본다.

저무는 봄 강가에 홀로 서서
어제는 너를 실려 보내고 오늘은 또
나를 실려 보낸다.
흐르는 물에
텅 빈 얼굴을 들여다보는
눈이 부시게 푸르른 봄날 오후의
그 적막.

이와 같이 적막 속에도 누이 부시게 푸르른 봄날 오후의 위안은 찾아오게 마련이다.

위에서 되풀이하여 말한 바와 같이, 오세영 씨의 시는 전통적인 이해의 시적인 것의 마지막 변용을 표현한다. 독자는 이것을 이미 그의 스타일에서 느낀다. 그의 시는 엄밀한 의미의 정형적 시는 아니라고 하여야겠지만, 대체로 정형적인 가락을 벗어나지 아니한다. 또는 더 단적으로 그의 전통성은 어미들이나 감탄사 ── "아이야,/ 그만두어라./ 흐르는 것 어이 여울 뿐이랴", "어이하리요, 살 일이다", "한 철을 치악에서 보냈더니라", "쓸어 무엇하리요"와 같은 어투에서 곧 느껴진다. 이러한 어투들은 물론 전통적 시에서 사용되는 것이지만, 그것보다는 20세기에 와서 계승된 낭만적 시에서 더 많이 사용된 바 있다. 그 특징은 아마 가령 조선조의 어투에 비하여 더 영탄적이라는 데에 있을 것이다. 위에서 말한 자연의 심리화 — 또는 이미 존재했던 심리화의 심화는 이러한 전통 어법의 현대적 변화에서 엿볼 수 있다. 오세영 씨가 그 어법과 또 그 내용을 통하여 지향하는 것은 전통 해석의 시적인 것이다. 거기에서 물론 자연 — 심리화된 자연은 주된 근거 — 형이상학적 근거라기보다는 심리적 상징의 근원이 된다.

그러나 오늘의 변화한 상황에서 이러한 시적인 것이 얼마나 지속될 수 있을는지는 짐작하기 어렵다. 오세영 씨의 시에 잘 보이지 않는 것의 하나는 오늘의 도시의 생활에 관계되는 소재들이다. 이번의 시집에서 「종로 길」은 도시를 말하는 드문 시 중의 하나이다. 그러나 이 시의 종로는 오늘의 도시의 혼란과 잡답함의 집결처로서의 종로는 아니다. 그것은 차라리 "내 너를 찾아왔다 …… 수나(嫂娜). 너 참 내 앞에 많이 있구나. 내가 혼자서 종로를 걸어가면 사방에서 네가 웃고 오는 구나" 하고 말한 서정주의 종로와 비슷하다.

> 가도 가도 바람밖에 없더라
> 까맣게 윤기 나는 머리채의
> 무어라 연신 재잘거리며 오는 어깨너머
> 언뜻 내비치는 너의 분홍
> 꽃 리본,
> 홀린 듯 종로 길 따라나서면
> 계곡에 고즈넉이
> 진달래 한 송이 피어 있고

종로에서 보는 소녀들의 리본이 시인을 이끌어 가는 것은, 이와 같이, 계곡에 고즈넉이 피어 있는 진달래 한 송이이다. 다음 구절들에서는, 그들의 자줏빛 치맛자락은 산다화가 된다.

　　바위틈에 살포시
　　산다화 한 송이 피어 있고
　　계곡물 녹아내려 봄이라는데

그리하여

　　가도 가도 종로 길 정동 길은
　　바람의 길, 바람에 흩날리는
　　꽃잎의 길

이 되는 것이다.
　이와 비슷한 현대 풍경과 전통적 자연의 중첩은 「서풍에 기대어」와 같은 시에서의 술집 풍경의 묘사에서도 볼 수 있다. 이 시에서 오늘의 술집 아가씨의 노래는 풍류의 즐거움으로 이어지는 것이 된다.

　　젓가락 장단에 맞추는
　　동백 아가씨.
　　목쉰 그 음성은 흐느끼는데
　　뚝뚝
　　꽃잎은 술잔에 떨어지는데
　　너 거기 있었더냐?
　　넋 없이 노래 좇아 따라나서면
　　동백 숲 울리는 밤바람 소리.

여기의 술집 노래가 옛날의 풍류가 되고, 오늘의 동백 아가씨가 옛날 동백 숲으로 이어지는 것은 오늘의 현실에서보다도 낭만적 상상 속에서만 가능할 것이다. 그렇다고 오세영 씨의 시에 현대적 인식이 전혀 없는 것은 아니다. 「손」은 전통적인 소재이면서 현대적인 인식을 담고 있다.

코 속에 들어와 간질이는
개미 한 마리.
손가락 끝으로 문질러 죽일까, 말까.

시의 처음에 보이는 전통적인 관점에서는 비시적인 것이라고 해야 할 이러한 관찰은 보다 넓은 의미에서의 사람과 자연의 관계에 대한 전통적인 듯하면서도 현대적인 발언에 연결된다.

땡볕을 피해
홰나무 그늘 아래 누워서 즐기는 낮잠,
어깨로부터 뻗어 내린 팔뚝의 능선에서
산은 손가락을 모두고 있는데
우주의 큰 손안에 누워, 죽일까,
말까.
개미 한 마리.

자연의 자비에 매어 달려 있는 사람의 처지가 사람의 자의적인 의지에 목숨을 맡기고 있는 개미의 그것과 비슷하다는 것은 동양의 전통에 없는 입언은 아니면서도 서양의 자연주의의 세계관과 비슷한 세계관을 말하고 있는 것으로 볼 수도 있다. 이러한 시에서, 오세영 씨 시는 전통의 오늘의 모습을 표현하면서도 현대의 시가 부딪치는 비시적인 상황을 드러낸다. 이 비시적인 상황 속에서도 시는 존재하는 것일 것이다. 그것이 어떠한 것인가 하는 것은 물론 여기에서 간단히 말할 수 있는 것은 아니다.

(1999년)

2장

비평과
주체성

헌책들 사이에서[1]

낡은 물건들은 우리에게 구토를 느끼게 한다. 우리 관습에서, 입던 옷 특히 죽은 사람이 입던 옷은 꺼림칙한 느낌을 불러일으키는 것으로 되어 있다. 이삿짐이 된 살림살이 물건들은 산다는 일이 얼마나 너저분한 잡동사니로 이루어졌는가를 드러내 주어 우리를 우울하게 한다.

헌 물건들의 이질감은 헌책에서도 느낄 수 있다. 최근에 나는 집을 수리하지 아니하면 아니 되었다. 그러면서 해야 되었던 일의 하나는 집에 있는 책을 상자에 넣어 옮겼다가 다시 풀어 정리하는 작업이었다. 그동안 책이 거의 몽땅 없어지게 된 일도 두어 번 있었지만, 그래도 젊은 시절부터의 책으로 아직도 남아 있는 것도 있는데, 그러한 책은 물론, 제대로 장서되지 못했던 많은 책이 바랜 종이, 문드러진 책장, 떨어진 표지 등으로 하여 그 몰골이 너무나 흉하고 시들하였다. 책의 매력은 그것이 약속해 주는 정보나 이야기나 사색의 깊이에서만 오는 것은 아니다. 새 책의 새 종이에서 나

---

1 『심미적 이성의 탐구』(솔, 1992) 서문.

는 향기와 같은 것이 책의 쾌락의 일부임은 부정할 수 없다. 새 책의 산뜻함은 책이 펼쳐 보여 줄 세계로 들어가기 전에 벌써 새로운 모험의 흥분을 우리에게 예감하게 한다. 헌책은 이러한 흥분을 일으키는 상태로부터는 너무나 멀리 있다. 특히 그것이 단순히 치워져야 할 대상이 될 때 더욱 그렇다. 치워야 하는 대상으로 내 앞에 놓인 나의 헌책들은 잉여의 사물로만 느껴진 것이다. 무엇 때문에 이 많은 책이 필요했던 것인가. 책에서 책에로 건너며 헤매며 그 안에서 지혜를 찾을 수 있다고 생각하는 것은 얼마나 어리석은 것인가.

헌책들도 그 익숙한 자리에 있을 때 그렇게 이질적인 느낌을 주지 아니한다. 이것은 헌 옷의 경우도 마찬가지다. 내가 입고 있는 한 그것은 오히려 편안한 느낌만을 줄 수도 있다. 이삿짐은 이삿짐이 될 때까지는 그 잡동사니의 성격 —— 사실상 버려야 할 쓰레기에 별로 다르지 않은 것과 같은 너절한 느낌을 주지 아니한다. 요긴한 물건이냐 쓰레기냐 하는 것은 사물 자체의 성질로서 결정되는 것이 아니라고 할 수 있다. 질서를 벗어난 물건은 편의품이 아니라 장애물이 되고 폐물이 된다. 이 질서는 삶의 질서이다. 그것은 질서라는 말이 풍기는 바와 같은 기하학적, 논리적 또는 법률적 형태의 것만을 말하는 것은 아니다. 삶의 질서는 그러한 것도 포함하지만 그것으로는 도저히 포용할 수 없는 정교한 친화의 균형으로 이루어진다. 익숙함의 느낌이 나와 내 헌 옷 사이의 간격을 보이지 않게 한다. 헌 물건들도 익숙함과 생활의 편의 속으로 다소곳이 스며 들어갈 수 있다. 그것의 위상은 궁극적으로는 허하고 실한 것이 적절하게 배치된 공간에 달려 있다. 이 공간은 단순한 공간이 아니다. 이미 말한 바와 같이 거기에는 익숙함과 생활의 편의의 보이지 않는 거미줄이 들어 있다. 뿐만 아니라 어떤 물건들은 우리의 개인적인 또는 사회적인 역사를 담고 있다. 그리하여 남에게는 전혀 구접스럽게만 여겨지는 것도 보는 나에게는 특별한 의미를 가질 수 있다. 살림의 공간은 우리의 개인적 기억과 사회적 전통이 가로질러 가는 공간이다.(우리 시대의 황폐성은 이러한 보이지 않는 인간적 맥락으로 이루어지는 공간이 획일적인 물질과 사회의 지표에 의하여 단순화되었다는 데에도 있다. 전래의 가구나 연장은 새로운 상품에 의하여 대치되고 개인의 생활과 기억의 공간의 섬세함은 오로지 유린의 대상으로 드러날 뿐이다.)

헌책의 존재도 여러 가지 복잡한 삶의 그물 속에서 성립한다. 헌책의 혐오감은 고서 수집가나 고서에서 정보를 찾는 연구가에게 이해하기 어려운 느낌일 것이다. 고서는 그들의 취미와 지적 정열의 틀 속에서 매우 독특한 자리를 차지할 것이다. 그리하여 그들에게는 헌책의 퀴퀴한 그러나 구수한 냄새, 잘 길들여지고 익어 있는 갈피 등은 아늑한 분위기를 가진 것이 될 것이다.

그러면서 우리가 생각하는 것은 어떤 관심의 구도 속에서 헌책의 물리적 특징이 갖는 매력이 단순히 심리적인 현상만은 아니라는 사실이다. 취미나 학문의 관점에서 귀중할 수 있는 헌책이라 하여 그 감각적 매력이 다 같을 수는 없다. 그 가운데도 지질이나 제본이나 인쇄나 보존 상태가 좋고 나쁨이 문제가 된다. 우리를 사물과 세계로 어어 주는 것은 공리적 또는 구조적인 규정을 넘어가는 복잡한 끈이다. 이 끈은 감각을 타고 흐르는 즐김의 끈만큼 직접적이고 가까운 것일 수도 있다. 더 일반화하여 말하면 세계 속에 삶이 있다는 것 자체가 그러한 끈이다. 삶은 그 가장 단순한 상태에 있어서도 본질적으로 스스로를 넘어가는 거기 있음이다. 헌 옷은 삶의 있음에서 벗어져 나감으로써 헌 옷이 된다. 죽은 사람의 옷은 더 직접적으로 삶의 떠나감으로 하여 이질감을 주는 것이 된다. 죽은 동물의 시체, 시들어 버린 꽃은 더 단적으로 삶의 거기 있음과 없음이 물질적 존재를 어떻게 다르게 하는 것인가를 보여 준다.

나의 헌책은 물질적 측면에서, 일상적 삶의 공간에서의 위상과 관련해서 달라진다. 그러나 궁극적으로 책을 지탱해 주는 것은 삶의 에너지이다. 헌책에서 내가 경험하는 것은 이 에너지의 밀물 썰물의 가능성인 것이다. 비단 이번의 집수리에서만 느낀 것은 아니지만, 얼마 전부터 나는 나의 책들이 빛바랜 헌 종이의 느낌을 주는 것을 문득 느낄 때가 있다. 나는 이 책들이 아직 새것이었을 때, 새로 구입하였을 때의, 아무리 가벼운 것이었을 망정, 흥분을 가능하게 한 삶의 에너지의 장 속에 있는 것이 아니다. 어떤 책은 읽었어도 그 많은 것을 잊어버렸고 어떤 것은 읽지도 아니하였고 그중 어떤 것은 어떠한 관련에서 샀는지도 잊어버렸다. 무엇이 어떤 책, 어떤 문제가 우리의 긴박한 관심을 끄는 것이 되게 하는가? 사회적 동기나 개인적 동기는 무엇이었을까? 한 가지 확실한 것은 오늘의 긴박성이 내일의 긴박성이 아니라는 것이다. 모든 관심과 생각은 어떤 요인들로 하여 구성되는 문제의 지평 속에서 일어난다고 하지만, 관심과 생각이 스러지는 것은 반드시 문제가 해결되었기 때문은 아니다. 어떤 문제는 곧 해결되지 아니하면 다음 단계로의 발디딤이 불가능할 것처럼 여겨진다. 그러나 많은 문제들은 해결을 기다리지 않고 스스로 사라져 버리고 만다. 답변도 마찬가지이다. 삶과 관심의 간만(干滿)은 문제와 답변의 변증법을 선행한다.

헌책에서 내가 느끼는 것은 세월이며 나의 늙어 감이다. 가지고 있는 책이 헌책이 되는 것은 장서주가 나이가 들어 간다는 단순한 사실을 뜻하는 것에 불과하다. 세상에 틀림없는 사실 중의 하나가 사람의 삶은 삶의 신장이면서 동시에 삶의 쇠퇴 또 죽음으로의 행진이라는 것이다. 이것이 반드시 일정한 속도로 진행되는 것은 아니다. 사실 이것을 일정한 속도로 움직이는 시간 속의 과정이라고, 더 나아가 일직선으로 균일하게 진행하는 시간이 있다고 생각하는 것은 어리석은 환각에 불과하며, 근원적인 시간은 또 시간 안에서의 삶은 순수한 지속이고 그것은 양화할 수 없는 질의 사건이라고 하는 베르그송의 시간론은 시간에 대한 문학적 명상 속에 되풀이하여 나타나는 시간론이다. 우리 자신 그러한 시간의 질적 체험을 갖는 경우가 있다고 느낀다. 그럼에도 불구하고 삶의 과정이 균일하게 외면으로부터 적용되는 절대적인 객관적 법칙에 의하여 지배된다는 것을 부정할 수는 없다. 그 법칙의 하나가 삶의 과정이 곧 죽음의 과정이라는 것이다. 그것을 우리가, 질적으로 같은 것인지 아닌지는 확실치 않되, 삶 속에서 체험하는 방식이 늙어 간다는 것이다. 우리가 아무리 시간을 순수 지속이라고 하여도 죽음과 늙어 감은 절대적인 객관적 사실이고 다소간의 차이는 있을망정 피할 수 없는 또 예측 가능한 객관적 시간 안에서 일어난다.

물론 삶 속의 죽음인 늙어 감이 반드시 균일하게 진전되고 우리 의식에 기록되는 것은 아니다. 그것도 질적인 도약으로 우리에게 나타나는 것처럼 보인다. 어느 날 문득 물질적 지적 신선함을 잃어버린 책이 헌책이 되듯이, 어느 계기에 우리는 세월과 나이를 문득 깨닫는다. 그러나 이 경우에 늙어 감의 체험은 사물과 세계에 대한 질적 체험과는 근본적으로 그 성질을 달리한다. 그것은 세계의 내면화를 의미했다. 나의 늙어 감의 체험도 그것이 체험인 한 내면화 과정이지만, 여기에 내면화되는 것은 나 자신이고, 이 나 자신은 외면적 존재로서의 나이다. 이 나는 외면적 시간 속에서 그 법칙의 지배하에 있는 물질적 존재이다. 그것은 다른 사물과 근본적으로 다른 것이 아니다. 나의 근본적인 운명을 결정하는 것이 외적인 존재로서의 나라면, 내적 존재로서의 나는 완전히 허깨비에 불과하다. 나의 거기 있음으로 하여 세계가 의미 있는 것으로 펼쳐질 수 있었다면, 바로 이 나의 있음도 허깨비와 같은 것이다. 내가 보는 세계 또한 허깨비에 불과하다. 나는 허깨비들의 환각 속에 있었다. 그러나 우리의 삶의 의미와 풍미는 전적으로 그것으로부터 연유하는 것 같지 아니하였던가. 그것의 객관적 의미야 어떠한 것이든지 간에 외면적 존재로서의 나에 대한 체험은 또한 나의 삶의 있음, 삶의 분출, 즐김의 대상으로 될 수는 없는 것인가. 외면적인 존재로서의 나도 내적, 질적 체험으로 나타난다는 것은 그것 또한 허깨비와 같은 나의 매개 없이는 현실화될 수 없다는 것을 말하는 것으로도 보인다. 나의 내적 체험으로 늙음과 죽음, 즉 시간을 정복할 수 없는 것이라면, 나의 질적 체험이 이것을 끊임없이 근접해 가는 것이 되게 할 수 있는 것일 것이다. 그리하여 그것이 나의 삶의 질적 지속의 일부가 되게 할 수가 있을 것이다. 종교적 가르침들이 가르치는바 죽음의 관점에서 또는 영원의 관점에서 나의 오늘의 삶을 바라보는 일이 이에 비슷할 것이다. 그러한 관점에서는 우리의 삶이 보다 원만한 모양 속에 조화될 수 있을 것인가.

어떤 종류의 문학적 기억력이 하는 일은 바로 그러한 일처럼 보인다. 프루스트는 기억을 통하여 그의 삶을 되찾았다. 그는 한편으로 지나가 버린 삶의 감각적 내용을 돌이키면서 다른 한편으로 이것을 체험의 지속으로 끌어올릴 수가 있었다. 그러한 승화 작용을 통하여 현재적인 시간 속의 삶은 그 풍요를 잃지 아니하면서 그것을 넘어가는 의미를 지닐 수 있다. 거기에서는 아무것도 잃어진 것이 없다. 현재적 시간이나 체험의 패턴은 그 자체 안에 서로를, 모든 것을 지닌다.

물론 이것은 예술 속에서의 일이다. 이것이 현실로 가능할까? 프루스트의 예술이 가능하기 위해서는 프루스트의 신분과 사회와 예술적 전통이 있어야 했지만, 현실의 선행 조건은 훨씬 더 복잡하고 쉽게 통제할 수 없는 것이다. 만족할 만한 삶은 결국은 사회적으로 얻어질 수밖에 없다. 이것은 확보된 물질적 조건과 사람의 삶의 행복한 모양에 대한 사회적 스타일과 관습이 있어서 가능하다. 우리는 문화가 말하는 어린 시절, 그 젊은 시절, 그 노년을 보낸다. 그것은 충실한 것일 수도 공허한 것일 수도 있다. 우리 시대에 자신의 내면적, 외면적 삶을 하나로 사는 것이 가능한가. 이러한 질문은 우리의 생각을 더욱 많은 장애와 모순이 얽혀 있는 사회에 대한 이론과 사회적 실천으로 향하게 한다.

여하튼 우리에게 직접적으로 주어진 것은 현재의 감각적 복합체로서의 우리 자신의 삶이다. 이 삶의 직접성을 훼손하는 것은 삶 자체를 훼손한다. 이것은 늙어 감에 의하여, 죽음에 의하여 갑작스럽게 중단된다. 또 그것은 우리를 내면적 존재로서 볼 수 없는 타인에 의하여 그리고 무엇보다도 우리를 동원의 대상으로 보고자 하는 모든 사회적 기획에 의하여 훼손된다. 그리고 감각적 복합체로서의 구체적 삶은 추상적 언어 ── 상투적인 것이 된, 그렇다는 것은 생존의 구체의 풍요를 잃어버리고 껍질이 되어 버린 상투적인 추상어에 의하여 손상된다. 어려운 사회는 이러한 것들이 제기하는 문제들을 한층 어렵게 한다. 다른 한편으로 감각적 복합체로서의 삶 그것은 살 만한 것인가. 그것은 언제나 넘쳐 나는 것 같으면서 끊임없는 흩어짐이다. 지난 순간의 삶은 영원히 사라져 가고 흩어져 간다. 또 우리의 감각적 삶은 그 자체로서 얼마나 줍고 짧고 간단한가. 감각적 삶의 특징은 권태이다.

그러나 삶 자체가 끊임없이 자기를 넘어가는 것으로 있는 것인 한, 감각적 복합체로서의 삶은 그 자신 이외의 것을 지향한다. 그것은 사물과 세계를 향한 충동이다. 그것은 자신으로 돌아가는 일에서도 자신을 넘어서 자신으로 돌아간다. 이 초월의 움직임 속에는 이미 의미가 들어 있는 것으로 보인다. 메를로퐁티의 말로 감각(sens)은 방향(sens)을 가지고 있으며 의미(sens)를 가지고 있다. 그러기에 그는 그의 철학적 사고의 기초를 지각에 두었다. 그러나 지각의 일체성에 대한 깨우침에도 불구하고 그는 감각이 어떻게 사회와 역사의 의미에까지 이를 수 있는지를 분명하게 밝히지 못했다.(그러한 밝힘이 가능하다고 생각하는 것이 문제일는지 모르기는 하다.)

되풀이하건대 추상적 언어, 특히 상투어가 되어 버린 언어는, 구체적 삶의 살아 숨 쉬는 가변성을 잃어버린 언어이다. 여기에 대하여, 이상적으로는 문학의 언어는 삶 그 자체의 움직임과 함께 있으려는 언어이다. 그러나 그것은 언어라는 사실에서 이미 삶으로부터 일정한 간격을 가지고 있다. 이것은 극히 답답한 일이면서 또 우리의 은밀한 구도에 맞아 들어가는 일이다. 우리는 삶의 직접성 속에 있으면서 동시에 그것을 넘어가기를 원하고 있기 때문이다. 그리하여 삶의 주어진 체험 속에 삶의 모든 것, 그 조건의 모든 것까지를 거머쥐기를 바라는 것이다. 문학의 언어, 일상적 삶의 언어이면서 그것에서 쉽게 얻을 수 없는 스타일의 고양을 얻은 문학의 언어는 이러한 일에 또는 이러한 일의 가능성을 시사하는 데 특히 적절한 것으로 보인다. 그러나 이것 또한 이상적 구상에 불과할 수 있다. 우리의 문학적 탐험이 멈추지 않는 것은 삶의 운동에 일치하며 그것을 보다 좋은 의미로 지양하는 언어를 아직 발견하지 못하였기 때문이다.

어쨌든 우리의 문학에 대한 경도는, 그것이 그렇다고 분명히 의식되기 전이라도, 이러한 삶의 충동에 끌리고 있기 때문이다. 나에게 삶의 구체성과 그것의 보다 큰 형식적 가능성은 문학을 계속 생각하게 하는 두 동기이다. 그러나 돌이켜보건대 여기에 대한 성찰은 아무런 결과도 낳지 못한다. 이것은 모두 합쳐야 몇 권 되지 않는 책을 낼 때마다 느끼는 망설임의 원인이 된다.

솔 출판사를 낸 임우기 씨의 제안을 받아들여 선집을 내는 데 동의하기는 했지만, 그것이 뜻이 있는지 아닌지는 잘 짐작이 가지 않는다. 최초의 평론집인 『궁핍한 시대의 시인』을 낼 때에도 비슷한 회의가 있었다. 그때 원했던 것은 보다 체계적인 논술을 낼 수 있었으면 하는 것이었다. 그것은 허영심 때문이었기도 하겠지만, 그때그때의 계기에 응하여 이루어진 단편적 평문이 아니라 보다 더 체계적인 이해와 해석이 내가 가지고 있고 또 사회 속에 존재하는 필요라고 느꼈기 때문이었다. 그것이 어찌 되었든지 간

에, 평론집은 민음사의 박맹호 사장과 유종호 형의 우정의 권고에 밀리는
듯하면서 출판되었다. 이번의 임우기 씨의 권고에 대한 나의 망설임은 더
작았다. 생각을 체계적으로 정리해 보겠다는 핑계는 마음속에도 있을 수
없는 일이었다. 『궁핍한 시대의 시인』을 냈을 때도 글을 발표하기 시작한
지 이미 10여 년이 된 때였지만, 그 후로 또 15년이 지났건만 내가 쓰는 글
은 여전히 그때그때의 단편적 성찰의 성격을 벗어 버리지 못하고 있으니,
새삼스럽게 그것을 어떻게 다르게 하겠다고 작정하고 나설 수도 없는 일
임은 너무나 분명하기 때문이다.

글의 존재 이유는 그것이 어떤 방식으로든지 진리를 밝히는 데 관계된
다는 데 있을 것이다. 물론 진리란 무엇이냐를 새삼스럽게 물을 수도 있고
도대체 진리라는 것이 존재하는 것인가를 물을 수도 있다. 이러한 질문은
포스트모더니즘의 핵심적 질문이다. 그러한 질문 자체가 곧 허무주의와
퇴폐주의에 직결되는 수도 있지만 그렇다고 하여 질문 그것이 있을 수 없
는, 있어서는 안 되는 질문인 것은 아니다. 그리고 진리의 존재가 의심된다
고 하더라도 진리의 중요성이나 필요는 없어지지 아니한다. 포스트모더니
즘의 선구자로 자주 이야기되는 니체 자신 진리의 절대성을 부정하면서도
그것이 살기 위하여 필요한 것임을 선언한 바 있다. 그는 삶을 위한 착각으
로라도 진리가 필요하다고 하였다.

필요의 관점에서 진리의 가장 중요한 기능의 하나는 질서라고 할 수 있
다. 그것은 잡다한 현상을 단순한 원리 속에 통합하는 역할을 한다. 우리의
삶이 끊임없는 기획이며 선택이라고 할 때, 우리는 이러한 단순화의 원리
를 필요로 한다. 이 원리는 사물의 원리이면서 기획과 선택의 수행 경로를
나타내는 것이다. 이 원리가 진리가 아니라는 것은 그것이 반드시 사물의
실상에 일치하는 것이 아니라는 말이라고 하겠지만, 이 일치는 현실적으
로는 정도의 문제일 뿐이다. 사람이 현실적 삶의 수행 속에 있는 한, 이 원

리는 어느 정도 현실적 결과를 가져옴으로써 원리로 받아들여지는 것이기 때문이다. 진리를 질서의 원리라고 할 때, 그것은 현실적 효율성을 가지고 있는 한, 보다 큰 질서를 확보해 주는 것일수록 보다 큰 진리성을 갖는다고 할 수 있다. 이렇게 볼 때 체계성은 진리의 중요한 특징으로 생각될 수 있다. 진리는 말로 표현되어야 하는 것이지만, 말은, 또 스스로를 진리라고 주장하는 말은 진리의 수단이면서 또 억견의 전파자이다. 무엇이 억견이고 무엇이 진리인가 하는 것을 가려내는 것은 단순한 기준으로 가능한 것이 아니지만, 여기에서 적어도 하나의 기준이 되는 것은 여러 현상을 통하여 견지될 수 있는 일관성 또는 체계성이다.

이번의 선집이 체계성을 가지고 있지 못할 것임은 그 선정의 밑바탕이 되는 글들이 그러하니 별 도리가 없는 것일 것이다. 체계성의 결여는 말할 것도 없이 필자의 능력의 부족 때문이지만 그렇게 말하여 우리의 생각의 책임이 끝나는 것이 아니다. 개인의 능력이나 동기가 하나의 원인인 것은 틀림이 없지만, 그것이 사고의 종착역은 될 수가 없고 그것 또한 설명되어야 하는 어떤 것이다.

내가 대학에 들어간 것은 6·25 전쟁이 막 끝났을 때였다. 그때 널리 유행되었던 것은 실존주의 철학이었다. 모든 유행이 그러하듯이 그것은 물론 단순한 유행만은 아니었다. 전쟁과 전쟁 후의 혼란이 사람들로 하여금 실존주의의 절박한 인생관에서 그들이 처해 있는 상황에 대한 설명을 발견하게 한 것이었을 것이다. 물론 우리 세대가 전쟁의 가장 큰 피해자였던 것은 아니었고 오히려 우리는 오랜만에 가장 운 좋은 세대였다. 그렇기는 해도 삶의 바탕은 실존주의에서 설명을 발견하기에 적합할 정도로 불확실한 것이었을 것이다. 실존주의 관점에서 삶의 유일한 확실성은 그때그때의 나의 실존적 절실성이고 그것을 넘어가는 어떠한 기획도 생각도 허황한 것이다.

그러나 이러한 불확실성은 우리 세대만이 아니라 우리 시대의 일반적 특징이라고 할 수도 있다. 우리 역사상 미증유의 격변 속에서 무엇을 길게 생각하고 길게 기획할 것인가. 어떻게 하여 실존으로부터 사고에로의 이행이 가능한가 하는 것은 로고스가 부딪치는 영원한 문제이다. 그러나 이것을 증폭하는 것이 오늘의 시대이다. 1960년대, 1970년대를 거치면서, 우리의 삶의 문제는 삶의 구조의 문제이고 그 구조는 사회적으로 결정되고 이것은 정치적 수단에 의해서 바로잡아질 수 있는 것처럼 보였다. 1980년대는 정치적 투쟁의 시대였다. 그것이 이룩한 것도 많았다. 사람이 사는 조건이 사람들의 집단적 노력에 의하여 고쳐질 수 있다는 것을 부정할 수는 없다. 그러나 그것은 어디까지나 '고치는' 일에 한정되는 것으로 보인다. 그 외의 것에서 우리는 삶의 변화에 끌려갈 뿐이다. 이 변화를 인간적 속도의, 통제할 수 있는 것으로, 또 영원한 행복의 실현으로 거머쥘 수 있을까. 세계의 곳곳에서 이제 모든 이상적 구상은 끝난 것처럼 보인다. 사람의 생각과 행동에도 일정한 리듬이 있고 영고성쇠가 있다면, 오늘에 있어서 긴 생각의 쇠퇴는 일시적인 썰물인지도 모른다. 그렇더라도 오늘에 남은 것은 개체적 실존인 듯하다. 그의 삶은 그때그때의 우발성에 의하여 특징지어진다.

실존적 우발성은 인간의 내면 속에서도 확실한 것이 없다는 말이다. 그러나 반드시 그러한가. 적어도 인간성의 항수는 없는 것인가. 전통적인 관점에서 도덕의 근원은 사람의 내면의 요구였다. 그 외에도 사람의 욕구는, 비록 그때그때의 세상의 자극에 의하여 결정되는 듯하면서도, 궁극적으로는 사람 자신의 사람답게 살고자 하는 깊은 충동에 이어져 있다. 현대 사회의 정치철학은 전부 필연성에 대한 탐구이다. 그것은 사람이 일정한 방식으로 행동하지 아니치 못하게 하는 요인에 대한 탐구이다. 그것은 결국 사람을 강제할 수 있는 방법이 무엇인가를 연구하는 것이다. 일을 자신의 직성대로 풀어 가는 데에는 물리적이든 이론적이든 심리적이든 힘을 빌리는 것이 간단하다. 그리하여 자유의 정치학은 과학이 되지 못한다. 그러나 인간이 인간인 한 그의 자유가 무한한 것은 아니다. 자유와 필연의 차이는 어쩌면 멀리서 보느냐 가까이서 보느냐의 원근법의 차이에 불과하다고 할 수 있다. 사람의 자유는 사람의 필요에 이어져 있다. 이 필요는 생물학적인 것도 있고 개인적 사회적 삶의 형성적 지향에 관계되는 것도 있다. 칸트는 자유의 영역에서도 피할 수 없는 것이 있음을 말하였다. 도덕적 지상 명령과 같은 것이 그 가장 단적인 예이다. 여기서 이러한 이야기를 하는 것은 칸트의 지상 명령에로 돌아가야 한다는 뜻에서가 아니다. 오늘의 상황에 의하여 우리가 다시 찾아 들어가는 사람의 구체적 실존에서 시작하여도 사람이 의지할 수 있는 근거가 없지 않다는 것을 상기하고자 하는 것이다. 다시 말하여 새삼스럽게 전통적인 덕목의 좁은 세계로 들어갈 수는 없는 일이다. 인간의 구체적 실존, 그의 내면으로 돌아간다고 하더라도 그것은 보다 더 인간의 구체적인 삶을 포용하는 것이어야 할 것이다.

모든 이상적 구도가 곤비의 상태에 빠졌다고 하더라도 우리의 삶을 규정하는 커다란 기구가 없어졌다는 것은 아니다. 그것은 유일한 사회적 삶의 방법이 된 자본주의의 기구이다. 적어도 당분간 여기에 대항하는 것 또는 비판적 수정을 가할 수 있는 것은 깊은 내면에 감추어 있는 인간다움에 대한 요구 이외의 다른 것이 없을 것으로 보인다. 구체적 삶을 고집하는 것은 이러한 요구의 움직임을 살펴보는 일이다.

여기의 선집의 문제는 되풀이하여 체계성이 없다는 것이다. 어떤 일관성이 있다면 그 나름의 절실성이 그에 비슷한 역할을 할지 모르겠다. 나 자신으로나 그때그때의 글의 계기로나 이야기할 수밖에 없는 것만을 이야기하겠다는 것이 나의 유일한 방법이었다면 방법이었다. 그러나 그것은 쉽게 삶의 우발성에 자신을 맡기는 일이다. 이 우발성 속에서 우리의 구체적 시간, 우리의 생각, 행동은 곧 빈껍데기가 되어 버린다. 헌책보다 빨리 헌책이 되는 것은 책을 만지작이던 삶의 구체적 순간이다. 나의 헐어 버린 책보다 더 허무한 것은 그 책을 샀을 때의 나의 삶의 구체적 계기이다. 나의 생각은 삶의 구체적 계기에 충실한 것일까. 그렇다고 하더라도 그것은 나무의 몸채를 떠난 잎사귀들처럼 어지럽게 흩어질 뿐이다. 삶의 역설은 가장 구체적인 것이 가장 추상적이라는 것이다.

이 선집의 글에 내가 느끼는 것보다 일관된 맥락이 있다면, 그것은 상당한 정도로 선정의 노고를 맡아 준 정과리 씨의 노고로 인한 것이다. 감사하게 생각한다. 솔 출판사의 임우기 씨, 잔일을 맡아 한 정홍수 씨 그리고 솔 출판사의 다른 여러분의 호의에 감사한다.

(1992년)

홀로 책 읽는 사람

책 읽기에 대하여

1

책을 읽으라는 것은 어릴 때부터 귀에 못이 박히도록 듣는 소리이다. 그러다 보니 그것은 어른들에게 또 우리의 교사들에게서 들은 이야기가 아니라 우리 스스로의 내면에서 강박적으로 들려오는 소리가 되고, 책을 읽는 사람이나 안 읽는 사람이나, 또는 책을 마땅히 읽어야 하는 사람이나 그럴 필요가 없는 사람이나, 책을 읽지 아니하면 죄의식이 생기게 되어 있는 것이 우리 형편이다. 그러한 덕택에, 책도 더 팔리고, 안 읽을 책 또는 적어도 인쇄된 활자도 더 들여다보는 결과가 생기는 것이니, 나쁘다고 할 것은 없는 일인지 모른다. 들고 나는 손익 계산을 해 보면, 책을 읽지 아니하면 살기가 어려운 세상인 것은 틀림이 없다. 우리의 삶이 복잡해지고 널리 얼크러져서 영위될 수밖에 없는 형편에 삶의 방위를 바로잡아 가는 데에, 갈수록 많은 정보가 필요하고, 정보 조정의 능력이 요구되니, 그것을 책이나 인쇄물로 흡수하는 것이, 아직까지는 가장 능률적인 방법 중의 하나임에 틀림없다. 그리하여 책을 보면 볼수록 살기에 도움이 되게 되어 있다는 느낌이 든다.

다만 이렇게 말하면서 생각하게 되는 것은 책 읽기에 따를 수 있는 위험이다. 스스로 글을 쓰면서도, 글을 쓰지 않았던 위대한 교사의 제자였던 플라톤은 일찍이 글쓰기로 하여 기억의 쇠퇴가 일어남을 개탄한 바 있다. 이러한 쇠퇴 또는 더 널리 정신의 힘의 쇠퇴는 글을 읽는 데에서도 일어난다. 책을 구하기가 쉬워지고 책 읽기가 쉬워짐에 따라 기억이 쇠퇴하고 정신력이 쇠퇴하는 것은 우리가 흔히 놓치는 일인데, 이것을 놓치기 쉬운 것은, 다른 요인들도 있지만, 아마 그것이 위기에 이를 정도는 아니었기 때문이었다고 할 수 있다. 최근의 컴퓨터의 발달은 이러한 문제가 위기의 시점에 이르게 했다는 감을 준다. 어디에서나 손끝에서 얻을 수 있는 정보는 우리의 기억의 능력을 쇠퇴하게 할 가능성을 가지고 있지만, 아마 더욱 우려할 것은 기계적 사고 장치의 범람이 우리의 사고의 능력, 급기야는 정신 능력의 일체 — 그 일관성, 개방성, 창조성을 잃어버리게 할 수 있다는 것일 것이다. 이러한 위험성은 물론 컴퓨터 이전의 글 읽기 — 특히 권위주의적 글 읽기(이것은 대중 사회의 조건하에서 시험이라는 기계적 제도로 귀착한다.)에 이미 들어 있던 것이다. 그러나 이미 말한 바와 같이, 글을 읽지 않고 오늘날 어떤 종류의 지혜의 상태 또는 적어도 지적 숙달의 상태에 이르기가 어려운 것도 부정할 수 없는 일이다. 글 읽기의 문제를 생각할 때 우리는 이러한 양면성을 고려하여야 한다. 여기에 따르는 문제점을 바르게 이해한 다음에야 우리는 참다운 글 읽기에 도달할 수 있을 것이다.

서두에 우리는 글 읽기의 상황의 강박적 성격에 대해 언급하였지만, 대체적으로 글은 힘과 권력에 깊이 관계되어 있다. 『슬픈 열대』에서 아마존 인디언의 해후를 말하면서, 레비스트로스는 글의 최초의 효용이 권력의 명령의 전달이었음을 그 자신의 눈으로 보았다는 이야기를 하고 있다.

글을 알게 된 인디언이 그것을 최초로 사용하는 것은 밖으로부터 오는 행정 명령을 독점하고 그것을 스스로에게 유리하게 하기 위해서였다. 인류의 역사에서 가장 최초의 글씨의 흔적은 중동 지방에 있어서 인구와 조세의 관계를 엄밀하게 하기 위한 국세 조사를 기록하고 있는 진흙 널쪽들이다. 그러나 이러한 외적인 증거를 말하기 전에 대부분의 사회에 있어서 독서의 경험은 이미 권력의 경험으로 시작한다. 우리의 교사들이나 부모들이 강요하지 아니하였더라면 우리가 글을 읽게 되었을까?(물론 교사나 부모는 스스로의 자발적 의지가 아니라 꽉 짜여진 사회 제도의 명령을 집행하고 있을 뿐이다.) 어떤 수필가의 권고로는 아이들에게 책을 읽게 하려면 아이들의 주변에 책을 놓아두는 것으로 충분하다고 한다. 나머지는 사람 본유의 호기심이 저절로 해결해 나간다는 것이다. 실제로 그와 비슷한 체험을 말하는 유명한 독서가들이 적지 아니한 것을 보면 그럴 것 같기도 하다. 그러나 대부분 우리가 책을 읽게 되는 것이 권위의 강제성을 느끼는 환경에서 시작하는 것은 틀림없는 사실이다. 책 읽기에서 맨 먼저 생각하여야 할 것은 글 읽기의 권위주의적 환경이다.

상식적으로 말하여 책과 언어는 이해 — 세계 이해의 도구이다. 이해의 과정은 전적으로 내면의 과정이고 자유와 자발성을 전제로 한다. 그리고 이해는 그 과정 자체가 그러한 것이지만, 책 읽기의 목표도 사람을 보다 자유롭고 창조적이게 하려는 데에 있다. 단순한 정보 습득도 사람의 삶에 있어서의 편의의 증대, 즉 아무리 한정된 도구의 세계에 국한하여 정의되는 것이라 하여도, 자유의 폭의 신장을 목표로 하는 것이라 하겠는데, 단순한 정보의 확대도 더 적극적으로 넓은 의미의 인간 정신의 해방, 인간의 해방을 지향하는 것이 될 수 있다. 그런 의미에서 강박적, 권위주의적 글 읽기의 조건은 이러한 목표와는 어긋나는 것으로 보인다. 그런데 문자와 권위와의 연결은 거의 본질적인 것이다. 이러한 연결은 문자 이전의 말의 경우에도 이미 일어난 일이다. 요즘의 정신 분석의 한 유파에서 지적하듯이 말을 배운다는 행위는 아버지의 권위를 받아들이는 일과 불가분의 관계에 있다. 아버지의 권위에 승복함으로써 일어나는 자신의 욕망 또는 자발성으로부터의 소외는 글 읽기에서 한결 더 심화된다. 글 읽기는 더욱 분명하게 외적인 권위를 받아들이는 행위이다. 이것은 '이해'라는 내면화의 원리 ── 그리하여 소외를 자발성으로 바꾸는 원리를 거치지 아니하는 경우일 가능성이 크다. 우리의 선대에 있어서 네댓 살의 아이가 '천지현황(天地玄黃)'의 문자를 습독할 때 무엇이 이해될 수 있었을는지 자못 궁금한 일이다. 우리의 자아에 대한 이물질인 문자는 권위 강요에 의하여 우리의 의식 속에 삽입된다. 이러한 문자 습득의 조건은 어디에서나 존재하고, 조선조의 서당 교육에서도 작용한 것이겠지만, 그것은 오늘의 상황에서 특히 강화된 것이 아닌가 한다.

그러나 이러한 권위의 문제를 모두 단일한 진화의 선상에서 보는 것은 잘못이다. 이러나저러나 글 읽기란 권위와의 관계를 떠나서는 성립하기 어려운 것으로 보이고, 글 읽기의 문제는 이 피할 수 없는 관계를 어떻게 설정하느냐의 문제이다. 그리고 이 관계의 성격은 늘 같은 것은 아니다. 문제는 이 성격에 있다고 할 수도 있다. 되풀이하건대, 권위는 당초의 언어의 습득에서도 작용하는 것이지만, 문자의 습득으로 또 한 번 보강되는 것인데, 비교적 공동체적인 사회에 있어서의 문자 생활을 거쳐, 오늘날 우리 사회에서 보는 바와 같은 대량 교육 체제가 성립하면, 그것은 가장 단순화되고 추상화된 형태로 작용하게 된다. 아버지의 권위는 사랑과 두려움의 착잡한 혼합으로 이루어진 위협물이면서 또 유인물이다. 서당에서 이러한 개인적 권위는 희석화되면서도 상당한 정도 작용했을 것으로 생각된다. 그러나 모든 개인적 정서 관계의 복합적 힘의 작용을 허용할 수 없는 현대적 교실 상황 속에서 권위는 단순한 관료적 조직의 힘 또는 물리적 힘에 가까이 간다.

책에서 얻어지는 지식과 정보가 우리를 참으로 해방하는 것보다는 예속의 심화에 기여하기 쉬운 것은 이러한 추상화된 상황에서 벌어지는 것이다.

독서의 추상화된 상황이란 사회의 관료화의 한 부분을 이루는 것이다. 권위주의적 환경에서 얻는 지식은 촌락 공동체에 날아들어 오는 중앙 정부의 행정 지시에서 그 대응 현상을 찾을 수 있다. 촌락 공동체의 정치적 구조가 억압적인 권위에 의지한 것일 수 있음은 전통적 씨족 사회에서 익히 볼 수 있었던 것이다. 그러나 그 권위주의는 억압적인 대로 어떤 인간적 유연성을 가지고 있었다. 그것이 어떤 것이든지 간에 얼굴을 맞대는 관계에서 인간적 상호 작용을 배제해 버릴 수는 없다. 그러나 대중 사회에서 사람의 행동과 생각은 직접적인 상호 작용에 기초한 것에서 광범위한 조직 원칙에 순응하는 것이 되는 것이다. 사회적 행동은 그때그때의 자연스러운 인간관계에서 보다 주제화된 원칙을 수용하는 것이 된다. 집단의 의의 자체가 밖으로부터 규정되는 것은 물론이고 집단 안에서의 상호 관계도 밖으로부터 오는 원칙에 의하여 규정된다. 이러한 조직된 집단은 공동체적인 결속과 자족성을 상실하고 관료적인 조직의 원리가 지배하는 사회가 된다.

오늘날의 대부분의 글 읽기 — 특히 우리 사회에서의 글 읽기는 자연스러운 삶으로부터 소외되면서 관료화된 사회의 조직으로 편입되는 과정을 말한다. 암기되기를 강요받는 정보들, 여러 가지의 강제력에 지배되고 있는 교육의 현장, 시험 제도, 출세의 공리적 가치로 형성되어 있는 사회적 보상 제도, 또 슬로건과 이데올로기의 심리적 조작을 통하여 이루어지는 정치 — 이러한 것들이 점점 우리의 글 읽기의 전형적인 특징이 되는 것이다.

이렇게 볼 때, 사람이 참으로 자아에 이르고 자유로워지는 길은 차라리 글을 읽지 않는 길일는지 모른다. 문자를 세우는 일이 해탈에 장애가 된다는 생각은 더 근본적인 의미에서 문자 작용, 언표 행위 나아가 의미 작용이 정신에 대하여 계박(繫縛)이 된다는 것이지만, 피상적인 의미에서도 문자 습득과 문자 행위는 충분히 예종적 성격을 가졌다고 할 수 있다. 그러나 선 (禪)의 길을 가는 것이 아닌 경우에, 글 읽기의 역설의 하나는 그것이 노예에의 길이면서 또 자유에의 길이라는 점이다. 어느 시인이 말한 것처럼, 많은 세상의 일은 피해서 풀리는 것이 아니라 꿰뚫어 풀리는 것인지 모른다. 독서의 문제도 독서를 통하여 해결될 가능성이 있다. 선에 있어서도 말 없는 것이 실재의 바탕임을 말하면서도 말을 통하지 않고는 말 없음에 이르지 못하는 경우가 많은 것이다. 불교의 가르침에서 침묵에 귀 기울이는 방법은 '옴' 하는 소리에 우선 귀 기울이고 그 소리가 끝나는 자리에 나타나는 침묵을 깨닫는 것이다. 다만 궁극적인 정신의 해방이 글 읽기에서 이루어질 수는 없다. 그것은 문자의 예종적 성격과 해방적 가능성 사이에서 역설적으로 접근될 수 있을 뿐이다.

우리는 위에서 문자 습득이 우리를 사회 질서의 권위 속에 편입하고 우리로 하여금 사회의 외면적 기율에 획일적으로 순응하는 인간으로 만들 수 있다는 점에 주목하였다. 그러나 다른 한편으로 문자의 습득의 한 효과가 자연 발생적인 집단의 파괴라고 한다면, 그것은 참으로 집단에서 분리된 또는 소외된 인간을 만들어 낸다는 말이 되겠는데, 여기서의 소외는 이중의 뜻을 가질 수 있다. 즉 그것은 소외와 함께 소외 효과를 의미할 수도 있다. 이것은 새로운 해방으로 열릴 수 있다. 현대의 상황에서의 글 읽기의 해방적 가능성이 여기에 이어져 있다.

2

글 읽는 사람의 한 전형으로 고고한 인물 —— 사회의 소음들로부터 저만치 떨어져 있는 고고한 인물을 생각하는 경우가 많다. 이 고고한 인물, 직접적인 집단으로부터 벗어나 있는 인물은 여러 관련에서 생겨날 수 있다. 그는 참으로 홀로 선 사람일 수도 있고 또는 밖으로부터 오는 권위에 의하여 정당화되는 사람인 까닭에 직접적인 집단으로부터 저만치 있는 사람일 수도 있다. 그러나 그러한 사람이 독서의 한 전형을 나타내고 또 어떤 초월의 가능성 ― 주어진 상황을 넘어가는 가능성을 나타내고 있는 것은 사실이다. 집단에서 떨어져 책을 읽는다는 것은 무엇인가. 그러한 사람은 어떻게 형성되는가. 그것은 다른 종류의 책 읽기와 어떻게 다른가. 다른 책 읽기가 있는가. 여러 책 읽기의 사회적 성격은 어떠한 것인가. 이 글에서 우리는 이러한 문제들을 생각해 보려고 한다. 우선 홀로 글을 읽는다는 것이 무엇인가 ― 여기에서는 이것을 생각해 보기로 하자.

미국 시인 월리스 스티븐스는 글 읽기에 관한 시를 여러 편 쓴 일이 있다. 그중의 하나는 「집은 고요하고 세상은 조용했다(The House was Quiet and the World was Calm)」이다.

집은 고요하고 세상은 조용했다.
독자는 책이 되고 여름밤은

책의 살아 있는 마음 같았다.
집은 고요하고 세상은 조용했다.

말은 책이 없는 양 말하여지지만,
독자는 지면 위에 몸을 굽히고,

굽히고 싶어 하고, 무엇보다도 책이

진리인 학자이고 싶어 하고, 그에게

여름밤은 생각의 완전함 같기를.
집은 고요하고 고요할 수밖에.

고요함은 의미의 일부, 마음의 일부,
그것은 지면에 다가가 차오른 완전함.

그리고 세상은 조용했다. 조용한 세상의 진리,
그 안에 다른 의미가 없는, 그것은 바로

조용함이며, 바로 여름이며 밤이며,
독자가 몸 굽히고 그 자리에 책 읽기이다.[1]

---

1   The house was quiet and the world was calm.
    The reader became the book; and summer night

    Was like the conscious being of the book.
    The house was quiet and the world was calm.

    The words were spoken as if there was no book,
    Except that the reader leaned above the page,

    Wanted to lean, wanted much most to be
    The scholar to whom his book is true, to whom

    The summer night is like a perfection of thought.
    The house was quiet because it had to be.

    The quiet was part of the meaning, part of the mind:
    The access of perfection to the page.

위에 번역해 본 스티븐스의 시는 흔히 우리가 생각하는 이상적인 독서 행위를 잘 묘사하고 있는 시이다. 이 시의 독자는 완전히 집중된 정신을 가지고 책을 읽고 있다. 그와 동시에 독서 행위에 맞추어 그의 주변, 집과 세상도 극히 고요한 상태에 있다. 이 고요함은 독서를 도와주는 좋은 조건이기도 하고 또는, "집은 고요하고 고요할 수밖에"라고 말하면서, 모호하게 암시하고 있는 것처럼, 독서로 하여 얻어지는 과실이기도 하다. 독서는 책을 읽는 행위이지만, 책을 통하여 책 밖에 있는 세상을 읽어 내는 또는 그것에 일치하는 행위이다. 진리는 물론 독서자의 밖에 있지만 그것은 또한 읽어 내려는 의지와 일치하여 일어난다. 책 읽기의 효과는 주로 집안과 천하가 조용한 데 있는데, 그것은 바로 사람의 의지가 세상과 일치하면서 동시에 스스로 달성되어 평정한 상태에 있기 때문이다.

책 읽기의 핵심은 책을 읽고, 진리에 이르고, 스스로의 뜻에 따르며, 그렇게 함으로써 과부족이 없이 충족된 평화에 이르는 것이다. 스티븐스의 대의는 이렇다.(사실 스티븐스의 시의 함축은, 책 읽기 그것을 넘어가는 것이지만, 일단 그것을 단순한 독서에 관한 시로 읽어서 무리될 것은 없다.) 이러한 독서는 우리가 다 바라는 것이다. 그러나 그것이 간단히 누구에게나 가능하지는 않다. 여기서의 이상적 독서 행위는 상정할 수 있을 뿐, 또는 끊임없이 접근되면서도 도달할 수 없는 어떤 이상일 뿐이다. 독서를 하자 해도 늘 정신 집중이 가능한 것도 아니고 주위가 충분히 조용한 것도 아니다. 이것은 또 개인적인 문제나 주변의 문제만이 아닐 수도 있다. 가령 주택 사정이 좋아

And the world was calm. The truth in a calm world,
In which there is no other meaning, itself

Is calm, itself is summer and night, itself
Is the reader leaning late and reading there.
— Wallace Stevens, "The House was Quiet and the World was Calm"

서 좁은 공간에 밀집하여 살 필요가 없다면 또는 도서관과 같은 시설이 충분하여 그러한 곳에 조용한 공간이 쉽게 얻어질 형편이 된다면, 이상적인 독서는 보다 많은 사람에게 보다 쉽게 가능한 것이 될 것이다.

위의 시의 이상적 독서의 사례는 경제적 여건에 — 간단히 말하여 부르주아적 생활 환경의 대두에 상당한 관계를 가지고 있는 것이라고 말할 수 있다. 그런데 부르주아적 환경은 — 또는 어떠한 환경도 거기에 상당하는 정신적 조건이나 능력에 병행하는 것이라고 한다는 것을 생각한다면, 문제는 더욱 복잡한 것이 된다. 위에 그려 있는 독서는 거기에 합당한 정신적 태도 그리고 그에 선행하여 신체적 자세가 이루어짐으로써 비로소 가능한 것이 될 법하다는 말이다. 혼자 가만히 앉아서 집중으로 책을 읽는 일이 누구나 할 수 있는 일이 아님은 우리 주변에서 익히 보는 일이다. 아이들에게 책을 읽게 할 때에 맨 먼저 부딪치는 문제는 독서에 필요한 신체적, 정신적 조작을 익히게 하는 일이다. 독서의 첫 훈련은 몸을 부동의 자세로 갖는 일이다. 또 혼자 있는 일에도 익숙해져야 한다. 이러한 것은 어린아이의 자연스러운 성장에 역행하는 것이지만, 계급적 습관에 따라서는 더 쉬울 수도 어려울 수도 있다. 혼자 있는 습관이나 신체의 부동자세 등은 중산층의 문화 관습이다. 이것은 서양 고전 음악의 청중 문화 같은 데에서 가장 극적으로 볼 수 있는 것이다. 리처드 호가트(Richard Hoggart)는 영국의 노동 계급의 문화에 대한 연구에서 영국의 노동 계급의 아이들이 독방을 가질 만큼 넉넉해진 환경에서도 자기 방을 두고 여러 사람이 있는 거실에서 공부하기를 원한다는 것을 지적한 일이 있다.

이러나저러나 책을 혼자 읽는다는 관행 자체가 역사적인 발전에서 비롯된 것이다. 독서는 현대 생활에서 매우 중요한 위치를 차지하고 있어서, 우리는 오늘날의 독서가 인간 생활 — 또는 적어도 문명된 인간 생활의 보편적인 활동의 하나인 것처럼 생각하기 쉽다. 근래에 와서야 (그것도 서양에 있어서) 독서에 대한 객관적이고 과학적인 성찰이 시작되었고, 그것이 인간의 다른 많은 문화 관습이나 사회 제도처럼 역사적으로 형성되고 변화하는 것이라는 것이 인식되기 시작하고 있다. 독서 또는 일반적으로 문자 해독에 대한 연구가 처음으로 강하게 의식하게 한 것은 역설적으로 그것에 대비하여 존재하는 구비 문화의 존재이다. 그것도 반드시 문자 해독 전의 극복되어야 할, 문화 발전의 열등한 단계로서가 아니라 그 나름의 독자적인 문화와 문화 전승 그리고 정신적 기술을 가진 문화 체제로서 그것을 인식하게 된 것이다. 그리고 더 나아가 문자 해독을 중요한 정신 기술로 획득하기 시작한 문화에 있어서도 문자 해독 또는 독서의 방식과 기능 또는 의의가 사회와 역사의 특수성에 따라 여러 가지 형태를 띤다는 것을 인식하게 되었다.

이 글의 앞에 든 스티븐스의 시는 10세기 이전의 영국에 있어서의 독서 문화의 형성에 관한 글에 인용되어 있는 것을 확대하여 빌려 온 것이다. 그 글에서 스티븐스의 시는 현대적 독서가 얼마나 고대 영국의 또는 유럽의 독서와 다른 것인가를 보여 주는 예로서 인용되고 있다. 고대 영어 시대에 있어서 글을 읽는다는 것은 묵독을 의미하는 것이 아니라 소리 내어 읽고 또 여러 사람이 들을 수 있도록 읽는다는 것을 말하였다. 이것은 고대의 유럽에서 일반적인 것으로서, 이 글의 필자는 아프리카의 아우구스티누스가 밀라노에서 암브로시우스를 만났을 때 그가 책을 읽되 소리를 내어 여러 사람에게 그것을 읽어 들려주는 것이 아니라 혼자 말없이 읽고 있는 것을 보고 놀랐던 이야기를 「고백」에 기록한 것에 대해 언급하고 있다.[2] 이러한 이야기는 사실 어떤 특정한 방식의 독서도 우리가 원한다고 해서 저절

---

2   Cf. Nicholas Howe, "The Cultural Construction of Reading in Anglo-Saxon England", Jonathan Boyarin ed., *The Ethnography of Reading*(Berkeley: University of California Press, 1993), pp. 59~60.

로 될 수 있는 것이 아니라 역사적 과정을 거치지 아니하고는 되지 않는다는 것을 시사한다.

혼자 책을 읽는 데에 있어서 중요한 것은 정신 집중이다. 책을 혼자 읽으며 정신을 집중하는 일도 현대적 현상일지 모른다. 그것은 현대사의 역설 속에서 태어난 것으로 보이는 것이다. 가장 어려운 것의 하나는 정신 집중이다. 사람은 그의 자기중심성에도 불구하고 바깥세상을 향하게 되어 있다. 밖으로 향한 눈과 마음을 안으로 거두어들이는 것은 지난한 일이다. 이것은 갈수록 우리의 주의를 끄는 물건들과 사건들이 많아지는 현대에 있어서 더욱 그렇다. 실증적 연구의 결과를 기다려 보아야 무어라고 말할 수 있는 것이겠으나, 혼자 읽는 습관이, 연구가들이 말하는 것처럼, 서양에서는 대체로 18세기 이후의 일이라고 한다면, 이것은 동시에 정신 집중의 전통의 소멸과 함께 일어난 일이다. 이 소멸은 명상의 중요성을 강조한 종교적 기율의 약화와 관련된다. 과학 기술의 발달에 따라서 대두한 현대에, 사람들의 관심은 정신 집중이 상정하는 내면의 세계보다는 점점 외부 세계로 향하였다. 사람들의 눈은 내부보다는 즐겨 외부로 ─ 사물과 사건들의 사실성의 세계로 향하였던 것이다. 명상의 기율이 아직 남아 있는 동양에서 정신 집중은 더 용이한 것인지도 모른다.

그러면 홀로 읽기에서 요구되는 정신 집중은 어떻게 설명할 것인가. 가장 간단한 답은 그것이 일반적으로 점점 외면화되어 가는 현대적 삶과 정신 습관에 반대하여 대체적인 습관으로 성립했다고 말하는 것일 것이다. 현대인에게 정신 집중의 요구가 괴로운 것이라는 것은 생활과 활동의 모든 면에서 너무나 분명하다. 파스칼은 이미 17세기에 사람들로 하여금 심각한 정신적 문제로부터 주의를 돌리게 하는 오락(divertissements)을 개탄한 바 있지만, 이러한 오락은 오늘에 와서 가장 큰 산업의 일부가 되었다. 지적인 분야에서도 컴퓨터의 매력은 상당 부분 그것이 정신 집중의 고통이 없이 지적인 작업을 수행할 수 있게 한다는 데에 있다. 이러한 흐름 가운데에서 정신 집중이 어느 때보다 어려운 것은 당연하다.

그러나 주목해야 할 것은 과학과 기술도 그 나름의 정신 집중을 요구한다는 사실이다. 우리가 과학과 기술의 근본이 아니라 그것의 실제적인 결과——물질 생산의 풍요화만 볼 때, 현대 사회에서 사람의 관심은 전적으로 이러한 물질의 제품과 그것이 이루는 세계로만 향하는 것으로 보이는 것이다. 그리하여 과학 기술의 소비자의 관점에서만 집중은 어려운 것이라고 할 수 있다. 그럼에도 불구하고 다른 한편으로 과학과 기술에서 요구되는 정신 집중이 종교적 수양에 있어서의 정신 집중과 다른 것임은 지적되어야 할 것이다. 후자가 자신의 내면에의 집중을 요구한다면, 전자는 밖에 있는 대상을 향한 주의의 집중을 요구한다. 그렇다고 이러한 집중의 차이가 반드시 확연하게 구분할 수 있는 것이 아니다. 과학적, 기술적 정신 집중은 대상에 대한 집중이면서 동시에 인과 관계와 논리에 대한 주의를 요구한다. 거기에도 반성적 성찰이 적어도 잠재적으로 없는 것은 아니다. 다만 이것은 당사자에게 의식되지 아니할 수 있다. 논리적 사유는 정신의 규율이면서 동시에 객관적, 더 나아가 기계적인 성격을 가지고 있는 까닭에 숙달과 더불어 거의 의식될 필요가 없는 것이 될 수 있다. 그것이 컴퓨터의 기계적 처리에 맡겨질 수 있다는 것이 벌써 그러한 성격을 말하여 주는 것이다. 그러나 그것은 쉽게 자기반성적인 것이 될 수도 있고, 그리하여 반드시 논리적 또는 이성적 규칙으로 통제되지 않는 내면성에 닿을 수도 있다.

현대 문학의 체험은 이러한 내면성의 체험을 그 중요한 주제로 한다. 이것을 포함하여 볼 때, 내면성의 세계는 논리와 수학을 포함하면서 정신병적 혼란을 포함한다. 또는 후자는 아무 의지할 만한 의식의 지표가 없는 어둠과 무의 세계로 열리어 있는 것처럼 보인다. 스티븐스의 시에서 부재하는 책과 여름밤은 이러한 세계를 암시한다. 정신의 세계는 과학적 명증성의 세계이면서 동시에 이러한 무형의 어둠의 세계이다. 독서는 이 두 극 사이를 왔다 갔다 한다. 독서의 정신 집중은 이 극의 어느 하나에 또 양극에 이름으로써 완성된다.

3

정신을 골똘하게 하여 책을 읽는다는 것은 쓰여진 것을 확실하게 파악하는 것을 말한다. 그러기 위하여 우리는 잠시나마 밖으로부터 오는 여러 자극을 막아야 한다. 또 다른 사람에 대한 의식을 배제하여야 한다. 그런 의미에서 홀로 읽는 것이 일단은 이상적이다. 그리고 우리는 쓰여진 것에 주의하고 쓰여진 것이 지시하는 대상에 우리의 주의를 집중한다. 그러나 이러한 것들은 전부가 우리의 마음 안에서 일어나는 일이다. 그러므로 의미와 대상에의 집중은 동시에 마음속으로 들어간다는 것을 뜻한다. 이것은 마음의 존재를 의식해 가는 과정이다. 아니면 이때 비로소 마음이 ─ 이성과 감정 그리고 더 나아가 이러한 말로 한정할 수 없는 내면성 또는 주체성이 탄생한다고 말할 수도 있다.

처음에 글 읽기는 텍스트에 스스로를 또는 교사에게 자신을 맡김으로써 시작된다. 그때 우리의 생각은 밖으로부터 오는 지시에 대하여 완전히 수동적인 상태에 있어야 하며, 우리의 생각은 자유롭지 못하다. 그런 단계를 지나서 비로소 우리는 혼자 책을 읽게 된다. 책을 읽는 것은 일단은 교사의 지시에 대신하여 문자의 지시에 우리의 마음을 맡긴다는 것이다. 그러나 교사의 강력한 입장을 실감하는 것이 아닌 상태에서 우리의 마음은 텍스트에 구속되는 것만이 아니고 조금 더 자유롭게 소요할 수 있는 상태에 놓인다. 그리하여 마음은 조건 훈련의 상태를 벗어나서 스스로의 힘을 되찾는다. 물론 마음이 해찰스러워지고 방황하게 될 틈이 생기는 것도 이 때이다. 그러면서도 이러한 위험은 책 읽기에서의 하나의 필수적인 계기 이다. 이것 없이는 참다운 책 읽기는 성립하지 아니한다. 마음의 능동적인 움직임이 없는 한 적어도 마음의 계발로서의 글 읽기는 있을 수 없다. 물론 읽기의 원전이 밖에 있는 한, 필요한 것은 텍스트에 대한 집중이다. 이상적 인 상태에서 텍스트에의 집중과 그것으로부터의 자유가 적절한 균형 가운 데 유지되어야 한다. 이 균형은 상당히 폭넓은 것일 수 있다. 다시 말하여 완전히 글의 외적 구속이 한편에 있고, 백일몽 상태의 마음이 다른 한쪽에 있을 수 있다.

그러나 단편적인 정보 읽기 ─ 그것은 교사의 권위에 의하여 단편화 되어 주입되는 장편의 텍스트일 수도 있다. ─ 의 경우를 넘어가면, 단순 한 정보의 섭취를 위하여서도 저절로 마음의 움직임이 없을 수 없다. 마음 의 적극적인 움직임이라는 관점에서는 글 읽기의 한 중요한 전기는 단편 적 글 읽기로부터 책을 읽는 것, 즉 일정 길이의 글을 읽는 것으로 옮겨 가 는 일이다. 글 읽기가 단순히 정보에만 관계된다고 하여도, 일정 길이 이상 의 정보는 조직을 가질 수밖에 없다. 그것은 독자의 마음을 빌려 다시 재현 됨으로써만 의미 있는 것이 된다. 이 경우에 독자의 마음은 단순히 읽는 대 상, 텍스트만 따라감으로써도 스스로 생각하는 것이 된다. 그러나 동시에, 어쩌면 자신도 모르는 사이에 독자의 마음은 의미와 의미의 연쇄에 대한 결정을 스스로 책임지게 된다. 여기에서 그는 저자가 가졌던 무규정 상태 에서의 의미의 결정에 참여한다.

사실적 정보의 조직에서 중요한 것은 사실의 적절성과 그것의 논리적 연계 관계이다. 이것은 마음의 움직임으로 추적된다. 그러나 이러한 것들 은 사실적 논리보다도 더 직접적으로 마음의 움직임을 주축으로 하는 것 은 철학적 글에 있어서이다. 이성은 어떤 경우에나 필연성에 의하여 움직이고 그러한 까닭에 그 자체의 독자적인 법칙성을 갖는다. 그렇기 때문에 그것은 마음의 자유로움에 대하여 외면적인 관계에 있는 것으로 보인다. 사실 정보의 이성은 사람의 마음에 관계되어 있으면서도 사실 자체의 법칙적 관계에서 나온다. 이에 대하여 철학적 이성은 그것이 대상 세계와 대상 세계의 정보를 향하는 경우에도 자기반성적이라는 점을 특징으로 한다. 철학적 이성의 인식론적 관심에서 이것은 두드러지게 나타난다. 그것은 이성의 탄생 그것에 대하여까지 반성적인 것이다. 대체적으로 말하여 철학적 이성은 자의식적이다. 그리하여 그것은 보다 분명하게 마음의 내부에서의 움직임을 드러낸다.

그러나 여기에서 주목할 것은 이성의 자각이 단순히 이론에 능숙해지고 논리에 밝아진다는 것만을 말하는 것이 아니라는 점이다. 어떤 경우에나 그것은 훨씬 더 넓은 마음의 존재 방식 — 전(全) 인간적 존재 방식 안에서 일어나는 일이다. 따라서 우리의 마음의 작용은, 사실적이든 철학적이든, 논리의 움직임을 넘어선 언어와 정서와 존재의 전 영역 속에 들어 있는 것이다. 사르트르는 (독서 행위에 있어서의 마음의 자유로운 교환을 설명하면서, 그러니까 지금 우리가 말하고 있는 것과는 조금 다른 사정을 설명하면서) 다음과 같이 쓴 일이 있다. "……문학적 대상물은 독자의 주관(subjective) 이외에 아무런 실체도 가지고 있지 않다. 라스콜니코프의 기다림은 나의 기다림이다. 나는 그것을 빌려준다. 독자의 이 초조함이 없이는 맥없는 기호들이 있을 뿐이다. 라스콜니코프를 심문하는 예심 판사에 대한 그의 증오는 기호들이 붙잡아 끌어낸 나의 증오이다. 이 예심 판사라는 것도 내가 라스콜니코프를 통하여 보내는 증오 없이는 존재치 아니한다. 그것이 인물을 살아 움직이게 하고, 그 육체가 되게 한다. 그런데 다른 한편으로 말들은 우리의 감정을 살려 내어 우리 쪽으로 반사되게 하는 덫으로 작용한다. 한 마디 한 마디의 말은 초월의 길이다. 그것은 우리의 감정을 형성하고, 그것을 이름

짓고, 상상적 인물에 귀속시킨다. 인물들은 우리 대신 이를 살고, 또 이들은 빌려 온 정열 이외에는 아무런 실체도 가지고 있지 아니하다."[3]

여기에서 사르트르가 말하고 있는 것은 전혀 놀라울 것이 없는 이야기이다. 말은 우리의 시선을 그 지시 대상으로 끌어가고 우리의 마음의 의도하는 바로 이끌어 간다. 그럴 때에 현실 세계에서처럼 우리는 사물과 상황을 인식하고 또 그에 수반하는 감정을 경험한다.

이와 같이 우리의 마음이 독서에 필수적인 것이라면, 독서를 통해서 우리가 조만간에 마음의 존재를 의식하는 것은 자연스러운 일이다. 그리고 사실상 독서의 재미는 상당 정도 글이 보여 주는 현실보다도 마음 스스로의 놀이의 재미인지 모른다. 우리는 라스콜니코프의 증오와 절망과 기쁨의 대리 감정을 즐긴다. 순수한 지적인 놀이의 즐거움 —— 유리알의 놀이의 즐거움은 정도를 달리하여 모두 경험한 바가 있는 일이다. 철학적 저작의 매력도 자의식 —— 반성적으로 포착된 자의식에 있다. 사람의 쾌락은 감각에 의하여 매개되고 감각은 감각 기관 자체의 자극으로 측정된다. 이런 의미에서 모든 쾌락은 자기 스스로 일고 지는 쾌락이라고 할 수 있다. 성적 쾌락은 자기애(autoerotism)에 연결되어 있다. 철학적 사유의 즐거움도 이러한 자기애의 한 표현인지 모른다. 철학적 사유의 밑에 들어 있는 것은 인간의 주체적 작용의 쾌락이다. 이 쾌락은 매우 희박한 형태의 것이어서 쾌락이라고 부르기보다는 단순히 관심이라고 하여도 좋고 또는 더 중립적으로 지향성이라고 하여도 좋다. 다만 그것은 그 적절한 작용이 사람에게, 주제적으로 파악하기 어려운 희박한 것이라고 하더라도, 어떤 종류의 쾌감을 줄 수 있다는 점에서 완전히 중립적인 —— 초연한(disinterested) 것은 아니라는 말이다.

---

3   Jean-Paul Sartre, *Qu'est ce que la littérature?*(Paris: Gallimard, 1948), pp. 57~58.

4

철학이나 문학 또는 심지어 실제적 언술의 재미의 상당한 부분이 스스로 노는 재미라고 하여 그것이 단순한 충동의 만족의 의미를 갖는 것은 아닐 것이다. 그것은 안으로 향하는 즐거움의 기능을 가진 외에도 대상의 세계를 향하는 초월적 의미를 가진 것일 것이다.(이것은 생물학적으로 이해된 충동의 경우에도 마찬가지이다. 생명이 그 환경과의 적절한 교환 없이 살 수 없다면 단순히 외향적인 또는 내향적인 의미에서의 쾌락의 충동은 존재하지 않는다고 하여야 할 것이다.) 책 읽기에서도 스스로의 즐거움이 독서의 즐거움의 중요한 원천이라고 해서 그것이 순전히 자기 폐쇄적인 자위행위라고 하는 것은 옳지 아니하다. 그것은 객관적인 의미와 사물의 세계에 연결되어 있다. 단지 독서에 있어서 스스로의 즐거움과 의미와 사물의 인식은 별개의 것이 아니다. 이것은 즐거움이나 인식이 창조를 통하여 매개되므로 그러하다. 창조는 즐거움의 원천이다. 글 읽기에서 모든 것은 결국 내가 창조해야 하는 것이다. 이상적 독서의 세계에서 (글쓰기에서도 그러한 것처럼) 즐김과 인식과 창조는 하나이다. 다만 이것이 그럼에도 불구하고 자위행위와 비슷한 것으로 간주할 면이 있다면, 그것은 글 읽기에서 일어나는 것이 현실에서 일어나는 것은 아니기 때문이다. 그것은 현실에 대하여 하나의 구성적 가능성을 제시할 뿐이다.

그러나 그것은 매우 중요한 가능성이고 또 우리가 너무 성급하게 생각하지 않는 한 매우 큰 현실적 의미를 가지고 있는 것이다. 논리가 현실의 이해와 변화와 구성에 중요한 도구가 되는 것임은 새삼스럽게 말할 것이 없다. 순수 수학은 비현실의 놀이면서 과학의 기본적인 언어와 발견의 원천으로서 현실론자들에게 의하여서도 존중된다. 그 외에도 대체적으로 사람들은 논리와 이성의 연습의 현실적 의미에 대하여서는 관대한 태도를 취한다. 그러나 반드시 논리적인 것은 아닌 주체성의 놀이의 성격을 갖게 마련인 철학은 어떠한가? 더구나 감정의 경우에는 어떠한가? 우리의 답변은 같을 수밖에 없다. 감정 또한 현실을 이해하고 구성하고 변화시키는 중요한 원리인 것이다.

그렇다는 것은 말과 상황은 감정의 경우에도 가역적인 것이기 때문이다. 상황이 감정을 만들어 내는 것과 같이 감정이 상황을 만들어 낸다. 위에서 언급한 사르트르의 서술이 뜻하는 것은 말이 지시하는 상황에 의하여 감정이 촉발한다는 것보다는 감정이 상황을 구성한다는 것이라고 할 수 있다. 독자가 증오의 감정을 또는 적어도 그것의 잠재적인 느낌을 가지고 있지 않다면, 라스콜니코프의 처지는 전혀 맥락이 서는 처지로서 구성될 수 없을 것이다. 감정의 구성적 내지 인식론적 의미는 독서의 효과에서 더 분명하다. 그러나 우리 속에 잠재해 있는 또는 상상적으로 느껴 볼 수 있는 증오를 통하여 라스콜니코프의 처지를 구성하여 어쩌겠다는 것인가? 그것을 구성하고 이해하는 일은 현실적으로 아무런 도움을 주지 못한다. 말할 것도 없이 여기에는 아무런 현실 문제도 없고 현실도 없는 것이다. 당대의 긴급한 문제를 사실적으로 취급하는 것이 아닌 설화 형식의 허구에는 어떤 경우에나 현실이 있을 수가 없다. 결국 독자가 그러한 상황에서 얻는 것은 자신의 증오 능력에 자발성, 섬세성 그리고 상황적 엄밀성을 더하는 일이다. 이러한 의미에서 모든 문학적 독서는 감정 교육이라고 할 수 있다.

감정을 교육하여 어쩌자는 것인가? 그 대답은 간단하다. 교육된 감정이 사람의 삶의 여러 사정을 보다 섬세하게 알고 그에 따라 삶을 살 수 있게 하는 데 도움을 주는 것이다. 그리하여 그것은 새로운 뉘앙스를 가진 세계를 만들어 낸다. 감정의 인식론적 의미는 작가의 경우에도 분명하다. 라스콜니코프의 검찰관에 대한 증오는 도스토옙스키 자신의 어떠한 경험에 기초한 것일 수 있다. 그 또한 독자나 마찬가지로 증오를 경험했을 것이다. 그러나 적어도 그의 증오가 현실적으로 존재하지도 않는 검찰관을 향한 것이라고 할 수는 없다. 그것은 검찰관이 대표하는 관료적 권위의 체제에 대한 것이다. 그것은 그러한 체제 전체에 대한 어떤 판단을 나타내고 있고 그것이 상상력에 배어들어 라스콜니코프와 검찰관의 장면을 만들어 내고 있는 것이다.

그러나 감정의 구성적 성격은 조금 더 심각하게 생각될 필요가 있다. 문학적 언어에서 중요한 감정은 단순히 감수성 확대와 섬세화가 중요하기 때문만은 아니다. 문제는 감정 교육의 문제라기보다 한편으로는 사물의 존재 방식의 문제이고, 다른 한편으로는 사람의 삶의 특이한 존재 방식의 문제이다. 감정은 무엇인가? 그것은 낭비되는 심리적 에너지가 아니다. (사실 사르트르도 그렇게 생각한 일이 있지만) 그것은 그 나름의 존재론적 의의를 가지고 있다. 문학의 중요성은 감정적 요소가 인간 존재의 구성적 요인이라는 데에서 온다. 특히 시의 중요성은 감정의 중요성에 병행한다. 산문의 경우에 감정이 중요하다고 하여도 그것은 말하자면 논리나 사건의 얼킴에 가리어 쉽게 인식되지 아니한다. 그것은 이러한 것들의 틈바구니에 서식하고 있을 뿐이다. 그리하여 우리는 실제에 있어서 이러한 감정이 논리나 사건 또는 사물의 구성에 중요한 몫을 담당하고 있다는 것을 깨닫지 못한다.

이에 대하여 시는 논리나 사건의 속박으로부터 훨씬 자유로워진 상태의 감정을 드러내 준다. 낭만주의의 시는 대표적인 경우이다. 낭만주의의 시는 무엇보다도, 그것이 어떠한 것에서 연유한 것이든, 감정의 환기 자체를 목표로 한다. 낭만주의는 시의 한 유파라기보다는 시의 본질 또는 문학의 본질에 가장 가까이 가 있는 문학 인식이다. 그러나 시의 중요성은 단순히 감정을 표현한다는 것보다는 이것이 세상의 구성에 관계되는 모습을 드러내 준다는 데에 있다. 미적 대상에서 중요한 감정의, 객관적 의미에 대하여 말하면서 미켈 뒤프렌(Mikel Dufrenne)은 "정서적 아프리오리"를 상정한 바 있다. 그는 우리가 사물에 관련하여 느끼는 "정서(affectivity)는 나의 안에 있다기보다는 사물에 있다."고 말한다. "느낀다는 것은 사물의 속성으로서 느낌을 경험한다는 것이지 그것을 나의 존재의 상태로서 경험한다는 것은 아니다." 뿐만 아니라 이것은 대상을 또는 세계를 구성하는 작용을 한다. 그런 의미에서 그것은 "선험적" 성격을 갖는다.[4]

시는 이러한 정서적 아프리오리에 관계되어 있으며, 또 그것을 통한 세계의 구성에 관계되어 있다. 세상의 구성이란 매우 거창한 말로 들린다. 시에 대하여 과장된 듯한 주장을 하는 사람들이 말하듯이, 참으로 그러한 세계 구성에 관계되는 시가 있고, 또는 그러한 구성은 시에 의하여 매개되는 집단적 노력과의 관계에서만 말할 수 있는 것이라 할 수도 있다. 여기에서 우리가 제안할 수 있는 것은 적어도 시가 그러한 세계 구성의 과정에 참여한다는 것이다. 그것이 어떻게 하여 가능한가는 더 연구되어야 할 일이다. 그러나 적어도 그것은 기계적 의미에서의 구성과는 다를 것이다.(여기서 구성이라는 말은 현상학의 용어(Konstitution)를 가리키지만, 더 넓은 의미로 취해도 좋다. 사실 그것이 어디에서 왔든 여기에는 공학적인 비유가 숨어 있다고 할 수 있는데, 그것은 공학적으로 또는 정치적으로 생각할 수도 있다. 그러나 공학의 모형을 숨겨 가진 정치 용어들이 가져온 인간적 고통은 별도로 연구될 만한 것이다.)

이러한 관련에서 일단은 뒤프렌의 아프리오리에 대한 생각은 좀 더 생각해 볼 만한 가치가 있는 것이다. 그가 말하는 정서적 아프리오리가 관계되는 세계의 구성은 공학적인 것이라기보다도 사람이 — 특히 개체적 존재로서의 사람이 그의 개체적이면서 동시에 유형적일 수밖에 없는 삶의

---

4 Mikel Dufrenne, *The Phenomenology of Aesthetic Experience*(Evanston, Illinois: Northwestern University Press, 1973), p. 442.

구성을 말하는 것으로 보이고, 이것은 미학 현상의 이해만이 아니라, 피규정적일 수밖에 없으면서 기계적인 것이 아니라 자유로울 수 있는 인간의 삶의 이해를 위한 중요한 시사를 담고 있기 때문이다. 아프리오리란 물론 칸트에서 나온 용어로, 논리적으로 경험에 선행하는 필연적인 지식, 경험 이전에 경험을 가능케 하는 형식, 원칙 또는 개념 등을 말한다. 그것은 경험을 구성하는 보편적이고 필수적인 조건이다. 선험적 원칙의 대상으로서의 오성의 범주, 선험적 통각의 대상으로서의 주관 등은 모두 선험적이다. 그런데 그것이 미적인 대상에도 적용될 수 있는가. 그러한 대상은 늘 다를 수밖에 없기 때문에, 일정하게 고정이 될 수가 없고 하나하나 고유한 것일 수밖에 없다. 이렇게 다양하고 단칭적인 것이 논리적으로 명확한 지식의 대상이 될 수 있는가.

뒤프렌은 미적인 대상에서 구성되는 세계는 칸트의 선험적 주체에 대응하는 선험적 형식, 이성적 지식의 대상이 아니라 경험적이고 실존적인 주체에 대응하는 선험적 요인이라고 말한다. 미적 대상에 있어서 아프리오리는 사물을 마주 대하는 "실존적" 주체의 절대적 위상을 나타낸다. 그것은 그가 사물들을 지향하고 경험하고, 변형하는 방법을 나타낸다. 메를로퐁티가 말하는바 육체적 아프리오리가 육체의 구조의 필수적 조건에 따라 육체가 그 환경에 관계하는 방법을 뜻하는 것으로 볼 수 있듯이, 이 "아프리오리는 주체가 그의 세계를 창조하기 위하여 사물에 관계하는 방법을 계시한다."[5] 즉 정서적 아프리오리는 개체적 주체가 세상에 존재하는 방식 — 그를 조건 지우고 있는 실존적 조건을 말한다. 더 간단히 말하면 그것은 사람을 제약하고 있는 여러 조건이다. 다만 이것은 생물체 또는 어떤 객관적 물체의 존재 양태를 결정하는 필연적 조건들과 다르다. 그것은 사

---

[5] Ibid., pp. 447~448.

람의 독특한 존재의 방식, 하이데거가 물건에 적용되는 범주(Kategorien)와 구분하여 사람의 독특한 것으로 말한 실존 양식(Existenzialien)과 비슷하다고 생각될 수 있다.[6]

사람은 자유로운 존재이다. 하이데거의 말대로 사람의 "다자인(Dasein)은 그대로 가능성인 것이다."[7] 그렇다고 사람이 완전히 자유로운 것은 아니며, 그의 삶이 일정한 제약 하에 있는 것은 너무나 분명하다. 이 제약에는 실질적인 것도 있지만 존재 양식에 관계되는 것도 있다. 하이데거의 실존 분석은 바로 이러한 존재의 양식을 밝혀 보려는 — 자유로운 그러면서 제약된, 존재의 양식을 밝혀 보려는 시도의 한 가지이다. 정서적 경험과 미적 대상에 관계되는 뒤프렌의 정서적 아프리오리는 미학적 분석일 뿐만 아니라, 하이데거적 존재론의 일부로 볼 수 있다. 그렇다는 것은 이미 말했듯이 정서적 아프리오리가 사람의 사는 방식에 관여되는 특이한 방식이기 때문이다.

다시 말하여, 사람의 삶은 필연적이고 또 자유롭다. 필연적이라는 것은 사람의 생존이 존재론적으로 규명될 수 있는 실존 양식에 의하여 구속된다는 점에서이다. 자유로운 것은 그 실존 양식에 인간의 자유가 역설적으로 포함되어 있음으로써이다. 그런데 대체적으로 말하여 이 자유는 개체적 생존의 창조성 속에서 가장 쉽게 드러나는 것으로 보인다. 그는 그의 삶을 창조하고 그의 세계를 마음대로 구성한다. 그러나 이러한 창조적 삶은 사실은 집단적으로 정해지는 창조의 가능성 — 그 구조가 허용하는 범위 안에서 이루어지는 것이 아닌가 모른다. 그러나 여기의 집단적 가능성은 집단의 결정의 소산일 수도 있지만 동시에 집단의 역사 속에서 그러니

---

6 Martin Heidegger, *Sein und Zeit*(Tübingen: Max Niemeyer, 1972), p. 44.

7 Ibid.

까 반드시 의식적 결정의 소산이라고 할 수 없는 과정에서 배태되는 것일 수 있다. 그리고 이것은 다시 인간의 보편적 ― 그와 같이 단칭적 성격을 가진 것에 보편적이라는 말을 적용할 수 있다면 ― 보편적 실존 양식의 가능성 안에 있는 것일 것이다. 이러한 인간의 창조성의 중층적 구조에 있어서의 작용의 방향은 반드시 일방적이 아니다. 개체가 그를 넘어가는 것들의 제약 속에 있다면, 다른 한편으로 그러한 것들은 개체적 실천을 통하여 변형되고 새로이 설정된다. 정서적 아프리오리가 미적 대상을 그리고 일반적으로 대상과 세계를 구성한다고 하는 경우에도, 그것은 아프리오리의 이러한 착잡한 연계 구조 속에서이다. 그것이 세계의 창조적 과정 속에 참여한다는 것도 이러한 의미에서이다.

사람은 세상을 이론적으로 구성하기도 하고 실제적으로 구성하기도 한다. 우리에게 가장 분명한 것은 세계의 가시적 변형이고 그다음으로는 이론적 구성이다. 그러나 더 근원적인 것은 정서적으로 구성되는 세계라고 하여야 할는지 모른다. 어떤 경우에나 세계가 비로소 사람의 주체에 대응하여 드러난다고 한다면, 실제적 목적과 이론적 관점에 의하여 일정한 단순화를 거치기 전에 주체가 존재하는 방식은 일반적인 느낌에서 더 근원적으로 드러난다고 할 수 있기 때문이다. 이렇게 볼 때 이러한 느낌 또는 감정을 그 인식의 주축으로 하는 예술 작품, 특히 시는 가장 근원적인 세계의 창조 ― 즉 사람의 의도에 따른 창조 이전에 이미 시작된, 사람이 세계에 존재하는 사실 자체로 이미 시작된 세계의 창조에 관계된다.

독서는 궁극적인 의미에서 이러한 창조 과정에의 참여이다. 우리의 독서가 사실적 정보에 관계된 것이든, 철학적 이성의 행적에 관한 것이든, 그것은 우리의 주체성의 움직임에 의하여 지탱되는 것인 한, 그것은 이 주체성의 세계의 창조적 구성에 참여하는 것이다. 그러나 다시 말하여 그중에도 예술적 표현, 특히 시의 독서에 있어서 이러한 면은 두드러진 것이 된다. 그러니만큼 시 읽기는 모든 독서의 핵심을 이루는 것이라고 말할 수 있다.

시는 어떤 의미에서는 다른 종류의 글 읽기와는 반대의 방향으로 움직이는 글 읽기이다. 이론과 실천은 적극적인 의미에서의 세계의 변형이며 구성이다. 사실 우리는 그것들이 구성해 놓은 세계에서 산다. 여기에 대하여 시는 이러한 구성의 세계를 해체한다. 그것은 이론적, 실천적으로 구성된 세계의 너머에 있는 원초적인 세계에 이르고자 하기 때문이다. 그러나 그것은 이미 감각적 또는 정서적 아프리오리에 의하여 구성되어 있는 세계이다. 일상적 삶의 차원에서도 우리의 감각과 감정은 구성된 세계를 해체한다. 우리가 감각하고 느끼는 세계는 이론적 또는 실제적 의도로 이루어진 일반적 구도에서 끊임없이 벗어져 나간다. 생물학의 수박은 우리가 맛보는 수박 — 특정한 시점의 특정한 상황에서 맛보는 수박을 포착하지 못한다. 예술은 또는 시는 이러한 일상적 체험의 확대일 뿐이다. 다만 예술은 그것이 일회적인 감각과 느낌의 사건일 뿐만 아니라 어떤 본질에 이어져 있음을 보여 주려고 한다. 물론 시 읽기도 여러 층의 것일 수 있다. 사람의 마음의 창조적 움직임에 대한 개안은 단순한 시 읽기에서도 일어날 수 있지만 더 조심스러운 읽기에서 주제적인 것으로 의식된다. 그리고 그때의 시적 체험은, 위에서도 비친 것처럼 인간 존재의 창조성의 근본으로 우리를 이끌어 간다. 이것은 고양된 기쁨의 체험이기도 하고 또 창조성의 다른 이름인 무의 현기증을 체험하는 것이기도 하다.

5

시의 특별한 창조적 기능에도 불구하고 시 한 편 한 편이 정서적 아프리오리를 통한 세계의 창조에 관계된다고 하는 것은 과장일지 모른다. 시에 따라서는 어떤 경우에나 그러한 것과는 무관한 것도 있을 것이다. 그러나 비록 매우 미미한, 쉽게 감지할 수 없는 상태에서일망정, 많은 경우 시의 체험에는 세계와 마음의 창조적 임장(臨場)이 들어 있는 것은 틀림이 없다.

> 옵바가 가시고 난 방 안에
> 숯불이 박꽃처럼 새워 간다
>
> 산모루 돌아가는 차, 목이 쉬어
> 이 밤사 말고 비가 오시랴나?
>
> 망토 자락을 여미며 여미며
> 검은 유리만 내어다 보시겠지!
>
> 옵바가 가시고 나신 방 안에
> 시계 소리 서마서마 무서워.

정지용의 「무서운 시계」는, 그의 시 가운데 특히 뛰어난 시라고 할 만한 것도 아니고 또 지금의 논점과 관련해서 특별한 것이라고 할 것도 없는 시이지만, 우리의 정서와 세계가 관련되어 들어가는 양상을 잘 예시해 주는 것으로 여겨진다. 새삼스럽게 말할 것도 없이 표현되어 있는 정서는 이별의 서운한 느낌이다. 그러나 그것은 시에 여러 가지로 암시되어 있는 공간의 느낌에 연결되어 구체화된다. 오빠의 출발은 자연스럽게 기차의 연상을 가지고 오는데, 이것은 한편으로 기적 소리를 통하여 비가 내릴 듯한 하늘 그리고 다른 한편으로 떠나가는 사람의 입장에서 느끼는 밤으로 이어진다.

화자가 느끼는 비 오는 하늘과 떠나는 사람이 아는 밤은 두 사람을 에워싸고 있는 공유와 공감의 공간을 이룬다. 이 공유와 공감은 역설적으로 이별의 외로움을 통해서 가능해진다. 기차에 탄 사람의 유리창 또 거기에 비치는 영상의 배경으로 감지되는, 꿰뚫어 볼 수 없는 밤은 이별한 사람들의 외로움과 고립을 한층 강조해 준다. 떠나보낸 사람에게도 바깥의 공간은 방 안에서 느끼는 것이다. 그것은 첫 연에서 말하여진 방 안에 이미 들어와 있다. 방 안의 적막감이 공간을 끌어들이는 것이다. 적막은 방 안의 비어 있음에서 시작되었다. 또 그것은 생명의 위축과 외로움으로 상징적으로 표현되었다. 숯불은 박꽃처럼 아름다우면서도 힘없이 사위어 갔다. 그리하여 마지막 연에서 우주 공간과 땅 위의 공간을 돌아온 화자의 외로움은 다시 한 번 방 안의 비어 있음과 그 안에서의 시간의 이질적 추이 — 자연스러운 삶의 엘랑(elan)에서 객관화되고 소외된, 무거운 제약으로 느껴지는 시간의 추이 위에 아프게 내려앉는 것이다.

이 시에서의 외로움의 정서와 사물과 공간의 얼크러짐은 감정의 표현에 불과한가. 아니면 외로움은 그러한 것들과 더불어 있는 또는 그러한 것들과 함께 세계를 구성하는 것인가. 뒤프렌은 또 하나의 저서에서 "정서적 아프리오리"를 거의 물질의 질적 내용을 구성하는 "물질적 아프리오리"와 같은 것으로 말한 일이 있다. 그러면서 가령, 모차르트의 젊음과 봄을 하나가 되게 하는 어떤 아프리오리가 세계에 존재하는 것이 아닌가 하고 말했다. 「무서운 시계」는 여러 사물들 사이의 이러한 아프리오리의 작용을 눈앞에 보여 주는 듯하다. 다만 그것은 "눈앞에"보다는 마음속에서 그러하다고 하는 것이 옳다. 왜냐하면 이 시의 사물들의 관계는 우리의 마음속에서 구성되는 것이기 때문이다. 그러나 이 마음속의 구성은 반드시 의식적인 것도 아니고 의도된 것도 아니다.

시를 읽으면서 서서히 그 세계에 마음을 맡길 때, 우리는 마음속에 이러한 사물들과 공간이 스스로 자리 잡는 것을 느낀다. 여기에서 공간에 주의하는 것은 중요하다.(이 시만이 아니라 모든 시에 있어서 공간은 매우 중요하다. 시는 궁극적으로 내면의 공간에 존재한다.) 시를 읽는 것은 결국 이 공간을 태어나도록 하는 것이다. 우리의 느린 시 읽기에서 말과 이미지들이 마음에 ─ 그것을 정서의 원천이라고 부를 수도 있고 상상력이라고 부를 수도 있다. ─ 가라앉게 함으로써 우리는 비로소 하나의 통일된 정서로서 또 현실로서 공간을 만들어 낸다. 말하자면 공간은 마음의 움직임의 한 기능이다. 길을 걸어서 땅의 거리를 몸으로 알듯 마음의 느린 움직임이 공간을 헤아리며 그것을 만들어 내는 것이다. 이러한 서서히 움직이는 마음의 작용은 정보의 내용만을 얻어 내려는 빠른 독서로는 일어나지 아니한다. 서서함이 마음을 만들어 내고 동시에 공간을 만들어 낸다. 또 마음의 과정은 정보 전달의 경우와는 전혀 반대되는 쪽으로 움직인다.

이 시의 마음의 공간에서 사물들은 서로 삼투하는 관계에 있다. 방과 비 오는 하늘과 밤 ─ 이러한 것들은 서로 용해되어 있는 듯하다. 이와 더불어 고정된 정보 전달의 수단으로서의 개념이나 단어들도 용해된다. 이 시의 어떤 말도 직접적인 의미에서 정보를 전달하거나 사물의 인과 관계를 밝히는 기능을 맡고 있지 아니하다. 말의 그러한 기능은 후경으로 물러가고 그 암시의 힘이 부상한다. 이것은 시의 언어의 질서에서 잘 드러난다. 말들과 말, 사물과 사물을 연결하는 것이 있다면, 그것은 개념이 아니라 정서이고 모든 것을 하나로 묶는 공간의 느낌이다. 하나의 시적 정서가 모든 것을 용해시켜 서로 삼투하게 하고, 하나의 공간으로 성숙하게 하는 것이다. 그러한 공간 속에서 사물들은 새로운 의미를 가지고 태어난다. 그 의미란 내면적인 것이지만 동시에 이 내면성을 통하여 세계를 하나의 의미 ─ 일체적인 의미로서 새로 드러낸다. 이러한 정도만큼은 우리는 이 시를 통하여 세계가 이루어지는 과정에 참여한다.

「무서운 시계」의 쓰기나 읽기에서 세계가 구성된다고 하더라도 그 구성의 작업은 매우 가냘픈 것이다. 그것이 보여 주는 세계는, 「유리창 1」에서 "유리에 차고 슬픈 것이 어린거린다"라고 말할 때처럼, 시인과 독자의 마음에 엷은 무늬처럼 어른거릴 뿐이다. 이 시는 가냘픈 정서의 시이다. 물질적 질료는 물론, 논리와 개념의 도움 없이 만들어 내는 구조물이 튼튼한 것일 수가 없다. 그러나 서정시는 바로 이러한 튼튼한 재료들을 버리고 그러한 작업에 임하는 것이고, 그렇기 때문에 세계의 선험적 근원에 가까이 갈 수도 있는 것이다. 모든 서정시는 본질적으로 가냘프다. 그러나 가냘픔이 기분과 느낌만의 가냘픔인가. 가냘픔이 세계의 본연의 모습에 가까이 가는 것이라고 한다면, 그것은 세계 자체에도 그러한 면이 있기 때문이 아닐까.

「무서운 시계」의 가냘픔은 정서의 가냘픔이지만, 동시에 그러한 정서에 의지하여 구성되는 시적 세계의 어려움에 따르는 가냘픔이다. 이 세계는 우발성의 불안정을 벗어나지 못하는 잠정적인 세계이다. 그것은 다른 속성과 다른 모습을 가진 것일 수도 있었다. 거기에 어떤 필연성이 있다면, 그것은 오로지 시인의 자의적인 결단에서 나오는 것일 뿐이다. 모리스 블랑쇼(Maurice Blanchot)는 글쓰기에 있어서의 백지의 공포를 말한 바 있다. 백지가 글로 채워지는 것은 쓰는 사람의 결단을 통해서이다. 이 결단은 아무것에 의하여도 뒷받침되지 아니한다. 글의 필연성은 오로지 쓰는 사람의 백지 속으로의 도약에 의하여 부여된 것이다. 그러나 글 쓰는 사람의 두려움은 그의 심리의 속성만은 아니다. 그것은 세계 ─ 사람이 사는 세계 자체의 우연적 성격에서 오는 것이다. 글쓰기 ─ 특히 시적 글쓰기에서 시인은 이 우연성을 ─ 그 틈바귀에 창조의 여유를 만들어 내는, 그러나 동시에 시인의 내면의 깊은 곳과 세계의 마주침의 어떤 필연성에 의하여 통제되는, 우연성을 체험한다. 그리고 글 읽기도 이러한 우연성을 체험한다.

글 읽기의 종착역은 이러한 체험일는지도 모른다.

모든 시적 체험은 사람과 세계의 내면성의 체험이면서, 동시에 그것의 우연성 내지 불안정에 대한 체험이다. 이것은 작은 서정시나 보다 야심적인 시의 경우나 정도를 달리하여 비슷하다. 대개 그것은 시의 주제적 체험이 아니라 부수적 산물 또는 필수적이면서 부수적인 형성 요인인데, 종종 어떤 시들은 그러한 체험을 주제로 하고 또 어떤 시인은 그러한 주제를 그의 필생의 주제로 한다. 그리고 이것은 시의 가장 중요한 주제이기도 하다. 소위 주요 시인(major poet)은 다소간에 이 주제에 관련되게 마련이다. 앞에서 우리는 스티븐스의 시를 보았지만, 스티븐스도 이러한 주제에 깊은 관심을 가졌던 시인이다. 위에 읽어 보았던 시에서도 그는 이미 시적 체험 ── 또는 읽기 그리고 쓰기의 체험의 역설 그리고 역설적일 수밖에 없는 데에서 생겨나는 불안정성을 표현하고 있다.

위의 스티븐스의 시는, 다시 되풀이하건대, 독서에서 얻어지는 진리의 근거를 생각하는 것인데, 진리는 책과 독자와 자연 사이에서 태어난다. 그러나 이 삼자 사이의 관계는 전혀 분명하지 않다. 진리는 이 관계의 모호함에서 태어나고, 이러한 문제적인 근거밖에 가지지 않은 진리를 통하여 삼자를 하나로 되게 하는 세계가 이루어진다. 문제적인 것은 어떻게 보면 이 과정에 주체가 개입되는 데에서 비롯된다. 진리에 동기를 부여한다는 점에서, 진리는 내면성 또는 달리 말하여 주체성의 자각과 심화에 의존한다. 그러나 진리가 주체에 달려 있다면, 그것은 얼마나 불안정된 것인가. 다른 한편으로 주체의 불안정성은 세계의 우연성의 한 부분일 뿐이다. 진리는 책 읽기 또는 쓰기가 만들어 내는 일시적인 평형 상태이다. 결과적으로 책과 학문과 진리 ── 그리고 무엇보다도 세계의 문제적 성격은 그대로 남아 있다. 스티븐스가 흔들리는 주체와 세계에 대하여 또 진리에 대하여 절망 또는 적어도 심연의 어지럼증을 느꼈다고 말할 수는 없다. 그러나 그 문제적 성격은 충분히 잘 알고 있었다. 위의 시에서 그의 고독한 독자는 책을 읽고 있지만, 그것은 없는 책을 읽고 있는 것이나 다름이 없다.

스티븐스에게는 「집은 고요하고 세상은 조용했다」 이외에도 독서에 대한 시가 여러 편이 있지만, 그러한 시들에서도 독서의 어려움은 더욱 분명하게 암시되어 있다. 「독자(The Reader)」라는 시에서, 독자는 다시 책을 읽고 있다. 여기에서 책은 흐릿하여 보이지 않는다. 자연의 모습이 보이기는 하지만 그것도 흐릿한 자국으로 보일 뿐이다.

> 밤중 내 나는 책을 보며 앉아 있었다.
> 마치 어두운 지면으로 된 책을
> 읽고 앉아 있듯이.[8]

이렇게 책은 잘 보이지 않게 되어 있다. 이 시의 마지막에서, 책에는 자연의 자국이 있기는 하지만 아무것도 쓰여 있지 않은 것으로 말하여진다.

> 어두운 지면은 글씨가 없었다.
> 서리찬 하늘에 불타는
> 별들의 자국 외에는.[9]

---

[8] All night I sat reading a book,
Sat reading as if in a book
Of sombre pages.

[9] The Sombre pages bore no print
Except the trace of burning stars
In the frosty heaven.

또 하나의 독서에 관한 시, 「제 빛으로 책을 읽는 인광인(Phosphor Reading by His Own Light)」도 독서의 어려움을 말하는 시인데, 이것도 여기에서 다시 읽어 볼 만하다.

읽기가 어렵다. 지면이 어둡다.
그러나 무엇을 짐작할 것인지 그는 안다.

지면은 비어 있거나 거울이 없는 액자거나
볼 때면 비어 있는 거울이거나.

밤의 푸름이 지면 위에 놓이고
빈 거울에 깊이 가라앉는다⋯⋯

리얼리스트여, 보라, 무엇을 짐작할 것인지
모르는 대로, 보면 푸름이 그대 위에 내리고,

내리고 만들고 준다. 급기야 연설을. 그리고 그대는
그것이 그대가 짐작하는 것이라 생각한다.

그 시원의 어머니, 푸른 밤,
어둑한 가갸거겨를 가르치는.[10]

---

10 It is difficult to read. The page is dark.
Yet he knows what it is that he expects.

The page is blank or a frame without a glass
Or a glass that is empty when he looks.

이 시에 따르면 독자가 책에서 얻어 낼 수 있는 진리는 무엇인가. 그는 객관적인 진리를 읽어 낼 수 있는가. 궁극적으로 진리는 독자의 주관이 투사하는 소망에 불과하다. 그것은 사람이 세운 것인 액자에 잡히는 것, 사람이 만든 거울에 비친 어떤 것이다. 그것이 밤에 관계되어 있다면, 그것은 사람이 짐작하는 것, 사실 짐작하고자 하는 것에 맞아 들어감으로써 사람에게 읽혀지는 밤이다.

이러나저러나 밤은 어두워 사물이 잘 보이지 않는 때이다. 책은 잘 보이는가. 지면까지도 어두워 별로 보이는 것이 없다. 그것은 비어 있다. 또는 거울이다. 거기에 무엇이 비칠 것인가? 다만 확실한 것은 독자가 미리 짐작하고자 하는 것이 있다는 것뿐이다. 물론 그렇다고 하여 책에서 또는 책을 통하여 자연에서 사람이 읽어 내는 것이 완전히 유아론적인 반영만은 아니다. 스티븐스의 시는 진리의 인식의 주·객관의 절묘한 접합점에서 일어난다는 점을 애매한 언어들로 전달하는 데에 성공하고 있다. 책을 읽는 것은 거울을 들여다보는 일이다. 그러나 그 거울은 비어 있다. 한참을 들여다보면 거울에 비치는 것은 자신의 얼굴이 아니라 밤의 푸르름이다. 그리고 급기야는 그것이 바로 사람의 말이 되고 바람이 되는 것이다. 욕망은 사람을 현실로 끌어가고 현실은 욕망을 끌어 결국 책의 의미를 탄

The greenness of night lies on the page and goes
Down deeply in the empty glass……

Look, realist, not knowing what you expect,
The green falls on you as you look,

Falls on and makes and gives, even a speech.
And you think that that is what you expect.

That elemental parent, the green night,
Teaching a fusky alphabet.

생하게 한다.

스티븐스에게 의미는 인간의 욕망 또는 보다 넓게 주체의 작용에서 시작하지만 그것의 근원적 의미는 자연 또는 현실에 의하여 주어진다. 그러니만큼 그는 주관이 진리에 대하여 가져오는 위험을 알고는 있으면서도 궁극적으로 사람과 세계는 예정된 조화 속에 있다는 믿음을 버리지 아니한다. 비록 일시적 평형으로 성립하는 것이라고 하여도 진리는 가능한 것이 아닌가. 또 우리가 비록 명증하게 인식하는 것은 아니라도 자연은 그러한 진리를 가능하게 하고 그런 의미에서 우리를 버리지 아니하는 "시원의 어머니"가 아닌가. 스티븐스의 시에서 밤하늘은 근접할 수 없게 멀리 있으면서도 어떤 궁극적인 평화를 시사한다. 그러나 어떠한 시적 체험들은 단지 무한한 불안정과 불확실의 체험일 뿐 이런 정도의 보장 — 일시적 균형으로서의 진리나 자연의 보장도 포함하지 못하는 것으로 보인다.

하이데거는 횔덜린의 시를 통하여 시의 본질을 설명하면서, "시의 언어는 사람의 소유물 가운데 가장 위험한 것"[11]이라고 하고, 또 횔덜린의 광증을 시적 작업의 위험의 결과라고 말한 일이 있다. 자신의 광증을 대가로 지불하지는 아니하더라도, 일상적으로 익숙한 세계를 버릴 것을 요구하는 시적 작업의 두려움은 많은 시인들이 표현한 바 있다. 그중에도 「두이노의 비가」의 서두에서 릴케의 외침은 가장 처절한 것의 하나이다.

> 내가 외친다 한들 천사의 반열에서 어느 누구가
> 나의 외침을 들을 것이냐. 설령 그중 하나가 홀연
> 나를 그의 가슴에 당기어도 나는 그 벅찬 존재로 하여

---

[11] Martin Heidegger, "Hölderlin und das Wesen der Dichtung", *Erläuterungen zu Hölderlins Dichtung* (Frankfurt am Main: Vittorio Klostermann, 1981), p. 33 et passim.

까무러치고 말 것을. 그렇다는 것은 아름다움이란

무서움의 시작, 그를 우리는 겨우 견디며, 우리를

부수는 일조차 서늘히 우습게 아는 그에 경탄한다.

천사는 모두 무서운 존재인 것이다.[12]

릴케의 무서움은 아름다움에 대한 무서움, 인간 존재의 창조성 그리고 그것의 아래에 있는 허무에 대한 두려움이지만, 그것은 동시에 우리의 일상적인 삶의 일상적인 일들에도 나타나는 것이다. 그것은 연인의 얼굴에 어리는 공간에도 드러난다. 그것은 "사랑하는 여인들의 얼굴에 있는 공간이, 사랑하는 그 순간에도, 세계 공간을 뻗어 가고, 그대들이 존재하지 않는 곳으로 가는"[13] 것과 같은 것이다. 삶의 기본적인 변증법은 그리움과 좌절의 반복이며, 그 사이의 간격은 보다 큰 형이상학적 불행의 한 구성 요인이다. 삶은 사물들을 우리가 원하는 바에 따라 정리하고 그것의 깨어짐을 보는 일이다. 그것은 마치 끊임없는 이별로 이루어진 것처럼 보인다.

---

12 Wer, wenn ich schriee, hörte mich denn aus der Engel
Ordnungen? und gesetzt selbst, es nähme
einer mich plötzlich ans Herz: ich verginge von seinem
stärkeren Dasein. Denn das Schöne ist nichts
als des Schrecklichen Anfang, den wir noch grade ertragen,
und wir bewundern es so, weil es gelassen verschmäht,
uns zu zerstören. Ein jeder Engel ist schrecklich.

13 Und ihr, hab ich nicht recht,
die ihr mich liebtet für den kleinen Anfang
Liebe zu euch, von dem ich immer abkam,
weil mir der Raum in euren Angesicht,
da ich ihn liebte, überging in Weltraum,
in dem ihr nicht mehr wart⋯⋯

— "Die Vierte Elegie"

⋯⋯무엇을 하거나 우리는 떠나가는
사람의 자세로 있는가? 다시 한 번 한눈에 들녘이
내려 뵈는 언덕에서, 돌아서고 멈추고 머뭇거리듯.
이렇게 우리는 언제나 이별하며 산다.[14]

릴케의 포괄적인 원근법은 앞에 본 정지용의 시의 이별도 좀 더 넓은 테두리 속에서 다시 볼 수 있게 한다. 정지용에게「두이노의 비가」의 서두의 절규가 없어도, 그 무서움이 없다고 할 수는 없다. 그의 고통은 일단은 이별의 고통이고, 시 쓰기의 불확실성의 고통이지만, 조금 더 근본적으로 생각해 본다면, 거기에도 상식적인 것을 넘어가는 형이상학적인 고통의 그림자가 서려 있다고 할 수 있다. 그의 이별의 슬픔은 넓은 공간 속에 왜소할 수밖에 없는, 또 어쩌면 멀리 떠나려 하는, 보다 넓은 공간에 대한 동경으로 하여, 왜소할 수밖에 없는 인간 존재의 슬픔에 이어져 있다.

여기의 시의 이미지들이 다른 시들에서도 되풀이되는 것을 보아도 ─ 기차(이것은 그의 시에 빈번한 바다와 기선 여행으로도 연결된다.) 또는 넓음과 좁음을 동시에 나타내는 유리창, "새까만 밤이 밀려 나가고 밀려와 부딪치고" 하는 유리창(「유리창 1」또「유리창 2」), 무거운 생존의 표적으로서의 시계(「시계를 죽임」) ─ 이 시가 표현하고 있는 것이 일시적인 기분 이상의, 보다 장구한 삶의 정조임을 알 수 있다. 기성 언어의 파괴는 우리 현대

---

14 ⋯⋯daß wir,
was wir auch tun, in jener Haltung sind
von einem, welcher fortgeht? Wie er auf
dem letzen Hügel, der ihm ganz sein Tal
noch einmal zeigt, sich wendet, anhält, weilt ─,
so leben wir und nehmen immer Abschied.

─ "Die Achte Elegie"

사에서 특히 기성 정치의 언어와 그 틀을 파괴하는 일로 나타나기 일쑤였다고 할 때, 정지용의 정치적 수난은 두려움의 시 쓰기를 무릅써야 하는 시인의 운명을 또 하나의 차원에서 비극적으로 표현한 것이라고 할 수도 있을 것이다.

그것이 연인의 섭섭한 느낌에 서리는 공간의 의식으로 표현되었든, 또는 우주 공간으로 던지는 거대한 형이상학적 질문으로 표현되었든, 릴케의 두려움이 두려움으로 끝나는 것은 아니다. 그의 무서움을 표현한 「두이노의 비가」는 비극적이면서도 아름다운 대긍정으로 끝난다. 우주 공간은 말할 수 없는 무서움과 허무와 좌절로 가득 차 있다. 그러나 릴케는 "여기 있음은 찬란하다(Hiersein ist herrlich)"라고 말한다. 사람은 말할 수 없는 공간에 말의 공간과 시간을 만들고 삶의 아름다움을 만든다.

> 여기란 말할 수 있는 것의 시간이며, 여기란 그 고향이다.
> 말하라. 그리고 증언하라. 어느 때보다도 사물들 —
> 체험할 수 있는 것들은 사라진다……[15]

말 못할 것들(die Unsägliche)이 아니라, 말할 수 있는 것들로 이루어지는 공간이 세계이며, 거기에서 사람이 이룩하는 것은 "장려한 기둥과 문과, 스핑크스와,/ 쇠락하거나 낯선 도시의 사원의 잿빛으로 솟구치는 버팀(Säulen, Pylone, der Sphinx, das strebende Stemmen,/ grau aus vergehender Stadt oder aus fremder, des Doms)"과 함께 로마의 길거리의 새끼 꼬는 사람이나 나

---

15 Hier ist des Säglichen Zeit, hier seine Heimat.
    Sprich und bekenn. Mehr als je
    fallen die Dinge dahin, die erlebbaren……

                                                    — "Die Neunte Elegie"

일 강변의 항아리 빚는 사람의 물건들도 포함된다. 릴케의 선언으로는

아마 우리가 여기에 있는 것은, 집이라고,
다리라고, 분수라고, 문, 단지, 과일나무, 창이라고,
높게는, 기둥이라고 탑이라고 말하기 위해서이다……
말하기 위해서, 물건들이 있고자 한 것보다도
더욱 뜨겁게 말하기 위하여. 이것을 깨우치라.[16]

릴케에게 시인은 무엇보다도 세상의 덧없는 것들을 구출하여 그것에 형상을 주고 인간의 세계를 만드는 사람이다. 하이데거의 시인의 창조 행위에 대한 긍정은 보다 적극적이다. 그는 횔덜린을 인용하여 말한다. "인간은 땅 위에 시적으로 산다."[17] 그러나 이것은 단순히 시가 중요하다는 말이 아니다. 시는 인간 존재의 근본이다. "시는 말로써 존재를 창립하는 일이다.(Dichtung ist worthafte Stiftung des Seins.)"[18]

언어가 위험한 소유물인 것은 시가 인간 생존의 토대의 형성에 관계하기 때문이다. 그로 인하여 시인은 신들의 벼락에 노출되는 위험을 무릅쓰는 것이다. 시 읽기는 이러한 위험과 창조 행위에 이차적으로 참여하는 행위이다. 그러나 이 참여의 길은 반드시 하나만이 아니다. 글 읽기의 역사는 이러한 참여가 어떻게 변하는 형식 속에서 촉진되고 차단되었는가를 보여 준다.

---

16 Sind wir vielleicht hier, um zu sagen: Haus,
Brücke, Brunnen, Tor, Krug, Obstbaum, Fenster, —
höchstens: Säule, Turm …… aber zu sagen, verstehs,
oh zu sagen so, wie selber die Dinge niemals
innig meinten zu sein.

— "Die Neunte Elegie"

17 Martin Heidegger, op. cit., p. 33 이하.

18 Ibid., p. 41.

6

되풀이하여, 시인은 존재를 창립하는 사람이다. 그것은 불확실한 것 위에 어떤 것을 세우는 일이므로 스스로 위험을 무릅쓰는 일이다. 그리하여 시인은 신들의 벼락에 노출되어 있는 사람이고 횔덜린과 같은 시인은 광증에 이르게 된다. 위험은 일단은 형이상학적인 것이다. 그러나 위험은 더 세속적인 것일 수도 있다. 하이데거는 또 "시는 역사를 지탱하는 토대(Dichtung ist der tragende Grund der Geschichte)"[19]라고도 말한다. 그런데 역사의 토대를 만드는 행위가 형이상학적일 수만 있는가. 그것은 정치적일 수밖에 없고, 정치에 있어서의 창립은 보다 현실적인 위험으로 가득 찬 일이다. 그것은 여러 사람의 생각과 이해와 삶의 방식과 생명이 맞부딪치는 커다란 싸움 이외의 다른 것이 아니다.

시의 언어의 위험은 형이상학적 위험과 함께 정치적 위험을 포함한다. 우리는 위에서 시가 형이상학적 무서움의 시작에 관계되어 있다고 하였다. 그러나 무서움이란 오히려 정치에서 익숙한 현상이다. 권력의 독점과 배분을 핵심적 계기로 하는 정치에 있어서 흔히 공포라고 부르는 무서움의 관계는 비교적 자명하다. 혁명기의 공포 정치는 자주 들어 온 말이다. 정치 질서의 창립은 무서움을 그 수단으로 하는 수가 있다. 시의 무서움 또 이차적으로 글 읽기의 무서움은 서로 어떠한 관계에 있는가? 책 읽기와 같은 일에도 사실은 무서움이 숨어 있고 또 그러니만큼 거기에 무서움의 여러 사회적 관계들이 개입되어 있는 것이 아닌가?

시인의 작업이 정치적 의미를 갖는다는 것은 시인들의 주장이다. 시인 셸리가 시인이 인정되지 아니한 세계의 법제자라고 하였을 때 그 표현은

---

19 Ibid., p. 42.

조금 더 정치적 측면을 드러내 주는 이점이 있다. 그러나 이러한 주장들은 흔히 듣는 것으로서, 상당히 과장된 것으로 느껴진다. 사실 한편으로 시와 형이상학 그리고 다른 한편으로 정치의 조직 행위, 또는 조직된 정치 단체로서 가장 강렬한 것인 국가와의 관계는 분명하지 않다. 그러나 국가는 언제나 시 읽기가 아니라면 적어도 일반적으로 읽기에 대하여 지대한 관심을 가지고 있다. 어쨌든 선전과 교육이 정치 조직의 중요한 도구인 것은 새삼스럽게 말할 필요도 없다. 뿐만 아니라 이것은 조직화된 정치에 의하여 독점된다. 선전은 그 수단의 우위성이나 검열을 통하여 국가에 의하여 지배된다. 우리가 의무 교육이라고 부르는 제도 교육은 국민에게 교육을 받을 의무를 부과함으로써 교육의 독점권을 확립하려는 것이지만, 사람들로 하여금 의무 교육을 국가가 시민들에 대하여 지는 의무라고 착각하게 할 정도로 사람들의 정신을 사로잡는 데 성공하였다. 오늘의 사회에 있어서의 국가 및 정치 사회의 조직은 우리의 절대적인 환경이 되어 그 이외의 안목을 전혀 허용하지 않는 것이다. 또 정보와 기술의 중요성은 교육이 인간 형성의 독점적 수단이라는 사실을 완화한다. 그럼에도 불구하고 선전과 교육은 인간의 정신에 영향을 주고 인간을 형성하는 수단에 관계되는 것임은 물론이다. 그것이 비록 세속적인 표현 형식을 취하기는 하여도 모든 선전과 교육의 밑에는 인간 존재의 해석을 담고 있다. 그러한 만큼 국가에게 시적인 또는 철학적인 인간 존재에 대한 해석의 노력이 무관한 것일 수는 없다. 결국 정치 공동체는 시 또는 적어도 창립 행위로서의 시의 위험을 보존하는 일에 매우 민감한 것이다. 그것은 주로 일정한 해석 이외의 다른 해석을 ─ 다른 해석의 시적 체험을 배제하려 해 왔다.

물론 이것은 전근대 사회에서 더 분명하다. 인간 존재에 대한 일정한 해석 또는 그로부터 유도되는 형성의 원리는 경전에서 나왔다.(이러한 전통은 여러 형태의 이데올로기 그리고 그것의 보다 약한 표현인 자유주의적 가치들에 의하여 계승되었다.) 경전의 정통성은 말할 것도 없이 기성 정치권력에 중요한 일이다. 그것은 끊임없이 교육되어야 하는 것이지만 또 방어되어야 한다. 정통의 방어에 있어서 이단에 대한 싸움 또 그것의 억압은 필수적이다. 그러나 그것은 이단에 대하여서만 아니라 정통의 품 안에 들어와 있는 사람에 대하여도 방어되어야 한다. 경전은 경배되지만 그 접근은 제한되어야 한다. 물리적인 방법, 신이나 성현의 말씀을 함부로 하는 데 대한 금기, 경전 해석의 특권화, 또는 보통 사람이 이해할 수 없는 고어나 외국어 경전의 보존 등등의 방법이 여기에 사용될 수 있다. 흥미로운 것은 경전에의 접근을 제한하는 일의 역설적 성격이다.

경전이 이데올로기적 통합을 목표로 한다면, 그것은 널리 학습되어야 할 것이나 방금 말한 바와 같이 다른 한편으로 학습의 통제는 흔히 보는 현상이다. 통제의 이유는 일단 자명하다. 오해나 오독은 해석만이 아니라 정치적 혼란의 씨앗이 될 수 있다. 경전을 잘 읽는 것 자체도 제한되어야 한다. 경전은 창립의 문서이다. 거기에는 창립의 위험과 무서움이 들어 있다. 결단을 수반하는 창립의 사실은 새로운 창립의 가능성을 열어 놓을 수 있다. 이것은 속중으로부터 감추어져야 한다. 그러나 또 하나의 역설은 이것이 완전히 감추어지는 것도 바람직한 일이 아니라는 사실이다. 그것은 정치권력의 한 요소인 무서움의,(또는 더 희석화된 형태로서의 두려움이란 말이 더 적절한 용어일지도 모른다.) 이 두려움의 근원에 관계된다. 물리적 폭력 수단 이외에 권력을 에워싸는 두려움의 느낌은 권력의 작업을 편하게 해 준다. 이에 관련하여 권력은 여러 가지 역설의 놀이 위에 성립한다. 권력은 질서를 보장하면서 동시에 그 질서의 정당성을 조장해 줄 무질서를 필요로 한다. 그것은 내적인 것일 수도 있고 외부로부터 오는 것일 수도 있다. 보다 근원적으로 또 삶의 결 속에 확산 침투할 수 있는 두려움의 느낌은 형이상학적 근원에서 나오는 것이다. 이러한 두려움의 보존은 바로 존재하는 정치 조직을 정당화하는 근거이고 또 그 권위의 근거이다. 이러한 역설적 필요로 하여 경전에 대한 접근은 완전히 차단되지 아니한다. 그것은 단지 제한될 뿐이다. 그리고 감추어진 창립의 두려움은 근접할 수 없는 힘의 신비로서 속중에게 전달된다. 이것은 경전의 텍스트를 통하여서보다도 경전을 중심으로 한 사회적 제례 의식을 통하여 전달된다. 중요한 것은 텍스트가 아니라 의식이다.

경전의 복합적 의미와 기능은 책 읽기의 교육의 관습들을 설명해 준다. 이 관습에서 책 읽기의 의미는 인간 존재의 시적 창립의 토대로서가 아니라 사회적 제례 의식에 의하여 정당화된다. 보통의 독자에게 텍스트의 의미는 작게 또는 크게 시적 창조에 참여하는 데에서 얻어지는 것이 아니라 사회 의식에 적절하게 참여하는 데에서 얻어진다.(물론 기술적 정보의 책 읽기에서 독서는 기술 정보의 획득, 자연의 대상물, 기계, 제도 등의 조작에 필요한 기술 정보를 획득하는 것으로 완성된다. 사회적 책 읽기에서 독자는 사회적 이데올로기 조작의 기교, 그것을 통한 사회 기구 조작의 기교를 얻는다고 할 수 있다.) 이러한 독서에서 사실상 읽는 텍스트의 의미의 문제는 사라진다. 이러한 예로 우리 주변에서 가장 쉽게 볼 수 있는 것은 가령 입학 시험의 문제와 같은 것일 것이다. 이러한 시험에서 중요한 것은 의미의 이해보다는 요구되는 답변 또는 반응을 재생산하는 일이다. 이러한 것은 정치적 구호를 포함한 많은 사회적 언어에서도 볼 수 있다.

그러나 다른 한편으로 의미의 해체와 그 사회 의례화를 반드시 부정적으로 보는 것은 옳지 아니한 것일 수 있다. 이미 비친 바와 같이 의미에의 접근을 제한하는 일은 권력에 도움이 되는 일이면서 보통 사람에게도 도움이 되는 일이다. 신의 벼락에 노출된다는 것은 우리의 생존에 반드시 도움이 되는 일은 아니다. 다른 한편으로 사람은 동시에 창립의 두려움에 노출되면서도 그의 삶을 정립하고 자유로운 창조로서 되찾을 필요를 가지고 있다. 이러한 창조적 자유와 정립의 결단을 그리고 그에 따르는 무서움을 사람들은 사회적 의례를 통하여 말하자면 치사량에 이르지 않는 소량투약의 형식으로 전달받는다고 할 수도 있다. 그것은 서로 다른 두 요구의타협 또는 균형의 결과라고 할 수도 있다. 릴케로 하여금 아름다움을 무서움의 시작으로 경험하게 한 것은 그의 시대가 균형을 잃은 시대였다는 것과 관계된다. 일곱 번째의 비가에서 그가 말하고 있듯이, 오늘이란 그의 시대에 이미 "지난 것도 다음 것도 귀속하지 않는 상속을 빼앗긴 자의" 시대, "세계가 바뀌는 막막한 전환의 시대"이다. 그리하여 한편으로는 껍데기만의 꼭두각시와 다른 한편으로는 형이상학적인 무서움의 양분화가 일어났다고 할 수도 있을 것이다. 여기에 대하여 공동체적 읽기의 의식은 오히려창립의 무서움과 안전의 필요성을 살리는 방법인지도 모른다. 문제는 오히려 이러한 제례 의식의 존재가 아니라 그것이 사라졌다는 것일 수 있다. 오늘날 우리가 아무런 주체적 의식과 이해가 없는 읽기의 상황을 본다면, 그것은 이 제례 의식의 형해화로 인한 것으로 말할 수도 있을 것이다. 즉 그것이 허례허식이 되고, 관료주의화한 것이다. 위에서 말한 우리 사회의 긍정적으로 볼 수 없는 읽기의 관행들은 이러한 변화의 소산이지, 반드시 읽기 자체의 문제만은 아니다.

여기에 제기될 수 있는 여러 문제들은 사실 간단히 답할 수 없는 것으로서 더 많은 실증적 연구와 깊은 사료를 요구하는 것이다. 다만 일단 지금까지의 암암리의 전제, 즉 책을 읽는 것은 좋은 일이며, 책을 읽는 일은 텍스트의 이해로서 끝나야 한다는 전제들에 대하여 의문을 부쳐 보는 것은 무익한 일이 아닌 것이 분명하다. 글을 읽는다는 것이 텍스트의 이해를 위한 것인가? 많은 사람들의 귀에 경전의 참으로 개인적 이해의 능력에 호소하는 것인가? 우리 전통 속에서 모든 성스러운 말은 한문으로 되어 있었고 그것이 읽힐 때 그것은 참으로 이해되었을까? 적지 않은 경우에 이해되지 아니하였다고 한다면, 그것은 무의미한 것인가? 책 읽기는 단순히 개인적인 이해가 아니라 사회 전체의 문화 또는 더 좁혀서 동네나 교실에서 일어나는 일들의 사회적 실천으로 생각되어야 하는 것이 아닌가? 또 그렇게 볼 때 책 읽기란 도대체 무엇인가? 이러한 질문들에 우리가 여기에서 답할 수는 없다. 그 대신 하나의 인류학적 조사의 예를 생각해 보는 것으로 답의 시작을 삼아 보자.

위에서도 언급한 『읽기의 민족지』는 인도네시아의 티도어의 한 마을에서의 읽기 관습에 대한 한 인류학자의 보고를 싣고 있다.[20] 그것은 마을 사람들이 모여 이슬람 경전 낭독을 하는 행사를 관찰하고 보고한 것이다. 이 독경의 핵심적 수수께끼는 경전이 아랍어로 되어 있고, 낭독에 참여하는 사람들이 아랍어를 모른다는 사실이다. 그럼에도 불구하고 독경은 그들에게 의미 있는 일로 생각된다. 모르는 말로 된 경전을 읽는 일이 주는 만족감 —— 이것을 어떻게 설명하여야 할 것인가? 물론 낭독자들이 아랍어를 전혀 모르는 것은 아니다. 그들은 그것을 읽을 수 있고 읽는 소리를 즐긴다. 더 중요한 것은 그들이 경전의 모든 부분을 전혀 모르는 것은 아니라는 점이다. 소리만 내고 듣는 외국어에서 그들이 알고 있는 것은 이슬람의 중요한 이름들이다.

인류학자 제임스 N. 베이커의 복잡한 해석을 단순화하면, 이 이름들의 역할은 그 뒤에 숨어 있는 종교적 신비에로 듣는 사람을 유도해 가는 데에 있다는 것이다. 이름만이 두드러져 주목되는 동네 사람들의 낭독 행위의 효과는 이슬람의 신비주의인 수피파의 목표와 유사하다. 수피파가 추구하는 것은 이해를 통하여 종교를 깨우치고자 하는 정통적 이슬람의 길보다

---

20 James N. Baker, "The Presence of the Name: Reading Scripture in an Indonesian Village", Jonathan Boyarin ed., *The Ethnography of Reading* (Berkeley: University of California Press, 1993), pp. 98~138.

도 인간적인 것들 그리고 인간의 언어를 넘어서 세계와 신의 신비적 일체성을 체험하고자 하는 것이다. 수피파에서 『코란』의 참 의미는 기록되어 있는 이야기나 법이나 도덕적, 윤리적 내용에 있는 것이 아니라 거기에 나오는 "가장 아름다운 이름들"[21]에 있다. 이러한 이름들은 그 뒤에 있는 신비적 체험을 환기하는 역할을 한다. 또 그것은 "숨은 이름들"의 위협을 밀어내고, "정통의 영역의 구성"에 도움을 준다.

그러나 다시 말하여, 중요한 것은 의미 속에 용해되는 것이 아닌 낭독—물론 이름을 지표로 하는 낭독이 그 나름으로 다른 종류의 의미를 가질 수 있다는 것이다. 이 의미가 반드시 종교적 신비의 체험에만 있는 것은 아니다. 동네 사람에게 이슬람의 이름과 함께 또 중요한 것은 감추어 두거나 흔히 쉽게 말하지 않는 그들의 선조의 이름들이다. 선조의 이름들은 그들의 과거에 대한 기억에 관계되어 있다. 그들은 그것을 통하여 그들의 태초로부터의 근원을 기억한다. 이것은 선조에 대한 경건한 마음을 유지하는 데에 필요한 것이지만, 또 그들의 삶을 일체적으로 유지하는 데에 중요하다. 그들의 마음에 선조들의 과거는 오늘날에도 영향을 미치는 것으로서 오늘의 삶에 대하여 살아 있는 유기적 관계를 가지고 있다. 이름을 잘 기억하는 것은 오늘의 삶에 좋은 형성적 영향을 미칠 수 있다. 이슬람의 이름과 설화는 토속적 과거와 아울러 하나의 우주적 질서를 만들어 낸다.

그러나 중요한 것은, 어떤 것이든지 간에, 이해의 이러한 실질적 내용이 아니라 읽기의 사회적 관행인지 모른다. 칼라오디 마을에서의 독경은 읽기의 사회적 환경을 잘 예시해 준다. 독경회는 기본적으로 공동체와 자발적인 참여에 기초해 있다. 그러나 이러한 공동체적 성격에 추가해서 읽기의 사회적 행사에 구조 또는 권위의 질서가 전혀 없는 것은 아니라는 점에

---

21 Ibid., p. 121.

도 주의할 필요가 있다. 『코란』 읽기는 공적인 종교적 행사의 일부로도 행해지지만, 개인적인 계기에도 행해진다. 그것은 "좋은 결과에 대한 기대가 중요한, 높아진 걱정의 전환의 시기"에 관계된 사람이 주최한다. 베이커의 이 의식에 대한 묘사는 다음과 같다.

> 독경회를 주최하는 사람(가령 독경의 맹세를 이행하는 사람)이 이웃 사람들을 초대하여 독경에 참석하게 한다. 동네 사람 가운데 적절한 지식을 가진 사람이 독경회의 향도가 되어 달라는 요청을 받는다. 사람들이 오면 —그것은 대체로 이른 아침이다.— 전원이 마루에 원을 그리며 앉는다. 향도의 앞에 흰 보자기가 깔리고 그 위에 향로와 물을 담은 사기그릇이 놓인다. 처음에 입속으로 몇 구절을 읊조려 본 다음에 향도가 자기가 가지고 있는 책을 소리 내어 읽기 시작한다. 그런 다음 적절한 신호에 따라 모두가 소리를 합하여 대체로 『코란』에서 나온 알려진 구절들을 외운다. 한 시간 정도의 낭독과 낭송이 끝난 다음, 신앙 고백을 읽고 참석자들 전원이 서로 손을 잡고 인사를 함으로써 모임이 종료된다. 그다음 식사가 시작된다……[22]

독경회는 순전히 공동체적 선의와 결속을 다짐하는 목적 이외는 다른 목적이 없는 것처럼 보인다. 둥그렇게 앉는 자리의 모양, 마지막의 악수와 식사 —이러한 특징에서도 독경회가 평등한 자들의 공동체의 사회적 모임임이 분명하다. 본래부터 경전의 이해는 중요한 것이 아니다. 경전은 그들이 이해하지 못하는 외국어로 되어 있다. 그럼에도 불구하고 이것이 독경회임에 틀림이 없고 어떤 정신적 교섭이 일어나고 있는 것은 사실이다. 지적 전달은 다시 한 번 정보 내용의 이해라는 형태로만 일어나는 것이 아

---

22 Ibid., pp. 106~107.

니라는 것과 또 그러한 전달까지도 이러한 공동체적 유대의 고양된 정서 속에서 쉽게 일어난다는 것을 생각하게 한다.

또 한 가지 주의할 것은 독경회의 평등하면서 위계적인 구성이다. 물론 어떠한 정신적 의미 전달의 상황에서도 위계적 관계가 없을 수는 없다. 진리에 특권적 위치를 인정하는 한 위계는 존재하게 마련이다. 독경회는 사회적 상호 작용의 장소이지만, 동시에 참석자들의 주의는 공동체를 넘어가는 권위의 근거를 향하고 있다. 경전은 "높아진 관심"을 가져 온 일과 함께, 동네 사람들의 삶의 테두리를 넘어가는 삶의 신비한 과정을 나타내고 동시에 그 과정의 전체적이고 최종적인 정의를 보장한다. 경전 그 자체가 조심스럽게 다루어져야 하는 존경의 대상이 된다. 중요한 종교적인 계기에 독경이 있을 때, 『코란』은 향로에서 나오는 향연에 쪼여진다. 동네의 삶 이외의 것에 대한 지시는 독경회에서 종교적인 제의에 관계되는 물건들, 흰 보자기, 향로들, 물을 담은 사기그릇들에도 들어 있다. 적절한 지식을 가지고 있는 향도는 동네의 자족적인 삶에 대하여 가벼운 형태이기는 하지만, 이 삶의 외부적인 것에 대한 관계를 사회적으로 대표한다. 아마 이러한 위계적 구조는 신비의 전달에 그 자체로서 중요한 것일 것이다. 그것은 신비의 위계적 성격의 사회적 표현이 된다.

그러나 동시에 그것은 동네 사람들의 마음에 억압적으로 작용할 수 있다. 관습은 마음을 죽인다. 그런 데다 문자의 문면대로의 반복 그리고 기억의 중요성도 같은 효과를 보강한다. 역사적인 것이든 또는 신화적인 것이든, 기억은 정확하여야 한다. 그것도 기성 관습의 답습을 요구한다. 허용되는 것은 오직 복고적이고 보수적인 마음 씀이다. 그런 의미에서 그것은 객관화, 해체와 재구성, 비판적 검토 — 이해를 위한 마음의 자유로운 운동을 억압한다. 읽기의 공동체적 성격도 양의적이라고 하여야 한다. 집단의 암시가 마음의 자유로운 운동을 제한할 수 있다는 것은 자명하다. 그러나 다시 상기해야 할 것은 처음부터 여기의 읽기의 의미는 이해의 획득에 있지 않다는 점이다. 모르는 경전의 낭독은 마음의 이성적 사용을 막으면서도 경험에 대한 마음의 개방성을 배제하는 것은 아니다. 그것은 이미 본 바와 같이 언어를 넘어가는 인간 경험의 넓은 영역으로 마음을 이끌어 갈 수 있다. 여기에 함축되어 있는 신비적 차원을 강조하여 말한다면, 오히려 인간 존재의 근원적 창조의 영역 — 참다운 시적 언어의 신비의 영역은 이성적 이해 또는 논설을 통하여서가 아니라 이러한 원시적 무이해의 낭독으로 접근되고 전달되는 것인지도 모른다.

다시 요약해 보면, 읽기의 중심은 물론 경전의 진리이다. 그러나 그것은 지적인 또는 신학적인 내용으로서 중요한 것이 아니다. 그것은 삶의 궁극적인 한계로서의 신비를 대표한다. 오히려 중요한 것은 사람들의 모임이다. 그것이 어떤 종류의 것이든지 간에 같이 모이고 같이 걱정한다는 것이 중요하다. 그러나 이것을 가능하게 하는 것은 경전의 존재이다. 또 그것이 아무런 이해도 없이 받아들여지는 것은 아니다. 베이커가 말하는 바와 같이, 감지는 되지만(apprehended) 이해되지는(comprehended) 않는 신비와 권위를 나타낸다. 그러나 중요한 것은 이러한 이해까지도 공동체적 제례와 일치되어 의미를 갖는다는 것이다. 전달되는 것은, 그것이 어떤 성격의 것이든지 간에, 경전의 가르침인지 또는 그것이 가능하게 하는 사회적 제례인지 분명하지 않다. 아마 이 두 가지는 하나일 것이다.

공동체적 환경은 읽기를 어떻게 변형시키는가. 학습에 있어서 정서적 고양의 상태가 학습 효율을 높이는 것은 주지의 사실이다. 이것은 사랑과 같은 긍정적 감정과 더불어 두려움과 같은 부정적 감정을 포함한다. 대면하고 있는 집단은 아직 분명하게 연구되지는 아니한 대로, 어떠한 정서적 고양을 가져오는 것으로 보인다. 두려움의 감정은 교실 내에서의 교육에서도 흔히 사용되는 것이지만, 그 극단의 형태는 소위 세뇌라고 하는—감옥이나 포로 수용소나 한계 상황에서 일어나는, 세뇌라고 하는 효율적 교육 결과에서 볼 수 있다. 그러나 더 중요한 것은 대면 공동체의 교육적 전달 조건이다. 베이커도 언급하고 있지만, 현대 사회의 특징이 되어 있는 글 읽기의 의미 전달에 대하여, 구비 문화의 위상을 높이는 데 크게 공헌한 월터 옹(Walter Ong)은, 말하기 문화에 있어서의 의미 전달 환경이 얼마나 인간적인가 하는 점을 강조한 바 있다. 대면 공동체에서의 의사소통은 어디까지나 참여적이고 공감적이어서, 인간의 생활 세계의 모든 살아 움직이는 것들을 포용한 가운데에 진행된다. 이러한 환경에서 마음은 경직화되기보다는 오히려 유연하고 개방적인 것이라고 할 수 있다. 여기에서 관습적 보수적 마음은 상당히 누그러진 것이 될 것이고 그렇지 아니한 경우라도 그것은 오늘날의 비공동체적인 사회에서와는 다른 의미를 가지는 것일 것이다. 비인간화의 느낌은 소외에서 오고 소외는 정서적 이질감과 깊은 관련이 있다고 할 때, 대면 공동체의 말하기 상황 또는 베이커가 지적하고 있는 바와 같은 문자가 특이한 종류의 낭독을 통하여 구비화하는 경우, 거기에서 언어 전달은 적어도 비인간적으로, 소외 상태에서, 또는 감정적으로 메마른 상태에서 이루어진다고 할 수는 없을 것이다.

대면 공동체에서의 의사소통의 특별한 조건은 그것과의 대비되는 상황—문자적 의사소통과의 대비에서 더 분명해질 것이다. 여기에는 우리의 내면생활 또는 주체성이 사회 속에서 어떻게 작용하느냐가 관계되어 있다. 그것은 홀로 있는 개인, 대면 공동체, 더 확대된 사회에서 각각 다른 형태를 취한다. 그와 함께 읽기의 의미도 달라지는 것이다.

읽기의 공동체적 조건의 변화는 칼라오디 마을에서도 일어난다. 『코란』의 참다운 이해는 소수의 엘리트의 소관사이다. 그것은 보통 사람에게는 접근할 수 없는 것이다. 칼라오디 마을의 사람들도 이미 그들의 『코란』에 대한 관계가 흠잡을 데 없는 것이 아님을 알고 있다. 그들은 정부의 관점에서 무식한 사람들로 간주되고, 그들 자신도 이러한 외부의 평가를 받아들인다. 마을의 우수한 젊은이들은 본격적인 공부를 위해서 마을을 떠난다. 크게 성공하지 않는 경우에도 그들은 그들의 신학 수업을 통하여 공식적으로 인정된 지방의 권위자로서의 자리를 얻는다. 그들은 마을에 대하여 국외자가 된다. 이러한 국외자가 되는 젊은이에게 책 읽기가 어떤 형태를 취하는가는 별도의 연구 없이는 알 수 없는 일이다. 그러나 그에게 경전은 아마 지식의 대상이 되는 것일 것이다. 그리고 이 지식은 우리의 시험 제도에서나 마찬가지로 참으로 내면적 이해를 요구하기보다는 처방된 정답을 요구하는 종류의 — 정해진 물음과 그에 대한 정해진 답으로 이루어진 정보의 체계일 것이다.

여기에서 중요한 특징은 내면성의 소실이다. 내면성은, 뒤프렌이 말하는 정서적 아프리오리와 비슷하게, 어떤 사물의 감지에 따르는 정서적 예비지식의 성격을 갖는다. 그것은 우선 우리를 전체적으로 움직인다. 사물은 우리로부터 떨어져 따로 있지 아니한다. 사물은 단순히 조정되어야 할 대상이 아니다. 또 우리도 사물에 대하여 외면적인 관계에 있지 않다. 이러한 혼융의 상태는 사물과의 내면적 관계에서, 사물은 처음부터 우리 자신과 대상과의 관계를 통하여 구성되기 때문이다. 우리는 이러한 구성이 주는 선지식을 통하여 사물을 인지하기 시작한다. 밖으로부터의 권위 또는 체계에 의하여 요구되는 지식은 이러한 정서적 또는 내면적 관계로부터 유리되어 있는 것이다. 지식은 물화되어 존재한다. 그것에 대응하는 인간의 능력은 지적이고 정서적이고 또 의지적인 인격의 전부가 아니라 하나의 단순한 능력 — 기억 등의 자료 처리 능력이다. 전인격을 포함하는 인간의 능력의 특징은 그것이 결코 수동적이지 않다는 것이다. 그것은 언제나 창조적 요소를 가지고 있다. 외적 자극에 대한 반응은 자신과 그것의 상호 작용의 형식을 취하기 때문이다. 더 근본적으로 말한다면, 사물 자체도 이 상호 작용에서 구성된다고 할 것이다. 그리하여 사람의 내면성은 사물의 탄생의 비밀에 통하여 있는 것이다. 내면성이 위험스러운 것은 이러한 비밀로 인한 것이다. 위험하다는 것은 본인을 위해서도 그러하지만, 특히 경전의 권위와 비밀에 의존하고 있는 체제에 위험한 것이다.

내면성이 없는 곳에서 진정한 의미에서의 이해가 있다고 하기는 어렵다. 내면성이란 주어진 텍스트에 대하여 주체적으로 작용할 수 있는 능력이다. 물론 무엇이 이해인가 하는 정의가 문제이기는 하다. 텍스트의 이해는 제일 간단하게는 읽은 것이 그대로 되풀이될 수 있는가로 시험될 수 있다. 그러나 이러한 기억에 의한 기계적인 재생산이 참다운 이해의 증거라고 할 수는 없을 것이다. 문제의 텍스트의 이해는 그에 대한 설명으로 어느 정도 밝혀진다. 설명은 주어진 말을 다른 말로 옮기는 것이다. 이 다른 말은 일정한 말의 체계에 속한다. 대체로 텍스트의 이해는 한편으로는, 그것을 다른 말로 옮길 수 있는 데에서 그리고 다른 한편으로는 이 옮김이 드러내는 말들의 체계 —상위 언어의 체계에 대한 어느 정도의 지식으로써 증명된다. 또 다른 한편으로 이해의 증거는 이해한 사람의 실제적 행동에 나타난다. 그는 그가 이해한 정보에 의하여 물건이나 기계를 다루고 사회 기구를 이용할 수 있어야 한다. 그런데 그의 조정 능력 또 이해는 그의 특정한 텍스트가 귀속되는 체계에 대한 지식이 많으면 많을수록 큰 것이 된다. 그런데 이 체계는 대개 어떤 원칙으로 환원될 수 있고, 다시 이 원칙들은, 그것이 어떤 종류의 것이든지 간에, 하나의 생성적 근원에서 나오는 것으로 생각될 수 있다. 이 생성적 근원은 주체성이다. 그러니까 텍스트를 이해했다는 것은 주체성에 이르렀다는 것을 말한다.

이 주체성은 한편으로 텍스트 자체의 생성적 근원에 이르렀다는 것이고 다른 한편으로는 읽는 사람 자신의 주체성에 이르렀다는 것을 말한다. 주체성은 주체성에 의하여서만 이해된다. 그러나 주체성은 전적으로 무규정적인 창조성이다. 그런 의미에서 텍스트의 이해는 이 창조성의 인정과 자각에 이르는 길이다. 주체성의 작용은 대체로 객관화된 통로를 통하여 또 그것에 의하여 제한되면서 일어난다. 주체성은 전통이나 이성에 의하여 제한되고, 텍스트를 이해했다는 것은 나의 주체의 경로를 통하여 텍스트를 이러한 원리들의 체계로 수렴했다는 것을 말한다.

또 이성과 전통은 다른 한편으로 권력 현상의 일부임에 주목할 필요가 있다. 전통에 있어서 최종적인 주체의 힘은 전통에 있는 것으로 생각되나, 그것을 능동적으로 대표하는 것은 사회의 장로들이다. 이성은 모든 사람에게 공유된다고 할 수 있으나, 어느 사회나 이성을 대표하는 공식적, 비공식적 제도가 있게 마련이며, 이성이 능동적인 생성의 원리로 작용하는 것은 이 제도의 대표자들을 통하여서이다. 그러나 어떤 경우에 있어서나 해석의 최종 권위는 권력에 있다. 다만 이 권력이 완전히 자의적인 경우는 드물 것이다. 그것은 전통이나 이성의 권위에 의하여 뒷받침된다. 권력과 전통 그리고 이성은 이렇게 하여 순환적 관계에 있다. 권력이 전통이나 이성에 의존하는 것은 다시 사람이 마음으로 움직이는 존재라는 것을 말한다. 권력이 순전한 폭력으로 작용하는 경우 외에는 그것이 사람들의 내면 속에 받아들여져야 된다는 것이다. 그때에 전통과 이성은 내면과 권력을 잇는 경로를 이룬다. 전통과 이성은 동시에 내면과 외면에 존재한다는 특성을 가지고 있다. 그것은 사물의 방식이고 법칙이면서 동시에 내면의 원리이다. 이성은 법칙적 측면에서 파악된 인간의 내면이다. 전통은 더 복잡하게 사람의 삶의 반성적 성격에서 나오는 내면화의 원리이다. 사람의 삶의 경로를 반성적으로 내면화하여 체험으로 의식하고 이것을 기억화한다. 그러나 이 기억은 단순한 사실적 기억만이 아니라 감각적, 정서적 흔적을 지니며 또 현재와 미래에 있어서의 우리의 삶을 규정하는 힘으로 존재한다.

그런데 이러한 과정은 개인의 삶에서만이 아니라 공동체의 삶에서도 일어난다. 공동체의 체험의 기억은 사람이 역사적인 존재인 한 그의 성장의 환경으로부터 또 부모를 비롯한 타자들과의 관계를 통하여 개인의 성장의 기억에 합류한다. 어쨌든 이성의 원칙이나 전통의 관행은 내면에서 사람의 행동을 규범화하지만, 그것은 이미 사회에서도 제도의 원리가 되어 권력의 전달 경로가 되어 있는 것이다. 이성이나 전통 또 그것의 외적인 표현인 제도의 밑에 들어 있는 것은 모든 시작과 창립과 결정과 결단의 근거로서의 주체성이다. 그런데 이것은 궁극적으로는 권력의 담당자로서의 주체성이다. 이 주체성은 권력 조직의 정점에 의하여 행사되는 것일 것이다. 그러나 권력의 대상자의 위치에 있는 사람들의 주체성도 말살되는 것은 아니다. 위에서 말한 바와 같이 그것은 여러 가지 형태의 설득과 강압을 통하여 권력의 주체성에 동화된다. 그러나 제한된 범위에서이기는 하지만 달리 말하여 내적 설득의 경로 속에서 또 큰 테두리 안에서의 작은 결정들에 있어서 자신의 주체성의 능동성을 그대로 유지하고 있는 것이다.

주체성의 형태를 더 단순히 요약해 보자. 그것은 가장 구체적으로는 모든 행동과 느낌과 생각의 바탕으로서의 개인의 주체성이다. 그러나 어떤 개인의 주체성이 완전히 무에서 구성될 수는 없다. 그것은 집단의 영향과 제약 속에서 구성된다. 주체성은 보다 적극적으로 집단적인 것일 수 있다. 집단적 주체성은 여러 사람의 참여로써 이루어진다. 공공 간의 토의의 제례 등이 여기에 관계된다. 집단적 주체의 제례들은 완전히 평등하고 자유로운 것일 수도 있지만, 보다 많은 경우 그것은 일정한 권위의 구조를 드러내 주고 또 그것을 정당화하는 것일 수 있다.

다시 글 읽기로 돌아가서, 글을 읽고 이해하는 일에 있어서 작용하는 주체성은 권력과 이성과 전통의 복잡한 관련 속에 있다. 글을 읽는 일은, 되풀이하여, 이러한 주체성의 구성 관련에서 일어난다. 어떤 경우에나 그것은 개체적인 주체성이 스스로 제약을 받아들이는 일이다. 책을 읽고 책의 권위에 귀를 기울인다는 것 자체가 그러한 자기 한정 행위이다. 대체적으로 말하여 이 주체성은 집단의 제약—전통적이든 또는 일정한 이성적 원칙이든 제약을 받아들이는 한, 더욱 부자유스럽다고 할 것이다. 그러나 주체성의 제한을 말함에 있어서 결정적인 것은 그것이 개인적이냐 집단의 제약하에 있느냐 하는 것보다도 얼마나 사람들이 주체성 구성에의 참여를 허락받느냐 하는 것이다.

이해나 해석의 참여 공동체가 대면 공동체를 넘어가면, 읽기의 준거는 경직된 법이나 명령의 형식을 취하게 된다. 이것은 문자 문화의 성립으로 용이해진다. 집단적 주체는 문자로 표현되고 그것은, 적어도 근원적인 결정의 과정에서 멀리 있는 사람에게는, 주체적 창의성, 유연성, 변형 가능성 등을 상실한 경직한 율법이 된다. 그것은 암기되어야 하는 원칙이다. 주체적 유연성이 남아 있다면 그것은 오로지 구체적 사항들에 대한 원칙의 계속적 적용에 있어서만이다. 대면 공동체가 대면하는 사람들의 상호 작용이 아니라 제도와 문자화된 문서들로 묶이는 사회에서 일어나는 것이 이러한 일이다. 물론 이러한 경직된 이해와 해석의 체계는 곧 내면화된다. 그리하여 개인적인 글 읽기에서도 전형적인 글 읽기의 절차가 된다. 암기와 정답 찾기가 그 핵심을 이루는 것인데, 결국 중요한 것은, 그것이 안에 있든 아니면 시험관, 교사, 검열관, 코미사르 등의 모습으로 밖에 있든, 유일한 주체성의 근원인 전통과 권위와 권력자의 심중 맞추기이다.

7

위에서 시도해 본 것과 같은 정치 공동체 내에서의 책 읽기에 대한 고찰은 우리로 하여금 책 읽기를 조금 더 넓은 관점에서 볼 수 있게 한다. 우선 우리는 독서가 비독서와 독서의 여러 전달 행위 형태의 일부이며, 역사적으로 또 사회적으로 정의되어야 하는 인간 현상이라는 것에 주목하게 된다. 독서 이전에 생각되어야 할 것은 비독서의 전달 현상이다. 독서는 비독서의 전달 형식에 대하여 반드시 우월한 것인가?

글의 사용이 기억력의 쇠퇴를 가져온다는 플라톤의 지적은 이미 언급하였다. 구비 문화와 문자 문화의 위계적 파악이 회의의 대상이 된 다음에 두 문화의 전환에서 일어난 인간적 손실은 더 분명해진다. 최근의 한 연구자가 그 손실을 요약하여 말한 것을 다시 들어 보면, 자연스러운 공동체에서 볼 수 있는 바와 같은 "감각적 삶의 소실"이 그 대표적인 것이라고 할 수 있는데, 이것은 "육체의 부동화, 낭독의 소멸, 혼자 하는 독서, 소비로서의 독서" 등이다. 다시 말하여 사람의 책을 읽는 행위는 "비육체화"되었다.[23] 그러나 이것은 더 큰 인간 소외 현상의 일부에 불과하다. 자연스러운 언어는 인간의 전인격적인 상호 작용의 일부를 이루고 또 그러한 교환의 전면성, 자발성, 창조성을 가지고 있다. 이것은 구비적 상황에서 상당히 그대로 유지되는 것이었을 것이다.

순전한 말하기 공동체에서 낭독으로 의사 전달 방식이 옮겨 갈 때 거기에는 어떠한 변화가 있는 것일까? 서양에서 글은 오랫동안 같이 읽는 것이었다. 말할 것도 없이 읽는다는 것은 신부가 회중을 두고 읽는 행위를 뜻하고, 또는 조금 더 현대적인 독서의 의미에 가깝게 이해와 토의를 위하여 읽는 경우라 할지라도 수도사들이 서로 여러 사람 앞에서 낭독하는 것 또 혼자 읽는 경우에도 소리 내어 읽는 것을 뜻하였다. 하나의 텍스트에 대한 의존은 구전 사회에서의 경우에 비하여 언어의 비육체화를 수반하는 것이었다고는 할 수 있을 것이다. 문자를 통한 언어 작용은 이러한 요소를 상당히

---

23 Johannes Fabian, "Keep Listening: Ethnography and Reading", *Boyarin*, p. 83.

감소하게 한다. 문자로 고정된 텍스트는 하나의 권위가 되어 언어 소통의 관계를 비자발적이며 비대칭적인 것으로 바꾸어 놓는다.

낭독으로서의 글 읽기는 구전과 고독한 독서의 중간 지점에 있다. 구비 전통에서도 모든 언어가 자발적인 것은 아니다. 가령 구전 서사시에서 보는 바와 같이 입으로 전해지는 언어도 문자로 고정된 텍스트에 가까운 공식성을 가지고 있을 수 있다. 다만 변할 수 없는 텍스트로서의 언어의 성격의 고정성에 차이가 있을 뿐이다. 낭독의 경우나 구전의 경우나 언어가 소리로서 들린다는 것은 공통된 점이다. 그것은 전달의 육체적 근거를 유지시킨다. 그러나 더 중요한 것은 언어 행위의 공동체적 성격이다. 즉 단순한 해독의 대상으로서의 텍스트는 상징적인 의미가 아니라 현실적으로 바로 그 자리에 있는 공동체를 가지고 있지 아니한 데 대하여, 낭독되는 텍스트는 그대로 공동체적 테두리를 가지고 있다. 많은 경우 이 공동체는 텍스트 자체에 대하여는 외적인 관계에 있다. 그러나 그것은 공동체의 제례 의식에 편입되어 있어서 단순한 비인격적인 정보 체계로 전락하지 아니한다. 읽는 사람의 텍스트에 대한 관계는 공동체적 정서 속에서 정의되는 것이다. 그리하여 문자적 의미는 오히려 뒷전으로 밀려났을 수 있다. 낭독되는 라틴어의 경우에도 그랬을 가능성이 있고 우리 전통에서 한문의 낭독도 그랬을 가능성이 있지만, 공동체의 제의에서 사용하는 언어는 정보나 의미의 관점에서는 오늘날의 책 읽기에서와는 다른 기능을 가졌을 것이다. 그것은 사람들의 공동의 삶을 뒷받침하고 있는 어떤 삶과 우주의 비의에 대한 암호로 작용했을 가능성이 크다.

대체적으로 말하여 위에 언급한 여러 언어 전달의 양식을 구비 문화, 공동체적 책 읽기의 문화, 그리고 완전한 문자 언어의 문화로 다시 이름하여 본다면, 큰 분수령은 구비 문화와 공동체적 책 읽기를 포함한 문자 문화의 사이가 아니라 낭독 문화와 완전한 문자 문화 사이에 있는 것인지 모른다.

중요한 것은 언어가 구체적인 인격 공동체 안에 있는가 아닌가 하는 것이다. 언어의 "비육체화" 또는 "비인격화"는 이 마지막 유형에 있어서 강한 특징이 되는 것으로 보인다. 물론 이러한 과정은 공동체적 책 읽기 문화에서도 이미 일어난 것이다. 언어의 출전이 공동체의 밖에서 올 때 살아 있는 언어의 인격적, 육체적 요소가 수반되지 아니하고 구비적 환경에서의 상호성이 언어에서 사라질 것은 당연하다. 그러나 이러한 효과는, 이미 비친 바와 같이, 그 언어를 스스로 안으로 편입한 공동체의 영향으로 상당히 완화되는 것이 아닌가 한다. 밖에서 온 의미 불명의 언어의 의미는 그 자체로가 아니라 그것이 공동체의 제의에서 차지하는 위치로 하여 얻어지는 것이다. 글 읽기의 비인격화는 공동체적 기반이 약화되고 확대되고 사회 조직이 보다 확대됨에 따라 심화된다. 사회의 관료화는 읽기에 있어서 하나의 중요한 고비를 이룬다. 물론 관료적 의사 전달도 어렵게 되는 대중 사회에서 읽기의 비인격화는 절정에 이른다. 오늘날 우리 사회에서 보는 교실, 학교, 시험 제도들은 이러한 읽기 문화의 역사적 변화로서 설명된다.

역사는 연속과 단절로 이루어진다. 읽기의 비인격화가 낭독 사회의 사회적 상호성을 잃어버린 결과라고 한다면, 그것은 이미 낭독 사회에서 준비되었던 것이다. 그리고 읽기의 극단적인 비인격화는 여러 불행한 현상을 낳지만 그중의 하나는 고독한 독자의 현상이다. 그러나 이것은 또 다른 가능성을 배태하고 있는 것이다. 후자의 관점에서, 읽기는 의미에 대한 주체적 이해로서 완성된다. 이것은 주체적 삶의 폭의 확대에 기여하는 것이 될 수 있다. 그렇다면, 공동체적 기능의 수행에 기여하는 것이라 할지라도, 고독한 독자 이전의 낭독 사회에서 의미 불명의 외래의 언어가 그러한 최종적 완성에 도움을 주지 아니할 뿐 아니라 오히려 방해로 작용한다는 것도 무시할 수 없다. 어느 경우에나 밖으로부터 오는 의미 불명의 언어에 부여하는 권위는 정신의 족쇄가 되는 것이다. 이 족쇄로부터의 해방은 문자의 공동체로부터의 해방을 통하여 얻어진다.

이 글의 머리에 언급한 스티븐스의 고독한 독자의 의의는 이러한 관점에서 비로소 이해될 수 있다. 앞에 비친 바와 같이 그것은 적지 않은 인간적 가치의 상실과 억압을 대가로 지불하고 얻어지는 것이다. 그것은 보다 자연스러운 상태의 인간의 감각적이고 동적인 있음을 단순화한다. 그것은 그러한 것을 보다 충분히 가지고 있는 인간 활동과 그러한 활동을 특징으로 하고 있는 계급의 가치를 격하하고 억압하는 여러 사회적 관행과 병행한다. 그러면서도 동시에 어떠한 특정한 면에서 그리고 특정한 역사의 단계에서 그 나름의 해방적 기능을 수행한다.

어떻게 보면 더욱 중요할 수도 있는 인간적 가치를 희생하고 이루어지는, 스티븐스가 그리고 있는 바와 같은 고독한 독자의 독서 행위에서 일어나는 것은 무엇인가를 다시 간단히 생각하여 보자. 신체적 부동성, 혼자 있을 수 있음, 정숙한 환경 — 이러한 것들이 있어야 함은 앞에서 지적한 바와 같다. 이것은 단순히 개인적으로 확보되는 것이 아니라 역사적으로, 문화적으로 얻어지는 조건이다. 그렇다는 것은 말하자면 물질적 조건은 역사적으로 발전되어 온 문화의 외적인 표현에 불과하다는 말이다. 따라서 중요한 것은 그러한 조건과 일정한 관계에 있는 정신의 조건이다. 그것이 없다면 외적인 조건도 아무런 살아 있는 작용이 없는 빈 껍질에 불과할 뿐이다. 그 정신이란 주체의 원리로서의 데카르트적 이성이다. 데카르트가 선언한 바와 같이 그것은 만인이 가지고 있는 것이다. 이성의 깨우침은 권위를 모든 사람에게 되돌려 줄 수 있다. 이성의 관점에서 글 읽기는 자신의 마음속에 있는 이성의 원리에 따라 주어진 텍스트를 번역하는 행위이다. 구체적인 연구가들은 묵독이 서양에 일반화된 것은 18세기라고 하지만, 그것이 데카르트적인 이성의 준비 작업으로서 이루어진 것이라고 할 수 있다.

그러나 이성은 생각되는 만큼은 자연 상태에 있어서의 인간성의 본질적 속성이 아닐 수 있다. 데카르트의 이성은, 겔너의 말대로, "차근차근한 숙의, 명증성, 문제의 분석적 처리, 철저성, 책임, 회계 감사"[24] 등의 부르주아적 생활 스타일의 성립에 관계되어 그 모습을 드러낸다. 달리 말하면 데카르트적인 이성이 사고와 사물을 정리하는 원리로서 다른 어떤 제일 원리에 비해서도 보편적인 것은 사실이나, 그것은 역사적 업적으로서 인간의 일반적 가능성의 한 면만을 나타내는 것에 틀림이 없는 것이다. 이렇게 이성의 역사성을 상기하는 것은 그것이 관료화의 가장 효율적인 원리이기도 하다는 것을 기억하자는 뜻에서이다. 그것은 인간의 가능성 — 주체적 존재로서의 인간의 가능성을 단순화한다. 이런 단순화의 극단적인 예를 보여 주는 것이 관료적 이성이다. 법과 규칙 그리고 문서에 의하여 구성되는 관료 조직의 합리성은 이성으로부터 그 주체적 측면 — 세계 속에 창조적으로 존재하며 따라서 하나의 권력의 중추로부터의 통제에 대하여 위협이 되는 주체의 애매성을 제거함으로써 성립한다. 이러한 경직된 합리성은 문자 문화와 관료적 권위주의 체계의 일반적 특징이 될 수 있지만, 사실성과 실증성으로 좁혀진 합리성의 정신문화에서도 볼 수 있는 것이다. 사회적인 체계와의 관련에서 보지 않더라도 이성의 단순화에 대한 우려와 비판은 지나칠 정도로 자주 이야기된 바 있다. 사람이 이성과 등가가 아닌 것은 말할 것도 없다.

그러나 그 양의성에 주의하는 것은 중요한 일이지만, 이성의 업적이 눈부신 것임을 부정할 필요는 없다. 현대 사회의 과학적 실제적 업적은 이성의 원리로 인하여 가능하여진 것이다. 얼른 보이지 않는 것은 이성의 단순화가 가능하게 한 것은 감각과 심리적 삶의 풍부화이다. 17세기 이후의 과

---

24 Ernest Gellner, *Reason and Culture*(London: Blackwell, 1992), p. 10.

학의 시대는 감각의 해방과 병행하는 것이다. 또는 성을 비롯한 인간의 관능적 삶은 어떠한가. 혹자는 19세기 말에 있어서의 정신 분석학의 대두는 이성에 대한 도전으로 말하지만, 정신 분석학은 이성의 대극을 이루는 광증을 이성적 통제하에 두려는 시도이다. 중요한 점은 이성의 통제이다. 이성의 통제가 바로 비이성적인 것들의 해방을 가능하게 하는 것이다. 이것은 감각적인 것들의 해방 그리고 예술 작품에 있어서의 이러한 것의 등장과 풍성화의 경우도 마찬가지이다.[25] 다시 한 번 이러한 해방과 풍부화의 의미는 양의적이다. 미셸 푸코가 성 해방과 광증의 발견이 모두 그것의 이성적 통제 방편이라고 한 것은 경청할 만하다.

그러나 이성의 해방적 가능성은 조금 더 근본적일 수 있다. 이성은 이성의 해체 가능성을 내재하고 있다. 해방적 가능성은 여기에 관계되어 있다. 요즘의 해체 이론에서 해체의 대상이 되는 것은 이성이다. 그것은 결국은 의미 없는 자기 유희에 불과한 것이라고 생각된다. 그러나 주의할 것은 이러한 해체의 작업 자체가 논리적 분석의 결과로서 얻어지는 것이라는 점이다. 의미의 허무주의는 극단적 형태의 이성의 긍정이다. 어쨌든 아마 진정한 허무 — 참으로 인간의 창조적 시작에 가까이 있는 허무는 성질이 다른 것인지 모른다. 앞에 들었던 스티븐스의 시에서 독자는 아무것도 씌어 있지 않은 텍스트를 읽고, 결국 독자의 깨우침도 책에 아무것도 씌어 있지 않다는 것을 아는 데에 있다. 그러나 진리를 부정하는 것은 아니다. 그것은 잠정적일망정 존재하는 것이다. 그것을 가능케 하는 것은 사람의 주체적 의지이지만, 그것을 궁극으로 보장하는 것은, 쉽게 근접되는 것은 아니면서도 지표가 되고 평화와 위로의 한 원천이 되는 여름밤의 신비이다. 하이

---

25 이성과 예술 작품의 사실적 디테일의 관계에 대해서는 졸고,「철학과 문학의 사이에서: 데카르트적 양식에 대하여」,《철학과 현실》(1993년 겨울호), 297~302쪽 참조.

데거가 말하는 시적 창조에 있어서의 위험, 릴케의 무서움의 시작도 해체주의의 허무에 비해서는 너무 존재의 신비한 현존으로 가득 차 있다.

진정한 창조는 극치에 이른 주체성에서가 아니라 그 극치에서 다시 존재에 대하여 열림으로써 가능해지는 것일 것이다. 그리하여 그것은 허무에 이르는 것이면서 동시에 존재와 실존의 심각성 ── 개인적이고 집단적인 삶의 심각성을 깨우치는 것이기도 하다. 글 읽기는 주체성의 발견에 이르며, 존재의 창조성, 또 그 두려움에 참여하는 일이다.

(1994년)

감각, 이성, 정신

현대 문학의 변증법

한국의 현대사는 현대성에 도달하기 위한 투쟁 또는 강행군의 역사라고 해석될 수 있다. 현대성이란 무엇보다도 국가로서의 현대적 조건, 즉 산업 경제, 오늘의 국제 환경 속에서 버티어 낼 수 있는 무력 장비와 조직을 가진 군대, 그리고 국민적 동원이 가능한 능률적인 정치 체제 — 권위주의적이거나, 사회주의적이거나, 자유 민주적이거나 어느 이념으로 설명되든지 간에 — 를 갖추는 일이라고 일단 정의할 수 있다. 그러나 이러한 정치 경제와 사회 체제의 현대성에 추가하여, 정치 경제적 현대성에 대응하는 문화적 현대성, 즉 거기에 맞는 종류의 감각적, 정서적, 관념적 삶의 조직을 총체적인 현대성에 포함시킬 수 있다.

문화적 현대성이 정치 경제의 현대성에 선행하는가 아니면 그것에 종속 변수적인 관계만을 가지고 있는가 하는 것은 쉽게 답할 수 있는 일이 아니다. 그것들이 상호 작용의 관계 속에 있다고 말하는 것은 편의상의 공식에 불과하다. 어쨌든 사람이 내면을 가진 존재이며, 내면의 매개를 통하여 환경과 관계되는 한, 문화적 현대성을 수반하지 않는 정치 경제적 현대성 또는 외면적 현대성은 비능률과 마찰 그리고 인간적 불행의 원인이 되게 마련이다.

문학은 문화적 현대성의 일부를 이룬다. 현대성의 다른 여러 구성 요소나 마찬가지로 문학이 하루아침에 현대적이 되는 것은 아니다. 그것은 한 번에 생겨나는 것이라기보다도 복잡한 변증법적 경로를 통하여 구성된다. 현대 문학이 되는 일 — 문학이 현대성을 얻는 일 — 이 반드시 바람직한 일이라거나 좋은 일이라는 말은 아니다. 문학 나름의 현대성을 얻는다는 것은, 싫든 좋든, 사회적 현대화의 기능적 요구일 뿐이다. 현대의 문학은, 다른 사회 현상이나 마찬가지로, 현대의 상황을 이루는 여러 힘들에 의하여 형성되고, 또 그러한 힘에 적절한 대응 관계를 얻음으로써 비로소 현대적 표현의 적절성을 얻는다.

현대 문학의 현대성에 대한 질문은, 이미 비친 바와 같이, 보다 큰 질문의 지평으로 열리는 질문이다. 현대화는 우리가 사는 세계를 바꾸는 일이면서, 이러한 세계에 대한 우리의 생각을 바꾸는 일이고 이 세계 속에 사는 우리 자신을 바꾸고 우리 자신에 대한 생각을 바꾸는 일이다. 현대화는, 자아와 타자, 개체와 사회, 역사, 세계 등 인간 존재의 구조화를 위한 개념적 요소, 또는 삶에 의미를 부여하는 데에 필요한 모든 세계 해석적 설화 그리고 그것에 필요한 요소들을 재구성하는 것을 뜻한다. 그리고 이것은 삶의 구성 또는, 비유적으로 말하여, 그 시나리오에만 관계되는 일이 아니고 그것보다 더 근본적으로 이 시나리오를 쓰는 수법을 발견하는 일에도 관계된다. 바뀌는 것은 삶의 외적인 형태만이 아니고, 이 형태들이 만들어지고 텍스트화하는 그 근본적 모체의 창조 형식 자체이다. 예술적 표현은 여기에서 제일차적인 증거가 될 수 있다. 예술은 우리의 생각과 느낌과 지각이 전통적 형식이나 외래 문화의 암시에 따라 정형화되고 표현을 향하여 나아가는 모습을 드러내 준다.

한국의 현대 문학 그리고 현대 예술의 현대성은 무엇인가? 이것이 우리의 질문이다. 그러나 이것은 곧 현대인으로서의 한국인이 어떠한 존재인가 하는 질문이다. 현대화라는 큰 테두리에도 불구하고 오늘날 우리의 삶은 혼란스럽고 불가해한 것으로 보인다. 이것은 삶의 외적인 표현에서보다도 내적인 운동에 있어서 더욱 그러하다. 인간의 내면은 어떤 경우에나 혼돈과 무정형으로 특징지워진다. 인간 내면의 역사적 변화를 쉽게 알아내는 데 쓰일 수 있는 설명적 범주가 무엇인가는 전혀 불분명하다. 그러나 우리 문학의 현대성에 대한 질문의 답이 유독 간단할 수가 없는 것은 단절, 변동, 갈등과 투쟁의 역사가 한국의 현대사이기 때문이다. 이것은 문학에 있어서의 현대성의 운동을 특히 복잡한 것이 되게 한다.

현대성이, 그 가치에 관계없이, 현대 세계에서의 생존의 도전이고 또 새로운 해방의 약속으로 요구되었다고 하더라도, 그것은 대부분의 비서양 세계에서 제국주의, 식민주의, 도구주의적 비인간화 등과의 착잡한 유착 관계 속에서 등장한 도전이고 약속이었다. 수천 년간 독자적인 경로로 지속 변화되어 온 삶의 체제로부터 또 하나의 다른 체제로 옮겨 감에 있어서, 우리의 현대사는 풀어낼 수 없는 모순으로만 현대성의 과제를 부과하였다. 그런데 이러한 유착은 제도나 정치적 이념 또는 도덕적 명령으로만 파악할 수 없는, 그것보다도 훨씬 더 깊은 곳에서 일어나는 모순의 변증법을 한국인의 심성 속에 가동시킨다. 그러나 모순들은 문화와 문학이 만들어지는 인간의 내면에서는 그렇게 분명한 것이 아닐 뿐만 아니라 하나의 주체 속에 통합되어 존재한다. 모순은 내면이 아니라 그것의 외면화에서 일어나며, 외면적 모순의 지양도 모순된 외적 표현의 일방적 억제가 아니라 그것을 초월하는 보다 높은 원리, 보다 깊은 내면성의 원리에 의하여 가능하게 된다. 예술의 모호성은 이러한 보다 깊은 원리에 대한 탐구에 관계되어 있다.

서양 현대사의 전개를 설명하는 데 하나의 단순화된 원리가 있다면, 그 것은 이성의 원리이다. 헤겔이나 마르크스의 변증법적 역사관에서의 이성 의 진전, 부르주아 역사관에서 주로 과학과 기술의 발전 또 그것에 따르는 행복의 증진, 또는 더 일반적으로, 발전적이든 아니든, 사회 제도와 기구에 있어서의 합리성의 증대 — 이러한 표현들은 어떤 형태로든지 현대사의 전개를 이성의 원리로 파악한 데에서 나오는 것들이다. 이러한 경우의 이 성은 물론 객관적 사실의 원리이지만, 동시에 인간 정신의 원리이다. 이 관 점에서 문화의 현대성의 발전은 객관적이면서 동시에 주관적인 이성, 또 는 합리성의 주관적 측면으로서의 이성이 사람의 사고와 행동의 정향성이 된다는 것을 말한다. 주관적 태도로서의 이성의 진전이 문화적 현대성의 특징이 되는 것이다. 한국 현대 문학의 역사도 일단은, 좋든 싫든 또는 가 치의 상승을 의미하든 타락을 의미하든, 현대 역사가 요구하는 이성과 합 리성의 조건에 적응하거나 아니면 적어도 그것과의 싸움이나 타협에 이르 려는 경과로 볼 수 있다. 이러한 의미에서 문학사가들이 일찍부터 한국 현 대 문학의 시초에 계몽주의 문학을 발견한 것은 현대성의 역사적 의의에 대한 일단의 이해를 나타낸 것이다.

다만 그 역사적 경위가 간단한 의미에 있어서의 이성과 합리성의 수락 이 되지 않음은 말할 것도 없다. 그것은 인간의 경영 가운데에서 문학이나 예술이 차지하고 있는 특별한 위치(특히 서구적인 것이든 아니든), 예술이 제 도적 합리성에 대하여 가지고 있는 복합적 위치로 인한 것이다. 이 복합성 은 한국 현대 문학에서도 발견하는 것이지만, 이미 서구의 합리화의 과정 에서의 문학과 예술이 가지고 있는 복합적 의미 속에 나타나 있는 것이다. 현대 예술의 전개 과정은 일견 사회적 합리성의 진전과 병행하는 듯하면 서, 동시에, 특히 낭만주의 이후의 문학에서는, 그에 대한 반대 명제를 구 성하는 것처럼 보인다. 그러면서도 그것은 대국적으로는 합리성의 테두리 속에 수렴된다고 말하여야 한다. 어쨌든 이성 또는 합리성이 삶의 지배적 원리가 되려면 그것은 삶의 비이성적 측면과 일정한 관계 속에 들어가지 않으면 안 된다. 예술은 이러한 관계의 장이다.

그러나 예술의 비이성적 성격은 그 본질상 자연스러운 것이라고 생각될 수도 있다. 감지하고 느끼고 생각하는 사람의 삶이 100가지로 정치적, 사회적, 또는 실존적 삶에 얽혀져 들어갈 때의 여러 양상과 100가지의 뉘앙스들의 총체 — 이것을 단순화하고 일반화하여 말하는 것은 맞는 말일까. 그럼에도 불구하고 우리는 사실적이든 단지 방법적 가설이든, 이 걷잡을 수 없이 흐느적거리며 변화하는 느낌의 삶이 일정한 형태를 또는 방향성을 갖는다고 생각하고자 한다. 또 대부분의 사회에서 사람이 하나의 일체적인 존재로 행동할 것을 요구하는 한, 그러한 방향성이 불가피하게 성립할 수밖에 없다. 그리하여 우리는 시대에 따른 지배적 심성 — 망딸리떼(mentalité)를 말할 수 있다. 현대에 있어서 그것은 이성이나 합리성의 원리로 수렴된다. 그러나 그러한 통합의 원리는 선적인 논리로 성립하기보다는 복잡한 전제로서만 이해될 수 있는 여러 가지의 우회와 역류와 모순을 포함한다. 그것은 이러한 경위를 통하여서만 추상적인 원리가 아니라 삶의 원리가 된다. 그것은 물론 단순히 꿈의 작용을 포용하는 억압의 원리가 될 수도 있다.

한국의 현대 문학에서 두드러진 것은, 계몽주의의 현실성에도 불구하고, 합리성보다는 비합리성의 원칙으로 보인다. 가령 현대 문학의 커다란 주제의 하나는 자유연애론이지만, 현대 문학의 첫 관심의 하나가 성(性), 다시 말하여, 인간의 불합리한 충동이라는 것은 매우 중요한 사실이다. 자유연애는 물론 서양에서 수입된 것이다. 현실 생활의 중요한 관심으로부터 분리된, 순수화되고 이상화된 성애의 이념은 서양 낭만주의자의 발명으로 괴테의 『베르테르의 슬픔』을 비롯하여 19세기의 서구의 소설과 시에 많이 표현된 것이다. 더 소급하여 이것은 루이스(C. S. Lewis)나 드니 드 루주몽(Denis de Rougemont)과 같은 학자가 주장하듯이 중세의 궁정의 전통이나 프랑스 남부의 종교적 전통으로부터 유래한 것이라고 할 수도 있다. 그러나 우리 문학에 전달되어 온 것은 주로 19세기의 낭만주의에서 비롯한 사랑이다. 물론 보다 중요한 것은 서양의 모델에 의한 촉발에 못지않게 그에 대한 강한 반응을 일으키게 하는 원인이 한국의 사정에도 있었다는 점이다. 말할 것도 없이 이러한 반응은 한국의 전통 사회에서의 남녀 간의 관계가 자발적인 친화가 아니라 외면적 도덕과 현실적 이해에 기초한 의무에 의하여 규정되고 이것이 알게 모르게 불행의 의식을 낳았다는 사실로 설명된다. 이로 인하여 "군자의 입에도 담지 못할"(이광수, 「혼인에 대한 관견」) 연애는 저절로 반항적 주장의 핵심이 되게 되었다.

그러나 자유연애가 하필 남녀 관계에 한정된, 관습 개조의 의지를 나타내는 것이 아님은 물론이다. 현대적 남녀 관계는 개인과 가족의 사회, 그리고 교육, 직업, 경제의 새로운 제도를 전제하여 가능하여지는 것이었다. 이광수를 비롯한 자유연애론자들의 자유연애는 이러한 개조를 요구하는 것이었다. 이러한 요구는 보다 넓은 이념의 문제로 표현되었다. 그것은 인간 이해의 전환을 요구했다. 새로운 인간론의 핵심은 사회적 의무에 의하여 규정되는 인간에 대하여, 감각적, 감정적 존재, 욕망의 존재로서의 인간을 내세우는 것이었다. 이광수의 자유연애의 옹호는 한편으로는 개체의 자각에 그리고 다른 한편으로는, 이 개체의 근거의 일부로서의 감각적이고 감정적인 인간의 발견에 관계되어 있다. 우리 현대 문학사에서 흔히 현대 소설의 효시로 말하여지는 『무정』은 이러한 주제들을 포함하고 있다. 그 철학적 중심은 감각적 인간에 대한 자각에 있다. 소설의 이야기의 전개에서 하나의 전기를 이루는 점은 주인공 형식이 구식의 윤리에 의하여 자신과 연결된 영채 ──혹시 자신으로 인하여 자살하였을지도 모르는 영채 ──를 버리고 평양으로부터 서울로 돌아가는 일인데, 이 돌아가는 장면에서, 주인공이 경험하는 어떤 깨우침은 바로 감각적 삶의 의미에 대한 것이다. 이 장면은 조금 더 자세히 살펴볼 필요가 있다.

평양에서 서울로 가는 기차를 탄 형식은 차창 밖으로 보이는 밤의 풍경을 보며, 흔히 신비적 체험에서 말하는 "대양에 합치는 것과 같은 융합의 느낌(oceanic fusion)"을 경험한다. 혹시 죽었을지도 모르는 사람을 찾던 일을 중단하고 헛되이 돌아가는 것임에도 불구하고, 주인공은 여기에서 이해하기 어려운 "무한한 기쁨"을 느낀다. 이 기쁨은 주위의 사람들과 창밖으로 보이는 풍경이 그의 마음속에 일으키는 느낌이면서 동시에 그 자신을 하나의 감각적 일체성으로서 발견하는 데에서 오는 느낌이기도 하다.

> 형식의 정신에는 슬픔과 괴로움과 욕망과 기쁨과 사랑과 미워함과 모든 정신 작용이 온통 한데 모이고 한데 녹고 한데 뭉치어, 무엇이 무엇인지 구별할 수가 없었다. 비겨 말하면 이 모든 정신 작용을 한 솥에 집어넣고 거기다가 맑은 물을 붓고 장작불을 때어 가며 그 솥에 있는 것을 휙휙 휘저어서 온통 녹고 풀어지고 섞여서, 엿과 같이, 죽과 같이 된 것과 같았다.[1]

여기에 묘사된, 감각과 정신 기능이 일체가 된 상태로서의 자아는 형식에게 "혼돈"의 상태이기도 하고 "조화"의 상태이기도 하면서, 그의 머리를 "무엇을 생각하는지도 모르게 흐물흐물하게" 한다. 이러한 머리의 또는 이성적 통제가 흐물흐물해진 상태는 역설적으로 그의 감각을 우주적인 것에로 열어 준다. 그리하여 그의 귀에는 "차의 가는 소리도 들리거니와 지구의 돌아가는 소리도 들리고 무한히 먼 공중에서 별과 별이 마주치

---

1 이광수, 『이광수 전집 1』(삼중당, 1971), 117쪽.

는 소리와 무한히 적은 에텔의 분자의 흐르는 소리도" 들린다. 또 그는 "메와 들에 풀과 나무가 밤 동안에 자라느라고 바삭바삭하는 소리와, 자기의 몸에 피 돌아가는 것과, 그 피를 받아 즐거워하는 세포들의 소곤거리는 소리도 들린다." 그의 감각적 계시의 순간은 한편으로는 하느님이 우주를 창조하는 것을 직관하는 일과 다른 한편으로는 (조금 충분하지 않은 논리적 연관을 통하여) 이 창조된 우주를 인지하는 자기 존재의 유일무이함에 대한 자각으로 마감한다. 그는

> 마치 북극성이 있고 또 북극성은 결코 백랑성도 아니요, 노인성도 아니요, 오직 북극성인 듯이, 따라서, 북극성은 크기로나 빛으로나 위치로나 성분으로나 역사로나 우주에 대한 사명으로나, 결코 백랑성이나 노인성과 같지 아니하고, 북극성 자신의 특징이 있음과 같이, 자기도 있고 또 자기는 다른 아무러한 사람과도 꼭 같지 아니한지와 의지와 사명과 색채가 있음을 깨달았다.[2]

이렇게 이광수는 감각 체험을 중시하고, 그것이야말로 한편으로는 우주에 통하는 원리이며, 다른 한편으로는 개체성의 근본을 이룬다고 생각하였다. 그것은 개체적으로나 우주적으로나 일체성의 바탕을 이루는 것이었다. 그의 자유연애론은 이러한 인간론의 일부이다. 다시 말해서 이광수의 인간 이해는, 적어도 이 시점에서는, 근본적으로 비이성적 존재로서의 인간을 강하게 주장하는 것이다. 그러면서 이것은 다른 한편으로 그 표면상의 모순에도 불구하고 현대적 합리성을 긍정하는 일과 불가분의 관계에 있다. 그것은 『무정』의 도처에 드러나는 현대 과학 기술에 대한 또 그에 따르는 현대적 제도에 대한 무한한 자랑과 향수에서도 알 수 있는 일이다. 그

---

2 앞의 책, 118쪽.

에게 이러한 현대주의는 일체적인 것이었다.

물론 감각과 합리성의 현대주의가 일체이면서 또 자기 모순의 원리인 것을 이광수는 깨닫지 못하였고, 이 모순 속에서 그의 삶과 예술은 파탄에 이른다고 할 수 있다. 이광수에게 모순은 현대주의 속에 있는 것이 아니라 비현대 또는 전근대의 제도와 인간 이해에 있었다. 이광수의 인간관은 사회적 윤리적 관계에 의해 지배되고 의식과 머리에 의해 통제된다고 생각된 전통적 인간관에 대항하여 생각된 것이다. 사회적 윤리와 메마른 관념으로 구성되는 전통적 인간에 대한 이광수의 반감은 그의 초기 저작의 주제의 하나이지만, 여기에 대하여, 『무정』의 제목이 시사하듯이, 그는 정감적 인간을 옹호한 것이다.

전근대적 인간관 ── 그것은 유교의 인간관으로 대표된다고 할 수 있는데 ── 이 반드시 일률적인 의미에서 개체로서의 인간을 경시했는지는 분명치 않다. 오늘날도 우리는 선비 정신이라는 말이 이야기되는 것을 자주 듣는데, 선비의 특성의 하나는 매우 강한 자기주장에 있다. 선비는 타협보다는 죽음을 선택할 수 있는 것으로 이야기되거니와, 죽음으로 확인된 자아는 얼마나 강한 것인가. 물론 선비의 이 주장은 도덕적 의지를 명징하게 함으로써 이루어진다. 다시 말하여 그것은 도덕의 규범성에 의하여 매개된다. 그러나 도덕이 자기를 강화하는 가장 강한 방법임에는 변함이 없다. 그리고 여기의 강한 자기 의지는 쉽게 공격적이 된다. 도덕적 의지가 사회와 타자에 대한 강한 억압적 권력의 기초가 되는 것이다.(유교의 의지 철학은 훨씬 복잡한 내용을 담은 것으로서, 여기에서 간단히 논할 수 없는 것이지만, 그것이 이러한 강한 자기 의지의 공격적 성격을 정당화하는 데 사용될 수 있는 것은 틀림없다. 여기에 대한 인식 부족은 오늘에 있어서도 사회적 갈등의 중요한 원인이 되고 있다.)

그럼에도 불구하고 유교적 인간관에서 근대적인 의미의 개인이 중요했다고는 할 수 없다. 그 차이는 추상적으로 파악된 개체성의 인정의 결여에 서보다는—물론 이미 비친 바와 같이 개체성이 사회적 규범성 속에 은폐되어 있었다는 뜻에서는 그것이 결여되어 있었다고 하여야겠지만—그 구체적 구성의 내용 또는 적어도 사회적 벡터에서 찾아야 할 것이다. 유교적 인간관의 중요한 점은 인간의 본질에 대한 이해에 있어서 감각적, 감정적, 욕정적 또는 육체적 측면을 현대적 태도와 다른 관점에서 파악했다는 것이다. 즉 주목할 것은 이러한 측면들이 대체적으로 의심과 부정으로 생각되었다는 사실이다. 감정적 삶에 대한 부정적 또는 소극적 태도가 도덕적 의지에 대한 강조 못지않게 조선조의 인간관에 특징을 부여한다. 이것은 조금 역설적으로 생각된다. 성리학에서 인간은 감정을 포함한 일체적 인간성의 관점에서 파악된다. 따라서 감정은 통제되어야 할 대상이 된다. 그리고 그것은 부정과 의심의 대상이 된다. 이에 대하여, 서양의 합리성은 인간을 이성적 존재로 규정하고, 감정을 그 영역 밖으로 몰아내었다. 그 결과 역설적으로 인간의 내용은 비이성적인 것이 되었다. 정치 경제의 합리성의 근본은 경제 인간의 허구—경제 이익의 최대화를 추구하는 인간은 결국 불합리한 욕망에 의하여 움직이는 존재—이다.(물론 이 문제의 더 바른 설정은 전근대적 또는 유교적 인간이—그것이 인간의 에너지를 개인과 집단의 양극에 어떠한 비례로 배분하든지 간에—다른 종류의 인간 에너지의 경제를 가지고 있었다고 말하는 것이다. 그리고 이 경제에서 인간의 감각적 정서적 면이 전적으로 억압되었다기보다는, 적어도 그 공식적 표현에서, 오늘날과는 다른 종류의 인식론적 제도적 표현을 가지고 있었다고 말하는 것이다. 이 점은 더 연구되어야 할 과제이다.)

　　조선조 성리학 토의에서 가장 유명한 논쟁거리가 되었던 것은 소위 사칠 논쟁인데, 간단히 말하여 그 핵심적 논점은 사람의 감정의 우주론적 또는 심리학적 의미에 관한 것이다. 성리학의 심리학에서 사람의 감정은 두 계열, 즉 측은, 수오, 사양, 시비(惻隱, 羞惡, 辭讓, 是非)의 네 가지 감정과 희로

애구애오욕(喜怒哀懼愛惡慾)의 일곱 가지 감정으로 구분된다. 그런데 앞의 감정은 이(理)에서 나오며 전적으로 선한 것인데 대하여, 후자는 이에서 발하는 네 가지의 감정과는 달리 기(氣)에서 발하여 선할 수도 악할 수도 있는 가능성을 가지고 있는 것으로 생각된다. 이러한 구분에서 사단칠정(四端七情)의 논쟁이 벌어지는 것이다. 이 논쟁은 극단적인 번쇄성을 띠게 되지만, 그 의미는 근본적으로 수양의 과정에서 이러한 감정이 어떻게 처리되어야 하는가에 대한 실천적 과제에 관계된다는 데 있다. 성리학에서 사람의 감정은 어떤 경우에나 관리되고 통제되어야 하는 것으로 생각되지만, 그중에도 일곱 감정의 움직임은 매우 위험스러운 가능성을 배태하고 있는 것으로 간주된다. 관심의 핵심은 마음(心)으로 하여금 이러한 감정을 통제하게 하는 일이다. 그것은 끊임없는 조심과 경계를 필요로 한다.

여기에서 마음과 감정의 관계는 서양 심리학에서의 이성과 감정의 그것과 비슷하다. 그러나 주의할 것은 마음의 움직임에서 서양의 이성적 절차에서처럼 감정이 완전히 배제되는 것이라기보다는 관리 통제되어 조화를 이루어야 하는 것으로 생각된다는 점이다. 감정 자체가 인식론적으로나 도덕적으로나 중요한 가능성을 가졌다는 생각은 어디까지나 포기되지 아니한다. 그리하여 통합과 통제의 원리로서의 마음은 더욱 중요해진다. 그러니까 마음은, 서양적 이성이 주로 사물에 관계되는 것인 데 대하여, 주로 감정 통제의 원리가 된다. 따라서 인식론적 에포케를 위하여가 아니라 일상적 정서의 생활에서 부동, 고요, 비어 있음, 밝음 등의 통제적 성격을 발휘하여야 한다. 마음의 절제의 여러 모습 ── 퇴계가 『성학십도(聖學十圖)』에 포함시킨 숙흥야매잠(夙興夜寐箴) ── 은 현실적인 상황과의 관련에서 적절하게 묘사되어 있다.

닭이 울어 깨게 되면 이것저것 생각이 차차 일어나게 되나, 어찌 그동안에 고요하게 마음을 정돈하지 아니하리요. 때로는 과거의 허물을 반성하며, 때로는 새로 얻은 것을 생각해 내어 절차와 조리를 요연하게 알아 두어라. 근본이 서게 되면, 새벽에 일찍 일어나서 세수하고 빗질하고 의관을 단정히 하고 앉아 얼굴빛을 가다듬고 나서, 이 마음을 이끌리기를 마치 돋아 오르는 해와 같이 밝게 하여 엄숙하고 가지런하며 허명하고 고요해질 것이다.[3]

공구신독(恐懼愼獨)은 마음을 흐트러지게 할 수도 있는 격정들에 대한 경계로서 필요한 것이다. 이것은 내면에 대한 통제 그리고 억압의 필요를 나타내는 것이지만, 또한 사회와 다른 사람에 대한 통제와 억압의 필요로 연결될 수 있다. 금욕주의적 통치자가 억압적 정치 체제의 집행자가 되기 쉬운 것은 지도자에 대한 정신 분석적 연구에서 더러 지적되는 일이다. 더 나아가 자연 인식의 원리로서의 이성이나 도덕적 인식의 원리로서의 마음이나, 어느 쪽의 원리에 의한 인식에도 필요한 금욕적 억제는 그 자체로서 일반적 억압으로 나아갈 수 있다고 말할 수도 있다.

자크 데리다는 『글쓰기와 차이』에 실린 「폭력과 형이상학」에서 이성, 이론, 관조 등의 모든 철학의 원리 아래 원형적인 비유로 들어 있는 빛의 이미지에 대해 언급하면서, 그것이 감추어 가지고 있는 폭력적 지배 의지를 지적한 바 있다. 이성의 빛은 타자를 나의 의지 속에 편입한다. 그런 의미에서 폭력의 현상이다. 이와 비슷하게 성리학의 마음도 그것이 서양적 이성과 비슷한 것이든 아니든, 억압과 폭력성을 포함한다.(얼핏 보기에 그것은 서양의 극히 추상화된 이성에 비하여 더 인간적인 것처럼 보이지만, 다른 한편으로 그것은 인성의 이해에 있어서의, 앞에서 비쳤듯이, 감정의 중요성을 인정함으로써 역설적으로 그것의 통제 내지 억압의 길을 열어 놓는다고 할 수도 있다.) 어쨌든 이광

---

3 이황, 『한국의 사상대전집 10』(동화출판사, 1972), 111쪽.

수와 같은 초기의 현대주의자에게, 성리학적 인간 해석은 삶의 여러 가지 표현을 억압하는 기반으로 생각되었다. 그리고 그는 그 억압의 핵심 속에 억압되어 있는 감각적, 감정적 인간을 발견한 것이다.

그러나 우리는 이광수의 현대성이 한국의 전통에서의 이성적 인간관의 관계에서 생각된 것이면서 동시에 서양 문학에 의하여 자극된 것임을 다시 생각할 필요가 있다. 이광수의 인간 이해는 낭만주의적이라고 하겠는데, 위에서 비친 바와 같이 그것은 동시에 낭만주의를 초월하는 현대적 합리주의를 수긍하는 것이기도 하였다. 다만 그는 현대성의 두 요소라고 할 수 있는 낭만주의와 합리성의 모순된 통합을 이해하지 못하였다. 그에게는, 적어도 초기에 있어서, 대립은 서양적 현대성과 한국의 전근대이고, 서양적 현대성의 자기 모순은 아직 생각될 수 없는 것이었다.

얼핏 보기에 유교적 인간에 대한 이광수의 관계는 서양적 현대성의 지배적 원리인 이성에 대한 낭만주의의 관계와 비슷하다. 현대성의 대두에 있어서 문학과 예술은 불가피하게 낭만적 반이성, 불합리성을 강하게 대표하였다. 합리적이란 대부분의 경우 어떠한 관점 ─ 그 자체로는 문제화되지 않는 하나의 관점 ─ 에서 구성되는 질서를 말한다. 자연 과학의 세계가 감상을 사상한 순수 사유, 코기토에 의하여 구성되는 객관적이면서도 인위적인 세계라는 것은 자주 지적되는 사실이다. 현대의 특징을 이루는 생활 세계의 합리성도 하나의 단순화에 기초한 것이다. 현대 자본주의적 이성의 발전에 있어서 아르키메데스의 지렛대가 되는 것은 자기의 이익을 최대화하고자 하는 개인이다. 그러나 그것이 현대 서구 사회의 한 전형을 나타낸다고 하더라도 그것이 서구 인간의 전부를 나타낸다고 할 수는 없다. 따라서 이러한 관점에서의 합리성의 진전은 보다 총체적인 인간성의 희생을 동반한다. 막스 베버는 서구의 현대사를 계속적인 합리화의 전진으로 본 대표적인 사상가라고 할 수 있지만, 이러한 진전이 가져오는 인간성의 편향화에 대해서 누구보다도 날카로운 의식을 가진 사람이기도 하였다. 그는 이러한 관련을 다음과 같이 말한 바 있다.

　　행동의 '합리화' 과정은 묵은 관습을 무반성적으로 수락하지 않는 대신, 자기 이익의 관점에서 주어진 상황에 의식적 적응을 꾀하는 행동 양식이 우세해지게 한다는 면을 가지고 있다. 물론 행동의 합리화가 이 과정만을 의미하는 것은 아니다. 그것은 여러 가지의 방향으로 진전된다. 그것은 한편으로는 궁극적 가치의 의식적 합리화, 다른 한편으로는 관습과 정서적 가치의 희생, 그리고 마지막으로, 절대적 가치에 대한 믿음에 대신하는 도덕적 회의주의의 합리성으로 진전된다.[4]

개인적 이익의 입장에 입각한 합리화가 관습, 정서, 도덕을 비롯한 절대적 가치의 희생을 요구하는 것이라고 할 때, 이러한 가치들에 뿌리를 내리고 있는 문학이나 예술이 시대의 지배적인 합리화의 과정에 대하여 불편한 관계를 가지게 되는 것은 자연스러운 일이다. 서구의 현대 문학은, 많은 해석가, 특히 낭만주의 문학에 대한 정치적 해석을 시도한 정치 이론가 마르쿠제와 같은 사람들이 말하듯이, 좁은 의미의 이성적 인간에 대한 반대 명제의 담당자, 그중에도 불합리성의 대변자로서 생각될 수 있는 면을 강하게 드러낸다.

사실 낭만적 저항은 서양의 현대적 발전에 있어서 부분적인 현상이 아니라 중심적인 전환을 나타낸다. 캐나다의 헤겔학자 찰스 테일러(Charles Taylor)는 '현대적 정체성의 형성'이라는 부제를 가진 저서 『자아의 근원(The Sources of the Self)』에서 현대인 또는 서구인의 자아 개념의 발전에 있

4　Max Weber, *The Theory of Social and Economic Organization 1*(New York: Free Press, 1964), p. 123.

어서 "표현적 전환(the expressive turn)"의 중요성을 지적한다. 이것은 서구적 현대성의 발전에 있어서 반드시 합리성의 원리에 일치하는 것이 아닌 자아 개념의 중요성을 지적하기 위하여 쓴 말이다. 계몽주의의 합리성을 거친 다음 서구의 낭만주의자들은 이성에 대신하여, 인간 자아의 정당한 또는 중요한 일부로서, "사물의 질서의 깊은 곳 …… 더 나아가 우리 자신의 본성, 욕망, 정서, 친화감에서 솟구쳐 나오는" 힘 — 어떤 근원적인 힘 — 을 인정할 것을 주장하고 그것의 정당한 표현을 요구하였다. 낭만주의가 발견한 감각과 감정의 어두운 충동들은 무시할 수 없는 인간의 현실일 뿐만 아니라, 세계의 본질에 그대로 맞닿아 있는 힘이다.

사람은 감각하고 느끼는 삶을 통하여 자연과 하나가 된다. 삶의 진실에 이르기 위해서는 이러한 힘들이 개발되어야 한다. 이러한 능력의 계발은 정해진 방법이나 통로로서만 이루어지는 것이 아니다. 그것은 각 개인에게 고유한 것으로서 사람은 스스로를 외면화하고 표현하면서 스스로를 형성한다. 이러한 자기 형성과 자기표현을 얻어야만 비로소 사람은 참다운 개체가 된다. 어두운 충동, 감각, 정서의 표현적 형성이야말로 인간의 특징이며 사명이다. "표현적 전환"이란 서양 사상사에서의 이러한 인간 이해의 대전환을 지칭한다. 여기에서 나온 표현적 개체화의 개념은, 테일러의 말로는, "'서양' 현대 문화의 초석의 하나"를 이룬다.[5]

앞에서 잠깐 살펴본바 감각적, 감정적 인간의 정당성의 인정을 위한 이광수의 요구는 낱낱이 서양 정신사에서의 표현적 낭만주의에 대응하는 것으로 보인다. 그러나 주목할 것은 이광수와 그 이후의 현대 작가들에 있어서 현대적 개인의 표현적 필요에 대한 직관이 끊임없이 되풀이되면서도 잊혀지고 좌절될 수밖에 없었다는 사실이다. 그것은 현실 변증법의 불가

---

5   찰스 테일러, 『자아의 근원』, 376쪽.

피한 결과였다. 그렇다는 것은 미발달되었거나 또는 특이한 성격의 현실적 현대성이 그것을 허용하지 아니하였다는 말이다. 달리 말하여 그 책임은 현실의 합리성의 미숙이라고 할 수 있는데, 이것은 다시 한 번 현대성 안에서의 이성과 비이성의 교묘한 공생 관계를 생각하게 한다.

즉 한국 문학의 경과 또는 그 고민은 우리에게 서양 문학에 있어서의 불합리한 인간도 궁극적으로 베버적인 합리화의 과정의 한 기능이며, 합리화를 추진해 가는 현실적인 힘의 소산이었다는 사실을 확인해 주는 것이다. 서양의 정신사에서, 테일러의 서술에 따라도, 표현적 전환은 계몽주의에 이어져 나오는 사건이라는 것을 생각하여야 한다. 그것은 계몽주의의 합리성을 대체하기보다는 그것을 지양하고 풍부하게 하는 역할을 한다. 그런데 사실, 위에 말한, 표현적 인간학의 구조 자체가 이미 이성적 요소를 포함하고 있는 것으로 볼 수 있다. 표현적 인간관은, 다시 요약해 보건대, 인간의 감각적 정서적 능력에 대하여 두 가지 주장 — 그것의 정당성에 대한 주장과, 우주론적 정당성에 입각한, 감각적 또는 미적 교육의 사명의 수락에 대한 주장 — 으로 이루어진다. 후자의 원리는 감각적 정서적 충동들을 그대로 분출하는 것을 말하는 것이 아니라 그것을 일정한 모양으로 빚어내는 것을 말한다. 이것이 이성적 성격을 가지고 있는 작용임은 부정할 수 없다. 그것은 이성이나 합리성과 마찬가지로 조정과 정합성 또 질서의 원리이다. 적어도 외적으로 표현된 감각적 정서적 해방은, 그것이 미적 표현인 한, 좁은 의미의 합리성은 아니라도 어떠한 형성적 원리 — 세속적 합리성의 다른 이름인 정합성(Anpassung)의 원리 — 에서 멀 수 없는, 형성적 원리의 규제를 완전히 벗어날 수 없다. 낭만주의자의 노력은 외적으로 부과되는 이성의 원리를 보다 유연하고 자유로운 미적 형성의 원리로 확장하고자 하는 것에 불과했다.

미적 교육의 원리는 예술 작품에서는 그 형성의 원리 또는 보다 정태적으로는 형식의 원리다. 또는 거꾸로 미적 교육의 원리는 예술로부터의 유추라고 할 수 있다.(그 유추가 어떻게 인간의 형성 또는 사회적 질서의 형성에 옮겨질 수 있느냐 하는 것은 분석을 필요로 하는 명제이다.) 이것은 오히려 예술 작품, 아니면 적어도 현대적인 예술 작품에서 확인된다. 소설의 경우 현대성은 — 이것은 리얼리즘에서 가장 잘 구현된다고 하겠는데 — 현대의 리얼리즘의 증표는 무엇보다도 일상적 인간의 현실, 그것도 보통 사람에 의하여 경험되는 사실과, 지각과 심리 상태를 여실하게 그리는 것이다. 그러나 경험의 자세한 현실은 다시 일관성 있는 의미의 체계를 이루는 것으로 암시되어야 한다. 톨스토이에서 정점을 이루는 러시아의 소설 기법의 발전을 말하면서, 러시아의 평론가 리디아 긴즈버그가 사용한 "분석적, 설명적 심리주의"라는 용어는 지각의 세말사와 그 전체성의 관계를 적절하게 드러내 주는 용어로 생각된다. "분석적 설명적 심리주의"는 "내적 필요와 외적인 영향하에서 일어나는 수많은 인상, 감각, 그리고 느낌 들을" 묘사하는 현실 재현의 수법이다.[6] 그러나 여기에 전제되어 있는 것은, 이러한 인상, 감각, 느낌은, 그 이름이 시사하듯이, 인간 행동의 동기나 인과 관계를 분석 설명하는 요인이 된다는 것이다. 다시 말하여 묘사의 대상이 되는 세말사가 의미를 갖는 것은 전체적 설명의 구도 또는 전체적 표현의 의도와의 관계에서인 것이다. 그리고 이 구도나 의도는 설명적 필연성을 가지고 있어야 한다. 이 필연적 연쇄 관계는 인과 관계의 이성적 설명에 대하여 호몰로지를 이룬다.

그런데 더 극단적으로 인상, 감각, 감정은 그것 자체가 하나의 전체성을 이루는 것이 아니라 오히려 전체적 구도 또는 일반적 성격을 가질 수밖에 없는 표현에 의하여 생성되는 것이라고 말하는 것이 옳을 것이다. 미적 경

---

6 Frank Joseph, "Subversive Activities", *New York Review of Books*(20, December 1, 1994), p. 44.

험에 있어서 미적 대상물의 질료로서의 감각과 감정 그리고 욕망에 대한 미적 형식의 관계는 이미 존재하는 질료에 대한 배제하고 통제하고 형상화하는 일방적 작용의 관계라고 말하기는 어렵다. 내용과 형식의 탄생은 동시적이라고 하는 것이 미학의 정적적 발상이겠지만, 그보다 더 나아가, 인간의 모든 지각 현상은 실제적 행동에 의하여 지배되며, 이 행동의 목적이 만드는 벡터에 따라서 일어나는 것이라고 한다면, 감각, 감정, 욕망은 질료로서 존재하는 것이라기보다는 미적 형성의 원리에 의하여 생성된다고 하여야 할 것이다. 더구나 인간의 정서적 충동들은 단순히 주어지는 것이라기보다도 실용적 목적에 의하여 미리 준비되며, 이 목적은 현대 사회에 올수록 다분히 사회적으로 조건 지워지는 것이라고 할 때, 그것은 궁극적으로는 사회적으로 생성 형성된다고 말할 수 있을 것이다. 사회적 힘은 현대 사회에서 합리화라는 말로 종합되는 어떤 역사적 힘이다. 현대 예술은 그 비이성적 성격에도 불구하고 합리화해 가는 사회 속에서 존재하는 하나의 부차적 현상이다.(물론 문학과 예술에서 드러난 바의 비이성의 여러 측면들을 지나치게 가볍게 보아 넘길 수는 없다. 그것이 어떻게 현대성의 기획의 일부를 이루면서 그것의 주조에 역류하는 것인가를 밝히는 것은 현대 사회의 고통을 이해하는 데 가장 중요한 문제라고 말할 수도 있다. 예술에 있어서의 비이성의 분출 자체는 단순히 억압된 것의 반동으로 쉽게 이해할 수 있는 것으로 볼 수 있다. 그러나 그에 맞붙어 있으면서도 같은 것은 아닌 미적 형성의 충동은 현대적 합리성에 어떻게 관련되는가. 현대의 예술적 문화적 표현을 살펴볼 때, 두드러져 보이는 것은 인간 심상의 비이성적 부분, 욕망, 정서, 친화감 등의 정당한 인정에 대한 요구 또는 그보다는 그러한 비이성적 요소의 더 직접적인 분출이다. 여기에 대하여, 미적 형성의 원리는 지금은 퇴조에 들어가고 있는 현대의 고전 속에 드러나고, 인간 교육의 측면에서는 독일의 교양의 이상에서나 소외 인간들의 문화로서 살아 있을 뿐, 별로 사회적 현실의 내용이 되지 못함을 본다. 현대사가 보여 주는 것은 내면적 형성의 원리에 기초한 모든 기획이 좌절될 수밖에 없었다는 것이다. 그러나 미적 형성의 원리와 합리성의 관계를 적대적인 것으로만 생각하는 것은 잘못으로 보인다.

미적 이성과 과학적 이성, 사회적 이성에 대한 관계는 정확히 어떠한 것인가? 이 문제는, 이미 비친 바와 같이, 현대사의 가장 중요한 문제로서, 더 면밀한 연구를 요구한다. 이 글의 범위 안에서 주목하고자 하는 것은 서구의 현대사에서 감각과 이성의 관계가 궁극적으로는 일치한다는 것이다. 더 나아가 인간의 불합리한 충동들은 합리성의 힘에 의하여 생성되고, 그런 만큼 그것은 한편으로 미적인 형성의 힘 또는 미적 이성의 제어 범위를 넘어간다고 할 수 있다. 미적 이성은 오로지 역사적 합리성의 시녀로서만 그 역할을 부여받은 것으로 보는 것이 옳을는지 모른다. 미셸 푸코가 현대적 성에 관하여 한 말은 현대성 전체 — 현대성의 구성 요소로서의 이성, 개인, 불합리한 생의 충동과 표현적 개성화 등의 현상 — 에도 그대로 해당될 가능성이 크다. 즉 17세기 이후 유럽에서, 성 해방과 성의 섬세화는 계속 증대하였다는 인상을 준다. 그러나 성에 관한 담론은 특정한 인식론적 기획 그리고 "특정한 권력 — 지식 — 쾌락의 체제"에 의하여 지배되어 왔다고 푸코는 말한다. 그 지배는 "거부, 저지, 불법화뿐만 아니라, 자극과 격렬화"까지를 포함한다. 그러니까 성 해방의 진전은, 그에 의하면, 성 억압의 전략의 한 부분을 이루는 것이다.[7] 이와 비슷하게 합리성에 대한 심미적 저항은 이미 기술 합리성 속에 계산되어 있는 커다란 전략의 일부라고 말할 수 있을는지 모른다.)

서양의 현대성의 여러 문제는 한국 문학의 현대성에도 그대로 드러난다. 그러면서, 그것은 외래의 영향, 또는 문화적 제국주의 또 현실 국제 정치의 제국주의의 영향 아래 이루어진 까닭에 특히 단편화된 또는 복잡한 양상을 띠는 것으로 생각된다. 문학이 예술인 한 그것은 감각적 현실을 떠날 수 없다고 할 것이나, 특히 현대에 있어서 또는 서구의 현대 문학에 의하여 자극된 문학에서 감각적 현실은 문학의 출발점이요 기본이라고 할

---

7   Michel Foucault, *The History of Sexuality 1*(New York: Vintage Books), p. 11.

수 있다. 그러나 이러한 감각적 현실이 정당한 미적 표현에 이르는 것은, 위에서 밝히려 한 것처럼, 이성의 주재하에서이다. 한국 문학의 새로운 인간 구성의 과정에서 감각, 욕망, 감정의 정당화는 매우 중요한 자리를 차지한다. 그러나 이러한 정서적 요소들은 실제에 있어서 합리성의 체계와의 역동적 관계를 갖지 못하고 만다.

한국 문학의 현대성은 이념의 문제라고 할 수도 있지만, 현실에 구현되는 정치 경제적 현대성에 대응하는 문화적 현대성을 얻어 가는 문제이다. 달리 말하면, 그것은 그것을 구현하는 사회 제도의 문제이다. 이것이 문학에 관계하는 것은 간접적이기 쉽다. 그것은 세계와 사회의 상징적 구도, 일상생활의 조직과 관습, 또는 일상생활의 여러 사물들, 무엇보다도, 사회적으로 구성되고 용납되는 제도적 행동자로서의 자아의 개념과 같은 무형의 형식들을 통하여 도입된다. 그리고 이러한 관념과 제도와 관습들이 이루는 총체의 합리성 —— 궁극적으로 사회 제도의 합리성 —— 의 후견 아래서만 예술과 문학의 미적 합리성은 공고한 것이 될 수 있는 것이다. 우리는 『무정』의 감각적 인간에 대한 발견이 한국의 현대성의 구성에 있어서 하나의 철학적 핵심에 닿아 있는 것이라고 말하였다. 그러나 동시에 주의하지 않을 수 없는 것은 『무정』이 그 역사적 중요성에도 불구하고 실패한 작품이라는 점이다. 그 핵심적 철학적 통찰은 작품의 설화와 서술의 전체적인 형상 속에 설득력 있게 구체화되지 못한다. 사회 윤리나 개념적 지식이 미치지 못하는 인간성의 핵심으로서의 어두운 감각적 감정적 충동들은 작품의 플롯, 인물, 주제 들을 인습의 틀로부터 해방하여 무정형적인 것이 되게 했을 뿐, 그것들을 의미의 총체로서 빚어내지는 못하고 있는 것이다. 이러한 결점 그리고 실패는 작가의 역량의 미숙에 그 원인이 있지만, 보다 큰 원인은 현실 자체의 미숙에 있다. 작가의 역량 또는 더 일반적으로 현실 기술의 수법은 현실의 성숙과 동시에 성숙하게 마련이다. 작가가 하나의 세계를,

비록 그 세계가 허구적인 것이라고 하더라도, 단순히 자신의 주관적인 생각들로 구성할 수는 없는 일이다.

그런데 한국의 현실이 현대적인 것이 된다고 하더라도, 현대사의 초기에 있어서 그것은 근본적인 허위 위에 구축되는 것이었다. 이것은 한국의 현대성의 문제를 계속적으로 착잡하게 한다. 즉 일본 제국주의와의 관련이 한국의 현대성을 다른 어느 사회에서보다 어렵게 꼬이게 하는 것이다. 현대성을 구성하는 것은 정치 경제이다. 이것은 일본 제국주의에 의하여 장악되어 있다. 문학이 반드시 이것을 직접 다루는 것은 아니다. 문학은 일상생활 — 건물, 복장, 물건, 길거리 특히 새로운 흥분을 약속하는 이러한 것들 — 의 마술과 유혹을 떠나 존재하기 어렵다. 이러한 일상적 물건들은 제국주의의 정치 경제가 만들어 내는 것이다. 이 마술과 유혹은 궁극적으로는 제국주의에 환원된다. 사물의 마술이란 그 실용성 외에 신기함으로 포장한 직접적인 미적 특성에서 오는 것이기도 하지만, 그보다도 더욱 강하게 그것들이 모여 시사하는 사회 세계, 궁극적으로 권력에 의하여 결정되는 사회 관계의 명성(프레스티지)에서 풍겨 오는 것이다. 그런데 이러한 것보다도 더 직접적으로 일본 제국주의로부터 오는 것이 있다. 예술과 문학의 가치는 그 자체의 가치라고 말하여지지만, 밖으로부터의 여러 요소들 — 제도적인 요소들 — 이 가치에 얼마나 개입되는 것인지는 정확히 가려내기 어렵다.

인간사의 많은 것은 권력의 현상이다. 문학의 마술의 상당 부분은 권력의 마술이다. 이것은 문학적 가치의 실체로서 존재한다. 그러나 그것은 문학을 뒷받침하는 여러 제도를 통하여서도 작용한다. 한국의 명성 있는 현대 문학은 제일차적으로 선진 현대 사회의 문학을 모델로 한 것이다. 이 모델들은 그것을 뒷받침하는 언어, 교육 제도, 또 문화 전파의 제도 등이 없이는 쉽게 토착 세계를 대체하는 모델이 되지 못하였을 것이다. 그중에도 문학 작품의 생산과 유통의 궤도의 수립은 문학의 중요한 하부 구조가 된다. 자세한 경과는 실증적 연구를 기다려야 하겠지만, 현대 문학의 대표적 인물로서의 이광수의 권위는 그의 일본에서의 대학 교육, 어떤 형태로든지 조선조 내내 존재했던 공론의 기구에 대체하는 새로운 언론의 기구 — 잡지, 그중에도 신문 — 를 통한 작품의 발표, 그리고 일반적으로 19세기 이후 계속되어 온 현대성의 프레스티지의 확산 등과 긴밀한 관계를 가졌을 것으로 짐작된다. 물론 이러한 관련들을 일방적으로 비난의 대상을 삼을 수는 없다. 그것이 제국주의적 관련을 가지고 있든 아니하든, 현대성은 19세기 말로부터 한국 사회에 던져진 피할 수 없는 도전이고 기획이었다. 뿐만 아니라, 다음에 다시 언급하겠지만, 제국주의의 개입이 없었더라도 그것이 평탄한 경로로 진전될 수는 없었을 것이다.

어떤 경우에나 역사는 빛 가운데에서와 마찬가지로 어둠 가운데에서도 진전된다. 여기에서 제국주의 주재하에서의 현대성의 문제를 지적하는 것은 한국 현대 문학이 표현적 완성에 이르는 대가로 놓인 어려움을 생각해 보자는 것이다. 위에서 말한 바와 같이, 현대 문학의 감각과 감정으로부터 시작하려는 노력이 서술적 총체성에 이르지 못하고 마는 것은 합리성으로서의 현대성이 문제적인 성격을 지닌 것에 기인한다. 감성적 강조 그 자체가 어설픈 모방, 유행, 데카당스로 곧잘 떨어지는 것은 그것이 현대성의 큰 흐름으로부터 분리되어 있다는 것을 증거해 준다. 감각적 체험은 유럽 문학에서 지배적 합리성에 대하여, 마르쿠제의 말을 빌려, "위대한 거부"의 기능을 수행하기도 했으나, 그것이 가능한 것도 감각적 현실이 지배적인 현실에 대하여 전체적 부정성이 될 수 있을 때이다.

식민지에서의 새로운 정서적 체험은 흔히 새로운 정치 경제가 만들어 내는 감각적 표면에서 오는 것이다. 설령 감각적 현실로부터 출발하여 그 나름으로 합리적 전체성에 이르고자 하는 노력이 있다고 하더라도 그것은 쉽게 혼란에 빠지고 꿰뚫을 수 없는 장벽에 부딪친다. 식민지 작가에게 좁게든 넓게든 총체적인 합리성, 총체적 상상력은 금기 사항인 것이다. 일제 하의 소설에, 직접적으로든 간접적으로든, 현실의 조건을 결정하는 근본적 권력의 문제를 다루는 작품이 없는 것은 바로 이러한 상황을 가장 손쉽게 드러내 준다. 문학적 상상력의 비정치성은 정치적 현실의 가혹성, 또는 더 직접적으로 검열의 결과일 뿐만 아니라, 주어진 감각적 현실 속에 사는 사람의, 이미 받아들이고 있는 내적인 검열로 인한 것이다. 또는 더 나아가 어떤 형태로든지 제국주의가 만들어 내는 현실을 일단 수긍하지 아니하고는 상상력은 스스로를 제한하고 말기도 한다. 악에 대한 도덕적 분노만으로 작품을 쓸 수는 없는 노릇이다.

비정상적 감각과 과장된 감정 체험 추구 이외에, 식민지 현실에서 허용되는 것은, 세말사에의 매몰 또는 주어진 현실에 대한 완전한 거부에 입각한 교훈주의일 뿐이다. 이러한 선택으로 야기되는 문제는 단지 해방 전의 문학에만 해당되는 것이 아니다. 제국주의가 물러간 다음에도 일단 조각난 역사의 근본적 동력과 일상적 현실의 단절은 쉽게 메꾸어지지 아니한다. 이 단절의 지속은 문학 상상력의 습관의 지속에도 관계되지만, 정치적 정당성을 가진 현실이 해방 후에도 쉽게 나타날 수 없었다는 사실에 근본적인 원인이 있을 것이다. 감각적 감정적 충동은, 그리고 그것과 밀접한 관계에 있는,(물론 다른 한편으로는 이성에도 관계되어 있지만) 상상력의 활발한 작용은 한국 현대 문학에서 꺼림칙한 느낌이 없이는 늘 긍정되지 아니한다. 한용운은 「님의 침묵」의 끝에서 시를 쓰는 사실에 대한 수치감을 말하였지만, 이것은 윤동주도 말한 것이다. 해방 후 그리고 1970년대 이후의 한국 문학에서도 감각적, 미적 경험에 대한 이러한 발언은 수없이 발견될 수 있다.

그러나 이 문제성을 지적하는 것은 반드시 한국 현대 문학의 업적을 폄

하하려는 것은 아니다. 그 업적은 한편으로 한국의 현실에 존재하는 단절과 모순에도 불구하고 이루어진 것이며, 다른 한편으로는 그러한 단절과 모순이 바로 그 독특한 성격을 형성한다. 그리고 우리는 이 단절과 모순의 흔적을 그 미학의 일부로 받아들이도록 우리의 시점을 조정할 필요가 있다. 다만 그것은 수용자의 보다 철저한 반성적 향수를 요구하는 것이지만, 그 노력에 대한 보상은 문학 현상에 대하여 문학을 넘어서 우리의 실존적 지평을 확장해 주는 이해를 얻을 수 있다는 것이다.

그런데 한국 현대 문학의 현대성의 문제는 단지 일본 식민주의와의 관계에서 또는 해방 후에도 계속된 정당한 정치 경제의 부재와의 관계에서만 생각될 것은 아니다. 그것은 세계사적 불가피성을 가진 서양과 비서양의 관계라는 거창한 지평에서만 본격적으로 생각될 수 있는 문제이다. 한국 현대 문학의 변증법의 구성 요소는 이분법으로 대치하는 모순만으로는 다 설명될 수 없다. 문제의 보다 넓은 지평에서 볼 때, 한국 문학의 미적 일체성, 표현적 완성의 문제는, 간단히 결론 내리기 어려운, 매우 심각한 의미를 가진 것으로 드러난다. 우리가 위에서 설명하고자 한 감각과 이성의 결합으로서의 표현적 균형은 서양 문학의 경험에서 나오는 것이다.

현대 한국 문학의 고민은 서양 문학 또는 서양의 패권적 지배하의 현대적 삶과의 관계에서 생기는 것이지만, 이 고민은 단순하게 서양 미학의 어려운 조건의 수용에서 오는 것이 아니다. 그것은 세계사의 근본 또는 인간의 삶의 근본에 들어 있는 모순된 선택에서 나온다. 현대성은 합리성의 음역 속에 편성되는 삶의 전체에 대하여, 다른 음계와 음역으로 이루어지는 삶의 전체를 모순 관계 속에 놓이게 한다. 현대적 합리성은 그 나름의 감각, 감정, 욕망 그리고 미적 일체성을 만들어 낼 수 있다. 그러나 그것은 다른 체제 아래에서 성립할 수 있는 감각적 현실과 미적 일체성 — 그 나름의 삶의 일체성 — 을 봉쇄하거나 보이지 않게 하는 것이기도 하다. 한국에서 다른 체제란, 위에 언급한바, 한국의 전통적 삶, 그중에서도 유교적 질서 속에서의 삶의 체제 ─ 그 나름의 감각과, 성과 논리를 가지고 있는 오랜 시간 속에 침전되고 사유되고 표현된 역사적 체제 ─ 이다. 그러나 이 유교적 전통적 체제는 조금 더 넓은 의미에서의 서양적 합리성에 대한 세계적 반대 테제 속에 포함되는 것으로 보인다.

세계 도처에서 볼 수 있는 서양과 비서양의 갈등은 지정학적인 것이면 서도 동시에 정신사적 갈등이다. 가령 이것은 서양과 이슬람 세계의 갈등 에서 잘 드러난다. 말할 것도 없이 이러한 갈등은 제국주의와 패권주의적 현실의 한 표현이지만, 다른 한편으로 그것은 두 문화 ─ 두 가지 삶의 방식 ─ 의 갈등을 나타내고 있다고 할 수 있다. 그것은 세속주의와 종교의 싸움이다. 그런데 더 일반화하여 말하면 이러한 싸움은 정신과 이성의 싸움으로 ─ 즉 사람이 정신에 따라서 사느냐 또는 이성에 따라서 사느냐 하는 문제로 ─ 환원될 수 있다. 서양과 비서양 사이의 갈등에 찬 교섭에서 서양은 흔히 물질주의를, 비서양, 아시아, 인도 또는 이슬람의 세계는 정신적 가치를 대표하는 것으로 말하여져 왔다. 이것은 단순화에 불과하지만, 그런대로 전혀 의미가 없는 단순화라고만 할 수는 없다. 원시적이든 아니면 도시적이든, 전통 사회의 조직은 많은 경우 정신의 원리에 기초한다. 즉 개인적으로나 사회적으로나 사람들이 경험적 시험과 합리적 설명을 거부하는 어떤 권위를 받아들이고 그것을 제일 원리로 하여 내면과 사회적 기율과 질서를 만들어 가는 것이다. 이런 의미에서 전통 사회는 정신의 원리에 기초한다. 이에 대하여 서양의 세속적 발전은 인간의 필요와 욕망이 그것을 넘어가는 권위에 의존함이 없이 일정한 평형의 상태에 이르고 또 더 많은 욕망과 그 충족의 생성과 충족을 기약할 수 있다는 것을 보여 주었다. 여기에 초월적 원리가 필요하다면, 그것은 단지 정합성의 원리로서의 이성이 되겠는데, 그것은 최대한도로 초월적이라기보다는 내재적인 원리로 생각된다.

이렇게 볼 때, 서양과 비서양, 근대와 전근대의 갈등은 세계사적인 갈등 또는 더 나아가 인간 실존의 역사의 총체적인 갈등으로서 국부적인 이용, 적응, 수정으로 해소될 수 없는 것이다. 한국의 현대 문학의 문제 또 더 나아가 한국 현대사의 문제도 국부적인 관점에서가 아니라 이러한 총체적인 관점에서만 — 물론 그것도 단순한 추상적인 관점의 설정이 아니라 그 관점에서의 구체적인 변증법을 해명함으로써만 — 바르게 이해될 수 있는 것이다.

이렇게 말하면서 경계해야 할 것은 이러한 동서양의 갈등 또는 근대와 전근대의 갈등을, 어떤 이슬람주의자들이 말하듯이, 선과 악, 신과 악마의 투쟁으로만 볼 수 없다는 것이다. 이러한 갈등은 지정학적 또는 시대적 갈등이면서 인간 실존의 근본적 균열, 그것이 강요하는 모순의 선택의 표현이라고 할 수도 있다. 그것은 외적인 갈등이 아니라 내적인 갈등이고, 또 그것은 어느 쪽으로 분명하게 편을 정하여 정리할 수 있는 갈등이 아니다. 정신의 문제는 동서양을 막론하고 보게 되는 모순에 찬 실존의 역사의 한 측면을 이룬다. 서양에서도 세속적 이성의 대두는 서양의 본질에 속하는 것이라기보다는 역사적 형성의 결과라고 할 수 있다. 또 현대성의 지배하에서 정신의 문제, 또 그것을 중심으로 한 갈등과 고민이 사라진 것은 아니다.

자크 데리다는 『정신에 관하여(De l'esprit)』(1987)라는 짤막한 책에서 서양의 최근사에서의 정신의 문제, 특히 하이데거와의 관련에서 정신의 문제를 논한 바 있다. 흔히 그러하듯이, 데리다의 논조는 불투명하기 짝이 없지만, 그는 이 책에서 정신과 역사의 관계에 대하여 매우 흥미로운 그리고 매우 날카로운 통찰을 하고 있다. 하이데거의 철학적 반성은, 비판과 차이에도 불구하고, 후설의 전제 없는 철학, 즉 검토되지 아니한 모든 도그마를 배제하는 데서 출발하고자 한다. 그리하여 그는 이성이라든지, 신이라든지 헤겔의 의미에 있어서의 정신과 같은 것을 존재론적 대전제로 설정하는 것을 거부한다. 그럼에도 불구하고 데리다는 하이데거가 그의 생애를 통하여 우회적인 방법으로 그러나 궁극적으로는 공개적으로 정신으로 돌아갔다고 말한다. 데리다의 해석으로는 이 정신은 사실상 하이데거의 철학의 탐색에서, 숨어 있거나, 드러나 있거나, 가장 중요한 주제의 하나였다. 전제가 없어야 한다는 관점에서 볼 때, 하이데거의 정신은 철학적으로 정당화할 수 없는 것인지 모른다. 그러나 이 정당성의 결여는 바로 정신에 대한 요구 또는 그 유혹이 얼마나 큰 것인가를 말하여 준다.

하이데거의 철학이 현대 서구의 발전에 대한 근본적인 비판임은 새삼스럽게 말할 필요도 없다. 그의 비판의 핵심은 현대 서구를 형성한 원리로 생각되는 이성 —기술적 이성 또는 더 넓게 데카르트적인 이성 —을 향한다. 그것은, 데리다가 앞의 책에서 인용을 빌려, "주체성의 자리에 있는 사유(cogito)와 확실성, 따라서 근원적 질문의 결여, 과학적 방법 우선주의, 평준화, 계량적인 것, 연장 그리고 숫자의 우위성"[8]을 특징으로 한다. 이 중에도 "근원적 질문의 결여"는 데카르트적 이성의 결함을 가장 잘 지적하는 말이라 할 수 있다. 그것은 인간과 세계의 부분적 구성을 그 전부로 착각함으로써 현대 서구인으로 하여금 존재의 근본을 망각하게 하고 잘못된 발전의 길에 들어서게 했다. 하이데거의 존재론적 탐색은 근원적 질문을 다시 제기함으로써 인간 생존 또는 존재의 가장 넓은 바탕을 회복하려는 노력이다. 그의 정신에 대한 관심도 여기에 관련된다. 정신은 그에게 세계를 거두어 사람이 사는 곳으로 만들 수 있는 실존의 근원적인 힘이고 또 존재의 근본 원리이다.

---

8 Jacques Derrida, *Of Spirit: Heidegger and the Question*(University of Chicago, 1991), p. 63.

그러나 하이데거의 정신이 얼핏 주는 인상처럼 긍정적인 측면만을 가지고 있는 것은 아니다. 데리다의 논의의 핵심도 그 양의성에 있다. 하이데거의 정신에의 귀환과 그 양의성의 의미는 철학적인 논리보다도 현실 정치와의 관계에서 쉽게 드러난다. 가령 그것은 무엇보다도 하이데거의 나치즘 동참에서 가장 뚜렷하게 —가장 위험하게— 드러난다. 그는 1933년의 프라이부르크 대학 총장 취임 연설에서 당대의 유럽 또는 현대 문명을 특징지우고 있는 것은 "정신의 타락(geistiger Verfall)"이라고 규정하고, "형이상학적 민족"이며, "가장 정신적인 민족"인 독일 민족은 이 타락된 상황에서 어느 민족보다도 거대한 위험에 직면하고 있다고 주장하였다. 보다 구체적으로 정신적 타락을 대표하는 것은 지정학적으로 독일을 에워싸고 있는 러시아와 아메리카의 두 거대한 이웃이다. 이 사이에서 독일은 제3의 길을 찾아야 한다고 그는 말하였다.[9] 사람들은 흔히 이 두 사회가(물론 하이데거 시대의 러시아 또는 소련은 이제 사라지고 말았지만) 두 개의 다른 형태의 물질주의를 대표하는 것으로 생각한다. 하이데거는 조금 더 철학적 핵심으로부터 말하여 이들 사회를 존재론적 반성을 잊어버린 합리성, 또는 기술적 이성의 산물로 보고, 독일은 이에 대하여 "새로운 정신의 힘"을 발휘할 수 있어야 한다고 생각한 것이다. 그리고 나치즘의 정신적 가능성이 이러한 역할을 맡을 수 있다고 생각하였다. 곧 그는 나치즘으로부터 거리를 유지하게 되었지만, 데카르트적 이성과 그 현실적 구현이라고 할 수 있는 현대의 과학 기술 문명에 대신하는 인간 생존의 바탕으로서의 정신에 대한 탐구를 그만두지는 아니하였다.

이러한 정신에 대한 탐구의 결과가 반드시 나치즘에 연결되는 것이라고 말할 수는 없다. 그의 일시적인 정치 놀음에도 불구하고, 하이데거의 현

---

9 Ibid., p. 45.

대 문명의 비판은 가장 근본적으로 중요한 비판의 하나이다. 그러나 우리가 그 우여곡절을 여기에서 가릴 수는 없다. 우리가 주목하고자 하는 것은, 이미 비친 바와 같이, 한편으로는 정신의 불가억제성 ─ 특히 도구적 이성의 세계에서의 그에 대한 요구의 불가억제성이고, 다른 한편으로는 정신의 악과의 관계이다. 악의 문제는, 이미 말한 바와 같이, 나치즘의 문제에서 이미 드러나는 것이지만, 하이데거 자신 정신의 그러한 양의성을 모르고 있었던 것은 아니다. 하이데거는 정신이 "부드러움(das Sanfte)"과 "파괴(das Zerstörerische)"의 가능성을 가진 것임을 말했다. 그리고 더 나아가 그것이 어쩌면 무엇보다도 "악의 형이상학"에 속하는 것일 수 있다고 말하였다.[10] 그것은 사악함과 흉계와 악의의 근원이기도 하고 무엇보다도 광증과 파괴의 동력이다. 그러나 정신은 또 선의 가능성을 내재하고 있는 것으로서, 데리다의 해석에 의하면, 자체의 변증법을 통하여 스스로를 선의 원리로 바꿀 수도 있는 것이다. 그 어둡고 괴로운 과정은 좀 더 상세한 설명을 필요로 하지만, 여기서 우리는 정신이 분명 인간의 깊은 내적 요구로서 일어나는 것이면서 그리고 결국, 데리다가 말하듯이, 슬픔과 선, 그리고 하이데거가 말하듯이, 땅 위에서의 인간 공동체의 일체성의 원리이면서도, 악의 근원일 수도 있다는 것을 말하는 데 그치기로 한다.

정신이 가지고 있는 악의 가능성은 어디에서 오는가. 그것은 정신이 의지라는 점에 관계되어 있는 것으로 말할 수 있다. 정신이란, 하이데거에게, "존재의 본질을 향한 근원에 화음하며 아는 결심(ursprünglich gestimmte, wissende Entschlossenheit zum Wesen des Seins)"이다.[11] 다시 말하여 정신은 이러한 결심과 주장을 복돋는 원리이다. 결심의 심리 기능인 의지는 갈등의

10 Ibid., p. 102.
11 Ibid., p. 30.

원리이다. 하이데거가 비판하듯, 데카르트적 이성이 근원적 질문을 망각한 자기 확실성의 자의적 표현 — 궁극적으로는 가장 폭력적인 표현 — 이라고 한다면, 정신이야말로 그러한 이성의 방법적 규제까지도 벗어난 폭력 — 파괴 — 의 힘에 다름이 아니다. 오늘날 세계에 넘치는 폭력이 비서양적 세계에서 더욱 격렬한 형태를 드러내고 있다면, 그것은 서양의 제국주의에 못지않게 정신적 세계의 폭력성으로 인한 것이라고 할 수 있다.

하이데거 — 데리다의 서양 정신의 문제에 대한 관찰은 한국의 현대 또 현대 문학을 이해하는 데에도, 아직은 그 관련을 충분히 밝힐 수는 없는 대로, 여러 가지 시사를 준다. 이 새로운 시사는 우리의 문학사와 문학의 미학에 대한 관점의 전적 전도를 요구하는 것으로도 보인다. 한국 현대 문학의 경과는 현대성을 위한 투쟁, 또는 현대적 미학의 획득을 위한 고통으로 말하였다. 그러나 우리는, 꼭 같은 의미에서는 아닐망정, 그것이 한편으로는 전근대와 근대의 싸움이며 다른 한편으로는 이성과 정신의 싸움이라는 것을 생각하게 된다. 그리고 이성의 지배하에서의 근대 또는 현대가 정신의 타락을 의미한다고 한다면, 한국의 문학적 표현에서 진정한 것은 그 현대적 요소가 아니라 탈락해 가고 감추어져 가는 전통적 요소라고 하여야 한다.

그렇다면 다른 한편으로 신문학 이후의 현대성의 추구는 전적으로 허위의식에 불과한가. 이광수나 김동인 또는 이효석이나 이상화 — 많은 현대 소설들의 정념의 인간을 위한 외침은 부질없는 것인가. 현대성이 인간의 단편화, 피상화, 타락을 수반하는 것이라면, 거의 모든 현대적 작가들이 경험한 전통적 삶의 체제의 질곡 또한 절실한 것이었다. 그들에게 현대성은, 착잡한 모순을 가져오는 것이면서 또한 해방을 약속하는 것이었다. 전통의 구원이 그 정신성에, 특히 굽히지 않는 도덕적 강직성으로 대표되는 정신에 있다고 한다면, 정신은 정신대로, 하이데거의 정신에서 본 바와 같이, 그 나름의 악의 근원이기도 하다. 정신은 본래부터 분열로부터 생겨나는 것이다. 그 움직임을 나타내는 것은, 데리다가 지적하는 것처럼, 분열을 나타내는 말들, Riss(찢기), Fortriss(찢어 내기), Rückniss(밀기), 그리고 조금 다르게 Zug(당기기), Bezug(비끄러매기), Grundzug(굵게 긁기), Ziehen(끌기)이다.[12] 이 찢어짐의 의지 작용은 쉽게 사회적 관점에서 특히 내적 외적 억압의 결과를 낳는다. 정신은 존재의 본질을 위한 결심이면서 또 그 이름 아래에서의 타자와 사회에 대한 폭력이다. 이것은 죽음에 이르는 번쇄한 논쟁과 억압적 위계의 질서 그리고 그것의 외적인 표현으로서의 사화와 민란으로 점철된 조선조의 역사에서도 드러난다.

다른 한편으로 정신의 과정은, 다시 말하여, 하이데거의 트라클(Trakl) 론에서 강조되는 것처럼, 고통의 과정이라고 하지만——그 과정은 사람으로 하여금 천국적인 높이에 이르게 하고 지구의 공간에 살게 하며, 자신의 운명 속으로 깊어지게 하는 과정이기도 하다. 정신은 자유의 사건이다. 그것은 스스로를 긍정하는 행위이다. 그러면서 그것은 찢어짐의 사건이다. 정신의 찢어짐의 고통은 양의적이다. 선과 악은 불가분의 관계에 있다. 그렇기는 하나 정신은 그 존재하는 방식에 따라서 더욱 억압적이고 더욱 폭력적이 되기도 하고 그렇지 아니하기도 한 것으로 보인다. 성리학의 이해에서도 마음은 얽매인 것이 없이 자유자재로 있는 자이다. 그것은 정신이 스스로와 일체적이면서도 동시에 세계 그것과 일체적이기 때문에 가능하다. 그러면서도 그것은 동시에 투쟁의 선언일 수밖에 없다. 그것은 세계와 다른 것임으로 하여, 정신이기 때문이다. 또 그것은 타자와의 일치이면서 차이의 존재이다.

그러나 그것은 이 근원적 폭력성에서보다도 원천성의 부정에 있어서

---

12 Ibid., p. 106.

더 억압적이 되는 것으로 보인다. 정신은 그 근원의 자기 분열로부터 떨어져 외면화되면서 법칙과 계율로 바뀐다. 그리고 더욱 세분화되고 경직화되고 스스로에 대해서나 타자에 대하여 외면화된 법칙과 계율의 억압적인 집행자가 된다. 이러한 억압을 극복하는 길은 정신의 근본적인 일체성 —— 모든 사람에게 공통적으로 근접할 수 있는 근원의 사건으로서의 정신의 일체성 —— 으로 돌아가는 것이다. 하이데거가 강조하는 근원에 대한 물음은 바로 이러한 근원에의 복귀의 인간적 가능성을 말한 것이다. 성리학에서 수양의 근본으로 도심(道心)을 말하면서 그것의 근본을 천지의 근본인 태극(太極)에 일치시키고 다시 그것을 무극(無極)에 일치시키는 것도 이러한 정신의 변증법적 구조에 관계되어 있다고 할 수 있다. 무극의 상태에는 아무런 구분도 존재하지 않는다. 정신은 한편으로 구분 없는 일체성을 향한 움직임이다. 그러나 동시에 그것은 이미 구분의 시작이기도 하다. 그리하여 정신은 더 많이는 근원성을 향한 형이상학적 움직임보다는, 특정한 윤리 강령의 절대성으로 또 더 나아가 무수한 자의적 행동 규칙의 절대성으로 변화된다. 조선조의 정신사가 어떻게 전개되었는가를 여기에서 따질 만한 준비가 나에게 되어 있지는 않지만, 그것은 정신의 복잡한 변증법 가운데서 정신의 일체성, 그 유려성에의 끊임없는 귀환이 아니라 외면적 분화로, 근본적 물음을 잃어버린 도덕적 절목의 강요와 행동적 표현의 규제를 위한 의식 강화의 방향으로 나아갔다는 인상을 준다. 그리하여 그것은 이광수를 비롯한 개화론자들이 느꼈듯이 민족의 삶을 볼모로 한 "공리공담"이 된 것이다.(사실은 공리공담이 아니라 사회적 갈등에서 권력 의지의 표현과 실행에 봉사하는 수사학의 역할을 하였다고 할 수 있다.)

이와 관련하여, 유학적 전통의 현대적 효용을 찾아보고자 한 정인보(鄭寅普)가 다른 유교적 덕성에 우선하여 정신의 원리 —— 마음 또는 양지(良知) —— 를 강조한 것은 성리학의 말에 들어 있는 정신의 변증법을 바르게 파악한 때문이 아닌가 생각된다. 즉 그가 양명학에 주목한 것은 흔히 이야기되듯이 단지 그 실천적 강조 때문만이 아니라 일체성의 원리로서의 마음의 원리에 역점을 두는 심학(心學)으로서의 측면 때문이 아닌가 하는 것이다. "마음이 비록 일신에 주(主)하되 실로 천하의 이(理)를 거느리고 이(理)는 비록 만사에 산재하되 실로 일인의 마음에 벗어나지 아니한다."[13]라는 마음 또는 정신에 관한 성리학의 근본적 직관은 양명학에서 다시 한 번 강조된다. 이 마음은 밖으로부터 주어지는 것이 아니라 스스로의 내면 속에 존재하는 것이다. "하등의 조건이 없이 제 속에서 우러나오면 옳다 그르다 하는 것을 버리고 또 어디서 옳음, 그름을 찾으랴."[14]라고 정인보는 말한다. 또 다른 표현으로, "사람의 본심은 간격 없는 감통(感通)으로 사물에 일치할 수 있는 것이다."[15] 이러한 양지, 본심을 잃고 외면적인 학문이나 도덕이 될 때, 그것들은 자신의 이를 추구하는 사회적 전략의 도구로 쉽게 타락한다.

동양의 정신은 (그 어두운 또는 비극적인 양의성을 넘어 ─ 이것을 넘었다는 것, 넘을 수 있다고 생각한 것이 그것을 좁게 하고, 현대적 경험으로부터 먼 것이 되게 하는 것이지만) 깊은 조화의 체험에서 스스로를 실현하는 어떤 길을 가지고 있었던 것으로 보인다. 그 궁극적 경지는 예술의 그것과 비슷하다. 가령 간단히 예를 들어, 낙도(樂道)라는 말은 그러한 정신의 면을 나타내는 것으로 생각된다. 공자는 정신의 최종적 경지를 종심소욕불유구(從心所慾不踰矩)라는 말로 표현했거니와 이것은 욕망과 정신이 일치한 경지를 말한 것이다. 그 경지에서 정신의 도를 좇는 것은 즐거운 일이다. 이상은 교수가 이 낙도를 설명하여 말하는 바와 같이, 그것은 "이성적 인식(知)이나 감성적

---

13 정인보, 『양명학 연론』(삼성문화문고, 1972), 88쪽.

14 위의 책, 39쪽.

15 위의 책, 100쪽.

인식(好)의 차원을 넘어서는 것으로 더 이상 주객의 구별이 문제 되지 않는 물아합일(物我合一)의 단계"이며, "외재적 규범이 내재적 심령의 유쾌와 만족으로 전화되어 외재와 내재, 사회와 자연이 인간에게서 통일되는 ······ 인(仁)의 경계"이다.[16] 이러한 정신의 양면은, 이미 비친 바 있는 것이지만, 서양에서도 볼 수 있다. 이미 말한 바와 같이 정신은 분열과 고통과 악의 원리이지만 본질적 운명을 가능하게 하고 참다운 삶의 터전을 지어내는 모음의 원리이기도 하다. 또 그것은 실현과 평화와 공존의 원리이다. 하이데거는 트라클의 시의 해석을 통하여 정신의 경과를 설명하며 말한다.

영혼(영혼은 정신의 여성적이고 지상적인 반려자라고 말할 수 있다.)으로 사는 존재만이 그 본성을 달성할 수 있다. 이 할 수 있음으로 하여, 그것은 서로서로 버티어 있으며 함께 있는 만물의 조화에 어울릴 만하다. 이 어울림으로 하여 살아 있는 모든 것은 적합하다, 즉 선하다. 그러나 선은 고통스럽게 선하다.[17]

이러한 변용이 시인으로 하여금 "자신의 평화 속에서 노래할 수 있게" 하는 것이다. 이러한 정신의 깊이와 조화의 가능성에도 불구하고, 다시 말하여, 우리 현대 문학은 불행의 의식에서 출발한다. 그리고 그의 해소를 현대성의 미학에서 찾는다. 서양적 이성의 미학은 자아와 세계에 대하여 그 나름의 완성을 약속한다. 물론 그것은, 위에서 설명하려 한 바와 같이, 단순히 데카르트적인 이성, 과학 또는 기술 이성 또는 자유주의 정치 경제의 이성에 일치하는 이성에 기초한 것은 아니다. 그것의 합리성에 대한 관계

---

16 이상은, 「예악(禮樂)의 예술적 본질」, 『자연과 인간, 그리고 사회: 중천 김충열 선생 화갑기념논문집』(형설출판사, 1992), 251쪽.

17 Martin Heidegger, *Unterwegs zur Sprache*(Pfullingen: Neske, 1975), p. 62.

는 그것보다도 착잡하다. 그러면서도 그것은 궁극적으로 서양 사회의 합리화의 과정에 종속하는 것으로 보인다.

한국 문학의 투쟁은 단순히 미학적 투쟁이 아니라, 정치 경제의 합리화가 없는 상황에서의 그의 종속된 미적 이상을 위한 투쟁이다. 그러면서 다시 말하여 그것은 정신의 억압으로부터의 해방을 위한 투쟁이었다. 그러나 한국의 현대 문학이 버리고자 한 정신은 그 나름의 미학적 가능성을 가지고 있었다. 뿐만 아니라 그것은, 깊은 미적 충동을 가능하게 하는 그 모든 문학적 업적에도 불구하고, 비인간화에 역설적으로 공존하는 서양 현대 문학과는 다른, 그보다는 더 깊고 큰 조화와 실현을 약속해 주는 것으로 생각된다. 그러나 지금 단계에서 우리는 그것이 무엇인가는 정확히 알지 못한다. 하이데거의 횔덜린이나 트라클의 시에 대한 해명에도 불구하고, 서양의 정신적 전통의 미학의 모습은 모호하기만 하다. 한국의 전통 미학이 무엇인가도 분명하지 않다. 우리는 그것이 오늘날 현대 문학의 현대성이 투사하는 것과는 다른 세계에 속하며, 다른 목적과 기능에 봉사하였음을 느낀다. 그것은 다시 읽어 내야 할 어떤 것이다. 그리고 정신의 미학이 있다고 하더라도 그것은 그것대로의 위험성을 가지고 있음을 우리는 안다. 그것은 오늘의 조건에서 실현 가능한 미학인가. 미학은 미학의 사회적 조건을 가지고 있다. 이것이 위에서 우리가 설명하고자 한 주장의 하나이다.

오늘날 현대 한국 사회를 특징지우는 것은 우리 역사의 어느 때보다도 심한 폭력성, 자의성, 혼란이다. 이것은 도덕성의 회복으로 바로잡혀야 한다고 한다. 도덕을 포함한 정신의 원리로 이것이 극복될 수 있는가. 오늘날 정신은, 그것이 어떤 것이든지 간에, 독단이며, 독단의 의지이며 폭력인 것처럼 보인다. 오히려 정반대로 오늘의 세계를 휩쓰는 자유주의의 합리성만이, 비록 오늘날 그것이 오늘의 혼란의 주된 원인인 듯하지만, 장기적으로 볼 때, 어느 정도의 질서와 평화에의 길을 지시하는 것처럼도 보이는 것이다. 여기에서 현대성의 미학은, 모순의 미학 또는 그로 인한 소외의 철학에 불과하게 될지 몰라도, 아직도 의미가 있다고 할는지 모른다.

한국의 현대 문학사를 생각하고 그 현대성을 해명하는 일은 지극히 어려운 일이다. 우리는 현대적 합리성과 그 안에서의 미적 이성의 위치를 가늠하여야 한다. 그리고 역사에 있어서의 정신의 의미 — 그것은 서양에서와, 우리의 전통에서와 또 다른 전통 사회에서 각기 비슷하면서 독특하게 다른 모습을 띠울 것이다. — 그리고 정신의 경제 안에서의 미학의 위치 — 그것도 각각의 전통에서의 다른 것일 수밖에 없다. — 정신 미학의 위치를 헤아려야 한다. 그런 다음 이러한 동기들이 문학사의 현실 속에서 어떻게 서로 얽히는가를 추적하여야 한다.

(1995년)

문학의 옹호

말 많은 세상의 언어와 시의 언어[1]

1

문학이 얼마나 값진 것인가를 따지고 이를 옹호하여 말하는 것은 새삼스러운 느낌이 없지 아니합니다. 그러나 필요한 것이 오늘의 형편이라는 인식이 '문학의 가치'라는 제목을 주신 주최자 측에 있는 것으로 생각합니다. 문학의 영역이 위축되어 가고 있다는 것은 많은 사람들이 가지고 있는 생각입니다. 물론 이것은 단순히 양적인 위축보다도 질이나 기능상의 주변화를 말하는 일일 것입니다. 출판의 양이나 관계되는 금전의 양으로 보아서는 역사상 유례를 찾아볼 수 없는 성황을 이루고 있는 것이 오늘의 문학적 환경이라고 할 수 있으니까 말입니다.

문학이란 말은 『논어』에도 나오는 말이기는 하나, 이것이 오늘 우리가

---

1 이 글은 지난해(1996년 — 편집자 주) 가을 펜클럽 모임에서 발표된 것으로 《펜과 문학》(1996년 가을호)에 실렸다. 재수록을 허가해 주신 필자께 감사드린다.(게재지 주)

쓰는 뜻으로 쓰인 말인지는 분명치 않습니다. 아마 그것은 문(文)을 배운다는 것을 말하고, 여기서 문이란 문체 또는 사물에 두드러지는 모양을 말하는 것이기 때문에, 문 속에는 세상의 어지러운 인상과 경험을 일정한 모양 속에서 인식하게 되는 모든 기본적인 인식의 단초가 포함되어 있었다고 할 수 있습니다. 동양 사상과 물리학을 말하는 책에서, 동양 사상의 기본에 들어 있는 모양에 대한 생각을 따서, 물리학이란 자연 세계의 모양, '유기적 에너지의 문양'을 연구하는 것이라고 한 저자가 있지만, 이런 경우에 문을 공부하는 것은 실로 광범위하기 짝이 없는 지적 활동을 의미한다고 할 것입니다.[2] 그러나 조금 좁게 문을 공부한다는 것은 시서예악(詩書禮樂)에 관한 여러 가지 글을 공부하는 것이었습니다. 어쨌든 문 또는 글은 우리가 오늘날 쓰고 있는 문학이란 말보다는 훨씬 넓은 의미의 인문적 학습 또는 글 배우기 일체를 말하였다고 할 수 있습니다.

오늘날 문학은 이러한 포괄적인 글 배우기 가운데에서 보다 더 전문화된 어떤 표현 양식을 지칭합니다. 그럼에도 불구하고, 옛날의 글에 대한 숭앙이 전승된 탓도 있고 또 우리 현대 문화의 형성에 중요한 영향이 된 서양에서도 그러하였기 때문에, 오랫동안 문학은 사람 사는 일에서 — 또는 사람이 되는대로보다는 조금 더 높은 수준에서 사는 데에 널리 토대가 될 만한 앎을 제공해 주는 일로 간주되었습니다. 그리하여 문학은 특수하게 사용된 말과 글의 양태를 지칭하면서도 보편적인 필요와 응용을 가진 것으로 생각되어 왔습니다. 이러한 특수하면서도 보편적 의미의 문학이 그 존재 의의를 의심받고 있는 것이 오늘의 형편입니다.

---

2 물론 이것은 물리(物理)라는 한자어를 풀어서 한 말이지만, 문(文)의 의미도 이러한 뜻을 생각할 수 있다. Gary Zukav, *The Dancing of WuLi Masters: An Overview of the New Physics*(New York: Morrow Quill, 1979) 참조. 문이 세상의 빛나는 무늬에 관계되어 있다는 생각은 『문심조룡』의 문학론의 철학적 토대이다. 유협, 최동호 옮김, 『문심조룡』(민음사, 1994), 첫 장 「원도(原道)」 참조.

문학은 매우 특수한 것으로 되었습니다. 우선 문학은 양적으로도 다른 많은 말과 글의 존재 양식 가운데에 작은 부분을 차지하게 되었다는 뜻에서 보편성을 다분히 상실한, 말과 글의 한 작은 부분이 되었습니다. 다른 일방으로 문학이 차지하고 있던 역할이 다른 것들에 의하여 수행되는 경향이 강하여졌습니다. 흔히 말하듯이 문학이 가르치고 즐겁게 하는 기능을 가지고 있다고 한다면, 가르치는 일은 다른 많은 학문과 정보 매체에서 맡아 갔습니다.『논어』에 나오는 시에 대한 공자의 재미있는 논평 가운데 시를 공부하면 조수초목지명(鳥獸草木之名)을 많이 알 수 있다는 것이 있는데, 조수초목의 이름이야 생물학에서 더 많이 공부할 수 있는 것이라고 할 것입니다. 그 이외의 도덕이나 정치나 사회의 문제들도 문학은 상식적인 것 이상의 것을 가르칠 수 없습니다. 다른 한편으로 문학이 주는 즐거움은 옛날에도 이미 음악이나 의식 절차의 즐거움과 공유하고 있었던 것이나, 요즘에 와서 그것은 발달한 시청각 매체의 즐거움이나 기타 오락 수단이 제공하는 즐거움 또는 해방된 성이나 마약의 즐거움에 비할 수 없는 것이 되었습니다. 문학이 즐거움의 경쟁에서 이겨 낼 재간이 없습니다.

즐거움에 대해서 조금 더 말한다면, 사실은 문학의 즐거움이 이런 종류의 즐거움과 경쟁하기가 어렵게 된 것이 아니라, 문학의 즐거움과 다른 즐거움은 원래부터 전적으로 다른 것인데, 문학의 즐거움과 같은 영역이 사람 사는 데에서 사라진 것이라고 하는 것이 옳을는지 모릅니다. 오늘의 문화적 상황의 특징 중의 하나는 많은 것의 획일화입니다마는, 즐거움의 획일화 단순화도 오늘의 흐름의 하나입니다. 즐거움이나 어느 일에나 여러 가지 다른 것이 있다는 것 — 다른 것을 다른 것으로 유지하는 것도 중요한 문화적 노력의 일부라고 할 수 있습니다마는 이러한 다름이 말소되어 가고 있는 것이 오늘의 실상입니다. 하여튼 모든 즐거움이 일반화되고 단순화된 상황에서, 즐거움을 두고 문학이 다른 즐거움의 수단과 경쟁한다는 것은 처음부터 문학의 범위를 넘어가는 것이고 불가능한 것입니다. 문학의 매체인 언어가 보다 강력하게 감각 작용에 호소할 수 있는 시청각 매체와 경쟁할 수는 없는 일입니다. 그러나 시청각 매체도 그 충격에 있어서 보다 직접적인 만족을 줄 수 있는 물질의 실체에 비교될 수는 없을 것입니다.

이러나저러나 물질적 만족과 같은 강력한 만족이 문학의 목표하는 바라고 하는 것은 잘못일 것입니다. 이것은 시청각 매체 —록 음악이나 영화 또는 비디오의 경우에도 어느 정도 비슷한 형편입니다. 이러한 것들이 작용하는 것도 직접적인 감각의 차원이 아니라 상징의 차원에서입니다. 문제가 되는 것은 감각적 만족이 아니라 감각적 암시가 상징화된 차원에서 어떠한 역할을 하느냐 하는 것입니다. 달리 말하여 결국은 사람의 현실 세계에서의 행동 이전에 그것에 영향을 미치고, 형성하는 차원, 즉 가르침의 차원에서의 역할이 문제인 것입니다. 문학의 역할이나 의의가 줄어들었다고 한다면, 그것은 결국 가르침의 차원에서 다른 많은 경쟁자가 등장했기 때문입니다. 그리고 문학의 값의 문제도 이 가르침의 차원에서 얼마나 의의 있는 것이냐는 것을 생각해 보는 데에서 답해져야 할 것입니다. 수많은 보다 정치하고 철저한 가르침의 수단이 있는데, 문학만이 가르칠 수 있다고 생각되는 것이 무엇이겠느냐 하는 것이 문제가 되는 것입니다.

그러나 여기 대하여 답변을 역설적으로 미리 말한다면, 문학의 존재 이유는 그것이 가르치는 것이 별로 없다는 것 —여기로부터 생각되어야 하는 것이 아닌가 합니다. 일찍이 문학은 가장 포괄적인 언어였습니다. 또 근본적인 언어였습니다. 근본적인 것은 가르칠 필요가 없습니다. 먹고 사랑하고 하는 일이 별로 가르칠 필요가 없는 일인 것과 같습니다. 그러나 문학이 —이상한 가르침이라고 할 것이지만— 가르침을 가진 것도 사실이고, 이 측면에서 문학 이외의 언어적인 발달은 문학의 언어를 한구석으로 몰아갔습니다. 다른 언어의 영역이 한없이 넓어진 마당에 문학의 언어는, 심각한 의미에서는, 거의 설 자리가 없는 것으로 보입니다. 그러나 조금 전의 말씀을 되풀이하건대, 이 좁아진 언어가 바로 문학이 차지해야 하는 영역이라고 나는 말씀드리고 싶은 것입니다.

문학의 영역이 좁아졌다면, 그것은 오늘의 상황과 관계되어서도 그러한 것이지만, 동시에 문학의 본래 속성이 그러하기 때문이라고 할 수도 있습니다. 모든 인간의 의식 활동이 말이 없이는 본격적으로 성립할 수 없다고 하겠지만, 문학은 다른 어떤 경우보다도 말에 밀착되어 있습니다. 문학 작품은 완전히 말로만 되어 있는 어떤 것입니다. 문학 작품에서는 말이 전부이고 그것이 절대적으로 중요합니다. 그러면서도 말이 중요한 것은 말이 말 이외의 것을 가리키기 때문입니다. 문학 작품의 말이 귀중한 것도 이 말을 넘어가는 말의 기능으로 인한 것입니다. 문학은 말을 존중하기 때문에 말의 무작정한 확대를 긍정적으로 볼 수는 없습니다. 문학은 말이 확대되는 세상에서 저절로 그 자신의 말이 움츠러드는 것을 느끼지 아니할 수 없는 것입니다. 또 문학을 생각하는 사람은 움츠러들어야 하는 말을 옹호할 수밖에 없습니다.

2

이 옹호는 말만 많은 세상에 대한 것입니다. 많은 말들은 말이 말로만 끝나는 빈말들입니다. 빈말의 대표적인 예로서 우리는 쉽게 여러 가지 광고나 선전의 말들을 들 수 있습니다. 그러나 대체적으로 말을 신중하게 생각하는 일은 요즘의 세상에서 점점 후퇴해 가는 풍조의 하나가 되었습니다. 말은 낭비적 경제의 일부가 되었습니다. 그리하여 물건을 살 때나 마찬가지로, 할인해서 받지 않으면 손해를 보는 그러한 물건이 되었습니다. 너무 싸잡아 말하는 것은 지나친 점이 없지 아니하겠습니다마는, 정치인의 말들, 뉴스 매체들의 말들 — 이러한 말들을 요량하고 듣는 것은 오늘의 세계를 살아가는 데에 맨 먼저 배워야 하는 것이 되어 있습니다.(이러한 환경에서 문학도 빈말이 되고, 특히 요설이 되어 가는 경향이 있습니다. 작품에서도 그러하지만, 운동 경기다 경축일이다 할 때, 신문에서 작가를 초대하여 넋두리를 늘어놓게 하는 데에서도 이러한 것을 쉽게 볼 수 있습니다.)

이러한 말들에서 우리가 배우는 것은 그것에 대하여 경계하는 법만이 아니고 그 사용법이기도 합니다. 우리 자신이 그러한 말의 사용을 몸에 붙입니다. 그러한 말의 사용법을 의식적으로 활용하기 때문에 그렇게 되는 것이 아니라, 자신도 모르게 말을 그렇게 활용하는 자신을 발견하는 것입니다. 그런 점에서 경계를 게을리하지 아니한다고 하여도, 본의 아니게 빈말을 하는 경우가 얼마나 많습니까. 물론 이것은 나쁜 영향 때문만은 아닙니다. 적극적인 의미에서 비어 있지 않은 말을 하는 연구와 수련이 없으면, 빈말을 빈말이라는 의식이 없이 하게 되는 것이 일상적인 인간입니다. 물론 이런 모임에서 의식 절차의 일부로 하는 지금 여기의 말도 그 혐의를 쉽게 벗어날 수는 없습니다.

이러한 개인적이고 사회적인 관례의 경우는 물론 우연한 것이 아닙니다. 그것은 포괄적 현상의 일부입니다. 나는 그것이 궁극적으로 권력 현상에서 연유된다고 생각합니다. 권력 현상의 증폭은 모든 것을 그 수단으로 떨어지게 합니다. 오늘날 우리의 말에 왜곡이 있다고 한다면, 그것은 말이 전략화된 결과라고 할 수 있겠는데, 권력의 효과가 사물의 전략화입니다. 이것은 커다란 의미에서 전략을 말하지만, 삶의 기구의 전체적인 정치 전략화는 일상적 차원에서의 인간 행동도 그러한 것이 되게 합니다. 오늘날 우리가 하는 모든 일은 자기 이익의 확대 또는 자기 확대의 전략의 실현입니다. 말이 그 본래의 기능을 잃고 전략의 수단이 되는 것은 너무나 자연스러운 일입니다.

이렇게 말하면, 말의 전략화, 인생의 전략화의 책임은 전적으로 정치에 있는 듯합니다. 그러나 이러한 정치적 의도가 늘 직접적으로 나타나는 것은 아닙니다. 강한 의지가 뚜렷해지는 것은, 일이 제대로 아니 될 때, 다시 말하여 저절로 되어 가는 것이 아닐 때가 아닙니까. 삶의 정치화, 전략화는 삶의 질서의 붕괴를 나타냅니다. 이러한 붕괴 이전에는 세상은 전략 의지의 개입이 없이도 저절로 — 그 스스로의 이치로 돌아갑니다. 우리 사회에 넘쳐흐르는 권력 의지는 우리 사회의 혼란의 다른 표현입니다. 그런데 오늘날의 혼란은 물론 새로운 질서를 향한 움직임의 일부라고 할 수 있습니다. 우리가 향해 가는 질서, 이것이 혼란과 그에 따른 권력 의지의 발호를 가져온 새로운 질서는 자본주의 산업 국가 또는 더 간단히 선진국의 이상입니다. 그런데 이 이상 자체가 권력 의지에 의하여 특징지어지는 사회 이상입니다. 다만 그것이 다른 것과의 균형 속에서 살 만한 질서 또는 참다운 질서를 형성할 가능성이 없지는 아니한 것으로 생각되기는 합니다. 그러나 적어도 지금의 증상으로는, 우리 사회는 자본주의 산업 사회가 내포하고 있는 권력의 동기와 사회적 환경에 의하여 조성된 무한정한 권력 추구의 동기가 기묘하게 결합하여, 매우 특이한 권력 사회를 형성하고 있는 것으로 보이고, 앞으로도 오랫동안 그러할 것으로 보입니다. 여기에서 언어가 이상하여지고, 참다운 언어의 설 자리가 좁아지는 것은 불가피하다고 하겠습니다.

그러나 말이 사실성을 떠나고, 말만의 세계를 이루는 것은 오늘날의 사회에서 일반적으로 널리 관찰할 수 있는 일입니다. 사회에 편만한 권력 현상은 객관적 질서의 파괴에 관련이 있지만, 이 객관적 질서라는 것도 많은 경우에 숨은 권력 의지의 표현이기 쉽습니다. 이것은 인간 존재의 변증법에서 불가피한 것인지도 모릅니다. 말하자면, 사람은 총체적인 질서로 성립한 권력의 구조 속에서 평화롭게 살거나, 그것이 부재한 가운데 개인적인 차원에서 전투적으로 살거나 양자택일을 하는 수밖에 없는지 모릅니다. 이 질서는 사실적 구조의 문제이면서 또 관념의 문제 또는 언어의 문제이기도 합니다. 아무리 정치나 사회가 사실 조직으로 그 실체를 구성한다고 하더라도 그 나름의 철학이 없는 정치나 사회 체제는 없습니다. 이 철학은 이념의 체계로도 성립하고 또는 임시변통의 잡다한 사실 설명으로도 성립합니다. 또는 아주 과학적인 당위성을 내거는 수도 있습니다. 이러한 모든 관념, 이념, 사실성의 체계가 다 틀린 것도 아니고 사람의 삶에 하는 역할이 없는 것은 아니지만, 참으로 삶의 현실을 이러한 것들이 포괄하는 것으로는 보이지 아니합니다. 아무리 사회 질서가 정연하고, 그 철학이 일사불란하더라도, 개인사가 또 있고, 일기장이나 편지에만 엿보이는 삶이 따로 있지 아니할 수 없습니다.

정치적 의도와 관념적 체계가 결부되어 말과 현실 사이에 심한 괴리를 가져오게 된 가장 두드러진 예는 마르크스주의입니다. 여기에서 이것을 말씀드리는 것은 이 자리에서 마르크스주의를 비판하자는 것이 아니라, 인간의 심각한 언어 활동 — 체계적이고 과학적인 언어 활동 속에 본질적으로 들어 있는 공허성을 그것을 예로 하여 말하자는 것입니다. 마르크스주의 또는 많은 거창한 이론 체계의 문제점은 관념 — 그리고 이 관념을 표현하는 말에 너무나 큰 가치를 부여하는 것입니다. 마르크스주의가 발견한 인간 행동 — 특히 어떤 역사적 사회 속에서의 인간 행동에 대한 통찰은 현대 사회의 이해에 중요한 준거를 제공하였습니다. 문제는 이러한 관념의 힘을 현실 일체를 설명하는, 지나치게 엄격한 체계로 발전시킨 데에 있습니다. 이 체계화된 관념이 현실 그것을 대치하게 되는 정도가 된 것입니다.

관념과 현실의 관계를 간단히 말할 수는 없습니다. 관념과 현실은 일치하기도 하고 불일치하기도 합니다. 그러나 이 일치 불일치는 단순히 정합성의 문제는 아닙니다. 관념의 체계에 의한 현실의 대체는 사람의 머릿속에 관념이 있고 현실은 따로 있었던 결과라고 할 수만은 없습니다. 현실은 관념에 의하여 변화될 수 있습니다. 특히 이것은 행동의 매개에 필요합니다. 그 극단적인 경우 이것은 혁명적 폭력 또는 더 일반적으로 정치적 강제력에 의한 행동을 말합니다. 문제는 행동의 규모가 커지고 지속적이 될 때, 행동적 일치의 상태가 오래가기 어렵다는 데에 있습니다. 사람이 사는 세계는 사람의 생각에 따라 이렇게 저렇게 변형되는 것이면서도 또 자기 나름대로의 관성을 가지고 있어서 인간의 자의적인 구성에 너무 오랫동안 스스로를 내맡기지는 아니합니다. 여기의 세계는 인간 속에 들어 있는 세계 ─ 그 생물학적 조건, 그 어떤 심리적 원형, 또 사회적으로 형성되면서 이 사회의 시간적 공간적 전체성을 기억으로 지속시키는 사회성 등도 포함합니다. 소비에트 체제의 붕괴를 하나의 간단한 원인에 귀착시키는 일은 맞지 아니하는 일이겠지만, 가장 추상적인 차원에서 말할 때, 우리는 여기에서 방금 말한 여러 가지 의미에서의 관념과 현실의 벙그러짐을 볼 수 있다고 할 수 있을 것입니다.

그런데 마르크스주의이든 다른 어떤 것이든 이데올로기의 체계에 있어서의 관념과 현실의 관계는, 위에서 비친 바와 같이, 사람의 삶에서 아주 예외적인 사례는 아닙니다. 생각한 것을 현실에 실현하는 것이 사람의 행동입니다. 또 이러한 관념과 현실의 상호 작용을 시간적으로 공간적으로 일관성 있게 하려 하는 것도 사람의 자연스러운 충동이며, 또 사람의 삶을 조금 더 문명되게 하는 일입니다. 사람이 산다는 것은 여러 차원에서 관념과 현실의 맞부딪침을 의미합니다. 이 부딪침의 지나침에 문제가 있을 뿐입니다. 모든 체계적 관념 작용에는 전체주의적 이데올로기에 따르는 위험이 들어 있습니다.

가령 현대 과학이야말로 가장 조직적인 관념의 체계라고 할 수 있습니다. 다만 다른 어떤 체계하고도 비할 수 없는 자기 교정의 수단을 가지고 있다는 점이 다른 체계들과 다르다고 하겠습니다. 이 교정의 수단이란 한마디로는 경험에 대한 개방성입니다. 그러나 이 개방성도 일정한 관념적 기율이 규정하는 절차의 통제를 받는 것입니다. 이러한 절차적 통제가 없다고 하더라도 경험 자체도 알게 모르게 이미 여러 가지 관념적 정형화의 소산일 가능성이 크다고 하겠습니다. 과학의 과학 공동체에 대한 의존, 과학이 쉽게 형식화될 수 없는 상태에서 흡수하는 문화적 영향, 과학적 사고의 기본에 들어 있는 기본적 패러다임의 우연성 ─ 이러한 점들에 대한 과학사의 연구들은 과학의 경험적 개방성이 사실은 경험적 폐쇄성과 일치하는 것이라는 것을 암시해 주기도 합니다. 과학의 경험 폐쇄성 또는 관념 폐쇄성이 이러하다고 한다면, 기술이나 사회 과학의 이론의 폐쇄성은 이것에 비할 바가 아니 된다고 할 것입니다. 여기에서 주목해 보려는 것은 이 후자의 폐쇄성입니다.

위에서 인간 사회의 총체적 이론으로서의 마르크스주의 또는 다른 전체주의 이론과 과학을 이어서 말했습니다마는 경험적 현실로부터의 괴리의 정도에 있어서 이것을 같은 자리에 놓고 말할 수는 없는 일입니다. 말할 것도 없이 이 차이는 객관성의 차이입니다. 전자에 경험으로부터의 괴리가 심하다고 한다면, 그것은 거기에 주관적 요소가 너무 많이 들어 있기 때문입니다. 이 소망의 관념화 ─ 또 동시에 현실화야말로 그러한 이데올로기의 큰 매력이라고 할 수도 있습니다. 그런데 이 소망은 곧 더 적극적으로 의지의 표현이고 더 나아가 권력 의지의 표현입니다. 이 점은 위에서도 일반적인 관찰로써 말씀드린 바 있습니다. 그러나 이러한 의지의 표현 없이 현실의 변혁이 가능할 수는 없는 일입니다. 그러나 이것이 사람이 세상에서 행동하는 하나의 방식이고, 또 현실적으로 효력이 있는 것이라고 하더라도 결국은 또 장기적인 관점에서 그것이 사람이 살 만한 세계를 만들어 주지 못한다는 것은, 어떤 체계적 이론의 경우에도, 전체주의 이론의 결말에서 보는 것과 마찬가지입니다.

마르크스주의의 총체적인 사회 이론에 대신하여 자본주의 사회에서 사회를 이해하는 관념과 언어를 제공하여 주는 것은 여러 가지의 사회 과학 특히 정책 과학입니다. 얼른 보기에 이것은 사람의 자의적인 의지 또는 권력 의지보다는 객관적 현상의 설명에 역점을 두는 과학인 것 같습니다. 그러나 그 과학적 성격을 일단 인정한다고 하더라도, 그것이 원천적 동기에서, 인간의 의지 작용 — 일정한 가치 지향에서 나오는 의지 작용에 관계되어 있다는 것을 부정할 수는 없습니다. 그중에도 정책 과학의 모든 개념은 정책 의지와 일체를 이루고 이 의지를 사회 현실이나 자연 자원에 연결해 주는 수단입니다. 국민 총생산, 개인 소득, 수출, 은행 이자율, 국제 무역 수지, 이러한 것들이 정책 의지와의 관계에서 현실의 어떤 측면들을 지칭하는 것임은 새삼스럽게 말할 것도 없습니다.

또 정책 과학의 현실적 실현의 중요한 수단을 제공하는 기술 과학의 말들, 인공위성, 컴퓨터, 반도체 산업의 새로운 마이크로칩 개발, 새 공항 건설 등 — 이러한 과학 기술이 자연에 대한 사람의 기술적 의지를 구현하고 있다는 것도 새로운 해석을 필요로 하는 것이 아닙니다. 하이데거는 과학적 사고와 기술적 사고에 대하여 가장 근본적인 비판과 분석을 한 철학자라고 할 수 있습니다. 기술은 근본적으로 자연에 도전을 가하고, 명령을 하고 심부름을 시키는, 말하자면, 폭력적 의지의 객관적 실천입니다. 오늘의 과학 기술의 세계에서, 그는 "모든 것은 가까이 대령하고 있으라고, 그래서 새로운 명령을 기다리라는 명령을 받는다."라고 말합니다. 그리하여 이 기다림의 상태에서 자연은 사람의 기술적 이용에 또는 이윤 획득에 이용되는 자료가 됩니다.

그러나 이것은 이미 보다 객관적인 과학적 태도에 들어 있었던 태도입니다. 자연을 과학적 검토의 대상으로 하는 과학은 자연을 자신의 관념의 영역으로, 그 영역에서만 잡힐 수 있게, 사로잡아 놓는 일정한 태도의 결정하에 영위되는 인간 경영입니다. 동시에 사람 자신도 "자연을 연구의 대상으로 삼는 태도에 의하여 사로잡히게" 됩니다.[3] 정책 과학이나 사회 과학에 이러한 명령하는 의지가 더 많이 들어가 작용하는 것은 너무나 당연합니다. 그리고 소비에트 공산주의에서 이러한 의지는 물론 더 노골적으로 표현되었습니다.

물론 자연 과학의 객관성, 자유주의적 사회 과학에서의 경험주의적 성격, 자유주의적 체제의 자유 —— 이러한 것들을 보다 단호한 폭력적 의지를 담은 이데올로기적 사고, 관념, 언어와 같이 보아서는 아니 될 것입니다. 구분과 뉘앙스가 사람의 삶에 대하여 갖는 차이를 무시하는 것이야말로 이데올로기적 사고의 폭력적 특징입니다. 이러한 차이가 좋은 점이 아니라 나쁜 점에 관한 것이라 하더라도 그것은 존중되고, 변별되어야 합니다. 나쁜 것도 다 같이 나쁜 것은 아니기 때문입니다. 그러나 여기에서 내가 말하고자 하는 것은 많은 과학적인 언어들이 주관적 의지 —— 표현되어 있거나 표현되지 아니한 동기로 작용하거나 —— 의 회로 속에 갇혀 있다는 것입니다. 그리고 이러한 것들과는 다른 성격을 갖는 것이 문학의 언어라고 나는 생각합니다. 다름으로써 참으로 인간의 주관적 의지 이외의 것을 지칭할 수 있는 것이 문학의 언어가 아닌가 하는 것입니다.

---

3 Martin Heidegger, *The Question Concerning Technology and Other Essays*(New York: Harper and Row, 1977), pp. 17~19.

3

말이, 말 많은 것의 일부에 불과하고 빈말일 때, 말이 말로써 공전(空轉) 할 때, 우리는 그것을 비교적 쉽게 알 수 있습니다. 어려워지는 것은 이러한 말이 그 적용의 외연을 넓히고 높여서 보편적인 것으로 또 과학적이고 객관적인 것으로 행세할 때, 그 말의 숨은 의도를 가려내는 일입니다. 이 가려내는 일이 어떻게 가능하든지 간에, 이러한 말들이란 대체로 추상적인 것이 됩니다. 따라서 믿을 만한 말이란 구체적인 것이라고 말할 수 있습니다.

문학의 말은 다른 말보다도 구체적인 말입니다. 그것은 대체로 우리가 일상적으로 쓰는 구체적인 말들에 가까이 있습니다. 이것이 문학의 말을 어떤 경우에나 조금은 진실이 되게 합니다. 거창하고 일반적 진리를 말하고, 민족이나 사회의 갈 길을 말하는 것이 아니라, 또는 다른 사람들이 어떻게 해야 한다는 사람 부리는 말이 아니라, 제 사정을 말하는 데에야, 맞고 틀림의 간격이 클 수 없습니다. 제 사정의 경우도, 신체적 감각의 차원을 넘어가는 것이라면, 제가 안다고 할 수 없는 경우가 많기는 합니다. 아픈 것은 내가 알아도, 보다 넓은 의미에서 내가 아픈 것을 더 잘 아는 것은 의사입니다. 또 내가 아는 것은 얼마나 많은 허위 정보와 의식으로 이루어진 것입니까. 뿐만 아니라, 문학이 반드시 내 하소연이나 흥타령하고 같은 것은 아닙니다. 문학은, 설령 그것이 작가 자신의 일에 관계된다고 하더라도, 그것을 넘어가는 초월성에 의하여서만 중요성을 갖는다고 할 수 있습니다. 제 사정만을 말하는 실화는 우리를 곧 물리게 하고 또, 당장 어떻게 해야 되는 것이 아니라면, 그것을 들어주어야 할 급한 동기도 없다고 할 것입니다. 그러니까 문학도 거짓의 수렁이기 쉬운 일반성 또는 보편성의 공간을 피해 간다는 것은 쉬운 일이 아닙니다.

그러나 대체적으로 문학이 구체적인 것 ─ 그중에서도 감각적인 것에 많이 의존하는 것은 사실입니다. 감각은 가장 구체적인 것입니다. 그것은 개인의 구체적 체험 속에서만 실체를 갖습니다. 그러면서도 그것은 사람과 바깥세상을 연결해 주는, 그리하여 폐쇄된 주관성의 언어의 밖으로 우리를 인도하는 면을 가지고 있습니다. 그것은 모든 사람에게 공유되는 보편적인 것이기도 합니다. 감각적 경험의 초월성의 탐구가 문학과 예술의 가장 중요한 영역이 되는 것은 이러한 것과 관계가 있다고 생각됩니다. 그러나 감각의 보편적 열림은 감각의 문제성의 일부를 이루기도 합니다. 이 열림으로 하여, 감각이야말로 그것을 테두리 짓는 보편적인 것에 의하여 규정되는 것으로 말할 수 있기 때문입니다. 그리하여 감각이라고 해서, 반드시 말로만 이루어진 세계를 넘어가고, 말의 폐쇄성을 열어 주는 문이 아닐 수가 있는 것입니다. 문학과 예술에서 감각이 주요해진 것은 서양의 현대에 와서입니다. 이것이 역사적인 현상이라는 사실 자체가 감각이 역사적으로 형성된 것이라는 것을 말하여 줍니다.

오늘의 말의 상태를 문제 삼는다면, 감각의 언어도 사실은 문제적이라고 아니 할 수 없습니다. 한쪽으로 이데올로기적 언어 ― 또 그것에 의존하는 문학이 있다고 한다면, 다른 한편으로 점점 농도 깊게 감각적이 되어 가는 언어가 날로 번창하게 된 것이 오늘의 문화의 상황입니다. 이것은 성을 주제로 하는 문학에서 가장 쉽게 보지마는, 그것이 아니더라도 오늘의 우리 문학에서 ―1987년 이후의 문학에서 여러 가지로 감각적 요소가 두드러지게 된 것을 우리는 쉽게 볼 수 있습니다. 뿐만 아니라, 시각을 문화 일반에 확대하여 본다면, 오늘의 문화 현장은 여러 시각 매체의 발달, 비디오, 영화, 멀티미디어, 록 음악 등등, 강한 감각적 자극을 특징으로 하는 예술 또는 표현 양식에 의하여 지배되고 있습니다. 또 이러한 감각적 자극물들의 번성은 신문이나, 텔레비전, 상품 포장, 광고, 라이프스타일 일반에 막대한 영향을 주고 있습니다. 그리하여 삶 자체가 감각적 연출의 여러 장면으로 이루어지는 것처럼 보입니다. 인생을 감각적 특히 시각적 공연으로 보는, 공연적 인생관은 정치와 도덕 그리고 교육적 사고까지도 결정하는 동기적 힘이 되어 갑니다. 간단한 의미에서 문학이 위협을 받는다고 느끼는 것도 이러한 시각 매체와의 관계에서입니다. 처음에도 언급하였듯이, 문학은 이러한 것들의 발달이 가져오는 감각적 흥분과 어떻게 경쟁하겠느냐는 걱정을 하는 것입니다.

이 경쟁에서 누가 이기느냐 하는 문제는 접어 두고, 여기에서 지적하고자 하는 것은, 이러한 감각의 매체들이 말의 회로 ── 가령 이데올로기적 언어가 가장 극단적으로 대표하고 있는 말의 폐쇄 회로에서 벗어나는 것이 아니라는 사실입니다. 사실 그것은, 많은 경우, 정치적인 이데올로기나 마찬가지로 강한 사회적인 기능을 갖는 가르침의 수단입니다. 이 기능은 이데올로기적입니다. 정치적 이데올로기의 특징은 인생의 모든 것을 어떤 권력 의지의 관점에서 펼쳐 내는 데에 있습니다. 여러 가지 시청각 매체의 특징은 일반적인 추상적 관념이나 이념보다도 직접적으로 감각적 호소력을 가진 영상들의 투사를 통하여 사람의 마음을 움직이는 데에 있습니다. 그것은 일단은 현실에 대한 일반적이고 추상적인 이론으로부터는 가장 멀리 있는 전달의 방식처럼 보입니다. 현실에 대하여 전체적인 설명 ── 일반적으로 이데올로기적 설명이 없다는 것을 강하게 내세운다는 점이 감각적 영상의 전달 수단으로 하여금 강한 설득력을 갖게 합니다. 그러나 이 설득의 종착역이나 출발점은 하나의 이데올로기 ── 표현되지 아니한 이데올로기입니다. 그것은 추상적인 이론이 아니고, 또 인간성의 현실에 직접적으로 호소하는 바가 있어 그렇게 생각되지 않습니다.

이데올로기와 인간성의 현실이 합치되는 장소는 욕망입니다. 이것은 나의 욕망이기 때문에, 이데올로기가 갖는 타자적 의도가 개입하지 아니한 것으로 느껴집니다. 그러나 이 욕망 자체가 사회적으로 형성됩니다. 그것은 사회적으로 촉발되는 것입니다. 욕망의 대상이 사회적으로 조장되는 대상, 물건과 스타일과 사람을, 향하는 것이라는 점에서 사회적이고, 또 무엇보다도 순수한 욕망 자체를 절대화하는 일에서 사회적입니다. 자본주의 사회의 순수한 정신이 이 욕망에 자리합니다. 물론 이러한 욕망의 시각적 표현, 언어적 표현 또는 예술적 표현이 반드시 사회적 이데올로기의 하수인 노릇만을 하지는 아니합니다. 그것은 자본주의 사회의 동력인 개인적 욕망을 극단적으로 밀고 가서, 그 진실의 모습을 사회에 되돌려 주는 기능도 합니다. 그리하여 감각적 퇴폐는 현대 문학에서 중요한 양의적 기능을 수행해 왔던 것입니다.

그러나 그것이 자본주의적 의지의 회로 속에 있다는 데에는 변함이 없습니다. 이것은 대체로 감각적 표현의 상투성에서 쉽게 드러납니다.(그러니까 상투적이냐 아니냐가 자본주의 또는 사회주의 사회 예술에서의 진위성의 가장 중요한 시금석이 됩니다.) 현실의 무한한 가능성을 얼마 되지 아니하는 언어로 휘어잡고자 하는 이데올로기는 저절로 상투적이 될 수밖에 없습니다. 이데올로기의 증표는 상투성입니다. 감각적 매체가 상투적인 것은 이것의 이데올로기성을 나타내는 것입니다. 사회주의 예술에서 노동자의 힘찬 모습은 그대로 힘찬 모습의 노동자라는 말로 바꿀 수 있습니다. 그러나 자본주의 사회에서의 영상들도 경로가 복잡하다고는 하겠지만, 이러한 언어적 상투성에로의 환원이 가능한 것들입니다. 대체로 표현 행위에서의 감각적 소재의 장점은 그것이 언어를 초월하고 언어에 대한 반대 명제가 된다는 점에 있습니다.

그러나 오늘의 감각적 자료, 가령 영상적 표현에 언어가 없는 경우가 없다는 것에 우리는 주목할 수 있습니다.(음악 공연이 재정 후원자들의 명성 광고와 매체의 수다로 장식되고 라디오의 음악 방송이 상투적인 해설 속에 익사하는 것은 이와 비슷한 경우가 되겠습니다마는.) 시각 영상에 붙는 언어는 대체로 매우 간단합니다. 그러나 이것은 언어를 아껴 쓰기 때문이 아니고, 그 간단한 것이 시각 영상을 간단하게 요약하여 상투적 지각 속에 편입하는 데 충분하기 때문입니다. 그런데 더 흥미로운 것은 매체에 등장하는 영상 자체가 이미 어떠한 언어를 숨겨 가지고 있다는 점입니다. 대중적 호소력을 가진 영상들이란 대체로 상투적인 언어 ── 멋, 끼, 남성다움, 성적 매력, 고급스러움, 그 외의 여러 말로써 환원될 수 있는 것들입니다. 언어에 의한 영상의 지배는 추상적 언어에 의한 현실 지배에 대응합니다. 스탈린주의하에서 이데올로기와 영상의 근접성은, 위에서 말한 바대로이지만, 자본주의 사회에서의 여러 영상들도 대체로는 자본주의 사회의 상투적 개념들 ── 상업적 생활 스타일에서 나오는 여러 상투적인 인간상과 생활의 제스처들을 투사합니다. 여기에 우리는 어떤 종류의 사람이 편리하게 생각하는, 전통적 이미지의 상투화된 것들을 추가할 수 있습니다.

언어와 영상의 일치야말로 우리가 사는 세계의 획일화를 나타냅니다. 이러한 관점에서 세계의 폐쇄적 획일화는 세계의 언어화와 밀접한 관계를 가지고 있습니다. 이 세계의 언어화의 가장 첨단적인 표현이 컴퓨터의 발달이라고 할 수 있는데, 이것이 문학에 대한 위협이 되는 것이 아니냐 하는 막연한 느낌이 없지 않습니다. 나는 그렇게 느낄 만한 근거가 있다고 생각합니다. 문학이 위협을 느끼는 것은 인터넷을 통한 정보와 오락의 발달이 책을 필요 없는 것이 되게 한다는 뜻에서만은 아닙니다. 컴퓨터 언어와 통신의 발달은 많은 것을 편리하게 할 뿐만 아니라, 새로운 가능성을 여러 가지 측면에서 열어 주는 것으로 말할 수 있습니다. 그러나 다른 한편으로 주목해야 할 것은 사람들을 정보의 생산자가 아니라 수동자가 되게 한다는 사실입니다. 그리고 인간 자체를 수동적인 존재가 되게 합니다. 이 '수동적'이란 사회가 만드는 대로 되어 있는 사람이란 말입니다.

설령 정보의 창조가 된다고 하더라도, 컴퓨터는 늘 정해진 테두리 안에서의 빠른 반응을 요구하는 정보 창조밖에 허용하지 아니합니다. 정보의 창조는 —특히 인간의 내면에 깊은 의미를 갖는 정보 창조는 시간의 성숙성을 필요로 합니다. 시간의 길이와 시각의 거리는 우리 생각과 느낌 —또 그것의 언어적 표현에 있어서의 깊이에 비례합니다. 시공간이 단축된 상황에서의 정보 창조는 결국 주어진 틀 안에서 움직이지 아니할 수 없습니다. 물론 컴퓨터가 사람의 능동성을 강화해 주는 점도 있습니다. 그러나 이 능동성은 흔히 수동성과 일치합니다. 컴퓨터가 편리한 도구 노릇을 하는 것은 우리의 개인적인 의지를 확대하여 주는 도구가 되기 때문입니다.

어떤 사람들은 컴퓨터가 민주주의의 확대를 가져올 것으로 말합니다. 그런데 이것이야말로 수동적인 능동성의 진상을 잘 보여 주는 일이 될 것입니다. 컴퓨터 민주론자는, 많은 사람들이 컴퓨터를 통해서 자신의 의사를 쉽게 표현하게 된다면, 어떠한 국가적 이슈에 대하여서도 여러 사람의 의견을 쉽게 수합할 수 있게 되어, 참여 민주주의가 촉진된다는 것입니다. 이것은 민주주의의 한 요소로서의 토의의 과정을 배제하고 하는 말입니다. 여러 사람이 적정한 조건을 갖춘 공공장소에서 토의한다는 것은 단순히 나의 의견을 개진하는 것이 아니라 다른 사람들과의 상호 작용 속에서 나의 의견을 바꿀 수 있다는 것을 말합니다. 이 상호 과정은 고독한 사고에 비등한 그것보다도 나은, 생각하는 과정입니다. 이것을 통해서 사고함으로써 우리에게 참으로 주관의 작용이 일어나는 것입니다. 고독한 사고 그리고 상호 작용 속에서의 사고가 없이 작용하는 자아란 충동적 자아이며, 진정한 의미에서의 주체성을 가진 자아라고 할 수 없습니다. 그러한 사람의 능동적이란 반성되지 아니한, 그러니까 주어진 충동의 체계에 따라서 움직이는 수동성에 불과합니다. 요즘 대중 매체에서 많이 보는 여론 조사는 이미 사람으로부터 또 민주주의의 과정으로부터 사고와 토의의 기능을 빼앗아 갔습니다마는, 컴퓨터 여론 수렴은 이것을 한층 더 강화하는 일입니다.

이러한 능동적 수동성의 강화는 정보의 발달이 대체적으로 촉진하는 것으로 말할 수 있습니다. 우리의 사고, 우리의 내면은, 점점 확대되어 가는 그리고 더 짜여져 가는 정보 조직에 의하여 규정되어 가고 있습니다. 우리가 개인적으로 개진하는 의견은 흔히 이 커다란 정보 기구 안에서의 작은 움직임에 불과한 것입니다. 이것은 커다란 규모에서의 정보 창조에도 대체로 해당되는 이야기입니다. 과학과 기술의 사고가 다분히 지적인 또는 사실적인 정복의 의지에 의하여 동기 지워진다는 것은 위에서 말하였습니다. 물론 그 경우 그 결과의 객관성이 진정한 의미의 객관성이 되기는 어려운 것입니다. 컴퓨터화된 정보의 창조는 아마 거의 전적으로 기술 지배의 의지에 의하여 뒷받침되는 것일 것입니다. 그것은 의미의 폐쇄적 회로를 한껏 강화하는 것일 것입니다.

정보나 의미에 더 강한 구속력을 갖는 것은 동기에 관계없이, 정보화 과정 그 자체입니다. 이 과정은 종전에 도구 합리적 규제를 벗어나 있는 것으로 생각되었던 모든 것으로 정보를 편성하는 결과를 가져옵니다. 시각 영상의 경우가 바로 그러합니다. 앞에서 오늘날 시각의 언어화를 언급하였습니다마는, 이것은 컴퓨터에서 원천적으로 일어나는 것을 볼 수 있습니다. 모니터의 스크린에 나타나는 이미지는 자연스러운 이미지 ─ 또는 컴퓨터 용어로 아날로그의 이미지가 아니라 디지털화된 이미지 ─ 즉 정보로 계산된 이미지입니다. 이미지가 사실성에 충실하면 충실할수록, 그것은 엄밀히 분석되고 합성된 결과입니다. 소리의 경우로 옮겨 생각해 보면, CD의 고충실의 소리는 초당 4만 4100번의 샘플을 녹음하고 이를 하나하나의 정보의 비트로 저장했다가, 이를 반대 방향의 순서로 재생함으로써 연속적 소리의 인상을 주게 되는 소리입니다. 여기에 근본이 되어 있는 것은 미세한 단위로 분석한 소리에 관한 정보입니다.[4] 모든 것은 정보화되고 정보화되지 아니한 것은 제외되는 것입니다. 이러한 기술적 문제를 제가 자세히 알 수는 없습니다. 다만, 그것의 궁극적인 의미가 무엇이든지 간에, 이러한 기술적인 사실이 정보화의 기술적 기반 그리고 기술의 정보적 기반을 엿보게 하는 중요한 사실임에는 틀림없을 것입니다.

4

위에서 말한 것들은 대체적으로 오늘의 문학을 에워싸고 있는 언어적 환경을 짐작하게 해 주는 사례들을 들어 본 것입니다. 문학이 그 존재를 유지하거나 지켜 나가야 하는 것은 이러한 것들이 이루는 언어적 환경에서입니다. 제일 간단히 말해도 문학의 어려움은 문학과 경쟁하는 언어가 많다는 데에서 옵니다. 그러면서 이것들은 문학 고유의 언어의 의미를 점점 이해하기 어려운 것으로 만들었습니다. 물론 문학의 언어가 이러한 언어들과 근본적으로 다른가 어떠한가는 입장에 따라서 다를 것입니다. 대체로 말하여 오늘의 문학은 위에 말한 언어들의 발달 속에서, 같은 조건 같은 수단으로 경쟁에 참여하기도 하고 그것들과 맞물려 돌아가며 이익을 챙기기도 합니다. 베스트셀러 만들기 아니면 눈에 띄기를 중요하게 생각하는 여러 노력들이 여기에 이어져 있는 것으로 생각됩니다.

어떤 경우나 사람의 삶을 하나의 관점에서 재단하는 것은 맞지 아니하는 일일 것입니다. 문학이나 문학의 언어의 존재 방식이 어떻다든가 어떤 것이라야 한다든가 하는 주장에 대해서, 우리는 사람 사는 다른 일이나 마

---

4 Nicholas Negroponte, *Being Digital*(London: Hodder & Stoughton, Coronet Books, 1995), p. 14.

찬가지로 문학도 이런저런 복합적 연관 속에 있다고 반론할 수밖에 없습니다. 우리가 이 존재 방식에 대하여 하나의 전범을 말하고자 한다면, 그것은 단지 하나의 준거 기준으로서 한계 이념을 제시하는 것에 불과합니다. 그런 의미에서, 제 의견을 말씀드린다면, 문학의 언어는 무엇보다도 위에서 말한 바와 같이 언어이면서 언어를 넘어가는 어떤 것을 제시하는 일에 관심을 저버릴 수 없는 언어라고 말하고 싶습니다.

리얼리즘이란 말은 오랫동안 또 지금도 비평적 기준을 표하는 말로 사용되어 왔습니다. 말 자체가 뜻하는바, 문학은 현실을 그려 내야 한다는 요구는 문학 언어의 기본적인 충동을 나타낸 것이라고 할 수 있습니다. 다만, 이것은 너무 오랫동안 단속반의 단속 구호로 사용되는 경우가 많았기에 쉽게 사용할 수 없는 말이 되었습니다. 또 현실을 그린다고 할 때 현실이란 무엇인가에 대한 정의가 분명치 아니하였던 것이 문제라고 할 수 있습니다. 또는 너무 분명했던 것이 문제였다고 할 수도 있습니다. 사람이 사는 현실이 전적으로 불분명하다고 하는 것도 옳지 않는 일이지만, 이것을 지나치게 분명하다고 하는 것도 옳지 아니합니다. 또 다른 언어에 비하여 문학의 언어는 비누적적이라는 특징을 가지고 있습니다.(물론 이것도 정도의 문제이기는 합니다마는.) 문학 작품은 이미 있는 작품에 의하여 또는 새로 나온 작품에 의하여 대치되지 아니합니다. 그것은 언제나 제값을 ─적어도 다소간에는─ 지니게 마련입니다. 이것이 이미 쓰여진 많은 작품이 있음에도 불구하고 새로운 작품이 나오고 나와서 마땅한 근거입니다. 그렇다는 것은 언제나 새로 할 말이 있고 새로 발견되어야 할 것이 있다는 말이고, 궁극적으로는 삶의 모든 것을 알아 버린 것으로 삶을 취급할 수 없다는 것을 말합니다.

어떤 종류의 역사관, 도덕관, 정치적 당위에 '복무'한다는 것은 이 근본적인 전제를 부정하는 것입니다.(일부의 사람들이 잘 쓰는 이 복무라는 강제성을 지닌 말 자체가 문제입니다.) 다른 한편으로 모든 것이 알 수 없는 것뿐이고, 유동적이고 한 상황에서 무엇을 그린다는 것은 불가능합니다. 또 사회가 문학 작품의 서술 대상이라고 할 때, 거기에 아무런 구조적 연관이 없다고 생각하는 것도 우리의 일상적 삶의 경험에 어긋나는 일입니다. 제일 간단히 생각해도 대통령이 있고, 재벌 총수가 있고, 국회의원이 있고 하는 것만도 그러한 위치가 사회를 움직이는 데에 어떤 구조적 힘을 작용한다는 증거라고 할 것입니다.

이러한 것들은 사회 현실을 두고 한 말이지만, 삶의 구조 또는 세계의 구조 또는 존재의 구조가 그러한 불확실과 확실성의 타협점 — 또는 간단히 말하여, 불확실성에 있다고 하는 것은 체험적 근거를 가진 철학적 입장이 될 수 있지 아니한가 합니다. 쓰는 글의 대상과 종류에 따라서 달라지는 일이겠습니다마는, 나는 문학의 언어는 이 불확실성에 참여하는 언어라고 생각합니다. 이것에 참여하는 한, 문학의 언어는 참으로 언어나 관념을 넘어가는 언어 외적인 것을 지시하는 언어가 될 수 있을 것입니다. 불확실성 — 사실은 확실성의 가장자리에만 나타나는 불확실성이야말로, 언어가 지시하는 언어를 넘어가는 어떤 것 — 완전한 타자로서의 세계입니다. 이것은 문학이 지시하는 현실이 반드시 불분명한 상태에 있다는 뜻은 아닙니다. 어떻게 보면, 말하고자 하는 대상에 대하여 '꼭 맞는 말'을 쓰고, 그렇게 함으로써 그것을 분명히 하는 것은 문학이 하는 일의 하나입니다. 다만 이 분명함이란 늘 불확실한 것과의 씨름에서 태어납니다.

언어의 너머에 존재하는 세계는 객관적인 세계입니다. 문학의 언어도 객관적인 것을 가리킵니다. 그것이 말을 넘어가는 것에 관계된다는 것은 이것을 포함합니다. 그러나 객관적인 세계는 객관적인 언어, 가령 경제학이나 자연 과학의 언어보다 더 적절하게 지시합니다. 문학도 이러한 언어를 무시해서는 아니 됩니다. 그러나 객관적 언어는, 위에 비쳤던 바와 같이, 대상을 과학의 언어 속에서 재단한 후에 다시 이것을 확인하는 일이라고 할 수 있습니다. 그렇기 때문에 언어와 그것이 지칭하는 대상물의 완전한 일치가 가능합니다. 문학의 언어에서 언어를 넘어가는 세계는 보다 원초적으로 언어 속에 개입합니다. 이 세계는 언어에 의하여 또는 언어가 가지고 있는 어떤 예비적 인식의 틀에 의하여 재단되기 전의 세계입니다. 문학은 말하자면 언어 밖의 세계가 언어와 부딪치는 현장에서 생겨납니다. 이 경우에 언어도 이 세계와의 맞부딪침에서 새로 태어납니다. 이것이 시적인 언어가 불확실성 속에 있는 이유입니다. 그러나 다른 한편으로 언어는 이미 하나의 질서를 가지고 있습니다.(이것은 단순히 언어학적 구조물로서의 언어, 언어의 신비한 창조성 이러한 것만이 아니라 사회적으로 역사적으로 규정되는 여러 의미 작용도 포함하여 말하는 것입니다.) 정해진 언어의 질서 없이는 불확실한 것은 영원히 불확실한 상태로, 또는 미지의 상태로 남아 있을 것입니다. 그러면서도 이 질서가 정해진 질서로 남아 있고, 사물과 맞부딪치는 그 원초적 만남이 없다면, 언어는 언어 이외의 아무것도 표현할 수 없을 것입니다. 문학의 언어는 정도를 달리하여 이 정해신 틀 안에서 이 만남을, 그 역설을 끊임없이 재현하는 것입니다.

그러면서 또 하나의 주목할 것은 문학에서 언어 이외의 아무것도 일어나지 않는다는 사실입니다. 이것은 문학이 바로 언어 이외의 세계를 가리키고 있기 때문입니다. 문학의 언어는 그 핵심에 있어서 외적인 의미의 규제를 가지고 있지 아니합니다. 언어로 재단되지 아니한 언어 너머의 세계는 언어 속에 수용되기 전에는 표현될 수도 인식될 수도 없는 것입니다. 그리하여 문학 작품이 관여하는 원초적 언어는 그것의 바깥에 그것과 비교할 수 있는 객관적 현실을 가지고 있지 아니합니다. 우리가 문학의 언어의 참 의미가 언어 너머의 지시에 있다고 할 때, 그것은 단순한 의미에서의 객관적 대상에 의하여 검증될 수 있는 현실을 지시한다는 의미는 아닌 것입니다. 이 지시의 현존성은 우리가 이미 알고 기준으로 삼을 수 있는 객관적 현실에 의하여서가 아니라, 예술의 매체로서의 언어가 어떻게 쓰이고 있느냐 하는 것에 의하여 짐작될 수 있을 뿐입니다.

하이데거는 예술 작품에서의 매체의 작용에 대하여 다음과 같이 말한 바 있습니다. 제가 여기에서 말하려고 하는 것은 하이데거의 말로 조금 더 밝혀질 수 있습니다.

조각가는 석공이 그 나름으로 돌을 쓰는 것처럼 돌을 쓴다고 할 수 있다. 그러나 그는 돌을 다 써 버리는 것은 아니다. 일이 잘되지 아니할 때는 정녕코 그렇게 된다고 할 수 있다. 화가가 물감을 쓰는 것은 사실이나, 그는 물감을 다 써 버리는 방식으로 쓰는 것이 아니라, 색깔이 비로소 빛으로 나오게끔 쓴 다. 시인은 말을 쓰지만, 보통의 말하는 사람이나 글 쓰는 사람이 말을 다 써 야 하는 것처럼 말을 쓰는 것이 아니라, 말이 참으로 비로소 말이 되어 남아 있도록 말을 쓴다.[5]

"다 써 버리지 아니한다(nicht verbrauchen)"——이것이 무엇을 말하는지를 정확히 짐작하기는 쉽지 않지만, 그것은 한편으로는 예술가가 그 매체를 자신의 의도에 완전히 복종시키는 것이 아니라 그것의 흔적이 남아 있게 쓰는 일을 말하고, 다른 한편으로는 그것을 오용하지 않는다는 것을 말하는 것이라고 주석할 수 있습니다. 남아 있다는 것은 질료로서의 자료를 남겨 두는 것이 아니라고 하이데거는 말합니다. 그러면서도 돌이나, 물감, 또는 말은 그 자체의 무게——우리의 계산이나 개념에 의하여 처리된 상태

---

5   Martin Heidegger, "Der Ursprung des Kunstwerkes", *Holzwege*(Franfurt am main: Vittorio Klostermann, 1952), p. 36.

가 아닌 본래의 상태로 남아 있는 면을 가지는 것입니다. "돌은 아래로 누르고 그 무게를 알게 한다. 이것은 우리를 짓누르지만, 우리가 그 무게를 뚫는 것을 거부한다. 바위를 깨뜨린다는 의미에서 그것을 우리가 뚫고 들어간다 하여도, 그것은 그 조각난 상태에서도 내면이나 열림을 보여 주지 아니한다. 돌은 다시 둔중한 무게로, 조각들의 덩어리로 돌아갈 따름이다. ······색은 빛난다. 오직 빛나고자 할 뿐이다. 우리가 그것을 그 파장을 재어 합리적으로 분석하고자 한다면, 그것은 사라져 버린다. 빛은 감추어진 것으로, 설명되지 아니한 것으로 있을 때에만 나타나는 것이다."

지상의 모든 것은 하이데거의 의견으로는 같은 형식으로만, 즉 감추어진 것으로만 나타납니다. "땅은 본질적으로 드러날 수 없는 것으로, 모든 드러냄을 기피하고 끊임없이 스스로 속에 숨어 들어가는 것으로, 지각되고 보존될 때, 비로소 그 스스로 열린 것으로 비추어진다." 이러한 자기 은폐성은 땅 전부에만 해당되는 것이 아니라, 땅 위의 모든 것들에도 해당됩니다. 그리하여 모든 사물은 함께 있으면서도, 따로 제 속에 은폐되어 있습니다.[6] 이러한 의미에서 예술 작품 속에 돌이나 물감이 남아 있는 것입니다. 땅의 물건들이 이렇게 남아 있게 하는 것이 예술 작품의 기능입니다. 그런데 여기에 핵심적인 것이 언어입니다. 언어도, 하이데거가 말하는 언어는, 의사소통의 기호로서의 기능을 마치면 스스로를 소진해 버리는 언어가 아닙니다. 그것이 예술 작품에 남아 있는 것은 인간과 존재의 드러남에 관계되는 보다 근원적인 힘으로서 남아 있는 것입니다. "언어는 존재하는 것이 존재하는 것으로 사람에게 처음으로 드러나는 사건이다."[7] 다른 모든 것들 ── 건축과 조형 예술은 언어 또는 말이 열어 놓는 공간에서 일

---

6 Ibid., p. 36.
7 Ibid., p. 61.

어나는 사건이라고 하이데거는 말합니다. 이것은 예술 작품에 들어가는 매체의 경우도 마찬가지입니다.

시인이 말을 쓴다는 것은 객관적으로 어떠한 사물을 지칭하는 것이기도 하면서, 그것을 넘어서 말의 이 창조적인 힘을 가리키고, 또 창조적인 힘이 드러내는 사물을 가리키고, 또 이것들의 알 수 없는 또는 신비한 바탕을 가리키는 일입니다. 이러한 의미에서 시인의 말 또는 일반적으로 문학의 말은 의사소통의 수단으로서의 말을 넘어서 다른 어떤 것을 가리키는 말입니다. 여기에 대하여 하이데거가 되풀이하는 주장으로는, 객관화하고, 계량하고, 기술적으로 변형하고 이용하는 관점에서 파악된 물건이나 세계라는 것은 이미 예비적으로 투사된 사람의 뜻에 의하여 그 독자적인 진리를 잃어버린 물건이며 세계입니다. 그것은 사람의 세계로 ─ 그것도 권력 의지에 의하여 완전히 삼투되어 있는 이차적인 말의 회로 속에 들어가 있는 말입니다.

하이데거의 주장은 거의 신비주의적인 것이어서 우리의 일상적인 경험으로부터 멀리 있는 것 같습니다. 그러나 이것은 오늘의 상황에서 보다 세속적으로도 쉽게 이해될 수 있는 말이라고 나는 생각합니다. 오늘날 우리의 사고를 지배하고 있는 것은 경제적 이익에 대한 생각입니다. 산과 물과 땅과 동물 ─ 이 모든 것이 경제적 관점에서 생각되고, 그 이외의 관점에서, 경제를 넘어가는 다른 관점에서 ─ 미적인, 정신적인, 역사적인 관점에서 생각되는 것은 거의 허용되지 아니합니다. 그러한 것은 우리의 정치적 어휘에서 또 사회 과학의 어휘에서 사라졌습니다.

산이나 나무가 그 독자적인 존재 이유를 가지며, 그 나름의 생명을 가지고 있다고 생각하는 것은 오늘의 사람에게 거의 불가능합니다. 동물이 그 나름의 삶 ─ 사람에 의하여 규정되고 이용되는 것에 한정되는 것이 아닌 삶을 가지고 있다는 것을 상상할 수는 있습니다. 그러나 그것을 개인적인 또는 공적인 생활에 통용되는 생각으로 또 어휘로 만드는 것은 불가능하게 되어 있습니다. 사람까지도 단지 인력 자원으로 생각되고, 개발되고, 동원되고, 투입되고 하는 존재로 생각되는 마당에 다른 존재들의 경우는 말할 필요도 없는 일이겠습니다마는, 사회적, 국가적, 역사적, 도덕적 당위성의 카테고리에 의하여 사람이 저울질되고 판단될 수 있다는 생각에도 그러한 관점은 들어 있습니다. 하이데거가 예술이 이러한 객관적 카테고리로 재단된 세계가 아니라 독자적인 내면을 가진 ─ 함부로 열어젖힐 수 없는 내면이 있는 존재로 땅과 사물과 사람을 드러내 보인다고 하는 것은 어려운 생각도 이상한 생각도 아닙니다. 그런데 이러한 사람의 잔꾀에 의하여 조작되지 않은 세계, 그리고 그것을 말하는 세계가 사라져 가는 것이 오늘의 실상인 것입니다.

5

하이데거에서도 예술 작품에서 일어나는 바와 같은 땅과 사물들의 드러남은 신비스러운 계시로만 존재하는 것은 아닙니다. 예술이 하는 일은 땅과 땅의 것들을 드러나게 하면서 동시에 이것을 하나의 통일된 공간으로 구성하는 일입니다. 이것은 세계를 만드는 일이고, 이 세계란, 우리가 사는 세계 이외의 다른 것이 아닙니다. 그러니까 우리가 보통의 의미에서 이 세계에 사는 것인 한 우리는 시적인 의미에서 또는 예술적인 의미에서 열리는 세계에 살고 있는 것입니다. 우리는 이 시적인 세계 ─ 그 창조와 변용, 그 아름다움과 경이, 무엇보다도 그 조화 속에 더 가까이 있을 수도 있고, 더 멀리 있을 수도 있습니다.(하이데거는 사람이 시적으로 또는 예술적으로 창조하는 세계는 땅의 가능성 안에서 이루어지는 일이면서 또 그것을 벗어나는 일인 까닭에, 땅과 세계 사이에는 투쟁이 있다고 말합니다마는, 이 거리와 투쟁이 사람으로 하여금 시적으로 열리는 세계에서 벗어져 나오게 하는 틈을 주는 것이라고 할 수 있습니다.)

하이데거에게 근원적인 삶은 시골의 자연 속의 삶이었습니다. "농촌의 여성은 존재의 열려 있음, 있는 대로의 사물들 속에 살고 있음으로 하여, 하나의 세계를 가지고 있다."라고 그는 말합니다.[8] 하이데거의 농촌적 삶의 조화감은 지금 언급하고 있는 것과는 다른 에세이에 아주 서정적으로 이야기되어 있습니다. 그는 사람이 세상에 사는 일 — 집을 짓고 한 고장에 뿌리를 내리고 산다는 것을 설명하면서 말합니다. "농부들이 사는 일로 해서 200년 전에 지은, 슈바르츠발트의 농가를 잠깐 생각해" 봅시다라고.

땅과 하늘, 신적인 것과 짧은 생명의 인간으로 하여금 하나가 되어 사물 안으로 들어갈 수 있게 하는 능력이 여기에 집을 지었다. 이 능력이, 바람을 피할 수 있는 언덕의 비탈, 샘물이 멀지 않은 풀밭 가운데, 양지바르게 터를 잡았다. 그것은 집에 긴 처마의 지붕을 주고 알맞은 물매로 눈의 무게를 지탱하게 하고, 지붕은 아래로 길게 뻗어 긴 겨울밤의 폭풍으로부터 실내를 막아 주게 하였다. 그것은 모두가 어울려 앉을 수 있는 식탁 뒤로 신단을 잊지 아니하였고, 산모의 침상과 죽음의 나무 — 그곳에서는 관을 그렇게 부르거니와, 죽음의 관을 위한 자리도 방에 마련하였다. 그리하여 하나의 지붕 밑에 여러 세대의 사람들이 지나가는 시간 속의 궤적을 그려 놓았다. 사는 일에서 생겨난, 지금도 그들의 연장과 도구를 물건으로 사용하는, 장인의 기술이, 농가를 지은 것이다.[9]

---

8 Ibid., p. 34.

9 Martin Heidegger, "Bauen Wohnen Denken", *Vorträge und Aufsätze*(Günther Neske Pfullingen, 1954), p. 161.

하이데거가 그리는 매우 낭만적인 농촌의 풍경은 모든 것이 완전히 조화되어 있는 곳입니다. 이 조화의 근본은, 하이데거적으로 복잡하게 설명할 수도 있지만, 간단히는 주어진 자연을 억지스럽게 인위적 의지에 굽히게 하지는 않으면서 순리대로 사람의 살 터전을 만든 데에 있습니다. 위의 풍경화로 들어가는 문단의 시작에서 하이데거는, "(집) 짓는 일의 본질은 살게 내버려 두는 데에 있다.(Das Wesen des Bauens ist das Wohnenlassen.)"라고 말하고 있습니다. 있는 대로를 그대로 버려두는 것이라는 말입니다. 여기에 인공이 가해진다면, 그것은 오랜 삶의 습관과 지혜에서 발전된 장인적 기술의 삶과 삶의 환경에 대한 적응에서 생긴 인공입니다. 그러나 다시 한 번 중요한 것은 내버려 둔다는 데에 있습니다. 사실 하이데거의 저서의 도처에서 내버려 두는 것 ── 만년의 발언에서 내맡김에서 오는 고요함, Gelassenheit란 말로 요약할 수 있는 내버려 둠(lassen)은 진리와 존재가 나타나는 조건입니다. 그것들이 일어나게 가만두는 것이 진리와 존재가 나타나게 되는 바탕인 것입니다.

그런데 억지 없이 가만히 있는데 모든 것이 행복하게 조화롭게 되는 상태 ── 이것은 모든 사람이 원하는 것이 아닙니까. 낭만주의자들이 자연에서 발견하는 것의 하나는 이러한 것입니다. "살아가노라면, 초목과 광물과 동물과 풍경에서 보는 자연, 그리고 아이들과 시골의 풍습에서 보는 인간 안의 자연 그리고 원시적 세계에 대하여, 우리는 사랑과 따스한 존경을 헌정하고 싶은 그러한 때가 있다."[10] 실러는 그의 「순진한 시와 감상적 시」의 서두에서 이렇게 말했습니다. "그것은 그것이 우리의 감각을 충족시키고 우리의 이성이나 취미를 만족시키는 때문이 아니라 …… 단순히 그

---

10 Friedrich von Schiller, "Über Naive und Sentimentalische Dichtung", *Schillers Werke II* (München: Knauer), p. 642.

것이 자연이기 때문이다." 그는 그 이유를 이렇게 설명하고 있습니다. 실러의 이 글은 말할 것도 없이, 자연물의 "말없이 창조적인 삶, 스스로 가운데에서 절로 나오는 작용, 스스로의 법에 따라 있는 존재, 내면적 필연성, 스스로와의 영원한 일체성(Das stille schaffende Leben, das ruhige Wirken aus sich selbst, das Dasein nach eignen Gesetzen, die innere Notwendigkeit, die ewige Einheit mit sich selbst)"[11]에 대한 낭만주의적 갈망을 가장 대표적으로 또 절실하게 표현한 글입니다. 하이데거에서 발견하는 것은 이러한 낭만적인 그리움이고, 그것에 기초한 어떠한 삶의 방식입니다. 그리고 이것은 조금 전에 말한 바와 같이 우리가 다 같이 가지고 있는 향수입니다. 하이데거가 말하고 있는 예술의 본질은 이러한 향수에서 나오는 것입니다.

그러나 실러는 하이데거보다는 이러한 발언에 있어서 현실주의자였다고 할 수 있습니다. 우리가 다 알다시피 그는 자연의 말없는 창조적인 삶에 자연의 한 모습을 나타내고, 사람의 깊은 그리움을 나타내기는 하는 것이면서도, 문명된 사회에서 현실적인 것으로서 실현될 수도 표현될 수도 없는 것임을 알았습니다. 그러한 '순진한' 상태란 대체로 인간 역사의 지나가 버린 시대에 속하는 것이라는 것을 그는 인정하였습니다. 자연이 시사하는 상태는 오로지 관념이나 이상을 통해서, 다시 말하여, 추상적인 의식작용을 통해서만 근접될 수 있을 뿐입니다. 실러는 이러한 '감상'의 상태를 시적으로 또는 철학적으로 설명하였지만, 실제 삶의 현실로서 우리는 자연의 일체성이 불가능한 것임을 말할 수 있습니다.

하이데거의 농가가 오늘날 독일에 존재하는지는 알 수 없습니다마는, 우리 사회에 지금 또는 과거에도 그 비슷한 것이 있기 어려운 것임은 말할 필요도 없습니다. 그것이 존재한다고 하더라도 그것은 사회를 전체적으로

---

11 Ibid., p. 643.

규정하고 있는 사회적, 정치적, 경제적 조건과의 관련 속에서만, 또는 그것에 전적으로 의존하여서만 존재하는 것일 것입니다. 오늘의 사회에서 절대적인 것은 사회 전체의 구조이고, 이것은 산업 사회, 자본주의, 시장 원리 등의 말로 설명되는 사회 구조입니다. 이 사회의 전체적 구조를 이해하고, 움직이고, 조종하고, 또는 거기에서 파생하는 이익에 참여하는 데에 매개가 되는 것은 시적인 언어가 아니라 이데올로기이며, 정책 과학이며, 욕망의 상징들입니다.

그럼에도 불구하고 문학의 말은 어떻게든 하이데거나 실러가 그리는 조화의 세계를 떠나서는 존재할 수가 없다고 말할 수밖에 없습니다. 그러한 상황에서 비로소 사람과 세계와 언어는 참다운 창조적 상호 작용 속에 있을 수 있습니다. 이러한 상호 작용 그리고 그것을 통하여 느끼는 언어를 넘어가는 존재에 대한 찬미가 불가능하다면, 문학은 다른 언어에 자리를 내주는 것이 옳을 것이고, 그렇게 되는 수밖에 없을 것입니다. 그러나 다른 한편으로 슈바르츠발트의 농가는 변화하는 인간의 역사 속에서 하나의 우연적인 현상에 불과합니다. 사람은 무수히 다른 삶의 형식 속에서 살아왔고, 살아갈 것입니다. 슈바르츠발트의 농가, 또 동양의 자연시에 무수히 노래된 은일의 삶의 이미지를 잊어버릴 수는 없습니다. 그러나 오늘의 시대의 문학의 과제는 지금은 뚜렷이 보이지 아니하지만 다른 형태의 역사적 삶 속에서도 그와 비슷한 삶의 이미지를 발견하는 일입니다. 이 글의 마지막 부분에서 제가 말씀드리고자 하는 것은 어쩌면, 시적인 언어가 사라진 사회, 또 삶이 시적이기를 그친 사회에서도 "말없이 창조적인 삶"은 완전히 없어지지는 아니한다는 점입니다. 하이데거의 시적인 사회가 아니라도 우리의 삶은 누가 시켜서 사는 것이 아니라 절로 사는 것이 아닙니까. 그 절로 사는 삶의 자취는 보이지 아니한 대로 또 흐릿한 대로 오늘에도 있는 것일 것입니다.

6

정치학자들은 사회를 말할 때에 즐겨 시민 사회와 국가, 영어로 civil society와 state를 나누어 말합니다마는, 여기에서 시민 사회는, 사회의 공적 구조에 대비하여서, 그런대로 자연 발생적으로 이루어지는 집단적인 삶, 질서와 혼란을 아울러 가진 삶을 말합니다. 이 점에서, 오늘의 사회에서 —도시화된 사회에서 찾을 수 있는 슈바르츠발트의 농가와 비슷한 성격을 가진 것은 일단 시민 사회라고 말할 수 있지 아니한가 하는 생각이 듭니다. 물론 어떤 경우에나 그것이 자연에 조화되어 있는 삶은 아닙니다. 그것은 산업 활동의 테두리 속에 있는 삶입니다. 그리고 궁극적으로 그것은 그것에 의존하고 그것에 의하여 좌우되는 삶입니다. 이렇게 말하는 것은 시민 사회의 독자성을 말하면서도 그것이 종속적인 것임을 당장에 인정하고 들어가는 것인데, 이것이 오늘날의 위기 상황의 일면입니다.

혼히 우리가 듣기로는 서구에 있어서 오늘의 국가는 시민 사회의 변화가 사회의 공식적 기구를 혁명적으로 변화하게 하여 성립한 것이라는 것입니다. 그러나 이 국가와 사회의 관계는 역전되어, 모든 것이 국가에 의하여 장악되어 가고 있는 것이 오늘의 실상입니다. 또는 사회와 국가가 하나의 권력의 테두리에서 한통속으로 돌아가고 있다고도 말할 수 있습니다. 하버마스는 오늘날의 서구 사회의 위기적 특성을 '생활 세계의 식민지화'라는 말로 표현한 바 있습니다마는, 이것은 사람의 삶에 대한 국가의 관리가 정치, 사회, 경제 또 개인의 복지의 문제에까지 확대되어 가는 것을 지칭하면서, 관리의 대상이 시민 사회라는 말이 나타내는 것보다는 섬세한 삶의 여러 행동과 표현이 됨을 설명하려는 것이라고 하겠습니다. 그럼에도 불구하고, 권력의 핵심 부분에서의 일을 제외하고는 시민 사회적 정치 질서 또는 생활하는 세계의 자율적 질서가 완전히 없어진 것은 아닙니다.

우리 사회처럼 절대적으로 권력화된 사회에서 볼 때, 식민지화될 만한 삶이 있다고 인정되는 것만도 상당한 정도의 자연스러운 삶이 있다는 것을 나타내는 것으로 보입니다.

우리 사회의 절대적인 위기 — 오늘의 위기가 아니라 언제부터인지 아주 오래된 위기는 정치와 행정의 손아귀를 넘어가는 자연스러운 삶이 전혀 존재하지 않게 되었다는 사실입니다. 우리에게 생활 세계가 존재하지 아니함은 물론 가장 작은 의미에서의 일상생활도 존재하지 아니합니다. 물론 우리가 그래도 매일매일 살아가고 있는데, 다 죽고 없다는 말이 아닙니다. 하나의 조화든 전체성으로서의 일상생활 — 자연스러운 사람의 마음이, 나와 나의 가족과 친구와 이웃을 묶어 주고 그것으로 하여 사회나 국가가 끼어들지 아니하더라도 돌아가는 사회가 없다는 말입니다. 사람이 여러 사람의 앞에서 강간을 당하고 칼을 맞아 쓰러져도 저절로 대응하는 움직임이 없어진 우리의 일상적 삶에, 작든 크든 일체성으로서의 일상생활이 있다고 할 수는 없습니다.

그러나 자연스러운 사회가 있기는 있을 것으로 생각합니다. 그러나 오늘은 조금 색다른 곳에서 발견되는 시민 사회 또는 제힘으로 돌아가는 자연스러운 사회의 예를 말씀드리려고 합니다. 그리하여 모든 것이 조직화된 힘의 장악 속에 있는 경우에도 그것이 존재한다는 것을 말씀드리고자 합니다. 바츨라프 하벨은 동구의 공산 정권들이 무너지기 전에 쓴 글, 말하자면, 공산 정권하의 반체제 지식인들의 기본적인 행동 철학 비슷하게 쓴, 「힘없는 자의 힘」에서, 공산 국가 안에 성장하는 새로운 사회를 이야기한 일이 있습니다. 그는 이 사회의 성장이 결국은 공산 국가를 붕괴시키거나 변화하게 할 것이라는 것을 암시하려 했던 것입니다. 과연 공산 국가들이 망한 것은 사실인데, 이것이 그가 생각한 대로 그런 이유로 그러한 것인지, 또는 지금도 그가 그렇게 생각하는지는 알 수 없습니다.

그것은 그렇고, 아시다시피 공산 국가는 전체주의 국가입니다. 여기에 대응하는 그리고 중요한 전체주의적 통제의 수단 노릇을 하는 것이 공산주의 이데올로기입니다. 위에서도 말했지만, 이데올로기는 세상의 일체의 것에 대하여 설명을 다 가지고 있습니다. 이것은 모든 것을 설명하고, 또는 사람에게 이 설명을 받아들일 것을 강요하고, 또 그에 따라 행동할 것을 요구합니다. 그러나 너무나 일체적이고 너무나 습관화된 것은 허례허식으로 전락하게 마련입니다. 공산 사회에서 사람들이 이데올로기를 되풀이하는 것은 그것이 편리한 사회적 수사학이고 그것이 뒷받침하는 권력의 체제 속에서 살아가기 위한 방편이기 때문입니다. 그러나 그것을 늘 마냥 따라갈 수는 없습니다. 허례허식은 그러한 것으로, 적어도 어떤 사람에게는 느껴지지 아니할 수 없습니다. 그리하여, "허위 속에 사는 것"이 아니라, "진실 속에 살겠다"는 사람이 없을 수가 없게 됩니다. 하벨은 이렇게 생각했습니다.

진실 속에 살겠다는 것이 아주 높은 이상을 말하는 것은 아닙니다. 그것은 하벨이 말하는 것으로는, "즐기는 음악을 하고, 자신에게 의미 있는 노래를 하고, 자신의 삶을 위엄과 동참 속에 살겠다."라는 것을 포함합니다.[12] 또는 그것은 단순히 자기 일을 성실하게 하겠다는 것을 뜻하기도 합니다. 가령, 관리가 정해 놓은 메뉴를 떠나서 새롭고 독창적인 요리를 만들어 보고자 하는 요리사의 경우, 체제의 내부의 맥주 공장에서 맥주를 만드는 사람이 형식적인 관료적 방식의 무성의를 시정하여 자기 나름의 성실성으로 맥주를 만들겠다고 하는 경우도 포함합니다. 그런데 이러한 일이란 조만간에 체제에 부딪치게 마련입니다. 따라서 하벨도 그가 인생의 참 목적이라고 부른 이러한 일들을 조금 더 저항적으로 정의할 수밖에 없습니다. 사

---

12 Václav Havel et al, *The Power of the Powerless* (Armonk, New York: Sharpe, 1990), p. 46.

람들이 삶에서 진정으로 원하는 것은 "사람이, 적어도 어느 정도는 자신과의 조화 속에서 살고, 달리 말하여, 견딜 만한 삶을 살고, 윗사람이나 관리자들에게 모욕을 당하지 아니하고, 끊임없는 경찰 감시를 받지 아니하며, 자신을 자유롭게 표현하고, 창조성에 대하여 출구를 얻으며, 법적인 안전을 보장받는 등의 초보적인 권리"입니다.[13]

그러나 주의하여 들을 것은 "진실 속에 산다는 것"이나 "삶의 진정한 목적"에 따라 산다는 것이 현실 정치를 대체할 새로운 정치 체제를 추구하는 것이 아니라는 점에 대한 하벨의 강조입니다. 상당 정도는 공산 치하에서의 비판적 입장을 표하는 만큼 몸조심하느라고 한 말로도 보입니다마는, 그보다는 정치와 삶에 대한 깊은 이해에서 나온 것이라고 생각됩니다. 하벨이 강조하는 것은 지금 이 자리에서의 구체적인 사람이고 인생의 요구입니다. 그는 이것이 어떠한 추상적인 정치적 기획에도 선행하여야 한다고 생각합니다. 그는 마르크스주의의 사회와 삶에 대한 통찰이 역사적 진실을 가지고 있음을 인정합니다. 그러면서도 그는, 실존적으로 깊이 느껴지는 삶의 목적은 체제의 목적에 우선해야 한다고 생각하는 것입니다. 이것은 물론 마르크스주의의 근본을 부정하는 결과가 됩니다. 체제를 통한 사회 변화를 추구하는 기획에 대하여 당시의 반체제 지식인의 입장을 그는 이렇게 말하고 있습니다. "반체제 지식인은 …… 심오한 정치적 변화는 (방법에 관계없이) 체제나 정부를 바꾸어서만 일어날 수 있고, 그러한 것이 근본적인 것이기 때문에 덜 근본적인 것, 달리 말하면, 개인의 목숨 같은 것을 희생할 수도 있다는 신념에 기초한 정치사상을 불신한다. 여기에서는 관념에 대한 존중이 사람의 목숨에 대한 존중보다 중요하게 생각되고 있다. 그런데 이것이 바로 인류 전체를 노예화할 위험을 담은 생각인 것

---

13 Ibid., p. 51.

이다."[14] 이것은 공산 체제를 두고 한 말이겠지만, 모든 정치적 기획에도 해당되는 것으로 생각했을 가능성이 큽니다.

정치사상으로서 이러한 관점이 정말 맞는 것이냐 아니냐를 떠나서, 이러한 체제적 정치사상에 대한 불신은 하벨이나 다른 반체제 인사에 있어서 경험적으로 정당한 것이었을 것입니다. 이미 본 바와 같이, 그는 현실적으로나 이념적으로나 일체가 관리되는 체제 속에서라도 그가 느끼지 아니할 수 없었던, "가장 근본적인 실존적 요청"의 진실을 기억하면서 이러한 주장을 한 것일 것입니다. 그리고 이러한 자각은 개인적인 것이면서도 여러 사람에 의하여 또 보편적인 사회의 요구로서 생겨날 수 있습니다. 이것을 하벨은 불러, "사회의 독자적인 정신적, 사회적, 정치적 삶"이라고 합니다. 이것은 사회 안에서 저절로 생겨나는 사회의 자기 조직화입니다. 그리고 사회의 스스로 조직되는 이 조직은 진정한 의미에서 인간적인 정치 공동체의 기본이 될 수도 있다고 그는 말합니다. 이 공동체에서 중요한 것은 권력을 행사하는 기구가 아니라, 사회 구조가 구현하는 인간적 가치 — "신뢰, 투명성, 책임, 유대감, 사랑"과 같은 가치입니다. 이러한 것이 있느냐 없느냐가 사회가 스스로 조직된, 진정한 "사회의 '자기 조직화'의 결과로 아래로부터 생겨나"는 사회, 정치 조직의 증표입니다.[15]

궁극적으로 이러한 사회 구조가 생겨날지 어떨지는 알 수 없는 일입니다마는, 놀라운 것은 이러한 것을 예감하게 하는 독자적 사회의 삶이 공산 정권의 무서운 통제 속에서도 생겨날 수 있었다는 사실입니다. 그리고 전적인 원인은 아니겠지만, 이것이 공산 사회의 개조의 계기를 가져왔다는 사실입니다. 이러한 사실을 통하여 내가 말하고자 하는 것은, 위에서 비친

---

14 Ibid., p. 71.
15 Ibid., p. 93.

바와 같이, 국가 조직 또는 사회의 공조직과는 다른 사회적 삶이 사회 속에 있다는 것입니다. 그리고 이것은 사람의 자연스러운 삶에 가까운 것이고, 또 문학이나 예술의 원천에 가까운 인간의 삶을 나타낸다는 것입니다.

우리는 사회적 삶 — 그리고 진정한 삶의 목적에 가까이 있는 삶이 우리 사회에 있느냐 하는 것을 물어볼 수밖에 없습니다. 거짓 사회라고 하는 공산 사회에 진실 속에 사는 삶이 성장할 수 있었다는 것이 놀라운 일이라고 한다면, 우리 사회에서 그 가능성은 더 커야 할 것으로 생각됩니다. 그러나 왜 자유 사회라는 우리 사회에서 그 가능성이 더 희박한 것처럼 보이는지 이것은 내가 잘 알 수 없는 일의 하나입니다. 우리 사회는 대체로 즐기는 음악을 하고, 자기에게 의미 있는 노래를 하고 하는 일이 어렵지 않은 사회라고 할 수 있습니다. 그런데 위엄과 동참 속에서 살고, 자신과의 조화 속에서 살고 …… 하는 등의 가능성은? 신뢰, 투명성, 책임, 유대, 사랑이 실현될 가능성은? 여기에 참으로 긍정적으로 답할 수 있다고 할 사람이 얼마나 될는지. 공산 체제를 버린 체코가 원하는 것은 오로지 자본주의라고 생각하는 경향이 있습니다마는, 그것을 대통령인 하벨이 원하는 것인지는 분명하지 않습니다. 위에서 말한 글에서 그는 기술 생산력의 서방 사회에 대하여 큰 기대를 표명하지는 않았습니다. 기술 문명과 기술 문명 속의 황량한 인간성의 위기가 공산 사회나 자본주의 사회에 공통된 위기라고 생각하였습니다. 그는 "서방 세계에는 우리 세계에 비하여 진정한 삶의 목적을 위한 공간이 조금 더 있다."라는 점을 인정하였습니다. 그러나 동시에 그런 만큼 "그 위기는 사람들의 눈에 더 보이지 않게 되고, 더욱 깊어질 가능성이 크다."라고 말하고 있습니다.[16] 공간이 더 있다는 것은 서방 선진 사회의 일이고 우리 사회에서도 그러한지는 모르겠습니다마는, 하여튼 위

---

16 Ibid., p. 91.

에서 헤아려 본 진정한 삶의 진정한 목적과 가치에 비추어 오늘을 살펴볼 때, 우리 사회의 현상을 낙관적으로 볼 이유는 별로 없는 것으로 생각됩니다.

우리 사회가 문제가 많은 사회라고 할 때, 우리가 쉽게 생각할 수 있는 것은 문제적 상황을 정치적으로 풀어 가는 일입니다. 그러나 우리가 찾는 것이 저절로 이루어지는 어떤 종류의 삶이라고 한다면, 정치적 해결은 바른 해결책이 아닌지 모릅니다. 물론 정치가 여기에 관계없다고 하는 것도 맞지 아니하는 이야기일 것입니다. 진정한 삶의 목적이 잘 보이지 않고, 강요되는 것은 아니면서도 거짓의 삶이 만연하게 된 사정이 정치에 관련된 것이라는 것은 너무나 분명합니다. 우리 사회처럼 대통령이나 장관이나 국회의원들 또는 중심적 정치 단체들에게 거는 기대가 높은 사회도 없을 것입니다. 그것은 우리가 본능적으로 이러한 사람들이 우리 삶을 보다 사람답게 하는 데에 중요한 사람들임을 알고 있기 때문입니다. 다만 정치가, 다시 하벨식으로 말하여, 진실 속에 사는 삶을 가져오는 조건의 하나라고 해도 그것은 하나의 조건에 불과합니다. 이것은 논리의 문제이기도 하지만, 실제 경험의 문제입니다.

지난 30년 동안 우리 사회의 핵심적 과제는 민주화였습니다. 우리 문학도 거기에 중점적 관심을 둔 것은 당연한 것으로 보였습니다. 이 민주화는, 문제가 있는 대로, 그 기본적 정치 구조의 점에서 이루어졌다고 할 수 있습니다. 그러나 연속해서 터져 나오는 부패를 볼 때, 우리의 일상적인 삶의 질을 볼 때, 또 나와 우리 이웃 사람들의 마음의 움직임을 볼 때, 민주주의가 또는 우리의 민주주의가 삶의 질을 근본적인 의미에서 ─ 자유와 창조성, 신뢰와 책임과 사랑, 이러한 것들의 관점에서 높은 차원의 삶을 실현시켜 줄 것으로 보이지는 아니합니다. 민주화 이후의 우리의 체험들을 살펴보면서, 사회에 있어서의 이러한 가치들은 민주화와는 다른 차원에서 — 물론 그것이 하나의 조건이기는 하면서도, 다른 차원에서 현실적 존재가 된다는 체념적인 생각을 금할 수가 없습니다. 그것은 삶의 내부에 작은 결로서, 기미로서 성장하는 어떤 것이라는 생각이 드는 것입니다. 그리고 이것을 주제화하는 것이 문화적 활동이라는 생각이 듭니다. 여기에 정치가 관계된다면, 그것이 성장할 수 있는 공간을 마련하고 보장한다는 의미에서 — 즉 내버려 두는 공간을 마련하고 보장한다는 의미에서일 것입니다.

이것은 오히려 삶의 비정치화를 말하는 것입니다. 그러나 오늘날 정치는 정치적 강제력으로 작용하는 것이 아니라, 위에서 비친 바와 같이 더 큰 권력 복합체의 한 부분을 이루고 있음에 불과합니다. 여기에서 퍼져 나오는 권력 의지로부터 자유로울 수 있는 방도는 거의 없는 것으로 보입니다. 위에서 말한 바입니다마는, 하벨은 공산 사회 속에 살면서 그 문제점이 대체 정치 체제에 의하여 해결될 수 있다고 생각하지는 아니하였습니다. 공산 전체주의 체제에 문제가 있다면, 그것은 체제의 문제이기도 하지만, 다른 한편으로는 그 문제들이 사람들의 내면의 깊은 곳에 자리하고 있기 때문이라고 그는 생각하였습니다. 내면의 문제는 자본주의 체제에서 훨씬 큰 것이라고 하겠습니다. 아마 공산 체제하에서의 문제는 관념에 의한 설득과 세뇌, 또 살아남기 위한 허위와 전략이 사람의 진정한 내면생활을 깨트리는 것이었을 것입니다. 자본주의 사회에서 내면을 지배하는 것은, 위에서도 말했고 또 자명한 일로, 욕망입니다. 이 욕망은 나의 욕망이면서, 사회가 나의 마음속에 심어 주는 욕망입니다. 그것은 말할 것도 없이 돈에 대한 욕망이지만, 이것은 초보적 단계를 넘어서서는 돈이 가져오는 여러 가지 자극에 대한 갈증이 되어 자기 과시와 고급 생활 스타일과 권력을 향한 것이 됩니다. 욕망과 욕망의 변용은 사회의 모든 일에 침투하고, 언어와 문학과 예술에 침투합니다. 그런데 이러한 것들은 자신의 욕망에 일치되어 있으므로 거짓으로도 부자유로도 또는 진정한 삶의 목적에 어긋나는 것으로도 느껴질 도리가 없습니다. 그야말로 원천적인 내면의 식민지화가 일어난다고 말할 수 있습니다. 그리하여 독자적인 사회의 삶의 자기 조직화가 일어날 가능성은 매우 엷어진다고 하겠습니다.

그러나 거죽에 드러나지 아니한 채로, "사회의 독자적인 정신적, 사회적, 정치적 삶"이 없을 수가 없습니다. 이것은 모든 사람의 마음 가운데 숨어 있는 작은 느낌으로라도 존재합니다. 사람들이 모이는 곳이면 다 오늘의 우리 사회의 부패와 그리고 다른 견딜 수 없는 일들에 대하여 말합니다. 거죽의 원인이 무엇이든, 사람들은 깊은 마음속에 오늘의 삶의 불행을 느낀다고 나는 생각합니다. 문학이 할 수 있는 것은 이것에 귀 기울이는 것입니다. 우리 가운데 있는 독자적인 삶을 발견하는 일입니다. 이것이 쉬운 일은 아닙니다. 그렇다는 것은 좋은 이야기—가령 자유와 신뢰와 책임과 사랑, 이러한 것들을 이야기하기가 어려워서 그런 것은 아닙니다. 우리의 상황에서 이것은 이미 거짓이고, 수사—말로써 말 만드는 일이기 때문입니다.

문학은, 다시 말하여 참으로 시적이고 예술적인 말은, 말을 통하여 말을 넘어가는 것을 지시하는 말입니다. 문학 하는 사람은, 또는 시인은 좋은 말을 하는—대부분의 경우에 허사에 불과하게 되는 좋은 말을 하는 그러한 사람이 아니라, 릴케가 시인에 대하여 되풀이하여 이야기하듯이, 있는 것들의 나타남을 찬미하는 사람일 뿐입니다. 진정한 시인이 싫어하는 것은 좋은 말입니다. 그는 오늘의 삶을, 그것이 어떠한 것이든지 간에, 찬양하고자 할 뿐입니다. 그런데 오늘날 GNP와 물건과 지위 그것들이 주는 자기 만족 이외에 찬미할 것을 발견하는 것은 지난한 일입니다. 릴케의 『오르페우스를 위한 소네트』를 인용함으로써 말을 마치겠습니다.

기리는 것, 바로 그렇다. 기리도록 점지된 자.
그는 돌의 침묵으로부터 광맥처럼 나온다. 오,
그의 마음이여, 사람을 위한 스러져 가는
포도의 압착기인, 그의 마음이여,

신성한 일이 그를 사로잡을 때면, 그의
목소리는 먼지로 하여 침묵하지 아니한다.
그의 섬세한 남녘에서는 모든 것이
포도밭이 되고, 모든 것이 포도송이가 된다.

—「오르페우스를 위한 소네트 7」

(1997년)

김종철

시적 인간과 자연의 정치

1

민음사의 새 잡지 《포에티카》에서 김종철 교수와의 대담을 싣겠다는 계획이 있어, 며칠 전에 김종철 교수가 대구로부터 먼 길을 올라와, 민음사의 이영준 주간과 우찬제 교수와 함께 우리 집에서 자리를 같이하게 되었다. 원래부터 김 교수가 뚱뚱한 사람은 아니었지만, 오랜만에 만나니, 체중이 더 줄고 수척한 인상이었다. 대담도 조금 더 일찍 계획되었던 것이었는데, 그의 건강상의 이유로 미루어진 것이었다.

김 교수는 최근 여러 해 동안 건강이 좋지 않았다. 그러나 그의 건강 상태가 어떠한 것이든지 간에, 그전보다 그가 여위었다고 해서, 그의 모습이 병약한 인상을 주는 것은 아니다. 곱슬머리와 갸름하고 탄탄한 얼굴은 이상(李箱)의 어떤 사진을 연상케 한다. 그러나 그와는 달리 김 교수의 깡마르고 꼿꼿한 체격은 오히려 강인한 느낌을 준다. 다음에 다시 이야기하겠지만, 나는 그를 신념의 인간이라고 생각한다. 이러한 생각이 나에게 그의 마른 인상을 단단함의 표현으로 받아들이게 하는 것인지 모른다. 강인함을 말한다고 하여, 그가 무서운 느낌을 주는 지사적 인간이라는 말은 아니다. 그에는 늘 수줍음의 느낌이 있다. 그것은 근원적 수줍음이다. 자아로부터 세상으로 나아가는 것은 언제나 어색한 일이다. 사람은 그가 세상의 안에 있는 존재이면서 동시에 그 밖에 있는 자기를 발견하고 그 사실에 스스로 놀라는 순간이 있다. 밖에 있음이 사람으로 하여금 세상의 경이를 느끼게 하지만, 동시에 그것은 세상의 안을 끊임없이 그리워하게 한다. 섬세한 느낌의 김종철 교수는 머리에 백발이 비치는 지금에도 안과 밖의 교차의 어색함을 느끼는 것일 것이다. 그의 수줍음은 그의 꿋꿋함과는 관계가 없는 것이다.

김종철 교수와의 대화는 잡담식으로 이런저런 이야기를 풀어 나가다 보니, 시간이 짧던 것도 아닌데, 별다른 주제들을 들추어내지도 못한 채, 김종철 교수는 기차 시간이 되어 일어서야 했다. 이야기가 뚜렷한 모양을 갖추지 못한 것은, 대담이라고 하지만, 주로 내가 말을 많이 해 버리고, 김 교수에게 말할 시간을 별로 남겨 주지 않은 때문이기도 했다. 여기에는 내 사려 부족도 작용했지만, 김 교수의 평소의 과묵도 작용한 것일 것이다. 아마 그에게 주제를 놓고 논쟁적인 말을 주고받는 것은 성미에 맞지 아니하는 것일 것이다. 그는, 힘센 사람들이 곧잘 하듯이, "그 점에 대해서는 내 생각은 조금 다른데……" 하고 나의 말을 중단하는 것이 싫었을 것이다. 또 우리 사회의 관행도 대담의 실패의 한 요인일 것이다. 모든 해방의 부르짖음과 요구에도 불구하고, 풀리지 않는 장유유서의 질서, 부자, 사제, 선후배, 노소의 위계적 질서는 우리 사회의 모든 인간관계를 경직한 것이 되게 한다.

우리는 어떤 만남에서든지 한시도, 관직의 상하나 사회적 신분의 상하가 아니면, 이 위계질서, 즉 이 가장 일반적인 권력의 질서를 의식하지 않는 때가 없다. 우리는 늘 사람과 사람 사이에 있는 힘의 차이를 재면서 사는 것이다. 이 잠재적인 힘과 힘의 마찰에 대한 의식이 자연스러운 상호성으로 대체될 때까지, 모든 사람은 독백 속에서 살고, 자신의 밖으로 또는 자신의 동년배의 테두리 밖으로 나가는 순간 적의에 찬, 힘 재기의 세계와 대결해야 한다. 그러니까 문제 중의 하나는 나이의 차이인 것이다.

아니면 그냥 나이 때문일까. 로버트 로웰에게는 만년에 정신 병원에 있던 에즈라 파운드에 관해서 엘리엇이 전한 말을 적어 놓은 시가 있다. "많이 나아졌다고/ 하는 것은 맞지 않아 …… 그래도 낫기는 하지. 금년은/ 예루살렘의 유태 사원 재건 이야기는 하지 않으니./ 낫기는 나아졌어. 두 시간을 줄창 이야기를 하더니, 이제 자네 말 좀 해, 하더군./ 그때 가서는 나는 아무 할 말이 없었지." 엘리엇의 말은 말밖에 남지 않은 늙고 병든 파운드의 모습을 잘 전달해 준다. 그러나 이러한 말을 로웰에게 전하는 엘리엇도 파운드처럼 계속 독백처럼 말을 하고 있었음에 틀림이 없다. 늙어 간다는 것은 말밖에 남지 않는다는 것을 의미하는 것일까. 사람과 사람이 말을 한다는 것은 무엇인가. 그것은 동물 형태학자가 동물 사이에서 관찰하는 서로서로의 털을 빗질하는 것과 비슷하다. 물론 말은 의견을 전달하는 일을 한다. 지적인 주제를 말하는 것은 사물에 대한 일정한 관점을 표명하는 것이다. 이러한 의사소통의 수단으로서 또는 생각의 표현으로서의 말은 털 빗어 주기의 말에 우월한 것처럼 생각할 수 있다. 그러나 반드시 그럴까. 그것도 빗질은 존재의 상호 확인 행위이다. 말이 그와 비슷한 성격을 가지고 있다면, 그러한 기능이 반드시 지적인 소통의 기능에 뒤지는 일일까. 사실 말을 주고받으면서 말의 주제의 문제는 말의 더 근원적인 있음에 비하여 별로 중요한 것은 아니라고 할 수도 있다.

사사로운 교환과는 달리 공적인 언어는 조금 더 소통의 내용이 중요해지는 경우이다. 그러나 그것도 간단히 말할 수 있는 것은 아니다. 김 교수가 자리를 뜬 다음에도 이야기에 마감이 있어야겠다고 느낀 우찬제 교수가 말을 이었다. 우 교수가 나에게 물은 말 가운데는 나의 정치 논설에 대한 것이 있었다. 나의 정치 논설이 현실에 어떠한 영향을 주었다고 생각하는가. 이것은 나 자신 더러 생각하는 물음인데, 그 물음에 대한 답변은 부정적인 것일 수밖에 없다. 내가 쓴 글이란 대개 그때그때의 상황에 부딪쳐서 그것을 정치적으로 분석해 보려는 것이었지만, 그러한 분석이 맞고 아니 맞고를 떠나서, 정치의 현장에서 영향을 갖는 말이 아닐 것이다. 영향력을 갖는 것은 분석의 언어가 아니라 확신의 언어이다. 정치 지도자를 정치 지도자가 되게 하는 것 가운데 가장 중요한 것은 카리스마다. 그에게 필요한 것은 마술적인 강력한 힘을 보여 주는 것 또는 힘의 인상을 보여 주는 것이다. 언어에도 카리스마의 언어가 있다.

무엇이 사람으로 하여금 행동의 모험으로 나아가게 하는가. 사람의 행동에 있어서 결정적인 것은 현실의 여러 가능성에 대한 분석적 검토와 일정한 가능성에 대한 이성적 선택이 아니다. 행동은 선택의 절대화로부터만 시작한다. 선택의 정당성은 합리적 이유보다 선택에 대한 확신과 이 확신이 강화해 주는 결단력과 결단의 현실적 결과에 있다. 말은 이러한 행동의 회로에서 확신을 보강하는 역할을 할 뿐이다. 적어도 정치적 영향력을 가진 말이란 이러한 것이다. 분석적 언어가 전혀 현실적 의미를 갖지 않는다고 할 수는 없지만, 거기에 의미가 있다면, 그 의미는 직접적이라기보다는 간접적이고, 단기적이라기보다는 장기적이다. 그러나 장기적으로 볼 때, 어떤 상황 안에서의 해명을 시도한 말은 이미 그 의미를 상실하고 잊혀지는 것일 수밖에 없다. 그것의 기회는 가고 없는 것이다.

2

김종철 교수가 1970년대에 평론을 발표하기 시작하였을 때, 김 교수는 드물게 보는 꼼꼼한 논리적인 이론가였다. 주어진 대상의 여러 가지 가능성을 철저하게 검토함으로써 어떠한 결론에 이르려는 그의 논리의 끈기는 당대에 달리 찾아보기 어려운 것이었다. 앞으로의 큰 활동이 기대되는 평론가라는 것에 많은 사람들이 의견을 같이했다. 그러나 내가 아는 한, 1980년대 이후에 그의 평론가로서의 활동은 조금 뜸한 것이 되었다. 그 대신 그는 지금 그가 창립한 《녹색평론》의 편집자로서 더 중요한 자리를 차지하게 되었다.

《녹색평론》은 단순한 지적인 활동의 기록을 남기는 잡지가 아니라 중요한 사회 운동 그리고 사상 운동, 현실의 한가운데 있는 잡지이다. 《녹색평론》이 대표하고 있는 현실은 물론 오늘에 있어서 가장 주목되어야 할 현실임에 틀림이 없지만, 적어도 우리나라에서 이 현실에 형태를 주고 초점을 제공한 것은 《녹색평론》이다. 그리하여 이 중요한 현실은 김종철 교수에 의해서 창조되었다고 할 수 있다. 달리 말하면, 그가 《녹색평론》을 통해서 그것에 형태를 주기까지는 그것은 분명한 이슈로 또는 다면적인 각도에서 틀림없이 존재하는 실체로서 감지되는 것은 아니었다고 할 수도 있다. 구체적으로 잡지라는 면에서만 볼 때, 김종철 교수는 이미 존재하는 잡지를 맡고 들어간 것도 아니고, 비슷한 잡지가 있어서 또 하나의 비슷한 잡지를 모방적으로 만든 것도 아니다. 그는 이러한 잡지를 만들어야 할 직업적인 필요를 가졌던 것도 아니고, 또 그가 이러한 잡지를 만들 수 있는 재정적 토대를 가진 것도 아니었다. 또 《녹색평론》이 표방하는 목표의 성질상 그것이 어떠한 현실적 힘 — 정치적 힘, 대중적 영향력 또는 지도자 — 추종자를 만들어 내는 집단의 형성을 약속해 주는 것도 아니었다.

그러므로《녹색평론》의 창립은 현실 창조의 행위이면서도, 완전한 신념의
행위로 생각된다.

　물론 김종철 교수는 이것을 창립한 것만이 아니고, 그것을 계속되는 기
관으로서, 현실로 존재하게 하기 위하여 온갖 노력을 기울이고 있다. 그의
글이 뜸해진 이유 중의 하나는, 그의 말로 미루어 보건대,《녹색평론》이 그
의 에너지를 너무 흡수하기 때문이다. 그는 학교의 의무가 있는 시간 외에
는 거의 전적으로《녹색평론》의 사무실에서 시간을 보낸다. 그것에 관계
된 많은 잔일들이 그의 시간을 다 빼앗는 것이다. 그리고 그 점에 대해서
그는 별로 유감이 없어 보인다. 하여튼《녹색평론》이후의 김종철 교수를
말한다면, 그는 초기 평론의 이론가라기보다는 현실 속에 확실한 자리를
가지고 있는 확신의 인간이다.

　대부분의 확신가는 위험한 인간이다. 확신은 권력 의지의 표현이며, 권
력 의지는 일차적으로는 물질세계에 대한 지배 의지이다. 그러나 이 지배
의지의 작용은 같은 의지의 대사회적인 작용과는 다르다. 적어도 일단은
그렇게 강한 힘의 행사로는 보이지 않는 것이다. 그것은 오랫동안 일방적
이거나 또는 폭력적이 되기는 어렵다. 그것은 곧 물질세계의 저항에 부딪
치게 되고, 이 저항은 그러한 지배 의지의 행사자 자신의 생명 조건의 손상
으로 되돌아온다.(과학 기술에 들어 있는 지배 의지는 자연에 순응함으로써 자연을
복종하게 하는 복합적 작용 속에 움직인다. 그러니까 그것은 자연을 따르면서 자연을
부리는 것이지만, 그것도 궁극적으로는 자연의 총체적인 저항을 계산하여야 한다. 오
늘의 문제의 하나는 이 저항의 총체적인 결과가 사람의 삶 자체를 위협하게 된 데에 있
다.) 물질에 비하여 사람은 유연한 존재이다. 그는 강한 의지에 따라서 마음
대로 부려질 수 있는 존재처럼 보인다. 그것은 공교롭게도 사람이 스스로
의 의지로 움직이는 존재이기 때문이다. 그리하여 사람을 움직이는 데에
는 많은 물리적 힘이 필요하지 않다.

사람이 약한 것은 힘의 암시에 대해서이다. 암시라는 것은 그 힘이 적어도 당장에는 현실적인 힘일 필요는 없다는 말이다. 그것은 단순히 확신의 언어로서 비쳐지는 현실 장악의 암시로서 족하다. 이 힘은, 마치 마술적인 전염을 통해서인 듯 우리 자신의 힘의 증가를 약속해 주는 것으로 보인다. 힘의 암시로써 생기는 힘의 집단적 조직이 이러한 가능성을 현실화해 준다. 확신의 인간은 우리를 외적인 힘으로써만이 아니라 이러한 내적인 암시로써 부릴 가능성을 가진 사람이다. 그러나 김종철 교수가 확신의 인간이라고 할 때, 그가 그러한 위험한 인간이란 말은 아니다. 그가 가진 확신은 자기 자신을 위한 깨우침의 경험에서 나오는 것으로서, 다른 사람에게 힘의 암시를 주거나, 도덕적 의무를 환기시키거나 하기 전에, 동조 여부에 관계없이, 그 내적 경험의 진실성을 존중하게 하는 그런 종류의 확신이다. 그것은 다른 사람으로 향하는 의지의 표현이기 이전에 스스로를 확인하고 있을 뿐이다.

그리하여 그의 확신은 조용하다. 조용함은 그의 확신이 약하다거나 오늘의 현실에 대하여 순응적이라거나 하는 데에서 오는 것이 아니고, 그의 확신의 깊이를 나타낸다. 자신의 삶의 깊이로부터 나오는 확신은 본래 조용한 것일 것이다. 그러면서도 그것은 커다란 힘을 가지고 있는 인상을 준다. 김종철 교수의 확신의 조용한 힘은 그것이 자연에 관한 것이라는 것에 관련되어 있다. 자연은 거대한 힘이지만, 우리에게 억압적으로 느껴지는 힘은 아니다. 그것은 언제나 우리의 마음을 안으로부터 사로잡는다. 예로부터 신비가, 시인, 또는 단순한 자연 애호자들이 자연에 매료되는 것은 그것이 그들에게 어떤 강제력을 사용해서가 아니라 그 감각적인 아름다움과 조화, 또는 그 냉혹하면서 틀림없는 필연성, 그 거대하고 말 없는 있음으로 그들을 안으로부터 사로잡았기 때문이다.(자연에서 피나는 생존 경쟁을 읽어 낸 자연주의가 없는 것은 아니지만, 자연의 교훈은 냉혹한 질서에 관한 것이라기보다는 조화된 삶에 대한 것이다. 자연이 인간에 가하는 냉혹한 한계까지도, 사람이 결국은 죽어야 한다는 것이 연민과 유대의 근거가 될 수 있듯이, 조화로운 삶의 바탕으로서 작용하는 것이다.)

김종철 교수가 이러한 의미에서 자연의 경이를 말하는 낭만적 사상가라는 말은 아니다. 그가 가르치는 것은 말할 것도 없이 사회적인 것이다. 그는 오늘날 우리가 살고 있는 것과 같은 삶 — 산업 사회의 물질적 삶, 그것이 조성하는 적의와 경쟁과 욕심의 삶을 고치라고 말한다. 그리고 이것은 단순히 마음만을 고치라는 것이 아니라, 오늘의 사악한 마음에 깊이 연루되어 있는 사회와 산업의 조직도 근본으로부터 고치라는 것이다. 그러나 그의 이러한 가르침은 강제력이나 엄숙한 도덕적 명령을 통해서가 아니라, 사람의 자연과의 내적인 친화를 통해서 작용한다.

김종철 교수의 자연에 대한 깨우침은 인간의 내면에 대한 깨우침으로서 처음부터 준비되었던 것으로 보인다. 결국 사람의 밖에 있는 자연은 안에 있는 자연과 일치한다. 안으로 가는 길은 밖으로 가는 길이고, 밖으로 가는 길은 안으로 가는 길이다. 위에서 김종철 교수가 이론가에서 시작하여 확신가가 되었다고 하지만, 이 둘은 그에게서 하나이다. 이것이 그의 독특함이다.

그의 초기의 평문에서 볼 수 있는 꼼꼼한 논리는 이미 그가 마음의 움직임 깊이에 잠겨 있음을 나타내는 것이다. 그러나 이 꼼꼼함은 동시에 마음으로 하여금 경험과 더불어 움직이게 하려는 것이다. 그의 초기의 평론들의 특징의 하나는 작품의 정독이다. 이것은 작품 자체의 형식적 독자성을 중요시하는 태도이지만, 동시에 그것은 경험의 구체성에 가까이 가는 방법이기 때문에 중요하다. "경험에의 충실성"은 그의 평론에서 시금석의 자리에 있다. 그것은 우선 개별적 경험의 내용, 거기에 관계되는 세부적 감각, 느낌, 생각을 있는 그대로 존중하는 것이다. 이러한 존중이 저절로 주어지는 것은 아니다. 그렇게 하기 위해서는 경험을 상투적인 눈으로가 아니라 늘 새로운 것으로 볼 수 있어야 한다. 또 필요한 것은 사심 없이 공정하고 초연한 마음을 갖는 것이다. 이것은 비평의 기율이기도 하고, 비평이 읽어 내는 작품의 내용이기도 하다. 비평은 공정한 눈으로 선입견과 상투성 없이 직관된 경험의 표현을, 같은 공정으로 가지고 식별해 내는 작업이다.

이렇게 말하면, 김종철 교수의 비평적 입장은 신비평이나 또는 영국풍의 교양주의에 가까운 것으로 보인다. 그의 비평에 신비평의 뜯어읽기와 비슷한 꼼꼼함이 있었던 것은 사실이다. 그리고 그것이 그의 비평의 강점이었다. 자세한 뜯어읽기 없는 비평은 허황한 독단에 불과하다. 그러나 신비평적 텍스트 존중은 그의 비평의 시작에 불과하다. 사실 김종철 교수의 비평의 특징은 처음부터, 경험의 충실에 대한 관심에 못지않게 강하게 드러나는 정치적 관심이었다.(그는, 정치적 좌파의 입장을 견지하면서, 신비평을 옹호한 몇 안 되는 이론가의 한 사람이다.『시와 형식』참조.) 그에게는 개별적 경험은 개별적인 것으로 독자적으로 성립하는 것이 아니라, 시대적인 조건에 의하여 규정되는 것이었다. 그리고 어떻게 보면, 그는 이 시대적 규정을 더 중요시하였다. "문화의 본질적 기능(은) …… 한 시대의 문화적 정치적 사회적 그리고 도덕적 성격이 구체적인 경험의 세부에 어떻게 반영되고 있는가를 생생하게 드러내는 것"이라는 초기 평론(「30년대의 시인들」)의 발언은 그를 사실 구체적 경험보다는 정치적 요인을 중시하는 평론가로 보이게 한다. 사실 그에게, "시적 구체성"에 대한 관심에도 불구하고, 이러한 연역적 문학론에 기우는 순간들이 없었던 것은 아니었다. 그것은 문학의 정치적 요인의 의식은 사실 문학의 정치적 사명의 의식으로부터 구분되기 어려운 것이고, 그러는 한, 때때로 정치적 명제의 우위는 불가피한 것이라고 할 수도 있다.

김종철 교수에게 일제하의 문학의 지평은 일제라는 상황과 그것의 극복에 의하여 결정된다. 그러나 그에게 더 긴급한 정치적 테제는, 그가 평론 활동을 시작한 무렵으로부터는, 자유와 평등 이상이다. 그중에도 실현되어야 할 가장 중요한 정치적 가치는 평등이다. 다만 그는 이러한 정치적 가치가 그의 사고의 논리를 왜곡하게 하는 것을 허용하지는 아니하였다. 정치적 가치는, 통속적 오해에서 생각되는 것처럼, 작품이나 비평이 선전해야 하는 내용이 아니라, 현실 묘사와 분석의 인식론적 전제였다. 정치적 가치는 그것을 근거로 하여 현실을 인식하는 보편적 사고의 바탕이 되었다. 하여튼 그의 정치적 사명 의식은 그로 하여금 오랫동안 글로나 행동으로나 상당히 급진적인 입장을 견지하게 하였다. 1978년의 맬컴 엑스의 자전에 관한 에세이는, 비록 미국의 흑인 지도자의 입장을 해설하는 형식을 취한 글이지만, 김종철 교수의 정치적 입장이 얼마나 가차 없는 급진성까지를 보여 줄 수 있는 것인가를 예시해 준다.

　《녹색평론》으로 분명해진 그의 환경에 대한 관심은 그의 정치적 관심의 연장 선상에서 발견된 것이라고 할 수 있다. 그러나 그의 정치적 관심이 이러한 통로를 찾은 것은, 위에서 비친 바와 같이, 그의 초기의 평론의 사색의 경험으로 인한 것이라 할 수 있다. 그가 가졌던 구체적 경험의 중요성에 대한 신념 그리고 그 경험의 변증법적 구조에 대한 깨우침이 그의 정치적 관심과 결부된 결과가 생태론적 정치 철학인 것으로 생각되는 것이다.

　그가 사회의 정치적 조건을 절대적인 것으로 받아들이고, 이것을 일정한 목표의 관점에서 비판적으로 분석하려고 한다고 하더라도, 그는 이 목표가 현실의 변증법을 떠나 단순한 추상적 명분이 되는 것을 경계하였다. 정치적 이념은 단순히 자기주장의 한 수단일 수 있는 것이다. 육사는 뛰어난 애국자이고 시인이지만, 그의 한계는 그가 현실보다는 선비적 자세의 확인에 관심을 더 기울였다는 것이었다. "육사에 있어서 시는 그것으로 삶의 진상을 밝혀 보려는 발견적인 노력이라기보다는 기왕에 확고하게 지닌 자기 자신의 이념을 확인하는 수단이었다고 할 수 있다.”(「육사 시의 의의와 한계」)(나는 육사가 김종철 교수가 말하는 것보다는 현실적인 시인이었다고 생각한다. 이것은 육사의 사회주의와의 관계를 흔히 생각하는 것보다는 심각하게 검토함으로써 드러날 것으로 생각한다. 그러나 이념이 현실에 봉사하는 것이 아니라 자기주장의 수단이 될 수 있다는 김 교수의 지적은 정당한 것이다.) 특히, 도덕의 경우, 그것은 인간적 우위를 주장하기 위한 수단이 되는 것이 그 반대의 경우보다 많은 것이 보통이다. 도덕은 단순한 권력 의지의 사회적 형태라는 면을 강하게 가지고 있는 것이다.

도덕이 중요하지 않다는 것은 아니다. 김종철 교수의 생각으로, 필요한 것은 “도덕적 감정(을) 자기반성적인 노력”으로 현실 속으로 투입하는 일이다.(「30년대의 시인들」) 가장 중요한 것은 이 자기반성을 철저하게 하는 것이었다. 반성의 철저함은 대상적 경험에 충실하는 방법이다. 왜냐하면, 대상에의 충실은, 위에서 말한 것처럼, 바로 상투적인 개념으로부터 그것을 해방시키는 것을 의미하기 때문이다. 세잔이 사과를 있는 그대로 그리는 것은 그것을 규정하고 있는 “기존하는 관습과 도덕률과 세계관, 예컨대 주어진 삶 자체를 거부”함으로써 가능해진다.(「견고한 것들의 의미」)

기존의 도덕률이나 세계관을 거부한다고 할 때, 그 자리를 차지하고 들어가는 것은 무엇인가. 김종철 교수에게 이것은 두 가지 것으로 생각된다. 하나는 물론 기존의 관념으로 왜곡되지 않은, 있는 그대로의 세계이다. 그러나 다른 한쪽으로 그것은, 아마 사과를 사과로 있게 하는 것이 그러한 세계라는 전제하에, 새로운 도덕률과 세계관──보다 정의로운 세계의 가능성이다. 이 양면적 답변은 김 교수의 독특한 입장을 생각하는 데에 매우 중요하다. 주어진 대로의 삶은 보다 정의로운 미래에 의하여 대체되어야 한다. 그러나 정의롭다는 것은, 흔히 그 자체로서 정당성을 갖는다고 주장되는 도덕적 당위성에 의하여 정의된다. 정의를 규정하는 것은 착취 없는 사회의 이상일 수도 있고, 또는 ── 우리 사회의 가장 강력한 도덕성의 언어를 사용하여 ── 민족일 수도 있다. 이에 대하여 사과가 사과로 있어야 한다는 것, 하나의 사물이 그 본래의 모습대로 있을 수 있어야 한다는 것은 새로운 세계에 대한 요구를 존재론적인 주장에 근거하게 하려는 것이다. 물론 여기에 도덕적 주장이 들어 있는 것은 사실이다. 그러나 그것은 도덕률이 추상적 명제로서 정당하게 생각되어야 한다고 말하는 것이 아니라, 그것이 구체적으로 개체적인 존재에까지 적용될 수 있어야 한다는 것을 요구하는 것이다.

김종철 교수에게 주어진 삶을 대신하는 삶은 반드시 엄숙한 도덕적 명령에 복무하는 삶이 아니라, 낱낱의 사물이 ── 또 사람이 온전한 제 모습으로 있을 수 있는 삶의 질소인 것이다. 그가, 강한 정치적 관심에도 불구하고, 민족주의를 크게 말한 일이 없는 것은 이러한 그의 도덕적 구체성에 대한 관심에 관계되는 일로 생각된다. 그에게, 정치적 이상은 그 자체로 정당화되는 도덕적 또는 집단적 이상이 아니라, 구체적인 인간의 삶에 대한 언급을 포함하는 이상이어야 한다. 그것은 아마 맬컴 엑스의 정치적 이상이었다고 그가 말한 바 있는, "사람의 생존이 차별 없이 누구나 존엄하게 영위될 수 있는 진정하게 민주적인 사회"와 같은 말로 제일 잘 표현될 것이다.(「흑인 혁명과 인간 혁명」)

그의 구체적 존재론은 다음 단계에서 김 교수를 쉽게 생태학적 사고로 나아가게 한다. 존재론적 평형이라는 관점에서 정치적 민주주의의 이상은 충분한 것일 수 없다. 그가 반드시 이러한 맥락을 따라 그 사고를 진행한 것이 아닐는지는 모르지만, 민주주의는 서양의 근대 정치사상의 이념의 하나이다. 그것은 다시 말하여 서양 근대사의 일부이다. 그렇다는 것은 그것이 역사의 진보를 뿌리로 하여 생겨난 사상이고, 진보는 물질적 진보, 산업의 진보를 포함하는 것이다. 그러나 근년에 와서 세계는 이 진보의 복합적인 결과를 너무 많이 보게 되었다. 제국주의와 자연 파괴가 그 산물의 하나이다. 이것은 모두 한국 사회가 직접적으로 경험한 것이지만, 자연 파괴는, 조금은 과거의 역사에 속하는 제국주의와는 달리, 특히 지난 30년간의 근대화를 통하여 절실한 것이 되었다. 여기에서 자연 파괴는 단순히 물리적 의미에서의 자연만이 아니라 인간성의 파괴를 의미한다.

김 교수의 생각에 이 산업의 사려 없는 진보야말로 현대 세계의 악의 근본이다. "GNP와 같은 단순한 수량적 척도로써 사회 발전을 가늠하는 산업 문화 속에서 인간은 끊임없이 경멸당할 뿐이고, 살아남기 위해서는 자신의 이웃과 자연에 대하여 폭력을 행사하지 않을 수 없게 된다."(『오래된 미래』, 「옮긴이의 말」) 그것이 원래 그렇게 되어 있는 것이든 아니면 그것이 자본주의와 결합되어 있어서 그러한 것이든, 서양의 자유주의적 민주 사회는 반드시 사람과 사물로 하여금 제 모습으로 존재할 수 있게 하는 사회 체제라고 말하기 어려운 점을 가지고 있다. 민주적 사회의 이상 자체가 잘못된 것은 아닐는지는 모르지만, 그것이 참으로 존재론적 균형을 가진 것이 되려면, 그것은 사람 사회에 있어서는 경쟁적 개인이 아니라 협동적 공동체의 이념으로, 자연과의 관계에서는 착취적 개발이 아니라 존중과 공존의 관계로 보충되어야 한다. 그러나 이것은 어쩌면 현대적 사회에서 실현될 수 없는 이상이다. 궁극적으로는, 사람과 사물, 모든 생명체, 모든 존재하는 것이 제 모습으로 있어야 한다는 이상을 실현해 주는 것은, 헬레나 노르베리호지가 라다크에서 경험한 전근대적인 농촌 경제의 사회이든지, 앞으로 실현되어야 할 전적으로 새로운 생태학적 사회일 것이다.

3

김종철 교수의 사회적 정치적 관심이 사물의 있음에 대한 관심에 깊이 연결되어 있으며, 이것이 그의 정치적 입장을 독특한 것이 되게 하고, 또 생태학적 사회에 대한 비전의 밑에 가로놓인 철학적 토대가 되는 것이라는 점을 나는 위에서 지적하였다. 이미 조금 비친 바와 같이 이것은 김 교수의 문학적 사유의 근본이 시에 있는 것에 관계된다. 말할 것도 없이 좋은 시는 도덕적 명령을 말하는 시가 아니라 사물과 삶의 있음의 신비 ─ 어떤 특권적 순간에서의 그 성스러운 변모를 보여 주는 시이다. 그리하여 "시의 구체성"은 도덕적 관점은 물론 전적으로 정치적인 관점에서의 모든 발상에 영원한 난문을 던지는 존재가 된다.

시는 간단하게 말하면, 감각적 체험으로부터 시작하여, 그것의 새로운 의미 속에서의 갱생에 대한 에피파니로 끝난다. 그것이 가능한 것은 감각이, 세계의 모든 것이 매개 응집되는 현장이기 때문이다. 김종철 교수가 초기에 가장 심혈을 기울여 연구하였던, 블레이크의 말, "지각의 문(감각을 세계 인식의 종합적 작용의 일부로 파악한 것이 지각이다.)이 깨끗하게 되면 인간에게는 모든 것이 있는 그대로, 무한한 것으로 나타난다." ─ 이것은 감각적 체험에 드러나는 세계에 대한 시적인 믿음의 근본을 표현한 것으로 읽을 수 있다. 김종철 교수는 블레이크의 이 점을 설명하여, "현실에 있어서 '동굴의 좁은 틈 사이'를 통하여서밖에 사물을 볼 수 없게 된 인간이 그의 인식의 한계를 확대하기 위해서는 일차적으로 인간 자신의 감각 기관 전체를 발전시키고 즐겨야 한다는 것이 블레이크의 생각이었다."라고 말한다.(「낭만주의의 이념」) 지각이 세계가 현존하는 장소라면, 감각은 다른 한편으로, 오관의 끝에 존재하는 것이 아니라 사람의 모든 능력 ─ 정열과 이성과 상상력을 집약적으로 반영하는 장소이다. 사람이 무엇을 하든지 간에 거기에는 이러한 인간 능력의 모든 것이 동시에 작용하게 마련이다. 다만 감각은 거기에서 사람의 종합적인 능력과 세계의 맞부딪침 속에서 사물이 구체적 현존으로 나타나는 장소이기 때문에 시적 인식에서 특권적 위치에 있다. 다시 말하여, 사물의 있는 그대로의 모습이 감각 또는 지각 작용에서 구체화하는 것이다. 그리하여, 다시 김 교수가 말하듯이, 시인은 "지각과 존재의 떼어 놓을 수 없는 관계"(「견고한 것들의 의미」)에 매어달리는 것이다.

　이러한 시적 태도는 사람의 삶에 결정적 의미를 갖는다. 시인 또는 시적 태도의 인간에게, 동어 반복 같지만, 진리의 시험 기준은 감각적 현실, 아니면 적어도 구체적 경험의 현실이다. 그에게 관념이나 이념이 의미가 없는 것은 아니지만, 그것은 구체적 현실에 의하여 시험됨으로써만 의미를 갖는다. 그에게 구체적 경험의 지평에 나타나는 모든 구체적인 사물은 그것에 관한 추상적 명제보다 중요하다. 그가 추상적 명제에 관심을 가지고 있다면, 그 진리 됨은 이 구체적 사물, 또는 인간의 있는 그대로의 모습에로의 복구, 보다 분명한 존재로의 변용과 고양을 통하여 증명되어야 한다. 그리하여 시적 태도의 인간은 추상적 명제와 체계로 표현되는 도덕이나, 종교 또는 정치적 이념에 자신을 완전히 내맡기기가 힘들게 된다. 그렇다고 그가 그러한 정열에 빈약하다는 것은 아니다. 개별적 사물과 인간의 있는 대로의 있음, 그리하여 그 손상되지 아니한 모습에 대한 열렬한 비전은 이를 말살하려는 모든 사상과 현실의 조작에 대하여 가장 강력한 저항의 근본이 될 수 있다. 그러니까 시적 인간은 가장 정치적일 수도 있다 그러나 그는 구호와 조직으로 이루어지는 세상의 정치적 입장으로부터는 가장 믿을 수 없는 사람으로 생각될 수 있다. 김종철 교수가, 그의 강한 정치적 관심과 또 신념에도 불구하고 특정 정치 이데올로기를 따르지 않은 것으로 보이는 것도 이러한 관계에서 설명할 수 있는 것이 아닌가 한다.

물론 환경 문제에 대한 일정한 입장도 정치적 입장인 것임에는 틀림이 없으나, 위에서도 비친 바와 같이, 인간의 삶에 있어서의 자연이 차지하는 특별한 의미가 자연 강조의 정치를 다른 정치적 비전과는 다른 것이 되게 한다.(이것은 조선조의 정치에도 어느 정도 해당되는 것이다. 그것의 많은 억압적 특성은 그 자연에 대한 강조와 관련시켜 평가되어야 한다.) 자연은 삶을 에워싸고 있는 전체이면서, 오늘 이 시점에 인간의 감각에 언제나 현존하는 것이다. 그것은 사람의 밖에 있으면서 또 안에 있다. 그것은 편재하며 동시에 나 자신의 감각과 나의 체감(coenaesthesia) 안에 있다. 그러면서도 그것은 나의 인식의 능력으로 완전히 포착될 수는 없는 어떤 것이다. 아마 자연의 특징 가운데 정치적 관점에서 가장 중요한 것은, 그것이 추상적인 명제로 쉽게 환원되지 아니한다는 것일 것이다. 집단적 행동의 강령이 되고 명령 계통으로 전달될 수 있는 것은 추상화할 수 있는 명제이다.(물론 이론적 명제만이 아니라 감정도 추상화될 수 있다.) 자연 경험이 쉽게 추상적으로 환원되지 않는다는 것은, 그것이 조종의 계획에 포착될 수 없다는 것을 뜻한다. 따라서 자연의 정치는 권력과 동원의 계획으로 번역될 수 없고, 모든 것을 재단하여 설명하는 사회의 관념 통제의 기제가 되기도 어렵다.

　　자연에 대한 상투적인 명제들이 있을 수 없는 것은 아니다. 그러나 공허한 슬로건은 적어도 감각적 현실에 의하여 시험될 수 있고 그것으로 시험되지 않는 한 곧 허위로 떨어질 수밖에 없다. 행동의 관점에서, 자연의 정치에 지침과 계획이 없는 것은 아니다. 그러나 그것은 대체로 자연에 대한 일정한 금지 사항을 강조하는 데에서도 볼 수 있듯이, 권력을 집중하고 노동의 잉여를 착취 집약하는 쪽으로 진전되기 어렵다. 권력의 집중은 사회의 조직화에서 가능하다. 이것은 자연과의 직접적인 교섭이 아니라 조직 사회의 가치화 ── 위계적 사회 윤리, 관료적 등급화, 추상적 수행 목표 등과 병행한다. 자연의 구체적 현장에서 멀어지는 사회 조직은 자연 속에서의 노동이 만들어 내는, 궁극적으로는 산업 노동이 만들어 내는 생산의 잉여에 의해서 지탱되어야 한다. 생산의 이데올로기화는 불가피하다. 자연의 정치 —주로 자연에 대한 존중, 그것에 대한 절제와 조화를 강조하는 정치는 적어도, 오늘날의 환경의 정치에서는, 권력과 생산 잉여의 특권적 수용을 지향하지 아니할 수 없는 정치와 같은 종류의 정치는 아닌 것이다.

자연의 정치의 특성은 그 보상의 특이성에서도 온다. 정치 행동의 의미가 반드시 보상에 있다고 하는 것은 잘못이지만, 보상이 중요한 역할을 하는 것은 부정할 수 없다. 정치 행동의 보상은 권력일 수도, 부일 수도 있고, 사회적 명성일 수도 있으며, 정의감의 실현 또는 양심의 만족일 수도 있다. 자연의 정치에도 이러한 보상들은 따르는 것일 것이다. 그러나 이 보상의 추구는 근본적인 전제에 의하여 상당히 완화되는 것일 수밖에 없다. 자연과의 조화 속에 있는 삶이 가장 좋은 삶이라고 한다면, 그 자연은 언제나 사람에게 직접적으로 열려 있는 것으로서 사회적 통로를 경유하여 얻을 필요가 있는 것이 아니다. 사회적인 보상을 바라기보다는 감각의 문을 깨끗이 함이 궁극적인 보상에의 길이다. 정치가 할 수 있는 것은 따라서 자연과의 적절한 관계를 유지하는 데에 방해가 되는 요인들에 대한 방어적 행동에 한정된다.

궁극적으로 자연 내의 삶의 보상은 그것이 주는 기쁨이며, 진리의 깨달음이다. 이것은, 사회적 인정이 아니라, 우리의 감각, 또는 우리의 깊은 내적 안녕감에 의하여 정당화된다. 모든 것의 중심은 바로 이 직접적이고 내적인 호소에 놓여 있다. 결국 그것이 진리와 세계에 통하는 유일한 통로이기 때문이다. 사람이 이러한 구체적인 삶의 근본에 집착하고 있는 한, 많은 세상의 계획들 —주의와 제도와 슬로건은 증명의 근거가 아니라 증명되어야 하는 어떤 것이다. 사람을 움직이는 것은 참으로 그를 감각으로, 몸과 마음의 깊이로부터 움직이는 것이라야 한다.

이러한 여러 요소들이 자연의 정치를 다른 종류의 정치와 다르게 한다. 그것은 자연이 삶에 대하여 갖는 특별한 현존의 방식에도 관계되지만, 그것에 대한 사람의 응답 방식의 감각적 또는 감성적 성격으로 인한 것이다. 이 응답의 방식은 시인이 가장 잘 예시해 준다. 그러나 이 시적인 태도는 모든 사람이 다 공유하고 있는 것이다. 하이데거가 말하듯이, 이런 의미에서도 사람은 지구에 시적으로 거주한다.

4

예로부터 시인이란 조금 미친 사람으로도 생각되고, 또는 적어도 격보다는 파격을 좋아하는 사람으로 생각되었다. 위에서 말한 것으로는 이것은 그가 추상적으로 굳어진 것에 의하여 쉽게 설득되지 않는다는 것을 뜻하는 것으로 취할 수 있다. 달리 말하면, 시적인 인간은 제멋대로의 사람, 고집이 센 사람일 수 있다는 말이다. 그가 이기적인 사람이거나 자기중심적인 사람이라는 것은 아니다. 그는 삶의 모든 것에 열려 있기 때문에 바로 공허한 수사나 격식에 쉽게 끌리지 않는 것이다. 그러한 것들은 모두 시적인 인간에게는 경험적으로 — 그것도 자신이 받아들일 수 있는 경험적 내용을 가진 것으로 증명되어야 한다.

김종철 교수는 얼른 보아 수줍고 부드러운 사람이다. 그러나 동시에, 그가 유창한 말이 많은 사람이 아니기 때문에, 그의 속마음을 짐작하기는 쉽지 않으나, 적어도 외적인 증거를 통해, 나는 그가 고집이 센 사람인 것을 알고 있다. 김 교수는, 연보를 맞추어 보면, 내가 서울대학교 문리과 대학에 재직하고 있을 때 학생이었지만, 그를 학생으로서 접할 기회는 갖지 못하였다.(또 설사 그랬더라도 그것이 그에게 큰 의미를 갖지는 못하였을 것이다.) 내가 그를 알게 된 것은 그가 평론가로 이름을 내기 시작한 후였는데, 내가 그의 삶의 몇 번의 기회에 사회적 선배로서 약간의 개입을 시도하려던 일이 있었던 것은 사실이다. 그러나 번번이 그는 이 개입의 가능성을 피해 가 버리고 말았다. 한번은 그도 세상의 풍습에 따르려고 했던지, 대학원 박사 과정에 들어갈 생각을 했다. 그는 비교 문학을 공부할까 하여 내가 마침 옮겨 앉아 있던 고려대학의 비교 문학 과정에 들어왔다. 그러나 그는 한번 등록한 다음에는 다시 등록하지 아니하였다.

사실 학위라는, 세상이 원하는 증명서를 위해서라면 몰라도 그가 고대의 비교 문학 과정에서 배울 것은 별로 없었을 것이다. 그 후 그는 미국과 같은 나라에서의 해외 견문이 필요하다는 생각을 표명하였다. 그리하여 나는 그를 미국 뉴욕 주 버팔로의 뉴욕 주립 대학에 소개하였다. 그러나 그는 1년이 채 안 되어 버팔로 체재를 마감하겠다는 편지를 보내왔었다. 그리고 그 대신 스코틀랜드의 에든버러의 인문 연구소로 가고 싶다는 것이었다. 그러나 그는 에든버러행도 그만두고 귀국하였다. 그가 외국에 가는 것과 관련하여 내가 은근히 바랐던 것은, 본격적인 의미의 외국 경험도 권하고 싶었지만, 그 외에, 그가 그럭저럭 그곳의 학위 과정에 들어가 박사 학위 하나라도 얻어 왔으면 하는 것이었다. 박사 학위의 의의가 순전히 대외 과시나 설득용에 불과하다는 것을 나도 모르는 바는 아니었지만, 나는 그가 세상 사는 데에 그러한 것이 필요할 것이라고 생각하였던 것이다. 그러나 그는 내가 생각한 것보다는 더 철저하게 신념으로 사는 사람이었다. 마음 깊이로부터 의의 있다고 믿을 수 있는 것이 아닌 일을 하기에는 진정성이 그에게는 너무나 중요한 것이었던 것으로 보인다. (이번의 대담에서 버팔로에서 무엇을 얻었는가 하고 질문하였더니, 그는 거기에서 인디언에 대한 관심을 얻었다고 답하였다. 그의 생태학적 관심의 한 뿌리는 여기에 소급하는 것인지도 모르겠다. 하여튼 나의 소개로 갔던 곳에서 조금이라도 얻은 것이 있었다는 말을 듣고 나는 기쁘게 생각하였다.) 학위 문제에 있어서 보인 고집스러움은 그의 학교의 이력에서도 볼 수 있다. 그는 한국의 대학교수의 관례로는 근무처를 여러 번 옮겼다. 그것은 그가 세속적인 의미에서의 적응을 삶의 방책으로 삼지 않는다는 것과 관계되는 것일 것이다. 그는 서울보다는 지방의 대학에 많이 있었는데, 그것은, 그 자신의 말에 따르면, 그의 의도적인 선택이었다.

김종철 교수의 이러한 고집 또는 사고와 감정의 독자성을 나는 그가 근본적으로 시적인 인간이라는 점에서 이해한다. 그러나 이것은 시적 태도의 다른 면과 연결되어 생각될 필요가 있다. 위에서 나는 시의 정치가 조직적 권력의 정치가 되기 어렵다고 말하고, 그것은 시적인 인간에게 진리란 추상적 당위가 아니라는 관찰에 관계시켰다. 대체로 시적인 인간이란 종잡을 수 없는 사람이란 인상을 준다. 시인이 범상한 약속과 계약의 인간이 아니라는 것은 우리가 다 아는 일이다. 시는 감각과 감정에 서리는 것이고, 또 이 감각 감정은, 그것에 계시되는 진리나 마찬가지로, 불확실한 것이다. 그것은 불확실한 상태에 있다가 구체적인 상황 속에서 결정화한다. 그러나 다른 한편으로 시적인 인간의 불확실성은 그가 반드시 변덕스러운 기분파이기 때문이 아니다. 조금 전에 말한 바와 같이, 그는 고집이 센 사람이기도 하다. 이 고집의 근거는 그 나름으로 변덕이 아니라 확신이다. 시인이 변덕스러운 것처럼 보인다면, 그것은 그가 내적인 믿음에 충실하기 때문이다. 그러나 시인이 그 마음속에 간직하고 있는 것은 삶 자체, 또는 자연과 세계를 안으로부터 움직이고 있는 근본을 직관하는 힘이다. 그에게, 위에서 말했듯이, 안으로 가는 길은 동시에 밖으로 가는 길이다. 그렇다면, 시인의 내면의 확신은 외면의 현상 —— 자연과 사회와 역사의 현상과도 일치할 수가 있다. 이 일치가 이루어질 때, 그의 확신은 개인적인 고집이나 변덕이 아니라 객관적인 현상의 진리가 된다.

김종철 교수가 자기 주관으로 사는 고집의 인간이라고 한다면, 그것은

《녹색평론》의 생태계 정치에서 객관적 사태를 분명히 하는 명증성의 원리가 된다. 어느 때에나 김 교수가 현실주의자가 아니었던 것은 아니었다. 위에서 말한 바와 같이 그의 가장 중요한 신조는 경험에 충실해야 한다는 것이었다. 또 이것은 정확히 느끼고 생각하는 것을 통하여 가능해지는 것이었다. 정확히 느끼고 생각하는 것은 보편성의 지평 안에서만 가능하다. 이 보편성 지평은, 국부적 가치 지향을 초월하지만, 동시에 여러 가지 보편 가치적 태도—엄정한 사고, 과학과 이성에 대한 비판적 긍정, 인간성의 전면적 가능성에 대한 낙관적 신조, 자유, 평등, 사회 정의 그리고 공동체적 유대 등을 포용하는 것이기도 하다. 그러나 보편성의 요구는 바로 인식과 가치의 태도를 유동적인 상태에 유지할 것을 요구한다. 내적 외적 경험을 정확히 인지한다는 것은 바로 경험과 경험의 개념화의 유동성을 인지하는 것이다. 정치적으로 김종철 교수는 정치적 가치와 이상을 확실하게 가지고 있었다. 그리고 그가 옹호할 수 있는 정치적 움직임이 있었다. 그러나 그는 그러한 것들을 독단론적 정치 프로그램으로 고정할 수 있다고 생각하지는 아니한 것으로 보인다. 그러나 그의 생태학의 정치는 분명한 정치적 이상과 구체적인 실천 프로그램을 가진 것이다. 여기에서 경험적 현실의 유동성의 원리였던 시적 직관은 확실한 믿음이 되고, 확실한 현실에 대응하고, 일정한 프로그램으로 풀려나갈 수 있는 것이 된다.

생태계의 문제는 말할 것도 없이 오늘의 세계에서 — 한국에서, 선진 산업국에서, 또 제3세계에서 가장 중요한 문제이다. 또 그것은, 위에서도 말한 바와 같이, 인간의 생활의 환경을 황폐화한다는 점에서만이 아니라, 인간성을 비인간화하고, 협동적 삶의 터전으로서의 사회 조직을 적의와 폭력과 착취의 공간으로 변하게 하고, 인간과 더불어 생명의 경이를 구성하고 있는 수많은 생명 형태와 현상을 소멸케 하고, 삶으로부터 삶의 진정한 기쁨을 앗아 가는 — 이 모든 파괴 작업에 깊이 연루되어 있다. 그러나 인류가 이러한 자기 손상, 자기 파멸을 가져오는 산업 체제와 사회 체제의 자동 과정으로부터 어떻게 벗어져 나갈 수 있을는지는 전혀 분명치 않다. 환경의 문제는 오랫동안 ─ 아마 사람들이 여러 가지 생태계의 재난을 통해서 경악할 만한 교훈을 배울 때까지, 그러한 것으로 남아 있을 것이다. 그러나 지금 할 수 있는 일의 하나는 김종철 교수가 하고 있는 것처럼 오늘의 체제에 대신하는 인간의 미래에 대한 비전을 계속 구체화하는 일이다. 이 미래는, 김 교수가 부인과 공역으로 번역한 노르베리호지의 책 제목이 말하고 있는 것처럼, 오래된 것이기 때문에, 이 오래된 문화와 사회 ─ 그리고 가장 오래된 미래인 모든 지구상의 생명 형태와 지형에서 배우고 그것을 옹호하는 일이다. 이 책이 말하고 있듯이, 사람이 유구한 역사 속에 발전시켜 온 자연과의 조화 속에서 사는 여러 갈래의 길, 오래된 미래는 급격히 사라져 가고 있다. 물론 실천적으로, 최근 국내 국외의 환경 단체들이 두드러지게 보여 준 것처럼, 구체적으로 벌어지는 반환경, 반자연, 반생명, 반인간적인 이들에 항의 저항하는 것이 중요한 것임은 말할 것도 없다.

김종철 교수는 블레이크를 논하면서 주어진 현실을 지나치게 넘어가는 예언자의 외로운 비전을 비판한 바 있다. 나는 김종철 교수의 생태학적 관심이 그 절대적인 현실성에도 불구하고 예언자적 비전의 외로움 속에 있을 것으로 생각했다. 그러나 《녹색평론》의 의의를 인식하는 사람이 증가하고 있다는 증거를 나는 여러 군데에서 본다. 이번에 나는 김종철 교수에게 《녹색평론》의 재정 형편에 대해서 물었다. 그는 『오래된 미래』가 의외로 많이 팔려 크게 도움을 받고 있다고 했다. 그리고 그는 녹색평론사의 일반적 상황을 이야기하면서 잡지를 통해서 ─ 특히 농민들 사이에 ─ 많은 새로운 친구와 친지를 가지게 되었다고 말하였다. 많은 사람들이 환경 문제를 의식하고, 또 우리가 열렬하게 받아들이고 있는 소비와 과시의 사회가 비인간성과 자기 파멸에의 길이라는 것을 의식하고 있는 것은 의심할 수 없다. 그러나 우리는 오늘의 사회의 관성으로부터, 그것의 편리한 유혹으로부터 빠져나갈 방도도 모르고 또 그럴 만한 용기도 없는 것처럼 보인다. 그러나 그것이 이야기의 전부가 아님이 분명하다. 김종철 교수가 외로울 필요는 없는 것일 것이다.

(1997년)

주체성에 대하여

문학과 비평의 오늘의 자리에 대한 한 생각

1. 대서사 설화와 개인의 이야기

생각을 하고 말을 한다는 것은 현안의 일을 보다 큰 틀에 비추어 평가, 정당화 또는 논리적 포섭을 행하는 일이다. "소크라테스는 사람이다."라는 말은 화자에게 자명하다고 생각되는 사람이라는 틀에 비추어 문제 되어 있는 사항을 설명한 것이다. "소크라테스는 추남자다."라고 말하는 경우에, 그 말을 의미 있게 하고 할 만한 말이게 하는 것은 사람의 인물의 미추, 미추의 사회적 의미에 대한 일정한 견해, 미적인 것과 다른 인간적 특질들의 상대적 가치, 인간 품성의 실존적, 사회적 의미 등등에 대한 어떤 이해이다. 이번의 노동법에서 복수 노동조합의 결성을 제한한 것은 노동자의 단결권을 침해한 것이다. ── 이러한 진술은 노동법은 물론 한국 내에서의 모든 법의 바탕이 되는 헌법에 비추어 노동법을 평가하는 것이다. 이것은 이 헌법에 포함되어 있는, 노동자의 단결권이 근본적이란 이해를 전제로 가지고 있고, 이것은 다시 지난 몇십 년 동안의 한국의 경험, 그리고

200년 동안의 서양 노동자의 경험, 서양의 자본주의와 자유주의의 역사에 대한 이해를 담고 있다. 또 여러 가지 노동과 생산의 형태에 대한 선택적 이해, 노동의 역사, 실존적 조건으로서의 노동, 생물학적 차원에서의 생존, 그것의 진화론적, 과학적 형성, 이에 대한 형이상학적 또는 가치론적 판단이 이러한 이해의 지평에 놓여 있다. 이러한 바탕에 대한 이해를 전제로 하는 발언은 궁극적으로는, 철학자들이 말하는 '세계 가설'에까지 환원될 수 있다.

물론 이때의 세계는 상식적인 입장에서는 신축자재한 것으로서 넓기도 하고 좁기도 하며, 발언의 주제에 대하여 국지적 관계를 갖는다. 이것은 발언자에 따라 다원적이다. 또 다원적 세계는 서로 다를 뿐만 아니라, 모순되는 것일 수 있다. 같은 사람의 경우라도 이 다름과 모순은 그대로 존재할 것이다. 일관되고, 통일된 하나의 세계가 구성되는 것은 복잡한 이론적 작업을 통하여서만 가능할 것이다. 이 이론도 여러 가지 관점이 있을 것이기 때문에, 총체적인 상징 세계는 어떤 경우에나 쉽게 조감할 수 있는 것은 아닐 것이다. 그러나 다른 한편으로 우리가 주어진 세계에 소박하게 산다고 하더라도, 우리는 하나의 세계 속에 산다는 암묵적인 확신을 가지고 있다. 이 확신이 일정한 삶을 뒷받침하고, 오늘 이 자리에서의 여러 가지 발언을 가능하게 한다. 사실 어떤 경우에나 하나의 세계를 받아들이고 산다.

사람들이 받아들이는 세계 가설은 여러 가지가 있을 수 있고, 어느 시기 어느 사회에서나 그것이 하나에 그칠 수는 없는 일이지만, 한국에서, 삶의 전체성은 흔히 사회적인 것으로 제시된다. 그것은 20세기에 와서 많은 사람의 운명이 사회 전체의 정치적 운명에 묶이지 아니할 수 없는 것이었기 때문이다. 지난 수십 년간 사회의 전체적인 움직임을 하나로 묶어 설명하는 것은 근대화와 민주화였다. 근대화는 정부의 정책에 의해서 추진되는 전반적인 정책으로서 실질적으로 사람들의 삶을 변화시키고 지배하는 궁극적인 힘이었고, 민주화는 이것을 보다 넓은 삶의 내용에 흡수하려는 정치적, 사회적 움직임이었다. 그것은 한편으로는 근대화의 부정적 효과에 저항하는 것이면서, 다른 한편으로는 그것을 보다 넓은 사회적 지반 위에서 이루어지게 하려는 것이었다.

그러나 1987년과 1993년을 지나면서, 근대화나 민주화는 그 전체성으로서의 설명력을 상당히 상실하게 되었다. 즉 그것이 우리의 삶의 모든 것을 설명해 주는 것은 아닌 것으로 느껴지기 시작한 것이다. 그 이유의 하나는, 그것이 어느 정도의 결실이든지 간에, 이룩된 근대화나 민주화의 결실의 하나가 사회의 다양화, 삶의 다양화이기 때문이다. 그것이 사회의 일체성을 이완시킨 것이다. 이러한 전환을 통해서 분명해지는 것은 사회의 전체성이란 사실적 전체성이라기보다는 사회의 역동적 방향성을 만들어 내는 에너지의 동원 결과라는 사실이다. 그것은 이데올로기와 집단적 정서의 형성에 크게 의존한다. 그러나 그것이 반드시 사실적 기반을 갖지 못한 허황된 조작의 결과라고만 할 수는 없다. 현실에 대하여 갖는 전체적인 느낌이란, 시대적인 힘의 주류가 만들어 내는 가능성의 환상이면서, 시대의 한구석에 그것을 지배하는 힘이 지속되는 한에서만 지속된다. 그러나 그것이 가능성의 환상이라는 점에서, 그것은 그 시점에서의 현실적 가능성을 나타내기도 하는 것이다. 어쨌든 1990년대에 이르러, 구심화의 힘과 전체성의 느낌은 빠른 속도로 현실성을 상실하게 되었다.

이것은 방금 말한 바와 같이 힘의 동원의 결과가 일단의 단계에 들어선 때문이기도 하지만, 한국에서만이 아니라, 세계 역사의 진로 ─ 사실과 정치와 희망의 에너지의 결합으로써 생겨나는 세계사의 진로에 변화가 일어난 것에 관계되는 일이다. 1980년대 말에서 1990년대 초까지 일어난 세계적인 사건은 사회주의 체제의 붕괴이다. 이것은 그 현실적 의미를 떠나서도, 사람들이 세계를 이해하는 구도에 있어서 ─ 또 이 이해가 개인적인 그리고 집단적인 삶에 방위판 노릇을 하는 한, 현실적으로도 커다란 전기를 이루는 사건이었다. 사회주의 체제는 그 실상이 어떤 것이었든지, 세계 역사의 일정한 해석을 정당화해 주는 역할을 하고 있었다. 사회주의 체제의 붕괴는 일정한 구도 속에서 역사의 흐름을 보는 일을 어렵게 하였다. 한국은 사회주의 진영 안에 있었던 것이 아니고, 또 그 붕괴에 의하여 크게 영향을 받을 위치에 있었던 것은 아니지만, 한국의 사회적, 이념적 변화에서도 사회주의의 붕괴는 그 의미가 결코 작은 것이 아니었다.

1987년에 일단의 고비를 넘긴 한국의 사회적 격동이 사회주의적 관점에서 이해되고 추진된 것이라고 할 수는 없을 것이다. 거기에 일정한 맥락을 주고 추진력을 부여한 것은 민주화였다. 그러나 민주화 운동의 실질적인 힘의 상당 부분은 사회적 불평등이 만들어 내는 갈등의 에너지에서 오는 것이었다. 민주화에서 사회 정의의 문제는 가장 큰 문제였고, 그것은 다른 나라에서도 초기의 활발한 민주주의의 운동이 그러하듯이, 민주화 운동을 사회주의적 이상과 제도에 대하여 개방적인 것이 되게 하였다. 민주화는 일정한 역사 읽기로 설명되어야 했고, 역사 읽기는 역사의 발전적 해석을 수용하게 하였다. 그것이 그리는 발전의 궤도에서, 발전의 과실로서의 민주주의와 사회주의 이상들을 구분하기는 어려운 것이었다. 민주주의의 이상이 사회주의의 이상과 다르다고 하더라도(또 이 점은 민주주의를 말하는 사람에 의하여, 냉전의 대치 상황 속에서 크게 강조되었지만), 두 가지 다 같이 역사의 발전이 가져오게 되는 이상이며 현실이라고 생각되었다. 두 체제의 차이에도 불구하고 역사는 어떤 이상적 기획의 전개였던 것이다.

사회주의의 붕괴는 사회주의의 관점에서의 역사의 발전적 해석이 소멸하게 하였을 뿐만 아니라, 그와 아울러 민주주의도 이상적이면서 또 현실적인 역사의 의미이기를 그치게 되었다. 그것은 인간의 총체적인 자기실현의 이상이 아니라, 또는 그것에 의하여 정당화되는 과정이 아니라, 단순한 세계의 현상이 되었다. 민주주의는 물질적 부유를 약속하는 자본주의 경제 체제와 일치하고, 정치적으로 경제 활동을 위한 무규제의 자유 체제로서 이해하게 되었다. 어떤 경우에나 그것은 정치적 방향성을 잃어버린 단순한 현상의 체제가 되었다. 이러한 사정은 기이하게 한국에서의 민주화의 성공과 시기를 같이하게 되었다.

지난 수십 년간 문학에 있어서도 담론의 궁극적 지평은 사회적 전체성이었다. 문학도, 한국인의 삶을 전체적으로 지배하고 있는 힘, 근대화의 정책적 담당자로서의 독재적 정치 세력, 그것을 포함하면서 그것을 초월하는 것으로 생각된 민주화 또는 사회주의를 향하여 나아가는 역사적 변증법을 그 지평으로 하지 아니할 수 없었던 것이다. 전체적 담론의 주요한 한 흐름은, 여기에 한국의 현대사의 주요 경험인 제국주의 그리고 민족 분단의 경험을 흡수하여, 민족주의를 역사의 가장 큰 테두리로 말하였다. 그리고 이 모든 전체성의 담론에서, 발전적인 역사의 움직임을 구체적으로 나타내는 것은 노동 계급이고, 더 흔히는 민중이었다. 구체적인 삶의 표현으로서의 문학은 한국 사회의 어떤 면을 다루든지 간에, 궁극적으로는 민족, 민중, 노동자를 주인공으로 하는 역사 발전의 한 구성 요소가 된다는 사실로써 정당화되었다. 많은 문학 작품이 이 관점에서 쓰이고, 비평적 평가도 이 관점에서 행해졌다. 창작은 민중의 역사적 고통과 투쟁의 현실을 실감 나게 그리는 것이고, 비평은 이것이 얼마나 역사와 사회의 전체적인 구도에 맞아 들어가게 되었는가를 저울질하는 것이었다.(사실 진보적 민중주의 또는 민족주의의 입장이 아니더라도, 민족이라는 대전제로부터 문학의 구체적 현실과 결과를 재단하는 것은 가장 많이 보는 문학적 판단의 방법이다. 이것은 다른 이유를 떠나서도 두 가지 사실에 의하여 설명될 수 있을 것이다. 가장 쉬운 지적 조작 중의 하나는 논리적 포섭이며, 그것도 사회적 강제성을 가진 도덕적 명제로부터 출발하여 논리적 포섭 관계를 수립하는 것이, 사회적 우위와 발언의 권위를 확보하는 자연스러운 방법이라는 사실이 여기에 관계되어 있는 것이다.)

그러나 1990년대에 들어서면서 이미 말한 바와 같이, 이러한 전체성의 담론은 문학에 있어서도 현실적 설명을 잃은 것으로 여겨지게 되었다. 현실에 대한 전체적 설명이란 현실의 복합성을 적절하게 수용하고 있는 것이 아니라는 느낌이 갑자기 어느 때보다도 분명해진 것이다. 따라서 문학은 민중이나 민족의 바른 역사의 실현을 위한 투쟁을 그리고 기여하는 것이라고만 주장하는 것은 무리한 일이고, 새로운 문학적 소재와 수법을 찾는 것이 마땅하다고 느껴지게 되었다. 이것은 위에서 언급한 바와 같이, 사실상 현실 인식의 진위 문제라기보다는 정치와 사회 현실에 있어서의 에너지의 방향 변화와 소진의 문제이기도 하지만, 이것은 늘 존재해 왔던 의심 ─ 문학의 지나치게 일면적인 정치화가 문학적 체험의 진실에 어긋나는 것이 아닌가 하는 의심이 다시 표면화하게 하였다. 어떤 경우에나, 그것이 정치 현실이든지, 문학 현실이든지, 현실을 완전히 설명할 수 있는 이론이 있기 어려운 것이지만, 시대의 움직임은 이 어려움을 새삼스럽게 깨닫게 한 것이다. 그렇다고 하여 그러한 각성이 틀렸다는 것은 아니다. 역사와 힘과 진리의 관계는 어느 쪽으로도 일방적으로 생각될 수 없는 것이다.

문학이 정치와 역사의 발전 ─ 그것도 어떤 특정한 방향에서 단순화된 발전을 그리지 않는다면 무엇을 소재로 할 것인가. 필요한 것은 역사와 사회에 대한 추상적인 공식으로부터 삶의 구체적인 현실로 돌아가는 일이다. 이 현실은 사회와 집단에 대하여 개인을 강조하는 일이고, 개인의 관점에서 현실은 체험적 현실이다. 역사의 큰 이야기가 없는 마당에, 이야기는 개인들의 작은 이야기로 돌아갈 수밖에 없다. 또는 작가의 고안력을 통하여 가공의 이야기로서 그러한 이야기를 만들어 낼 수도 있다. 이러한 생각들은 오늘의 우리 문학에서 널리 보이는 것이고, 또 세계적으로도 ─ 특히 허구적 구성을 중시하는 포스트모더니즘의 경향에서도 볼 수 있는 것이다. 그러나 개인의 체험은 개인의 것인가. 또 개인적 고안으로 만들어 내는 설화와 신화, 허구는 참으로 그 개인의 것인가. 경제학자 케인즈는, 이론이 아니라 경험적 사실에 의존해야 한다는 경제학자들이 있지만, 그것은 옛 이론을, 그러니까 통념과 현상의 일부가 된 이론을 빌려 쓴다는 말이라고 한 적이 있다. 이것은 사람의 경험적 사실의 인식에도 적용될 수 있는 것이다. 사회 전체에 대한 이론을 넘어서 개인적 진실과 상상력을 향한다는 것이 쉽게 가능한 것은 아니다. 문학이 사회의 전체적인 움직임을 그린다고 할 때, 그것은 그렇게 하여야 한다는 당위라기보다는 삶의 현실이라는 것을 말한 것이라 할 수 있다. 다만 부리기를 좋아하고 호령하기를 좋아하는 관습이 그것을 존재에서 당위로 바꾸어 놓았을 뿐이다.

사람의 삶이 오늘날과 같이 사회적인 관계 속에서 운영될 수밖에 없는 상황에서, 또 본래부터 사람이 어떤 범위의 것이든지 간에 사회와의 관계 속에서 또 역사의 조건 속에서 살지 아니할 수 없는 것이라고 할 때, 순전히 개인적인 삶과 그 체험이 많을 수는 없는 일이다. 오늘날 개인적인 이야기라는 것은 이미 존재하는 사회적 조건에 의하여 결정된 개인적 삶일 것이다. 이것은 가장 사회와 관계없는 듯한 삶의 구석 ── 가령, 감각에 있어서, 감정에 있어서, 또는 남녀 간의 사랑에 있어서도 그러하다. 다만 이 사회적 조건은 현상의 일부이기 때문에 의식 속에서 문제적인 것으로 파악되지 아니할 뿐이다. 오늘날의 개인적인 이야기는 오늘의 단계에 있어서 한국 자본주의 사회에서 일어나는 개인적인 이야기이다. 오늘의 시나 소설이 개인적인 감각과 감정과 모험을 중시한다면, 그것은 이미 소비주의 사회 속에 팽배한 감각과 감정이고 인생 모험이다. 뿐만 아니라 격렬하고 새로운 감각이나 감정이 요구되고 기발한 고안의 이야기, 성과 행동의 모험담이 요구된다는 것 자체가 소비주의 상품의 논리의 부대 현상이라고 할 수 있다.

2. 사회 조건과 삶의 조건

다른 한편으로 사람의 삶이 사회적으로 규정된다고 하더라도, 이 사회적 규정 그 자체에 대한 관심이 문학적으로 성공적 열매를 맺을 가능성이 크지 않은 것도 사실이다. 더구나 창작 작품이 어떤, 이미 알고 있는 이론적 비판과 해석을 증명해 보이는 것이라면, 창작은 근본적으로 무용한 암송 행위이고, 기껏해야 교과서에 대해서 해설서가 갖는 것과 같은 이차적인 의미밖에 갖지 못하는 것이 될 것이다. 사회적 조건은 사람들에게 그 자체로보다 구체적인 삶의 조건으로서 문제가 된다. 또는 문제가 되는 것은 그러한 조건이라기보다는 그 조건을 받아들인 다음, 그 조건하에서의 생존 전략이다. 사회적 조건은 삶을 구성하고 있는 사람과 물건을 통하여 사람의 삶에 개입하게 된다. 사회적 조건은 삶과 물건의 모양과 의미가 바뀌게 하고, 사람과 물건에 대한 감각과 감정이 바뀌게 하고, 감각과 감정의 변화는 세상에 대한 삶의 태도를 바뀌게 한다. 이러한 변화의 총계로서의 사회를 인지하는 것은 용이한 일일 수 없다. 더구나 이 모든 것을 삶의 전제 조건으로 생각하고 거기에서 어떠한 삶을 살 수 있을까를 생각한다면, 어떤 사회 형태에 대하여 전면적인 긍정이나 부정의 판단을 내리기는 쉬운 일일 수 없다.

한계 상황을 상정할 수 없는 것은 아니지만, 그 나름의 삶을 살아가는 방법은 대부분의 상황에서 있게 마련이다. 그리고 사회 속에서의 위치에 따라서, 또 사람과 상황에 따라서, 다른 삶의 전략과, 다른 자기실현의 가능성이 생겨난다. 이러한 차이들은 사회적 조건과 삶의 구체성 사이에 간격을 만들어 낸다. 진부한 말로 부자라고 다 행복한 것이 아니란 말이 있지만, 이것은 이러한 생존의 구체적 모습의 불확실성을 말한 것이다.(또 가난이 늘 같은 의미를 갖는 것도 아니다. 그것은 비참의 원인이 되지만, 정신적 고귀성의 전제가 되는 경우도 없지 않다.) 이것은 물건의 경우에도 마찬가지다. 한때 미개한 사람들의 조잡한 물건으로 생각되던 것이, 다른 상황에서는 사람의 근원적 예술 감각을 표현한 것으로 변형되는 경우는 얼마든지 있다.(물론 그 반대의 경우도 마찬가지다.) 유연성과 예측 불가능성은 삶의 예술적 재현의 경우에 더욱 커진다. 위대한 예술 작품의 많은 예는, 직접적으로는 행복하거나 도덕적이거나 정의로운 사회 조건을 보여 주는 것도 아니고 그것에 이르지 못하는 사회를 비판하는 것도 아니다. 그것들은 나쁜 조건하에서도 이루어 내는 고귀함의 이야기들을 보여 준다.

이러한 불확실성에도 불구하고, 전체로서의 사회가 존재하지 않는 것은 아닐 것이다. 다만 그것은 위에서 말한 바와 같이, 삶의 구체적인 조건으로 존재하고, 이 조건에 대한 삶의 가능성으로 존재한다. 인간은 어떠한 조건에서도 주체적인 존재로 산다. 나쁜 삶의 조건도 나쁜 삶의 가능성일망정, 삶의 가능성이 된다. 이 삶의 가능성에 대한 인간의 유연하기 짝이 없는 반응을 생각해 볼 때, 어쩌면 삶의 조건으로서의 사회는, 현실의 삶이든 예술 작품에 묘사된 삶이든, 최후의 시점에서 완결된 구체적인 결과로서만 말해질 수 있을 것이다. 그러나 이 완결은 사회 전체의 관점에서는 존재할 수 없는 것이다. 이 구체적인 전체성은 늘 새로이 접근될 뿐이다.

3. 삶의 자기 초월

역사의 큰 설화가 소멸했다 하여, 사람의 삶이 갑작스럽게 사회와 역사와는 별개의 것으로 존재하게 된 것은 아니라고 할 것이나, 이 관계를 위에서 언급한 바와 같이, 복잡한 관계 속에 있는 것으로 파악할 필요는 있다. 이러한 관계를 문제 삼는다고 하더라도, 일단은 그것이 감각과 경험의 주체 — 예술의 향수자이기도 하고, 창조자이기도 하며 등장인물이기도 한 주체의 통로를 통하여 자연스럽게 경험되는 것이라는 사실에 주목할 필요가 있다. 그것이 삶이 구체화하는 장이기 때문이다. 이러한 의미에서 민주적, 진보적 역사관의 기반이 약화되면서, 문학이 개인적인 영역에 눈을 돌린 것은 정당한 일이라고 할 수 있다. 그러나 이것은 위에서 말한 것처럼 개인적인 이야기가 전부라는 뜻에서가 아니라 사회적인 조건을 포함한 삶의 조건을 사는 것이 개인이라는 의미에서이다.

이 개인이라는 것은 어느 경우에나, 특정한 개인이면서 동시에 그 개인을 넘어서는 보편적 인간이다. 모든 개인은 주어진 조건하에서의 삶을 그 주체적 선택과 구성을 통해서 예시한다. 이것이 그 개인의 감각과 행동과 삶이 어떤 특정한 경우가 아니라 보편적 의미를 가지게 하는 것이다. 그러나 이러한 예시는 일정한 사회적 조건하에서 납득할 만한 유형을 나타낼 수 있다. 마르크스주의 소설 비평에서 전형성이라고 부르는 것도 이러한 것을 지적한 것이다. 그러나 이러한 전형성은 흔히 미리 이데올로기적으로 정의된 인간 상투형에 맞는가의 여부를 재단하는 개념으로 전락한다. 이것은 개인의 삶을, 주어진 조건하에서 주체적으로 구성된 것으로서가 아니라, 그 조건에 의하여 직접적으로 결정된 것으로 보는 연역적 마르크스주의의 한 결과이다. 개인의 주체적 삶의 자유는 외부적 제약 조건에도 불구하고 그 자체로서 전면에 두드러지는 경우가 있다. 소설에서 독자를 감동시키는 인물은, 아무리 범상하거나 또는 사악한 인물이라도, 어느 순간 또는 어딘가에 고귀함을 드러내 주는 인물이다. 이것은 사람의 주체적 의지 속에 숨어 있는 고귀성을 말해 준다.

이것이 철저하게 인간의 주체적 생존으로부터 나오는 것이라는 것은 두 가지의 모범적 인물에 대한 우리의 반응에서 볼 수 있다. 낮은 차원에서 제한된 범위의 전범적 인간이나 도덕적인 의미에서의 모범적 인간은 사회에서 제공되는 모형 학습의 결과일 수 있다. 그러나 인간의 모범성은 단순한 학습이 아니라 내면적 과정을 거쳐서 성숙함으로써 더 높은 차원의 것이 된다. 가장 높은 고귀의 순간은 밖으로부터 학습된 것이 아니라, 자기 자신의 내면에서 나오는 힘이 행동과 상황에 일치하는 자기실현의 순간이다. 이것은 사실 학습의 모형을 넘어갈 뿐만 아니라 자신의 의식의 통제도 벗어나는 것일 수 있다. 그것은 자기를 넘어서는 어떤 것이다. 그러나 이러한 자기 초월의 보편성에 이르는 주체적 삶의 가능성은 가장 낮은 차원의 개인적 의지에 이미 잠재적으로 내재해 있는 것이다. 단순히 산다는 것 자체가 높은 주체적 삶의 가능성을 포함한다. 예술적 표현의 충동은 특히 자의적 의지의 측면을 가지고 있으면서도, 그것이 주어진 삶의 직접성을 초월한 의지라는 점에서, 이미 보다 큰 주체적 가능성을 지닌 것이다. 궁극적으로는 예술 작품의 위대성은 이 주체성의 깊이에 병행한다. 이러한 면이 예술 작품에 보편적 소통의 힘을 준다.

4. 개체적 생명의 주체성

자의적인 개체의 활동도 보편적인 성격을 동시에 지닐 수 있다는 것을 우리는 보통의 삶에서나 고양된 삶에서 감지하지만, 어떻게 하여 그것이 가능한가를 설명하기는 극히 어려운 일이다. 개인이 자기의 삶을 자기 나름으로 산다는 것은 인간의 주체적 존재 방식의 가장 상식적인 차원에서의 표현이다. 주체성은 가장 소박한 의미의 삶에도 생존의 토대를 이룬다. 오늘의 사회에서 다른 사람을 대한다는 것은 이미 그를 평가하는 것이다. 우리는 평가를 통하여 사람을 본다. 그리하여 우리는 쉽게 사회적 평가 또는 나의 입장으로부터의 평가로 사람을 치부한다.

그러나 우리 앞에 있는 다른 사람이 그러한 평가와는 무관한 그 나름의 감각과 감정과 생각을 가지고 사는 사람이라는 것에 상도(想到)하고, 그의 삶의 본질적인 독자성을 문득 깨닫는 때가 있다. 디오게네스 앞에 섰던 알렉산더는 권력과 영광이라는 너무나 당연하게 생각되는 준거의 틀로 모든 사람을 평가할 수 없다는 것을 깨달았을 것이다. 디오게네스의 삶은 그러한 삶의 밖에 존재하였다. 여기서 독자성은 도덕적 독자성에서 오지만, 더 초보적인 의미, 생물학적인 관점에서도 삶은 어디까지나 자신의 것이다. 자족성 또는, 다른 생명체의 관점에서는, 타자성 — 이것은 생명의 기본적인 특성이다. 버마에서 경찰관으로 근무하던 경험을 쓴 조지 오웰의 에세이에, 사형수를 사형장으로 호송해 가는 장면이 있다. 그는 얼마 안 있어 죽을 사형수가 물 고인 웅덩이를 피해 걸어가는 것을 보고 놀랐던 일을 말하고 있다. 그는 그러한 동작의 부조리성에 놀라움을 느낀 것이다. 놀라움은 사형을 부과하는 사회적 결정에 의하여도 바꾸어 놓을 수 없는 인간의 습관적 감각의 독자성에 있다. 사형수는 사형이라는 무서운 사회적 결정에 관계없이 그 나름의 삶을 살고 있는 것이다. 뿐만 아니라 어떠한 사회적 결정도 사형수의 생명 작용 — 그전이나 다름없이 움직이고 있는 신체 내부의 각 기관의 작용에 영향을 줄 수는 없다. 그것은 사회적 의지에 관계없이 스스로의 일을 계속한다. 사회는 이 독자적이며 타자적인 생명에 내면으로부터 관여하지 못한다. 사회는 생명을 밖으로부터 파괴할 수 있을 뿐이다.

생명의 폐쇄적 자족성은 인간에게만 한정되는 특징이 아니다. 무생명의 물질은 과학적, 기술적 조작에 따라 우리의 쓸모를 위하여 우리 편의대로 전용될 수 있다. 그러나 식물이나 동물은 우리의 의지와는 관계없는 독자적인 삶을 가지고 있다. 공리적 목적으로만 저울질할 수 없는 풀과 나무에 대하여, 순치되지 않는 동물에 대하여 우리는 경이를 느낀다. 그리고 이러한 독자적인 삶의 위엄을 깨닫는다. 물론 사람은 다른 생명체를 자신을 위하여 전용한다. 그러나 그것은 언제나 그것이 가진 독자적인 생명의 요구를 충족시키는 또는 존중하는 것을 전제로 한다. 이것은 식물이나 동물, 사람에게 다 해당되는 일이다. 노예를 부리는 경우에도 그의 생물학적 요구를 완전히 무시하고 부릴 수는 없다. 사람의 자의적인 개입을 초월하는 독자성은, 독선적 인간 또 독재자에게는 한없는 답답함의 원인이 되고 폭력 구사의 대상이 된다.

사람의 내적 기능 가운데 외부에 통하고 외부에 의하여 조종될 수 있는 것이 없는 것은 아니다. 생각이 그러하고, 감정이 그러하고, 감각이 그러하다. 그러나 여기에서도 생각보다 감정, 감정보다는 감각이 불가항력적인 것으로서, 거기에 대한 나의 명령이나 소망의 영향이 점진적으로 약한 것이 될 수밖에 없다. 어떤 사람의 의견을 바꾸게 하는 것이 쉬운 것은 아니지만, 싫은 것을 좋은 것으로 느끼게 하고, 검은 것을 흰 것으로 보게 하는 것은 훨씬 어려운 일이다. 이것은 당연한 사실인데도 불구하고, 이것을 사회적으로 받아들이게 하는 것이 결코 용이한 것은 아니다. 조선조의 어떤 도덕적 명령은 감정의 불수의성을 인정하지 아니함으로써, 결국 위선을 조장하는 결과를 낳았다. 지금도 이것은 마찬가지다. 슬로건의 되풀이로써 진정한 의미의 도덕적 덕목을 길러 낼 수 있다는 생각은 그것이 불수의적인 감정과 내적 작용을 거쳐야 하는 것이라는 것을 무시한 것이다. 그러나 이러한 불수의적인 내면 작용의 바탕도 궁극적으로는 더 원초적인 생명 작용——심장을 뛰게 하고, 소화기를 움직이게 하는 것과 같은 우리 마음대로 할 수 없는 생명 작용에 있는 것일 것이다.

우리의 신체는 그 나름의 법칙성에 따라 움직이면서, 다른 어떤 것에의 봉사도 거부한다. 물질적, 신체적인 것과는 먼 듯한 자아의식의 독자성도 이 신체적인 사실부터 시작될 것이다. 아마 신체의 상태에 대한 막연한 느낌으로 우리의 의식에 나타나는, 생리학자들이 '체감(coenaesthesia)'이라고 부르는 감각은 사람으로 하여금 신체를 하나의 통일체로 인지케 하는 기초가 되고, 단일한 의식으로서의 자아를 성립케 하는 바탕이 될 것이다.

생리 현상에 개체성이나 그 주체적 자유의 기초를 두는 것은 모순된 일로 생각될 수 있다. 생리 작용은 사람이 자유로운 존재라기보다는 생리학적, 화학적, 그리고 물리적 법칙 세계에 예속되어 있다는 것을 말하기 때문이다. 우리는 우리 자신의 생명 작용의 핵심에 대해서 타자적인 관계에 있다. 또 이러한 생명 작용은 일반적 생명 법칙에 의하여 움직이는 일반적 생명 현상의 일부로서, 나에게 고유한 것이라고 할 수 없다. 이러한 관점에서 보면, 우리의 삶이란 주체적이기보다는 수동적인 것으로 보인다. 그러면서도 우리가 그것에 대하여 수동적일 수밖에 없는, 그러한 생명 작용이 우리 자신의 삶의 근본적인 동력인 것이다. 또 이 동력으로 움직이는 사람의 활동이 그 생존의 주체적인 표현이 되는 것이다.

생명의 한복판에 들어 있는 필연과 자유, 수동과 능동, 개체와 보편의 모순을 우리가 여기에서 다 설명할 수는 없다. 다만 이 자리에서, 우리가 확인하는 것은 엄격한 생물학의 법칙에 지배되는 나의 삶이 우연과 선택, 그리고 계통의 관점에서는 진화론적 도약을 포함하고, 나의 생명이 나의 고유한 생명이면서 일반적인 생명 현상의 일부이며 나의 개인적 삶은 생물학적 제한뿐만 아니라 사회적인 구속 속에 있으면서, 동시에 개인적 자유 속에 있다는 어려운 사실이다. 그리고 개인적 자유는 나의 주체성의 표현이면서 보다 보편적 주체성의 일부이거나 또는 그것에 의하여 뒷받침된다.

이 보편적 주체성은 간단한 의미에서의 자의적 의지의 표현에도 들어 있으면서, 더 활달한 모습으로 드러날 수도 있다. 그런 경우 보편적 구체성은 자유와 함께 필연에 의하여 특징지워진다. 보편적 구체성은 자유와 필연이 드러내는바 세속적인 모순을 초월하는 영역에 있다. 그러나 보편적 구체성이 더 소박한 단계에서의 생명의 주체적 표현과 다른 것은 아니다. 모든 것은 하나의 연속 선상에 있다. 생명은 생물학적 법칙의 지배하에 있으면서도 독자적인 추진력으로 생명을 지속한다. 자유란 우리의 욕망의 자유로운 추구를 말한다. 이 욕망은 여러 가지 생물학적 충동과 사회적 문화적 암시의 통합으로 생겨난다. 순수한 주체성의 활동은 자유의 영역에서의 활동이면서 그 나름의 필연성의 구현이다. 그것은 위대한 예술 작품이 순전한 창조이면서 그 나름의 필연적 법칙성을 구현하는 것과 같은 것이다.

5. 순수 주체성

헤겔은 『정신현상학』을 비롯한 여러 저작에서 행동과 사유의 주체로서의 개체가 어떻게 보편적인 것일 수 있는가를 설명한 바 있다. 제일 간단한 설명은 '나'라는 것은 외부 세계가 자기 자신의 규정성으로부터 추상화할 수 있는 자기 의식으로만 존재하고, '나'는 구체적으로는 '나'와 다른 세계를 상정하는 것을 불가피하게 하는 것이기 때문에, 고립된 특수자로서 존재할 수 없다는 것이다. 그리고 이 추상화, 또 그것을 통한 차별화의 철저함을 통하여 완전한 자아의식에 이른 '나'는 세계의 이성적 구조와 일치하고, 그러한 의미에서 그것은 세계 자체의 자기 인식과 같은 것이 된다는 것이다. 상식적인 생각에서도 자기라는 것의 인지에는 타자가 불가피하며, 거기에 어떤 종류의 사유 작용이 관계되는 한은, 이미 보편적인 것에의 움직임이 시작되어 있는 것이다. 높은 의식의 사유는 이것의 ─ 주체적 작용과 그 외부 세계와의 관련이 동시에 심화되어 가는 과정이다. 이 사유는 논리적 구성으로는 철학적 과학적 사고에 나타나지만, 높은 예술적 상상력의 움직임에도 나타난다. 그런데 이것은 누적적으로 쌓아 올라가는 과정이 아니라──특히 논리적 과정으로서 스스로의 객관화의 모습을 보여 주지 않는 예술적 상상력의 경우, 언제나 어느 작품에나 인간 의식의 배후에 숨어 있는 바탕의 노릇을 하는 것으로 생각된다.

헤겔은 개인 의식은 단계적인 진전을 통하여, 최종적으로 보편적 이성에 이르게 된다고 말한다. "그것은 단순하고 궁극적인 정신적 실체, …… (의식의) 종전의 형태가, 그곳으로 되돌아가 그 바탕을 발견하는, 현실적 실체이다. 이 형태들은 …… (실체가 존재하게 되는 데에 있어서의) 개별적 계기에 불과하여, ……그것에 의하여 떠받들어질 때에만 현존이고 현실이 되며, 그 안에 남아 있을 때에 한해서만 진리를 지닌다."[1] 헤겔은, 비록 예술을 철학에 못 미치는 정신 활동이라고 하면서도, 예술이 철학과는 다른 의미에서 보편성 영역에서의 인간의 순수한 주체성의 표현이라고 생각하였다. 이러한 순수한 주체성은 한편으로는 가장 높은 경지의 예술에서 그 원리가 되는 것이다. 그러나 그것은 위에서 언급한 바와 같이, 처음부터 예술적 지각과 창작의 숨은 바탕으로 모든 예술이 참여하는 어떤 것일 것이다. 그것 없이는 의식은 한 발자국도 따를 수 없을 것이기 때문이다.

개체적 자아가 개체의 원리이면서 타자와 세계를 상정하듯이, 주체성은 자족적인 원리이면서 자기 자신 속에 폐쇄되어 있는 것이 아니라, 결국 세계로 나아가며 외부 세계에 일치하는 원리이다. 음악의 현상학자 빅터 추커칸들은 음악이 주체성의 표현이라는 헤겔의 견해에 어느 정도 동의하면서 그것이 순수한 주체성의 세계에 한정됨을 부정하고, 그것이 객관적

---

1   Georg Wilhelm Friedrich Hegel, *Phänomenologie des Geistes* (Frankfurt am Main: Ullstein, 1970), p. 203.

세계 인식의 기능을 가진 것이라고 주장한다. 헤겔은 음악을 다음과 같이
설명했다.

> 소리에서 음악은 외면적 형상을 버린다. 음악적 표현에서 …… 대상이 없
> 는 영혼의 내적 생활만이 …… 적절한 것이다. 이것은 전적으로 비어 있는 자
> 아, 그 이상의 내용을 가지고 있지 않은 자아이다. ……음악의 근본적인 작업
> 은 따라서 형상적인 물질적 의미에서 객관성이 아니라, 영혼의 가장 내밀한
> 자아가 그 주관적인 삶과 이상성의 관점에서, 본질적으로 움직이게 되는 모
> 양과 그 변용에 음향적인 반영을 부여하는 것이다. ……소리들은 영혼의 깊
> 은 곳에서 울릴 뿐인데, 이것은 이상적 실체로서 포착되고 감정으로 충만한
> 것이 된다. ……음악이 포착하려 하는 것은 이러한 영역, 영혼의 삶의 내밀성,
> 그것이 자체의 현실성을 추상적으로 소유하는 작용이다.[2]

음악이 아무 객관적인 것도 표현하지 않는다는 것은 일단은 헤겔의 말
대로이다.(헤겔의 말은 베토벤의 음악이 절정에 있던 시기의 말이었다.) 음악은
"순수한 주체성(또는 주관성)으로, 손으로 지시하고 이름을 부를 수 있는 어
떤 것, 어떤 대상물"을 표현하지 아니한다. 그러나 다른 한편으로 이 "아
무것도 아닌 것"은 "모든 것"이다. 왜냐하면, 모든 대상물의 대상적 존재
는 그것을 전제하기 때문이다. 그러면서도 그것은 "순수한 내면성"으로서
"모든 표현의 근원이고 기초이면서 …… 엄밀히 말하여 언표될 수 없는 어
떤 것이다."[3]

그러나 추커칸들의 생각으로는, 음악의 현실에서, 가령, 가사가 있는 음

---

2   Victor Zuckerkandl, *Man and the Musician*(Princeton University Press, 1973), p. 52에서 재인용.
3   Ibid., p. 53.

악의 경우, 이 내면성은 두 가지 관점에서 보충되어 이해해야 한다. 음악의 소리는 가사와 별개의 것이 아니라 가사의 의미를 더 깊게 한다. 그것은 말을 따라 말이 지시하는 대상물로 나아간다. 그리고 "말과는 달리 대상물에서 멈추는 것이 아니라, 객관적 존재의 차원을 꿰뚫어 들어감으로써, 말이 지시하는 것이 단순한 대상이 아니게 하고, 대상적 존재 속에 얼어붙어 있지 못하게 한다."[4] 소리의 비객관성이라는 것은 대상과 반대편에 있는 순수한 내면성이거나 주관성(주체성)이 아니라, "대상들의 뒤에 있는 비대상성(또는 사물의 뒤에 있는 비사물성)"이다. 그러나 비대상성이란, 달리 말하면, 헤겔의 주체성 또는 주관성과 같은 것이다. 다만 이 주체성은 인간 의식의 내부에 있는 것이 아니라 세계에 존재하는 것이다. 소리가 드러내 주는 차원은 "자아의 내면의 삶이 아니라, 세계의 내면적 삶, 사물의 내면적 삶"이다. 노래하는 사람은 세계의 내면의 삶에 참여한다. 그는 노래를 통해서 "세계의 사물들이 그의 내면의 언어를 말한다는 것, 그가 사물의 내면의 언어를 말한다는 것을 알게 된다."[5]라고 생각했다.

　이렇게, 추커칸들의 생각으로는, 음악은 단순히 내면의 영역에 속하는 것이 아니라, 객관적 사물의 세계에 속하는 것이다. 그는 헤겔의 지나치게 관념론적으로 보이는 음악론을 좀 더 음악 경험의 현실적 관점에서 새로 설명하려 한다. 그러나 그의 느낌이 헤겔의 철학적이고, 신비적인 설명에 대한 유보에서 나오는 것이라고 한다면, 그는 또 하나의 보다 어려운 철학적, 신비적 설명을 하고 있는 것으로 보인다.(사실은 위에 인용된 헤겔의 설명은 충분히 납득할 수 있는 음악 체험의 현상학적 기술이라고 할 수 있다. 그리고 헤겔이 말하고 있는 것은 그의 철학의 전체적인 입장에서 볼 때, 주체성과 객관 세계의

4　Ibid., p. 55.

5　Ibid., p. 56.

분리가 아니라 그것의 일체성이다.) 그렇기는 하나, 추커칸들의 장점은 헤겔이 상정하는 의식의 형성적 과정을 상정하지 않고도 음악이 내면과 외면이 공존하는 세계의 현실에 관계되어 있다고 말하는 것이다. 그리고 이것은 그 근거가 어떤 것이든지 간에, 우리가 느끼는 예술의 느낌에 가까운 것일 것이다. 삶의 내적 의미 ─ 사람의 내면에 열려 있으면서도, 그 독자성을 유보하는 듯한 사물의 내적 의미에 민감했던 릴케는 지구 자체가 사람의 내면 속에 들어와 서기를 원한다고 한 일이 있지만, 이러한 것은 음악이나 시가 아니라 물건을 접하는 우리의 일상적 삶 ─ 특히 장인적 수련에 응해 오는 사물의 존재에서 느끼는 것이기도 하다.

재작년에 노벨상을 받은 아일랜드의 시인 셰이머스 히니는 석탄을 능숙한 솜씨로 쪼개는 일에 시 쓰기를 비교하여 다음과 같이 썼다.

> 망치와 석탄의 결을 알맞은 각도로 맞추면,
> 아무리 큰 덩어리도 그리 쉽게 깨지는 것을.
>
> 그 편하고 구슬리는 때림의 소리,
> 그 속아 넘어가고 잊혀지는 메아리가,
> 치는 법, 풀어지는 법을 나에게 가르치고,
>
> 나로 하여금 망치와 덩어리 사이에서 현실의 음악을
> 똑바로 보는 것을 가르쳤다. 이제 배울 것은
> 귀 기울이고, 검은 줄 뒤의 보고(寶庫)를 쳐내는 일.
>
> ─「정리(Clearances)」

돌을 깨는 일도 사물의 자연스러운 결에 따른다면, 저절로 되는 일인 듯

이루어진다. 그것은 의지를 편하게 하고, 부드럽게 사물 자체의 본성을 구슬러 내는 일이며, 사물로 하여금 그 유혹에 속아 메아리를 — 괴로움이 없을 수는 없으면서 괴로움조차 소멸되는 메아리를 울리게 하는 일이다. 시를 쓰는 일은 이와 비슷하게, 무어라 설명할 수 없이 꼭 맞는 소리라고 느껴지는 말의 지시에 따라 시의 보고를 찾아내는 일이다. 히니가 말하는 석탄 쪼개는 작업이나 시 쓰는 일은 『장자(莊子)』에 나오는 이야기 — 소를 얼마를 잡아도, 소의 자연스러운 구조에 따라 칼을 쓰기 때문에 칼을 무디게 하는 일이 없는 푸주의 일과 비슷하다.

그러나 이러한 주관과 객관이 일치되는 상태는, 히니의 예가 말하고 있듯이, 우리가 의식하고 체험하지 아니할 뿐이지, 일상적인 일에서도 발견되는 것이다. 그러한 일치는 예술적 창조에서 보다 핵심적이고 지속적인 창조의 바탕이 된다. 다시 말하여, 예술에 있어서나 또는 잘 이루어진 일에 있어서나, 시작은 우리의 주체적 활동이다. 그러나 그것은 대상과 일치함으로써 하나의 일이나 작품으로 완성되는 것이다.

6. 주체성의 리듬과 형식

문학이 개체적인 삶을 떠나서 있을 수도 없고, 이 삶이 사회 속에 있는 한 사회적 삶을 떠나서도 있을 수 없다. 다만 이 관계는 예술에 있어서나 삶에 있어서의, 주체의 복합적 존재 방식을 고려함으로써 바르게 이해될 수 있다. 문학이 전적으로 역사와 사회에 의하여 결정되고 그에 봉사하여야 한다는 것은 예술 경험의 현실 그리고 우리가 살고 있는 일상적 삶의 현실에 의하여 정당화되기 어려운 것이다. 그러나 다른 한편으로 문학이 전적으로 개인적인 이야기인 것은 아니다. 위에서도 비친 바 있지만, 이러한 개인적 이야기들은 사실 따지고 보면 개인적인 것이라기보다 시장 경제의 소비주의에 의하여 주어지는 것이다. 개인의 참으로 개인적인 것은 무엇인가? 그것은 모든 사람에게 주어진 것이면서, 참다운 주체성으로만 얻어지는 것이다. 개인의 핵심이, 위에서 상정한 것처럼, 주체성 — 모든 외적인 것에 대하여 주인으로 있을 수 있는 힘 — 이라고 한다면, 그것은 감각도 감정도 정형화될 수 있는 행동도 아니다. 그것은 그러한 것으로 느껴지고 파악되는 순간, 느끼고 파악하는 주체의 외면에 있게 된다. 물론 감각이나 감정을 유독 사람의 내면에 속하는 것으로 생각하는 것이 전적으로 틀린 것은 아니다. 그러나 그것은 주체의 특성이 아니라 주체의 사라짐을 알리는 자취에 불과하다. 그리고 이 주체는 위에서 본 것처럼 개인적인 것이라기보다는 사물과 세계의 내면적 삶의 원리이다. 이것은 문학 또는 예술의 큰 효과인 감동에서도 알 수 있다. 감동이 어떤 감정적 상태를 말하는 것임은 틀림없다. 그것이 반드시 독자나 향수자 자신의 감정인 것은 아니다.

또 감정과 감동에는 객관적으로 논의할 수 있는 질적인 차이가 있다. 이것은 많은 사람이 직감하는 것이다. 가장 쉽게는 우리는 어떠한 감정은 억지스럽다고 느낀다. 여기에 대하여 다른 어떤 감정은 자연스러운 것으로 받아들여질 수 있는 것이다. 이 자연스럽다는 것은 모든 사람에게 그렇게 느껴지는 것이 아니겠으나, 그런대로 감정의 질을 구분해 내는 하나의 기준이 될 수 있다. 감정이 자연스러운 것이라고 느껴지기 위해서는, 그것은 대상이나 상황에 대응하는 것이라야 한다. 그리고 또 이 대상이나 상황은 있을 수 있는 극적 전개에 의하여 의미를 부여받은 것이라야 한다. 그리고 이 전개는 충분히 설명되고 그럴싸한 논리를 가진 것으로 느껴져야 한다. 이 극적 전개는 서사 문학에서는 자명하지만, 서정적인 표현에 있어서도 찾을 수 있는 것이다. 다만 그것은 더 분명하지 않은 그러면서 복잡한 요소로 이루어진다. 시를 상징적 행동이라고 하는 경우 이러한 구성물에 들어 있는 잠재적 극적 전개를 말하는 것이다.(물론, 작품의 관련된 감정, 대상, 상황, 또 그의 전개는 예술가나 그 향수자의 문화에 의하여 여러 가지로 달리 해석될 수도 있는 것이기 때문에, 이러한 것들에 반드시 보편적인 판단을 적용할 수는 없을 것이다.)

달리 말하면, 여기에서 우리가 말하고 있는 것은, 이것을 예술 작품에 한정하여 볼 때, 작품의 구성이다. 작품의 구성이 잘 짜여져야 한다는 것은 상식적인 이야기이면서 다시 확인될 필요가 있는 이야기이다. 그러나 그것은 단순한 짜임새를 말하는 것이 아니다. 짜임새는 일단 주관적인 조작의 결과이다. 그러나 그것은 동시에 객관적인 사실들의 필연적인 연관의 모습을 지녀야 한다. 그것은 궁극적으로 인간의 주체적 의지의 세계 내에서의 궤적이다. 짜임새 또는 형식은 주체성이 드러나는 방식이면서 세계 자체의 주관적 존재 방식이다.

이것이 본격적으로 드러나는 것은 심각한 예술 작품에서이다. 심각한 예술 작품이란 일단 관계된 감정이 크고, 관여되는 객관적 세계의 범위가 큰 작품이라고 할 수 있다. 그러나 잘 따지고 보면, 여기의 감정은 공연스러운 감정이라기보다는 주체의 활동에 따르는 어떤 정조이다. 커다란 감정으로 쉽게 생각할 수 있는 것은 비극이 유발한다고 하는 공포와 연민이다. 이것이 행동의 전개에 따르는 것이라는 사실은 아리스토텔레스의 『시학』에서 이미 이야기되어 있는 것이다. 물론 이 행동에 따르는 감정은 그것의 특별한 조건과 형태에 인한 것이다. 이것은 조금 살펴볼 필요가 있다.

비극에서의 커다란 감정은 거기에 벌어지는 행동의 결과가 비참한 것이기 때문이기도 하고, 그 행동이 높은 신분의 인물의 행동이며, 그로 인하여 행동의 결과가 커다란 사회적 영향을 끼치지 아니할 수 없는 것이기 때문이기도 하다. 그러나 비극이 불러일으키는 큰 감정은 비극의 행동이 형이상학적 차원을 가지고 있다는 사실에 관계된다. 헤겔은 비극의 근본 동력을 두 윤리 규범의 갈등에 있다고 생각하였다. 소포클레스의『안티고네』를 모델로 한 이러한 해석이 맞든지 안 맞든지 간에 비극이 단순히 개인의 운명의 기복이 아니라, 거기에 관련되어 있는 윤리적 투쟁을 주제로 하는 것은 분명하다. 비극이 유발하는 감정도 비극의 주인공의 단순한 인간적 고통으로 인한 것이 아니라, 그가 중요한 윤리 규범을 담당하면서 파멸에 이르게 되는 사정으로 인한 것이다. 이 윤리는 개인의 것이면서, 그를 초월하는 큰 종교적, 도덕적 또는 공동체적 의미를 갖는 것이다. 주인공들은 이러한 윤리의 갈등을 담당할 만큼 비범한 인물이다. 그들은 이러한 원리의 실천을 위하여 파멸에 이를 것을 두려워하지 않는 강인한 의지의 인간들인 것이다. 그러나 그것은 그들이 이러한 원리에 외면적으로 순응하는 때문이 아니라, 그것을 자신의 생존의 원리로서 완전히 내면화한 때문이다. 그들의 행동은 어떤 윤리적 또는 도덕적 원리를 보여 주려는 것이라기보다 단순한 자기주장의 성격을 띤다. 그리하여 그것은 인간의 한계를 넘어가는 오만, '휴브리스(hubris)'에 떨어지는 일이거나, 아니면 적어도, 어떤 이론가들이 말하는 '비극적 결함'의 결과로 보인다. 다른 한편으로 주인공을 비극적 행동으로 몰아가는 오만은 자신의 의지에서 오는 것이라기보다는 자신들도 어찌할 수 없는, 신(神)들이 내리는 정열이며 고통 또는 수난이다. 이 모순된 일치, 정열과 수난의 결합이 비극의 핵심에 있는 '파토스'의 의미이다. 다시 말해서 비극적 행동은 적극적 의지의 표현이면서, 보다 높은 소명에의 수동적인 순응인 것이다.

여기에서 볼 수 있는 것은 인간의 주체성의 모순된 움직임이며, 그것의 형식이다. 비극은 과장된 인간의 의지 ──주체성의 확대에서 시작한다. 그리하여 그것은 불가피하게 좌절에 부딪히게 되지만, 이 좌절 속에서 스스로를 확인한다. 좌절을 통해서 주체성은 초개인적인 근거로 돌아가고, 근거를 통해서 보다 넓은 주체성의 실현에 이르게 된다. 이러한 관점에서 비극의 참 의미는 어떤 종류의 사건의 경과를 보여 주는 것이 아니라, 행동의 리듬을 드러내는 데에 있다고 한 프란시스 퍼거슨의 견해는 수긍이 가는 견해이다. '비극적 행동의 리듬'은 '목적·수난(정열)·깨달음'으로 이루어진다. 여기에서 주목할 것은 비극이 비극적 상황에서 출발하는 것이 아니라, 비록 그것에 의하여 촉발되었다고 하더라도, 어떤 목적에서 출발하며, 정열과 고통을 구분할 수 없는 단계를 지나, 새로운 자기 인식으로 끝난다는 것이다. 이런 의미에서 퍼거슨이 비극의 핵심이 되는 행동을 정의하여, 그것을 "이야기를 이루는 사건들이 아니라 사건들이, 일정한 상황에서 결과해 나오게 되는 내면적 삶의 초점 또는 목적이다."[6]라고 말한 것은 정당하다. 비극의 원형으로서 소포클레스의 오이디푸스 왕의 이야기의 단초에는 공동체의 고통이 있고, 그것보다 더 근원적인 것으로는 오이디푸스의 죄가 있지만, 이야기를 그 비극적 종말을 향하여 밀어 가는 것은 오이디푸스의 진리를 캐어내려는 결심이다. 이것은 한편으로 그의 파멸과 공동체적 비극을 가져오는 것이면서, 궁극적으로는 공동체의 구원을 가져오고, 합리성의 관점에서의 진리를 넘어가는 신들의 질서를 확인하는 역할을 수행한다. 다시 말하여 이 모든 것을 지탱하는 것은 오이디푸스의 정열, 곧 수난이다.

오이디푸스 왕은 특히 불행한 인간이다. 그러나 그가 겪는 수난의 과정은 그에 한정되는 것이 아니라 인간의 보편적 삶의 방식을 표현한다. 처음에 주어진 상황이 있다. 그러나 그것이 진정한 상황이 되는 것은 이 상황을 책임지는 결의를 통해서다. 그것을 통하여 확인되는 것은 당초의 모습대로는 아니면서 새로운 차원에서 드러나는 개인의 진실과 윤리적 공동체이다. 오이디푸스의 비참함이 모든 삶의 결의에 따르는 업과라고 할 수는 없

---

6   Francis Fergusson, *The Idea of a Theater*(New York: Doubleday Anchor, 1953), p. 48.

지만, 인간의 주체적 의지와 주어진 상황과의 단호한 대면이 정도를 달리하여 의지의 정열적 고양, 객관적 세계에의 도약이 초래하는 고통을 가져온다는 사실 ── 이것은 비극의 비참성에 대응한다. 그러면서 그것의 최종적인 보상은 좌절이고 순응이면서 자기 확인인 절대적인 정의의 인지이다. 비극은 이러한 행동의 리듬을 극단적으로 예각화한다. 그럼으로 하여, 퍼거슨이 지적하듯이, 고대 희랍에 있어서 비극은 공동체적 제전이며 의식이었다. 그것은 사람이 영웅적으로 살며, 공동체가 그 정의의 기초를 확인하는 데에 필요한 전범을 예시하는 것이었다.

여기에서 우리의 목적을 위해 비극이 보여 주는 것은 인간 주체성의 존재 방식이다. 주체성은 일정한 형식적 특징을 가지고 있다. 그러면서도 그것은 정해진 형식보다도 행동의 리듬의 어떤 형상을 가지고 있다. 다시 말해서 그것은 대체적인 모양을 가졌다고 말할 수 있지만, 분명한 합리적 논리로 설명될 수 있는 것은 아니다. 이러한 행동적 리듬이 생기는 것은 한편으로 주체성의 움직임이 주어진 상황을 통과해야 하기 때문이다. 이 부딪힘이 파동을 만들어 낸다. 다른 한편으로는 주체성은 인간의 내면에서(그것은 당초에도 내면의 깊은 곳에서 솟구쳐 나오는 원초적 정열이라는 면을 가지고 있지만) 세계에 부딪치고, 그 내면에 통합되면서, 세계 자체의 주체성으로 확대된다.

그러나 이 주체성은 그것만의 독자적이고 순수한 표현의 형식이 있는 것으로 상정해 볼 수도 있다. 순수 주체성의 표현으로서의 음악은, 그것이 주체성의 표현인 만큼, 객관적 형태로는 포착할 수 없을 듯하면서도 그 나름의 형식을 가지고 있다. 그리고 이 형식은, 법칙적 예견을 불허하면서도, 그 나름의 필연성을 가지고 있다. 음악의 체험은 최초의 테마로부터 마지막 코다에 이르기까지 자유로우면서도 내면적 필연성에 의하여 움직여 가는 소리의 체험이다.(현대 음악에서 이것은 크게 달라졌다고 할 수 있지만, 이것은 예외적인 경우로 달리 분석을 요한다.) 어쩌면 수학의 무한한 창조성 ─ 상상력의 자유로운 전개이면서 필연적 법칙성을 따르는 수학의 창조성도 이러한 주체성의 활동을 형상으로서 보여 주는 것이라고 할 수 있다.

그러나 이러한 주체성의 자발적 움직임은 위대한 예술적 표현 또는 수학적 또는 논리적 구조 속에서만 드러나는 것은 아니다. 가장 깊은 의미에서 그것은, 방금 말한 바와 같이, 주체성의 창조적 전개 또는 그에 대응하는 세계 자체의 내면적 삶으로 경험되지만, 일상적인 삶에서도 더러 사물이나 인간 상호 작용 속에 비치는 작은 섬광으로 경험된다. 삶의 오관이 세계에 대하여 열려 있다는 것이 그것을 전제하며, 세계와의 접촉에서 일어나는 기쁨이 주체적 매개 작용의 증표이다. 이 기쁨은 무의식적인 것일 수도 있지만, 그것을 하나의 독자적 순간으로 인지하는 반성적 성격을 가질 수도 있다. 구태여 인간과 세계의 해후에서 주체적 요소를 찾자면, 그것은 이 반성적 인지 작용이 분명하게 포착된다. 이것은 정태적인 측면에서 볼 때, 여러 가지의 형식감의 밑에 작용하고 있는 것이다. 이 형식 감각은, 거대한 구조물에 표현된 것이 아니더라도, 일상적 차원에서 인지하는 논리학이나 수학적인 법칙성, 감각과 거의 구분될 수 없는 작은 발견의 지적인 기쁨, 문장의 균형감, 어떤 비유적 심상의 적절성에 대한 느낌에도 들어 있는 것이다. 그러나 깊이와 감동의 관점에서, 이러한 형식적 감각들은 주체성의 활동의 일부로서 파악될 때 참으로 의미 있는 것이 된다. 이 주체성은 마음의 작은 움직임으로 감지될 수도 있고, 커다란 행동의 리듬으로 우리의 내면을 휩쓸어 갈 수도 있다. 예술 작품은 이러한 움직임을 인지할 수 있는 형식으로 재현한다.

물론 형식이 중요하다고 하여도 거기에 내용이 없을 수가 없다. 이 내용이 사물과 인간과 세계의 실질이다. 다만 그것은 형식으로 나타나는 주체적 움직임에 대응하는 것으로만 예술적 경험 속에 수용된다. 다시 말하건대, 이 형식 자체도 사실은 주체와 일치하는 것은 아니다. 주체는 그 정의 상 외적인 형태를 초월하는 자유로운 움직임이다. 이에 대하여 형식은, 고정된 공식이 아니라고 하더라도, 시대와 개성의 형성적 영향을 흡수하여 가지고 있다. 베토벤의 음악은 순수한 주체성의 표현이면서, 그 형식적 표현 과정에서, 이미 시대적 양식과 개인적 스타일의 외면적 특징을 가지고 있다. 순수한 주체성은 이러한 양식으로도 포착될 수 있는 것은 아니다. 그러나 예술의 관점에서, 이러한 개별화된 양식은 매우 중요한 즐김의 원천이 된다. 그러나 그 경우에도 향수자는 그것이 완전히 고정된 매너리즘이 되는 것을 원하지 아니한다. 즐김은 양식과 순수한 주체성의 자유의 중간에서 일어난다. 양식은 주체성의 놀이로서만 즐거운 것이 된다. 예술은 그러한 만큼은 비순수하다.

7. 비평적 후기

위의 관찰들은 개인적 생존과 감각이라는 관점에서 삶과 예술의 존재 방식에 대해 언급한 것이다. 이러한 관찰을 시도한 것은 오늘의 문학과 비평의 핵심적인 문제를 생각하는 데에 필요한 것으로 느껴지기 때문이다. 문학이 역사의 커다란 흐름 또는 인간의 사회적 생존에 어떻게 관계되느냐 하는 것은 어느 시기에나 문학의 중요한 관심사의 하나이지만, 여기에 대한 적극적 답변이 어느 때보다도 최근 몇십 년간의 문학 사고와 담론의 지평을 규정하였다. 그러다가 근자에 이러한 담론의 후퇴는 새로운 위기 또는 전기를 가져왔다. 그리하여 문학은 역사와 사회적 영역에서 개인적 이야기의 영역으로 물러가거나, 어떤 경우는 감각과 감정과 행동의 과장을 그 내용물로 하는 오락물이 되었다.

우리의 담론의 전제가 무엇이든, 사람이 개인으로 살고 사회적으로 사는 것은 현대적 삶의 변함이 없는 사실이다. 그리고 문학은 아무래도 이러한 삶의 전체적인 모습의 재현에 관심을 가지지 아니할 수 없다. 다만 인간 생존의 두 차원의 관계는 보다 깊이 있게 이해될 필요가 있다. 그 관계는 적어도 하나에 다른 하나가 흡수되거나, 하나가 다른 하나를 결정하는 그러한 것이 아님이 분명하다. 두 차원의 중간에 있는 것이 주체성의 차원이다. 이 주체성은 어떠한 조건하에서도 자기의 삶을 자기의 삶으로 사는 주체적 존재로서의 인간의 내면적 원리이다. 그러면서 그것은 궁극적으로, 그의 깊은 내면성을 통해서 경험되는 정해진 세계, 또 있을 수 있는 세계의 내면성의 원리이기도 하다. 이 주체성의 복합적 움직임이 개인과 사회와 역사의 경계선을 끊임없이 유동적인 것이 되게 하고 혼동되게 하여, 그 관계를 일직선적인 논리로써 파악할 수 없게 한다. 그렇다고 하여 이 관계가 완전히 절단되었다고 생각할 수 있는 것도 아니고, 거기에 어떤 규정성이 없는 것도 아니다. 주체성의 자유롭고 복잡한 움직임을 이해하고 사회와 삶 전체의 규정성을 밝히는 것은 인간 존재 해석학의 중요한 과제다. 이러한 해석학의 근본이 없이는, 인간 실존의 다른 표현으로서의 예술 또는 문학을 바르게 생각하기 어렵다. 그러나 주체의 해석학은 바른 사회의 존재 방식을 이해하는 데도 기초가 되는 일이다.

위에서 우리는 삶과 예술에서의 주체성의 문제를 살펴보았지만, 다음의 과제는 이것이 보다 구체적으로 문학을 생각하는 데에 어떠한 의미를 갖는가, 또 그것이 어떠한 사회적 의미 또는 비판적 의미를 갖는가 하는 문제를 고찰하는 것이다. 이것은 방향을 달리하여 시도될 수밖에 없다. 그러나 일반적인 지침으로서 몇 가지 생각나는 것만을 여기에 첨가하여 이 글을 일단 끝내고자 한다.

(1) 문학에 대한 고찰은 특별히 우위를 점해야 할 소재나 창작 방법이나

거시적 관점이 없다는 데에서 출발할 수밖에 없다. 사람은 어떠한 조건에서도 그의 삶을 주체적으로 살 수 있다. 심미적 구성은 어떠한 경험적 또는 상상적 소재로써도 가능하다. 아름다운 것은 보는 눈 나름이다.

(2) 예술적 체험에서는 창작자나 향수자 어느 경우에도 질적인 차이가 있을 수 있다. 이 차이는 주체적 체험의 심화에 관계된다. 이 깊이 있는 체험에서도 특정한 소재나 방법이 우위를 점하는 것은 아니다. 그러나 체험과 표현의 깊이는 개인과 사회와 정의로운 질서를 관통하는 주체성의 확대에 따라서 달라진다. 체험의 장은 그 성격에 있어서 희극적일 수도 있으나 비극적일 수도 있다. 상황의 성격이 예술적 표현에 대한 부정적 또는 긍정적 판단의 기준이 될 수 없다.

(3) 깊은 주체적 체험이 허용되는 사회가 있고, 사람의 삶이 전적으로 천박해질 수밖에 없는 사회가 있다. 이것은 사회의 물질적, 사회적, 정치적, 문화적 발전에 관계되는 일이다. 그러나 그러한 발전이 심화 또는 고양된 삶에 일대일의 필연적인 관계를 갖는 것은 아니다. 이러한 발전이 삶에 어떻게 연결될 수 있는가는 연구되어야 할 가장 중요한 문제의 하나이다. 그것이 천박한 합리성의 원리에 의하여 가능해지는 것이 아님은 분명하다. 합리성보다는 더 높은 원리에 입각한 인간의 자유 ── 개인의 자유는 필수적인 요소의 하나이다. 그것이 높은 주체성의 체험의 통로가 되는 것이다.

(4) 주체적 삶의 조건의 복합성과 비고정성이 정치적 모호성이 되어서는 아니 된다. 높은 삶을 보장해 주는 것은 아니면서 선행 조건이 되는 것들이 있다. 그것은 이미 여러 민주적, 사회적 이상으로 표현된 바 있다. 이것은 사회 제도의 이성적 발전을 통하여 현실화될 수 있다. 이러한 발전의 원리가 되는 이성은, 그 제도적 표현의 측면에서, 삶의 내용이 되는 것은 아니다. 그것은 자유롭고 높은 삶을 보호하고 성장하게 할 공간을 만들어

내는 원리이다.

(5) 예술이나 사회에 대한 사유 자체도 주체성에서 나온다. 이것은 이미 있었던 삶의 외형으로서의 제도와 습관과 개념을 비판적으로 해체함으로써 접근된다. 그렇게 하여 그것들은 삶의 유동성에로 환원되어야 한다. 그러나 사람은 끊임없는 유동성 속에서 사람답게 살 수 없다. 사람이 창조하는 것은, 예술 작품이든 관념이든 제도이든, 시간의 유전 속에 영속하는 안식처를 만들려는 노력이다. 그러나 이러한 안식처는 삶을 속박하는 구속이 된다. 삶은 언제나 새로 시작되는 어떤 것이다. 이러한 삶의 진동을 반성적으로 포착하려는 것이 문학이고 비평이고 사회 비판이다.

(1997년)

큰 이야기의 죽음과 부활

오늘의 이성의 위치[1]

1. 두 가지의 쇠퇴와 포스트모더니즘

1. 이성의 기획

서구에서 한참 대이론의 죽음이라는 것이 말하여진 것은 10여 년 전부터의 일이다. 인간의 역사와 사회에 대한 큰 이야기가 끝났다는 것이다. 이것은 주로 마르크스주의의 종언을 두고 말한 것이지만, 여기에는 마르크스의 후계자 또는 수정자로 말하여질 수 있는 여러 이론들, 루카치나 사르트르, 프랑크푸르트학파 또는 더 나아가 알튀세르와 같은 새로운 마르크스주의자 등의 이론을 포함할 수 있다. 그러나 이와 동시에 반드시 마르크스주의적 발상을 가진 것은 아니라고 하더라도, 마르크스주의의 쇠퇴와 더불어 다른 종류의 거대 이론들, 가령 구조주의라든가, 사회학의 구조 기

---

1 1998년 6월 11일 경희대학교 대학원 주최 '서구적 담론에 대한 반성과 우리 학문의 길을 찾아서'라는 강연회에서 발표한 내용을 수정한 글이다.(편집자 주)

능주의라든가 하는 것도 그 설명적 권위를 상실하는 증후들을 나타내었다. 프랑크푸르트학파의 마지막 대표이면서 그 수정을 시도한 하버마스가 유행시킨 말로서, 꼭 그의 의미에 맞는 것은 아니지만, 소위 "계몽의 기획"의 일부를 이루었던 모든 이성주의적 사회 이론, 좌파만이 아니라 중도적이거나 우파적인 이론도 대체로 퇴조의 증세를 보이는 것도 같은 사정의 일부를 이룬다고 할 수 있다. 이 계획이란 대체로 근대적 발전에 관계되는 것이기 때문에, 계몽의 기획의 쇠퇴는 근대주의의 쇠퇴 또는 패배를 의미한다.

서양 세계의 학문적 토론에서, 거대 이론 ── 사회와 역사를 하나의 종합적 관점에서 설명하려는 이론들의 권위가 시들해진 것은 이론 자체의 문제점으로 인한 것이기도 하지만, 무엇보다도 그러한 이론들의 설계를 가능하게 해 주는 현실의 변화로 인한 것이다. 가장 중요한 것은 말할 것도 없이 소련을 중심으로 한 공산주의 사회들의 붕괴이다. 그러한 사회들의 현실이 어떠한 것이었든지 간에, 그러한 사회의 존재는 자본주의 사회라는 비교적 현상주의적이고 우연주의적 사회에 대하여 이론적 구도에 의한 사회의 구축이 가능하다는 인상을 유지하여 주었다. 그런데 그 붕괴는 저절로 이론의 무의미성을 드러내게 된 것이다.

붕괴된 사회주의의 현실과 계획에 대신하여 승리를 구가한 것은 자본주의이다. 이것은 위에 말한 대로 다분히 우연적 요소로 이루어진 현상적 세계의 현실을 말한다고 하여야겠지만, 거기에 그 나름의 체계가 없는 것도 아니고, 또 그것이 하나의 체계를 이루는 것인 만큼, 그를 설명하고 관리하는 이론이 없는 것은 아니다. 자본주의도 마르크스주의나 마찬가지로 사회와 사회의 역사의 합리적 원리를 믿고 또 발전을 말하는 근대주의의 일종이다. 다만 자본주의 이론들은 근대주의가 내장하고 있는 역사적 사명의 도덕적 주장을 강하게 내걸지도 아니하고, 그 원리와 발전이 반드시 일관성 있는 이론과 실천에 의하여 추진되는 것이라고 생각하지는 아니한다. 자본주의 이론은 대체적으로 말하여 이미 진행되고 있는 여러 사회 과정들을 후견하는 일을 한다. 그리하여 어떠한 자본주의적 발전이 이루어진다고 하더라고, 그 발전은 역사와 인간성의 총체적 변혁으로, 전적인 새로운 사회 질서 또는 세계 질서의 정립으로 이어지는 것으로 생각되어지지는 아니한다. 그것은 주어진 인간성과 인간 생활의 형식을 수락하면서 그의 요구에 따라 주어진 역사와 사회 그리고 자원을 관리하고 그 안에서의 향상을 꾀하는 것을 그 실제적 구도로 한다. 이러한 실용적 적응성이 전체적인 이론의 쇠퇴 그리고 이성의 기획에도 불구하고 자본주의의 이론과 체제로 하여금 아직도 살아남아 있게 하는 요인이 된다. 그러면서도 그것은 현실에 있어서는 유일한 거대 이론의 역할을 한다. 다시 말하여, 자본주의도 그 제국주의적 또 신식민주의 단계에서는 문명의 발전이라는 거창한 명분을 가지고 있었으나, 시대의 변화와 더불어 이 정당성의 주장을 수정하는 한편, 실질적으로 경제적 풍요의 선택을 가능한 선택으로 보여 주고, 현실 정치의 힘을 바탕으로 승리를 구가하게 된 것이다. 그리하여 그것은 은밀한 거대 이론이면서 드러난 현실이 되었다.

그러나 발전의 약속이 이미 인간의 전체적인 발전과 해방의 약속이기를 그치고, 주어진 것을 확대하는 차원의 것으로 남아 있는 한, 현상적 세계의 질적인 전환을 기대하는 사람들에게는 그 향상의 약속은 별로 고양감을 주는 것이 아니라고 할 수 있다. 이러한 느낌을 대표하고 있는 것의 하나가 포스트모더니즘이다. 그 비판은 마르크스주의에서 영감을 얻는 이론뿐만 아니라 그를 대체하는 자본주의 사회의 여러 증후를 상대로 하는 것이기도 하다. 그것은 대체적으로 이론으로나 실천으로나 사회주의의 전체성만이 아니라 하나의 체계로서 상정되는 자본주의의 질서도 근거가 희박한 것으로 본다.

2. 민주화 기획

한국에 있어서의 포스트모더니즘 현상은 어떠한 관점에서 이해되어야 하는 것인지 분명치 않다. 서양의 유행은 그대로 우리의 유행이 된다. 이것이 그 한 이유임은 틀림이 없다. 물론 다른 이유와 원인들도 있을 것이다. 역사의 사건이 과결정(過決定)의 결과라는 ── 여러 중첩되는 원인들에 의하여 결정된다는 알튀세르의 말은 맞는 것으로 보인다. 또는 우리는 세계적인 사건들의 연계 관계 ── 분명하게 설명되지 않는 연계 관계에 주목할 수도 있다. 17세기 이후의 중국의 고증학이나 한국의 실학과 서양에서의 과학적 사상의 흥기와의 사이에는 분명 어떠한 관계가 있다. 월러스틴의 세계 체계론은 16세기 농업과 같은 비교적 정태적인 산업에도 끼어드는 세계적 연관이 지적되어 있다. 공산주의가 망한 것과 한국에서 군사 정권의 교체가 있었던 것에는 어떠한 관계가 있다. 한국의 민주화, 필리핀의 민주화 또는 칠레나 아르헨티나의 군사 정권의 종식에도 어떠한 연관이 있는 것으로 보인다.

장기적으로 그것이 무엇을 의미하는가 하는 것은 두고 보아야 할 일이지만, 1987년에 전두환 군사 정권이 무너진 것은, 적어도 지금의 시점에서 볼 때, 역사의 결정적 전기를 이루는 일이었다. 이 전기는 스스로를 문민정부로 명명한 김영삼 정권 그리고 금년에 들어선 김대중 정권에 의하여 계속적인 민주화로 발전되었다. 역설적인 것은, 당연한 일이지만, 민주화의 진행과 더불어 민주화라는 역사의 큰 명제가 그 현실 장악의 힘을 상실하게 되었다는 것이다.

1960년 이래 한국 사회의 지상 목표의 하나는 ── 또는 지상 목표는 민주화였다. 물론 이것은 다른 지상 목표의 하나인 근대화와 더불어 추구되는 것이었는데, 민주화의 중요성은 근대화가 군사 독재 정치 체제를 통하여 수행되었다는 데에 그 근거를 가지고 있었다. 근대화와 민주화는 근대성의 성취에 있어서 필수적인 조건이면서, 동시에 서로 긴장 내지 모순 관계에 있는 요청인 것처럼 생각된다. 민주화는 자유와 평등에 대한 요구에서부터 일어난다. 그러나 근대적 조건하에서 그것은 물질적 삶의 향상을 전제로 한다. 그것은 산업화로써 이루어지는 것으로 생각된다. 근대화는, 적어도 강행군으로 진행되는 근대화의 계획은, 인적 물질적 자원의 동원을 요구한다. 이것은 자본주의는 물론 사회주의적 발전의 전략에서도 민주화의 요구에 배치되는 사회의 위계적 체계화를 동반한다. 그러나 그러한 문제를 떠나서도, 근대화의 과정은 그렇게 긍정적인 반응을 불러일으키기 어렵다. 조국 근대화라는 슬로건은 그다지 대중적 호소력을 갖는 것이 아니었다. 사회주의적 근대화는 사회적 도덕의 열기를 동원하려는 여러 가지 노력에 의하여 뒷받침되었다. 그러나 그것도 별로 성공적인 것은 아니었다. 근대화를 위한 인적 자원의 동원은 사람들의 자발적이고 전면적인 에너지를 불러일으키지 못하는 것으로 보인다.

근대화의 작업은 노동의 성격을 가지고 있다. 여러 수사적인 노력에도 불구하고, 특별한 조건을 조성하기 전에는, 노동은 그 자체가 재미있는 것이 아니다. 근대화의 열매는 작업의 과정이 아니라 결과의 향수 ── 궁극적으로는 가장 단순화된 향수의 방법인 소비로써 비로소 거두어들여진다. 민주화는 자유와 평등에 대한 요구이고 그 제도적 구현을 위한 투쟁이면서, 그 자체로서 민중적 에너지를 자발적으로 동원하고, 모든 자발적으로 방출되는 에너지의 현상이 그러한 것처럼, 그 자체로서 이미 충족감을 주는 것이다. 민주화는 과정 자체가 삶의 실현이라는 성격을 갖는다. 근대화가 일과 일의 기율이라면 민주화 운동은 놀이의 성격, 그것의 해방적 성격을 갖는다. 물론 이 놀이와 해방은 착잡하게 꼬인 고통과 쾌락의 혼합으로 이루어진다. 그러나 그것이 그 자체로서 정서적 충족감을 주는 삶의 움직임을 이루는 것임에는 틀림이 없다. 그것은 고통의 경험이면서 절정의 경험이다. 민주화의 운동은 민주 정치의 제도적 수립으로 완성된다. 그러나 다른 한편으로 근대화의 어느 정도의 달성은 삶의 억압성을 완화하고, 해방의 조건의 충족에 관계없이 민주화의 움직임을 약화한다.

민주화가 참으로 완성된 것이라고 할 수는 없지만, 그간의 산업의 근대화를 토대로 한 그 나름의 민주화의 진전은 역사적 과제로서의 긴급성을 상실했다. 이것은 일단의 성취를 나타내는 것이면서, 하나의 안티클라이맥스의 느낌을 준다. 민주화의 역사적 이야기가 완전히 끝난 것은 아니면서, 그것은 모든 것을 포괄하는 이야기이기를 그쳤다. 삶의 물질적 조건에 관계되는 근대화의 이야기도 상당한 정도로 그 긴급성을 상실하였다. 그것은 한편으로는 최소한도의 관점에서의 삶의 조건이 향상된 때문이기도 하고, 다른 한편으로는 물질적 삶의 근대화가 반드시 인간의 행복을 약속해 주는 것이 아니며, 더 나아가, 그 대가(代價) — 공동체적 정서의 쇠퇴, 인간성과 환경의 황폐화라는 대가가 우려의 대상으로 등장한 때문이기도 하다. 물론 지금의 시점에서, 그간의 근대화의 업적 자체가 위협받는다는 느낌이 생겨나고, 이것에 대처하기 위하여 특별한 각오가 필요하다는 생각이 새로운 큰 이야기의 핵심을 이룬다고 할 수도 있다. 그러나 이것은 얻은 것을 지키려는, 또 더 나은 미래를 향하기보다는 미래에 대한 불안을 피하고자 하는 후위 방어의 성격을 띤다. 그러니만큼 그것은 앞을 향하여 펼쳐지는 이야기의 흥분과 고양감을 주지 못한다. 이러나저러나 큰 이야기의 소멸은 사회에서 해결하여야 할 집단적 과제에 대한 의식을 약화시킨다.

2. 되돌아오는 큰 이야기

1. 작은 것들의 문제

한편으로 큰 이야기의 쇠퇴는 환영할 만한 것이라고 할 수도 있다. 역사와 사회와 인간의 현실을 하나의 큰 이야기, 거대 이론 속에 포괄하는 일은 언어적 서사로나 실천으로나 커다란 단순화를 수반한다. 단순화되는 것은 수많은 인간의 삶이고 현실의 작으면서 절실한 굴곡이다. 20세기의 여러 거대 정치 운동을 지켜본 후에 아도르노가 전체는 거짓이라고 한 말은 일단은 옳은 말일 것이다. 거대 이론과 서사가 감추어 가지고 있는 것은 많은 경우, 지적 오만이고 권력의 의지이다. 이것은 파시즘이나 공산주의의 전체주의적 사상과 체제에서도 볼 수 있는 것이지만, 인간 현실에 대한 다른 종류의 지적인 또는 도덕적인 주장에서도 볼 수 있는 것이다.

우리 사회에서의 많은 엄숙하고 당위적인 주장은 흔히는 권력 의지 또는 타인에 대한 지배 의지의 표현이며, 인간과 인간의 상호 투쟁의 형식이다. 문제 되는 것은 전체적 주장들 — 역사와 사회 또는 인간에 대한 주장의 옳고 그름만이 아니다. 설령 그것이 옳다고 하더라도, 부분으로 살아야 하는 개체의 입장에 대하여 모순을 일으키는 진리이기 쉽다. 사람에게 가장 틀림없는 진리는 죽어야 하는 존재라는 것이다. 그러나 사람에게 더 절실한 문제는 죽을 때 죽더라도 살아야 한다는 것이다. 또는 모든 빛깔은 비어 있는 것이라는 불교적 주장이 있다. 이러한 주장의 공허성은 그것이 궁극적으로 허망한 것이라고 하더라도 사람이 사는 곳이 빛깔의 세계라는 사실로 인한 것이다. 사람에게는 궁극적인 공에 대한 이론이나 마찬가지로 빛깔의 이론이 필요하다. 이것은 삶을 결정하는 모든 큰 범주에 대하여 다 말할 수 있는 것이다. 현재의 시간 속에 있는 육체를 지닌 인간의 실존의 문제는 큰 범주의 진리로 소진되지 아니한다. 또 큰 범주들의 진리는 그것을 이루는 구체적인 부분을 지나치게 넘어갈 때, 비어 있는 허사로 전락하고 진리로서의 의미를 상실해 버리고 만다.

그러나 구체와 부분으로 돌아가는 길이 — 또는 사실은 헤겔의 구체적 전체성이라는 말이 말하고 있듯이, 부분과 전체는 하나라고 해야 할 것이기 때문에, 전체적이면서도 구체적인 것으로 돌아가는 길이 간단한 것은 아니다. 그것은 소박한 인식에 주어지는 것이라기보다는 다시 한 번 이론적 분석의 도움으로 되찾아지는 것이다. 그리고 이것은 우리로 하여금 전체성의 원리를 지평으로 하여서만 설득력을 가질 수 있는 것이 이론이라는 역설에 맞부딪치게 한다. 전체가 진리인지도 모른다. 그러나 그것은 그 구체적인 내용을 잃었을 뿐만 아니라 지금의 시점에서 되풀이되면 될수록 그것은 구호화되면서 실질적 내용이 없는 허사가 될 것이다. 그러나 구체는 이론을 통하여서만 되찾아진다.

그러나 이러한 이론적 필요보다도 더 절실한 것으로 보이는 것은 사람의 마음속에 보다 원초적으로 존재하는 전체성에의 발돋움인지 모른다. 주어진 삶의 현재로 돌아가는 것은 그것에 대조되는 체험을 통과하는 경우가 허다하다. 발자크 등의 19세기 현실주의의 소설은 어떻게 하여 "잃어진 환상"이 있고 나서 단순 소박한 삶으로 돌아가게 되는가 하는 이야기를 그 플롯으로 가지고 있다. 자연 속에서 영위되는 소박한 노동의 삶의 가치가 인정된 것은 산업 사회의 황폐성에 대한 의식이 생겨나고서부터이다. 작은 것으로의 회귀로서 가장 현실적인 움직임인 자연 속의 유기적 삶의 재등장은 환경 의식과 환경 운동의 거대한 흐름 속에서 그 위엄을 얻는다. 이러한 것은 삶의 영위를 주어진 것에의 순응보다는 선택의 가능성으로서 받아들이는 인간의 불가피한 필요라고 할는지 모른다. 그러나 이러한 것보다도 더 절실하게 사람에게는 전체성에 이르려고 하는 형이상학적 갈망이 있는 것인지도 모른다. 그리고 이 갈망은 고상한 정신이나 이성적 논의의 차원에서가 아니라 정열과 행동에서 보다 직접적으로 충족되는 충동이기도 하다. 민주화 운동 중 충족된 것은, 위에서 말한 바와 같이 이러한 충동의 충족이고 그것을 통한 삶의 실현이었다. 물론 작은 삶의 해방이야말로 민주화 운동의 가장 중요한 목표라고 하겠지만, 운동의 추진력은 여러 가지로 전체성과의 관련에서 왔다고 할 수 있다. 우선 집단적 움직임이라는 것이 작은 삶을 초월한다. 그리고 그것은 또 다른 두 가지에서 전체성의 흥분을 제공하였다. 그것은 다른 혁명적 행동주의와 마찬가지로 적극적으로 보다 나은 사회의 비전에 연결되면서 동시에 소극적으로 존재하는 현실 질서의 부정으로 통하여, 또 다른 전체에의 관계를 가능하게 한 것이다. 이러한 착잡한 관련은 이성의 기획이나 민주화 기획의 후퇴 이후에도 계속된다. 말하자면, 큰 이야기는 그 사후에도, 작은 것들의 세계에서, 무의식처럼 되돌아오는 것이다.

2. 해체의 여러 가지와 그 역설

전체와 부분의 역설적 관련 —— 현실적, 형이상학적, 충동적 욕구의 착잡한 관련은 데리다의 해체주의에서도 볼 수 있다. 데리다의 철학은 큰 이야기가 사라진 세계의 대표적인 철학이다. 그의 철학의 기본 기획은 전체적인 것 —— 또는 하나의 근본이나 원리로부터 전개되는 전체를 부정하는 일이다. 그러면서 거기에서 우리는 이론으로서 쾌락으로서 전체성이 되돌아오는 것을 본다. 우선 이론의 면에서 근본적 실재를 해체하는 작업은 가장 정치한 번쇄철학을 형성한다. 실제 역설적으로 부재의 주장은 모든 로도스 섬의 사람은 거짓말쟁이라는 로도스 섬의 사람의 주장처럼 —— 일반적인 또는 보편적인 타당성을 갖는 명제로서 표현될 수밖에 없다. 물론 이것은 단순 명료한 진술로서 표현되지 아니한다. 그러한 표현의 보편적 타당성의 주장은 해체주의의 핵심 주장에 모순된다. 데리다의 철학의 특징은 반성적 언어에 있다. 그의 언어는 실재를 지칭하는 기능을 포기하고 언어 자체를 지칭한다. 그의 반성적이고 재귀적인 언어는 두 가지로 작용한다. 적어도 비록 언어가 진리에 대하여 지시적 기능을 가지고 있지는 아니하다고 하나, 그것은 적어도 그의 철학적 작업에서 언어 해체의 작업에는 적절한 기능을 하는 것으로 생각된다. 그러면서 지시 기능의 구속으로부터 해방된 언어는 언어 자체의 모든 수사적 곡예 — 비유와 암시와 음운의 곡예에 주목하면서 또 그 곡예의 전시 행위가 된다. 이러한 수사학의 재귀적 움직임이 어떠한 지시적 언어보다도 조밀한 언어의 직조물 — 텍스트를 짜 내고 또 저절로 의미 — 지시적 의미, 문화적 퇴적으로서의 내포적 암시로 가득한 의미의 조직을 만들어 내는 것이다.

물론 이것은 데리다의 언어가 아니라도 그의 견해로는 모든 언어가 수행하는 기능이다. 언어는 존재의 근본에 도사리고 있는 부재를 보충하고자 하는 놀이이기 때문이다. 언어가 실재를 지시할 수 없다는 것을 전제하면서도 그것이 의미를 만들어 낸다는 것은 널리 받아들여지고 있는 명제이다. 다만 데리다에게는 이 숨겨 놓은 의미는 물론 더 깊숙이 숨어 있는 그리고 새로 발견되는 의미의 지향하는 바도 분명치 아니할 뿐이다. 데리다가 의미를 만들어 낸다면, 그것은 해체의 부산물에 불과하다. 그러나 그 철저함에서 차이가 있다고 하더라도 그의 해체주의가 독자적인 것이 아닌 것인 것은 분명하다. 그것은 역사적 계보이기도 하고 당대적 친화 관계이기도 하다. 마르크스의 이데올로기론은 이러한 역설의 한 원류를 이룬다. 이미 롤랑 바르트의 세미올로지는 경제 구조의 상층부를 이루는 체제 정당화 관념들만이 아니라, 모든 언어와 제도와 관습과 행위 속에서 주어진 의미를 해체하고 새로운 의미를 발견한 바 있다. 이러한 의미는 보이지 않게 숨어 있는 것이어서, 분석적으로 발견되어야 하는 것이다. 대체로 우리가 자연스러운 생활 환경으로 받아들이고 있는 것 속에는 숨은 의미가 들어 있다. 바르트는 중산 계급의 표준어가 만들어 내는 법의 제도가 어떻게 정의의 이름으로 지방어를 사용하는 농민을 억압하는가를 보여 준다. 프랑스 남부의 열려 있는 창의 풍경의 사진에는 부르주아적 삶의 이상화가 삼투되어 있다. 그는 아인슈타인의 뇌수에 대한 호기심에서 물화된 수량적 사고와 그 마술에 대한 모순된 풍토를 발견한다.

숨은 의미는 여러 형태로 어디에나 존재한다. 그러나 이 의미는 궁극적으로는 그것에 삼투되어 있는 지배 의지를 전달한다. 이 지배 의지는 대체로 자본주의 사회에 있어서의 지배 계급의 그것이다. 그러나 이 지배 의지가 경제적 착취를 위한 심리 조작의 장치에 한정되는 것은 아니다. 그것은 정치적 의의를 갖는다. 그리고 이 정치적 지배가 경제를 떠나서 그 자체로서 의의를 갖는다고 한다면, 권력에의 의지는 인간을 움직이는 가장 보편적인 동기임에 틀림이 없다. 진리 조작을 포함한 모든 인간 행동의 배후에 권력에의 의지를 의심한 니체의 주장은 옳다고 할 수밖에 없다. 권력의 문제에 가장 면밀한 주의를 기울인 사람은 푸코이다. 그에게 권력은 지배 계급의 지배 수단이면서, 차별과 기율의 원리로서의 이성의 이면이고, 모든 인간 현상에 삼투해 있는 속박의 그물이다. 그 권력은 마르크스나 니체가 생각한 것보다도 더 철저하게 사회적 삶의 모든 면을 지배하는 원리이다. 그러니만큼 그것으로부터 벗어나는 방법은 거의 없는 것으로 보인다. 그것은 마르크스가 생각한 것처럼 지배 계급의 전유물도 아니고, 니체의 경우처럼 다른 개방적이고 고귀한 권력 의지로 길항될 수 있는 것도 아니다. 궁극적으로 권력은 사회 조직의 한 중심부로부터 나오는 것이 아니라, 그 출처를 가릴 수 없으면서, 모세 혈관으로 흐르는 피처럼 모든 인간 현상에 삼투되어 존재하는 것으로 생각된다. 그것은 끊임없이 폭로되고 저항되고 거부되어야 할 대상이지만, 그 외에 그 한없는 흉계를 피해 갈 도리는 없는 것처럼 보인다. 푸코의 커다란 관심거리의 하나는 성의 자유이지만, 그의 유명한 주장의 하나는 서구에서의 성 자유의 점진적 확장 — 또 이것은 성에 관한 표현의 자유의 확장에 동반하는 것이었지만, 이러한 자유의 확장은 결국 성을 보다 확실하게 합리성의 체제에 얽어매려는 계획에 불과하다는 것이다. 다시 말하여 자유의 확대는 자유의 축소의 음모인 것이다.

이러한 전체적인 음모하에서, 자유의 길은 참으로 험난할 수밖에 없다. 그것은 어떤 전체적인 기획에 의하여 극복될 수 있는 것이 아니다. 유일하게 가능한 것은 폭로, 저항, 거부의 연속 — 기진맥진에 이르는 거부의 일뿐이다. 평정된 공간으로서의 유토피아는 아무 데도 존재하지 아니한다. 그러한 공간이 존재한다면, 그것은 그러한 거부의 몸짓으로써 스스로 엮어 내는 철학에 있을 뿐이다. 그러한 의미에서 푸코의 철학은 전체성의 불가능의 철학이면서 동시에 그것에 대한 전체적 비판의 철학이다. 그리하여 그것은 현대의 번쇄철학의 가장 정치한 부분을 이룬다.

푸코나 데리다나 바르트를 이렇게 말하는 것은 물론 그들의 업적을 본격적으로 말하는 것도 아니고, 프랑스에서 연유하는 현대 사상의 판도를 포괄적으로 살펴보는 일도 아니다. 다만 내가 느끼는 어떠한 현대적 증후의 구성 요인으로서의 그들의 사상의 가닥을 살펴본 것에 불과하다. 여기에서 공통되는 것은 그들의 작업이 전체적 구조가 사라졌거나 불분명해진 상황에서 이루어진다는 점이다. 그들의 세계는 흩어진 작은 것들의 세계이다. 그러면서도 이 세계는 하나의 전체성을 이루는 것으로 비친다. 바르트에게 작은 것들이 하나의 체계 속에 존재한다는 생각이 없는 것은 아니다. 그러나 그 체계는 하나의 핵심 — 가령 생산력이나 생산 관계라는 구조적 핵심으로부터 쉽게 확인될 수 있는 것은 아니다. 그것은 훨씬 더 복잡하게 많은 사물로부터 확인되어야 하는 것이다. 푸코의 에피스테메라 불리우는 시대적 인식 구도에 대한 관심은 그를 구조주의자처럼 보이게 한다. 그러나 그 자신은 이러한 칭호를 거부한 바 있다. 시대를 지배하는 어떤 지식의 틀이 있고 이것이 권력에 관계된다고 하더라도, 그것은 사람에게 쉽게 포착되는 것도 아니며 행동의 대상이 되는 것도 아니다. 그에게는 지식과 권력의 체계는 철저하면서 중심을 가지고 있지 아니하다. 그것은 모든 제도와 관습 그리고 모든 언어에 스며들어 있다. 그것은 거의 어떠한 외부적 관점을 허용하지 아니하고, 그러니만큼 도저히 벗어날 수 없을 정도로 편만해 있다.

아마 가능한 것은 끊임없이 모든 것을 의심하고 모든 것에 저항하는 것일 것이다. 이 폭로의 끝없는 과정이 타자의 권력으로부터의 해방의 순간을 나타낼 뿐이다. 이러한 전체적 해방의 어려움은 어떤 포스트모더니즘의 이론 또 그와 비슷한 포스트콜로니얼리즘의 이론가들이 '협상', '다의성(polysemy)', '잡종성(hybridity)'이라고 부르는 생각에도 들어 있다. 이러한 개념들은 억압적 전체 상황 속에서도 이루어지는 ─ 상황의 빈 구멍 속에서 작은 저항이 이루어 내는 해방을 말한 것이다. 이러나저러나 이것도 부재하면서 현존하는 전체 속에서의 역설적이고 아이러니컬한 자기실현의 계기를 이름하는 것이다. 의미의 부재를 말하는 말이 말의 의미를 엮어내는 것도 이러한 역설적 과정을 통해서이다.

3. 해체와 자본의 쾌락과 그 주체

1. 해체와 자본주의의 쾌락

여기에 관련하여 우리는 해체주의적 해방의 또 하나의 계기에 대해 언급할 필요가 있다. 끊임없이 계속되는 작은 저항의 가장 중요한 부분은 이론이다. 그것은 단순히 해방의 실천에는 이론이 병행해야 한다는 의미에서만이 아니다. 주어진 현실이 권력의 의지에 지배되고, 모든 체계적이고 지속적인 해방의 노력을 압도하는 것이라면, 사실상 허용되는 것은 순간적이거나 일시적인 저항의 제스처이고, 주어진 현실과 이론에 대하여 해체적 이론은 이러한 저항의 제스처 가운데 가장 효과적인 것이 될 것이다. 주어진 현실은 현실로 있더라도, 해체 이론가에게 그 의미는 그 반대로 인식되기 때문에, 그 너머에, 비록 유령과 같은 실체 없는 형태로일망정, 대체적 현실이 끊임없이 구성되는 것이다.

모든 현실 부정의 철학은 현실의 파괴나 그 파괴 후에 올 대체적 현실을 기다릴 것 없이 그 자체로서 이미 만족스러운 것이다. 마르크스에게 그의 현실 해체의 이론은 어쩌면 그가 목표로서 선언한 현실 개조보다도 더 만족할 만한 것이었을는지 모른다. 사실 이것은, 현실을 대상으로 하든 아니하든, 모든 글 쓰는 사람의 이면에는 이러한 면이 있다고 할 것이다. 그에게 글을 쓴다는 것은, 어떤 경우에나 이미 하나의 자기실현인 것이다. 이것은 포스트모더니즘의 사상가의 경우에 더욱 그렇다. 권력에의 의지가 세계의 유일한 의미라고 한다면, 그러한 세계의 부정은 또 하나의 권력의 표현을 뜻하고, 이 경우 그것은 필자의 의지의 실현이 된다. 또는 세계와 언어가 무의미한 것이라고 한다면, 그것을 들추어내는 작업이야말로 유일한 의미 창조의 방법이고, 의미의 완성을 위한 사람의 갈구의 실현이 된다. 그리고 이것은 특이한 즐거움의 형태를 취한다. 이러한 해체의 작업은 극히 구체적인 계기를 통하여 이루어지면서 부정적인 전체와의 직접적인 연결을 배경으로 가지고 있기 때문이다. 특히 이것이 하나의 철학적 체계 ─ 또는 반체계의 철학적 체계가 될 때 그러하다.

어떤 경우에나, 전체성의 소멸의 효과의 하나는, 앞에서 말한 바와 같이, 작은 일들의 긍정이다. 이것은 전체성이 아니라 그때그때의 작은 상황 변화에서의 실용주의를 가능하게 한다. 이것은 큰 현실이 해체되는 틈에서 작은 놀이의 즐김을 얻어 낼 수 있게 한다. 해체주의는 사실 실용주의라고 부르기에는—데리다의 철학에 공감을 표시하면서도 보다 긍정적인 리처드 로티와 같은 철학자와 철학과는 달리 더욱 철저하게 부정의 철학이라고 할 수 있지만, 현실적 결과의 면에서는 실용주의의 일종일 수 있다. 자본주의적 철학의 하나로서의 실용주의나 해체 철학이나 그 현실은 자본주의의 현실이기 때문이다. 이 현실은 이성적 구조가 아니라는 점에서 부재하는 현실이다. 그러나 그 안에서 작은 놀이—근본적으로 무의미의 놀이라고 할 수 있는 놀이를 허용한다.

자본주의는 특이한 합리주의이다. 그것은 역사의 모든 것을 이성의 기획에 의해서 통제할 수 있다고 생각하지 아니한다. 이성은 주어진 현실의 법칙에 적응해 나가는 적응의 원리일 뿐이다. 이 법칙의 세계는 한편으로는 과학과 기술의 세계이고, 다른 한편으로는 거기에서 모델을 취하는 경제의 세계이다. 이것이 인간이 적응하기도 하고 또 법칙에 따라 조종할 수도 있는 합리성의 세계이다. 그리고 인간의 다른 부분은 심리학적으로 원격 조종될 수는 있지만, 직접적으로 합리적 필연의 세계에 속하지 아니한다. 여기에서 자본주의 사회의 자유가 생긴다. 그러나 실제에 있어서 자본주의 경제와 사회를 인간의 내면에 연결하는 계기인 이윤의 동기는 자본주의의 현실 속에서 인간성의 중심이 된다. 그리고 그것을 뒷받침하는 제도는 그것만을 유일한 현실이 되게 한다. 그리하여 실질적으로 부분적 합리주의인 자본주의는 가장 단순화된 합리주의가 된다.

그러나 역설적으로 단순화된 합리성은 인간의 이성의 통제를 벗어난다. 그러면서 그것은 주어진 현실의 전체성이다. 이것은 통제되지 아니하는 대신, 또 그러니만큼, 그 안에서의 작은 자유와 놀이를 가능하게 한다. 해체주의도 이론의 놀이도 그러한 이론의 영역에서만 허용된 자유라고 할 수 있다. 그러나 그것이 부정의 철학인 한, 그것은 저항적 색조를 띤다. 그것은 자본주의에 대하여 비판적이다. 그러나 동시에 마르크스주의에 대하여서도 냉소적 눈길을 돌린다. 그러나 다른 한편으로 그것은, 그 놀이의 단편성, 피상성, 경박성 ─ 이러한 것들로 다분히 자본주의 세계의 소비문화의 일부를 이루고, 또 그 유통과 소비의 순환에 기여한다.

일반적으로 자본주의의 자유에서 큰 몫을 차지하는 것도 언어의 놀이이다. 현실에서 벗어난 언어 행위는 후기 산업 사회에서 어느 때보다도 자유로워진다. 광고와 매체와 학문 ─ 모두가 이 언어 놀이에 참여하면서, 장 보드리야르의 말로, '소통의 황홀경'에 빠진다. 이 언어가 지칭하는 것은 현실이 아니라, 무한한 비슷한 영상들로 이루어진 '초현실(hyperreality)'일 뿐이다. 언어는 현실로부터 분리된 기호가 되어 사회적 소통의 회로 속에서 끊임없이 생성 소멸하고 유통할 뿐이다. 보드리야르의 생각으로는 자본주의 사회란 일정한 생산과 소비 양식으로 특징지워지는 사회라기보다는 가치화된 기호의 소통 체계이다. 그러나 현실에 있어서 이러한 기호의 유통을 강하게 뒷받침하고 있는 것이 자본주의 사회인 것은 틀림이 없다. 또 광고와 대중 매체 등 현실 없는 언어들이 자본주의의 유지에 중요한 지주가 된다. 보드리야르의 현실 없는 허상들에 대한 분석은 본래 비판적인 입장에서 행해진 것이지만, 광고나 상품 전략에서 그러한 분석마저도 적극적인 기호 유통의 참조 사항으로 이용된다. 보드리야르 자신 그의 분석이 진행됨에 따라 그의 입장도 애매해지는 것으로 보인다. 소통 매체가 지배하는 사회에서 어떠한 언어도 무의미화를 벗어날 수 없다면, 그 자신의 언어도 그러할 수밖에 없다. 다만 그에게 가능한 것은 허상의 체계 속에서의 자기 회귀적인 아이러니일 뿐이다. 그러면서도 그 자신 비록 대체적인 것이라고 하여야 할는지 모른지만, 또 하나의 '소통의 황홀경'에 빠져 있는 것임에는 틀림이 없다.

이러한 아이러니의 아이러니는 해체 철학에서도 볼 수 있다. 어느 경우에나 전체의 압도성과 함께 무의미성이 부정의 자기실현과 쾌락의 길을 열어 준다. 데리다는 일찍이 구조와 구조의 중심이 없는 곳에 새로운 변화는 스스로를 그 보충으로 내세우는 놀이를 통하여서라고 말하였다. 「인간과 과학에서의 구조, 기호 그리고 놀이」라는 글에서 이렇게 말한 바 있지만, 이 글이 발표된 1966년에 그의 의도는 마르크스주의의 경색된 혁명 이론을 넘어가는 보다 자유로운 정치 행동의 가능성에 마음을 두었는지도 모른다. 그러나 그 이후의 해체주의의 전개와 상황의 변화에 비추어 볼 때, 실제에 있어서 그것은 일반적으로 전체가 사라진 상황에서의 허무와 허무의 쾌락을 말한 것으로 생각할 수 있다. 이것은 자본주의하에서의 쾌락의 운명과 기묘한 상동 관계를 이룬다. 데리다적인 해체가 언어의 놀이에 종사한다고 하더라도, 그것은 적어도 그 의도에 있어서 상품 시장의 언어처럼 경박한 것은 아니다. 그것은, 앞에서 비친 바와 같이, 비판과 부정의 전통에 이어져 있다. 또 그것은 상품 광고의 상투적이면서도 환상적 자유와는 달리 엄격하게 금욕적이다. 그것은 마치 진리를 확립하려는 과학자들처럼 엄격한 방법론을 가지고 있다. 이 금욕적이고 방법적인 태도는 보드리야르의 경우보다도 더 진리에 대한 숨은 갈망에 의하여 동기 지워진 것이라는 인상을 준다. 그러나 해체주의가 결과에 있어서, '지시성의 숙청'(보드리야르)이 이루어진 세계에서의 지시 없는 언어의 추구라는 점에서는 오늘의 자본주의의 현실의 일부를 이룬다. 그리고 이것은 데리다에게 의미와 놀이를 열어 준다.

2. 해체의 쾌락과 주체의 동일성과 차이

보드리야르나 데리다의 현실 부정이 그 나름의 해방이 되고, 특히 필자 자신에게 쾌락이 된다면, 그것 자체로 새삼스럽게 문제 삼을 만한 것이 아닌지 모른다. 그것은, 위에서 말한 바와 같이, 마르크스와 같은 혁명의 이론가에게도 해당될 수 있는 것이다. 그것은, 부정적이든 긍정적이든 모든 창조적 행위에 들어 있는 역설의 하나이다.(그러면서도 이 역설을 분명하게 인식하는 것은 필요한 일이다. 혁명가에게는 혁명의 목표 못지않게 혁명 자체가 그의 삶의 보람을 이룬다. 그리하여 혁명의 목표 속에 포함된 인민은 이차적인 것이 될 수도 있다.) 그런데 문제적인 것은 해체주의의 쾌락이 소비주의 사회에서의 쾌락과 많은 것을 공유하고 있다는 것이다. 그 허무주의적 성격에도 불구하고, 해체주의의 정치적 이론적 경향은 인간 해방을 지향하는 것이라고 할 수 있다. 개념과 언어와 제도가 확실한 근거가 없는 것이라면, 그리하여 그러한 것들의 해체가 논리적 요청이고, 결과적으로 실천적 요청이라고 한다면, 남는 것은 모든 상징적 현실적 질서로부터 해방된 개체일 것이기 때문이다. 이 경우 반성의 대상이 되어야 할 것은 이 개체가 누구인가 하는 것일 것이다. 데리다에게 근원적인 것의 부재에도 불구하고 언어는 부재를 보충하는 것으로 지속된다. 이 보충을 지탱하는 것은 무엇인가. 그의 루소론에 의하면, 루소의 언어의 밑에 들어 있는 것은 모성에 대한 향수이다. 또는 데리다가 아르토론에 말하는 바에 의하면, 글쓰기의 밑에 있는 것은 원초적인 폭력이고, 이 폭력은 아마 인간 존재의 근본적 충동의 하나일 것이다. 그러면 데리다 자신의 언어 행위의 밑에 들어 있는 동력은 무엇인가. 이것이 무엇인지는 분명치 않다. 그는 이것이 개인의 어떤 심리적인 욕구라고 말하지는 아니한다. 요구의 담당자로서 개체가 현실적으로 구성되는 것이라고 한다면, 그것은 이미 다른 현실적 대상들과 함께 해체되어 버린 것이다. 그러면서도 적어도 그것이 해체적 사고의 담당자로서 존재한다는 것을 상정하는 것은 불가피하기 때문에 그것은 반성의 범위에서 벗어나면서 존재하는 것일 수밖에 없다.

　주체의 부정은 단순히 해체적 비판의 부산물만은 아니다. 포스트모더니즘은 대체로 개체 또는 그것의 이념으로서의 주체를 인정하기를 거부한다. 그 근대 철학 일반에 대한 비판의 한 요점은 그것이 주체의 철학—자아를 비실체적인 것으로 환원하면서도 여전히 그 공격적인 성격을 견지하는 주체를 주축으로 하는 철학이란 것이다. 이것이 계몽적 이성의 억압적 성격의 한 근원을 이룬다. 사유와 행동에 주체가 있다면, 그것은 실체로서 존재하는 것이 아니라 위치할 뿐이다. 그것은 움직여 가는 그때그때의 위치만 있을 뿐 스스로의 무게를 가지고 있지 않다. 그러나 운동의 지속이라는 의미에서도 움직여 가는 점이 아무것도 아닌 것은 아니다. 주체 부정의 결론은 결국 주체를 완전히 없애는 것이 아니라 단순히 무반성의 상태 또는 미구성의 상태에 두는 일이 된다. 또는 이때의 주체 — 안주점이 없이 옮겨 가는 주체가 남겨 놓는 흔적은 가장 파괴적인 주체 작용의 폐허라고 말할 수 있다. 이러한 상태는 자본주의하에서의 반성되지도 아니하고 구성되지도 아니한 자유방임의 상태를 향유하는 개인과 비슷하다. 이것은 철학적 논리를 떠나서 그러한 논의 특유의 괴팍함에서, 필자마다 특이한 언어의 번쇄함 속에 드러나는 것이다. 그러면서 그것이 움직이고 있는 세계는 이미 하나의 전체성이고 또 그것을 지칭한다. 전체가 인간 현실을 왜곡하는 것이라면, 해체적인 자아가 지칭하는 언어도 이미 그러한 왜곡의 세계 속에 움직이고 있는 것이다.

반성되지 아니한 자아가 드러나는 것은 보다 정치적인 영역의 이론들에서이다. 오늘날, 미국과 서구에서 어느 때보다도 번창한 것이 여러 가지 저항적 이데올로기이다. 그중에도 현실적인 의의를 갖는다는 관점에서 대표적인 것은 인종, 계급, 성이라는 집단적 범주에서 정당한 자기 정체성의 확립을 추구하는 정체성의 정치학이라고 할 수 있다. 이것은 궁극적으로는 이러한 집단적 범주의 관점에서만이 아니라 개인의 자기 정체성이라는 관점에서 모든 억압의 요인들을 적대적인 분석의 대상으로 삼는다. 이러한 저항적 이론의 장소가 되는 것은 여성 연구, 소수 민족 연구, 문화 연구(Cultural Studies), 또는 식민주의 이후 연구(Postcolonial Studies)와 같은 곳이다. 이러한 곳에서 행해지는 연구가 반드시 해체주의의 일부라거나 또는 해체주의의 영향으로 인한 것이라고 하는 것은 옳지 아니하다. 그러나 적어도 여기에서 추구되는 정체성이 대체로 적극적으로 구성되는 것이라기보다 제약과 한정을 거부하고 끊임없이 스스로의 차이를 확인하는 부정의 운동 속에 존재한다는 점에서, 또 전통적으로 비판 이론의 영역이었던 사회적 차원을 넘어 분석 또는 해체의 대상을 의식과 언어의 한없이 미묘한 미로 속에서 추구한다는 점에서는 이러한 연구들은 해체주의와 궤를 같이하는 것이라고 할 수 있다. 그러나 궁극적으로 그것도, 오늘의 현실에 대하여 비판적이면서, 동시에 그대로 그 현실의 일부가 된다는 점에서, 다른 현실의 부정의 철학 — 언어가 지시할 수 있는 현실의 부재를 말하는 해체주의적 철학과 운명을 같이한다고 아니 할 수 없다.

　해방의 논리에서 이성적 주체는 '동일자'의 논리이기 때문에 모든 것을 같은 것이 되게 하여 버린다. 그리하여 필요한 것은 '차이'의 재확인이다. 여성, 소수 집단, 식민지인, 제3세계의 사람들은 근본적으로 제국주의적 지배 의지의 표현으로 간주되는 이성적 주체에 의하여 포섭될 수 없는 독자적인 주체를 확인하여야 하는 것이다. 이러한 입장은 계몽주의 이후의 해방 운동과는 상당히 다른 종류의 논리를 전개하고 있는 것이다. 18세기 이후 인간의 자유와 평등에 대한 주장은 인간의 보편성의 인정에 기초해 있었다. 사회주의적 비판은 추상적인 차원의 이러한 주장을 생활 조건에 대한 인간의 평등한 권리로서 더 확대하여야 한다는 것이었다. 계급적 억압에 대한 비판은 대체로 이러한 논리를 다룬 것이었다. 여성 해방이나 식민지 해방 논리도 이러한 보편성의 논리로 시작된 것이었으나, 근년에 이르러 더 강조하게 된 것은 자아의 정체성의 차별성과 그것의 특별한 위엄이다. 이것은 여러 단계에서 이루어질 수 있다. 처음에 차이는 집단적으로 구성된 것으로 이해된다. 주류에 대하여 주변적인 위치에 있는 사람은 그의 정체성을 자신의 집단의 관점에서 구축할 수 있다. 그러나 다시 집단 내에서 각자의 정체성이란 그러한 대항적 집단 정체성과 일치할 수 없는 것으로 생각될 수 있다. 이러한 관점에서 여성주의의 일반론적 성격에 대한 저항감은 여성의 차별성을 인정하지 아니한 보편주의에 대한 것에 비교할 만한 것이 된다.

그러나 집단 내에서의 정체성의 국부적 차이는 다시 한 번 개인적 차이로 쪼개어질 수 있고, 개인의 경우에도 어떤 정해진 본질로서의 개인성보다도 실천적 행위의 끊임없는 변화의 차이로 분해될 수 있다. 가령 도시의 문제를 정치 경제, 사회학, 인간학, 환경 등의 관점에서 문제 삼을 수 있으나, 그것을 걷는 사람이 그때그때 만들어 내는 어떤 즐김의 실천적 지도의 관점에서 볼 수도 있다.(미셸 드 세르토) 또는 미국의 여성학자 미건 모리스의 한 에세이에 의하면, 쇼핑센터는 자본주의와 퇴폐적 상품 미학의 표현으로 볼 수도 있지만, 그것은 주부가 설립 회사의 의도와는 관계없이 자신의 의도에 따라서 자기 나름으로 이용하는 대상이 될 수도 있다. 비슷한 생각을 제국주의나 식민주의에 적용한 것은 요즘 구미의 식민주의 논의에서 흔히 듣는 '잡종성'이라든가 '협상'이라는 말에 표현되어 있다. 이러한 용어들이 표현하고 있는 것은 식민주의라는 것도 하나의 거대한 단일 원인과 결과의 현상으로 이해하기보다는 피식민자가 그에 대하여 대항하고 협상하고 변질시키는, 그리하여 스스로의 삶에 이용하는 계기를 제공하는 것으로 보아야 한다는 생각이다.

그것은 모든 것을 거부하면서 존재한다. 그리하여 그것은 아무것도 몸에 붙이는 것이 없는 벌거벗은 자아이다. 동서양의 철학적 전통에서 자아는, 비록 벌거벗은 상태로 주어지는 것이라고 하더라도, 문화적 전통 속에서 형성되는 것으로 생각되었다. 철학적 교양의 의미의 중요한 부분은 이러한 형성에서 찾아졌다. 자아의 정체성의 정치학은 이러한 자아의 형성의 이념을 철저히 배격한다. 그것은 대체로 기성의 권위 질서에의 순응을 의미하는 것으로 생각되기 때문이다. 그것은 자아를 형성하는 대신 이 권위의 질서를 스스로의 요구에 맞게 고치고 형성하려고 한다.

설령 그것을 무엇이라고 정의하든 또는 정의를 거부하든, 정체성을 추구하고 해방을 원하는 것은 무엇인가. 그것은 어떤 외적 범주에 의하여 실체로 정의되기를 거부하면서도 자기가 되기를 거부한다는 점에서, 아마 단순한 해방의 의지라고 해야 할는지 모른다. 그러나 그러한 의지로서의 자아가 참으로 해방을 약속할 수 있는 것인지는 분명하지 않다. 이 의심은 그러한 자아가 자본주의 사회의 경제적 인간, 투쟁적 인간관계가 지배하는 만인 권력 사회의 자아에 극히 흡사한 것으로서도 피할 수 없다. 형성되지 아니한 자아는 대부분의 사람의 있는 그대로의 자아를 의미하고, 그것은 형성되지 아니한 것이 아니라 사회의 여러 힘들에 의하여 형성되어 있는 자아이다. 다만 그것은 이 사회적 형성의 힘들을 의식 속에 파악하지 않고 있을 뿐이다. 그러한 의미에서 해방의 운동 속에 있는 자아는 이미 존재하는 사회 속에 자연스럽게 위치하고 있는 자아이다. 소박한 자유주의에서 이 주어진 대로의 자연스러운 자아는 특히 강조된다. 이념적으로 주어진 대로의 자아가 모든 것의 기본 원리이기 때문이다. 특히 이 자아는 자본주의의 소비 시장에서 유효하다. 소비 상품 시장에서의 선택의 자유를 만끽하는 주체로서 소비자가 왕이라고 할 때의 자아도 이러한 어떤 것에 의하여서도 형성되기를 거부하는 자연스러운 자아이다. 해방이란 이러한 조건하에서 소비재에 대한 보다 큰 권리를 의미하고, 이미 많은 자본주의의 비판가들이 말한 바와 같이, 상품이란 그 사회적 프레스티지와 힘의 표현이기 때문에, 만인 전쟁의 사회에서의 보다 큰 힘을 사용할 수 있는 힘을 말한다. 해방은 그리하여 '힘의 부여(empowering)'란 말로 말하여진다. 의미와 언어의 생성은 이러한 스스로를 주장할 수 있는 의지로 단순화된 자아에 의하여 수행된다. 그 의미와 언어가 상품의 언어에 가까이 가고 기발한 광고 언어의 밀도를 갖는 것은 자연스럽다.

전체에 대한 부분, 보편에 대한 특수, 추상에 대한 구체의 탐구는 다른 전체성의 확인에서 끝난다. 그것은 소비와 만인 권력의 현실이다. 결국 세계의 현실이 그러한 것이라면, 이러한 세계에서의 불공평의 조건을 이루는 모든 권위의 허위의식과 마술을 폭로하고 철폐하는 것은 중요한 해방의 작업이다. 미국 사람들의 비유를 사용해서, 경기장을 평평히 하고 그 규칙을 분명히 하는 것은 민주적 사회를 위한 기본 조건이다. 이것은 우리 사회와 같이, 가장 물질과 사회적 지위와 권력의 자유시장이면서, 공평한 시장의 조건은 성립하지 아니한 곳에서 특히 필요한 일이다. 그러나 위에서 말한 바와 같이 이러한 과정에서 되찾아지는 부분과 특수와 구체는 이미 다른 전체성에 의하여 구속되어 있다. 그것이 지시하고 있는 것은 이미 이름을 부르지 않는, 그러나 사실상 우리가 그 이름을 다 알고 있는 전체성이다. 사람과 사람의 경쟁의 장으로서 파악된 오늘의 사회이다. 현상학의 기본적인 공리의 하나로서, 의식은 어떤 것의 의식으로서만 존재한다는 명제가 있다. 또는 더 일반화하여 노에시스로서의 의식은 대상으로서의 세계, 노에마에 대하여서만 존재한다. 우리는 집단이라든가 개인이라는 말을 듣지만, 이 개인과 집단은 어느 한쪽으로서 존재하는 것이 아니라 어떠한 경우에나 서로서로에 대한 함수로서만 존재한다는 것이 옳을 것이다. 개인은 또는 부분은, 그것이 어떤 것이든지 간에, 집단에 대한 또는 전체에 대한 부분으로서만 존재하고, 또 그에 대한 대항 항목으로만 존재한다. 또 집단 또는 전체는 개인 또는 부분으로 이루어지면서 또 이에 대한 대항 항목으로만 존재한다. 이렇게 생각할 때, 개체가 구하여지는 것은 전체와 동시에 구하여지는 것이고, 전체가 구하여지는 것은 개체가 구하여지는 것과 동시에 구하여지는 것일 것이다.

4. 주체의 철학

데카르트에서 시작한 서구의 현대 철학에서 주체가 중요하다면, 방금 말한 바와 같이, 그것은 주체가 객체에 대하여 있기 때문이다. 그것은 무엇보다 이미 그것이 객체의 세계와의 관계에서만 의미를 갖는 것이라는 것을 말하고 있다. 그것이 구성의 원리라고 하여도 자의적인 구성을 말하는 것이 아니다. 과학 기술에서 그것이 주어진 현실을 공학적으로 재구성하는 원리로서 작용한다고 하여도, 그 경우에도 베이컨의, "복종함으로써 정복한다."라는 말은 여전히 그러한 구성의 전제 조건을 지칭한다.

우리는 즐겨 중국이나 한국의 사상을 서양 사상에 대조시켜서 생각한다. 그러나 동양에 있어서, 특히 한국에 있어서 가장 중요한 사상이 되었던 성리학도 일종의 주체의 철학이다. 퇴계에서, 주자학의 근본 인식론을 요약한 "주일무적 수작만변(主一無適酬酢萬變)"이라는 말은 사유의 주체가 하나로 남아 있으면서도 어떠한 곳에도 머물지 않으며, 만 가지의 변하는 대상물에 일치한다는 말이다. 퇴계의 생각에도 주체는 하나이나 어떤 실체를 가진 것이라기보다는 변하는 현상의 인식에, 또 이미 그 일체성이 나타내고 있는바 일체적인 진리에 대응하여 있는 원리인 것이다. 동서양에서의 주체성의 원리는 공격적인 주체를 강하게 내세우려는 것보다 그것이 객체의 세계와의 대응 관계 속에서만 실체를 갖는다는 것을 말한 것이다. 거짓된 전체에 대하여 회복되어야 할 것이 있다면, 이러한 주체의 담당자로서의 부분이다. 그리고 전체가 거짓이 된다면, 그것은 이러한 대응 관계 속의 주체성의 담당자로서의 개체와 그 실존적 현실을 단순화하기 때문이다.

물론 이러한 논의는 인식의 주체로서의 인간에 그 역점을 두는 것으로 비판될 수 있다. 나의 생각으로는 객체와의 대응 속에 있는 인식의 주체는 단순히 인간 실존에 있어서의 기본적인 기제를 말하는 것일 뿐이다. 그것은 하나의 비유에 불과하다. 인식의 문제에 선행하는 것은 실제적 존재로서의 인간이다. 이 실제의 세계의 바탕은 물리적 세계이다. 그리고 이 세계에서 인간은 무엇보다도 육체를 가진 존재이다. 그러나 이 육체 또한 그 환경에 대하여 존재하는 방식은 객체적 세계와의 대응적 관계 속에 있는 인식 주체의 존재 방식과 유사하다.

그 주체를 단순한 인식의 관점에서 보든 육체를 가진 것으로 보든, 그것의 대상적 세계 또는 환경에 대하여 갖는 관계를 여기에서 간단히 설명해 버릴 수는 없다. 여기에서 내가 지적하고자 하는 것은 주체와 객체의 불가분성, 그리하여 불가피하게, 객체와 그 객체적 조건으로 표현되는 이 관계의 불가분성을 강조하고자 한다는 것일 뿐이다. 이것은 다시 말하여 주체의 인식 작용 또는 일반적으로 지향성이 대상을 향한다는 것을 다시 상기하는 일이다. 또 이것은 언어가 대상과의 관계에서 그 지시 작용을 회복하는 것을 말한다. 물론 여기에 문제가 없는 것은 아니다. 그러나 문제적인 관계가 바로 이 관계를 의미 있는 것이 되게 한다. 사유와 언어와 대상 사이에 문제적인 것임으로 하여 이 세 극은 독자적인 영역을 구성하면서 또 서로에 대하여 서로를 교정 지원하는 역할을 수행할 수 있다. 대상은 사유를 넘어가고 사유는 언어를 넘어간다. 그러지 아니하고는 이 사이에 어떠한 관계가 있어야 할 이유가 없다. 이 관계의 초월적 문제성이야말로 사실 인간과 세계의 개진에 대한 근본적인 반성이 고민하는 근본적인 고리를 이룬다. 데리다가 세계의 근본을 부재로서 말한 것은 단순히 대상의 세계가 언어나 이유를 초월하여 있음을 지적한 것에 불과할 수도 있다.

궁극적인 준거는 대상의 세계이다. 그러나 이 대상의 세계는 주체의 심화 속에서만 드러난다. 그것은 언어의 길잡이를 통하여 접근된다. 언어는 어디까지나, 불교적인 용어를 빌려, 하나의 방편에 불과하고, 방편은 하나로 고정될 수가 없다. 그리고 대상의 세계는 궁극적으로 언어는 물론 사유로도 소진되지 아니한다. 이 초월성, 불소진성은 간단한 지각 현상의 경우, 우리가 지각하고 생각하고 표현하는 대상이, 아무리 작은 것이라도 그러한 파악 작용의 범위를 넘어간다는 데에서 쉽게 경험되는 일이다. 그러나 이것은 궁극적으로 모든 근원적인 것의 신비 속에 용해된다. 근원의 신비는 그로부터 연유하는 모든 것에 신비의 베일을 드리우게 할 수밖에 없다. 데리다의 근원의 부재도 사실은 근본적 허무를 말하기보다는 근원의 신비, 또는 언어도단적 성격을 말하는 것이라고 하는 것이 옳을 것이다. 이러한 점은 하필 데리다에 고유한 것이라고 할 필요도 없다. 데리다의 해체의 철학은 한편으로 허무의 철학이면서, 다른 한편으로 매우 신학적인 또는 종교적인 색채를 가진 것이라고 말할 수 있는 면을 가지고 있었다. 1987년의 「어떻게 말을 하지 않을 것인가: 부정(dénégations)에 대해서」라는 처음으로 노골적으로 신학의 문제를 다룬 글에서, 그의 근본이 없는 흔적의 철학이 전통적인 '부정의 신학(Negative Theology)'과는 전혀 일치하지 않는 것이라는 것을 말하면서, 그 특유의 모순 어법을 통하여, 그것과 궤를 같이 하고 있음을 동시에 시사하고 있다. 어느 쪽이나 신, 존재, 무 또는 어떠한 근원적인 것도 언어나 사유가 아니라 끊임없는 해체 작업 —— 또는 '부정의 길(via negativa)'로서만 암시될 수 있을 뿐이라는 것을 말한다.

이 가장 신학적인 글의 복잡한 변증법을 여기에서 자세히 검토할 수는 없다. 그러나 인상적으로만도 우리는 그의 한없이 얽히고 얽히는 변증의 자국을 통하여 그의 철학의 방법의 원형을 짐작할 수 있다. 즉 모든 근원이 언표할 수 없는 것이라고 한다면, 그것에 대하여 말하는 것은 무의미한 일이다. 그러나 이 무의미한 작업을 통해서 우리는 언표 불가능한 것에 대한 예감을 가질 수 있다. 말의 무의미와 의미는 이러한 역설에 드러난다. 데리다는 그것을 이 글에서 예증해 보이는 셈이다. 그러나 지금의 우리의 논점과 관련하여, 그의 부재의 철학이 공허함의 철학이 아닌 것은 더 단적으로, 가령, 그의 신학적 변증(디오니시우스)의 신학적 변증에 선행하고 지주가 되는 기도에 관한 언급에서 볼 수 있다. 그는 모든 부정의 신학은 기도로부터 시작해야 한다고 한다. 그것은 "담론의 사막을 지나는 일"을 조정하여, "타자, 그대"에게 호소하는 일이다. 또는 "타자에게 타자로서 말하는 것은 …… 기도하는 일, 즉, 묻고, 간청하고, 찾아내는 일이다. 그것이 무엇인가는 상관이 없다. 순수한 기도는 다만 타자가 듣고, 받아들이고, 거기에 현존하고, 타자로서, 선물로서, 부름으로, 더 나아가 기도의 원인으로서 있기를 요구하는 것이다."[2]

부재일 수밖에 없는 타자로 하여금 나타나게 하는 데에는 아무런 방법이 없다. 그것은 말하자면, 선물이며 은총일 뿐이다. 그러면서, 생각은 우리 스스로 하는 것이라기보다는, 데리다도 같은 글에서 언급하는 바이지만, 하이데거가 말하듯이, 무엇인가가 불러서 하는 것이다. 그러면서도 생각이 참으로 의미 있는 것이 되기 위하여는 수동적인 상태로 들어가야 한다. 또는 더 적극적으로 말하여 밖에서 오는 소리에 순응하여야 한다. 이것은 퇴계에서 마음이 평정한 상태에 들어가고 진리에 열리는 상태가 되는 것을 경(敬)이라고 말한 것과 비슷하다. 밖으로 오는 것에 대한 깊은 존경 ─ 또는 심리학자 김성태 교수는 이 경을 '주의'라고 번역한 바 있지만, 밖으로부터 오는 것에 대한 수용의 상태가 진리의 조건이다. 그리고 이것은 언어 이전의, 논리를 넘어가는 삶의 조건이다.

---

2 데리다, 「어떻게 말을 하지 않을 것인가: 부정에 대해서」(1987).

5. 전체와 부분: 보편성

전체와 부분, 보편과 특수, 추상과 구체의 문제는 어느 쪽에 진리가 있느냐 하는 것보다도, 그 관계가 적절한가의 문제이다. 사유와 언어 그리고 대상의 관계가 인간의 주체성에 의하여, 그 열려 있음을 통하여, 또 그리하여 대상의 무소진성과 신비를 부재 속에 현존하게 할 태도가 그러한 것의 행위로서 전제되느냐 하는 문제인 것이다. 전체가 거짓이 되는 것은 그것이 열려 있는 자아의 깊은 내면성을 통하여 대상의 무한함 속에 이어지기를 그치는 때이다. 그런 때에 전체는 단순한 언어에 불과하다. 그것이 거짓이 되는 것은 당연하다. 그러나 이 거짓이 거짓임을 강조할 필요가 있는 것은 그것이 정치적 프로그램의 슬로건과 모토가 되기 때문이다. 그렇다는 것은 그것이 다른 한편으로 빈 껍질이면서 권력의 의지를 감추어 담고 있기 때문이다. 그러나 반대로 그것이 빈껍데기이며 억압 체제의 한 표현이라는 비판이 단순한 의미에서 또는 주어진 대로의 개체의 회복을 의도한다면, 그것은 또 하나의 권력 의지의 표현이며, 그것은 궁극적으로 경제적 사회 질서 속에서의 주어진 대로의 자아를 형성하는 권력 의지의 표현이다. 이러한 개인적 의지는 모든 관습과 제도와 언어에서 음흉한 지배의 의지를 찾아내고, 또 이 찾음의 행위에서 스스로의 의미를 만들어 낸다. 그리고 의미의 창조는 그 나름의 자기만족을 준다.

그간 우리 사회에서 들어온 집단 범주의 말로서 가장 빈번히 듣고 강력한 강제력을 가졌던 말은 민족이라는 말이다. 우리의 삶을 단순히 규정하는 것이라기보다는 당연히 규정해야 할 그리고 도저히 거부할 수 없는 긍정적 의미의 말로서 사용되어 왔다. 민족은 긴급한 상황에 있어서 특히 중요한 것으로 작용하게 마련이다. 동시에 오늘의 상황에서 민족이나 민족 국가가 개인의 운명에 지극히 중요한 결정 요인으로 작용하는 것임에는 틀림이 없다. 한국의 현대사는 계속적으로 이러한 긴급 조건을 구성해 왔다. 그러나 그러는 사이에 그것은 어떠한 조건에서나 불러내어 정당성의 근거로서 사용할 수 있고, 어떤 경우에나 그 이름을 환기하여 스스로의 권위를 더할 수 있는 말이 되었다. 그 이름하에 서 있는 사람에게는 아무도 이의를 제기할 수 없는 것이다. 또 그러니만큼 자유로운 토의와 자유로운 생존을 위하여 조금은 거북한 것일 수도 있는 말이 되었다. 그러나 그렇지 아니한 경우에도 민족이라는 말은 정도를 달리하여 억압적 분위기를 풍기는 말이 될 수 있는 말이다. 그렇다는 것은 그것이 우리의 자유로운 사고를 막는다는 점에서이다. 민족이라는 말이 참으로 우리의 생존의 중요한 범주를 나타내는 말이라고 하여도 그것은 구체적인 삶의 조건하에서 그러하다. 그 구체적인 조건이란 방금 말한 바와 같이 민족의 존립이 위태로울 수도 있는 긴급한 경우를 말한다. 물론 이 긴급함이란 늘 상호 갈등의 상태에 있는 국가 경쟁의 시대 또는 제국주의의 시대에서 국가 존립의 항구적 상태를 지칭한다고 할 수도 있다. 또는 민족은 사회 내의 갈등을 완화하게 하는 공동체 의식 또는 인간 유대 의식의 대리 언어로 사용되는 것일 수도 있다. 그러나 어떤 경우에나 그것은 다른 종류의 사고를 막는 이유가 되어서는 아니 된다. 그렇다는 것은 실제로 민족의 범주 안에서 운영되는 삶은 여러 요인들과 얼크러짐으로 이루어지며, 그렇다는 것은 민족이라는 범주는 다른 범주, 다른 개념과의 상관관계 속에서 존재한다는 것을 말한다. 구체적인 현실은 하나의 개념 속에 통합될 수 없는 것이다. 그러나 다른 한편으로 우리의 생존을 구성하는 요인들은 여러 가지이면서 참으로 모든 것을 포함하는 전체성 그리고 보편성을 구성할 수 있다.

그러나 참다운 전체성으로서의 보편성은 조금 달리 생각해 볼 필요가 있다. 그것은 반드시 경험적으로 집약되는 산술적 총계를 말하는 것은 아니다. 가령 우리가 방금 말한바 우리의 생존 능력을 구성하는 요인들이라는 말을 최대로 확대하여, 인간의 조건이라고 또는 인간성 내지 인간이라고 한다면, 이러한 것들은 그러한 경험적 총화를 나타내는 것은 아니다. 그것은 바로 개체의 삶 하나하나에 그대로 존재하는 것이다. 인간의 개념은 지상의 인간을 다 포함하는 개념이기도 하지만, 나의 개체적 존재를 그러한 총계에 관계없이 지칭하는 말이다. 민족과 개인의 차이는 다분히 하나가 사회적 또는 문화적 이념인 데 대하여 다른 하나는 자연 현상을 지칭하는 개념이라는 데에 있을 것이다. 자연은 보편적 범주로도 존재하고 그 구체적 표현으로서의 개체에도 그대로 존재한다. 그리하여 모든 사회적 범주는 주어진 대로의 삶 ── 구체적이면서도 보편적인 삶을 한정하는 조건을 말한다. 우리가 거기에서 억압적인 분위기를 갖는 것은 그것이 한정적 조건을 구성하기 때문이다. 물론 사람은 한정적 조건 속에서 산다. 이것을 부정하는 것은 허위의식 속에서 산다는 것을 말한다. 그러나 그러한 한정적 조건이란 일시적으로 수락해야 하는 것이면서, 그것이 한정적인 것인 만큼 극복되어야 할 어떤 것을 나타낸다.

마르크스주의적 인간 이해에서 사람은 사회 속에서 살며, 이 사회가 자본주의적 사회인 한 계급의 일원으로 산다. 그리하여 노동 계급에 속한 사람이라면, 노동 계급이라는 의식을 철저히 함이 필요하다고 한다. 그러나 그것은 그것이 반드시 이 삶이 이를 수 있는 최고의 경지를 나타내기 때문이 아니다. 그것은 극복되어야 할 한 단계를 나타내고, 그 극복을 위한 한 수단이 된다. 그 초기 저작에서 마르크스가 인간의 종적 본질의 구현을 말한 것은 잘 알려져 있는 이야기이다. 이 종적 본질은 억압되어 있는 만큼, 또는 더 적극적으로 말하여, 역사적으로 계발되어야 하는 만큼 구현되어야 할 한 가치 그리고 사실을 나타내는 것이지만, 동시에 인간의 본질의 구현이기 때문에 외부로부터 부가되는 어떠한 한정 조건이 아니다. 그것은 그 본질의 자연스러운 외적 표현이며, 또 원래부터 충족되어 있는 이상의 구현이다. 모든 사회적 범주는 인간 생존의 무시할 수 없는 한정 조건 — 또 인간은 자기를 구성하는 모든 요소를, 괴로운 요소들까지도 사랑하게끔 되어 있는 까닭에, 보람의 하나로서 받아들이는 한정 조건이면서도 또 극복되어야 할 어떤 것을 나타낸다.

물론 인간이라는 범주 자체가 한정적이 된 것일 수도 있다. 그것은 바로 인간의 이름 아래 무시되는 다른 한정적 조건으로 인한 것일 수도 있다. 계급이나 민족, 또는 성 등의 조건이 절실한 삶의 조건을 이루고 있는 상황에서 보편적 인간을 말하는 것이 의미가 있는가. 또는 이러한 사회적 범주로 야기되는 삶의 왜곡을 인간의 조건이라고 말하는 것이 그러한 범주의 제약을 극복하는 데에 도움이 되는가. 또는 어떤 경우에나 나의 실존적 상황의 절실함은 여러 사회적 조건은 물론 인간적 일반성의 문제와는 관계가 없는 것일 수도 있다. 인간이라는 범주는 또 다른 의미에서 한정적인 것이다. 그것은 인간의 종적 본질의 실현이 그것을 넘어서서 바랄 것이 없는 충족한 인간 실현의 생태라고 하더라도, 인간성이란 인간의 이상적 가능성을 말하는 것이면서도 동시에 인간의 한계를 지칭하는 것이다. 인간의 모든 것은 오로지 인간의 범위 안에서만 모든 것이다. 이에 대하여 인간은 인간이 사는 세계의 작은 일부에 불과하다. 인간의 지능은 인간을 세계에로 열어 놓는 중요한 가교 노릇을 하는 인간의 중요한 기능의 하나이다. 이것이 인간으로 하여금 다른 어떠한 동물보다도 세계에 대하여 열려 있는 존재가 되게 한다. 그러나 인간의 지능이 진화의 역사 속에서 인간의 생존의 한 수단으로 발전되어 온 것이라는 것을 생각할 때, 세계 개방성은 상당한 정도 해방된 것이라고 할 수밖에 없을 것이다. 생물학자들이 인간 지능의 문제를 논의하면서, 인간의 지능의 특성은 일반적인 지능이라는 점에서보다도 특별한 기능의 능숙한 수행에 관계되는 영역적 지능이라는 데 있다고 말하는 주장은 타당성이 있는 것으로 보인다.

인간은 이러나저러나 생물학적 세계의 일원이면서 ── 그것도 환경에의 적응이 모든 것의 척도라고 할 때, 반드시 가장 성공적인 것도 아니며 또 가장 지능적인 존재도 아닌 일원이면서, 또 존재자의 세계의 한 부분이며, 더 나아가 존재와 무를 포함하는 어떤 전체의 일원이다. 이러한 보편성으로서의 인간성의 문제는 다시 한 번 우리로 하여금 세상의 사물과 사람의 삶의 근원적 신비를 상기하게 한다. 그러나 여기에서 말하고자 하는 것은 부재하는 근원의 신비보다도 구체적인 상황과 사실의 우위성이다. 그리고 이 구체적 세계에 직면하여 언어는 변증법적 유동성 속에 있다. 어떠한 이념도 단독으로 절대화되는 것일 수는 없다.

여기에서 우리에게 신성불가침이 된 전체적이고 추상적인 범주나 개념을 간단하게나마 모두 검토할 수는 없다. 그러나 다른 몇 가지 물화되거나 또는 거의 물화된 개념 ── 대체로 민족이라는 말과 관련된 몇 가지에 대하여 조금 더 언급하지 아니할 수 없다. 지난 수십 년 동안 우리 사회에서 중요한 의미를 가졌던 말 중의 하나는 사회 정의이다. 이것이 민족이라는 말만큼 빈번히 사용되지 아니한 것을 보면, 이 말의 경화증 또는 물화증은 그렇게까지 심한 것은 아니라고 여겨진다. 그러나 사유와 사물의 유동적 과정에 주목하는 것의 중요성은 이 말을 생각할 때에도 다시 확인될 수 있다. 정의는 복잡한 심리적 동기를 내장하고 있는 개념일 것이다. 그리고 그것은 초보적인 의미에서의, 배분적 균형에 대한 이성적 느낌(윌리엄 제임스식으로 말하여 "합리성의 정서")을 내장하고 있다고도 할 수 있다. 그러나 최선의 상태에서 그것은 고통하는 삶에 대한 동참적 정서에 기초한다고 할 수 있을 것이다. 그러면서 이 정서를 통하여 수용되는 고통의 현실은, 그 현실이 궁극적으로는 사람의 행동에 의하여 결정되는 사회적 현실이니만큼, 이 사회 현실을 고치기 위한 현실 전략으로 이어진다. 수단과 목표의 도착은 어디에서나 볼 수 있지만, 과정의 흥분과 재미는 이 교환 작용을 더욱 가속화한다. 현실 전략은 쉽게 교조화한다. 그리하여 그것의 추구는 이론적으로나 실천적으로 그 자체의 정당성을 지닌다. 정의는 그것을 위한 현실 전략보다는 그 자체로 값있는 것이라고 하겠지만, 그것도 절대적인 것은 아니다. 그것의 의미는 고통의 현실과의 관계에서 나오며, 그것은 사람의 삶의 — 모든 사람의 삶의 존귀함에서 나온다. 그러는 한 그것은 모든 사람 또는 대부분의 사람들을 위한 사람다운 삶이라는 것에서 끝이 나는 이념이라고 할 수 있다. 이 사람다운 삶은 절대적으로 평등한 균형 속에 있지 아니한 이웃과의 평화적 공존이라는 삶의 조건을 포함한다. 사회 평화의 이념은 정의에 못지않게 중요한 이념이 되지만, 이것은 자주 잊히는 이념의 하나이다. 그것들은 서로 맞을 수도 있고 갈등을 일으킬 수 있음에도 불구하고, 중용적인 상태에서는 서로 맞아 들어가게 마련이라고 할 터인데, 이것은 때에 따라서 어느 한쪽으로 기울어질 수도 있는 것이 인간 현실이다. 동양의 미덕의 나열에서 인의예지를 말하지만, 의가 아니라 인이 위에 있음에 우리는 주의할 필요가 있다. 이것은 불교나 서양의 기독교에서도 마찬가지이다.

이렇게 말하면서 우리가 생각하게 되는 것은 인간으로 하여금 보다 근원적인 현실 또 보편적 것으로 열어 놓는 것은 반드시 이론적인 것 — 이념으로 굳어진 이념이라기보다는 성스러운 감성의 상태라는 것이다. 정의를 살아 있는 인간의 현실에 묶어 놓는 것은 고통에 대한 감성적 참여이다. 감성의 한문이 나타내는 그대로 수용의 성향을 말한다. 그러나 이 수용이라는 것이 반드시 격정으로 나타나는 것은 아니다. 자신의 고통은 물론 다른 사람들의 고통은 격렬한 감정의 원인이 될 수 있다. 그러나 그것은 정의의 느낌으로 나아가기 위해서는 이성적 이해와 현실적 전략적 사고를 경유해야 한다. 물론 이성도 격정과 정열의 원인이 될 수 있다. 다분히 이성적인 것에 연결된 분노의 느낌은 사회 정의를 위한 투쟁에서 매우 중요한 역할을 한다. 그러나 그것이 절대화한 경우 그것은 다시 한 번 인간 현실과의 연결을 상실해 버리고 만다. 소련이 망했을 때, 증오와 의심과 같은 부정적 감정에 기초한 사회가 좋은 사회로서 지속될 수가 없다는 말을 한 일이 있지만, 어쨌든, 감정의 절대화는 특정 개념이나 어휘의 절대화와 마찬가지로 유동적인 현실로부터 벗어져 나가게 마련이다.

　민족을 절대시하는 발상으로부터 멀지 않은 곳에 전통의 문제가 있다. 과거의 것이든 현재의 것이든 우리 것은 단순히 우리 것이라는 이유만으로 절대적인 가치를 부여하는 발상이 있다. 이것도 민족이라는 말과 함께 간단히 처리해 버릴 수는 없는 어떤 현실을 지칭한다. 우선 우리가 우리로서, 또는 내가 나로서 살지 않고 어떻게 산다는 말인가. 내가 나로서 살고 우리가 우리로 살 수밖에 없는 뜻에서 우리의 것은 중요할 수밖에 없다. 그러나 이렇게 말하는 것은 벌써 우리 것을 절대화하는 것으로부터 벗어져 나는 일이다. 그것은 우리의 것, 또는 민족의 전통에서 오는 것이 나와 우리의 삶―오늘에 살아야 하는 삶과의 관련에서 의미가 주어진다는 것을 말하는 것이므로 그것을 조건화하고 상대화하는 것이다. 그리고 그것은 다른 사람, 다른 민족의 경우에는 그의 것, 그의 민족의 것이 중요하다는 상호성을 인정하는 것이다. 그러면서 그것은 보편성에로 움직여 간다. 사실 민족은 보편적인 것이 아니다. 그러나 오늘의 세계에서 민족의 일원으로 산다는 것은 보편적인 진실의 하나이다. 또는 더 일반화하여 어떠한 지역적 가치나 전통도 보편적인 것은 아니다. 그러나 사람들이 지역적 가치와 전통에서 산다는 것은 오늘의 인간뿐만 아니라 아마 대부분의 시대의 대부분의 인간에게 맞는 보편적 진실이다. 그것은 인간이 한정된 존재라는 것을 말한다. 이 한정이란 공간적으로 시간적으로 한정된 것을 말하고, 또 신체를 가진 존재라는 것을 말한다. 사람은 보편적 좌표를 통해서가 아니라 그의 신체적 습관과 감각으로 지역에 거주한다. 그리하여 익숙한 것들은 그의 삶의 환경을 이루고, 더 나아가 그의 자아의 구성 요소를 이룬다. 그에게 그의 것, 그를 이루는 문화의 흔적들은 삶의 필수적 요건이 된다. 그러나 이것은 다른 각도에서 볼 때 그의 오늘의 삶이 그럴 수밖에 없기 때문이다.

사람에게 자신의 것이 중요한 것은 그의 오늘의 삶이 중요함으로써이다. 그리고 자신의 것이 중요한 것은 자신의 오늘의 삶에 열려 있는 만큼 그러하다. 또 역으로 자신의 것과 민족의 전통이 이 열림에 방해가 되는 것으로 존재한다면, 그것이 그렇게 중요하다고 할 수는 없다. 그러나 자신의 어떤 것, 민족적 전통의 어떤 것도, 부정적인 것이든 긍정적이든, 그것은 오늘의 삶의 여러 있음에 따라서는 모두 다 오늘의 삶의 한 중요한 부분을 이룰 수 있다. 부정적인 것의 사실적 인식은 그 자체로서 오늘의 삶의 위엄을 이룬다. 그러나 그러기 위해서는 오늘의 삶은 그것으로부터 초연할 수 있는 온전함을 가지고 있어야 한다.

6. 학문의 보편성 원칙

이러한 자신의 것 그리고 전통적인 것과 오늘의 삶의 사이에 자리하는 복잡한 변증법적 교환은 문화에 대한 생각과 학문에 있어서의 그러한 것들에 대한 태도에도 적용될 수 있다. 우리는 우리 식의 학문 또는 민족적 입장에서의 학문이 있어야 한다는 주장을 듣는다. 이번의 이 심포지엄을 주최하는 대학원 학생회에서 제기한 문제의 하나도 민족적 또는 동양적 시각의 학문이 가능한가 하는 것이었다. 물론 질문은 희망과 주장 그리고 도덕적 강압을 나타낸 것이다. 이러한 질문에 대하여 우리가 말할 수 있는 것은 다시 한 번 학문이 자신의 상황을 의식으로써 휘어잡으려는 것이라고 할 때, 우리의 입장을 떠나서 다른 어떤 입장이 있을 수 있는가 하고 반문할 수 있다.

　그러나 우리의 입장에 선다는 것은 그것을 절대화한다는 말은 아니다. 그것은 다시 한 번 그것이 우리의 삶과의 관계에서 그러하다는 것이고, 또 그렇게 한다는 것은 그것을 상대화하고, 물론 다른 입장과 다른 전통의 입장의 상호성을 인정하는 것이다. 물론 이것은 다른 입장과 다른 전통을 상대화하는 것이기도 하다.(아마 이것은, 우리 전통의 상대화나 마찬가지로, 서양 우세의 지금 시점에서 반드시 필요한 것일 것이다.) 모든 문화의 상대화는 보편성에로 나아가는 한 조건이 된다고 할 수 있다. 그러나 학문의 경우 학문에서의 보편성의 문제는, 다양성 속에서의 인간 공동체의 통합으로써 이루어지는 보편성과는 다른 양상을 지닌다고 말하여야 한다. 학문은 본래 어떤 경우에나 보편성 속에서 또는 보편성의 주장 속에서 움직인다. 그 이유의 하나는 학문의 주장이 늘 보편성의 주장과 더불어 움직이는 권력에 밀접하게 관련되었기 때문이다. 그러나 본래 조금 전에 말한 대로 학문이 우리의 상황을 의식화하려는 노력인 한 이 의식화는 모든 방면으로 열려 있는 것이 됨으로써만 바른 의식에 도달할 수 있다. 더 간단히 말하여, 우리의 생각은 있는 그대로의 사실적 인식을 지향한다면, 선입견 없는 또는 미리 정해 놓은 전제 없이 사실에 이를 수 있어야 한다. 그것은 반드시 보편성을 주제화하는 것은 아니지만, 보편성의 지평 위에서 움직여야 한다. 보편성은 이 경우에도 주어진 대로의 기능의 구체 속에 들어 있는 원리이기도 한 것이다. 이러한 연관 또 다른 연관에서 하나의 학문의 보편성은 다른 학문에의 보편성 또는 보편성의 주장에 모순될 수밖에 없다. 이 보편성의 주장은 투쟁적으로 해결될 수밖에 없다. 그러나 이 투쟁이란, 적어도 학문의 범위에 남아 있는 한 보편성을 위한 투쟁이다. 그리하여 지역적 학문은 다시 보편적 학문 속으로, 일시적으로일망정, 통합된다. 그리하여 중요한 것은 민족의 학문이나 세계적 학문이나, 그 근본 원리는 보편성이 된다.

　그러나 오늘의 시점에서 보편성의 주장을 가장 강하게 제출하고 있는 것은 서양의 학문이다. 그것은 정당한 것일 수도 있고 그렇지 아니한 것일 수도 있다. 그것이 정당한 것이 아닌 경우, 그것에 대결하는 방법은 우리의 보편성의 능력을 유지하는 일이며, 그 담당자가 우리의 사고의 능력, 이성적 반성의 능력이라고 한다면, 검토되지 아니한 선입견을 거부하는 철저한 사고의 힘 ── 비판적이고 해체적인 사고의 힘을 유지하는 일이라고 할 수 있다. 그러나 현실적으로는 이미 존재하는 학문을 새로운 보편성의 입장에서 모두 검토한다는 것이 간단한 일이 아님은 말할 필요도 없다. 더 근본적인 문제는 보편성이란 단순히 새로운 사실의 발견에 의한 주어진 명제의 비판, 부정 확대하는 문제가 아니고 발상 자체에서의 어떤 결정을 말하는 것이기 쉽기 때문에 이미 정해진 테두리의 발상의 밖으로 나아가는 보편성의 원리를 재정립하기란 좀처럼 가능한 것이 아니라는 데에 있다. 그러나 여기에서 말할 수 있는 것은 학문의 원리는 우리의 현실에 관계된 것이든 아니든 보편성이라는 점이다.

　이 학문의 보편성의 원칙은, 민족의 학문뿐만 아니라, 그것이 어떠한 것이든지 간에 특정한 입장을 표방하는 학문을 의심을 가지고 보게 한다. 그렇다는 것은 그러한 입장의 학문이 있을 수 없다거나 또는 정당하지 못하다고 하는 것이 아니다. 다만 그것은 다시 한 번 보편성의 관점에서 정당화되어야 한다는 것을 말하는 것이다. 이것은 기성 학문, 지배적 패권의 학문과의 시정, 확대, 또는 폐기의 과정을 포함하는 것이다. 토머스 쿤의『과학혁명의 구조』는 패러다임이라는 말을 널리 쓰이게 하였다. 이것은 엄밀성과 보편성을 그 정당성의 근거로 하는 과학이 이론적으로 충분히 검토되지 아니한 유추나 비유나 실험의 절차를 수용한다는 것을 말하기 위한 것이다. 그것은 한편으로는 비판이기도 하고 다른 한편으로는 유연성과 관용을 위한 호소라고 할 수도 있다. 어떤 경우에나 그것은 보편적 엄밀성에 이를 수 없는 과학의 자기 반성의 이유를 제공하는 것이고, 과학에 대한 비관적 견해를 드러낸 것이다. 그런데 우리는 패러다임이나 모델을 지시하는 것으로 새로운 학문을 시작할 수 있다는 사람들을 본다. 그것은 처음부터 보편성에의 지향을 포기하고 단순히 어떤 특정한 관심, 흥미, 또는 이익에 기초하여 학문을 하겠다는 말로 생각된다. 나는 더러 듣는 학파의 구성이 필요하다는 말에서도 비슷한 것을 느낀다. 참으로 학문을 지향하는 사람이 학파를 구성하고자 하는 것은 아니다. 지향되는 것은 보편적 학문이다. 다만 사람의 보편성의 능력은 언제나 제한될 수밖에 없기 때문에 그 노력은 하나의 관점, 하나의 경향을 나타내는 학파로 끝나는 것이라고 말하는 것이 옳다. 학파란 성공의 증거이기도 하지만, 더 깊은 의미에서는 실패의 증표이다. 패러다임과 모델의 유행은 어쩌면 상품의 다양화와 상표화와 흐름을 같이하는 시대정신을 나타내는 것인지 모른다.

7. 물음의 힘

사람의 편성에의 능력 — 나는 다시 한 번 이것이 학문의 원리라고 말하고 싶다. 그리고 이것은 학문뿐만 아니라 언어와 사유와 세계에 대한 인간의 관계에서 — 또 이것이 인간 존재의 기본적 표적을 나타낸다고 할때, 그것은 인간 존재의 근본 원리라고 할 수도 있다. 그 능력이란 내면성에의 가능성 — 개체적 자아를 경유하는 내면성의 가능성과 그 힘이고, 그것을 통한 열림의 가능성을 말한다. 그런데 이 능력 가운데 가장 손쉬운 증표는 물음의 힘이다. 이것은 크게는 하이데거가 사람은 자기의 존재에 대하여 물음을 묻는 존재라고 말한 의미에서의 물음이고, 작게는 밖으로부터 주어지는 사물의 인상과 사회의 규율과 언어에 대하여 "왜" 하고 반문하는 물음이다. 이 물음은 앞에서 말한 바와 같이 끝날 날 없는 의심의 의미화에서 드러나는 의지와 권력의 황무지로 가는 것일 수도 있다. 그러나 그것은 보다 경건한 부름의 목소리, 타자의 소리를 듣기 위한 물음일 수도 있다. 이 물음이 가능하게 하는 한 가지는 합리성의 연쇄를 그것이 만들어낼 수 있다는 것이다.

물음은 인과 관계에 대한 물음이고, 이것은 합리성을 세계의 원리로서 구성해 내는 단초가 된다. 합리성의 가능성은 물음의 가능성 하나를 나타냄에 불과하다. 그러나 그것은 오늘에 유행하는 비합리주의 흐름에서 추측할 수 있는 것보다는 중요한 것이다. 그것은 사실의 세계와 사회라는 집단의 생활에 — 특히 복합적 사회에 있어서 집단의 생활에 질서를 만들어 내는 원리이다. 이 질서가 사람의 모든 것을 말하는 것은 아니다. 그러나 그것은 오늘에 있어서 사람에게 평화와 향수의 삶을 가능하게 하는 필수 조건의 하나이다.

(1998년)

이론과 오늘의 상황 1

《비평》 창간사

오늘은 현실만 있고 이론은 없는 시대이다. 사회와 인간을 하나의 관점이나 틀로 파악하고자 하는 큰 이론들은 소멸했거나 보이지 않는 곳으로 잠적하였다. 남아 있는 큰 이론은 오늘의 현실의 이론—세계 자본주의의 이론이다. 이것은 오늘의 현실을 경영과 관리의 기술 면에서 설명한다. 그러나 이것은 현실에 대한 총체적인 이론이면서 또한 부분적인 이론이다. 거기에는 인간 존재에 대한 고찰이 없다. 인간은 이해되고 해석되고 형성되어야 할 존재가 아니라 경영되는 현실 속에서 하나의 고정된 변수일 뿐이다. 그러한 의미에서 자본주의의 이론은 부분적 이론이며, 큰 이론은 역시 죽었다고 할 수밖에 없다.

다른 한편으로 서양의 사상적 현장을 살펴보면, 거기에는 어느 때보다도 이론이 번창하고 있음을 본다. 그 이론들은 거대 이론의 소멸과 함께 등장한 군소 이론들이다. 그것은 인간과 역사에 대한 총체적인 파악이 아니라 그 작은 계기들의 분석을 겨냥한다. 작은 이론들 가운데 가장 두드러진 것은 문학과 문화의 이론들이다. 문학과 문화의 한 바탕은 재현의 구체성에 있다. 그러나 역설적인 것은 오늘날 문학과 문화가 어느 때보다도 은폐된 개념적 구조물로 가득 찬 것으로 말하여진다는 점이다. 작은 이론들이 문제 삼는 구체적 생존의 계기에서 발견되는 것은 일반적 관념의 그물이다. 이 그물은 사회적 억압을 상징의 구조로써 표현한다. 억압은 제도에 못지않게 상징적 재현을 통하여 이루어진다. 그리하여 우리는 전체성의 구성에 실패한 이분적 시도가 구체적인 것을 통하여 자기 갱생을 구하고 있다는 인상을 받는다.

오늘의 시점에서 이러한 역설은 불가피하다. 오늘의 이론적 작업은 어느 때보다도 부정적이고 자기 반성적이다. 그것은 스스로를 체계를 향한 시도로서가 아니라 그것에 대한 끊임없는 도전으로서 이해한다. 이 부정적 도전은 자기 자신을 향하기도 한다. 그리하여 그것은 자기반성적인 것이 된다. 오늘의 이론들은 역설을 그 방법으로 한다.

(1999년)

이론과 오늘의 상황 2

1. 계몽의 계획의 좌절

서구에서 한참 대이론의 죽음이라는 말이 유행한 것은 10여 년 전이었다. 이것은 인간의 역사와 사회에 대한 큰 이야기가 끝났다는 것이다. 이것은 주로 마르크스주의의 종언을 두고 한 말이지만, 여기에는 마르크스의 후계자 또는 수정자로 말하여질 수 있는 여러 이론들, 루카치나 사르트르, 프랑크푸르트학파 또는 더 나아가 알튀세르와 같은 새로운 마르크스주의자들의 이론을 포함할 수 있다. 동시에 반드시 마르크스주의에 발상의 근원을 가진 것은 아니라고 하여도, 가령 구조주의라든가 사회학의 구조 기능주의라든가 하는 것도 그 설명적 권위를 상실하는 증후들을 보였다. 프랑크푸르트학파의 마지막 대표이면서 그 수정을 시도한 하버마스가 유행시킨 말로 생각되는데, 소위 "계몽의 기획"의 일부를 이루었던 모든 이성주의적 사회 이론이 — 좌파만이 아니라 중도적 또는 보수적 이론에서까지 중요했던 이성주의적 사회 이해가 막을 내린 것이다. 또는 막을 내렸다고 이야기된 것이다.

서양 세계의 학문적 토론에서, 거대 이론 ──사회와 역사를 하나의 종합적 관점에서 설명하려는 이론들의 권위가 시들해진 것은 이론 자체의 문제점으로 인한 것이기도 하지만, 무엇보다도, 그러한 이론들의 설계를 가능하게 해 주는 현실의 변화로 인한 것이다. 가장 중요한 것은 소련을 중심으로 한 공산주의 사회들의 붕괴이다. 그러한 사회들의 현실이 어떠한 것이었든지 간에, 그 사회들의 존재는 이론적 구도에 의한 사회의 구축이 가능하다는 인상을 유지하여 주었다. 그 붕괴가 저절로 이론의 무의미성을 드러내게 된 것이다.

말할 것도 없이, 붕괴된 사회주의의 현실과 계획에 대하여 승리를 구가한 것은 자본주의이다. 이러한 관점에서는 통일된 현실이 없는 것도 아니고, 그것을 장악하는 이론이 없는 것도 아니다. 그러나 자본주의 이론은 다른 이론과 같은 총체적 이론은 아니다. 그것은 오늘에 있어서 총체적 현실로서 존재할 뿐이다. 그것은 자본주의의 이론이 주로 경영 기술적 이론으로 성립하는 것으로도 알 수 있다. 그것은 인간의 내면의 요구와 그 변화 또 이와 더불어 생각될 수 있는 사회의 발전에 대하여 무관심하다. 그것은 이 점에 대해 경제적 인간의 이익이라는 매우 단순한 관점을 가지고 있을 뿐이다. 이것은 보다 넓은 계몽의 계획의 위축을 의미한다. 자본주의도 마르크스주의나 마찬가지로 사회와 역사의 합리적 원리를 믿고 또 그것에 따라 발전하는 것을 말하는 근대주의의 일종이라는 것은 사실이다. 다만 자본주의 이론들은 근대주의가 내장하고 있는 역사적 사명의 도덕적 측면을 강하게 내걸지 아니한다. 또 그것은 그러한 발전이 반드시 일관성 있는 이론과 실천에 의하여 추진되는 것이라고 말하지도 아니한다. 자본주의의 이론은 대체적으로 말하여 이미 진행되고 있는 여러 사회 과정들을 후견하는 일을 한다. 그리하여 어떠한 발전이 이루어진다고 하여도, 그 발전은 역사와 인간 생존의 총체적 변혁으로, 전적인 새로운 사회 질서 또는 세계 질서의 정립으로 이어지는 것으로 생각되어지지 아니한다. 그것은 주어진 인간성과 인간 생활의 형식을 수락하면서 그의 요구에 따라, 주어진 역사와 사회 그리고 자원을 관리하고 그 안에서의 향상을 꾀하는 것을 그 실제적 전략으로 한다. 이러한 실용적 적응성이 전체적인 이론의 쇠퇴 그리고 이성의 기회에도 불구하고 자본주의의 이론과 체제로 하여금 아직 살아남아 있는 요인이 되게 한다고 할 수도 있다. 그러나 이렇게 살아남게 한 요인이 자본주의로 하여금 더욱 기술 경영적인 것이 되게 한다. 사회주의 도전의 소멸이 가장 극명하게 드러나게 한 것이 이러한 측면이다.

2. 한국의 민주화와 그 결말

서양에서의 역사적 전개는 기묘한 평행선을 그리고 있는 한국의 현실도 포함하는 것으로 보인다. 1960년대 이후 한국 사회의 지상 목표는 민주화였다. 1987년에 전두환 군사 정권이 무너진 것은 민주화의 역사에서 결정적 계기를 이루는 것이었다. 이 전기는 스스로를 문민정부로 명명한 김영삼 정권 그리고 그 이후의 김대중 정권에 의하여 계속적인 민주화로 발전하였다. 역설적인 것은 민주화의 진행과 더불어 민주화라는 역사의 큰 명제가 그 현실 장악의 힘을 상실했다는 것이다. 그리고 오늘에 있어서 한국 사회는 실천적으로나 이론적으로나 일체의 총체적 관점을 상실한 것으로 보인다.

민주화는 말할 것도 없이 군사 독재 정치 체제에 대한 저항이었다. 우리가 이해해야 할 것은 민주화가 근대화의 일부를 이루는 역사 과정의 일부였다는 점이다. 민주화는, 자유와 평등에 대한 요구에서 일어난다. 그러나 근대적 조건하에서 그것은 물질적 삶의 향상을 전제로 한다. 이러한 생활의 향상은 산업화로써 이루어지는 것으로 생각된다. 산업화는 인적 물질적 자원의 동원을 요구한다. 자본주의는 물론 사회주의적 발전의 전략에서도 근대화는 사회의 위계적 체계화를 동반한다. 이것은 쉽게 자유와 평등에 대한 요구를, 정도의 차이는 있을망정, 억압함으로써 가능해진다. 뿐만 아니라 억압적 동원 속에서 산업화가 가져오는 희생과 과실의 분배도 균형을 잃게 된다. 이 모든 것이 민주주의적 발전을 저해하게 하기도 하고 그에 대한 갈망을 더 격렬하게 하기도 한다. 이러한 산업화를 위한 동원을 우리는 특히 격렬한 형태로서, 즉 군사 독재를 통하여 경험하였다. 군사 독재로부터 민주화가 일어난 원인은 무엇인가. 말할 것도 없이 한 원인은 민주화 운동의 치열함이다. 그러나 그 성공의 여건으로서 다른 부차적 여건을 생각해 볼 수 있다. 어떤 사람들이 생각하는 것처럼 산업화의 성숙은 민주화의 이행을 가져온다고 말할 수 있을는지 모른다. 그것은 산업의 근대화 자체가 그 이상 독재에 의한 동원을 필요로 하지 않는다는 설명과도 연결된다. 다른 한편으로 국제 자본주의의 성격 자체가 그러한 이행을 요구했다고 볼 수도 있다. 어떤 경로와 원인으로 인한 것이든지, 지금에 와서 (적어도 남한에 있어서) 민주화는 일단락되고, 그와 아울러 산업화를 통하여 근대화의 기초적 조건이 어느 정도 구비되었다고 말할 수 있다.

그런데 오늘의 상황은, 민주화와 근대화의 일단의 종결 또는 소강상태는 세계 자본주의의 경우나 마찬가지로 어떤 정신적 피곤이나 쇠퇴를 가져왔다는 느낌을 준다. 민주화의 요구에는 근대 사회에 대한 갈구 이상의 것이 들어 있다. 자유는 자본주의 사회에서의 이윤 추구의 자유 이상의 것을 의미하고, 평등은 자본주의의 과실의 보다 많은 배당 이상의 것을 의미한다. 그 에너지는 상당 정도 어떤 고양된 인간 존재의 상태와 이상적 공동체에 대한 갈구에서 오는 것이었다. 그간의 산업화에 의한 경제 성장은 국민의 요구를 보다 물질적 방향으로 돌려놓게 되었고, 마침 사회주의 사회의 붕괴, 그리고 사회에 대한 대이론의 무의미화는 이러한 방향을 더욱 굳히게 되었다. 그리하여 세계적 흐름에 맞추어 민주화나 근대화의 지향점은 보다 중요한 경제적 삶에서 종착점을 찾는 것이 되고, 거기에 이르는 유일한 이론은 경제학과 경영학으로 생각되게 하였다.

3. 조상(弔喪)의 시대와 포스트모더니즘

다른 맥락에서 사용된 말을 빌려, 역사가 종말에 이르고 경제학 또는 그보다는 경영학만 남는다고 해서 사회나 역사 또는 인간에 대한 다른 이론들이 완전히 사라진 것은 아니다. 대이론의 죽음 이후에 등장한 이론들의 많은 것은 포스트모더니즘이라는 이름으로 불리운다. 데리다는 마르크스에 관한 글에서, 필요한 일 중의 하나가 마르크스를 조상(弔喪)하는 것이라고 말한 일이 있다. 그 진의를 파악하기 어려운 말로 보이기도 하지만, 사실 이 말은 그의 마르크스론만이 아니라, 데리다의 작업의 전체, 또 더 확대하여 포스트모더니즘의 많은 사상적 모험에 해당시킬 수 있는 말이 아닌가 한다. 조상이란 일단 조상의 대상이 죽었다는 것을 시인하는 일이다. 그러나 다른 한편으로 그것은 그 죽음을 시원하게 생각하는 것이 아니라——가령 역사의 종말을 말한 프랜시스 후쿠야마처럼 또는 다른 자본주의의 개가를 부르는 다른 이론가들처럼——안타깝게 생각하고 애도하는 것이다. 그러면서, 더 나아가, 말하자면, 이 애도를 통하여, 부질없는 일이라는 것을 알면서도 그 음성적 존재를 장기화하는 일이다. 이러한 의미에서 그것은 현실 자본주의를 어떤 의미로든지 받아들이면서, 그것을 거부하고 다시 역설적 방법으로 이 거부에서 새로운 출발의 계기를 찾아보려는 것이다. 그것은 또 하나의 부정의 변증법이라고 할 수 있다. 그러면서도 그것은 현실 자본주의 속에 깊숙이 자리해 있다. 그 입장은 양의적, 양가적이고, 이것은 마르크스적 후계자들의 고민을 가장 잘 나타내고 있다고 할 수 있다.

한국의 사정을 포스트모더니즘의 관점에서 이해하려고 하는 것은 역사적으로 맞는 것일 수 없다. 그러나 거기에서 배워 올 수 없는 것은 아니다. 그리고 근년에 와서 포스트모더니즘에 대한 관심이 크게 늘어난 것은, 구미의 유행에 민감한 점이 있으면서 또 우리의 사정을 이해하는 데 그것이 어느 정도 도움을 주는 바가 있기 때문일 것이다. 인간과 역사를 총체적으로 이해하려는 노력이 오늘날 서구에서 오로지 조상의 상태에서만 지속되는 것이라고 한다면, 한국인이 조상의 상태에 빠진 것은 그보다도 더 오래된 일이다. 그것이 자발적인 것이었든, 제국주의의 외적 충격으로 인한 것이었든, 서양의 근대 문명의 충격하에서 한국인은 곧 긴 방황을 시작하였다. 넓은 의미에서의 서양 문명의 약속 — 근본적으로는 적어도 수사의 차원에서는 계몽주의의 기획에 포함된다고 할 수 있는 민주주의, 자본주의, 민족주의, 그리고 마르크스주의 등은 이 커다란 방황과 혼미 속에서의 모색이라는 성격을 가졌다고 할 수 있다. 어떤 시기에나 역사는 반은 조상으로 또 반은 신생(新生)으로 이루어진다고 하겠지만, 서양의 근대사가 신생적 희망을 강한 동기로 가지고 있었다고 한다면, 한국에 있어서의 사상적, 사회적 모색은 조상의 분위기 속에서 강하게 행해질 수밖에 없었고, 이것이 그러한 모색을 한결 절실하게 하면서 사상적으로 이데올로기적이고 정치와 사회의 면에서 격렬하게 전투적인 성격을 가지게 하였다. 구미에 있어서의 대이론의 모험의 종말은 다시 한 번 이미 한국의 근대를 성격 지우는 조상적 성격을 확인한 것이라고 할 수 있다. 이러한 면에서 이미 한국은 구미의 근대의 종말을 맞이할 준비가 되어 있었다고 할 수 있다. 우리에게 있어서의 포스트모더니즘의 의의는 여기에서 찾아진다고 할 수도 있다.

그러나 다른 한편으로 자본주의의 승리도 다른 어디에서보다도 한국에서 완벽한 것으로 보이기도 한다. 너무나 오래된 조상 후에, 조상의 일부로서, 또 새로운 변화로서 온 것은 이해와 실천에 있어서 인간과 사회의 일체성의 추구를 버린 완전한 현실 전략주의이다. 서양의 근대 문명의 한 내용을 이루는 것은 인간에 대한 세속적 이해이다. 이것은 좋은 의미에서는 인간의 삶의 가능성에 대한 사실적이고 총체적인 해명과 실현을 지향하지만, 나쁜 의미에서는 냉소주의적 인간관에 전락할 위험성을 가지고 있는 것이다. 제국주의에 대한 경험에서 사람들이 쉽게 배울 수 있는 것은, 제국주의자나 피식민지인이나 이 후자의 현실적 효율이다. 구미에서의 대이론의 몰락과 기능 현실주의의 대두는 이러한 인식을 재확인해 주는 효과를 갖는다. 특히 이제, 구미의 현실적 정치 전략, 인간관, 기술 조종 능력을 어느 정도 자기 것으로 삼은 한국에 있어 이 확인은 이 현실주의를 지배적 이데올로기가 되게 하는 것으로 보인다.

이러한 것들이 우리에게, 방금 말한 바와 같이, 다른 경박한 이유들과 합쳐서, 구미의 포스트모더니즘 축제에 참여하는 배경을 이룬다. 물론 구미의 포스트모더니즘은 우리의 상황과 그 인식에 일치하기도 하고 또 불일치하기도 한다.

4. 포스트모더니즘의 교훈

포스트모더니즘의 철학적 핵심은 데리다의 해체주의에서 발견된다. 그 주제는 이성적 사고나 언어에 대응하는 실재가 없다는 것이다. 그리하여 이성은 하나의 자의적인 폭력이며, 언어는 중심, 주체, 특권적인 지시, 근원, 목적 또는 절대적인 원천(아르케)을 갖지 못한다.(「인간과 과학에서의 구조, 기호 그리고 놀이」(1966)) 데리다가 처음으로 이러한 주장을 한 것은 사회주의권의 붕괴 훨씬 이전이고, 또 반드시 마르크스주의에 관계되는 것이 아니었지만, 사실 그때 이미 마르크스주의를 비롯한 이성주의적 기획들은 지적인 파탄을 경험하고 있었다. 그리고 이것은 단순히 지적인 문제에 관련한 발언이라기보다는 전반적으로 역사와 사회에 대한 이성적 구도와 기획이 불가능함을 직관한 것에 관계되는 것일 것이다. 그렇다면 이성과 언어를 어떻게 생각해야 하는가. 그것은 근원의 부재를 언어로 보충하면서 그 부재를 은폐하는 놀이이다. 그러나 이러한 부질없는 놀이가 왜 일어나는가에 대하여 데리다는 별로 묻지 않는다. 어떻든 그것은, 루소의 어머니에 대한 사랑의 경우에서처럼, 삶의 욕망에 대응하는 대상의 부재를 메꾸려는 노력 ── 말하자면 삶의 허무에 대한 사랑의 반응이라고 할 수 있을는지 모른다.

이러한 이성과 언어의 놀이에서 더 분명한 동기를 보는 것은 미셸 푸코이다. 그것은 권력에의 의지이다. 그는 사회의 도처에 권력의 의지가 작용하고 있는 것을 본다. 현대에 와서 주로 이성적 명제로 제시되는 진리의 주장이 권력 의지의 표현이라는 것은 니체의 주장의 하나이지만, 니체에게 이러한 사실은 반드시 부정적으로 취할 사항이 아니었는 데 대하여, 푸코가 이것을 긍정하고 찬양하여야 할 것으로 받아들인다고 할 수 없다. 그는 니체나 마찬가지로 삶의 비이성적 근원을 들추어내고, 이것을 이성적 기획에 의하여 재단하려는 것이 또 하나의 비이성임을 밝히는 데 관심을 가지고 있지만, 그는 어떤 경우에나 억압의 기제로서의 권력 의지에 대긍정을 보내지는 아니한다. 그에게 중요한 것은 권력이 아니라 그것으로부터의 해방이다. 그러나 역설은 이 해방이 거의 불가능하다는 것이다. 그에게 사회의 지적 체계는 ── 대체로 이성적 면모를 가지게 되는 억압 체계는 분명한 것이지만, 이 체계를 해체할 수 있는 현실적 수단은 존재하지 않는 것으로 생각된다. 지적 체계에 대한 관심은 그로 하여금 구조주의자처럼 보이게 하지만(그 자신 구조주의자가 아님을 선언한 바 있다.) 그 구조에는 어떤 중심이 있는 것이 아니다. 이것은 권력의 경우에도 마찬가지이다. 권력은 중심으로부터 대동맥을 통하여 전달되는 체계를 가진 것이 아니라 사회 전체에 퍼져 있는 모세관을 통하여 작용한다. 그것은 편재한다. 지적 체계, 언어 체계, 또 권력 체계가 작용하는 방식은, 가령 예를 들어, 그가 『성의 역사』 제1권에서 말하고 있는 기묘한 성 억압의 기제에서 잘 드러난다. 서구의 현대사는, 어떤 관점에서는 성 해방의 역사라고 볼 수도 있지만, 푸코는 성의 자유화, 특히 성에 관한 언술의 자유화는 바로 참된 의미의 성의 자유를 억압하는 기제가 된다고 말한다. 그리하여 사실 권력, 그리고 권력과 야합한 진리와 진리의 언어를 벗어날 도리는 없는 것이다.

사회주의권의 붕괴 이전에 이미, 공산주의 실험의 실패를 보고 아도르노는 전체란 허위라고 말한 바 있다. 푸코의 논의도 사회주의의 현실적 또는 이념적 파산에 연결되는 것이라고 할 수 있지만, 그의 전체성의 부정 — 적어도 해방의 전략으로서의 전체성의 부정은 그러한 현실 사건 이전에 서양 합리성의 현실적 결과에 대한 여러 연구에서 나온다. 그러니만큼 이성적으로 구성되는 전체성에 대한 그의 부정은 철저하다. 그러면서도 다른 한편으로 현상을 벗어날 출구가 전혀 없다고 하는 것은 아니다. 해방의 길이 없다면, 그것은 어떠한 거대한 기획에 의하여 억압의 체제로부터 벗어날 수가 없다고 하는 것이고, 부분적이고 끊임없는 저항과 해방의 노력마저 부정되어야 한다는 것은 아닌 것이다. 즉 그는 전체적 전법은 포기하되 부분적인 전략은 가능하다고 생각한 것으로 보인다.

오늘날 구미에서 볼 수 있는 많은 이론들, 포스트모더니즘, 페미니즘, 포스트콜로니얼리즘, 또는 문화 연구라는 이름으로 불리우는 문화 비판은 이러한 푸코의 전략에서 영감을 받았거나 그것에 평행하는 부정의 이론들이라고 할 수 있다. 정치적 관점에서 여러 가지 포스트모더니즘의 이론들은, 마르크스주의와는 다른 해방적 동기를 가지고 있는 것으로 보인다. 그런데 그것도 전체성 없는 해방 기획의 여러 소문과 좌절을 보여 주는 것으로 보인다. 그러한 점에서 그것도 과연 마르크스 소멸 이후의 부정의 고민을 드러내 준다. 포스트모더니즘의 여러 이론에서 공격의 대상이 되는 것은, 미국의 경우에 특히, 인종, 계급, 성과 같은 사회적이고 추상적인 범주이다. 이것들은 억압의 도구이다. 특기할 것은 시대 분위기에 맞춰, 이 억압은 사회 제도로서만이 아니라 추상적인 사고의 단순화, 즉 언어와 영상으로 고정되는 표상을 통하여 일어난다. 이것은 억압의 문제를 물질적인 것 이상으로 광범위하게 확장한 것인데, 그것은 문제의 거대화이면서, 동시에 관념적 문제에 사로잡혀 현실의 문제를 모호하게 하는 작용도 한다. 하여튼 이러한 이론들은 인간의 행동과 사고에 들어 있는 이러한 범주의 억압 작용을 들추어낸다. 이 부정의 작업에서 긍정이 되어야 하는 것은 정체성이다.

이것은 과연 사회주의의 붕괴와 자본주의의 승리, 또는 더 넓게 계몽의 기획의 소멸에 대응하는 사상이다. 그러나 다른 한편으로 서구 사상과 현실의 대전환에 대한 해체적 사고의 관계는 양의적이다. 그것은 자본주의가 현실로서 보여 주는 것을 이론적 작업을 통하여 보여 준다. 어느 쪽으로나 다른 선택은 없는 것이다. 그러나 데리다의 작업은 주어진 현실의 예찬이 되는 것이 아니라 불가능해진 가능성에 대한 긴 만가의 성격을 띤다. 그는 이성으로 실재를 포착하는 것은 불가능하다고 말한다. 그러나 우리는 이러한 주장을 하는 그가 서구 철학을 부정하면서 또 계승자라는 것을 생각하여야 한다. 그의 철학은 가장 정치한 번쇄철학을 구성한다. 이것은 이성을 통하지 않고는 불가능하다. 어쩌면 그는 로고스의 실재성을 주장하는 철학보다도 더 로고스에 의존한다고 할 수 있다. 물론 이러한 것이 명료한 주장으로 표현되는 것은 아니다. 그것은 그의 철학적 실천에 나타난다. 실재가 없다면 사고의 대상은 로고스밖에 없다. 그의 철학의 특징은 재귀적 언어이다.

(1999년)

모더니즘과 근대 세계

　　오늘 우리 현실에 대한 모든 물음의 토대가 되는 사실의 하나는 우리가 근대 사회 속에 산다는 사실이다. 우리가 사는 근대 사회는 주어진 것이 아니라 적응을 강요받았던 삶의 조건이기도 하고 역사적 작업으로써 획득되어야 하는 총체적 변화였기 때문에, 우리는 그것을 사실로 받아들이면서 또 거기에 질문을 던지게 된다. 근대 사회 또는 근대는 늘 문제적인 것으로 나타날 수밖에 없었다. 모더니즘은 쉽게 우리말로 번역하면 근대주의가 될 터인데, 그것은 이 근대의 문제를 문제 삼은 정신적 움직임의 하나이다. 물론 모더니즘을 스스로 표방한 사람들이 반드시 근대의 문제성이란 관점에서 모더니즘을 파악하였는지 어떠했는지는 분명치 않다. 그러나 시인이나 논객들이 모더니즘에 이끌린 것은 이러한 문제의 자장이 작용하였기 때문이다. 그것은 그 이름만으로도 이러한 의식을 현재적이든 잠재적이든 촉발하는 것이었을 것이다. 어쨌든 우리가 모더니즘을 다시 문제 삼고자 할 때, 우리는 우리의 근대사에 있어서의 근대의 문제의 자장을 의식하지 아니할 수 없다.

그리하여 우리의 관심은 그것이 근대의 전개에서 어떠한 의의를 갖는가로 향하게 된다. 그러한 각도에서 근대의 의식화로서 모더니즘은 하나의 중요한 문제 영역이 된다. 물론 모더니즘이 근대에 대한 우리의 질문에 많은 것을 답할 수는 없다. 그것이 주로 시의 영역에서의 한 흐름이었고, 또 그것이 여러 흐름 가운데 하나의 흐름에 불과했다는 것을 생각하면, 너무 많은 것을 기대하지 말아야 한다는 것은 당연하다. 그러나 다른 한편으로 시가 중요한 문화의 표현이고 업적이며 동시에 인간 정신의 가장 섬세한 자기실현이라고 한다면, 시를 검토하는 데에서 얻는 바가 적다고만 할 수는 없을 것이다. 근대의 문제화로서의 모더니즘이 근대의 변증법의 한 부분을 이루는 것은 분명하다. 그것은 근대 해명에 있어서 작은 대로 빼어놓을 수 없는 계기를 이룰 것이다.

백철(白鐵)은 한국 모더니즘이 김기림에 의하여 1934년경에 시작한 것으로 말한다. 이것은 대체적으로 모더니즘이라고 불리울 수 있는 시의 경향이 뚜렷해진 시기를 말하는 것으로만 받아들일 수 있을 것이다. 이에 대하여 문덕수(文德守) 교수는 그 기점을 정지용과 김광균이 시를 발표하기 시작한 1926년으로 보는 것이 옳을 것이라고 주장한다. 또는 문덕수 교수 자신이 언급하는 대로, 넓은 의미에서 근대 문학의 한 경향을 대표하는 다다이즘이 최초로 소개된 것은 그것보다 더 앞선다. 그러므로 근대 문학의 의식화로서의 모더니즘의 기원은 더 앞으로 당겨질 수도 있을 것이다.[1]

그러나 1930년대에 와서야 위 세 시인의 시가 활발히 발표되었을 뿐만 아니라 구미의 새로운 시의 이론이 소개된 것이 사실이므로, 1930년대를 우리나라에 모더니즘이 등장한 시기로 보는 것도 무리는 아니다. 그렇기는 하나 적어도 정지용의 경우 1926년에 발표한 시들에서 이미 우리

---

1 문덕수, 『한국 모더니즘 시 연구』(시문학사, 1981), 23~36쪽.

가 한국 모더니즘의 특징이라고 할 만한 것들을 발견하는 것은 사실이다. 「카페 프란스」나 「슬픈 인상화(印象畵)」, 「파충류 동물(爬蟲類動物)」은 전통적 서정시의 관점에서 볼 때 비서정적이라고 할 수밖에 없는 특징을 가진 시이다.

> 옴거다 심은 종려(棕櫚)나무 밑에
> 빗두루 슨 장명등
> 카페 프란스에 가자.
>
> 이놈은 루바쉬카
> 또 한 놈은 보헤미안 넥타이
> 뻣적 마른 놈이 압장을 섰다.
>
> 밤비는 뱀눈처럼 가는데
> 페이브멘트에 흐늙이는 불빛
> 카페 프란스에 가자.[2]

이러한 시의 근대성을 어떻게 해석하든지 간에, 그것이 전통적인 서정시 또는 기본적 정서에서 그와 비슷한 김안서나 김소월의 시와 다르고, 그 소재나 수법에서 근대적이라는 것은 틀림이 없다. 「카페 프란스」의 앞에 이와 비슷한 시가 있다면, 그것은 경향파의 시로서, 김기진의 시, 「백수(白手)의 탄식(嘆息)」(1924)과 같은 시가 비교될 수 있을 것이다.

2　정지용의 시는 김학동 엮음, 『정지용 전집 1』(민음사, 1988)에 따랐다.

카페 의자(椅子)에 걸터안저서

희고 흰 팔을 뽐내어 가며

우 나로드라고 떠들고 잇는

육십 년 전의 노서아(露西亞) 청년이 눈압헤 잇다……

Cafe Chair Revolutionist.

너희들의 손이 너머도 희고나!³

　이러한 구절은 분명히 근대적인 풍미를 가지고 있다. 카페나 의자와 같
은 근대 생활의 풍물, 우 나로드 등의 유행하는 외래어, 외국의 정치와 사
회에 대한 언급, 직접적으로 사용된 영어 용어 등은 말할 것도 없이 극히
직접적인 방법으로 근대적 풍미를 자아낸다. 근대성의 인상에서 더욱 중
요한 것은 그 수사학이다. 비록 상투적인 것이기는 하지만, 흰 손으로써 유
약한 지식인의 태도를 나타낸 제유법이나 상황 요약의 저널리즘적 매끈함
과 속도는 현대적 지식인의 사고방식을 시사한다.
　「카페 프란스」는 분명 이러한 특징의 「백수의 탄식」을 계승한다. 카페,
종려나무, 장명등, 루바쉬카, 보헤미안 넥타이, 페이브먼트 ─ 등의 근대
적이거나 이국적인 풍물은 이 시를 곧 전통적인 서정시와 다른 것이 되게
한다. 그리고 상황 또는 정황 파악의 매끈함과 속도 그리고 시인이 그것
에 대하여 유지하고 있는 일정한 거리 ─ 이 거리의 경박감은 "이놈", "한
놈", "뼷적 마른 놈"과 같은 비속한 표현에도 증후적으로 나와 있다. ─ 도
「백수의 탄식」과 비슷하게 이 시의 시간을 근대가 되게 한다. 다만 여기에

3　홍정선 엮음, 『김팔봉 문학전집 4』(문학과지성사, 1988). 철자는 발표 시의 철자를 따랐다. 김용
　　직, 『한국근대시사 하(下)』(학연사, 1986), 20~21쪽 참조.

서 후자의 특징은 훨씬 더 의식적으로 강조된다. 그리고 그 나름의 안이한 매끈함에도 불구하고, 주제의 상황 자체도 반드시 저널리즘의 익숙한 요약으로 처리될 수 있는 것은 아니다. 독자적 관찰은, 적절한 것이든 아니든, 밤비를 뱀눈처럼 가늘다고 비유한 데에 나타난다.

그러나 문학사의 관점에서 볼 때 「백수의 탄식」은 김기진의 시에서도, 그리고 사실 다른 경향파에서는 예외적인 시이다. 다른 시에서 그의 감정의 진지성 또 그에 따른 무기교의 진지한 표현은 오히려 보다 전통적인 서정시에 가깝다. 이러한 관점에서 정지용의 「카페 프란스」 또한 비슷한 시기의 시들이 모더니즘의 시의 한 효시가 된다고 하는 것은 옳은 견해일 것이다. 또는 근대적인 삶과 거기에 적절할 것으로 여겨지는 근대적 표현을 담고 있다는 점에서 적어도 근대주의의 시라고 할 수 있을 것이다. 그리고 이러한 근대주의가 자연 발생적인 것이라기보다는 여러 동시대의 움직임과 더불어 일어나고, 또 무엇보다도 문학사가들이 강조해 온 바와 같이, 그것이 구미의 모더니즘의 영향 아래에서 일어났다고 한다면, 대체로 이 정지용의 시의 근대주의는 모더니즘의 한 양상으로 말하여 무방할 것이고, 그러한 관점에서 문덕수 교수가 모더니즘의 시작을 정지용과 김광균이 시를 발표한 시기로 보는 것은 정당하다고 볼 수 있다.(사실 김광균의 초기 시에 대하여도 우리는 정도를 달리하여 비슷한 분석이 가능할 것이다.)

그러나 모더니즘의 연대의 문제는 그 자체로보다도 한국 정신사의 변화, 또는 한국 문학의 전개에 있어서의 일본 통치의 영향 등을 규명하는 데에 의의를 갖는 것일 것이다. 한국의 시 그리고 정신이 전통으로부터 근대 세계로 나오는 데에 어떤 과정을 거치지 아니하면 아니 되었는가, 또 이 과정에서 일본이나 구미의 문학의 영향이 있고, 일본의 정세와 한국의 통치 정책, 그리고 구미를 비롯한 세계의 정세의 영향이 있었다고 한다면, 그러한 영향은 어떻게 한국의 근대 시의 형성 내지 한국인의 자기 인식에 도움이 되었는가, 또는 그것이 오히려 한국의 내적 외적 현실의 인식을 둔뜬 것이 되게 하였는가—이러한 문제를 밝히는 데에서 비로소 그 의의를 얻는 것일 것이다. 그러한 한에 있어서 연대의 문제는 가볍게 볼 수 없는 것이 된다. 그러나 동시에 역사적 연구는 시 또는 정신적 표현의 내적 구조의 해석에 의하여 보충될 필요가 있다. 한 시대의 내면은 이러한 해석을 통하여서만 접근된다. 이러한 해석은 어떻게 보면 매우 지엽적인 듯한 시적 수사의 작은 특징들의 분석으로부터 시작될 수 있다.

다시 「카페 프란스」로 돌아가서, 이 시가 일정한 지적, 정서적 균형 속에서 하나의 알아볼 만한 분위기와 정취를 제시하고 있는 것은 사실이다. 그러나 이것이 깊이 있는 시적 경험을 제공해 준다고 말할 수는 없다. 깊이를 훼손하는 단적인 장치는 경박한 이국취미 같은 것이다. 이러한 약점은 다른 모더니즘의 시들에서도 쉽게 볼 수 있다. 그러나 이러한 것을 탓하기 전에 그 양상을 검토하고 그 원인을 생각해 볼 일이다. 그러면 간단히 처리해 버릴 수 없는 사정들이 있고, 이 사정의 이해야말로 우리의 근대성의 이해에 중요한 것이 아닌가 하는 생각이 든다.

(1999년)

3장

심사, 단평

진지함과 견고함[1]

　제1차 후보 천거에서 나는 이기철 씨와 윤중호 씨를 천거하였다. 다수 득표자를 놓고 두 번째의 의견 수합을 할 때, 나는 윤중호 씨를 천거하였다. 최종 결정 과정에서는, 별도로 발표된 바와 같이, 김정웅 씨가 수상자로 선정되었다.

　이기철 씨나 윤중호 씨의 시는 진지함의 시이다. 그러나 눈에 띄게 독창적이거나 신선한 느낌을 주지 못한다. 심사위원들의 호감에도 불구하고 이 두 시인의 어느 쪽도 수상에 이르는 지지를 받지 못한 것은 이러한 점 때문일 것이다.

　오늘의 많은 시들은 독창성이나 신선함을 넘어 기발함을 지향하고 있는 것으로 보인다. 어지럽고 현란한 소비주의 시대에 있어서 우리의 감성은 여간 기발한 몸짓이 아니면 아무런 자극도 받지 못한다. 그러나 어떻게 보면 옛날이나 오늘날이나 한결같은 이야기를 하는 것이 시인이라고 할

1　제8회 김수영문학상 심사평.

수도 있다. 적어도 시인이 참으로 우리를 움직이는 것은 삶의 높은 심각성에 닿아 있음으로써이다. 그렇다고 엄숙한 얼굴을 하고 도학자나 우국지사의 행세를 하여야 한다는 것은 아니다. 더구나 상투적 구호나 위선의 소리가 진리의 소리가 되지 못함은 말할 것도 없다. 해학, 기지, 무엇보다도 새로움은 시와 삶을 풍부하게 하는 빼어 놓을 수 없는 요소들이다. 그러나 그것이 기발한 재담과 일치하는 것은 아니다.

알다시피 오늘날 모든 것은 투쟁적 조건 속에서 존재한다. 이것은 현실에서만이 아니다. 해학과 심각성은 서로에 대하여 투쟁적 긴장 속에 존재했다. 예지는 바보짓과 얼크러져 존재한다. 자명한 진리는 난해성 속에도 태어난다. 그렇다고 재롱이나 난해의 몸짓을 그 자체 대단한 것으로 수긍하는 것은 정직하고 책임 있는 행동이라고 말할 수 없다.

김정웅 씨의 시는 납득할 만한 견고함을 가지고 있다. 이것은 오늘의 개인적, 집단적 감상주의의 풍토에서 중요한 시적 특성이다. 그러나 나로서는 아직 그의 시를 알 만하다고 할 수 없다. 시를 더 잘 읽는 해설가의 해설을 빌려 알 수 있게 되기를 희망할 뿐이다. 그보다 더 바람직한 것은 그의 시 작업이 계속되게 됨에 따라, 저절로 내가 몰랐던 것들을 이해할 만한 것으로 깨닫게 되는 일일 것이다.

(1989년)

이갑수, 『신은 망했다』[1]

이갑수 씨의 시에 두드러진 것은 재치이다. 그것은 가장 손쉽게 소리의 놀이에서 나타난다. 산다는 것이 "시소 타듯이 시시하게 사소한 것"이다. "내 고향 거창은/ 거창한 동네" 또는 "데까르트가 까르르 웃는다", "고동(鼓動)은 고통이었네", "시름과 씨름했다", "말짱하던 하늘에 소나기 오듯/ 멀쩡하던 몸이 병이 나서……"와 같은 소리의 놀이들이 눈에 뜨이는 것이다. 이것은 단순한 유희이면서 그 나름의 의의를 가지고 있다. 다른 경우도 그렇지 않다고 할 수 없지만, 이것은 「우리나라 글들의 풍경」과 같은 시에서, 소리와 이미지의 아름다운 디베르티멘토를 구성한다. 여기에서 우리는,

> 개울 모래 자갈 돌 물, 개울물 속 모래자갈돌
> 굴러 흘러 내려가는 소리 리을이 꼬부라져 졸졸졸

1 제15회 오늘의 작가상 심사평.

과 같은 소리와 이미지가 이루는 조화에도 접하고

마을, 마음들이 모여 살고 부드러운 말씨로 줄이면 말

과 같은 소리와 의미와 정서의 융합을 보기도 한다.

　이갑수 씨의 재치는 시각적인 것이기도 하다. 「귀」에서 그는 우리에게 몸에 귀가 붙어 있는 것이 아니라 귀에 몸이 붙어 있다고 보는 시점의 전환을 강요한다. 「홀로 뜨는 새」는 좀 더 동적으로 새의 비상이 상대적으로 땅위의 사람을 "난데없는 즉석추락"을 느끼게 하는 것이라고 말한다. 그리고 이것은,

　　야속하여라 새는
　　약속도 없이 오늘도
　　새똥처럼 나를 떨어뜨려 놓은 채
　　저만 홀로 뜨는구나

하는 인간 조건에 대한 관찰로 나아간다. 또는 「고해(苦海)」의 경우, 이갑수 씨는 상투적 표현에 잠들어 있던 비유를 시각적으로 확대하여 그것을 새로운 경험으로 살아나게 한다.

　　눈꺼풀 들추고 잠에서 걸어 나와
　　세상으로 나가며 둥둥
　　구두선(船)을 나누어 타고
　　바깥으로 나서려 일어서기만 해도
　　멀미가 날 것 같아……

재치 있다는 것은 그 반대의 경우보다 좋은 일이지만, 그것은 경박성을 뜻하기도 하고 재치의 기계 속에서의 공회전을 뜻하기도 한다. 이갑수 씨의 경우에도 이런 위험이 없는 것은 아니지만, 위에 든 예에서도 이미 보이듯이 그의 재치는 새로운 시각, 새로운 사고, 새로운 느낌으로 이어지는 것이 보통이다. 그의 시에 삶에 대한 보다 깊이 있는 성찰이 없는 것은 아니다.

신(神)은 시골을 만들었고
인간은 도회를 건설했다

신(神)은 망했다

그의 언어의 경쾌성은 이러한 경구적 표현을 낳기도 한다. 이갑수 씨의 인생철학은, 위의 경구에서도 느껴지듯이, 노장적(老莊的)인 자연주의(自然主義)인 것으로 보인다.(다만 그의 언어와 이미저리가 그러한 전통적 관련을 보여 주지 않기는 하다.)「나아가는 나를 찾아오는 일」에서는 끊임없이 앞으로 나아가는 삶에서 오늘 이 시점의 삶을 회복함이 중요함을 말하고, 삶에는 시작도 끝도 중심도 없으며, 그러한 것이 있다면 다만 오늘의 삶일 뿐이라고 말한다. 「이동에 관하여」에서 그는 공간이나 신분의 이동보다 사람이 주의해야 할 것은 제자리에서의 성장, 변화, 소멸하는 것이라고 말했다. 「길」과 「눈」은 의식이나 시각이 아니라, 온몸의 느낌이 인간 행위의 중심이 되어야 한다고 말한다. 시각 중심, 의식 중심의 사고는 갈등과 억압을 가져온다.

눈은 몸에 붙어 있어

멀리 보지를 못하고
몸은 볼 수가 없다

눈은 앞에 붙어 있으니
뒤는 보지를 못하고
등은 볼 수가 없다

눈은 위에 붙어 있으매
아래는 무시하고
밑은 짓밟는다

악!
눈을 꿰매고 싶다

　그러나 「눈」의 언어는 육체의 언어라기보다는 시각의 언어 또는 머리의 언어이다. 그것은 아직도 우리의 온몸과 마음을 움직이기보다는 기발하다는 지적 감각을 자극한다. 그의 시는 역시 재치를 특징으로 한다. 그러나 그것은 단순한 재담을 위한 것이 아니라 사물과 삶을 새로이 밀고 느끼고 생각하기 위한 방편이다. 오늘날과 같이 상투적 공식에 의한 감정, 사고, 표현이 범람하는 시대에 있어서, 이갑수 씨의 상투적 공식을 전도하는 재치는 귀중한 것이다. 다만 재치에 말려들어 가는 것을 조심할 일이다.

(1991년)

『나, 후안 데 파레하』[1]

엘리자베스 보튼 데 트레비뇨(Elizabeth Borton de Trevino)는 미국의 작가이다. 주로 동화와 전기를 썼다. 그러면서 여러 실내악단에서 연주하는 그 나름의 바이올리니스트이며 한때는 《보스턴 헤럴드》의 공연 예술 평론을 담당했던 예술 평론가이기도 하다. 1904년 캘리포니아 주 베이커스필드에서 태어나 스탠퍼드 대학교에서 수학하고 다시 보스턴의 뉴잉글랜드 음악 학교에서 바이올린을 공부하였다. 본래의 이름은 보튼이나 남편 루이스 데 트레비뇨 고메스의 성을 따라 엘리자베스 보튼 데 트레비뇨가 되었다. 『흰 사슴 네이카』, 『달 뜨는 카실다』, 『여기가 멕시코』 등 수많은 저서를 냈다.

1965년에 나온 『나, 후안 데 파레하』는 청소년을 위한 전기물로서 소설처럼 쓰여 있지만 서양 미술사에서 가장 유명한 화가의 한 사람이었던 벨라스케스의 조수였던 흑인 노예 출신 후안의 전기이다. 이 소설은 후안뿐

---

1 엘리자베스 보튼 데 트레비뇨, 김우창 옮김, 『나, 후안 데 파레하』(동화 청소년 소설 선집, 민음사, 1992) 서문.(편집자 주)

만 아니라 벨라스케스의 생애도 살필 수 있게 하는데, 이들이 화가로서 훌륭한 그림을 그렸을 뿐만 아니라, 인간으로도 훌륭한 사람이었음을 보여 준다. 사람이 고르게, 자유롭게 또 서로 화목하여 살아야 되는 것임을 이들은 조용하게 실천하여 보여 주었던 것이다. 『나, 후안 데 파레하』는 미국의 가장 저명한 청소년 문학상인 뉴베리 상을 받은 외에 미국 도서관협회 주요 도서에 지정되었고, 1965년도 《뉴욕타임스》 최우수 청소년 도서로 선정되었었다.

동화 청소년 소설 선집 서문

자라면서 누구나 귀에 못이 박히게 공부하라는 말을 듣거니와, 책 읽기가 공부에 기초가 되는 것임은 말할 것도 없다. 요즘의 세상 짜임새에서는 공부해야 되는 거의 모든 지식이 책을 통해서 또는 적어도 글씨를 통해서 얻어지니 말이다. 세상에 알아야 되는 것은 얼마나 많은가! 알 것을 알아야 하는 것은 대체로 사람이 살아가는 데 알아야 할 것이 많기 때문이다. 길을 가려면 들러야 할 곳, 가야 할 곳, 갈 길을 더 잘 알기 위해서, 사람들에게 묻기도 하고 지도를 보기도 하고 앞서간 사람들의 기록을 읽어도 보고 하는 것이 현명한 일이다.

그런데 공부라는 것은 인생의 갈 길과 세상의 여러 곳과 일에 대해서 배우는 것이기도 하지만, 공부하는 일의 주인인 우리의 마음을 닦는 일이기도 하다. 음식을 바르게 먹으며 생활과 운동을 바르게 하여야 우리 몸이 건강하게 자라고 유지되는 것은 누구나 아는 것이지만, 우리의 마음도 바른 영양, 바른 운동, 바른 생활이 없이는 참모습을 갖추기 어려운 것이다. 그리고 이 마음은 우리 몸이 그러한 것과 마찬가지로 일찍부터 가꾸어져야 하는 것이다. 이른 나이 때의 조그만 일은 훗날의 몇 배의 큰일보다도 마음 가꿈에 중요하다. 이것은 우리 몸의 건강, 우리의 버릇 기르기에서, 또 무릇 모든 일에서 시작이 중요한 것과 마찬가지이다.

마음 가꾸기에 하필이면 책 읽기가 전부인 것은 아니나 오늘날의 형세에서 책 읽기의 버릇이 어느 일보다도 중요한 몫을 차지하게 되는 것은 틀림이 없는 일이다. 보고 듣고 몸으로 익히며, 또 사람 사이의 여러 주고 받음을 알며 동물과 식물의 삶을 사귀고 배우며 홀로 또 여러 사람과 함께 일하며 ── 이러한 모든 일들이 두루 우리 마음을 닦는 데 빼어 놓을 수 없는 것이다. 그러나 이러한 배움에서도 배움을 분명히 하는 데에는 글의 도움을 빌리지 아니 할 수 없다. 더구나 글을 통하지 아니하고 내 주변을 멀리 벗어나는 세상의 일이며 지나간 시대의 일들 그리고 그곳에서 훌륭히 느끼고 생각하고 산 흔적들을 살펴볼 수나 있는 것이겠는가. 내가 좁게 살피는 세상이 얼마나 좁은가를 생각하고, 또 그 너머의 세상에 펼쳐 있는 사람의 놀라운 일들이 얼마나 많은가를 생각할 때, 책을 보지 않고는 사람이 참으로 사람답게 사는 여러 가지 갈래를 알 수 없을 것으로 여겨지기도 하는 것이다.

글을 읽는 것이 중요한 일이고 글 읽기를 어릴 때부터 닦아 나가는 것이 중요하다고 하더라도 하고많은 읽을거리 가운데 무엇을 어떻게 읽어야 하는가를 딱 짚어 말하기는 쉽지 않은 일이다. 사람의 삶을 풍부하고 너그럽게 하는 훌륭한 책이란 이미 정해져 있다고 말할 수도 있다. 이른바 고전이라는 것이 그것일 터이다. 그렇다고 하더라도 고전이라고 말하여지는 모든 책이 모든 사람, 모든 때에 읽을 만한 것이 되는 것은 아니다. 사람에 따라, 때에 따라, 읽어 도움이 되는 책은 달라질 수밖에 없다. 다른 많은 일이나 마찬가지로 책 읽기도 읽는 사람의 마음이 움직여서 비로소 제대로 되는 것인데, 사람 마음의 움직임은 한결같지를 아니한 것이다.

글을 대하는 경우에도 그때그때 자기가 필요로 하는 것에 따라서 각자의 마음은 다르게 움직이게 마련이다. 그런 데다가 사람의 마음의 필요는 얼마나 다양한 것인가. 사실상 그것은 마음을 가지고 있는 당사자도 잘 모르는 수가 있는 것이다. 제 마음 제가 모르는 일이 예사인 것이 마음의 넓고 넓은 세계인 것이다. 그러니 사실상 고전이란 것도 보는 사람의 보기에 따라 여러 가지로 다르게 정해져 마땅함은 물론 반드시 고전이라는 책만이 우리에게 뜻있는 말을 하여 주는 것은 아니다. 더구나 또 같은 책이라도 사람에 따라서 다른 것을 말하여 주는 것이 흔한 일임에 있어서야 어떤 한 가지 책을 한 가지로 말할 수가 없는 것이다.

어린 시절에 읽을 만한 책을 생각하면서 우리는 자칫하면 어른의 관점에서 바람직한 사연과 가르침을 가진 것이 좋은 책이라고 생각하기 쉽다. 그러나 그러한 것이 반드시 어린이의 필요와 마음에 꼭 맞아 들어가는 것이라고 보장할 수는 없다. 어린 시절 또는 청소년 시절의 마음은 정해진 데가 없는 마음이다. 그것을 얽어매려 하는 어떤 테두리도 그것은 쉽게 벗어져 나간다. 그것은 자기 자신의 뜻으로도 또는 의식으로도 비끄러매어 잡기가 어려운 것이다. 자기 마음으로도, 더구나 틀 속에 들어 있는 어른의 마음으로도 잡을 수 없는 것이 어린 마음이다. (사실 어느 나이에도 마음의 참모습은 그러한 것일 것이다.) 마음으로 마음을 잡는 일, 그리하여 잡힌 마음으로 하여금 더욱 성숙한 마음의 너그러움과 가녀림을 배우게 하는 것이 책 읽기라고 한다면, 어린 마음 또는 어린이만이 아니고 누구나 가지고 있는 어린 마음, 근원의 마음을 붙잡을 수 있는 것은 그와 비슷하게 날렵하고 미끈한 마음이어야 한다. 이러한 마음은 ─ 이것은 흔히 상상력이란 이름으로 불린다. ─ 예로부터 누구보다도 시인이나 이야기꾼 작가들이 가지고 있는 것으로 인정되어 왔다. 이들이 쓴 것이 시이고 여러 가지 형태의 이야기들이다.

그중에도 이야기는 사람들에게 쉽게 친근할 수 있는 것이다. 그것은 마음의 깊은 힘과 바람에서 나오는 것이면서, 우리가 익히 아는 세상 속의 일과 행동들의 사연을 말한다. 세상의 일과 우리가 하는 일들은 이미 그것대로 다양하기 짝이 없는 것인즉, 작가의 마음이 그 사이를 이리저리 누벼 나가는 것이라고 할 수도 있을 것이다. 이야기에서 구해야 할 것이 마음과 세상일이 얽혀 보여 주는 재주만은 아니다. 사람의 마음이 자유자재한 것이고 테두리를 잡을 수 없이 넓은 것이라고 한다면, 그러니만큼 그것은 길을 잃고 헤매고 막힌 길에 들어가 나오지를 못할 가능성이 큰 것이고, 그러니만큼 올바르게 가꾸어질 필요가 있다. 이야기는 마음과 일의 아기자기한 묘기 속으로 우리를 이끌어 가면서 동시에 우리도 모르는 사이에 바른 마음을 만들어 주는 이야기라야 한다. 유연한 마음과 아기자기한 이야기 그리고 바른 마음 만들기 — 이 세 가지를 동시에 구비하여 보여 주는 작가가 좋은 작가이다.

민음사의 동화 청소년 소설 선집은 이러한 점들을 생각하면서 꾸며 본 것이다. 짐작이 가는 한은 살아 움직이는 마음과 일을 느낄 수 있게 해 주고, 그러면서 사람이 보다 넓고 섬세하게 또 훌륭하게 사는 데 힘이 될 만한 이야기들을 모아 보자는 것이 꾸며 나가는 의도의 하나인 것이다. 사람의 모든 일이 그러하듯 이야기꾼에도 그 나름의 재능이 있고 이야기에도 그 나름의 잘 되고 못 된 됨됨이가 있는 까닭에 저절로 그 각각의 나라에서 알려져 있는 작가와 알려져 온 작품을 주로 골랐다.

그러나 이미 말한 바와 같이 고전적인 작가, 고전적인 작품이라 하여 변함없이 낱낱의 읽는 사람의 절실한 필요에 딱히 맞아 들어가는 것은 아니다. 우리의 선집에서도 좋은 책이라는 것을 고전적인 것 또는 유명한 것과 똑같이 생각하지는 아니하였다. 그리고 사람의 마음과 취향은 한결같은 것이 있으면서도 늘 새로운 것을 향해 가는 성질이 있는 까닭에, 이미 우리에게도 소개되고 알려진, 정평이 나 있는 책과의 중복을 반드시 피하지는 아니하였지만, 될 수 있으면 새로운 작품들을 고르도록 노력하였다. 책들의 모음이 쌓여 감에 따라 이 선집이 우리나라의 새로운 세대의 훌륭한 성장에 도움이 될 만한 것이 되어 가기를 감히 바라는 바이다.

(1992년)

이기철, 『지상에서 부르고 싶은 노래』[1]

　이기철 씨의 『지상(地上)에서 부르고 싶은 노래』는, 요즘 나오는 수많은 시집들 가운데, 단연코 무리에서 빼어나는 뚜렷한 시적 업적을 나타낸다. 말이 많은 것이 사람 세상이고, 요즘은 특히 그러하지만, 대부분의 말들을 우리는 듣고 잊어버린다. 시들도 마찬가지다. 시쳇말의 홍수 속에서, 이기철 씨는 시를 흩어져 가는 다른 말들과 달리 우리의 귀를 바짝 트이게 한다.

　이기철 씨는 자연을 말하는 시인이다. 그동안의 시에서 그는 우직할 정도로 자연과 농촌적인 삶에 집착하고 거기에서 삶과 시의 가치를 얻어 내려고 하였다. 농촌이 사라지려 하고 또 농촌과 자연에 기초한 삶의 정서와 가치가 사라져 가는 시대에 이것은 칭찬할 만한 일이었다. 또 자연을 벗어난 삶이, 특히 환경 파괴라는 형태로, 위협적인 상황으로 되돌아오는 오늘에 있어서 필요한 일이 되었다. 그러나 다른 한편으로 자연과 자연 속의 삶

1　제12회 김수영문학상 심사평.

에 대한 노래는 우리가 예로부터 귀가 닳도록 들어 온 것이다. 이기철 씨의 시에도 그러한 상투성의 우려가 없었던 것은 아니었다. 그의 시에는 어떤 고집스러움이 있었다. 이제 그것이 개인적 깨달음의 성실성에 이어져 있는 것이라는 것을 느낀다. 이번 시집에서 그의 귀거래사가 상투적 풍류나 은사풍의 흉내가 아님이 분명해진다.

이기철 씨는 자연의 풍물을 그린다. 많은 자연 시인의 경우에 풍물보다는 자연의 교훈이 더 강한 것이 되지만, 이기철 씨의 경우도 자연의 의미는 풍물의 구체적인 시적 포착에보다는, 그것이 암시하는 삶의 방식, 그것의 도덕적 교훈에 있다. 많은 경우 자연의 교훈은 비교적 간단하다. 도시의 턱없이 부풀어 오른 욕망을 줄이거나 없애고 자연의 은혜와 한계 속에 안분지족하라는 것이다. 이기철 씨의 교훈도 이러한 것이지만 — 그리고 그것은 오늘날 같은 과장된 욕망의 시대, 물질만이 아니라 정신적 야심에 있어서, 정치와 역사에 대한 기대에 있어서, 부풀기만 한 욕망의 시대에 필요한 반대 명제이지만, 이기철 씨의 시적 업적은 이러한 교훈의 필요를 충당해 주는 외에, 그것을 자신의 관찰로써 새로운 체험이 되게 한다는 데에 있다.

> 얼마를 더 살면 여름을 떼어다가 가을에 붙여도
> 아프지 않을 흰 구름 같은 무심을 배우랴

이것은 가을의 애수와 무상 그리고 이러한 인간의 정감에 무관한 자연의 초연함을 말한 것으로 전통적인 자연의 정서를 읊은 것인데, 그러한 정서의 표현은 이기철 씨 고유의 것이다. 그러니만큼 그것은 얻어 온 것이 아니라 스스로 발견한 느낌과 깨우침이다.

시적인 소재로서의 자연의 정서의 문제는 그것이 너무 일반적인 것이 되기 쉽다는 데에 있다. 그리하여 자연의 정서는 공허한 형식적 예절에 불과하게 된다. 그러나 위의 구절에서 보듯이, 전통적 정서도 이기철 씨의 개인적인 지각의 예리함 속에 새로운 구체성을 얻는 것이다. 그의 시에는 보다 구체적이고 날카로운 관찰들이 드물지 않다.

> 나는 불행을 감금시킬 빗장이 없다.
> 불행은 오래 산 내 몸을 만나면
> 여름 벌 떼처럼 날개 치며 잉잉댄다.

이기철 씨의 자연 예찬에 개성적 뼈대를 주고 있는 것은 이러한 감각적이면서 동시에 지적인 인식을 버리지 않는 관찰이다. 그리고 이것은 어디까지나 주어진 삶의 현실에 즉해 있는 관찰이다. 그에게 인간 현실에 대한 또 오늘의 현실에 대한 보다 넓고 깊은 감각이 있었으면 좋겠다는 바람을 가진 독자가 있겠지만, 이기철 씨의 자연송이 일반적인 정서 환기를 넘어 예리한 구체성을 가지고 있는 것은 그래도 그의 현실 감각으로 인한 것이다. 최근의 시집으로 『지상에서 부르고 싶은 노래』만큼 자연과 삶에 대하여 구체적이고 신선한 느낌과 관찰을 많이 거두어들이고 있는 시집을 달리 찾기는 쉽지 않은 일일 것이다.

그럼에도 불구하고 그의 시가 자칫하면 상투적인 것이 되거나 처사풍이 될 위험을 가지고 있는 것은 사실이다. 그리고 이러한 상투성 또는 진부성은, 시적이라기보다는 산문에 가깝게 풀어 늘어뜨린 것과 같은 그의 스타일에도 드러난다. 경박한 재치를 시적 언어로 착각하는 실험적 언어가 이기철 씨의 기질에 맞는 것은 아닐 것이다. 그러나 시의 언어는 단순히 요지를 전달하는 매체에 그치는 것은 아니다. 우리는 시의 언어에서 삶의 긴장 그리고 긴장 속에서 이루어지는 지각과 감정과 인식과 도덕의 선택을 느끼기를 원한다. 그리하여 우리는 선택의 좁은 필요성을 알면서도 삶의 넓은 가능성들을 좁은 선택 속에 보존하게 되기를 바라는 것이다. 이것은 다시 말하여 시적 언어의 긴장으로 암시된다. 우리는 이기철 씨가 조금 더 그러한 긴장을 전달할 수 있는 형식적 실험을 필요로 하는 것이 아닌가 생각해 본다. 그의 주제가 적극적 에너지의 삶보다는 에너지의 소극적 보존을 축으로 하는 삶인 만큼 이러한 형식적 탐색은 더욱 중요한 것이 아닌가 한다.

이기철 씨가 이제 중요한 시를 우리에게 남겨 주게 될 시인으로 등장한 것은 틀림이 없다. 수상을 축하하며 더 큰 발전을 기대한다.

(1993년)

임영태, 『우리는 사람이 아니었어』[1]

　임영태 씨의 소설 『우리는 사람이 아니었어』는 단순하다. 그것은 무엇보다도 묘사와 문장에 있어서 그러하다. 언어의 경제는 예술적 기율의 근본이다. 우리는 말의 과잉 시대에 살고 있다. 현실의 부재를 말로써 호도하려는 시도를 우리는 너무 많이 본다. 『우리는 사람이 아니었어』가 그리려는 현실도 간단하다. 그것은 젊은이의 현실의 한 부분 — 고등학교를 졸업하고 병역을 마쳤으나 대학 교육을 받는 것도 아니고 취직도 되지 아니한, 엉거주춤한 회색 지대 젊은이의 현실을 다룬다. 물론 소설의 다른 중요한 부분은 직업을 얻고 그 나름으로 굳건하게 현실을 살아가는 사람의 이야기이다. 그런데 그것도 고등학교와 사회생활 사이의 과도적 삶의 테두리에서 포착된다. 그러나 이 소설에서 이것이 다른 이야기 — 실업자의 이야기와 함께 참으로 하나의 마당을 이루는가 하는 것에 의문을 가질 독자가 많을 것이다. 실업 상태에 있는 젊은이들과 취직해 있는 그들의 친구의 이

1　제18회 오늘의 작가상 심사평.

야기는 결국 하나로 합쳐지지 않는 것인지도 모른다. 이 소설은 그러한 회색 지대의 문제를 충분히 포괄적으로 의미 있는 통일성 속에서 다루고 있는 것인가. 그러기에는 이 소설은 더 복잡하고 더 포괄적일 수밖에 없었을는지 모른다. 이 소설은 지나치게 단순하다.

심사위원 가운데 박경철 씨의 『꿈을 찾아서』를 추천한 분들이 있었다. 그것은 이 소설의 복잡성을 높이 산 때문이다. 복잡한 언어가 나쁜 것은 아니다. 복잡한 현실은 복잡한 언어로 표현될 수밖에 없다. 그러나 그것이 말하고자 하고, 그리고자 하고 생각하고자 하는 것이 넘쳐나는 과잉의 언어가 되어서는 곤란하다. 강호정 씨의 시는 그 언어와 감정의 드문 절제에 있어서, 송필란 씨의 시는 그 시적 언어의 유려성에 있어서 주목할 만한 능력을 보여 준다고 생각되었다. 그러나 이들의 시는 아직 충분히 자신의 이야기를 가지고 있지 않다고 할 수밖에 없다. 이러한 결과 나는 임영태 씨의 『우리는 사람이 아니었어』를 그중에도 수상작으로 고려해 볼 만하다고 생각하였다.

(1994년)

차창룡, 『해가 지지 않는 쟁기질』[1]

시가 어떻게 하여 생겨나는가를 가려내어 말하는 것은 쉽지 않은 일이다. 그것은 사실 감정, 언어의 분명히 포착되지 아니하는 경험으로부터 시작한다. 시의 과정은, 시인에게나 독자에게나, 꼭 같은 경로나 의미를 갖는 것이 아니면서, 이 불투명한 경험이 불러일으키는 충동의 만족 또는 해결에 이르는 과정이다. 그런데 이러한 해결은 흔히 통념적인 정서의 확인이나(가령 사랑의 슬픔, 인생의 무상) 또는 정치적 이데올로기의 설명(계급, 착취, 부패, 식민주의 등)에서 찾아진다. 시적 과정의 상투적 기승전결이 특히 잘못된 것은 아닐는지 모른다.

시라는 것도, 다른 언어 행위나 마찬가지로 관습적 제도 내에서의 관습적 행사 이상의 것이 아니라 할 수 있다. 최선의 경우에 우리가 바라는 것은 그러한 관습의 행사 내에서도 얻어지는 새로운 변조, 새로운 뉘앙스이다. 마치 수많은 사람의 되풀이되는 삶을 사는 것에 불과한 것이 우리의 삶

---

1   제13회 김수영문학상 심사평.

이지만, 그럼에도 그 안에서 그 나름의 독특한 의의와 모습을 우리의 삶에서 찾으려 하는 것처럼, 시는 다시 말하여, 어떤 구체적인 경험에서 출발하여 그것을 넘어가는 어떤 깨달음에서 끝난다. 그 깨달음의 내용은 이미 알고 있거나 사회적으로 통념이 되어 있는 정서의 카테고리, 형이상학적 도덕적 지혜, 또는 정서적 판단의 체계에 불과하다. 그러면서도 그것은 서술되는 구체적인 사실과의 관련을 통해서 그것만의 일회적 독특성을 가질 수도 있다. 좋은 작품이란 보편적 개념 — 흔히는 그것보다는 그때그때의 사회의 통념 안에 있을지라도 이것에만 포함되어 버릴 수 없는 개체적 체험을 전달하는 작품이다.

어쨌든 우리가 자주 보는 것은 시적 경험의 너무 안이한 상투적 환원이다. 진정한 사실성과 깨달음 대신에 오늘의 시는 너무나 쉽게 상투적인 이데올로기, 유행하는 사회 진단, 센티멘털리즘 또는 광고 언어의 기발함에서 끝나는 것으로 보이는 것이다. 차창룡 씨의 시는 적어도 이러한 의미에서 안이한 시는 아니다.

『해가 지지 않는 쟁기질』의 전반부 주제는 오늘의 농촌이다. 우리의 농촌이 위기 또는 역사적 변화 가운데 있음은 새삼스럽게 말할 필요도 없다. 그것에 어떻게 대처할 것인가. 인간적 고통이 분명하고 문화적 파괴가 가공한 것이기는 하지만, 어떤 간단한 정치적 설명이나 행동으로 처리하기에는 그것은 너무나 거대하고 복잡한 현상으로 보인다. 차창룡 씨의 농촌은 적어도 한 가지의 정치적 관점이나 정서로써는 해소되지 않는 현실성을 드러낸다.

농촌에서 쟁기질하는 일은 그에게 "신문과 텔레비전에 마취된 이 땅의 피부에 보습 날을 대"는 일이다. 그로 하여 "잡초로 뒤덮인 땅들이 뒤집어지고 부드러운 흙들이/ 태어난다." 그러니만큼 긍정적인 일이다.(「쟁기질 1」) 또 남해 고속 도로 곁의 샛길은 시인의 어린 시절의 감각적 삶과 다정한 동네의 삶이 있던 곳이지만, 고속 도로의 힘에 완전히 압도되어 소멸해 가는 삶을 허용하고 있을 뿐이다. 시인은 샛길이 버림받는 오늘의 사회를 비판적으로 본다. 그러나 그의 농촌상이 긍정적인 것만은 아니다. 「조샌」은 "노름과 싸움과 주정"으로 사는 농촌인을 말한다. 시인 자신 말한다. "그의 입장을 동정할 생각은 없다/ 그의 낡은 치깐 초가집은 곧 쓰러질 것이다." 그러나 시인은 조샌의 그 스스로의 삶에 대한 책임을 면제해 줄 생각은 없지만, "체념"만이 유일한 삶의 방식인 그의 삶이 조샌을 타락의 길로 몰아가는 것임을 모르는 체할 수는 없다.

농촌 상황에 대한 시인의 보다 착잡한 태도는 그 스스로의 마음속에 인정하는 양의성에서 더 흥미롭게 드러난다. 「1990년대식 보리 베기」에서, 차창룡 씨는 시대의 변화를 보리 베기에 대한 신구 세대의 보리 베기 방법의 차이로써 다음과 같이 말한다.

> 무식한 어머니는 온몸이 뻐근해도 욕지거리로 정갈하게
> 보리를 베고
> 도회지에서 대학을 다니는 아들은
> 조금이라고 빨리 끝내고 싶어 신경질적으로 마구잡이로
> 보리를 처단한다.

도덕적 관점에서 어머니의 보리 베기가 우월한 것이라 하겠고 시인 또한 그렇게 말하고 있지만, 그 점을 너무 강조하기에는 그러한 보리 베기를 뒷받침하지 않는 경제적 현실이 너무 절대적이다. 「쟁기질 2」에서 옛날식 영농법을 고집하는 아버지에게 아들은 "그렇지만 아버지, 황소로 쟁기질하는 시대는 이미 지나갔어요, 시대에 맞추어 살아가야지요" 하고 자신의 의견을 말하거니와, 아버지가 옳은가 아니면 아들이 옳은가, 어느 쪽이 옳

든지 간에, 아버지의 진실이었던 농촌적 삶이, 그것을 떠나가는 아들의 마음에 커다란 죄의식, 회한 — 그리고 바야흐로 사라지려는 어쩌면 보다 나은 삶의 방식에 대한 아쉬움의 느낌을, 새겨 놓을 것은 분명하다. 서울로 올라온 농촌의 아들이 그의 꿈에, 군대 복무 중의 달무리 진 밤의 초소에서 또는 서울의 국립민속박물관에서 환영처럼 떠오르는 아버지의 모습과 마주치는 것은 불가피하다. 「쟁기질 3」에서의 해후는 가장 박진감이 있다.

> 국립민속박물관에 갔네
> 인왕산 구름 만지려다
> 바람 멈춘 서울의 명당
> 아니 아부지 웬일이다요
>
> 아부지의 해너머리 위치게
> 끝넘 꼴짝으로부터 물 흘러서 고시랑거리다
> 여그까지 왔는지…….

서울에서도 아버지의 상징적인 쟁기질, "해 넘어가지 않는 쟁기질"이 계속되는 것을 아들은 보지만, 아버지는 이제 "썩지 않는 쓸쓸한 기념품"일 뿐이다.

차창룡 씨의 복합적 인식 그리고 그것의 공감적 전달의 능력은 근본적인 정직성에 관계되는 것으로 보인다. 그의 언어는 어떤 종류의 세련된 시적 언어의 구사에서 보는 바와는 다른 직절성, 소박성, 조야성을 가지고 있다. 그것이 그로 하여 상투성이나 감상주의의 안이함을 피하여 그 자신의 현실에 이르게 하는 것일 것이다. 이것은 이미 비친 대로 높이 살 만한 것이다. 그러나 동시에 우리는 그의 시집을 전체적으로 살피면서 그의 업적들이 고르지 못함에 주목하지 아니할 수 없고 더 나아가 그의 비교적 성공한 작품에서도 완성감을 느끼기 어려움을 말하지 아니할 수 없다. 그런데 그의 결점으로 보이는 것은 그의 장점에 깊이 관련되어 있는 것인지 모른다. 적어도 나의 읽기로는 많은 시들이 무엇을 말하려는 것인지 분명치 아니하다. 시인은 어쩌면 자기의 진실에 사로잡혀 그것이 전달될 만한 표현에 이르지 못한 것을 또는 고집과 편견을 넘어가는 진술에 이르지 못한 것을 가늠하지 못하고 있는 것이 아닌가 하는 의심이 든다. 자신 나름의 강한 언어는 진실에 이르는 중요한 방법이면서, 협소한 자기 집착의 외마디, 더 나아가 전달 불가능한 무의미의 언어일 수도 있는 것이다.

차창룡 씨의 직절성의 다른 면은 그의 상투적 정서나 정치적 이념과의 관계에서도 나타난다. 그의 시의 서술들이 많은 경우, 위에서 말한 바와 같이 상투적인 해결을 피하고 있는 것은 사실이지만, 그것으로부터 완전히 자유로운 것은 아니다. 위에 든 「쟁기질 3」에서,

> 뒤집어진 잡초는 뒤집어진 채
> 뒤집어질 잡초는 끝끝내 눕지 않는
> 맨발의 서울 복판

을 말할 때, 이것은 비록 맞는 면이 있는 현실 진단이라고 하더라도 상투적이라고 아니할 수 없다. 그러니만큼 그것은 우리에게 현실에 대한 새로운 이해나 깨우침을 주지 아니한다. 이러한 상투성은 그의 시집의 서시 격인 「대」에서도 볼 수 있다.

> 말하리라
> 분주히 자라 온 역사 앞에

뼈저리게 굽어 온 허리

허리처럼 굽어 온 진실을

두 눈 부릅뜨고 말하리라 억울함

서러움 그리고

산죽 굴참나무 개나리 찔레꽃

동무들 모두 모여

무당춤을 추리라

억새랑 칡덩굴도 모두모두

시퍼런

칼날 위에 서리라

   시의 기능이 비뚤어진 역사의 진실을 바로잡고 또 억울한 일들에 대한 한풀이를 하는 것이라는 주장은 이미 많이 들어 온 이야기이다. 그렇다고 그것이 틀린 것은 아니며 또 여기에서의 새삼스러운 표현이 그 나름의 수사적 유려함을 가지지 아니한 것은 아니다. 이보다도 문제는 앞에 말한바 시적인 진술로써 전달이 잘 되지 않는 시들이다.

   그러나 차창룡 씨가 진실에 대한 직절적 접근을 가지고 있는 시인임은 확실하다. 그것은 거짓된 세련과 타협하지 아니하는 진실에 대한 정열에서 온다. 다만 그것이 보다 더 반성적 깊이를 갖는 것이 되기를 희망해 본다. 그의 수상을 축하하고 그의 발전을 기원한다.

(1994년)

재확인한 박완서 문학 업적[1]

우리 문단에서 박완서 씨의 위치는 확고하다. 동인문학상은, 새삼스러운 감이 있는 대로, 이것을 다시 확인하고 그의 업적을 그리는 일이 된다. 「나의 가장 나종 지니인 것」은 필자 자신의 깊은 고통의 체험에서 나온 것이면서, 동시에 보편적인 의미를 갖는 인간 체험의 한 국면을 독자와 나누고자 한다. 이 이야기가 깨우쳐 주는 것은 최소한도의 삶의 조건하에서도 죽는 것보다는 사는 것이 나은 것이라는 사실이다. 이 극한의 깨우침이 그 깨우침의 위엄에 맞는 언어와 수법으로 이야기되었더라면 하는 아쉬움이 남는다. 푸념, 넋두리 또는 하소연이 위엄 있는 깨우침을 전달하는 가장 적절한 방법은 아니다. 사람의 몸가짐 또는 말 가짐 여하에 따라서는, 가장 고귀한 인간 체험도 가장 비천한 것이 된다.

다른 대상 작품들은 그 나름으로 우리 사회의 깊은 내면을 반영한다. 이 작품들을 통해서 우리는 우리 사회가 깊은 불행을 앓고 있음을 알 수 있다.

---

1   제25회 동인문학상 심사평.

그러나 그것을 전달하려는 노력들은 있으나, 그것이 분명하게 의식되고, 형식화되고 전달되었다고 할 수는 없다. 많은 작품들이 실험적이다. 문제가 미묘하니만큼 이것은 자연스럽다. 그러나 비사실적 실험의 수법들이 믿을 만한 것이 못 되는 경우가 많다. 오늘날 우리의 언어에서 내용과 포장의 거리는 점점 멀어져 간다. 현란한 실험들이 포장하고 있는 것은 무엇인가?

상업 문화의 가장 큰 특징은 정직성의 결여 또는 그것의 상업화이다. 그러나 모든 문화의 작업에서 중요한 것은 엄정하고 객관적이어야 한다는 것이다. 실험도 심리도 의식의 흐름도 풍자도 우스개도 없어져 가는 이러한 규범의 테두리 안에서 근본적인 의미를 얻는다. 문학에서는 미치는 것도 엄정하고 객관적으로 미치는 것이다.

(1994년)

김기택, 『바늘구멍 속의 폭풍』[1]

나는 예선에서 뽑아 준 여러 시집들 중에 김기택 씨의 『바늘구멍 속의 폭풍』과 이윤학 씨의 『붉은 열매를 가진 적이 있다』가 최종적인 고려의 대상이 될 만하다고 생각하였다. 김기택 씨의 시는 그 특이한 시각과 끈질긴 객관성에의 의지로 하여, 주목할 만한 것이었고, 이윤학 씨의 시는 어쩌면 김기택 씨와 비슷하게 객관적이며 침착한 데가 있으면서도 시적인 정서를 잃지 아니하고 있는 것이, 너그러운 시적 감성을 나타내는 것으로 생각되었다. 이윤학 씨에 비하면, 김기택 씨는 너무 건조하고 인간적 자연스러운 호소력이 없었다. 그러나 다른 한편으로 이윤학 씨의 서정성은 상투적일 수도 있고 또 우연적인 효과인 것도 같았다. 그렇다는 것은 이번의 시집에 좋은 시도 있지만, 불완전한 진술로 끝나는 시도 많고, 또 주제의 심도가 두드러져 보이는 것이 별로 없다는 인상으로 인한 것이었다. 이에 대하여 김기택 씨의 시는 통념적 서정성이 약하면서도, 정확한 관찰과 사고를

---

1   제14회 김수영문학상 심사평.

더 착실히 더 깊이 있게 나타내고 있는 것으로 생각되어, 나는 적어도 금년 도에는 김기택 씨에게 상이 돌아가도 좋다고 생각하게 되었다.

이광호 씨는,『바늘구멍 속의 폭풍』에 부친 해설에서, 김기택 씨의 시의 특징이 "감각의 갱신"에 있다고 말한다. 물론 그의 감각은 단순한 감각은 아니다. 그의 감각은 관찰의 결과이고 또 여러 가지 관찰로 확산된다. 또 그의 감각적 관찰은 특이한 관점으로 인하여 가능하고, 또 이 관점은 삶에 대한 일정한 관점의 일부를 이룬다.

너무 오랫동안 사용해서 그의 육체는 낡고 닳아 있다. 숨을 쉴 때마다 목구 멍과 폐에서 가르랑가르랑 소리가 난다. 찰진 분비물과 오물이 통로를 막아 바늘구멍처럼 좁아진 숨구멍으로 그는 결사적으로 숨을 쉰다.

　　　　　　　　　　　　　　　　　　　　—「바늘구멍 속의 폭풍」 부분

이러한 묘사는 특별할 것이 없는 묘사지만, 호흡 곤란의 감각을 정확 히 그려 낸다. 그것이 가능한 것은 우선 삶의 육체를 거리와 객관성을 가 지고 바라보기 때문이다. 그리하여 인간의 육체는 암암리에 객관적인 공 간—도시나 기계 장치에 비교되는 것이다. 또는 조금 더 단순하고 분명 한 비교의 경우를 들어 볼 수도 있다.

귀에서 수화기가 떨어지지 않는다
아무리 잡아당겨도 수화기는 끈덕지게 귀를 붙들고
귓구멍 속으로 줄기차게 말을 퍼붓는다.

　　　　　　　　　　　　　　—「귀에서 수화기가 떨어지지 않는다」 부분

여기에서 수화기는 어떤 의지를 가진 존재처럼 말하여지고, 귀라는 인간의 육체는 그것의 의지 작용에 내맡겨진 물건 ── 물건을 쏟아붓는 용기처럼 생각된다. 사물과 육체의 위치가 바뀌는 것이다. 그러나 이러한 관점의 전환 그리고 객관화된 거리가 단순히 정확한 감각의 묘사에만 봉사하는 것은 아니다. 수화기와 귀의 자리바꿈은 바로 기계와 사람의 위치가 바뀌는 세계의 한 증표이다.

그러나 김기택 씨에게 이러한 전도된 세계는 그 자체로 묘사나 비판의 대상이 되기보다는 인간의 내부에 기록되는 한 효과 ── 특히 그의 육체로부터의 소외라는 효과로서 감지된다. 위의 수화기와 귀의 관계에서 중요한 것은 수화기의 의지화보다도 귀의 사물화일 것이다. 그 앞에 들었던, 「바늘구멍 속의 폭풍」에서 따온, 호흡 장애의 육체는 "떨어져 덜컹거리는 문짝처럼, 망가지고 허술해진, 바람을 견디기엔 불안한 몸뚱어리"로 표현된다. 육체는 결국 고장 직전의 기계 장치처럼 생각되는 것이다. 그리하여 시의 결론은, 오늘의 삶에서는, 마음의 격정들에 의하여 ── 그것들의 폭풍에 의하여 ── 이 기계를 망가뜨리지 않도록 하는 것이 중요하다고 말한다.

육체로부터의 소외는 도처에서 일어난다. 가령 「선거 유세」에서 보자.

> 연사의 급한 마음이 튀어 침으로 나온다
> 침은 더 많은 말들을 만들어 내려고
> 입안 가득 거품을 일으켜 혀 주위에 돌리고
> 꿈지럭꿈지럭 혀도 둔한 뿌리를 부지런히 움직인다.

여기에서 시인이 지적하고 있는 것은 마음이 급해짐으로써 그것이 침으로 변하고 마음과 관계없이 저절로 움직이는 언어 작용이 작동되는 현상이다. 「망가진 사람」은 육체적 활동으로서의 언어와 의미 작용의 주체로서의 언어의 소외를 이렇게 말한다.

망가진 마음속에 말이 있다. 말이 그저 그의 마음속에 있기 때문에, 단지 입술과 혀와 이와 목청이 오랫동안 말을 해 왔기 때문에, 그는 말을 한다. 그러나 말은 나오자마자 공기에 싸여 사라진다.

의지 작용과 육체의 괴리는 말을 넘어 모든 육체 작용 속에서 일어난다. 같은 시에서 김기택 씨가 말하고 있는 바와 같이, 오늘의 세상에는

말은 멀쩡한데 마음만 망가진 사람, 얼굴은 멀쩡한데 표정만 망가진 사람, 눈은 멀쩡한데 눈빛만 망가진 사람, 몸은 너무나 튼튼한데 손짓 걸음걸이 그리고 걸음이 가고 있는 방향만 망가진 사람.

이 수두룩하다.

그런데 이렇게 육체의 한 부분과 또 다른 부분이 서로 맞아 들어가지 않는, 단편화되고 자기 소외된 사람들의 일을 한없이 기록하여 무슨 소용이 있는가. 대체로 우리는 기록하여 값이 있고 값이 없는 것이 따로 있다고 생각한다. 위에서 본 바와 같이 소외의 한 효과는, 사람의 감각적 인지 능력 나아가 객관적 인식 능력을 향상시켜 주는 효과를 갖는다. 그것은 그 나름으로 가치 있는 것이다. 명증한 감각과 인식은 많은 것의 시작이 될 수 있다.

대패로 깎아 낸 자리마다 무늬가 보인다
희고 밝은 목질 사이를 지나가는
어둡고 딱딱한 나이테들
이 단단한 흔적들은 필시
겨울이 지나갔던 자리이리라

꽃과 잎으로 자유로이 드나들며 숨 쉬던

모든 틈과 통로가

일제히 딱딱하게 오므리고

한겨울 추위를 막아 내던 자리이리라

— 「나무」 부분

이러한 시에서 소외의 거리화가 훈련해 준 눈은 한편으로 세상의 작은 아름다움에 대한 정확한 감식의 눈이 되고, 다른 한편으로는 그러한 작은 감식도 동정적 공감이 없이는 이루어질 수 없기 때문에, 넓어져 가는 마음의 근본이 된다. 「먹자골목을 지나며」에서, 면밀한 감각은 시인으로 하여금 단순한 불고기의 냄새 속에서도 삶의 해소할 수 없는 모순을 인식하게 한다. 그러한 인식은 객관성의 한 형태로서의 공감적 인식 — 도살된 동물의 상황에로의 공감적 이입의 한 기능이기도 하다.

이것은 죽음의 냄새가 아니고 삶의 냄새란 말인가

필시 그 죽음에는 오랫동안 떨던 불안과

일순간에 지나온 극도의 공포가 있었으리라

시인은 단순히 먹을거리로만 받아들이는 불고기에 대하여 이렇게 의문을 발하고 동정적 이해를 시도한다. 그러나 지금의 시점에서 김기택 씨에게 소외된 감각의 가장 큰 보상은 그것이 우리의 마음과 육체를 갈라놓는 사건과 언어의 훤소(喧騷)로부터 마음의 평정을 되찾고 자신을 회복하는 것을 배울 수 있게 해 준다는 것일 것이다.

고요하다는 것은 가득 차 있다는 것입니다.

만일 이 고요를 현미경으로 들여다볼 수 있다면
당신은 곧 수많은 작은 소리 세포들을 발견하게 될 것입니다.
바람 소리 물소리 새소리 숨소리……

　　　　　　　　　　　　　　　　　—「고요하다는 것」부분

　현미경으로만 볼 수 있는 작은 소리들에 주의할 때 사람의 마음은 뜨겁고 시끄러운 소리들을 흡수하면서도 잔잔하여지고 "돌인 양 꿈쩍도 하지 않을 것"이라고 김기택 씨는 말한다.

　오늘날과 같이 의미 없는 언어와 동작과 행동으로 가득 찬 시대, 그리하여 시도 그 의미 —궁극적으로는 말의 저편에 있는 고요와 사물과 생존의 무게에서 올 수밖에 없는 의미를 상실한, 소란의 시대에「고요하다는 것」의 교훈은 들어 볼 만한 것이다. 그러나 다른 한편으로 우리가 시에서 기대하는 것은 바늘구멍으로 좁혀 들어감으로써 얻어지는 고요, 침잠, 정확성 —결국은 많은 인간적인 것들로부터의 소외를 통하여 얻어지는 이러한 열매만은 아닐 것이다. 이윤학 씨의 시에서 보는 바와 같은, 특히 현미경이 된 눈이 아닌 정상적인 눈으로 보는 것들, 가령,

　썬팅 창문들은 열려 있다
　뚱뚱한 아줌마가, 수돗가에 나와
　스텐 보온 물통 속을 씻고 있다

　　　　　　　　　　　　　　　　—「아래층에 식당이 있다 1」부분

라고 할 때의 일상적이면서 의미가 전혀 없지도 아니한 도시의 한 인간적 정경, 또는

머릿수건인 줄 알고

마른걸레를 베고

누워 계시는 어머니

마루 위에 걸린 전깃불

벗어 놓은 신발 속의 흙을

보여 준다

—「한여름밤」 부분

— 이러한 정상적인 눈에 드러나는 객관적이면서도 인간적인 의미가 있는 어떤 어머니의 모습이 우리의 세계이고, 우리는 시의 세계에서도 이러한 것들이 인지될 수 있기를 원한다. 그러나 오늘의 세계에서 소외의 감각이 가능하게 하는 명증성이 하나의 길인 것도 틀림이 없다.

김기택 씨는 틀림없이 오늘의 시의 문제를 대처하는 데에 중요한 감성과 지성 그리고 방법을 가지고 있다. 시도 산문만큼 정확하게 사고되고 쓰여야 한다. 이것은, 김기택 씨가 지적하고 있는 바와 같이, 우리의 몸과 마음과는 따로 노는, 헐거운 관념과 감정의 범람 속에서 정확한 생각과 정확한 느낌을 찾아 나아가는 데에 있어서 필수적인 지침의 하나이다. 김기택 씨는 정확한 시인이다. 그의 수상을 축하한다.

(1995년)

유하, 『세운상가 키드의 사랑』[1]

유하 씨는 분명 새로운 시인들 가운데 가장 주목할 만한 사람의 하나이다. 그의 시는 오늘날의 어떤 종류의 예술적 표현에서 보이는 새로운 종류의 시, 새로운 종류의 감수성을 대표한다. 그는 오늘의 다른 어떤 젊은 시인보다도 새로운 감수성을 분명하게 정의하고 표현한다. 이것은 그가 감수성의 시인일 뿐만 아니라 강한 지적 능력 — 시적 유연성을 잃지 아니하면서도 그것에 기율을 부여할 수 있는 능력을 가지고 있기 때문이다. 이러한 감성적이면서도 지성적인 그의 능력은 그의 시가 다만 오늘의 세대의 시의 평면에 머물지 아니하고, 보다 넓은 시적 지평으로 나아가리라는 것을 예감하게 한다. 김수영문학상이 그의 등장과 가능성에 주목하고 기념하는 것은 마땅한 일이다.

유하 씨의 시가 정의하는 새로운 감수성은 오늘날 이루어져 가고 있는 새로운 세계에 — 또는 그 주요한 한 양상에 대응하는 것이다. 전통적으로

---

1 제15회 김수영문학상 심사평.

시는 사회적 엄숙성의 일부였다. 1960년대에서 1980년대 말까지 시의 엄숙성은 정치적인 투쟁의 시가 대표하였다. 보다 전통적인 엄숙성은 자연의 계시나 도덕적 교훈의 암시에서 왔다.(또 흔히 자연 신학의 일부를 이루는 전통 시학은 자연의 계시가 알게 모르게 도덕적 교훈에 일치한다고 생각하였다.) 그러나 오늘의 젊은 세대의 시들은 사회적 엄숙성의 일부로서 시를 다시 생각해 보게 한다. 엄숙성만이 시에 이르고 진리에 이르는 길은 아니다. 사실상 진정한 시나 진정한 진리는 늘 관습적으로 받아들여진 시와 진리 또 언어의 밖에서 존재해 왔다. 유하 씨의 시가 관습적 시학에 위배되는 것으로 느끼는 사람도 적지 않게 있을 것이다. 그러나 엄숙성의 시학의 관점에서도, 그의 시는, 얼핏 주는 인상과는 달리, 현란한 경박성의 시라기보다는, 보다 진정한 시에 이르려는 복잡한 움직임으로 특징지워지는 시이다. 이 움직임에서 중요한 것은 무엇보다도 자신이 서 있는 자리를 정확히 포착하고 정의하는 일이다. 그런 다음에 엄숙성은 올 수도 있고 아니 올 수도 있다. 그러나 가장 중요한 엄숙성은 오늘 이 자리라는 사실이다. 유하 씨의 시는 이것을 심각하게 증언한다.

이번의 시집의 제목, 『세운상가 키드의 사랑』은 오늘의 세대의 현주소를 상징적으로 나타낸다. 유하 씨는 「세운상가 키드의 사랑 1」에서 세운상가 ── 유하 씨가 고등학교나 대학에 재학할 무렵의 세운상가를 말하겠지만 ── 가 그에게 의미하였던 것을 다음과 같이 말하고 있다.

이러지도 저러지도 못하는 지독한 마음의 열병,
나 그때 한여름 날의 승냥이처럼 우우거렸네
욕정이 없었다면 생도 없었으리
수음 아니면 절망이겠지, 학교를 저주하며
모든 금지된 것들을 열망하며, 나 이곳을 서성였다네.

세운상가는 공식적인 사회 조직을 대표하는 학교에 대조되는 곳으로서, 학교가 금지하고 억압하는 것을 종합하여 가지고 있는 반대 문화의 장소이다. 이 장소에서는, 위의 구절이 말하고 있는 것처럼, 공식 문화의 금기의 핵심을 이루고 있는 욕정이 충족될 수 있다.

충족은 대부분의 경우 직접적 관능으로보다는 문화적 보상으로 이루어진다. 억압된 욕정은 금지된 성의 표현, 가령 포르노물로써 충족되고, 더 나아가 공식적 문화에 대하여 대체 문화, 외래의 대중문화로서 들어오는 재즈를 비롯한 음악, 가요, 비디오, 출판물, 영화 들로써 충족된다. 이것들의 매력은 성과 퇴폐, 그리고 악의 매력이면서, 시인이 말하듯이, 공식 문화에 대한, "레지스탕스"로서의 매력이다. 시인은 또 다른 세운상가에 관한 시에서, "나는 세운상가 키드, 종로3가와 청계천의/ 아황산가스가 팔팔의 나를 키웠다"라고 말한다. 그는 여기에서 성장한 사람——성숙한 사람에 대하여, 사실은 영원한 악동, 미국적 악동으로 남아 있는 "키드"이다.

세운상가 문화의 핵심은, 되풀이하건대, 시집 제목의 마지막 부분이 말하고 있듯이, "사랑"이다. 이것은 한편으로는 관능적 사랑을 말하기도 하지만 다른 한편으로는 보다 넓은 의미에서의 세계와 인간의 삶을 지탱하고 있는 리비도, 또는 욕망을 말한다. 그의 시의 원천이 되는 것도 욕망이다. 시적 인식도 욕망을 통하여 이루어진다. 세상의 사물들은 시인에게 그의 욕망을 자극함으로써 시적인 대상이 된다.

> ……난 노래할 것이다 물오리나무와
> 달개비꽃, 날아가는 저 노랑할미새——
> 그 온갖 살아 있는 움직임.
> 황홀한 순간의 운동성에 대하여

탱자꽃 피고 은하수는 폭발한다
거미는 말의 식욕을 품어
나비의 관능을 사로잡고
휘파람새 날아올라 우주의 조롱 밖에서
내 노래를 조롱한다.

위의 구절에서 보듯이, 시인은 관능의 순간적 자극에 민감하다. 그러나 이 관능은 단순한 쾌락에 그치지 아니한다. 그것은 세상을 시인에게 시적으로 인지하게 하는 매체이다. 탱자꽃이나 우주는 관능의 황홀 속에 피어나고, 거미는 관능을 다리로 하여 다른 생물체를 사로잡는다. 그러면서, 관능은 휘파람새의 경우에서처럼, 사람의 주관적 작용과 비슷하면서도 그것의 밖에 있는 새를 지시한다. 그리하여 사랑은 시인을 유혹하는 "독약의 감미로운 향기"이면서, 그를 넘어서 시인이 마음대로 할 수 없는 세상의 원리라고 말한다. 사랑은 시인이 마음대로 하는 것이 아니라, 시인을 "즉흥적으로 변주할 뿐이었"던 것이다.(「재즈처럼, 나비처럼: 리 오스카, 『나의 길』」) 사랑 — 또는 욕망은 세상 그 자체의 구성 원리이다.

우주적 원리로서의 욕망의 긍정에도 불구하고, 시인이 그것의 모순을 모르는 것은 아니다. 또는 저항으로서의 악의 긍정은 어떤 의미에서든지 가책을 수반하는 것인지도 모른다. 그는 그가 탐닉하는 것들이 악이며, 부패라는 의식을 버리지 못한다. 역설은 이 부정적인 것들이 욕망을 매개하고 아름다움을 생산한다는 것이다. 「드루 배리모어, 장미의 이름으로」에서 말하고 있듯이, "폐기물들의 환희 …… 향기 없는 진리보다 지금 이 순간, 독버섯의 매혹, 문득 독약을 곁들인 웃음의 스테이크"를 원하는 것이다. 그는 외래 문화로서 들어오는 관능의 상징을 두고 다시 말한다.

변방의 한 시인이 거대한 세계의 수챗구멍을 들여다보며
오물의 상상력으로 말하다 몸부림치며
썩어 가는 모든 것들이여, 모든 쓰레기의 악령들이여,
내게로 임하라 내가 썩으며, 장미 먹는 벌레들처럼
아름다움의 영토를 토해 내리니.

　이러한 퇴폐의 의식, 그리고 그에 따르는 가책이 점점 사회인의 건강 의식으로 회귀해 가는 증후를 보이는 것은 자연스럽다. 시인은 이미 쓰레기에 취하는 것은 거기에서 아름다움을 만들어 내려는 뜻이라고 변명을 하고 있거니와, 다른 시에서는 "부패가 결코 나를 죽일 수는 없으리라/ 정지된 나를 흐름의 고향으로 되돌려 줄 뿐일"이라고 말하기도 하고, 또는 부패는 "지상의/ 썩은 마음들을 남김없이 앓아 내야 하"는 교육 과정의 한 고비에 불과하다고 변명하기도 한다.(「취한 바다를 위하여: 다시, 구시포에서」) 그러나 시인의 건전성에 대한 향수는 이번 시집의 뒤쪽에 실려 있는 고향의 일들을 말하는 시들에서 분명히 드러난다. 고향의 일들을 말한, 그리고 그 고향이 자연 속의 고장이라고 할 때, 자연의 삶을 주제로 한, 여러 편의 시들에서, 그는 그의 진정한 그리움이 고향의 자연의 삶을 향하는 것임을 되풀이하여 말한다.

새와 바람의 자궁, 나무들의 마을이여
나 사람의 눈을 버리고 가리, 바람의 황소가
잎의 울타리 속에서 구름을 뜯고
할미새 달의 문을 열어 기침하는 그곳으로
　　　　　　　　　　　　　　　—「고향: 창룡에게」 중에서

고향이 상실된 것은 전쟁, 군사 정치, 그리고 모든 것을 경제성에서만 보는 ─ 또는 더 단적으로 "식용 개구리의 식용"의 관점에서 보는 세상의 변모에 기인한 것이라고 시인은 말한다. 산업화와 경제적 변화의 황량한 결과를 비판적으로 말하면서도 이것을 고향에 대한 향수 속에서 서정화한 가장 좋은 시는 「가지 않은 길」이다.(다른 곳에서도 그러하지만, 이것은 영미 시의 영향, 그중에서도 로버트 프로스트의 시의 영향을 강하게 드러내고 있는 시이다. 프로스트의 같은 제목의 시가 여기에 영감의 한 근원이 된 것은 분명하지만, 한국의 현실에 대한 강한 의식이 이 차용을 무리 없이 감싸 준다.)

> 한때, 선한 눈동자를 가진 사람들이 그 숲길을 오고 갔다
> 경쾌한 노동의 발자국이 휘바람을 지나가고 가끔은
> 뜨거운 사랑의 시어가 송진 내음처럼 흩날렸다
>
> 언제부터인가 그 숲길은 인적이 끊겼고
> 모든 것이 그냥 흙 속으로 낭비되었다 꿀은 썩어 갔고,
> 뗄감의 솔방울들은 주인을 잃은 채 방치되었다
> 두려움 많던 다람쥐들만이 당당하게 뛰놀기 시작했다
>
> 떠나간 사람들은 생의 황량함을 느낄 적마다
> 그 숲길을 그리워했다, 하여 다시 찾았을 때
> 그곳은 잡초 덤불 우거진, 가지 못하는 길이었고
> 사람들은 이내 투덜거리며 되돌아갔다
>
> 그 후로 오랜 세월이 지나갔다, 떠나간 이들은 하나둘
> 주검으로 되돌아왔고 그 지워진 숲길에 가득 묻혀 갔다

그리고, 무덤 속에 누운 후에야 비로소 깨닫게 되었다
그 숲길을 지날 수 없게 한 것은,
바로 그들 자신이었음을

위 시의 마지막 부분은 자연을 버리느냐 아니하느냐 하는 것은 사람의 의지에 달려 있다고 말한다. 이것은 엄숙한 교훈이지만, 시의 전체적인 테두리 안에서 그렇게 모나지 않는 교훈이다. 이 교훈은 사실 산 사람에게 내려지는 엄숙한 명령이 아니라 죽은 사람의 회한으로만 표현되어 있다. 그러나 다른 사람은 더 분명하게 고향의 보다 자연스러웠던 삶이 이제는 그리움으로만 남아 있음을 말하고 있다. 사람들의 마음은 고향을 떠나가 버렸고, 고향은 오직 그리움으로만 남아 있는 것이다.

모든 형태의 마음들이 떠나 버린 곳엔
늘 충만한 침묵의 집터 하나 남는다
그들을 사랑한 바로 그 시간들이,
나의 집이었기에

— 「연동 집터를 기리는 시」 중에서

없어진 고향은 "나의 집이었기에" 시인에 의하여 사람으로 회고되는 것이다. 그러나 또 다른 시, 「풍금이 있던 자리 ── 고창국민학교 교정에서」는 사라진 고향을 그리고 또 기리는 시이지만, 여기에서 시인은 고향이 돌이킬 길이 없는 추억이 되고, 이 추억마저도 많은 사람에게는 무의미한 것이 될 것이라고 말한다. 이 시의 마지막 행은 예언이다. "오직 흩날리는 먼 지만이 그리움을 대신하리라."

유하 씨의 고향을 주제로 한 시들이 아름답다. 또 그것들은 전통적 엄숙성의 시의 유형에 맞아 들어간다. 그러나 이러한 아름다움과 엄숙함이 오늘날 존재하는 방식이 단순한 것일 수는 없다. 위에서 말한 것처럼, 그것은, 유하 씨의 관찰로도, 돌이킬 수 없는 것에 대한 그리움으로 또 그리움도 허용되지 않는 완전한 소멸의 표현으로만 존재한다. 세운상가의 퇴폐적이고 찰나주의적인 문화를 말하면서, 시인은 퇴폐의 쾌락들이 순간적인 도피의 성격을 가지고 있음을 지적하지만, 역설적으로 이러한 쾌락들도 고통의 근원이 되며 새로운 도피를 필요로 한다고 말한다. "매혹의 고통은 종종/ 새의 가벼운 육체를 꿈꾸게 하"는 것이다.(「휘파람새 둥지를 바라보며」) 이러한 논리에서 고향과 자연에 대한 향수는 또 하나의 도피적 비상을 나타낸다고 할 수도 있다. 다만 세운상가의 문화와 고창의 마을의 복잡한 얽크러짐에 대한 의식이 유하 씨의 자연 예찬을 세상의 관습에 비위 맞추는 일 이상의 일이 되게 한다.

유하 씨가 근본적으로 건전성의 시인임에도 불구하고, 그의 시집을 읽는 독자에게 강한 인상을 주는 것은 세운상가 문화의 요소이다. 우리가 어떻게 생각하든지 간에, 비디오와 팝송과 관능의 문화가 오늘의 문화의 가장 중요한 부분이기 때문이다. 건전하고 엄숙한 전통적 삶에 대한 유하 씨의 긍정도 사실 이러한 새 문화와의 관련을 유지하기 때문에 현실적 의미를 갖는 것이다. 그의 시골의 건전한 삶에 대한 시가 세운상가에 대한 의식이 없이 쓰인 것이었더라면, 그것은 우리 사회에 범람하는 거룩한 말들에 아부하는 허사이거나 자기 위안에 불과하였을 것이다. 그의 시의 한 중요한 의의는 그것이 두 문화의 교차점에 위태롭게 위치하고 있다는 데 있다. 우리가 어떻게 살아야 하는지, 어떻게 느끼고 생각하여야 하는지는 탐구되어야 할 어떤 것이다. 그것은 퇴폐적 현실과 도덕의 싸움에서 생겨나는 어떤 새로운 것일 것이다.

(1996년)

'뛰어난 화술' 백주은 씨의 시'

최승호 씨는 백주은 씨를 추천하는 글에서, 그 '뛰어난 화술'을 칭찬하고 있다. 능란한 화술은 그의 특징이라고 할 수 있다. 말을 막힘없이 잘한다거나 듣는 사람의 흥미를 끌 수 있게 말을 끌어간다는 뜻에서만 화술이 좋다는 것은 아니다. 물론 백주은 씨의 말은 유창하고, 그 유창한 말에는 유머, 농담, 말놀이, 풍자 등 말의 여러 재주들이 들어 있다. 이 모든 것이 그의 시를 재미있게 읽히게 한다.

그러나 그의 화술을 높이 평가하게 되는 것은 그것이 어떤 화재를 하나의 완성된 시적 명제로 새겨 낼 수 있는 힘이 되기 때문이다. 그의 시에는 요즘의 시에서 흔히 보는, 삭이지 못한 울분과 자기 연민이나 자기 합리화, 또는 성급하게 깨우친 인생철학이 없다. 그는 그의 대상을 객관화할 수 있는 여유를 가지고 있다. 그가 반드시 사물에 대한 정확한 관찰이나 인상을 기록하는 데에 주력한다고 할 수는 없으나, 적어도 그는 그의 화제로 하여

---

1   제18회 김수영문학상 심사평.

592

금 스스로 완결된 진술이 되게 하는 것을 허용한다. 그의 객관화의 능력은 시인 자신에게도 적용된다. 그리하여 그의 눈길은 해학적으로 비하된 자기 자신을 향하기도 한다. 우리는 백주은 씨에게서 드물게 자기 중요성에 매달려 안간힘 쓰고 있지 않은 젊은 시인을 발견한다.

백주은 씨의 화술을 말하는 것은 그의 말에 중요한 내용이 없다는 것이 아니다. 그의 시는 오늘의 사회에 사는 보통 사람들의 애환을 지켜보고, 시인의 주변에서 관찰되는 슬픔과 기쁨, 그리고 욕망과 좌절의 순간들을 섬세하게 포착한다. 이 삶의 뉘앙스를 에워싸고 있는 것은 부패와 폭력과 탐욕과 소비주의와 실업과 포르노그래피와 사이버 인생의 광기가 넘치는 오늘의 현실이다. 이 현실은 이제 우리에게 익숙한 삶의 현장이 되었지만, 백주은 씨의 시에서 이것은 쓴웃음으로 대할 수밖에 없는 '블랙 유머'의 자료가 된다.

화술의 능숙함에 위험이 없는 것은 아니다. 그의 재미있는 말은, 자칫 잘못하면, 비록 유머를 가지고 보는 것이기는 하나, 그 자신 비판적으로 보고 있는 광고와 통속 저널리즘의 언어로 전락할 수도 있다. 나는 그가 현실을 조금 더 냉정한 객관적 거리를 가지고 보았으면 어떨까 하고 생각해 본다. 조금 더 분석적이고 매서운 생각 또는 깊고 넓은 느낌은 그의 유희적시가 우리의 현실의 일부로 동화하는 것을 방지해 줄는지 모른다. 그러나 백주은 씨는 근본에 있어서 매서워질 수는 없는 섬세한, 더러는 감상적이 되기도 하는 서정 시인으로 생각된다. 이번 시집의 머리에 있는 작품, 「포장마차에서」와 같은 아름다운 시야말로 가장 대표적인 시일 것이다. 일상 속에 스미는 서글픈 깨달음을 이와 같은 가벼움, 이와 같은 균형 속에 포착하는 데 성공한 시는 흔하지 않다.

이번 김수영문학상 심사에서 백주은 씨의 시집 이외에 나는 이정록 씨의 『버드나무 껍질에 세 들고 싶다』와 서동욱 씨의 『랭보가 시 쓰기를 그만둔 날』이 주목할 만하다고 생각했다. 이정록 씨의 시에는 언어와 감정과 생활의 성실함이 있다. 나는 서동욱 씨의 시에서 가차 없는 현실 응시를 본다. 그러나 그것이 언어의 명증성에 이르는 데에는 아직 많은 거리가 있는 것으로 생각된다.

백주은 씨의 수상을 축하하고, 아울러 이정록 씨와 서동욱 씨에게 격려의 말을 전하고 싶다.

(1999년)

2부

문학론과
그 테두리

구성적 사고와 반성적 사고

문학적 사고의 근원

    가장 엄정한 규칙에 따라 진행해 나가는 사고의 결정인 수학은 우리가 사는 세계에 대하여 어떤 관계를 가지고 있는가? 이 질문에 대하여 수학의 철학은 몇 가지 답변을 준비하여 가지고 있다. 하나는 그것이 물질세계 그리고 우리의 주관적 환상의 세계와는 별도로 존재하고 있는 플라톤적 이데아의 세계를 드러내어 보여 준다는 것이다. 다른 하나는 수학의 진리들이란 사람이 만든 것으로서 사람과는 따로 있는 이데아의 세계에 적용되는 것도 아니요, 직접적인 의미에서 사람이 사는 세계에 해당되는 명제들도 아닌 것이다. 그것은 형식 논리만의 자족적 체계이다. 이러한 형식주의의 한 변증이라고 할 수 있는 구성주의(constructivism)의 생각에 의하면, 수학의 진리는 그것이 사람이 구성하는 한도에 있어서 그 세계에서 진리이다.

    플라톤주의이든지, 형식주의이든지 아니면 구성주의이든지 ── 그리하여 우리가 수학의 진리라고 하든지 아니면 허구적 구성이라고 하든지 간에, 이러한 주장들이 말하고 있는 것은 수학이 그 엄밀성에도 불구하고 현실 세계의 원리는 아니란 것이다. 그러나 말할 것도 없이, 그것은 엄밀한 철학적 사고에서 드러나는 것이고, 현실에 있어서, 가령 현대 물리학에서 그것은 빼어 놓을 수 없는 사고의 수단이며, 상식가의 입장에서 물리학의 세계는 가장 현실적인 세계이다. 소리의 움직임을 기술하는 데에는 수학적으로 정밀한 소리의 방정식이 필요하다. 그러면서도 소리의 방정식을 물리 현상으로서의 소리에 적용시키려면, 이론과 현실을 연결하여 줄 수 있는 해석의 이론이 필요하다. 실제로 소리의 작용을 관찰하고 이것이 수학적 이론의 공식에 맞는가 맞지 않는가를 확인하는 일은 또 하나의 문제인 것이다.

모든 이론적 사고는 그 나름의 형식적 구성 원리에 의하여 이루어진다. 그러면서도 그것은 현실과의 대응 관계에서 그 의의를 갖는다. 이 대응 관계가 본질적인 의미에서 문제가 될 수 없는 수학의 세계는 하나의 예외일 뿐이다. 그러나 현실과의 정확한 대응을 그 생명으로 하는 모든 이론적 사고에 있어서도 이 대응은 현실의 모든 것을 다 포함하여 버릴 만큼 포괄적인 것은 아니다. 또 그것이 반드시 바람직한 것도 아니다. 이론적 구성의 의의는 바로 현실을 단순화함으로써 현실을 우리에게 쓸모 있는 것이 되게 한다는 데 있다. 그러나 단순화가 단순화로 남아 있는 데에는 틀림이 없다. 모든 이론은 현실 이해의 수단이다. 그러면서 그 불가피한 단순화로 하여, 그것은 현실을 왜곡한다. 그리하여, 그것은 현실에 대한 계시이면서 은폐이다.

그러면 현실을 현실 그대로, 사물을 사물 그대로 알 수 있는 방법은 없는가? 여기에 대한 답변이 간단할 수는 없다. 다만 우리는 이론에 의한 현실 이해, 사물 이해가 그것을 밝히는 작업이면서 동시에 은폐하는 일이라는 것을 지적하고 그 점에 대한 경계를 게을리하지 말아야 한다는 것을 말할 수는 있을 것이다.

이론적 사고가 의식적으로 현실을 단순화하고 은폐하려는 것은 아니다. 오늘날과 같은 권모술수의 세계에서 의도적 개념 조작이 없을 수는 없다. 또는, 방법론적 필요에서 의도적 개념 조작이 없을 수는 없다. 또는, 방법론적 필요에서 의도적 단순화가 도움이 되는 경우도 있다. 그러나 흔히는 우리의 이론적 이해, 개념적 사고가 그러한 단순화를 포함하고 있다는 것을 의식하지 못하는 경우가 대부분이다. 오히려 이러한 의식은 논리적 엄밀성을 존중하는 곳에서 일어날 수가 있다. 그 엄밀성이 이론의 구성적 성격을 쉽게 인지할 수 있게 해 주는 것이다. 그러나 대부분 우리가 가지고 있는, 이론이랄 것도 없는 억설(臆說)들은 자각과 이론의 혼재 속에 어디까지가 사실이고 어디까지가 이론적 구성인지조차 모르는 형편에 있는 것이다.

그러나 대체로 엄밀성의 객관적 지향은 그 자신의 진리 됨을 과신할 수 있다. 그것은 객관적 자리에 이르고자 노력하는 만큼 과신에 찰 수 있다. 이론적 사고의 판단 오류는 흔히 자기 자신에 대한 무지에 연유한다. 자기 자신의 근원에 관한 반성에 약한 것이다. 우리가 이론을 만들고 그것을 발전시키는 것은 우리의 그에 대한 관심 때문이다. 이것은 의식적으로 계획하고 목표로 삼는 일에 가장 분명하다.

여기에서 우리의 계획과 목표가 가져올 수 있는 진실의 왜곡은 피하기 어려운 위험이 된다. 물론 우리의 계획과 목표가 절대적인 정당성을 가지고 있는데 왜곡이 무슨 문제이랴? 그러나 그렇다고 치더라도, 우리가 이루고자 하는 일이 현실 속에 있는 한, 미끄러져 나간 현실 이해에 입각한 계획은 제대로 목표에 도달할 가능성은 상당히 줄어들 수밖에 없다. 그것보다도 세상은 서로 다른 수많은 계획과 목표에 가득 차 있다. 이러한 것들이 갈등 속에 들어갈 때, 이것들을 조화시킬 수 있는 하나의 진리를 어디에서 찾을 것인가?

그런데 관심의 문제는 의식된 계획과 이해관계의 문제만은 아니다. 과학적 탐구는 편벽된 계획과 이해를 초월하려고 한다. 그러나 하버마스가 『인식과 관심』에서 주장하고 있는 것처럼, 과학적 이론의 밑바탕에도, 비록 깊은 침전의 상태로, 관심이 선험적 구성 조건으로 존재하고 있는 것이다. 이 관심의 존재는 또한 우리의 지각 현상에서도 확인될 수 있다. 인지 심리학이 우리에게 밝혀 주는 바와 같이 가장 놀라운 것은 불가항력적이고 수동적인 인지 과정 가운데까지도 관심의 구성 작용이 숨어 있다는 사실이다. 이렇게 볼 때, 우리의 모든 이론적 이해와 개념 작용에 관심의 구성이 들어 있는 것은 오히려 자연스러운 것이다. 그것은 엄정한 객관성을 유지하고자 하는 우리의 모든 노력에도 불구하고 그럴 수밖에 없다.

객관적 진리에 이르는 것을 방지하는 근본 요인은 삶 자체에 있다. 우리가 생각하고 행동하는 것 일체는 이미 삶의 편벽된 선택 속에 들어 있다. 또는 이 삶은 인간적으로 다시 말하여 사회적이며 역사적으로 구성된 것인 까닭에 생활 세계의, 미리 행해진 선택 속에 있다. 그러나 가장 초보적인 의미에 있어서의 삶에도 그것 나름의 편향이 들어 있다. 우리가 사는 이 세계 속에서의 우리의 일정한 편향은, 후설(Edmund Husserl)의 말을 빌려, "원천적 믿음(Urglaube)"이며 "원천적 억설(Urdoxa)"이다.

이렇게 보면, 공평무사하며 객관적인 진리에 이르고자 하는 우리의 노력은 좌절에 부딪치게 마련이다. 그러나 우리의 관심이 삶 그 자체의 정당한 성취에 있다고 한다면, 이것이 그렇게 문제될 것은 없다. 삶의 근원적 믿음과 억설은 우리가 그것을 확인할 수만 있다면 삶 그 자체와 일치할 것이기 때문이다. 그리고 이 일치는, 그것이 유지되는 한, 삶의 단순화나 왜곡 또는 은폐와는 전혀 관계없는 것일 것이다. 뿐만 아니라 다시 생각하여 보면, 삶의 현실을 떠난 다른 어떤 공평무사하고 객관적인 진실이 있을 수 있는가? 역설적으로 공평무사하고 객관적인 진실 자체가 바로 삶의 편벽됨으로부터 나온다.(물론 이 삶의 편벽성은 스스로로부터 나온 객관적 진실에 의하여 교정되고 보완될 필요가 있다.)

궁극적인 질문은 삶에 대한 것이다. 우리는 삶 자체를 있는 그대로 생각하고자 한다. 그러나 삶 자체를 생각 속에 포착할 수 있는가? 사고의 근거가 되는 삶을 사고로써 해명할 수 있는가? 삶은 산타야나(George Santayana)의 말로, "비이성적 용솟음"이며, 던져짐이다. 그러나 우리는 비이성적 용솟음으로서의 삶으로부터 따로 있는 것이 아니다. 그것은 무엇보다도 우리에게 직접적으로 주어져 있다. 그것은 생각을 앞서 우리가 세상 속에 있다는 사실로서 주어진다. 이 현존이 우리의 끊임없는 노력에도 불구하고 우리의 사고를 벗어날 뿐이다. 그것은 오히려 우리에게 변화하는 기분으로 주어진다. 이 기분이 종잡을 수 없게 막연하기만 하고 변화무쌍하기만 한 것은 아니다. 사람의 심정은 그 나름의 규칙성을 가지고 있어서 예로부터 형이상학적, 철학적, 심리학적 성찰의 대상이 되었다. 그리고 기분과 심정은 우리의 육체를 통하여 매우 구체적인 핵을 부여받는다. 우리가 세상에 살며 갖는 느낌은 육체의 어둠으로부터 올라오며, 육체가 갖는 특이한 감각적 특성들을 갖는다. 다른 모든 것은 여기로부터 출발하여 뻗어 나가는 부연 설명인 것처럼 보인다. 인간 존재에 대한 메를로퐁티의 현상학적 이해에서 육체를 가장 심오한 근원으로 본 것은 정당한 것이다.

우리는 우리의 몸으로 하여 물질세계 속에서 일정한 관계를 갖게 된다. 그러면서 그것은 단순히 여러 물건들 속에 놓여 있는 하나의 물건에 불과한 것은 아니다. 그것은 처음부터 다른 것에 대한 관계이다. 여기에서 모든 가능성이 생겨난다. 그것은, 메를로퐁티가 말하듯이, 세계의 가능성과도 일치한다. 우리 몸의 펼쳐짐, 움직임, 생리 작용이 없이는 공간과 시간을 생각할 수 없다. 몸은 세계를 지각하는 창이다. 우리의 몸과 세계는 물건과 물건의 관계가 아니다. 그것은 느낌과 생각과 의도와 동작의 관계이다.

그렇다고 세계가 우리의 몸에서 탄생하는 것은 아니다. 눈이 있어서, 세계를 볼 수 있고, 보는 가운데 공간의 열려 있음이 드러난다고 한다면, 동시에 볼 수 있는 가능성이 있기 때문에 눈이 있는 것이 아니겠는가? 또는 팔다리가 있어 그 움직임 속에 공간과 시간이 태어나지만, 움직임의 가능성과 공간과 시간의 열림이 우리의 팔다리를 태어나게 한다고 할 수 있다. 우리의 몸으로 하여 시공간이 태어나고, 시공간의 열림으로 하여 그 안에 우리의 몸이 태어나는 것이다. 우리의 몸은 분명 세계의 가능성에 깊이 개입되어 있는 것이나, 참으로 모든 것을 가능하게 하는 것은 "인간 행위의 지향성보다도 오래된, 시간 그것을 생동하게 하는 숨어 있는 원동적 지향성"이다. 그것의 근원은 우리의 몸과 더불어 있으며, 우리의 마음으로 파악되면서, 그것을 넘어가는 어떤 "야만적" 존재이다.

물론 사람의 세계가, 완전히 허깨비 같은 것은 아니면서도 안개처럼 불투명한 육체의 느낌 또는 육체의 존재 방식 속에만 있는 것은 아니다. 인간의 세계는 그것보다는 훨씬 더 분명하게 형태가 짜여 있는 세계 속에 산다. 그러한 세계는, 카를 포퍼(Karl Popper)의 구분을 빌려, 셋으로 나누어 말할 수 있다. 첫째는 물리적 세계가 있다. 그것은 질량과 에너지, 별과 돌, 그리고 순전히 외적으로 파악된 생물체의 육체, 피와 뼈로 이루어져 있다. 두 번째의 세계는 의식의 세계로 생각이나 감정을 포함한다. 이것은 물리적 세계에 자리하고 있는 생명체와 불가분한 것이면서, 그것과는 분명하게 다른 세계를 이룬다. 그다음에 있는 것이 사회의식, 전통, 언어, 이론, 사회 제도들이 엮어 내는 인간 문화의 세계이다. 이것은 개체의 의식 세계와 관련하여 생기는 것이면서도, 그것과 분명히 다른 것이다. 이 세계를 나누어 생각하는 것이 중요한 것은 그것들의 성격의 차이를 인정하고 그것들이 서로 다른 법칙에 따라 움직인다는 것을 아는 것이 우리의 세계 이해에 필수적이기 때문이다. 그러나 말할 것도 없이, 포퍼에게, 가장 원초적인 것은 물리적 세계이다. 그러나 사람과의 관계 없이는 어떠한 인식도 불가능하다고 한다면, 적어도 사람의 관점에서 이것보다 더 원초적인 것은 인간이 그 육체를 통하여 세계에 존재한다는 사실이다. 아무도 물리적 세계의 존재를 부정할 수는 없다. 그러나 그것까지도, 적어도 사람의 인식이 관계되는 한에 있어서는, 인간의 존재 방식에 기초하여 구성된 것이다.

다시 말하여, 사람이 사람답게 사는 것은 그의 육체적 현존 속에서만이 아니다. 오히려 중요한 것은 그를 둘러싸고 있는 물리적 세계이며, 내면생활이며, 사회적 역사적 궤도이다. 그리고 이러한 참으로 사람다운 세계에 우리의 주의와 노력을 기울이는 것은 당연한 일이다. 그러나 동시에 우리는 인간의 현존재와 그와 동시에 암시되는 "적나라한 존재(être brut)"의 세계를 되돌아 볼 필요가 있다. 이 되돌아봄 속에서 우리는, 사람이 사는 세계가, 구성된 세계란 것을 알 수 있다. 그것은 모든 이성적 사고의 대상이며, 그것의 대상으로서의 진리이면서, 동시에 인간 존재의 전체적 진리에서는 끊임없이 벗어져 나가는 시행착오의 소산이다. 이성적 사고의 구성은 언제나 가설적 성격을 벗어나지 못한다. 물론 그것은 인간에게 필수적인 객관적 진리의 세계이다. 그러나 그것은 끊임없이 수정 보완됨으로써만 그 진리 됨을 유지할 수 있다. 그렇다는 것은 그 진리 됨은 이미 인간 생존의 단순화로부터 나온 것이기 때문이다. 또 인간 존재는 그 나름의 편벽됨을 가지고 있다. 그러나 이 편벽됨은 수식 없는 존재의 충동으로부터 온다. 아니면 적어도 이 편벽됨의 왜곡과 또 그것의 인간적 중요성은 구성된 진리의 객관성을 궁극적으로 수정 보완한다.

삶의 편벽됨, 그러면서 모든 사고의 원천이 되는 인간과 '적나라한 존재'의 동시적 탄생에 대한 이해는 대상적 사고와는 다른 사고를 통하여 이루어진다. 그것은 밖으로 나가는 것이 아니라 밖으로 나가면서 안으로 되돌아온다. 그것은 밖을 비추면서 빛의 근원에 있는 어둠을 잡으려 한다. 이러한 사고를 우리는 반성적 사고라고 부를 수 있다. 다른 철학적, 미학적 노력과 더불어 문학은 이 반성적 사고의 소산이다. 그것은 삶의 모든 것, 그것의 외면과 내면, 결과와 그 근원을 포착하려 한다. 그러면서 그 탐구의 수단과 길을 우리에 가장 가까우며 우리 자신인 우리의 육체적 현존에서 발견한다. 그리고 이것으로부터 시작하여 인간의 물리적, 심리적, 역사적 세계의 진리 됨을 검증한다. 문학의 반성적 사고는 근원에 대한 반성을 통하여 사람이 구성하는 여러 세계를 비판하고 보완하며, 그 세계 속에서 인간 존재의 참다운 뿌리를 확인한다.

(1987년)

산의 시학, 산의 도덕학, 산의 형이상학

산과 한국의 시

1. 왕자의 관조

사는 곳, 보이는 것이 온통 산뿐인 것이 우리나라의 자연환경인데, 우리나라에서 산이 중요할 수밖에 없는 것은 너무나 당연하다. 생활 환경이 그럴진대, 그것이 우리의 느낌과 생각에도 깊이 들어 있을 것은 충분히 추측할 수 있다. 주말과 휴일뿐만 아니라 요즘 같아서는 어느 때나 방방곡곡의 산에 사람이 안 보이는 때가 없다. 등산은 우리나라 사람의 가장 보편화된 스포츠라고 할까, 생활 의식이라고 할까 또는 그 이상의 어떤 필수적인 국민적 행사가 되었다. 작년에는 우리 시대의 대표적인 시인 미당 서정주 선생이 『산시』라는 시집을 내었는데, 여기에는 육대주의 대표적 산들을 체계적으로 이야기하는 거의 100편에 가까운 시가 실려 있다. 아마 이렇게 체계적이고 많은 산의 시가 쓰인 것은 어느 나라에서나 희귀한 일일 것이다.

미당 선생은 신문을 통하여 전해진 이야기로는 아침마다, 아마 이 『산시』에 언급된 산들로 생각되는데, 1600여 개의 산의 이름을 외는 것으로 일과를 시작한다고 한다. 그 이유는 말하자면 기억 훈련이라고 한다. 그러나 기억 훈련에 하필이면 산의 이름이냐 하면 거기에는 다른 설명도 있을 성싶다. 단순히 왼다는 것만도 경을 외는 것과 같은 정신적 의미를 가질 것이다. 독경의 효과는 가장 외면적으로 말하여 소리의 연속이 집중을 가능하게 하고 이 집중이 마음을 고정시켜 주는 것일 것이다. 그런 데다가 경의 내용을 이루는 것은 신령스러운 또는 성스러운 것이다. 고정된 마음에 내려앉는 것은 어떤 경우에나 조금은 성스러운 것일 것으로 생각되는 것이다. 서정주 선생의 경우 산의 이름을 외는 것이 단순히 그 음절만을 밟고 나가는 것인지 아니면 이름들과 함께 산들의 모습을 눈에 그리며 그 산들의 느낌을 몸과 마음에 느끼는 것인지는 알 수 없는 일이되, 그 암송의 방법이 어떠한 것이든지 암송의 공간에는 산의 기운이 조금은 내려오는 것이 아닌가 한다.

프랑스의 철학자 질베르 뒤랑(Gilbert Durand)의 저서에 『상상력의 인류학적 구조(Les Structures anthropologiques de l'imaginaire)』(1960)란 것이 있는데, 이 책에서 그는 상상력 속에서의 높은 곳의 의미를 설명하고 있다. 그는 바슐라르의 설명을 빌려 높은 곳이 사람에게 불러일으키는 마음의 상태를 "왕자적 명상(la contemplation monarchique)"이라고 부르고 이것은 한편으로는 "밝음 보기의 원형(l'archétype lumino-visuel)", 다른 한편으로는 "왕자적 제어의 심리적 사회적 원형((l'archétype psycho-sociologique de la soveraine domination)"으로 나누어 말할 수 있다 한다. 산과 같은 높은 곳의 의미는 사람의 시각적 필요, 심리적 제어의 필요 또 사회적 지배의 요구에서 찾아질 수 있다고 하는 것이다.[1]

---

1 Gilbert Durand, *Les Structures anthropologiques de l'imaginaire*(Presses Universitaires de France,

그런데 이렇게 말하는 것은 지나치게 지배의 면을 강조하는 것인지 모른다, 사실 여기에 관계되어 있는 것은 지배에 못지않게 피지배의 필요, 지배될 필요인 것으로 생각되기 때문이다. 높은 산에서 느끼는 것은 압도하는 것에 못지않게 또는 그것보다는 압도당하는 느낌이다.(산을 아래로부터 보는 것과 높은 곳에서 아래로 보는 것과 —— 이 두 관점의 사이에 차이가 있다고 할 수도 있으나 큰 산의 경우 어느 쪽으로 보든지 우위에 있는 것은 압도당하는 느낌이다.) 그러나 어느 쪽이나 체험의 근본적 범주는 마찬가지라고 할 수 있다. 압도하는 것은 우리가 어느 영역을 손아귀에 쥔다는 것이고, 압도당하는 것은 쥐어진다는 것이지만, 쥐어지는 경우에 우리는 쥐는 힘에 승복하고 그 이상 그것에 대하여 투쟁적 관계를 포기한다는 것이면서 동시에 이 승복과 평화를 통해서 우리의 상황에 대한 이성적 통제를 회복함을 뜻한다. 우리의 삶을 에워싸고 있는 질서를 받아들인다는 것은 그 안에서 일정한 합리성이 있는 삶을 계획할 수 있는 틀을 얻었다는 것이다. 그러니까 압도하는 경우나 압도당하는 경우나 우리는 더 큰 것에 대하여, 전체에 대하여 일정한 질서의 관계를 갖는다는 것을 의미한다. 뒤랑은 왕자적 지배의 원형이 "신격화(divination)"의 밑에도 들어 있다고 하는데, 이 신격화는 우리 자신의 신격화를 말하는 것이지만, 사실 우리의 신격화의 체험은 대체로는 신격화된 대상에 대한 것이고, 그것도 일정한 타협과 평화를 수반하는 피압도의 체험이라고 할 수 있다. 어느 경우에나 그것은 질서와 평화의 약속으로서의 의미를 갖는다.

이러한 양면적 관찰은 산과 같은 높은 곳에서 갖는 사람의 체험을 지배의 욕구보다는 조금 더 근원적인 관점에서 보게 한다. 즉 그것은 자신의 삶의 구역 더 나아가 전체와의 관계에 대한 사람이 가지고 있는 매우 근원적

1960), pp. 139~140.

인 관계 설정의 욕구에서 나온다고 할 수 있지 않을까 하는 것이다. 사람의 행동은 특정한 대상과의 관계에서, 또는 제한된 구역 안에서 이루어지지만, 그것은 배경 전체를 지평으로 삼는 것으로 보인다. 이 배경의 필요는 주체적으로 작용하여 행동자의 삶 또는 인격 전체에 대한 총괄적 의식을 포함한다. 그럼으로 하여 행동적 일관성을 유지할 것이기 때문이다. 전체에 대한 의식 없이 사물의 부분밖에 보지 못하는 데에서 일어나는 정신 장애가 있는데(가령, 색깔의 인지 능력을 상실하는 경우) 이것은, 메를로퐁티의 말로는, "범주화의 고장"으로 인한 것이다.[2] 삶의 모든 행동에는 그것의 구역에 대한 범주화가 필요하다. 이것은 그때그때의 행동의 컨텍스트 또는 테두리일 수도 있고 자신의 사회일 수도 있고 세계일 수도 있다. 더 큰 테두리는 자연이다.

자연의 특이성은 그것이 삶의 가장 추상적이며 큰 테두리의 하나이면서 작은 구역에서 또 구체적이고 감각적인 체험으로 얻어질 수 있는 것이라는 점이다. 그것은 하나의 "질적인 복합체(intensive manifold)"이다. 다른 한편으로, 이미 말한 바와 같이, 행동 주체의 축에서 볼 때, 행동의 순간, 삶의 한 기간, 일생, 또는 능력의 일부 또는 전체 등이 모두 인간 행동의 범주적 영역을 이룬다. 이것은 외연적 범주들과 여러 가지로 결합되어 있다. 대체로는 범주의 규모는 안과 밖이 비례하는 것으로 말할 수 있다. 낭만주의 문학의 자연 체험은 자주 보듯이 자연의 거대함과 삶의 총체적 가능성의 실현이 격렬한 고양의 순간에 일어나는 것으로 그린다. 이러한 순간은 자연의 체험이 외연적, 내포적 계기를 포함하는 질적 복합체임을 가장 잘 나타내 준다.

자연은, 다시 말하여, 우리에게 양적으로, 질적으로, 외연적으로, 내포

---

2 『지각현상학』 1부 3장과 6장.

적으로, 어디에서나, 접근 가능한 것이다. 거대한 산만큼이나 삶의 가장 큰 테두리에서의 자연을 그 전체성 속에서 직접적으로, 감각적으로 제시해 주는 것은 없다. 그것은 모든 사람에게 열려 있는 형이상학적 체험이다. 그러면서 사람에게 필요한 범주적 지평을 제공해 준다. 이 후자의 기능과의 관계에서 산은 특히 개인의 삶이나 사회에 있어서 전체성이 결여되었을 때 그 대용물을 제공해 준다고 말할 수 있다. 이러한 것이 오늘에 있어서 산이 우리에게 가지고 있는 의미이다.

2. 산의 삶, 산의 비전:『한산시(寒山詩)』

그 필요와 동기는 매우 다른 것이지만, 산에 대한 전통적 태도도 이러한 맥락에서 대체로 해석될 수 있다. 오늘날 우리가 산에 다니고 산을 좋아한다고 한다면, 그것은 거기에 특별한 의미를 부여하기 때문이라고 말하기는 어렵지만(산을 오르는 것은 산이 거기에 있기 때문이라는 널리 되풀이되는 재담은 무지한 말이면서도 적어도 우리의 태도를 그대로 나타내 주는 것이기는 하다.) 전통적 태도는 산을 조금 더 의미의 관점에서 접근했다고 할 수는 있다.

주지하다시피 문학은 생경험을 언어로 정착하는 데에서 탄생하는 것이 아니다. 그것은 많은 관습에 기초하여 성립한다. 이것은 전통적 사회의 경우 더욱 그러하다. 전통적 문학은 이어져 내려오는 주제 ─ 토포스의 재연 변조이다. 한국 시가에 나오는 자연 또는 산의 주제도 그러한 전통적 토포스들의 하나이다. 이것은 중국 문학에서 온다. 그러나 그것은 같으면서 또 다른 것이다. 어느 경우에나 토포스와 그것의 정서적 부하를 한정하는 것은 복잡한 것을 단순화하여 이야기하는 것이다. 중국 문학에서 산이 어떻게 이야기되는가 하는가를 여기에서 이야기할 수는 없다. 그러나 우리가 우리 시가에서 느끼는 산의 정서와 의미를 밝히는 데 중국의 예는 전범과 차이를 제시하는 데 편리하다. 필자의 제한된 지식 안에서, 아마 산의 의미를 가장 대표적으로 나타내고 있고 또 가장 길게 이야기하고 있는 중국 시의 하나는 한산자(寒山子)의 시이다. 『한산시』는 중국 시나 한국 시에 있어서의 산의 상징적 의미를 전형적으로 나타내 준다. 산은 우선 세상의 풍진을 피하여 가는 곳이다.

층층 바위틈이 내가 사는 곳	重巖我卜居
다만 새 드나들고 인적은 끊어졌다.	鳥道絶人跡
좁은 바위뜰 가에 무엇이 있나.	庭際何所有
그윽히 돌을 안은 흰 구름만 감돌 뿐.	白雲抱幽石
내 여기 깃든 지 무릇 몇 핸고	住玆凡幾年
봄 겨울 바뀌임을 여러 차례 보았네.	屢見春冬易
그대 부자들에게 내 한 말 부치노니	寄語鍾鼎家
헛된 이름이란 진정 헛된 것이니라.[3]	虛名定無益

『한산시』의 서두에 있는 서경과 인간사와의 대조는 우리가 익히 알고 있는 것이다. 그러나 생각할 필요가 있는 것은 이 대조가 실존적 선택 — 매우 어려운 실존적 선택을 나타내고 있다는 사실이다. 산의 삶이 버리는 것은 세상 속에 사는 일이며 그 속에서의 부귀영화이다. 이것을 버리는 것이 말로는 쉬울는지 모르지만, 실제는 용이한 것이 아님은 우리 자신 너무나 잘 아는 사실이다. 그리하여 세상과 그 부귀영화가 실제는 보기와는 다른 것임을 이야기할 필요가 있다. 그것이 괴로움, 차마 할 수 없는

---

3 『한산시』의 인용은 김달진(金達鎭) 역주, 『한산시(寒山詩)』(홍법원, 1979)로부터 하였다.

무참한 일로 이루어진 것이라는 사실, 또 비록 부귀영화나 행복이 있다 하여도 그것으로도 생로병사를 피할 수 없으며 무상한 변전과 죽음이 모든 것의 마지막 운명이라는 것 ― 이러한 우리가 익히 들어 온 인생고의 설법들이 이 시에서도 이야기된다.

세상을 버림으로 얻어지는 것은 무엇인가? 물론 이러한 번민의 세계로부터의 해탈이다. 그러나 이러한 설법이란 믿는 사람은 믿고 믿지 않는 사람은 믿을 수 없는 것이다. 그러나 『한산시』는 이러한 설법을 추상적으로 이야기하는 것이 아니라 구체적 서경과 이미지로써, 감성적 직접성으로 바꾸어 놓는다. 이것이 이 시로 하여금 불교의 우화가 아니라 불교를 넘어가는 중국의 또 동양 시의 한 기념비가 되게 한다. 세속의 세계를 벗어나는 데에 대한 대가는 안빈낙도의 삶이다. 여기에 대한 상징적 표상은 전통적으로 가난하나 균형과 조화가 있는 삶이다.

들 사람 사는 오막살이 집이라	茅棟埜人居
문 앞에는 거마의 시끄럼 없다.	文前車馬疏
숲이 깊숙해 한낱 새만 모으고	林幽偏聚鳥
시내가 널러 본래 고기 있었다.	谿闊本藏魚
산 과일은 아이 데려 나가 따고	山果携兒摘
진풀 묵은 밭은 아내와 함께 맨다.	皐田共婦鋤
이 집 가운데 무엇이 또 있는가?	家中何所有
오직 한 책상, 책이 있을 뿐이네.	唯有一狀書

삼간모옥(三間茅屋)은 흔한 이미지이다. 그러나 그것이 초근목피의 간고의 삶만을 이야기하는 것은 아니다. 동양에 있어서 정신적 삶은 반드시 각고의 고행과 절대적 금욕의 삶을 뜻하는 것은 아니다. 오히려 그것은 고

통이 아니라 행복의 원형으로 나타난다. 따라서 자연 속의 최소한의 생활이 한산에 있어서도 더러는 화려하지는 않지만 여유 있는 삶의 이미지로 확대되어 나타나는 것은 자연스럽다.(사실 한산자가 세속의 행복을 일방적으로 규탄한다고 할 수는 없다. 『한산시』에는 꽃피는 봄에 아름다운 처녀가 비단옷을 입고 꽃을 따며 놀고 사랑에 빠지는 정경들을 긍정적으로 그린 시편이 여럿 있다.) 그러나 그가 허용하는 행복한 삶은 다음 시에 보이는 정도의 시골의 자족적인 삶 정도이다.

거문고 책은 모름지기 서로 따라라	琴書須自隨
재물과 벼슬 또 어디에 쓸 것이냐.	祿位田何爲
연을 사양해 어진 아내 따르고	投輦從賢婦
수레 꾸밈에 효성스러운 아이 있다.	巾車有孝兒
보리 널린 마당에 바람이 불고	風吹曝麥地
고기 살찐 호수에 물이 넘쳤다.	水溢沃魚池
내 항상 생각노니, 저 뱁새도	常念鷦鷯鳥
한 몸 편히 쉬기 한 가지에 있구나.	安息在一枝

이러한 은둔의 생활은 자족적인 것이면서도 자족적인 것이 아니다. 이것은 시와 시인에 따라 다른 것이지만, 한산자의 경우 조촐한 행복 가운데도 사라지지 않는 것은 보다 큰 세계, 불법의 세계에 대한 갈망이다.

내 집은 진정 숨어 살기 좋아라.	吾家好隱淪
안팎 두루두루 세상 티끌 멀리했네.	居處絶囂塵
풀밭 거닐다가 길이 절로 되었구나.	踐草成三徑
구름을 바라보다 이웃으로 삼았나니,	瞻雲作四隣

노랫소리 돕기에는 새가 있는데.	助歌聲有鳥
법의 뜻을 들으려니 사람이 없네.	問法語無人
아아, 오늘의 이 '사바' 나무여,	今日娑婆樹
너는 몇 해를 한 봄으로 삼으려나!	幾年爲一春

그리고 시골이나 산에 은둔하여 살며 또 보다 높은 진리 속에 사는 것이 이렇게 행복한 것만은 아니다. 이러한 산의 생활의 복합적 측면을 호도하지 않는 것이 『한산시』의 특징이다. 산에 가난이 있음은 물론 근심이 있고 노쇠가 있고 무엇보다도 고독이 있다.(또 금욕적 수양 가운데에서도 세상의 영화와 행복의 유혹이 완전히 끊겨 버리는 것은 아니다.) 이러한 면들은 직접 말하여지기도 하지만 한산의 은거하는 산의 풍경을 통하여 간접적으로 암시된다. 우선 한산에 이르는 길 자체가 험난하기 짝이 없다.

우스워라 내 사는 한산길이여!	可笑寒山路
거마의 자국이야 있을 턱 없네!	而無車馬蹤
시내는 돌고 돌아 몇 굽이던고.	聯溪難記曲
산은 첩첩 싸여 몇 겹인줄 몰라라.	疊嶂不知重
풀잎 잎잎마다 이슬에 눈물짓고	泣露千般草
소나무 가지마다 바람이 읊조린다.	吟風一樣松
내 여기 이르러 길 잃고 헤매나니	此時迷徑處
그림자 돌아보면 "어디로?" 물어보네.	形問影何從

한산에의 길은 고생스럽고 알기 어려울 뿐만 아니라 끊임이 없는 길이고("寒山路不窮") 통하지 아니하는 길이기도 하다.("寒山路不通") 또 한산자가 사는 곳은 어떤 곳인가? 그것은 그 이름에 이미 나와 있듯이, 추운 산이

다. 그곳은 "한여름에도 얼음이 녹지 않고/ 해는 떠도 안개만 자욱"한 곳이다. 한산 자신 이러한 것을 한탄하는 것이 한두 번이 아니다.

이 산중이 어이 이리 차거우뇨?	山中何太冷
금년만이 아니요 옛부터 그러했네.	自古非今年
둘린 겹산은 항상 눈을 얼이우고	沓嶂恒凝雪
그윽한 숲은 매양 안개 토하고,	幽林每吐烟
풀은 겨우 망종 뒤에 비로소 나고	草生芒種後
잎은 이미 입추 전에 떨어지나니,	葉落立秋前
여기 어둠 속에 길 잃은 사람 있어	此有沈迷客
아무리 찾아봐도 하늘이 안 보이네.	窺窺不見天

험난한 것이 한산에의 길이고 한산이다. 그리고 그곳의 삶은 지리가 상징한 바와 같이 외롭고 험난한 삶이다. 그런 말할 것도 없이 한산의 대가가 작은 것은 아니다. 이미 살핀 바와 같이 그것은 자연과 조화되어 있는 삶, 그 속에서의 자연과의 교감이 가져오는 기쁨이다.

이 몸 편히 간직한 곳 얻으려거든	欲得安身處
이 한산 길이 가져, 버리지 말라.	寒山可長保
그윽한 소나무 실바람 일어	微風吹幽松
가까이 들으면 그 소리 더욱 좋네.	近聽聲愈好
그 밑에 어인 반백 노인이 있어	下有斑白人
황로를 중얼거려 읽고 있나니,	喃喃讀黃老
깃든 지 10년, 돌아갈 줄을 몰라,	十年歸不得
들어올 때의 길을 이미 잊어버렸네.	忘却來時道

안개 마시며 사는 신선이 있어	有一餐霞子
사는 곳 세상 일 멀리, 꺼렸다.	其居諱俗遊
푸른 바위 아래 집을	家住綠巖下
그의 사철 이야기는 실로 시원해	論時實蕭爽
한여름에 있어서도 가을 같았다.	在夏亦如秋
그윽한 시내에는 물방울 항상 차고	幽澗常瀝瀝
높은 소나무에는 바람이 서늘했다.	高松風颼颼
그 속에 반나절 앉아 있으면	其中半日坐
백년 시름을 언제 잊는다.	忘却百年愁

그러나 한산의 보람은 자연 속의 은둔이 간능하게 해 주는 맑은 정신에 있다. 그것은 물질적 가난과 마음의 허령한 상태가 일치하는 데에서 가능하다. 다음 시는 문자 그대로 빈집과 빈 마음의 시원한 상태를 일치시킨다.

한산에 집 한 채 있어	寒山有一宅
그 집에는 난간도 벽도 없나니,	宅中無闌隔
여섯 문은 좌우로 통해	六門左右通
방 안에서도 푸른 하늘 보이네	堂中見天碧
방은 모두 텅 비어 쓸쓸한데	房房虛索索
동쪽 벽은 무너져 서쪽 벽을 치는구나.	東壁打西壁
이 가운데는 한 물건도 없나니	其中一物無
빌리러 오는 이의 보챔이 없네	免被人來借
추위가 오면 불을 피워 덥히고	寒到燒軟火
주림이 오면 나물 삶아 먹어라.	飢來煮菜喫

모든 맑은 것, 맑은 물, 하늘, 바람, 서늘한 기분이 모두 다 세상을 넘어선 경지의 보상이지만, 그중에도 대표적으로 득도의 보람을 나타내고 있는 맑음의 풍경은 달이 비치고 마음이 그에 따라 맑게 있는 풍경이다.

푸른 시내에 샘물이 맑고	碧澗泉水淸
찬 산에는 달빛이 희다,	寒山月華白
가만히 앎에 정신이 절로 밝고	默知神自明
공(空)을 관(觀)함에 경(境)이 더욱 고요하다.	觀空境逾寂

달이 비치는 가운데 비고 쇠락한 집과 비어 있는 그리하여 막힘이 없는 마음과 일치됨을 위에서 보았지만, 달빛의 밝음은 곧 마음의 맑음과 직접 일치하는 것으로 또 그것을 넘어가는 것으로 생각되기도 한다.

내 마음은 가을 달인가.	吾心似秋月
내 마음은 맑은 물인가.	碧潭淸皎潔
어느 것에도 비할 수 없거니	無物堪比倫
어떻게 내게 말하라 하는가?	敎我如何說

위의 구절들의 맑고 빛나는 것들은 불교의 전통에서 또 동양의 전통에서 익히 아는 상징들이지만 동시에 구체적인 자연물과 자연의 상태의 자연스러운 호소력을 잃지 않은 것들이다. 이것은 한산의 자연에도 그대로 해당되는 것이다. 가령 달빛이 인위적인 상징물이 아닌 것은 다음의 시 같은 데에서 더욱 잘 나타난다.

한산은 몹시 깊숙하고 험준해	寒山多幽奇

오르는 사람 모두 언제나 저어하네	登者皆恒攝
달이 비치면 물은 처거이 맑고	月照水澄澄
바람이 불면 잎은 떨어 스산하다.	風吹草獵獵
마른 매화 덩굴에는 눈이 꽃을 붙이고	凋梅雪作花
꺾인 나뭇가지에는 구름이 잎을 단다.	杌木雲充葉
가끔 비를 만나면 산빛 더욱 곱지만	觸雨轉鮮靈
맑은 날이 아니면 오르지 못하나니	非晴不可陟

　달빛은 다른 여러 가지 일들과 마찬가지로 자연 현상의 일부에 불과하다. 그러기 때문에, 특기할 것은 달빛의 경우에도 그러하지만 이 시에 언급된 자연 현상들이 반드시 좋은 것들만으로 단순화해서 말하여지지 아니하는 것이다. 한산은 깊고 험하며 올라갈 마음을 쉽게 불러일으키는 곳이 아니다. 달은 잎을 흔드는 바람과 마찬가지로 풍경을 더욱 차고 스산하게 하는 것이다. 그럼에도 불구하고 이 부정적인 특성들이 부정적으로 이야기된 것이 아님은 분명하다. 사실 그러한 것은 한산의 긍정적 체험──깨달음의 경지와 구별할 수 없는 것이다. 그리하여 눈과 꽃, 구름과 잎, 비와 산빛은 구분할 수 없다. 이 시의 암시로는 이러한 부정과 긍정이 일체적인 것인 까닭에 더욱 갠 날과 같은 특별한 밝음의 힘이 필요한 것이다.

　『한산시』는 출세간의 해탈을 산에 오름과 산에 사는 일에 빙자하여 말하고자 하는 하나의 알레고리이다. 그러나 그와 동시에 놓치지 말아야 하는 것은 이것이 있는 그대로의 자연 속의 삶, 산 속의 삶을 긍정하는 시라는 점이다. 알레고리로서 이 시는 사람들의 허영과 번뇌의 삶, 출세간의 길의 어려움, 수행의 신고, 그리고 마지막으로 오는 광명의 체험을 말한 것으로 해석될 수 있다. 그러나 이것을 보다 직접적으로 자연 속의 삶을 말하는 것으로 읽는다면 적어도 산에서의 삶의 어려움과 행복과 밝은 심성의 체험은 단계적으로 펼쳐지는 것이라기보다는 그대로 병존하고 있는 것이다. 달빛의 밝음은 구도의 고난을 통해서 마지막에 얻어지는 것이 아니라 그것과 공존하고 있는 것이다. 가난과 고독과 추위와 — 다른 산의 어려움과 달빛 아래 트이는 넓음과 높음 또 밝음의 체험은 일체적이다. 이러한 점은 한산시로 하여금 불교적 우화일 뿐만 아니라 독특한 현실주의의 시가 되게 한다. 그것은 현실적인 산 속의 생활을 그 모든 면에서 긍정한다. 미국의 비트 시인 게리 스나이더(Gary Snyder)는 1955년에 『한산시』를 영어로 번역한 바 있다. 그는 삼백 편이 넘는 시 가운데 스물네 편을 뽑아 하나의 연작시를 만들었는데, 그의 번역과 선정은 영역 한산시로 하여금, 구도의 측면을 희생하지 아니하면서도, 원문보다 한결 시련과 깨달음의 기쁨을 불가분으로 아울러 가지고 있는 산 속의 삶, 그 가난과 고초, 절제된 질박성과 정신적 명증성을 현실적으로 그리는 시가 되게 하였다. 이것은 현대 문명의 헛된 영화를 버리고 단순한 산속의 삶을 선택한 그 자신의 선택에 어울리는 것이다. 그러나 그것은 『한산시』 자체가 그러한 면을 가지고 있지 아니하였더라면 불가능한 것이었을 것이다.

3. 산의 형이상학

되풀이하건대 『한산시』의 위대성은 그것이 정신의 길에 대한 시이면서 그것에 따르는 현실적 선택의 착잡한 어려움을 모른 체하지 아니하고 그 긴장을 시 속에 그대로 표현하고, 또 어려움과 기쁨을 포함하는 삶의 전체적인 정당성을 말할 수 있었다는 점에 있다. 그것은 산에 사는 어려움 — 지극히 구체적이고 감각적인 어려움을 포함한 특정한 삶 자체의 긍정이다. 그것은 세상을 버리는 것이 쉽다고 하지 아니함은 물론 버림의 대가가 고진감래의 더할 수 없는 열복이라고 하지도 아니한다.(스나이더의 번역은 원문에서 볼 수 있는바 어려움을 극복한 다음의 열반의 보상을 훨씬 줄여서 제시한다.) 그리하여 산속의 삶의 현실이 갖는 양면적 성격이 그대로 받아들여지는 것이다. 우리나라의 시가에도 한산에 보는 바와 같은 주제는 그대로 등장한다. 혼탁한 세상의 허영과 무상, 자연 속의 소박한 삶 그리고 정신적 추구의 즐거움 ── 이러한 것들은 너무나 흔한 것들이다. 이러한 주제는 물론 변주되어 나타나고 이 변주는 어쩌면 우리의 감수성과 중국의 감수성의 차이를 나타낸다고 할 수 있겠는데, 이 차이 중 가장 두드러진 것은 한산시에서 보는 바와 같은 현실적 긴장이 현저하게 감소되어 나타난다는 것이다. 이것은 방금 말한 바와 같이 감수성의 차이를 말하는 것이기도 할 것이고, 또는 체험이나 사고에 있어서 긴장과 모순을 하나로 거머쥐는 정신적 에너지의 결여로 인한 것이기도 할 것이고 또는 더 단순하게 중국에서와 같은 긴장이 우리 삶에 존재하지 아니하였다는 것을 말하기도 하는 것일 것이다.

가장 피상적으로 말하여 우리 시가에서 산이 끊임없이 이야기되는 것은 사실이나 이 산은 대개, 보는 대상이 되는 산수의 일부이지 실제 사람이 사는 조건으로의 산일 경우는 드문 것으로 보인다. 사실 등산의 어려움을 말하는 산도 별로 눈에 뜨이지 아니하는 것이다.(이러한 근거에서 오늘의 한국인의 국민적 레크리에이션인 등산이라는 것이 현대의 습관이 아닌가 하는 생각을 나는 하게 된다.) 그리고 근대 이전에 있어서 우리는 전문적인 시인이라 할 사람은 거의 한 사람도 갖지 못했고, 이 시가의 산출자는 거의 다 관직을 맡았거나 맡은 바 있거나 아니면 적어도, 그 규모야 크든 작든, 안정된 토지 수입의 기반을 가진 유지들이었다는 것도 여기에 관계되는 일일 것이다. 이러한 요인들이 우리의 시가를 비사실적이게 하고 상징주의 또는 상투주의적이게 하는 것일 것으로 생각된다. 서양 시에 비하여 동양 시가 대체로 구체성 또는 육체적 감각에 약하다고 한다면 우리 시는 특히 그러한 것으로 생각되는 것이다.

그 대신, 다시 말하건대, 우리의 전통 시가는 정신주의적이다. 시의 관심사는 서양 시의 경우처럼 미메시스가 아니다. 시는 더 흔하게는 감각적, 감성적 또는 독자적 사고의 모습을 그대로 드러내는 것이라기보다는 어떤 종류의 정신적 상태에 이르기 위한 명상적 훈련으로서의 역할을 했던 것이 아닌가 하는 것이다. 이것은 말할 것도 없이 중국 시도, 더 나아가 모든 시가 가지고 있는 것이면서 우리 시에서 더욱 극명하게 드러나는 것이다. 위에서 본 한산시에 나오는 모티프들은 그대로 다 우리 시가에 등장한다. 세속적 명리의 추구의 부질없음과 자연의 삶의 행복 그리고 그것이 가능하게 하는 어떤 진리의 경지의 터득 ─ 이것은 끊임없이 되풀이되는 주제이고, 이 주제는 산이나 물의 초가삼간의 은둔처, 어부와 초동과 농부의 검소한 삶 그리고 산수를 포함한 자연이 보여 주는 여러 가지 맑음의 심벌 등으로 표현된다. 그런데 이러한 상징적 연상은 현실적 의미보다도 정신적 의미를 갖는 것으로서, 한편으로 그것은 인간의 삶을 자연의 거대한 원근법 속에서 보게 하는 역할을 하고 다른 한편으로는 흐리기 쉬운 세속의 눈을 맑게 하여 인식의 객관성이나 명증성을 유지하게 하는 역할을 한 것으로 생각되는 것이다. 그리하여 시 읽기로서 주의해야 하는 것은 이러한 상징물들의 상호 관련과 특히 그것의 공간적 배치이다. 객관성과 명증성은 사실 공간으로 가장 잘 표현되기 때문이다.

한시이거나 우리말로 되어 있거나 놀라운 것 중의 하나는 한결같이 자연 속의 은둔 생활이 삶의 기본이며 여기에 대조되는 삶의 양식으로 혹시 벼슬하는 삶이 이야기된다고 하더라도(상업이나 공업 등이 발달되지 못했던 전근대 사회에서 두 가지의 직업은 유자들에게 열린 직업의 전부였다.) 그것은 하나의 예외고 임시의 방편으로 생각되었다는 것이다.

가령 고려 문종 때 문하시중까지 지낸 김부식(金富軾, 1075~1151)의 시, 「감로사차운(甘露寺次韻)」을 보자.

속된 사람이 오지 않는 곳	俗客不到處
올라와 바라보면 마음 트인다.	登臨意思淸
산의 모습은 가을에 더욱 좋고	山形秋更好
강물 빛깔은 밤에도 밝다.	江色夜猶明
흰 물새는 높이 날아 사라지고	白鳥高飛盡
외로운 배는 홀로 가니 가볍다.	孤帆獨去輕
부끄러워라, 달팽이 뿔 위에서	自慚蝸角上
반평생 동안 공명 찾아 허덕였다.[4]	半世覓功名

이 시는 동양 시 특히 한국의 시에 있어서의 자연과 산에 관계된 모티프들과 구도와 의미를 더할 나위 없이 간결하고 아름답게 집중적으로 표현하고 있다. 산이 뜻하는 바는 첫 두 줄에 나와 있다. "속된 사람이 오지 않는 곳/ 올라와 바라보면 마음 트인다.(俗客不到處 登臨意思淸)" 산사 또는 산은(山隱) 속에 대조하여 존재한다. 산의 효력은 뜻과 생각을 맑게 한다는 데에 있다. 그다음은 맑음을 강조하는 이미지로 산과 강이 이야기되고 이 맑은 것들이 더욱 또는 그대로 맑은 것으로 남아 있게 하는 시간이 이야기된다. 그다음 새와 배는 맑은 자연 속에서의 존재 방식을 시사한다. 날아가 사라지는 새, 물 위로 가는 배는 앞의 산경(山景)을 무한대로 확대한다. 이것이 삶의 진정한 배경이다. 여기에서 삶은 자유로운 비상으로 그러나 잠

---

4 한국 한시의 인용은 김달진 역해, 『한국 한시 1~2』(민음사, 1989)로부터 하였다. 다른 시는 대개는 쉽게 얻어 볼 수 있는 텍스트가 있으므로 달리 표하지 아니하였다.

간의 비상 후에 사라지는 것으로, 또 억지스러운 힘을 쓰지 않고 가볍게 또 외롭게 자연과 더불어 흘러가는 것으로 존재하는 것이다. 마지막 두 줄은 앞의 속세의 삶과의 대비를 되풀이한다. 작고 누추한 집을 달팽이 집이라고 하는 것은 한시의 흔한 표현이지만 여기에서 그것은 앞의 광활한 시공에 대비됨으로써 그 의미가 새로워진다. 달팽이의 집, 여기서는 달팽이의 뿔, 달팽이의 움직임 이것은 얼마나 옹졸한가. 넓은 시공의 원근법은 갑자기 세속의 삶의 움츠러든 공간을 밝혀 주는 것이다.

바로 이것이 이러한 시의 기능이고 또 그것이 자연 및 산의 의미이다. 그것은 지금 이 시각의 삶에 대비하여 한편으로 큰 시공간의 위상을 조명해 주고 다른 한편으로 이것을 가능하게 하는 맑은 마음과 눈을 준다. 이러한 기능은 한산시나 한산이 환기하는 자연에도 없지 않지만, 여기에서 그것은 한결 두드러져 나타난다. 이 정신적 의미의 강조가 이러한 시로 하여금 어떤 사실적 묘사보다도 원근법적 배치와 단순한 빛과 시각성, 영어로 말하여, 단순한 lumino-visuality만을 강조하게 하는 것일 것이다.

이것은 물론 김부식과 같은 사람에게 자연스러운 일이다. 한산은 한암(寒巖)의 굴속에 살며 국청사(國淸寺)의 부엌에서 먹다 남은 음식을 얻어먹으며 살다가 태주(台州) 자사(刺史)의 방문을 받고 기겁을 하여 깊은 굴속으로 들어가 다시는 그 종적을 알 수 없게 되었다는 빈한한 은사이다. 김부식에게 산과 산을 말하는 시의 의미는 오직 정신적인 것이었을 것이다. 그는 세간 외의 인생의 원근법을 알기는 했어도, 다만, 다른 시에서 또 말하고 있듯이, "슬프다, 세상일은 마치 재갈과 같아/ 대머리 진 이 늙은이를 놓아주지 않구나(堪嗟世事如銜勒 不放衰遲一禿翁)"라고 한탄할 수 있을 뿐이었다. 그럼에도 그것은 세속에 있는 그에게 인생의 균형을 부여하는 기능을 했을 것이다. 이것은 사실 동양화가 가지고 있던 기능 —— 가령 송 대(宋代)의 문인화가 곽희(郭熙)가 그림을 그리는 이유를 설명하여 한림학사로서 바쁜 생활을 하는 가운데 세속적 일로부터 벗어나서 젊은 시절의 자연을 되찾아 보려는 의도라고 했을 때 동양화가 가지고 있는 것으로 생각되는 정신 균형 회복의 기능과 같은 것이다.[5]

이러한 사정은 파란 많은 정치적 생애를 살았던 정지상(鄭知常, ?~1135)의 경우에도 마찬가지이다. 그에게 있어서도 속사에 매어 있다는 것은 늘 후회스럽고 미안한 일로 여겨졌다. 「개성사(開聖寺)」라는 시에서 그는 산속의 삶에는 "홍진 세상의 모든 일이 이르지 못하며(紅塵萬事不可到)" 그러한 산속에서만이 "숨은 사람 홀로 평생 한가로이 살겠네(幽人獨得長年閒)"라고 말한다. 「변산소래사(邊山蘇來寺)」라는 시는 조금 더 열렬하게 출세간의 진리를 이야기한다. 그런데 그것은 그 열렬함으로 하여 오히려 잠재되어 있는 세속적 정열과의 긴장을 그리니만큼 더 시적으로 효과적으로 드러내 보이는 것으로 생각된다.

묵은 길이 적막한데 솔뿌리 얽히었고	古逕寂寞縈松根
하늘 가까워 별을 손으로 만질 듯.	天近斗牛聯可捫
뜬구름과 흐르는 물처럼 절에 온 나그네요	浮雲流水客到寺
붉은 잎 푸른 이끼에 중은 사립문 닫네.	紅葉蒼苔僧閉門
썰렁한 가을 바람은 해질 녘에 불고	秋風微凉吹落日
차츰 밝은 산달에 잔나비 울어예네.	山月漸白啼淸猿
기특해라, 흰 눈썹의 늙은 중이여	奇哉厖眉一老衲
여러 해로 시끄러운 세상 꿈꾼 일 없네	長年不夢人間喧

산이 강이나 호수와 같은 자연과 함께 홍진 세상에 반대되는 것으로 생

---

5 James Cahill, *The Compelling Image*(Havard University Press, 1982), p. 63.

각되는 것은 우리의 전통적 시가에서 거의 변함이 없는 것이다. 그러나 이산이 보다 적극적으로 나타내는 것 그리고 그것의 연상은 조금 더 다양하다. 위에서 우리는 그것이 원근법과 빛의 맑음에 관계되어 있음을 보았다. 이것은, 위에서 본 바와 같이, 다분히 인식의 정당성과 명증성에 관계되어 있는 것으로 말할 수 있다. 그러나 진리의 근원으로서의 자연과의 일치는 명징한 깨달음을 통하여만 일어지는 것은 아니다. 그것은 한산시에서 본 바와 같이 자연 안에서의 삶의 물리적 육체적 개입으로도 이루어질 수 있다.(간단히 말하여 자연을 상대로 생존의 싸움을 벌이는 것보다 더 자연 속에 있는 것이 있겠는가?) 또는 도취나 엑스터시나 풍류놀이나 또는 단순한 행복감이나 쾌적감을 통하여 이루어질 수도 있다.(레비나스의 말대로 즐김이라는 것도 세계에 임하는 지향성의 한 방식이다.)

바름은 부드럽고 햇볕은 따뜻하고 새소리는 시끄러운	風和日暖鳥聲喧
수양버들 그늘 속에 반쯤 문이 담겨 있다.	垂柳陰中半掩門
뜰에 가득 떨어진 꽃, 스님은 취해 누웠나니	滿地洛花僧醉臥
(산의) 절에는 아직 그대로 태평스런 흔적이 남아 있구나	山家猶帶太平痕

이규보(李奎報, 1168~1241)의 「춘일방산사(春日訪山寺)」에서도 위에서 본 시들에 비슷한 자연의 배치를 볼 수 있다. 바람, 햇볕, 새소리가 있어 사람의 삶의 보다 넓은 환경을 지시한다. 뜰에 가득 떨어진 꽃은 세상의 아름다움과 함께 그것의 덧없음을 환기하여 삶의 시간적 지평을 나타낸다. 그런데 이러한 자연의 환경에 반응하는 방법은 명징한 의식이 아니라 그 속에서 감각적 도취에 빠지는 것이다. 술에 취해 있는 것은 의식과 인식의 측면에서는 자연으로부터 더 멀리 있는 것이다. 그러나 불교의 어떤 종류의 가르침이 말하듯이 의식은 진리에 이르는 방법이 아니다.(고시에 나오는 스

님은 취해 있거나 졸고 있거나 물음에 답하지 않고 멀리 구름에 이어지는 길을 가고 있거나 하는 사람으로 나온다.) 명징한 의식보다도 자신의 세계 속에서 무사태평으로 있을 수 있는 것처럼 일체적으로 있는 방법이 있는가? 또는 어떠한 곳에서나 무사태평으로 있을 수 있는 것이야말로 세계와 일체적으로 있다는 증표가 아닌가? 중요한 것은 의식이 아니라 실존이다. 산사(山寺)가 태평스러운 듯하고 속세가 가지고 있지 못한 것은 실존적 안정이다.(도취의 순간은 대개 봄이나 여름에 일어난다. 가을에는 가을의 정조(情調)가 있다. 이 두 개의 자연적 생존의 양상이 서로 모순되는 것만은 아니다. 다만 가을의 양상이 자연 속의 삶에서 우위적인 것은 사실이다. 가을의 정조인 시름 ─ 수(愁)야말로 적절한 삶의 정조이고 또 그 가라앉아 있음이야말로 바른 인식의 조건이다. 수(愁)의 적극적인 추구는 동양 시의 한 특징이다.)

자연 속에서 안정의 느낌이 좀 더 두드러지면 그것은 즐거움의 상태가 된다. 이규보의 시에서 부드러운 바람, 따뜻한 햇볕, 새의 지저귐, 피었다 지는 꽃, 봄날, 엄격하게 닫아 놓은 문이 아니라 세상에 대해서 반쯤 열어 놓은 문, 술에 취한 잠 ─ 모두가, 출세간의 금욕적 결의를 바탕으로 하고 있기는 하면서도, 행복한 향수의 상태를 나타내고 있다. 여기의 산은 한산의 얼음과 안개의 산으로부터는 상당히 멀리 있는 산이다.

행복한 향수를 더 적극적으로 추구하는 것이 놀이이다. 자연 속에서의 놀이야말로 한국인의 오랜 관습이고 한국 시의 가장 중요한 주제가 아닌가 한다. 물놀이라는 말은 있어도 산놀이라는 말이 없는 것을 보면, 바람을 읊고 달을 노래한 곳이 산은 아니었던 것으로 보이기는 한다. 그러나 유자나 한량들의 자연 향수를 위하여 지은 누나 정자가 있는 곳이 높은 산이 아니라도 조금은 높은 곳이기 쉽다.

먼 하늘에 구름 걷히고 이슬은 가을을 씻고   雲捲長空露洗秋

소리 없는 은하수는 가까이서 흐른다.　　　　　　　　無聲河漢近人流

탁주라도 맑은 경치에 잔 들기 넉넉하거니　　　　　　濁醪亦足酬淸景

누른 국화인들 어찌 흰머리에 오르기를 부끄러워하리.　黃菊寧羞上白頭

땅에서는 금물결 솟아 손의 자리를 맑히고　　　　　　地湧金波澄客位

하늘은 옥거울 닦아 내 다락에 걸었다.　　　　　　　天修玉鏡掛吾樓

바라노니 당신은 밤 내내 머물기를 싫어 마시라.　　　請公莫厭留連夜

보시지 못했는가. 촛불 밝히고 즐긴 옛날의 그 현인을.　不見前賢秉燭夜

고려 말의 한수(韓脩, 1333~1384)의 「요목은선생등루완월(邀牧隱先生登樓翫月)」은 산은 아니지만 산의 높이에 비슷한 누의 시각적 전망을 집약적으로 표현하고 있다. 전망의 정체성을 드러내 보여 줌에 있어서 이만큼 현란한 형이상학적 화려함을 느끼게 하는 시도 많지 않을 것으로 생각된다. 구름과 이슬, 하늘과 가을의 맑음, 은하수와 사람 가까운 곳에서의 흐름, 탁주와 청경(淸景), 꽃과 노년, 땅과 하늘, 땅의 금물결과 하늘의 옥거울, 달과 촛불 — 하늘과 땅, 영원한 것과 스러지는 것, 자연과 사람이 널리 펼쳐지면서 또 하나로 된 순간, 그리하여 땅의 것의 덧없음과 혼탁함이 하늘의 것에 말하자면 동화되는 순간이 한수에게는 즐김의 순간이다.

　비슷한 놀이의 순간은 강희안(姜希顔, 1419~1464)의 산수화의 제(題)에서도 볼 수 있다.

신선의 산이 우거져 우뚝 솟아　　　　　　　仙山鬱苕嶢

구름 기운이 봉래 영주에 닿았다.　　　　　雲氣連蓬瀛

띠풀 정자는 바위 밑에 숨었고　　　　　　茅亭隱岩下

푸른 대나무는 처마를 둘러 있다.　　　　　綠竹繞簷楹

높은 사람이 녹기를 연주하여　　　　　　高人奏綠綺

맑은 바람에 가만히 화답한다.	細和松風清
태고의 곡조를 거문고로 타나니	彈來太古曲
영원한 삶을 초연히 깨닫겠다.	超然悟長生

여기에서도 산 그리고 그것을 넘어가는 신령스러운 풍경이 자연 속의 조그마한 자리로 집중되고 오늘의 이 순간이 태고에로 트이는 때에 예술적 향수가 일어남이 암시되어 있다. 다만 봉래 영주에 닿는 선산(仙山), 암하(岩下)의 모정(茅亭), 고인(高人), 태고곡(太古曲) 등은 구체적인 체험보다는 추상적인 신화에서 나오고 상투적인 무대의 소도구라는 느낌을 준다. 그리하여 형이상학은 감각적 체험이 되기보다는 하나의 관습적 의식이 되는 느낌이 있다. 이러나저러나 놀이에 있어서 형이상학적 순간은 그렇게 흔한 것이 아닌 것으로 보인다.

꼬불꼬불 숲속 길을 천천히 거닐면서	松間緩步路縈回
번거로운 마음이 활짝 열림을 기뻐한다.	却喜煩襟得快開
세 골짜기 신령스런 빛은 어정으로 통하고	三洞靈光通御井
다섯 성의 좋은 기운은 선대를 둘러싼다.	五城佳氣繞仙臺
잔잔한 시냇물을 한가히 나가 보고	閒臨曲澗潺湲水
잔에 넘치는 유하주를 조금 마신다.	細酌流霞瀲灩杯
덧없는 세상 영화는 잠깐 일이라	浮世榮華暫時事
하늘 끝의 흰 구름을 웃으며 바라본다.	笑看天際白雲來

이조 중엽의 사람으로 보이는 김충렬(金忠烈)의 이 시에서 산에서 술을 마시며 노는 것은 자연의 넓음 속으로 마음이 트이는 일이고 그 기운을 집중하는 일이다. 그러나 그것은 울적한 심사를 달래는 일과 별로 다르지 않

고 자연은 그 배경에 불과하다. 다만 이 시는 흔히 한국의 한시에서 볼 수 있는 것보다는 사실적이다. 여기의 경치는 과연 진경(眞境)이라 할 수 있는데(이것은 「동귀곡자유삼청동(同龜谷子遊三淸洞)」의 제목에 벌써 표시되어 있다.) 경치의 사실적 묘사는, 추측건대 사실에 맞는 것일 수 있겠으나, 감각적 또 체험적 환기에 있어서는 매우 부족한 것으로 여겨진다. 김충렬의 시에 보이는 전통적 자연관의 흐트러짐은 여기에서는 대조의 효과를 갖는 것이나, 사실 다른 연관에서 다시 살펴보아야 할 것이다.

4. 산의 아름다움과 아름다운 삶

이 글이 취하고 있는 시각은 역사적인 것이 아니다. 우리 시의 체험에 보이는 어떤 유형적인 특징 ─ 그것도 매우 소략한 종류의 특징을 추출해 보자는 것이 이 글의 의도하는 바다. 그러나 위에서 살펴본 시들은 대체적으로 연대적 순서를 따라 인용되었다. 일반적 판단을 내리기에는 너무 증거가 적은 것이지만, 나는 연대를 따라 우리 시가를 읽어 볼 때, 거기에 어느 정도 시대와 더불어 바뀌는 것이 있음을 느낄 수 있지 않나 한다. 위에서, 시적 체험의 열도가 고려조에서 조선조로 또 후대로 올수록 떨어지는 것이 느껴지는 것이다.

위에서 인용한 김부식, 정지상 또는 한수의 시에 비하여 그다음의 시들은 한편으로 형이상학적 성질의 암시에 있어서 그 캔버스의 폭과 깊이가 덜하고 다른 한편으로 구체적 체험의 제시에서 신선함이 덜한 것으로 말할 수 있다. 물론 이 차이는 단순한 태도나 주체의 차이 또는 변화일 수 있다. 왕조의 교체가 사람들의 삶과 세계를 바라보는 눈에 돌연한 변화를 일으킨다고 말할 수는 없겠으나, 그들의 개인적인 소신에 관계없이, 조선조의 사람들은 고려조의 사람들에 비하여 형이상학적 세계, 초월적인 것으로부터, 더 멀리 살았다고 할 수 있다. 불교적 세계로부터 유교적 세계에로의 전환은 삶의 초월적 차원과의 관계에서 사람의 사고와 느낌에, 또 그럼으로 하여 시적 정서에 어떤 차이를 가져온 것에 틀림없을 것이다.

물론 이 변화는 혁명적인 것이라기보다는 점진적인 것이었을 것이고 또 근본적으로 같은 전통 —— 특히 시를 쓰는 사람들이 대체로 유학자들이라는 사실로 하여, 근본적으로 같은 전통 속에서의 미묘한 뉘앙스의, 그럼에도 불구하고 매우 중요한, 변화였을 것이다. 이러나저러나 시들은 다 같이 하늘과 산과 물과 달을 말한다. 그러나 이러한 상징들을 사용하는 주제적 관심이 미묘하게 달라지는 것이다. 초월적 세계관이 지배하는 곳에서 이러한 자연은 사람에게 자연과의 조화를 이루는 삶을 가르치면서 동시에 그것을 넘어가는 초자연의 세계를 가리키는 역할을 한다. 자연과의 조화된 삶은 진리의 요청이다. 그러나 유교의 인본적 세계에서 자연 속의 삶의 정당성은 그것 자체의 바람직스러움에 있다. 그것의 선택은 그것이 약속해 주는 만족 —— 깊을 수도 있고 얕을 수도 있는 만족으로 인하여 현명한 선택이 되는 것이다.

이러한 변화는 한 사회의 느낌과 형태와 도덕에 대해 매우 중요한 의미를 가질 수 있는 것인데, 그것을 제쳐 두고, 이미 비친 바와 같이, 예술 작품의 효과에 작지만 중요한 차이를 가져온다. 이 차이는 대체로 숭고미와 단순한 미의 효과의 차이에 비슷한 것으로 말할 수 있다. 여기에서 우리는 미학적으로 이 어려운 개념을 논의할 수는 없다. 다만 칸트와 같은 철학자의 설명을 우리의 편의대로 빌려 본다면, "어떤 종류의, 그러나 대표적이라 할 수 있는" 숭고란 무한성에 관계되어 있다. 자연 현상 가운데 무한성을 직관하게 하는 현상은 숭고하다. 숭고한 자연은 우리의 감각으로 느끼는 것이지만 모순을 포함한다. 왜냐하면 대상을 감지함으로써 (또는 그것을 오성적으로 판단하는 경우에도) 모든 대상을 넘어가는 무한성을 알 수는 없기 때문이다. 숭고함은 자연에 가장 잘 암시되지만 그것은 어디까지나 암시일 뿐이다. 한편으로 사람은 이 암시를 적절히 파악할 수 없음으로써 자신의 무력감으로부터 자연과 자연의 암시 앞에 외경심을 가지게 된다. 그러나 이것을 이해하는 것은, 또는 이러한 암시가 일어나는 것 자체가, 인간의 이성적 기능이 있기 때문이다. 그것은 초감각의 세계를 알 수 있는 인간 기능이다. 자연의 무한성의 암시 앞에서 감각적 세계의 상상력의 무력성이 드러남과 함께 이 능력의 자각이 일어난다. 그리고 궁극적으로 "……자연의 숭고에 대한 느낌은 우리 스스로의 운명에 대한 경외이다. 그것을 우리는 어떤 사술(詐術, 우리 주체 안의 인간성의 이념을 대상에 옮김)로 자연물에 돌리는 것이다."[6]

이 요약은 우리 편의대로만 추린 것이지만, 위의 어떤 자연에 대한 시는 이러한 숭고미의 공식에 대충 맞는다고 할 수 있다. 그것은 자연의 "절대적 전체" 곧 무한성을 암시하며, 정확히 이성이라고 할 수는 없으나, 자연 너머의 초감각적인 세계를 깨닫게 하려 하고 그 관점에서 현세적인 삶을 평가하려 한다. 고려의 시에서 이러한 것이 현저하다고 한다면, 조선조에 들어올수록 자연의 초자연적 절대성의 암시는 약화되고 자연은 주로, 사실 불교적 시에도 이미 들어 있는 것이지만, 사람의 세계에서의 단순히 조화의 삶 또는 안분지족(安分知足)의 삶에 대한 교훈적 우화로 간주되는 것이다. 그러나 시는, 미학적으로 말하여, 감각과 오성의 범위 안에서 포착될 수 있는 미의 세계를 그려 낸다. 어떤 면에서 이 미의 영역의 시는 숭고한 시들에 비하여, 큰 것과 작은 것의 모순된 연합, 그리고 전체적으로 삶의 모순된 움직임의 긴장을 덜 지니고 있기 때문에 (칸트에게 참으로 심

---

6 칸트, 『판단력 비판』, 26절.

미적인 영역은 숭고가 아니라 미였던 것 같지만) 덜 효과적인 것으로 보인다. 그러나 표면적으로는 어느 시기의 시나 그 소재나 기법 또 근본적인 태도에 큰 차이를 드러내는 것으로 보이지는 않는다. 지나치게 일반화하여 말하는 것은 옳지 않은 것이나, 어떤 종류의 엘랑 또는 "형이상학적 전율(frisson métaphysique)"의 부재 정도를 느낄 수 있기는 하지만.

김상헌(金尙憲, 1570~1652)의 다음 시의 경우도 거의 우리가 위에서 본 바와 같은 자연의 전체적 크기를 그 기본적인 구도로 한다.

높은 나무는 차가운 바람에 흔들리고	高樹涼風動
둥우리에는 이슬에 젖은 까치가 차다.	危巢露鵲寒
달빛은 창에 들어 부서지고	月華當戶碎
산기운은 가슴을 넓혀 주네	山氣入懷寬
낙낙한 평생의 뜻이여	落落生平志
죽은 그 사람의 얼굴을 못 잊겠다.	依依死別顔
하나의 몸에 온갖 시름 가졌나니	一身兼百慮
날샐 녘까지 외로이 앉아 있네.	孤坐到宵殘

나무와 바람 그리고 새가 있고, 이 모든 것을 포괄하는 것으로서 달빛과 산기운이 있다. 이러한 것들이 사람의 삶의 테두리를 이룬다. 그러나 이것은 반드시 사람의 삶의 왜소함이나 번뇌나 무상함을 드러내 보여 주는 것은 아니다. 물론 이 시에서도 그것은 죽음이나 시름이나 고독을 말하기도 하지만, 그보다도 그것은 어려움 가운데 ─ 죽음의 좌절까지 포함하는 어려움 가운데 낙낙한 뜻을 지킴을 말하는 것이기도 하다. 차가운 바람에 흔들리는 나무, 그 위에 있는 둥우리는 역경 속의 고결한 의지를 나타낸다. "산기운은 가슴을 넓혀 주네(山氣入懷寬)" ─ 가슴이 넓어지게 하는 것은

나의 뜻을 넘어가는 또는 그것을 부정하는 진리가 아니라 화자 자신의 의지나 기개로 보인다. 병자호란 후에 화의에 반대하여 심양에 끌려가 3년을 갇혀 지낸 지사로서 당연한 일인지도 모른다. 그러니만큼 예외적일 것일 수도 있다.

조박(趙璞)이라는 이의 다음의 시는 위에서 본 시들과 별 다름 없이 자연의 큰 배경 속의 삶을 그린다. 이것은 오히려 대표적이다.(다만 여기의 은거는 산이 아니다.)

푸른 버들 언덕에 배를 멈춘 것은	停舫綠楊岸
청은의 집을 찾으려 함이었네.	爲尋淸隱居
시내 구름은 난간에 연해 일고	溪雲連檻起
들 대나무 섬돌 곁에 성기네.	野竹傍階疎
푸름을 파서 이끼 길을 열고	鑿翠開苔逕
주사를 갈아 도의 글에 점찍네.	研朱點道書
이 가운데 세상 티끌 안 오거니	箇中塵不到
외로이 앉으매 그 뜻은 어떠한고.	孤坐意何如

높은 곳의 구름, 낮은 곳의 물, 그리고 아름다운 자연 ── 전통적 풍경화를 그리면서 이 시의 작자도 "진부도(塵不到)"의 맑은 은자의 생활을 말한다. 그러나 시내 구름 어리는 난간, 대나무 곁의 섬돌, 이끼 길이 있는 물가의 은자의 집은 그것 자체로서 충분히 아름다운 생활 양식을 나타내는 것으로 보인다. 그것은 은거와 도가 이야기되어 있지만 아름다운 삶의 한 부분일 뿐이다. 아름다운 삶이 도에 우선한다. 그것은 쉽게 더 간단히 자연의 풍미를 이야기한 시와 그 정조를 크게 달리하지 않는다. 숙종조의 임영(林泳, 1649~1696)의 시 「산재월야구점(山齋月夜口占)」의 경우도 비슷하다.

시냇길이 돌고 돌아 산골짝이 깊은데	溪路縈回一壑深
세간에 누가 알리, 이 구름과 숲을.	世間誰識此雲林
찬 처마에 달이 비치어 강산의 빛깔이요	寒簷月動江山色
고요한 밤에 책을 펴니 우주의 마음이다.	靜夜書開宇宙心
모래새가 친해지니 학을 기르지 말라	沙鳥漸親休養鶴
솔바람을 몰래 듣거니 거문고 소리와 같다.	松風竊聽當鳴琴
이 속의 아름다운 흥취를 누가 혼자 차지하랴	箇中佳趣那專享
조만간에 그대 다시 찾기 바라노라.	早晩煩君復見尋

이 시는 우주심(宇宙心)을 읊는다. 이 우주심은 책을 통하여 학습되는 것이기도 하지만, 그보다는 자연을 통하여 암시된다. 시냇길, 산골짝, 구름과 숲—무엇보다도 사람의 집과 강산을 한 번에 비추는 달이 우주의 바른 있음을 보여 주는 것이다. 그러나 동시에 여기의 경치는 그러한 우주적인 연상이 없더라도 매우 만족스러운 것임에 틀림없다. 귀한 새인 학, 선비의 악기인 거문고가 필요 없을 정도로 좋은 경치이기에 흥취가 절로 나는 것이다.

이러한 흥취는 쉽게 더 단순한 세간적 연락에 이어질 수 있다. 다음의 시에서는 우주적 전망은 진리의 직관이나 우주적 조화의 느낌에 이른 것이기보다는 향락적인 인생을 정당화해 주는 것이 된다.

조수가 오면 온 갯벌이 희고	潮來全浦白
조수가 가면 온 갯벌이 검어지네.	潮去全浦黑
끝이 없는 차고 비는 이치요	無端盈虛理
내일이 또 어제와 같네.	來日又如昨
유유한 눈앞의 일이여	悠悠眼前事

무엇을 잃고 무엇을 얻으랴.　　　　　　何失復何得

작은 이슬은 어느새 마르고　　　　　　微露忽生晞

덥다가 시원함이 이미 돌아왔네.　　　　炎凉已回簿

다만 한 병의 술을 가지고　　　　　　　但携一壺酒

오늘 밤에 알맞게 즐기자.　　　　　　　聊取今宵適

손님 있으면 취하도록 권하고　　　　　有客須勸醉

손님 없으면 또한 혼자 마시리.　　　　無客且獨酌

　　　　　　　　　—김시보(金時保), 「추야독작(秋夜獨酌)」

　　자연 속에서 노는 것은 우주적 관점 또는 허무주의의 정당화가 없어
도 즐거운 것이고 동양 시의 오랜 전통이다. 순조의 문장가 차좌일(車佐一,
1753~1809)의 「차군선운(次君善韻)」은 더 단순한 연락도(宴樂圖)를 그리고
있다.

봄바람 부는 오늘 함께 모이니　　　　　春風此日共登臨

송석원이 그윽하구나.　　　　　　　　　松石名園箇裏深

좌중에 속객이 없음을 즐거워하니　　　己喜坐中無俗客

경외에 사람이 있는 줄 그 누가 알리.　誰知境外有詞林

풍성한 술잔의 정취는 즐김직하고　　　淋灕可愛盃樽趣

질탕히 스스로 산수의 음을 이룬다.　　跌宕自成山水音

재물의 대화를 잊은 지 오래니　　　　　物話年來忘亦久

어찌 내 마음을 움직일 수 있으리.　　　秋毫何足動吾心

　　위의 시에서 속세의 일이 멀리 있는 것이 즐거움의 조건이지만, 그것을
떠나는 것이 금욕적 수련을 의미하는 것은 아니다. 그것은 오히려 질탕한

즐김을 가능하게 한다. 이러한 자연의 기쁨은 더 조용하고 조촐한 가운데
도 있을 수 있다. 자연은 전체로써 우리 삶에 임하고 있는 것이 아니더라도
즐거움의 근원이 될 수 있다. 위에서 비친 바와 같은 형이상학적 의미의 자
연이 희박하여짐으로써 자연은 현세적인 의미를 띠워 가게 되지만, 그것
은 자연에 대한 태도가 현실적이 된다는 것을 의미한다.

녹색 나무 그늘 속에 꾀꼬리 우는 철	綠樹陰中黃鳥節
푸른 산 그림자 속에 띠집이 한 채.	靑山影裡白茅家
한가하면 이끼 길을 혼자서 거니나니	閒來獨步蒼苔逕
비 갠 뒤의 은은한 향기 풀과 꽃에 진동하네.	雨後微香動草花

—— 최기남(崔奇男), 「한중용두시운(閒中用杜詩韻)」

자연은 그 자체로써 기쁨을 준다. 또는 다음과 같은 서경을 보자.

청산은 돌아 모여 흐르는 강을 꼈는데	靑山回合擁江流
문득 보면 옥봉우리가 말머리에서 나오네.	忽見瑤岑出馬頭
눈을 드니 황연히 뛰어난 경계를 연하고	擧目況然連絶景
정신을 모으니 비로소 일찍이 놀던 일 생각나네.	凝神方始記會游
벼랑에는 아직도 이름 적은 돌이 있고	懸崖尙有題名石
굽은 물가에 오히려 눈에 띄운 배 있는가.	曲渚猶凝泛雪舟
봄이 익은 동천에 꽃은 비단 같은데	春萬洞天花似錦
차마 머리 돌려 옛 단구를 못 보겠네.	不堪回望舊舟邱

—— 김수흥(金壽興), 「귀담도중(龜潭道中)」

여기에서 상당히 넓은 캔버스의 자연은 사실적이며 사실은 어린 시절

에 대한 향수를 불러일으킨다. 이 시의 넓은 자연의 정서는 정신적인 것에
서보다는 어린 시절의 회상에서 온다.

5. 산의 도덕

물론 이러한 시도 단순히 자연의 아름다움의 기쁨을 말하는 시는 아니
다. 산 그림자 속에 있는 띠집은 물질적 삶의 절제와 자연의 삶의 일치를
말한다. 다른 시에서도 물질적 절제는 전제되어 있다. 그것은 조화된 삶의
전제이다. 물론 어떤 때에 그 절제는 가난에 가까이 갈 수 있다. 그러나 그
것이 행복한 삶의 장애 요건이 되는 것은 아니다.(물론 유자의 사회적 신분 때
문에 검소한 삶은 늘 이야기되지만 적빈 상태를 말하는 시는 눈에 띄지 않는다. 정약용
의 시에 가난을 말하는 시들이 많지만 그것은 그 자신의 가난이라기보다는 그의 정의
감에 의하여 매개되는 민중의 가난이다.)

한적하여 세속을 피할 만하니	閑寂堪逃俗
오래 머무는지 며칠이나 되었다.	淹留幾日回
근심이 많으니 술로 풀어버리고	愁多憑酒散
병들어도 꽃핌을 싫어하지 않네.	病不厭花開
사슴이 누우니 소나무 그늘이 조용하고	鹿臥松陰靜
용이 우니 빗기운이 오네.	龍吟雨氣來
새로 띠집을 짓고 바라보니	茅亭新入望
우뚝 먼지 속에서 벗어나 있네.	突兀出浮埃

—남공철(南公轍), 「모정일가성(茅亭一架成)」

또는 다음의 시도 조촐한 삶의 기쁨을 말하는 것이다.

쌓인 노을이 다시 돌 위에 내리고	堆霞復拳石
위에 있는 소나무는 한적하네.	上有松樹閒
풀을 벤 것은 진실로 이 때문이니	誅茅寔爲此
사립문이 계곡 위에 닫혀 있네.	柴扉溪上關
창에는 재가 앉을 데가 없고	軒窓容我膝
숲의 나무들은 내 얼굴을 반긴다.	林木怡我顔
때로는 흰구름을 바라보고	有時看白雲
늘 푸른 산을 마주 대한다.	鎭日對靑山
생활이 스스로 한적하니	生事自蕭條
인간 세상에 있는 것 같지 않다.	不似在人間

— 천수경(千壽慶), 「일섭원(日涉園)」

자연은 가난 가운데도 행복의 원천이다. 자연이 가지고 있는 어떤 형이상학적 깊이는 사람의 삶에 조화를 부여한다. 그러나 이 자연의 형이상학적 깊이는 사람이 쉽게 헤아릴 수 있는 것이 아니다. 그것은 보다 상식적인 차원에서 하나의 모범적인 삶의 구도로 제시될 뿐이다. 자연과 삶의 일치는 맹사성(孟思誠, 1359~1438)의 다음과 같은 시조에 잘 나와 있다.

강호에 봄이 드니 미친 흥이 절로 난다.
탁료 계변에 금린어 안주 삼고
이 몸이 한가하옴도 역군은이샷다.

이 시에서 흥미 있는 것은 자연의 삶이 세속의 질서와 일치하는 것으로 생각되어 있다는 것이다. 불교의 보다 엄격한 형이상학에서와는 달리 조선조에 와서 세계는, 사람이 그 균형을 지키기만 하면, 하나의 조화된 삶의 장소로 생각된 것이다.

조선조의 안빈낙도의 시는, 다시 말하여, 자연을 이승의 삶을 넘어가는 어떤 무한성의 세계를 암시하는 것으로 보지 아니하였다. 그러나 자연이 정신적 의미를 갖지 아니한 것은 아니다. 그것은 자연에 대한 형이상학적 비전에서 보다 더 직접적으로 그러한 의미를 가지고 있는 것으로 생각된다. 위에서 비친 바 있듯이, 거기에서 사람은 중요한 가르침을 얻는다. 자연의 가르침은 형이상학이 아니라 도덕이다. 자연의 묘사를 통하여 도덕을 환기하는 것이 아니라 직접적으로 자연의 경물을 도덕적 알레고리의 수단으로 사용하는 시가 흔한 것은 당연하다.

아름다워라 충신 효자 났나니	有美生忠孝
그 명성은 만고에 진동하네.	名聲動萬年
지극한 그 정성은 해를 사랑할 수 있고	至誠能愛日
높은 의리는 하늘에 참여할 듯……	高義可參天

──하의갑(河義甲), 「정포은한효자양비중수일차유상운(鄭圃隱韓孝子兩碑重修日次留相韻)」

에서 자연물, 해나 하늘, 맑은 바람과 같은 것은 윤리적 질서의 상징이 되어 있다. 이것은 가령 다음과 같은 송시열(宋時烈, 1607~1689)의 시(「부경(赴京)」)에서도 마찬가지이다.

시끄러운 물소리는 나를 성내는 듯	綠水喧如怒
잠자코 있는 산은 나를 찡그리는 듯.	靑山默似嚬
산과 물의 뜻을 가만히 관찰하면	靜觀山水意

내가 풍진으로 나가는 것 꺼리네.　　　　　　嫌我向風塵

　　동양의 많은 시는 이와 같이 도덕적 함의를 가지고 있다. 그런데 자연을 곧 교훈적 우의를 가진 것으로 만드는 시가 시적 울림을 별로 가지지 못하는 것은 인정될 수밖에 없다. 예술과 교훈주의적 도덕이 양립하기 어렵다는 명제가 여기에서도 확인이 되는 셈이다. 그것이 왜 그런가를 따지기는 쉽지 않지만, 간단한 설명의 하나는 교훈적 도덕이 주는 협량함의 느낌에서 발견될 수 있는 것인지 모른다. 해가 효도를 말하고 하늘의 충의를 말한다고 하거나, 물소리가 나무라고 산의 말 없음이 사람의 일을 못마땅하게 생각하는 것으로 말하는 것은, 순전히 시적인 관점에서만 말하여, 자연의 다의적 모호성을 단일한 의미로 제한하는 것이다. 여기에 대하여 시는 막연한 연상과 분명히 포착되지 않는 여운으로 산다. 이것은 시적인 효과를 말하는 것이지만 동시에 존재론적 의의를 갖는 것으로 생각할 수도 있다. 즉 세계의 모호성은 세계의 넓이와 깊이 그리고 그 안에서의 인간의 실존적 자유와 선택을 가능하게 하는 바탕이라고 할 수 있다. 그것은 세계의 열림의 특성이다. 그리고 이 열림의 흥분과 불안이 우리에게 착잡한 감정을 불러일으킨다. 시의 다의적인 울림은 여기에 관련되어 있다. 그리하여 시는 교훈적 도덕주의와 상극의 관계에 있기 쉽다. 그러면서도 그것이 도덕적 함의를 갖지 아니한 것은 아니다. 세계에 대한 개방성이란 것이 벌써 도덕적 의미를 가진다. 이 개방성이 사람에 대하여는 관용성으로, 자연물에 대하여는 그 기쁨의 참신함에 대한 감수성으로, 또 일반적으로 자연과 우주의 신비 앞에서의 경외감과 겸허함으로 이어진다. 도덕은 이러한 것을 향한 결단의 전율을 포함함으로써 실감 있는 것이 된다. 시의 감흥은 이와 같은 살아 움직이는 도덕에 관계됨으로써 깊이를 얻는다.

　　하여튼 도덕적 시가 효과적이기 어려운 것은 부정할 수 없는 것이다. 그런데, 방금 말한 형이상학적 효과와는 조금 달리, 이것은 시적 효과 또는 단순한 차원의 도덕적 교훈 이상의 의의를 갖는다.

버들이 깊음은 비를 맞아서요	柳深偏帶雨
꽃이 떨어짐은 바람을 피하지 않아서이네.	花落不辭風
성시엔 새로 출세한 사람 많고	城市多新貴
강호엔 대머리 진 늙은이 있네.	江湖寄禿翁
구름 낀 산은 인간 세상 밖이요	雲山人事外
나그네는 물소리 가운데 있네.	羈旅水聲中
어찌 누런 고니가 홀로 고개 들리오	獨擧何黃鵠
아득히 태동으로 들어가리.	冥冥入太空

—안석경(安錫儆), 「과용진시평보(過龍津示平甫)」

이 시가 말하고 있는 것은 세간의 영화에 초연한 고고함의 자세이다. 그러나 그것은 그 자체로 추구되는 것보다는 세상일이 여의치 않음에 기인한 것이다. 이 시의 주인공은 정녕코 출세한 사람은 아니다. 출세를 하지 못한 것은 말하자면 바람을 피하지 않고 지는 꽃처럼 꿋꿋했기 때문이다. 이에 대하여 출세한 사람은 일시적으로 비에 젖어 푸르러 뵈는 것에 불과하다. 이와 같이 세상은 불공평한 것이다. 그러니 자연과 적멸의 세계로 들어갈 밖에. 이러한 주인공의 논리는 전통적인 홍진에 대한 초연한 세계를 말하고 있지만 동시에 우리가 거기에서 자기변명과 합리화의 구차스러움을 느낀다면, 그것이 전적으로 잘못된 반응만은 아닐 것이다.(여기 흥미로운 것은, 분명하지 아니한 대로, 시중과 강호와 산의 삼자를 대비시킨 듯한 구도이다. 시중의 뜻은 자명하다. 강호는 사환(仕宦)하지 않고 있는 사람의 은둔처 ─ 그러나 사환의 기회를 기다리고 있는 듯한, ─ 그리고 산은 이러한 출사 은둔의 대비를 초월한 득도의 상태를 가리킨다.)

이러한 심리적 복합성은 다음의 시조에서도 쉽게 찾을 수 있다.

벼슬을 저마다 하면 농부하리 뉘 있으리
의원이 병 고치면 북망산이 저러하랴
아희야 잔 가득 부어라. 내 뜻대로 하리라.

이러한 김창협(金昌協, 1685~1721)의 시조는 차라리 세속적인 지혜를
말한다.

명리에 뜻이 없어 베옷에 막대 짚고
방수 심산하여 피세대에 들어오니
어즈버 무릉도원도 여기런가 하노라.

박인로(朴仁老, 1561~1642)의 이 시조는 명리의 세계에 대하여 산수 속
의 청빈의 행복을 말하고 있지만, 다른 한편으로는 그러한 선택의 깊은 의
의에 대한 언급이 없음으로 하여 쉽게 좁은 자기만족과 자기 합리화의 혐
의를 받을 수도 있는 것으로 보인다. 이러한 예들이 우리에게 이야기해 주
는 것은 도덕주의의 비시적 성격만이 아니라 도덕주의가 쉽게 반성적 깊
이가 부족한, 이류의 도덕으로 또는 어떤 경우에는 단순한 자기만족과 자
기 합리화의 방법으로 격하 또는 타락할 수 있다는 교훈이다. 조선조의 도
덕주의에서 이러한 것을 보는 것은 단지 시가에서만이 아니다. 조선조가
억압적 도덕주의에 의하여 사람의 활달한 삶이 목 조임을 당한 시대였다
는 것은 많은 사람이 가지고 있는 느낌이다.

도덕이란 가장 간단히 말하여 끊임없는 선택과 결단의 필요 속에 있는

사람의 삶에서의 어떤 일관성 있는 선택의 원칙을 제공해 주는 것이라고 한다면, 그 원칙이 다소간에 사람이 사는 세계의 양상에서 미루어 나오는 것은 자연스러운 일이다. 그것이 반드시 자연 또는 세계에 대한 관찰에서 나오는 것이라고 할 수는 없지만, 가장 원시적인 도덕적 감별의 원칙의 하나는 깨끗하고 더러운 것, 정·부정의 원칙이다. 유교적 세계관에서 도덕적 품성을 설명하는 말들이 우리의 일상적 세계 체험에서 오는 것임은 쉽게 주목할 수 있다. 상하, 고저, 곡직, 대소, 광협, 후박, 강유, 냉온, 흑백, 명암, 청탁 — 이 모든 물리적 세계의 성질들이 그대로 도덕적 품격을 규정하고 인생의 편향을 특징짓는 것이 된다. 그리하여 이러한 물리적 성질들에 관한 적당한 반응의 수련은 곧 도덕적 수련의 일부가 될 수 있다.

하여튼 우리 전통의 시나 시조가 이러한 성질들을 나타내는 자연에서 사람의 도덕적 상태에 대한 상징들을 찾은 것은 틀림이 없다. 그중에도 가장 중요한 것은 맑음과 밝음의 여러 이미지들이다. "臨溪茅屋獨閒居 月白風淸興有餘"(길재(吉再)), "月明漁笛在孤舟"(윤희원(尹喜元)), "身到西山過昔 聞. 眼中無處着塵氣"(강세황(姜世晃)), "只愛寒空如意闊 在泥日少在雲多"(강위(姜 瑋)) — 이러한 시구들이 찾고 있는 것은 그러한 맑음과 밝음의 영상들이다. 그것들은 사람의 마음에도 비슷한 상태를 불러일으킨다. 이러한 물건과 마음의 뜻의 혼융의 상태를 나타내는 상징으로 달이 등장하는 것은 적절하다. 그것은 맑고 밝으면서도 백일처럼 그러하지는 아니하여 마음의 가냘픈 음영을 수용할 수 있는 것이다. 원형적 상상력에서 달이 대체적으로 무의식의 상징이 되는 것도 여기에 무관한 일은 아니다. 그런데, 이미 살폈던 바와 같이, 밝고 맑은 것의 상징은 그 자체로보다는 조화된 풍경 속에서 제자리를 갖는다. 그리하여 그것은 저절로 원근법적 배치 속에 자리한다. 이 원근법은 시간을 포함한다. 그것은 차고 이우는 변화 속에 있는 달의 상징에서도 적절하다. 또 계절이나 꽃과 나무의 피고 짐도 여기에 관계된다. 그러나 보다 적절한 상징물은 흘러가는 물이다. 그것은 쉽게 시간을 나타내고 보다 넓게는 만물의 시간적 과정을 나타낸다. 이러한 과정의 한가운데, 그것과 더불어 있는 삶의 모습을 적절하게 나타내고 있는 것은, 위에 든 시구에서 예를 들어, 달빛 속에 물에 뜬 외로운 배이고 거기에서 울리는 피리 소리와 같은 것이다. 이러한 삶의 모습은, 어떤 종류의 자연시에서 그러한 것을 이미 보았지만, 저절로 이러한 상징의 전체를 총괄하는 것을 생각하게 하고 감각적 현존으로서의 자연을 넘어가는 어떤 것을 암시한다. 그것이 감성적인 것이든 또는 초감성적인 것이든, 이 전체는 이번에는 구체적인 자연에 대한 우리의 느낌을 보증한다. 그러나 다른 한편으로 그것은 그러한 구체적이고 일시적인 또 그럼으로 하여 불가피하게, 무상하게 마련인 삶의 순간들에 대하여 반대 이미지를 제시한다. 그리하여 그것은 체념과 순응과 화해와 위로의 근원이 된다. 그리고 무엇보다도 이러한 밝음과 맑음의 상징의 역정에서 중요한 것은 그것이 삶에 대하여 일단의 균형 있는 태도를 유지하게 해 준다는 것일 것이다. 그러한 의미에서 이러한 자연의 이미지들은 전통적 도덕적 삶의 일부를 이룬다.

그러나 자연의 직관에서 오는 도덕의 보장은 어디에서 오는가? 한편으로 그것은 우리 자신의 쾌적의 느낌에서 오고 다른 한편으로는 형이상학적 진리에서 온다. 앞의 것만 자명하다고 할 수 있을지 모르나 뒤에 것의 근거는 무엇인가? 이 형이상학적 진리는 형이상학적 체계나 종교에 의하여 정당화될 수도 있지만, 그것이 살아 있는 것으로 느껴지기 위해서는 그것은 우리의 감성 속에, 우리의 내면에 닿아 있는 것이 아니면 안 된다. 초월적 체험에서 깨우침의 계기가 중요한 것은 이러한 필요성으로 인한 것이다. 시적 체험이 감각적인 것을 빼어 놓을 수 없는 것이며 또 그것을 넘어가는 어떤 깨우침 ── 그것을 시적 자율이라 부르든 에피파니라고 부르든, 깨우침의 계기를 포함하는 것이라고 할 때, 시적 체험은 일종의 형이상학적 체험에 비슷하다고 할 수 있다.

하여튼 사람의 체험 가운데 초월적인 것이 있을 수 있다면, 그것은 결국 쾌적의 느낌이나 마찬가지로 세계에 대한 우리의 감각적 체험의 일부가 되지 아니하면 안 된다. 그러면서도 이 쾌적의 느낌을 초월하는 어떤 것이어야 한다. 달리 말하면 그것은 감각적 체험이면서 그것의 자기 초월이다. 어떻든 감각적 체험은 이러한 모순된 두 계기를 가지고 있는 것으로 보인다. 미적 체험도 그러한 체험의 대표적인 것이지만, 그것은, 이미, 시사한 바 있듯이, 숭고미에서 특히 두드러진다. 그런데, 다른 한편으로 세계에 대한 체험은 이러한 형이상학적 계기를 가지고 있지 않거나 망각하는 것일 수 있다. 그 경우 자연에서 직관되는 것은 만족의 여러 형태에 그친다. 그리고 거기에 도덕적 의미가 부여된다면, 그것은 경험 자체에 내재하는 것이라기보다는 외적으로 부과된 것일 가능성이 있다. 위에서 햇빛이 효도와, 하늘이 충의와 등가인 것으로 말하여질 때, 그것이 얼마나 체험적 직접성을 갖는지는 알기 어려운 일이다.(밝은 하늘 밑에서 가질 수 있는 트인 느낌과 사회적 의무의 수행 후에 오는 트인 느낌이 그 공통된 체험적 기반이라고 할 수 있을는지 모른다.)

단순한 만족이든 아니면 도덕적 의미가 부여된 만족이든, 만족의 결점은 그것이 자의적인 것이기 쉽다는 것이다. 그것은 개인적이고 부분적이다. 거기에는 진리의 보장이 없다. 물론 진리라고 하는 것도 하나의 억견이나 착각에 불과할 수 있다. 그러나 그것은 적어도 경험이나 보편성에 대한 보다 조심스러운 고려를 가질 것으로 생각할 수 있다. 특히 감성적 직관 또 공감에 호소할 수밖에 없는 시가 그러한 진리 인식의 중요한 수단이 되었을 경우에 적어도 그 억지스러움은 많이 완화될 것이다. 적어도 진리의 증거는 우리의 감성적 체험에서 얻어질 수 있기 때문이다. 그리고 일시적이며 감성적인 체험은 오성이나 덕목에 의하여 규정된 것들보다는 개방적인 것이다. 그런 만큼 그것은 초월적 계기를 가지기 쉽다.

고려와 조선 시대에 자연의 시의 기능은 이러한 의미에서 진리의 기능이 아니었던가 생각된다. 그러나 되풀이해서 말하고자 하는 것은 시의 이러한 진리 기능이 점차로 도덕적 교훈과 보상적 만족의 기능으로 변화해 갔다는 것이다.

6. 산에서 내려오기

근대 이전의 우리 시의 관습들을 생각하면서, 20세기의 우리 시를 본다면, 다른 모든 면에서 그러하듯이, 얼마나 많은 것이 그렇게 빨리 달라질 수 있는가 오로지 경악할 수 있을 뿐이다. 전통적인 시에 있어서의 산의 의미는, 잔영마저 아주 없어져 버린 것은 아니지만, 거의 발견할 수 없다. 그리고 놀라운 것은 우리의 시인들이 산에 대하여 어떤 일정한 태도를 가지기를 그쳤다는 것이다.

전통적 시에서 산이 이야기될 때 물론 그것은 단순한 자연물로가 아니라 어떤 정신적 의미를 가진 것으로 이야기되었다. 그러면서도 그러한 의미는 산이나 기타 자연의 현상들에서 저절로 우러나오는 것 같았다. 그러나 새로운 시대에 와서 산의 의미가 분산되거나 흩어질 때 비로소 우리는 전통 시에서의 그러한 의미들이 얼마나 철저하게 당대적인 형이상학, 도덕론, 인생관 등에 의하여 규정되었던가를 깨닫게 된다. 이러한 것들의 지배하 또는 영향 아래에서 전근대 사회에서 산의 지각(知覺)은 일정한 체계를 이루고 있었고, 이 체계와의 관련에서 알아볼 만한 의미를 얻고 있었다. 위에서 누누이 말한 바와 같이, 산을 보는 데에도 일정한 체계 — 가령 하늘과 강으로 펼쳐지는 세계에서의 무상의 과정으로의 인생을 관조하게 하는 원근법이 있었다. 이것은 관습적인 것 또 인위적인 것이어서 실상의 산과 자연을 어쩌면 왜곡하는 것이었다고 할 수 있다. 이러한 관습과 체계가 간 다음에야 우리는 그것이 얼마나 인위적 구도의 조작이었던가를 깨닫게 된다.

그러나 다른 한편으로 이러한 체계와 관습 ─ 또는 관산법(觀山法)을 통하여 산과 삶의 참모습이 비로소 보이게 되는 경우는 없는 것인가. 관산법의 모든 신화적 구성이 없어진 다음에 보는 산이 참으로 바르게 보는 산인가. 시의 증거를 통하여 우리가 느끼는 것은 차라리 산의 형이상학과 도덕학의 쇠퇴와 더불어 산은 그 참모습을 우리로부터 감추게 된 것이 아닌가하는 것이다.

하여튼 일정한 영혼의 기술을 통하여 우리의 선인들은 산에서 진리를 보기도 하고 도덕적 상징들을 보기도 하였다. 20세기에 와서 그러한 것을 모두 상실하고 단순한 물리적 현상으로 돌아갔다. 그것은 단순한 삶의 현장이기도 하고 아니면, 이것은 근래의 현상인 듯하지만, 보상적 만족의 수단이기도 하다. 가장 극단적인 경우에 그것은 우리의 놀이터 이외의 다른 것이 아니다. 이것은 모두 우리 시에 반영되어 나타난다. 그러나 시의 충동은 본래부터 쉽게 실증주의나 현세주의에 만족할 수 없는 것이다. 20세기의 시는 한편으로 물러가는 전통적 관산법의 후위 작전으로도 보이고 다른 한편으로는 새로운 관산법을 구축하려는 노력으로도 보인다. 그러나그전의 투명한 산과 자연에 대한 느낌은 사라지고, 그에 대신한 어떤 것도 새로 등장하지 아니하였다.

진정한 의미에서 우리의 최초의 현대 시인의 한 사람인 김소월의 시 가운데 가장 유명한 시의 하나는 「산유화(山有花)」이다.

산에는 꽃 피네
꽃이 피네

갈 봄 여름 없이
꽃이 피네

산에
산에
피는 꽃은
저만치 혼자서 피어 있네

"저만치 혼자서 피어 있네"— 이러한 구절에서 우리는 전통 시가에서
보는 바와 같은 은거와 고고의 모티프를 볼 수 있다. 이 시가 명창이라는
사람도 많지만, 이 시의 간단한 말들은 사실 김소월의 자연에 대한 생각의
간단함을 드러낸다. 소월에 있어서 은거의 모티프는 이 시 말고도 더러 나
오는 것이지만(가령, 「엄마야 누나야 강변 살자」) 소월의 기본 충동은 숨는 것
이 아니라 밖으로 나가는 것이었다. 산은 이러한 충동의 실현에 장애물이
었다.

산 위에 올라서서 바라다보면
가로막힌 바다를 마주 건너서
님 계시는 마을이 내 눈앞으로
꿈하늘 하늘같이 떠오릅니다.

산은 이렇게 님 계신 곳을 보여 주지만, 또 그것으로 갈 수 없게 하는 것

이다.(「산 위에」) 우리는 도처에서 산을 벗어나고자 하는 시인의 모습을 본다. 하늘 끝에서 그는,

> 불현듯
> 집을 나서 산을 치다라
> 바다를 내다보는 산의 신세여!
> 배는 떠나 하늘로 끝을 가누나!

라고 그의 답답한 심정을 하소한다. 「집 생각」에서도 우리는 같은 모습의 시인을 본다.

> 산(山)에 올라서서
> 바다를 보라
> 사면(四面)에 백(百)여 리(里), 창파(滄波) 중에
> 객선(客船)만 중중……떠나간다.

「산」에서는 산에 갇힌 새의 신세에 자신의 모습을 비교한다.

> 산새는 오리나무
> 우에서 운다
> 산새는 왜 우노, 시메 산골
> 영 넘어가려고 그래서 울지.

산을 벗어나서 먼 곳으로 가고 싶으나 마음대로 되지 않는 심정을 대표적으로 읊은 것은 「차안서선생(次岸曙先生) 삼수갑산운(三水甲山韻)」이다.

삼수갑산(三水甲山) 나 왜 왔노
삼수갑산(三水甲山) 어디메냐
오고 나니 기험(奇險)타
아하 물도 많고 산첩첩(山疊疊)이라

내 고향(故鄕)을 도루가자
내 고향(故鄕)을 내 못가네
삼수갑산(三水甲山) 멀더라
아하 촉도지난(蜀道之難)이 예로구나

삼수갑산(三水甲山) 어디메냐
내가 오고 내 못가네
불귀(不歸)로다 내 고향(故鄕)을
아하 새더라면 떠가리라

님 계신 곳 내 고향(故鄕)을
내 못 가네 내 못 가네
오다가다 야속타
아하 삼수갑산(三水甲山)이 날 가둡네

내 고향(故鄕)을 가고지고
삼수갑산(三水甲山) 날 가둡네
불귀(不歸)로다 내 몸이야
아하 삼수갑산(三水甲山) 못 벗어난다.

정지용에서 우리는 매우 재미있는 이미지의 대조를 발견한다. 위에서 우리는 김소월의 간절한 소망이 산을 벗어나 바다로 나가는 것임을 보거니와, 정지용에게서도 같은 충동을 본다. 불운했던 우리의 현대 시인의 작품이 많은 경우가 드물지만, 정지용도 그 성가에 비추어 그렇게 작품이 많은 것은 아니다. 그런데 그 가운데 우리는 「바다」라는 제목의 시가 아홉 편이나 있고, 그 외에 바다를 소재로 한 시가 또 아홉 편이나 있음을 보고 놀라지 아니 할 수 없다. 일본 유학생인 그에게 바다는 새로운 세계로 가는 길을 의미하는 것이었겠지만, 주로 바다의 이미지에서 그가 느낀 것은,

　나의 청춘(靑春)은 나의 조국(祖國)!
　다음 날 항구(港口)의 개인 날씨여!

　항해(航海)는 연애(戀愛)처럼 비등하고
　이제 어드메쯤 한밤의 태양(太陽)이 피여오른다.

라고 외칠 때의 육체적, 정신적, 도덕적 해방감이었다. 그러나 정지용이 바다의 시인이었다면, ── 그리고 말할 것도 없이 그것은 시대의 정서를 대표하는 것이었을 것이다. 신시가의 처음이라고 하는 최남선의 「해에서 소년에게」로부터 바다는 현시대의 지배적 이미지였다 ── 정지용은 또 가장 중요한 산의 시인이기도 하다. 그것은 여기에서 우리가 다 헤아려 볼 수 없는 식민지 시인의 좌절과 체념을 겪은 다음이었던 것으로 보인다.(연대적으로 그의 시에서 바다와 산은 서로 겹치기도 하지만 대체로 뒤로 갈수록 산이 많아짐은 틀림이 없다.) 전통적 시에서나 마찬가지로 산은 속세의 고통으로부터 피해 갈 때 찾게 되는 은거지로 보인다. 정지용이 말하는 산은 전통적인 모티프 ── 속진이 미치지 못하는 맑은 곳, 그 나름으로 조촐한 삶을 가능하게

하는 곳, 그러면서 어떤 삶의 진실을 깨우쳐 주는 곳 ─ 이러한 곳이면서
또 독특한 현대적인 풍미를 가지고 파악되는 산이다. 그의 산에 관한 시
는 그 나름의 참신성과 통찰을 가지고 있으면서 또 피상적인 면도 가지고
있다.

정지용은 정확한 시인이다. 그런 의미에서 그는 기본적으로 과학적인
감수성을 가졌다고 할는지 모른다. 그에게 산은 사실적인 존재이다. 그러
면서도 산은 그에게 정신적 절정의 체험이 되는 경우가 없는 것은 아니다.

> 석벽(石壁)에는
>
> 주사(朱砂)가 찍혀 있오.
>
> 이슬 같은 물이 흐르오.
>
> 나래 붉은 새가
>
> 위태한 데 앉아 따먹으오.
>
> 산포도(山葡萄) 순이 지나갔오.
>
> 향그런 꽃뱀이
>
> 고원(高原) 꿈에 옴치고 있오.
>
> 거대(巨大)한 죽엄 같은 장엄(莊嚴)한 이마,
>
> 기후조(氣候鳥)가 첫번 돌아오는 곳,
>
> 상현(上弦)달이 살어지는 곳,
>
> 쌍무지개가 다리 드디는 곳,
>
> 아래서 볼 때 오리옹 성좌(星座)와 키가 나란하오.
>
> 나는 이제 상상봉(上上峰)에 섰오.
>
> 별만 한 힌 꽃이 하늘대오.
>
> 밈들레 같은 두다리 간조롱해지오.
>
> 해솟아 오른 동해(東海) ─

바람에 향하는 먼 기(旗)폭처럼
뺨에 나붓기오.

　위 시에서 정지용이 묘사하고 있는 것은 매우 거창한 체험이다. 거기에
서 그는 달과 무지개, 별과 해와 바다와 하나가 되거나 그것을 나란히 바라
볼 수 있는 자리에 섰음을 말한다. 그러면서 그 절정에서 그는 죽음을 보
고 그 죽음과 우주적 환경 속에서 영위되는 삶의 용기를 본다. 그런데 특이
한 것은 이러한 우주적 체험의 자연주의다. 이슬과 새, 산포도, 꽃뱀 그리
고 죽음까지도 이것이 어떤 초월적 체험이 아니라 있는 그대로의 자연의
체험임을 나타내 주고 있는 것이다. 이러한 자연주의 — 자연주의의, 모순
어법을 쓰면, 신비주의가 정지용의 산의 체험, 자연 체험의 특징이다.
　「비로봉(毘盧峰) 2」는 사실적인 묘사이면서도 산의 고요를 적절하게 전
달한다.

담장이
물들고,

다람쥐 꼬리
숱이 짙다.

산맥우위
가을ㅅ길 —

이마바르히
해도 향그럽어

지팽이
자진 마짐

흰 돌이
우놋다.

백화(白樺) 홀홀
허울 벗고,

꽃 옆에 자고
이는 구름,

바람에
아시우다.

　이 시가 보여 주는 것은 자연의 풍요와 명쾌성과 조화이다. 그러나 거기
에 사람이 없음이 눈에 뜨인다. 그러면서도 그것이 사람이 사는 방법에 대
한 시사가 됨은 물론이다. 「장수산(長壽山) 1」과 「장수산 2」는 그러한 사람
이 거의 없는 세계에 사는 사람의 모습을 보여 준다. 장수산은 "다람쥐도
좃지 않고 뫼ㅅ새도 울지 않어 깊은 산 고요가 차라리 뼈를 저리우는데 눈
과 밤이 조히보담 흰" 곳이다. 여기에는 중이 살고 있을 뿐이다. 그러나 시
인도 그 산의 고요 속에서 "차고 올연(兀然)히 슬픔도 꿈도 없이 장수산속
겨울 한밤내" 견디겠다고 말한다. 두 번째의 시는 장수산을 더 자세히 묘
사한다. 그것은 한산의 산에 비슷하다.

풀도 떨지 않는 돌산이오 돌도 한덩이로 열두골을 고비고비 돌았세라 찬 하늘이 골마다 따로 씨우었고 어름이 굳이 얼어 드딤돌이 믿음직하이 꿩이 긔고 곰이 밟은 자옥에 나의 발도 노히노니……

이러한 묘사 다음에 그는 그 자신도 여기에 자리를 잡아 앉겠다고 말한다. 이러한 자연에의 의지 ── 인간의 슬픔도 꿈도 초월해 있는 자연과의 일치를 원하는 의지는 「백록담(白鹿潭)」에 가장 잘 표현되어 있다. 그리고 그것은 주제에 맞게 사실적 묘사로서 가장 간결하게 기록될 뿐이다.

절정(絶頂)에 가까울수록 뻑국채 꽃키가 점점 소모(消耗)된다. 한마루 오르면 허리가 슬어지고 다시 한마루 우에서 목아지가 없고 나중에는 얼골만 갸웃 내다본다. 화문(花紋)처럼 판(版) 박힌다. 바람이 차기가 함경도(咸鏡道) 끝과 맞서는 데에서 뻑국채 키는 아조 없어지고 팔월(八月) 한철엔 흩어진 성신(星辰)처럼 난만(爛漫)하다. 산 그림자 어둑어둑하면 그러지 않아도 꽃밭에서 별들이 켜든다. 제자리에서 별이 옮긴다. 나는 여기서 기진했다.

정지용은 이러한 묘사에서 산정으로 가까이 갈수록 생명이 줄어들고 그것이 종국에는 천체와 하나가 되는 것을 말한다. 거기에서 시인 자신이 기진한 것은 단순히 등산에 지쳤기 때문만은 아니다. 그가 원하는 것은 비생명의 세계 또는 적어도 비인간적인 세계와의 일치이다. 그럼으로 그는 그 다음다음의 부분에서, "백화(白樺) 옆에서 백화(白樺)가 촉루가 되기까지 산다. 내가 죽어 백화(白樺)처럼 될 것이 숭없지 않다"라고 말한다. 이러한 무기물이나 식물 동물 세계가 그 자연스러운 과정으로 죽음을 포함하고 시인의 그러한 세계에 합치고자 하는 의지가 죽음 ── 무기물화하는 과정으로서의 죽음을 생각하는 것은 여러 군데에서 보인다. 앞에서도 그가 바위의 이마에서 죽음을 느끼는 것을 보았지만, 「비로봉 1」에서도 그는 "이곳은 육체(肉體) 없는 적막(寂寞)한 향연장(響宴場) / 이마에 시며드는 향료(香料)로운 자양(滋養)!"이라고 자연의 육체 없는 아름다움을 찬양한다. 따라서 백록담을 생명이 없는 맑은 물로서 묘사함으로서 그가 이 시를 끝맺는 것은 당연하다. "가재도 귀지 않는 백록담(白鹿潭) 푸른 물에 하늘이 돈다." 이러한 경지가 그가 지향하는 것이다.

정지용에게 자연의 과정은 생명 현상을 포함하면서 그것을 초월한다. 생명은 자연 안에서 아무런 특권을 가지지 아니한다. 또 생명이란 귀하고 천한 모든 것 — 식물과 동물을 다 포함한다. 사람도 그 일부이며 아무런 특권적 위치를 가지고 있지 않다. 모든 것은 일시적으로 일어나고 일시적으로 사라진다. 이러한 과정을 포함하는 것은 자연의 과정 — 삶과 죽음을 다른 것으로 보는 것을 허용하지 않는 자연의 과정이다. 이러한 포괄적 자연의 비전에서 정지용은 불교나 도교의 자연관에 가까이 간 것처럼 보이기도 하고, 또 이미 비친 바와 같이, 자연 과학의 자연관에 가까이 있는 것으로 보이기도 한다. 아마 그의 관점은 후자에 더 가까울 것이다. 또 그러한 것으로서 그의 관점은 유달리 냉혹하다. 자연 과학의 세계관 — 자연주의에 가장 잘 표현된 세계관이 냉혹한 것은 잘 알려진 사실이다. 그러나 그 냉혹함에는 인간의 항의와 절규 또 연민이 있기 때문에 졸라의 소설이나 에드윈 알링턴 로빈슨의 시는 다른 한편으로는 깊은 인간적 소망을 확인하는 역할을 한다. 정지용의 세계는 그러한 서양의 자연주의 세계는 아니다. 그것은 선의 세계에 가깝다. 선의 궁극적인 경지는 사람과 다른 생명체, 생명과 무기물, 또 삶과 죽음의 일체성, 그것의 적멸을 이야기한다. 그러나 동양에 그것은 다른 한편으로 사람의 삶에 대한 대긍정을 포함한다. 위에서 본 김부식이나 정지상 또는 한수의 시들은 선시의 면들을 가지고 있는데 그것은 속세의 티끌을 버리고 가능해지는 진리의 경지를 이야기하고 있지만 그러한 진리 속에 드러나는 삶의 화려함과 장엄함을 느끼게 해 준다. 이것은 한산의 시에서도 마찬가지이다. 그것들에는 속세적 삶의 부정이 있고 삶의 고양과 신장이 있다. 정지용이 백록담에서 기진하는 것은 우연한 일이 아니다. 그에게 긍정의 에너지는 그렇게 강하지 아니하다.

그러므로 정지용의 도통은 자연스러운 삶의 과정의 한 부분이 아니라 하나의 기교, 하나의 포즈라는 느낌을 준다. 그것은 자신의 삶에 몸을 맡기는 데에서 얻어진 것이라기보다는 생각해 봄직한 멋있는 생각으로 생각되어진 것이다. 그의 비전은 등산객의 비전이다. 그러나 그가 우리 현대 시인 누구보다 자연의 깊은 의미에 접근한 사람인 것은 틀림이 없다. 그리고 이것은 그 나름의 삶에 대한 예리한 통찰이 없이는 불가능하다.

「붉은 순」은 삶 속에서의 자연을 적고 있는 시이다.

엇깨가 둥글고
머리ㅅ단이 칠칠히,
산에서 자라거니
이마가 알빛같이 희다.

검은 버선에 흰 볼을 받아 신고
산과일처럼 얼어붙은 손,
길 눈을 헤쳐
돌 틈에 트인 물을 따내다

한줄기 푸른 연긔 올라
집웅도 해ㅅ살에 붉어 다사롭고,

처녀는 눈 속에서 다시
벽오동(碧梧桐) 중허리 파릇한 냄새가 난다.

수집어 돌아앉고, 철 아닌 나그네 되어,
서려 오르는 김에 낯을 비추우며
돌 틈에 이상하기 하늘 같은 샘물을 기웃거리다.

정지용이 그리는 산처녀의 경우 그녀의 단순한 노동의 삶은 떳떳하고 아름답다. 그러나 거기에 그 나름의 어려움이 없는 것은 아니다. 그것은 그녀의 소박함에도 들어 있지만 무엇보다도 산과일처럼 얼어붙은 손——싱싱하면서도 고생스러운 것으로 묘사된 손에 나와 있다.(정지용은 그의 처음으로 발표된 시, 「카페 프란스」(1926)에서도 도시의 보헤미안을 두고, "남달리 손이 희여서 슬프고나"라고 말한 바 있다. 이것은 다시 김기진이 「백수의 탄식」(1924)에서 "Cafe Chair Revolutionist/ 너희들의 손이 너무 희구나!"라고 말한 것을 연상케 한다.) 그러나 시의 핵심은 물론 산의 무성함, 푸름, 차고 흰 눈, 샘물들과의 연상을 통하여 환기된 산골 처녀의 자연 속의 삶에 있다. 마지막 연에서 샘물에 하늘이 비쳐 있음을 말한 것은 샘물을 기르는 산처녀의 삶이, 전통적인 아이코노그래피로 읽으면, 하늘의 뜻에 맞는 삶임을 이야기한 것이다. 그것은, 단순히 그림이나 풍경으로 말하여도, 그녀의 삶이 더 넓은 삶의 원근법 속에서 바른 자리에 있음을 암시하는 효과를 갖는다.

그러나 이 부분에서 또 주의할 수 있는 것은 샘물을 하늘처럼 이상하다고 여기면서 들여다보는 시인의 존재이다. 이 시의 화자는 시인 자신이며 그는 지나가는 나그네이다. 그에게 산처녀의 삶은 관념적인 투사체로서 아름답게 비치기 쉽다. 다시 한 번 우리는 이 시의 산의 삶에 대한 비전이 어쩐지 겉도는 것이라는 느낌을 갖지 아니할 수 없다. 물론 전통적 시인의 경우에도 그들 대부분이 실제 산의 삶을 선택하고 그 실존적 결과를 받아들인 사람들이 아니다. 그럼에도 불구하고 그들은 산이 뜻하는 바의 세계의 한복판에 살았다. 정지용의 경우 그것은 있을 수 있는 삶의 가능성의 하나──점점 불가능해지기 때문에 더욱 간절할 수도 있는 삶의 한 방식이었다. 그는 영문학과 다른 현대적 학문을 공부했고 일본 유학을 했고 가톨릭이 되었고 나중에는 사회주의자가 되었다. 그의 산의 비전은 안주하지 못하는 영혼의 탐색과 순력 과정의 한 환영의 순간이었다. 다른 현대 시인들의 경우를 생각해 볼 때 정지용의 비전은 조금 더 심각한 것이었다고 해야겠지만, 산이 그에게 시적 아이디어에 불과했던 것은 틀림이 없을 것이다. 그 아이디어는 어떤 심리 상태에 대응하는 것이었다. 그렇다는 것은 그것이 그의 세계의, 말하자면 전통적인 고려조나 조선조의 시에서처럼, 형이상학적 또는 도덕적 진실에 또는 그러한 것에 철저하게 삼투되어 있는 현실에 대응하는 것이 아니었다는 말이다.

이러한 점은 다른 시인의 경우에 더 철저하게 해당된다. 우리 현대 시인 가운데 가장 의식적으로 자연을 말한 시인들은 이른바 청록파라고 불리는 시인들이다. 이 시인들에서 우리는 전통적인 문양을 가장 두드러지게 본다. 그러나 그들의 자연에 대한 태도는 또 얼마나 다른가. 청록파의 세 시인 가운데 가장 전통적인 것은 조지훈이다. 그의 시에서 우리는 전통적인 모티프와 구도 그리고 품격을 다 발견할 수 있다.

산도 산인 양하고
물은 절로 흐르는 것이

구름이 머흐란 골에
꽃잎도 덧쌓이메라.

오맛 산새 소리
하늘 밖에 날고

진달래 꽃가지엔
바람이 돈다

—「산(山) 1」

산과 하늘, 구름과 물 그리고 그러한 배경 속에 새와 꽃이 나타내는
삶——매우 전통적인 이러한 소도구를 통하여 자연의 조화된 삶을 이 시는
이야기하고자 한다. 시의 묘사는 조금 싱거운 듯하고 묘사의 의미하는 바
가 무엇인지조차도 매우 인색하게밖에 말하고 있지 않지만 이 싱거움과
인색이 이 시의 위엄을 더해 준다면 더해 준다 할 수 있다.("산도 산인 양하고
물도 절로 흐른다"라는 구절 정도가 산절로 물절로 있는 자연 또는 본연의 삶의 모습
이 이 시의 주제라는 암시를 내비치고 있다.)

그러나 다른 시들에서 조지훈은 조금 더 적극적으로 자연의 정신적 의
미를 말하는 것이 보통이다.

목어(木魚)를 두드리다
졸음에 겨워

고오운 상좌아이도
잠이 들었다.

부처님은 말이 없이
웃으시는데

서역(西域) 만리(萬里)ㅅ길

눈부신 노을 아래
모란이 진다.

　여기에서도 전통적인 상징들을 두루 볼 수 있다. 넓은 공간의 암시가 있
고 그 안에서 자연 과정의 일부로서 진행되는 삶이 있다. 그리고 이러한 것
은 의식이나 말로써 파악될 수 있는 것이 아니다. 성인이 아닌 아이, 졸음,
부처님의 미소가 이러한 것을 암시한다.
　「고사(古寺) 1」은 매우 아름다운 시이다. 그러나 어쩌면 이것은 지나치
게 아름답다. 그리고 지나치게 아름다운 것이 늘 그러하듯이 우리는 그 아
름다움이 지나치게 관습적이고 상투적인 상징과 암시와 교훈에 의지하고
있음을 놓칠 수 없다. 우리는 아름다운 것은 그것 자체로는 진리나 현실이
아니라고 느낀다. 조금 자학적인 면이 있는 이야기이지만, 진리의 계시는
어떤 종류의 거침과 고통을 통하여 일어난다고 사람들은 느낀다. 참으로
깊은 시는 아름다움과 함께 진리와 현실을 드러내야 한다. 상투적으로 아
름다운 것은 대개 진리로부터 멀리 있기 쉽다.
　박목월의 초기 시에 있어서의 자연의 풍경도 비슷한 성격을 가지고 있
다. 그것은, 이 점에 대해서는 그 전에도 논한 바 있지만, 주로 욕망과 그 충
족의 풍경이다.

산빛은
제대로 풀리고

꾀꼬리 목청은

틔어 오는데

달빛에 목선(木船) 가듯
조는 보살(菩薩)

꽃그늘 환한 물
조는 보살(菩薩)

「산색(山色)」이란 이 시는 앞에 든 조지훈의 시에 아주 비슷하다. 다만 이미지의 전개나 언어의 유려함에서 앞의 시만 못하고 또 그러니만큼, 그것이 화장되거나 윤색된 것이든 아니든, 아름다움과 조화를 암시하는 힘에서도 앞의 시에 미치지 못한다. 우리는 시가 그 시적 효과에서만이 아니라 그 의미의 전달에서도 얼마나 작은 뉘앙스의 차이에 달려 있는가를 이러한 데에서 생각하게 된다. 우리가 여기에서 관심을 가지고 있는바 정신적 풍토의 변화도 그러한 작은 뉘앙스의 차이에서 나타나는 것이 아닌가한다.

산(山)은
구강산(九江山)
보랏빛 석산(石山)

산도화(山桃花)
두어 송이
송이 버는데

봄눈 녹아 흐르는

옥 같은

물에

사슴은

암사슴

발을 씻는다.

「산도화(山桃花) 1」의 풍경은 다른 그러한 풍경이나 마찬가지로 전통적으로 양식화되어 있는 풍경이다. 그러나 전통적 모티프는 여기에서 일방적으로 강조되어 있다. 즉 모든 것이 지극히 아름답게만 되어 있다. 그리고 그 아름다움에서도 곱고 여리고 부드러운 것이 두드러진다. 돌산이 보랏빛의 여린 색으로 변용하고 찬 눈이 녹아내리는 봄눈이 되어 오히려 따스함을 연상케 한다. 이러한 부드러움의 변용은 시의 되풀이되는 소리의 아름다움을 통하여서도 전달된다. 부드러움의 조화를 표현하는 시로서 이만큼 완벽한 시를 달리 찾기가 쉽지 아니할 것이다. 이 시의 부드러움의 효과는 달리 말하면 자연을 여성화한다고도 할 수 있다. 또는 여기에서 자연은 성적인 연상을 가지게 묘사되었다고 할 수도 있다. 마지막 연에서의 사슴이 암사슴임이 지적되어 있는 것은 우연한 것은 아니다. 이 시가 도원경을 암시하고 있다고 한다면, 그것은 부드러운 성적 충족의 도원경이다.

위에서 본 바와 같이 우리의 전통적인 자연관도 이러한 부드러운 행복의 이미지를 수용하는 면이 없지 아니하였지만, 박목월의 시는 그것을 더 순수한 에센스의 모습으로 보여 준다. 그러면서 그것은 현대의 자연에 대한 태도가 얼마나 전통적인 것으로부터 멀리 왔는가도 보여 준다 할 것이다. 산도화(山桃花)의 자연은 형이상학이나 도덕이 아니라 어떤 종류의 심리 상태의 대응물이다. 그리고 시적인 심리 상태란 세계에 대한 형이상학적 직관이나 도덕적 확인에 비하여 얼마나 무상하고 허약한 것인가. 그것은 단지 시인의 마음속에 존재할 뿐이며 현실 세계의 힘으로는 존재하지 않는 것이다. 일제 식민지 통치를 비롯한 현대사의 격변 속에서 자연은 형이상학적 진리로서 또는 도덕적 알레고리로서 버텨 있을 수가 없었다. 우리 시에서 전통적 자연시는 대체로 조지훈이나 박목월로 그치는 것이 아닌가 한다.

이것은 박목월 자신의 시적 발전에서 벌써 볼 수 있는 것이다. 『청록집(靑鹿集)』(1946)과 첫 개인 시집 『산도화(山桃花)』(1955) 후의 시집 『난 기타(蘭 其他)』(1958)에서 벌써 박목월은 아름다운 자연으로부터 붉은 먼지 자욱한 현실의 세계로 나오기 시작한다. 물론 현실의 고통 속에서도 자연은 그에게 오랫동안 위안의 근거로 남아 있게 된다. 그러나 궁극적으로 그가 투시하게 되는 자연은 초기의 아름다운 자연과는 다른 것이다. 그것은 아주 거친 것이다. 그러면서도 그것은 사람을 초월하는 어떤 위엄과 크기를 가진 것이다. 이러한 자연에 대한 비전은 매우 독특한 업적으로서 박목월로 하여금 우리 시사에서 가장 유니크한 철학적 시인의 한 사람이게 한다.

산마루로
마른 연기처럼
풀리는 겨울의
겨울나무, 뿌연 능선(稜線)을
타고 내려온 시선(視線)이
머무는
교회(敎會),

재빛 조망(眺望)을

나의 신앙(信仰)은 어둡다.

──「풍경(風景), 조망(眺望)」

1968년의 시집에 실린 이 시에서 시인의 눈은 산을 향하는 것이 아니라 산 아래로 내려가 교회에 머문다. 시계는 트이는 것이 아니라 좁아 든다. 보이는 것은 밝아지는 것이 아니라 뿌옇게 흐려진다. 마음가짐도 밝고 분명해지는 것이 아니라 불투명해진다. 전 문장이 "재빛 조망을"이라고 하는 동사 없는 목적어에서 어색하게 주춤거리는 것도 이러한 시의 기분을 반영한다.(일본 시의 어떤 매너리즘을 옮겨 온 것이지만.) 목적격 없는 목적격 조사는 "재빛 조망을 어떻게 할 것이냐?" 하는 뜻을 나타내는 것이겠는데, 행동적으로뿐만 아니라 술어를 발견하는 것조차가 어려운 일임을 나타내고 있다. 이러한 불투명, 불확실성은 자연의 비전에 의하여서가 아니라 신앙에 의하여서만 해소될 수 있다. 그러나 그 신앙조차도 어둠 속에 있는 것이 오늘의 상태다. 시인은 이렇게 말하고 있다.

적막하구나

적막하구나

백 리(百里) 이백 리(二百里)를 달려도

사방은 산으로 에워싸고

눈이 덮힌 속리산(俗離山)

등을 붙이고

하루를 살 한 치의 땅이

어딜까.

부연 낙엽송(落葉松)

산모롱이를 돌면

해도 있는 듯 없는 듯

잔설(殘雪)만 얼어서 으스스한 산모롱이를

모롱이를 돌면

오늘은

보은(報恩)장

부옇게 추운 얼굴들이

마른 미역오리 명태마리

본목필을 교환하는

가난한 그들의 교역(交易).

얼어서 애처러운 닭벼슬.

적막하구나.

적막하구나.

백 리(百里) 이백 리(二百里)를 달려도

팔방은 눈으로 덮이고

등 붙일 한 치의 땅이 없는

속리산(俗離山)

저무는 골짜기의 보랏빛 눈, 벌판의 퍼런 눈

들 끝에 먼 불빛.

―「잔설(殘雪)」

　속리산이 이렇게 삭막하게 비치는 것은 주로 가난 때문이라고 할 수 있
다. 풍요한 생활이 없는 것에 자연은 아무런 위안이 되지 못한다. 그런 다
른 한편으로 우리는 우리의 전통 시에서 가난이 자연과의 트인 교감에 장
애가 되지 않았을 뿐만 아니라 그 조건이 되기도 하였음을 상기한다. 우리

의 체험에 일어난 것은 사실 간난만이 아니라 그보다는 훨씬 깊은 어떤 삶의 조화의 소멸이다. 그것 없이 산은, 소월에서 그랬던 것처럼, 에워싸고 가로막고 널리 트인 공간이나 관조가 아니라 "하루를 살 한 치의 땅"을 허용하지 않는 것이 된다. 그리고 역설적으로 속리 ── 속세를 떠나는 것도 불가능해지는 것이다.

> 사정거리(射程距離) 안에서
> 산철쭉이 핀다.
>
> 미소가 굳어진 봉오리가
> 불안 속에 밀집하여
> 고개를 남으로 돌린다.
> 그
> 갸륵한 향일성(向日性)에
> 나의 가슴이 더워 온다.
> 사각(死角)이 없는
> 자연 속에서
>
> 이편 비알에는 늙은 소나무
> 줄기에 박힌 파편(破片)이
> 옹이로 아물었다.
>
> 그 고된 시련은
> 나와 나의 형제의 것이다.
>
> ──「산(山)철쭉」

이 시에서 박목월은 전쟁의 상처가 산봉우리로 하여금 경직하게 하고 불안하게 하고 그 트이는 방향을 좁히게 하는 것이라고 말한다. 그러나 다른 시들에서도 비치고 있는 것처럼 자연을 좁히는 것은 전쟁만이 아니다. 전쟁은 오히려 보다 깊은 심성의 변화의 상징일 뿐이다.

그러나 위의 시의 시적 효과는 단지 자연의 닫혀짐을 말하기 때문이 아니다. 그것은 오히려 다시 열리는 자연에 대한 관찰과 소망이 그 닫혀짐과 대조되는 데에서 온다. 꽃은 해를 향하여 피고 파편이 박힌 나무는 치유된다. 자연은 사람에게 위안을 주는 것이 아니라 위안을 받아야 하는 또는 이 시에서 비치듯이 연민되어야 하는 존재가 되었다. 그러나 연민은 어떤 경우에나 타자에 대한 트임이 아닌가. 자연은 긴 치유를 통해서 다시 사람의 존재 속으로 트이고 또 그것을 트이게 하는 것이 될 수도 있을 것이다.

그러는 사이, 그것이 오늘 어떤 상태에 있든지 간에, 자연은 사람의 생존을 에워싸고 있는 근본이다. 박목월은 가장 황량한 상태에서도 그것이 하나의 커다란 바탕으로 존재함을 그 만년의 여러 시들에서 확인한다. 산에서 내려다보는 광경이 아니라 우주선에서 내려다본 것과 같은 광경을 그리는 다음과 같은 시는 그러한 "절대적 전체"로서의 지구와 우주를 보여 준다.

자갈돌은 제자리에서
얼어붙고, 지구(地球)는
돌면서 밤이 된다.
검은 말을 몰고
달리는 것은 바람.
흰말을 몰고
달리는 것은 하늘의 말몰잇군.

그

방향(方向)에서

마른번개는 치고

푸른 서치라이트에

떠오른 것은 북극곰.

끓어오르는 바다의

빙산 위에서, 꺼져 가는 것은

울부짖는 북극곰.

지구(地球)는 돌면서 밤이 되고

가볍게 뿌려진 것은

하늘의 은모래……

큰곰자리의 성운(星雲).

자갈돌은 제자리에서

얼어붙고, 지구(地球)는

돌면서 밤이 된다.

—「회전(廻轉)」

「회전」이 보여 주는 세계는 결코 부드럽고 따뜻한 곳은 아니다. 그것은
종말론의 지구의 모습에 가깝다. 자갈들은 얼어붙고(박목월의 만년의 시집
의 제목의 하나는 『사력질(砂礫質)』인데, 자갈은 당대적 삶에 대한 그의 중심적 상징
이다.) 바다는 끓어오르고 북극곰은 죽어 간다. 지구는 밤이다. 그러나 이러
한 것에 대신하여 하늘에는 은모래, 곰의 모양을 한 별들이 찬란하다. 그리
하여 이 시의 비전은, 지구의 모든 참담함에도 불구하고 우리에게 공간의
시원함을 주고 어떤 형이상학적 위안을 준다. 지구의 삭막함은 말몰이가
말을 몰아가듯 우주를 움직이는 거대한 힘의 회전의 일시적이고 국부적

인 양상에 불과하다. 어쩌면 지구의 삭막함이 이러한 우주적인 비전을 가능하게 한다고 할 수도 있다. 중세의 신비가들은 어둠을 통하여도, 빛에로, 신에게로 나아갈 수 있다고 생각하였다. 이러한 역설의 길을 "부정의 길 (via negativa)"이라고 불렀다. 「회전」의 전체에서의 비전은 부정의 길을 통한 것이다.

그러한 자연과 우주의 전체에 대한 느낌, 역설적 긍정은 우리 시에서 매우 희귀한 것이다. 그러나 더욱 중요한 것은, 그것이 역설적이든 아니든, 이러한 거대한 긍정은, 사람의 삶에 필수적인 것이다. 영국의 비평가 리처즈(I. A. Richards)는 시를 바르게 읽기 위해서는 독자가 지적인, 정서적인 성실성의 상태에 있어야 한다고 말하면서, 이러한 상태에 사람의 마음을 유지하는 데 도움이 될 수 있는 일로 다음과 같은 것을 생각하는 것이 좋다고 하였다.(리처즈의 성실성론은 『중용』으로부터 끌어낸 것이다.) 즉, (1) 사람의 외로움(인간의 상황의 고립성), (2) 탄생과 죽음의 사실, 그리고 기이함, (3) 우주의 불가해한 광막함, (3) 시간의 원근법 안에서의 사람의 위치, (4) 사람의 무지의 엄청남 — 이러한 것을 명상함이 사람의 마음을 성실하게 하는 데 도움을 준다는 것이다.[7] 결국 리처즈가 말하고 있는 것은 인간의 생존의 거대한 테두리에 관한 것이다. 이것들을 생각하는 것이 우리의 생각을 바른 원근법 가운데 자리하게 하는 것이고 또 우리의 삶을 바른 균형 속에서 살게 하는 데 관계가 있는 것임은 분명하다. 이러한 테두리를 잃어버릴 때 우리는 그때그때의 관심사에 휘말려 균형을 잃어버리고 흔들리게 된다. 그리고 또 무엇보다도 삶에 대해서나 자연에 대해서나 도덕적인 의미에서만이 아니라 우리 자신의 행복을 위해서 또 무엇보다도 사실의 관점에서 필요한 겸허감을 잃어버리게 된다. 이것을 오늘날 우리 주변의 자신과 사

---

7 I. A. Richards, *Practical Criticism*(Routledge & Kegan Paul, 1929), Pt. Ⅲ, Ch. 7.

회의 힘의 여러 현상에 대한 과장되고 추한 믿음에서, 그에 따른 행동에서 너무 자주 보는 것이다.

자연은 이제 우리에게 정신의 바른 균형을 위하여 쉽게 접할 수 있는 영감의 원천이 아니게 되었다. 그렇다고 사람이 자연의 전체성에 대한 모색을 포기한 것은 아니다. 오늘의 모색의 움츠러진 상태를 적절히 요약하고 있는 것은 김광규의 「크낙산의 마음」이다.

다시 태어날 수 없어
마음이 무거운 날은
편안한 집을 떠나
산으로 간다
크낙산 마루턱에 올라서면
세상은 온통 제멋대로
널려진 바위와 우거진 수풀
너울대는 굴참나뭇잎 사이로
삵괭이 한마리 지나가고
썩은 등걸 위에서
햇볕 쪼이는 도마뱀
땅과 하늘을 집 삼아
몸만 가지고 넉넉히 살아가는
저 숱한 나무와 짐승들
해마다 죽고 다시 태어나는
꽃과 벌레들이 부러워
호기롭게 야호 외쳐 보지만
산에는 주인이 없어

나그네 목소리만 되돌아올 뿐

높은 봉우리에 올라가도

검은 골짜기에 내려가도

산에는 아무런 중심이 없어

어디서나 멧새들 지저귀는 소리

여울에 섞여 흘러가고

짙푸른 숲의 냄새

서늘하게 피어오른다

나뭇가지에 사뿐히 내려앉을 수 없고

바위틈에 엎드려 잠잘 수 없고

낙엽과 함께 썩어 버릴 수 없어

산에서 살고 싶은 마음

남겨 둔 채 떠난다 그리고

크낙산에서 돌아온 날은

이름 없는 작은 산이 되어

집에서 마을에서

다시 태어난다.

　김광규는 오늘의 우리 시인들 가운데 가장 현실적이며 합리적인 시인
이다. 그의 특징은 우리의 현실을 사실적으로 보는 데 있다. 그는 「크낙산
의 마음」에서 오늘 우리가 가지고 있는 자연에 대한 관계를 가장 사실적으
로 진술하고 있다. 자연과의 화해 속에 살고자 하는 사람의 마음은, 모든
실용적인 고려를 넘어서, 사람의 가장 근본적인, 아마 수백만 년의 진화론
속에 하나의 본능처럼 박혀 들어 있는 욕구이다. 그것은 아무리 도시화하
고 사회화하고 공리화한 인간의 경우에도 변함이 없다. 그리하여 오늘도,

또는 오늘과 같은 때이기에 특히, 사람들은 산을 찾는다.

그러나 거기에 머무를 수는 없다. "나뭇가지에 사뿐히 내려앉을 수 없고/ 바위틈에 엎드려 잠잘 수 없고/ 낙엽과 함께 썩어 버릴 수 없"기 때문이다. 간헐적으로나마 산에 가서 다시 태어나기를 원하는 것 —— 이것이 오늘날 우리가 할 수 있는 전부이다. 그러나 참으로 그러한가? 나뭇가지에 앉고 바위틈에 서리고 낙엽처럼 썩으려는 듯 살았던, 삶이 없었던 것은 아니다. 우리가 그렇게 하지 못하는 것은 사람의 신체적 또는 생존의 조건 때문만은 아니다. 우리의 근원적인 관계가 문제이다.

1991년에 나온 조정권의 시집 『산정묘지』는 거의 전부가 산을 주제로 삼고 있다. 이것은 더 적극적으로 산의 체험을 추구하고 있는 것처럼 보인다.

겨울 산을 오르면서 나는 본다.
가장 높은 것들은 추운 곳에서
얼음처럼 빛나고,
얼어붙은 폭포의 단호한 침묵.
가장 높은 정신은
추운 곳에서 살아 움직이며
허옇게 얼어 터진 계곡과 계곡 사이
바위와 바위의 결빙을 노래한다.
간밤의 눈이 다 녹아 버린 이른 아침.
산정(山頂)은
얼음을 그대로 뒤집어쓴 채
빛을 받들고 있다.
만일 내 영혼이 천상(天上)의 누각을 꿈꾸어 왔다면

나는 신이 거주하는 저 천상(天上)의 일각(一角)을 그리워하리.

가장 높은 정신은 가장 추운 곳을 향하는 법.

저 아래 흐르는 것은 이제부터 결빙하는 것이 아니라

차라리 침묵하는 것.

움직이는 것들로 이제부터는 멈추는 것이 아니라

침묵의 노래가 되어 침묵의 동렬(同列)에 서는 것.

위에 인용한 것은 「산정묘지 1」의 서두이다. 이것은 요즘의 시로는 드물게 산을 정신적 의미의 관점에서 접근한다. 그리고 그 접근은, 이미 유종호가 지적한 바 있듯이, 한산의 그것에 비슷하다. 이 비슷하다는 것은 중요한 사실이다. 위에서 말한 바와 같이, 오늘에 우리가 자연으로 돌아간다고 한다면, 그간의 자연 소외의 역사를 없었던 것처럼 꾸밀 수는 없는 일이다. 박목월의 부정의 길은 그러한 의미에서 고통의 길이면서 성실하고 정직한 길이다. 그리고 이것은 이미 한산에서도 시사되었던 것이다. 한산시와의 유사성은 이런 의미에서 중요한 것이다. 그러나 이 유사성은 표면적인 것 이상이 되지 못한다. 박목월에서나 한산에서나 또 일반적으로 시의 존재론에서 시는 형이상학에 가까이 가면서도 결코 구체적 체험의 암시를 떠나지 아니한다. 위의 시구는 얼마나 추상적인가. 추운 산은 높은 정신이 역경에서 굽히지 않는 것이라는 단순한 진술에 대한 비유일 뿐이다. 과연 다음에 이어 나오는 구절은 이 시의 자연의 시학이 전통적인 것과 전혀 다르고, 또 별로 일관성 있는 시적 논리를 가지고 있지 못한 것임을 드러내 준다.

그러나 한번 잠든 정신은

누군가 지팡이로 후려치지 않는 한

깊은 휴식에서 깨어나지 못하리.

육신이란 누더기에 지나지 않는 것.

헛된 휴식과 잠 속에서의 방황의 나날들.

나의 영혼이 이 침묵 속에서

손뼉 소리를 크게 내지 못한다면

어느 형상도 다시 꿈꾸지 않으리.

지금은 결빙하는 계절. 밤이 되면

물과 물이 서로 끌어당기며

결빙의 노래를 내 발밑에서 들려주리……

여기에 너무나 강하게 들어 있는 것은 예이츠의 「비잔티움 항해」의 시구들이다. "비잔티움"에서의 예이츠의 주제는 정신과 육체의 대비, 갈등이다. 조정권의 위 구절에서 우리는 그의 주제가 같은 것임을 알 수 있다. 그렇다면 얼음의 산은 무엇을 나타내는가? 육체 또는 물질적 환경의 어려움인가? 아니면 손뼉 치며 크게 소리 내는 정신인가? 사실적 연상이나 의미 구조로 보아 이 두 가지의 것을 동시에 나타낼 수는 없다. 이러한 불협화와 혼란을 통하여 자연의 진리에 이르기는 어려울 수밖에 없다. 세계의 있음에 대한 진정한 체험은 언제나 감성적 직접성을 갖는다. 우리 시인의 자연의 경험에 이르려는 노력은 아직 이러한 추상적이고 관념적이고 인위적인 노력의 단계에 있는 것으로 보인다.

전통적으로 우리의 선조들은 삶에 대한 바른 균형을 우리 주변의 도처에 말없이 있는 자연의 체험에서 얻었다. 처음에 말한 바와 같이 그것은 우리 삶의 어디에나 있는 형이상학적 체험이었다. 그리고 이 체험은 우리의 오늘 이 자리의 삶을 사는 데 빼 놓을 수 없는 형이상학적 의미를 갖는 것이었다. 또는 적어도 그것은 도덕의 근원이었다. 위에서 살폈듯이, 한국 사람은, 다른 어떤 사람들과도 달리, 자연의 체험, 산의 체험에서 모든 것을 얻었다. 형이상학적 깨우침과 실존적 자각과 도덕이 거기에서 왔다. 달리는 오늘의 삶을 넘어가면서 그것을 지탱해 주는 아무런 초월적 원리를 가지고 있지 않은 것이 우리의 전통인 것이다. 자연과의 관계를 다시 정립하는 것은 가장 절실한 필요이며 깊은 염원일 수밖에 없다.

그런데 이 산과 자연의 체험은 물리적인 산이 거기에 있다고 얻어지는 것이 아니다. 그것은 복잡한 시적, 철학적, 도덕적 기술을 통하여 비로소 근접되는 것이다. 그리고 물론 그것은 그것에 맞아서 발달되어 나온 생활의 질서에 의하여 뒷받침되어야 한다. 산 또는 자연은 늘 거기에 있으면서 보지 못하는 눈에는 그 참모습을 감춘다. 현대사에 일어난 일은 우리가 자연을 보는 법을 잃었다는 것이고 또 자연이 스스로의 진정한 현존을 걷어들였다는 것이다.

자연의 문제는 말할 것도 없이 단순히 정신적인 문제가 아니다. 오늘날 그것은 환경 오염의 문제로서 우리에게 절실하게 되돌아오고 있다. 자연을 보존해야 한다는 외침이 높아지는 것은 여러 복합적인 원인에서 나오는 것이다. 이것은 여하튼 좋은 일이다. 그러나 여기에서 내가 되풀이하고자 하는 것은 자연과 인간의 관계는 우리가 그것을 인간의 삶에 편리를 제공하는 것만으로 생각하는 한, 근본적으로 바른 것이 되지는 못할 것이라는 것이다. 환경의 문제 또는 자연으로부터의 소외는 20세기의 현상이고 1960년대 이후의 산업화의 결과이다. 그러나 그것은 또한 훨씬 이전부터 계속되어 온 과정이기도 하다. 우리 시에 대한 이 소략한 개관이 어떤 의의를 가지고 있다고 한다면, 그것은 사람이 자연의 신비스러운 절대성에 대한 느낌에서 벗어나서 그것을 인간의 관점에서의 만족의 수단으로 생각하게 되는 때로부터 인간의 자연에 대한 관계는 잘못되기 시작한다는 교훈이 아닌지 모른다. 이것은 처음에 도덕적 타락으로 나타난다.(이것은 단지 부도덕해진다는 말이 아니다. 경직된 도덕의 협량도 타락의 하나이다.) 그러나 그것은 종국에 가서 사회적, 물리적 타락과 황폐화에로 나아가게 마련이다.

그러나 오늘날, 과거의 어느 때보다도, 자연과의 관계를 회복하기 쉽지 않음은 새삼스럽게 말할 필요도 없다. 인간의 절대적인 우위 속에서 절대적 전체로서의 자연을 되찾기는 지극히 어려운 일이다. 특히 한국처럼 인구와 자연의 비율이 완전히 균형을 잃어버린 환경에서 어디에서 거대한 근원으로서의 자연의 직관을 얻을 수 있을 것인가? 그러나 그것보다 더 큰 문제는 우리의 편협함과 오만일는지도 모른다. 이것들이 결과하게 한 황폐 속에서 우리가 바랄 수 있는 것은, 박목월의 시가 보여 주는 것처럼, "부정의 길"을 통하여 거기에 이른 것 이외의 다른 방법이 없을지도 모른다. 그러나 사람의 이 땅 위의 삶이 그것에 만족할 수는 없다. 위에서 우리는 박목월의 아포칼립스를 보았다. 그리고 그것이 그에게 하나의 위안이 됨을 말하였다. 그러나 그도 그 이상의 것을 바랐다. 그는 (그의 기독교적 신앙을 통하여) 이 모든 것 아래 모든 것을 떠받치고 있는 "크고 부드러운 손"이 있음을 그의 마지막의 증언으로 남겼다. 그러나 그것도 삭막하다면 삭막한 것이다.

크고 부드러운 손이
내게로 뻗쳐 온다.
다섯 손가락을
활짝 펴고
그윽한 바다가
내게로 밀려온다.
인간의 종말이
이처럼 충만한 것임을
나는 미처 몰랐다.

—「크고 부드러운 손」

사람들은 인간의 종말이 아니라 이승에서의 충족을 원한다. 전통적 시에서 인간의 종말과 현세의 조화 있는 삶이 불가능한 것이 아니었음을 우리는 볼 수 있다. 그러나 지금에 와서 거기로 돌아갈 수는 없다. 그것이 일종의 허위의식에 가까운 것임은 박목월 자신의 초기 시에서도 우리는 본바 있다. 박목월의 자연관은 후기 시에서 훨씬 성실한 것, 진솔한 것으로 들린다. 앞으로의 자연관은 박목월의 이러한 자연관, 거칠고 거대한 자연관을 마음속에 주의하는 것이라야 할 것이다. 그러면서 조금 더 적극적으로 행복의 약속을 보여 줄 수 있는 것이라야 할 것이다. 그것이 어떤 것일지는 아직 알 수 없다. 이것은 더 긴 현실적 사상적 모색을 통하여 얻어질 것이다. 그리고 모색은 일정한 또는 전체적인 정신의 체계로 —— 정치나 개념에 종속되는 것이 아닌 시적인 체계로 발전되어야 할 것이다. 사람은 전체로부터 보기 전에는 아무것도 바르게 보지 못한다. 여기에 시인의 탐구는 한 중요한 몫을 담당할 것이다.

(1993년)

문학과 철학의 사이에서

데카르트적 양식에 대하여

글이 철학적이라고 하는 평을 들을 때가 있다. 현학적이라거나 현실에서 동떠 있다거나 난삽하다는 것을 그렇게 둘러말하는 것일 수도 있지만, 실제 그러한 면이 있는 것도 부인할 수 없는 일이 아닌가 한다. 그러한 것이 나의 철학에 대하여 써 달라는 이러한 글에 대한 주문의 동기가 되는 것일 것이다. 나 자신 철학적인 취미가 있고 내가 쓰고 말하고 생각하는 데에 무엇인가 철학적인 것이 있다는 것을 부인하지 않는다. 고등학교 때부터 더러 철학의 고전을 읽어 볼 생각도 했었고, 대학 때는 철학을 부전공으로 하여 어쩌면 전공보다는 그쪽에 더 힘을 들이기도 했다. 그러한 이력이 나의 생각과 글에 묻어 나오는 것은 어쩔 수 없는 것일 것이다.

젊은 사람이 흔히 그러하듯이, 나는 젊었을 때는 사람의 삶이란 것이 자기 뜻대로 살 수 있는 것이라고 믿었다. 삶을 제약하는 외부적 조건들을 의식하지 않았다는 말은 아니다. 우리 사회에서 그것을 의식하지 않고 살아갈 수는 없는 일일 것이다. 그러나 어떠한 외부적인 조건에서도 자신의 삶의 내적 원리는 자유롭다고 생각한 것이다. 말하자면 밖에서 얽매는 조건만 없으면, 자기의 삶을 자기가 사는 데 다른 제약이 있을 수 없다고 생각한 것이다. 사람의 삶이 자유롭다고 생각한 것은 외부 조건과의 관계에서라기보다는, 말하자면, 나의 삶의 근본적인 주재자로서의 나의 의지를 자유로운 것으로 생각했다는 말이다. 자유 의지라는 것은 논의의 차원을 떠나 젊은 삶의 현실에서 체험되는 것으로서, 그 관점에서 삶이 어떤 운명적인 또는 필연의 궤적을 따라 움직인다는 것은 받아들이기 어려운 일이었다. 나에게, 프로이트의 난점은 오랫동안 그의 생각의 밑에 들어 있는 유아기 결정론으로 여겨졌다. 그러나 사람이 참으로 자유로운가? 외적인 조건의 제약을 수긍하는 일 외에 우리의 자유 의지로 결정하는 것처럼 보이는 것 자체가 어떤 필연성에 의하여 유도되는 것일 수 있다는 생각이 더불어 드는 것은 나이가 가져오는 피로인가. 그러나 역시 사람이 자유로이 좇는 길도 이미 운명의 길인지도 모를 일이다. 적어도 음악의 주제와 변주라는 악곡 형식에 비슷한 정도로라도 사람의 삶은 갑작스러운 길을 가는 것처럼 보이면서도 일정한 궤적을 따라가는 것일 수도 있다.

그런데 변주를 만들어 보는 것은 나라고 하더라도 주제의 설정은 어떻게 이루어지는가? 젊을 때의 철학 취미가 한 사람의 생각의 스타일을 결정한다기보다는, 그것도 하나의 변주에 불과하고 그것의 저쪽에 다른 주제가 또 들어 있는 것이 아닐까. 철학과의 관계를 생각하면서도, 나는 그것을 어떤 외적인 것이라기보다는 내적인 필연까지는 아니더라도, 적어도 어떤 친화력의 관계와 같은 것으로 생각해 보는 것이다. 그렇다면 그것을 파악하는 일은 단순한 사실적 검토가 아니라 자신의 사유의 근본에 대한 반성적 성찰로만 가능한 것일 것인데, 이 반성이란 것이 참으로 자신의 사유의 근본을 손에 잡을 수 있는 것일까? 이 반성의 움직임을 조건 짓고 있는 것은, 궁극적으로, 이러한 것을 넘어가는, 반성에 의하여 잡히지 않는 '야만적' 존재일 것이다. 이 야만적 존재는, 자연 과학의 대상으로의 자연에 가까운 것이면서도, 동시에 그러한 일반화를 넘어가는, 우리의 개인적 운명의 특수성에 관계되는 것일 것이다. 그것은 반성의 목표도 아니고 또 과학적으로 대상화될 수 있는 것이 아니면서, 자연 질서의 대상성 또 그 안에 있어서의 사건의 특수성을 가지고 있는 것처럼 보인다.

나의 철학을 이야기한다는 것은, 무엇인가 철학벽(癖) 비슷한 것이 나의 생각에 들어 있는 것이어서 이러한 근원에 들어간다는 것을 말하는 것일 것이다. 더욱 간단한 것은, 내가 전문적인 의미에서의 철학을 안다고는 말할 수 없다는 사실에서 출발하는 것일 것이다. 보다 근원적인 것을 떠나서, 아마 내가 철학적이고 나에게 철학이 있다고 한다면, 그것은 매우 상식적인 의미에서, 가령, 어떤 정치가를 두고 철학이 있는 사람이라고 말하거나, 또는 사업가를 보고 그 사람의 경영 철학을 말하거나, 아니면 우리의 주변 인물을 말할 때에 그는 그 나름의 철학이 있는 사람이라고 할 때의 의미에서의 철학에 비슷한 것일 것이다. 전문적 의미에서의 철학은 내 능력 부족으로 나를 넘어가는 것일 뿐만 아니라, 삶의 깊은 어둠 속에서 움직이고 있는 삶의 야만적 존재에 대한 나의 관심을 충족시켜 주지 아니할 것으로 여겨짐은 어찌할 수 없는 것이다. 그리하여 나에게 철학이 있다면 보통의 평범한 삶을 사는 사람의 마음속에 숨어 있는 철학이 있을 따름이다. 그런데 평범한 우리 이웃이 그 나름의 철학을 가졌다고 할 때 그것은 무슨 의미인가? 아마 이것에 대하여 생각하는 것은, 반드시 반성되고 객관적으로 파악된 상태인 것은 아니지만, 나의 철학 — 철학이 있다고 치고 — 을 변호하는 데에도 도움이 될지 모른다.

어떤 사람이 그 나름의 철학을 가졌다는 것은 그 나름의 생각을 가졌다는 말로 생각되지만, 그때의 생각이란 단순히 개념적 생각을 말하기보다는 그 사람의 사는 태도에 일체적으로 드러나는 생각을 말하는 경우가 많은 것이 아닌가 한다. 어떤 표 나는 의견을 가졌다는 것이 아니라 그의 사는 모양이 마치 생각에 의하여 뒷받침된 듯, 일정한 모양이나 방향을 갖추고 있는 경우를 지칭하여 철학이 있다는 말로 나타내는 것일 것이다. 그러니까 그 나름의 철학을 가졌다는 것보다는 그 나름의 철학을 가지고 산다는 표현이 더 적절한 것일 것이다. 또는 철학이 있는 사람이다 하고 존재 동사를 써서 표현하는 것이 맞을 것이다.

그러나 우리의 평범한 이웃에게도 가능한 종류의 삶이면서도 철학적 삶이 다른 의미에서는 그렇게 쉬울 수는 없다. 그것은 오늘의 시대가 그러한 것을 쉽게 허용하는 시대가 아니란 점에서도 그러하지만 더 일반적으로 어느 시대에나 쉬운 것은 아닐 것이다. 그것은 철학과 삶의 본질적 관계에 있어서 그러한 것으로 보인다. 철학이 삶의 전부를 포용할 수 있는 가——달리 말하여, 철학이란 아무래도 사유의 영역에 속한다고 할 때, 사유가 경험의 세계에 일치할 수 있는가 하는 것이 문제의 밑바닥에 놓여 있고, 이 양자의 어려운 관계는 철학의 영원한 문제의 하나이다. 그러나 사고가 풀지 못하는 것을 행동의 실제가 푸는 예는 얼마든지 있다. 사실은 철학적 인생은 철학을 통해서가 아니라, 철학을 그 안에 지녀 가진 시대의 업적에 힘입어 저절로 가능해짐으로써만 현실이 되는 것일 것이다.

철학적 인생은 일단은, 그것이 어떤 것이든지 간에 일정한 일관성 있는 삶을 지칭하는 것으로 생각할 수 있다. 가장 쉬운 의미에서 사물에 일관성을 부여하는 것은 관념 또는 이념이다. 관념 또는 의식의 주제화 작용은 유동적인 세계를 조금 더 항상적인 것으로 가지고 싶어 하는 인간의 원초적인 욕구에 관련되어 있다. 사람의 삶은 어떠한 관념 또는 이념에 의하여 삶의 변덕스러움으로부터 구제될 수 있다. 그러나 사람들이 원하는 것은 일관성만이 아니다. 일관성을 가지고 있으면서도 그것이 동시에 삶의 다양하고 풍부한 현실과 가능성을 배제하지는 않는 것이기를 사람들은 원하는 것이다. 일관성만이 문제라면 사실 어떤 원리에 의하여서라도 삶은 그 나름의 일관성을 얻을 수 있을 것이다. 다만 그것은 삶의 단순화 — 삶의 절단과 훼손을 수반하게 되는 단순화에 기초하기 십상이다. 오늘날 우리가 흔히 보는 것은 이러한 종류의 단순화된 일관성이다. 정치적 이데올로기는 오늘의 세계에서 자기 자신과 사회로부터 나오는 일관된 인간에 대한 요구를 충족시켜 주는 데에 작용하는 가장 거창한 이념의 기구이다. 이것의 문제는 새삼스럽게 논할 필요조차 없다. 거창한 이념의 기구가 아니더라도 우리는 하나의 애국적 신념, 종교적 확신, 그것의 단발적 행위와 물건과 슬로건으로의 축소 — 또는 어떤 다른 좁은 신념과 확신으로써 인생을 지탱하는 원리로 삼는 경우를 우리의 주변에서 무수히 본다. 이것이 그 나름의 개인적 사회적 의의를 갖지 아니한 것은 아니다. 그렇다는 것은 그것이 개인을 삶의 혼란으로부터 구제해 주며, 또 사람의 삶의 사회적 의미가 대체적으로 분업의 철저한 완성으로 주어지는 경우가 많다고 할 때, 그것은 그 나름의 사회적 공헌이 될 수도 있기 때문이다. 그러나 비록 그것이 그 나름의 영웅적 장렬함을 가지고 있고, 또 유용성을 가지고 있기도 하지만, 그러한 편집적 단순화가 가져오는 삶의 궁핍화는 우리로 하여금 일관성의 가치 자체를 의심하게 한다.

평범한 사람의 삶은 이러한 삶은 아니다. 그것은 영웅적 삶도, 거창한 의미에서의 철학적 삶도 아니다. 그러니만큼 그것이 그렇게 장렬한 것일 수는 없다. 그럼에도 불구하고, 그것은, 적어도 기초적인 가능성에 있어서는, 오히려 삶의 지혜를 드러내 준다고 할 수 있다. 무엇보다도 중요한 것은 삶을 풍부하고 보람 있게 사는 것이다. 우리의 철학적인 이웃이 구현하고 있는 것은, 한편으로는 단순히 어느 정도의 일관성이며, 다른 한편으로는, 그의 일관성이 지나치게 관념적인 것은 아닌 까닭에, 그것에 지나치게 구애되지 아니한, 삶의 여러 기회에 대한 유연한 개방성이다. 그의 인생은 삶의 양면적 요구를 다 같이 수용하고 있음으로써, 하나의 근본 바탕으로서 성찰의 대상으로 삼을 만한 것이다. 철학이 있게 산다는 점에서 그의 삶은 삶의 무질서, 무지향 또는 무정형을 벗어나 있다. 그러나 그는 그것을 가능하게 하는 어떤 원리의 요구보다는 그때그때의 삶의 요구에 귀를 기울인다. 그러나 더 이상적으로 말한다면, 그가 그렇게 삶 자체에 귀를 기울일 수 있는 것은 그가 반드시 세속적인 이해에 타협하기를 일삼는 사람이기 때문만이라기보다는 원래 그가 받아들이는 일관성 또는 질서의 원리가 삶의 안으로부터 나오는 것이기 때문이다. 삶 자체에 어떤 지향적 원리가 있는 것인가? 그러한 것이 있다고 한다면, 끊임없이 변하는 삶의 상황 속에 있으면서 또 일정한 일관성을 유지하는 원리란 도대체 무엇인가? 평범한 인간의 철학적 인생이란 이러한 문제에 대한 답변이 될 것이다. 그것은 평범한 삶에 내재하는 것이면서도, 그 답변을 잡아 내기 어렵다. 그러나 그 조건으로서 확인되는 것은 삶에 대한 모순된 요구의 조화가 가능하려면, 삶의 일관성이나 질서는 밖으로부터 부과된 원리에 의하여 생긴 것이 아니라 삶 그 자체의 내면으로부터 나온 원리에 의하여 생겨나는 것이어야 한다는 점이다. 이것은 삶 자체가 내재적으로 어떤 모양을 가지고 있다는 것을 전제한다. 그러나 이러한 것을 전제하지 않더라도 이러한 기준은 우리가 어떠한 종류의 삶의 태도에 대하여 갖는 불만을 설명해 준다. 다음에서 나는 이러한 불만을 조금 생각해 보고, 여기에 관련되는 문제에 철학이나 문학이 어떻게 관계되는 것인가를 더듬어 보기로 한다. 우원(迂遠)한 이야기인 듯하면서, 철학은 ── 적어도 문학은 이러한 것에 관계되는 것으로 보이기 때문이다.

얼른 보기에 일면적이고 편집적인 관념에 의한 삶의 질서화는 그 질서의 원리가 외면적인 것이기 때문에 삶을 단순화하고 억압하기 쉽다. 물론 이것을 지나치게 간단히 생각할 수는 없다. 어떠한 사람이 자기가 나폴레 옹이라는 것을 증명하기 위해서 일생을 또는 인생의 상당 부분을 바친다 면 그것이 잘못된 것임은 분명하다. 그러나 많은 경우 밖으로부터 오는 원 리적 요구로 보이는 것은 우리가 깨닫지 못하는 대로 우리의 삶에 관련이 되어 있는 것인데 다만 경중과 본말의 구별이 없이 적용됨으로써 삶의 균 형을 깨는 것이거나 또는 참으로 우리의 삶에 크게 관련되어 있는 것임에 도 불구하고 우리의 나날의 삶의 관점에서 그렇게 이해되지 아니하는 어 떤 것이다. 전쟁터의 위기 상황에서 적으로부터 깃발을 수호하기 위하여 목숨을 버리는 사람이 있다면 또는 그러한 명령에 의하여 목숨을 잃게 된 사람이 있다면, 그는 어느 경우인가? 관점에 따라서는 달리 보는 수는 있 겠지만, 아마 현대적 관점에서는 병사의 목숨과 깃발은 등가의 관계에 놓 여서는 아니 될 것이다. 그러나 집단을 위하여 요구되는 개체적 희생에는 늘 이러한 면이 있기 때문에 개인적 또는 집단적 현실의 체험만이 정치적 요구에 대한 평가의 기준이 될 수 없는 것은 사실이다. 그렇기는 하나 커다 란 정치적 요구——특히 그것이 상징적인 성격, 다시 말하여 이데올로기가 조성하는 강압적 분위기에 지배되는 상징 조작의 성격을 가질 때에, 그러 한 거창한 정치적 요구는 적어도 문제적인 것으로 의심을 가지고 생각될 필요가 있다.

브레히트의 한 시는 정치적 상징 행위의 문제적 성격을 한 우화로써 잘 말해 준다. 여기서 내가 생각하고 있는 시는 「쿠얀 불락의 양탄자 제조자 들이 레닌을 기리다」이다. 이 시의 양탄자 만드는 사람들은 온 나라가 레 닌을 기리어 동상을 세우고 도시와 길거리의 이름을 새로 짓고 연설을 하 고 집회를 하고 하는 기회에 자기들도 정해진 날에 돈을 거두어 레닌의 석 고상을 세우기로 하였다. 그런데 그들이 사는 고장에는 습지대에 모기가 많아 학질을 앓는 사람이 많았다. 한 푼 한 푼 없는 돈을 털어 거금을 하는 날에도 "그들은 신열에 떠는 몸으로 걸어 나와, 떨리는 손으로 어렵게 번 동전을 내어 놓았다." 이것을 본 그들의 지도자는 느낀 바 있어 모아진 돈을 전용하여 기름을 사서 늪의 모기와 장구벌레를 퇴치하자고 제안한다. 그렇게 하는 것이 진정으로 "죽은 그러나 잊히지 않는 레닌 동지를 기리는 일"이라는 것이다. 그리하여 그들은

>……레닌을 기림으로써 스스로를 돕고
>스스로를 도움으로써 레닌을 기렸다.
>그들은 이와 같이 레닌을 잘 알고 있었다.

브레히트의 우화는, 공산주의자의 입장, 즉 구체적 현실과 이상적 구성체로서의 정치적 전체성의 사이에 간격이 없음을 표방하는 공산주의자의 입장에서 말하여지고 있지만, 그의 참뜻은 공식 수사를 빌려 그러한 간격이 너무 많은 현실을 경고하는 것일 것이다. 그러한 간격이 있을 경우에 행동의 원천이 되어야 하는 것은 삶의 현실이다. ── 브레히트의 교훈은 이렇게 말하고 있다. 철학적 의미에서이든 또는 보다 막연한 의미에서이든, 관념은 직접적 경험을 넘어가는 이념적 구성의 성격을 갖는다. 그리하여 그것은 다소간에 부분에서 전체에로의 도약을 포함한다. 이것은 정치적 당위성의 경우에 가장 분명하다. 그러나 어떤 경우에도 관념은 일반적 명제에 관계되어 구체적 경험과의 간격을 노정할 수 있다.

정치 이외에, 인생을 일관성 있게 하는 데 중요한 것은 도덕적 또는 윤리적 명제 또는 그것을 더 일반화한 도덕적 태도이다. 그 나름의 철학이 있는 사람이라고 할 때, 그 의미는 일정한 도덕적 태도로서 자신의 삶을 살고

있는 사람을 의미할 경우가 많다. 이 경우에도 관념과 경험, 부분과 전체의 간격은 메꾸기가 어렵다. 그러면서도 정치와 사회의 차원에서의 관념적 구성물의 경우보다도 도덕적 태도를 나타내는 명제는 덜 공허한 것으로 보이는 면이 있다. 그것은 외부 세계에 대한 복잡한 이해의 구조를 전제하지 않는다. 그것은 우리 자신의 주체적 결정으로 곧 현실화할 수 있고 또 많은 경우, 그 궁극적인 원인이 어떠한 것이든지 간에, 도덕적 실천에 있어 일어나는 자신의 느낌으로(가령 공리적인 쾌락의 계산으로라도) 그 가치를 점검할 수 있다. 정직은 우리 자신을 위하여 또 다른 사람들을 위하여 믿을 만한 세계, 일관성 있는 세계를 만들어 내는 데 도움을 준다. 그것의 가치는 곧 우리 자신의 결정과 느낌에 의하여 어느 정도 검증된다. 물론 그 궁극적인 검증은 그 현실 세계에서의 효과에서 얻어진다. 그 공간은 좁게 우리 주변일 수도 있고, 보다 더 넓은 세계일 수도 있다.

그러나 다른 한편으로, 도덕적 신념은 형이상학적 확신에 의하여 뒷받침된다. 즉 지금 이 자리에서의 효과가 어떠하든지 간에 인간성의 참모습 그리고 세계의 전체적인 구조가 우리의 도덕적 행위, 정치적 행위를 이상적으로나 현실적으로 정당화해 준다고 믿는 것이다. 그리하여 도덕적 확신의 행위는 종교적인 믿음에 이어지는 경우가 많다. 그러니만큼 그것은 다른 한편으로 정치나 사회에 대한 관념적 구성보다는 더 비현실적인 것일 수 있다. 그것은 그 정당성을 현실 — 물리적이고, 경제적이고, 사회적이고, 정치적인 현실과의 맞물림에서가 아니라 세계에 대한 상징적 구성에서 찾는 것이다. 그것은 이러한 여러 층의 현실의 매개 없이 개인적 진실과 형이상학적 믿음의 연결이 가능하다는 것을 전제로 한다. 그러니만큼 도덕적 행위는 정치적 행위보다는 편벽되고 과대망상적이고 공허한 것일 수 있다.

그렇기는 하나 단순히 삶의 심정에만 근거하면서도, 심정만이 아니라 우리가 사는 매우 직접적인 경험의 면에서도 모든 사람에게 공통되고 또 현실적 의미를 갖는 도덕적 당위성의 명제가 존재하는 것으로 보인다. 철저하게 철학적인 검증을 한다면 근거가 없는 것이라고 할는지 모르지만, 정직성이라든가, 또는, 요즘의 사정으로는, 환경 보존의 중요성이라든가 등등의 도덕적 성격의 가치들이 대부분의 사람들에게 거부할 수 없는 공리적 명제로 여겨지는 것은 틀림이 없는 것이다. 그러나 이러한 또는 강박적, 강제적 성격의 도덕적 명제에 있어서도, 관념적 구성과 삶의 현실 사이의 간격은 피하기가 어렵다. 이것은 사람들이 도덕적인 삶의 고결성을 인정하면서도 성인의 길을 가지 않는 데에서 단적으로 나타난다. 모든 사람이 성인이 되겠다고 나서지 않는 것은 그것이 어려워서만이 아니고, (사람들은 세속적인 추구에서 성인이 되는 것에 못지않은 어려운 일을 하는 수도 많지 않은가.) 그것이 반드시 주어진 삶을 한껏 사는 방법이 아니라고 알고 있기 때문인지도 모른다. 그것은 그 나름의 삶의 단순화, 궁핍화를 가져올 수도 있는 것이다.

그것은, 다시 한 번, 한편으로 관념이 삶의 현실을 완전히 포착할 수 없음으로써 그러하다. 몰리에르의 「사람 싫어하는 사람」은 그 자체로는 나무랄 데 없는 덕성에 충실하여 살아가려 하는 사람이 그의 지나치게 강직한 도덕적 입장으로 인하여 결국 현실로부터 어떻게 멀어지는가를 희극적으로 그려 낸 것인데, 도덕적 인간을 희극화한 몰리에르에 대하여 당대의 도덕가들까지도 비난의 화살을 겨누었지만, 오로지 한 가지 "철학적 울분(le chagrin philosophique)"에 의하여 동기 지어지는 경직된 덕성이 "완전한 이성"의 참모습이 아니라고 한 몰리에르의 관찰은 일리가 있는 것이다. 그것은 인생의 다양한 국면을 널리 수용하지 못하며 현실적으로 비효율적일 뿐만 아니라 바로 그런 까닭에 편협한 자기중심주의에 불과하게 되는 것이다. 이것이 연극에서의 문제만이 아님은 물론이다. 우리가 흔히 자주 들는 말로 '대쪽 같은'이라는 말이 있지만, 이것은 태도나 관념에 있어서의 굽히지 않는 일관성을 지칭하는 말이고, 대체로 선비라는 이상화된 인간과의 연상에서 매우 바람직한 인생 태도를 나타내는 것으로 생각된다. 그러나 그것이, 말하자면, 오컴(William Ockham)의 면도날처럼 얽히고설킨 것들을 잘라 내어 삶에 일정한 질서를 부여한다면, 그것은 동시에 전면적으로 받아들여지는 삶의 실존적 양의성을 '대쪽'이나 '칼날'로 또는 추상 같은 엄격함으로 베어 삶을 단순화하는 역할을 한다. 우리의 시대가 혼란한 만큼, 쾌도난마의 기준과 행동에 대한 갈구는 이해할 만한 것이지만, 확연한 규칙에 대하여 갖는 지나친 기대는 그 자체의 타당성보다도 이러한 시대적 상황의 심리적 결과의 소산일 때도 적지 않다……. 1975년의 봄에 캄보디아가 크메르 루주의 혁명군에 장악되었을 때에 새 정부는 소비적인 프놈펜의 인구를 먹여 살리기 위하여 그렇지 않아도 쇠약한 국가의 경제력을 사용하기보다는 프놈펜의 인구를 식량이 있는 생산지로 가게 하는 것이 정당한 정책이라고 결정하고 모든 시민에게 정해진 시간 안에 수도로부터 퇴거할 것을 명령하였다. 나는 추상적인 의미에서의 도덕적 규칙, 법률, 정치적 조치들을 들을 때면, 1975년 봄 잡지에 실린 프놈펜의 군중들의 황급한 소개 장면을 잡은 사진을 생각할 때가 있다. 그 사진에는 병원의 병상을 타고 주사를 어깨에 꽂은 채로 군중이 몰려가는 가도의 행렬에 끼었던 환자가 있었다. 이러한 결과는 의도적인 것이 아니었을 것이고 또 어떠한 관점에서는 고려할 대상이 아닐는지 모른다. 그러나 그 결과를 어떻게 처리하든지 간에, 분명한 것은 어떠한 좋은 일반적 법칙도 개체적 생존의 정황을 잡지 못한다는 것이다. 그리고 어쩌면 개체적 생존, 또는 우리의 실존적 순간을 일반적 법칙 속에 포섭시킨다는 것은 허구이거나 또는 마지못한 필요악에 불과한 것일 것이다. 이것은 일반적으로 나라의 법률의 경우에도 마찬가지이다.

어떤 경우에나 추상적인 명제는 삶의 구체적인 전체를 포섭하지 못한다. 도덕의 문제성도 일부는 여기에서 연유한다. 그러나 다른 어떤 경우에는 도덕은 그렇게 의식되지 아니한 채 여러 가지의 착잡한 동기 —— 도덕적이라고 할 수 없는 따라서 자기모순적인 동기를 은폐할 수 있다. 그 점에 있어서 그것은 삶을 왜곡, 손상한다. 가장 쉽게는 도덕적 원칙이 편견에 —— 의도적이거나 아니면 문화적 관습에 의하여 맹목적으로 받아들여지는 편견에 입각한 경우를 생각할 수 있다. 문화와 시대에 따라 달라지는 덕목의 자의성은 잘 알려져 있는 일이다. 문화와 사회에 따라서는 사촌 간의 결혼이 가장 바람직한 것으로 생각될 수도 있고 또는 천륜에 어긋나는 경우일 수도 있다. 사람을 죽이는 것과 같은 엄청난 일도 시대와 사회에 따라서 일률적으로 도덕적이라거나 부도덕하다고 판정되지 아니한다. 그러나 문화적 결정에 의한 그리하여 사실상 개인적 차원에서 책임지기 어려운 경우를 제외하고도, 도덕적 행위 안에 들어 있는 왜곡된 인간성은 그렇게 드문 것이 아니다. 물론 어떤 경우 그것은 자명하고 다른 어떤 경우 그것은 정신 분석을 통하여서만 드러난다. 독단적 도덕가는 흔히 자신을 "냉혹한 판단과 구제할 수 없는 죄인으로 양분하고 이로부터 다른 사람을 자신의 가장 나쁜 부분보다 못한 것으로 간주할 수 있는 권리를 얻는다."[1]

이러한 왜곡은 가장 순화된 도덕적 삶에도 있을 수 있다. 성스러움이란 가장 철저하게 순화된 삶의 전형이라고 하겠는데, 왜곡이 거기에도 있을 수 있다는 말이다. 이것은 하나의 도덕적 원칙에 의한 삶의 질서화가 쉬운 것일 수가 없다는 예로서 잠깐 생각해 볼 만하다. 정신분석학자 에릭슨은 보통 사람들이 소위 도덕이라고 부르는 것을 넘어서 가장 보편적인 윤

---

1 Erik H. Erikson, *Gandhi's Truth: On the Origin of Militant Nonviolence*(New York: Norton, 1969), p. 248.

리적 삶에 이른 인간의 전형으로 간디를 꼽는다. 그러나 그는 그가 숭앙하여 마지않는 간디에 있어서도 그의 도덕적 규율 아래 숨어 있는 왜곡된 심성을 발견해 낸다. 가령 간디가 만년에 한 일로서 그의 남녀 제자들을 함께 목욕하게 하면서 심신의 순결을 지키는 훈련을 하게 한 일이 있다. 그때 남자들이 여자들을 희롱한 일이 생겼었는데, 간디는 여자들의 순결을 보다 더 엄격한 보호 속에 두기 위하여 여자들에게 단발을 명령하였다. 이것은 에릭슨의 생각으로는 공격적인 행위이고, 그것의 근본적인 원인은 성자의 무의식에 들어 있는 해소되지 아니한 문제들에 있다. 간디는 세속적 욕망, 육체의 요구로부터 초연하고자 함으로써 인간적 현실을 단순화했다고 할 수 있는데, 이 단순화가 도덕적 잔혹성의 성격을 띤 것은 간디의 자신의 도덕적 충동 안에 있는 육체에 대한 양의성을 극복하지 못한 때문이었다. 성자에게도 필요한 것은 자신의 내면에 대한 깊이 있고 정직한 이해이며, 이 이해를 통하여 그의 삶이 재조정될 때, 그의 성스러움은 참으로 보편적인 것이 된다.

그러나 성자의 문제는 단지 개인적 동기의 순수화에 관계되는 것만은 아니다. 도덕가의 마음에 있을 수 있는 도착은 정신 분석적으로 지적될 수 있는 것이지만, 성에 관계되는 개인적인 문제를 떠나서도 성자의 길은 복합적인 것이다. 그것은 사회적 존재로서의 인간이 모든 권력에의 의지를 버린 경우에도 여전히 권력에 대하여 미묘한 관계를 가질 수 있다는 사실에 관계되어 있다. 간디와 같은 성자는 "'이름 없음을 주장하며' 만인의 입에 오르는 이름이 되며, 아무것도 아님으로써 모든 사람에게 모든 것이 되며, 꼭 같이, 모든 가족의 계박으로부터 해방되고자 함으로써, 아버지의 자리는 물론 어머니의 자리까지도 빼앗아 차지할 수" 있었던 것이다.[2] 이러

---

2 Ibid. p. 263.

한 권력의 문제, 성자의, 삶에 대한 이중적 관계는 톨스토이의 단편 「세르게이 신부」의 주제가 되어 있다. 이 단편에서 전도가 유망한 청년 장교였던 주인공은 어떤 충격적인 사건으로 인하여 수도승이 되는데, 그는 각고의 수련으로 성자에 가까운 신부가 된다. 톨스토이의 주안점의 하나는 그 성스러움의 역정을 찬양하는 것이 아니라, 이러한 성스러움의 추구가 결국 얼마나 세속적인 평판의 추구에 근접한 것인가를 들추어 보여 주는 데에 있다. 스스로의 성자로서의 위치에 곁눈질을 하는 성자적 추구는 자기를 버린 이타적 추구인 듯하면서 가장 기묘한 방법으로 자기 이익의 추구에 일치한다. 이 단편의 주인공은 그러한 유혹을 어디까지나 이겨 내고자 하지만, 결국은 그의 성자 수업은 세속적 평판에 대한 관심으로 인하여 부패한 것이 되고야 만다고 하겠는데, 세속적으로 오염된 이타적 추구는 가장 복잡한 계산 ─ 흔히는 본인도 짐작하지 못하는 자기 책략에 의하여 움직이는 것이 된다.

이러한 착잡함들이 있음에도 불구하고 성스러움이 인생에 대한 가장 보편적이고 포괄적인 관점의 하나를 제공해 주는 것임에는 틀림이 없다. 그것은 개체나 욕망이나 이익 등, 생의 한 부분에 의하여 왜곡되지 아니한, 삶 전체에 대한 ─ 또는 죽음까지도 포함하는 삶의 전 과정에 대한 전망을 가능하게 하는 지평 속에서 움직이는 한 원리이다. 그러나 사람들은 그것이 삶 그 자체에 일치하는 것이라고 느끼지 아니하기가 쉽다. 삶이 개체나 욕망이나 이익을 그 중요한 내용으로 할 때, 성자의 길은 그것을 억제 내지 부정함으로써 삶의 보편적 지평으로 나아가는 기술이라 할 수 있는데, 그것이 가능한 일인가? 삶의 부정으로 삶의 전체를 포괄할 수 있는가? 사실 성스러움은 정녕 사람이 가지고 있는 깊은 충동에 뿌리내리고 있는 것이지만, 이미 삶의 내용을 부정함으로써 삶을 부여잡으려는 것이기에, 이미 하나의 미리 정해진 관점, 편견에 불과하다고 할 수 있다. 그것은 삶에 대한 다른 도덕적 이해나 마찬가지로 충분히 검토되지 아니한 직관의 모든 폐단을 가진 것으로 보이는 것이다.

　미리 정해진, 정치적, 도덕적 또는 종교적 관점이나 원리에 의존하지 않고 또 그로 인한 삶의 단순화, 일면화, 왜곡을 감수하지 않고 삶에 일관성을 부여할 수 있는가? 그러한 것이 가능하다면 그것이 바로 보다 본격적인 의미에서의 철학적인 삶을 가능하게 하는 것이 될 것이다. 철학이 무엇인가를 섣불리 말할 수는 없지만, 적어도 우리가 아무런 선입견이 없이 생각을 밀고 나아갈 수 있다면 그것을 가능하게 하는 절차는 대체로 철학적인 것으로 간주될 것이다. 또 철학적 태도는 의심할 수 없는 증거와 필연적인 추론의 방법에 의하여 특징지어진다고 여겨진다. 그러면서 그것은 비판적인 ― 또 자기비판적인 성격을 갖는다. 그렇다는 것은 증거와 추론의 기준 자체가 무엇이 확실한가에 대한 비판적 검토에서 나올 수밖에 없기 때문이다. 삶의 일관성이 문제라고 한다면, 이 일관성은 우리의 삶의 넓이가, 삶의 의지의 측면에서나, 그것이 맞물려 들어가는 현실의 측면에서, 참으로 적절한 것인가, 다시 말하여, 삶의 일관성이 내적 외적 전체성의 진실에 적절하게 맞아 들어가는 것인가를 문제 삼게 될 것이다. 그리고 이 문제의 검토에 선입견이 아니라 의심할 수 없는 증거와 확실한 추론의 방법을 적용할 것이다.

　이러한 조건들은 우리로 하여금 데카르트를 생각하게 한다. 사실 데카르트의 회의와 확실성에 대한 탐구는 모든 철학적 노력에서 끊임없이 다시 돌아갈 수밖에 없는 회기점이다. 이것은 철학적 인생이라는 문제에 있어서도 그러하다. 물론 데카르트가 일관성에 관계된다면, 그의 관심은 진리의 일관성에 대한 것이었다. 그러나 그것은 동시에 그에게 실존적 의미를 갖는 것이었다. 그가 생각한 것은 단순히 학문적 진리가 아니라 삶 그 자체가 그의 철학적 방법에 의하여 확실한 기초에 설 수 있는가 하는 문제였다. 그로 하여금 서양 지성사에서 하나의 기념비적인 인물이 되게 한 것도 어쩌면 그의 방법이 학문에 관계된 것이면서, 동시에, 실존적 탐구에 연결되었던 때문이었다고 할 수 있다. 데카르트의 탐구는 과학이나 철학을 넘어 현대적 인간에 가능한 삶의 질서에 대한 탐구였다.

이성적으로 기초 지어지는 학문과 인간의 연결은 그의 표면상의 주장보다도 그의 서술의 방식에 오히려 잘 나타나 있다. 데카르트는 그의 학문적 탐구를 추상적 논리의 전개만을 통하여서가 아니라 두 번이나, 즉 방법서론과 명상에서, 철학보다는 문학에 가까운 자서전적 이야기로써 서술하였다. 그는 당초부터 그의 학문적 관심을 설명하며, "학문(lettres)을 통하여 인생에 필요한 분명하고 확실한 지식을 얻을 수 있다고 생각하였기에 그것을 익히는 데에 심혈을 기울였다."라고 말하고 있다. 그러한 생각이 그로 하여금 스콜라 철학으로부터 실제적 삶으로 그리고 다시 이성적이고 과학적인 학문의 탐구로 나아가게 한 것이다. 이러한 이야기는『방법서설』에 이미 나와 있지만 그의 철학적 탐구의 핵심적 결과를 보다 상세히 적은『성찰』이라는 저작의 제목만도 이러한 연관을 다시 암시한다고 할 수 있다. 연구자들이 지적하듯이, '성찰(meditation)'이란 반성적 사유를 통하여 자신의 영혼의 구원에 근접해 가고자 하는 종교적 노력의 일부로서 성립하는 중세적 저술의 장르이다. 중세의 끝자리에 있었다기보다는 현대를 연 철학자의 한 사람인 데카르트가 이러한 장르의 목적에 충실했다고 할 수는 없겠지만, 이러한 장르의 사용도 그에게 진리에 대한 탐구는 다만 전문적인 철학자의 전문적 활동 이상의 실존적 의의를 가졌던 것이었다는 것을 살피게 한다. 자서전적 서술 방식은 데카르트의 개인적 기호 또는 흔히 생각되듯이, 기발한 서술의 전략 때문만은 아니었을 것이다. 확실한 것에 대한 탐구가 바로 그로 하여금 자아에로 돌아가게 하고 그 결과 자아의 전기적 경위에 대한 설명은 불가피한 것이 되었다.

그렇기는 하나 표면적인 증거로는 데카르트의 이성적 방법이 이성적 삶—이성에 의하여 질서 지어진 삶의 처방을 만들어 내는 데 성공했다고 볼 수는 없다. 그는 "이성의 기준에 맞는 것이 아닌 …… 그저 받아들였던 모든 의견을 한 번에 없애 버리면 …… 낡은 토대 위에 삶을 세우고 그리고 진리인지 아닌지를 검토하지 않고 받아들였던 원칙에 의존하는 것보다 [그]의 인생을 훨씬 성공적으로 살아갈 것이라고" 그의 방법적 성찰의 출발에 생각했지만, 사실상 그가 이른 삶의 규칙에 대한 결론은 별로 대단한 것이 아니었다. 그것은 보다 나은 것이 발견될 때까지 잠정적인 원리들에 따라서 그의 삶을 운영하겠다는 것이었다. 즉 그것은 "나라의 법과 관습에 따르고, 신의 은총으로 하여 어릴 때부터 습득한 종교를 지키고 다른 모든 문제에 있어서는 가장 온건하고 가장 과격하지 않은 의견, 함께 살아야 하는 사람들 가운데 가장 지각이 있는 사람들의 실천에서 흔히 받아들여지고 있는 의견들에 의하여 스스로를 다스리겠다는 것"으로 집약된다. 따지고 보면, 이것은 보다 나은 것이 발견될 때까지 잠정적으로 그러하겠다는 것이지만, 말년에 교회와의 갈등에도 불구하고, 데카르트가 이러한 방편적인 행동 규범을 바꾸었다는 증거는 별로 없는 것으로 보인다.

다시 말하여 데카르트로서는 잠정적인 해결은 문제의 끝이 아니라 시작일 수 있다. 그러나 현실은 역설적으로 그것을 같은 것이 되게 한다. 이것은 모든 철학적 선택, 학문적 선택이 가지고 있는, 또 하나의 관념과 삶의 간격을 드러내 주는 패러독스의 한 사례라고 할 수 있다. 철학의 과제가 어떻게 사느냐, 더구나 어떻게 훌륭하게 사느냐 하는 것이라고 하는 것은 철학을 너무 통속적으로 말하는 것일는지 모르지만, 잠정적으로 철학의 중요한 과제가 삶에 대한 어떤 이해에 이르려 하는 것이라고 쳐 보자. 삶을 살기 전에 삶을 이해하겠다는 것은 논리적으로 나무랄 데 없는 명제이지만, 현실에 있어서는 그러한 명제는 삶을 이해하겠다는 방식으로 삶을 살겠다는 결정 ― 자의적인 결정으로 바뀌고 만다. 그것은 말하자면 철학자로서 살겠다는 것이고, 철학자가 되는 것은 인생의 많은 길 가운데서도 어떤 특수한 길, 특수한 직업을 택한다는 것을 의미한다. 철학자가 된다는 것은, 더러 세상에서 생각하듯이 오히려 삶으로부터 멀리 있는 사람이 되는 것일 수도 있다. 철학자란 세상의 하고많은 일 가운데 철학을 택하여 업으로 삼는 사람이고, 철학의 포괄성에 대한 주장에도 불구하고, 그것은 여전히 많은 일 가운데의 한 일에 불과하다. 전문적인 의미에서가 아니라 매우 느슨한 의미에서 철학적으로 살려는 사람은 어떤 의미에서나 철학을 해야 하고 철학이라는 좁은 선택에 들어가는 것이 된다.

이런 의미에서 데카르트에게 삶의 문제에 대한 잠정적인 해결은 잠정적이면서도 결정적인 것이었다고 할 수 있다. 그의 삶은 철학적 삶의 일관성을 가지고 있다. 그가 잠깐 학문을 떠나 군인이 되고 유럽의 여기저기를 여행하고 한 것은, 그 자신 말한 바와 같이, 그의 과학과 인생의 탐구와 무관한 것이 아니었다. 그보다도 나중에 지인과 사교를 피하여 프랑스에서 네덜란드로 옮겨 가고, 또 네덜란드에서도, 될 수 있는 대로, 세상과의 직접적인 교섭을 피하여 자신의 주소를 감추고 지내기를 원했던 것들은 그가 철학적 삶의 기획에 충실했었다는 증거로 생각된다. 그러나 그의 삶이 인생으로서 참으로 풍부하고 다양한, 인생의 가능성을 한껏 포용한 것이었나 하는 것은 여전히 별개의 문제로 남는다고 할 수밖에 없다. 우리는 다시 한 번 삶이 관념적 선택 그리고 기획의 대상이 되기 어렵다는 생각에 이르게 된다.

그러나 다른 한편으로는 이 어려움은 데카르트 철학의 특이한 전제로 인하여 더욱 악화되는 것이라고 말할 수 있다. 그가 전제로 받아들이는 것은, 또는 다소간의 모든 철학적 탐색이 받아들이고 있는 것은 분명하고 뚜렷한 것, 그리고 이성적인 것인데, 인생의 현실이 참으로 이러한 기준에 맞아 들어간다는 보장이 자명한 것은 아니다. 그것도 하나의 편견, 또는 어니스트 겔너(Ernest Gellner)의 표현을 빌리면, "선택적 강박 관념(selective compulsion)"의 범주에 불과할 수 있다. 그것은 정신 분석이 말하는 병리학적 강박 관념에 비슷한 것이면서, "차근차근한 숙의, 명증성, 문제의 분화적 처리, 철저성, 책임, 회계 감사" 등의 부르주아 문화의 관습을 지킬 때 가능하게 되는 강박 관념이다.[3] 어쨌든 데카르트의 이성주의는 삶에 대하여 일방적이고 외면적인 기획을 부과하려는 것이며, 삶의 현실에 충실한 것이 아니라는 인상을 준다. 데카르트의 유명한 이원론 — 정신과 육체를 별개의 것으로 나누고 육체와의 관련에서 일어나는 일체의 것을 허상의 세계에 속하는 것으로 돌리고, 또는 실제적인 행동의 문제와의 관련에서, 단순히 적절하게 제어되어야 할 어떤 것으로 간주한, 그리하여 많은 사람에게 삶의 실제를 구성하는 삶의 가장 실감 나는 부분으로부터 현실의 무게를 제거한 그의 이원론은 바로 그의 이성주의의 이러한 면을 가장 잘 증거해 준다고 할 수 있다.

그러니까 다시 말하여 일단 가장 근본적인 입장으로부터 시작하려는 철학적 인생 철학도 사실 다른 관념적 재구성이나 마찬가지로 생각한 만큼 근본적인 것은 아니다. 삶을 있는 대로 살려면 삶의 복판에 스스로를 던지는 도리밖에 없는 것이다. 그러나 다른 한편으로, 새삼스럽게 말할 것도 없이, 다른 계획 없는 실천이나 마찬가지로, 그것이 가장 삶 같은 삶이 된다는 보장도 없다. 우리가 삶을, 그것이 어떤 종류의 것이든지 간에, 어떤 생각, 기획 또는 모양에 의하여 포착하고자 하는 것은, 삶의 한복판에 뛰어

---

3   Ernest Gellner, *Reason and Culture*(London: Blackwell, 1992), p. 10.

들고자 하는 것이나 마찬가지로 삶의 원초적인 충동에 속하는 것이고 필요한 요구 조건이다. 그것이 자신의 위치의 앞뒤를 살핌을 삶의 필요로 하는 '영토적 동물'로서의 인간 조건에서 오는 것이든 또는 인간의 원초적인 충동 자체가 철학적인 자기 초월을 포함하는 것이든 또는 단순히 낭만적으로 짧은 인생을 가장 밑천 뽑을 수 있는 방식으로 살고자 하는 것이든, 어떤 종류의 구성은, 그것의 불가피한 편차나 마찬가지로, 삶에 있어서 강박적 동기의 하나임에 틀림이 없다. 그런데 위에서 잠깐 살펴본 여러 삶의 구성 ─ 그것이 정치적 이념이든, 도덕적 계율이든, 아니면 철학적 사유이든, 결국 개념적이라고 규정해야 할 삶의 구성의 문제점은 그것이 삶 그 자체에 대하여 다소간에 외면적 관계를 가지고 있다는 것이다. 물론 인간 현실에 대한 어떠한 이데올로기적 해석이나, 도덕이나, 이성의 원리가 완전히 외면적인 것은 아니다. 그것은 삶의 현실 자체에서 나오는 것이다. 특히 도덕률이나 이성의 원칙의 신비는 그것이 사람의 내부에 있으면서 동시에 인간 현실이나 객관적 세계의 법칙일 수도 있다는 점에 있다. 그러나 이러한 것들이 적어도 메를로퐁티가 "고공비행의 사고"라고 불렀던, 즉 우리의 생존과의 관계에서 마치 생존의 밖에 서서 생존을 초연히 바라보는 일이 가능한 일이듯 생각하는 사고의 관점에 입각해 있는 것은 틀림이 없다. 이러한 외면적 관점 또는 고공비행의 관점에 대하여, 예술은 어떤 대안을 암시하는 것으로 생각될 수 있다. 정치적으로, 도덕 또는 윤리의 입장에서 또는 철학의 엄격한 기준에서 예술이 늘 수상쩍은 것으로 보이기 쉬운 것도 그것이 그러한 입장들에 대하여 하나의 대안적 성격을 가진 것이기 때문이라고 할 수도 있다.

가장 간단히 우리는 예술적 관점과 관념적 관점의 대비를 다음과 같은 간단한 주장과 관찰을 통하여 요약할 수 있다. 소설의 내적 구조에 대하여 여러 가지로 주목을 끈 통찰들을 많이 담고 있는 소설론 「함축된 독자」

(1974)의 처음에서 볼프강 이서(Wolfgang Iser)는 존 버니언(John Bunyan)의 『천로 역정』을 분석하고 있는데, 그의 분석의 중요한 부분은 이 작품이 신학적 알레고리가 아니라 소설이라는 점을 확립하려는 노력에서 나온다. 그것이 어느 쪽이냐 하는 것은 추상적 교훈과 경험 어느 쪽에 역점이 놓여 있느냐 하는 것에 결정된다고 그는 생각한다. 소설은 추상적으로 요약할 수 없는 경험의 구체적이고 절실한 우여곡절에 주목함으로써 소설이 되는 것이다. 가령 『천로 역정』의 한 장면에서 우화적 인물 '소망'은 주인공 크리스천에게 '약한 신심'이라는 인물이 유혹에 끌려 바른길을 벗어났던 것을 나무라는 말을 한다. 그의 확고한 신심의 관점에서 잘못은 너무 분명한 것이다. 이에 대하여 크리스천은 '소망'이 그렇게 말할 수 있는 것은 실제의 상황에서 멀리 있기 때문이지, 실제의 경험에 맞닥뜨렸더라면, 어떤 결과가 되었을지 알 수 없는 일이라고 말한다. "실제의 [유혹과의] 싸움에 부딪쳐 본 사람을 제하고는 아무도 그러한 싸움에서 일어나는 것이 어떠한 것인지 말할 수가 없는 것이다." ― 크리스천은 이렇게 말한다. 이러한, 교훈의 반복이 아니라, 인간 현실의 인정이 또 그것에 기초한 묘사가 『천로 역정』으로 하여금 모든 신학적 장치에도 불구하고 소설이 되게 하는 것이다.[4]

말할 것도 없이, 경험은 추상적 구상에 견주어 정연한 논리적 전개를 가질 수는 없다. 그것은 예측할 수 없는 전기들을 너무 많이 가지고 있다. 뿐만 아니라 그것은 그 구체적 내용으로 하여 일반화할 수 없는 일회적 사건들로 이루어진다. 그렇다고 그것이 아무런 모양을 가지고 있지 아니한 것은 아니다. 독일의 해석학자들이 강조하듯이 경험 또는 체험은 그 나름의

---

4 Wolfgang Iser, *The Implied Reader: Patterns of Communication from Bunyan to Beckett*(Baltimore: Johns Hopkins University Press, 1974), p. 22.

기승전결의 리듬 또는 모양을 가지고 있다. 그렇지 아니하더라도 예술 작품에 형상화되는 경험 또는 체험은 그러한 모양을 가지고 있는 것으로 생각된다. 그것이 형상화된 경험의 인위적 속성에 불과하다고 하더라도, 적어도 그러한 경험이 시사하는 것은 경험 자체가, 추상적으로 또는 관념적으로 부과되는 것이 아닌, 어떠한 모양을 가질 수 있다는 가능성이다. 여기에서 우리가 보는 것은 경험의 안으로부터 나오는 어떤 질서, 일관성 또는 모양이다. 어느 평자는 연극의 아름다움이 연극 내부의 여러 요소들의 짜임새에서 나온다고 말하면서, "내면적 일관성(la cohérence intérieure)"이라는 말을 쓴 일이 있다. 이 말은 문학 또는 일반적으로 예술 작품의 질서를 말하는 것으로서 매우 적절한 표현으로 생각된다. 연극에서 일관성을 주는 것은 일차적으로 플롯(plot)이다. 그러나 그것의 일관성은 많은 시적인 짜임새와 동시에 존재한다. 그것은 "인물들의 몸과 몸이 언어의 차원에서 부딪히고 굴절함에 따라 일어나는, 이미지들의 숨은 연결, 태도들의 상호 대응, 의외의 또는 두드러져 나오는 의미소의 되풀이"에 의하여 이루어지는 것이다.[5] 이미 말한 바와 같이, 대체로 예술 작품의 아름다움은 이러한, 작품 내적 요소의 상호 조응, 그것으로 인하여 성립하는 내적 일관성에 의하여 특징지어지는 것이라 해서 무리가 없다. 이것은 또 예술 자체에 대해서만 의미를 갖는 것이 아니라, 삶 그 자체에 있어서의 내적 일관성에 대한 탐색과 창조로서의 의미를 가지고 있다.

하나의 작품의 내적 일관성은 의식적으로 의도된 것, 따라서 어떤 추상적 이념에 포섭된 것일 수 있다. 가령 프랑스 고전극의 삼일치와 같은 것이 그러한 것의 가장 단적인 예이다. 그러나 자주 지적되듯이 그것이 단순히

---

5 Jacqueline Van Baelen et David L. Rubin eds., *La Cohérence Intérieure: Études sur la littérature française du XVIIe siècle*(Paris: Jean-Michel Place, 1973).

기계적인 것일 때 그것은 가장 생동감 있는 작품의 형성에 도움이 되지 못한다. 더 나아가, 삼일치가 지켜지지 아니한 작품의 경우 보다 알기 어려우면서도 설득력 있는 통일성이 얻어지는 수도 있다. 따라서 작품의 일관성은 대부분의 경우 어떤 추상적 기획의 결과라고 말할 수 없다.

아마 작품 하나의 일관성보다도 더 자연 발생적인 일관성이라고 할 수 있는 것은 한 작가의 전 작품을 관류하는 일관성이다. 이러한 일관성은 의미 내용 또는 외적인 지시물에 그렇게 의존하는 것이 아닌 음악과 같은 예술에 있어서 더욱 놀랍다. 베토벤의 작품은 어느 것도 베토벤의 작품과 같다. 이와 같은, 반드시 추상적 의도로서 존재하지 않은 전 작품(외브르)의 내적 일관성은, 그것이 그러한 의도로 구성되지 아니한 만큼, 더욱 삶 자체의 일관성에 깊이 관련되어 있을 것이라는 생각을 하게 한다. 그러한 일관성이 존재하는 것은 원숙한 예술가에 있어서이다. 그것은 예술적 완성과 비례하여 생겨난다. 그리하여 그것은 예술적 개성의 존재——어떠한 능숙함의 지평에서 비로소 나타나게 되는 예술가의 개성이 존재하는 것임을 말하여 준다. 원숙한 예술 작품이란 이러한 개성의, 매체 속에서의 자유로운 놀이이다. 그리고 이러한 예술적 개성——일정한 과정을 통하여 완성되는 이러한 예술적 개성은 바로 예술 이외의 활동에서도 존재하는 인간의 개성의 가능성, 그 신비를 말하여 준다. 자연스러운 인간의 삶에 있어서도 잠재적으로 폭넓고 자유롭고 창조적인 개성이 존재할 수 있는 것으로 생각되는 것이다.

여기에서 일관성은 그것이 전 작품 전 생애에 걸치는 것인 만큼, 대체로 내용적인 일관성이 아니다. 내용이 중요한 경우도 그것은 반드시 의식적으로 의도되거나 식별될 수 있는 내용이 일관성의 징검돌이 되지 아니한다. 제네바 학파라 불리는 사람들이 한 작가의 작품 세계를 관통하고 있는 주제를 밝혀내려고 할 때의 주제, 또는 정신 분석을 통하여 또는 바슐라르류의 현상학적 주제 분석을 통하여 드러나게 되는 내용들이 한 작가의 세계에 내적 일관성을 부여하는 심층적 내용이 된다.

좀 더 쉽게 이야기되면서 동시에 쉽게 개념적으로 포착될 수 없는 것은 스타일이다. 스타일이 한 작가의 전 작품에 또 더 나아가 한 유파에, 한 시대에, 한 지역에 통일성을 만들어 낸다. 스타일은 내용적 특징보다는 수법을 두고 하는 말이다. 그것은 사물을 표상하는 방식, 궁극적으로는 인지하는 방식에 관계된다. 그렇다는 것은 그것이 객관적 대상보다는 주관의 어떤 특징을 말한다는 것인데, 스타일의 인식이 어려운 이유는 여기에 있다. 그것은 객관적 분석으로보다는 직관에 의하여서 인지된다. 그러니까 작자가 불분명한 작품의 귀속의 문제는 아직도 극히 주관적인 자의성의 세계를 벗어나지 못하고 감식가의 직관에 의존하는 경우가 많은 것이다.

스타일의 인지 또는 인식이 어려운 것은 그것이 객체화할 수 없는 인식의 세계에 속하기 때문만은 아니다. 그것은 주관의 창조성에 관련돼 있음으로써이다. 한 사람의 한 작품은 다른 작품과 비슷하다. 그것은 수법이 비슷하기 때문이다. 그러나 수법은 제작 기계가 아니다. 기계라고 하더라도, 그것은 한 작품에서 다른 작품으로 옮겨 가면서 같음과 동시에 차이를 만들어 내는 기계이다. 그리고 이때의 차이는 컴퓨터의 그래픽에서 가능한 형체의 변형보다는 조금 더 정형화하기 어려운 변형이다. 그것은 쉽게 일정한 알고리듬(algorithm)으로 요약되지 아니한다. 인간의 주체성은 매우 유동적인 것이지만, 또 상당한 정도로 끈질긴 지속성도 가지고 있을 수 있다. 주체의 기계로서의 수법이 달라지는 것은 반드시 사람이 별스럽게 창조적인 존재이기 때문만은 아니다. 사람은 상황 속에 있고, 이 상황과의 끊임없는 교환 속에서만 자신을 유지할 수 있다. 한 작품에서 다른 작품으로 옮겨 갈 때 제작자의 상황은 달라지고 달라지는 것의 인식에 기초하여 그는 새로운 작품에 임할 수밖에 없다. 그때 그의 인식은 새로이 고안되는 반응 방식을 포함한다. 꼭 달라지고 싶어서라기보다, 달라지는 것이 사람의 주체로서의 존재 방식인 것이다. 이 달라짐의 계기를 뚫고 더욱 강하게 개입할 수 있는 것이 인간의 창조성이다. 수법은 이러한 적응력과 창조성을 객관화한 것이다. 그것은 객관적 사물과의 교섭을 위한 편의에 기여한다. 스타일은 수법에 비슷하면서, 그것보다는 더 주관적인 성격이 강한 것을 말한다. 그것은 어떤 의식적인 기술, 작품의 제작에 있어 미리 준비되는 도구라기보다는 작품의 제작에 드러나는 주관의 존재 방식이다. 그것은 그러니까 미리 예견할 수 있는 것이라기보다는 사후의 자취로서 알 수 있는 것이다. 그러나 그것은 자취로서 대상화되면서 사물과의 교섭의 의식적 방법이 되어 수법에 가까워 간다.

스타일과 수법의 관계는 그것들의 특성을 규정하는 데에 있어서 매우 중요하다. 주관과 물질적 매체의 결합으로 존재하는 예술 작품에 있어서, 스타일은, 말하자면, 주관의 측에 있고 수법은 물질의 측에 있다. 수법은 물질을 다루는 구체적인 절차이다. 그것은 개성적일 수도 있지만 개성과는 관계없는 객관적 처방으로도 존재할 수 있다. 그러나 스타일은 이러한 객관화할 수 있는 물질적 요인들의 지평에 떠돌면서 그것들에 서리는 창조의 기운이며, 결국은 단지 그것의 남은 자취로서 존재한다. 예술 작품이 사람의 창조에 의하여 형성되는 것인 한 창작의 물질적 요인들도 본래 주체적 창조성의 외적 표현으로 성립한다고 하겠지만, 그리하여 잠재적으로 스타일을 가질 수 있지만, 그 창조성은 쉽게 한편으로는 물질적 제약에 흡수되고 다른 한편으로는 스스로의 객관화된 방법과 절차에 사로잡힌다. 전자의 경우, 장인의 또는 공인의 기술만이 존재하게 된다. 후자의 경우 생겨나는 스타일은 매너리즘 — 기계적인 자기 반복으로 퇴화된 스타일이다. 그러므로 스타일은 물질에 존재하는 비물질적 요소로서 존재하기도 하고 존재하지 아니하기도 하는 것이다. 그러나 이렇게 말하면서 주의해야 할 것은 그것이 완전히 비물질적으로 존재하지도 아니하며 또 물질적 요인에 의하여 예술적 가치를 손상당하지도 아니한다는 점이다. 위에서도 말한 바와 같이 스타일은 주체적 요소와 물질의 부딪침에서 일어나고, 예술의 즐거움은 이 부딪침의 여러 양상에 대하여 여러 다른 반성적 반추를 가능하게 한다는 데 있다. 그리하여 사람들은 주체의, 가장 포착하기 어려운, 자유자재의 창조적 변용, 그 향기를 즐길 수도 있고, 그것보다는 예술품 속에 드러나는 물질의 무거운 현존을 즐길 수도 있다. 예술 작품은 그리고 그 스타일의 다양성은 사람과 물질의 두 극 사이에 여러 형태로 존재한다.

우리가 여기에서 예술 작품에 대하여 이러한 생각을 해 보는 것은 물론 그것이 사람의 삶이 어떻게 일정한 모양을 갖게 되는가 하는 문제를 궁리해 보는 일과의 관련에서이다. 스타일은, 또는 스타일로 대표되는 예술 작품의 창조적 질서의 원리는, 삶 자체가 그러한 내적 일관성에 의하여 질서지어질 수 있다는 가능성을 시사한다. 그리고 그러한 질서는 스타일이 다양한 만큼 다양한 것일 수 있다. 그러나 위에서 생각해 본바 삶의 다양성을 최대한으로 잃지 아니하면서 동시에 일관성을 가능하게 한다는 의미에서는 스타일은 예술적 호소력과는 다른 관점에서 평가될 수 있다. 다양성의 관점에서 또는 주어진 세계의 객관성과 거기에 잠재되어 있는 삶의 가능성을 최대한으로 포용한다는 관점에서는 일관성의 원리로서의 스타일은 최대한도로 유연한 것이어야 한다. 즉 그것은 최대한도로 있는 그대로의 세계에 주체적 의지를 부과하는 것이 아니어야 한다. 그러면서도 그 세계를 자신의 원리 속에 끌어넣어야 한다. 말하자면 그것은 최대한도로 투명한 것이면서 철저하게 포괄적이어야 하는 것이다.

투명한 주체가 되는 것은 역설적으로 주체가 가장 주체적이 되는 것과 일치한다. 주체가 주체적이라는 것은 스스로를 객체화하지 않는다는 것이다. 그것은 주체적으로만 있는 까닭에 물질의 세계에 스스로의 흔적을 남기지 아니한다. 그리하여 그것은 주체적 의지로서는 거의 존재하지 아니하는 것처럼 보인다. 그러면서 그것은 그 주체성 안에 그대로의 세계와 사물을 포용한다. 이것은 이해하기 어려운 과정이고 자연스러운 주체의 업적으로 가능한 것이 아니지만, 그리하여 일정한 방법, 또 어떻게 보면 방법적 기만을 요구하는 것이지만, 오늘날에 와서는 사람들이 거기에 대해서 하등 의문을 갖지 아니할 정도로, 현실에 있어서 충족되고 있는 요구이다. 그 가장 쉬운 예가 현대 과학에서 볼 수 있는 경우이다. 과학은 오늘날 세계에 대한 가장 객관적인 지식을 대표한다. 거기에 인간의 자의적인 의지가 작용할 수 없는 것은 물론이다. 과학은 소박한 의미에서의 주체적 의지 작용의 포기 위에 성립한다. 그러나 다른 한편으로 과학이 전적으로 인간에 의하여 구성된 것임은 말할 필요도 없다. 과학의 체계 안에서 인간이 동의하지 아니한 것은 아무것도 없다.(이 인간적 요소, 과학의 객관적 세계에 있어서의 인간 주체성의 깊은 개입은 분명치 아니한 것일 수 있다. 이 문제를 부각시키려고 애쓰는 것은 여러 가지의 실증과학 비판이다.) 과학에 비슷하게, 예술에 있어서도 주체의 완전한 수동성과 능동성의 역설적 결합으로 이루어지는 스타일이 존재함을 상상할 수 있다. 이러한 스타일 — 객관적이면서 동시에 인간의 자유자재한 창조성의 표현이 되는 예술 작품은 아마 예로부터 여러 곳에 존재하는 예술 이상이다. 그러나 동시에 그것은 또는 그것의 특정한 형태는, 과학이나 마찬가지로, 현대 서양의 업적으로 인하여 두드러진 것이 되지 아니하였나 한다. 오늘날 서양 예술의 세계적인 패권은 여기에 관계된다. 여러 분야에서 있는 그대로의 세계를 최대한도로 포용하면서 동시에 철저하게 개인적 예술 의지의 표현이 되는 예술 형태 — 이것이 리얼리즘을 핵심으로 하는 서양 현대 예술의 특징이고, 이것이, 말하자면, 사람의 형상적 요구를 널리 충족시켜 주고 있는 것이다. 그리하여 적어도 예술적 반영이라는 관점에서는 그러한 예술 작품들은 삶의 완성 그것을 암시하여 주는 것처럼 보이는 것이다. 물론 위에서 말한 것처럼 그것은 감추어진 방법적 역설을 가지고 있다. 여기에 대한 회의는 서양에 있어서이든 또는 비서양 지역에서이든, 원시주의 예술에 대한 새로운 평가에서 직관적으로 표현된다. 사람이 물질세계에 존재하는 참모습이 물질의 무게에 구속되어 있는 형태를 조금 많이 지녀 가지고 있는 원시주의적인 예술에서 발견한다고 생각하는 사람들이 생긴 것이다.

대체적으로 주관적인 의도와 사실성이 서로 모순되지 아니할뿐더러 오히려 상호 보완적인 것은 대체적으로 현대 서양 예술에서 잘 볼 수 있는 것이다. 가령 서양 소설의 발달은, 한편으로는, 설화적 구조의 강화와 다른 한편으로는, 동시에 세부 묘사의 충실이라는 두 가지 특징으로 말하여질 수 있는 면이 있다. 서양 소설의 한 정점을 이루는 제임스 조이스의 『율리시스』는 가장 뛰어난 사실적 충실성을 가지고 있는 소설이다. 소설에 묘사되어 있는 것만으로도 소설의 무대인 더블린 시를 새로 지어낼 수 있다는 이야기도 있지만, 이러한 이야기는 그러한 면에 대한 한 증언이다. 그리고 이 사실성은 단지 실증적인 것이 아니다. 우리는 『율리시스』에서 가장 구체적인 인간, 구체적인 인간의 감각적 체험, 인상의 집적, 정서, 상념들을 보게 된다. 그리하여 소설 전체의 사실적 구조는 혼란하게 누적되는 세부에 의하여 아주 감추어져 버리는 것으로 보인다. 그러나 난해한 소설 『율리시스』의 해석은 주로 그것의 심층적 구조의 해명에 집중된다. 인정할 수밖에 없는 것은, 통속적인 사실 구조의 부재에도 불구하고 그것이 매우 복잡하고 섬세한 건축적 구조를 가지고 있다는 사실이다. 다만 이 구조가 쉽게 파악될 수 있는 주관적 의미로 환원되지 아니할 뿐이다. 조이스의 예술가로의 이상은 자기 일을 다 마친 다음에 저만치서 손톱이나 깎고 있는, 자신의 창조물로부터 신적인 초연성을 유지하는 존재였다고 말하여진다. 그의 건축적 상상력은 그와 같이 전적으로 자신의 것이면서 또 객관적이었다.

대체적으로 예술 작품에 포착되는 세상의 세부라는 것은 그 자체로서 얻어지는 것이라기보다는 전체적 구성 속에서 비로소 나타나는 것이다. 손쉬운 예는 르네상스 이후의 서양 미술에 있어서 원근법의 발견과 리얼리즘의 발달이 동시적인 것에서 볼 수 있다. 서양 소설에 있어서도 소설의 건축학에 관계되는 여러 설화 수법의 정치화는 세부적 리얼리즘의 진전과 병행하였다. 우리가 지각하는 세부라는 것은 그것을 초월하여 그것에 틀을 부여하는 전체성 속에서만 드러나는 것이다. 가령 서양 소설의 한 정점을 나타낸다고 할 수 있는 프루스트의 『잃어버린 시간을 찾아서』에서 구체적인 물건과 소설의 전체적인 구조의 관계를 보라. 현대 문학에서 가장 유명한 사소한 물건의 하나는 『잃어버린 시간을 찾아서』의 첫 부분에 나오는 마들렌이라는 과자일 것이다. 그것은 어느 춥고 우울한 날 어머니가 우연히 차와 함께 준, 특별할 것이 없는 과자이지만, 그것을 차에 적셔 먹으며, 마르셀은 어떤 전율 같은 것이 온몸에 느껴지는 것을 깨닫는다. 그리고 그는 그 이유가 그 옛날 레오니 아주머니가 주던 차와 마들렌에 이어져 있기 때문임을 발견한다. 뿐만 아니라 그것은 옛날의 정원의 꽃과 호수의 수련들과 콩브네 마을의 사람들과 집들과 교회와 주변 환경에로 그의 추억의 문을 열어 준다. 프루스트가 말하듯이, "사물의 냄새와 맛은 없어지지 않고 남아서, 미세한 그리고 거의 잡을 수 없는 물방울 속에 추억의 거대한 구조를 어김없이 지니게 된다."[6] 이와 같이 인생의 미세한 세부는 기억의 전 구조에 이어져 있고 또 그러는 한에 있어서 감각적 인력을 가지고 있는 것이지만, 여기에서 기억의 전 구조란 프루스트의 작품 전체를 가리키기도 한다. 그의 작품은 이 전체를 회복하려는 노력이고, (물론 그것은 단

---

6 Marcel Proust, *Du côté chez Swann* (Paris: Gallimard (Folio), 1954), p. 61.

순히 기억의 복구가 아니라 삶의 복구이며, 삶의 의미, 시간의 의미의 복구이다.) 이 건축적 노력이 세부들을, 마들렌, 교회의 첨탑, 탕송빌의 산사나무들을 되살아나게 하는 것이다.

예술에 있어서, 한계적 이상형을 상정해 볼 때, 포괄성과 일관성의 원리는 결국 인간 주체의 구성적 활동으로 환원된다. 이것이 무엇인가를 규명하는 것은 쉽지 않은 일이다. 다만 현대 서양 예술의 경우를 볼 때, 그것은 극히 순수화된 주체의 활동에 관계되는 것으로 보인다. 순수화되었다는 것은 자의적인 의지 — 스스로를 객체화하여 다른 객체에 스스로의 힘을 작용하는 자의적인 의지를 최대한도로 제거하고 주어진 질료의 객관적 구성 속에만 스스로를 내맡기는 승화된 주체성이 되었다는 뜻이다. 이것은 사실 과학에 작용하는 주관성에 비슷하다. 그렇게 볼 때, 그의 이원론에도 불구하고 현대 서양 예술의 원리는 데카르트의 업적 위에서 가능해지는 것으로 보인다.

데카르트는 이성의 원리 — 명증성과 논리적 엄밀성을 과학적 사고의 원리로 확립하였다. 그러나 말할 것도 없이 중요한 것은 이러한 결론이 아니라 여기에 이르는 예비 조작을 포함한 모든 방법적 검토의 과정이다. 거기에서 핵심적인 것은 세 계기, 간단히 말하여, 회의의 방법과, 회의를 벗어나는 근거로서의 자아의 발견 그리고 또 자아의 활동으로서의 세계의 재구성이다. 상식적인 요약을 되풀이하건대, 그의 확실성의 탐구에서 첫 작업은 모든 것에 대한 회의다. 모든 것은 의심할 수 없게 확인하여야 한다. 그것은 결국 모든 것이 그 자신 앞에서, 또는 적어도, 자신의 "합리성의 정서"(윌리엄 제임스)에 비추어, 정당화되어야 한다는 요구이다. 데카르트가 회의의 밑바닥에 확실한 근거로서 사유하는 자아를 발견하는 것은 예정된 것이다. 낭만주의, 비이성주의 또는 과학 비판에서 늘 문제가 되는 것은 자아와 사유의 일치이다. 방법적 회의의 과정에서 얻어지는 자아는 진리에 대한 관심에 의하여 또는 인식론적 관심에 의하여 순화된 자아, 또는 더 나아가 그러한 진리 인식의 가능성에 대한 관심에 의하여 순화된 — 칸트에 따라 흔히 불리듯이, 초월적인 자아이다. 그것은 우리의 자연스러운 욕망과, 의견과 윤리적 관심을 가진 자아가 아니다. 그것은 진리 인식을 위하여 특정한 예비 조작을 시행한, 현상학의 용어를 빌리면, 현상학적 환원으로 태도를 조정한 자아이다. 이 자아는 거의 적극적 내용을 가지고 있지 않는, 순수한 진리 인식의 관심에 의하여서만 동기 지어진다. 이것은 한편으로는 명증한 직관을 위하여, 데카르트의 비유로, 광선과 같이, 투명하고 수동적인 상태에 들어가 있지만, 다른 한편으로는 논리적 또는 사고의 구성 작업을 위하여서는 능동적인 활동 상태에 있다. 초보적인 단계를 지나서 참으로 진리와 세계에 관계되는 것은 이 사유하는 주체의 능동적인 활동이다. 물론 그것은 직관에 의하여 끊임없이 점검되어야 한다. 처음에 다짐되어야 하는 것은 최초의 직관이다. 그러나 데카르트가 「지능의 정향을 위한 규칙(Regulae ad Directionem Ingenii)」의 일곱 번째 규칙에서 말하고 있는 것처럼, (또 이 규칙은 그의 저작의 도처에 가장 많이 되풀이되는 좌우명의 하나이다.) "자명한 제일 원리로부터 직접 연역되어 나오지 아니한 것들이 진리로 인정되는 데에는" 모든 것은 "계속적으로 끊기지 않는 사고의 연계 속에서 개관되고, 충분하고 정연한 열거 속에 포함되어야 한다." 그러나 이 생각의 연쇄도 분명하고 뚜렷한 것으로 보장되어야 하는 것이기 때문에 직관의 보장은 계속적으로 필요하다. (신의 존재론적 증명은 이 보장에 관계된다.) 세계는 이러한 방법으로 움직이는 주체의 활동이 구성해 내는 업적인 것이다.

---

17 Descartes, *Oeuvres et Lettres* (Paris: Gallimard, 1957), p. 57.

이러한 요약에서 우리가 새삼스럽게 느끼는 것은 데카르트의 사유가 단순히 과학적 진리의 확인 또는 철학적 사고의 틀림없는 진행만이 아니라 현대 문학의 성립에도 기초적인 역할을 했을 것이라는 사실이다. 위에서 말한 바와 같이, (어쩌면 전근대적인, 가령 바로크 시대의 문학과는 달리) 근대 문학 및 예술 작품의 특징은, 한편으로 사실적 묘사의 정치성에 있지만, 이것은 순화된 주체성이 구성적 활동이 만들어 내는 구조 안에서 일어난다는 데에 있다. 중요한 것은 이 주체성의 모습이다. 현대 문학에서 주체의 중요성은 이야기의 많은 부분이 개인적 주인공을 중심으로 하여 움직이며, 궁극적으로는 주인공의 의식의 내면의 드라마에 수렴하게 된 데에서도 볼 수 있지만, 그렇지 않은 경우 즉 주인공의 관점이 환원된 주체의 보편성에 이르지 못하는 경우에, 대체로 작품의 전체적인 의미가 주인공의 관점과 편차를 가지고 있는 숨어 있는 지적 능력에 의하여 통제되고 궁극적으로 이 지적 능력의 움직임으로 구성된다는 점에서도 볼 수 있다. 소설의 작법에 대한 이해와 분석의 발달은 근대 비평의 커다란 업적이라고 하겠는데, 이러한 발달은 주체의 구성 작용이 중요해지는 소설 자체의 변화에 평행하는 것이다. 이것은 설화학(narratology)에 귀착하는 비평적 분석이 구조를 만들어 내는 지능의 탐색에 집중되는 것에서도 알 수 있는 것이다. 이것은 모든 주체의 데카르트적인 환원에 기초하여 일어나는 것이라 하겠다.

물론 데카르트의 방법이 문학이나 예술의 그것과 똑같은 것은 아니다. 데카르트의 이성주의는 일단 문학과 예술에 적대적인 것으로 알려져 있다. (귀스타브 랑송(Gustave Lanson)은 데카르트 300주년을 기념하는 글에서 데카르트가 프랑스 문학의 발전에 아무런 적극적인 공헌이 없음을 말한 바 있다.) 데카르트에게 세계의 진실은, 예술의 생명이라고 할 수 있는 감각이나 감정이 아니라 그것들의 거짓 증언을 떨쳐 버린 수학에 드러나는 것이었다. 그러나 데카르트의 코기토의 발견이 필연적으로 수학적 세계로만 이어지는 것은 아니다. 후설의 지적으로는 데카르트의 잘못은 초월적 주체의 발견으로부터 "초월적 실재주의(transzendentaler Realismus)"에로 옮겨 간 데에 있다.[8] 일체의 것에 대한 회의를 통하여 얻어진 코기토는, 후설에 의하면, 세계의 존재의 문제를 괄호 속에 넣고 "현상의 세계"를 나에게 열어 주는 것이어야 했다. 데카르트적으로 사유하는 나는 "나의 순수한 삶 ― 그것을 이루고 있는 일체의 체험, 거기에서 의도된 것 일체"[9]를 얻는다. 여기에는, 그 실재성이 괄호에 들어간 채로, 세계, 문화, 사회 등도 포함된다. 그러나 데카르트는 현상으로의 세계의 근저에 놓인 초월적 자아를 세계의 유일한, 의심할 수 없는 뿌리로, 사고하는 실체로 착각하고, 성공적인 수학적 모델에 따라 바른 추론을 좇기만 하면 거기로부터 세계를 인과관계의 법칙에 따라 끌어낼 수 있다고 생각한 것이다. 이와 같이 후설에 의하면, 데카르트는 현상학적 환원의 결과로 드러나는 초월적인 자아를 사실이라 생각하고 그것으로부터 사실적 법칙의 세계를 유도해 낸 것이다.

그러나 데카르트 자신 이렇게 사실의 세계, 수학과 물리 법칙의 리얼리즘에 쉽게 떨어진 것이 아니라는 해석이 없는 것은 아니다. 페르낭 알랭은 그의 코페르니쿠스와 케플러 연구에서, 르네상스기에 일어난 과학적 사고의 변혁을 진리와 그에 대한 아이러니의 동시적인 수락으로 특징짓고 있다. 즉 르네상스기 이후의 과학적 사고는 절대적 진리의 불가능을 받아들이면서, 다른 한편으로는 절대적 진리가 아닌 진리 또는 가설의 섬세화를 위한 노력을 쉬지 않는다는 것이다. 진리는 그것에 대한 기술에 의하여 포착되지만, 그 기술은 절대적인 것이 아니다. 과학적 가설의 적절성은 그

8 Edmund Husserl, *Cartesianische Meditationen und Pariser Vorträge*(Haag: Martinus Nijhoff, 1950), p. 63.
9 Ibid., p. 60.

기술의 적절성에서 온다. 그것이 객관적 현상에 일대일로 대응하는 것은 아니다. 전체적인 기술의 적절성에 어떻게인가 사물이 대응할 뿐이다. 한 연구자가 표현한 것처럼, 그가 분석적 — 지시적 언술(analytico-referential discourse)이라고 부른, 과학적 언술의 질서는, 기호 체계의 '통사적' 질서가 한편으로 "이성의 논리적 질서와, 다른 한편으로, 이 두 질서에 대하여 외면적 관계에 있는 것으로 주어지는, 세계의 구조적 조직에 …… 일치한다는 것을 전제하여 이루어진다."[10] 여기서 언술이라고 한 것은 말하는 사람이 만드는 것이라는 뜻일 것이다. 그것은 그의 주체적 의지의 표현이다. 물론 그것은 논리 체계 또는 더 넓게는 기호 체계와 사실적 통제를 받기는 한다. 그렇기는 하나 다른 언술 행위와 별로 다를 것이 없는 것이 과학적 언술인 것이다. 다만 그것은 과학 공동체의 많은 규칙에 의하여 다른 언술보다 더 엄격하게 통제되는 것이 다를 뿐이다. 데카르트가 발견한 것도 사실은 순진한 리얼리즘이 아니라 이러한 분석적 지시 언술이라고 할 수도 있다.

이러나저러나 데카르트가 반드시 보통 사람의 감각적 정서적 세계로부터 멀리 떨어져 있었다고 말할 수는 없다. 데카르트가 그의 논리를 전개하기 위하여 사용하는 사례들은 대개 일상적인 것들이다. 그것들은 왁스라든지, 타고 있는 나무라든지, 냇물의 소용돌이라든지 또는 기타 일상적 기구들의 경우일 때가 많은 것이다. 감각적 증거의 경시에도 불구하고 그의 사고의 노력은 많은 경우 다시 감각적 증거로 돌아온다. 다만 그는 사고의 이성적 고찰로 정당화될 수 있는 해석을 통하여 그러한 증거를 바르게 파악하려 할 뿐이다. 무엇보다도 이러한 관점에서 중요한 것은 데

---

10 Fernand Hallyn, *The Poetic Structure of the World: Copernicus and Kepler*(New York: Zone Books, 1990), p. 67. 토머스 라이스(Thomas Reiss)로부터의 인용.

카르트의 저작들의 형식이다. 위에서 언급한 바와 같이 그의 중요한 저작들은 자서전적인 형태를 많이 취하고 있다. 그리하여 그가 말하고자 하는 진리는 모든 사람에게 어느 때에나 해당되는 영원한 것이 아니라 그의 체험의 특정한 시기에 일어난 사건으로 말하여진다. 실비 로마놉스키(Sylvie Romanowski)의 말로, 가령, 그의 『성찰』에 보이는 전기적 시점의 의의는 거기에 있어서의 "언표를 정확한 시점에 정립하고 이 텍스트 안에 담화자의 존재를 드러내려는 데 있다."[11] 사실 그의 중요한 저작은 단순히 진리를 전달하려는 논설이 아니라 내면의 사고를 살아 움직이는 모습으로 그려 내려는 언술로서 하나의 설득의 수단이면서 또 거의 시적 텍스트에 가까이 가는 글(écriture)이다. 로마놉스키의 주장으로는 데카르트의 보다 과학적인 저작보다는 『방법 서설』과 『명상』이 그러한 것인데, 그것은 그가 과학의 세계로부터 인간의 의사소통의 언어로 돌아갈 필요를 절실히 느꼈기 때문이었다. 그는, 말하자면, 이론적 이성으로부터 생활 세계의 이성의 도출을 바랐던 것이다. 그 결과 그의 글은 이성적인 것으로부터 문학적인 것으로 옮겨 간 것이다.

여기에서 데카르트를 논하는 것은 그의 철학적 의의를 따져 보려는 것이 아님은 물론이다. 조금 우원한 것이 되었지만, 여기의 관심은 여전히 철학적 인생이란 어떻게 가능한가, 또는 어떻게 하여 삶에 가장 적절한 질서와 일관성이 주어질 수 있는가 하는 당초에 제기하였던 문제이다. 그런 가운데 문학이나 예술이 시사해 주는 삶의 내적 일관성은 매우 독특한 방식으로 개방적이면서도 일관성 있는 삶의 양식을 약속해 주는 것으로 보였

---

11 Sylvie Romanowski, *L'Illusion chez Descartes: la structure du discours cartésian*(Paris: Klincksieck, 1974), p. 171.

다. 그런데 이러한 문학적 형식, 따라서 그러한 삶의 양식의 가능성은 그 나름으로, 적어도 그 근대적인 형태에 있어서는, 어떤 철학적인 근거와 무관하지 아니한 것으로 생각되는 것이다. 철학적 계기가 서양 문학의 특이한 리얼리즘과 형식적 보편성의 기초가 된다는 말이다. 물론 이것은 반드시 데카르트나 또는 그에 비견할 철학자들의 사고의 업적으로만 가능해진 것은 아니다. 이 모든 것은 서로 병행하며 일어난 현상인지도 모른다. 앞에서 잠깐 언급한 알랭은, 물론 그 한 사람의 지적은 아니지만, 회화에 있어서의 원근법도 근대적 정신의 형성에 중요한 몫을 담당한 것으로 시사하고 있다. (원근법은, 한 사람의 한 눈의 시각을 통하여 시각적 질서와 리얼리즘을 가능하게 하는 수법이다.) 말할 것도 없이, 더 중요하게 작용한 것은 여러 과학적 발전, 경제적, 사회적, 정치적 근대화일 것이다. 이러한 것들이 사람의 생각의 근원적 양식을 바꾸어 놓고, 표현 양식을 정비하고 또 삶의 조직에 새로운 형태를 준다. 다만 이러한 실제적 움직임 속에서 철학적 성찰 또 문학이나 예술의 숨은 몫을 놓치지 아니하는 것은 중요할 것이다.

관련된 현실적 움직임들에 언급한 것은 다시 철학적 문학적 원형의 현실적 의의를 새로 생각하는 기회가 된다. 이제 여기서 그것을 상론할 수는 없으나, 위에 살펴본바 우리가 간단히 데카르트적 양식이라고 부를 수 있는 문학, 예술 또는 철학이, 이미 말한 대로, 매우 그럴싸한 삶의 양식에 관계되어 있는 것은 사실인 것으로 생각된다. 그것은 이성적 질서와 경험적 풍부성을 약속한다. 사회적으로 그것은, 한편으로 관용과 개신, 다른 한편으로 사회 질서의 여러 필요를 설득한다. 데카르트적 양식은 서양 근대의 핵심 속에 들어 있는 어떤 철학적 전환을 내포하는 것으로 보인다.

이렇게 말하면 마치 데카르트적 양식이 개인적으로나 사회적으로나 삶의 최고의 양식이라고 말하는 것처럼 들릴는지 모른다. 데카르트주의에 대한 비판은 이미 충분히 나와 있다. 간단히 말하여, 데카르트의 초월적 자아는 실제적 삶 속의 자아를 더 없이 빈곤하게 했다. 그것은 윤리적 가치를 허용하지 않는다. 위에서 데카르트적인 자아의 극단적 섬세화가 미적 가치의 섬세화를 가져온 양 시사하였지만, 그것은 정당성 없는 가치이다. 그리하여 그것이 무한한 개인적 놀이로서의 미적 가치의 창조와 소비적 소멸에 이어지는 면이 있음을 부정할 수 없다. 무엇보다도 데카르트의 문제점은, 적어도 그 영향에 있어서는 지적 오만성에 있을 것이다. 한 비판가가 말한 것처럼, 데카르트는 그의 주체로 하여금 "여러 표상 가운데 한 표상이 아니라, 표상 그 자체의 공리적 토대"로 만들었다.[12] 그것은 스스로를 방법적 조작의 결과라고 생각하는 것이 아니라 보편적 진리에 이른 특권적 자아로서 착각하는 것이다. 과학과 서양의 오만은 여기에 관계되어 있다. 그것은 오만할 뿐만 아니라 사람의 다른 가능성들을 보지 못하게 한다. 요즘에 와서 데카르트적인 주체의 개념은 서양 자체에서도 맹렬한 공격의 대상이 되어 있다. 그럼에도 불구하고 서양이 또 현대 사회가 이론적으로나 실천적으로나 아직도 그의 그림자 속에 또는 그가 대표하는 과학적 사고의 틀 속에 있는 것은 부인할 수 없다. 우리는 그것을 정확히 이해할 필요가 있다. 이것은 그를 극복하기 위하여서라도 필요한 것이다. 또 그것은 그가 대표할 수 있는 것 ── 데카르트적인 양식의 업적을 바르게 이해하고 계승하는 것을 포함한다.

위에 별 두서없이 적어 본 것은 내가, 오늘의 관심사와 관련해서 일반적으로 나의 관심사의 형상을 더듬어 본 것이다. 그런데 이것이 단순히 학문적인 또는 문학의 교사로서의 직업적인 관심이 아닌 것은 위의 서술에서도 드러나리라고 믿는다. 그것은 삶에 대한 물음에 이어져 있다. 그리고 이

---

12 Dalia Judovitz, *Subjectivity and Representation in Descartes: The Origin of Modernity*(Cambridge University press, 1987), p. 82.

물음은 내 생애에서 나오는 것이지만, 동시에 그 생애가 하필이면 이 시대에 영위되고 있다는 데에서 나오는 것일 것이다. 시대의 압력은 시대가 부과하는 삶의 형태에 대한 반발과 저항에서도 나오고, 또 별수 없이 그에 의하여 형성되는 의지와 인식과 실천에서도 나오는 것일 것이다. 크게 보면 저항이나 순응이나 시대적 형성적 힘의 소산이다. 아마 나의 독자적인 물음과 답변의 궤적도 그 일부에 불과하거나, 결국, 우리가 사랑하는 것은 운명 이외의 아무것도 아닌 까닭에, 내 스스로 시대 속으로 들어가는 우회로에 불과할 것이다.

우리 시대의 가장 큰 문제는 이성의 문제로 보인다. 사람의 삶은 오늘 이 시간의 절실함에서 비이성적이다. 그것은 오늘의 우리의 혼란에서 보는 이해할 수 없는 일들에 분명 이어져 있으면서도 그것과는 별개의 비이성으로 생각된다. 어쨌든 우리의 절실한 비이성적 삶은 이성적 질서의 틀이 없이는 한시도 제대로 스스로를 보전할 수 없다. 물론 이성도 이성 나름이지만, 그것이 살아 있는 것이기 위하여서는, 즉 우리 자신의 살아 있음을 억누르는 것이 아니기 위하여서는 그것은, 어떤 경로를 통해서인가, 나의 주체성 — 단순한 사유적 이성보다는 더 넓은 의미의 주체를 통과하는 것이라야 한다. 이것은 개인을 넘어가는 질서의 엄격함을 가지고 있다. 그러나 개인적 진리가 아닌 것은 참으로 살아 있는 진리가 아니다. 이것은 우리 근대사 속에서 또 오늘의 세계적 경험 속에서 되풀이하여 확인되는 교훈의 하나이다. 여기에서 개인적 삶이 어떻게 안으로 밖으로 형성되느냐 하는 것은 우연하면서도 핵심적인 문제로 보인다. 여기에서 이성적인 것이 있는 방식은 어떠한 것인가? 여기에 대하여 우리가 어떠한 적극적 답변이 있다고 하더라도, 그것은 어떤 경우에나 아이러니를 수반하지 아니할 수 없을 것이다. 적어도 그만큼은 우리는 근대 과학과 데카르트의 업적 안에 있을 수밖에 없다.

다른 한편으로 이러한 문제들을 묻고 답하는 것은 부질없는 것으로도 보인다. 시대를 넘어가는 근원적인 삶이 있을까? 한달음에 이를 수 있는 안식처는 없는가? 시대의 삶도 그것을 넘어가는 생명 진화의 운명과 지질학적인 연대와 어쩌면 또 한번 그것을 넘어가는 존재의 신비에 제한되지 않을 수 없을 터이므로, 우리가 끊임없이 묻고 고민하는, 우리 시대와 그 속에서의 삶도, 그것이 참으로 삶의 이성적 질서에 관계되어 있든 아니든, 더 큰 주제의 하나의 변주일 것이라고 희망해 볼 뿐이다.

(1993년)

한국 문학의 보편성[1]

노벨상에 대한 관심

실존주의 용어 가운데 '본래적(eigentlich)'이란 말은, 이 자리에서 정확히 정의할 수는 없지만, 사람 본래의 진리의 가능성 속에 있는 인간의 생각, 언어, 행동 등을 지칭하는 말이다. 쉽게 말하면, 그것은 우리가 생각하고 말하고 행동하는 것에서의 진실된 느낌을 지칭한다. 그것은 마음속으로부터 우러나오는 것이라는 뜻이지만, 그렇다고 그것이 반드시 주관적인 마음의 상태를 말하는 것으로 생각될 필요는 없다. 대상적 인식도 마음을 통하지 않는 것은 없겠기에, 마음이 어떤 일정한 상태에 있는 것은 대상적 인식에 있어서도 본질적 조건의 하나이다. 진실된 마음가짐이란 사람이나

---

[1] 1994년 1월 22일부터 23일까지 펜클럽의 주최로 '해외 한국학 학자 및 번역가 초청 국제 세미나'가 있었다. 이 글은 이 모임에서 필자가 행한 논평의 요지를 다시 글로 정리해 본 것이다. 따라서 글의 내용이 현장의 토의의 테두리에서 너무 얽매여 있을 우려가 있지만, 제기된 어떤 문제들은 그것을 넘어서, 한번 생각해 볼 만한 문제이다. 그리하여 글로 다시 초해 보는 것이다.

마음의 참모습을 마음의 깊이에서 검증할 수 있는 상태에 있다는 것을 말할 뿐이다. '본래적'이 아닌 것을 말하는 것이 분위기를 쉽게 전달할 수 있을는지 모른다. 마음 깊은 곳에서 나오는 것도 아니고 구체적인 삶의 현실로부터 나오는 것도 아닌 것은 비본래적이라 할 수 있다. 절실한 내적 요구 또는 현실적 삶의 요구에서 나오지 아니한 것을 이 실존주의의 개념은 거짓이라 한다. 문학이 무엇인가 하는 것에 대하여 하나의 정의가 있을 수는 없지만, 어떠한 경우에라도, 문학하는 사람의 심리적 바탕에는, 그가 실존주의자든 아니든, 이 '본래'적인 것에 대한 느낌이 들어 있는 것이 아닌가 한다. 문학하는 사람이, 분명 그가 가지고 있음에 틀림없는 지식이나 경험에 있어서의 제약에도 불구하고, 자신의 고유한 삶의 비전에 버티어 설 수 있게 하는 것은 이러한 느낌일 것이다. 세상이 무어라고 해도 나는 이렇게 느끼고 생각하고 행동할 수밖에 없다는 고집이 그로 하여금 그 고집을 통하여 진실을 말할 수 있게 하는 것이다. 그리하여 그에게는 밖에서 오는 모든 것은 일단 그의 이 순정한 느낌, 필연성의 느낌에 의하여 검증되어야 한다.

여기저기서 우리도 노벨상 하나쯤은 타야 되지 않느냐 하는 느낌을 표현하는 말들을 듣는다. 그리하여 그것을 주제로 하는 회의도 열리고 또 이런저런 준비 공작 같은 것이 필요하다는 논의도 나오는 것을 본다. 이번의 회의도 그러한 숨은 주제를 가지고 있음은 분명하다. 좋든 나쁘든, 세계의 현대사에 늦게 다다른 우리는, 대체로 늦게 성공한 사람들이 그러하듯이, 모든 성공의 표적들을 모으고 자랑할 수 있기를 원하게 되었는데, 그러한 표적의 하나로 노벨상 하나쯤도 있어야 되겠다는 것인지 모르겠다. 인간적으로는 이해할 만한 것이라고 하여야겠지만, 그러함 바람이 그다지 칭찬할 만한 것이라고 할 수는 없다. 외적인 것과, 냉소주의와 전략적 사고가 지배하는 세상에서 그런 생각은 나올 만하고, 그러한 것의 실리적 측면도 이해할 수 없는 것은 아니지만, 문학하는 사람에게 그러한 바람이 그대로 받아들여지지는 아니할 것이다. 문학하는 사람의 심리적 바탕이 본래적인 것에 집착하는 고집스러운 느낌이라고 한다면, 이 느낌의 검증에서 세상에서 주는 외적인 훈장들은 일단 스스로 원해야 할 것은 못 되는 것이다. 이것은 노벨상까지도 포함할 수 있다. 특히 그 상이 로비나 분위기 조성이나, 어떤 전략에 의한 계산에서 나온 것일 때, 그것은 참으로 역겨운 것이 되고 마는 것일 것이다.

그러나 다시 한 번 노벨상의 문제가, 전혀 그래야 할 필요성은 없으면서, 우리 문학에 어떠한 의미를 가질 수 있겠다는 생각도 든다. 그것의 중요성을 떠나서 또는 그것의 세속적인 의미를 떠나서, 그러한 상의 문제가 우리가 오늘 이 자리에서 문학을 해 나가고 생각해 나가는 일에 넓이와 깊이를 더해 줄 가능성이 있을 듯하기도 하기 때문이다. 글 쓰는 사람이 누구를 위해서 무엇을 겨냥하여 글을 쓰느냐 하는 것은 글의 내용과 질에 커다란 영향을 미친다. 대체적으로 말하여 노벨상 또는 그에 비슷한 국제적인 인정은 우리의 생각의 지평을 넓혀 주는 효과를 낳을 것이다. 물론 그것이 반드시 좋은 것은 아니다. 세계와 영원이란 오늘 이 자리의 삶의 절실성의 관점에서 볼 때 자기기만이나 허황스럽고 거짓된 껍데기일 수가 있다. 그러나 글을 쓰는 일은 어떤 의미에서든지 조금은 오늘 이 자리의 좁아 드는 집착을 보다 넓은 관점에서 살펴보려는 노력을 나타낸다. 우리의 글이 오늘의 진실을 떠남이 없이 보다 넓은 지평 — 보편적 지평에 이를 수 있다면 그보다 더 좋은 일은 없을 것이다. 뿐만 아니라 이 보편적 지평이란 외연의 문제만이 아니고 내포의 문제이다. 사람은 개체적 생존에서 이미 인간과 보편의 차원에 있다. 이러한 즉자적 여건으로서의 보편성이 의식되고 생활되는 보편으로 되는 것이 문제일 뿐이다. 이것은 넓은 세계, 넓은 독자, 넓은 관점만을 의미하는 것이 아니다. 오늘 이 자리에 한정되어 있는 삶도 보편성을 가질 수 있고 그렇지 못할 수도 있다. 글의 경우도 마찬가지이다. 쉬운 예를 들어 문학에서도 요즘 더러 보듯이 반드시 넓은 대륙을 무대로 하고 긴 역사적 시간과 파노라마를 망라하는 소설이 시골의 좁은 삶을 그리는 소설에 비하여 넓은 호소력을 갖는 것이 아닌 것과 마찬가지 이치이다. 노벨상과 같은 것이 문학의 보편성을 묻고 그것이 문학의 질에 대한 질문이 되는 것이라고 한다면, 노벨상에 대한 관심은 허망한 관심만이 아닐 수도 있을 것이다.

문학의 상호 유통의 공통 기반

노벨상의 문제는, 슬로건을 좋아하는 사람들이 말하는 용어를 빌려 '한국 문학의 세계화'의 문제라고 할 수 있는데, 한국 문학의 세계적 지평과의 연결에서 근본적인 문제가 되는 것은 한국 문학의 세계성이다. 그리고 이것은, 조금 전에 비친 바와 같이, 문학의 본질의 어떤 면에 대하여 생각하게 한다. 한국 문학이 어떤 조건하에서 세계 문학이 될 수 있는가 또는 더 일반화하여 보편성을 획득할 수 있는가.

이러한 질문은 우선 매우 경험적으로 접근될 수 있다. 이러한 접근은 펜클럽 경주 회의에서 함부르크 대학교 한국학 교수 베르너 사세(Werner Sasse) 교수가 발표한 「한국 문학의 위상과 세계 문학과의 현실적 관계」에 시사되어 있다. 그는 한국 문학이 세계의 독자에게 또는 서구의 독자에게 먹혀 들어가게 하려면, 한국 문학 중에서도 서구 사람과의 공동 관심사를 취급한 또는 그와 대화적 관계에 들어갈 수 있는 작품이 번역되게 하여야 한다고 충고한다. 한국에는 한국의 현실이 있는 만큼 이것은 쉽게 받아들여질 수 있는 충고는 아니지만, 여기에 들어 있는바 공동 관심사가 문학의 보편적 호소력을 만들어 낸다는 경험적 사실의 지적은 정당한 것이다. 사세 교수는 오늘날 서양 문학의 상호 융통성을 보장하는 경험적 근거가 되는 공통 관심사를 다음과 같이 열거한다. "청년 문화, 기술 발전의 문화적 조정, 가족이나 역사 피구속성과 같은 전통적 가치의 와해, 외국인 적대증, 시민 사회의 붕괴"[2] 등이 영불독의 문학들의 상호 유통을 가능케 하는 경험적 기반이라고 말하는 것이다. 여기에 들어 있는 문제들은 어떤 의미에서는 한국 사회도 가지고 있는 문제들이다. 비록 현상의 보다 근본적인 원인과 양상이 다르다고 하더라도, 청년 문화, 기술 발전에 대한 적응, 소위 가족이나 전통적 사회 구조가 과하던 규범적 구속의 이완, 이질적인 것에 대한 거부감 등은, 서양의 문제이면서, 우리 사회의 문제이기도 하다. 시민 사회의 붕괴는 조금 더 양의적으로 생각된다. 공공 사회에 있어서의 도덕성의 쇠퇴라는 관점에서 본다면, 시민 사회의 붕괴는 우리 사회의 체험이기도 하다고 할 수 있을는지 모른다. 그러나 다른 한편으로 우리 사회의 당대적 체험의 핵심은 시민 사회의 붕괴가 아니라 그것의 수립을 위한 투쟁이다. 우리의 문제의 상당 부분은 바로 시민 사회의 미성립으로부터 온다. 얼핏 보기에 사후나 사전이나 혼란이라는 점에서는 비슷한 양상을 노정할 수도 있으나 문제의 성질은 전혀 다른 것일 수도 있는 것이다. 이러한 의미에서는 청년 문화, 기술 사회, 전통적 가치의 소멸 등도 표면적인 유사성에도 불구하고 서양의 비슷한 현상과는 그 본질이 다른 것이라고 할 것이다. 거대하고 급속한 사회 변화는 어떤 시기 어떤 사회에서도 비슷한 양상을 띠고, 오늘날의 사회 변화는 세계사의 주류를 이루고 있는 20세기 기술 문명의 환경에서 일어나고 있는 까닭에 그 변화가 세계 어디에서 일어나는

---

2 "Die gegenwärtige Stellung der koreanischen Literatur und ihre Wirkung auf die Weltliteratur", 『제1회 해외 한국학자 및 번역가 초청 국제 세미나 발표 논문집』, 159쪽.

것이든지 간에 표면적으로 모사 증상을 나타낸다. 이 모사 증상은 우리의 진단을 흐리게 할 뿐만 아니라 우리의 삶 자체를 피상적이고 경박한 것이 되게 한다.

기술 문명의 조건이 가져온 다른 역사 단계의 공존의 희비극은 조금 더 심각하게 논의 연구되어야 할 현상이지만, 여기의 논의는 그것을 따지자는 것은 아니다. 여기에서의 이러한 지적이 한국 문학의 세계성이라는 문제와 관련하여 우리에게 말하여 주는 것은 서양화라는 의미에서의 세계화는 용이한 것일 수 없다는 사실이다.

권력의 미적 효과: 서양 문학의 보편성과 객관성

그러나 다른 한편으로 공통된 경험적 기초가 문학의 유통 범위에 상관 관계를 가지고 있는 것은 사실이나, 그것이 문제의 전부는 아니다. 이것은 사세 교수가 드는 사회적 문제들을 보아도 알 수 있다. 사실 청년 문제들을 비롯한 사회 문제는 서양 문학의 긴 역사에 있어서도 최근의 현상에 불과하다. 사세 교수 자신의 설명의 맥락을 보아도 그가 이러한 사회 문제들의 공통성이 영독불 문학의 상호 유통의 기반이 된다고 한 것은 지난 몇 십 년 동안에 그러했다는 것이다. 그러나 상호 유통의 현상은 지난 수십 년을 훨씬 넘어가는 일이다. 그럼에도 불구하고 서양이 세계 어느 곳에서보다도 밀접한 상호 작용 속에서 발달되어 온 것이 사실이니만큼, 서양의 여러 나라 간에는 역사적 사회적 체험의 공유 영역이 넓고 그것이 각국의 국민 문학 외에 유럽 문학을 성립하게 하는 경험적 기반이 되었다고 할 수 있을는지 모른다. 그러나 이렇게 생각해 보아도 사회적 기반에 의한 설명은 서양 문학의 세계적인 유통 현상을 설명하지 못한다. 한국 문학이 서양에 유통되지 아니하여도 서양 문학은, 하인리히 뵐(Heinrich Böll)이나 귄터 그라스(Günter Grass)뿐만 아니라 괴테나 릴케까지도, 한국에 유통되고 있는 것이다. 이것이 이들 독일 문학이 반드시 우리와 비슷한 사회적 상황에 어떤 독일적인 해결을 제시해 주기 때문은 아니다.

오늘날 서양 문학의 세계적인 우세는 권력의 후광이 만들어 내는 환상에 관계되는 것일 수 있다. 즉 그것은 제국주의의 한 효과일 수 있다. 그리고 이러한 경우에 특이한 것은 이러한 제국주의가 반드시 군사나 정치의 영역에서처럼 강제력을 통하여서만 작용하는 것은 아니라는 것이다. 힘은 모든 것의 원천이다. 그것은 아름다움의 원천이기도 하다. 그러나 그 관계가 늘 직접적으로 드러나는 것은 아니다. 권력의 미적 효과란 대체로 "미리 알아서 기는" 형식이 된다.

제국주의가 적지 아니한 요인이 된다고 하더라도 또 하나의 가능성은 참으로 서양 문학이 어떠한 보편성의 비밀을 가지게 되었다는 것이다. 내 느낌은, 현실이란 언제나 복합적인 것이기 때문에, 서양 문학의 보편성은 여러 원인들에 의한 과결정의 결과일 것이라는 것이지만, 하여튼, 중요한 것은 아마 인류 문명의 지금 단계에서 보편성 — 또는 어떠한 종류의 보편성이 서양 문학의 특이한 업적일 가능성이 크다는 것이다. 이러한 가설에 대하여 생각하는 것은 오늘의 문학과 세계를 이해하고 또 우리의 자기 이해를 깊게 하는 데에 있어서 매우 중요한 과제이다.

그러나 여기에 쉬운 답변이 주어질 수는 없다. 그러나 내 생각으로는 서양 문학의 보편성은 인간 활동의 다른 여러 분야에 있어서의 오늘날의 서양의 우위에 일체가 되는 일일 것이며, 답변도 이에 관련하여 찾아질 것인 듯하다. 서양의 과학과 기술, 사회 과학과 사회 조직이 어떤 보편적인 지위에 이르렀다고 한다면, 문학만이 이 보편성에의 참여에서 제외되는 것은 아닐 것이다. 그것은 여러 우여곡절을 통한 역사적 업적이라고 하여야 할 것이기 때문에 일반화할 수 없는 면을 가지고 있으나, 단순화한다면 서양의 우위는 다분히 과학적 이성의 놀라운 생산성에서 온다고 말할 수 있다. 그러나 문학의 경우에도 이러한 설명이 적용될 수 있을까? 괴테나 셰익스피어 또는 릴케나 엘리엇의 문학적인 힘이 과학적 이성으로 인한 것이라고 말하는 것은 문자 그대로 맞는 이야기가 될 수는 없다. 그러나 아직은 분명하게 이해할 수 없는 경로를 통하여 그러한 가능성을 완전히 배제할 수는 없다.

펜클럽 경주 회의에서의 다른 발표자의 발언도, 매우 우원하게일망정, 서양적 문학 감수성에 과학적 태도가 깊이 개입되어 있지 않나 생각하게 하는 면이 있다. 가령, 노벨상이나 한국 문학의 국제적 보급의 문제에 대하여 실질적이고 유익한 충고를 내어놓은 프랑스인 번역가 파트리크 모뤼스(Patrick Maurus) 씨의 분석은 이러한 면에서도 흥미롭다. 모뤼스 씨는 이문열 씨의 프랑스 어역을 내어 그를 유럽에 알려지게 하는 데 핵심적 공헌을 한 사람이지만, 그의 번역 및 출판 체험에 의하면, 이문열 씨의 작품으로도 프랑스에서 성공하는 것과 한국에서 성공하는 것이 다르다고 말한다. 성공한 것은 「우리들의 일그러진 영웅」, 「그해 겨울」과 같은 것이고 이에 비하여 『사람의 아들』이나 「새하곡」은 프랑스에서 성공할 수 없다는 것이다. 그것은 이야기의 소재에도 관계되는 것이나, (가령 군대는 오늘의 프랑스 사람의 생활에서 너무 먼 것이기 때문에 군대를 소재로 한 작품은 프랑스 독자의 관심을 끌 수 없다고 모뤼스 교수는 생각한다.) 중요한 원인은 이야기 서술의 방식에 있는 것으로 보인다. 「우리들의 일그러진 영웅」의 이야기 전개 방식의 특징은, 모뤼스 씨의 지적으로는 "외적인 사실을 삽입하지 않고 혹은 교훈적인 서술 없이, 서술의 움직임 속에서" 이야기를 펼쳐 나가는 데 있다. 이러한 특징이 모뤼스 씨의 말대로 이 작품들에 그대로 딱 맞아 들어가는 것인지에 대해서는 의문이 있을 수 있지만, 그 대체적인 특징의 지적은 수긍할 수 있는 것이다. 그러나 우리의 관심거리는 그것의 적절성보다는 프랑스적 관점에서 본 작품의 우수성의 원인 분석이다. 그것은 대체적으로 서양 소설 독자의 관점에 틀림이 없다. 여기에서 핵심은 서술의 충실성이다. 문제가 되는 사건의 추이만이 그 자체로 추구되는 것이다. 관계없는 설명이나 논평이나 또는 교훈적 의도는 철저하게 배제된다. 이것은 대체적으로 서양 과학에서 요구되는바 객관성의 기준과 궤를 같이 하는 것이다.

이러한 객관성의 요구는 서양의 특수한 발달에서 나온 것이면서 정당한 것으로 받아들여야 하는 것인지 모른다. 어느 문화에서든 객관성은 보편성을 지향하는 정신의 정당한 요구 중의 하나일 것이다. 한국 문학의 과제는 일단 보다 많은 객관성을 획득하는 일이다.

「우리들의 일그러진 영웅」: 도덕적 탐구와 학술

세계 문학의 보편성에 이르는 한 조건으로 객관성을 얻는 일은 쉬운 일이 아니지만, 또 달리 대가를 요구하는 것으로 보인다. 위에서 말하여진 객관성에 못지않게 중요한 것은, 그것을 위하여 배제되는 것이다. 배제되는 것 중에 가장 중요한 것은, 이미 지적된 것으로, 교훈적 요소의 배제이다. 서구의 독자에게 이문열 씨의 작품의 매력은 이 교훈적 의도의 부재에 깊이 관계되어 있다.

이것은 매우 중요한 특징이다. 이 교훈적 의도의 배제는 문학의 보편성의 한 요건처럼 보이기도 하기 때문이다. 많은 도덕적 주장은 참으로 넓은 의미에서 보편성을 얻기가 쉽지 않다. 여러 문화와 사회가 공존하는 시대에 있어서, 어느 한 도덕적 주장이 보편성을 갖는다고 말하기는 극히 어려운 일이다. 그러나 어느 때에나 도덕적 주장이 편견적 성격을 벗어나는 것은 쉬운 일이 아니다. 그것은 쉽게 편벽된 이익의 위장일 수 있다. 정당성이 있는 것으로 생각되는 경우라도 도덕적 주장은 타인에 대한 공격적 의도를 숨겨 가진 것이기 쉽다. 도덕성은 그럼으로써 스스로의 도덕성을 손상시킨다.

그렇다고 하나 문학의 본령에서 도덕을 추방하고 보편적 호소력을 겨냥할 것인가. 한국에서 문필 활동은 도덕적 계도의 기치하에서 행해져 왔다. 이것을 배제한다는 것은 사회적으로 필자의 존재를 정당화하여 주는 근거를 없애 버리는 것이다. 자기의 소재에 대한 작가의 도덕적 개입이 우리 작품으로부터 외국 독자들을 소외시킨다고 하더라도, 도덕이 인간적 삶의 빼놓을 수 없는 핵심이라는 것은 틀림없는 것이 아닌가. 서양의 독자가 작품에서 도덕적 요소를 혐오한다고 하더라도 그것을 그대로 받아들이는 것이 옳은 일일 것인가. 위에서 말한 객관성의 문제는 객관성이냐 도덕이냐 하는 선택의 문제로서만 말하여질 수 있는 것으로 보인다. 그리하여 한국 문학이 한국 문학으로 남느냐 또는 세계 문학으로 발돋움하느냐 안 하느냐의 문제인 것으로도 생각되는 것이다.

서양 문학과 문화의 부덕성 또는 퇴폐성은 더러 말하여지는 것이지만, 거기에 근거가 없는 것은 아니다. 서양의 과학의 발달은 자연의 영역으로부터의 도덕적 관점을 배제하는 것으로부터 시작하였다. 흔히 정치학의 근대적 단초는 마키아벨리의 몰가치적 현실주의에 있는 것으로 말하여지고, 사실적 역학 관계하에서 사람을 본 허버트 스펜서(Herbert Spencer)는 현대 사회학의 형성에 중요한 영향을 행사한 사람 중의 하나이다. 서양 문학이 이러한 생각의 혁명에 무관하게 발달했다고 말할 수는 없다. 그리하여 서양적 문학의 기준을 받아들인다는 것은 어떤 의미에서는 그것의 부도덕성 또는 적어도 몰가치성을 받아들이는 것을 뜻한다고 할 수 있다. 그러나 그것은 하나의 관점에서 그러할 뿐이다. 서양 문학의 특징이, 적어도 전체적으로 보아, 도덕적 관심의 부재에 있다고 말하는 것은 옳지 않은 관찰이다. 그리고 그 도덕적 관심은 한국 문학이나 동양 문학의 도덕적 관심과 많은 것을 공유하고 있다. 어떻게 보면, 그것을 나타내는 방법 또는 전략이 다를 뿐이다.

이 다른 점은 그 객관적 서술의 기법과 일체를 이룬다. 이것은 이문열 씨의 '서구적인' 서술법에 이미 나타나 있다. 말할 것도 없이 그의 서술이 '교훈적 언술이 없이' 행해지는 것이라고 하여도 「우리들의 일그러진 영웅」은 어떤 사회 상황에 대한 깊은 도덕적 검토를 시도하는 것임은 틀림이 없다. 이 작품의 흥미는 거의 여기에 있다고 하여도 과언이 아니다. 그러나 도덕적 관심은 서술을 통하여 추구된다. 다시 모뢰스 씨의 분석을 빌리면, "이문열의 중요한 작품들은 이중의 과정", 즉 "외적인 판단을 삽입하는 것의 거부와 동일화와 거리화를 동시에 꾀하는" 과정을 보여 준다. 이것은 서술의 기법이면서 동시에 도덕적 검토의 방법을 지칭한다. 작가는, 이미 말한 바와 같이 사건을 이야기함에 있어서, 그것 자체의 재현에 충실할 뿐이지 사건의 의미에 대해서, 그것의 도덕적 시비에 대해서 판단을 보류한다. 그 효과가 독자로 하여금 주인공과 일치된 마음 —— 그에 동정하고 또 그와 더불어 사건의 추이에 긴장된 관심을 갖는 감정 이입의 상태를 만들어 낸다. 그러나 사건 전개의 역전을 통하여 독자는 감정적 동화의 상태로부터 빠져나오게 된다. 즉 이야기되어 있는 상황으로부터의 거리를 되찾게 된다. 합리주의자이며 자유주의자인 소년 주인공은 결국 자기 반의 독재자의 독재에 굴복하고 그것이 제공하는 편안한 질서에 안주하게 되는데, 이러한 변화를 통하여, 작가는 우리가 동조했던 주인공 자신이 그러니까 우리 자신이 독재적 질서의 공범자임을 드러내 주고, 이러한 사건과 심리적 전개와 역전을 통하여, "대체 우리 각자의 행동 양식 속의 무엇이 이 상황을 이토록 오래 지속될 수 있게 만들었으며, 우리로 하여금 그 공모자가 되게 했는가"[3]를 물어보게 하는 것이다. 다시 말하여 어떤 누구를 규탄하거나 어떤 간단한 원인을 적출하여 간단하게 도덕적 판단을 내리는 대신에 우리로 하여금 더 근본적인 질문, 인간 조건의 무엇이 손상된 도덕의 질서를 만들어 내고 거기에 안주하게 하는가 하는 근본적 문제를 제기하는 것이다. 이 작품은 어느 누구가 도덕적인가 또 부도덕적인가에 대하여 판단을 내리는 대신 더 근본적인 도덕적 질문을 던지는 것이다.

다시 말하건대 여기에서 이러한 도덕적 검토는 거의 객관적 서술에만 의존한다. 즉 이러한 검토가 있다고 하더라도, 거기에는 이야기의 밖으로부터 끌어온 도덕 기준이 대입되는 것이 아니라는 말이다. 도덕의 원칙은 거의 일관성의 논리에 일치한다. 독자로 하여금 일치의 상태로부터 불일치의 상태 또는 거리 없는 상태에서 거리가 생긴 상태로 가게 하는 것은 이야기의 전개가 내장하고 있는 모순 때문이다. 우리가 주인공의 독재에 대한 저항에 일치하였다면, 일관성의 기준을 유지하면서 그의 독재와의 타협 그리고 주인공이 성인이 된 다음의 사회적 혼란을 겪으면서 어렴풋이 가지게 되는 독재적 질서에 대한 향수에 동조할 수는 없는 것이다. 여기에서 일관성의 기준은 물론 넓은 의미에서의 객관성의 기준 그리고 과학적인 이성의 기준의 일부를 이룬다.

이와 같이 객관성으로부터도 도덕은 나올 수 있다. 이 점은 사실 좀 더 철저하게 객관성의 원리로써 「우리들의 일그러진 영웅」을 분석하면, 더 분명해질 수 있다. 이 작품의 문제점은 어쩌면 모뤼스 씨가 말하는 것만큼은 객관적이지도 도덕적이지도 않다는 데에 있다고 할 수도 있다. 그리고 객관성의 부족은 바로 도덕적 취약성의 원인이 된다. 이 작품의 서술이 참으로 객관적인가? 작자는 참으로 자신의 의도를 개입시키지 않고 사건의

---

3 앞의 논문집, 151쪽.

서술에만 몰입하고 있는가? 서술을 지배하고 있는 것은 너무나 뚜렷하게 작가가 전달하고자 하는 우의(寓意)이다. 그리하여 우리는 이 단편의 핵심 인물인 악동의 사람됨이나 심리나 환경, 단순한 폭력보다는 교활한 조종의 기술에 기초한 그의 지배력의 마력, 또는 그 지배의 후견인인 담임 선생님의 사람됨이나 심리나 환경, 그리고 더 나아가 주인공 소년의 저항의 동기도(그것은 이데올로기적으로 설명되어 있을 뿐 소년의 삶으로부터 귀납되어 나오지 아니한다.) 참으로 실감 있게 느끼거나 이해하지 못한다. 이 단편에 있어서의 우의성의 지배는 이 단편을 실감 있는 소년기의 체험을 형상화한 것으로 말할 수 없다는 데에서 단적으로 드러난다.

이러한 지적은 단순히 작품의 형상화의 문제점에 관계될 뿐이지 객관성에 관계되는 것은 아닐는지 모른다. 그러나 두 개의 것은 별개의 것이 아니다. 작품에 문제가 있다면 그것은 이 형상화의 부족함 때문이 아니고 캐고 묻는 정신의 불철저함 때문이다. 묻는 힘은 사실 자체를 직시하려는 힘이고 그것은 형상화의 힘이 되기도 한다. 이 단편에서 작가가 전달하려는 우의는 사실상 약간 혼란되어 있다. 독재자에 대한 투쟁과 독재적 질서에의 안주에 대한 비판이 작자의 메시지의 일부인 것은 틀림이 없다. 그러나 이러한 메시지는 진부한 것이다. 특히 그것이 체험적 사실로부터 귀납되어 나오는 것이 아닐 때 더욱 그러하다. 작품의 우의로서 성공한 부분은 차라리 작품의 끝부분에 들어 있는 우의이다. 이 우의는 현실 사회 속에서 시달림을 받으면서 별로 성공하지 못한 사람으로 살아가게 된 주인공의 삶에서 나온다. 그의 성공하지 못한 삶의 원인은 어디에 있는가? 그것은 그로 하여금 세상을 움직이는 것은 어린 시절의 악동의 질서를 만들어 냈던 힘과 같은 것이 아닌가 하는 생각을 가지게 한다. 세상에는 그러한 징후가 너무나 많다. 어린 시절의 악동 엄석대가 잘산다는 소문도 이것을 확인해 준다. 그러면 그 자신이 그러한 질서에 끼지 못한 것이 잘못한 것이 아닌가? 그의 합리성에 대한 믿음은 그의 보호되었던 삶, 세상의 물정을 몰랐던 어리석음에서 나온 것일지 모른다. 주인공은 그의 패배 속에서 이러한 생각들을 가지게 된다. 그러나 이야기의 끝에서 그는 경찰에 의해 구타당하고 끌려가는 사기꾼 엄석대를 목격하게 된다. 그렇다면 세상의 이치는 합리와 자유에 기초해 있는가? 독자가 받는 인상은 반드시 그러하지는 않다. 남는 것은 이것도 저것도 쉽게 받아들일 수 없는 상황이고 상황에 대한 질문이다. 참으로 이 사회를 지배하는 힘은 무엇인가? 이러한 물음을 제기하는 데에서 이야기는 독자에게 새로운 체험이 된다.

「우리들의 일그러진 영웅」에 대한 이러한 분석은 작품 자체를 평하자는 것보다도 이러한 분석의 관점에 들어 있는 도덕적 질문의 방식을 생각해 보자는 것이다. 위에서 비친 바와 같이, 도덕적 판단은 이야기의 밖으로부터 오는 것이 아니라 그 안에서 일어난다. 그것은 이야기를 구성하는 여러 사항들 사이의 정합성으로부터, 말하자면, 그것들이 서로 모순 없이 공존하는 것인가 아닌가를 판단하는 것이다. 그러기 위하여는 관련된 사항들 하나하나가 있는 그대로 충실하게 기술되어야 한다. 어떤 정해진 원칙을 위하여 어떤 사항의 서술이 왜곡되거나 단순화된다면, 그것은 도덕적 판단의 놀이로서의 이야기를 실패하게 하는 것이 된다. 그리고 이 공정하게 서술된 것들이 서로 일관성이 있는가, 모순된 것인가, 모순이 되는 경우 그것은 어떻게 조정되어야 할 것인가의 고려에서 도덕적 판단이 일어나는 것이다. (위의 소설에서 묘사되는 사실들은 서로 예각적으로 모순되는 관계로가 아니라 혼성적인 것으로 이야기된다. 가령 주인공과 악동의 대치는 선악의 대치가 아니라 어느 쪽이나 이미 순진성을 상실한 세속적으로 조숙한 아이들의 세력 다툼이라는 양상을 가지고 있다. 이것이 현실에 더 가까운 것일지 모르지만, 도덕적 판단의 놀이로서의 이야기의 의미는 이러한 흐릿한 현실 파악으로 상당히 힘을 잃는다고 할 수밖에 없다. 도덕주의나 이데올로기적 현실 인식에 대하여, 보다 현실적이고자 하는 사람들은 현실의 혼성적 성격을 강조하지만, 그렇게 말하는 것은 의식의 의미를 잘못 파악하는 것이다. 의미 있는 현실 인식은 그것을 단순히 혼성적인 것으로 파악하는 것이 아니라 거기에 숨어 있는 여러 예각적인 모순을 가려내면서 현실이 그 모순으로 인하여 혼성적인 것임을 드러내 주는 일이다. 그러나 이러한 문제는 여기의 논지에 직접적인 관계가 있는 것은 아니다.)

문화의 충돌과 가치의 형식화

하여튼 이문열의 작품에 시사되어 있는 프랑스적인 질문의 방식을 이상적으로 확대하여 본 결과를 다시 요약한다면, 그것은 이야기 내의 여러 사실들의 사실성을 존중하고 말하자면 작품의 구도 안에서 그것들이 고르게 배치되도록 하고 그 전체적인 균형을 보는 것이다. 도덕은 이 균형에 일치한다. 이러한 서술의 방식 그리고 질문의 방식에 전제되어 있는 도덕관은 대체적으로 자유주의의 그것으로 보인다. 그리고 자유주의의 가치에 대한 우리의 판단이 어떠한 것이든지 간에 그것이 다원적 인간의 존재에 가장 잘 맞는 것임은 인정하지 아니할 수 없을 것이다. 그것은 어떠한 사람의 행동이나 도덕적 입장도 그것 자체로는 아무런 평가를 내릴 근거가 없는 것으로 생각한다. 또는 그것은 오히려 어떠한 사람의 행동이나 생활 태도도 관대하게 수용해야 한다는 것을 제1차적인 도덕적 명령으로 생각한다. 행동의 평가는 다른 사람의 삶과의 관계 속에서만 일어난다. 자유주의의 유명한 격언이 말하듯이 나의 자유는 다른 사람의 코끝에서 끝나기 때문이다.

물론 절대적인 기준이 전혀 없는 것은 아닐 것이다. 거기에 어떤 절대적인 기준이 있다면, 그것은 그 행동이나 생활 태도가 삶의 앙양에 기여해야 한다는 정도의 요청일 것이다. 그러나 삶이란 무엇인가? 무엇이 더 살 만해지는 삶인가? 최소한도로는 그것은 일단 생물학적으로 정의되는 것일수 있다. 그러나 그 이상의 삶의 앙양이 부정되는 것은 아니다. 그러나 최소한도의 것에 추가하여 다른 삶의 앙양 또는 고양이 있다면 그것은 일반적인 원칙으로 규정되는 것이기보다는 개개의 경우에 새로 증명되어야 하는, 또는 제시되어야 하는 것이다. 다시 말하면, 이것은 스스로의 삶을 사는 개인의 영역으로서 하나씩 실현될 수 있을 뿐인데, 구태여 이야기된다면, 소설과 같은 형식으로 이야기될 수 있을는지 모를 일이다.

위에서 이러한 도덕관이 자유주의의 그것이라고 하였지만, 자유주의의 대체를 표방하는 사회주의적 세계관에서 생각할 수 있는 도덕도 이것으로부터 그다지 먼 것은 아니라고 할 수 있다. 다만 그것은 다양한 개체들의 균형의 원근법에 대하여 또 원근법의 성취에 이르는 역사적 경로에 대하여 조금 더 강한 규범적 인식을 가지고 있을 뿐이다. 전체적 균형의 도덕관은 보다 일반적으로 과학적이고 현세적인 세계관의 도덕관이라고 부르는 것이 좋을 것이다. 중요한 것은 이러한 다원적인 개체 또 다원적인 문화를 하나의 관용적 테두리 속에 수용할 수 있는 도덕은 그러할 수밖에 없을지 모른다는 점이다. 그러므로 문학이, 직접적은 아니래도, 어떤 복합적 전략을 통하여, 삶의 도덕적 평가에 깊이 관계되는 의식과 언어의 작업이라고 한다면, 어쩌면 문학의 보편성은 이러한 과학적이고 현세적인 도덕적 평가의 방법의 수용을 요구하는 것인지 모른다. 적어도 한국 문학의 세계성의 문제는 이러한 도덕적 입장과의 관계를 어떻게 정립하느냐 하는 문제로 생각할 수 있다.

그러나 다른 한편으로 한국 문학의 상당 부분이, 절대적 또는 독단적인 성격을 띤 도덕적 관점에 깊이 매여 있다고 해서 이것의 상대화 또는 보편화가 반드시 단순한 의미에서의 '발전'이라고 말할 수는 없다. 그것은 얼핏 보기에 독단적으로 보이면서도 실질적 내용을 가지고 있는 도덕을 잃어버리는 일이며 독단적이면서 분명한 도덕의 자신과 투명성을 잃어버리는 일일 수 있다. 문제는 하나의 척도로 말하여질 수 있는 가치의 선택이 아니라 서로 다른 문화의 충돌이라고 할 수 있다. 비교적 단순한 공동체적 사회에서의 삶은 개인적으로나 여러 사람의 상호 관계에서나 단순한 도덕 규범으로 헤아려질 수 있다. 이에 대하여 이익과 가치가 서로 다른 개체와 사회가 충돌하고 타협하는 곳에서 실질적인 도덕은 삶을 규제하는 역할을 맡지 못한다. 그리하여 가치는 상대적인 것이 되고 중요한 것은 그 실질적 내용보다도 형식화의 가능성 —— 여러 가치가 하나의 관용성 속에 수용되기 위해 필요한 형식화가 된다. 경제적 기술적 발전은 한국을 세계 시장의 일부가 되게 하고 외부에서 오는 문화에 노출되게 하고 우리 자신의 문화를 세계의 기준 —— 또는 서구적인 관점에서의 보편성의 관점에서 돌아보게 하였다. 그리하여 우리 문학도 위에서 말한 여러 의미에서의 보편화를 향하여 진전해 가는 것이 될지 모른다. 그러나 그 과정에서 우리에게 고유한 것들이 새로운 보편성 속에서 상실되어 버린다면 그것은 매우 유감스러운 일일 것이다. 우리가 궁리하고 싶은 것은, 그것이 실제 가능하든 그렇지 못하든, 어떤 보편적인 것에 이르면서 동시에 우리의 공동체적 삶에서 나오는 또 그것의 특수성에서 나오는 실질적인 덕목을 보존할 수 없을까 하는 일이다.

설득력 없는 교훈: 훼손된 도덕적 감수성

자명한 이야기이지만, 문학 작품은 현실을 논하는 것이 아니라 현실을 재현하고, 또 그 재현은 가상으로서의 현실을 구성하는 것에 불과하다. 그러나 그것은 동시에 주장이다. 그것이 어떤 종류의 설득이든지 간에, 그것은 설득을 위한 수사적 자료로서 존재한다. 즉 그것은 증거와 논리의 맥락 속에 있는 것이다. 작품 내의 사실과 주장은 그 자체로 제시되기보다는 일정한 논리의 공간에서 다른 사실과 주장에 관련하여 구성되게 마련이다. 여기에서 중요한 것은 제시된 것들이 일방적인 것이 아니라는 것이다. 그것은 공정한 고려에 입각한 것이라야 한다. 살펴야 할 것이 다 살펴지고 있다는 느낌을 주면서 작품의 주장이 전개되어야 하는 것이다. 이러한 것의 보장은 궁극적으로 작품의 세부와 진실과 형식 또는 구조에서 온다. 그것은 물론 작가의 상상력의 힘으로 만들어지는 것이다. 그러나 이렇게 말하는 것은 그것을 너무 개인적인 것이 되게 하고 신비화하는 혐의가 있다. 그러한 상상력에는 구체적인 사물에 대한 감각이나 논리의 힘이 관계되어 있다. 또는 그것은 사물에 대한 단순함, 균형된 감각이라고 말할 수도 있다. 이것은 단순히 개인의 힘으로만 얻어지는 것이 아니라 사회가 사람의 사회적, 대상적 인지 능력을 형성하면서 우리의 주체적 능력의 일부로 부여되는 것이다. 어떠한 작가의 뛰어난 상상력의 힘이란 이러한 형성적 힘이 개인의 재능과 인격 속에 더 뛰어나게 나타나는 것을 말한다. 어쨌든 증거와 논리에 있어서 설득력을 가진 작품을 만들어 내는 작가의 건축술과 장인적 기술은 이러한 여러 개인적, 사회적 능력의 행복한 집결의 결과이다.

우리 작품의 어떤 것들이 아직도 보편성에 있어서 부족한 것이 있다면, 그것의 많은 부분은 단순히 우리 시대의 감수성의 붕괴로 설명될 수 있는 것일 것이다. 설득력 없는 '교훈적' 요소 — 설득력을 가진 교훈적 요소는 교훈적 요소로 인지되지 아니한다. — 도 이러한 감수성의 붕괴 이외의 다른 것을 의미하지 아니한다고 할 수 있다. 즉 사물을 있을 수 있는 모든 연관성 속에서 공정하게 볼 수 있는 능력이 손상된 것이다. 이것은 우리의 일상생활과 텔레비전과 신문에서 매일 보는 것이다. 작품에서 그러한 것이 아니 나타날 수 있겠는가. 최근 단 며칠 사이에 내가 신문에서 읽은 것에 이러한 것이 있다. 국문학자 이숭녕 선생의 작고와 관련하여 그를 칭송하는 기사 가운데 그가 제자의 글에 자기 이름을 붙이지 아니한 분이라는 지적이 있었다. 이것은 그를 칭찬하는 것인가, 욕하는 것인가. 어떤 사람을 높이면서 그가 도둑질도 아니하고 살인하지도 아니하였다고 말하는 것은 그를 높이는 것인가, 낮추는 것인가. 그러한 것이 칭찬의 대상이 된다면 그것은 인간의 도덕적 가능성에 대한 필자, 사회 또는 작고한 사람의 기준이 극히 낮은 것이었다는 말이 될 것이다. 다른 기고문에는 독서의 소중함을 옹호하는 것이 있는데, 세조조의 김수온(金守溫)의 일화를 모범이 될 만한 것으로 들고 있다. 한번은 신숙주(申叔舟)로부터 그가 책을 빌려 간 일이 있었는데 얼마를 지나도 책을 돌려주지 않아서 그 집에 가 보았더니 그 책으로 방 안을 도배하고 책을 주야로 쳐다보며 공부를 하더라는 것이다. 그 책은 신숙주가 임금으로부터 하사받은 매우 소중한 것이었다. 그런데 독서를 권장하는 이 글은 김수온의 독서열을 칭찬할 뿐 남의 소중한 책을 착복하고 훼손한 문제에 대하여는 아무런 언급이 없는 것이다. 일화에서 당장에 문제로 제기될 수 있는 인간관계의 훼손, 도덕적 실수는 독서만 한다면 아무 상관이 없다는 말일까. 필자는 일화의 그러한 측면을 고려할 여유를 갖지 못한 것일지도 모른다. 그러나 그 경우에도 그 도덕적 사고의 능력에 문제가 있다는 것에는 변함이 없다. 여기에서 우리가 든 예들은 일상생활의 것이지만, 이에 비슷한 예들은 그간의 우리 문학에서도 얼마든지 발견된다. 슬픔, 원한, 분노, 정의, 자족, 초탈의 명분으로 주장되면서, 사실은 냉소적 인간과 일방적 자기 의지의 표현들에 불과한 것들이 너무나 많은 것이다. 이러한 작가의 감성과 판단력의 편파성이 작품의 설득력을 손상시키는 경우를 잊어버려서는 아니 될 것이다.

위에서 공정하고 객관적인 서술 기법의 모범적인 예로 들어진 「우리들의 일그러진 영웅」의 경우에도 우리는 그러한 흔적들이 발견됨을 이미 시사한 바 있다. 한 가지만을 되풀이하건대, 이야기의 첫 부분 주인공 소년과 악동의 대결이 참으로 긴장감을 주지 않는 것은 그것의 도덕적 의미가 분명하게 부각되지 아니하였기 때문이다. 그 대결은 단순히 자유주의와 독재의 대결이 되었다. 그것도 의미 있는 것이기는 하지만, 그것은 주로 슬로건과 이념이 자극하는 추상적 정치적 정열 이상의 것을 자극하지 못한다. 그것은 동시에 도덕적 차원에서의 대결이 됨으로써, 즉 어떻게 사는 것이 사람다운 것이냐 하는 문제를 주축으로 하는 개체적 체험을 포함하는 대결이 됨으로써만, 참으로 심각하고 감동적인 대결이 되었을 것이다. 물론 이 대결은 정의, 정직, 개인적 온전함 등과 악과의 대결이라는 면을 가지고 있고 성장하는 소년의 악에 대한 첫 체험이라는 점에서 그 처절한 데가 있다. 그러나 이 소년은 그 자신 이미 악에 물들어 있다. 그는 대결의 무기로서 그 나름의 사술들을 사용하는 것이다. "어른들의 싸움에서 이래저래 수단이 다했을 때 하는 그 비열한 추문 폭로 작전의 원형을 나는 일찍도 터득한 셈이었다."[4] 그는 스스로 이렇게 고백하고 있다. 이것이 물론 현실이요 리얼리즘이다. 그러나 문제는 작가 자신 이러한 악의 수단의 의미를 철저하게 깨닫지 아니하고 있다는 것이다. 작가 자신도 주인공의 몽롱한 현실 의식에 머물러 있다면 작품의 의식은 극명한 상태에 이르지 못하고 있다는 것이고, 작가는 상황의 철저한 검토에 실패하고 있다고 하여야 한다. 손상된 도덕적 기준은 이 작품의 세계에서 너무나 자연스러운 또는 당연한 현실의 일부이다. 주인공의 고백에도 불구하고 이 소년기의 체험을 소재로 한 단편에서 그러한 악에의 입문이 그러하여 소년의 순진성의 상실이

---

4 『이상문학상 수상 작품집』(문학사상사, 1987), 33쪽.

무엇을 뜻하는가에 대한 아무런 심각한 주석을 우리는 듣지 못한다. 작가는 이러한 점에 대하여 충분히 넓고 깊게 또 공정하게 생각하고 있지 아니한 것이다. 그리하여 우리에게 주인공과 악동의 대결의 의미는 참으로 심각한 인간 생존에 관계되는 것이 아닌, 슬로건의 대결 이상의 것이 아닌 것이 되고 만다. 이것은 도덕적 지각의 실패——사건에 엉켜 있는 도덕적 선택을 분명한 추상적 개념으로 파악하지 아니한 데에서 오는 실패이지만, 역설적으로 조금 더 있었을 법한 작품의 체험적 진실성의 결여도 여기에 관련되어 있다. (사고의 예리함은 흔히 주로 추상적 개념으로 표현된다고 생각되지만, 사실 사실적 구체성의 기술도 또 같은 사고의 예리함의 소산이다.)

이문열 씨의 작품을 두고 이렇게 비판적인 분석의 대상을 삼는 것은 미안한 일이다. 그것이 모범적인 작품이라는 것은 모리스 씨에 한정된 견해가 아니다. 여기에서 우리가 유감스러운 사실로 지적하고자 하는 것은 그러한 모범적 작품에까지 들어 있는 문제점이다. 많은 현대 문학의 작품들이 보편적이라는 인상을 주지 못하는 것이 사실이라면, 즉, 한국의 다양한 독자 그리고 세계의 다른 사회, 다른 문화의 독자에게 그럴싸한 설득력으로 호소하지 못하는 것이 사실이라면, 그것은 적지 않게 우리 사회 전체에 미만한 도덕적 감수성의 훼손에 기인하는 것이 아닌가 하고 생각할 수도 있다. 사람이 사는 사회는 행동과 표현의 도덕적 의미의 여러 관련을 자연스럽게 거머쥘 수 있게 하는 감수성을 제공해 준다. 가장 간단하게는 예절과 같은 것도 그러한 감수성의 표현이고 또 교습의 수단이라고 할 수 있다. 예절이 역지사지(易地思之), 상호성 또는 겸손에 입각하였다고 한다면 말이다. 이러한 것들은 모두 단순한 자아 주장 이상의 것 그러니까 여러 관점에서의 고려를 요구하는 것이다. 물론 사회의 도덕적 감수성이 완전하고 철저한 도덕적 인식과 판단을 전적으로 책임질 수 있는 것은 아니다. 그것은 불가피하게 편견과 맹점들을 가지고 있다. 편견까지도 사회에서 덕목인 것처럼 생각될 수 있다. 하층 계급이나 여성의 예종은 종종 미덕으로 말하여진다. 작가는 이러한 사회적 편견까지도 녹이는 철저한 도덕적 의식을 필요로 한다. 그것은 다른 무엇보다도 인식의 수단으로 필요한 것이다. 그러한 철저한 것이 있어서 비로소 보이지 아니할 것이 보일 수 있기 때문이다. 인간으로서 인간 이하의 경험에까지 하강할 것을 강요한 우리의 현대사는 대체적으로 냉소주의와 마키아벨리즘을 우리의 인간 인식의 기본이 되게 하였다. 물론 우리의 상황이 험했던 만큼 도덕적 본능이 강력하게 일깨워졌던 것도 사실이다. 그것은 상황의 급박함으로 인하여 강력하고 날카로운 주장의 형태를 띠기가 쉬웠다. 그러니만큼 그것은 자신의 입장을 넓은 관련 속에서 공정하게 고려하는 일에 도움이 되는 것은 아니었다. 오히려 그것은 균형 있는 도덕적 감각과는 반대의 것이 되기도 하였다. 우리의 현대 문학의 많은 부분이 세계적 차원에서의 보편적 설득력을 갖는 데에 부족함이 있다면 그것은 이러한 사정들과도 관계되어 있는 것이 아닌가 한다.

금욕적 이성과 그 생산성

대체적으로 말하여 우리의 기본적 여건이 인식과 설득에 도움이 되는 것이 아니었다고 하겠는데, 이러한 정신 관리의 문제점에 추가하여, 서양적 관점에서의 보편성은 그것과는 별도의 과제를 우리에게 부과한다. 우리의 문학의 보편성 또는 그 점에 있어서의 문제점은 우리 자신의 상황에서 나오는 것이기도 하지만, 서양의 기준이 우리에게 상당히 새로운 것이기 때문이기도 하다는 말이다. 이것은 다시 한 번, 문화의 충돌에서 야기되는 것이다.

서구적 보편성은 일정한 전략에 의하여 구성된다. 그것은 우선 사람의 복잡한 성향을 이성이라는 원리로 단순화한다. 이와 함께 사람의 다른 성향들은 억압 또는 보류된다. 이성은 사물을 법칙적 관계 또는 적어도 상호 연관의 양상하에서 생각할 수 있는 능력이다. 이 관점에서 사물들은 개별적으로나 총체적으로 그 객관성 속에서 스스로의 모습을 드러낸다. 또는 스스로를 구성한다. 이러한 단순화는 과학에서뿐만 아니라 문학이나 철학적 사고와 관찰에서도 놀라운 생산성을 발휘한다. 서구 문학의 묘사의 풍부 그리고 그 구조적 정합성은 금욕적 이성 또는 적어도 관찰적 태도로 인하여 가능하여진다. 서양 문학에서 독자들이 강하게 받는 인상의 하나는 다른 어디에서보다 쉽게 발견되는 감각이나 감정의 섬세한 묘사이다. 이것은 단순히 감각이나 감정의 풍부함을 말하는 것이 아니다. 그것은 그것들을 언어로 포착할 수 있는 힘을 말한다. 주의할 것은 그것들이 단순히 포착되는 것이 아니라 의미 있는 총체로 정리됨으로써 포착된다는 점이다. 그것을 가능하게 하는 것은 금욕적 관찰의 힘이다. 감각이나 감정은 느껴지면서 동시에 정지되고 관찰된다. 그러는 사이에 그것은 하나의 질서 속에 구성된다. 도덕적 감정이나 판단 또는 주장도 느껴지고 판단되고 주장되면서 동시에 정지되고 관찰 서술된다. 이 정지와 관찰의 계기로 하여 그것은 다른 사항이나 입장들과 대비되고 그것들과의 균형 속에 들어간다. 그리하여 관찰된 하나의 도덕적 입장은 좀 더 보편적인 원근법 속에서 재평가된다. 그리고 이렇게 평가되는 도덕적 입장은 반드시 서술자 자신의 것일 필요가 없다. 그 자신의 것은 평가일 뿐이다. 그 평가도 적극적인 것이라기보다는 대상들의 상호 작용의 결과일 뿐이다. 자아는 이와 같이 한편으로는 순수한 대상들이 구성되는 중립적 공간으로 축소되면서 다른 한편으로는 모든 것을 뒷받침하는 근본이 된다.

　　이러한 자아의 억제와 확장을 통하여 가능하여지는 것이 객관성이다.

그리고 이 객관성은 여러 있을 수 있는 사항을 상호 관련 속에서, 대체로는 인과 관계 속에서, 그러나 때로는 현상학에서 말하는바 동기 관계 속에서 드러나게 하기 때문에 보편성의 기본이 된다. 보편성이란 객관적 드러남의 일반화를 말하는 것이다. 또는 일반화는 논리적으로 이미 보편성을 전제로 한다고 할 수도 있다. 그것은 객관성에 대한 선험적 정당성에서 시작한다고 말할 수 있다. 그러나 이것도 사실은, 데카르트의 "분명하고 명백한 것"처럼, 일종의 확신의 체험에 기초한다고 할 수는 있다. 말할 것도 없이, 객관성이나 보편성의 문제는 철학과 과학의 영원한 문제로서 여기에서 간단히 말할 수 있는 것은 아니다. 여기에서의 우리의 관심은 그것에 대한 엄밀한 과학적 반성보다도, 서양 문학이 보편성을 지향하는 과학적 사고와 병행하여 성장하였다는 사실이다. 그것의 논리적 정당성이 어떠한 것이든, 문학에서 필요한 것은 단순히 보편성의 느낌이며, 문학은 과학적 사고에 닮음으로써 놀랍게 생산적인 보편성의 화술을 얻었다. 물론 그러한 화술의 권위가 궁극적으로 과학으로부터 오는 것임은 틀림이 없다.

그러나 과학적 보편성이든 또는 문학의 보편성의 화술이든 참으로 인간의 현실이 보편성의 원리 아래서 공정하게 서술될 수 있는가. 사실의 면에 있어서, 여기에서 보편성이란, 이미 비친 바와 같이 하나의 가정에 불과하다. 보편성은 하나의 사실을 기술하는 데에 들어가는 기술의 틀이다. 그러나 이 틀은 사실 자체를 그 안에 수렴하여 버리고 만다. 사실의 독특하고 일회적인 성격은 사라져 버린다. 이러한 관계는 오늘날 서양 문학과 비서양 문학의 관계에서 단적으로 드러난다. 서양 문학이 보편성을 대표하고 다른 문학이 특수성을 나타낸다고 한다면(음악에서, 서양 음악을 관형사 없이 음악이라 하고 비서양 음악을 종족 음악이라고 부르는 데에 더욱 잘 드러나지만, 오늘날, 그러한 용어가 쓰이지 않는다고 하여도 문학에 있어서도 암암리에 같은 종류의 가정이 들어 있다고 할 수 있다.) 그것은 요청에 불과하다. 역설적인 것은 서양 문학에 대해서 비서양 문학이 다수이며 따라서 그것의 진실이 보편적이라는 것이다. 요청 또는 권리의 보편성에 대해서 사실의 보편성이 맞서는 것이다. 이것은 고려의 범위를 더 좁히는 경우에도 마찬가지이다. 가령 한 사회에서 긴 역사의 진실은 한 시대, 한 삶의 진실이 아닐 수 있다. 마찬가지로 사회 전체의 보편적인 진실은 한 사람 한 사람의 진실이 아닐 수 있고, 한 사람의 한순간의 진실은 일생의 진실이 아닐 수가 있다.

그렇다면 과학적 보편성은 무엇인가? 여기에서 우리는 그것이 관찰자의 특별한 전략에 의하여 가능하여지는 것임을 다시 한 번 상기할 필요가 있다. 그것이 참다운 전체를 지칭하는 것이 아니고 관찰자의 관점에 의하여 구성되는 어떤 것이라는 것을 상기하자는 것이다. 페르낭 알랭의 말에 의하면, 현대 과학의 언어는 언어의 질서와 이성의 질서와 사물의 질서가 일치한다는 전제하에서 성립한다. 그러나 어떠한 질서의 경우에도 이것은 원근법의 제한을 갖는다. 즉 그것은 관찰자의 관점과의 관련에서 조직된 질서이다. 그것은 서양화의 원근법에 비슷하다. 또는 그와 동시에 성립하였다. 원근법의 발견은 사물들의 관계를 화면에 표현하는 데에 매우 효과적인 방법을 제공하였다. 그것은 어떠한 화법보다도 사실적인 현실의 재현을 가능하게 하였다. 그러나 그것은 공간 내에 존재하는 사물들의 상호 관계를 질서 있게 표현하는 방법이지 실재 자체는 아니다. 그것은 사물을 보는 관점을 하나로 고정하고 그 관점에서 시각 체험을 정리하는 것인데, 무엇보다도 이 관점은 그렇게 정리된 사물들의 모습을 통제 또는 왜곡한다. 관점에 따라서 정사각형은 직각사각형으로도 마름모로도 평면으로도 선으로도 보일 수 있다. 그렇다고 하여 이것이 제 마음대로 이렇게 저렇게 될 수 있는 것은 아니다. "대상과 주관의 관계가 정해지면, 곧 하나의 필연성이 생겨난다. …… 구도의 성분들은 주관의 그림에 대한 관계에서 일어나는 요구 조건을 따르지 아니할 수 없다." 주관과 대상 세계와의 최초의 관계 설정이 하나의 이성적 질서를 요구하는 것이다. 그러니까 원근법에 아무런 이성이 없는 것은 아니다. 다만 그것의 진실은 어떤 전제를 가지고 있는 것이다. 그림은 하나의 질서를 부과하는 행위인데 그 질서는 "화가가 세계를 수용하여 이 수용의 결과를 다른 사람에게 제공하기 위하여 필요한 질서이다."[5] 알랭은 과학적 사고의 이성도 이러한 주관의 퍼스펙티브의 성격을 가지고 있다고 말한다.

그러나 이러한 퍼스펙티브주의의 장점은 이성의 한계를 지적하면서도 서양의 이성에 대한 소박한 비판에서처럼, 그것을 순전한 정복의 의지에 순종하는 이데올로기로 처리하지 않는 장점이 있다. 과학적 이성이 그리는 보편적 법칙의 세계가 주관과의 관계에서 성립한다는 것은 경험적 주관의 자의적인 왜곡을 필연적인 것이 되게 하는 것은 아니다. 여기 말하여지고 있는 것은 과학적 이성의 세계상에 따르는 한계 — 보편적 한계일 뿐이다. 이 과학의 진리를 한정하는 근본 요인이 개입되는 주관이라고 하여도 그것은 어떤 개인의 주관이 아니다. 그리하여 과학은 단순한 이데올로기 이상의 것이다. 이 주관은 경험적 우연성이나 왜곡에 좌우되는 우리의 개인적인 주관이 아니라 경험의 일체성을 가능하게 하는 필수적 요건으로서, 칸트적 용어를 써서, 선험적 주관 또는 주체성이라고 부를 수 있는 것이다. 그러나 이러한 선험적 주관의 경험적인 근거는 우리 자신일 수밖에 없으므로, 이 두 개가 어떻게 연결될 수 있는가는 커다란 문제가 될 수 있다. 여기에서 우리가 그에 답할 준비가 되어 있지는 아니하지만, 우리는 철학적 고찰을 떠나서, 경험적으로 사람이 자신의 좁은 관점을 넘어갈 수 있는 능력을 가지고 있으며, 다른 한편으로는 초월의 노력에도 불구하고 끊

5 Fernand Hallyn, *The Poetic Structure of the World: Copernicus and Kepler*(New York: Zone Books, 1990), pp. 68~69.

임없이 자신의 한정된 자아의 관점으로 다시 되돌아가게 된다는 두 가지 모순된 가능성과 현실을 인정하기는 어렵지 아니하다. 이데올로기는 이 모순 사이에서 나온다. 여기에서 과학적 진리를 표방하는 입언들이, 의도 적이 아닌 경우에도, 일방적이거나 허위로 드러나는 경우가 생기게 된다.

놀이하는 마음과 현실의 요구

그런데 과학적 이성 그것이 만들어 내는 보편성이, 아무런 이데올로기 적 단순화나 왜곡을 포함하고 있지 않다고 하더라도 물리적 세계가 아니라 개인이든 사회이든 인간의 세계에 그대로 적용될 수 있는 보편성의 형식이라고 말할 수는 없다. 흔히 지적되듯이 이성적 인간은 인간의 단순화 — 고독하게 사유하는, 육체도 없고 동료 인간도 없는 존재에로의 단순화를 통하여 만들어진 허구이다. 그것은 자연이나 인간 현상을 서술하고 제어하는 데에 놀라운 전략적 위력을 발휘했으나, 인간에 대한 이해와 상호 간의 관계에 엄청난 왜곡을 가져왔다. 또 설령 보다 원만한 인간상을 거점으로 삼는다고 하더라도, 인간 현상을 하나의 질서에 통일하는 일이 쉬울 수는 없다. 인간의 개체의 유일성은 그 자신 이외의 어떠한 다른 관점으로부터의 단순화 또는 원근법화도 거부하는 면을 가지고 있다. 모든 사람에게 그 자신이야말로 가장 가까운 진실이며 세계의 한복판이다. 이것은 사회와 사회, 문화와 문화의 상호 관계에 있어서도 그러하다. 한 사람이나 한 문화를 근거하여 이루어지는 원근법은, 그것이 보여 주는 보편성의 인상에도 불구하고 또 일방적 관점을 넘어가고자 하는 의지에 관계없이, 나쁜 의미에서 "세계를 수용"하려는 것일 수 있고 또 이 수용을 다른 사람들에게 받아들이게 하려는 것일 수 있다. 이것이 서양과 같은 패권적 위치에 있는 세력의 관점에 기초한 것일 때, 그것이 내포하는 제국주의적 정복의 혐의는 짙어질 수밖에 없다.

이렇게 생각할 때, 비서양의, 또는 더 일반적으로 비보편성의 문화 속에 있는 사회나 개인은 그 자신의 고집스러운 사실성으로 서양의 보편성 또는 보편적 문화의 요구에 맞서는 도리밖에 없는 것인지 모른다. 결국은 이러한 고집 세고 편벽되고 합리적으로 이해할 수 없는 사실성의 총체, 또는 하나의 총체의 이념 속에 통합 해소될 수 없는 사실성의 집합이 진정한 의미에서의 세계의 인간적인 총체를 이루는 것이라 할 수 있다.

그럼에도 불구하고 어떤 종류의 이성적 보편성은 다시 한 번 피할 수 없는 것이라고 하여야 한다. 고집스러운 사실들은 서로 충돌 모순하는 형태로라도 하나로 연결되게 마련이다. 거기에서 하나의 말하는 법이 필요하게 된다. 국부적인 사실들이 서로 충돌을 일으키며 하나의 공간에 모일 때 어떻게 할 것인가? 이상적 보편성의 허위를 생각한다면 그것들은 하나하나 별개의 진실로서 받아들여져야 한다. 그러나 그것들의 계기적 수용은 벌써 우리의 태도를 심각한 것이 아니라 실험적이고 유희적인 것이 되게 한다. 그 과정에서 우리의 도덕과 우리의 주장과 감정은 사실적 절대성을 잃는다. 그리고 남는 것은 놀이하는 마음이다. 서양 과학의 언어가 이성적 성격을 얻는 것은 언어와 사실과의 일체성이 이완되기 시작함으로써였다. 그리하여 언어와 사물은 그 실체성을 잃고 계속되는 사유의 계기들을 이룰 뿐이다. 바슐라르가 과학적 사고를 설명하여 말한 바와 같이, "모든 현상은 이론적 지성 안의 한 계기, 담론적 사고의 한 단계, 준비된 결과"가 되는 것이다.[6] 비슷하게 사실들의 특수성 또 그것에 대한 언어적인 표현은 계

---

6 Gaston Bachelard, *La formation de l'esprit scientifique: Contribution à une psychanalyse de la connaissance objective*(Paris, 1970), p. 102; Timothy J. Reiss, *The Discourse of Modernism*(Ithaca: Cornell University Press, 1982), p. 41에서 재인용. 현대적 사유의 특성이 어떻게 형성되었는가는 이 책

기 대체의 과정에서 해소되고 그것들을 수용하는 마음만이 유일한 실체로 남을 수가 있는 것이다. 특수한 사실들의 계기를 넘어서 하나의 종합하는 공간으로 성립하는 마음은 과학적 인식의 주체 ─ 선험적 주체에 비슷할 것이다. 그러나 그것은 과학에서처럼 스스로를 하나의 이성의 질서로 파악하는 현실주의를 피할 수 있어야 할 것이다. 상기할 것은, 이성은 하나의 언술의 전략이며 잠정적인 타협의 평화이지 정태적인 영원한 질서를 나타내는 것이 아니라는 사실이다. 그러한 경향을 실험과 유희와 자기반성에 의하여 극복하면서, 새로운 이성은 즐거운 움직임의 원리로 남아 있어야 한다.

구체적으로 그것이 어떤 것이 될는지는 알 수 없으나, 비서양의 세계에서 출발한 문학적 보편성의 발돋움은 매우 복잡한 반성과 탐색의 결과일 수밖에 없다. 그것은 다층적으로 구성된다. 서양이 이룩한 이성적 작업, 그 보편성의 원리를 그것은 포용하여야 한다. 그러면서 그것은 스스로를 현실로 인식하지 않는 움직임의 원리로서 다시 파악되어야 한다. 그것은 추상적 보편성 속에 사실 ─ 자신의 전통적 삶에서 오는 특수하고 편벽되고 불합리한 주장과 사실이 용해되지 않도록 하여야 한다. 그러면서도 이러한 것들을 수용하는 것은 이성적 서술의 원리의 생산성이다.

물론 이러한 공식은 사변에서 나오는 추상적인 공식에 불과하다. 어떻게 이성의 보편성의 수사학을 습득하며 우리의 전통과 생활의 현실에서 어떠한 사실들의 관성을 확인할 것인지 또 이것을 작품에 살릴 것인지는 알 수 없다. 내가 여기에서 나머지는 작가의 천재의 문제라고 말한다면, 그것은 이야기를 끝내는 한 방법에 불과하다.

(1994년)

─────────

에서 다루어지고 있지만, 그 근본적인 통찰은 미셸 푸코 특히 그의 『말과 사물』에서 나왔다.

소유와 아름다움

1

현대 미국 시 가운데 가장 유명한 시의 하나이고 우리나라에서도 비교적 알려져 있는 시에 로버트 프로스트의 「눈 오는 밤에 숲에 멈추어 서서 (Stopping by Woods on a Snowy Evening)」라는 시가 있다. 숲 속에 눈 오는 밤이라면 우리가 가장 쉽게 상상할 수 있는 시적인 정경인데, 이 시는 사람들이 쉽게 공감할 수 있는 이러한 소재를 가지고 평이하게 소감을 서술하고 있는 것이어서, 으레껏 까다로운 것으로 되어 있는 현대 시 가운데에도 많은 사람들에게 친숙하게 생각되는 것이다.

이것이 누구의 숲인지 짐작이 간다.
하지만 그의 집은 마을에 있고
내 여기 멈추어 눈 내리는 그의 숲을
보고 있음을 그는 알지 못하겠거니.

내 작은 말은 나의 멈춤이 의아할 것이다.
근처에는 농가 하나도 없고
숲과 얼어 있는 호수 사이
일 년 중에도 가장 어두운 밤에.

말은 안장의 방울을 흔들어 묻는다.
이상한 일은 없는가 하고.
그 밖의 소리는 부드러운 바람과
깃털 같은 눈송이 스치는 소리뿐.

숲은 아름답고, 어둡고 깊다.
허나 나는 지켜야 할 약속이 있고,
잠들기 전 가야 할 먼 길이 있다.
잠들기 전 가야 할 먼 길이 있다.

이것은 산문적이기조차 한 평이한 서술로 되어 있는 시이다. 어쩌면, 지나치게 산문적이어서(이 산문성은 물론 상당한 정도는 서투른 우리말 번역 때문이라 하겠지만) 이 시가 시적이라고 생각되는 것은 소재 자체가 시적인 것이어서 사람들이 지레짐작으로 시적 감정을 만들어 내기 때문이라고 할 수도 있다. 이 시의 경우에도 그러하지만 프로스트가 쉽고, 쉬우면서 시적인 시인인 것은 사실이다. 그러나 동시에 쉬운 가운데에도, 프로스트는 동시에 까다로운 지적인 시인이다. 그리고 그의 진면목은 여기에 있다. 다만 그는 그의 간간한 지적인 사고를 평이함 가운데 숨기는 데에 능하다. 이것은 「눈 오는 밤에 숲에 멈추어 서서」의 경우에도 마찬가지이다.

첫 연을 잠깐 살펴보면, 그것은 극히 자연스럽게 시작한다. 첫 연은 사람을 놀라웁게 하려는 독특한 관찰이나 선언을 담고 있는 것이 아니다.

> 이것이 누구의 숲인지 짐작이 간다.
> 하지만 그의 집은 마을에 있고……

　이러한 말은 단순히 말문을 열기 위하여 그러한 상황에서 흔히 있을 수 있는 생각을 표현하고 있는 것으로 들린다. 그러나 이러한 오다가다 할 수 있는 말도 곰곰이 생각해 보면, 반드시 우연한 말이라고만은 할 수 없다. 눈 내리는 숲에 와서 하필이면 첫 번째 떠오른 것이 숲의 소유주가 누구인가 하는 것인가. 이것이 누구 땅이냐 ─ 이러한 질문이 마음에 먼저 떠오르는 것은 부동산에 넋을 빼앗긴 오늘의 한국인의 심성에서는 자연스러운 것일는지 모르지만, 20세기 초의 미국인에게도 이러한 질문은 자연스러운 것이었을까.
　20세기 초의 미국인이 오늘의 한국인만큼 부동산 의식을 가졌을 것 같지는 아니하지만, 사적 소유가 사회의 근본적 체제를 짜고 있다는 점에서는, 넓은 의미에서 소유의 문제는 밤에 접어든 숲의 설경을 보는 사람의 의식에서도 사물 의식의 근본을 이루었다고 할 수는 있을 것이다. 그리고 사실 프로스트가 이렇게 부동산에 관한 언급으로부터 서두를 뗀 것은 우연이 아니다. 첫 연에서 프로스트가 거론하려고 하는 것이 이러한 소유의 문제인 것은 시의 나중 부분을 보아도 알 수 있다. 숲의 소유는 설경을 즐기는 것과 어떠한 관계가 있는가 하는 질문은 전편의 밑에 숨어 있는 의식의 지평을 규정하고 있는 것이다.

> 내 여기 멈추어 눈 내리는 그의 숲을
> 보고 있음을 그는 알지 못하겠거니.

이 구절은 남의 숲의 아름다움을 바라보는 것은 잘못인가 하는 생각을 감추어 가지고 있다고 할 수 있다. 아니면 땅을 가지고 있으면 무엇하나, 보는 일이 좋지 — 하는 보는 일이 가지는 일보다는 더 우위에 있다는 뽐냄이 있다고 할 수도 있다.

시의 나머지 부분은 첫 연의 이러한 의문들에 대한 성찰을 전개해 나가고 있지만, 현실의 소유와 심미적 향수의 관계에 대한 시원한 설명을 제시하는 것은 아니다. 프로스트는 다만 자연에 대하여 소유 이외의 다른 관계가 있음을 지적하고 있을 뿐이다. 이러한 다른 관계를 인식하는 데에서 끌어낼 수 있는 하나의 교훈은 소유라는 사회적인 제도에 의한 형식적인 소유보다도 심미적 향수를 통한 자연의 소유가 진정한 것이라는 것이다. 그러나 다른 한편으로 그 미적 소유는 우리에게 부드러운 안식의 근원이 되는 것이기는 하지만, 그것에 완전히 빠져드는 경우 아름답지만 어둠과 깊은 심연이 거기에 있어서 — 말하자면 눈 내린 숲에서 잠을 자는 것 같은, 위험이 들어 있어서, 그것은 너무 가까이할 것이 되지 못하며, 사람의 현실은 그러한 아름다움의 위안이 아니라 약속과 법과 제도와 일과 의무 — 숲이 아니라 법률적 소유의 중심이 되는 마을이라는 사회에 있는 것임을 알아야 한다고 프로스트는 경고한다. 그리고 이것이 이 시의 결론이다.

2

「눈 오는 밤에 숲에 멈추어 서서」의 논리적 구조의 골격이 되어 있는 자연에 대한 두 관계 — 심미적 향수와 소유는 사람 사는 일에서의 중요한 모순을 지적한 것이다. 프로스트는 이 시에서 이것을 지적하고 또 그 관계가 얽혀 들어가는 중요한 면을 드러내어 보여 준다. 그러나 이 관계의 얽힘은 아마 더 여러 차원에서 생각해 볼 만한 것일 것이다.

　법적 소유나 심미적 향수나 일단은 자연스러운 인간 현실의 일부이다. 그리고 그 사이에 중복과 모순이 있을 수 있다는 것도 당연한 일인 것 같다. 그러나 따져 보면 이러한 모순의 현실 자체가 불가해한 일이라는 생각도 든다. 땅을 소유한다는 것은 오늘의 사회에서 가장 흔히 보는 인간 현실이기는 하지만, 그것이 쉽게 이해되는 일인 것은 아니다. 특히 프로스트의 시에서처럼 당장에 경작을 한다거나 재목을 생산하려는 것이 아닌 땅을 소유한다는 것은 자명한 인간 행위가 아니라고 할 수 있는 면이 있다. 아마 나중에 그러한 목적을 위하여 사용할 계획이 있다는 가정하에서만 그것은 이상하지 않은 일로 생각될 수 있을 것이다. 눈 내리는 숲의 아름다움을 즐긴다는 것은 누구나 공감하는 자명한 일이지만, 왜 그러한 것이 즐김의 대상이 되는 것인지는 분명치 않다. 땅의 사용을 말할 때처럼, 공리적 동기를 제일 중요한 설명의 원리로 본다면, 자연의 아름다움의 공리적 의미는, 그것이 당장의 생존에 관계되지 않는다는 점에서, 얼른은 설명되는 것이 아니기 때문이다. 어쩌면 당장에 소비의 대상이 되지 않는 자연물도, 궁극적으로 삶의 조건이 되는 생명 환경의 한 척도가 된다는 점에서, 아름다운 자연 풍경도 공리적 효용을 가질 수 있다는 데에서 설명이 발견될는지는 모른다.

　그러나 이러한 복잡하고 간접적인 경로를 상정하기 전에 자연의 아름다움이 많은 사람들에게 직접적으로 호소력을 가진 것임은 분명하다. 「눈 오는 밤에 숲에 멈추어 서서」의 경우에도, 이러한 직접적인 또는 나아가 원초적인 미의 호소력이 시의 매력이 되고 있다. 위에서 나는, 프로스트의 시를 조금 까다롭게 읽어서, 소유와 미의 모순 관계가 그 주제라고 하였지만, 대부분의 독자에게 이러한 까다로운 주제, 그중에도 소유의 문제는 눈에도 띄지 않는 것일 것이다. 그렇기 때문에 사실 이것을 분석적으로 제시하는 일은 시의 재미의 상당 부분을 파괴하는 미안한 일이기도 하다. 결국, 미의 호소력은 이러한 데에서도 보는 바와 같이 근원적인 것이라고 할 수밖에 없다.

소유는, 이미 비친 바와 같이, 일단 효용에 의하여 설명될 수 있다.(물론 한편으로 만인에게 또는 모든 생명체에게 또는 자연 그 자체에서 그저 주어진 것이라고 할 수밖에 없는 자연을 한 사람 또는 집단이 소유하는 일이 정당한가, 그런 경우도 정당성의 근거는 어떻게 얻어지는가, 또 효용이 현대적 소유의 갖가지 의미를 다 포괄할 수 있겠는가 하는 문제들을 생각해 볼 수는 있으나, 여기에서는 우선 간단하게 소유가 효용으로 또는 잠재적인 효용으로 설명된다고 가정해 보기로 하는 것이다.) 그런데 이 소유의 효용은 경작이라든가 벌채라든가 또는 주택이나 공장의 건축 용지로서의 효용 외에 미적 향유를 포함할 수도 있다. 숲을 소유하는 소유자가 그 숲을 그대로 유지하면서 그 아름다움을 때때로 즐기고자 하는 의도를 가지고 있을 수도 있다. 이런 경우는, 프로스트의 시에서 보는 것처럼, 배타적 소유가 배타적 미적 향수로 이어지는 것은 아니기 때문에, 소유주는 배타적 사용보다는 여러 사람의 사용권을 배제하지는 아니하면서 사용의 방향을 제한하는 것이라고 할 수 있다.

그런데 사용의 성격의 배타적 제한에는 조금 더 원초적인 관계가 들어 있는 것으로 보인다. 아름다움은 보다 직접적으로 그 자체로서 소유에 연결되는 면이 있는 것이 아닌가 하는 것이다. 좋은 일이 있으면 그것이 오래 지속되기를 바라는 것이 사람의 자연스러운 심정이라고 하겠는데, 아름다움의 체험에 있어서도 이것은 마찬가지라고 할 것이다. 숲의 소유는 아름다움의 향수의 다음번을 위하여 생겨나는 것이 아니라 아름다움 그 자체의 지속에 대한 요구에서 나오는 것이라 할 수 있다. 「눈 오는 숲에 멈추어 서서」에서 시인은 숲에 멈추어 서 있다. 아름다움을 보기 위해서는 이 멈추어 섬이 필요하다. 뿐만 아니라, 아름다움의 순간은 더 긴 멈춤을 요구하는 까닭에, 시인은 그것이 부드럽고 편안한 안식을 주면서 어둠과 깊음을 가진 위험한 것으로 ─ 죽음에까지 이를 수도 있는 것으로 말하는 것이다. 시간의 간단없는 흐름 속에서, "멈추어 서라, 그대는 그렇게 아름다우니" 하는 파우스트의 외침은 사람의 아름다움의 경험의 한 깊은 소망을 나타내는 것이다. 그러나 그것은 파우스트의 경우에도 그러했던 것처럼 위험한 것이다.

그러나 소유가 미적 향수의 지속을 지향하는 것이라면, 그것도 위험한 것이며 부질없는 것이라고 할 수 있는 것은 아닌가.(이것은 소유와 약속과 마을을 보다 지속적인 질서로 보는 프로스트의 생각과는 반대되는 것이다.) 뿐만 아니라, 그것이 근본적으로 미적 향수 또는 다른 의미에서의 향수에 관계된다는 것을 망각하고, 그 자체로 절대화될 때, 그것이야말로 인간의 원초적인 현실에서 떠나는 것이기 때문에 위험한 것이 되는 것이 아닐까. 미의 지속에 대한 요구가 죽음에 이르는 길이라면, 연기된 향수로서의 소유도 죽음에 이르는 길이라고 할 수 있다. 그리고 그것은 얼핏 보기에 위험한 것이 아니기 때문에 죽음 속에서 죽음을 자각하지 않는 상태를 말하는 것이라고 할 수는 없을까. 이 삶과 죽음을 넘어가는 소유라는 죽음의 상태에 대하여, 적어도 미에 대한 요구는, 그것이 순간적이든 지속적이든 인간성 자체의 요구라는 점에서는, 인간성의 변증법 속에 남아 있다고 할 수 있을 것이다.

3

어떤 경우에나, 다시 말하여, 소유가 구체적인 의미를 얻게 되는 것은 미적인 것이 아니라도 향수를 통하여서이다. 사실 결국 모든 인간 행위는 사람의 생물학적 조건과의 관련 속에서 구체화한다고 할 수 있겠는데, 그것은 다시 말하여 감각적 매개를 통해서 현실이 된다는 말이다. 무엇을 쓴다는 것은 기본적 차원에서는 말하자면, 보고, 듣고, 만지고, 냄새 맡고, 맛보고, 또는 신체의 움직임과 균형을 느끼고, 희로애락을 경험하고 하는 데에 작용한다는 뜻이라고 할 수 있다. 적어도 이것이 소유의 효용화의 중요한 한 측면임에는 틀림이 없다. 그러한 점에서 그것은 감각적, 신체적, 정신적 향수에 관계된다. 미적 향수는 이러한 보다 넓은 향수의 한 형태 — 그것의 전형을 나타내는 한 형태이다. 숲에서 설경을 즐기든 아니면 설경을 그린 그림을 즐기든, 몸으로 느끼고 눈으로 보는 일이 없이는 아름다움을 즐기는 일은 있을 수 없기 때문이다.

물론 미적 향수가 적극적인 의미에서 보고 만지고 먹고 하는 일과 같은 것은 아니다. 그것은 감각적, 신체적 향수의 경우와는 달리 실제적으로 또는 물질적으로 대상물이나 세상과의 교환을 필요로 하는 것은 아니라는 점이 다르다. 이러한 점에서 미적 향수는 인간의 세계와의 교섭에서 매우 특이한 위치를 가지고 있다고 할 수 있다. 순수한 정신 작용은 대상물이나 세상과의 교섭이 없이도 일어난다고 할 수 있다. 가령 수학적 논리적 사고와 같은 추상적 사고 또는 다른 종류의 정신적 직관이나 체험이 그러한 것이라고 할 수도 있다.(물론 완전히 신체에서 분리된 정신 작용이 있겠느냐 하는 의문이 있을 수 있지만, 대체적으로는 이러한 구분은 납득할 수 있는 것일 것이다.) 이에 대하여 먹는 일 등의 경우와 같은 감각적 행위, 물질을 자료로 하는 공작, 자연이나 사회적 공간에서의 행동 등은 적극적으로 세계와의 외면적 교환이 있음으로써 성립한다.

그런데 심미적 향수는 한편으로는 감각적 세계에 기초해 있으면서도 그러한 세계와의 적극적인 교환을 요구하는 것은 아니라는 점이 그 특이한 점이다. 미적 체험에서 말하는 관조적 태도라든가 심미적 거리라든가 하는 것이 구체적 사물과 그 사물에 대한 미적 향수 간에 존재하는 간격을 말하는 것이다. 아름다움을 즐긴다는 것은 사물의 물리적 또는 실용적 측면에 개입하는 것이 아니라, 철학자들이 말하는 것처럼, 어쩌면 사물의 현상적 성질을 즐기는 것인데, 이러한 성질은 사물에 속하는 것이라고 할 수도 있고, 또는 사물에 그림자처럼 어리기만 하는 것이라고 할 수도 있다. 그리고 이 어린다는 것은 우리의 지각 현상과의 관계에서 일어나는 것이기 때문에, 어떻게 보면, 순전히 주관적 심리 현상에 속하는 것이라고 할 수 있다. 말하자면, 아름다운 것을 보고 즐긴다는 것은 그것이 우리의 수용적 지각 능력에 비추는 그림자만을 즐긴다는 것이다. 그런 의미에서 어떤 사람들이 지적하듯이, 서양어의 재귀적 표현, "스스로 즐기다(enjoy oneself, sich freuen)" 등은 즐김의 한 측면을 나타낸다고 할 만하다.

그런데 이것은 단순히 미를 즐기는 데에서만이 아니라, 어떠한 즐김의 행동에도 존재하는 면이다. 거기에는 어떠한 즐김에 있어서도, 대상 그 자체를 즐기는 것에 추가하여 즐김의 행위 자체를 즐기는 계기가 포함되어 있다고 할 것이기 때문이다. 가령 즐겁게 먹는 일은 단순히 먹는 음식을 즐기는 것 이외에 음식의 맛을 즐기는 일인바, 극단적인 경우는 향락에 빠진 로마 사람들이 구토제로 위장에서 음식을 제거한 다음에 음식을 즐겼다는 퇴폐적 행위에 보이는 것과 같은 경우이다. 이때 필요한 것은 음식이라기보다는 감각의 자극이고, 사실 이 자극은 반드시 어떤 특정한 음식에 의한 것일 필요조차 없는 것이다.

그러나 극단적인 경우를 상정할 수 없는 것은 아니지만, 즐김의 행위에 포함되어 있는 주관적 요소가 반드시 자위행위와 비슷한 주관적 탐닉을 의미하는 것으로 해석되어야 하는 것은 아니다. 즐김에 들어 있는 주관의 계기는 동시에 사람이 즐김의 대상에 열리는 계기라고 할 수 있다. 즐김은 대상과 인간을 잇는 행동의 무의식적인 회로의 일체성이 차단되면서 대상의 대상 됨을 인지하는 순간에 일치한다고 할 수도 있는 것이다. 동시에 이 차단의 순간에 즐김의 주체는 즐김 속에 있는 자신을 인지하기도 한다. 그러한 즐김의 순간은, 초보적인 반성의 순간이다. 이러한 모든 것은 물론 그 즐김이 대상과의 관계인 한 다시 곧 이어지는 회로 속에 합쳐지게 마련이다. 즐김이란 이 모든 것, 대상과, 대상적 지각과 주체의 반성이 함께 일어나는 현상이다. 달리 말하면, 즐김은 본질적으로 감각 작용에 들어 있는 인식적 계기에 관계된다. 그 점에서 그것은 대상에 대한 관계인 동시에, 모든 다른 인식 작용이나 마찬가지로 그 자체로서 하나의 주관적 현상으로 따로 존재할 수도 있다. 심미적 향수는 대상의 감각적 존재에 근거하면서도 이러한 의미에서의 주관적 요소 또는 현상적 요소의 측면이 강화되는 경우이다.

그러나 그것은 다른 주관적 작용과는 달리, 그 자체로서의 독자적 존재를 가지기 어려운 것이다. 모든 즐거움은 오래 지속될 수 없다. 그것은 언제나 사건적 성격을 가지고 있다. 그것은 인간과 세계와의 교환에서 한 순간, 한 계기를 이룰 뿐이다. 적극적으로는 세계에 작용하고 행동하는 모든 교환 작용은 사건적 시간성을 가지고 있다. 또는 더 나아가 단순히 우리가 세계에 산다는 것만으로도 이루어지는 세계와의 교환도 그러하다고 할 수 있다. 그것은 그러한 있음에도, 세계에 열림을 유지하며, 세계에 관심을 가진다는 정도로라도, 능동적인 참여가 들어가는 것이라고 할 수 있기 때문이다. 어떤 경우이든, 사람의 관심이나 행동은 일정한 리듬을 가지게 마련이다. 그것은 시작이 있고, 중간이 있고 끝이 있다. 그런 의미에서 그것은 하나의 사건으로서 지나치게 오래 지속될 수 없다. 그중에서도 대상적 수용의 한 계기만을 나타내는 즐김은 더욱 짧게 마련이다. 그중에도 심미적 향수는 매우 불안정한 것이다.

그러나 심미적 향수의 무상함은 그것이 감각적인 또는 물질적 토대로 인한 것이라고 해야 할 것이다. 다시 한 번 미적 향수는 정신적 체험으로의 면을 가지면서도 전적으로 주어진, 감각적으로 주어지는 대상물의 현존을 떠나서는 존재할 수 없다. 그러나 아름다움의 대상을 언제나 눈앞에 두기가 쉽지 아니함은 물론이고, 또 그것을 즐길 수 있는 심리 상태를 늘 유지할 수 있는 것도 아니다. 그것은 적어도 일상생활에서는 여러 요인들의 우연한 결합으로 발견되는 것이다.

이 점은 미켈 뒤프렌의 심미적 체험과 진리에 대한 체험의 차이를 설명하는 데에서 잘 드러나는 것이다. 진리는 한편으로는 그 본질상 절대적으로 객관적이면서 다른 한편으로는 적극적인 추구 — 나 자신의 적극적 행동의 결과로서 얻어지는 것이다. 그것은 금욕적 절제의 결과이지만, 동시에 그것에 대한 보상으로서 얻어지는 것으로, 자신의 영역을 확대해 가는 권력 추구의 성격을 가지고 있다. 심미적 경험도 우리 자신의 취미의 세련화 등으로 추구될 수 있지만, 그러한 취미도 대상이 나타남으로써만 충족될 수 있어서, 궁극적으로 발견되는 어떤 것일 수밖에 없다. 뒤프렌의 생각으로는 진리에 대한 우리의 태도는 소유의 태도이다. 진리는 일단 얻어지면 없어지지 아니한다. 그것은 나의 소유의 긍지의 일부가 된다. 그리고 나는 그것을 계속 확대해 갈 수 있다. 그리하여 그것은 나의 힘의 한 부분이 된다. 그러나 미적 체험은 계속 소유되고 확대될 수 없다. 그것을 논리적 체계 속에 종합할 수 있으나 그러는 사이에 그것의 체험적 구체성은 상실되어 버리고 만다. 아름다움은 현장을 떠나서 추상적으로 소유될 도리가 없는 것이다. "미적 체험은, 일단 끝나면, 희미하고 허무한 기억을 남길 뿐이다. 그것을 대신하는 지식은 그 상실을 보상할 수 없다. 여기에 앎과 느낌의 차이가 있다. 느낌은 구체적인 현존으로부터만 자양분을 얻을 수 있다. 욕망의 힘으로 지탱되는 경우가 아니고는(심미적 체험은 욕망의 현상이 아니다.) 느낌은 이내 스러져 버리고 만다. ……심미적 체험은 그 대상의 소멸

후에 살아남을 수 없다."(『심미적 체험의 현상학』)

심미적 체험의 무상성은 늘 같은 것이 아니다. 우리가 아름다움을 느끼는 영역을 크게 자연과 예술로 나눈다면, 이 무상성은 이 두 영역에서 다르게 나타나는 것으로 보인다. 예술의 경우 그것은 조금 더 뒤프렌의 진리와 비슷하게 존재한다. 그것은 적극적으로 추구되고 만들어질 수 있다. 그것은 우리의 미적 창조나 향수에 필요한 훈련을 생각해도 알 수 있다. 말할 것도 없이 모든 감각적 체험이 심미적인 체험이 되는 것은 아니다. 그것은 객관적으로 미적 여건을 갖추고 있어야 한다. 이것은 자연에서는 발견되는 것이지만, 예술품에서는 적극적으로 창조된다. 또 그런데 자연이나 예술품에서 미적 조건을 충족시키는 대상이 있다고 하더라도, 그것에 대응하는 심리적 조건이 갖추어져서 비로소 미적인 것으로 감식될 수 있다. 아름다움을 알아보고 즐기는 일은 그럴 만한 능력의 훈련이 있어서 용이해진다. 이것은 반드시 아름다움이나 예술에 대한 고도의 지식과 훈련을 의미하는 것은 아니다. 심미적 향수에 단순히 대상적 주의나 반성적 자의식이 필요하다면, 이것은 고도의 자기 훈련이 아니라고 하더라도 적어도 현실적 이해관계로부터 한발 물러설 수 있는 여유를 필요로 한다는 것인데, 그것은 그것대로의 훈련이 필요한 것이다. 이러한 미적 창조와 감식에 필요한 조건들이 미적 향수에 어떤 지속성을 주고 또 소유적 성격을 준다.

물론 이러한 성격은 미적 향수에 불가결한 물질적 기초에 의하여 이미 강화된다. 미적 향수의 추구는 그림이 되기도 하고 집이 되기도 하고 도시가 되기도 한다. 이 경우 우리는 아름다움을 만들어 내고, 그 영역을 확대하고 그것을 소유하고 거기에서 살 수 있는 것으로 보인다. 물론 참다운 체험으로서 미술 작품이나 건축이나 도시를 소유하는 것은 별개의 문제이겠으나 그것과 비슷한 상태가 만들어질 수는 있는 것이다. 적어도 돈으로 소유하는 만큼은 미적 대상물은 소유될 수 있고, 또 그 향수 자체도 어느 정도까지는 소유될 수 있다.

그러나 소유가 곧 향수를 의미하지는 아니한다.(이미 비친 바와 같이 향수의 능력은 소유될 수 있다.) 소유주도 향수의 능력을 가져야 하며, 또 어느 경우에나, 향수 자체는 일시적인 사건적 성격을 가질 수밖에 없다. 그런데 자연의 경우, 그 심미적 향수를 항구적으로 소유하고 보존하고 누적적인 능력의 기능이 되게 하는 것은 더욱 불가능한 것이 아닌가 한다. 정원사를 고용하여, 또는 자기 자신의 노력으로 정원을 만드는 것이 자연의 아름다움에 대한 체험을 지속적인 것이 되게 하는 한 방법일 수는 있다. 또는 경치가 좋은 지역을 소유하여 자기 것으로 할 수도 있다. 물론 아름다운 자연 속에서 원래부터 사는 사람에게 자연의 아름다움의 체험은 지속적인 것이 된다고 할 수 있다. 그러나 이 경우에도 형상의 다양성과 세련화의 가능성은 저절로 제한될 수밖에 없고, 또 그러니만큼 심미의 영역을 물질적으로 또는 그에 대응하는 능력으로 확대해 가는 것은 제한된다. 자기가 직접적으로 즐길 수 있는 이상으로 한없이 정원을 확대해 간 권력자나 금력가를 상상하기는 어렵다. 정원의 크기는 정도는 다를망정 인간의 감각적 향수의 능력의 한계에 의하여 제약될 수밖에 없다고 할 것이다. 즐김의 범위가 넓어진다고 하더라도, 감각적 사건의 시간적 쇠퇴는 불가피하다. 그리고 어떤 경우에나 자신의 소유 속에 있는 정원을 제외하고는, 소유한다는 것이 심미적 체험의 조건이 되는 것은 아니다. 에베레스트를 보면 됐지 그것을 위하여 이것을 소유하여야겠다는 사람이 없다고 말하는 것은 틀린 말이 아닐 것이다.

4

　사람의 형성적 활동 ── 문화 활동이거나 경제 활동이거나 사회 또는 정치 활동이, 얼핏 보기에 사람의 기본적인 생물학적 필요에 맞아 들어가는 것이 아니면서 어떻게 구성되고 유지되는가를 한 가지로 설명하려는 것은 극히 피상적인 일이 될 수밖에 없다. 그 설명이 어떠한 것이 되든지 간에, 그러한 활동이 어떻게 해서든지 생물학적 기초에 연결되지 아니한 것으로 말하는 것은 옳은 설명이 아닐 것이다. 미국의 정치 철학자 한나 아렌트는 사람이 다른 사람들과 함께 움직이면서 생기는 '공적 행복감'을 정치 행위의 심리적 동기의 하나로 이야기한 일이 있다. 정치나 또는 다른 종류의 집단적 사회 운동은 단순히 사실적 필요나 이해관계 또는 숭고한 사명감에 의하여 이루어지는 것이 아니라 그 자체로서의 재미나 기쁨으로 인하여 이루어진다는 것이다. 아마 이러한 집단적 움직임에는 사회적 충동, 신체적 움직임의 쾌감, 자기표현의 충동, 자기 창조의 기쁨 등의, 원대한 계획으로만은 설명할 수 없는 직접적인 심리적 동기가 작용하고 있을 것이다. 공적 행복은 이러한 동기들의 종합 그리고 그 높은 단계로의 승화로써 생겨나는 것이라고 할 수 있을는지 모른다. 이 모든 것은 근본적으로는, 단순한 본능적 욕구의 충동이라는 차원보다는 조금 더 넓게 해석되어야 할 감각적 향수에 기초하는 것이다. 이것은 집단적 활동이 그 자체에 이미 충동이나 욕망 충족과 실현의 메커니즘을 가지고 있다는 뜻에서이기도 하지만, 또 그것이 궁극적으로 감각적 향수에서 하나의 종착역을 찾을 것이라는 점에서도 그러하다. 그러니만큼 그것은 감각적 향수이면서 또 그것을 연기 유보하는 행위라고 할 것이다.

　소유는 어떤 경우나 이러한 향수를 유보하고 있는 상태이다. 그것에 현재적인 의의가 있다면 소유가 사회적 위세의 한 부분을 이룰 수 있다는 점에서이다. 유보된 향수에는 다른 경제적 효용 이외에 미적 향수가 포함된다. 그런데 미적 향수는 프로스트의 시에서처럼 소유와는 관계없이 가능한 것이기 때문에, 소유주가 아닌 현장에 있는 사람에게 우선적으로 허용될 수 있다. 물론 프로스트의 시에서처럼 소유권으로 은근히 제기되는 불안감이 없지는 아니할 수는 있다. 그러나 향수는 어디까지나 현장적으로만 가능하고, 또 대상물이 향수에 의하여 소비되는 것이 아니기 때문에 현장에 있는 사람에게 그것을 거부할 도리는 없는 것이다.

감각적 향수가 사람에게 필수적인 것은, 그것 자체가 사람이 욕망하는 것이라는 것 외에도, 그것 없이는 생물학적 삶이 영위될 수 없다는 점에서이다. 직접적인 소비, 공기나 음식의 소비와 같은 경우를 제외하고, 보고 움직이며 느끼며 하는 일이 제한된다고 하여 당장에 큰일이 나는 것은 아니지만, 보는 것, 듣는 것, 움직이는 것 등의 제한도 원초적 인간의 요구를 제한하는 것임은 틀림이 없다. 여기에 대하여, 미적 향수가, 예술을 대상으로 하든 자연을 대상으로 하든, 사람의 삶에 필수적인 것인지는 분명치 않다. 그러나 자연의 아름다움과의 교감도 억제하기 어려운 것임은 도시인의 등산, 유람, 정원 취미 등으로 미루어 보아 어느 정도 수긍할 수 있는 것이 아닌지 모르겠다. 적어도 그것이 사람의 행복을 크게 신장하는 것임은 분명하다. 그런데 사회와 문화에 따라서는 이것이 쉽게 삶의 일부가 되어 있는 경우도 있고, 그렇지 아니한 경우도 있는 것 같다.

전통적 사회에서 사람은 자연 속에서 살게 되어 있었다. 그리하여 사람은 자연을 주제화하여 생각할 필요도 없었다고 할 수 있다. 그런 경우에도 반드시 미적 대상으로서의 자연이 소망의 대상이 되지 아니하였던 것은 아니다. 이중환이 『택리지(擇里誌)』에서 말하고 있는 것은, 살 만한 곳, 가거지(可居地), 그러니까 일차적으로는 경제적 리(利)가 있는 땅이지만, 동시에 그에 못지않게 사는 일과는 직접적인 관계가 없는 장엄한 산수도 무엇보다 좋은 땅의 조건이 되어 있는 것은 흥미 있는 일이다. 이러한 예에서, 전통적 농경 사회, 특히 동양의 농경 사회에서 자연은 생활 환경으로서 존재하면서, 동시에 심미적 대상으로서 사람들의 동경의 대상으로 인식되었던 것으로 보인다. 동양 미술이나 시가 거의 전적으로 자연의 아름다움을 환기하는 일을 주목적으로 했던 것을 보면, 미술이나 시의 중요한 역할은 농경 생활에서도 요구되던 정신적 자양 —— 미적 대상으로서의 자연을 상기해 주는 일이었지 않았을까 하는 생각을 하게 한다. 그것은 물론 일상생활에서도 늘 상기되는 것이었다. 정원이나 꽃밭이나 마당의 나무 한 그루, 자연에 가까이 있는 집과 주택의 방이 그러했다. 그리고 바람과 물, 그리고 방위를 생각하는 주택지 선정의 방식이 이러한 자연과의 관계의 기본적인 틀을 정하였다. 자연과의 교감은 또 시간적 행사를 통하여 —— 들놀이, 물놀이, 산 오르기, 꽃놀이, 단풍놀이, 달 보기 등으로 개인적 그리고 집단적 잔치로 강화되었다.

이러한 자연의 아름다움의 향수에는 소유가 별로 문제가 되었던 것 같지는 않다. 개인의 정원, 산수화, 시문과 같은 경우는 개인의 소유와 관계가 있기는 하였으나, 그것이 강하게 권력과 위세의 부속물로서 내세워졌던 것으로 보이지는 아니한다. 오히려 개인적 소유를 포함하여 미적 향수의 대상으로서의 자연을 쉬임 없이 접할 수 있었다는 것은 소유를 억제하는 결과를 가져왔던 것이 아닌지 모른다. 자연의 소유가 감각적 향수의 유보를 뜻하는 것이라면, 그것을 유보할 필요가 없는 상태에서는 소유를 고집하고 확대할 이유가 없었다고 할 수 있다. 더 나아가 자연의 향수가 쉽게 가능한 곳에서는 여러 가지로 감각적 향수의 유보, 연기 또는 억제를 필요로 하는 인간 활동 —— 권력이나 부를 추구하는 활동들도 상당히 느슨한 것이 되었다고 할 수도 있다. 동양의 시가에서 세상의 명리를 떠나 자연으로 돌아가는 주제는 가장 흔한 주제 중의 하나이지만, 사실 자연의 은거는 단순한 후퇴를 의미하는 것이 아니라 충족의 상태를 의미했다고 할 수도 있다. 끊임없는 미적 향수와 충족의 상태에서 무슨 부족이 있어서 명리에 따르는 세상의 번거로움을 필요로 하겠는가. 쫓겨서 산야로 가는 수도 있지만, 이백(李白)이 관(冠)을 버린 맹호연(孟浩然)을 두고 한 말——"달에 취하여 자주 술을 마시고/ 꽃에 미혹해 임금을 안 섬겼다(醉月頻中聖, 迷花不事君)"에서처럼 자연에서의 행복으로 하여 부귀를 좇지 않는 일도 있을 수 있는 것이다. 미국의 정치 시인 휘트먼이,

날 저문 날 나의 이름이 국회에서 환호되었음을 들었던 날, 그 밤에도 나는 행복하지 아니하였다.

또 술에 취해 떠벌리고, 내 계획했던 일이 이루어진 날도 나는 행복하지 않았다.

그러나 온전한 건강 속에 자리에서 일어난 새벽, 상쾌하게, 가을의 무르익은 숨결 숨 쉬었을 때,

만월이 서편에 희미해지고 아침 빛에 사라짐을 보았을 때,

모래사장 위로 혼자 걷다, 옷 벗고, 찬물과 함께 웃으며, 먹하고, 해 뜨는 것을 보았을 때,

그리고 내 사랑하는 친구 나의 애인이 오고 있음을 생각하며, 아 그때 나는 행복했다

라고 말할 때에도, 자연은 단순한 도피처가 아니라 충족의 장으로 생각되어 있다.

물론 동양 사회의 역사에서 보듯이 자연의 행복의 끊임없는 상기 또 그 행복의 용이한 접근의 가능성은 다른 인간적 경영을 억제하는 결과——감각적 향수의 억압을 조건으로 하는 여러 일들을 덜 발달하게 했는지도 모

른다. 그중에도 자연의 아름다움에 대한 용이한 접근은 자연의 순간성이나 현장성을 넘어서 인간의 지속적 형성과 충족을 표현하고자 하는 예술—조각이나 회화나 건축을 상당 정도로 불필요한 것이 되게 하였다고 할 수도 있다. 그러나 적어도 사회의 긴장의 완화 그리고 조화된 행복의 삶을 창조하는 데에는 삶의 모든 면, 모든 순간에 자연을 느끼며, 자연의 행복을 누릴 수 있게 해 주는 문화가 중요한 역할을 할 수 있다는 것을 생각하게 하는 것이다.

5

그러나 동양 문화가 자연의 행복을 쉽게 분배하는 문화였다고 한다면, 이것은 오로지 과거에 그러했을지도 모른다는 말이다. 오늘날 신흥 공업 지역으로서의 동양에서, 특히 우리나라에서의 생활 환경은 전혀 그 반대의 것이 되었다. 도처에서 산과 들과 나무가 훼손되고 자연이 아니라 부동산으로서 소유되어 버린 땅 위에 가득 차 있는 것은 사람들의 건조물들이다. 아름다움과는 전혀 관계없는, 완전히 권세와 소유와 자만의 증표로서의 건물들이 아름다움과 조화는 고사하고 가장 기본적인 생활 질서와도 관계없이 모든 공간을 메우고 있는 것이 우리의 생활 환경인 것이다. 지금도 매일매일 바위를 깎고 산을 허물어 낸다. 수십만 년에 걸쳐 형성된 것들이 부동산으로 소유되어 하루아침에 사라져 가는 것이다. 그리고 그것이 다른 미적 대상물로 대치되는 것도 아니다.

참으로 인간적인 사회는 사람의 심미적 요구도 충족시켜 주는 것이라야 한다. 특히 자연의 아름다움에 대한 요구에는 어떠한 절대적인 것이 있다. 오늘의 짧은 공리주의의 관점에서는 이러한 요구는 감상적 낭만주의에 불과한 것으로 보인다. 그러나 심미적 요구의 충족이 사회적 긴장의 완화를 가져올 수 있다는 가능성을 생각해 볼 일이다. 생활의 모든 면에 자연이 스며 있는 삶—또는 그것과 함께 보다 높은 예술적 욕구, 미술관에서만이 아니라 생활의 작은 부분들에서의 예술적 요구가 충족되는 사회는 행복한 사회일 뿐만 아니라 사회 질서 유지의 비용이 덜 드는 사회일 것이기 때문이다. 그러한 사회가 성립하려면, 모든 자연이 소유 속에 흡수되어서는 아니 될 것이다. 그러나 그 전에, 아마 자연의 많은 부분이 참으로 본래의 모습대로 남아 있는 사회라면, 무의미한 소유를 위한 아우성은 조금 누그러진 것이 될는지 모른다.

(1996년)

삶의 공간에 대하여

오늘의 사회와 문학에 대한 이런저런 생각

1. 삶의 질서

오늘 우리가 겪고 있는 한국 사회의 경제적 위기는 다시 한 번 우리가 발 딛고 살고 있는 이 세계가 얼마나 튼튼하지 못한가를 생각하게 한다. 어쩌면 사람 사는 일에 튼튼한 터가 있다고 생각하는 것이 잘못일 것이다. 지진이 나고, 홍수가 나고, 눈과 얼음과 바람에 덮여 살길이 끊기고 하는 일이 쉬임이 없다. 지구의 온난화로 하여 북극의 얼음이 녹고, 그것으로 하여 해안의 도시들이 물에 잠기게 될지도 모른다고 한다. 태평양의 바닷물이 지나치게 데워져 홍수와 한발을 일으키고, 대서양의 멕시코 만류의 이상 진로는 영국과 같은 북서부 유럽을 오늘날의 북극 지방과 같은 한대가 되게 할지도 모른다고 한다. 자연의 일에 비하여 사람의 일은 더욱 어지럽고 무상하다. 멕시코에서 무고한 촌민들이 학살되고, 알제리에서는 영화관에 난입한 이슬람주의 게릴라들이 모스크가 아니라 영화관에 가 있는 촌민들 100여 명을 사살했다고 뉴스가 전한다. 전하지 않은 뉴스는 또 얼마인지.

지질학자에 의하면, 오늘의 시점은 지구의 긴 격동의 역사에서 극히 짧은 한순간의 소강을 나타내는 것이라고 한다. 지구의 수십억 년 역사에서 이 잠깐의 소강상태의 순간에 고작해야 만 년을 넘어가지 못하는 인간 문명의 역사가 태어났다. 자연으로부터 문명이 벗어 나오기 시작한 것 자체가 혼란의 시작이라고 할 수도 있지만, 오늘에 와서 그것은 사람이 삶을 영위하는 테두리가 되었다. 문명은 사람의 사는 일에 일정한 안정된 형태를 부여하였다. 또는 사람들은 그렇다고 생각하고자 한다. 문명도 역사적으로 변해 간다. 그것은 문명이나 역사가 질서와 혼란의 역설적인 조합이라는 것을 말한다고 할 수도 있겠는데, 사람들은 역사가 일정한 형태를 가지고, 또 어떤 경우는 법칙적인 형태를 가진 것이라고 생각하기를 원한다. 그러나 그것이 맞든 아니 맞든, 확실한 것은 어떤 안정된 질서가 없이는 제대로 사람이 살아갈 수 없다는 것이다. 그리하여 사람들은 살 만한 질서를 만들 수 있다고 생각한다.

　살 만한 삶의 질서를 만들더라도, 문제는 범위를 어떻게 정하느냐에 따라 상당히 달라진다. 전통적으로 어지러운 세상에서 안정을 찾는 방법의 하나는 마음을 가다듬는 것이다. 마음 하나가 바로 있으면, 모든 것이 바로 있는 것이다. 수양을 많이 한 선비 하나가 배를 탔는데 폭풍이 심하게 불었다. 모든 사람이 심히 당황하여 갈팡질팡하는 가운데, 그는 마음을 가다듬고 조용히 앉아 동요를 보이지 않으려고 노력하였다. 그러던 중 뱃사공을 보니, 그는 폭풍우에 아랑곳없이 늘어지게 잠을 자고 있는 것이었다. 이것을 보고 선비는 자신의 수양이 부족함을 새삼스럽게 깨달았다는 것이다. 이러한 이야기는 안정된 질서의 범위를 삶의 마음가짐이나 태도에 한정하는 것이 삶의 질서의 한 단서가 됨을 말한 것이다. 그러나 이러한 이야기의 더 큰 교훈은, 안정된 삶의 질서란 안정을 추구하는 마음의 포기를 포함한다는 것이다. 모든 것은 마음 가지기 나름이다.

그러나 도사나 선비의 마음이 사는 일의 일반적인 안정에 중심 원리가 되기는 어렵다. 보통 사람의 삶에서 삶의 안정은 대체로 먹고사는 일을 중심으로 생각된다. 물론 여기에 정신의 자세가 무의미한 것은 아니다. 앞에 든 송대 유학자의 것과 비슷한 가르침은 여러 금욕주의 인생철학이 말하는 것이기도 하다. 보통 사람에게도 욕심을 줄이고, 또 세상의 번거로운 이해관계로부터 물러나서 나물 먹고 물 마시고 팔베개를 하고 자는 — 그러한 생활을 하는 일이 불가능한 것은 아니고, 그러한 한계 없이 산다는 것은 불가능하다.

그러나 보통 사람의 금욕주의란 특히 욕심을 줄이거나 마음의 수도를 지향하려는 것보다도, 세상에서 가능한 것과 욕심 사이에 적당한 균형을 유지하려는 데서 생겨난다. 우리가 원하는 것이 가령 먹는 것과 입는 것이라 할 때, 우리의 금전적 능력 또는 생산 능력이 한정된 것이라면, 우리는 먹을 것을 입을 것에 우선하게 하는 옷의 금욕주의를 실행하는 도리밖에 없다. 다른 경우에도 우리가 원하는 것을 현실의 여건에 맞게 조정하는 것은 당연한 일이다. 그러나 이 원하는 것에 어떤 도덕적 질서, 선험적 규칙이 있는 것은 아니다. 옷을 원하는 것은 그 자체로 잘못이랄 수 없다. 먹을 것이 있는데도 계속 먹을 것만 찾는 것이 바른 일은 아니다. 또는 어느 경우에는 먹을 것이 없어도 옷이 절실할 수도 있다. 그것은 추위와 같은 외적 요인으로 그럴 수도 있고, 단순히 마음속에 일어나는 강박으로 그러할 수도 있다. 굶어 죽더라도 옷을 입어야겠다는 사람이 있다면, 말려야 할 이유가 별로 없다. 할 수 있는 일이란 그 이외의 선택 가능성이 있음을 상기케 하는 정도일 뿐이다. 수지 균형의 삶에서 그 자체로서 나쁘거나 좋은 것은 아니다. 따지고 보면, 철학적으로 밥보다는 옷을 택하는 것이 반생명적이라고 하더라도 반생명의 욕구를 부정해야 할 별 근거를 찾을 수는 없다. 다만 우리가 대체로 삶의 수긍이라는, 그것도 일정한 지속의 삶의 긍정이라는 관점을 받아들이는 경우, 현실의 여건과 우리의 필요와 욕망은 적절하게 조절되어야 하는 것이다.(물론 도덕주의는 가장 손쉬운 사고의 방법이므로 나의 선택과 다른 선택을 하는 사람은 곧 도덕적으로 문제가 있는 사람이 되기는 할 것이다.)

어쨌든 상식적이고 현실주의적인 입장에서 욕구와 현실을 조정하여야 할 필요를 받아들인다 하더라도 그것이 용이할 수는 없다. 먹는 것과 입는 것에 주거를 추가하고, 또 여기에 달리 충족을 요구하는 여러 필요와 욕망을 추가하고(사람의 욕구는 단순히 기본적인 의미에서 살아가는 것으로부터 보다 잘 사는 것으로 뻗으며, 역사의 상황에 따라서 무한히 다른 모양으로 변형된다.) 그리고 또 이 충족을 위한 생산과 분배의 작업을 추가하고, 여러 욕구들의 사회적 집합이 만들어 내는 사회 정의의 문제를 추가하고, 그것이 현실에 대하여 가하는 압력(최근에 점점 분명해지는 것으로 환경적 한계)을 생각해야 한다고 할 때 현실과 욕구의 균형이 정녕코 간단할 수는 없는 것이다.

전통적으로 어느 사회에나 인간의 욕구와 현실의 균형 문제에 대한 일정한 생각이 있다. 이 생각은 대체로 모두 다 인간 욕망의 억제를 전제 조건으로 한다. 물론 이 억제는 실제에 있어서 일부 사람들의 경우에만 해당하는 것이기 쉬웠다. 그러면서도 이 필요가 일반적으로 말해진 것은 사실이다. 여기에 대하여 서양의 현대가 만들어 낸 유토피아적 계획은 그러한 억제가 없이도 삶의 안정된 질서가 가능하다고 말한다. 물론 중간 과정으로서 어떤 욕구의 충족을 연기하는 것은 불가피하나, 그것이 본질적으로 억제되어야 할 것이기에 그러한 것은 아니라고 이야기하는 것이다. 다만 미래를 위한 중간 조정이 필요할 뿐이다. 이러한 조정의 총체적인 계획 중 가장 두드러진 것이 사회주의적 유토피아이다. 한편 개인적인 노력들이 보이지 않는 손에 의해 하나의 보다 나은 사회 질서로 수렴된다는 형태로서 자본주의 이데올로기에도 그러한 이념은 들어 있다.

이러한 유토피아는 두 가지 전제를 가지고 있다. 서양의 현대적인 발전에서 가장 중요한 원리는 합리성이다. 여기에서 두 가지 전제라고 하는 것은 이 합리성에서 나오는 두 가지 추론을 지적하여 말한 것이다. 그 하나는 현실의 전체화이다. 이것은 합리적인 연결 원리를 확대함으로써 이루어진다. 인간의 욕구와 그 충족 사이의 조정을 어렵게 하는 불합리한 현실은 합리화될 필요가 있다. 그러나 현대적 생산 체계하에서 사회의 여러 부분은 밀접한 상호 연계 속에 있다. 따라서 합리화는 사회 전체의 합리화를 의미할 수밖에 없다. 이것은 개인적 차원에서도 그러하고 사회 전체의 차원에서도 그러하다. 다른 한편으로 합리화는 사회의 생산력을 확장하는 기본이 된다. 사회의 전체화는 그 경제적 수단의 관점에서나 규모의 이점(利點)의 관점에서나 여러 가지로 생산력의 확장과 병행하는 현상이다. 특히 이러한 확장은 자본주의적 발전에서 중요하다. 자본주의는 계속적인 성장 없이는 붕괴한다. 그것은 마르크스가 말하듯이 계속적으로 줄어드는 경향을 가진 이윤의 보장을 위해서도 필요하지만, 사실 사회적 불균형에서 오는 문제들을 풀어 나가는 방법이기도 하다. 케네디가 항구에 물이 들어오면 큰 배나 작은 배나 다 같이 뜨게 마련이라고 한 말은 이것을 비유적으로 적절하게 표현한 것이다. 그러나 마르크스에게도 물질 생산력의 증대가 궁핍에서 오는 억압 관계를 해결해 줄 것이라는 생각은 들어 있다. 사회관계의 합리적 균등화와 생산력의 증대 —— 이것이 궁극적으로 사회 전체의 삶의 문제를 해결해 주는 것으로 생각하는 것이다.

　그러나 20세기 후반에 와서 여러 가지 증세는, 전체화 또는 물질 생산력의 확장 또는 간단히 산업화의 가속화가 쉬운 일이 아님을 말해 주는 것으로 보인다. 산업화를 통한 물질 생산의 증대가 지구 환경과 자원의 한계에 부딪히게 되리라는 예견이 들리고, 또 그것은 사람들이 자신의 생활에서 실감하는 것이 되었다. 그것을 계산에 넣지 않더라도, 사회의 전체화가 가능한가. 그것은 사람의 능력을 넘어가는 것으로 보인다. 전체화는 그 범위에 맞먹는 권력 체계의 수립이 없이는 불가능하다. 이 체계의 신뢰성을 보장할 도리는 없다. 설사 그러한 보장이 있을 수 있다고 하더라도 그러한 체계의 합리적 조정 장치가 모든 문제를 해결할 만큼의 능력을 발휘할 가능성은 별로 크지 않은 듯하다. 다시 한 번 사람의 합리적 능력은 크지 못하다. 이것은 다른 조건에서의 합리화 과정에서도 그러하다. 또 완전히 합리화된 체제 속에서 사람들은 행복하기보다는 소외를 느끼고 정신병적 증상을 가질 것으로 말해지기도 한다.

최근 한국이 경험한 경제 위기는 또 다른 차원에서 오늘의 세계가 지향하는 전체적 삶의 질서가 간단한 것이 아님을 느끼게 한다. 우리가 합리화되고 전체화된 삶의 질서에 대해 어떤 생각을 가지고 있든, 오늘의 경제 위기는 그 질서가, 지금의 조건에서 우리 자신이 통괄할 수 있는 범위를 넘어가 있다는 것을 말해 준다. 먹을 것을 구하든, 입을 것을 구하든, 오늘의 삶의 질서는, 적어도 지금의 상태에서는 무한히 넓고 복잡한 얽크러짐의 그물 속에 있다. 얽크러짐의 그물을 움켜쥐고 있는 것이 궁극적으로 누구이든지 간에, 그 그물을 떠나서는 지금 이 순간의 가장 작은 일상적인 필요도 제대로 충족시킬 수 없게 되어 있는 것이 오늘의 세계인 것이다.(오늘의 전 지구적 자본주의는 서구 합리주의의 확대 과정으로서 삶의 총체적인 합리화 과정의 일부라고 볼 수 있다. 문제는 그것의 목적과 수단이 어떠한 것인가 하는 것이다. 그 철학은 ─ 거기에 철학이 있다고 한다면 ─ 자본주의적 경쟁을 위한 경기장의 자유를 방해하는 모든 불합리한 장애물을 제거하면, 그것이 궁극적으로는 모든 사람들에게 이익을 가져올 것으로 생각한다. 그것이 있을 수 있는 생각이라고 하더라도, 그 철학이 고려하지 않은 것은 이러한 합리화가 중간 단계의 과정과 세부적인 인간의 삶에 ─ 지역과 시간의 제한 속에서 사는 개인들의 삶과 그들의 공동체에 ─ 어떠한 문제를 가져올 것인가 하는 것이다. 여기의 합리화는 인간 삶의 구체적 내용을 경시하는 전체화이다. 이것은 다른 방법으로 말해질 수 있다. 합리적 전체화는 공동체적 이상을 바탕으로 가지고 있을 수도 있고, 삶의 여러 수단의 합리화만을 목표로 하는 것일 수도 있다. 한 사회 내에서의 합리화는 어떤 경우에나 이 두 가지 면을 다 가지고 있게 마련이다. 자본주의적 세계화는 수단의 합리화를 목표로 한다. 공동체적 주체의 관점이 없는 한, 합리화는 다원적 행동자들의 경쟁 전략을 합법칙화한다는 것을 의미한다. 이렇게 하여 성립한 합리화된 경쟁 공간에서의 행동자들의 대책이란 합리적 경쟁 전략의 강구이다. 그러나 이러한 전략이 세계적으로나 지역적으로 행복한 삶의 구성으로 직접 연결되는 것은 아닐 것이다.)

2. 좋은 삶과 작은 공간

모든 것을 근본적으로 바로잡는다는 것이 가능한가. 또 그래야만 사람이 사람답게 사는 터가 마련될 수 있다는 것은 옳은 생각인가. 삶의 질서는 실천의 관점에서는 물론, 사유의 관점에서도 그것을 송두리째 포착하는 것은 불가능한 듯하다. 가능한 것을 그때그때의 좁은 지역에서 제한된 의미의 인간적 질서로 잠깐 동안 유지할 수 있는 것인지 모른다. 또 사실상 개인의 제한된 삶보다 그가 누리는 삶의 질서와 그것이 가능하게 하는 행복은 잠정적이고 잠깐의 것일 수밖에 없을 것이다. 사실 좋은 삶이란 이러한 큰 테두리보다는 작은 범위 안에서 이루어지는 것이 아닌가. 그렇다고 할 때, 이 작은 범위의 삶의 조건은 무엇인가 ── 이것을 묻는 것이 많은 사람에게 더욱 현실적인 질문이 될는지 모른다. 이것은 현실의 문제이기도 하지만 문학의 문제이기도 하다. 문학이 내리는 결론은 ── 문학에 결론이 있다고 한다면 ── 모든 것이 바로잡아지기 전에는 행복한 삶은 없다는 것일는지 모르지만, 적어도 그러한 결론을 내리게 하는 출발은 구체적인 인간의 작은 삶이다. 작은 공간은 문학의 인식론적 근간을 이룬다.

　사람이 자기 삶을 살고 또 그것을 전체와의 관련 속에서 산다고 할 때, 이 전체는 하나라기보다는 몇 개의 동심원으로 나뉘어 구성된다. 나를 둘러싸고 있는 세계에는, 가깝고 먼 가족 또는 사회학자들이 일차적 관계라고 부르는 사람들이 있고 또 그 곁에, 내 주변에는 그 밖의 세계와는 구분되는 한 동심원이 있다. 물론 이 가까운 세계는 핵가족에서 일가친척으로 확대될 수도 있고, 실질적으로 친구나 친지를 포함할 수도 있다. 이 가까운 친밀한 주변을 넘어서면 동네나 고장이 있고, 현대에 와서 가장 중요한 것으로는 민족 국가가 있다. 이것을 넘어서 민족 국가들과 여러 사회 집단들의 세계가 우리의 삶을 규정하는 것으로, 또는 요즘과 같은 국제화된 시대에서는 직접적으로 우리가 부딪히는 환경으로 존재한다. 그리고 그것을 넘어서 자연의 세계 ── 더 먼 우주 공간으로 연결되어 있으면서도, 적어도 삶의 직접적인 이해라는 관점에서는 모든 것의 궁극적인 한계를 이루는 공기와 산과 물들의 자연 세계가 있다. 이 자연의 세계는 가장 먼 테두리를 이루며, 추상적으로 존재하는 전체성이면서도, 바로 가까운 데에도 존재하는 바탕이어서, 바로 나 자신의 안에도 있고 나 자신이기도 하다. 그리하여 그것은 가장 넓은 전체이면서 가장 작은 부분이 되어 우리 삶의 크고 작은 것을 하나로 묶어 놓는 전부가 된다. 이러한 삶의 테두리는 삶의 이해라는 관점에서는 조금 더 단순하게 정리된다. 우리 삶의 동심원은 단순히 나와 나의 일상적 삶을 구획하는 나의 주변과 사회 전체, 이 세 가지로 생각해 볼 수 있다. 여기에도 아마 자연은 크게뿐만 아니라 작게도 모든 인간 활동의 바탕으로 포함되어야 하겠지만, 그것은 이런 모든 구분 속에 저절로 들어 있는 바탕으로서 꼭 대상적으로 구분하여 따로 생각할 필요가 없는지 모른다. 우리의 모든 사회관계는 이 바탕과의 착잡한 관계 속에서만 성립한다.

이것을 또다시 정리해 보자. 앞에서 말한 바와 같이, 어지러운 세상에서라도 제정신만 차린다면 그 나름의 삶이 불가능하지는 않을는지 모른다. 다만 보통 사람에게 그것은 온 세상의 구제를 위하여 사는 것만큼이나 어려운 일일 뿐이다. 작든 크든 사람은 그 나름의 세계에서 산다. 이 세계는 삶을 영위하기 위해서 필요한 여러 물질적, 사회적, 인간적 조건이 충족되는 범위를 포함하는 생활의 공간이다. 사람은 적어도 이만한 정도의 자기 이외의 사회 공간을 필요로 한다. 이것은 가장 간단하게는 보통 사람이 그날그날 일용할 양식을 구하고 가족을 부양하고 하루의 몸을 쉬는 공간, 어떻게 보면 소시민의 생활 공간이다. 보통의 인간의 생활과 희로애락과 보람은 대체로 이 세계에서 이루어진다. 또 이 공간에서 그 나름의 도덕적 행위가 이루어지고, 어떤 때는 그것이 영웅적 차원에 이르기도 한다. 따라서 보통 사람에게 중요한 것은 이 공간의 건강성이다. 이것은 어떻게 확보되는가? 불행하게도 건강한 생활의 질서를 확보하는 확실한 방법은 없는 성싶다. 그것은 어떤 하나의 요인에 의해서보다 서로 다른 동인에서 나오는 여러 요인의 거의 우연적인 조합으로 생겨나는 것이라는 인상을 준다. 그러면서도 이러한 정도의 생활 공간이 어떻게 가능한가를 일단 물어볼 만은 하다.

3. 큰 삶과 작은 삶

　이 공간은, 우리 생활 감각으로는 그렇지도 않으나, 주체화된 의식의 대상으로는 별로 주목되지 못한다. 그것은 이 공간이 대체적으로는 보다 큰 삶의 테두리에 부수하는 이차적인 현상이기 때문이다. 그것은 사회 전체 또는 국가 전체의 체제적 안정에 의존하여 성립하는 것으로서, 정치학자들이 쓰는 말로서는 종속 변수적 성격을 가지고 있다. 그러나 동시에 그것은 다른 큰 덩이들이 저절로 만들어 내는 것이 아닌 것으로 생각되는 까닭에 그 나름의 독자성을 가지고 있다고 할 수밖에 없다. 뿐만 아니라 이 종속적으로 형성되는 생활 영역은 다른 독자적인 가치와 행동을 생산하는 바탕이 되기도 하는 것으로 생각된다.

그리고 어떤 때 전체적 삶의 테두리는 작은 삶의 공간에 대해 적대적인 관계를 갖기도 한다. 사람이 자기의 삶을 조건 짓는 삶의 커다란 테두리에 관심을 갖는 일은 당연하고, 특히 그것이 단순히 자신의 삶뿐만 아니라 공동체적 관계에 있는 또는 있어야 할 사람들의 삶에도 관계되는 것이라고 할 때, 그 관심은 도덕적 의무가 된다. 그러나 그것이 바로 부분적인 주의와 관심을 어렵게 만드는 일이 된다. 이론적으로 생각할 때, 부분 없는 전체는 있을 수 없는 것이므로, 전체에 주의한다는 것은 바로 부분에 주의한다는 것을 뜻한다. 그러나 그 반대의 경우가 더 흔한 일이다. 인간의 주의 구조 자체가 그러하다. 전체가 주의의 전경에 있을 때, 부분은 논리적으로 전체에 포괄되어야 하는, 그리고 그것에 규정되어야 하는 사례에 불과하다. 또는 그것은 실천의 관점에서는 전체라는 목적에 대한 수단에 불과하게 된다.

그러나 참으로 이 부분과 전체의 대립이 양립할 수 없는 관계로 들어가는 것은, 이 관계에 있을 수 있는 간격과 모순의 일체가 도덕성 문제로 치환될 때이다. 도덕은 사람 사는 공간의 구성에서 핵심적인 문제이다. 전체를 위해 부분을 재조정하는 일은, 그것이 사람이 관계되는 것인 한, 불도저로 밀어붙이는 식으로 이루어질 수는 없다. 부분은 조정을 받아들이도록 설득되어야 한다. 도덕은 여기에서 설득의 수단이 되기도 하고, 또 어떤 때는 그 명분을 강화함으로써 불도저의 역할을 한다. 옳은 일 앞에서 움직이지 않는 분자는 그른 것일 수밖에 없고, 그른 것은 처치되는 것이 마땅하다. 도덕화 없이는 투쟁과 혁명을 추진하는 것이 극히 어려운 일이 된다. 도덕은 투쟁과 혁명을 정당화한다. 이 정당성 앞에서 부분은 물론이고 부분 사이에 존재하는 도덕도 자리를 비킬 수밖에 없다. 혁명 과정에서 부분적으로 행해지는 인도주의적 선행이 반혁명 행위로 간주되고, 그러한 인도주의의 억제야말로 혁명 작업의 중요한 과제의 하나로 생각된다. 큰 도덕은 작은 도덕과 모순되고, 더 나아가 작은 부도덕을 정당화해 준다. 또는 더 소극적으로 전체가 잘못 돌아가는 세상에 나만 나쁜 일 하지 말라는 법이 있느냐, 하는 전체 질서의 도덕성에 대한 냉소적 회의에도, 이러한 전체와 부분의 도덕화된 논리가 들어 있다.

혁명 이론가 또는 국가주의자들의 대의명분을 간단하게 거부할 수는 없다. 그것은 사람이 사는 현실의 진리를 나타낸다. 우리는 그러한 도덕의 모순된 함축에 주의할 수 있을 뿐이다. 그것은 종종 작은 삶뿐만 아니라 작은 삶의 도덕과 진리에 모순된다. 그러나 작은 삶의 공간도 그것이 사람이 살 만한 조건을 구비하기 위해서는 큰 도덕에 모순되는 작은 도덕을 필요로 한다. 그것은 그야말로 소시민적인 것으로 낙인이 찍히는 것일 수 있다. 그것은, 필요한 것이긴 하지만, 사람 사이의 관계의 모든 것을 규정하는 것이 될 수는 없기 때문이다. 이 세계에서의 도덕 ──서로 마주 보는 거리의 가족과 이웃 또는 그 범위 안에서의 이방인 사이에 존재하는 도덕적 관계가 영웅적 성격을 띠는 경우도 있다. 사실 큰 도덕과 작은 도덕의 차이는 반드시 영웅성의 척도로 재어지는 것은 아니다.(문학 작품들은 이러한 평범한 삶에서의 영웅적 순간에 관심을 가지고 있다.) 그러나 작은 공간의 도덕이 영웅적일 수 있다고 하여, 그것이 사람과 사람 사이의 도덕적 문제를 모두 해결해 주는 것은 아니다. 다만 말할 수 있는 것은, 그것이 성격상 큰 명분으로 작은 도덕을 파괴하는 것이 아닌 도덕적 행위인 듯하다는 사실뿐이다. 그리고 어쩌면, 그것은 전체의 불확실성 속에서 행해지는 가능한 도덕의 하나라는 것이다. 이러한 점에서 그것은 일관된 도덕의 가능성으로 깊이 고려해 볼 만한 것이다.

실존주의가 그리는 어떤 종류의 도덕적 행위는 전체적 부조리 속에서 이루어지는 도덕의 가능성을 보여 주려는 것이라는 점에서, 이런 작은 공간의 도덕적 행위와 유사하다. 가령 카뮈의 『페스트(*La Peste*)』에서 의사류의 행위와 같은 것이 그러하다. 현실적으로 전쟁에서 부상자의 처리에 전념하는 사람이나 역병 지역의 구조 작업에 종사하는 사람은 큰 상황에 관계없이 자신의 부분적인 힘이 미치는 범위 안에서 할 수 있는 일을 하는, 작으면서 영웅적인 일을 하는 사람이다. 이러한 행위는 제도가 될 수도 있다. 전쟁은 전쟁대로 하면서 민간인라든지 부상병, 포로 등의 인도적 취급에 대한 협약들을 준수해야 한다고 하는 것은 무엇을 뜻하는가. 사람을 무자비하게 죽이는 것을 목적과 수단으로 하는 전쟁의 마당에서 죽을지 모르는 사람들의 목숨을 잠깐 존중한다는 것이 무슨 의미를 갖는가. 그런가 하면 우리는 감옥에서 일어나는 잔학 행위를 듣는다. 그것은 교도관과 죄수 사이에서만이 아니라 죄수와 죄수 사이에서도 일어난다. 또 군대에서 위아래 사람 사이에 또는 동료 병사들 사이에 일어나는 잔학 행위를 듣는다. 이것도 불가항력의 전체 상황의 인식에서 유도되어 나오는 하나의 결론에 관계되어 있다. 죽어야 할지도 모르는 사람에게, 이러나저러나 잔학한 운명에 처한 사람에게, 인도적 행위가 무슨 의미가 있는가. 또는 동물 학대의 경우도 이러한 전체론에 관계된다. 사람도 죽는 판에 짐승이야, 하는 전체적 인식이 작용하는 것이다. 전체적으로 비정상적이고 비인간화된 사회에서, 부분적인 인간성의 발휘는 아무런 의미가 없을 수도 있는 것이다.

4. 나날의 성실

큰 차원에서의 문제 해결을 위한 행동은 정치적 성격을 띠게 되고, 그것은 설사 첫출발에서 그렇지 않다고 하더라도, 곧 조직과 권력의 통로가 된다. 그것은 그 나름의 정당성과 정열과 보상을 가지고 있다. 한정된 생활의 공간에서 또는 의도적으로 한정된 작업의 영역에서 발생하는 위기에서 자기 이익을 찾는 대신 이타적 행위를 하게 하는 것은 무엇인가? 간단하게는 사람이 가지고 있는 도덕적 감성이 거기에 작용한다고 할지 모른다. 도덕적 감성이라고 해도, 그것은 아마 매우 직접적인 것일 것이다. 정의감이나 분노와 같은 비교적 공격성이 강한 그리고 정치로 옮겨 갈 수 있는 감정에 비하여, 작은 규모의 이타 행위는 연민과 동정과 같은 보다 수동적인 감정에 연결되어 있기 쉽다. 또는 분노 같은 경우도 그것은 추상화되기보다는 목전의 일과의 관계에서 일어나고, 또 구체적인 인간과 사정에 의하여 일어나는 것이기 때문에, 연민이나 동정과 짝을 이루는 것이기 쉽다. 이것은 작은 규모의 도덕적 행위가 결국 상황의 현실에 밀착되어 있다는 말이 된다. 가령 우물에 빠지려는 아이를 붙잡는 것은 사람이 가진 기초적인 도덕적 감성의 하나로, 맹자가 사람이 차마 견딜 수 없는 또는 아니 할 수 없는 일이라고 한 것과 같은 것이 그러한 것일 것이다.

그러나 동시에 도덕적 반응이 반응의 직접성으로만 가능할까. 적어도 어떤 이타적 행동이 보다 지속적이고 체계적으로 되는 데는 일에 대한 직접적인 반응 이상의 것이 필요할 것이다. 큰 규모에서의 정치적 행동은 추상적 계기를 가질 수밖에 없다. 어떤 상황에 대한 분노가 정치적 행동으로 나아가는 것은 그것이 사회 전반에 대한 구조적 이해에 연결되기 때문이다. 정치적으로 중요한 계급 의식은 처음에 자신과 자신의 동료와 이웃의 처지에 대한 구체적인 느낌이 바탕이 되어 생겨난다고 하더라도, 그것이 참다운 계급 의식이 되기 위해서는, 생활 공간을 넘어가는 사회 구조에 대한 인식을 그 계기로 가지지 않으면 아니 된다. 이렇게 해서 생활 공간 속에서의 사람들과 일정한 감정적 그리고 도덕적 관계에 들어갈 수 있다. 이것이 어떻게 하여 일반적인 도덕적 태도가 되는 것일까. 그것은 계급 의식과 같은 정치 의식의 경우보다는 더 단순하게 일반화되고, 하나의 태도로서 변화되는 것이라 할 수 있다. 누구나 자기에게 일어나는 것을 일반화한다. 이것은 인간의 자연스러운 태도이다.(이것이 모든 것을 자기의 관점에서 보는, 피아제의 발달 심리학의 용어를 빌려, '소아적 보편주의'를 낳는다.) 여기에 동정적 능력의 작용이 반성적 태도를 가져와 너와 나를 역지사지(易地思之)하여 생각할 수 있게 한다. 이것이 다시 한 번 일반화되어 세계에 대한 태도가 된다. 이것이 개인적 차원에 머물면서 보편적 이타 행위로 나아가게 하는 심리적 동기의 구조인지 모른다. 다시 말하여 그것은 같은 공간에 존재하는 동료 인간에 대해 가질 수밖에 없는 도덕적 관계를 그대로 같은 선상에서 연속적으로 확장하는 것이다. 여기에서 이러한 일반적 인식은 사실상 비교적 평탄한 사회에서는 보통의 인간이 자신과 자신의 세계에 대해 갖는 막연한 전제 또는 생활 습관으로서 주제화되지 않은, 생활의 바탕으로 가지고 있는 것이라고 할 수 있다.

그것은 조금 더 의식적인 것으로 생각될 수 있는 경우도 있다. 이상적으로 파악한 자신의 직업에 대한 의식과 같은 것은 구체적이면서 일반적인 것을 결합하는 도덕의식을 낳는 계기가 된다. 다시 카뮈의 『페스트』에서, 환자의 구조 활동에 헌신하는 류에게 그 행동의 동기를 묻는 질문이 주어진다. 이에 답하여 그는, 영웅주의가 아니라 성실성이 문제의 핵심이며, 그것은 자기에게는 직무를 다하는 것을 의미한다고 말한다. 직업은 개인의 필요에 대응하는 것이면서, 동시에 사회의 필요에서 생겨난 일의 기구이다. 이것은 단순한 외적인 의미를 갖는 사회 분업 구조의 일부이다. 그러나 이상적 상태에서는 그것은 내적 의미를 통하여 개인과 사회를 하나로 결부시키는 일을 한다. 직업은 사회의 작업을 수행하는 기구이지만, 개인은 그 속에서 자기실현의 기회를 얻는다. 그러기 위해서는 개인은 자기의 필요와 욕구를 잘 알아야 할 뿐만 아니라 그것을 사회적 필요로 지양할 수 있어야 한다. 그는 사회가 맡기는 일이 자신의 인간적 가능성의 일부임을 인지하여야 한다. 그것이 가능하기 위해서는 물론 사회가 만들어 내는 직업은 사회의 필요를 충족시키면서 동시에 인간의 보편적 가능성을 구현해 주는 것이어야 한다. 또는 보편성 속으로 고양된 개인에 의하여 그것은 단순한 실용적 작업 이상의 것으로 변화되어 간다고 말할 수도 있다. 이러한 조건하에서 직업은 자연스럽게 윤리적 의미 속에서도 파악될 수 있는 것이 된다.

오늘날 우리 사회의 직업들이 대체로 이러한 과정 —— 개인과 사회를 아울러 보편성 속으로 지양하는 성격을 갖는다고 할 수는 없다. 다른 사회에서도 그것이 이상이 될 수는 있어도 현실은 아니다. 또 그러한 직업이 있어도 그것은 현실적으로 매우 한정된 범위에서의 일이다. 『페스트』의 주인공류의 직업은 마침 주어진 상황이 그것에 커다란 윤리적, 도덕적 의무를 부과하게 되어 있었다. 그렇지 않은 경우에도, 의사라는 직업은 윤리적 보편성의 가능성을 가진 직업이다. 그러나 오늘날 의료진의 현실에서 볼 수 있듯이 그 가능성이 현실화되는 것은 극히 드문 일이다. 그보다는 오늘날 많은 직업이 오히려 소외와 인간성 왜곡을 필연적인 조건으로 한다고 말할 수 있을 것이다. 그러나 이상으로서 인간적인 사회에서의 직업은 두루 그 사회적 기능에 의해 정의되면서 동시에 보편성으로서의 초월 가능성을 지닌다. 여기에서 강조되어야 할 것은 직업의 두 측면의 연속성과 동시에 단절성이다. 직업의 보편적 가능성은 객관적 기회에 의해 그리고 무엇보다도 개인의 내면화, 도덕적 결정 그리고 행동에 의해서만 현실화된다. 더 근본적인 것은 직업 자체의 적절한 구성이다.

　그러나 중요한 것은 직업의 도덕적 보편성보다도 우선 공리적 상호 관련이다. 직업은 공리적인 관점에서 기능적 상호 관계로 성립된다. 다시 말하여, 직업은 도덕적, 윤리적 보편성이 아니라 공리적 상호 의존 관계에 있는 것으로 먼저 이해되어야 한다. 이것이 없을 때 인간의 도덕적 가능성은 무의미하다. 매우 현실적인 의미에서의 인간의 상호 연계성은 바로 생활 공간에서 나온다. 또 그것의 성립에 필수적인 심리적 조건이다.

　영웅적 순간과 행위를 강조하는 것은 더 낮은 차원에 존재하는 우리 삶의 바탕을 잘못 보게 할 위험을 가지고 있다. 내가 주목하고자 하는 것은 큰 의미에서의 사회 전체가 아니라 보통의 사람이 사는 생활의 영역이다. 이것은 고양된 사명감이나 도덕이나 윤리보다는 단순한 생활상의 상호 의존 관계가 형성하는 공간이다. 그것은 물리적 공간으로서의 동네이고, 그것에 대응하는 보이지 않는 생활의 제도나 인간 상호 간의 규약이 만들어 내는 공간이다. 신비스러운 것은 이 평범한 바탕으로부터 어떻게 하여 고양된 순간이 나타나고, 영웅적인 결의가 일어나는가 하는 것이다. 그것은 이러한 평범한 세계를 초월하는 어떤 것이다. 그러면서 이 초월은 이것을 바탕으로 한다. 그러나 많은 사람에게 더 관심이 있는 것, 또 중요한 것은 우리의 매일매일의 생활을 원활하게 해 주는 물리적, 사회적, 제도적인 그 무엇이다. 우리 사회에서 형성되지 못했거나 파괴되어 버린 것의 하나가 이러한 것들이다. 오늘의 우리 사회에서 삶을 영위하고 있는 많은 사람들은 우리 사회가, 사람이 사람에 대하여 이리가 되는, 살벌한 생존 투쟁의 상태가 되어 있음에 동의할 것이다. 우리 사회의 삶은 거의 크고 작은 투쟁의 소모 작용 속에서만 의의를 발견하는 것으로 보인다. 그리고 우리 사회의 도덕도 많은 경우에는 이러한 투쟁 작용의 일부를 이룬다.

5. 상호 의존성

정치학자들은 국가라는 공식적 사회 조직에 대하여 사회라는 비교적 자연 발생적인 비공식적 사회 조직을 구분하여 말한다. 우리 사회에서의 생활 공간의 미형성은 더러 지적되듯이 이 사회의 취약성에 관계되어 있다. 사회는 계급, 계층, 직업, 지역성 등을 중심으로 결정화하는 집단, 또 다른 이해관계, 직업, 이념, 취미 등으로 응결되는 집단으로 이루어진다고 하겠지만, 실제 그것이 현실화하는 것은 보다 구체적 생활의 영역에서이다. 가령 크고 작은 집단을 연결하는 교통과 통신망, 모일 수 있는 회의장과 광장, 그러한 모임에 이르기 전의 많은 작은 모임의 장소와 계기, 또 한시도 빼놓을 수 없이 지탱되어야 하는 삶의 지원 수단, 그것의 어느 정도의 체계화로서의 일상적 생활의 구조 — 이러한 것들이 없이는 복합적 사회에서의 인간 활동은 아무것도 이루어질 수가 없다. 이것들 — 최소한도의 생활과 사회 활동을 가능하게 하는 기구와 수단들은 통일된 체계를 이룬다. 그것은 사회의 제도이고 물질적 구조이다. 그러면서 동시에 사회 내부에서 형성되는 의식이기도 하다. 전쟁 상태는 이러한 사회의 생활 공간을 파괴한다. 그러나 전쟁 상태가 아니라도 그것은 제대로 존재하지 아니할 수도 있다. 경제적 공황 또는 어떤 종류의 정치 체제의 일상생활 통제 등은 이러한 수단의 공간을 봉쇄해 버릴 수 있다. 거대 세력들의 움직임으로서의 사회 그 자체도 이 매개 장치를 파괴할 수 있다. 사회 전체를 뒤흔드는 커다란 이변의 힘 또는 정치적 힘이 특히 살벌해지는 것은 그것이 중간 지대의 매개를 통하지 않고 직접 작용하는 경우이다. 같은 힘도 이 매개의 존재 여부에 의해 그 작용의 방식이 달라진다. 혁명기에 보게 되는 동료나 친지 그리고 단순히 직접적인 대면에서 오는 여러 구체적인 인간관계는 그 극단적인 예에 불과하다.

산업 사회도 사회 내에서의 거대 세력의 움직임이어서 사회 전체와 개인의 삶 사이에 존재하는 여러 가지 매개 장치들을 파괴한다. 단순한 공동체에서, 사람들은 추상적인 전체 속에서가 아니라, 구체적인 상호 유대 속에서 존재한다. 거기에는 혈족적인 관계 이외에도 쉽게 알아볼 수 있는 작업의 연계 관계가 있고, 이것은 도덕적, 윤리적 유대와 표리를 이룬다. 그러나 더 확대되고 복잡해진 사회에서도 이러한 실제적이며 윤리적인 연계는 존재하는 것이 정상일 것이다. 물어야 할 것은 어떤 조건하에서 이것이 완전히 소멸하게 되는가 하는 것인지 모른다. 산업 사회가 이러한 실제적인 윤리적 의존 관계를 파괴한다는 것은 많이 지적되어 왔다. 그러나 다른 한편으로 성격이 꼭 같다고 할 수는 없으나 ─ 그것은 주로 윤리적, 정서적이기보다는 공리적인 성격을 갖는다. ─ 어느 다른 종류의 사회 유형보다도 긴밀하고 광범위한 상호 의존성을 만들어 내는 것이 산업화의 과정이기도 하다. 산업화는 기능적 분화와 산업 활동 규모의 확장을 내용으로 하기 때문에, 넓은 영역과 많은 요인들의 미묘한 종합으로만 성립하고 그 종합은 일정한 공간을 만들어 낸다. 물론 대량 생산, 대량 소비의 산업 체제가 만들어 내는 공간이 참으로 사람이 살 만한 공간이 되기는 어려울는지 모른다. 그러나 그것도 일단의 생활 공간임에는 틀림이 없고, 그것을 보다 살 만한 공간으로 만들려는 다른 요인들이 추가될 때, 그것은 향상될 여지를 갖는다고 할 수 있다. 유럽의 산업화에서 적어도 초기의 과정은, 다음에 더 언급하겠지만, 그 나름의 생활 공간을 만들어 낸 것으로 생각된다. 한국 사회에서의 생활 공간의 미숙성은 근대사의 난폭성, 그리고 이어진 산업화의 외래성과 급격성의 한 결과였다고 볼 수 있다. 안으로부터 오랜 시간을 통하여 성숙하였더라면, 그것은 훨씬 더 유기적 조화를 가진, 조금은 더 사람의 여러 가지 삶의 필요를 수용하는 어떤 것이 되었을는지 모른다.

우리가 겪은 현대사의 변화는 근대화라고도 불리고, 산업화라고도 불린다. 앞의 것은 더 복잡한 현상을 지칭하는 말이지만, 그 내용이 분명하게 정의되지 않은 혐의가 있고 뒤의 것은 비교적 분명하면서도, 변화의 과정을 지나치게 외면적으로만 말하고 있다는 느낌을 준다. 여기에 대하여 합리화는 그것을 조금 더 포괄적으로 포착하는 개념으로 생각된다. 그것은 밖으로는 산업 체제의 운영 그리고 사회 체제의 구성의 원리를 말하고, 안으로는 행동 방식과 의식의 양식을 말한다. 그러나 그것은 근대화에 부수하는 것 또는 그것을 움직이는 원리가 합리성만은 아니라는 것, 또는 그렇다고 하더라도 합리성이 인간 내에서 움직이는 것이 되기 위해서는 인간 내부의 사정 자체가 총체적으로 변해야 한다는 것을 나타내지 않는다고 할 수 있다. 새로운 인간이 형성되면서 그것은 그에 맞는 사회 공간을 만드는 원리가 된다. 그러면서 동시에 그는 사회에 맞는 인간이다. 그리하여 사회와 인간 사이에는 조금 더 조화 있는 관계가 성립한다.

독일의 사회학자 노르베르트 엘리아스의 '문명화 과정(Die Prozess der Zivilisation)'이란 말은, 이와 비슷한 관점에서 근대화를 광범위한 역사의 과정으로 포착한다. 그의 생각에도 근대화란 합리적 정신의 역사적 대두이며, 그에 따른 산업 사회의 형성이다. 그러나 문명화의 개념으로 그가 말하고자 하였던 것은 근대화 과정이 사회의 변화일 뿐만 아니라 인간의 변화라는 사실이다. 또는 달리 말하여 근대화는 사회와 인간의 동시적 형성을 의미하는 것이다. 그의 역점은 근대적 인간——그의 말로, 문명화된 인간의 형성에 주어진다. 근대적 인간이란 그의 행동거지 자체가 문명화된 사람이다. 그의 속성은 어떻게 보면 하찮은 것으로 보이는, 함부로 침을 뱉지 않는다든지, 세련된 식탁의 예의 작법을 안다든지 하는 것으로 특징지어진다. 이것은 하찮으면서도 인간이 내면의 충동과 격정들을 순치하였다는 것을 나타내고, 그것은 그의 인품에서 이성적 원리가 중요하다는 것을 증표한다. 그가 증거로 들고 있는 여러 행동거지들이 진정 근대적 인간 형성의 조건이 되는지 어떠한지는 확실치 않다.(그리고 그 자신 인정하면서도 큰 주제로서는 생각하지 않는 것으로, 서양인의 근대적 변화를 문명화라는 이름으로 부를 때 그것이 갖는 제국주의적 함축을 어떻게 생각해야 할지 하는 문제들이 남는다.) 그러나 그의 문명화 개념은 적어도 우리가 생각하고자 하는 근대적 생활 공간의 형성 문제에 중요한 시사를 던져 준다. 서구에 있어서 근대화는 인간과 사회의 동시적 변화이며, 이 동시적 변화는 여러 의미에서 근대화의 공간이 사람의 내면적 요구와의 상호 연관 관계에서 발전되어 나온 것이라는 것을 말해 준다. 뿐만 아니라 근대적 인간의 기초가 된 것은 구체적 의미에서의 인간 상호 의존의 인지의 결과라는 사실이다. 근대적 인간이란 사회적 상호 의존을 내면화한 것이고, 또 거꾸로 새로 형성되는 인간은 이 의존 관계를 사회 공간으로 만든 것이다. 다시 말하여 근대화 — 문명화로 표현되는 근대화는 사람이 상호 의존 — 추상적 개념이나 이념에 의해서가 아니라 구체적 상호 의존 — 상태에서 하나의 삶의 방식 — 문명화된 삶의 방식, 보통 사람들의 삶의 공간을 포함하는, 삶의 방식을 만들어 내는 과정이 되는 것이다.

엘리아스는 중세 이후의 유럽 역사를 통하여 이 문명화의 과정을 보여 주려고 한다. 중세의 봉건 사회에서의 군소 영주들의 세력 경쟁은 결국 대영주 또는 궁극적으로는 절대 군주의 출현에 귀착한다. 이들의 지배하에서 물산이 집중화되고, 사회적 기능의 분화가 일어난다. 이 분화는 사회 내에서의 인간의 상호 의존 관계에 대한 의식을 가져온다. 이러한 의식은 자기를 넘어선 세계에 대한 일반적 의식이기 때문에 이성적 사회 공간 이해를 포함한다. 심리적으로, 이 새로 등장한 상호 의존의 공간에서 살아간다는 것은 자신의 삶에 관계되는 여러 가지 요인을 고려하고, 앞을 내다보는 계획을 통해서 스스로의 삶을 살아가야 한다는 것을 의미한다. 즉 자신의 삶의 이성적 계획이 불가피한 것이다. 이 이성적 태도는 인간 심리에서의 다른 변화와 병행한다. 앞을 내다보고 자신의 삶을 계획한다는 것은 사물의 움직임 외에 인간 심리의 움직임을 계산해야 한다는 것을 말한다. 그중에도 중요한 것은 다른 사람의 마음의 움직임이다. 인간 심리에 대한 관찰이 합리적 과정 속에서 필요해진다.(이러한 개별화된 심리 이해는 전통 사회에서의 유형적 심리 이해와는 상당히 다른 것이다.)

합리화와 심리화는 인간의 인간 내부의 다른 요소들을 다스리는 일과 병행한다. 중세 무사들의 세계는 "강력한 원초적 환희, 여자로부터 착취할 수 있는 쾌락의 충족, 미운 것을 철저하게 부수고 괴롭히는 증오감의 충족"을 허용하였다.[1] 물론 그 대신 중세의 무사들은 자기들 자신이 다른 사람들의 폭력과 과도한 감정 표출과 또 여러 가지 신체적 가혹 행위의 대상이 되는 것을 무릅써야 했다. 그러나 힘에 의한 인간관계가 어떤 의미를 가지고 있든, 그것은 이제 통용될 수 없는 행동 방식이 된다. 그것은 앞에서 말한 바와 같이 상호 의존성의 인식, 합리성의 성장의 결과이다. 그러나 근원적인 원인의 하나는 절대 군주에 의한 폭력 수단의 독점이다. 그것이 기사들로부터 작은 폭력 수단을 박탈하면서 절제와 기율을 강요한다. 그것이 물산의 집중도 가능하게 하면서, 물산에 대한 폭력적 탈취를 불가능한 것이 되게 하는 것이다. 그리하여 폭력이나 무력이 아니라, 합리성 그리고 더 나아가 혐오감이나 수치와 같은 사회적 감정으로 조정되는 '궁정의 예절(courtoisie)'이나 귀족의, 그리고 확대하여 시민의 '바른 예절(civilite)'이라는 상호 작용의 방식이 생겨나고, 이것이 부르주아지에 의하여 문화와 문명의 이상으로 확대되는 것이다.

위에서도 비친 바와 같이 이러한 문명화 과정을 반드시 긍정적으로 말

---

[1] Norbert Elias, *Power and Civility*(Blackwell, 1982), pp. 236~237.

할 수는 없지만, 그것이 — 엘리아스 자신이 그의 연구 결과를 요약한 바와 같이, "상호 지향적이며, 상호 의존적인 인간 구조, 형식"을 역사적으로 실현한 것이라고 한다면,[2] 문명화는 투쟁의 상태에서 인간의 삶을 구출하는 작업이라는 면을 가지고 있다고 할 수 있는 것이다. 물론 상호 의존적 공동체는 역사적으로 부르주아만의 것이고, 또 서구 국민 국가의 테두리 안에서의 것이었다. 또 이 공동체는 외부에 존재하는 타자에 의하여 정의되는 경우가 많았던 만큼, 그 자체가 폭력적 투쟁의 생성자가 되었다고 할 수 있다. 오늘날 서양이 대체적으로 선진국이라는 특권적 위치를 누리고 있는 것은 문명화의 긍정적, 부정적 결과를 아울러 거두어들인 결과이다. 그러면서도 우리는 적어도 그 사회 안에서는 투쟁적 관계가 사회의 지배적 관계가 되지 않고, 어려운 사회 문제가 있음에도 불구하고 대체적으로 평정화된 삶의 공간이 도처에 존재함을 볼 수 있다. 적어도 상호 지향적이며 상호 의존적인 공간으로서의 사회의 이념은 — 추상적으로가 아니라 생활의 틀로서 존재하는 것처럼 보이는 것이다.

우리의 현대사는 이러한 상호 의존 공간의 자연스러운 확대가 아니라 파괴로써 진행된 것임이 보인다. 그것은 위에서 비친 바와 같이, 근대화의 외래적 성격을 비롯한 여러 가지 요인으로 인한 것일 것이다. 제국주의 침략하에서의 민족주의의 불가피성, 사회보다는 국가가 중요할 수밖에 없었던 상황, 전통적으로 강력한 것이었으면서 또 긴급한 상황의 대책으로서의 도덕주의 — 이 모든 것들이 그 요인을 이루는 것일 것이다. 결과의 하나는 구체적인 생활 현실에서 나오는 상호 의존성이 사회 공간으로 성립하지 못하게 되었다는 것이다.

---

2   Nobert Elias, "Introduction to 1968 Edition", *The History of Manners*(Pantheon, 1978), p. 261.

6. 문명화 과정

물론 서양의 모델을 가지고 모든 일을 헤아려서는 아니 된다. 우리나라의 문명화가 있었고, 우리나라 나름의 생활 공간이 있었을 것이다. 엘리아스의 '문명화 과정'은 서양 역사를 말한 것이다. 그는 문명화를 서양의 세계사적 공헌으로 말하면서도, 문명화가 서양 이외에서는 동아시아에서 일어났을 가능성을 인정한다. 문명화 과정의 최종적 표현으로서 ─ 사실 이것은 주로 중세 말에서 근대 초에 이르는 때의 예이지만 ─ 엘리아스가 궁정적 예절, 귀족의 예절 또는 시민적 예절을 말한 것은 '태산명동서일필(泰山鳴動鼠一匹)' 격으로 앞뒤의 균형이 잘 맞지 않는 결론이라는 인상을 준다. 그러나 다른 한편으로 어떤 종류의 것이든지 간에 예절이라는 것이 문명의 총결산을 나타낼 정도로 중요한 것이라고 말할 수도 있다. 구체적인 생활 공간에서의 질서와 평화를 규정하는 것이 바로 예절이다. 그런데 그것이 문명화의 중요한 결과라고 한다면, 그것이야말로 동양 전통에서 현저하게 사회의 특징을 이루는 것이라고 할 수 있다.

동양의 문명화 과정이 어떠한 것이었든지 간에, 거기에서 주요한 몫을 한 것이 예절인 것은 틀림이 없다. 또는 그것이 전부였다고 하는 것이 옳을는지도 모른다. 유교에 여러 가지 면이 있지만, 다른 무엇보다도 핵심적인 위치에 있던 것이 예(禮)라는 것을 우리는 상기할 필요가 있다.(예절은 동양의 사상과 현실의 체제에서 예의 일부이다.) 조선조의 유학 논의에서도 실제적인 관심의 중심은 다른 무엇보다도 예였고, 그에 대한 논쟁은 사화(士禍) 같은 정치적 투쟁의 유혈극을 가져오기도 했다. 그 정치적 관련 자체가 예의 중요성을 말해 준다. 그것은 서구 사회에서 합리성이 중요한 것과 마찬가지로 중요하였다. 그러므로 엘리아스가 합리성을 사회 과정의 소산으로 이해한 것처럼, 우리도 그것을 사회적 생성 속에서 이해해야 한다. 예절에 대한 엘리아스의 현실주의적 관찰은, 예절의 전부를 말하는 것은 아니지만, 사회사적 접근을 위한 중요한 시사가 된다. 그에게 예절은 적어도 그 단초와 동기에서 처세술의 성격을 가지고 있다. 그것은 동양의 예절에도 작용할 현실의 동력에 주의할 필요를 상기시키는 것이다. 예절 또는 예가 동양에서의 문명화의 핵심적 원리로 작용했다고 한다면, 그것은 사회사 — 여러 가지 세력의 길항과 조화로 이루어지는 사회 동력의 역사적 움직임 — 속에서 그렇게 된 것이다.

위에서 엘리아스를 요약해 본 정도로라도 나는 예의 사회사적 형성 과정을 논의할 준비가 되어 있지 않다. 그러나 간단한 개념적 지표로서 그 역사적 고찰의 방향을 짐작해 보고자 한다. 제일차적으로는 예는 서양의 예절이나 마찬가지로, 사람과 사람 사이의 행동 양식을 정해 주는 규범이다. 그러나 그것은 서양 예절이나 마찬가지로 일정한 범위의 생활권에서 의미를 가지면서도, 서양의 예절이 거대한 사회 과정의 일부를 이루듯이, 사회 과정 또는 적어도 지금의 여기 고찰에서는 사회 내지 정치 질서의 전체와 관련된다. 예절은 그것을 정당화하는 이론도 가지고 있다. 이것은 그것을 전체화함과 동시에 내면화하는 데 필요하다. 그리고 그 이데올로기적 정당화는 동양에서 훨씬 중요했다. 그것이 예론이고 예학이다. 서양에 그러한 이데올로기가 있다면, 문명이고, 인간성(humanitas)이고, 이성이라고 해야 할 터인데, 예는 그러한 이념에서 작은 한 부분을 차지하는 데 불과하다.(그러나 예의 텍스트화가 없는 것은 아니다.) 동양에서야말로 예는 훨씬 중요한 자리를 차지하는 것이다.

동양에서 서양의 합리성 원리에 해당하는 것을 든다면, 그것은 도(道), 이(理), 성(性), 심(心), 인(仁)의 단어들이 표현하는 원리가 될 것이다. 이것이 동양 사상과 문명에 보편적 성격을 부여한다. 그러나 실제에서 더 중요한 것은 예의 원리이다. 유교의 세계에서 우주의 형이상학적 원리 또 인간

관계에서의 도덕성은 절대적으로 구체적으로 표현될 것을 요구한다. 유교의 가르침은 어디까지나 실천적이다. 사실 많은 해석가들이 말하는 것처럼 유교 그리고 더 일반적으로 중국 사상에서 빼놓을 수 없는 원리의 표현인 도는 우주의 원리이기보다도 사회적 삶의 방법을 나타낸다. 이 사회적 삶을 구체적으로 표현한 것이 예인 것이다. 이것은 개인적인 차원에서만이 아니라 사회 철학의 관점에서도 그러하다. 최근에 현대적인 관점에서 유교적 예의 의미를 해석한 지토가 『예기』를 해석하여 말한 것처럼, "예는 사회와 도덕의 질서에 관계되는 것이나, 개인의 내면생활 차원에서 그러한 것이 아니고, 사람들을 조직하여 상호 간과 주변과의 관계에서 일정한 자리에 정위하려는 것이다." 예의가 사회생활의 유지에 가장 중요한 역할을 하는 것도 이러한 이유에서이다. 예는 바로 '인간 세계의 상호 연결 요인'으로 작용할 수 있는 것이다.[3]

그러나 중요한 것은 예가 서양 예절의 경우보다도 훨씬 일반화되고 체계화된 원리로 작용한다는 사실이다. 도나 이의 논의가 더없이 중요해지는 것도 이 필요에 관계되어 있는지 모른다. 그러나 여기에서 반드시 이론이 제일 중요한 것은 아니다. 현실의 관습, 행동 방식 또 제도에 의한 일반화와 체계화가 더 중요할 수도 있다. 위에 말한 예절은 인간적 상호 작용의 양식을 지칭한 것이다. 그러나 예의 더 중요한 의미는 제례(祭禮)이다. 제례와 예절은 반드시 같은 것은 아니나, 앞엣것은 뒤엣것을 뒷받침해 주는 이데올로기 구실을 한다. 여러 가지의 제례는 체계를 이룬다. 그중 중요한 것은 유교 국가의 국가 체계의 의식인 오례이나, 그중에서도 중요한 것은 천, 지, 사직, 선왕들에게 드리는 제사이다. 사사로운 차원에서는 흔히 사

---

3 Angela Zito, *Of Body and Brush*: *Grand Sacrifice as Text/Performance in Eighteenth Century China* (University of Chicago Press, 1977), p. 112.

례라고 구분되는 집안의 여러 행사가 여기에 해당된다. 이러한 제례들은 초월적인 차원과 인간을 매개하는 중간 항으로 예를 우주적인 테두리 안에서 정당화하려는 것이었다. 그러나 제사를 지낸다는 것이 어떻게 정당화 작용을 하겠는가? 사람이 가지고 있는 땅과 하늘에 대한 자연스러운 외경감이 있고, 나라의 권력 체계가 가시화되는 절차들의 위의(威儀)가 있어, 이러한 것들이 제례의 공연에 작용한다.

더 구체적으로, 예를 바르게 이해하기 위해서는 이것을 좀 더 일반화하여 유교 사회 이외에서의 제례 또는 의식과 관련해 볼 필요가 있다. 의식은 모든 사회에서 발견되지만, 특히 원시 사회에서 중요한 기능을 수행한다. 뒤르켐의 의식에 대한 통찰은 사회나 공동체가 의식을 통해 정신적으로 스스로를 재생산해 낸다는 것이다. 이것이 어떻게 가능한가 하는 것은 의식을 좀 더 형식으로 도식화함으로써 규지(窺知)된다.

영국의 인류학자 파킨은 의례(ritual)를 다음과 같이 극히 추상적으로 정의한 바 있다. "의례는, 그것의 수행 의무의 지시적 성격 또는 강제적 성격을 의식하는 일군의 사람들에 의해 수행되는, 공식적 공간성(formular spatiality)이다."[4] 의례는 일정한 공간에 모인 사람들이 그들의 움직임을 통해 공간을 일정한 구조를 갖는 것으로 조성해 낼 때 발생한다. 의례는 의례 공간 내에서의 행동의 분절화──반드시 합리적으로 설명될 수 없는 행동의 언어적 분절화로써 사람들의 마음에 어떤 메시지를 전달하려는 것이다. 이 행동의 분절화는 상하 관계나 위계질서를 구성하는 쪽으로 움직인다. 앞에 언급한 지토는 그의 저서에, 대사의 의식에서 절차를 면밀하게 분석하고 있다. 기본이 되는 것은 물론 하늘과 땅과 사람 그리고 다섯 방위의

---

4   David Parkin, "Ritual as Spiritual Direction and Bodily Division", *Daniel de Coppet* eds., *Understanding Rituals*(Routledge, 1992), p. 18.

가치 순열화이다. 이 공간의 위계적 가치화는 물론 천자의 움직임 —— 걷고 타고, 문을 나오고 서고 하는 모든 움직임, 그리고 다른 사람이나 기물과 그의 관계, 제사 행위에서의 거동, 이러한 것들에 의해 한없이 자세하게 세분화되어 진행된다. 지토가 규명한 여기의 논리는 보다 낮은 차원에서의 행동 양식을 규정하는 예 —— 가령 "……주인은 문에 들어가서 오른쪽으로 가고 손은 문에 들어가서 왼쪽으로 간다. 주인은 동쪽 계단으로 나가고 손은 서쪽 계단으로 나간다. 손이 만일 주인보다 낮으면 주인의 계단으로 나간다……"라는 행동의 규정에도 그대로 해당하는 것을 알 수 있다.[5]

공간 내에서의 움직임을 통한 이러한 인간 행동의 양식화의 의미가 무엇이든지 간에 그것이 일단은 인간 생활의 기본 요건이 사회적 마찰을 완화하는 데 기여하는 것임은 틀림이 없다. 다만 이러한 방식이 유일한 것인가 또 효과적인 것일 수 있는가를 물어볼 수는 있다. 사람들은 오랫동안 유교적 예나 예절이 내용 없는 절차에 불과하다는 느낌을 가져왔다. 허례허식(虛禮虛飾)이란 말이 이러한 느낌을 나타낸다. 이것은 시대의 여러 조건들이 변화된 때문이라고도 하겠지만, 사실상 유교의 예의 체제 그것에 들어 있는 것이라고 할 수도 있다. 체제화나 체계화 자체가 예의 형식화 가능성을 여는 일이다. 유교적 예의 중요한 문제점 하나는 그것이 구체적인 인간 공동체를 떠나서 존재한다는 것이다. 인간 공동체는 매우 구체적이고 다양한 상호 의존성에 기초한다. 또 그것은 정서적 에너지를 해방함으로써 하나로 유지된다. 인류학자나 동물 행태학자는 위계 없는 사회 질서는 인간 사회 또는 동물 사회의 어디에서도 발견되지 않는다고 말한다. 사회 질서에 위계란, 좋은 싫든 없을 수 없는 것인지 모른다. 그러나 그 위계질서가 형식화, 추상화되고, 엄격한 계급 제도에 의해 보강되고 또 이데올로

---

5   이민수 역해, 「곡례 상(曲禮上)」, 『예기(禮記)』(혜원출판사, 1993), 29쪽.

기화될 때, 공동체적 의식은 파괴될 수밖에 없다. 상호 의존성이란 인간관계의 불확실성을 전제로 한다. 엄격한 제도적 기율과 독단적 이데올로기의 정당성이 사람과 사람의 관계를 규정한다면, 사람과 사람 사이의 복잡한 주고받음은 필요가 없는 것이다. 정해진 대로 하면 될 뿐이다. 정당하게 정해진 것을 수행하지 않는 사람은 처벌될 수 있을 뿐이다.(정의의 경우도, 인간관계의 근본이면서, 그것이 너무 표면에 나올 때 인간관계를 파괴한다.)

이것은 형식과 이념의 성격 문제이기도 하지만, 규모의 문제이기도 하다. 인간관계의 추상화는 그 관계가 구체적인 대면과 사실적 환경의 범위를 넘어갈 때 강화된다. 이러한 관련에서 주의할 수 있는 것은, 유교의 제례 의식에 국가와 가족을 중심으로 한 것은 있어도 구체적인 생활 영역으로서의 공동체 부분이 결여되어 있었다는 점이다. 이런 점에 착안한 것이, 『향약』에서도 말해진 향음례(鄕飮禮)라고 하겠지만, 이것은 별로 시행되지도 않았고, 공동체 전부를 포함하는 잔치가 된 것도 아니었다. 유교적 예의가 유교적 이데올로기 그리고 그 체제 전부가 붕괴되면서 쉽게 사라지고 문명 없는 상태가 된 것은 이와 관련해서 이해될 수 있는 것인지 모른다. 그것은 살아 있는 생활 공간의 이치이기를 오래전부터 그친 것이다.

7. 예의 강제성

사람 사는 사회가 살 만한 것이 되는 데 필수적인 것 하나가 예의이지만, 그것은 모순되는 요소의 우연한 결합으로 이루어지는 것으로 보인다. 그것을 역사와 사회의 전체적인 관련에서 볼 때, 우리는 우선 그 불순한 복합성에 놀라지 않을 수 없다. 앞에서 우리는 그것이 지나치게 정당한 것이 될 때, 인간의 공동체적 관계를 공고히 해 주는 것이 아니라 오히려 파괴한다는 점을 언급하였다. 예의의 의미는 사람 사이의 관계를 평화롭게 하고 부드럽게 하는 데 있다. 그러나 그것이 경직된 정당성의 이데올로기가 될 때, 오히려 사회관계를 폭력적인 것이 되게 한다. 옛날의 상놈 볼기짝 때리는 일에서부터 사화에 이르기까지, 또 오늘날 많은 크고 작은 싸움과 노여움이 여기에서 나온다. 또 그것은 관혼상제 시의 부의금으로부터 흔히 '인사한다'는 말로 표현되는 뇌물 수수에 이르기까지 부정부패의 구실이 되기도 한다. 예절을 우리처럼 당위가 아니라 우아함으로 받아들이는 서양에서, 예절은 폭력이나 위압보다는 계급적 오만과 차별의 숨은 기준이 된다.

이러한 여러 문제를 떠나서, 예의의 근본 문제는 그것을 구성하는 근본 바탕에 있다고 할 수 있다. 그것을 살펴보면, 예의가 높은 의미에서 사람의 사람다움을 이루는 요소라고 생각하기 어렵게 한다. 서양에서 예절은 이익에 기초한 처세술의 하나로 대두된다. 자기 확대의 추구가 폭력 수단을 사용할 수 없게 될 때 사용하는 전략이 예절이다. 궁정 예절의 세계는 폭력이 배제되면서 모략과 계책과 파당의 세계가 되고, 예절은 이것을 감추는 수단이 되는 것이다. 이것은 동양의 궁전에서도 마찬가지였을 것이다. 조선조의 많은 상소문은 격조 높은 수사학을 통한 자기 확대의 추구였다. 그러나 이것보다 더 중요한 문제는 예절과 예의가 바로 폭력이 배제된 세계이면서 커다란 폭력 ─ 독점되고 절대화된 폭력에 의하여 보장되는 것이라는 점이다. 엘리아스의 분석이 맞는 것이라면, 서구 사회가 중세의 야만성에서 문명의 상태로 옮겨 가는 과정에서 핵심적 역할을 한 것은 절대 권력의 성립이다. 동양에서 예의가 지배적인 사회 통제의 방법이 될 수 있었다면, 그것은 천자를 정점으로 하는 권력 체계가 우주적 정당성을 가진 사상과 행동의 체계로서 전달될 수 있었기 때문이다.

예와 예절이 고귀한 것이든 아니든 사회적 평화의 확보를 위하여 필요한 것이라고 한다면, 그 나름의 의미를 갖는다고 하겠지만, 절대적 권력의 필요는 지불해야 하는 대가로서는 지나치게 높은 것이라는 느낌을 준다. 스스로 느끼고, 스스로 생각하고, 스스로 사는 자율성이 인간 존엄성의 핵심이라고 생각하는 사람에게 그것은 인간의 존귀한 모든 것을 주고 얻어지는 평화 또는 평화의 한 수단에 불과하다. 또는 보다 실제 문제로서, 예의 있는 사회는 절대적 권력이 없이는 불가능하다는 생각도 할 수 있고, 또 그렇다면 예의 없는 사회로서의 우리 사회의 문제는 해결할 도리가 없는 것으로 보인다. 자유 민주주의 체제로서의 한국에서는 영원한 싸움의 상태만이 삶의 조건이 된다.

이것은 인간의 사회적 삶의 근본에 존재하는 난제의 하나이다. 강제력 없는 사회 질서가 존재할 수 있는가. 완전히 자유로운 질서는 모순 어법에 불과한가. 참다운 자유는 필연에 복종하는 것이라는 것이 칸트의 철학적인 해답이다. 이것은 더 구체적으로는 주어진 정치권력에 복종하는 것이 되겠지만, 그 권력에 대하여 필연성을 보여 주는 규범성을 요구하는 것이 되기도 할 것이다. 이러한 공식이 권력과 사회 질서와 자유의 문제를 간단히 풀 수 있을지, 알 수 없는 일이다. 유교적 질서의 문제 해결 방식도 비슷했다고 할 수 있다. 거기에 자유의 개념이 분명하게 있었다고 할 수는 없지만, 내면적으로 수긍할 수 없는 질서에 복종하는 것이 옳지 않다는 생각은 분명하게 있었다. 그런 만큼 인간 이성의 자율성, 또는 유교적으로 표현하여 인성의 자연스러움에 따른 자율성은 있었다고 할 수 있다. 복종하되, 그 복종의 질서는 도에 맞는 것이어야 했다. 이것이 유자들의 정치적 수난의 한 원인이 되었다. 그러나 유교 질서에서의 규범성에 대한 강한 요구는, 앞에서 말한 바와 같이, 삶의 모든 면의 경직성을 가져오고 자연스러운 공동체적 질서의 파괴로 나아가는 것이 되었다. 권력에 대한 보다 민주적인 태도는 사회 질서에 필요한 권력을 한군데 집중하지 않게 하자는 것이다. 그렇다고 권력을 없애자는 것은 아니다. 그것은 권력의 분산과 함께, 권력의 담당자를 교체함으로써, 권력 체계와 사람의 체계를 분리하는 계책이라고 할 수도 있다. 그러나 민주 체제는 권력으로부터 권위를 제거하여 ― 권위는 필연적으로 체제보다는 개인의 인격의 힘에서 나오는 것임에 ― 사회의 여러 규범으로부터도 권위를 제거한다. 그리하여 법과 형법의 중요성이 증대한다. 예의 질서의 이상은 권력과 자유 그리고 사회 질서의 문제들을 행형(行刑)의 강화와는 다른 방법으로 해결하려는 것이었다.

근년에 서양에서 유교에 관하여 발언한 사람으로서 이를 가장 긍정적으로 평가한 이는 핑거렛일 것이다. 예의 특징은 현실적인 힘이 아니라 마술적인 힘으로써 사람과 사람의 관계를 조절하는 장치라는 데 있다고 그는 생각한다. 예로써 뜻을 이루려는 사람이 "적절한 예의 공간에서 적절한 예의 동작과 말로 뜻을 표할 때, 그 이상 그가 노력하지 않고도 일은 이루어진 것이 된다."[6] 예의 형식이 이것을 가능하게 한다. 군자는 이 형식을, 전통을 통하여 세련화된 이 형식을 완전히 자기 자신의 것으로 만든 사람이다. 그리하여 자기 자신을 완전히 아름다운 형식과 일치가 되게 한 사람이다. 이 형식 속에서 나와 다른 사람이 만난다. 거기에는 아무런 강제력도 없다. "내 동작은 당신의 동작과 조화를 이루며 화운한다. 어느 쪽도 힘을 주거나 밀거나 요구하거나 강제하거나 또는 작위를 가하는 것이 아니다."[7] 이것이 예의 상태이다.

형식 속에서 사람과 사람이 아름답게 움직여 가는 것, 이것은 비유적으로 말해 무용과 같은 것이다. 예를 이야기함에 음악과 ― 예는 예악이라고 음악과 연결된다. ― 무용이 말하여지는 것은 『예기』에서도 보이는 것

---

6 Herbert Fingarette, *Confucius, The Secular as Sacred*(New York: Harper torchbooks, 1972), p. 3.
7 Ibid., p. 8.

이다. 그러나 이것은 예가 무도에서와 같은 것이라고 하더라도, 그것이 무도가 되려면 모든 사람이 무도법을 익히고 있어야 한다. 사람 사회의 대부분의 문제는 이 무도의 법이 지켜지지 않을 때, 어떻게 할 것인가 하는 문제이다. 그러나 어떤 경우에도 개인적 완성으로서의 무도가 없는 것은 아닌지 모른다. 기사의 예절을 가장 잘 익힌 사람으로 알려진 필립 시드니 경은 전쟁터에서 부상을 당해 쓰러져 있었을 때, 자신에게 가져온 물을 부상당한 다른 병졸에게 먼저 주라고 했다. — 이러한 이야기가 예의의 형식이 도덕적으로 승화한 경우를 보여 주는 것이라고 할는지 모른다. 처음에 언급한 카뮈의 의사 주인공의 이야기는 조금 더 현실적 가능성이 있는 상황에서의 사회의 무도자의 덕성을 예시한 것이라고 할 수 있다.

그러나 집단적이거나 개인적인 차원에서 높은 덕성의 가능성이 성숙하는 것은 심히 복잡하고 오랜 경위가 있어야 하는 것일 것이다. 그러한 경우에도 처음에 존재하는 것은 강력한 권력이라고 할 수 있다. 그것이 개인적 소폭력의 사용을 비현실적인 것이 되게 한다. 그런 다음에 영리한 처세술로서 예의와 예절이 등장한다. 그러나 그것은 세월과 더불어 또 많은 세대의 심미적, 규범적 노력을 통하여, 핑거렛와 같은 예의 옹호자가 말하는 것처럼, 공리적 전략 이상의 것으로 발전할 수도 있을 것이다. 또 한 사회가 어느 정도 그러한 문명화를 이룩하는 것이 불가능한 것은 아닐 것이다. 세계에는 분명 이러한 관점에서의 더 문명한 사회가 있고 덜 문명한 사회가 있다. 그러나 공리적 타산의 세계로부터 보다 높은 삶의 양식으로의 도약은 정녕 차원을 달리하는 도약이다. 그것이 어떻게 가능한가는 사회사와 역사로만 설명할 수 없다. 의사류와 같은 사람이 사회의 공리적 삶에서 저절로 나오는 것은 아니다. 그렇기 때문에 그러한 사람은 본인이 어떻게 생각하든, 카뮈가 어떻게 설명하든 간에, 특출한 영웅적 인간이며, 소설 속의 인물이다.

보통의 차원에서 한 사회가 할 수 있는 정상적인 것은 인간의 상호 의존성의 확인이며, 그 의식의 제도화 정도이다. 이것은 보다 높은 행동과 삶의 방식과 같은 것은 아니면서, 그것의 바탕을 이룬다. 그보다 더 중요한 것은 높은 삶의 가능성에 관계없이 살 만한 최소한도의 조건을 이룬다는 것이다. 그것은 불합리하고 불법적인 수단의 경우에도 마찬가지이다. 이러한 것들의 실용성을 보장하는 폭력의 독점, 강제력의 독점이 필요할 것이다. 그러나 기능적인 의미에서 생존의 상호 의존성이 눈에 보일 수밖에 없고, 어느 정도의 문명화된 의식이 있는 곳에서 이 권력은 법과 규범, 민주적 권력 체계로 대체될 수 있을지 모른다. 그리고 중요한 것은 상호 의존성의 공동체가 구체적으로 우리 주변에 존재하여야 한다는 것이다. 또 이것은 우리가 살아가는 데 필수적인 조건이다. 단지 이것은 사회의 거대한 테두리, 역사적 과정과 권력 체계와 의식의 확산 속에서 생기는 것이면서, 또 그것에 의해 파괴된다. 그것은 큰 사회 과정의 자비에 의존하면서, 그것으로부터 독자적으로 주제화되고 방어됨으로써 존재한다.

8. 평정된 일상

서양 근대 문학의 근거는 이 구체적인 생활 공간에 있다. 그러나 어느 문학에서나, 문학이 심미적인 관점을 완전히 피할 수는 없다고 한다면, 그것은 현실에 대한 감각적 반응을 중요한 것으로 포함한다는 것이고, 구체적인 인간이 구체적으로 삶을 영위하는 공간을 그 토대로 한다는 것이다. 그렇기는 하나 서양의 근대 리얼리즘 문학이 구체적인 생활의 공간에 존재하는 인간으로 특히 그 시점(視點)을 돌린 것은 사실이다. 앞에서 말한 바와 같이 폭력이 배제된 상호 의존의 세계는 전체적으로 합리화되어 가는 과정의 일부로서 다른 사람의 심리와 행동을 끊임없이 추측하고 계량하면서 자신의 생존 전략을 만들어야 할 필요를 낳았다. 엘리아스는 이것이 문학에 반영되어, 17~18세기의 인간 관찰의 문학이 성립했다고 말한다. 이러한 인간 관찰은 점점 더 세련된 심리적 성찰의 전통이 되어 20세기의 소설에까지 이어진다.

문학의 합리화와 심리화에 대한 반응이 반드시 긍정적인 것은 아니다. 아마 이러한 심리적 현실주의 소설들은 문명화되어 가는 세계를 전략적으로 관찰하거나 그리는 이상으로 그러한 세계의 진부성을 보고하고, 그러한 세계의 진부성에도 불구하고 일어나는 현실 초월의 순간을 드러내려고 한 것일 것이다. 다른 한편, 문명화가 요구하는 원초적 충동의 억압은 더 적극적으로 불행의 원인이 된다. 프로이트가 말한바 문명의 불편한 요소는 문명 생활의 필연적인 조건이 되고 그것은 개인적으로나 사회적으로나 정신병적인 표현의 동력이 된다. 독일에서의 『빌헬름 마이스터의 수업 시대(*Wilhelm Meisters Lehrjahre*)』에서 『마의 산(*Der Zauberberg*)』에 이르는 교양 소설에서 호소하고 있는 것은 문명화의 가혹한 억압에 대한 충동의 해방이다. 이러한 억압의 고발은 심리적, 인격적 측면에서 사회 제도적 면으로 초점을 옮기면서, 우리나라에서도 잘 알려진 비판적 리얼리즘의 문학이 된다.

이러한 개관은 지금에 와서 너무 진부한 것이다. 다만 그것을 여기에서 상기하는 것은 이러한 문학의 흐름들을, 엘리아스가 시사하는 바와 같이, 합리화 과정 또는 그보다는 상호 의존의 공간으로서의 사회의 성립과 관련해서 볼 수 있다는 것을 말하려는 것뿐이다. 조금 전에 말한 것처럼, 문학은 어느 경우에나 구체적인 인간의 입장을 완전히 떠날 수는 없다. 이것은 동양의 전통 문학의 경우도 마찬가지이다. 앞에서 말한 대로 예의 체제가 동양 사회의 생각과 행동의 기본적인 규제였다고 한다면, 동양의 문학은 다른 문학보다도 인간의 상호성에 대한 의식을 강하게 가진 문학이었다고 할 수 있다. 지나친 일반화를 무릅쓴다면, 문학 그 자체가 예의 행위의 일부를 이루었던 것이 아닌가 하는 생각을 할 수 있다. 그렇다면 이것은 인간의 상호성 문제를 지나치게 높은 차원에서 접근한 것이 된다. 그리하여 구체적인 공간의 문제가 시계 밖으로 벗어나는 결과를 가져온다. 대일본 관계를 논한 정다산의 글에 일본이 예를 알게 됨으로써 더욱 원만한 양국 관계가 성립할 것이라는 전망을 한 것이 있지만, 황매천이 쓴 글에는 산길에서 도적맞은 선비의 이야기를 전하면서, 선비를 알아보지 못한 도적이 있음을 개탄하는 것이 있다. 예의의 세계가 구성되기 전에 사람의 세계는 상호 의존의 공간으로 구성되어야 한다. 이것은 높은 원리보다도 사람의 구체적인 필요에 ─ 일하고 거래하고 살아가는 구체적인 공간의 정상성에 그 근거를 가지고 있다.

이 공간의 상태가 어떠한 것인가. 이 공간의 문제는 많은 사람들이 현실로 부딪치는 문제이면서, 문학이 출발하는 자리의 문제이기도 하다. 물론 문학이나 사람의 보람이 이 공간 속에 모두 포용되는 것은 아니다. 또 사회의 일이 거기에서 끝나는 것도 아니다. 앞에서 말한 바와 같이 그것은 보다 큰 사회와 역사의 과정에 이어져 있다. 어쩌면 그에 부수하는 이차적인 현상일 것이다. 그러나 구체적인 삶의 공간 ─ 평정된 일상생활과 그 물질적, 제도적, 심리적 기반은 주제화될 필요가 있다. 그리고 이것은 현실의 인식과 실천의 준거점이다. 어느 때보다도 어지러운 듯한 작금의 우리 사회를 보면서, 그 이전에도 우리의 나날이 험악한 것이었음을 생각하지 않을 수 없다. 이러한 생각을 하면서, 더 큰 문제와 더 큰 다른 요인을 떠나서도 이것은 살펴보아야 할 문제라는 것을 깨닫는다.

(1998년)

국제비교문학회 이사회 및 그리스 비교문학회 국제 대회 참가기

나는 1998년 11월 6일부터 11일까지 그리스 아테네에서 개최된 국제 비교문학회 이사회(International Comparative Literature Association Executive Council Meeting)와, 그와 동시에 개최된 그리스 일반문학 및 비교문학회 제2차 국제 대회(Second International Congress of the Greek General and Comparative Literature Association)에 참석하였다. 이사회는 그리스 국립과학연구재단의 건물에서 6일과 7일 양일간에 있었고, 그리스 비교문학대회는 그리스 국립과학재단과 아테네 대학 의학부 건물에서 8일부터 11일까지 개최되었다. 이사회를 위한 준비와 이사회 참가자들의 침식은 그리스 비교문학회에서 담당하였고, 나의 아테네행 비행기 요금은 대산재단의 지원으로 대부분 해결될 수 있었다.

국제비교문학 이사회에는 이사(Executive Council Members) 열여덟 명과 비교문학회의 관리 부서의 책임자, 각 분과위원회의 위원장을 합쳐 약 스물다섯 명이 참가하여 이틀 동안 회동하였다. 참석자들은 대체로 회장과 관리 부서 담당자들의 보고, 비교문학위원회의 분과위원장의 활동 보고,

2000년에 있을 프리토리아 대회의 준비 상황에 대한 보고들을 들었고, 프리토리아 이후 2003년의 대회 개최지와 차기 회장 선출 등의 기타 사항에 속하는 일들을 토의하였다.

장 베시에르(Jean Bessiere) 회장의 보고는 대체로 의례적인 인사말이었고, 비교문학회의의 재정 담당 이사들의 보고가 자세한 것이었다. 대체적으로 재정은 정상 상태를 유지하는 것이었으나, 그 규모는 현 잔금이 5만 불에 미치지 못하는 영세한 것이었다. 회비의 재무 기여도는 별로 큰 것이 되지 못하였지만, 그중에도 아세아 지역에서 한국의 기여도는 미미한 것이었다.(스가와라 가쓰야 아세아 지역 재무 이사의 보고에 의하면, 1997~1998년도 수입 총 일화 101만 7684엔 중 한국의 회비는 2만 8712엔이었다.) 재무와 관련하여 자신의 국가에서 후원을 받지 못하는 분과위원장의 여비 지원안이 상정되었으나 부결되었다.

비교문학회 소식지 발간의 책임을 맡고 있는 브리검 영 대학의 스티븐 선드럽(Steven Sondrup) 교수로부터 《ICLA Bulletin》 발행의 현황에 대한 보고가 있었다. 발행가의 부담을 생각할 때, 이것을 인터넷을 통한 전자 방식의 잡지로 전환하는 것이 어떠한가 하는 이야기가 있었으나, 인쇄 방식을 고수하는 것이 가하다는 데에는 의견의 일치가 있었다. 라이덴 대학 개최 이사회의 회의록을 검토하고 이를 접수하였다. 그리고 라이덴 대회의 회의록(Proceedings)의 편집과 발간 준비가 일정대로 진행되고 있다는 보고를 받았다. 라이덴 대회를 결산하면서, 테오 덴(Theo D'Haen) 교수는 총 경비에 30만 불 정도가 들었으나 참가비, 기부금 등으로 수입과 지출이 대체로 균형을 잡을 수 있었다고 말하였다. 그 외 조직, 연구, 통신 위원회의 보고가 있었고, 프리토리아 대회 개최 준비 상황에 대해서 남아공 대학(University of South Africa)의 이나 그레베(Ina Graebe) 교수의 보고가 있었다. 차기 대회에서 총장 선출이 있을 것이라는 말이 있었으나 구체적인 토의는 없었다. 다만 비공식적으로 도쿄 대학의 가와모토 고지 교수가 유력한 후보라는 말이 회의 후에 오고 갔다.

2003년의 대회 개최지에 대하여서는 홍콩 링난 대학의 유진 어양(Eugen Eoyang) 교수가 홍콩이 여러 대학이 협동으로 대회를 개최할 용의가 있음을 통보하였다. 그 주제로서 제안된, '인간 이후?(Post-Human?)'가 논란의 대상이 되었다. 일부 참석자들은 그 반휴머니즘적이고 시류적인 함축에 반감을 느끼는 것으로 보였다. 이러한 기류와 더불어 한국 개최의 가능성에 대한 이야기가 있었다. 나는 그것이 불가능한 것은 아니나 한국 비교문학회에서 공식적으로 토의된 바가 없으므로 확실한 언질을 줄 수가 없다는 발언을 하였다. 그리고 긴 논의를 간단하게 하게 하기 위하여, 귀국 후 그것이 가능하다고 결정되는 경우 홍콩과 상의하여 타협점을 찾도록 하겠다고 말하였다.

타히티의 태평양불어대학(L'Universite Française du Pacifique)의 실비 앙드레(Sylvie Andre) 교수로부터 내년도 이사회 개최지로 선정된 타히티의 준비 상황에 대한 보고가 있었다. 내년도의 이사회는 타히티에서 8월 23일, 24일에 개최하기로 확정되었다. 전 회장인 제럴드 길레스피(Gerald Gillespie) 교수로부터 국제비교문학회의 활동과 역사에 대한 문서보존소(Archive)가 미국 팔로 알토의 스탠포드 대학에 설치되리라는 보고가 있었다.

그 이외에 이사회는 아홉 개의 분과위원회(Coordinating Committee for Comparative Literary History in European Languages, Intercultural Studies Committee, Literary Theory Committee, Translation Committee, Research Project for the Mediterranean World, Research Committee on Voyage in Literature, Committee on Issues and Methods in Comparative Studies, Research Committee on Modernity in Literature, Research Committee on Cultural and Literary Identity)의

보고를 청취하였다. 연구의 진행 사항에 대하여 많은 질문이 있었으며, 성과가 부진한 부분에 대해서는 신랄한 비판과 질책이 있었다. 아세아에 관계되는 국제연구위원회(International Studies Committee)의 활동과 관해서는 동아세아 비교문학사의 집필 계획이 차질 없이 진행되고 있다는 보고가 있었다.

그리스 비교문학회의 국제 대회에서는 '자기 동일성과 타자(Identity and Alterity)'라는 전체 주제를 '번역과 문화 관계', '역사, 이론, 심미의 과정', '21세기의 문턱에 선 비교 문학', '신화, 장르, 주제'라는 분과 주제로 분할하여, 두 개의 장소에서 동시 진행되는 형식으로 80여 편의 논문 발표가 있었다.

발표에는 그리스 어, 영어, 불어 상호 간의 동시 통역이 따랐다. 당연한 이야기이지만, 한국비교문학회에서도 국제적인 언어 능력에 주목하는 것이 필요하다는 생각을 새삼스럽게 하지 아니할 수 없었다. 대체로 발표나 회의는 영불어로 진행되었으나 다언어적 능력이 필요함을 느꼈다. 이사회의 상당 부분, 발표의 상당 부분이 불어로 진행되는 것이어서, 영어 능력자와 함께 불어 능력의 소유자가 한국비교문학회에 많이 참석할 필요가 있는 것으로 생각되었다. 그리고 유럽인들은 대체로 다언어 능력의 보유자이기 때문에 그러한 다언어 능력의 함양도 필요하다는 것을 젊은 세대의 학자들에게 깨우쳐 주는 것이 필요한 것으로 보였다. 이러나저러나 학문적 소통을 동시 통역으로 진행한다는 것은 불가능한 것으로 생각되었고, 언어 능력이 절실한 것임을 깨달았다.

발표들을 들으면서 많은 학술 활동이 국제화되고, 그러한 의식에 유럽 중심주의가 깨트려져 가고 있는 것이 오늘의 추세라는 느낌이 들었다. 사실 오늘날 국제적인 퍼스펙티브 없이 사물의 바른 이해에 이른다는 것은 불가능하다. 그럼에도 불구하고 많은 학술 연구에서 비서구적인 관점과 역사와 사실이 충분히 반영된 것은 아니었다. 이사회 보고 중 여행 문학의 연구와 관련해서 나는 비서구적 관점의 중요성을 거론하였는데, 이것은 비교 문학 전 회장 마리아 알지라 세이슈(Maria-Alzira Seixo) 교수의 격렬한 반론의 대상이 되었으나, 대체로 시각의 확대가 필요한 것은 인정하는 것으로 생각하였다. 이것은 현대성의 문제라든지, 형식 또는 방법론의 경우에도 마찬가지였다.

대체로 나는 이러한 학술 대회라는 행사의 법석에 일단 회의를 갖는 것이 건전한 일이라는 생각을 가져 왔다. 그러나 이번 대회 참석은 유익한 것이었다고 말할 수밖에 없다. 큰 학술 대회란 늘 어수선한 느낌을 주는 것인 까닭에 주어진 기회를 충분히 활용하지 못하였다는 불만을 준다. 그러나 제한된 시간 안에 여러 관점, 여러 문제의식, 여러 삶의 궤적을 접할 기회를 가진 것은 매우 유익한 것이었다. 그리고 한국의 학계가 이러한 국제적 참여의 기회를 넓혀 가는 것은 일반적으로 매우 값있는 일로 생각되었다. 한국비교문학회가 이러한 것을 매개하는 데에 한 역할을 담당하기를 희망한다.

(1998년)

의식의 종이에 쓰는 글

한국 문학과 세계 문학

1

지난 세기말 프랑스에서, "문학이란 말만 들어도 칼을 뽑고 싶다."라는 재담으로 문학 혐오증을 표현한 시인이 있었지만, 이제 세계 문학, 한국 문학의 세계화란 말만 들어도 비슷한 반응을 일으킬 사람이 있지 않을까 하는 걱정이 생긴다.(이렇게 말하는 것은 부탁을 받은 제목 '세계 문학과 한국 문학'에서 두 문학의 병치에는 어떻게 한국 문학이 세계 문학의 대열에 끼이겠느냐 하는 질문과 소망이 들어 있는 것으로 생각되기 때문이다.) 나로서도 이러한 제목을 들으면서 맨 처음 떠오르는 생각은 이제 그것은 조금 잊어버리는 것이 좋을 것이라는 것이다. 좋은 노래도 되풀이되면 듣기 싫어지는 것이기 때문에 그러하기도 하고, 세계화니 노벨상이니 하는 것은 천박한 명리의 세상에 스스로를 얽매는 일이기 때문이기도 하다. 그러나 무엇보다도 원래 그러한 문제를 생각하는 것하고는 안 맞아 들어가는 것이 문학이라는 느낌도 있다. 역설적으로 그러한 문제 — 문학과 합일하기 어려운 것이니만큼 — 그러한 문제에 집착하는 한 한국 문학의 세계화는 멀어질 가능성도 있다. 물론 그 반대로 한다고 해서 한국 문학이 세계 문학의 주역이 되고 노벨상이 들어오는 것은 아닐 것이다.

문학과 외부 세계와의 관계는 그보다는 복잡하고 모순적이다. 냉소주의의 관점을 취하여 이 복잡성과 모순을 이해하고 그에 맞아 들어가는 전략을 세우는 것이 방책의 하나일는지 모른다. 전략이 있어야 한다면, 그것은 모순을 분명하게 알고 그것을 기묘하게 수용하는 전략이 되어야 할 것이기 때문이다. 그런데 문학과 외부 세계의 관계가 직접적인가 아니면 모순된 연계인가 하는 것은 본질적인 문제라기보다는 역사적인 문제이다. 그렇기 때문에 이것을 생각해 보는 것은 사실 전략에 도움이 되는 것이라기보다는 역사적으로 우리 문학이 서 있는 자리를 규명하는 데에 도움이 되는 것이 아닐까 생각된다. 그렇다는 것은 우리의 역사는 그 관계를 모순으로써 이해한 것이 아니기 때문이다.

일반적으로 문학 하는 사람이란 자폐증의 증세를 조금은 가지고 있는 사람이기 쉽다. 글을 생각하고 또 글을 쓴다는 것은 혼자 하는 작업이다. 그런데 이 작업의 방식은 평균적 인간 행동 방식으로는 조금 비정상적인 것이라고 할 수밖에 없다. 사람은 원래 행동적인 존재이다. 그리고 이 행동은 여러 사람과 함께하게 되어 있다. 일상적인 대화를 주고받는 일은 대부분의 사람에게 별로 괴로운 일이 아니다. 그러한 사람이 있다면 오랫동안 글을 쓰는 습관에 젖은 사람일는지 모른다. 그런데 종이를 상대로 많은 시간을 혼자 끙끙거리는 사람은 비정상적인 일을 하는 사람이고, 그런 사람은 자폐증을 가지고 있거나 가지게 될 가능성이 있다. 한국 문학의 세계화를 논의하는 것을 못마땅하게 생각하는 데에는 의식적이든 아니든 이러한 문학의 골똘한 성격에 대한 본능적인 느낌이 들어 있다. 세계화의 문제를 논하는 데에 이 본능적인 느낌을 한번 생각해 보는 것이 필요하다. 첫째로,

문학이 그러한 면을 가지고 있다면 어찌하여 문학의 본래적인 존재 방식의 부차적인 효과라고 할 수 있는 문학의 명성의 확산이나 시장 확대에 대한 관심이 그렇게 높은 것일까. 또 다른 한편으로 문학을 자폐적 행위라고 보는 것은 옳은 말인가. 그것이 반드시 문학 행위의 보편적인 전제일까. 이러한 질문들은 한 번쯤 물어볼 만한 질문이다.

2

우리 문학의 전통적 무의식에는 문학과 문학 외적인 것 사이에 모순의 계기 — 작은 심리적인 계기일는지 모르지만 본질을 따져 봄에 있어서는 존재론적 의미를 갖는 계기가 들어 있다는 인식은 없었던 것으로 생각된다. 여기에 대하여 우리는 문학이 사회적으로 열려 있다는 — 사회적 관심의 면에서만이 아니라 사회의 상호 작용 체계에 여러 가지로 열려 있다는 입장을 가지고 있었던 것으로 보인다. 이것은 사회에서의 문학의 위치에 대한 말하자면 철저하지 못했던 사회 관습 — 모든 것을 사회적 권력 질서 속에 편입하는 사고와 제도를 당연시하며 문학도 그 안에서의 사회 행위로 받아들이는 관습 때문이기도 하고, 더 본질적으로는 전통적인 문학의 존재 방식이 문학의 사회적 개방성을 속성으로 하는 것이었기 때문이기도 하다. 물론 궁극적으로 문학이 문학 하는 사람의 내부가 아니라 사회 안에 존재한다는 것, 또는 원래 사회로부터 온다는 것은 옳은 말이다. 이것은 동서를 막론하고 마찬가지일 것이다. 다만 문학이 스스로를 어떻게 정의하고 어떤 경로로 사회에 이어지느냐 하는 것이 전통에 따라 다를 뿐이다. 문학이 스스로를 다른 것으로부터 유리시켜 스스로를 독자적 영역으로 정의하고 그것에 기초하여 사회의 다른 활동에 관계하는 것 그리고 이와는 다르게 출발부터 문학이 스스로를 다른 활동 속에 혼융되어 존재하는 것으로 이해하는 것이 다를 수가 있는 것이다.

특정한 지적 영역이 스스로를 자율적이고 독자적인 것으로 구성하고 그 활동에 독자적인 절차와 규칙을 적용하며, 궁극적으로 그것 나름의 존재론적 구역을 갖는다는 것은 서양 전통에서, 특히 분과 학문이나 분과적 인간 활동이 활발하게 발달하게 된 현대에 와서 발달되어 나온 생각이고 관습이다. 그러나 여기에 대하여 동양 전통은 미분화된 여러 활동들을 인간 활동의 전체성 속에서 사고하는 것을 그 특징으로 한 것으로 생각된다. 그리고 유교적인 사회 질서 속에서 이 전체란 대체로 사회의 위계질서였다. 문학과 문학인의 문학 외적인 것에 대한, 특히 위계적인 자리매김에 대한, 끊임없는 관심과 걱정은 이러한 우리의 전통으로부터 나오는 것이 아닌가 한다.

저자(author)란 권위를 가진 사람(authority) — 말할 권위를 부여받은 사람이라는 푸코의 말은 요즘 구미의 문학 담론에 널리 펴져 있는 주장이 되었다. 글이란 글 자체의 우수성보다는 누가 — 사회적으로 인정받은 자리에 있는 누가 한 말인가에 의하여 그 정당성을 얻게 되어 있다는 것이다. 결국 글이라든가 글 쓰는 사람이라든가 하는 것은 사회 제도의 — 또는 사회의 권력 제도의 한 부산물이 되는 것이다. 우리 전통에서는, 방금 말한 바와 같이, 많은 것이 사회적으로 — 사회의 권력 질서 또는 위계질서 속에서 결정되었었다. 이 질서도 비공식적인 것이 아니다. 모든 것은 과거나 품계나 신분의 제도 등으로 엄격하게 결정되게 되어 있었다. 적어도 당대적으로 성균관 대제학 이상으로 권위를 가진 학자나 저술가가 있을 수 없었을 것이다. 어쩌면 그것보다도 더 권위를 갖는 것은 (학문이나 문학의 문제에서도) 영의정의 유권 해석이었을 가능성이 크다.(관직이 학문의 권위를 정하는 관행은 오늘에도 계승되어 있다.) 권위가 저자와 저작의 정당성을 결정한다는 것은 푸코 같은 사람이 새삼스럽게 발견할 필요도 없는 것이었다. 모든 것이 권력의 조작인지 아니면 그것을 벗어난 순수한 문학 또는 다른 인간 행위가 있는지 — 이것을 가려내어 판단하기는 쉽지 않다. 아마 순수할 수만도 없고 그렇다고 완전히 부패할 수만도 없는 인간의 현실일 것이다. 이것을 참작할 때, 글과 권위 사이에 어느 정도의 관계가 성립하는 것은 불가피하다. 모든 것에 지나치게 엄격한 판단을 요구하기에는 우리의 시간과 능력은 너무나 제한되어 있다. 문제는 권위가 글로부터 생긴다기보다도 권위로부터 — 그것도 명성이나 지위나 상이나, 외적으로 부여되는 글의 내용의 정당성이 생긴다는 생각이 사회적 통념이 될 수도 있는 데에 있을 것이다.

여러 해 전의 이야기이지만, 나는 어느 시인으로부터 자신의 시사적인 위치에 대하여 글을 초하여 줄 수 없겠느냐는 제안을 받고 놀란 일이 있다. 일단 시인이란 이름으로 시를 쓰면, 시인들의 성적표를 매기는 역사라는 서기가 앉아 있다는 것일까. 이름을 내지 못한 시인이 시사에 위치가 있다고 대부분의 사람들은 생각하지 아니할 것이다. 이름난 시인들은 시사에 분명한 위치가 있는 것일까. 역사를 이야기하는 사람 또는 이것저것에 자리매김의 절실함을 말하는 사람들로 미루어 보면 그래야 될 것으로 생각된다. 춘추필법으로 역사를 쓴다는 것은 역사가 틀림없는 고과표를 가지고 있다는 것을 전제한다. 신춘문예나 문예지를 통하여 등단한다는 개념은 문단의 전체나 일부를 망라하는 자격 인정 위원회가 있다는 듯한 인상을 줄 수 있다. 등단한 작가와 등단하지 아니한 작가가 다른 대접을 받아야 한다는 생각에는 자격 인증제의 전제가 들어 있다. 등단하였다고 하더라도 어느 시점에 있어서의 작품이 좋은 것이 아니라면 그것은 등단하지 아니한 것과 같은 것이 문학 행위의 특성이다. 이것은 엄격하게 말한다면 대가의 경우에도 해당된다.

우리의 사고의 틀을 규정하는 무의식적 전제는 다른 분야에서의 관행에서도 볼 수 있다. 대학 세계에는 대학에서 좋아하는 박사 학위라는 것이 있다. 이것이 문제 될 때 나는 늘 기이한 느낌을 갖는다. 그런데 심심찮게 가짜 박사 학위 논란이 일어난다. 가령 어떤 사람이 가짜 학위증으로 취직을 하였다고 해서 추문이 일어난다. 그렇더라도 그의 연구와 교수 행위가 탁월하였다면, 어떻게 할 것인가. 학위가 없기 때문에 그의 학문적 수행은 엉터리가 되는가. 물론 학문이 아니라 도덕에 문제가 있는 것은 틀림이 없다. 만약에라도 그가 학위를 취득하였었다는 날조가 본인의 고의가 아니라 복잡한 사무 절차에서 일어난 우연한 오류라면? 또는 그의 학위가 시원치 않다고 생각되는 대학에서 취득한 것이라면? 그의 그간의 수행 업적은 자격증에 비하여 검토될 필요가 없는 것일까. 연구와 교수 행위는 자격의 문제가 아니라 현장에서 현재적으로 시험되는 공연과 같다. 학위가 그때그때의 교수와 연구의 우수성을 보장해 주지 아니한다. 현장적 증명이 없다면, 학위가 무슨 소용이 있는가. 또는 그 반대의 경우는?

하나의 일로 사람들이 얻는 것은 엄격한 의미에서는 자격이 아니라 그 일을 했다는 사실일 뿐이다. 문학에 있어서 문학은 완전히 그 자체의 과정이요 결과물이다. 문학 하는 사람은 이 과정의 한 중립적인 매개자이다. 글은 글을 쓰는 사람을 통해서 존재하게 되지만, 그와는 별개의 객관적인 구성물로서 존재한다. 우리 대부분은 문학으로나 사회적 업적으로나 인생으로나 평가의 대상도 되지 못하고 사라져 간다. 평가될 만한 업적을 남겼다고 하더라도 그것이 객관적인 사실로 남아 있는 일과는 관계없이 사람은 사라져 갈 수밖에 없다.

위에 든 사회관계 속에 얼크러져 있는 문학 행위 또는 다른 행위의 예들은 조금 불쾌한 예들이다. 그러나 내가 의도하는 것은 반드시 이러한 예들에 나타는 행위를 개탄하려는 것이 아니다. 단지 어떤 관습을 지적하려 한 것일 뿐이다. 중요한 것은 이러한 관습에는 보다 심각하게 받아들여야 할 문학과 인간 행위에 대한 다른 전제들이 들어 있다는 사실이다.

3

문학을 문학 하는 사람의 자격이나 명예와 특권으로부터 분리하여 말하는 것은 현대적인 관점이라고 하여야 할 것이다. 일과 일하는 사람을 떼어서 말하는 것도 그러하다. 사람과 사람의 일의 분리, 또 사람의 일과 그의 사회적 존재와의 분리 — 인간 활동의 이러한 분과는 개인이라는 것을 기능적인 관점에서 파악한다든지 사물을 사람과 분리하여 사물 자체의 질서 속에서만 본다든지 하는 사고 유형의 발달에 병행한다. 이것은 또 개인, 사회, 사물의 질서 등에 대한 합리적 이해와 그것을 뒷받침하는 사회 질서에 의하여 뒷받침되어 현실이 된다. 글쓰기가 그 자체로 객관성을 가진 절차로, 또 글이 거기에서 나오는 객관적인 결과물로 생각되는 것은 여러 가지 사회적, 역사적 발전의 결과이다.

말의 객관화가 인위적인 발전의 결과라는 것은 글쓰기가 말하기보다 어렵다는 것 — 특히 종이 위에 글쓰기가 어렵다는 데에서 금방 드러난다. 말처럼 쉬운 것은 없다고 한다. 그러나 그것은 쉽게 일고 쉽게 사라진다. 그것은 사물처럼 객관적 구성물로서 존재하지 아니한다. 그러나 그것은 물론 마음속에 있는 수런거림이나 침묵은 아니다. 그러면서 그것은 가장 실체가 있는 언어이다. 그것은 사람들 사이에서 살아 움직이고 사람들의 반응과 이해와 감정과 행동으로 확산된다. 그것의 존재 방식은 사람들 사이에 있다는 것이다. 이것은 언어 그것의 본연의 모습에 맞는다.

구술 문학은 이러한 사람들의 사이에 존재함으로써 실체를 갖는다. 언행록이나 대화나 단순한 형태의 연희는 가장 자연스러운 문학의 형태인지 모른다. 일상적 관찰과 생각을 적어 놓은 서간, 서양 소설의 초기에 발달한 서간체 소설 등도 자연스러운 언어의 사용에 가까운 것이라고 할 수 있다. 구비 전설이나 구연되는 서사시나 판소리와 같은 것은 서로 주고받음에 의하여 진행되는 언어 사용은 아니지만, 화자와 청자 사이의 공간에서 현실화한다는 점에서, 그리고 한 사람의 공연에 의하여 지탱되는 것이기는 하지만, 구연되는 공연물이 그 사람의 눈앞에 객관적인 구조물로 존재하는 것이 아니라 시간적 현재 속에서 사라지는 것이라는 점에서, 표준적인 언어의 사용에서 먼 것은 아니다. 구술에 텍스트가 있다고 하더라도 그 텍스트는 작자의 눈앞에서 완성된 것으로 존재하는 것이 아니라 공연 과정 속에서만 살아 있는 것이 된다.

이에 대하여 종이를 상대로 글을 쓴다는 것은 이것과는 전혀 다른 것이다. 종이가 아니라 컴퓨터로 쓰지 누가 종이에다 글을 쓰는가 하고 당장에 이의를 제기할 사람이 있을 것이다. 이러한 시비는 조금 핵심을 벗어나는 것이라고 할 수도 있지만, 답변을 시도해 볼 만한 시비이고 질문이기는 하다. 핵심을 벗어난다는 것은 종이에 글을 쓴다는 것은 종이를 말하려는 것보다 혼자 오랜 시간 일한다는 것을 말하려는 것이기 때문이다. 그러나 컴퓨터의 글쓰기를 생각해 보면, 종이 위에 글을 쓴다는 것이 어떤 것인가를 이해하기가 쉬워질는지 모른다. 컴퓨터가 글쓰기의 사정을 바꾸어 놓는 면이 있는 것은 틀림이 없다. 컴퓨터로 글을 쓰는 것은 컴퓨터와 무엇인가를 주거니 받거니 하면서 글을 쓰는 일이다. 종이를 놓고 글을 쓰는 것에 대하여, 키보드의 키를 누르고 어떤 반응을 보면서 글을 써 나가는 것은 정신 상태나 행동의 방식이 상당히 다르게 되는 것을 뜻한다. 물론 컴퓨터의 경우에도 거기에 나오는 말 — 기계 속에 들어 있는 프로그램에서 나오는 말을 상대로 하는 것과, 아니면 인터넷이나 이메일에서처럼 간접적으로나

마 자연 발생적 반응을 받으며 글을 쓰는 것과, 또 길게 글을 쓰기 위해서 워드 프로세스를 하는 것과 모두 다른 것이겠으나, 어느 경우가 되든지 종이에 글을 쓰는 것보다는 작용과 반작용의 관계가 있는 글쓰기가 컴퓨터의 글쓰기라고 할 수 있다. 이것은 컴퓨터로 하여 글쓰기가 조금 더 쉬워진 것으로도 미루어 알 수 있다. 그만큼, 아무리 이상한 형태, 뚜렷하지 않은 형태로라도, 주고받음이 있는 말은 혼잣말보다는 쉽고 자연스러운 것이다. 하여튼 글 쓰는 도구로서 필기도구 대신 컴퓨터의 보급은 글 쓰는 사정을 미묘하게 다르게 한다. 그럼에도 불구하고 비록 컴퓨터로 쓴다고 하더라도 머리에 오랫동안 혼자만의 세계를 궁리하면서 다니는 사람이 작가라고 한다면, 그가 조금은 현실에서 동떨어져 있는 사람임에는 틀림이 없다.

컴퓨터가 아니라도 종이 위에 펜으로 글을 쓰는 것은 가장 고독한 글쓰기가 아닌가 나는 생각한다. 붓으로 글을 쓰는 경우만 해도 글을 쓰는 일이 펜이나 만년필 무엇보다도 볼펜으로 쓰는 경우에 비하여 덜 고독한 작업이었다고 할 수 있다. 붓글씨는 잘 써야 한다. 잘 쓴다는 것은 글씨를 객관적인 형태를 가진 것으로 인식한다는 것을 말한다. 그리고 그것은 자기가 하는 일을 무의식적으로나마 남의 눈으로 본다는 것을 말한다. 객관이란 바로 손님이 본다는 뜻이 아닌가. 볼펜의 경우 글씨는 거의 보이지 않는 것이 된다. 그것은 나의 생각, 나의 말을 전달하는 완전히 무색투명한 전달체 ― 매체에 불과하다. 그러나 전달한다고 해서 나의 말이 어디로 가는 것은 아니다. 그러나 아니 가는 것도 아니다. 순전한 나의 말은 내 안에서 진행되는 독백이다. 그러나 나의 속말은 곧 그 실체를 잃고 나의 본래의 침묵 ― 그것은 아니라도 본래의 혼돈으로 돌아가 버리고 만다. 종이에 쓰는 글은 분명 혼자 하는 말인데도 내면 독백이나 내면 침묵과는 달리 객관적 언어가 된다. 종이에 쓰는 글은 객관적인 언어의 구조로서 종이 위에 존재하고 읽는 사람에 의하여 그렇게 판독된다. 종이는 나의 마음속의 수런거

림과는 달리 객관화의 매체이다. 종이에 쓰는 글은 이와 같이 역설적인 존재 양식을 가지고 있다.

다른 글 쓰는 수단이 없는 것은 아니나 종이 위에 글쓰기는 현대적 글쓰기의 전형적인 행태라고 나는 생각한다. 지난봄에 나는 런던 펜클럽의 시상식 행사를 구경한 일이 있는데, 영국의 역사 소설 작가 안토니아 프레이저는 작가에게 금으로 된 만년필을 수여하는 뒤퐁 황금만년필상이라는 상을 받았다. 프레이저는 그 인사말에서 만년필을 주는 것은 고맙지만, 요즘 같은 컴퓨터 시대에 누가 만년필을 사용해서 글을 쓰겠느냐, 잉크를 구할 수 없어서도 만년필을 사용하는 것은 쉽지 않다, 이렇게 말하고, 청중을 향하여 만년필로 글 쓰는 사람 손들어 보라는 요청을 했다. 프레이저를 포함해서 많은 사람들이 놀란 것은 200여 명 되어 보이는 청중 중에 삼분의 이 정도가 손을 든 것이었다. 이와 같이 영국인들은 아직도 종이에 글을 쓰는 것이다. 이런 가십감의 이야기보다 중요한 것은 종이 위에 쓰는 글이 서양 현대 문학의 핵심적 글 쓰는 양식이라는 사실이다. 이것은 사회적 공간에 존재하는 언어를 바탕으로 하는 글쓰기 또는 오히려 말하기나 공연하기와는 상당히 다른 것이다.

4

다시 한 번, 종이에 글을 쓴다는 것은 무엇을 뜻하는 것일까. 되풀이하건대, 그것은 나 혼자 하는 작업이다. 그것은 사회 속의 말이 아니다. 그러나 그것은 내 안의 속말은 아니다. 그것은 종이 위에 늘어놓아지는 말이다. 그것은 종이를 채운다. 나의 속말은 채워야 할 공간을 가지고 있지 않다. 그것의 매체는 공간이 아니라 시간이다. 이 점에서 그것은 사람과 사람이 주고받는 말의 경우와 같다. 종이를 채운다는 것은 말을 공간에 놓는다는 것이고, 공간에 놓이는 말은 시간 속에 흩어지는 것이 아니라 한눈으로 바라볼 수 있는 말이 된다는 것이다. 종이 위에서는 진열되는 말과 말이 서로 어우러지는 것에 대하여 마음을 쓰지 아니할 수 없다. 말이 어우러진다는 것은 물리적인 의미에서의 글씨의 어우러짐을 말하는 것이기도 하지만, 붓글씨로 쓰는 한문의 경우가 아니라면, 의미 매체로서의 말들의 어우러짐을 뜻한다.

종이의 공간을 채우는 것은 물리적인 의미에서의 글씨만이 아니라 의미들이다. 이 의미들은 단순히 공간 속에 병존하는 것이 아니라 일정한 모양을 이룩함으로써 공간을 만들어 낸다. 그것은 추상적인 의미의 공간이다. 말들의 의미의 모양을 만들어 내는 것은 일정한 길이의 말에 일관성과 다양함과 깊이를 부여하는 수사적 기술이다. 물론 수사학은 종이 위의 말에만 해당되는 것은 아니다 그것은 웅변의 기술에 근접해 있다. 다만 종이의 공간에 펼쳐짐으로써 수사학은 더 두드러지는 것이 된다. 작자는 자기가 쓴 것을 읽어 가면서 앞으로 쓸 것을 펼쳐 나간다. 그리고 같은 공간에서의 작업인 만큼 대체로 앞뒤를 왔다 갔다 하면서 비교하는 것이 용이해진다. 이런 이유로 하여 수사학 중에도 앞의 말을 지금의 말에 잇고 긴말을 하나로 엮는 측면이 강화된다. 주제의 일관성이나 논리적 맥락과 같은 것이 그러한 측면이다. 물론 소리나 이미지가 만드는 모양도 중요하다. 그러나 대체적으로 보아 글의 논리적 짜임새가 가장 중요할 수밖에 없다.

이것은 전제적으로 말 자체의 존재론적 실체를 부각시킨다. 어쨌든 말을 종이에 쓸 때, 그것은 사건이 아니라 사물이 된다. 그것은 일시적인 사건으로 사라지는 것이 아니라 하나의 사물로서 존재하는 것이 된다. 그런데 말이 종이 위에 존재한다는 것이, 방금 말한 바와 같이, 물리적인 공간만이 아니라 의미의 공간에 존재하는 것이라고 할 때, 이 의미의 공간을 탄탄하게 하는 것이 말을 사물로서 존재하게 하는 데에 하나의 역할을 하는 것이 되는 것은 당연하다. 말은 종이 위에서 수사적인 힘 — 특히 주제의 논리적 전개라는 점에서 존재론적 독자성을 얻는다. 이것은 어떤 말이 말의 물리적 표현 그리고 말을 하는 사람들을 떠나서도 독자성을 갖게 된다는 것을 의미한다. 그것은 의식 속에 존재하거나 의식에 의하여 직접적으로 직관될 수도 있다. 이 직관되는 어떤 의미 — 이것이 진리이다.

이러한 말의 존재는 사람의 의식에 밀접한 연관을 가지고 있다. 또는 의식의 특별한 형식화에 밀접한 관련을 가지고 있다. 종이에 쓰는 것은 의식이 하나의 평면 위에 스스로를 펼쳐 나가며 그 짜임새를 되돌아볼 수 있게 되는 것과 일치한다. 이것이 역사적으로 증명될 수 있는 것인지는 분명치 않다. 그러나 중요한 것은 현대적 글쓰기가 반성적 의식의 공간에서 이루어진다는 사실이다. 이것은 역사적으로는 오랜 시간을 두고 이루어진 것일 것이다. 여기에서 종이에 글을 쓴다는 것은 빼어 놓을 수 없는 일이었을 것이다. 종이와 의식 사이에 인과의 선후가 어떠한 것인지는 모르지만, 종이가 의식의 형성에 물질적 동반자였을 것이라는 것은 분명하다. 이것이 역사적으로 이루어졌다고 할 때, 이 역사란 대체적으로는 서양의 역사를 말하는 것인데, 시기적으로 반성적 의식의 글쓰기는 낭만주의에서 지난 세기말의 예술 지상주의 그리고 모더니즘에서 절정을 이룬 것으로 말할 수 있다. 예술가의 천재적 독자성, 예술의 독립성의 강조 또는, 형식 의식의 고조 등은 그 증거의 일부가 된다. 그러나 시대를 더 올라가면 현대적 사유의 단초에 있는 데카르트에까지 소급할 수도 있을 것이다.

주지하다시피 데카르트의 철학적 방법이란 자기 스스로의 의식을 들여다보는 것이었다. 들여다보려면 그것은 종이 위에 펼쳐 놓듯이 개관할 수 있는 것이라야 한다. "우리의 방법은 진리를 찾아내기 위하여 대상들을 정리하고 나열하고 우리의 마음의 눈으로 이것을 주시하는 것이다." — 그는 최초의 중요한 저서인 『마음의 방향을 바르게 하는 규칙』이라는 책에서 규칙의 하나를 이렇게 설명했다. 여기에서 벌써 마음은 하나의 병렬의 공간이 되어 있다. 생각한다는 것은 이 병렬의 공간에서의 사물과 개념과 말들의 배치에 대하여 궁리한다는 것이다. 이것은 철학의 경우이지만, 서양의 현대 문학도 보이게 보이지 않게 이러한 공간에서의 작업을 그 방법으로 한 것이다.

5

서두에 언급한 주제로 다시 돌아가서, 문학의 작업이 골똘한 자기 주시를 필요로 한다면, 그 결과의 하나는 내면의 주시가 바깥세상에 주의할 여유를 별로 남겨 놓지 않는다는 것이다. 이것은 문학 하는 사람이 명예나 상이나 시장에 마음을 쓸 여지가 없다는 것이고, 그것에 마음을 써서도 안 된다는 것이다. 물론 이것은 원리의 차원에서의 이야기이다. 그렇다는 것은 마치 기하학의 영역에서 기하학 외의 요인에 의하여 영향을 받아서는 아니 되는 것과 같다. 기하학자도 사회 속에서 살아야 하고 기하학의 발상과 영감 자체가 사회적 요청이나 생활상의 필요에서 오는 것일 수 있다. 그러나 일단 기하학의 영역에서 기하학은 그 나름의 독립된 영역을 구성하고 독립된 절차와 진리 기준을 갖는다. 우리보다도 더 많은 서양의 작가들이 시장에 의지하여 살고 있는 것이 틀림없는 사실이다. 일단 시장에 생계와 명성과 출세를 걸고 있는 한 시장의 전략이 없을 수 없다. 그러나 그것은 작품의 전략과 별개의 것이다. 또는 그 시장의 전략은 불가피하게 공간화된 의식 면의 여과 작용을 거치지 아니하면 아니 된다. 그것은 의식의 공간——또는 의식의 방안지에 등장하는 대상물들의 선정과 방안지 위에서의 배치에 영향을 준다. 그러나 그것이 표면으로 나타나는 것은 아니다. 방안지의 촘촘한 구성이 다른 요인의 개입을 허용하지 아니한다고 할 수도 있다. 작품은 다른 사람의 눈치를 보지도 아니하고 다른 사람에게 호소하지도 아니한다. 반성적 의식의 문학은 철저하게 자폐적인 언어의 공간을 구성한다. 그러나 놓치지 말아야 할 것은 동시에 그 언어들이 철저하게 사회적이라는 사실이다.

이러나저러나 언어는 그 발생에서나 효과에서나 사회를 떠나서 존재할 수 없다. 반성적 언어의 구성은 이 사회적 언어를 마치 자족적인 언어 공간 속에서만 존재하는 것처럼 다룬다. 그럼에도 불구하고 그것은 궁극적인 관심에 있어서나 효과에 있어서나 사회적인 것으로 남는다. 작가는 사회로 하여금 자기에게 말을 하게 한다. 이 말을 듣는 것은 자신의 반성적 의식의 여과를 통하여서이다. 그의 설득의 수단은 빈틈없는 구성이다. 빈틈없는 구성은 구성의 필연성으로 독자의 동의를 강요 ─ 구하는 것이 아니라 강요하려는 계책을 숨겨 가지고 있다. 그러한 계책이 없다면야 무엇을 위하여 빈틈없는 대상물의 구성 ─ 그것이 엮어 내는 거부할 수 없는 논리의 구성을 위하여 괴로운 시간을 보낼 것인가. 다만 작가는 그것을 의식하지 아니할 수도 있다. 그의 설득 대상은 우선 자기 자신이다. 빈틈없는 구성은 객관적 구성을 요구한다. 그것은 손님의 관점을 유지하는 일이다. 손님은 작가의 빈틈없는 자기 주시 가운데 이미 들어 있다.

이러한 이야기는 결국 서양의 현대 문학이 과학과 비슷한 절차를 가지고 있다는 말이 된다. 사실 과학과 현대 문학은 쌍둥이로 출생하였다고 하는 것이 옳다. 과학은 철저하게 사실과 법칙의 해명에 그 주의를 집중한다. 거기에는 이 해명의 절차가 허용하지 않는 어떤 것도 들어갈 여지가 없다. 그러면서 그것은 다른 사람을 설득하려는 계획을 가지고 있다. 그것은 진술의 힘 ─ 사실에 기초한 논리의 힘의 충분하고 필연적인 자족성을 통하여 이루어지는 설득의 계획이다.

이것은 다시 말하면 문학도 합리성의 소산이라는 말이 된다. 물론 과학에 대하여 문학은 비합리성의 영역이라고 말하여진다. 그러나 문학과 예술에 비합리성이 있다고 한다면, 그것은 합리성의 방안지에 배열된 비합리성이다. 또는 그것이 만들어 놓는 비합리성이라고 할 수 있다. 물리학이 지배하는 외면의 세계에 대하여 인간 내면의 심리는 합법칙적 세계가 아니라는 인상을 준다. 그러나 그것은 바로 합리화된 외면 세계의 한 부차적 기능으로 생겨난 것이라는 혐의가 짙다. 나는 인도의 작가 라자 라오가 심리 또는 심리학이란 서양이 발명한 도착증의 하나라는 말을 하는 것을 들은 일이 있다. 서양이 심리를 발명하기 전에는 오로지 형이상학적 진리만이 있었다. 내 생각으로는 이것에다 사회학적 진실을 추가하여야 할 필요가 있을 것이다. 자연 과학적 진리의 진전은 형이상학적 사회학적 진리가 후퇴한 자리에 심리를 만들어 냈다.

어쨌든 되풀이하여 현대 문학은 합리성의 지배하에 있다. 포스트모던의 시대에서 이제 합리성이나 선형적 사고는 그 권위를 잃었다고 주장되는 것을 듣는다. 그것이 틀린 말은 아니겠지만, 그것도 낭만주의 이후 말하여진 예술의 고유 영역으로서의 비합리성이나 마찬가지로 궁극적으로는 합리주의의 다른 그림자일 가능성이 크다. 포스트모더니즘의 이론들을 보면 한없이 정치하게 발전시킨 사고 — 이성적 논리 전개의 원리라고 할 수밖에 없는 사변적 변증으로 이루어지는 것을 본다. 예술 창작에서의 포스트모던의 실험들도 마찬가지가 아닌가 한다.

이런 이야기는 현대 문학 — 세계의 현대 문학의 대열에 끼는 문학은 반성적 의식의 평면에서 글을 쓰는 법을 익힌 문학이라야 한다는 말이 된다. 여기에서 현대 문학이라거나 세계 문학이라고 말한 것은 물론 서양의 문학 또는 그 규약들을 받아들인 문학을 말한다. 서양의 문학이 형성해 놓은 것이 오늘의 세계 문학이기 때문이다. 그 지배가 옳은 것인지 어떤지는 여기에서 논할 수 없다. 그것이 정해 놓은 영역이 세계 문학의 영역이고, 노벨상은 그 영역에서의 가장 유명한 사건의 하나다. 세계 문학과 노벨 문학상이 어떤 것인가를 알려면 지금까지 어떤 문학이 세계 시장에 많이 유통되고 노벨상과 같은 상을 받았나를 보면 된다. 제3세계의 작가들이 노벨상을 받은 예가 없지 않으나, 그러한 경우라도 몇 개의 예외를 빼고는 노벨상을 받은 사람들은 영어, 프랑스어, 스페인어의 문화유산을 물려받은 사람들이라는 것에 유의할 일이다.

이 유산에 들어 있는 것이 반성적 의식의 습관이다. 여기에 나아가려면 이것을 배워야 한다. 모든 것을 종이 위에 또는 의식의 방안지에 배열하여 그것 안에서 법칙과 대상물의 존재가 필연적인 존재 이유를 가지고 있는 세계를 구성하는 기술을 익혀야 한다. 그 밖에 있는 어떤 것 — 공감, 도덕적 당위, 가치, 종족적 특성에 호소하는 것은 이 구조물을 약화시키는 일이 된다. 물론 이러한 요소들이 작품에 들어갈 수 없다는 것이 아니다. 오히려 그것들은 작품에 고유한 성격을 부여할 수 있다. 오늘날 세계 시장의 독자들은 새로운 것을 기대하고 있다. 시장의 특성 자체가 새로운 것의 빠른 유통을 촉구한다. 그러나 새것이 세계 문학이나 노벨상의 평면에서 받아들여지려면, 그것은 반성적 의식의 종이에 의하여 여과된 것이라야 한다. 그것은 낭만적 불합리나 포스트모던의 비연속이 존재하는 방식과 같이 합리적 공간의 그림자로만 인지될 수 있는 것이 된다.

내적 의식의 평면에 반성적으로 구성되는 문학의 기교들을 배우는 것이 좋은 일인가, 그렇게 쓰이는 문학이 유일하게 좋은 문학인가 — 이러한 문제는 별개의 문제이다. 오늘날 세계 문학이라는 것이 사실은 세계의 매우 좁은 영역의 문학의 참칭에 불과하다는 것을 생각할 때, 모든 문학이 세계 문학화한다는 것이 보편적인 문학의 길은 아닐 성도 싶다. 여기에서 말한 것은 그렇게 간절하게 한국 문학이 세계 문학의 대열에 끼고 싶고 노벨상을 원한다면 그렇게 하는 것이 좋을 것이라는 이야기일 뿐이다. 그러나 그것은 근대화된 의식을 뜻하고, 근대화된 문학을 뜻하고, 근대화된 사회를 뜻한다. 그것은 개인적인 학습의 문제라기보다도 역사적 변화의 문제이다. 역사는 만들어지기도 하지만, 시간의 선물이기도 하다.

(1999년)

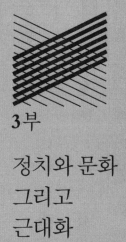

3부

정치와 문화
그리고
근대화

미래의 활력, 전위 예술[1]

1. 새로움의 추구

이미 1년 반이 지난 일이지만, 1984년은 백남준(白南準)의 소위 비디오 예술로 시작되었다. 그리고 그것은 한동안 떠들썩한 화제의 대상이 되었다. 백남준 현상은 다분히 센세이셔널리즘에 대한 기호와 관계있는 일일 것이다. 오웰의 우연한 선택에서 시작하여 이유 없이 신비화된 1984년이라는 숫자, '전자(電子)'라는 소위 첨단 산업에 관련된 신비의 단어, 유럽의 명성이라는 마력, 센세이셔널리즘의 모든 호재(好材)가 거기에 있었다. 물론 이러한 통속적 요소에 대한 편견이 백남준의 예술적 노력에 대한 평가를 좌우해서는 아니 될 것이다. 그러나 평가의 문제와는 달리, 우리는 백남준의 비디오 예술과 같은 것을 일시적 뉴스거리로만 취급해 버릴 수는 없

---

1 이 글과 뒤의 두 글은 조선일보사가 주최한 토론회에서 저자가 대표 집필한 글이다. 이 주제에 대한 토론 참가자는 저자 외에 강석희(姜碩熙), 반성완(潘星完), 성완경(成完慶), 최정호(崔禎鎬)이다.(편집자 주)

다. 그것은 그 나름으로 예술에 대한 정당한 기대를 표현하고 있는 것이다. 즉 예술은 마땅히 무엇인가 새로운 것을 보여 주어 마땅하다는 기대가 거기에 나타나 있는 것이다.

예술에서 새로운 것을 기대하는 것은 여러 가지 것을 뜻할 수 있다. 말할 것도 없이, 새로운 것을 끝없이 찾아 마지않는 것은 현대인의 병의 하나이다. 또 새로운 것을 기대하는 것은 오늘의 삶의 불만과 불행에 대한 보상을 원한다는 면도 가지고 있다. 우리의 문학과 음악과 미술, 또 공연 예술에서 무엇인가 놀라운 것을 바라는 것은 소시민의 불행의 다른 표현이다. 그러니만큼 그것은 통속적인 기대라 할 수 있다. 그러나 그것은 무엇인가 막혀 있는 삶에 대한 반작용이란 뜻에서 그 나름의 절실함을 가지고 있다. 답답한 생활에서 예술만이라도 다양하고 풍성하고 새로움 속에서 이러한 것을 보여 달라는 요구가 부당한 것일 수는 없다. 다만 예술의 행복이 예술의 보다 심각한 기능에 배치되는 것으로 생각될 수는 있다. 이러한 생각에 따르면, 예술의 본령은 현실을 그려 내고 현실 개조의 의지를 환기시켜야 한다.

그러나 예술에 의한 새로움의 추구가 반드시 이러한 예술의 기능에 반대되는 것만은 아니다. 예술은 그것에 요구되는 여러 기능을 동시에 수행해 낼 수 있다. 또는 그것들을 동시에 수행할 때 그것은 어느 한 기능에 있어서 성공할 수 있다고 말할 수도 있다. 이런 의미에서 우리의 오늘의 예술적 기대를 위하여 또 미래의 예술의 활력을 위하여, 예술에 있어서 새로움의 추구가 중요하다는 것을 상기할 필요가 있는 것이다. 다만 새로운 것이 모두 진정한 또 의미 있는 새로움이 될 수는 없다.

2. 전위 예술의 의미

예술에 있어서 새로움의 추구를 극단화한 예술로서 우리가 쉽게 생각할 수 있는 것은 소위 전위 예술이다. 백남준은 말할 것도 없이 전위 예술가이다. 물론 전위 예술은 모든 새로움을 추구하는 예술에 일반적으로 적용할 수 있는 말이라기보다는 서양 예술의 특정한 발전의 한 양상, 한 단계를 나타내는 말이다. 그것은 단순히 새로운 것을 추구한다기보다는 의도적으로 전통적 예술 문법을 파괴하고자 한다. 이 파괴를 통하여, 새로운 것을 추구하는 것이다. 다시 말하여 그것은 과거의 예술적 관습에 대한 반항 ─ 특히 심미적 균형과 질서를 중시하는 습관적 양식에 대한 반항에서 나온다. 이것은 단순히 심미적 양식의 반항이나 파괴만을 의미하는 것은 아니다. 어떤 예술 형식이 파괴의 대상이 되는 것은 그것이 새로운 경험을 표현하고 새로운 기대를 충족시켜 줄 수 없기 때문이다. 예술 형식상의 반항은 경험의 인지, 선택 및 고양화의 방식에 대한 반항이다.

서양에서의 '아방가르드(前衛)'란 말은 프랑스 혁명 이후의 격동이 비엔나 회의로 종결되고 난 다음의 반동기에 쓰이기 시작한 말로서, 그 군사적 어원이 나타내고 있듯이, 이 시기의 정체되고 획일적이며 위선적인 문화, 또 사회, 정치에 대한 전폭적인 반항의 뜻을 담은 말이었다. 그러나 정작 아방가르드 현상이 서양 예술의 중요한 흐름의 하나가 된 것은 20세기 초 1차 대전 이후였다. '아방가르드'라는 말의 투쟁적 의미에도 불구하고, 19세기의 반항적 예술가의 태도는 주로 세계에 대한 경멸적 거리감에 의하여 특징지어지는 것이었다. 사실상 자연주의의 냉랭한 객관적 태도와 같은 것도 이러한 경멸적 거리감의 한 표현이었다고 할 수 있다. 이에 대하여 1차 대전 이후의 20세기 예술가들은 유럽 문명의 근본적 가치와 전제에 대하여 질문을 던지기 시작하였다. 흔히 전위 예술에 관계하여 생각하는 허무주의, 도착, 파괴, 부조리 등이 크게 나타나는 것은 1차 대전 이후의 전위 예술 운동에 있어서이다.

이러한 간단한 역사적 회고의 의의는 전위 예술과 사회와의 관계를 상기하는 데 있다. 전위 예술가는 주로 소외라는 소극적인 부정의 태도를 표현하지만, 더 크게 그의 자세를 규정하고 있는 것은 사회 개조를 위한 부정적 관심이다. 이 관심은 더러는 희극적으로, 더러는 심각하게 표현되었다. 20세기 초의 전위 예술은 다다이즘이나 쉬르레알리즘 운동 같은 것으로 대표된다고 할 수 있는데, 다다이스트 자크 바셰는 1917년의 한 공연에서 권총으로 관객을 위협하며, 살인이야말로 가장 재미있는 체험이 될 것이라고 했다. 이에 비하여 일부 쉬르레알리스트들은 보다 심각하게 정치 운동에 연계를 가졌었다.

그러나 전위 예술의 진정한 통찰은 예술의 형식적 요소가 이미 인간의 가능성에 대한 사회적 조건화의 수단이 된다는 사실에 대한 것일 것이다. 사람이 하는 일은 무엇이든 대상화되고 신비화되고 물신화(物神化)되는 경향이 있는데, 이것은 예술처럼 높은 사회적, 인간적 가치가 부여되는 활동의 경우에 특히 그러하다. 이러한 신비화를 파괴하는 것 자체가 인간 정신의 해방의 한 요인이 된다고 할 수 있다. 존 케이지의 우연 음악이나 슈토크하우젠의 실험적 음악들에 있어서의 전통적 형식의 파괴는 이러한 의의를 가진다. 백남준이 반콘서트라는 것을 개최하여, 피아노를 때려 부수는 것을 보여 준 것 같은 일도 이러한 맥락에서 생각해 볼 수 있을 것이다.(물론 여기에 유명해질 만한 일을 하겠다는 욕구가 작용하지 않았다고 할 수는 없다.)

그러나 이러한 우상 파괴적 행위들이 얼마나 큰 사회적 영향력을 가질 수 있느냐는 것은 의문이다. 사회주의 국가에서는 혁명 초기에 있어서의 밀착된 관계에도 불구하고, 집권층의 관료화와 더불어 아방가르드 예술은 간단히 금지되었고, 자본주의 국가는 놀라운 유연성을 가지고 아방가르드의 도전을 그 시장 속에 흡수하여 버렸다. 후자의 경우 전위 예술의 새로운 작품들은 알게 모르게 소비재 시장의 새로운 상품의 추구와 일치하고, 고액 소비자들의 수집 대상이 되었다. 또 새로움의 추구는 하나의 전통이 되고, 그렇게 됨으로써 새로우면서 새로움을 가질 수 없는 행위가 되기도 하였다.

3. 전위 예술과 한국 예술

서양의 전위 예술의 경과는 어떻게 그것이 사회적 배경에서 나오며, 또 그것으로부터 이탈되는가를 보여 준다. 우리나라에서 전위 예술은 적어도 근자에까지는 사회적 관련이 없이 전개되었다. 이것은, 달리 말하여 그것이 전위성이 없는 전위 예술로서 존립해 왔다는 것을 말한다. 우리나라에 있어서, 새로운 예술 형식의 역사는 시행착오의 우여곡절이 있을 수밖에 없는 것이었다. 서양으로부터 새로운 것을 배우는 것이 우리의 현대 예술의 중요한 과제의 하나였다고 하겠는데, 외부로부터 배워 오는 표현 양식은 토착적 경험과 어설프게 맞아 들어가게 마련이고, 그 어설픔은 대체로 속물적 허세로 메워지기가 쉬운 것이었다.

서양의 전위 미술은 미군의 군화에 묻어 들어왔다고 할 수도 있는 것인데, 그것은 해방 후 수입된 각종 잡지, 미술 잡지 등을 통하여 소개되고 6·25 이후의 실존주의적 분위기에 맞아떨어짐으로써, 하나의 중요한 세력을 이루어 1960년대, 1970년대까지 계속되었다. 1970년대 후반에 와서야 여기에 대한 비판이 이는 것을 보게 되는데, 비판의 초점은 그것이 역사적 맥락에서 완전히 벗어난 것이어서 결국 표피적 모방에 불과하다는 데 있다. 서양에서 아방가르드가 정통 미술의 획일적인 미학에 대한 저항으로 일어났다면, 우리의 현대 예술은 서양과 국제적 스타일에 맞추어 보고자 하는 획일적 충동으로 자극된 것이었다.

이러한 사정은 서양 음악의 기본 문법과 관습을 그대로 금과옥조로 받아들인 음악에서나, 또는 국제적인 문예 사조에 민감하고 현실 인식보다는 세계 문학 또는 순수 문학에 대한 신념을 기치로 내세운 문학에서도 마찬가지였다.

4. 전위, 민중, 전통 예술

이렇게 볼 때, 우리나라에서 서양의 전위 예술에 해당하는 예술 운동은 오히려 서양에서 수입된 전위 예술에 대한, 또는 더 광범위하게는 서양 예술에 대한 비판으로서 등장한다고 말할 수 있다. 이 운동은 서양적 아방가르드의 비역사성을 비판하면서 조금 더 적극적인 의미에서 우리의 예술을 우리의 역사적, 사회적 맥락 속에 삽입하여야 한다고 주장한다.

이 중에도 두드러진 것은 미술에서의 여러 가지 움직임이다. 1970년대 후반부터 성장한 비판적 미술 운동은 1980년대에 와서 매우 활발한 소그룹들 ─ 가령, '현실과 발언', '임술년', '시대정신', '두렁', '서울 미술 공동체', '일과 놀이' 등의 집단들을 탄생하게 했다. 이들은 대체로 1970년대까지 제도 미술로 정착한 현대 미술의 속물적 자기 과시, 천박한 진보 개념, 은밀한 상업주의와 보수주의를 배격하고, 그중에도 우리나라와 서양을 하나의 시공간 속에서 보고자 하는 초역사적이고 추상적인 태도의 무지함을 폭로한다. 그 대신 강조되는 것은 예술의 사회적, 역사적 맥락이며, 공동체 내에서의 소통 기능이다. 이 새로운 미술은 민중적 삶의 각성의 일부가 되기를 의도하는 것이다.

이러한 태도는 이들 소그룹들의 예술을 정치성이 강한 것이 되게 한다.(비슷한 태도와 경향은 공연 예술에 있어서의 전통적 민중 양식에 대한 관심에서도 볼 수 있다.) 그러나 민중 의식 또는 좁은 의미에서의 정치적 관심만이 오늘의 새로운 예술 충동을 이루고 있는 것은 아니다. 음악에 있어서, 우리는 전반적으로 서양 음악의 관행에 대한 무조건적 순응을 비판적으로 성찰하는 태도가 커져 감을 볼 수 있는데, 이 경우에 매체 자체의 성질로 인한 것이기도 하지만, 그러한 비판적 성찰이 직접적인 정치성을 띤다고 말할 수는 없다. 그것은 서양의 특정한 음악 관습 이외의 여러 음악적 가능성과 그러한 것들의 오늘의 음악 생활에 대한 의의를 보다 넓고 깊게 의식하게 된 것과 관계되어 있다. 이러한 의식의 확대에서 한국 음악의 창조적 가능성이 새삼스럽게 평가되게 된 것은 자연스러운 일이다.

여기에서 주목할 것은 음악의 한국적 소재와 양식에 대한 관심이 반드시 의식화된 민족주의 또는 전통주의에서 나오는 것은 아니라는 점이다. 그러한 관심은 오히려 그러한 전제들이 없는 창조적 충동에서 ─ 구태여 말하자면 전위적 창조 충동에서 나오는 것으로 보인다. 사실 오늘날 서서히 그 힘을 느끼게 하기 시작한 한국의 새로운 작곡들은 전위 음악의 충동에서 시작하면서 전통적 또 한국적 소재를 편입하고 있는 것이다. 새로운 음악인들의 자기표현의 광장의 하나가 서울대의 '전위 예술제'라고 불린다는 사실에서도 이러한 연결은 살필 수 있는 것이다. 또는 강석희 교수가 주도해 온 팝 뮤직 페스티벌은 주로 서양 전위 음악을 한국에 소개하는 역할을 해 왔는데, 이러한 축제에서도 우리는 전위 음악 ─ 서양의 살아 움직이는 전위 음악과 한국의 음악 풍토의 용접 가능성을 보게 된다.

이와 관련하여 또 하나 주목할 수 있는 것은 한국 음악과 전위 예술의 연결이 반드시 우리에게만 새로운 의의를 갖는 것이 아니라는 점이다. 서구에도 이미 우리의 전통 음악이 소개된 바 있지만, 한국 음악은 제도화되고 관습화된 예술의 되풀이에서 벗어나고자 하는 서구인에게는 전위 예술의 충격을 줄 수 있는 것이다. 윤이상(尹伊桑)과 같은 재독(在獨) 작곡가의 작품은 이미 우리의 음악이 서양에 대하여 하나의 외적 충격이 아니라 내부적인 개조의 가능성으로 작용할 수 있다는 것을 보여 준 바 있다.

이러한 전위 예술과 민중 예술의 일치 가능성은 극히 생산적인 것일 수 있다. 그러나 전위 예술의 충동과 민중 예술의 충동이 같은 것이라고 말할 수는 없다. 두 가지 다 경직한 문화 양식 내지 사회 체제에 대한 저항을 그 동기로 한다. 그러나 하나는 사회로부터 소외된 인간 ──그로 인하여 사회에 대하여 우월한 지적 입장에 서게 된 인간의 청중 없는 외로운 항의이고 오락이며 놀이이고, 다른 하나는 비록 소외로부터 출발했을망정, 공동체적인 일체성을 ──새로운 공동체에 대한 일체성을 강조하는 것과 병행하는 잠재적 청중을 가지고 있는 도덕적 항변이다. 이러한 차이는 그 나름으로의 예술적, 사회적 의의와 그 나름의 일장일단을 가지고 있다. 전위 예술은 대체로 그 파괴적 움직임에 의하여 특징지어지지만, 이러한 파괴의 이면을 이루고 있는 것은 긍정적 공동체를 향한 소망이다.

파괴는 공동체로부터의 소외에서 나오고, 또 그것을 극복하고 공동체로 돌아가고자 하는 의지의 한 표현이다. 이렇게 볼 때, 민중 예술은 전위 예술보다 더 건전한 상태에 있다고 할 수 있다. 그러나 공동체는 개체의 입장에서 하나의 완성이면서 멍에이다. 그것은 공동의 구속력을 가진 전제의 수락을 요구한다. 이 전제는 하나의 경직된 정통성으로 고착될 수가 있다. 이 경직성을 풀고 자발성을 되살리는 데에는 끊임없는 비판, 저항, 파괴 또는 유희를 통한 세속화를 필요로 한다. 이것은 다분히 개인주의적이며, 쾌락주의적이며, 아나키스트적인 예술 충동의 방출이 허용됨으로써 가능하다. 어떤 이론가들이 지적하듯이, 전위 예술의 아나키즘은 결코 공동체의 형성으로 나아갈 수 없는 것인지 모른다. 그러나 사람이 사람으로서 숨 쉬고 살 만한 사회는 한 개의 원리로 설계될 수 없다. 그것은 여러 개의 충동과 의지의 길항과 균형으로 이루어진다. 이것은 예술에 있어서도 마찬가지이다.

5. 새로운 예술을 향해

어쨌든 대체로 우리는 전위 예술이나 민중 예술의 새로운 움직임에서 새로운 형성의 에너지가 적잖이 발산될 것이라는 것을 기대해 볼 만하다. 민중 예술에 대한 여러 가지 우려와 경고에도 불구하고, 그것이 살아 움직이는 예술 형성의 에너지가 되고 있다는 것은 틀림없다. 김지하 씨의 「남(南)」과 같은 것도 이러한 에너지에서 나오는 실험적 작품이라고 하겠는데, 그는 최근의 한 강연에서 "살아 생동하는 생명 에너지의 고양된 충족에 바탕을 둔 '신명'의 표현"이 곧 진정한 민중 예술이라고 말하였다. 이것은 아마 전위 예술가들도 동의할 수 있는 발언일 것이다. 사실 예술의 의미는 살아 있는 움직임의 형식적 인식에 있다. 예술에서 새로운 것이 중요한 것은 살아 있다는 것이 늘 새로움의 과정이기 때문이다.

그러나 이렇게 말하면서, 삶은 새로움으로의 움직임이면서 또 균형의 유지임을 우리는 생각하게 된다. 삶의 과정은 '동적 균형(다이내믹 이퀼리브리엄)'의 상태의 지속인 것이다. 이것은 예술에도 그대로 적용될 수 있다. 예술은 새로움에의 움직임이면서 유구한 것의, 정지되어 있는 지속이다. 오늘의 예술은 새로운 것의 추구에 그 본령이 있다고 말할 수 있다. 그런 의미에서 오늘은 전위 예술의 시대이다. 그것은 아직도 우리가 위대한 예술 양식을, 또는 더 확대하여 위대한 삶의 양식을 가지고 있지 못하기 때문이다. 많은 순정한 예술가들이 느끼고 있는 것은 오늘의 공공 문화의 도식성과 경직성이다.(모든 공공 언어의 상투성은 가장 좋은 징후이다.) 여기에 대하여 그들은 부정적 에너지로 대결하면서, 끊임없이 새로운 것을 추구하고 실험한다.

　그러나 진정으로 위대한 예술은 삶의 긍정적 에너지의 건축적 균형을 이루어 내는 데 있다. 위대한 예술은 우리에게 앞으로 올 어떤 것이다. 그러는 동안 위대한 성취는 모든 굳은 것, 막힌 것, 거짓된 것에 대한 부정의 집적에 의하여 준비될 수밖에 없다.

(1987년)

참된 문화의 조건[1]

1. 정치와 문화

정치는 사람들이 모여서 그들의 차이점을 조정하고, 더 나아가서는 공동의 목표와 작업에 대한 동의를 만들어 내는 과정이라고 말할 수 있다. 상호 차이의 조정과 공동 작업의 창출을 위하여 서로 모이는 일이 원활하게 되려면 모이는 사람들의 이해와 가치와 감수성이 비슷한 것들이어야 한다. 이러한 비슷한 기반은 여러 가지 현실적, 제도적 조정을 통하여 조성되는 것이기도 하지만, 달리는 활발한 문화적 작업을 통하여 만들어지기도 한다. 적어도 문화의 과업은 하나의 공동의 가치 전제를 만들어 내는 일이기 때문이다. 이런 의미에서 문화는 정치의 원활한 운영을 돕는다.

물론 문화가 정치를 원활하게 한다면, 그것은 가장 비정치적인 수단을

---

1 이 주제에 대한 토론 참가자는 저자 외에 김정환(金正煥), 노재봉(盧在鳳), 원동석(元東石), 이강숙(李康淑)이다.

통하여서이다. 그리고 정치는 가장 비정치적으로 이루어질 때 가장 훌륭한 정치가 된다. 문화와 정치는 긴장과 상보를 포함하는 불가분의 관계 속에 있다. 정치와 문화가 한데 어울려 하나의 공동 광장을 이룰 때, 그러한 공간으로서의 사회는 가장 행복한 상태에 있다. 오늘날 우리 사회의 문제 중의 하나는 두 영역의 이러한 조화와 통일이 와해된 지 오래되었다는 데 있다.

사람들이 공공 목적을 위하여 모일 때, 그들은 인간과 사회에 대하여 어느 만큼의 같은 가치 전제를 가진 것일까? 통치자와 피통치자, 정치인과 비정치인을 묶고 있는 공동 전제는 어느만큼 탄탄한 것일까? 여기서 문제 삼는 것은 표어나 이해관계나 어떤 계획 이상의 것에 있어서의 일치이다. 전통적 유교 사회는, 그것 나름의 제약을 가지고 있으면서, 사회의 결속을 다지는 근본이 단순한 정치적 목표 이외에 학문과 예술과 윤리적 가치에 대한 확신이며, 거기에서 그려지는 인간의 참모습에 대한 이해임을 알고 있었다. 그리하여 치자(治者)는 나라를 다스리는 기술 이외에 법을 알고 쓰며, 예(禮)와 악(樂)에 밝을 것이 기대되었던 것이다. 오늘날 우리는 정치에 관계하는 사람들이 어떠한 시와 어떠한 예술에서 어떠한 영감을 받는지 알지 못한다. 오늘날 우리의 정치의 광장에서 받아들여지고 있는 인간상이 얼마나 고매한 것인지를 알지 못한다.

그렇다고 우리에게 아무런 공동 가치 또는 공동의 인간상이 없는 것은 아니다. 민족, 민주, 통일, 자유, 평등 등은 모두 다 오늘의 공동 가치를 나타낸다. 또 우리는 구체적으로, 소득을 어떻게 분배하여야 하며, 노사 관계가 어떻게 있어야 하며, 주택 정책이 어떻게 되어야 한다는 것에 동의할 수도 있다. 그러나 이것은 반드시 인간의 높은 가능성에 대한, 우리가 그리는 인간상에 대한 동의에 입각한 것은 아니다. 그러한 동의는 삶의 풍부함에 대한 심미적 감성의 일치, 인간의 실존적 자세에 대한 윤리적 이성의 일치에서만 나올 수 있다. 이것은 문화적 수련에 의하여 이루어지는 것이다. 이것이 없는 마당에서, 사람들이 공유할 수 있는 것은 현실적 작업에서의 합심이며 표어에서의 총화이다. 이것도 차선책은 되는 것이지만, 표어가 포착하지 못하는 것은 구체적 삶의 변화무쌍한 뉘앙스들이다. 표어의 문화, 표어의 정치는 우리의 삶을 조잡하게 하고, 규격화하고, 너그럽지 못한 것이 되게 할 수밖에 없다.

2. 소비문화의 문제

오늘의 문화적 충동의 가장 큰 진원지는 소비문화이다. 모든 대중 매체와 광고는 상품과 상품적 오락의 소비, 그리고 생활 양식이나 사회적 지위에 있어서의 과시적 영상들의 추구가 인생의 지상 목표라고 우리를 설득한다. 소비의 세계에서 인간은 물건이든 이미지이든, 주로 밖으로부터 주어지는 자극의 수동적인 소비자가 된다. 그러면서 다른 한편으로 인간은 극히 경쟁적이고 공격적인 존재가 된다. 행복의 근원이 되는 재화는 한정될 수밖에 없는 까닭에 사람들은 치열하게 경쟁적이고 공격적이 될 수밖에 없다.

소비문화의 인간과 사회를 특징짓는 것은 자아 상실이다. 전통적으로 인간의 가치는 그의 내면에 대한 깊은 통찰에 연결되어 있다. 이 통찰에서 확인되는 인간의 내면적 요구가 그의 가치의 한쪽을 결정한다. 물론 이 요구는 그의 사회와 세계가 보여 주는 가능성에 비추어 생각되어야 한다. 그것은 이 가능성과 관련하여 발생하면서 그것을 규정한다. 그것은 역사적으로 변하게 마련이다. 문화는 다시 요약하건대, 한편으로 인간의 내적 요구와 다른 한편으로 사회와 세계의 가능성에 대한 통일된 이해의 역사적 전개를 보장하는 공간이다. 이러한 문화의 소실은 전통 해체의 자연스러운 결과이면서, 외적인 조건으로 규정되는 인간의 심상을 끊임없이 전파하는 소비문화에 의해서 촉진된다.

우리의 근대 문화가 서양과 일본의 영향하에 성립했다는 사실은 자아 상실의 중요한 요인이 되었다. 다른 문화를 송두리째 받아들이려 한다는 것은 자아를 상실한다는 것을 의미할 수밖에 없다. 더구나 서양 문화의 압도적 충격이 물질적 생산력의 우위에서 왔다고 할 때, 인간의 내면에 대한 이해는 상대적으로 약화되게 마련이었다. 물론 서양에 인간의 내면과 외면을 조화시키는 문화 의식이 없는 것은 아니지만, 우리에게 유독 강하게 흘러들어 온 것은 서양의 피상적이고 외면적인 문화였다.

오늘의 소비문화를, 자생적인 것이든 외래적인 것이든, 문화의 관점에서만 이야기하는 것은 사태를 단순화하는 것이다. 서양 문화의 충격은 국제 관계에 있어서의 제국주의적 충격과 일치한다. 또 소비문화는 오늘의 생산과 소비의 방식과 경제 이익의 축적, 배분 방식이 요구하는 대중 조작의 한 표현이다. 그러나 경제 발전의 문화적 부산물 또는 인간적 부작용이 어떤 것이든지 간에, 물질적 생산력의 향상의 목표가 국민적 합의 사항의 하나가 되어 있다고 해서 틀림은 없을 것이다. 이 목표가 추진되고 실현 가능한 것인 한, 소비적 문화 형태는 앞으로 지속되고 가속화될 것으로 전망할 수 있다.

3. 민중 문화와 고급문화

오늘의 소비문화의 대표적 형태는 대중 매체가 퍼뜨리는 대중문화이다. 그러나 자주 지적되어 온 바와 같이, 여기에서 대중은 그들을 상대로 만들어지는 문화의 소비자일 뿐이다. 이에 대하여, 오늘날 우리 사회에서의 민중의 지위에 대하여 관심을 가지고 있는 사람들은 민중이 스스로의 문화를 만드는 것이 중요하다고 주장한다. 민중 문화의 움직임은 전통 문화의 탈춤이나 판소리와 같은 민중적 표현 양식을 오늘의 삶 속에 부활시키고자 한다. 문학에 있어서의 민중의 강조, 민화의 전통에 대한 관심, 판화 운동, 가사 운동 등은 모두 다 이러한 흐름 속에 있는 것이다.

민중 문화의 움직임은 소비문화나 대중문화와 대비를 이룬다. 그것은 문화의 향수자가 수동적 소비자의 위치에 갇히는 것을 거부하면서 스스로 생산자 또는 적어도 참여자가 되어야 한다고 한다. 그러면서 그것은 수동적 소비문화의 가치를 — 과시적, 상품적, 개인주의적 가치들을 배제한다. 이런 관점에서 새로운 민중 문화 운동은 문화의 능동적 창조성을 회복하는 데 그 나름의 기여를 하고 있다 할 수 있다. 그러나 그것이 새로운 문화적 요구를 충분히 채워 줄 수 있을는지는 의문이다. 오늘날의 민중 문화의 단조로움과 조잡성에 대한 비판 또한 무시할 수 없다. 비판은 그 나름으로 예술이 삶의 구체적인 기미를 표현하며, 끊임없이 바뀌는 새것의 변조를 포용할 것을 요구하는 근본적인 예술의 조건에 관계된다.

오늘의 민중 예술은 소비문화에 비하여 그 도덕주의적 슬로건에서 보듯이 매우 금욕적이다. 그러나 이 금욕은 높은 기율이나 조화의 의식에서 나오는 것이라기보다도 억압된 충동에 관계되어 있다. 민중 문화는 오히려 억압된 것들의 폭발적 분출에 의하여 특징지어진다. 이것은 당연하며 또 필요한 일이다. 그러나 보편적 기율과 조화의 상태에로 지양이 필요한 것도 사실일 것이다. 어쨌든, 예를 들어 오늘의 민중 문화의 거칠고 단순한 언어들이 그대로 공동 문화의 언어가 될 수는 없을 것이다. 문화는 공동 언어의 창조에 관계한다. 정치는 생활 세계에 뿌리내리고 있으면서, 보편성에까지 끌어올려진 언어에 의하여 그 질을 높일 수 있다. 이러한 언어의 창조는 앞으로 더 기다려야 할 사항 중의 하나이다.

이렇게 말하면서, 빼놓을 수 없는 것은 고급문화이다. 이것은 오늘날 우리 사회가 받아들이고 있는, 또 받아들여서 마땅한 민주, 평등의 원칙에 배치되는 것이지만, 예술과 문화의 창조에 있어서, 소수의 선택된 창조자가 존재하는 것은 부인할 수 없는 것으로 보인다. 이들의 손에서 문화 양식은 한편으로 세련된 것이 되면서 다른 한편으로는 보편적 형식의 완성에 이르게 된다. 물론 이들이 민중 문화와 따로 떨어져서 존재하는 것은 아니다. 또 창조성도 이들의 전유물인 것은 아니다.

경직된 규범이 발전 방해

이들의 개인적 창조성은 집단적 창조성을 밑거름으로 하여 발달하는 것이다. 민중의 예술적 아이디어는 개인적 창조성의 판별력과 통일성 속에서 더욱 정치하고 완성된 것이 된다. 이외에, 개인적 천재는 그 개체적 실존의 우연성으로 하여, 또 보다 의식적인 예술 과정으로 하여, 새로운 예술적 아이디어들에 대하여 더 민감할 수 있다. 이것은 외래의 문화 자극에 대하여서도 마찬가지이다. 이러한 공생적이면서도 다른 민중적 창조성과 개인적 창조성의 뛰어난 차이는 예술가, 예술 작품을 고립무원한 상태에 빠지게 할 수도 있다. 좋은 사회는 민중 문화의 활기가 유지되면서, 고독한 예술가에게도 피신처를 제공해 줄 수 있는 사회일 것이다.

그러나 오늘날의 고급문화가 참으로 문화적인가? 문화와 예술의 본령이 인간의 주체적 창조성의 표현에 있다고 할 때, 현존하는 고급문화가 그러한 표현이라고 보기는 매우 어렵다고 할 수밖에 없다. 오늘의 고급문화를 지배하고 있는 것은 밖으로부터 부과되는 경직된 규범이다. 이것은 주체적인 것도 아니고 창조적인 것도 아니다. 미술의 기준이 되어 있는 것은 '선전(鮮展)'에서 '국전(國展)'으로 연결되어 수립된 일종의 제도 미술의 기준이다. 이것은 경직된 양식들이 그대로 답습되는 것이다. 음악에서 가장 중시되는 것은 전문가적 관점이다. 이것도 외래적 규범의 모방과 답습에 관계되어 있다. 제도와 전문성의 기준은 결국 인간의 참다운 음악성의 해방, 시각 체험의 창조적 표현을 억압하는 결과를 가져온다. 그것은 좁은 가능성과 좁은 양식에 인간을 한정하고, 또 그것은 기계적 완성만을 요구하는 것이다.

말할 것도 없이, 이러한 것들은 단순히 예술적, 문화적 선택의 문제가 아니다. 여기에 깊이 개입되어 있는 것은 현실적 이해관계다. 예술이나 문화에 있어서 삶으로 유리된 외부적 규범의 존중이나 문화 가치의 신비화는 문화계에 있어서의 기득권의 보존, 기존 위계질서의 옹호에 관계되어 있고, 결국 상업적 이익의 방어에 관계되어 있는 것이다. 사실상 오늘날 제도적 문화 표현의 상당 부분은 과시적 소비문화의 일부를 이루고 있는 것이다.

4. 새로운 문화

참다운 의미의 문화는 앞으로 태어날 문화가 될 것으로 말할 수밖에 없다. 이것이 어떤 것이 될 것인가를 지금 예언할 방도는 없다. 우리가 말할 수 있는 것은 그 조건일 뿐이다. 그중 첫째 조건은 문화가 장식이나 교양이나 소비적 과시의 대상일 수는 없다는 것이다. 어떻게 살아가는 것이 참으로 잘 사는 것인가 하는 근본적인 질문에 관계하여 우리의 의식을 계발하고 거기에 대한 창조적인 반응을 고안해 내는 데 도움을 주는 문화적 표현만이 참다운 문화에 속할 수 있는 것이다. 간단히 말하여, 그것은 삶으로부터 분리될 수 없는 상태로 존재하여야 한다는 것이다. 그리고 우리의 삶이 정치 공동체 안에서 이루어지는 한, 이것은 정치와 사회에 무관심하지 않은 것이라야 한다. 그러나 새로운 문화는 민중 문화 운동에서 보는 것처럼, 민중적 삶의 각성에 직접적인 관련을 갖는 것만으로 이루어질 수 있는 것은 아니다. 그것은 더 복잡한 여러 요인과 작업을 필요로 한다.

민중 문화 운동에서의 '노래 운동'을 예로 들어, 음악의 관점에서 그다지 창조적이며 혁신적인 길을 터놓았다고 말할 수 없는 점에 주목할 필요가 있다. 그것은 엄격하게는 가사 운동이라고 하여야 한다. 왜냐하면 이 운동에서 불리는 노래를 보면, 노래로서는 소비적 대중문화에서 일보도 앞으로 나간 것이 없이 가사만을 새로이 한 것이기 때문이다. 예술이 우리의 삶을 풍부하게 하고 이를 통일하며, 그러한 풍부화와 통일에 의하여 공동문화, 공동 정치 공간의 구성에 기여하는 것은 표면적 내용보다도 훨씬 더 깊은 차원에서이다. 그것은 우리의 경험에 조직 방식과 표현 방식을 준다. 그것은 우리에게 언어를 주는 것이다. 이 언어를 통하여 우리는 우리 스스로의 경험을 만나고, 또 그것을 다른 사람에게 이해할 수 있는 것이 되게 한다.

음악에서 가장 기본이 되는 것 중의 하나는 음계이다. 흔히 받아들이는 음의 질서의 기본으로서의 음계는 수많은 가능성 속에서의 제한된 선택에 불과하다. 오음계만을 두고 말하여도, 약 4000종류의 것이 있다고 이야기된다. 여기에서 몇 개만이 선택되는 것이다. 그리고 이 선택된 음계는 현실의 어떤 부분만을 부각시킨다. 그런데, 플라톤이나 공자 이래 이야기되는 바와 같이, 음계의 선택 자체가 특정한 종류의 심성을 길러 주는 역할을 하는 것이다.

정치, 산업 구조 변화와 병행

이것이 사실이라면, 예술이 인간에게 작용하는 것은 이러한 심층적 차원으로부터이다.(물론 이것만이 전부는 아니나 이것은 그중 가장 근원적인 것이다.) 즉 재료의 선택, 양식의 선택, 언어의 선택, 또 그것의 구조화의 규범 ── 이러한 것들이 벌써 우리의 삶을 표현하고 제한하는 것이다. 이러한 근본적인 의미에서의 예술 언어, 문화 언어의 선택 또는 성립은 복합적인 원인의 종합화로써만 가능할 것이다. 거기에는 직관의 과정이 있을 것이고, 이를 확대 비교하는 창조적이고 개방적인 지적 작업이 있을 것이고, 이러한 것들이 다시 삶으로 흡수되는 과정이 있을 것이고, 거기로부터 새로운 양식으로 재창조되는 과정이 있을 것이다. 그것은 그리하여, 삶과 예술 활동과 지적 활동이 서로 자극하고 고양되는 역사 과정 속에서 하나의 위대한 삶의 통일, 예술적, 문화적 통일로 성립될 것이다.

오늘날 우리는 여러 가지 비관적 견해에도 불구하고, 새로운 문화 스타일의 성립을 향해 나아가는 여러 작은 징후들을 볼 수 있다. 그것은 이제 수동적 피해자로부터 주체적 종합자로 바뀌는 민중의 삶에서, 그 문화적 표현에서 볼 수 있고, 여러 가지 폐단에도 불구하고 성숙한 자세로 받아들여지는 국제 문화에서 오는 아이디어의 자극들에서 생겨나는 여러 실험들에서 볼 수 있고, 또 심지어는 모방적이며 관료적인 제도문화의 에너지에서도 볼 수는 있는 것이다. 물론 새로운 문화적 통일을 위한 싹이 있다고 하여도, 그것은 이를 압살하려는 여러 힘들에 대항하여 성장하여야 한다.

그런데 여기에서 우리가 흥미롭게 생각할 수 있는 것은 주체적 문화의 충동과 이를 부정하는 소비적, 관료적 체제의 문화는 서로 맞엉겨 있는 것인지도 모른다는 것이다. 그것은 다 같이 빈곤의 문화로부터 벗어나는 데에서 비롯된다. 그동안의 경제 발전은 그 왜곡이 어떤 것이든지, 또는 그 결말이 어떤 것이 되었든지 간에, 우리에게 보다 나은 삶에 대한 욕망을 일깨워 왔다고 말할 수 있다. 또는 경제 발전 자체가 그러한 욕망의 소산이라고 할 수도 있을 것이다. 시인 박재삼(朴在森)씨는 가난의 '원한(怨恨)'을 표현하여, "아무리 사람이 항상 꽃핀 것만 바라/ 놀고 사는 게 아니라 한들/ ……삼베 올날 안 고르기보다도 못하게야 살아서 되리" 하고 말한 바 있다. 사실 삼베 올날 안 고르기보다 못한 삶에서도 사람들은 꽃핀 것을 바랐다고 할 수도 있을 것이다. 그 원인이나 동기가 어디에 있든지 간에, 보다 나은 삶을 향한 욕구의 정당성을 이제 인정하기 시작한 우리 사회는 우선 소비적 상품에 대한 욕구를 충족시키는 데 제정신을 잃을 수밖에 없었던 것인지도 모른다. 제정신을 차리려고 할 때, 우리에게 있는 것은 빈곤의 문화와 그 생활 철학뿐이었다.

그 특징은 집단주의와 도덕적 엄격성이었다. 빈곤의 제약 아래 가능한 생활 철학이 그러할 것은 당연한 것이다. 그리고 그것은 동시에 삶의 영원한 한 면을 표현한다. 그러나 그것이 억압적 성격임은 또한 분명한 것이다. 관료적 권위주의나 비현실적이며 공격적인 도덕주의, 표어의 문화 등이 그 말기적 특징들을 나타내 주는 것들이다. 그러나 소비문화와 (적어도 우리 사회에서) 그것과 쌍둥이의 관계에 있는 권위주의 문화가 탈빈곤의 상황에 대한 답변이 될 수는 없다. 필요한 것은 올지도 모르는 물질적 풍요를 참으로 인간적인 풍요로 바꾸어 놓을 수 있는 문화이다. 물론 이것은 정치와 산업 구조의 변화와 병행함으로써만 성립할 수 있는 문화이다.

(1987년)

깨어지는 사회, 갈등 극복의 길[1]

    당대인에게는 자기 시대가 대개 그렇게 보이기 쉽다는 것을 참작하더라도, 오늘날의 우리 사회가 유달리 어지러운 상태에 있다는 것은 부정할 수 없는 사실일 것이다. 사회의 도처에서 보게 되는 분열, 갈등, 분쟁, 긴장은 사회의 근본적 삶의 질서에 회의를 가지게 하고 긴장과 불안을 우리의 정상적인 심리 상태가 되게 한다. 물론 이것을 발전을 위한 파괴이며 그에 따르는 부작용으로 볼 수도 있는 일이다. 새로운 건설을 위하여 기존 질서, 기존의 삶의 마련이 수정되고 파괴되어야 하는 것은 불가피한 일이기는 하다. 그러나 문제는 오늘날 우리 사회에 작용하고 있는 원심적(遠心的) 세력들이 참으로 새로운 삶의 질서를 창조하는 구심(求心)의 힘으로 바뀔 수 있는 것이냐 하는 것이다. 이 자리에서 우리가 생각해 보고자 하는 것은, 오늘의 갈등의 지점들을 점검하고, 그것의 극복을 위한 방책들을 생각해 보자는 것이다.

---

1 이 주제에 대한 토론 참가자는 저자 외에 김주숙(金周淑), 김진균(金晉均), 이부영(李符永)이다.

1. 우리 사회의 갈등

오늘날 우리 사회의 분열과 갈등의 소재지는 이미 많이 지적되어 온 바 있다. 역사적으로 적체 상태에 있었던 사회적 모순이 무엇이었든지 간에, 근래에 첨예화된 분열의 지층은 주로 1960년대 이후의 급격한 산업화로 형성된 것이다. 산업화는 전반적으로 우리 사회의 부를 증대시켰다고 하겠지만, 이것은 동시에 사회의 계급적 분열과 부의 불균등 분배를 촉진하였다. 대체적으로 간격이 크게 벌어지게 된 있는 자와 없는 자의 대립은 사회관계에 있어서 긴장과 불만을 증대시켰고, 특히 산업 현장에서의 사용자와 근로자 간의 관계는 더욱 긴박한 갈등 관계로 나타나게 되었다. 어떤 경우에나 무한정의 이윤 추구는 사회관계의 악화를 가져오게 마련이지만, 자본의 대외 의존, 수출 주도의 성장 정책 등은 이 관계를 더욱 첨예화된 대립의 양상을 띨 수 있는 것이 되게 하였다.

또 여기에서 무시할 수 없는 것은 산업화에 따른 문화적 변화이다. 산업화는 대체적으로 물질생활에 대한 기대 수준을 높이고, 금욕적 정신 질서에 결부된 위계적 사회 질서를 파괴하여, 평등에 대한 요구를 강화하게 마련이다. 세계관의 세속화, 기대 수준의 향상, 평등에 대한 욕구들이 구질서에 대한 도전으로 작용하는 것은 당연한 일이다. 있는 자와 없는 자, 사용자와 근로자의 대립에도 이러한 요소가 작용하고 있는 것은 분명하지만, 그것은 다른 사회관계에서도 크게 눈에 띄는 것이다. 직장에 있어서, 가족 내에 있어서, 남녀 관계에 있어서, 가부장적 권위로 특징지어지는 위계적 질서는 전면적으로 억압적인 것으로 느껴지게 되었다. 이 중에도 자각을 가진 여성에게 남녀의 불평등한 관계는 부당한 것으로 받아들여지고, 남녀평등을 위한 사회 운동을 낳게 되었다.

모든 봉건적 권위의 표지들이 사라진 다음에도 유일하게 살아남은 유교적 질서의 개념은 연령에 의한 사회관계의 질서였다. 이것은 사회 각 분야에 있어서의 가부장적 질서의 기초를 이루고 있는 것이다. 연령의 질서는 오늘날에 있어서도 건재한 것으로 보인다. 그러나 모든 권위의 질서가 흔들리는 마당에 있어서, 표면상으로 건재한 듯한 연령의 질서가 반드시 표면과 내실이 같은 것인지는 알 수 없는 것이다. 적어도 세대 간의 분열과 갈등이 심화되어 가고 있는 것이 오늘의 현실인 것은 틀림이 없다.

2. 민주주의와 민족주의 역사

우리 사회가 드러내고 있는 분열적 요소에도 불구하고, 우리 사회의 지향할 바에 대하여 합의가 없었던 것은 아니다. 그것은 우리 민족이 한 단위를 이루는 민주 국가를 성립해야 한다는 것이다. 이것은 우리의 역사적 체험에서 우러나온 요구이며, 또 우리 사회의 문제들에 대한 처방이다. 그럼에도 불구하고 다른 한편으로 볼 때, 우리의 근대사는 민주주의의 제도화에 실패해 온 역사이다. 이 역사적 실패가 오늘의 문제를 낳고 또 오늘의 문제의 해결을 어렵게 한다. 그리하여 급기야는 우리 사회가 동의할 수 있는 공동 목표로서의 민주주의에 대한 회의를 자아내기도 한다.

민주주의는 우리 사회의 모든 성원이 자유롭고 평등한 관계 속에 있어야 된다는 요구를 나타내고, 민족의 이념은 이 자유롭고 평등한 관계가, 한편으로는 밖에서 오는 세력에 의하여 왜곡되지 말아야 하며, 다른 한편으로는 그것이 민족 국가의 성원 모두를 포용하여야 한다는 요구이다. 그러나 해방 후 정권의 차원에서 표방되어 온 민주주의와 민족주의는 대체로 그 실질을 확보하자는 것보다도 정치적 조종의 수단으로 사용되었다. 이승만 정권에 있어서 자유 민주주의는 다분히 친일 세력을 비롯한 보수 세력의 이익을 옹호하기 위한 방편으로 작용하였다. 박정희 정권에 있어서의 민주주의는 민족적 발전의 이름으로 제한되면서, 또 민족의 이념은 사실상 외국에 의존하는 경제 발전 방식에 의하여 수정되지 아니할 수 없었다. 그리고 또 산업화와 더불어 계급적 갈등이 심화되자, 사회 현실이나 제도의 면에서는 물론, 이념적으로도 자유 민주주의는 후퇴할 수밖에 없었다. 그것이 살아남아 있었다고 하더라도, 그것은 산업화에 따라 일어나는 모순을 해결하기보다 호도하는 수단으로 남아 있게 되었다. 그리하여 이념적으로 당초에 사회의 모든 성분의 포용과 그 성분들 간의 조정 기구로서의 민주주의는 억압과 배타의 편벽된 정치 수단처럼 작용하였다.

배타에 이용된 안보

여기서 배타의 원리로서 특히 중요한 구실을 한 것은 반공과 안보라는 슬로건이었다. 그것은 사회 성원 간의 자유로운 토의와 세력 균형을 보장하려는 많은 노력에 제동을 거는 편리한 정치 수단이 되었다. 이에 대하여, 정권에 반대하는 세력들은 반공을 일단의 역사적 선택을 통하여 다 같이 받아들여진 것으로, 그리하여 이제 그 테두리 안에서는 새삼스럽게 문제 삼을 필요가 없는 것으로 전제하고, 토의와 조정의 자유를 넓혀 보고자 하였다.

민족주의나 민주주의에 가해진 현실적 제한과 왜곡은 이러한 이념을 비롯한 모든 정치적 이념과 이상을 공소한 것이 되게 하였다. 즉 정치에 있어서 이념이나 이상은 단순히 현실 정치 관계에 있어서의 조종의 수단으로만 의미를 갖는 것으로 보이게 된 것이다. 이와 더불어 정치와 정치적 노력에 대한 냉소주의가 팽배하게 되었다. 물론 이러한 냉소적 태도는 이념이나 이상 자체로 인한 것이라기보다는 현실을 거머쥐고 있는 정치권력의 공정성이 의문시되는 데에 기인하는 것이다. 정치권력이 작용하는 모습이 공정한 조정보다는 특정 이익의 옹호에 있는 것으로 나타난 것이다. 가령 정부는 오늘에 있어서도 노사 문제 등에 있어서, 공정한 조정자의 역할을 하고 있다는 인상을 주지 못한다.

이렇게 말하면서 우리가 주목하게 되는 것은 간단하고 명백한 사회 질서의 원리로서의 민주주의의 위신 저하이다. 오랫동안 현실적 제도로서 바르게 작용하지 못하고 하나의 슬로건에 그친 이상이 그 신빙성을 상실하게 되는 것은 이해할 만한 일이다. 최근에 정부 일각에서는 좌경 사상의 대두에 대한 우려를 계속 표명하여 왔거니와, 그러한 표명의 정치적 의도를 떠나서, 그 가능성은 민주주의 이념의 위신 저하라는 맥락에서 생각해 볼 수 있는 일이다. 물론, 이것은 다른 한편으로 권력을 가진 측이 은밀히 가지고 있는 민주주의에 대한 불신과 짝을 이루는 일이다.

3. 문화적 차원의 집단주의와 개인

이러한 사정 속에서, 오늘날 우리는 어느 때보다도 민주 제도의 발전을 위하여 노력해야 할 시기에 있는 것으로 보인다. 다만 그것은 자유와 평등의 실천이라는 적극적인 의미에서보다 갈등의 조정이라는 소극적이면서도 절실한 각도에서 생각되어야 한다고 말할 수는 있다. 일단 보다 나은 사회의 실현을 위하여서가 아니라, 우리가 당면해 있는 현실적 문제의 해결 방안으로서 민주주의의 발전이 필요한 것이다.

그러나 이렇게 말하면서, 우리는 모든 문제의 해결을 정치에서 구하는 일의 위험을 생각하여야 한다. 오늘날 인간의 운명이 정치에 의하여 크게 영향받는 것은 불가피한 일이고, 그러니만큼 바른 정치에 대한 요구는 사회 전체의 요청이다. 그러나 이러한 정치의 중요성은 마치 인간의 모든 문제가 정치적 문제인 듯한 인상을 줄 수 있다. 그러나 정치가 이룩할 수 있는 것에는 커다란 한계가 있다. 또 정치가 해결할 수 있는 일의 경우에도, 정치나 사회의 움직임은 집단적인 것일 수밖에 없기 때문에, 궁극적으로 문제가 일어나고 해결되는 것은 개인이라는 것을 놓치기 쉽다.

대체로 말하여 국가라든가 국력이라든가 민족이라든가 정의라든가 하는 등의 집단적이고 추상적인 범주에 눌려서 우리 사회에 있어서 개인의 공적인 위치는 극히 미미한 것이 되어 있다. 심지어 개인이라는 말 자체가 하나의 외설이요 터부가 되어 있는 것이다. 그러나 말할 것도 없이, 민주주의를 위한 집단적 노력은 바로 한 사람 한 사람의 삶이 존중될 수 있는 사회에 대한 이상을 포함하는 것이다. 반민주적 강권주의나 권위주의의 문제점은 바로 집단의 이름으로 개인의 권리를 말살하는 데 있다. 그런데 강권적 질서에 대한 반대도 그 나름의 권위주의적 강권의 성격을 띨 수 있다는 것도 우리가 주의해야 하는 일의 하나이다.

성숙한 자아가 사회 기반

오늘날 한국인이 가지고 있는 문제의 상당 부분은 단순히 개인적인 것일 수 있다. 또 문제가 사회에 의하여 제기된다고 하여도 그것에 대한 해답은 개인적 적응 속에서 찾아져서 마땅할 수도 있다. 급속한 사회 변동은 어떤 경우에나 심상과 현실 사이의 간격을 확대시킬 수밖에 없는 것이다. 이런 때에 문제의 해결 방안은 절로 개인적 차원에 있다고 말할 수 있다.

문제와 해결이 사회의 구조에 있고, 그에 대한 접근이 집단적으로 이루어져야 하는 경우에도 개인의 자각은 이 접근에서 빼어 놓을 수 없는 계기가 된다. 기존 질서의 모순에 대하여 비판적 거리를 얻는 데는 기존의 집단적 귀속에서 풀려날 필요가 있는 것이다. 가령 여성이 평등하게 자기실현의 목표를 이룩하는 데 제일보가 되는 것은 기존의 사회관계, 특히 가부장적 가족 제도의 현실적, 도덕적 압력으로부터 해방되어 스스로의 개체적 운명을 추구하는 일일는지도 모른다. 이 이외에도 일반적으로 우리 사회가 민주적 질서를 수립하는 조건으로 개인은 매우 중요한 의미를 가지고 있다. 우리는 흑백 논리의 위험에 대하여 많이 들어 왔다. 이와 비슷하면서 흔히 지적되지 않는 것은 경직된 도덕적 원리나 양심주의에 따르는 위험이다.(물론 경직된 흑백 논리를 사용하고 있는 것은 우리의 적이다. 그리고 우리 자신은 유연한 변별력을 사용하고 있다고 생각한다. 따라서 흑백 논리 논쟁 자체가 흑백 논리의 성격을 띤다.)

심리학적 견지에서, 흑백 논리는 자아의 힘이 약한 것에 관계되어 있다. 자아가 불충분하게 발달한 상태에서 우리는 무의식의 상태에 있는 충동과 똑같이 무의식 상태에 있는 '양심'의 지배하에 놓이게 된다. 그리하여 현실과 자기 자신을 비판적으로 수용할 수 있는 능력을 갖지 못하고, 폭발적 충동과 경직된 양심으로서 현실의 다양성을 타고 넘으려고 한다. 이런 때 현실은 우리에게 적대적인 것으로 나타나거니와, 이때 적대적 현실에는 우리 자신의 어두운 면도 투사되어 포함되게 마련이다. 이 투사된 우리의 그림자가 현실을 실상 이상으로 흑백의 날카로운 대립 속에 보게 하는 것이다. 흑백 논리가 극한적인 대립에 이어지기 쉽고, 극한적인 대립 상황하에서, 토의와 조정의 제도로서의 민주주의가 발전되고 부지되기 어려운 것이라면 성숙한 자아의 발전은 민주적 질서의 수립에 필수불가결한 조건의 하나라고 할 것이다. 유연하고 현실적이면서 동시에 높은 윤리적 의무를 복합적 관련 속에 수용할 수 있는 자아는 바로 그러한 특성을 가진 사회 제도의 기반이 되는 것이다.

이와 같이 사회가 개인을 존중하는 것은 그 자체로 중요한 목표이면서 동시에 사회 문제의 해결에 중요한 바탕이 될 수 있는 것이다. 그러나 참으로 성숙한 개인의 관점에서 볼 때, 오늘의 우리 사회가 가지고 있는 문제의 상당 부분은 문제이기를 그칠 수도 있을 것이다. 왜냐하면 우리가 무반성적으로 받아들이고 있는 부의 의미, 권력의 의미, 민주주의의 의미, 행복의 의미도 전혀 새로운 자아의 관점에서 새롭게 정의될 수 있을 것이기 때문이다.

4. 갈등의 극복은 타협, 조정 기능의 회복으로

개인의 문제가 중요하다고 하더라도, 이를 중요시하는 것은 다시 사회적 차원의 문제이다. 개인의 존중도 어떤 한 사람의 문제가 아니라 사회 관습과 제도의 문제인 것이다. 성숙한 개인은 단순히 개인적 노력의 소산이 아니라 그러한 성숙을 돕는 사회적, 문화적 장치의 도움으로 생겨난다. 이 장치에 기본이 되는 것이 민주 제도이다. 물론 여기에는 순환 논법이 들어 있다. 그러나 개인적 차원을 중요시하면서도, 개인이 개인으로서 성립할 수 있는 것은 그것을 가능케 하는 사회 제도 안에서라는 것을 인정하지 않을 수 없다.

여기서 민주 제도란 오늘의 시점에서 우선 분열과 갈등의 조정 기구로 생각되어야 한다. 이것을 받아들이는 것은 중요하다. 분열과 갈등이 오늘의 우리 현실을 특징지운다고 할 때, 그것을 해소하는 첫발자국은 그 필요를 절감하는 것이기 때문이다. 그에 또 한 가지 선행하는 것은 갈등의 존재를 인정하는 것이다. 오늘날 우리 사회에 있어서 계급 간, 남녀 간, 세대 간, 지역 간 또는 다른 종류의 대립, 항간의 갈등을 우리는 솔직히 인정하여야 한다. 그리고 이것을 우리가 풀어야 할 문제로 받아들여야 한다. 문제를 받아들이는 것은 개인의 경우에 있어서 매우 고통스러운 것이다. 이것은 정신과 치료에서 잘 알려져 있는 사실의 하나이다. 문제의 인정은 사회에 있어서도 — 특히 위정자에게는 고통스러운 일이다. 그리하여 문제는 문제를 일으키고자 하는 사람들에 의하여, 불순한 목적을 위하여 만들어지는 것으로 처리되려고 한다.

그런 경우가 전혀 없는 것은 아니지만, 일단은 모든 가능한 문제의 가능성을 인정하는 것이 개방적 토의의 광장을 열어 놓는 첫 단계이며 또 이러한 개방적 토의를 통하여서만, 갈등의 조정이 가능하고 그것을 통하여 사회 질서의 최소한을 유지할 수 있을 것이다. 그리고 빌리 브란트의 말을 빌려, 예수든 마르크스든 이념이나 이념의 출처에 관계없이 우리의 문제를 생각하는 데 도움이 되는 일이면 일단 고려해 볼 수 있는 개방성을 얻어야 한다. 물론 문제를 받아들인다고 해서 모든 문제에 당장 해답이 주어질 수 있는 것은 아니다. 또 어떤 면에서는 그것이 바람직한 것도 아니다. 문제에 대한 권위주의적 답변은 오늘의 상황을 더 악화시킬 수도 있다.

문제가 자발적 집단에 의하여 표현되고, 집단 내의 조정 또는 집단과 집단의 조정을 통하여 답변을 찾아내는 것이 바로 민주적 질서의 일부가 된다. 또 다른 의미에서 성급한 답의 제시를 유보하는 것이 필요할는지 모른다. 정치학이나 사회학에서의 최근의 어떤 분석들에 따르면, 오늘날 우리 사회는 어떤 부분에 있어서는 쉽게 화해할 수 없는 계급적, 집단적 균열을 나타내고 있다고 한다. 이러한 집단들이 합의를 볼 수 있는 것은 아마 그들이 공사(共死)할 것이 아니라, 최소한도의 공존(共存)을 도모해야 한다는 점에 한정될는지도 모른다. 최근에 이홍구(李洪九) 교수는 '협동적 민주주의'라는 것을 말한 바 있는데, 이것은 근본적으로 화합할 수 없는 집단들 간의 공존을 위한 타협과 조정의 제도로서 민주주의를 생각할 필요가 있다는 것을 말한 것이다. 이러한 민주주의는 우리에게 많은 것을 포기할 것을 요구한다. 그것은 도덕적, 원리적, 이념적 사고 대신에 좀 더 실용적이며 기능적인 사고와 태도의 조정을 요구한다.

이것은 사회와 민족에 대하여 부풀어 있던 우리의 기대를 현실적 차원으로 끌어내려야 한다는 것을 의미하기도 한다. 그러나 다 같이 살아야 한다는 사실 — 공존의 필요의 수락은 그렇게 작은 것인가? 그것은 최소한의 것이면서 또 최대한의 것이다. 모든 높은 윤리적 요구와 이상주의는 결국 여러 사람이 함께 산다는 사실의 인정에서 비롯되는 것이다. 공존의 사실을 인정하고서 21세기를 내다본다면, 그것은 새로운 세기를 위한 작은 준비라고만은 할 수 없을 것이다.

(1987년)

대학의 이성에 입각한 개방적 임용이어야

대학이 하는 일 또는 그 중요한 기능의 하나인 학문 연구의 본래적 성격을 생각할 때, 대학 기구의 핵심적 요소인 교수의 임명에 있어서 자기 학교 출신이냐, 다른 학교 출신이냐의 문제가 일어난다는 사실 자체가 괴이한 일이다. 말할 것도 없이 대학의 대원리는 이성이다. 대학의 학문은 그 관심과 분야와 방법이 다르다고 하더라도 궁극적으로는 주어진 현상을 이성적 원칙에 따라 이해하는 것을 그 목표로 한다. 그리고 이성적 원칙은 어느 특수한 사실적 연관에 의하여 제약되는 원칙이 아니라 모든 사실과 인간에 열려 있는 보편성을 그 특징으로 한다. 대학은 물론 학문의 연구뿐만 아니라 학생의 교육을 담당하고 있지만, 그 교육이란 것도 검증되지 아니한 전제와 편견을 떠나서 보편적 이성의 원칙에 따라서 생각하고 행동하는 인간의 형성에 그 핵심을 두어 마땅하다. 대학의 학문의 연구와 교육은 이런 점에서 있어서 필연적 연결을 가지고 있는 것이다.

이렇게 생각해 볼 때 대학의 모든 면이 대학의 생명이 되는 이성적 원칙을 반영하여야 한다는 것은 너무나 당연하다. 따라서 이러한 대학의 본질과 기능, 또 사명을 담당해 나갈 중추적인 요소인 교수의 임용이 보편적 이성의 원칙을 적용한 것이어야 한다는 것도 너무나 당연한 것이다. 여기에 학문과 교육의 우수성이라는 기준 이외의 것이 통용된다면, 그것은 대학 기본에 위배되는 일일 뿐만 아니라 그렇게 하는 대학이 스스로를 평가 절하하는 일이 된다. 대학과 대학인의 자부심은 특수한 사실적 관계보다도 객관적이고 보편적인 원칙에 따라서 행동하고 일을 처리할 수 있다는 데 있다. 세간의 평가에 관계없이 이 원칙을 지키지 않는 대학은 스스로 소위 이류, 삼류 또는 사류 대학임을 자처하는 것이다.

그렇기는 하나 오늘날 한국의 많은 대학에서 보편적이고 개방적이며 이성적인 학문적·교육적 우수성보다도 지연, 학연, 인맥 등의 작용이 크다고 한다면 또는 적어도 이 후자의 요소가 중요하게 작용한다고 한다면, 그 원인은 어디에 있는가? 앞에서 말한 대원칙을 현실적으로 적용할 수 있기 전에 필요한 것은 아마 원칙의 천명보다도 원칙이 적용될 수 없게 하는 원인에 대한 규명이고 그 원인의 제거를 위한 노력일 것이다.

보편적 기준이 적용되지 않게 하는 원인에는 수긍할 만한 것들이 없는 것이 아니다. 그중에 어떤 것은 원칙적으로 그럴 수밖에 없으면서 원칙의 일부를 이룬다고 할 수 있는 것도 있다. 학문이 아무리 보편적 지평으로 열려 있는 것이라고 하더라도 구체적인 학문의 성과는 그 대상에 대한 관심의 깊이에 관계되어 있다. 이것을 확대하여 학문의 영역을 구성하는 것이 관심과 흥미의 초월적 작용이라고 할 수도 있지만, 훨씬 간단한 세간적 차원에서도 관심과 학문의 성과 사이에 깊은 연관이 있는 것은 우리가 경험적으로 다 알고 있는 일이다.

가령 지역 사회에 대한 연구는 그 지역에 생활상의 또는 정서적인 깊은 뿌리를 가진 사람에 의하여 가장 잘 수행될 수 있다고 할 수 있다. 이때 지역 공동체의 범위는 문명권일 수도 있고, 민족일 수도 있고, 또는 더 작게 문자 그대로의 지역 사회일 수도 있다. 그러나 어떤 경우에도 그것이 사사로운 것일 수는 없다. 전남대의 전남 지역의 지방사나 고고학의 강좌가 있다고 한다면, 지방에 여러 가지 뿌리를 가진 사람이 그렇지 않은 사람보다 더 적절한 강좌 담당자로 간주될 수 있을 것이다. 그러나 이 경우에도 반드시 보편적 이성의 원칙에 위배될 필요는 없다. 이때에도 기본적 기준은 학문의 우수성이며, 출신 지방은 단순히 제2차적 자격 요건이 될 것이기 때문이다. 이 제2차적 요건도 학문 영역의 성격으로부터 나오는 것이지 다른 이해관계에서 나오는 것은 아니다. 그러나 이러한 경우에도 보편적 개방성에 대한 제약은 극히 조심스럽게 생각되어야 한다. 깊은 관심이 학문에 관계된다고 하더라도 특수한 사실적 관련을 넘어가는 보편적이고 초연한 태도는 여기에 필수불가결한 보완적 원근법을 제공하여 마땅한 것이다. 그리고 지역 사회 또는 국부적 문제에 대한 깊은 관심 — 학문적일 뿐만 아니라 전인적인 관심 — 은 반드시 출신에 의해서만 결정되는 것이 아니다. 그것은 다른 학문적 또는 개인적 관심의 관련으로부터도 생겨날 수 있다. 사실 바람직한 학자상 또는 인간상을 일반적으로 생각해 볼 때, 자기가 처해 있는 상황의 지역적 문제에 대하여 심각한 관심을 가지면서 그것을 넘어서는 보편적 학문의 원근법을 잃지 않는다는 것은 모든 학문하는 사람에게 기대하여도 좋은 자질이라고 할 수도 있다.

방금 말한 것은 편파성의 원인을 짐짓 긍정적으로 상정해 본 데 불과하다. 오늘날 우리 대학의 폐쇄적 관행이 훨씬 더 낮은 차원의 이유와 원인에서 나오는 것임은 새삼스럽게 말할 필요도 없다. 가장 넓게 말하여 그것은 우리 대학 문화에 있어서 이성적 문화가 아직도 충분한 발달을 보지 못하고 있다는 것으로 설명될 수 있다. 우리 사회의 많은 일들, 그것도 사회의 공적 공간의 많은 일들이 공공성의 원칙과 공동체에 대한 깊은 배려에서 이루어지지 않고 있는 것이 오늘의 현실인데, 대학에서만 그것을 기대할 수 있겠는가? 그러면서도 대학에서 그러한 것이 더욱 요구되어 마땅한 것도 사실이다. 학문과 학자의 정의 자체가 그러한 것을 요구하는 것이다.

학문이 특수성으로부터의 초월과 보편 원칙에의 충실에 의하여 정의됨은 위에서 말한 바와 같다. 이에 맞추어 학문은 그것에 종사하는 사람에게 그러한 원칙으로서만 자기 자신을 정의할 것을 요구한다. 이것은 인간적으로 쉽지 않은 기율과 금욕을 필요로 한다. 그것은 좋은 의미에서든 나쁜 의미에서든 인간 현실의 실체를 이루고 있는 여러 인간관계로부터 벗어나서 생각하고 행동할 것을 요구하는 것이다. 이 인간관계는 이익에 얽매어 있다. 그것은 경제적 이익 또는 권력의 통로가 된다. 또는 사회적 지위나 평판을 만들어 내는 연줄이기도 하다. 또 그것은 순수한 의미에서의 인정의 끈들을 말할 수도 있다. 학문을 하는 사람이라고 하여 이러한 모든 것 —— 특히 긍정적 의미를 가졌다고도 할 수 있는 인간관계의 여러 요소 —— 에 대하여 초연할 수만은 없다. 그러나 이런 많은 것에 대하여 일단의 체념이나 포기를 요구하는 것이 학문의 길이다. 또는 적어도 학문하는 사람의 관점에서 모든 세속적인 매력들은 완전히 사라지는 것은 아니면서 진리의 빛에 의하여 미묘하게 바뀌고 새로운 조화 속에 들어가는 것이라고 해야 할는지 모른다. 이 변화에는 체념의 거리가 작용한다. 그러면서 이 거리가 길게 볼 때는 더 많은 것을 더 큰 조화 속에 살려 내는 작용을 하기도 한다.

그러나 오늘날 우리의 대학이 완전히 보편주의의 원칙을 채택하였다고 할 때, 그것은 반드시 좋은 결과를 가져온다고 할 수 있을까? 불평등과 불균형의 역사 속에 형성된 현재의 상황이 단순한 보편적 원칙의 적용에 의하여 하루아침에 시정되지 않는 것임은 사회 현상이나 국제 관계에서 우리가 익히 관찰해 온 바이다. 그러한 기계적 보편 원칙의 적용은 기득권자의 이익 옹호에 기여할 뿐이다. 국제 무역에서 자유·평등·호혜 원칙이 강대국에 유리하게 작용하는 것임은 우리가 최근에 흔히 보는 일이다. 오늘날 대학의 교수 임용에 있어서 보편주의 원칙을 당장에 실행한다면 어떤 한정된 대학, 가령 서울대 출신의 사람들에 의하여 모든 교수직이 획일적으로 독점되는 일이 일어나지 아니할까? 이러한 질문은 현실적 우려를 표현한다.

여러 특수한 사정 — 백일하에 드러낼 수 없는 암거래의 구구한 사정 — 에 엉클어져 오늘날의 교수 임용이 형평을 갖지 못하는 면도 있지만, 정작 중요한 이유의 하나는 바로 이러한 우려이다. 이 우려는 근거가 있는 것이다. 그러나 다른 한편으로 그러한 우려가 현실이 된다고 하더라도 대학의 근본 원칙이 보편적 관점에서의 학문과 교육의 우수성이라고 할 때 그것은 적어도 어느 정도까지는 참고 받아들여야 할 현실이라고 해야 할 것이다. 그러나 소위 일류 대학에 의한 교수직의 독점을 허용하는 것이 참으로 보편적 우수성의 원칙에 입각한 것일까? 필자 생각으로는 그것은 표면적으로 그러할는지 모르지만, 실질적으로 그렇지 아니할 경우가 허다할 것이 아닌가 한다. 일류 대학의 이름에 사로잡혀 구체적이고 사실적인 판단을 포기한 결과 일류 대학의 지배가 일어나는 경우가 많을 것이라는 말이다. 출신 학교에 관계없이 학문적 업적과 교육적 능력을 엄정하게 평가한다면, 아마 우려하는 것보다는 훨씬 더 고른 출신 학교의 배분이 가능할 것이다. 어찌 학문의 능력이 대학 입시의 수험 능력에 의해서만 결정될 수 있는 것인가? 그렇게 결정될 수 있다면 그것은 우리의 대학 입시 제도가 인간의 능력을 측정하는 데에 있어 세계에서 가장 신묘한 제도라는 이야기가 되는 것일 것이다.

그러나 그것은 인간의 참으로 창조적인 지적 능력을 극히 단순화하여 획일적인 스케일로 표현될 수 있다고 생각하는 것이고, 또 그 능력은 대학 입학 무렵까지 모두 결정된다고 생각하는 것이다. 이 문제에 대하여 여기에서 길게 논할 수는 없으나, 아마 오늘의 대학 입시 제도는 진정한 의미의 창조적 지적 능력의 측정보다는 희망과 체념, 자신감과 자포자기, 권위와 권위에 대한 승복을 사회적으로 배분하는 기구로서 작용하는 의미를 갖는 것일 것이다. 이러한 배분의 결과 실제 사람의 지적·인격적 발달에 커다란 형성적 요인이 되는 것은 사실이다. 즉 사회적으로 고무 조장된 자신은 상당한 정도로 그에 상당한 결과를 가져오게 마련이라는 말이다. 일류 대학 출신의 우수성은 이러한 점에도 관계되어 있다. 그것은 다시 말하여 타고난 자질에 못지않게 사회가 허용하는 자기 최면술과 사회적 고무 또한 누적된 기회 부여와 획득에 따르는 결과인 것이다.

한 이러한 사실적인 관련을 생각해 볼 때 적어도 잠정적으로 보편적 원칙에 따라서만 교수 임용을 결정할 수는 없는 일인지도 모른다. 그것은 진정한 우수성의 지배보다는 우수성의 사회적 여건 — 반드시 이성적이라 할 수 없는 — 의 항구적 지배를 보장하는 결과를 가져올 수 있다. 따라서 적어도 당분간 우리는 진정한 보편적 개방성을 위하여 외적인 제약 규정을 만들어야 할는지 모른다. 즉 교수 임용에 있어서 본교 출신과 타교 출신의 쿼터를 규정하는 것이다. 이것은 당장에 소위 일류 대학 출신, 또 일류 본교 출신만이 우수하다는 환상 아래 본교 출신 교수만을 채용하는 일류 대학에게 개방성을 요망하는 일이 될 것이고, 방어적인 의미에서 자기 학교 출신만을 채용하는 소위 군소 대학에 우수한 교원들의 유입을 가능하게 해 줄 것이다. 어쩌면 독일 대학이나 미국 대학에서 하듯이 자기 학교 출신은 일단 자기 학교에서 채용하지 않고 다른 학교에 가게 한 다음에 업적에 따라 자기 학교로 불러오는(berufen) 방법도 있을 것이다. 이것은 교수 요원의 학교 간 교류에 도움이 될 뿐만 아니라 능력과 업적에 의한 평가의 단계를 하나 더 설정하는, 그것도 가장 중요한 시기에 그러한 단계를 설정하는 효과를 가져올 것이다.

이러한 방법 이외에도 여러 가지 방책이 있을 것이다. 그러나 이러한 방법들은 궁극적으로 교수 임용에 있어서 보편적이고 이성적이며 개방적인 원칙이 적용되게 하기 위한 여러 현실적 방안이라는 테두리 속에 있어야 한다. 결국 중요한 것은 보편적 이성의 원칙이다. 대학과 대학의 문화 전체가 이러한 이성적 보편성과 개방성의 구체적 모범이 될 때, 우리 문화는 성숙기에 들어섰다고 할 수 있을 것이다.

(1987년)

구조적 폭력과 혁명적 폭력

작년 6월과 12월을 기점으로 나라 안의 정치 정세는 어느 정도의 평온을 찾았다. 그러나 이것이 항구적인 안정을 뜻하는 것이 아님은 말할 것도 없다. 사회를 흔들어 놓고 있던 문제들이 단순히 정권 담당자의 결의의 변화 또는 정권 담당자의 교체로서 해결될 수 있는 것들이 아니기 때문이다. 정치적 사회적 격동의 구심점이 민주화라고 할 때, 그것은 정치·사회·경제의 구조적 변화 없이는 달성될 수 없는 것이고, 그러한 변화는 하루아침에 이루어질 수 없는 것이다. 나라 안의 정치가 작년의 격동으로부터 소강의 평온으로 들어섰다면, 그것은 여러 상충하는 세력들 사이에 잠정적인 휴전이 성립했기 때문이며, 이 휴전은 우리 사회의 여러 세력들이 단순히 변화의 필요에 동의했다는 것을 뜻할 뿐이다.

변화가 참으로 이루어지느냐 하는 것은 아직도 두고 볼 문제이다. 이것은 이 시점에서 다시 한 번 다짐할 필요가 있는 사실이다. 이 다짐으로부터 민주화가 계속 추진되어야 할 사업으로 확인되기 때문이다. 그러면서도 무작정 추진만이 강행되어야 한다고 말할 수는 없다. 그것은 민주주의의적이 아직도 준동하고 있고 기회를 노리고 있다는 뜻에서만이 아니다. 민주화 운동은 모든 정치 운동이 그러하듯이, 그 스스로 모순된 계기들을 가지고 있다. 이 계기들은 오늘의 상황을 조심스럽게 확인함으로써만 피해 갈 수 있다. 이 글에서는 민주화의 상황 — 특히 그 자체의 내부 속에 가지고 있는 제약과 관련하여 민주화 운동의 상황에 대하여 간단한 반성을 시도해 보고자 한다.

개량, 혁명, 근대화의 문제성

미래를 향한 한국 사회의 변화에 있어서, 그것을 규정하고 현실화하려는 노력은 여러 방향에서 시도될 수 있지만, 우선 그 방향은 개량과 혁명이라는 두 가지 입장에서 규정될 수 있다. 도식적으로 보건대 오늘날 우리 사회의 정치적 긴장과 갈등은 현재적으로 또는 잠재적으로 이 두 입장으로 갈라선 진영들의 대치에서 온다. 이러한 대치는 우리 사회에서만 볼 수 있는 것이 아니며, 근대사에 참여하는 모든 사회에서 볼 수 있는 것이다. 그것은 자본주의적 발전 그리고 사회주의적 혁명에서 가장 두드러지게 볼 수 있다.

그러나 이러한 모델에서 보는 대치 또는 대립을 추상적인 관점에서 파악된, 이념의 차이에 유래하는 것으로 보지 않는 것이 중요하다. 그것은 근대사 속의 여러 사회가 부딪치는 절실하고 현실적인 문제와 고민을 나타내는 것이다. 자본주의나 사회주의는 이러한 문제들의 어떤 면, 문제 접근과 해결에 대한 고민에 찬 태도를 간단히 정리한 것에 불과하다. 그리고 그것들을 어떤 이름으로 정형화하든지 간에, 문제와 고민은 그대로 남아 있게 마련이다.

우리는 지금까지의 발전론에 추가하여, 여러 색깔과 뉘앙스를 가지면서 결국은 사회주의적 성격의 것으로 규정할 수 있는 사상적 표현과 정치 운동을 비로소 보게 되었다. 이것은 1987년에서 1988년에 이르는 정치적 변화가 가져온 큰 선물이라고 할 수 있다. 어떤 조건하에서도 안정만을 원하는 사람에게 이 선물은 매우 위험스러운 것이지만, 문제의 해결은 문제의 회피나 억압보다는 정면 검토에 있다고 할 때, 그것은 양의적이면서도 새로운 가능성을 열어 놓는 좋은 계기가 될 수 있다. 오늘의 시점에서 현실을 정시하고 거기에서 나오는 모든 가능성을 확인하는 것은 가장 중요한 일의 하나이다.

4·19, 5·16, 유신, 1980년의 쿠데타 등 근대사의 여러 사변들이 일시적인 사정만으로 촉발된 것이 아님은 말할 것도 없다. 그렇다고 할 때, 이 모든 물결을 싣고 있는 큰 파동은, 진부한 대로 '근대화'란 말로 요약할 수 있다. 근대화는 역사상의 모든 사회 변화 가운데도 가장 철저한 것이다. 그것은 생활 기반의 구석구석까지의 재편성을 가져오고야 마는 변화이다. 그것은 경제적으로 생활의 기반이 농업에서 2, 3차 산업으로 바뀌는 것을 뜻한다. 산업화는 정치적으로 사회 조직의 확대를 요구하여, 소규모의 공동체에서 살던 사람들은 국가 단위의 큰 조직 체제 속에 편입되게 된다. 무역 전쟁 제국주의 또는 종속 식민지화 등이 이 국제적 관련에서 나타나는 현상들이다.

근대화의 국제적 측면은 후진 근대 국가들에게 특히 위협적이면서, 양의적인 것으로 드러난다. 사실 내적인 원인이 없지는 않는 채로, 근대화의 필요는 선진 근대 국가들의 제국주의적 압력하에서 일어난다. 제국주의의 식민지화의 위협에 처하여, 전근대적 사회들은 산업화된 근대 국가로 재편성할 것을 요구받는다. 그것은 강요된 변화의 과정이고, 적으로부터 배우며, 적과 연대하여야 하는 과정이다. 새로이 넓어지는 세계 속에서 사는 문제가 전근대적인 작은 사회에서 사는 문제에 비할 수 없이 복잡한 것은 당연한 일이다.

말할 것도 없이 근대화는 모든 사람의 생활의 전모를 남김없이 흔들어 놓는다. 그것은 경제와 정치 그리고 가치 체계를 송두리째 개조한다. 그러한 개조가 반드시 외부적으로 강요만에 기인한다거나 또는 부정적인 결과만을 가져온다고 할 수는 없다. 근대화는 우리에게도 긍정적 가치와 목표로서 받아들여져 왔다. 그것은 개인의 자유와 물질적 번영을 약속해 주는 사회의 도래를 의미하는 것이었다. 그렇긴 하나 자유와 경제의 신장이 있다면 그것은 전근대적 질곡으로부터의 해방이면서 동시에 근대화에 따르는 보다 큰 현상인 공동체의 상실을 대가로 지불하여 가능해진 것이다. 나의 자유는 공동체적 유대의 이완을, 나의 부의 증진은 부의 공동체적 책임의 희석화를 뜻하는 것이라고 할 수 있다.

어쨌든 사람의 삶을 에워싸고 있는 사회 조직의 규모가 확대된다는 것만으로도 구체적인 인간들의 공동체는 소멸의 위협하에 놓이게 된다. 근대적 인간의 자유와 번영의 말에 들어 있는 진실은 공동체적 지원으로 풀려나온 단독자의 불안과 불행이다. 뿐만 아니라 어떤 경우에 있어서나 그의 개인적 자유와 번영은 환상에 불과하기 쉽다. 자유는 사회적 보장 없이 성립할 수 없고, 물질적 근거 없이는 지속될 수 없다. 자유의 기초가 되는 물질적 번영이 사회의 새로운 경제 조직으로부터 나오는 것임은 새삼스럽게 말할 필요도 없다. 또 여기에서 자유와 번영의 특권을 누리는 자와 누리지 못하는 자가 생긴다는 것도 되풀이 지적되는 일이다.

그러면서 우리가 상기하여야 할 것은 사실상 근대화의 정당화는 특히 후진 근대화 국가에 있어서 개인의 신장보다는 국가 전체의 총체적인 힘과 부의 증가에서 온다. 그리하여 사회 내에서의 불안과 행복, 또 억압과 착취는 국가의 이름으로 무시된다. 어느 경우에 있어서나 사람이 추구하는 것이 자유이든 행복이든 또는 다른 무엇이든, 그것은 추상적인 개인의 소유물로서가 아니라 구체적 인간관계의 과정으로서, 사건으로서 얻어지게 마련이다. 그러는 한, 최상의 조건에서도 공동체에서 유리된 개인의 자유와 번영은 허상으로 끝나기 쉬운 것이다.

공동체에서 유리된 개인의 번영은 허상

근대화의 큰 폐단은 저절로 사회 발전의 대체 방안들을 탄생하게 하였다. 자유주의적, 자본주의적 근대화에 대하여 사회주의적 근대화 방안의 매력의 하나는 그것이 공동체의 회복을 약속한다는 데 있다. 물론 그것은 미래에 있어서의 실현의 약속에 불과하지만, 오늘 이 시점에 있어서도 개인적 자유의 혼란과 모순보다도 사회 전체를 근대화 추진의 토대로 삼는다. 그러나 이것은 한편으로는 인명과 물질의 막대한 손상을 가져오는 폭력을 대가로 요구한다. 그리고 이것이 다른 한편으로 경직되고 비인간적인 관료주의에 귀착하게 된다는 것은 오늘날에 있어서의 많은 사람들의 일반적인 관찰로 보인다.

어느 경우에 있어서나 추상화된 전체성은 구체적 의미의 공동체일 수 없다. 개체적 실존이 참고되지 않는 공동체는 있을 수가 없는 것이다. 공동체의 의미가 시험되는 것도 그것이 개체적 생존에 대하여 갖는 의미를 통하여서이다. 사회주의의 실험에 대한 비판에서 가장 중요한 것은, 아마 흔히 지적되는 바, 생산의 비능률성보다도 추상화된 전체의 이름으로 참다운 공동체의 실현을 대신하여 버렸다는 것이 아닐까.(자유든 평등이든 공동체든 또는 행복과 존엄이든, 그 어느 것도 물적 토대 없이는 실속 있는 것이 될 수 없다. 따라서 경제력의 신장은 매우 중요한 의미를 갖는다. 그러나 경제력이 절로 인간적 가치를 보장해 주는 것은 아니다.)

근대화와 근대화에의 두 가지 길에 대한 이러한 언급은 진부한 상식에 불과하다. 그러나 이 상식이 참으로 옳은 것이든 아니든, 이것을 통하여 우리가 생각하고자 하는 것은, 우리 근대사의 주제이며 오늘의 격동에 있어서 숨은 의제(議題)인 근대화가 어떤 경로나 방법으로 접근되든지 간에, 그것이 최종적 목표도 궁극적 해결책도 아닌 문제라는 점이다. 그것은 끊임없이 생각되고 고민의 대상이 되어야 할 상황이다. 혁명도 개량도 근대성에로의 진입이 만들어 내는 문제를 일도양단의 방법으로 해결할 수는 없다.

어떻게 보면, 사람은 어떤 방법으로든지 전통적 — 또는 전통 사회가 반드시 모순 없는 사회가 아닐 수 있기 때문에, 원시 시대의 공동체를 버리고 근대 사회로 진입함으로써 영원한 문제적 상황을 만들어 냈다고 하여야 할는지 모른다. 현대인은 보다 나은 고장을 찾아 나섬으로써 영원한 실향민의 신세가 되어 버린 것이다.

이론, 실천, 반성적 이성

그러면서도 근대화가 오늘의 세계사에 참여하는 필수 조건임에는 틀림이 없다. 그것은 그것 나름의 가치이면서 생존의 조건으로 보이는 것이다. 어떠한 의도적 사회 변화도 그럴 수밖에 없듯이 근대화 작업도 피와 땀을 요구하는 작업임에 틀림없다. 그러나 근대화가 진전함에 따라 근대화 그것이 만들어 내는 새로운 고통과 모순도 더 증대될 수밖에 없다.

우리 근대사는 계속 근대사에 진입하는 데 따르는 진통을 드러내 주었지만, 1960년대 이후 근대화의 숨 가쁜 노력과 그것에 따르는 새로운 모순들은 여러 가지 사회 불안과 정치적 분규를 낳았다. 작년과 금년에도 이러한 사태는 계속되고 있지만, 근년에 있어서의 비판 세력의 이념적 좌경화는 우리 사회가 이제 근대화 자체의 모순들에 어느 때보다도 민감하게 되었음을 말해 주는 것으로 여겨진다. 이것은 근대화하는 모든 사회가 경험하는 것이다. 집권 세력의 탄압만으로도 근대화의 전형적 문제들은 피할수 없다. 이제 그것에 따르는 이념적, 사실적 체험들을 우리만이 유독 우회하여 갈 수 없음이 역사의 필연성으로 보인다.

그러나 우리의 역사적 체험은 우리가 후발 근대 사회인 한, 다를 수밖에 없다. 그렇다는 것은 자본주의적 방식의 근대화든 그것을 대체하는 사회주의적 근대화이든, 다른 여러 나라에 있어서의 역사적 실험에 비추어, 어느 것도 순진한 마음으로 추구할 수 없기 때문이다. 이제 자본주의적 경제발전도 사회주의 사회의 건설도 이념의 모델에 따라 교조적으로 추구할수가 없는 것이다. 따라서 오늘에 남아 있는 것은, 어떤 형태의 것이든 절충적이며 실용적인 근대화의 길일 뿐이다.

그러나 이것이 현상의 긍정을 의미하는 것은 아니다. 최소한도 요구되는 것은 근대화의 필연성을 받아들이고 그것의 추진에 노력하되, 동시에 어느 때보다도 분명하게 그 문제적인 성격을 직시하는 일이다. 이것은 한편으로 근대 사회에 있어서의 인간적 현실을 끊임없이 검토할 것을 요구한다. 그리고 다른 한편으로 현실의 문제성을 인식하는 데에는 당초에 근대화가 약속하는 모든 이념이나 이상을 끊임없이 상기하는 것이 필요하다.

자유, 평등, 행복 또는 인간성의 보다 높은 고양을 말하는 이상들에 의하여서만 현실은 문제적인 것으로 드러날 수 있다. 물론 이러한 이상은 단순히 추상적인 이념으로 상기되는 것이 아니라 사회 현실 속에서 실천적으로 파악되어야 한다. 이런 의미에서, 그 출처에 관계없이 모든 인간 이상의 유토피아적 실천적 구상들이 좀 더 자유롭게 검토될 수 있게 되어 가는 오늘의 추이는 매우 고무적인 것이다. 우리는 현실을 비추고 이해하고 분석하고 미래를 계획하는 데 도움을 줄 수 있는 모든 개념적 도구를 필요로 한다. 다시 말하여 이상과 이념, 사상의 자유는 넓을수록 좋다. 그러나 이 모든 것이 곧 실천에 연결된다면, 그것도 문제라고 아니할 수 없다. 그것은 곧 인간의 다원적 생존을 불가능하게 하는 혼란을 의미할 것이다. 설사 하나의 바른 이념이 선다고 하더라도 그것이 반드시 바람직한 것이 될는지는 알 수 없는 노릇이다. 근대화의 세계사는, 이념적 도구가 가져올 수 있는 인간적 고통과 모순을 말하여 주었다.

경계해야 할 것은 이상보다는 그 실천적 계획이다. 이상의 실천은 그것이 일시적으로 터져 나오는 광적인 정열의 폭발을 뜻하는 것이 아니라면, 현실의 원리에로 번역될 것을 요구한다. 이때 작용하는 것이 이성이다. 그것은 이상과 현실의 전체적 정합성의 원리이다. 그것은 한편으로 공리적으로 받아들여지는 가치의 원리에 주의하고 다른 한쪽으로는 현실의 증거에 주의한다. 그러나 그것은 나름의 논리를 가지고 있다. 연역은 이성의 운동 원리이다. 이성의 연역 원리는 추상적으로 추구될 때, 현실로부터 유리되고 그것을 왜곡한다.

따라서 현실의 이성적 설계도 그것에 의한 현실의 왜곡도 불가피한 한, 필요한 것은 반성적 이성이다. 그것은 스스로를 믿으며 동시에 스스로를 의심할 줄 알아야 한다. 그것은 현실에 의하여 교정되어야 한다. 직선적 논리를 선호하는 사람에게 반성적, 회의적, 현실적 이성은 모순 덩어리로 보일 것이다. 그러나 이것이 어쩌면 참다운 의미에 있어서의 이성의 모습이다. 이성은 끊임없는 주의와 활동을 뜻한다. 움직임으로서의 이성만이 창조적 삶의 움직임에 맞아 들어갈 수 있다.

목적과 수단은 끊임없이 보완돼야

이성의 실천적 작용과 현실에 의한 교정 — 이론적으로나 실천적으로나 이것은 쉬운 일이 아니다. 이것은 사회적 이상의 추구에 있어서 목표와 과정, 목적과 수단의 문제에서 가장 잘 드러난다. 사회적 이상의 달성을 위하여 현실을 개조하고자 하는 경우, 개조된 현실은 곧 이상을 표현할 수 없다. 과도적 현상으로서 변형된 현실은 고통을 줄이기보다 고통을 증대하는 것일 수도 있는 것이다.

그러나 변형되어 나타난 현실에 의하여 당초의 이상은 교정되어야 하는가? 궁극적 목표를 위하여, 고통의 증대를 가져올 부정적 수단의 사용이 정당화될 수 있는가? 주어진 현실에의 순응만을 유일한 삶의 방식이라고 생각하지 않는 한, 목표를 향하여 나아가는 과정의 수용, 목적을 위한 수단의 사용을 회피할 도리는 없다. 과정과 수단은 아무래도 그 자체로라기보다는 최종적으로 실현될 이상에 의하여 정당화될 수 있다. 양편의 관계가 수긍할 만한 것인가 아닌가 하는 것은 본질의 문제라기보다는 정도의 문제이다. 큰일에 피와 땀이 필요함은 피할 수 없는 생의 현실이다.

목적과 과정 또는 수단의 긴장을 가장 크게 드러내는 것은 폭력 혁명에서이다. 혁명의 수단으로서의 폭력은 불가피하다고 하고, 그것은 궁극적으로 실현될 폭력 없는 세계에 의하여 정당화된다고 한다. 목적과 수단의 모순에서 오는 도덕적 문제를 일단 덮어 둔다고 하더라도, 곧 사실적 모순의 문제가 일어난다. 정당화의 근거는 여기에서 어느 경우에보다도 궁극적 목표의 달성에 의하여 주어진다. 그러나 이성의 일관된 계획이 유동적일 수밖에 없는 사람의 현실을 포착할 수 없다고 할 때, 그러한 계획의 최종적 결과로서의 목표 달성에 대한 보장이 있을 수 없다고 할 때, 정당화의 근거는 완전히 허구가 되어 버리고, 고통과 모순의 과정과 수단이 남을 뿐이다.

수많은 유토피아적 사회 실험이 보여 주는 것은 고통과 모순의 증대까지는 아니더라도, 유토피아 도래의 한없는 연기 또는 불가능이다. 이러한 것을 생각할 때, 적어도 목표와 과정, 목적과 수단은 그 성격에 있어서나 시간적 거리에 있어서, 너무 상거해 있을 수는 없다. 목적과 수단은 끊임없이 상호 보완하는 관계에 있어야 하는 것이다. 궁극적으로 삶의 현장은 오늘 이 자리에 있다. 그것은 보다 나은 삶을 위한 과정이면서, 어쩌면 그 과정으로서 모든 것이 되어 버리는 것인지도 모른다.

선을 위하여 악을 사용할 수 있는가

목적과 수단의 관계는 단순한 기능적인 관계가 아니고 깊은 도덕적 의미를 가지고 있다. 모든 경우에 그러한 것은 아니지만, 적어도 극단적인 경우 그것은 선과 악의 관계라는 관점에서 보아질 수 있다. "군주는 '선을 이루기 위하여' 어떻게 선하지 않을 수 있을 것인가를 배워야 한다."라고 마키아벨리는 말하였지만, 사회 개조의 노력은 조만간에 선을 위하여 악을 사용하는 것이 정당화될 수 있는가 하는 문제를 직시하지 아니하면 아니 된다.

혁명적 폭력의 이론, 다시 말하여 혁명적 목적을 위하여 살인과 파괴가 허용될 수 있다는 혁명 이론은 마키아벨리의 현실주의를 받아들인다. 또는 기만과 허위, 사실의 왜곡 등이 보다 큰 정치적 목표의 수행을 위해서 불가피한 것으로 생각되기도 한다. 그렇지 않은 경우라고 하더라도, 모든 '정치적' 사고 또는 전략적 사고는 부도덕한 요소를 목적을 위한 수단의 일부로 받아들인다고 할 수 있다. 그러나 이것을 일률적으로 비난하기만

하는 것은 선악이 혼재할 수밖에 없는 세계의 비극적 실상을 무시하는 관념주의이다. 그러나 현실주의의 현실성을 인정한다고 하더라도, 공적 기율이 모든 정치적 질서의 필수 조건이라고 할 때, 수단의 냉소주의의 문제점은 이 공적 기율의 가능성 ─ 새로운 사회에 있어서의 공적 기율의 가능성, 따라서 새로운 사회 질서의 가능성을 파괴해 버린다는 데에 있다.

칸트는 전쟁을 논하면서 전쟁이 상대방의 완전한 도살을 목적으로 하는 것이 아니고 우리 측의 뜻에 따라 새로운 정치 질서를 만드는 것을 목적으로 하는 한, 새로운 정치 질서를 불가능하게 할 전쟁 수단 ─ 가령 배반을 권장하는 바와 같은 전쟁 수행의 방법은 피하는 것이 옳다고 말한 바 있다. 배반을 원리로 하는 국가는 있을 수 없기 때문이다. 국제 관계의 무자비성에 비추어 볼 때, 칸트의 생각은 순진하기 짝이 없는 것으로 보인다. 그러나 칸트의 전쟁과 평화에 대한 생각을 사회적 갈등과 화평에 유추적으로 적용하여 본다면, 보다 나은 사회의 구성 원리가 될 수 없는 원리의 사용이 사회 개조의 투쟁에 근본적인 문제를 가져온다는 것은 틀림이 없다.

선의 목적을 위하여 악을 사용하는 일이 정상적인 것이 된다면, 그것은 인간 행동에 대한 도덕적인 평가와 객관적 판단을 불가능하게 하고 만다. 현재의 순간에 옳지 못한 것으로 보이는 행동은 참으로 옳지 않은 것인가, 아니면 궁극적으로 옳은 것이라고 해야 할 어떤 것인가? 말할 것도 없이 모든 인간의 도덕적 판단에 목적이 중요한 참고가 되는 것은 당연한 일이다. 그러나 그것은 당장의 행동과 목적 사이에 쉽게 알아 볼 수 있는 관계가 존재할 경우에 한해서이다. 그 관계가 너무나 먼 것으로 보인다면, 그것은 매우 복잡한 논리를 통하여서만 정당화의 근거가 될 수 있다. 그리고 이 논리는 역사와 사회 그리고 인간의 숨은 진리에 입각한 것이라고 주장될 수 있다.

그러나 유동적 인간 현실이 하나의 법칙 속에 포용될 수 없다고 한다면 어떻게 할 것인가? 논리는 변하는 사정에 따라서 끊임없이 새로운 가설에 의하여 보완되어야 하고, 예측했던 목표는 한없이 연기되어야 한다. 궁극적으로는 이러한 이론의 작업은 모든 비판과 대체 논리를 힘에 의하여 억제하여야 한다. 그리하여 궁극적으로는 인간 행위의 도덕적, 실천적 의미는 사실에 의하여 검증될 수 없는 것이 되어 버리고 만다. 그리고 사실의 검증이 불가능하다면, 어떻게 미래를 위한 이성적 행동이 가능할 것인가?

원한·보복·미래를 위한 도덕

그러나 현실의 문제로서, 목적과 수단에 있어서의 선과 악의 문제를 단순히 논리적으로 처리해 버릴 수는 없다. 그것은 결정되어야 할 명제라기보다는 고민되어야 할 과제이다. 아마 대부분의 사람이 선뜻 동의할 수 있는 수단으로서의 악은 보다 큰 악을 저지하기 위한 경우일 것이다. 가령 살인자로 하여금 살인하지 못하게 하기 위하여 살인하는 경우가 그것이다. 그러나 이것도 일률적으로 말할 수는 없는 것이다. 법률에서 허용하는 정당방위가 분명하고 위급한 경우에 한하는 것은 이치에 맞는 일이다. 그러나 구조적인 폭력을 저지하기 위한 폭력은 어떻게 할 것인가?

이러한 질문의 절실성을 인정하면서도, 우리는 여기게 대해서도 이미 비친 바대로 모든 주저와 유보와 고려의 여지를 남겨 둘 수밖에 없다. 구조적 폭력과 그것에 대항하는 혁명적 폭력은 인간의 삶에 미치는 영향에 있어서 같다고 할 수 있으나 그 과정의 급완, 직접 간접성에 있어서 성질을 달리한다는 것을 잊지 말아야 한다.

어떻게 정의(正義)를 실현할 것인가

모든 정치적 논리와 수사에서 경계해야 할 것은 비유를 통한 추리이다. 구조적 폭력과 혁명적 폭력의 등식화에 있어서도 우리는 비유적 일치를 통한 사실의 도약이 있음을 경계해야 한다. 적어도 혁명적 폭력의 문제는 현실과 보편적 사회 이상의 갈등에서 오는, 피하기 어려운 비극의 장엄함을 가질 수 있다. 그러나 사회의 격동기에는 여러 가지 부정적인 감정과 행위가 정의의 이름으로, 다시 말하여 사회의 구조적 불의에 대한 시정 행위로서 방출되어 나오는 것을 본다. 가령 원한, 질시, 복수, 증오 등의 감정과 행위가 도덕적 정당성을 가지고 있는 것으로서, 또는 정의의 실현에 있어서 유일한 덕성인 것처럼 행세하게 되는 것을 보는 것이다.

물론 그중의 중요한 것은 잘못된 사회 구조로부터 오는 것이다. 그러나 그것은 단순히 개인적 복수의 차원에서가 아니라 실현되어야 할 보편적 정의의 질서라는 관점에서 고려되어야 한다. 그렇다는 것은 부정의에 대한 시정 행위는 보다 나은 질서의 건설에 기여하는 행위로서만 의미를 갖는다는 말이다. 이렇게 볼 때 순전히 개인적인 시정은 오늘에 있어서 부정의가 지속되고 있는 경우가 아니라면, 중요한 시정 행위일 수가 없다. 어떤 시정 행위도, 개인적인 것이든 사회적인 것이든 태어나야 할 질서의 구축에 기여하지 않는다면, 그것은 새로운 사회의 도덕성의 일부를 이루지 아니한다.

우리의 시각이 엄밀하게 현재와 미래만을 향한다는 것은 중요한 일이다. 과거에 일어났으나, 이제 현재에 작용하지 않으며, 미래에 영향을 끼치지 아니할 일은 그대로 과거에 속하여 마땅한 것이다. 엄청난 일도 그것이 완전히 과거에 속한 것이기 때문에 상징적인 차원 이외에서는 문제 삼을 수 없는 일들이 있는 것이다. 역사는 또는 일반적으로 인간사는 '시적인 정의'가 실현되는 장소는 아니다. 그것보다 중요한 것은 어제의 기억이 아니라 오늘과 내일의 보다 나은 삶이며, 관념적 도덕이 아니라 이 삶을 튼튼히 할 도덕이다. 보다 나은 삶에 관계되지 않은 도덕이 있을 수 없기 때문에, 삶을 위한 도덕이야말로 진정한 도덕이다.

위에 말한 것들은 민주화의 어려움에 관계되는 것들이다. 이것들은 민주화가 우리가 바라는 만큼 빠르게 진행되게 하는 데 방해가 될는지 모른다. 그러나 이것은 민주화 운동이 스스로 받아들여야 하는 제약이다. 이 제약을 받아들임으로써만 그것은 사회 변혁 과정이 반드시 지니게 마련인 여러 모순을 넘어서서 참으로 인간적인 사회를 재래하기 위한 움직임으로 지속될 수 있을 것이다. 그러면서 되풀이하건대 이러한 제약의 수락은 저절로 민주화의 속도와 효율성을 떨어뜨릴 수 있다. 그러나 단시간의 열도(熱度)의 부족은 장시간의 끈질김에 의하여, 혁명적 정열의 쇠퇴는 현실적인 구체적인 개혁 방안의 계속적인 연구와 추진으로써 보완될 수 있을 것이다. 중요한 것은 인간적 사회의 실현에 대한 현재적이고 미래적인 보장을 잃지 않으면서 민주화를 계속하는 일이다.

(1988년)

권위주의 문화, 다원주의 문화, 보편적 문화

1. 권위주의

권위주의 문화는 새삼스럽게 말할 필요도 없이 권위주의의 소산이다. 또 이 권위주의는 강권 정치 ── 국가의 모든 폭력 수단에 통치를 의지하는 정치를 특징지어서 하는 말이다. 따라서 말해야 할 것은 권위주의 문화보다도 권위주의 또는 더 직접적으로 강권 정치이다. 물론 거기에 문화적 차원이 있는 것도 사실이지만, 그것은 보다 핵심적인 다른 요인에 의하여 결정되는 부차적 현상이다. 우리가 바라는 것이 권위주의로부터의 탈출이라고 할 때, 요망되는 것은 단순히 강제적 권력의 제거이다. 그러면 우리는 자유로운 상태를 향유할 수 있게 될 것이다.

그러나 자유와 강권은 그와 같이 쉽게 분리될 수 있는 것이 아니어서, 같은 동전의 양면에 불과하다는 면을 가지고 있다. 사실 강권이란 것도 강권 행사의 대상자의 입장에서 말하는 것이지 그것을 행사하는 당사자의 입장에서는 자유를 의미한다고 말할 수 있는 것이다. 강권의 반대는 자유이다. 그러나 자유를 간단히 정의하여 모든 사람이 제 마음대로 하는 상태라고 한다면, 그러한 상태는 곧 극도의 혼란을 의미한다. 이것은 곧 어떤 사람이 다른 어떤 사람보다 더 자유로운, 다른 사람보다 더 힘이 있는, 즉 강권을 행사할 수 있는 상태를 낳을 가능성이 크다. 자유는 약육강식의 질서 또는 강자의 질서를 탄생케 한다. 대부분의 사회계약론은 이러한 역설을 출발점으로 한다.

2. 공고성·공평성의 문제

자유의 상태를 유지하면서 그것이 강자의 질서로 변절되는 것을 막으려면, 자유의 향유의 공평성이 보장되어야 한다. 소극적인 의미에서 각 개인의 자유에 대한 침해를 막아야 하고, 더 적극적으로는 권력과 부의 향유를 제한하여야 한다. 또는 사회생활은 필연적으로 사회적으로 요청받는 빈곤과 고통을 가지고 있게 마련이므로, 어차피 받아야 되는 빈곤과 고통이라면 그것도 공평하게 배분되어야 한다.

그러나 제한하고 배분하고 보장하는 일은 힘을 필요로 한다. 이 힘은 어디에서 나오는가? 이 힘을 받아 가지고 있는 것이, 가령 헤겔 등의 이상주의적 국가관에서는 국가이다. 국가는 모든 사사로운 의지를 초월하여 공동 이익과 공동 목표에 봉사하는 권력을 관장한다. 그러면서 공공성의 부담을 모든 사람에게 배분할 수 있다. 이 국가의 공권력이 개인의 자유를 제한하면서 동시에 그 향유를 보장한다. 그러나 공공성 또 거기에 필수적으로 따라야 할 공평성을 보장할 공권력이 성립할 수 있는가? 자유주의적 관점에서 그것은 계몽된 이해관계의 합리적 인식과 다원적 세력의 균형에 기초하여 확보될 수 있다. 그러나 보다 더 냉소적 관점에서 그것은 언제나 지배적 인간, 지배적 계급의 자의에 봉사하게 마련이다.

참다운 공권력은 관념적으로 정당화되는 것이 아니라 사실의 과정에서 태어나는 것이라야 한다. 이 관점에서는 공공성과 공평성의 보장은 오로지 불공정한 권력의 희생으로부터 자신의 자유권을 방어하려는 사람들로부터 나온다고 생각할 수 있다. 서양사의 해석에는 자유와 공정성을 바탕으로 한 국가는 일단 왕과 귀족 계급에 대항하여 싸운 부르주아 계급에 의하여 형성된다. 그러나 이 계급은 다시 노동 계급에 대하여 억압의 위치에 서게 되므로, 노동 계급에 의하여 새로운 보다 공정한 국가가 탄생될 수밖에 없다. 그리고 마르크스주의에 의하면, 이것은 마지막으로 해방되어야 할 계급에 의한 변혁이기 때문에 그 이상의 변화를 필요로 하지 않는 것이다. 또 이 단계에서 사실상 국가와 사회의 이해관계는 완전히 일치하는 것이기 때문에 국가는 해소되는 것이라고 생각할 수도 있다.

그러나 정치의 현실에 있어서 이러한 이론이 그대로 적용되지 않는다. 자유주의의 다원적 균형의 사회에서나, 다원성보다는 전체성의 질서가 지배하는 사회에서나, 공공성과 공평성을 보장하는 권력은 어떤 소수에게 위임될 수밖에 없다. 수임자는 대체로 관료나 당료이다. 그러나 이들이 특정인, 특정 계급에 봉사하거나, 스스로의 독자적인 이익을 발전시키게 되지 않는다는 보장은 없다. 관료에 대한 국민의 끊임없는 감시와 견제 이외에 현실적으로 국가 권력을 공정하고 공평한 것이 되게 하는 방법은 없는 것으로 생각되는 것이다. 어떤 경우에나 관료의 계급적 유착 또는 이기적 동기를 완전히 배제할 수는 없을 것이다.

그러나 현실에 있어서 이념이나 명분도 전혀 무기력한 것만은 아니다. 다른 사사로운 세력과는 달리 국가의 권력은 공공성에 입각하여 스스로를 정당화한다. 이 정당성은 현실의 움직임에 있어서 한 중요한 요인이 된다. 여기에 문화가 관계된다.

국가의 공공성은 그것이 비록 단순한 집단 이익 또 집단 이익의 방어와 배분의 공평성만을 내용으로 하더라도 도덕적 윤리적 성격을 갖는다. 우선 공공성의 대표로서의 국가는 단순한 강제력을 나타내는 것이 아니다. 그것은 국가의 성원에 의하여 그럴 만한 것으로 즉, 정당한 것으로 받아들여지는 것이다. 이 차원에서의 국가 권력은 강제력이면서 강제력이 아니다. 이것은 개체의 내면적 동의, 한편으로는 필연성에 대한 순응이라는 뜻에서의 동의이면서, 더 높은 차원에서는 개체의 윤리적 본성에 일치한다는 의미에서의 동의이다. 이러한 내면의 동의 — 스스로의 내면을 집단적 요청 또는 더 나아가서 보편성의 요청에 맞게 형성해 나가는 일은 문화의 과정이 떠맡는 일이다. 국가의 원활한 기능을 위하여 문화는 필수불가결의 것이다.

3. 보편적 문화

이렇게 볼 때, 문화는 국가 권력의 종속적 수단에 불과하다고 할 수 있다. 극단적으로 그것은 권력의 시녀이다. 그것은 국가 권력이 사용되기 전에 국가 권력에 순응하는 국민을 길러 내는 정훈 교육이다. 그러나 국민이 국가에 순응하는 데에는, 국민이 완전한 바보가 아닌 한, 순응할 만한 이유가 있어야 한다. 그것은 개인 이익일 수도 있고, 전체 이익과의 관련에서 배당되는 개인 이익일 수도 있다. 또 그것은 국가의 이념 속에서만, 보편적 인간성의 실현이 이루어지는 것이라는 설득일 수도 있다.

문화는 개인의 이익을 밝혀 주는 작업을 하기도 하지만, 이 경우에도 늘 전체와의 관련을 빼놓을 수 없기 때문에, 진정한 이익이 무엇인가를 설득하는 작업을 포함하게 마련이다. 그리하여 급기야는 개인의 이익은 전체와의 일치 속에서만 이루어진다고 문화는 말하고자 한다. 그러나 이러한 문화의 설득 과정이 일방적인 것은 아니다. 개인의 본성이 국가 속에서 실현된다고 할 때, 본성의 문제는 저절로 국가를 넘어가는 보편적 인간성의 개념의 문제로 이어질 수밖에 없다. 그리고 보편적 인간성은 국가에 대한 비판적 기준으로도 작용하게 된다.

헤겔이 "국가는 윤리적 이념의 현실태이다."라고 말할 때, 그것은 국가에 대한 복종의 의미를 말하는 것이기도 하지만, 동시에 국가에게는 인간의 윤리적 완성의 의무를 부과하는 일이다. 이 관점에서는 높은 윤리적 기준 없이 국가 권력은 정당화되지 않는다. 윤리적 실체로서의 국가는 이성적 개인의 의식 속에서 그렇게 받아들여져야 한다. 그것은 외면적으로 그렇게 인식되는 것이 아니다. 이러한 의식 내면에 있어서의 국가의 수락을 가능하게 하는 것이 문화이다.

공적 인간의 형성 과정은, 개체가 스스로의 보편적 인간성에 자유롭게 또 이성적으로 이르게 되는 과정과 별개의 것이 아니다. 그것은 스스로의 수양을 통하여 자신의 본성에 이르고 보편적인 인간이 되는 것이며 동시에 멸사봉공의 인간이 되게 하는 과정이다. 그러나 현실에 있어서 개인과 국가 또는 보편적 질서와의 일치가 용이한 것인가? 사실상 보편성의 원리는 그것이 외부로부터 강요되는 것은 아니라고 하더라도, 개인의 관점에서의 체념을 요구하는 것이다. 이 원리하에서, 개인은 직접적인 쾌락과 욕망의 충족을 스스로 포기하여야 한다. 모든 문화는 직접적 충족을 포기함으로써 성립한다. 다만 그것은 강제가 아니라 자발적 체념으로 이루어진다.

이런 의미에서 모든 윤리적 문화는 억압적이다. 또 비록 내면의 심리적 억압을 통하여 작용하는 것이라 하더라도 문화는 단순히 개인적인 깨우침이 아니라 사회 내의 상호 작용으로 이루어지는 과정인 만큼, 윤리적 보편

문화는 사회에 있어서의 정신적 위계질서로 표현되게 마련이다. 그것은 비록 자발적 동의에 기초한 것일망정 권위주의적 성격을 띤다. 더 나아가 그것은 동의가 존재하든 안 하든 쉽게 권위주의적 정치 질서에 영합할 수 있다.

4. 보편적 문화·다원적 문화

문화가 체념에 기초한다는 것은 문화의 일면을 말한 것에 불과하다. 문화가 주는 만족감을 이러한 소극적인 근거에서만 설명할 수는 없다. 문화가 체념 또는 인간성의 일면의 충족의 포기를 요구한다면, 그것은 어떤 절대적인 명령이 아니라 운명이나 환경의 제약으로 인하여 받아들여져야 하는 차선책에 불과한 것이다. 이 제약은 어느 시대 어느 곳에서나 피할 수 없는 것일 수도 있고, 역사의 변화와 더불어 변할 수 있는 것일 수도 있다. 이 변하는 부분은 궁극적으로는 제한된 자원과 그것의 사회적 활용의 문제로 환원할 수 있다.

문화의 변화에 가장 큰 요인으로 작용하는 것은 인구학적 변화와 산업화로 인한 자원과 조직의 변화이다. 인구와 자원의 비례에 있어서의 변화는 문화에 커다란 혼란을 가져온다. 체념의 한계가 불분명해지는 것이다. 한편으로는 욕망의 폭발로 모든 한계가 존재하지 않는 것처럼 보이기도 하고 다른 한편으로는 불필요한 제약이 단순한 과거로부터의 타성으로 또는 이데올로기적 조작의 결과로 부과되기도 한다. 그리하여 문화가 살아 있는 것이기 위하여서는, 끊임없는 성찰——부질없는 터부와 자유를 새로이 밝히는 '탈신비화(demystification)'의 작업이 있어야 한다.

체념에 대하여, 문화의 다른 한 극은 욕망의 충족, 인간성의 모든 면의 실현이다. 다만 이것은 전체성의 제약을 벗어나지 않으면서 이루어져야 한다. 전체성에 의하면 매개된 충족에는 인간성의 보편적 지평 ― 한 시대가 허용하는 보편적 지평이 삼투되어 있게 마련이다. 그것은 감각적 현실성을 떠나지 않으면서 이성적 또는 심미적 형식을 나타내게 된다. 새로운 충족과 실현의 가능성은 인간의 다양한 충동이 사회의 전체적 제약에 부딪침을 통하여 확인된다. 충족을 바라는 욕망과 사회적 제약 사이에는 늘 긴장이 있게 마련이다. 이 긴장의 변증법적 전개에서 문화가 성립한다. 보편성 속에서의 욕망 충족의 방식은 예술적 표현에서 가장 두드러지게 예시되지만, 그것은 제도 의식 습관 등의 여러 문화적 표현 속에도 구현된다.

다양한 인간 충동의 충족은 다양한 인간의 예술적 표현 또는 기타 삶의 표현 형식 속에 실현된다. 물론 서로 다른 수많은 개체들의 욕망 충족을 향한 움직임은 사회적 또는 개인적 혼란에 그칠 수도 있다. 그러니 이러한 움직임이 없이는 문화는 체념의 단순성 속으로 침잠할 뿐이다. 다만 다양한 개체의 다양한 충동의 움직임은 개별적 실험의 성격을 띠면서 동시에 사회 전체의 문화의 풍요화에 기여하는 것이라야 한다. 그것은 직접적이고 일시적인 것이 아니라 모범적인 ― 다른 사람에 의해서 재연되고 창조적으로 변용될 수 있는 것이라야 한다. 그것은 보편적 의미를 갖는 것이다. 어떤 경우에나 한 사람의 삶의 표현은 다른 사람들에 대하여 선례가 되는 모범이 된다. 문화 공간의 전체성은 이러한 성격을 한층 고양할 뿐이다. 또 그것은 창조적인 개인들의 삶의 표현을 심미적으로 정형화하는 작업을 끊임없이 진행한다. 문화의 풍요화는 개체의 창조적 실험을 요구하고, 개체의 삶의 이성적 심미적 일관성은 살아 있는 문화에 의하여 보장된다.

5. 오늘의 문화의 문제

오늘의 문화를 말하면서, 우리가 권위주의 문화를 말하는 것은 당연하다. 그것은 권위주의 정치 체제에서 온다. 어쩌면 이것은 권위주의라고 할 것도 없는 것인지도 모른다. 차라리 단순한 폭력의 관계라고 할 수도 있겠기 때문이다. 그러나 그것이 그 나름의 문화적 명분을 가지고 있다면, 전통적 권위주의 문화의 타성이 여기에 한몫을 하고 있다고 할 수는 있다. 그러나 그것은 전통적 권위주의의 보편적 보편 문화로서의 내면적 과정을 사상해 버린 것이다. 권위주의에 반대하여 주장되는 것은 다원적 개인의 자유이다. 그러나 이것이 사람마다 제멋대로 한다는 것을 의미할 때, 이것 또한 진정한 문화를 형성할 수 있는 요인이 될 수 없다.

문화는 보편적 인간의 형성의 모체이다. 여기에 비추어 제멋대로의 개인은 바로 비문화의 극치가 될 것이다. 어느 경우에나 위에서 말한 바와 같이 직접적 형태의 개인의 자유의 무제한한 요구는 권위주의 또는 폭력의 질서를 부르게 되고, 또 그것의 이면을 이루는 것이다. 만인의 투쟁적 관계의 한 결과는 공평성에 대한 주장이다. 개인의 힘은 공평하게 배분되어야 한다. 이것은 다원적인 힘의 균형에서 탄생할 수 있다. 그 결과 사람들은 어느 정도 공평한 질서하에 평등한 관계를 유지할 수 있다. 그러나 이 공평하고 평등한 관계는 적대적인 성격을 띤다. 사람과 사람이 적대적 관계 속에서 맞서 있는 자유와 평등, 이것이 오늘의 자유주의적 사회를 특징짓고 있지만, 우리가 발전해 나가고 있는 방향도 이러한 쪽이 아닌가 생각된다.

그러나 적대적 인간의 평등과 자유 속에 참다운 행복이 있을 수 있을까? 적대적 평등의 사회에서, 사람은 극단적으로 자기중심적이 된다. 그러면서도 이 자아는 자신이나 세계에 대한 진정한 인식이 없는 상태에 있기 때문에 진정한 중심을 가지고 있지 못하다. 그리하여 개인은 다른 사람과 사회로부터 오는 암시에 극히 약하다. 따라서 그러한 자아의 동기가 되어 있는 것은 사회적 획일성을 향한 부화뇌동이며, 다른 사람과의 관계에서는 다른 사람의 상태에 대한 강한 시기심이다. 적대적 평등 사회에 있어서, 사람들은 극단적 개인주의와 사회적 획일성 사이를 방황한다.

만인의 투쟁 관계의 다른 한 결과는 전체주의적 도덕성에 대한 요구의 대두이다. 이 요구에서 모든 개인적 표현은 사악한 것으로 비난된다. 이 비난의 대상에는 개인적 욕망, 감각적 물질의 욕망뿐만 아니라 개인의 보편적 인간성의, 이성과 심미적 판단력의 바탕이 되는 보편적 인간성의 가능성도 포함된다. 보편적 인간성 —— 불가피하게 개인의 내면과 문화적 체험을 경유하여 매개될 수밖에 없는 보편적 인간성이 배제된다면, 무엇이 전체성의 명령을 전달해 줄 것인가? 여기에서는 어떤 개인 또는 집단의 자의적인 결정이거나 최선의 경우에 그때그때 성립하는 민중적 여론의 명령이 모든 것의 기준이 될 수밖에 없다. 인간이 스스로의 감각적 현실 속에 행복하며, 자율적 이성적 인간으로서 보편적 인간성의 실현에 나아갈 여지는 사라지게 된다.

문화의 한 기능은 삶의 다양한 표현을 가능하게 하여 주는 것이다. 그러나 이것은 보편성의 문화가 성립하게 하는 시대적 전체성 속에서만 실현될 수 있다. 이 보편성, 전체성을 통하여 다양한 삶의 표현이 정당화된다. 또는 이 다양한 삶의 표현은 보편성, 전체성의 내용이 된다. 이러한 조건이 성립할 때, 사람들은 편안한 질서 속에 있다. 여기에서 그들은 많은 개체적 삶의 표현에 대하여 관대할 수 있고 그를 찬양할 수 있다. 보편적 인간성에 대한 신뢰할 수 있는 관계로 하여 나는 다른 사람의 탁월한 자아 표현에 대하여 관대할 수 있으며, 더 나아가 그것을 나의 삶의 지평에 새로운 가능성을 더해 주는 것으로서 환영할 수 있는 것이다.

사람들은 평등하면서, 개인적 창의성과 우수성을 신장할 수 있으며, 서로서로에 대하여 강제, 적대와 시기, 부정적 도덕의 억압성으로부터 풀려나 선의의 공존을 이룩한다. 필요한 것은 보편적이며, 윤리적이며, 개성적 문화이다. 그러나 이것은 문화만으로 존재하는 것이 아니라 사회 제도의 모든 면에 구현되어 존재하는 것이다. 무엇보다도 중요한 것은 철저하게 윤리적이면서 동시에 개인의 창조적 삶에 관심을 가진 정치 체제의 확립이다.

(1989년)

대학 총장은 왜 대학교수가 선출해야 하나

변화의 와중에서

오늘의 시점에서 세상이 조용하기만 기대한다거나 모든 일이 순리대로 풀려 나가기를 기대하는 것은 비현실적이고 어떤 의미에서는 잘못된 일이기도 하다. 싫든 좋든 우리 사회는 혁명 또는 혁명적 변화의 와중에 있다. 놀라운 점은 그것을 분명하게 인식하지 못할 정도로 격렬하지 않다는 것이다. 오늘의 격동이 균형을 이룩할지는 지금 짐작하기 어렵다. 다만 대부분의 사람들이 민주적인 사회를 원한다면 그 변화의 끝은 보다 민주적인 사회 균형이라고 할 수 있을 것이다. 그러나 민주 사회의 건설이 만인의 동의라고 하더라도 사람에 따라, 또 신분과 계급에 따라 그 구체적 모습은 다르게 마련이고, 그 과정에 대한 전략도 다른 것일 수밖에 없기 때문에 정연한 전진은 있을 수 없는 노릇이다.

더욱이 거대한 사회 변화의 과정에서, 일어날 수밖에 없는 의도와 성취, 목적과 결과 사이의 괴리는 우리의 상황을 더 혼미한 것이 되게 한다. 오늘의 혁명적 변화를 움직이는 참다운 동기, 참다운 주체는 우리 자신이 의식하고 결정하는 의도를 넘는 어떤 비인격적 역사의 힘인지도 모른다. 그리하여 동기의 면에서 민주주의를 위하여 나아가고자 하는 움직임이 비민주적 질서의 재래에 하나의 대리 행동자가 되기도 하고, 공동체적 유대를 공고히 하려는 투쟁이 결국 보다 상호 적대적인 인간관계의 도래에 밑거름이 되기도 한다.

혁명적 변화의 혼란 또는 복합성을 말하는 것은 허무주의나 숙명론을 말하는 것이 아니다. 그것은 우리에게 우리 자신의 입장을 검토하고, 그것을 여러 사람의 공적인 토의의 광장에 부치면서, 보다 겸손하고 조심스럽게 합리적인 변화의 길을 찾아야 한다는 교훈을 다시 한 번 되새기는 일이다. 혁명적 변화 과정의 혼란은 그것이 개인적이고 부분적인 움직임의 의도를 넘어가는 데에서 온다. 그것은 일시적 좌절에 관계없이 일정하게 갈 길을 간다는 것을 뜻한다. 그렇다면 거기에는 이미 어떠한 보장이 들어 있는 셈이다. 이 보장은 우리의 경우 보다 민주적인 질서이다. 다만 우리가 이 큰 테두리에 합치함에 있어서 얼마나 이성적인 과정을 만들어 나갈 수 있느냐에 따라 우리가 지불하여야 하는 인간적 희생과 고통의 대가는 상당히 달라지게 되는 것이다.

'민주적' 총장 선출이란?

우리 사회에서 보이게 보이지 않게 변화의 충격파를 느끼지 않은 부분은 거의 없다고 하겠지만, 그중에서도 대학은 늘 그것을 증후적으로 집약해 표현해 왔다. 대중 매체에 널리 보도된 바와 같이 지난 몇 달 동안 대학에 있어서의 움직임은 주로 대학 내부 문제에 관계된 것이었다. 특히 2월

초부터 시작하여 지금까지 계속되고 있는 고려대학교 총장 선출 문제는 많은 사람들의 주목을 끌고 우려와 관심의 대상이 되었다.

이것이 우리 사회의 전반적 상황의 관점에서 어떤 증후적인 의미를 가지고 있는 것인지는 지금 분명히 헤아리기 어렵다. 대충 그것은 보다 민주적인 인간관계의 질서에로 나아가는 커다란 문화 변화의 일부를 이루는 것이라고 말할 수는 있을 것이다. 그러나 보다 좁게, 그러한 분규에 있어서의 문제점이 무엇인가는 간단히 지적할 수 있고, 또 그것은 사회 전반에 걸쳐서 추구되고 있는 민주화 운동에 하나의 모범적인 예로 간주될 수 있을 것이다. 그것은 민주주의 제도화에 필요한 여러 구체적 배려가 어떤 것이어야 하는가를 이 경우가 예시해 주고 있기 때문이다.

오늘의 시점에서 민주화가 우리 사회의 지상 명령이 되어 있다고 할 때, 대학이 민주화되어야 한다는 것은 당연한 요구이고, 또 대학의 권력 체제 또는 통치 체제의 민주화가 여기에 가장 중요한 안건의 하나가 되는 것은 필연적이다. 그리고 통치 체제의 정점에 대학의 총장이 있는 만큼, 총장이 민주적으로 선출되어야 하며, 그 민주적 선출은 대학을 이루고 있는 모든 사람에 의한 것이어야 한다는 것도 당연한 주장일 수 있다. 이렇게 볼 때 총장의 임명이나 선출은 재단에서보다는 교수회의 또는 교수협의회에 의하여, 교수들만으로보다는 학생들이 참여하여, 또 그것보다는 사무직원들까지 참여하여 행해지는 것이 보다 민주적이라고 주장될 수 있다. 그리고 이것은 선거권뿐만 아니라 피선거권에 있어서도 그렇다. 아직 학생들로부터 그러한 주장이 나오고 있지는 아니하나, 고려대학교에서 교직원이 총장 피선거권을 가져 마땅하다는 주장이 나오고 있는 것은 이런 맥락에서 이해될 수 있다.

그러나 다시 한 번 생각해 보면 학생과 사무직원과 교수가 함께 선출한 대학의 총장, 또는 재단까지 포함하여 될 수 있는 대로 많은 대학의 성원이 선거에 참여하여 선출한 총장이 가장 민주적인 것이 아니겠는가 하고 말하는 것은 대학을 완전히 폐쇄적인 집단으로 보고 그 내부에서의 민주주의만을 이야기하고 있는 것이다. 대학의 존재 이유는 보다 큰 사회와의 관계에서만 발생한다. 그러므로 어떻게 보면 대학의 폐쇄적 민주주의는 보다 큰 사회에 대한 책임, 보다 큰 사회 구성원에 대한 민주적 책임을 저버리는 것이 된다. 가령 입학시험을 통과하였다는 것만으로 학생이 대학의 사회적 책임을 떠맡을 만하다고 할 수 있는가? 또는 대학에서 월급을 받는다는 조건이 그러한 책임을 맡을 자격을 부여한다고 할 수 있는가?

대학의 성원과 통치 조직

내부의 민주주의와 보다 큰 사회에 대한 책임의 관계는 매우 복잡한 것이다. 그러나 이것도 일단 똑같은 민주주의의 이념에서 생각될 수 있다. 이 문제를 그러한 관점에서 생각해 보기로 하자. 한 집단에서 그 집단의 통치 체계 또는 의사 결정 체계의 장(長)을 집단의 성원이 선출하여야 한다는 주장은 어디에서 나오는가? 간단히 생각하면 그것은 개개인의 존재와 힘, 나의 존재와 힘을 표현하겠다는 힘의 주장, 권력에의 의지에서 나온다고 할 수 있겠는데, 실제에 있어서 그러한 권리의 주장은 적극적인 것보다는 방어적인 의미에서 오히려 정당화된다. 즉 그것은 집단의 통치 기구의 장이 가질 수 있는 힘으로부터 나를 보호하자는 뜻을 가지고 있다고 할 수 있는 것이다.

오늘의 민주화의 열정 속에는 틀림없이 사람들의 권력에의 의지가 작용하고 있겠으나 그것보다는 권력으로부터, 그리고 힘 센 자에 대하여 스스로를 방어하겠다는 사람들의 자위 욕구가 작용하고 있다고 할 수 있다.

집단의 우두머리가 내린 모든 결정이 우리의 삶에 커다란 영향을 준다는 것은 우리가 너무도 절실하게 경험한 일이다. 대학에 있어서도 대학 총장의 권력 행사는 대학 공동체 성원의 이익에 큰 영향을 주기 때문에, 그 대학의 성원은 총장 선출에의 참여를 원하는 것이다.

그런데 대학의 성원은 누구인가? 통념적으로 말하여 그것은 법적인 또는 대학 규칙에 의하여 정해지는 학생, 직원, 교수들이라고 할 수 있다. 그러나 이들의 총장 선출권이 상호 이익의 신장 또는 침해 관계에 기초해 있는 것이라면, 이러한 법적인 또는 대학의 학칙에 의한 성원의 정의는 매우 피상적이고 인위적인 것이라고 할 수밖에 없다. 대학에 이익 관계로 묶여 있는 사람들은 여러 가지가 있을 수 있다. 가장 쉽게는 대학 주변에 살고 있는 사람들이 대학의 여러 결정에 대하여 깊은 이해관계를 가지고 있다. 대학 주변 주민들의 삶과 살림살이에 대학이 얼마나 큰 영향을 끼치는가를 생각해 볼 때 대학의 권력 체계 또는 의사 결정 체계에 가장 커다란 이해관계를 가진 사람들은 대학가의 주민이라고 할 수 있다. 또 대학에 자녀를 보내고 있는 학부형은 어떠한가? 대학에 직장을 가지고 있는 사람들의 가족은? 또는 조금 우습게 말하여 대학에 입학할 예정이거나 대학에 입학하려다 실패한 사람들은? 이들이 모두 다 대학의 의사 결정 체계에 대하여 의존적 관계가 있음은 분명하다.

그러나 이러한 주변적인 경우에 대하여, 대학에 가장 큰 이해관계의 주장을 할 수 있는 것은 국가나 사회 또는 민족 전체이다. 즉 대학이 어떤 교육을 하는가에 대하여 가장 깊은 이해관계를 가지고 있는 것은 대학에서 교육해 내는 인재들로 구성되어야 할 오늘과 내일의 사회이다. 이러한 보다 큰 사회가 물리적 실재로서 대학의 테두리 안에 존재하지 않는다고 하여 이를 대학의 구성 요인에서 제거한다면, 그것은 극히 소박한 현실주의, 조잡한 물질주의적 사고를 나타내는 것일 뿐이다. 이렇게 볼 때 대학의 철저한 민주화가 우리들이 바라는 것이라고 한다면, 유형적으로 무형적으로 구성하고 있는 이러한 모든 요소들이 그 통치 조직의 구성에 반영되어야 마땅할 것이다. 그중에도 국가와 사회 또는 민족의 대학에 대하여 가지고 있는 이해야말로 다른 어떤 대학 구성의 요인보다도 중요한 것이다. 가장 넓고 가장 항구적인 이 이해관계에 비하여 대학을 일시적으로 구성하고 있는 사람들의 권리나 이익이 무엇이겠는가?

총장은 교수가 선출해야

대학은 그 나름의 목표와 기능을 가지고 있다. 말할 것도 없이 그것은 교육과 진리 탐구로 정의된다. 이 정의는 매우 추상적이고 공허한 느낌을 주며, 하나의 형식적 요식 행위에 속하는 일로 보인다. 그러나 이것은 단순한 개념의 장난이 아니다. 많은 사람들이 당연히 전제하는 사회 전체의 암암리의 동의를 나타내는 대학의 목표요 기능이다. 그것은 사실상 사회가 대학에 준 책임을 표현하는 것이다. 그런 의미에서 대학에 대한 국가의 참여는 비록 그것이 어떤 선택과 결정의 과정을 경유하지 않는다고 하더라도, 이 목표와 기능을 통하여 이루어지고 있다. 대학은 이 목표와 기능에 충실할수록 사회적 국가적 책임을 다하고 있고, 그러지 못할수록 그 책임을 저버리고 있는 것이 된다. 그러면서도 대학의 목표와 기능을 통하여 표현된 사회적 의지가 현실적으로는 대학 스스로의 판단에 위임되어 있는 것도 사실이다. 그것은 복합적 사회 운영의 불가피한 사정으로 인한 것이기도 하고, 사회가 대학에 대하여 부여하고 있는 특수한 이해에 기인한 것이기도 하다.

대학이 맡고 있으며, 사회가 그 살림살이에 있어서 매우 중요한 부분으로 생각하고 있는 교육과 진리의 문제에 있어서 그것을 가장 잘 판단할 수 있는 것은 누구인가? 그 판단은 대학교수라는 전문적 집단에 의하여 가장 잘 행해질 수 있다고 말할 수 있다. 이것은 아전인수의 궤변처럼 들릴는지 모르지만, 그렇게 하지 않고 달리 방도가 있는가? 병에 관해서는 의사의 판단에 맡길 수밖에 없고, 전기 시설의 문제에 있어서는 전기공의 기술을 믿는 도리밖에 없지 않는가?

물론 전문인의 판단을 전적으로 믿을 수 없다는 생각이 안 드는 것은 아니다. 그렇기 때문에 전문인들의 자격 요건과 면허에 대한 사회적 규제와 감시가 뒤따르는 것은 불가피하다. 거기에다가 어떤 사회적 분야에서는 전문적 지식과 기술 이외에 높은 윤리적 행동 규범을 요구하기도 한다. 대학에 있어서 대학의 임무를 맡은 사람은 사회 통념으로 대학교수라고 하겠는데, 그들에게 적용되는 전문적 지식, 지적 사회적 양심, 윤리적 행동의 기준이 모두 여기에 관계되는 것이다. 물론 현실에 있어서 반드시 대학의 교수가 이러한 기준에 맞는다는 말은 아니다. 그러나 대학이 스스로를 구성하고 사회에 대하여 일정한 관계를 설정하는 이론적 근거는 여기에 있다. 그리고 현실적으로도 대학의 주된 일이 교수가 아니라 학생이나 사무직원에 의하여 결정된다고 할 때, 교육과 진리의 수탁처로서 오늘날 대학이 가지고 있는 정도의 사회적 신뢰조차도 유지될 수 있겠는가?

대학의 일이 교수에 의하여 주로 결정되어야 한다는 것은 이러한 근거에서 나온다. 그것은 대학교수가 어떤 특권적 존재나 권력을 향유해야 할 존재이기 때문이 아니라 대학이 가진 사회적 책임, 국민 전체에 대한 책임에서 나오는 것이다. 다시 말하여 대학에 있어서의 교수의 특권적 위치가 매우 비민주적인 것 같으면서, 사실은 교수가 더 사회적 책임에 충실하게 하려는 이유에서 나오는 것이라는 것을 말하는 것인데, 이러한 역설은 사회의 부분을 이루고 있는 모든 부분적 집단에서 똑같이 볼 수 있는 것이다.

대학은 회사가 아니다

가령 언론 매체 회사의 경우를 들어 보자. 최근에 있어서의 언론 자유를 위한 투쟁은 오늘의 언론 상황을 많이 개선하였다. 그러나 거기에 관련된 원칙적인 문제들은 장래의 발전을 생각하여 더 연구될 필요가 있는 것으로 보인다. 권력이나 이권이 언론에 간여하여 공정한 언론의 창달에 방해가 되어 온 것은 누구나 아는 사실이고, 오늘날 그 방해 요소가 크게 제거된 것은 좋은 일이다. 이것은 주로 정치권력이나 경영진의 간섭을 차단하고 언론 종사자들의 자유권을 확대하는 것으로 가능하여졌다. 다시 말하면 사내 민주주의의 확대가 중요한 수단이 되었던 것이다.

그러나 사내 민주주의만으로 공정하고 깊이 있는 언론이 보장될 수 있는가? 사원들만이 동의한다면 보도에 대한 어떠한 결정도 정당한 것인가? 그것으로 공정하고 깊이 있는 보도에 접하여야 할 국민의 권리는 보장되는가? 대학의 경우와 마찬가지로, 언론 활동의 모든 면에 다하여 보이지는 아니한 채로 가장 큰 지분을 가지고 있는 것은 국민이며 또는 진리이다. 국민의 총체적 이익 또는 공익과 진리를 보장해 주는 것은 반드시 사내 민주주의라고 할 수 없다. 그보다 그것은 언론 종사자의 공익과 진리에 대한 신념과 그것의 성실한 실현이다. 또는 전문인으로서의 언론인들의 윤리 의식과 진리의 기술이라고 말할 수도 있다.

여기에 사내 민주주의가 관계된다면, 그것은 진리의 존재 방식이 민주주의가 허용하는 자유나 토의이기 때문이다. 다만 언론인의 직업 윤리는 대학의 경우에서보다도 더 분명하게 확립될 필요가 있다고 할는지 모른다. 여기에 덧붙여 교육의 경우와 달리 훨씬 더 직접적인 현실적 영향력을 갖는 것이 언론이라고 한다면, 거기에 공익과 진리의 참여 지분이 더 엄격하게 규정되어야 한다고 느끼는 사람들이 많은 것은 당연한 일이다. 어떤 경우에 있어서나, 언론사 사원의 자격이 곧 국민의 공익과 진리의 요구에 관계없이 언론을 요구할 권리를 준다고 생각할 수는 없는 것이다.

그러나 현실에 있어서, 사내 민주주의 투쟁이 언론의 공익성과 진리성을 확보하는 데 중요한 역할을 한 것은 사실이다. 이것은 우리 사회에서 그것을 대표하여야 할 기구들이 독재 정권하에서 적어도 일부는 부패 왜곡되었던 것에 기인한다. 그런데 다른 한편으로 이것은 우리에게 사회 집단의 모델이 되어 있는 것이 일단은 공익성에 관계없는 기구들이었던 것과도 관계가 있는 일이다. 가령 회사와 같은 것이 그것이다. 여기에서는 모든 문제가 사내에서의 공정성 공평성으로 집약된다. 회사가 이윤 추구, 이익 추구, 돈 버는 것을 목적으로 하는 기구라고 한다면, 이익이 공정한 원칙에 따라 분배되어야 한다는 것, 즉 이익 창출에 대한 기여의 정도에 따라, 또는 적어도 인간적 생존의 기본적 확보가 가능한 방식으로 그것이 분배되어야 한다는 것은 사회의 초보적 정의가 요구하는 것이다. 이 요구의 실현을 위한 끊임없는 투쟁을 우리는 노사 갈등 속에서 보아 온 것이다.

이렇게 보면 이윤 추구 기구로서의 회사에 있어서의 공정성의 요구는 사내 민주주의로 보장된다고 할 수 있다. 결국 자유와 평등을 (아마 일정한 규칙하에서) 보장하는 제도 없이는 공정성의 요구가 표출되고 실천되기는 어려울 것이기 때문이다. 그런데 여기에서 주목할 것은 사내의 이익 분배 문제는 그것이 사외의 보다 큰 사회에 대하여서는 별 관계를 가지고 있지 않다는 사실이다. 이것은 대학이나 언론 기관이나 병원 또는 여러 공공 임무를 수행하는 기관들의 경우와는 다른 것이다. 후자의 경우, 그 목적은 이익의 추구에 있는 것이 아니라 분명하게 정의된 또는 사회 통념을 통하여 부여된 공익적 성격의 기능을 수행하는 데 있다.

여기에서 중요한 것은 기구 내의 민주주의보다도 그 기능과 목적, 또 그것을 통한 사회 일반과의 관계이다. 그리하여 그 조직의 원리도 기구 내의 민주주의가 아니라, 또는 기구 내의 여러 집단의 힘과 이익의 민주적 표현이 아니라, 주어진 목적과 기능의 효율적 수행이 된다.

교육과 진리의 관점에서

대학 총장 선출을 둘러싼 오늘의 분규는 위에서 본 대로 대학을 기업체 비슷한 폐쇄적 이익 집단으로 파악하는 데에 기인하다고 할 수도 있다. 이것은 우리 사회에서의 공적 기구의 공공성의 상실과 이익화에서 오게 된 시대 경향의 부산물이라고 할 수 있다. 대학의 총장은 단순히 대학 내의 민주주의가 만들어 내는 공동체의 대표도 아니요 권력 기구의 장도 아니다. 그의 직책은 무엇보다도 교육과 진리와의 관계에서, 그것을 통한 대사회적 책임의 관점에서 우선적으로 정의되어야 한다. 그는 무엇보다도 진리와 교육의 현실적 진행을 매개하는 사람이다. 이 진리와 교육의 내용에 대한 결정은 교수단에 의하여 이루어진다. 물론 총장도 이 결정에 참여해야 마땅하다. 사무직원은 교육과 진리의 추구에 있어서의 여러 병참 지원의 일을 맡는다. 학생들은 교수를 매개로 하여 사회가 규정하는 그러면서 개방적 민주 사회를 이상으로 하는 한, 진리에 대하여 아무런 차단 없이 열려 있는 교육의 과정에 참여한다.

대학에 있어서 재단의 의미는 대학의 설립, 구성, 운영에 있어서 사회 일반 또는 공익성을 대표한다는 데 있을 것이다. 그것은 공익을 위하여 사사로운 재산을 기부한 설립자를 비롯한 사회 각 분야의 저명인사들로 구성되게 마련인데, 암암리에 전제되어 있는 것은 이러한 인사들이 그들의 공공 봉사의 업적과 공공 광장에서의 생활 경험으로 하여 믿을 만한 공적 판단의 자질을 갖추었다는 것이다. 재단 이사의 구성을 국민 투표로 한다면 이상적이겠으나 그것은 번거로운 일이어서, 법인체 회사의 본래의 의미에 따라 공익의 대리 기구로서 소수 인사에 의한 재단이 구성되는 것이다. 공적이긴 하나 비대중적인 방법에 의한 소수 인사의 재단 이사 선출은 그 나름의 이점은 있다.

그러나 현실에 있어서 이러한 재단의 구성이 보수적 과두 지배 체제가 되기 쉬운 것은 사실이다. 서양의 여러 대학에서 나타나듯 재단의 대표성과 진보성을 확대하기 위하여, 교수와 학생 대표 그리고 투표에 의하여 선출된 공직자 등을 여기에 포함시킬 수도 있다. 그러나 우리나라에 있어서 대학 재단의 현실적 구성이 어떤 것인가를 살펴본다면, 오늘의 시점에서 그것을 어떻게 보완하든지 간에, 그것이 공익을 대표하는 기구라고 보기는 어려운 바가 있다. 대학의 여러 부분에서 재단이 공공성이 아니라 사리의 대표로서 간주되고, 여기에서 대학의 총장이 임명되어서 아니 되겠다는 느낌이 강한 것은 이해할 만하다.

'학생 총장'이라도 좋은가

그렇다면 대학 총장의 선출을 맡을 수 있는 가장 적절한 기구는 무엇이겠는가. 그것은 대학의 교수단이다. 대학의 구성 원리상 대학의 대사회적 수임 사항인 교육과 진리의 자율적 진행을 맡은 것이 교수이며, 어떠한 인물이 교육과 진리를 현실로 옮기는 데 가장 적절한 매체가 될 수 있는가도 교수가 잘 판단할 수 있다고 할 수 있기 때문이다. 그리고 이 판단을 가장 적절하게 종합할 수 있는 방법은 민주적 토의와 민주적 선거 이외에 달리 생각하기 어렵다.

우리는 교권(敎權)이란 말을 흔히 듣는다. 그것이 교수가 교육하고 진리를 추구함에 있어서 아무런 외적인 간섭이나 압력이 없이 스스로의 일에 종사할 수 있어야 한다는(그것도 교육과 진리의 존재 방식이 바로 자유이고 자율이기 때문에 그래야 한다는) 의미 이외에 어떤 다른 일반적 권리나 특권을 의미하는 것이라면, 나는 그것이 어디에서 오는 것인지를 알지 못한다.

교수에게 어떤 권위가 있는 것은 사실일 것이다. 그러나 이것은 인격이나 학문의 권위에서 오는 것이지 어떠한 개인적 또는 물리적 힘과의 관련에서 오는 것은 아니다. 흥미로운 것은 이러한 권위가 하나의 힘인 것은 사실이나, 그 힘은 힘의 영향을 받는 사람의 자발적인 인정에서만 발생하고 이 자발적 인정이 사라지는 순간 그것도 사라지고 만다는 사실이다. 교수가 교육과 진리를 그의 자율적 판단, 지적 도덕적 양심에 충실하고자 최선의 노력을 다하는 조건하에서 그의 자율적 판단으로 결정하고 수행한다고 하여, 그것이 피교육자로서의 학생이 수동적인 처리의 대상이 되어야 한다는 것을 뜻하는 것은 아니다.

교육이 단순히 지식의 습득이 아니라 주체적 지적 능력의 깨우침을 목표로 한다고 한다면, 피교육자의 수동화는 반교육적이다. 뿐만 아니라 피교육자와의 능동적 상호 작용, 상호 확인이 없는 교육이 성공적일 수 있는가? 같은 맥락에서 교육과 진리의 현실 제도적 매개자로서의 총장을 선출함에 있어서 학생들이 반드시 배제되어야 할 이유는 없는 것이다. 다른 교육과 진리의 과정에서나 마찬가지로 총장 선출에 있어서 학생들이 그들의 생각을 개진할 제도를 마련하는 것은 황당무계한 일일 수만은 없다. 그것은 교육 과정의 성질에서 그렇고 또 진리 과정의 특성에서 그렇다. 진리가 누구의 전유물이 아니며, 영원불변하여 발전·변화를 배제하는 것이 아닌 한, 젊은 세대는 진리의 과정에도 그 나름의 새로운 기여를 할 가능성을 늘 가지고 있는 것이다.

극단적으로 학생들의 총장도 불가능한 것은 아니다. 사실 중세 서양에 있어서 또 1960년대의 독일에 있어서 이러한 것이 시도되지 않았던 것은 아니다. 그러나 이 경우, 학생 총장은 학교의 공공성보다는 학생의 이익을 대표하는 학생회장 비슷한 것이 되지 않을 수 없다. 학생 스스로 교육과 진리의 진행을 전담하지 않고 교수를 필요로 하는 한, 비록 교수가 학생 총장의 권력하에 놓인다고 하더라도 교수는 교육과 진리의 자율적 존재를 위하여 자율권을 요구하지 않을 수 없다. 이때 학생 총장은 진정으로 교육과 진리를 원하는 한, 학생 스스로의 이익을 위해서도 그 요구에 응하지 않을 수 없게 될 것이다. 그런 경우 교수는 이러한 자율적 권한의 행사를 위한 기구를 만들 것이고, 그 기구의 장을 선출하게 될 것이다. 결국 학생 총장은 사물의 본질상 다른 또 하나의 총장을 불가피한 것이 되게 하는 것이다.

대학에서의 사무직원의 위치

사무직원의 교육과 진리 과정에의 참여는 적어도 대학의 존재 방식의 본질로부터는 유도되어 나오지 아니한다. 적어도 이론적으로는 대학에 있어서의 사무적 원리의 필요는 교육과 진리 수행의 필요에서 연역적으로 추출된다고 말할 수 있다.

가령 대학 도서관의 개관 시간을 정하는 원리는 무엇이어야 하는가? 도서관의 직원이 방학 동안 3시에 퇴근해야 하기 때문에 2시 반으로 도서 대출을 마감하기로 결정하는 것이 옳은 일일 수 있을까? (실제 이런 일이 있었다.) 학생의 공부와 학문의 연구를 위하여 5시까지 또는 자정까지 도서관을 열어 두는 것이 필요하다면, 그것을 대원칙으로 받아들이고 그런 연후 3시에 퇴근해야 하는 도서관 직원의 필요가 고려되어야 함은 자명한 일이다. 이때에 도서관 직원의 교대 근무, 증원, 초과 수당의 지급 등이 모순된 요구의 절충 방안으로 생각될 수 있고, 최악의 경우 2시 반의 마감 시간을 받아들일 수도 있는 것이다. 이런 경우에도 교육과 진리 우선의 원칙은 그대로 살아 있는 것이다.

이것은 한 가지 예에 불과하지만, 연구 교육 시설 등의 모든 면에 있어서, 적어도 이상적으로는 교육과 진리의 원리가 사무의 원리에 우선해야 할 것임은 너무나 당연한 일이다. 이런 맥락에서 사무직원의 총장 선거 참여는 적어도 기본 원칙과 본질의 측면에서는 별 타당성이 없는 것이다. 고려대학교에서, 사무직원 노조가 총장 선출에서 30퍼센트의 권리를 주장했다는 것은 매우 시사적이다. 그것은 교수와 사무직원의 관계를 힘의 관계로 파악했다는 것을 말한다. 그의 힘의 비율이 왜 하필이면 30퍼센트인지는 알 수 없는 일이나, 대학의 문제는 힘의 문제도 아니고 이익의 문제도 아니며, 대학을 밖으로부터 규정하는 보다 큰 사명을 어떻게 가장 효과적으로 수행하느냐 하는 문제이다. 여기에서 강조해야 할 것은 대학의 사무직원이 교육과 진리의 문제 또는 총장 선출의 문제에 적어도 가장 본질적인 의미에서 참여할 근거가 없다고 하여 인격의 관점에서 사무직원이 교수나 학생의 아래에 놓여야 할 이유가 전혀 없는 것임은 말할 필요도 없다. 차이가 있다면 그것은 기능상의 것일 뿐이다. 사무직원의 봉사 노력이 없이 학교가 학교답게 특히 많은 시설과 사무적 절차에 뒷받침되는 현대의 대학이 대학답게 한시라도 유지될 수 있겠는가?

이렇게 본다면 교육과 진리의 사무적 지원의 경험은 그 나름으로 교육과 진리의 정책에 반영되어서 좋을 많은 지혜를 가지고 있다고 할 수 있다. 어떤 고매한 원리나 원칙도 현장에서의 현실적 상호 작용 없이 형성되기 어렵고, 또 그런 경우 그것은 현실의 관점에서 극히 공허하고 무력한 것이기 쉽다. 따라서 사무직원의 견해도 대학의 임무 수행에 도움이 되는 한 최대한도로 수용될 것이 요구될 수 있으며, 이것은 총장 선출의 경우에도 해당선된다고 할 수 있다.

대안은 결국 간접 선거?

지금까지의 논의를 요약해 보자. 대학의 모든 일에 있어서의 대원칙은 대학의 수임 사항인 교육과 진리의 효과적 수행이다. 여기에 비추어 이 원칙의 현실 매개자인 총장 선출의 주체는 오늘의 시점에서는 교수이다. 그러나 그 참여가 대학 사명의 수행을 더 효과적이게 하는 한, 학생과 사무직원의 참여도 고려되어야 마땅하다. 다만 이 참여는 이익이나 힘의 관계에서 또는 그러한 상황에서의 사회 원리인, 간단한 의미에서의 민주주의의 원리로서 정당화되는 것이 아니다. 따라서 후이자(後二者)의 참여는 결정적인 것일 수 없으며, 어디까지나 상호 보완적인 것이어야 한다.

이러한 이론은 구체적인 절차로 옮겨 보려고 할 때 조금 더 분명해질 수 있다. 교수, 학생, 사무직원이 참여하면서 그들의 기능과 권한이 다르게 규정되어야 하는 것이라면, 총장 선거가 직접 선거이기는 매우 어려운 것일 것이다. 정치 제도에서 서로 직능을 가진 사람들의 의견을 종합하는 방법은 비율과 영역을 달리하여 선출되는 의회이지만, 대학의 총장 선거도 그 비슷한 방법을 좇을 수밖에 없을 것이다. 그러니까 그것은 간접 선거가 되겠는데, 교수와 학생과 사무직원이 일정한 비율을 정하여 선거인단을 구성하고 여기에서 토의의 과정을 거쳐 대학 구성 요소들의 의견 개진과 절충을 가능하게 한 다음 총장을 선출하는 것이다. 선거인단에 교수의 비율이 가장 커야 하는 것은 말할 것도 없다.

이 교수의 비율은 교수 간에 있을 수 있는 분야별 또는 세대별 의견을 가장 잘 반영하고 또 이성적 개방성을 보장할 수 있는 사람들이 선출될 수 있는 방향으로 고려되어야 할 것이다. 이것은 학생과 사무직원의 경우에도 마찬가지이다. 힘과 이익의 문제가 아니기 때문에, 여기에서 선출되는 선거인도 선거인단의 몇 퍼센트로 생각될 것이 아니라, 서로 다를 수 있는 의견을 대표할 최소한의 수, 가령 학생의 경우에는 전공별·대학별·학년별의 선거인 선출이, 사무직원의 경우에는 직책별·직급별·부서별의 선거인 선출이 고려될 수 있을 것이다. 이렇게 구성되는 선거인단의 원리가 학내의 민주주의가 아니라 대(對)사회적 책임보다 큰 범위의 민주주의 원리라고 한다면, 총장 후보도 반드시 학내에 한정될 이유가 없다. 대학의 존재가 사회와 진리에 대한 책임에 의하여 정당화된다면, 총장 또는 총장뿐만 아니라 모든 간부직이나 교수직의 담당자는 언제나 가장 넓은 선거구 즉 공익과 진리의 선거구에서 찾아져야 할 것이다. 공공 광고, 추대위원회를 통한 활동 등 여러 가지 방법이 있다.

위에서 나는 대학 총장 선거의 문제를 중심으로 대학의 통치 조직에 대하여 장황하게 이야기하였지만, 이것은 우리 사회에서 경시되는 공공 기구와 공익 단체의 조직 원리 일반에 관계되는 것이어서 꼭 생각해 볼 필요가 있는, 아니면 적어도 논의의 단서를 풀어 볼 필요가 있는 일이다. 그러나 이러한 문제를 따져 보면서, 오늘날 대학에서 일어나고 있는 일의 의미는, 글 첫머리에서 비쳤듯이, 오늘의 사회 변동 과정의 증후가 된다는 데 있다는 느낌을 버릴 수가 없다. 그것은 이미 말한 바와 같이 우리가 알게 모르게 진행되고 있는 커다란 '정치 혁명' 또는 '문화 혁명'의 일부를 이루는 것이다. 이 테두리에서 대학 내부에 일어나는 동요와 변화를 이해하는 일은 여기서 시도한 것과는 다른 접근과 해석을 필요로 하고, 이러한 접근과 해석으로부터 나오는 어떤 처방만이 그것을 바람직한 방향으로 끌어갈 수 있을는지 모른다.

(1989년)

21세기 한국의 사회 문화

내일의 사회와 문화에 대한 한 전망

1. 잘 사는 것: 문제와 과제

밥이 없는 사람에게 가장 중요한 것은 밥이다. 그에게 밥이 풍족한 사회야말로 유토피아이다. 사람이 원하는 것은 어느 정도 현실이 되게 마련인 까닭에, 밥이 풍족한 사회는 유토피아가 아니라 현실로 실현될 수가 있다. 그러나 그 사회에서 가장 풍족하게 생산되는 것이 밥이라고 한다면, 그리고 계속 밥을 생산해 나간다면, 밥은 그 사회에서 가장 지겨운 것이 될 것이다. 밥 없는 사회의 유토피아는 밥 많은 사회이다. 그러나 밥 많은 사회의 유토피아는 그전의 유토피아와는 전혀 다른 것일 수밖에 없다. 따라서 유토피아는 미래에 대한 계획이 아니라 오늘의 거울이다. 우리가 21세기를 이야기한다면, 그것은 상당한 정도가 오늘의 이야기이고, 21세기의 사람은 십중팔구 다른 유토피아를 꿈꿀 것이다.

다음의 이야기가 미래를 전망하면서 오늘을 이야기하는 것임은 불가피하다. 오늘의 우리의 현실은 다분히 1960년대 이후의 산업화에 의하여 결정된 현실이다. 1960년대의 구호는 '잘 살아 보자'는 것이었다. 그러한 결과 잘 사는 세상이 되었다. 다만, 그 잘 사는 것이 사람 따라 다르고 계층 따라 다른 것이 되었기 때문에, 우리가 정말로 잘 사는 것인가를 묻는 사람이 많은 것도 사실이다. 뿐만 아니라 나의 잘 사는 것이 끊임없이 의문과 도전의 대상이 되는 한, 나의 잘 사는 것도 편하게 잘 사는 것이 될 수 없게 마련이다. 그것은 심기가 불편한 때문만이 아니라 나의 잘 사는 것의 근본인 경쟁의 원칙이 나의 오늘을 늘 불안한 것이 되게 하기 때문이다.

아리스토텔레스에게 부(富)의 목적은 그것이 가능하게 하는 여가였다. 운동은 정지에서 완성되었다. 그러나 오늘의 부(富)는 휴지를 허용하지 아니한다. 그리하여 사람들은 지금껏 잘 산 것으로 간주되었던 것이 참으로 잘 사는 것인가를 묻게 된다. 역사의 새로운 시기는 잘 살자는 것이 만들어 낸 문제들을 해결하고 참으로 잘 사는 것이 무엇인가를 보여 주는 사회를 만들어 내어야 할 것이다.

생존 경쟁의 완화

경제 활동은 인간과 자연의 투쟁이며, 인간과 인간의 투쟁이다. 1960년대 이후의 경제 성장은 이러한 투쟁, 특히 사회 내에서의 사람과 사람 사이의 투쟁을 격화시켰다. 사회 전체가 사람의 삶의 공간을 이루는 한, 이것이 참으로 활달하고 행복한 삶에 큰 장애가 되는 것은 말할 것도 없고, 근년의 노사 분규에서 보듯이 경제의 능률 자체에 영향을 미치게 됨도 분명하다. 앞으로의 사회에서 사회 전체적으로 사회 성원 간의 생존 투쟁이 완화되어야 한다는 것은 가장 긴급한 당면 과제이다.

정의의 경제를 위한 투쟁

경제 성장의 과실이 보다 공정하고 고르게 분배돼야 한다는 것은 수없이 지적되고, 오늘에 와서는 하나의 공론이 되었다. 이것은 한편으로 사회적 정치적 제도를 통하여 임금 향상, 사회 보장의 확대들로 이루어져야 할 것이다. 그러나 이러한 제도가 확보되는 것은 추상적인 법 제도의 차원에서라기보다는 여러 형국의 사회 세력의 힘에 의해서이다. 혹자는 이 것은 한 사회 세력 — 가장 보편적인 사회 이익을 대표하고 있는 세력에 의한 다른 세력의 제거 또 그러한 세력의 독재를 통하여서만 가능하다고 말한다.

그러나 보다 현실적인 생각은 그것을 사회 제 세력의 대항적 균형으로 확보하는 것일 것이다. 근년의 노동자 세력의 성장과 조직화는 어느 쪽의 관점에서도 수용될 수 있는 것이다. 비슷한 조직화는 다른 불이익의 집단 — 농민, 여성, 또는 노인, 어린이, 장애자 등의 경우에도 필요한 것일 것이다.

공공 기구의 공정성

사회적 공정성은 실질적으로 대항 세력들의 균형 또는 길항에서 생겨날 수 있다. 이것은 생존 투쟁을 투쟁적 요소들의 강화로서 오히려 일단의 휴전에 들어가게 하는 것이다. 그러나 힘에 의하여 힘을 제어하려는 현실주의는 어쩌면 보편적 진리라기보다는 오늘의 사회상을 반영하는 것에 불과한 것인지 모른다. 어쨌든 사람은 힘의 세계를 넘어가는 평화의 질서를 꿈꾸게 마련이고, 사실상 다소간에 그러한 질서의 이념과 그것을 표현하는 제도가 없이는 사회의 평화 또는 공정성이 완전히 유지될 수 없는 것일 것이다. 위에서 든 여러 불이익 집단 또는 피해 집단 중 어린이나 노인 또는 장애자의 복지가 힘의 방안으로만 해결될 수 없는 것임은 분명하다. 적어도 한 사회의 질서를 밑받침하고 있는 근거로서, 공공성의 이념의 설정은 불가피하다. 그러나 이것을 현실적으로 표현하는 방안을 고안해 내는 일은 가장 어려운 일 중의 하나이다.

관료와 대중적 견제

쉽게 생각할 수 있는바, 부분적 이익을 초월하는 공공성을 나타내는 것은 국가이고, 그 국가의 현실적 제도상의 표현은 관료이다. 물론 관료는 스스로의 부분적 이익을 가지게 되고, 그러한 것이 없더라도 비능률과 낭비, 그 나름의 불공정의 원인이 되는 것은 많이 지적도 되고 또 일상적으로 우리가 익히 체험해 온 바이다. 그럼에도 불구하고 공공성의 현실적 집행자로서의 관료는 빼놓을 수 없는 요소이다. 바랄 수 있는 것은 관료제의 일탈을 막는 데 기여할 여러 가지의 사회적·정치적 장치이다. 참여민주주의를 통하여 관료제의 모든 단계에 대중적 견제를 넓히는 것은 그 방법의 하나로 자주 이야기되는 것이다. 법 제도의 확립을 통하여 관료의 전단(專斷)을 막는 것도 또 하나의 방책이다.

보편 문화의 필요

관료의 공공성을 확실히 하는 데 전통적으로 중요한 것은 관료의 양성에 필요한 보편성의 교육 —— 높은 의미에서의 교양이다. 특히 동양에 있어서 관료의 자격에는 좁은 이해관계를 넘어설 수 있는 인문적 교양이 포함되어 있었다. 이것은 저절로 엘리트 체제에 연결되는 것인 까닭에 민주주의 확산에 대하여 거꾸로 가는 전통이라고 할 수 있다.

그리하여 오늘날 관료는 공공 정책의 기술적 집행자로서의 의미만을 가지게 되었다. 그렇다고 관료의 공공 교육 또는 수련의 문제를 등한히 할 수는 없을 것이다. 이것은 더 깊이 생각해 보아야 할 문제이다. 다만 이에 대한 더 민주적인 대안 또는 보완책은 전 사회가 적어도 분위기, 공적 수사(修辭), 공적 결정의 과정에서 공공성에 의하여 지배되는 여러 장치를 널리 마련하는 일이다. 이것은, 여러 크고 작은 현실 제도로 뒷받침되면서 성립하는 공적 문화의 창조에 관계되는 일이다.

공적 행복

문화가 단순히 오락이나 장식의 제공자가 아니고, 정치 공동체의 구성에 큰 기능을 맡고 있는 것임은 직관적으로 짐작되지 않는 바는 아니나, 그것이 어떻게 그러한 기능을 발휘하는 것인지를 가려내기는 쉽지 않다. 필요한 것은 공공 문화의 구성이다. 이것은 사회 성원의 의식과 행동에 있어서 공공성의 가치를 내면화하게 하는 여러 이념적 통로를 만들어 내는 일이다. 우선 생각되는 것은 공민 교육 강화와 규범적 가치의 확립을 위한 작업이다. 이것은 산업화의 혼란을 겪으면서도 자주 강조되어 온 것인데, 그러한 강조는 규범적 강조가 그 반대로 치닫는 현실 앞에서 얼마나 무력한 것인가를 보여 주는 역할을 했다. 사람의 의식과 행동을 보다 근본적으로 결정하는 것은 사회의 실천적 현실이다. 그것에서 유리된 이념 교육은 규범 언어의 공소화(空疏化)를 가져올 뿐이다. 중요한 것은 사람의 실제적인 일 자체가 공공성의 계기를 가지고 있는 것이다. 그리고 여기에 교육적, 교도적 요소가 개입될 수 있다면, 그것은 현실 생활의 모방이라고 할 수 있는 문학과 예술이 더 효과적인 교육의 수단이 될 것이다.

다시 말하여 공공 문화의 창조는 현실적 기구 속에 이루어져야 한다. 현실에 그러한 계기가 결여되어 있는 것은 아니다. 공공성은 사람의 하는 일에 밖으로부터 억지로 주입되는 것이 아니다. 그것은 사람의 깊은 본능이며 요구이다. 인간을 전적으로 사적인 이익에 의하여 지배되는 존재라고 보는 것은 자본주의 경제가 만들어 낸 신화이다. 아리스토텔레스가 인간을 정치적 동물이라고 했을 때, 정치적이란 바로 공공성의 성격을 지칭한다. 정치는 단순히 이익이나 권력을 위한 투쟁이 아니라 그 자체로서 인간의 어떤 욕구를 만족시켜 준다. 정치는 바로 사람이 추구하는 행복의 한 형태인 것이다.

이것을 미국의 정치 철학자 한나 아렌트는 '공적 행복'이라고 불렀다. 아렌트는 미국 독립 혁명기에 있어서의 존 애덤스의 말을 빌려, 사람들이 시의 집회에 가고, 대의원들이 전국 대의원회의에 간 것은 반드시 의무 때문만도 아니고, 더구나 자신들의 이익을 지키기 위한 것도 아니라 토의하고, 회의하고, 결의하고 하는 것을 즐겼기 때문이라고 말한다. 정치적 자유와 참여의 의의는 상당한 정도까지는 공적 행복의 기회를 갖는다는 데 있다. 이러한 정치적 활동이 충족시켜 주는 것은 여러 사람 가운데에서 '빼어나고자 하는 열망'이다. 그것은 반드시 개인적인 야망과 일치하는 것은 아니다. 왜냐하면 연기의 수월성은 여러 사람이 인정할 수 있는 종류의 것이어야 하고, 또 여러 사람의 인정 없이는 즐겁지 않은 것이 되기 때문이다. 그리고 또 즐거움은 단순히 개인의 행위만이 아니라 전제적인 집단의 업적의 수월(秀越)함에서도 나오는 것이다.(『혁명론』, 114쪽 이하 참조)

공적 문화

물론 정치가 이러한 '공적 행복'에 의하여서만 움직이는 것이라고 말하는 것은 어리석은 일이다. 다만, 여기에서 지적하고자 하는 것은 사람에게는 거의 본능적으로 공적으로 행동하는 면이 있다는 것이다. 이것은 혁명가만이 아니라, 모든 공적인 일에 종사하는 사람, 데모에 참가하는 모든 사람이 다 알고 있는 사실이다. 공적 문화의 창조는 이러한 경험의 기회를 확대하는 것으로부터 시작될 수 있다. 이것은 쉽게 말하면, 작은 집단이나 큰 집단이나를 막론하고, 또 진짜로 하거나 연습으로 하거나, 사회생활의 모든 면에서 민주적 참여를 제도화하는 것을 뜻한다.

그것이 간단한 의미에서 민주적 참여와 일치하는 것은 아니겠으나, 우리가 보다 좁은 의미에서 문화라고 부르는 여러 일들, 문학이나 예술도 공적 교육의 일부가 될 수 있다. 결국 문화 활동은 적어도 공공성의 관련에서 볼 때, '보편성에의 고양'이란 면을 가지고 있기 때문이다. '공적 행복'이라는 심리적 동기에 의하여 지탱되는 것으로 우리는 쉽게 여러 사람의 모임과 참여 또는 참관을 요구하는 공연 예술들을 생각할 수 있다. 아렌트는 '공적 행복'을 설명하면서, 애덤스의 "행동하는 것을 보이게 하자.(Spectemur agendo)"라는 말을 인용하고 있다. 여기에는 정치는 여러 사람이 보는 데서 행동하는 것이고, 이 보임의 공간이 그 공공성을 보장한다는 의미가 들어 있다. 그런 의미에서, 정치 행동은 연극의 행동과 비슷하다. 그런데 연극은 여러 사람 가운데, 어떤 보편적 진실의 광경을 보여 주고 보는 행위이다. 어느 철학자의 말을 빌려, 연극은 '원격에서의 일체성'이며, 연극이나 기타 공적 축제는 "참가자들을 일상적 삶으로부터 빼어내어 하나의 보편적 교감으로 고양시키는" 것이다.[1]

보편적인 것을 향한 교육은 공연에 있어서의 주고받음을 통하여 이루어진다. 그러나 그것에 궁극적인 이해의 깊이를 부여하는 것은 언어이다. "인간의 말과 몸짓은 독특한 전달력을 가지고 있어서, 이에 비하면, 오늘의 세계를 바꾸어 놓고 있는 기술 문화의 가장 사치스러운 투자도 불확실하고, 억지스럽고, 덧없는 것으로 보인다." 이것은 가다머의 말인데 그는 계속 말한다. "잘 말하여진 말, 적절히 때를 맞춘 노크 소리에서, 가장 발달된 기술적 자극이 해낼 수 없는 방식으로, 무엇인가가 드러난다." 이것은 곧 우리를 넘어가는 보편적 진리이다. 여기의 말은 연극에서의 언어와 동작에 대한 것이지만, 같은 종류의, 보다 넓은 것에의 부름은 모든 언어 예술의 핵심을 이룬다. 문학과 예술의 계시가 직접적으로 정치적 교육에 이

---

1   Hans-Georg Gadamer, *The Relevance of the Beautiful*(1986), p. 58.

바지하는 것은 아닐 것이나, 정치가 모임의 광장에서 성립하고, 그럼으로 하여, 개체적 협소함을 넘어갈 수 있게 되는 것이라면, 문학과 예술도 그러한 기능을 하고, 또 정치와 합치됨으로써 그것에 보다 고양된 내용을 부여할 수 있는 것이다.

말할 것도 없이 간접적인 의미에서 정치의 공공적 성격을 확보하는 데 이바지할 수 있는 것이 문학이나 예술에 한정되는 것은 아니다. 종교, 도덕, 철학은 우리에게 보다 직접적으로 가치와 행동의 기준을 생각할 수 있게 하고, 정치학이나 경제학이 우리에게 현실의 분석과 정책적 지침을 제공해 준다. 이러한 것은 모두 공공 공간의 공공성을 구성하는 요소들이 된다.

앞으로의 사회 발전에 있어서 과학 기술이 가장 중요한 요인이 되리라는 것은 분명하다. 그러니만큼 21세기 위원회의 프로그램에서도 그것은 별개의 분과로 고려되고 있는 것일 것이다. 다만, 우리가 관심을 갖는 것은 과학의 인문주의적 의의이다. 위에서의 예술에 대한 언급은 지나치게 정서적 측면을 강조한 것인지도 모른다. 사실 교육에 대한 우리의 습관적 사고는 인간의 여러 능력을 너무나 분과적으로 생각해 온 혐의가 짙다. 즉 지적인 능력, 정서 또는 도덕적 품격을 따로 떼어서 생각하는 것이다. 그러나 이러한 능력들이 서로 보완됨이 없이는 참으로 온전한 것이 아니 됨은 말할 것도 없다. 예술과 과학도 그렇게 상거(相距)해 있는 것만 아닐 것이다. 그러한 점을 차치하고라도 과학적 사고가 사회의 긴장과 갈등의 문제를 해결하고 균형된 감각을 함양하는 데 빼어 놓을 수 없는 요인이 될 것임은 너무나 빤한 일이다. 다원주의가 앞으로의 사회를 특징지음과 동시에, 이를 넘어가는 통일이 한 사회가 사회로 성립하기 위한 요청이라고 한다면, 그러한 사고의 모델을 제공해 주는 것이 바로 과학일 것으로 생각되는 것이다.

다시 말하여, 근본적으로 공공성의 원칙을 사회 속에 통용케 하는 데에는 정치와 경제에서의 공공 원칙의 현실화를 대신할 방책이 달리 있을 수 없다. 그다음은 사회생활의 모든 면에서 공적 참여의 기회를 넓혀, 공공성을 단순한 의무 수행의 대상이 아니라 행복 추구의 대상이 되게 하는 것이 중요하다. 그러나 이와 동시에 행동과 생각에 있어서 부분적, 국부적인 것을 초월하여 보다 보편적인 것에 대한 지향을 함축하는 모든 문화 행위들은 여기에 빼어 놓을 수 없는 수단이 된다.(이것은 문화가 반드시 수단의 위치에 있어야 된다는 말은 아니다. 문화야말로 사회적 삶에 있어서의 최후의 보람이라고 생각하는 사람들도 있을 것이다.) 어쨌든 문화의 개화가 없이는 공공 사회도 또는 참으로 풍부하고 일체적인 공공 생활은 있을 수 없다고 말하여도 좋다.

충족된 인간

지금까지의 논의는 지나치게 인간 생활의 사회적인 성격을 강조한 듯한 인상을 준다. 우리 사회의 실상이야 어쨌든 간에, 우리 사회에 있어서의 집단주의적 목표는 충분히 역설된 바 있다. 오히려 필요한 것은 개인의 중요성 — 이것도 진정한 의미에 있어서의 개인이라고 수정하여 말할 수밖에 없겠는데, 개인의 중요성을 잊지 않는 것일는지 모른다. 이것은 오늘에도 그렇고 앞으로의 사회에 대한 어떠한 비전에서도 그러하다. 우선 확인해야 할 것은 우리가 아무리 집단의 필요와 목표 또 그것의 일체성을 강조하더라도 그 집단이 개인의 희생 위에 성립하는 것이라면, 결코 안정된 균형을 가진 집단일 수 없다는 점이다. 이것은 물질적, 사회적 차원에서의 희생과 함께 심리적 차원에서의 억압을 포함하여 그러하다.

어떠한 사회에 있어서나 제약 없는 삶이 가능할 수는 없겠으나, 적어도 이상적으로는 좋은 사회는 그 성원의 인간적 필요와 희망이 모두 또는 대체로 충족된 사회이어야 할 것이다. 그런 사회에서 비로소 참다운 유대 ── 상호 견제의 억압적, 수난적 집단성보다도 서로 북돋아 주는 해방적·환희적인 유대가 가능하여질 것이다.

생존의 생물학

말할 것도 없이 사람의 필요 가운데 기본적인 것은 생물학적인 것들이다. 그러면서 인간의 인간다운 성질로 하여 그것은 사회적 문화적 조건들에 따라 여러 다른 수준과 형태로 규정될 수 있다. 의식주의 적정 수준도 경제적·문화적 수준에 따라서 다르게 정해질 수 있다. 또 이러한 필요의 충족의 과정도 여러 가지 있을 수 있다. 최소한도의 충족 자체만을 기준을 삼을 수도 있고, 그 과정이 물리적 고통과 심리적 불안과 위협으로부터 자유로우며 더 나아가, 모든 주어진 인간 기능의 수행이 다 그러하듯이, 즐김의 과정이 되어야 한다고 생각될 수도 있다. 수준의 상향 조정에 따라 생물학적 필요도 더 확대될 수 있다. 생존이 아니라 건강이 요구될 수 있고, 단순히 개체의 생존이 아니라 세대를 달리하여 계속되는 자손 또는 종족의 생존이 보장되기를 바라게 될 수도 있다.

그러나 어떤 논자들이 주장하는 것처럼 인간의 생물학적 필요가 무한히 변용될 수 있는 것은 아닐 것이다. 이것이 무한히 변용될 수 있다는 생각은, 인간성의 역사적 성격을 강조하는 마르크스주의에도 들어 있는 것이지만, 그보다도 오늘의 소비주의가 상업적 목적으로 자극하는 소비욕의 무한한 신장을 증거로 하여 나오는 생각이다. 소비주의적 욕망의 현상은 사람이 사회적 암시에 얼마나 약한가 하는 것을 보여 줄 뿐이다. 그러나 인위적으로 자극된 욕망도 얼마 안 있어 사람의 생물학적 한계에 부딪치게 마련이다. 어떤 경우에 있어서 사람의 생물학적 필요가 문화적으로 변용될 수 있는 것이라고 하더라도, 그것은 궁극적으로 무한하고 무정형적이라기보다는 수락할 수 있는 한계 속에 있는 것이 아닌가 한다.

문화의 향수

이 한계에 대한 설득의 작업은 문화의 영역에 속한다. 설득의 근거는 첫째 사회적 균형이다. 그것은 도덕적 의무의 관점에서 말할 수도 있지만, 사회적 공간의 평화는 어떠한 사람의 삶에게도 삶의 향수를 위한 전제 조건이기 때문에 자신을 위한 자율적 절제로서 말하여질 수도 있을 것이다. 그러나 더욱 중요한 설득의 근거는 개체적 삶의 발전을 위하여 필요한 균형이다. 사실 인간의 하는 일이 대부분 그러하듯 필요와 욕망은 충족되어야 하며 또 그 나름으로 즐거운 것이면서 지나칠 때 오히려 생존을 위하여서나 향수의 관점에서나 역기능적인 것이 되게 마련이다. 문화의 기능의 하나는 이에 대한 일반적 이해를 만들어 내는 일이다.

인간의 생물학적 필요와 관계해서, 사람은 그것의 최소한도의 충족에서 안분지족의 철학을 얻고 그 나머지는 무위자연(無爲自然)의 경지로 돌아갈 수도 있다. 그러나 대부분의 경우, 사람들은 삶에 있어서의 잠간의 체류를 극대화하고자 할 것이다. 사람이 삶의 향수의 최대화를 추구하는 것은 적어도 하나의 한계 개념으로 상정될 수 있다. 이 추구는 물론 세계가 주는 향수의 기회에 따라서 가능하기도 하고 제한되기도 한다. 다른 한편으로 그것은 개인의 능력에 대응한다. 밖으로부터의 기회나 안으로부터의 발휘되는 능력이 조건이 되는 것이다. 그것은 수동적으로 주어지는 것만은 아니다. 그것은 창조될 수도 있다. 그리고 이 창조성이야말로 인간의 고유한 특징이며 또 삶의 보람을 한껏 신장해 주는 활동의 근거이다. 그런데 이 창조는 아무것도 없던 데에 새로운 것을 만들어 내는 것을 말하기도 하지만, 있는 것의 변형과 섬세화를 뜻하기도 한다. 아마 인간의 내면적 능력과의 관계에서 더 중요한 것은 이 변형과 섬세화라고 해야 할는지 모른다.

향수는 밖의 삶의 기회와 안의 능력의 교섭과 융합에서 가능해진다. 그것은 새로운 작용임으로 하여 창조적이다. 그러나 이 교섭과 융합의 과정은 보다 더 적극적으로 가시적 형상들을 생산해 낼 수가 있다. 예술 작품, 조형적 건축적 인공물은 이러한 창조의 결과물들이다. 그러나 창조의 결과는 특정한 종류의 조형물에 한정되는 것은 아니다. 또 조형적 가능성에만 삶의 향수와 창조 행위가 관계되는 것은 아니다. 우리가 여기서 주로 생각하고 있는 것은 예술 작품이지만, 철학적 사유에 있어서, 과학적 발견과 발명에 있어서, 도덕적 행위의 모범에 있어서 또는 인간의 여러 가능성을 종합한 인격의 발전에 있어서, 사람의 세계 속에의 적극적 참여에 있어서 창조적 향수는 여러 가지로 구현 될 수 있는 것이다.

문화에 있어서 집단과 개인

문화적 의미에서의 삶의 향수는 집단적일 수도 있고 개인적일 수도 있으나, 참으로 인간적이며 창조적인 차원에서 개인의 주체적인 에너지에 의하여 매개됨에 주목할 필요가 있다. 삶의 기회는 일단 객관적으로 주어진다고 할 수 있으나, 그것이 향수되기 위하여서는 이러한 객관적 기회는 주체적으로 의식화되어야 한다. 이 주체적 의식의 구체적 담지자는 개인이다. 그러니만큼 물질적 재화가, 설령 집단적으로 얻어질 경우에도, 개인의 소비를 위하여 분배되어야 하는 것처럼, 문화적 향수도 개개인에 분배될 필요가 있다. 그러면서 그것은, 의식의 성질상, 단순히 수동적으로 받아들여지는 것이 아니라 능동적으로 참여되어야 한다. 특히 이것은 높은 차원의 향수에 있어서 그러하다.

의미 있는 삶의 향수란, 일체성의 향수, 경험의 일체성, 사실의 일체성, 궁극적으로는 의식과 삶의 일체성의 향수이기 때문이다. 그리고 높은 향수의 체험에 필요한 일관성이나 뉘앙스에 대한 분별력은 훈련된 주체적 능력에서 생겨난다. 훈련된 개인의 능력이야말로 이러한 향수의 필수 조건이다. 여기에 더 나아가 새로운 창조는 개체의 창의성에 크게 의존하는 것이다. 개인의 다양한 차이는 어떤 상황을 풍부히 하고 새롭게 하는 중요한 요인이다. 그러나 인간 사회에 있어서 참으로 새로움의 근본이 되는 것은 개인의 탄생과 죽음이다. 이것과 더불어 변화—창조적일 수도 있는 변화는 불가피한 것이 된다.

그러나 문화에 의하여 형성되는 인간이 순전히 개인적일 수는 없다. 문화는 사람이 모이는 데에서 생겨난다. 그것은 사람과 사람이 부딪치는 데에서 생겨나는 분비물이다. 이 부딪침은 사람들로 하여금 다른 사람의 예를 보면서(또는 이 부딪침은 문화적 유산을 통하여 통시적인 것일 수도 있는 까닭에) 다른 시대의 예를 보면서, 자신의 개체적 변주를 시도해 보게 한다. 이 변주는 특정한 개인에게만 유용한 것이 아닌, 모든 사람에게 적용될 수 있는 새로운 가능성이 된다. 또 그것은 다른 사람과, 다른 가능성과의 관계에서 시도된 것인 만큼 처음부터 그러한 면을 가지고 있었다고 할 수도 있다. 그런 의미에서 새로운 개인의 새로운 실험은 인간의 보편적 가능성의 지평속에서 시험되는 것이며, 그것을 구성한다.

위에서 우리는 정치 공간에서의 '빼어나고자 하는 열망'에 언급하였다. 문화는 '다르고자 하는 욕구' 또는 '개체화의 욕구'에서도 시작하지만, 강도 있는 표현에 있어서는 똑같이 '빼어나고자 하는 열망'에 의하여서도 자극된다고 할 수 있다. 다시 말하여, 그것은 사람과 사람의 경쟁적, 투쟁적 또는 희랍인들의 말을 빌려 아곤(agon)의 관계에서 생겨난다. 그러니만큼 그것은 극히 개인적인 것이라고 할 수도 있다. 그러나 그것은 사회적 인정 가운데 당대적 인정이 아니라면, 적어도 보다 행복한 후대의 사람들의 인정가운데 성립한다. 그것은 사회적 바탕 위에서만 성립하는 개인적 성취이다. 그리고 이것은, 정치의 경우에서나 마찬가지로, 높은 문화적 실현의 차원에 있어서는, 공동선(共同善) 또는 공동미(共同美)의 실현일 수밖에 없다. 개인적 문화의 업적도 아니면 적어도 사회나 개인의 보편적 가능성으로 인정될 수 있는 업적이어야 한다. 그것이 배타적 소유의 것이라면 누가 그것을 인정하고 존경할 것인가? 진선미는 보편적 이념이다. 그러나 우리는 그것이 개체적 삶에서 일회적으로 구현될 때 더욱 감동한다. 거기에서 우리는 개인적 실존이 어떻게 보편적 이데아 속에 이어지는가를 보는 것이다.

2. 잘 사는 사회의 제도와 공간

한 사회의 문제가 물적 토대나 제도만으로 해결될 수 있는 것은 아니다. 사람의 삶의 질을 결정하는 더 중요한 것은 어떻게 보면 일정한 물리적 환경과 제도 속에 담겨 있는 관계와 관행이라고 할 수 있다. 그러나 적어도 사회 변화를 추구함에 있어서 변화를 위한 행동의 대상이 될 수 있는 것은 삶의 외형적 테두리와 얼개이다. 분명히 정형화될 수 없는 정신, 감정, 관습에 관계된다고 할 문화의 경우에도 마찬가지이다.

물론 외형만이 있고 내실이 없는 데에, 삶과 문화가 있을 수 없으나, 다른 한편으로는 사람의 삶의 기본적 충동과 욕구 또 에너지가 늘 비슷한 것이라고 할 때, 적절한 외형은 결국 적절한 내용에 의하여 채워지게 마련이다. 외형은 실천의 면에서 볼 때 내실보다 더 중요하다. 그러나 제도와 물질적 외형의 문제는 인문학적 관점이 쉽게 다룰 수 있는 것이 아닐 것이다. 그러나 사회 행동의 대상은 외형적 성취를 향할 수밖에 없기 때문에 여기에 간단히나마 언급하지 아니할 수 없다.

물질생활의 제도

개인이나 사회나 그 생활의 질을 재는 데 가장 쉬운 공약 기준으로서 행복이라는 개념을 사용한다면, 이것을 물질 수준과 관련하여 말하건대, 사람은 물질생활의 여러 수준에서 각각 그 나름의 행복을 누릴 수 있다. 나물 먹고 물 마시고 팔을 베고 누워 인생과 자연을 완상하는 데에 사람의 행복이 있다는 생각은 조선 시대의 지배적인 이상이었다. 그러나 이러한 낮은 에너지의 균형에서 행복을 찾겠다는 생각은 근대화가 방출해 낸 높은 에너지에 의하여 완전히 추종자를 상실하고 말았다. 새로운 시대에 가능한 것은 개인적으로나 사회적으로나 높은 에너지의 삶을 수용하면서 그것을 어떤 균형에 이르게 하여 그 속에서 행복을 찾는 것일 것이다. 그러나 잘 살겠다는 의지와 에너지의 개인적 각축이 우리 사회를 만인(萬人)이 만인에 대하여 벌이는 전쟁의 터전이 되게 한 것은 앞에 언급한 바와 같다. 필요한 것은 잘 살겠다는 의지와 에너지를 사회화하는 것이다. 그러나 오늘 공산권 국가들의 격동이 드러내 주는 것은 이러한 에너지와 사회화 사이에 존재하는 모순 관계이다. 경제적 발전을 이룩하면서 동시에 자본주의적 생존 투쟁의 격화를 어떻게 피할 수 있느냐 하는 데 대한 답변은 새로이 연구되고 시험되어야 할 가장 중요한 과제이다.

생존 투쟁이 완화되고 보다 더 인간적인 소통이 가능한 사회가 되기 위하여서, 널리 논의되어 온 바와 같이, 보다 분명한 경제 정의가 필요하다는 것은 이미 언급하였다. 경제적 평등은 그 하나의 방책이나 아마 이보다 더 중요한 것은 기본적 인간적 삶을 보장해 주는 복지 제도일 것이다. 커다란 정치적 정열을 불러일으키는 자유나 평등의 목표를 두고 우리가 다시 한 번 생각하여야 할 것은, 그러한 목표가 정치적 주제가 되는 것은 그것이 필수적 생존 조건이 될 때라는 점이다. 자유가 없이는 살기 어려울 때, 평등이 없이는 살기 어려울 때, 그러한 것들이 문제로 부상한다는 말이다. (자유가 없이도, 또는 평등이 없이도 살 수는 있다.) 따라서 인간적 삶의 최소한도가 보장될 때, 자유와 평등에 대한 요구의 절대점은 수그러지게 마련이다. 이렇게 생각해 보면, 경제 활동의 심리적 동력으로서 생존의 불안이 사라진다고 하더라도 이에 대신하여 보다 잘 살려는 욕망은 경제 활동의 동기로서 남을 수 있을 것이 아닌가 하는 생각이 드는 것이다.

분배의 정의나 사회 복지 또는 보장이 어떻게 확보될 수 있느냐 하는 데 대한 현실적 방법의 문제는 단순히 전략상의 문제가 아니다. 노동 운동에서 위로부터의 온정주의적 해결보다 힘에 의한 쟁취를 선호하는 것은 민주적 참여에 대한 요구에 관계되어 있다. 이러한 참여의 요구는 더 포괄적인 산업 민주주의에 대한 요구로 확장될 것이다. 그것은 노동 현장에서의 민주적 참여로부터 경영에 있어서의 공동 결정 또는 그 이상의 주장들을 포함할 수 있다. 이러한 평등 또는 참여에 대한 요구는 법과 정치에 있어서의 형식적 민주주의에 만족하지 않을 수 있기 때문에 실질적 민주적 참여의 권리에 영향을 미칠 자본의 흐름에 대한 민중적 또는 국민적 통제를 들고 나올 수도 있다. 오늘의 체제상의 대립이 해소됨에 따라 이 문제에 대하여 경직된 사회주의적 해결을 피하고 시장 경제의 생산성과 능률을 유지하면서도 자본의 비민주성을 견제하려는 여러 움직임이 나타날 것이다.

공적 분야의 발전

분배와 공급의 문제에 있어서 자본과 노동의 줄다리기가 어떤 종류의 대결과 타협에 이르든지 간에 시장 경제 체제 내에서 이윤에 관계되지 않는 여러 사회적이고 공적인 부분의 투자와 발전이 등한해지기 쉽다는 것은 흔히 지적되어 온 이야기이다. 이 공공 분야는 사회 복지적 성격의 제도와 시설에 관계되는 것과 문화적 성격 ── 삶의 긴급한 필요가 아니라 그 고양에 관계되는 제도와 시설의 부분으로 나누어 볼 수 있다.

주택, 병원, 탁아소, 학교 등이 사회가 책임지고 해결해야 할 제도와 시설이란 것은 대체로 공인된 가설이 되었다. 그리고 산업화와 근대화가 진행됨에 따라 사람의 삶은 전반적으로 사회화해 가는 경향이 있으므로 복지의 문제에 대한 사회의 투자 — 그것이 정부에 의한 것이든 아니면 여러임의 단체에 의한 것이든 — 이러한 투자는 늘어 갈 것이다. 또 여성들의사회 참여에 대한 요구가 증대함에 따라 여성들이 담당했던 생존 문제의사적인 해결은 점진적으로 집단적·사회적 해결에 의하여 대체될 것으로볼 수도 있다.

문화의 발전

생활의 긴급한 필요를 충족시키는 것이 아닌 여러 제도와 시설, 도서관,미술관, 박물관, 공연 예술의 공간, 스포츠, 레저, 오락 시설 등은 결핍의 경제하에서는 상업적 또는 공공 권력의 과시적 장식의 목적으로 설립 유지된다고 하겠으나, 조금 더 풍요로운 경제 아래 또 사회화하는 사회에 있어서는 가외의 사치가 아니라 일상적 필요로 간주되게 될 것이다. 최소한도의 생존의 필요 이상의 여러 가지 것들이 필요로 정의되는 과정이야말로경제가 향상되고 사회와 문화가 발전되는 과정이라고 말할 수 있다. 이것은 저절로 일어나는 변화이기도 하지만, 한 사회의 문화와 교육이 국민을설득하여 얻어지는 결과라고 할 수도 있다. 어떤 경우에도 중요한 것은 문화의 제도와 시설 또는 일반적 문화가 가외의 장식이나 사치가 아니라 삶의 필요로서 인식되어야 한다는 점이다. 이것은, 다시 말하여, 물질적 여유에서 자라 나오는 것이기도 하지만, 한 사회가 사람의 삶을 동물적 삶 이상의 차원에서 살겠다는 역사적 결단을 내린 결과라고 할 수 있다. 이러한 의식적 결단 — 국민 전체에 통념적으로 받아들여지는 결단이 없는 것에서문화는 관료적이고 모방적이고 공허한 것이 되게 마련이다.

삶의 개념적 제도적 질서화

문화나 사회나 사적 생활의 부분이 오늘 우리 현실의 기준 이상으로 발달하여야 한다는 것은 자명한 주장이다. 그 구체적인 내용이 문제일 것이다. 그러나 여기에서 그 내용이 될 항목들을 나열하는 것도 무의미한 일이다. 그것은 상황의 논리에 실용적으로 맡기는 것이 좋을 것이다. 다만 문화와 사회의 발전의 문제를 전체적으로 조감하면서, 조금 동어 반복적으로, 전체적 조감과 반성의 필요를 다시 한 번 확인할 필요가 있는 것으로 보인다. 오늘날 우리 사회를 특징짓고 있는 것은 삶의 질서와 혼란이다. 삶의 필요와 보람을 충족시킬 수 있는 통로들이 전혀 체계화, 계열화되어 있지 않은 것이다. 오늘날 우리 사회에서는 어디에서 일상용품을 사며, 어느 병원에를 가야 하며, 정부의 어느 기관에서 도움을 청하며, 삶의 문화적 행복을 위하여 어디에서 무엇을 할 것인가, 이 하나하나가 모두 문제적으로 남아 있는 것이다.

사람의 삶의 필요는 사적인 생활과 사회적 공적인 영역과 문화적인 영역에서 혼란 없이 충족될 수 있어야 한다. 이러한 삶의 구역들은 그 자체에서 하나의 질서를 이루면서 서로 유기적 관계에 묶이어 사회의 삶의 총체를 구성하여야 한다. 오늘의 우리의 사회는 이러한 총체적 모습을 전혀 보여 주지 못한다. 그리하여 우리의 삶 —— 개인적이든 사회적이든 우리의 삶의 가장 중요한 부분은 필요 충족의 끊어진 통로를 이어 나가는 일에 낭비된다. 앞으로의 가장 중요한 과제의 하나는 이러한 낭비를 없앨 수 있는 삶의 질서를 만들어 나가는 일이다. 거기에는 명확하고 삶의 여러 가지 필요에 민감한 개념화, 집단적 의지의 조성, 그것의 현실적 시행에 있어서의 간단없는 노력이 필요할 것이다.

삶의 공간의 조형

그런데 삶의 질서를 명증화하는 문제는 개념과 제도에 못지않게, 또는 그보다, 물리적 환경의 문제이다. 개인 생활의 기본적인 공간은 주택이다.

말할 것도 없이, 그 공간은 개인이나 가족이 생활하는 데 적절한 규모의 공간이어야 하고, 그 생활의 필요를 — 먹고 자고 씻고 쉬고 일하고 해야 하는 등의 필요를 적절하게 질서화할 수 있는 것이라야 한다. 그러나 집을 생활의 기본 단위로 유지하는 데 필요한 필수품과 에너지 등은 밖으로부터 온다. 또 일상생활의 직접적인 필요를 넘어가는 것들 — 학교나 병원 그리고 보다 일상생활을 끌어내면서 그것에 리듬을 주는 휴식과 오락과 문화의 욕구도 밖으로부터 와야 한다. 이러한 생활을 구성하는 필요들은 한편으로는 매일매일 쉽게 접근할 수 있는 범위에 있어야 한다. 그러나 우리의 필요는 다른 한편으로는 일상적인 것으로부터 비일상적인 것에로, 일일 단위의 필요의 부분으로부터 주 단위, 월 단위 또는 그 이상의 시간의 단위로 생겨나는 필요의 부분으로 나아가는 동심원적 체계를 이룬다. 건축 도시, 또는 지역 개발 계획은 이러한 필요의 체계를 참고하고 표현하여야 한다. 그때 삶의 질서가 저절로 생겨난다. 아무리 좋은 사회를 원하더라도 사람이 뿌리내리고 사는 물질적 환경에 그것이 표현되지 않는다면 그러한 소망은 수없는 걸림돌과 좌절에 부딪치게 마련이다.

이렇게 볼 때, 건축, 도시, 지역 계획 등 — 인간의 환경을 변형시키는 것은 조형적 노력의 중요성을 다시 확인할 필요가 있다. 문명이 무엇보다도 환경에 대한 조형적 변화, 그 유적으로 헤아려지는 것은 우연이 아니다. 그것은 사람의 삶의 양식의 표현이면서, 오히려 그것을 결정하는 틀이 되기도 하는 것이다. 오늘날 좋든 나쁘든 세계 문명의 주류가 된 유럽 문명을 생각할 때, 그것은 다른 어느 문명보다도 건축과 환경의 계획에 있어서 뛰어난 문명인 것에 주목하게 된다. 그것은 중세로부터 르네상스를 거쳐 오늘에까지 사람의 환경을 적절한 질서에로 변형시키려는 노력이었다. 그러한 노력은 단적으로 건축과 도시 계획의 성과물로 나타나 있다.(물론 축조물의 병리적 비대화가 없는 것은 아니다.) 이러한 진부한 사실을 상기하는 것은 우리의 집, 거리, 도시와 지역 ── 환경 조형을 좀 더 넓은 시각에서 생각할 필요가 있기 때문이다. 인간 생존의 결정적 요인으로서의 삶의 항구적인 거푸집을 만들어 나아가며 그 거푸집에 삶의 모든 질서와 뉘앙스가 담기게 하려는 대역사(大役事)를 수행한다고 생각하여야 할 필요가 있는 것이다. 우리는 우리 나름의 삶의 질서를 우리 나름의 건축과 지역의 조화에 만들어 왔다. 그러나 오늘날 어느 시대에 있어서보다도 맹렬하게 우리는 새로운 인위적 환경의 조형에 손을 대고 있는 것이다. 그리하여 전통적 환경의 조화는 완전히 새로운 조화에 의하여 대치되지 아니하면 아니 되게 되었다. 오늘날 이러한 조화가 없다고 하더라도 우리는 이러한 조화의 목표를 끊임없이 상기하고 재정의하며 오늘의 조형적 노력에 임할 필요가 있는 것이다.

작은 삶의 구역

이것은 조금 거창한 비전의 필요에 대한 이야기였다. 그러나 오늘의 우리의 물질적 환경의 혼란은 오히려 작은 데에서 발견된다. 그리고 삶의 항수적(恒數的) 차원에서 가장 중요한 것은 생활의 작은 질서이다. 사람들의 생활의 대부분은 작은 부분의 제도적, 지리적 범위 안에서 영위된다. 오늘의 우리의 문제는 그것이 작은 범위 안에서 영위될 수 없게 되어 있다는 데에 있다. 우리는 정리되어 있는 일상생활의 구조를 아직은 만들어 내지 못한 것이다. 이 구조의 기본은 물리적으로 이웃이나 동네에 있어야 한다. 이웃이나 동네가 사람들의 일상적인 생존과 일과 놀이의 문제를 감당할 지리적·인간적 단위인 것이다.

물론 사람의 삶이 이웃이나 동네, 좁게 한정된 고장에만 매어 있게 된다면, 그것은 답답한 노릇이고 또 성장 확장의 필요를 가진 인간성에도 맞지 않는 것일 것이다. 그러나 사람이 필요로 하는 것과 그 충족의 수단이 수속 절차에 있어서의 큰 에너지의 소모가 없이 쉽게 접근할 수 있는 것이어야 한다는 것은 대체로 지켜져야 할 원칙이다. 적어도 제도와 시설은 접근 용이한 것이라야 한다. 그러자면 그것들은 이웃과 동네를 중심으로 조직화되어야 하고 저절로 그 조직은 분권적, 분산적인 것이어야 한다.

이러한 관점에서 가령, 도서관을 생각한다면, 그것은 쉽게 가 볼 수 있는 이웃에 있어야 한다. 그리하여 국민학생이나 일반 시민이 일상적으로 친숙하며 스스로 사실을 찾아보고 주체적으로 판단을 형성하는 데 도움을 줄 수 있는 수단으로 기능하여야 한다. 더욱 심각한 의미에서의 연구는 이보다는 중앙 집권적인 시설을 필요로 한다. 그것은 작고 큰 도서관의 피라미드적 체계의 상위 부분에 위치할 것이다. 그러나 대체적으로 말하여 아무리 좋은 도서관이 있고, 공연장이 있고, 병원이 있다고 하더라도 물리적으로, 또 제도적으로 찾아가기가 어려운 곳에 있다면 대부분의 사람에게 그것은 있으나마나 한 것이다.

물론 작은 이웃, 작은 공동체 내에서의 폐쇄적 삶을 이상화하는 것은 현실적이 아니다. 또 그것이 반드시 발전적이라고 할 수도 없다. 위에 말한 것은 큰 사회 내에 있어서의 하나의 기본적인 단위에 불과하다. 이러한 단위들은 더욱 커다란 연합체 속에 통합될 것이다. 이 연합체는 그 나름의 기능을 지리와 제도에 표현하게 될 것이다.(점점 커져 가는 생활권 속에서 인간적 규모를 유지하는 방법은 연합주의(Federalism)밖에 없는 것이 아닌가 한다.) 그리고 이 연합체는 궁극적으로 전 사회의 외연과 일치하게 될 것이다. 그다음 이것은 자연의 한계에 부딪친다. 물리적 환경에 대한 우리의 생각은 이 모든 것을 포함하여야 한다.

인간적 규모와 문화

이웃 중심, 접근 용이성, 분권주의 — 이러한 원칙은 물리적 환경이나 제도에 관계된 것이지만, 그 이상의 의미를 가지고 있다. 이것은 달리 말하면, 더러 쓰는 말로 '인간적 규모(Human Scale)'가 제도와 구조물의 척도가 되어야 한다는 말로 바꾸어 볼 수 있는 것인데, 그것은 그러한 것들이 인간성에 맞는다는 뜻이다. 인간의 신체적 심리적 조건은 정상적인 상태에서 제한된 자극과 생각과 작업을 수용할 수밖에 없는 것으로 보이는 것이다.

그런데 인간적 규모는 중요한 사회 문화적 의미를 갖고 있다. 사람은 인간적 규모의 질서 속에서 비로소 사람다울 수 있다. 그 속에서 그는 자신과 이웃에 대하여 인간적 주의를 기울일 수 있다. 그리하여 스스로를 발전시키고 다른 사람과의 인간적이고 창조적인 관계를 발전시킬 수 있다. 앞에서 우리는 공공 문화에 대하여 말하였지만, 이러한 인간적 규모의 공동체에서 비로소, 그러한 문화는 저절로 발생 성장할 것이다. 그리고 이러한 공동체적 상호 작용이 없이는 공공 문화는 삶을 풍요롭게 하는 발전이 아니라 그것을 제약하는 한계로서 작용하기가 십중팔구일 것이다.

공공성의 교육

적절한 조건하에서는 사람은 그 필요한 것을 물질적 재화이든 정신적 재화이든 만들어 내고야 만다. 필요와 충족의 적정한 질서를 가진 적정한 규모의 공동체에서는 조만간에 그 나름의 인간적 문화가 생겨난다. 그러나 반대로 그러한 공동체를 만들기 위해서는 인간적 문화가 필요하고 또 어떤 경우에도 물질적 구조가 인간 정신의 작업을 완전히 대신해 줄 수는 없다. 어떻게 하여 개인과 사회의 균형 발전에 기여할 수 있는 문화가 촉진될 수 있는가? 여기에는 한편으로는 예술, 문학, 철학 등 고급문화의 활동이, 다른 한편으로는 오락, 스포츠, 축제, 관습 등이 모두 중요한 몫을 하지만, 이러한 것들의 번성을 위하여 무엇을 하여야 하는가는 분명치 않다. 그 가운데 교육만은 쉽게 제도화되는 문화의 일부이다. 물론 그것이 구체적으로 어떠한 것이어야 하는가를 쉽게 말할 수는 없다. 다만 우리 사회가 만인 전쟁의 사태로부터 협동적 공동체로 나아가려 한다면, 매우 개괄적으로 말하여, 조금 더 공공성, 사회성과 같은 것이 교육의 핵심에 놓여야 한다고 말할 수는 있을 것이다.

사회성 또는 공공성이 우리 교육에서 이미 강조되어 있지 않다는 말은 아니다. 이미 앞에서 비친 바와 같이 교육의 내용과 실제에 있어서 집단주의는 지나치게 강조되어 있다는 인상마저 준다. 그러면서도 현실에 있어서 교육을 지배하고 있는 것은 개인적 출신과 영달의 관점이다.(설령 사회적인 것이 있다고 하더라고 그것은 윤리의 측면에서 전혀 다를 것이 없는 개인적 공리주의의 집단적 확대가 될 뿐이다.) 이것은 시험과 입학시험의 제도에서 가장 잘 나타난다. 또 이것은 상호 투쟁적인 사회의 현실을 반영하고 있다. 그런 의미에서 시험 제도는 우연적인 것이 아니다. 이론과 실천에 있어서 실천이 ── 행동의 관습이 더 사실의 진상에 가까운 것이라는 것은 에스노그래피에 종사하는 인류학자들이 오래전부터 잘 알고 있는 사실이다. 교육의 내용이 아니라 시험 제도가 오늘의 교육의 진실을 말하여 주고 있는 것이다.

이러한 모순은 우리 교육의 집단적 이상들의 추상적 성격에서 그대로 드러난다. 그것들은 그 자체로서 의의가 있는 것이라기보다는 다른 외부적 목적에 봉사하는 이념들일 뿐이다. 살아 있는 사회성은 추상적 이념이 아니라 구체적인 체험 ── 가족, 이웃, 고장 등의 체험에서 나온다. 이런 면에서 우리 교육에 강조되어야 할 것은 한편으로 구체적인 사람 사이의 상호 작용이며, 다른 한편으로는 예술적·문학적 체험, 심미적 체험이다. 이러한 것들은 쉽게 조종할 수 있는 추상적 관념을 통해서가 아니라 전인적 감성을 통하여 작용한다. 그러면서 그것은 안으로부터 인간을 형성한다. 여기에 대조되는 것이 소위 정보 위주의 교육 방식이다. 궁극적으로 교육에 있어서의 정보도 정보부의 정보에 비슷한 것이다. 그것은 조작·조정의 수단을 말한다. 교육은 사물의 조종을 가능하게 하고, 스스로 여러 계산적 관계 속에서 조종될 수 있는 정보의 조작들만을 의미하는 것이 아니다. 그것은 사실과 개념을 조종하는 조장자의 심성의 형성에 관계되어 있다.

그렇다고 지적 교육에 대하여 감정 위주의 교육을 중시해야 한다는 말이 아니다. 감정도 교육되어야 한다. 그러나 그것은 감정의 방출을 조장하는 것이 아니라 그것에 지적 규율을 부여하는 것이다. 그것은 오히려 '끈끈한 정'이 사람과 사람을 묶고, 사회 전체에 대한 보편적 관심과 참여를 기르는 데 있어서 별로 믿을 수 없는 매개자임을 밝혀 줄 수도 있다. 필요한 것은 지적으로, 감정적으로 또 도덕적 관심과 의지에 있어서 적절하게 균형을 이루고 있는 인간이다. 그러한 인간만이 여러 다양한 정열과 과제와 또 그에 적절한 다양한 인간들을 포용할 수 있는 공공 문화를 담당할 수 있다.

물론 지식과 지적 훈련은 교육의 핵심이다. 특히 대학에서 그렇다. 그러나 더욱 중요한 것은 지식이 아니라 지식을 만들어 낼 수 있는 지적 능력이다. 이 능력은 진리와 경험의 중간 지대를 유연하여 움직여 갈 수 있는 운동의 원리이다. 이 운동이 필요한 것은 경험적 현실이 진리의 명제에 우선하는 진리의 근원이기 때문이다. 이런 의미에서 그것은 감성과 밀접한 관계에 있다. 경험의 데이터를 보다 직접적으로 수용하는 것은 감성이기 때문이다. 그러니까 우리의 지적 능력은 감성과의 끊임없는 대화를 통하여서만 진리에 가까이 갈 수 있다. 과학사가와 과학철학자들은 과학적 명제까지도 직관적이고 불확실할 수밖에 없는 패러다임과 과학자의 공동체적 동의라는 엉성한 토대 위에 서 있음을 되풀이하여 이야기하였다. 임레 라카토스(Imre Lakatos)에 의하면 수학까지도 "확실한 정리의 단순한 증가를 통하여서가 아니라 모험적 사고와 비평, 증명과 반박의 논리를 통한 추측의 끊임없는 세련화를 통하여 발전한다."[2] 되풀이하건대, 지적 능력은 인간 심성 전체의 유연한 움직임에 깊이 관계되어 있는 것이다.

탐색적 진리와 관용의 인간

교육의 지적 작용의 근본에 대해 간단한 성찰도 오늘의 우리 교육 현실 —추상화된 정보, 지식과 지적 능력에 가짜 객관성을 부여하는 시험, 극도로 비인격화된 교육 환경, 이러한 것으로 특징지어지는 오늘의 교육 현실이 어떻게 바뀌어야 하겠는가를 여러 가지로 암시해 준다. 그러나 사람의 지적 능력에 대한 포괄적 이해는 그 이상의 사회적 의의를 갖는다. 우리가 바라는 세상이 선의와 관용의 덕성에 의하여 특징지어지려면,(이 글의 주제가 되는 보다 평화로운 인간관계의 사회가 바람직한 것이라면, 선의와 관용은 가장 필수적인 덕성이다.) 그것을 가장 강력하게 뒷받침할 수 있는 것은 진리의 복합적 존재 방식에 대한 깊은 사회적 이해이다. 모든 단계의 교육은 이 이해를 넓히는 일에 종사하지만, 대학은 무엇보다도 이것의 수호자이다.

사람은 진리 없이 살 수 없다. 개인적으로도 그러하지만 특히 사회적으로, 동의할 수 있는 진리가 없는 사회는 와해되게 마련이다. 그러나 진리는 진리에 가까이 가려는 모색 속에서만 존재한다. 그리하여 그것은 여러 대안적 통로와 우회를 허용하지 않을 수 없는 것이다. 오늘날 우리 사회와 대학에 차 있는 독단적 확신은 바로 우리가 진리로부터 얼마나 멀어져 있는가를 말하여 준다. 새로운 사회에서 진리는 모색의 운동 속에 유지되어야 하고, 그럼으로써 보다 관용적이고 이성적인 사회의 토대가 될 수 있어야 한다.

---

2 Philip J. Davis and Reuben Hersh, *The Mathematical Experience*(1983), p. 352에서 재인용.

새로운 사회의 외부 환경

지금까지 말한 것은 우리 사회와 문화의 내적 동력학에 대한 직관적 관찰이다. 이것이 맞든 안 맞든 우리의 고찰은 지나치게 내적인 동력학에만 초점을 맞춘 것으로 생각된다. 여기에 추가되어야 할 것은 우리 사회와 문화가 부딪치게 될 외적 조건에 대한 고찰이다.

가령 인구학적 변화, 기술 발전의 전망, 또 다른 외적인 환경에 대한 문제들이 검토되어야 할 것이다. 이 후자 가운데 가령 통일의 전망과 관련하여 우리의 사회와 문화는 어떻게 있어야 할 것인가, 또는 앞으로 국제적 접촉이 기하급수적으로 증대할 것으로 예상되는데, 거기에 대비하여 우리 사회와 문화는 어떻게 있어야 할 것인가 등의 문제들이 포함될 수 있다. 여기서는 우리가 문화의 핵심인 심성을 튼튼히 하고 그것에 기초하여 밖으로 오는 것, 또 새로 나타나는 것들에 대하여 관용과 선의의 태도를 견지할 수 있다면, 새로이 나타나는 외부적 요인들은 우리를 풍부히 할 뿐 위협하는 세력이 되지는 아니할 것이라고 말하는 것으로 자세하고 구체적인 고찰에 대신할 수밖에 없다.

(1990년)

국가 백년대계를 정권 편의에 맡겨서야[1]

이런 형태의 글에 대한 변명으로부터 말씀을 시작할 수밖에 없습니다. 편지의 형태로 글을 쓰면서 그것을 공개하는 것은 사사로운 견해의 교환과 공적 토의를 혼동하는 일이고, 그 공개는 또한 매우 일방적이라는 혐의를 벗을 수 없겠습니다. 또 이러한 글이란 대체로 알고 있는 사람이 모르고 있는 사람에게 일의 잘잘못을 지적하는 듯한 인상을 주기 쉽습니다. 적어도 저의 경우에 그런 인상이 있다면, 그것은 전혀 본의가 아닙니다.

어쨌든 이 기회를 이용하여 제가 의도하는 것은 오늘의 교육의 문제에 대하여 제 나름의 생각을 정리해 보자는 것입니다. 그것이 오늘의 교육의 위기를 둘러싼 공적 토론에 조금이라도 도움이 된다면 천만다행이겠습니다. 이런 글을 쓰는 것에 주저하는 마음이 드는 것은 또 다른 이유들이 있기 때문입니다. 어떤 일이든 사회의 일이 한 사람, 두 사람 또는 몇 사람의 힘으로 풀려 나갈 수 있다고 생각하는 것은 극히 순진한 일일 것입니다. 마

---

1   이 글은 노태우 정부 당시 정원식 문교부 장관에게 보내는 공개서한 형식으로 쓰였다.

찬가지로 문교 장관의 직책이 막중한 것임에는 틀림이 없습니다만, 장관 한 사람이 할 수 있는 근본적인 일이 얼마나 될지, 저로서는 얼른 적극적인 답변을 생각할 수 없습니다. 교육의 분야를 가장 밝게 알 문교 장관이 그렇다면, 한 사람의 짧은 의견이 얼마나 획기적인 것일 수 있을지, 자신이 서지 않는 일입니다.

편의에 의해 왜곡된 교육

문교 장관 한 사람이 할 수 있는 일이 별로 클 것 같지 않다고 한 것은 잘못 말한 것인지도 모릅니다. 그러나 무슨 일을 하든지 분명한 것은 그것을 뒷받침할 수 있는 자원 — 그중에도 재정 자원이 없이는 아무것도 되지 않는다는 것입니다. 문교부가 할 수 있는 일이 크다고 하여도 그것은 간단히 말하여, 정해진 예산 안에서의 일일 것으로 생각합니다. 짐작건대, 정부 전체의 생각에서는 문교부가 생각하는 만큼 또는 교육에 대하여 생각하고 그것을 염려하는 사람들이 바라는 만큼은, 교육의 무게가 큰 것은 아닐 것입니다.

사회의 좋고 나쁨이 그 구성원의 질에 달려 있고 이 질의 문제는 교육에 달려 있다고 할 수 있겠지요. 어떤 경우에나 오늘의 삶만을 생각하고 다음 세대의 행복을 걱정하지 않는 사회가 건전한 사회일 수는 없습니다. 이런 이야기들은 자명한 것으로서, 새삼스럽게 말하기가 쑥스러운 일입니다. 다만 이렇게 말하는 것은 문교 장관은 단순히 교육의 문제만을 맡는 것보다도 정부 내에서 교육의 입장, 미래 사회의 인간의 입장을 적극 대변할 수 있었으면 좋겠다는 생각에서입니다. 이것은 문교 예산 등과의 관계에서만 그러는 것은 아닙니다. 잘 아시다시피 학교와 사회는 불가분의 관계에 있습니다. 학교가 시행하는 것이 교육이라고 한다면, 교육의 극히 일부만이 학교에서 이루어진다는 것은 말할 필요가 없습니다. 교육이 바르게 되기 위해서는 정부가 하는 다른 일들에 있어서도 더 적극적으로 교육의 관점이 반영되어야 할 것입니다.

그러나 교육의 관점이 다른 일에 참고되기보다는 다른 일의 편의들이 교육을 왜곡시켜 온 것이 우리의 현실입니다. 정치, 그중에서도 가장 치졸한 정권의 편의에 의하여 교육의 내용과 운영이 좌우되는 일이 많았던 것은 국가 백년의 뿌리를 흔들어 놓은 일이었습니다. 학문의 연구와 교육 정책에서부터 교수와 각급 학교의 교사, 임원의 임면, 학생의 신상 문제, 심지어는 장학금의 지급, 사람의 감시 매수에 이르기까지 모든 것이 정치적 목적을 위한 조종의 수단이 되었던 것은 잘 아시는 일일 것입니다. 이것은 그 자체로 옳지 않은 일일 뿐만 아니라 국민 정신생활의 도덕적 기강을 깨뜨리는 것이었습니다. 모든 일에 있어서 명(名)과 실(實)을 다르게 하고, 말의 실체를 허무한 것이 되게 하고, 권모술수를 삶의 방법으로 받아들이게 하는 데 정치적 편의주의가 큰 몫을 했을 것입니다.

조심해야 할 것은 다른 목적을 위하여 교육을 굽히는 일입니다. 이것은 흔히 정당한 이유를 가진 것으로 보일 수 있기 때문에 교육의 왜곡은 간과되기 쉽습니다. 가령 교육 재정을 위해서 탁상 위에서 학교의 정원을 늘리고 줄이는 일, 또는 교육 재정의 확보를 위하여 기부금 입학을 허가하여야 한다고 하는 것이 그러한 일의 하나입니다. 작게는 사회 정책의 관점에서 과외를 허가하고 금지하는 경우도 같습니다. 경제 발전이나 기술 발전을 위하여 필요하다고 하여 갑작스럽게 소위 첨단과학과를 설치하고 과학 계열 학생의 정원을 늘리고 하는 일도 교육적인 관점에서 신중히 생각되어야 하는 일일 것입니다.

간단히 생각하여서, 새로운 과가 설치되고 학생의 정원을 늘린다면 교육적으로 그러한 준비가 되어 있는가가 우선 검토되어야 합니다. 물론 그것이 우리의 교육 목표에 부합되는가도 생각되어야 하겠지요. 요즘 신문에 보면 수도권의 대학생 수를 늘린다, 늘리지 않는다 하는 이야기들이 나옵니다. 이 문제는 수도권의 인구 집중 문제와 관련하여 이야기되고 있습니다. 인구 집중 또는 억제는 물론 중요한 문제입니다. 그러나 교육적으로 그것이 바람직한가 하는 논의는 들리지 않는 것 같습니다. 교육만을 제1차로 생각해야 한다는 말은 아닙니다. 민족과 국가, 또는 경제와 사회, 어느 하나 중요하지 아니한 것이 없습니다. 교육 이외에서 일어나는 요청이 교육에서 고려되는 것이 마땅합니다. 다만 그것은 교육의 본질을 살려 나가는 방법으로 받아들여져 나가는 것이 옳을 것입니다. 밖에서 오는 그럴싸한 요구가 교육의 목표와 질에 미칠 영향을 연구함이 없이 수용되어서는 아니 될 것입니다. 그것은 교육의 질의 희석화를 가져와서 결국에는 그러한 요구에도 제대로 응하는 것이 아니게 될 가능성이 큽니다.

지금까지 계속 여러 바람에 흔들려 온 문교 행정이 전체적으로 '도구적 가치'가 근본적 가치를 지배하게 된 오늘의 사회 풍토에서, 이러한 교육의 원칙을 확고하게 정립한다는 것은 지극히 어려울 것입니다. 그러나 문교 장관께서 한정된 정치 목표를 문교 행정으로 번역해 내는 이상으로 교육과 그 이상 그리고 근원적인 인간 가치의 입장을 정부 내에서 대표해 주기를 바라는 것은 저만의 생각이 아닐 것입니다.

도구주의에 매몰된 전인(全人) 교육

오늘날 교육의 목표는 국가와 사회가 필요로 하는 인간, 특히 경제 발전에 동력이 될 수 있는 인간을 만들어 내는 일로 생각되고 있습니다. 이것은 일단 정당한 것으로 말할 수 있습니다. 그런데 이러한 목표가 너무 좁게 생각되어서는 곤란합니다. 그리고 사람 사는 일이 넓고 다기할 수 있으면, 또 그러한 품성이 궁극적으로는 예측할 수 없는 미래에 개인뿐만 아니라 국가 전체로도 살아남음에 필요한 것이라고 할 때, 너무 좁게 해석된 국가 목표는 결국 국가의 발전과 생존에도 이로운 것일 수 없습니다.

과학과 기술 또는 경영 능력을 갖춘 사람을 길러 내는 것은 시대가 요구하는 것이겠습니다. 그러나 이러한 능력은 단순한 외면적 지식이나 기술의 관점에서만 생각하기보다는 더 포괄적인 인간의 능력, 이성적 능력의 관점에서 생각되어야 할 것입니다. 이러한 보다 포괄적인 능력에 관련되어서만, 과학적 지식과 기술은 창조적인 것이 될 수 있고 미래의 새로운 도전에 대응할 수 있습니다. 그리고 궁극적으로 이러한 이성적 능력은 전인간적 능력의 둥우리 안에 있어야 합니다. 이러한 것은 새삼스럽게 말할 필요도 없는 것입니다. 정원식(鄭元植) 장관 자신이 창조적인 지성, 성숙한 자아의식, 현대적 합리성 등을 가진 인간을 교육의 과정이 지향하여야 할 인간상으로 이미 옛날에 지적하신 일이 있기에 더욱 그렇습니다.

다만 걱정스러운 것은 우리 사회의 지배적 풍토가 되어 가는 도구주의, 인간의 모든 것을 단기적 현실 목표에 예속시키려 하는 도구주의 일색이 되어 가는 것과, 다른 한편으로는 교육의 현실과 제도가 많은 교육자들이 생각하는 전인적 인간과는 먼 인간을 길러 내지 않을 수 없게 되어 있다는 점입니다. 오늘의 다중적 교육 환경, 권위주의적 학교 질서, 단편적 수동적 주입식 교육이 전인적 인간을 낳을 수 없다는 것은 정 장관 자신 깊이 느끼고 계시던 일입니다.

문제는 학교의 시설이나 외부적 환경에서도 나오는 것이지만, 교육의 내용과 방법이라는 점에서 볼 때, 오늘의 교육은 피교육자의 내면에 가 닿지를 못합니다. 모든 것은, 지식까지도 기계나 도구처럼 사람의 밖에 있어서 조종하는 대상일 뿐 마음속에 들어가고 마음을 바꾸고 마음을 형성하는 힘이 되지 못합니다. 우리 교육이 만들어 내는 것은 단편적 정보를 무기처럼 장비해 가진 내면의 야만인들입니다. 경쟁적 개인주의, 출세주의, 잔혹주의 등은 물론, 사회 전체가 살벌하기 그지없는 곳이 되는 것은 당연합니다. 교육은 인간의 내면에 작용할 때 비로소 참교육입니다.

교육을 죽이는 주범, 입시 제도

오늘의 교육의 왜곡을 가져온 큰 원인 중의 하나가 입시 제도에 있음은 널리 지적되어 온 바 있습니다. 여러 해 전에 정 장관과 함께 입시 제도에 관한 연구 계획에 참여한 일이 있는 저는 이것이 정 장관께서 깊이 생각하고 계시는 일이라는 것을 알고 있습니다. 그럼에도 불구하고 별다른 개혁 조치가 취해지지 아니하는 것을 보면, 이 제도의 개혁이 얼마나 힘드는 것인가를 짐작하게 합니다. 그렇기는 하나 이것이 오늘의 교육을 단편화, 외면화하고 죽은 것이 되게 하는 데 가장 큰 원인이 된다는 데에는 변함이 없습니다. 점진적인 것이라 하더라도 이것이 개혁 내지 폐지되는 방향으로 나아갈 수 있는 중간 조치라도 취해져야 할 것입니다.

입시 위주 교육의 폐단은 교육의 내용을 왜곡하고 사람들로 하여금 교육의 과정보다는 극히 단순화된 결과만을 교육의 내용인 양 잘못 생각하게 하고, 학생들의 생활을 지나치게 경쟁적이고 파행적인 것이 되게 하여 자라나는 세대의 건전한 성장을 위축하게 한다는 것들은 주지의 사실입니다. 어떻게 보면 경쟁적 시험이 학생들로 하여금 많은 공부를 하게 하는 점도 있습니다. 그러나 실질적인 의미에서 그러한 것인지는 심히 의심되는 일입니다. 오늘의 입시 공부란 자신의 호기심이나 탐구욕에 따라, 또 주어진 능력이 뻗어 나가는 대로 한없이 나아갈 수 있는 공부가 아닙니다. 그 것은 제한된 그러나 광범위한 자료의 기계적 완전 습득을 위한 무한한 훈 련을 주 내용으로 합니다. 젊은 지성의 낭비가 얼마인지를 알 수 없습니다. 이왕에 입시 공부를 한다면 이 점만이라도 잠정적 방법으로 고쳐 보면 어 떨까요?

지금까지 입시의 부담을 가볍게 하는 방법으로 입시 문제의 출제 범위 를 교과서에 제한하여 왔습니다. 이 제한을 철폐하고, 쉬운 문제로부터 어 려운 문제까지 넓은 범위에서 출제한다면, 반복 훈련으로 생겨나는 병폐 는 없어지지 아니할까 생각되는 것입니다. 입시 문제에는 과외가 관계되 어 있는 것으로 이야기됩니다만, 사실은 범용한 과외 교사들의 반복적 훈 련, 요령 훈련에 의하여 성적 향상이 가능한 까닭에 과외 수업이 번창하는 것입니다. 진정한 학습은 스스로의 깨우침이 없이 과외 지도와 훈련으로 만 이루어질 수 없습니다. 그러니까 시험을 과외 교사가 잡을 수 없는 위치 에 놓는 것이 한 방법이 아닐까 하는 것입니다. 스스로의 왕성한 지적 탐구 를 수행한 학생만이 만점에 가까이 갈 수 있는 종류의 것이 되게 하자는 것 입니다.

입시나 과외의 문제에서도 근본적 왜곡은 그것이 교육 이외의 고려들 에 의하여 왼쪽으로 가고 오른쪽으로 갔기 때문에 일어난 것이라 할 수 있 습니다. 과외의 사회적인 효과가 중요하지 않은 것은 아니나 사회 문제는 교육을 바르게 하는 원칙에 맞게 해결되어야 했습니다. 시험이 필요하다 면 그것은 제한된 지식과 능력을 시험하는 것이 아니라 종합적으로 발달 한 일체적 지적 능력, 지적 추진력을 시험하는 제도가 되는 것이 좋을 것입 니다. 시험 제도의 사회적 효과는 말할 것도 없이 과중한 공부 부담이나 과 외의 번창에 있기보다 학교 공부의 왜곡에 있습니다. 여기서 말하는 왜곡 은 초등학교에서 고등학교까지의 교육이 궁극적으로 대학에 들어갈 학생들 위주로 이루어지는 것을 말합니다. 그리하여 대학에 가지 아니할 학생들은 교육의 시계(視界) 밖으로 떨어져나가는 결과가 생겨납니다.

그러나 대학에 가지 않은 학생이 더 많은 것을 잊어서 아니 되는 일이고, 이 학생들을 위한 교육이 더 중요한 것임도 새삼스럽게 말할 필요가 없는 것입니다.(이것은 여러 해의 우리 공동 연구 때도 충분히 논의가 되던 것으로 저는 기억하고 있습니다.) 인생의 총량으로나 사회적 영향으로나 이 학생들의 향방이야말로 우리 사회의 실질적인 질을 결정할 것이 아니겠습니까. 어떤 경우에나 교육은 각자의 능력에 맞추어 행복하게 유익하게 살아 나갈 수 있는 힘을 길러 주자는 데 그 참다운 목적을 가지고 있는 것입니다. 대학으로 향해 가는 일직선에서 벗어져 나가는 청소년들에게 그때그때의 단계에서 어떻게 무엇을 하며 살 것인가, 그 진로를 친절하게 분명하게 놓아줄 교육을 연구하고 사회 제도를 만들어 내는 것이 오늘의 청소년 교육에 있어서 가장 중요한 과제입니다. 입시 제도의 개선은 이 가장 중요한 문제에 밀접히 관련되어 있습니다.

전교조(全教組)는 폐단에 대한 반작용

위에 말씀드린 것들은 원론적인 것들에 불과합니다. 원론적인 것이든, 아니면 보다 긴절하게 현실에 당면한 것이든, 우리 사회의 짜임새로 보아 장관의 관심이 없이는 어떠한 것도 제대로 이루어지지는 아니할 것입니다. 그러나 당장에 크게 이루어지는 것이 없더라도 필요한 것은 전반적인 개혁에의 움직임입니다. 그러한 움직임은 일에 처해 있는 많은 사람들의 마음과 몸이 움직여서 가능하여집니다. 또 커다란 위기에는 그것을 바로 풀어 나가야겠다는 커다란 움직임이 있게 마련입니다. 밝고 바른 것에 대한 갈구는 언제나 우리의 행동을 이끌어 주는 힘이 되지는 아니하지만 어떤 계기에 억누를 수 없이 터져 나오고, 그 힘으로 일의 방향을 바꾸어 놓을 수 있습니다. 오늘날 우리 사회에는 이러한 잠재적인 힘이 도처에서 느껴집니다. 이 힘을 얻음으로써 많은 것이 고쳐질 수 있을 것입니다.

전교조를 비롯한 여러 집단적인 움직임은 이러한 테두리 속에서 이해될 수 있는 것입니다. 이러한 움직임은 일단 누적된 폐단에 대한 반작용입니다. 또 설사 쌓인 잘못이 없다고 하더라도 오늘과 같은 사회 변동기에 제도와 의식의 새로운 조정을 시도하는 문화 혁명의 대두는 피할 수 없는 일입니다. 대중적 움직임은, 어떤 관점에서는 비이성적이고 거친 면을 가질 수 있습니다. 그것은 일을 단순화하고, 과격해질 수도 있습니다. 또 그러한 성향은 그간의 우리 사회와 교육의 책임이라고 할 수도 있습니다. 우리의 외면화된 교육과 사회는 깊게 자상하게 생각하는 사람은 무력한 낙오자가 되게 하고, 그나마의 정의와 양심의 표현도 거칠게 보일 수밖에 없는 투쟁적 강인성을 단련함으로써만 가능하게 하였습니다. 대중적 움직임에 옥석이 같이 있다고 하여 그것을 송두리째 타매할 것이 아닙니다. 어떤 경우에나 여러 사람이 움직이는데 그것이 혼자 생각하는 사람의 유연성이나 일관성을 가질 것을 기대하는 것은 극히 비현실적인 일입니다.

물론 옥석이 섞인 곳에서 돌이 더 많고 더 많아질 가능성이 없지 않아 있습니다. 그러나 그것을 얼마간의 과격한 발언이나 요구로 미리 판단할 것은 아닙니다. 움직임은 움직임이며, 끊임없는 움직임 속에서 바른 방향으로 나아가려는 노력과 투쟁이 계속될 것으로 생각해 볼 필요가 있습니다. 아무것도 가만히 있는 것은 없습니다. 가만히 있고자 하는 것이 관료적 사고입니다. 가만히 있다는 것은 쌓인 지폐와 특권 위에 눌러앉아 있다는 것입니다. 관료적 권위주의에 의하여 자유로운 토의가 불가능할 때, 어떻게 더욱더 공정하고 다양한 교육, 참다운 교육 내용에 입각한 교육이 가능하겠습니까? 돈봉투가 오가는 학교에서 어떻게 전인 교육이 가능하겠습니까? 억눌린 상태에서 교사가 어떤 지식을 전달할 수 있다고 생각하는 것은 인간 지식의 본질을 모독하고 피교육자를 몽매화하는 일입니다.

물론 교사들의 움직임이 새로운 억압, 새로운 왜곡, 새로운 몽매를 가져오지 않으리라는 보장은 없습니다. 그러나 그것은 다음의 문제입니다. 지금은 짓눌려 잠자던 양심의 깨우침을, 그것이 비록 거친 수사와 몸짓에 쌓여 있다고 하더라도, 존중하고 그 기운과 함께 가면서 교육을 되살려 보아야 할 일입니다. 걱정이 없을 수는 없지만, 사람들은 궁극적으로 양식에 귀 기울이게 마련이라고 믿어 볼 만한 것이 아닌가 합니다.

살아남기 위한 교육이 전부인가

다시 처음 이야기로 돌아가서 다른 모든 일이나 마찬가지로 교육의 문제도 경제적 투자의 문제입니다. 쉽지 않은 일임에는 틀림이 없지만, 조금 더 많은 자원이 교육에 투입되도록 노력하는 일이 절실합니다. 교사의 봉급이 올라가고, 각급 학교의 시설이 개선되며 대학의 교육·연구의 수준이 올라가야 한다는 것은 물론 누구나 잘 알고 있는 일이면서 실천이 되지 않는 일입니다.

교사의 봉급은 교사의 생활 수준을 올리고 품위를 부여하기 위해서도 높아져야겠지만, 우리의 우수한 인재들이 현재가 아니라 미래의 삶을 준비하는 데 더 많이 참여할 수 있게 하기 위해서 필요합니다. 우리 사회의 다른 부분에 비하여 학교 시설은 너무나 낙후되어 있습니다. 우리의 교육의 내용과 역점은 혹독한 환경에서 살아남는 법을 가르치는 데 있는 것으로 보입니다. 열악한 환경을 받아들이고 그것에 단련되는 것도 그러한 교육의 일환을 이룬다고 할 수 있을지 모릅니다. 이러한 것은 필요한 것입니다.

그러나 다른 한편으로 교육은 문명된 마음과 삶을 가르치는 일입니다. 나쁜 일에 대한 단련이 아니라 좋은 일이 무엇인가를 가르치는 일이 사실은 교육의 더 적극적인 부분이어서 마땅한 것입니다. 이것은 학교의 시설이나 학습 자료의 비치에 있어서도 문명적 기준을 보여 주어야 한다는 것을 의미합니다. 학교 시설을 향상하는 것에 못지않게 중요한 것은 학교나 학급의 규모를 축소하는 일입니다. 군사적 엄격주의가 학교 분위기를 지배한다면 그것은 상당 정도는 학교 규모나 학생 수가 지나치게 큰 것과 관계되어 있습니다. 자연스러운 감수성으로 친숙할 수 있는 환경, 자연스러운 인간적 교환이 불가능한 거대 시설의 다중 속에서 최소한도의 질서를 유지하는 방법은 엄격한 명령 체계일 수 있습니다.

이러나저러나 교육의 핵심에 있는 것은 학생과 교사, 학생과 학생 사이의 인격적 교환입니다. 저는 때로는 교사와 학생의 비율을 1대 15 이하로 내릴 수만 있다면, 시설, 지적 수준, 공정성 등 문제의 대부분은 사라지는 것이 아닌가 하고 생각해 봅니다. 교육받은 성인과의 자유스럽고 자연스러운 교환을 통하여, 아동이 지적 인격적 성장을 시작하고 나면, 그 뻗어나감에 맞게 새로운 교사와 지적 환경을 찾아가는 일은 저절로 될 것이 아닌가 하는 것입니다.

민주적 양식으로 풀어야 할 과제

대학의 교육·연구 조건이 선진국의 수준에 이르는 것과 우리나라가 선진국의 대열에 드는 것이 밀접한 관계가 있다는 것은 자주 지적되어 온 바입니다. 대학의 여러 조건의 개선이 전체적인 교육의 형상을 고려하는 것이어야 한다는 것도 위에서 이미 비친 바 있습니다. 교육과 연구의 개선·팽창은 반드시 그 질적 충실을 기하는 노력에 의하여 뒷받침되는 것이 중요합니다. 교육과 연구가 제대로 이루어지는 데 가장 중요한 것은 물론 사람입니다. 그러나 여기에서 말씀드리고자 하는 것은 오늘의 특수한 상황에 관계되는 것입니다. 이미 아시고 계시겠지만, 지금 우리 대학가에서 취직을 하지 못하고 있는 유능한 젊은 학자들이 점점 늘어 가고 있습니다. 이것은 인력 수급의 조절이 잘못된 것이기 때문에 종국에는 저절로 조정되어야 할 문제라고 할 수 있습니다.

그러나 지금 있는 유능한 젊은 학자들의 재능을 아끼는 것은 우리나라의 자원을 아끼는 일입니다. 이들이 연구를 계속할 수 있게 해 주는 잠정적 정류장을 마련하고, 그런 다음으로 자연스러운 선택 작용이 문제를 조정 해결하도록 하는 것이 필요합니다. 조금 무리해서라도 소위 '포스트닥(postdoc)'이라고 부르는 자리라도 마련하여 개인과 국가의 자원을 잠정적으로 비축하는 방법이 없을는지 모르겠습니다. 이러한 모든 일이 한두 사람의 힘으로 이루어질 수는 없을 것입니다. 일은 한두 사람에 의하여 시작되고 추진되더라도 그것이 제대로 진행되고 결실이 되려면 사회적 문화적 풍토가 그것을 떠받들어 주어야 할 것입니다. 그것은 한편으로는 민주적 양식의 문제이고 다른 한편으로는 학문적 풍토의 지도적 역할의 문제이기도 합니다.

학문의 세계와 공적 여론의 관계는 공식적 틀이 없고, 자유로운 상태에 있는 것이 최선일 것입니다. 자유 시장의 원칙이 필수적인 부분은 무엇보다도 학문과 사상의 세계에서입니다. 저는 때로 학술원과 같은 것이 우리나라의 학문에는 물론 사회와 정치에 보다 큰 역할을 맡을 도리는 없는가하고 생각해 봅니다.

현대 사회의 근본 원리는 민주주의입니다. 각자의 삶은 각자가 결정할 수 있어야 하고 또 그것에 관계되는 여러 결정을 다수의 의견으로 종합할 수 있어야 할 것입니다. 그러나 민주주의의 의의는 다른 한편으로 그것이 여러 사람들의 공개적 토의를 통하여 가장 이성적인 결정을 보장해 줄 가능성이 있다는 데 있습니다. 이런 이성적 결정은 민주주의 과정이면서 학문의 과정입니다. 이러한 관련에서 진리의 이성적 추구를 위한 한 나라의 체계는 독특한 의의를 가지고 있습니다. 그러한 체계의 정점에 학술원 같은 것이 놓이는 것으로 상정해 볼 수 있을 것입니다. 그러기 위해서는 그것은 보다 실질적이고 활발한 기구로서 구성되어야 할 것입니다. 하여튼 모든 일에서 이성적이고 공정한 지혜가 여론의 바탕을 이루게 할 도리가 없을까 생각해 보는 것입니다.

꼭 그렇게 되지는 아니하였지만, 당대의 가장 뛰어난 지적인 기율과 사회와 정치를 접목하고자 하였던 것이 우리나라의 오랜 전통의 하나였습니다. 민주 체제에 그러한 전통을 되살리는 방법이 있을 법도 합니다. 그런 생각을 가지고 학술원, 현상으로서가 아니라 이상으로서의 학술원에 언급해 본 것입니다. 훌륭한 업적을 남기시고 명예로운 은퇴를 맞이하실 수 있기를 기원합니다. 이것은 정 장관을 위한 기원이기도 하고 우리의 교육과 사회의 미래를 위한 기원이기도 합니다.

(1990년)

과학 교육과 연구의 국제화

최근 대중 매체와 여러 회의의 보고서들은 우리나라에서의 과학 및 공학 교육 확대의 중요성을 크게 논하고 있다. 오늘의 산업은 우리나라의 자생적인 과학 기술의 뒷받침 없이는 보다 높은 단계로 나아갈 수 없고, 그 부족을 보완하기 위하여 그 방면의 전문 인력을 늘리는 것이 시급하다는 것이다. 그리고 그 방안은 이공계 대학을 신설하거나 이공 계열의 학생 정원을 늘린다는 것이다.

정원을 늘린다는 것은 물론 그에 필요한 시설과 교수 등에 수반되는 요인들도 확충시킨다는 이야기이겠으나, 다른 한편으로는 인원만 늘리고 그에 따른 다른 요건의 뒷받침 없이 끝나 버릴 수도 있을 것이다. 대체로 우리나라에서 교육의 필요를 이야기할 때는 질의 향상보다는 수량 조정의 문제로 한정되는 경향이 있었다. 이번에도 이공계 교육의 문제가 주로 증원·증설 등에 그친다면, 이전의 많은 교육 개혁, 교육 방안 등과 유사한 것이 될 가능성이 있는 것이다. 말할 것도 없이 바람직한 것은 양과 함께 질도 아울러 끌어올리는 일이다.

어떤 경우에나 교육의 질 문제는 정책적으로 쉽게 번역될 수 있는 것이 아니다. 교수와 연구원을 늘리고 연구 시설을 확충하여 연구비를 많이 지출하는 등이 교육과 연구의 질을 향상하는 데 중요한 것임은 말할 것도 없다. 그러나 이러한 방책들이 반드시 높은 질로 나타나리라는 보장은 없다. 이것을 얻는 데는 많은 고려와 연구가 필요할 것이지만, 여기에서 간단히 언급하려는 것은 교수에 관한 문제이다. 그것도 교수와 연구의 질을 향상시키는 한 요인으로서 교수와 국제학회의 관계에 대해서이다.

몇 년 전 과학 정책에 관한 전문지인 《미네르바》에 발표된 과학 사회학자 토머스 쇼트의 논문은 덴마크와 이스라엘의 수학 연구의 생산성을 비교하여, 2차 대전 이후 이스라엘의 수학이 어떻게 보다 생산적이고 오랜 전통에서 출발한 덴마크의 수학을 앞지르게 되었는가를 설명한 바 있다. 쇼트가 내린 결론의 하나는 수학과 같은 학문의 국가적 생산성은 그 나라의 수학이 얼마나 국제적 과학 공동체에 통합되느냐에 달려 있다는 것이다. 학문이 국제적이어야 하느냐 민족적이어야 하느냐 하는 것을 간단히 결정할 수는 없지만, 적어도 자연 과학은 국제적인 연대와 교류에 의지하는 학문임에 틀림없을 것이다. 쇼트의 생각은 한 국가 안에서 과학 연구의 중심지를 확보할 수 없는 경우, 그 국가의 과학은 국제적 연구 중심지에 연결됨으로써만 국제적 수준의 생산성을 유지할 수 있다는 것이다.

국제적 연결은 여러 가지 방법으로 이루어지고 유지될 수 있다. 과학 연구자들이 국제적인 연구 기관을 방문하고 국제 학술회의에 참석하여 국제적 연구 계획에 동참하는 것이 과학의 생산성을 국제적 수준으로 유지하는 데 중요한 역할을 할 것임은 누구나 쉽게 생각할 수 있다. 제도적으로 우리가 참고할 필요가 있는 것은 이러한 국제적 유대가 어떻게 형성되는가 하는 데 대한 쇼트의 관찰이다. 그는 이러한 유대의 중요한 계기가 박사학위 취득 후의 연구 기간 동안에 생긴다고 본다.

이스라엘과 덴마크를 놓고 볼 때, 대체로 이스라엘의 해외 교류가 더 활발한 이유 중의 하나는 성숙한 학자가 되는 과정에 있어서의 두 나라 간의 차이에 있다. 덴마크 사람은 해외 유학을 하는 경우 석사나 박사 학위를 해외에서 취득하고 곧 귀국하여 덴마크의 교육 기관에 취직한다. 이에 비하여 이스라엘 사람은 박사 학위를 자기 나라에서 취득한 다음에 해외 유학 또는 연구 여행을 하고 있다. 즉, 일단 젊은 학자로서의 기본적 수련을 쌓은 다음, 말하자면 초보 단계의 성숙한 학자로서 해외에 나가 같은 분야, 같은 연구에 종사하는 해외 학자들과 보다 성숙한 관계를 갖게 된다. 이러한 해외 학자들과의 보다 전문적인 학문적 유대는 자연스럽게 계속적인 교환 및 공동 연구의 관계로 발전하게 된다. 물론 이때 갖게 되는 과학 정보도 박사 학위 이전의 사람들이 접하는 것보다 높은 수준의 것이 될 것이다.

이스라엘의 경우가 우리나라에 그대로 적용될 수는 없을 것이다. 그들은 우선 범세계적인 유대인 학자 연결망의 도움을 받고 있을 것이다. 또 그들의 어학 능력도 우리와 간단히 비교될 수 있는 것은 아닐 것이다. 더욱이 이스라엘의 박사 과정 교육이 우리에 비해서 보다 국제적으로 인정받을 만한 것이고, 그로 인하여 국제 교류에의 접근이 용이한 것인지도 모른다. 이러한 것을 생각할 때, 우리나라의 경우 박사 과정 자체가 외국에서 이루어지는 것이 이로울 수도 있다. 아니면 우리의 박사 과정이 학문적 수준에서만이 아니라 언어 소통 능력에서도 국제적 관행에 가까이 가게 되어야 할 것이다. 중요한 것은 그 훈련이 어디에서 이루어졌든 젊은 과학자들의 국제적 연구 경험이 박사 후 과정이나 조교수 재직 기간 중에 이루어져야 한다는 것이다.

그런데 우리는 지금까지 이 점에 좀 둔했던 것이 아닌가 한다. 앞으로 해야 할 일의 하나는 박사 학위를 마친 사람들에게 보다 널리 박사후 과정 또는 그 이상의 해외 연구를 권장하고 지원하는 일이다. 물론 이러한 연구는 형식적인 것이 아니라 실질적인 연구와 연구 참여가 되어야 할 것이고, 무엇보다도 해외 학계와의 공동 연구 관계를 지속적으로 조성할 수 있는 것이어야 한다. 쇼트의 논문에 의하면, 이스라엘 학자들의 이러한 지속적 관계는 다른 어느 나라의 경우보다 괄목할 만한 것이다.

(1991년)

전前 전성기의 문화

외국 문화의 기여

　문화나 문명이라는 것이 좋은 것인지 아닌지는 간단히 이야기할 수 없다. 오늘의 도시의 인간에게 농촌은 향수를 불러일으킨다. 우리 중 많은 사람들은 농촌을 떠난 지가 얼마 되지 아니하다. 농촌은 고향이고 고향은 대체로 정다운 곳이다. 이러나저러나 자연 속의 삶과 일은 공장 노동이나 사무실의 사무보다는 나은 것이 아닌가 하는 생각이 든다. 그것은 그것대로의 고통이 있게 마련이지만, 어떤 세상에서도 사람이 고통을 벗어날 수 없는 것이라면, 자연 속의 고통은 사람에게 위엄을 부여하는 것으로 볼 수도 있다. 적어도 자연 속의 육체의 고통에 분진과 소음, 건조무미한 서류 뒤지기, 다른 사람이 만든 익명의 질서, 이러한 것에서 오는 소외는 없을 것이다. 다른 한편으로 인류의 고통은 신석기 시대의 농업 혁명으로부터 시작되었다는 이론도 있다. 수렵 채취 경제란 씨 뿌리고 가꾸는 일은 하느님이 하고 사람은 거두어들이는 일만 하면 되는 체제라고 할 수 있다. 농업은 생산 과정의 전부를 사람이 맡고 나선 계획이었다.(이것은 사람이 산업화, 도시화를 시작하여 물, 하수, 쓰레기 등의 문제를 자연의 손으로부터 떠맡아 처리하기로 나

선 것을 연상하게 한다.) 뿐만 아니라 흔히 지적되듯이 관개의 필요는 사회의 조직화를 가져왔고, 그렇지 아니한 경우에도 농업 생산의 잉여는 착취자를 등장하게 하여 계급 사회를 인간 사회의 향후적인 특징의 하나가 되게 하였다.

그러나 이러한 추리들은, 더러는 과학적 언어로 무장하고 있음에도 불구하고, 단순한, 원초적인 또는 소아병적인 향수를 표현하는 것이라고 말할 수도 있다. 사실 원시 사회에서의 사람의 삶이 비명횡사와 비천함으로 특징지어지는 금수의 생활이라는 생각은 그것을 낙원의 삶이라고 하는 생각보다는 흔한 통념이다. 오늘의 세계를 볼 때, 사하라의 사막이나 아마존의 밀림으로부터 구미의 산업화된 사회에까지 사람의 삶이 하나의 발전의 직선상에 정렬될 수 있다는 생각에 진실이 없다고 말하기는 어려운 일이다. 물론 원시를 찾아 아마존에 간 레비스트로스가 발견했듯이, 또 다른 각도에서 종속 이론가들이 말했듯이, 오늘의 원시 사회 또는 미발전의 사회는 원시도 미발전의 상태에 있는 사회가 아니며, 문명과 발전의 희생의 결과라고 말할 수도 있고 또 일반화의 넓은 지대란 늘 그 안에 전혀 다른 모양의 골짜기를 지니게 마련인 까닭에, 문명의 발전이란 것이 있다고 하여도, 그것이 삶의 모든 산과 골짜기를 다 포함하는 것은 아니다. 그러나 일반화의 허위와 세계사의 불의를 말하는 것이 오늘의 실상을 바꾸어 놓는 것은 아니다. 여전히 오늘의 삶에서 문화와 문명의 혜택은 많은 사람들에게 바람직한 것으로 보이게 마련이다.

문화가 반드시 발전론자들이 생각하는 물질적 생활의 거대한 조직화와 동일한 것은 아니라는 주장이 있다. 그러한 경우 문화는 보다 물질적으로 이해되는 문명에 대하여 정신적 또는 내면적 발전의 결과를 나타내는 것으로 생각된다. 그리고 문화는 반드시 물질적 진보와 일치하는 것은 아니다. 이러한 이론은 보다 서쪽에 있는 나라들의 물질과 제도의 진보에 대하여 불행 의식을 가지고 있던 독일의 지식인들이 흔히 내세우던 것으로 독일의 불행했던 정치적 운명에 대하여 책임이 없다고 할 수 없는 주장이지만, 그 나름의 이치가 없는 것은 아니다. 사람의 정신적 수양과 내면의 풍요함이 무엇인지를 정의하는 것은 어려운 일이지만, 일상적 체험에서도 부귀영화가 반드시 정신의 깊이나 감성의 섬세함을 보장하는 것이 아니라는 것은 관찰하는 일이다. 과학에서 옛 과학의 발견은 큰 의미를 갖지 못할는지 모르지만, 옛날의 철학자나 시인이 오늘의 철학자나 시인만 못한 것이 아니며, 따라서 읽을 값이 떨어지는 것이 아님은 말할 것도 없다. 자기의 신체와 그것을 에워싸고 있는 자연에 대한 총체적인 체험에 노출되어 있던 소위 원시 사회의 인간의 정신생활의 풍요와, 다른 한편으로, 광고와 매체와 인공적 환경에 갇혀 있는 현대인의 정신생활의 질적인 빈곤은 쉽게 대조되어 추상될 수 있다. 그럼에도 불구하고 문화가 대체로는 물질적 진보와 함께 발전되어 왔음을 부인할 수는 없다. 여기서 문화란 더 섬세하게 된 내적 생활이고 그것에 상응하는 예술적 철학적 표현을 지칭하거니와, 어떤 종류의 정신적 정치함이 문명의 진전과 더불어 일어나는 것이다.

오늘의 소위 문화유산이나 문화 유적이란 것은, 표현의 외양을 강조하고 또 그러한 것의 인지가 물질적 재화에 대한 속된 경외감에 관계되어 있는 것은 사실이면서도, 물질적 제도적 문명이 만들어 놓은 정신적 표현들을 지칭한다. 물론 이것도 문명의 진전의 필연적인 결과라기보다는 문명의 틈바귀에서 자라나는 부수물이라는 면을 가지고 있다고는 해야 할 것이다. 어쨌든 물질적 문명의 발전이 반드시 사람의 삶을 보다 살 만한 것이 되게 하는 것이 아니라고 하더라도, 역사는 빛 속에서만이 아니라 어둠 속에서도 창조되는 것이라는 비극적 사실을 문화의 존재 방식은 다시 한 번 상기하게 한다.

문화든 문명이든 그것이 발전하는 조건은 분명하지 않다. 경제 제일의 생각은 물질적 풍요가 그 동기가 된다고 생각한다. 그것이 간접적인 동기가 되는 것은 사실일 것이다. 그런데 문화가 제국주의의 중심에서 발전되는 것 같다는 사실을 주목해 보자. 문화는 다소간에 제국주의적 성격을 가지고 있는 것으로 보인다. 오늘날 세계 문화를 지배하는 서양 문화는 서양의 제국주의적 영향력의 일부를 이룬다. 서양 문화가 동부 아시아에 오기 이전의 중국 문명과 문화의 성가가 그 제국주의적 역량에 관계되어 있음은 물론이다. 그러나 제국주의의 문화 현상을 순전히 힘으로만 이해할 수는 없다. 제국주의 문화의 확장은 일단은 힘의 현상이다.(물론 여기서의 힘은 직접적이라기보다는 간접적이라고 해야 할 것이다. 제국주의 문화의 확장은 물리적 힘에 못지않게 동화 또는 자진하는 복속을 통하여 이루어진다.) 그러나 제국주의 중심부의 문화를 자극하는 것은 무엇인가. 여기에 권력과 부, 그것의 외화와 사치에 대한 요구가 관계되는 것일 것이다.

그러나 다른 한편으로 여기에 추가하여 제국의 중심부에서 문화를 촉진하는 중요한 요소는 두 개의 요소가 아닌지 모른다. 그 하나는 중심이라는 사실 자체이다. 그렇다는 것은, 문화가 정신의 창조성에 관계된다고 할 때, 정신은 스스로 중심에 있음으로써 또는 있다는 느낌으로써 비로소 다소간에 외적 제약에서 벗어나 자유로워지기 때문이다. 정신은 스스로의 중심에서 또 사물의 중심에서 이를 합하여 스스로와 사물의 보편성 속에서만 해방된다. 제국이 가능케 하는 또 하나의 문화적 조건은 다양성이다. 제국은 불가피하게 많은 지방적 요소를 한자리에 모으게 마련이다. 그것은 저절로 한편으로 지역적 특징의 많은 것을 하나로 수용할 수 있는 포용성의 틀을 이룬다. 그러면서 다른 한편으로는 이러한 지역적 특징의 생존에 대한 제약을 이완시킨다. 중국의 역사에서 당대의 문물의 성황은 다분히 그 국제적 개방성 그리고 그 안에서의 국제적 재능의 다양한 집중화에 힘입은 바가 적지 않은 것으로 보인다. 이 다양한 개방 체제에는 신라인들도 적극적으로 참여하였고 신라의 문물 자체도 그것에 덕을 본 것이라고 할 것이다.

그럼에도 불구하고 대체적으로 말하건대 중국의 전통은 다양하기보다는 획일한 것이라고 하여야 할는지 모른다. 조지프 니덤이 중국과 서양을 비교하여 말하면서 서양의 과학이 중국의 과학을 17세기 이후에 따라붙고 또 능가하게 된 원인 하나를 중국의 단일 체제와 유럽의 다국가 체제의 차이에서 — 이 차이에서 오는 과학적 탐구의 자유의 차이에서 찾는 것은 이러한 면을 지적한 것이다. 이것은 서구가 국가 공동체적 체제로 발전한 데 대하여 중국이 단일한 권력 체제인 제국으로 남아 있었다는 말인데, 과연 제국의 체제는 지역을 통합하여 다양한 요소를 모으면서 이것을 흡수하여 하나가 되게 하는 두 움직임을 가지고 있는 것이다. 중국이든 로마든 소련이든 미국이든 오만과 경직성은 너무나 두드러진 대제국들의 특징이다. 그러나 제국의 단일 체제적 성격은 제국의 주변에서 오히려 두드러지고 또 큰 폐해를 가져온다. 제국의 주변에서 또는 식민지인은 중심부의 문화 — 그것의 세계관에 스스로 노예가 되어 자기의 현실을 잃어버린다. 지배자의 눈으로 스스로를 파악하면서 그것에서 자랑을 느끼는 식민지인의 희극적인 모습도 흔히 보는 현상이다.

이러한 지적들은 이제는 널리 퍼져 있는 제국주의 문화 현상의 분석에서 상투적인 것이 되었다. 그렇다고 해서 그것이 진실이 아닌 것은 아니다. 그러나 여기에서 말하고자 하는 것은 그것보다는 제국주의적 현상이, 그 모든 위험과 허위와 희극성에도 불구하고, 엿보게 하는 문화의 한 조건이다. 즉, 문화가 자극되는 데에는 다양성이 필수적인 조건으로 보인다는 사실이다. 이 다양성의 조건이, 중심에서이든 주변에서이든, 반드시 제국주의적 상황의 종속 요인인가는 분명치 않다. 자생적 발생 또는 전파 어느 쪽이 문화에 중요한가는 인류학이나 역사의 중요한 쟁점의 하나이지만, 큰 문화적 변화는 자생적이라기보다는 외부적 충격에 의한 것이 아닌가 한다. 이것은 사회적 조건의 변화로 인하여 제도적 그리고 문화적 변화가 요구되고 있을 경우에도 그러한 것으로 보인다. 외적 충격이 없이는 계속되는 엔트로피에의 진행이 한 사회의 운명일 가능성이 크다.

새로운 생각, 새로운 감정은 우리가 흔히 짐작하는 만큼 쉽게 일어나는 것이 아니다. 그리고 이것은 어떤 생성적 잠재력을 가진 생각이나 느낌의 경지에서 특히 그러한 것으로 보인다. 사람의 생각은 독자적 고안력을 통해서보다는 밖으로부터 오는 암시에 의하여 움직인다. 그리하여 생각의 변화와 전파는 원형의 수정, 다시 근원의 생각들의 접목과 그로부터 시작되는 변형들을 통해서 일어난다. 물론 이러한 수정과 변형은 원래의 문화적 모티프가 허용하는 범위 안에서 일어난다. 다른 한편으로 그것은 수용하는 문화의 형식적 메이트릭스에 흡수되어 전혀 다른 체계의 일부를 이루기도 한다.(모든 형식적 요소는 사람의 주체의 형식과 객관적 사실의 형식에 일치한다는 의미에서 서로 호환성이 있다고 할 것이다.) 자생적 측면에서의 우리의 창조적 능력이 제한되는 것은 아마 문화와 인간의 능력의 본질적인 특성에도 관계되는 것일 것이다. 대체로 우리의 자신의 생각이나 체험을 객관적으로 파악하는 것은 쉽지 않은 일이다. 타자의 매개가 없이는 우리의 의식이 대자적 의식이 될 수 없다는 헤겔의 생각은 여기에도 적용된다. 뿐만 아니라 우리의 현실은 그것을 대상화하는 여러 의식의 형식과 별개의 것으로 존재하는 것이 아니다. 그것은 오히려 후자의 구성물이라고 할 수 있다. 따라서 이미 존재하는 현실 그리고 의식으로부터 벗어나는 것은 지극히 어려운 일일 수밖에 없다. 주어진 현실에 대한 새로운 파악은 전혀 다른 근원을 가진 기술(記述)의 체제를 통하여서 가능한 것으로 보이는 것이다. 과학에서 현실과 이론이 서로 일대일의 대응 관계를 갖지 않는 서로 다른 기술의 체계를 이루는 것과 비슷하다.

문화의 발전을 원한다면, 원하는 것이 옳은지 어쩐지는 모르지만, 그것은 밖으로부터의 자극 없이는 불가능하다. 물론 배우는 문화란 대개 제국주의적 문화이기 때문에, 이것은 제국주의의 위험에 스스로를 맡기는 일이다. 이 위험을 피하는 길은 스스로 제국의 중심이 되는 것이다. 로마나 장안이 외래의 것을 많이 흡수하였다고 하여 식민지가 되었다는 사람은 없다. 그러나 문화보다는 제국주의자가 아니 되는 것이 더 나은 것이라는 판단은 어디까지나 옳다. 조금이라도 우리가 제국주의적 성격을 갖는 것은 우리의 과거를 배반하는 일이다. 우리는 반제국주의 쪽에 확실하게 서 있어야 한다. 그러나 우리가 해야 할 것은 제국이 아니면서 문화를 발전시키는 법을 배우는 일이다.

우리는 한편으로 다양한 것을 흡수해야 한다. 더욱 다양하고 더욱 많은 것을 흡수해야 한다. 이것이 어느 몇 개의 모방으로 이 개방성을 대체하여서는 곤란하다. 밖으로의 것의 흡수는 삶의 흡수를 말하기도 한다. 제국의 수도에는 많은 외국인이 왔다. 그들은 제국주의적 정복자로 온 것이 아니라 중심부의 문화 발전을 위하여 왔다. 그러면서 다른 한편으로 중요한 것은 중심을 잃지 않는 일이다. 모든 것을 흡수하여 자기 것으로 할 수 있는 중심의 창의력을 가져야 한다. 외국의 것에 대하여 개방적이면서 그것을 흡수하면서 외국의 문화 종사자를 우리 속에 일하게 하면서 우리는 주인으로서의 예의와 금도를 지키면서 어디까지나 주인은 주인이어야 한다.

(1994년)

5·18 학살자와 개인의 책임

오늘의 대표적 사상은 냉소주의

사고 공화국이라는 말이 나올 정도로 사건이 터져 나온다. 웬만한 일에는 눈 한번 끔쩍하지 않게 되었다. 그래도 삼풍백화점 붕괴 사건의 경우처럼, 새로운 일이 아니라 전에 한 일의 결과가 지금에 와서 사고라는 이름으로 터져 나오는 것이라는 사실에 위안을 받아야 할까. 아니면 부실, 부패는 그 나름의 구조와 질서가 되어 사고로서 터지는 것일까.

중첩되는 거대 사고는 사람들을 냉소주의자가 되게 한다. 오늘의 대표적인 사상은 냉소주의다. 그것은 세상에 도리는 없고 세상을 움직이는 것은 힘의 논리라는 진리다. 냉소주의가 확산된 것은 정부의 책임이다. 힘을 가지고 있는 자가 바로 정부이기 때문이다. 다른 종류의 힘은 기식하고 있을 뿐이다. 정부의 힘이 법과 도리에 일치함을 보여야 한다. 그것도 검찰과 같은 법을 담당한 기구의 책임은 가장 중요하다. 삼풍백화점 붕괴 사건의 공무원 부패, 4000억 원 정치 비자금설의 수사에서 검찰의 태도는 믿을 만한 것인가. 그런데 적어도 이론적인 측면에서 가장 놀라운 것은 5·18 문제에 대한 검찰의 결정이다. 이 결정에서 검찰은 법이 아니라 자의적인 폭력이 나라의 근본이라고 선언한 것이다.

검찰의 결정이 왜 잘못된 것인가는 이미 수없이 지적되었고, 지금도 계속되고 있는 5·18 문제의 시정을 요구하는 대학교수들의 성명 운동에서 지적되고 있다. 그러나 더 이야기하고 더 분석하고 설득할 필요가 아주 없어진 것은 아니다. 사태를 정확히 파악하는 것과 관계해서 우선 알아야 할 것은 여기에 두 가지 측면이 있다는 점이다. 하나는 쿠데타의 문제고 다른 하나는 광주 학살의 문제다. 앞의 것은 국가의 법적, 도덕적 기초에, 뒤의 것은 국민의 생명 보전에 관계되는 문제다. 이 두 문제는 서로 이어져 있다. 뒤의 것은 인권의 문제인데, 이는 앞의 문제에 관련되어 있는 민주적 정치 체제에서만 제대로 보장될 수 있다. 그러나 이 두 문제가 검찰이 발표한 것처럼 관계되어 있는 것은 아니다. 그렇게 관계시키는 일은 사태를 왜곡시키고 그 해결에도 혼선을 가져온다.

첫째, 검찰은 정권의 기초에 대하여 초법적인 해석을 내린다. 정권 장악의 과정은, 그것이 어떤 것이 되었든지 간에 법의 판단 범위를 넘어간다고 하는 것이다. 이러한 초법적 해석은 고려대학교의 성명서와 그에 이어서 나온 여러 성명서들에서 지적된 바와 같이 헌법과 법질서의 근본을 뒤집는 말이다. 사실 헌법이 여러 번 바뀌었지만, 바뀌지 않은 것은 헌법 제1조에 규정돼 있는 "대한민국은 민주 공화국이다."라는 조항이다. 그리고 이것을 더 구체적으로 설명하기 위해 1조 2항은 "모든 권력은 국민으로부터 나온다."라고 규정하여 민주 공화국의 의미는 권력의 기반이 국민에 있는 것이라고 못 박아 설명한다.

현실적으로는 권력을 만들어 내고 그것을 정당화하는 방법은 여러 가지다. 동양의 전통에서는 권력은 천명에서 나온다. 서양의 왕권신수설에서는 신으로부터 나오고 나치즘이나 파시즘 이론에서는 지도자로부터 나온다. 마오쩌둥은 "권력은 총구로부터 나온다."라는 말을 한 적이 있다. 무력도 권력을 만들어 내는 방법이다. 헌법은 이러한 여러 권력 창출의 방법을 모두 부정한다. 어떤 형태로든지 국민이 스스로 만들어 낸다고 볼 수 있는 권력에 기초하여서만, 대한민국은 국가로서 성립한다고 말하고 있는 것이다. 검찰은 이것을 뒤집어엎는 결정을 내렸다.

검찰은 그 결정의 정당성을 뒷받침하기 위하여 법학 이론을 끌어온다. 이론을 찾자면 부도덕한 일이거나, 세상에 어떤 일이든 그것을 정당화하는 이론이야 없겠는가. 상식적으로 생각해서 검찰은 우리 법질서의 기본 정신, 사회의 기본적 도덕과 상식에 의지하는 것이라야 한다. 현실이 법과 다를 수 있다는 것을 무시하자는 것은 아니다. 법과 힘의 관계는 정치 철학의 중심 문제의 하나다. 이 문제를 생각하는 것은 정치 철학자들의 일이다. 현실적으로 그것을 풀어 나가는 것은, 법 이전이든 법 이후든, 정치 영역의 과제다. 살인도 사기도 흔한 것이 세상사다. 이것이 현실이라고 하여 그것을 정당화하는 법이 성립하겠는가.

우리는 역사의 책임을 다했는가

국가와 사회 조직의 상징적 구조라는 차원에서는 권력의 기초에 관한 국민적 약속 이상으로 중요한 일이 있을 수 없다. 그러나 국민감정에 더 절실한 것은 정권이 아니라 학살의 문제다. 1980년 5월의 학살은, 희생자와 그 유가족에게도 그러하지만 다른 많은 사람에게도 절실한 것이다. 국민 한 사람 한 사람이 이유 없이 정부의 총에 맞아 죽지 않는다는 보장을 받을 수 없는 나라에서 누가 안심하고 살 수 있는가.

검찰은 5·18의 학살이 정권 장악 과정에 관계되기 때문에 문제 삼을 만한 것이 되지 못한다는 입장을 취하고 있는 것으로 보인다. 광주의 죽음이 정권에 그렇게 깊이 관계되어 있는가. 광주의 죽음이 없이는 정권 장악이 불가능했을 것인가. 정권 장악에 주남 마을에서 사람을 죽이고, 부상자를 살해하는 일이 필수적인가. 정변 기간 중의 모든 일은 범죄적 행위까지도 정권 장악 행위의 일부를 구성하는가. 또는 관점을 달리하여 집권자의 입장에서 권력 장악 의도가 없는 경우, 치안 유지에 문제 된다고 판단되는 시위 행위까지도 아무런 대책 없이 방관만 할 것인가. 5·18 문제는 집권자의 문제다. 대책이 필요했다고 해도, 조준 사격, 양민 학살, 연행자의 불법 처형이 옳은 짓일 수는 없다. 물론 국민의 입장에서는 5·18 문제는 민주 정치의 위기에서 국민 주권을 확인하려는 국민의 의사 표시가 야만적 폭력으로 저지된 사건이다. 그러나 최소한도의 관점을 취해도 쟁점은 국민이 함부로 살해돼서는 안 된다는 보장에 관한 것이다. 이 보장은 국가가 국민의 국가로 성립하기 위한 최소한도의 조건이다.

대응책도 여기에서 나온다. 5·18 학살자는 마땅히 사법 당국에 의하여 조사, 처벌되어야 한다. 최고 지휘자만이 아니라 각 단계의 모든 사람에게 책임을 물어야 한다. 고위 책임자와 현장 하수인의 책임이 같을 수는 없다. 그러나 모든 관계자의 책임을 묻는 것은 앞으로 재발 방지를 위하여서도 중요하고 국민의 도덕성을 높이는 데에도 중요하다.

국회는 입법 조치를 통하여 공소 시효의 법적인 제한 조건 등을 제거해야 한다. 나치즘과 관련된 범죄는 서방 여러 나라에서 시효와 관계없이 처벌의 대상이 되고 있다. 바로 몇 주일 전에도 나치에 관련되었던 영국 시민이 53년 전의 범죄로 인하여 체포되었다. 얼마 전에 체코의 국회는 1968년의 '프라하의 봄'의 탄압자들을 처벌할 수 있게 하는 법을 통과시켰다. 공소 시효라는 것은 그 나름의 의의를 가지고 있다. 그 근거는 범죄도 세월만

지나면 그냥 넘어가 버리게 하자는 것이 아니라 부분적인 불법에 대한 지나치게 철저한 추적이 공동체의 삶의 기반을 손상하게 할 수도 있다는 사실에 대한 이해가 아닌가 한다. 그러나 공동체의 기본적인 존립을 위협하는, 그 윤리적 기반을 위협하는 범죄 행위까지 시효 제한에 해당시킬 이유는 없는 것이다. 영국에서는 살인자에 대해서는 공소 기한의 제한을 두고 있지 않다.

여기에 관련하여 또 참조할 것은 유럽에서 전후 처리를 맡았던 뉘른베르크 법정은 나치즘 범죄의 경우 명령 계통 내에서 명령에 따랐을 뿐인 하급자도 책임을 면제받을 수 없다는 원칙을 확인하였다. '인간성에 대한 범죄'의 경우 모든 사람은 스스로의 행위에 대해서 책임을 지는 것이 마땅하다는 것이다. 국민의 군대, 국민의 경찰이 국민에 맞서는 경우에 같은 원칙을 분명하게 천명하는 것은 앞으로 이러한 사건의 재발 방지에 큰 도움을 줄 것이다.

지금도 계속하여 전국 각 대학에서 검찰의 결정에 부당성을 지적하는 성명들이 나오고 있다. 앞으로 쿠데타가 없어야 하며, 국민 각자의 생명이 국가 폭력에 희생되어서는 안 된다는 것에 동의하지 않는 사람은 없을 것이다. 당국자가 이러한 국민의 소리에 귀 기울인다는 증거는 아직 나타나지 않고 있다. 이것도 힘으로 해결되어야 하는 것인가. 모든 일이 힘으로만 해결되는 세상이라면, 그것이 자의적인 것이든, 국민의 뒷받침을 받는 정의의 힘이든, 극히 불행한 일이다. 우리가 오늘 해야 할 일은 우리 사회의 문제들을 법 속에서 해결해 나갈 수 있게 제도를 확립해 나가는 것이다. 검찰은 역사의 판단을 말한다. 역사가 있다면 5·18 문제에 대하여도 준엄한 판단을 내리겠지만 오늘의 우리의 판단이 바른 것인가, 무엇보다도 우리가 오늘의 시점에서 주어진 도덕적, 역사적 책임을 다하였는가를 물을 것이다.

(1995년)

오늘의 시대와 내면의 길[1]

원래 강연에 익숙하지 않은 데다가 오늘 주제가 조금 까다로워서 의미 전달이 잘될는지 모르겠습니다. 말하자면 이성과 관계된 얘기입니다. 우리가 마음속으로 들어가서 여러 가지 것을 생각한다는 게 무엇인가에 대해서 이야기를 하려고 합니다.

그간 한국은 세계가 주목할 만한 경제 발전을 이루었지만, 물질적 번영과 더불어 방출된 무한한 욕심과 지배 의지 속에 날로 거칠어만 가는 우리의 삶의 결을 느끼지 아니할 수 없습니다. 더욱이 거시적으로는 오늘의 세계상을 보면서 이성의 진전을 말한다는 건 굉장히 어렵지 않나 하는 생각이 들고, 이성의 전개로서의 역사는 끝에 이르렀다는 느낌들이 표현되는 것을 듣습니다. 자본주의 승리론자나 또는 포스트모더니즘을 얘기하는 사람이나 다 이성이라는 것에 대해서 부정적인 입장을 취하는 사람들이라 할 수 있습니다. 그러나 제가 오늘 얘기하려는 것은 이성의 필요성이라는

---

1 1996년 5월 16일 국민대학교 제41회 목요특강 강연문.(편집자 주)

것이 우리가 마음속 깊이 가지고 있는 하나의 요청이기 때문에, 사람이 존재하는 한 이성은 생존 원리로서는 아닐지라도 내면의 요청으로서 존재할 거라는 것입니다.

사람이라는 것은 마음속에 별개의 세계를 가지고 있는 존재이기 때문에, 이 세계를 인식하려는 욕구는 어느 시기에나 존재하며, 이성에 대한 요청이라는 것도 이런 맥락으로서 존재한다고 생각합니다. 물론 내면의 요청은 밖에 있는 세계를 이해하는 데 필요한 일입니다. 그런데 안으로 들어간다는 건 어떤 경우에는 신비주의적인 긴 내면의 여로이기도 하고, 세계 인식의 학문적 성찰 조건으로서의 마음의 평정 상태이기도 합니다.

「가운데에 있는 암자(Hermitage at the Center)」라는 시를 쓴 스티븐스는 어두운 시기에 사람의 행복이 마음 한가운데로 숨어들어 가서 은거하게 된다고 말합니다. 이렇게 마음속에 들어가 있는 명상적 느낌은, 프로이트식으로 해석하자면, 형체 없는 괴물, 즉 뒤틀린 상태로 우리 마음속에 존재하는 경우가 많습니다. 억압된 욕망들이 우리의 무의식 속으로 침잠해 들어가서 밖으로 표현된 욕망 형태보다 훨씬 더 뒤틀어진 이상한 모습으로 존재한다는 것입니다. 그러다가 역시 스티븐스의 인용입니다만, "빛나는 것들에 대한 지식"이 "완성적 날개"를 타고 우리를 시간으로 이끌어 가게 됩니다. 즉 우리 마음속에 들어 있던 여러 가지 이미지들이 미래의 세계를 실현하는 데 하나의 역할을 한다는 뜻으로 생각이 됩니다.

완성된다는 것은 세계의 현실이 된다는 것이고, 그것은 이성의 힘을 빌려야 합니다. 데카르트의 얘기를 조금 하겠습니다. 현대 문명의 합리주의 또는 이성의 근본으로서 데카르트를 이야기합니다. 데카르트에서 제가 확인하고자 하는 것은 데카르트 이성이라는 것도 단순한 합리성이었다기보다는 난관과 열정을 포함하는, 바깥세상과의 갈등에서 오는 체험에서의 새로운 발견이었다는 사실입니다. 데카르트의 코기토의 발견은 사회와의 융화 관계 내부에서보다는 사회에 역행함으로써 이루어졌다는 것을 기억할 필요가 있다는 겁니다.

데카르트와 스콜라 철학의 관계를 간단히 얘기할 수는 없지만, 데카르트의 철학이 스콜라 철학에 대한 비판과 부정에서 출발한다는 것은 일반적으로 인정되어 있습니다. 『방법 서설』에서 그는 "철학을 하는 사람들은 황당무계한 소리를 많이 하고 믿을 수 없는 얘기만 했다."라고 말하면서 스콜라 철학을 허황되고 독단적인 것으로 비판하였습니다. 그는 시대와 지역과 관습에 따라서 사람들의 사고가 어떻게 달라지는가를 경험했던 것입니다. 『방법 서설』에서 데카르트는 다음과 같이 자전적으로 얘기하고 있습니다. "여행을 통해서 우리와 느낌을 달리하는 사람들이 미개인이나 야만인이 아니며, 그들 중 많은 사람들이 우리 못지않게 또는 우리보다 더 이성을 널리 사용한다는 것을 알게 되었다. 똑같은 정신을 가진 똑같은 사람이라도 어릴 때부터 프랑스인이나 독일인 사이에서 성장한다면, 중국인이나 식인종 사이에서 살아온 사람과는 다르게 될 것이다. 우리가 입는 옷의 경우만 해도 10년 전에 좋아 뵈던 것이 지금 우습게 뵈고, 또 10년 후에 좋아할 것인데도 지금은 우습게 뵌다는 사실을 발견했고, 우리를 설득하는 건 확실한 지식보다는 세상 사람들의 관습과 다른 사람들의 관점이라는 것을 깨달았다. 그리고 진리는 여러 사람보다는 차라리 한 사람이 발견할 가능성이 많은 까닭에 여러 사람의 말은 진리를 발견하는 데 별로 도움이 되지 않는다는 것을 깨달았다. 그래서 나는 내 스스로가 내 길잡이가 될 수밖에 없었다."

여기에 인용한 말은 데카르트가 어떻게 새로운 이성의 길을 택했는가를 말한 것이지만, 그 유명한 철학적 방법은 이러한 삶의 경험을 그대로 일반화한 것입니다. 그 유명한 회의 방법, 즉 오관으로 알 수 없는 세계, 자신의 신체, 즉 오관으로 보는 세계, 신, 기억 또는 수학적 정리까지도 일단 의심의 대상으로 삼고 가장 확실한 것만을 찾는 그의 철학적 방법은 이런 경험으로부터 나온 것이라고 해야 되겠지요. 이런 경험은 관찰을 말하는 것이기도 하지만, 깊은 내적 체험을 말하는 것이기도 합니다. 여기에서 데카르트의 사유를 살펴본 것은 이성의 원리라는 것이 그 외적인 업적은 나중의 일이고, 실제 출발에서는 이런 개인적인 체험과 또 사회에 대한 비판적인 태도와 연결된다는 것을 얘기하고 싶었기 때문입니다.

우리가 마음 안으로 들어가서 진리를 인식하고 이를 통해 이성을 발견한 것은 서양 사상에서는 오래된 근원을 갖는 것입니다. 대표적인 예로, 플라톤 또는 스토아 철학자들을 생각해 볼 수 있습니다. 플라톤은 이성은 사람으로 하여금 사물의 질서, 이데아의 세계, 진선미의 세계를 볼 수 있게 해 주는 것이라고 했습니다. 이것을 본 사람은 그 진선미의 세계의 아름다움에 감동해서 선한 삶을 살지 않을 수 없게 된다는 것입니다. 여기에서 이성은 사람 내면의 속성이면서도 또 객관적이고 외적인 성격을 가지고 있는 원리입니다. 그러나 캐나다의 찰스 테일러는 이런 플라톤의 내적인 원리로서의 이성이라는 것은 내면성을 가지고 있지 않은 이성이라고 이야기하고 있습니다. 테일러가 그걸 내면적인 것이 아니라고 얘기하는 것은 사람에게 자기 마음을 들여다보게 하는 것 같으면서 사실은 마음을 통해서 볼 수 있는 사물의 바른 위치를 직관하게 하는 데 있기 때문입니다. 결국 우리 마음속이 아니라 밖에 있는 사람의 삶을 바른 질서 속에 맞추어서 살게 한다는 것입니다.

스토아 철학에서도 이성이 중요했습니다. 이것은 플라톤에 비해서 실천적 의미를 갖습니다. 우리가 마음속으로 들어가서 어떻게 행복한 삶을 살 수 있게 되는가를 스토아 철학자들은 얘기했습니다. 즉 우리의 삶에서 주인이 되는 부분이 무엇인가를 깨우쳐 자기 영혼의 존재를 확인하고, 그 영혼을 치유하고 거기에 따라서 도덕적인 삶을 살 수 있다고 말한 것입니다. 그러나 이에 대해서도 테일러는 내면성이 결여되어 있다고 합니다. 왜냐하면 자기가 잘 산다는 것은 의학적인 측면으로 볼 수가 있다는 겁니다. 이성적으로 살라는 것은 가령, 너무 일을 많이 하는 비즈니스맨에게 힘을 아껴서 너무 일만 하지 말아라, 이렇게 얘기하는 것과 똑같은 것으로서, 자기의 삶을 균형 있게 사는 원리로서의 이성을 이해하는 것이기 때문에 반드시 내면적인 것은 아니라는 것입니다.

17세기 데카르트 또는 로크에 의해서 이성은 정말 내면적인 것이 되었다고 테일러는 얘기하고 있습니다. 왜냐하면 데카르트가 얘기한 것은 마음에 비친 밖을 보라는 게 아니라 자기 마음 그것을 보라는 것이고, 자기 마음속에 있는 이성의 원리를 확인하라는 것입니다. 그 이성의 원리로써 세계를 이해하라는 것은 나중의 이야기입니다. 데카르트는 주로 내 안에서 확인되는 이성을 얘기했고, 그 이성의 원리로써 내 생활을 절제 있게 하고 밖의 세상을 이해하고 다스리는 원리로서 이해를 했습니다. 그러니까 지금 얘기한 것은 우리가 내면으로 들어가서 플라톤이 얘기하는 형이상학적인 진리를 직관할 수도 있고, 또 실천적으로 살아가는 데 도움을 받을 수 있는 이성의 원리를 확인할 수도 있고, 또 거기에 더해서 데카르트적인 이성, 세상을 법칙적으로 이해하고 구성하는 과학적인 이성도 확인할 수 있다는 것입니다.

동양에서도 이러한 전통은 살펴볼 수 있습니다. 근대화 이전 한국의 전통에서 핵심을 이루었던 것은 성리학인데, 성리학에서도 진리에 이르는 것은 우리의 내면을 통해서라고 생각되었습니다. 다만, 동양에서 내면성이라는 것은 형이상학적인 직관뿐만 아니라 도덕적 의미에서 실천적인 내용을 가진 것입니다. 그러니까 우리가 안으로 들어가서 우리 마음을 살펴보고 마음을 깨끗이 하면 도덕적인 인간이 될 수 있다는 느낌이 강했습니다. 성리학에서 마음은 종종 거울의 이미지로 얘기됩니다. 주자의 말을 인용하자면, 비어 있고 영험스럽고 어둡지 않은 상태인 마음에 세상 모든 것이 비쳐야 한다는 것입니다. 즉 성리학에서는 가장 핵심적인 정신 기능을 하는 것이 마음이고, 이 내면적 공간의 특징은 투명성인데, 이 투명성은 유연한 개방성을 얘기합니다. 이러한 점에서 그것은 데카르트적인 또는 칸트적인 인식의 원리로서의 이성과도 비슷한 것입니다. 그러나 그것은 세상을 만들어 내고 세계를 구성하는 원리라기보다는 관조적인 원리라는 점에서 플라톤적인, 형이상학적인 성격을 가진 것이라 할 수 있습니다.

여기에 추가해서 불교에서의 안으로 들어가서 보는 원리도 생각할 수 있습니다. 투명한 마음속으로 들어가면 사물이 존재하는 것 자체도 의심하게 되고 밑바닥에 있는 그야말로 비어 있는 것을 보게 된다고 생각한 것이 불교입니다. 이런 불교적인 내면성의 원리에 대해서 성리학자들은 상당히 비판적인 생각을 가지고 있습니다. 너무 비어 있는 상태로 들어간다는 것은 도덕과 윤리를 무시하는 것으로 생각되었기 때문에 성리학자들은 이 불교적인 관조의 세계, 불교적인 내면의 세계를 상당히 두려운 것으로 생각했습니다.

지금까지 여러 가지 내면으로 들어가는 길들을 얘기했습니다. 형이상학적인 것, 실천적인 것, 또 데카르트적인 합리성과 우리 동양 전통에서 유교적인 것, 불교적인 것을 얘기했습니다. 이러한 것들 중 오늘날의 입장에서 본다면, 역시 데카르트적인 것이 보다 중요하다는 생각입니다. 왜냐하면 데카르트적인 것은 다른 내면 체험에 비해서 반성적이기 때문입니다. 반성적이라는 것은 스스로의 행위를 스스로가 포착하려고 하는 것이죠. 하버마스의 『인식과 관심』이라는 책에서 이 반성이라는 말이 상당히 중요한 역할을 하고 있습니다. 반성이라는 것은 이미 사실로 구성되어 있는 것을 해체해서 우리 마음속에서 일어날 수 있는 어떠한 것으로 파악하는 행위인데, 우리가 해야 되는 것은 끊임없는 반성을 통해서 이미 사실적으로 굳어 있는 세계를 해체하는 것으로, 이것이 인간이 자기 해방을 하는 데 매우 중요한 것이라는 겁니다. 그러니까 우리가 마음으로 들어가서 어떤 진리를 본다고 할 때 그 확신이 너무 강하기 때문에 광신적이 되고 독단적이 될 수도 있는데, 데카르트가 얘기하는 반성(reflection)은, 적어도 하버마스가 얘기하는 식으로 생각한다면 우리 마음속으로 들어가서 끊임없이 자기가 서 있는 자리를 다시 되돌아보는 일이기 때문에 그런 독단론을 피하는 데 중요한 도움이 될 수 있습니다.

철학적으로 반성적 삶은 자기 삶을 살려는 개인들의 심리적 요청으로서도 정당화되는 것으로 생각됩니다. 결국 내면으로 돌아간다는 것은 사람이 주체적이고 자연적인 것으로서 자신을 확립하고자 하는 불가피한 욕구의 철학적 표현에 불과하기 때문입니다. 데카르트에서도 철학적 사유의 근본은 사유하는 주체의 자기 동일성에 있습니다. 심리학적으로 볼 때는 자기 생활을 확립하려는 노력입니다. 그 밑바닥에는 개인적으로 정체성을 얻고자 하는, 내가 나라는 것을 확실하게 인식하고자 하는 개인적 고뇌가 들어 있습니다. 이 관점에서 중요한 것이 정체성 구성 과정, 내가 누구냐 하는 것을 구성하는 과정 자체입니다. 앞에서 데카르트의 회의와 확신이 개인적 취향의 성격을 가지고 있다고 얘기했습니다. 이것은 『방법 서설』에 있는 데카르트의 인용입니다. "나는 이와 같이 모든 것을 그릇되었다고 생각하려고 했는데, 그때 이것을 생각하고 있는 내가 어떤 존재일 수밖에 없다는 것을 생각하게 되었다. 나는 생각한다, 그러므로 존재한다 하는 존재론 진리는 간단하고 확실한 것으로서 회의주의자들도 거기에다 이론을 붙일 수 없는 것으로 나는 받아들이게 되었다." 이것은 철학적 명제로서 사유를 받아들이는 행위일 뿐만 아니라 자신의 정체성에 대한 확신을 선언하는 얘깁니다.

성리학은 가장 보수적이고 고루한 이념의 체계라고 비판되어 왔지만,

그것이 참으로 살아 있는 것이 되기 위해서는 근원적인 체험으로 돌아가야 합니다. 주자가 유교를 발견한 것은 도교와 불교를 순례한 다음입니다. 거기에서 그는 어떤 개종의 체험을 했습니다. 그는 자기 삶의 목표를 이 근원적인 자기 체험을 해석하고 그것에 따라서 사는 것에 모든 것을 바칠 결심을 하게 되었습니다. 주자의 경우에도 그렇고, 성리학자의 경우에 이 내적 체험이라는 것은 상당히 중요했던 걸로 보입니다. 퇴계는 14세에 이르러서 학문에 깊이 들어가기 시작했고, 20세 때 침식을 잊어 가며 독서와 사색에 잠겼고, 이로 인해서 몸이 야위는 일종의 소화 불량증에 걸렸는데, 여기에는 깊은 내면적인 고뇌의 체험이 들어 있을 걸로 생각이 됩니다.

내면적 체험과 관련해서 한 가지 덧붙여 얘기할 것은 양심의 문제입니다. 우리를 사회와 직접적으로 연결해 주는 것이 양심인데, 양심은 우리 내면에서 우리 뜻대로 하지 말고 보다 높은 원리에 따라서 행동하라는 명령입니다. 양심은 프로이트적인 관점에서 보면 우리의 자유와 자율성, 그리고 존재의 느낌, 나는 '나'라는 느낌을 제약하는 요소로서 작용합니다. 다른 한편으로 이것이 우리로 하여금 보다 더 이상적으로 보다 더 높은 차원에서 살게 하는 면도 있습니다. 그러나 내가 밖의 권위에 따라서 산다는 것은 나대로 사는 것이 아니고 내 자유를 제약하는 것이기 때문에 그게 꼭 좋은 거냐, 나쁜 거냐를 간단히 얘기하기는 어렵습니다. 그러나 이 양심의 소리가 밖에서는 권위를 나타내면서 또 깊은 의미에서 나의 소리를 나타낸다는 얘기는 하이데거에서 찾아볼 수 있습니다.

데카르트의 "나는 생각하니까 존재한다."에서 생각을 제일 중요시한 데 반해, 하이데거는 존재한다는 면을 훨씬 중요하게 여겨, 역점이 달라진다고 할 수 있습니다. 내가 존재한다는 것이 무엇이냐 할 때, 하이데거는 우리가 죽어 가는 존재라는 것이 내 존재를 가장 확실하게 확인해 주는 특징이라고 말하고 있습니다. 그런데 이것은 타자와의 관계에서 나를 단절하는 역할을 하죠. 내가 죽는다는 것은 내가 죽는 거지, 다른 사람한테 도저히 연결될 수 없는 것이기 때문에 나로 하여금 진짜 나가 되게 하는 요소가 죽음이면서 또 동시에 그것은 다른 사람과 나를 끊어 내는 역할을 하죠. 그러나 양심이라는 것은 나와 다른 사람을 연결해 주는 것입니다. 내가 내 뜻대로 하면 안 되고 뭔가 다른 원리에 따라서 행동해야 된다는 것이기 때문에, 궁극적으로는 다른 사람과 내가 같이 공존한다는 공존적 존재라는 것을 확인해 주는 것이 양심입니다.

하이데거는 양심의 소리가 여러 사람들이 얘기하는 사회의 목소리는 아니라고 얘기했습니다. 여러 사람의 목소리는 다른 사람들이 나로 하여금 나의 본래적인 삶으로부터 벗어나라는 얘기이니까 사회의 소리로서의 양심을 하이데거는 부정하는 것입니다. 양심적으로 살기 위해서는 오히려 하이데거는 다른 사람의 소리로부터 나를 분리해야 된다고 말하고 있습니다. 양심의 소리는 멀리서 들려오는 소리이면서 다른 사람의 소리가 아니라 우리 자신을 우리 자신에로 불러 가는 소리입니다. 그러나 우리가 그 양심의 소리를 듣고 깨닫게 되는 것은 나 자신이 본래적인 의미에서는 낯선 존재라는 것이죠. 그러니까 양심이라는 것은 얼른 생각할 때 사회적인 소리를 내가 내면화한다는 면이 없지 않으나 그것은 모든 사람이 뭐라 해도 자기 뜻대로 하는 사람의 의식이 됩니다. 우리가 양심적인 인간이라고 할 때, 대개 민족과 사회를 위해서, 애국을 위해서 행동하는 사람을 생각하지만, 사실 양심의 소리라는 건, 하이데거나 루터의 경험 같은 것을 통해서 알 수 있듯이, 그보다는 훨씬 더 깊은 차원에 있는 내적인 데서 나오는 소리라는 겁니다.

에릭슨이라는 정신 분석학자가 쓴 『젊은 루터』라는 책을 보면, 그는 루터의 양심을 하이데거 같은 사람과는 달리 상당히 세속적인 차원에서 해석을 하고 있습니다. 루터가 어떻게 해서 엄청난 종교 개혁이라는 것을 시작한 인물이 되었는가? 어떤 심리적인 체험, 어떤 이념적인 경로를 통해서 기존 제도에 반대하는 입장을 가지게 되었는가? 에릭슨은 당시 루터의 주장이 독단적인 고집으로서가 아니라 이성적인 차원으로부터 기인한 것이었다고 하고, 이 이성적인 차원이라는 것을 세속적인 차원에서 해석을 했습니다. 우리가 육신과 관련해 가지고 있는 여러 가지 충동과 욕망, 우리 가족과의 관계, 친구와의 관계, 이러한 것에 대한 조정의 원리로서의 이성, 자기의 삶도 충분하게 영위하면서 주변의 여러 가지 것도 고려할 수 있는 능력, 그러한 이성적, 합리적인 능력이 루터에게 강하게 작용해서 시대의 인물을 탄생케 했다고 에릭슨은 얘기합니다. 그러니까 이 양심의 체험이라는 것은 이성적인 것만으로는 얘기할 수 없는 내면적인 속성을 가지고 있으면서, 동시에 이성에 의해서 매개됨으로써 더 심화될 수 있는 그런 내적 체험으로 이성의 일부를 이룰 수 있는 것이라는 이야기입니다.

현대화되는 세계에서 지배적인 것은 합리성입니다. 그러나 이러한 현대의 합리성이라는 것도 스스로의 불확실한 탄생을 잊어버리고 있다는 점에서 독단론의 체계로 읽어 볼 수 있습니다. 즉 전에 말씀드린 것처럼 데카르트에서나 다른 많은 사람들의 체험에서 이성이라는 것이 개인적 체험을 통해서 태어난다는 것을 잊어버렸기 때문에 그것은 독단론이 되었습니다. 그리고 이 독단적 합리성의 세계는 그 압도적인 승리로 인해서 다른 대안을 허용하지 않는 것으로 보입니다. 인간의 내면성의 소멸은 독단론의 결과이기도 하고 원인이기도 합니다. 모든 것은 빈틈없는 합리적 계산 속에서 처리되고 새로운 결정의 여유를 남기지 않습니다. 이것은 한쪽으로는 합리화된 세계, 능률성을 나타내지만 다른 쪽으로는 자본과 권력 또는 국내적, 국제적으로의 힘의 추구 등과 연결되어 있습니다. 예를 들면, 국제적으로 볼 때 선진국이 잘살면 아프리카에서 못사는 결과가 나오게 된다든지, 우리나라에서 회사의 조직이 강하면 강할수록 술을 먹는 사람이 많아진다든지, 잘사는 사람이 많고 소비문화가 발달하면 발달할수록 거기에 치여서 희생되는 사람이 있는 것처럼 합리성에는 이런 모순된 면이 내포되어 있습니다.

오늘의 과학 기술이 해 놓은 것 중의 하나가 공간의 축소입니다. 교통의 발달과 도시화로 인해서 모든 사람과 사람, 또 사람과 물건과의 거리를 아주 좁게 만들었습니다. 사람은 한 덩어리가 되어 좋은 면도 있지만 또 따로 있는 면이 있어야 하는데 요즘 세상은 전부 한 덩어리입니다. 가속화되는 소비문화는 쓰레기가 되는 물건의 끊임없는 회전으로 인해서 우리 삶의 공간과 함께 우리 마음을 과포화 상태로 만들어 놨어요. 끊임없는 공간의 이동, 사물의 순환, 작업의 능률화를 위해서 우리 시간은 시간표가 되었습니다. 쉬는 시간이 없고 1분, 2분 다 시간표에 따라서 움직이게 되었습니다. 이러한 시간표는 공간과 함께 시간의 밀집 상태를 이루어 여러 사람에게 반성과 관조하는 시간을 허용하지 않습니다. 빠른 속도로 공급되고 사라지는 정보는 우리에게 참다운 생각과 느낌을 가지게 하려는 것보다는 우리에게 빠른 반응을 요구하는 것입니다. 사람이 자기로 돌아가서 자신을 되돌아볼 여유를 허용받지 못합니다. 그래서 우리 내면 공간을 파괴해 버리는 겁니다. 우리 자신에 대한 물음을 던지고 우리 자신의 사고와 동기를 되돌아보는 것은 불가능해지고 있습니다. 이러한 상황에서 세계 전체에 대한 관조도, 양심의 투쟁을 위한 자신에 대한 반성도 자신의 육체적 자질과 능력에 대한 자기 포착도 못 하게 됩니다. 그러니까 옷을 사도 상표를 보고 사게 되죠. 내가 진짜 좋아하는 것이 뭐냐에 대한 판단을 상실해 버렸기 때문에 다른 사람이 상표로써 정해 준 것을 사게 마련입니다.

오늘날 필요한 것은 내면으로 돌아가는 길을 확보하는 일입니다. 극단적인 경우 이것은 동양의 전통에 따라서 은둔하는 얘기이기도 하고, 유럽의 지식인에게 잘 알려져 있는 내적 이민이라는 패배주의를 의미할 수도 있습니다. 물론 어떠한 가치도 사회 제도로 옮겨질 때까지는 현실적 의의를 갖지 못합니다. 그러나 우리는 앞에서 언급했던 스티븐스의 시가 말하고 있듯이, 마음의 암자 속으로 숨어들어 가지 않을 수 없게 되는, 가치와 현실 제도의 분리가 불가피한 경우가 있음도 인정해야 됩니다.

내면성의 과정이 사회 과정의 일부로서 중요하다는 것은 교육의 문제로도 얘기할 수 있습니다. 대학에서의 내면성의 교육 또는 더 좁혀서 이성적 체험의 교육이라는 건 필수적이라고 생각됩니다. 오늘날 우리 대학은 주어진 사실 세계에의 적응, 진입, 이용 전략 등을 가르치는 곳이 되어서 어떻게 하면 합리적으로 능률적으로 일하느냐만이 중요한 것이 되었습니다. 큰 의미에서의 이성의 체험, 또는 내면의 과정에 대한 각성이 교육에서 어느 때보다 필요하고 이것을 방법화하는 것이 매우 시급하다는 생각이 듭니다. '아니오'라고 말할 수 있는 힘, 총을 쏘라는데 총을 쏘지 않게 하는 힘이 어디서 나옵니까? 사람이 물론 조직 안에서 명령에 따라 움직이는 것이 불가피하다 할지라도 그와 동시에 명령 체계 안에서 자기 결단과 양심에 따라 행동하는 것이 존엄성을 가진 존재로서의 인간이 마땅히 해야 할 일입니다.

임금이 높아져 가고 호의호식한다고 잘 살아지는 것이라고 생각할지 모르나 국제 자본주의, 국가 간의 분규, 빈곤, 환경 문제 등이 복합적으로 더욱더 큰 문제를 만들어 우리에게 돌아올 날이 있을지 모릅니다. 그런 의미에서 우리는 더 위축되어 가는 우리의 내면 공간을 성숙하게 만드는 데 개인적으로 또 교육적으로 힘을 기울여야 한다고 생각합니다. 감사합니다.

(1996년)

한국의 영문학과 한국 문화

1. 영문학과 동기의 순화

한국에서 영문학을 한다는 것, 또는 서양 문학을 공부한다는 것은 설 자리가 불확실한 상태에서 일을 하는 것이다. 제도적으로 그 서 있는 자리를 살펴보아도 매우 불안한 위치에 있음을 곧 알 수 있다. 단도직입적으로 영문학이 존립하고 있는 것은 몇 가지의 술수와 허위의식 때문이라고 일단 가혹하게 말할 수 있다. 이 불유쾌한 사실부터 잠깐 생각해 보는 것이 영문학 한다는 것이 무엇을 뜻하는가를 살피는 데 하나의 출발점이 될 수 있다.

해마다 하는 것처럼 금년 초에도 나는 소위 면접이라는, 어디에 소용되는 것인지 알 수 없는 일을 했지만, 영문학과를 지원한 100명에 가까운 학생들 가운데 영문학을 공부해 보겠다는 학생은 다섯 손가락 안에도 들까 말까 했다. 그 이외에는 영어를 수단으로 하여 영문학과는 관계없는 다른 일에 종사하겠다는 학생들이었다. 대학에서 공부하는 것이 반드시 장래의 취업이나 인생 계획에 관계되어야 한다는 것도 우리 사회의 공리주의의 그릇된 표현이라고 할 수 있고, 또 다른 측면에서 봐서 장래의 소용됨에 관계없이 영문학을 해 본다고 해서 나쁠 일이 있는 것도 아니다. 그러나 그렇다면 그렇다고 알아야 허위가 없을 것이다. 장래나 혹은 어떤 쓸모에 관계없이 영문학 그 자체에 대하여 순수한 호기심의 동기가 있을 것인가.

호기심의 문제는 또 다른 각도에서 문제가 될 수도 있다. 영문학과의 학생들에게 그들이 모두 영문학을 학문으로서 심각하게 할 것을 기대하는 것도 잘못이다. 모든 학생들이 영문과 또는 특정한 과에서 가르치는 과목의 전문가가 되겠다고 한다면 그것 역시 심각한 문제가 될 것이기 때문이다. 궁극적으로 학문의 목적이 어디 있든지 간에, 학문을 함으로써 얻을 수 있는 훈련의 하나는 이해관계와 관심과 목적을 떠나서 대상만을 객관적으로 주목하는 능력을 배양하는 일이다. 이러한 능력은 나중에 무엇을 하든지 간에 사람이 살아가는 데에 중요한 의의를 가진다. 학문을 위한 학문의 경험은 오늘날과 같이 모든 것이 수단이 되는 세상 — 궁극적으로는 이익의 사회적 점유를 위한 수단이 되는 세상 — 에서, 그런대로 계산 없는 자연스러운 인간의 심성을 유지하고 사물과 마음 간의 직접적인 접촉을 체계적으로 해 볼 수 있는 최소한의 기회이다. 그런데 이것도 허위의식 또는 이중 의식 속에서는 이루어질 수 없다.

물론 학생들이 어떤 특정한 학문이나 대상에 대해 호기심이나 관심이 없다고 하여 그다지 기이하게 생각할 일은 아니다. 처음부터 그러한 것이 어디 있겠는가. 호기심은 우연히 또는 자신의 필요에 대한 늦은 자각에서 생겨날 수도 있을 터이며, 사실 그것이 자연스러운 것이다. 오히려 문제라면 그러한 가능성이 별로 없는 것이 오늘의 현실이라는 점이다. 즉, 이미 정해 놓은 숨은 결심들이 사람들의 마음에 들어 있으며, 이미 동기가 확실하고, 마음이 다른 목적에 확연히 붙잡혀 있다는 것이다. 영어를 배우고 그것에 이어진 다른 실용의 분야에 나가겠다는 것, 또는 영문과만의 일은 아니지만, 졸업장을 가져야겠다는 것이 너무나 마음에 확실한 것이다. 그리하여 모든 학문에 필요한 '스스로에 대한 불신의 중지'가 불가능하게 되어 있다.

동기야 어찌 되었든 좋은 학문인 영문학을 가르치면 되었지, 그 이상 더 생각할 것이 무엇인가 할 수도 있다. 많은 학문 분야에서 하고 있는 것이 이러한 일이다. 수단이야 어찌 되었든 좋은 학문을 가르친다는 것은 나쁠 것이 없고, 그러다 보면 동기와 이해가 생겨나는 것이 아니냐 하는 것이 오늘의 과 단위 학문의 전제처럼 생각된다. 또 이러한 사상은 우리 삶의 어느 분야에서나 지배적이다. 근년에 여행이 자유로워지기 전에는 외국 여행을 위한 여권 내기가 여간 어려운 것이 아니었다. 여권을 내는 데 필요한 작은 관문의 하나가 반공 소양 교육이라는 것을 받는 것이었다. 이른바 반공이라는 좋은 과목을 가르치기 위해서 약간의 강압이 들어간다고 주저할 것이 무엇인가. 길목에 지켜 서서 통과세를 받는 깡패로부터 억지로 동원된 인파에 감동하는 권력자, 사회 구제 활동을 위한 부과금, 좋은 일을 위해서 강제나 술수를 통해 동원하는 것이 너무 정당한 사회 운동에 이르기까지, 이것은 우리 사회에서 널리 사용되고 공인되는 선행 방법의 철학이다. 영문학이나 다른 중요한 학문을 위하여 이러한 방법이 사용되어 나쁠 것이 없다고 할 수도 있겠으나, 그것이 적어도 주체적이고 자율적인 인간의 위엄에 도움이 되지 않는 것임은 분명하다. 하여튼 이러한 사례에 관련시켜 보건대, 오늘날 영문학 공부도 이러한 문화의 일부로서 이루어지고 있다는 느낌을 금할 수 없다.

간단하게 말하여 오늘날 영문학과에 오는 학생이 원하는 것은 영어 공부이지 영문학 공부가 아니다. 또는 국가적으로 보아도 정당성은 이 관점에서 찾아지는 것이리라. 그렇지 않다면야 대학의 학과 중에도 가장 큰 과의 하나인 영문학과에 국가의 자원이 그렇게 투자되어야 할 이유가 없을 것이다. 영문학과에서 이루어지는 일 가운데 영어를 제외한 영문학 교육의 내실의 모호성 그리고 이것에 대한 원인이 되는 그 목적과 범위의 모호성을 보아도 영문학의 불확실한 현실적 토대는 짐작할 수 있는 일이다.

그러나 더 모호한 것은 영문학에서 이루어지고 있는 학문적 업적들이다. 근년에 영문학계에 자질과 훈련 면에서 뛰어난 학자가 부쩍 늘어났지만, 이들이 토의하고 쓰고 하는 학문의 내용의 의의는 극히 모호한 것이라고 할 수밖에 없다. 아무리 우원한 방식으로라도 사람 사는 일의 한구석을 밝혀 주는 것이 학문이 하는 일이라고 한다면, 영문학의 많은 문제들을 다루는 데 바쳐지는 자원과 정력과 시간과 재능은 무엇을 위한 것인지 전혀 알 수가 없는 일로 보이고, 결국은 개인적인 취미의 차원과 더러 일어나는 유출 효과(spillover effect) 이외의 관점에서는 이해하기 어려운 공허한 정열이라고 할 수밖에 없다.

영문학과에서 하는 일로 정당화되는 일은, 적어도 근본적 재조정이 없는 한에 있어서는, 영어 교육밖에 없다는 결론이 불가피하다. 그렇다면 영문학과에서 강화되어야 할 것은 영어 교육이고, 영문학이 필요하다면 그것은 영어 교육의 일부로 필요한 것이다. 언어가 문화의 일부로 존재하는 것임은 분명하다. 그러한 관점에서 영어 문화의 중요한 부분을 이루는 영문학이 영어 공부에 매우 중요한 역할을 한다고 할 수 있다. 영문학을 잘하는 것은 영어를 잘하는 데에 깊이 관계되어 있다. 물론 '잘한다'는 것은 어떤 척도에서, 어떤 관점에서 그것을 보느냐에 따라 여러 가지로 말해질 수 있다. 영어를 잘하는 일을 관광 여행에 필요한 기본 의사소통에 둔다면(중고등학교 영어 교육 목표 중 중요한 목표의 하나는 이것으로 보인다.) 영문학적 소양은 거의 필요 없는 것이다. 영문학이 도움이 될 수 있다는 것은 원하는 것이 이 수준을 넘어가는 경우이다. 그것도 일정한 범위와 한도에서의 이야기이다. 이러한 경우에 필요한 문화적 이해는 영문학에 한정될 수 없는 것인 까닭에, 영문학은 사회, 정치, 경제, 역사 등 문화를 이루는 여러 요소들과 결합하여 제공될 수밖에 없을 것이다. 그것은 영어권 문화 사정의 일부로 존재하여야 할 것이다. 이것이 구체적으로 어떤 것이 되어야 하느냐는 것은 간단히 말할 수 없다. 그것은 연구되고 실습되어야 할 과제이다. 단지 오늘날 분명한 것은 지금의 영문학과의 교과 과정이 이러한 것과는 전혀 다른 원리에 의하여 구성되어 있다는 것이다.

이러한 사실들을 제도적으로 옮길 때, 그것은 오늘의 영어영문학과를 몇 가지로 정비하여야 한다는 것을 뜻한다. 영어영문학과는 실용 영어 부분과 영문학 부분으로 나누는 것이 적절하다. 앞의 것은 지역 연구로 확장되어도 좋을 것이다. 덧붙여 오늘날 영문학과에서 이루어지고 있는 언어학 교육과 연구도 영어에 관한 부분을 제외하고는 물론 언어학과로 가야 한다. 이것도 학문의 목적과 동기를 흐리게 하는 요소 중의 하나이다. 이렇게 말한다고 하여 영문학과 교수나 언어학과 교수가 영어 교육에 참여하지 말라는 것은 아니다. 그것은 불가피한 것인지 모른다. 그러나 그것은 제목을 달리하여 하는 일이 될 것이다. 또 이렇게 말하는 것이, 다음에 논의하겠지만, 영문학이 불필요하다는 것은 아니다. 이러한 투명성에 대한 반성은 영문학을 조금 더 투명한 상태에서 생각할 수 있어야 한다는 뜻에서 필요한 것이다. 그래야 영문학을 위해서 무엇이 더 필요하고 무엇이 덜 필요한가, 어디에 더 힘을 들어야 할 것인가를 판단할 수 있다.

2. 영문학의 이데올로기와 의의

오늘날 영문학과의 교과 과정의 원리는 무엇인가? 위에서 말한 바와 같이 오늘의 현실에서 영문학은 서 있는 자리가 어디인지 모르게 허공에 떠 있는 학문이지만, 그것은 오늘의 우리의 문화적, 사회적 현실에서 그러하다는 말이고, 학문 그 자체가 부질없는 인간 정력의 낭비라는 말은 아니다. 무엇을 안다는 것, 또 철저하게 안다는 것은 어떤 경우에나 가치 있는 일이라고 할 수 있다. 그러나 문제는 그 일이 얼마나 중요한 것인가를 생각할 때 이러한 판단만은 충분한 기준이 되지 못한다는 것이다. 여기에 대한 답변에 따라서 우리의 개인적 또는 사회적인 정력의 투자가 조정되는 경우가 많은 것이 인간 경제의 현실이다. 우리 영문학의 교과 과정에 원리가 있다면, 적어도 그것은 그 중요성을 자명한 것으로 인정한 데에서 나오는 원리이다. 이것은 그 교과 과정의 광범위성에 의해서 이미 드러난다. 오늘날 한국의 대학에서 하고 있는 영문학 교육은 대체로 그 형식에서, 또는 적어도 그 교과목의 분류에서는 영미 대학의 영문학 교육과 비슷하다. 영문학 또는 미국 문학의 분야를 시대적으로, 그리고 장르별로 구분하여 모양으로는 영문학이나 미국 문학의 전반을 가르치려는 것이다. 이러한 접근 방법에는 여러 가지 전제가 들어 있겠지만, 한 가지 확실한 것은 영문학의 중요성에 대한 의심 없는 신념이 여기에 비쳐 있다는 것이다.

영국 사람이나 미국 사람이 영문학을 가르치고 연구하는 것은 일단은 이해할 만한 것으로 생각된다. 사람이 자기 문화의 전통에 익숙해진다는 것은 매우 당연한 것이기 때문이다. 그것으로 그는 자신이 사는 사회를 더욱 잘 이해하게 되고 또 자신의 내면을 든든하게 한다. 물론 이러한 당연성에 대한 의문이 없는 것은 아니다. 그러나 의문과 비판 자체까지도 그것의 의의를 정당화해 주는 면이 있다. 영문학의 이데올로기적 기능에 대한 테리 이글턴(Terry Eagleton) 같은 사람의 관찰은 우리나라에도 널리 알려져 있다. 이글턴의 생각으로는 19세기 말부터 20세기 초까지 영국에서의 영문학 운동은 의도적으로 고안된 정치적 동기로부터, 즉 피억압 계급의 반항적 정치 의식을 순화시키는 방법으로 대두되었다는 것이다. 그것이 옳든지 그르든지 간에, 이러한 견해는 넓은 의미에서 문학이 이데올로기적 기능 또는 다른 관점에서는 인간 형성의 기능을 가지고 있다는 점을 지적한 것이다. 이것은 우리 사회에서도 예로부터 인정된 문학의 중요한 기능 중 하나이다. 아마 영문학이 우리 사회에서 당초에 별다른 저항 없이 받아들여진 것도 우리의 이러한 전통적 전제가 있었기 때문일 것이다.

그러나 자국의 문화가 아니라 다른 문화의 전통에서 나온 문학은 인간의 자기 형성에 어떻게 작용하는 것일까. 우리에게 주어지는 가장 중요한 문제는 이것이다. 물론 처음에는 이러한 점에 대한 회의가 없었다고 할 수 있다. 그것은 몇 가지 이유로 인한 것일 것이다. 그 하나는 문학과 문화의 보편성에 대한 전제이다. 즉 문학과 문화는 그것의 출처에 관계없이 인간의 형성에 도움이 된다는 생각이다. 또 여기에는 인간의 형성이란 보편적 인간의 형성이기 때문에 문화적 자료의 출처가 문제 될 수 없는 것이라는 생각이 있다. 이것은 우리의 전통으로부터도 이미 익숙한 일들이다. 우리 문화의 보편적 부분은 이미 중국과 인도의 문화의 자료를 포함하고 있었다. 물론 여기에는 문화적 자료에는 지역성을 넘어가는 보편적인 것이 있다는 전제가 들어 있었다. 여기에 제국주의나 패권주의가 숨은 힘으로 작용할 수 있다는 사실은 별로 주목되지 아니하였다.(한 나라의 문화 안에서도 물론 보편적 문화는 그 나름으로 의심의 대상이 될 수 있는 것이다.) 영문학은 하나의 새로운 보편적 문화로 등장한 서양 문화의 일부로서 한문학의 자리를 계승하여 우리나라에 자연스럽게 도입되었을 것이다. 물론 이것은 다른 착잡한 원인들을 단순화하면서 성립된 의식 또는 무의식이었다. 지금에 와서 우리가 영문학의 정당성의 근거에 대하여 회의를 느낀다면, 이러한 검토되지 아니하였던 의식과 무의식에 균열이 가고 있기 때문이라고 할 수 있다. 우리나라에서 영문학을 바른 관점에서 하는 데에는 이러한 무의식에 대한 반성이 필요할 것이다. 그러나 그것은 쉽지 않은 일이다. 여러 가지 허위 보편 의식에 대한 비판이 어렵다는 이유에서만은 아니다. 그것은 문학 자체가 무의식의 일종이기 때문이다.

사람이 어떻게 내면으로부터 형성되는가는 분명하지 않다. 우리 사회에서는 도덕 교육이 인간 형성의 가장 중심적인 작업으로 생각된다. 그리고 도덕의 덕목 이외에 정치적 이념 — 우리가 좁은 의미에서 또 본격적인 의미에서 이데올로기라고 부르는 것 — 도, 정치적 세뇌 작용들의 효과가 증명하듯이 인간 형성에 관계된다. 그러나 문학은 이러한 형성 작용에서 두드러지지는 아니하면서 중요한 역할을 한다. 그것은 문학이 다른 면이 없지는 않으나 우선적으로는 감정과 체험의 영역에 속하기 때문이다. 인간 형성이란 안으로부터 우리의 마음을 만들어 내는 것을 말한다. 사람의 마음에 가장 내밀한 것이 감정과 체험이다. 그것은 분명히 의식되지 않는 형태로 마음속에 존재하거나 거의 마음 그 자체와 하나가 되어 존재하거나 또는 마음 그 자체이다. 여기에 비하여 개념적으로 제시되는 모든 도덕적 규범이나 정치적 슬로건은 어느 정도는 마음에 대해 외부적인 것으로 존재한다. 그리하여 그런 것들은 자연스럽게 일어나는 감정이나 체험의 리듬에 비하여, 적어도 처음에는 우리의 마음에 대한 침해 행위로 느껴진다. 모든 이질적 이념에 대하여 사람들이 느끼는 본능적 반감은 여기에서 연유한다고 할 수 있다. 이런 점을 생각할 때 감정 또는 체험에 의지하는 문학의 형성적 영향은 특별한 것일 수밖에 없다. 그것은 우리가 의식하기 전에 이미 우리 안에 자리하는 어떤 것이다.

문학이 인간 형성에서 눈에 띄게 강력하지는 아니하면서도 은근한 힘으로 중요한 작용을 하는 것은 지극히 자연스러운 일이다. 그것은, 조금 다른 각도에서 말한다면, 사람이 세상에 사는 방식은 전적으로 안으로부터이기 때문이다. 즉 사람은 세상의 밖이 아니라 세상의 안에 존재한다. 이것은 자명한 사실적 현상을 말하는 것이면서, 더 복잡하게는 그 세상을 내면화하여 마음에 지니고 산다는 것을 의미하는 것이기도 하다. 그렇지 않고 서는 사람은 자기가 사는 세상에서 방향을 가늠할 수 없을 것이다. 물론 이 가늠은 일정 공간에서 방향을 잡는 데 지도가 도움을 줄 수 있듯이, 외부로 부터 얻어지는 정보에 의하여 행해질 수도 있다. 그러나 아마 참으로 자기 가 사는 공간에 의미 깊은 관계를 가지고 살려면, 이 가늠은 단순히 객관화 된 정보가 아니라 그 공간에 대한 감각, 감정, 추억, 생각의 체험을 내면화 한 것이어야 할 것이다. 그리고 이러한 것들은 오늘 이 순간만의 것, 나 자 신만의 것도 아니고 여러 사람의 것, 특히 역사적으로 누적된 거주의 체험 이다. 이러한 세계의 내면화와 주체화에서 문학은 중요한 역할을 담당할 수 있다. 그것은 최신의 형태에서, 단순한 체험 또는 체험의 추억이 아니라 이러한 것들의 보편적 형식성 속에서의 승화이다. 그리하여 구체적 체험 으로써 나를 여기에 묶어 주는 일을 할 뿐만 아니라, 나를 나와 세계의 보 편적 가능성으로 열어 주기도 한다.

문학의 내적 형성 작용은 위험을 수반한다. 그것은 우리의 내면을 형성 하고 우리로 하여금 세계에 살게 하면서, 이러한 형성적 요인을 무비판적 으로 받아들이게 한다. 그것은 다시 말하여 이데올로기이다. 그러면서 그 것은, 나 자신이 이데올로기가 아니고 의식의 대상이 되는 객체가 아닌 것 과 같이, 이데올로기로 또는 객관적으로 평가해야 하는 대상적 존재로 의 식되지 아니한다.

이러한 관점에서 문학을 말할 때 외국 문학은 어떠한 의미를 갖는가. 다 시 말하여, 그 결과가 좋든 나쁘든 문학이 한 문화 또는 사회의 안에서 살 게 하는 것이라고 한다면, 외국 문학은 우리로 하여금 다른 문화 속으로 동 화해 가게 한다. 문학의 소재를 이루는 여러 감각적, 감정적 요인들이 보편 적이라는 점에서, 또 뛰어난 문학이 보편적 형식성에의 개방성을 특징으 로 한다는 점에서 문학은 넓은 의미에서 사람을 세계 안에 살게 하는 역할을 한다고 할 수 있다. 그리고 사람은, 특히 문학처럼 안으로부터의 느낌에 의존하는 표현과 의미 전달의 형식에서는, 주어진 정보 또는 체험의 시나리오를 타자의 기준이 아니라 자신의 감정의 필요에 의하여 동화한다. 그리하여 문학의 세계에서 국경은 분명한 것이 아니다. 그러나 그것은 여전히 좁은 의미에서의 사회화의 한 수단일 수 있다. 그러니만큼 외국 문학의 한 효과가 소외인 것을 무시할 수 없다. 일반적으로 말하여 소외는 그 나름으로의 인간적 의미를 가질 수 있다. 사실 우리가 사회화하여 들어가는 사회는 이미 소외의 세계이기 때문에 그것으로부터의 소외는 본질적인 의미에서 세계의 내면으로 돌아가는 행위일 수도 있다. 브레히트가 의도적으로 추구한 소외는 이러한 소외의 전위의 가능성을 근거로 한 것이다. 그러나 외국 문학으로의 사회화도 그로 인한 소외는 절대적인 소외, 소외와 동화 사이에 자리바꿈이 있을 수 없는 절대적인 소외라고 할 수 있다. 그것은 절대적인 의미의 정신병이다. 다만 문화적, 제도적으로 뒷받침되고, 그것이 만들어 내는 허위의식으로 뒷받침되어 있을 뿐이다.

　여기에서 필요한 것은 또 다른 의미에서의 소외 효과이다. 브레히트가 원한 것은 연극의 자연스러운 감정 이입 작용을 중단시키고, 감정 이입 작용을 일으킬 수도 있는 장면을 객관화하려는 것이었다. 감정 이입은 어떤 사건을 사회나 역사의 조건으로부터 유리시켜 무시간적인 감정적 체험으로 바꾸어 버린다. 브레히트에 따르면 이것을 방지하기 위하여, 배우가 자기의 역에 심취해서는 아니 되며 작가도 내적인 관점의 서사를 중단하고 교훈적인 해설을 가하거나 또는 공연의 양식화를 통하여 비판적 객관화를 꾀하여야 한다는 것이다. 아마 외국 문학의 교육과 연구에서 필요한 것도 이와 비슷한 외적인 관점에서의 접근일 것이다. 이것은 사회적, 역사적 조건과의 관계에서 또는 비판적 개념 속에서 문학을 본다는 것이다. 이것은 더 나은 교육의 실제적 프로그램이 생겨날 때까지는 영국 사정이나 미국 사정이라는 테두리 안에서 영문학을 공부한다는 것을 말할 것이다.

그러나 더 필요한 것은 우리의 주체적인 문제 영역을 형성하는 것이다. 내면적 흡수로 인한 자기 소외의 문제는 흡수되는 자료가 아니라 그것을 주체적 문제 활동 속에서 다룰 수 있느냐 하는 문제이다. 이렇게 볼 때 외국 문학 또는 문화를 전적으로 배척하는 것은 고식책에 불과하고, 또 삶의 빈곤화를 초래할 뿐이다. 또는 문학의 이데올로기성에 대한 강박적 집착은 참다운 의미에서의 주체화 작용까지도 부정하는 결과를 낳을 수 있다. 어떤 경직된 입장은 문학의 보편성의 주장을 전적으로 부정하고, 그럼으로써 개인을 초월하는 집단적 그리고 더 나아가 보편적 인간으로서의 주체 형성의 가능성을 부정하기 때문이다. 주체적이 된다는 것은 단순히 반성되지 아니한 내가 된다는 것은 아니다. 그것은 어떤 의미에서든지 내가 되는 것과 함께 보편성으로의 고양을 경험하는 일이다. 오늘날 이러한 가능성에 대한 부정은 우리 안에서의 좁은 민족주의와 서양의 여러 입장에서 두루 볼 수 있는 것이다.

3. 문화 다원주의와 보편성

영문학의 문제적 성격은 근년에 와서 이미 미국이나 영국에서도 많이 지적되고 논의되어 온 바 있다. 그리고 우리나라에서도 그러한 문제에 대한 논의가 일어나고 있는 것을 본다. 우리나라의 논의는 한편으로는 우리나라에서의 학문적 언설의 체계에서 영문학이 차지하고 있는 매우 불확실한 위치로 해서 저절로 일어날 수밖에 없는 것이지만, 다른 한편으로 영미에서의 논의의 영향으로 인한 것이기도 하다. 영미의 논의는 우리가 당위적으로 생각하는 영문학의 사회적, 역사적 한정성에 관계되는 것인데, 그러한 논의가 우리 자신의 각성에 도움이 되는 바 없지는 아니하지만, 주의해야 할 것은 그 논의 자체의 한정성이다. 그러한 논의도 다시 영미의 역사적, 사회적 상황에서 나오는 것이라는 점을 의식하여야 한다는 말이다. 이러한 논의가 보편적 호소력을 갖는 것은, 부분적으로는 우리가 영미 문학도로서 이미 그러한 논의에 대하여 열려 있게끔 그들의 담론의 규범을 내면화하고 있기 때문이다. 또는 더 일반적으로 말하여, 이 보편적 호소력은 담론 자체의 보편적 구조에 못지않게 오늘날 서양이 가지고 있는 헤게모니로 인한 것이기도 하다.

물론 이렇게 말하는 것이 반드시 허위의식을 말하는 것은 아니다. 왜냐하면 명제의 보편성은 사실에 대한 정합성의 문제이기도 하고, 사실의 실천적 창조의 문제이기도 하기 때문이다. 우리가 오늘의 현실을 만들어 가고 있는 이 문명에 의하여 동원되고 그것에 참여하고 있는 한 그것은 우리에게도 말하여 주는 바가 있음에 틀림이 없는 것이다.(대체로 서양의 보편성이 오늘의 세계 문명에 대하여 말하여 주는 바가 있는 것이 분명하다.) 그러나 들리는 말이 모든 사람에게 같은 의미를 갖는 것은 아니다. 그것이 어떤 공통된 의미를 갖는 것은 공통의 상황을 가리키고 있음으로써이다. 그러나 공통의 상황도 그 안에서의 위치에 따라서 그에 관한 언어는 다른 것일 수밖에 없다. 중심에 서 있는 사람과 변두리에 서 있는 사람에 대해 공통의 상황이 지니는 의미는 다른 것이다.

사람들이 개인적으로나 집단적으로나 서 있는 자리가 다름에 따라서 말의 의미와 효과가 다르다는 인식은 오늘날 영미의 문화 논쟁에서도 중요한 주제의 하나이다. 오늘의 문학의 한정적 기반에 대한 모든 논의는 결국 다문화주의 속에 종합된다고 할 수 있다. 문학의 한계를 규정하는 데에 많은 역할을 한 민중, 계급, 여성, 정체성의 정치, 소수 민족어, 패권, 제국주의, 식민주의, 탈식민주의 등의 개념을 주축으로 하는 문학과 문화 현상에 대한 분석은 언어의 주인이 누구냐에 따라서, 달리 말하여 개인적 또는 집단적 주체성 ─ 특히 소속 집단에 의하여 정의되는 집단적 주체성 ─ 에 의하여 언어의 의미가 달라진다는 것, 그러면서 이 달라짐을 드러내지 않으려 한다는 것을 주장한다. 그런 경우 한 보편적 문화를 상정하는 사고, 국제적으로든 국내적으로든 보편적 언어와 그러한 언어를 이루는 정전과 그 기준이 있다는 생각은 패권적 지배에 봉사하는 허위의식의 일부에 불과하다. 정당한 언어는 각자가 자신의 정체성의 입장에서 자신의 말로서 받아들이는 담론이다. 이러한 담론은 사회와 집단 또는 궁극적으로는 어떤 의미에서든지 주체성을 주장할 수 있는 모든 주체의 언어를 포함한다. 달리 말하여 각자의 정당성 속에서 존재하는 모든 언어, 모든 문화를 포함하는 다문화주의만이 억압 없는 언어와 문화의 존재 방식인 것이다.

다문화주의는 단순히 이론상의 주장이 아니다. 제국주의, 과학 기술, 자본주의 시장의 세계화 등, 이러한 모든 요인들은 오늘의 세계에 제국주의의 보편적 문화 또는 다문화주의의 선택을 불가피한 것이 되게 한다. 그러나 다문화주의가 그 논의의 발상지인 미국의 역사와 사회에 관계되어 있는 생각인 것은 말할 것도 없다. 여러 다른 문화권에서 온 이민자들로 구성된 미국은 원래부터 다문화적 요소를 가질 수밖에 없었던 것이지만, 이러한 사정은 1965년 이후 비유럽계 이민의 증대로 인한 미국 내 이민 상황의 변화로 더욱 두드러진 것이 되었다. 그런데 흥미로운 것은 다문화주의가 여러 인종과 문화가 서로 맞비비면서 살게 되었다는 물리적 사실에서만 연유하는 것이 아니라는 점이다. 보편적 문화 대신에 다문화가 말하여지는 것은, 투쟁의 결과든 아니면 평등과 정의 사상의 진보든 인종과 문화 간의 세력 균형의 변화로 인한 것일 가능성이 크다. 즉 영국 전통, 그에 이어 유럽 전통의 권위의 약화가 다원주의적 발생의 적어도 한 가지 중요한 원인으로 생각되는 것이다. 이러한 사정은, 위에서 말한 바와 같이, 오늘의 세계의 실상에도 상당한 정도 되풀이되는 사정이다. 이것이 미국의 다원주의에 세계적인 보편성을 부여한다. 그러나 미국적 다원주의가 곧 세계의 모든 곳에, 우리의 현실에 그대로 적용될 수 있는 것은 아니다.

다문화주의의 현상에 힘의 문제가 있다는 것은 다시 한 번 주의해 볼 만한 일이다. 이 힘은 국내적이면서 국제적인 문제이다. 미국의 다문화주의는 미국 내의 문화와 인종의 존재 방식에 연결되어 있으면서, 국제적으로 미국을 중심으로 한 패권적 질서에 변화가 있다는 것을 나타내는 것이기도 하다. 서양이 비서양으로 진출하던 처음부터 문화의 다양성에 대한 인식이 없었다고 할 수는 없는 일이다. 다만 그것은 다문화주의로 선포되지 아니하였을 뿐이다. 이러한 선포는 서양 문화 중심의 문화의 위계화가 현실의 힘에 의하여 불가능해진 것을 나타내는 것이 아닐까.(여기에 대하여 이 즈음에 고개를 들기 시작하는 다른 문화 중심의 문화의 위계화가 정당성을 가졌다고 말하는 것은 부질없는 힘의 순환 속에 진리에의 관심을 희생하는 일이다.) 국제 사회의 연쇄성 속에서 국내의 권력은 국제 사회 속에서의 세력과 밀접한 관계를 가진 것으로 보인다. 영국의 역사에서 영국의 제국주의는 영국 내의 사회 평화에 깊은 연관을 가졌었다. 이것은 사상의 자신감의 경우에도 마찬가지이다.

미국에서와 달리 유럽에서의 문화적 위기는 다문화주의보다는 중앙 집권적 사상의 위기로 나타나는 것으로 보인다. 푸코, 데리다, 리오타르, 보드리야르 등의 사상의 중심 과제는 이성 비판이다. 전체화하는 사유 작용의 근본 원리로서 이성의 과대망상, 패권주의, 현실 왜곡 등이 문제가 되는 것이다. 이러한 사상적 흐름은 유럽의 힘과 위신의 위축, 또 이와 더불어 국내에서의 지배적 이데올로기의 자신감의 손상 등에 연결된 현상이라 말할 수 있다. 미국이나 영국에서의 전통적 문학의 문제성에 대한 문제 제기가 이러한 유럽 사상의 자기비판적 흐름에 어떻게 관계되는가를 여기서 밝혀낼 수는 없으나, 문학의 정전(canon)에 대한 비판적 사고들이 이러한 흐름의 일부를 이루는 것은 분명하다.

어쨌든 유럽 사상의 자기 회의는 미국에서의 다문화주의와는 그 문제의 핵심을 달리한다. 이 사실부터 사상의 역사적, 사회적 제한을 말해 준다. 그러나 이러한 비판적 사상들 ── 우리가 문제 삼고자 하는 기성 문학의 보편성에 대한 비판을 시도하는 사상까지도 ── 은 미국에 심대한 영향을 끼치고 이들 사상가의 영향은 다시 미국에서는 다문화주의로 흘러 들어간다. 위에서 말한 바와 같이, 결국 인간의 의식 활동에 대한 자기비판은 (그것은 비판으로서 더욱 왕성하게 살아나는 면이 있지만) 한편으로는 전체화하는 사유의 퇴위를 말하면서, 다른 한편으로는 모든 사유의 권리를 그 나름으로 수락하는 다문화주의로 귀착하기 때문이다. 이 다문화주의에는 두 가지의 모순된 움직임이 들어 있는 것으로 보인다. 한편으로 그것은 패권적 언설에 한계를 짓고, 소수 집단의 언어를 정당화한다. 그리하여 그것은 해방적 움직임의 일부를 이룬다. 그것은 소수 집단 또는 개인의 주체성의 회복과 해방의 움직임이다. 그러나 그것은 동시에 이러한 것들의 해체로 나아가는 모순의 움직임이기도 하다. 패권 언어는 이론적으로 그 보편성의 주장에서 정당성을 찾았다. 이 보편성은, 단순히 주어진 보편성이 아니라 그것을 위한 움직임이라는 의미에서, 좀 더 적극적으로는 하나의 전체화이다. 또 그것은 이 전체화의 주체임을 주장한다. 그것은 보편적 역사 또는 사회 현실 아니면 적어도 긴 역사와 넓은 공간의 주체적 구성에서 나오는 언어이기 때문이다. 그러므로 더 작은 시공간의 주체는 이 큰 주체에 순응하거나 그것에 의하여 스스로를 재구성하여야 한다는 것이다.

그러나 소수 집단 안에서도 시간과 공간의 범위에 관한 투쟁은 벌어지게 마련이다. 더 큰 시공간의 보편성이 없어진다면, 사실 소수 집단의 집단적 성격도 존재할 수 없다. 집단이 집단으로 존재하는 것은 그것이 사회적 현실의 일관된 주체로 구성될 수 있기 때문이다. 모든 보편성 또는 전체화의 움직임은 해체되고 오로지 집단 성원 각자의 개체적 주체성만이 정당한 것으로 남는다. 그러나 이것도 그렇게 오래갈 수는 없다. 완전히 개체적인 주체성이 가능한가? 이른바 탈중심화된 주체(the decentered subject) 또는 주체 부정에 대한 논의는 극단적 주체성의 주장에서 나오는 불가피한 부수적 현상에 불과하다. 밖으로부터 오는 모든 주체적 원리 —가짜 주체성으로 생각되는, 또는 이물질의 내적 투입으로 생각되는 모든 주체성의 원리 —를 배격할 때 남는 것은 무엇인가. 그것은 달리 환원할 수 없는 근원적 충동과 같은 것일 것이다. 그것은 다시 말하여 사람의 원초적 충동과 필요이다. 이러한 의미에서 근본적 주체성의 추구는 부당하게 억압된 원초적 요구들의 해방을 가져온다고 할 수 있다. 그러나 동시에 배제된 이물질의 자리로 밀고 들어오는 것은 반성되지 아니한 모든 세력이다. 반성되지 아니한 모든 사실성은 환원될 수 없는 견고성을 갖는다. 반성을 통한 보편성의 매개를 거부하는 자아에게 가장 강하게 작용하는 것은 주어진 사회의 가치들이다. 문화 다원주의 —또는 페미니즘, 포스트모더니즘, 탈식민주의 또는 더 나아가 탈주체주의 밑에 들어 있는 미국적 개인주의 —가 근본적으로는 자본주의적 가치에 그대로 노출되어 있는 개인주의인 것은 놀라운 일이 아니다. 그리고 이 개인주의는 가장 깊은 곳에서 비주체성에 의하여 침윤되어 있는 주체성이다. 주체와 비주체가 일치하는 것이다.

문화 다원주의는 한국의 서양학에도 시사하는 바가 많은 주장이다. 적어도 그것은 우리가 서양의 보편성의 주장을 그대로 받아들이기 어렵게 한다. 그러나 다른 한편으로 그것이 시사하는바 보편성에 대한 기권은 정당한가. 더 좁게 보아서 문학의 형성적 의미 —형성이란 위에서 비친 바와 같이 자기 형성이지만, 동시에 보편성으로의 형성을 말한다. —도 포기하여 마땅한가. 서양의 보편적 의미에 한계가 있음도 사실이겠지만—또는 어떠한 사유 체계도 보편성의 관점에서 한계를 가지고 있을 수밖에 없을 것이다.—모든 보편성의 가능성을 포기하는 것은 역사적 창조의 주체성, 집단적 인간과 개체적 인간의 조화의 가능성, 또 더욱 고양된 차원에서의 삶의 가능성을 포기하는 것이다. 이 가능성에 대한 신념은 역사의 창조적 힘의 상승과 하강에 긴밀한 관계를 가지고 있는 것으로 보인다. 문화 다원주의에서 인간의 보편성의 가능성을 부정하는 것은 그 자체로서 의미를 가지고 있다기보다는 서양의 상대적 쇠퇴의 징후로서 의미를 가진 것이 아닌가 하는 생각이 든다.

주체성에서 시작하든 또는 비주체성에서 시작하든, 비주체성으로 귀착하는 것은 쉬운 일이다. 위에서 본 바와 같이, 해방의 움직임으로서의 문화 다원주의가 이르게 되는 것은 극단적인 주체성의 철학이다. 그러나 그것은 곧 비주체성으로 이행한다. 주체성의 추구가 자아 추구에 일치하는 것이라면, 이 추구에서 드러나는 자아는 당대의 사회적 현실, 이데올로기, 생물학적 충동에 의하여 지배되는 자아이다. 더 나아가 철학적으로 반성된 반주체의 철학에서 지적하는 것은 우리의 내면에 깊이 자리 잡고 있는 사회적 권력의 체계와 언어와 상징 체계이다. 사람으로 하여금 사람이 되게 하는 언어의 소유 자체가 사람이 사회에 소유되는 과정에 다름 아니라는 주장은 대체로 맞는 주장이라 할 수밖에 없다. 그러나 주체성은 고정된 내용이나 개념적 원리로 생각할 수 있는 것이 아니다. 그것은 움직임이다. 그러면서 그것은 현실적 전체화에 대응하는 정신의 움직임이다. 그러나 그것은 가능성을 포함함으로써, 내적 공간에서 보편성을 향한 움직임이 된다. 반드시 현실에 일치하는 것은 아니면서, 주체성은 보편성의 내면적 구성이다. 그것은 끊임없는 보편성의 활동으로써만 주체성으로 남는다. 이것은 구체적으로는 자아의 활동이다. 그러면서 그것은 자아가 보편성에 순응하기 위한 하나의 훈련이다. 이 자아와 보편의 움직임은 두 가지의 다른 활동이 아니라 하나의 활동이다. 이것을 하나로 거머쥘 수 있는 데에 주체성의 참다운 의미가 살아난다. 이 하나의 활동 속에서 자아와 사회, 나와 다른 사람, 현재와 과거, 한 문화와 다른 문화의 조정의 가능성이 생겨난다.

인문 과학의 의의의 하나는 이러한 주체성의 활동을 해방하는 것이다. 그것은 보편성에서 가능해진다. 이 보편성은 우리 사회의 것이든 다른 사회의 것이든 과거의 인문적 유산 속에서 얻어진다. 그러나 그것은 비판적 수용 속에서만 존재한다. 어떠한 인문적 유산도 모든 시간과 공간, 그리고 거기에서의 인간의 활동에 해당하는 보편성이기는 어렵기 때문이다. 그리고 다른 한편으로 그것은 오늘의 삶의 매우 구체적인 조건 속에서 구체적인 인간으로 사는 집단적, 개인적 주체성으로 살아 있는 것이 되기 전에는 참다운 의미에서 살아 있는 보편성일 수는 없다. 보편성은 구체적인 순간과의 변증법적 맞물림 속에서만 보편적 가능성으로 살아날 수 있다. 이 맞물림은 오늘의 지적 활동의 강렬성으로만 주어진다. 오늘날 미국이나 유럽에서 이루어지고 있는 주체성의 여러 형태에 대한 비판은, 한편으로 오늘의 순간에 주체적 활동을 관계시키려는 활동이기는 하지만, 그것이 전통적, 주체적 작업에 대한 해체를 주안으로 한다는 면에서는 그러한 활동의 포기를 뜻하기도 한다. 이 두 면에 있어서 ─ 그 역사적 주체의 구성이라는 작업에서나 또는 그것의 포기라는 점에서나 ─ 구미의 해체적 작업들은 우리에게 직접적인 의미를 가질 수는 없다.

우리는 한때, 서양 문화의 보편성 또는 그것이 내거는 보편성에 승복하였다. 물론 지금도 그렇게 한다. 그러나 지금에 와서는 서양이 선언하는 보편성의 소멸을 보편적인 것으로 받아들이는 것으로 보인다. 최근 하버마스의 한국 방문에서 우리는 우리의 상황에 대한 권위 있는 판단을 그에게 되풀이하여 재촉하는 우스운 풍경을 많이 목격하였다. 그는 이성주의자이면서 이성 비판자이다. 이성을 옹호하는 경우나 그것의 한계를 선언하는 경우나, 서양의 사상가가 세계의 모든 것을 포괄하는 문제 해결의 열쇠를 가진 것처럼 생각하는 것이 어리석은 일이라는 것은 새삼스럽게 말할 필요도 없는 일이다.

4. 주체성의 과업: 서양 학문과 한국의 전통

포스트모더니즘의 비판이 말하는 바와 같이 그것이 억압적 기능을 가진 면이 있는 것은 분명하지만, 한국 사회에서는 현실의 상황이 어떠하든지 간에 적어도 이념적으로는 사회적 주체성의 가능성에 대한, 또 자기실현의 관점에서도 만족할 만한 주체성의 가능성에 대한 신념이 사라지는 아니하였다고 말할 수 있다. 현실적으로 많이 위축되어 가고 있는 것은 사실이나 인문 교육에 대한 이념, 또는 그것을 통한 인간 형성에 대한 이념 자체가 회의의 대상이 되지는 아니한 것으로 보이기 때문이다. 학문에 의한 인간 형성의 이상은 유교 전통에서 온 것이다. 오늘의 시점에서 이것이 어떠한 상황에 있는 것인가는 새로 정확히 검토되어야 하는 것이겠으나, 놀라운 것은 이 전통의 급속한 소멸이다. 위에서 말한 바와 같이, 우리나라에 들어온 서양의 학문이 유교가 비워 놓은 자리를 차지한 것이다. 영문학의 경우에도 한학의 자리의 일부를 차지하고 들어간 것이라 할 수 있다. 그것은 중국의 고전을 대체하는, 이제 세계 문학이라는 이름을 가지게 된 서양 문학의 일부로서 인문 과학의 일부, 교양의 일부, 인간 형성의 학문의 일부가 된 것이다.

위에서 우리는 영문학이 마치 영미에서 공부하듯이 공부되어 온 상황에 대해 언급했지만, 이것은 이러한 전통의 바탕 위에서 용이해진 것이다.

그리하여 그것은 당연히 한국인의 내면적 형성의 수단으로 받아들여졌다. 이것은 하나의 허위의식이면서, 전적으로 허위만은 아닌 의식이다. 허위라는 것은 말할 것도 없이 우리 자신의 전통과 상황에서 동떨어진 것이기 때문에 그렇다는 것이고, 전적인 허위가 아니라는 것은 실제 영문학의 참다운 의미는 그것이 인간의 내면적 형성에 참여한다는 점에서만 발견될 수 있을 것이기 때문이다. 문학이 문학인 한, 그것의 수용은 형성적 관점에서 받아들이는 것이 당연하다고 할 수 있다. 다른 한편으로 영문학의 보편성은 한편으로는 근대의 성립에서 영국이 차지한 특별한 위치, 그리고 동양에서, 다분히 일본의 영향하에서, 또 미국에 대한 의존적 관계에서 우리가 그것에 선택적으로 부여한 특별한 위치에서 온다. 그것은 우리를 지배하게 된, 또 우리가 그 안에서 스스로의 주체를 재구성하고자 한 근대성의 통로였다. 더 간단히 말하여 우리는 그것을 통하여 근대적 자아로 태어나고자 한 것이다. 또 이러한 역사적 우연의 차원을 떠나서 영문학이 세계 문학 ─ 인간의 삶의 구체적 순간이 보편성 속으로 매개되는 사건의 기록으로서의 세계 문학이라는 것이 있다고 한다면 ─ 에서 이룩한 업적으로도 상당한 보편성을 지녔을 가능성도 우리는 부정할 수 없다. 어떤 경우에나 그 본연의 모습에서, 또 세계사와 한국인 간의 특수한 관계를 통하여 영문학이 우리에게 형성적 영향으로 작용하게 된 것은 충분히 이해할 만한 일이라고 할 것이다. 다만 그러했다고 하더라도, 우리가 이 점에 대하여, 또 이 점을 받아들인 다음의 교육적 전략에 대하여 충분히 생각했다고는 할 수 없다.

영문학이 서양의 다른 문학 또 일본 현대 문학과 더불어 한국의 근대적 자아 형성에 중요한 역할을 한 것은 의문의 여지가 없는 일이다. 우리 현대 문학의 형성에 영문학을 수업한 사람의 기여가 상당한 것도 생각해야 하는 점이지만, 설사 그러한 직접적인 의미에서가 아니라도 영문학의 영향이 컸던 것은 부정할 수 없다. 어쩌면 이제 와서 영문학, 또 서양 문학의 위치가 어느 때보다도 불확실한 것으로 여겨지는 것은 근대적 자아의 형성적 요인으로서의 영문학과 다른 외국 문학의 역할이 끝나 간다는 것을 뜻하는 것에 다름 아닐는지 모른다. 즉 영문학을 어디에 쓰느냐 하는 것은 초시간적 명제가 아니라 역사적 진전의 결과일 가능성이 크다는 말이다. 역사의 진전의 한 기능은 우리가 하늘같이 믿고 있었던 것의 허위를 드러내는 것이다.

이 시점에서 우리는 과연 서양의 문학과 철학 또 여러 인문 과학에 의하여 우리의 근대적 자아를 구성하려는 것이 우리의 진실에 맞는 것인가를 생각하지 아니할 수 없다. 아마 바람직하게는 영문학 또는 서양의 인문 과학을 단순히 서양 사정의 일부라는 관점에서가 아니라 우리 자신에게 안으로부터 작용할 수 있는 형성적 힘으로 수용할 수 있는 것이겠으나, 그러기 위해서는 우리 자신의 주체적 힘이 문제가 될 것이다. 우리의 주체적 힘이 본래부터 주어진다고 말하기는 어렵다. 그것은 얻어지는 것이다. 그렇지 않다면, 그것은 형성되거나 구성될 필요도 없다. 그것은 잠재적으로 우리의 삶이 우리의 삶인 한 이미 시작되고 있다. 우리의 개체화와 사회화의 과정을 더 포괄적이고 더 깊이 있는 것으로 형성하는 일이 필요할 뿐이다. 여기에 우리 자신의 인문적 전통의 간여가 필요한 것이다. 또 외국의 문학이나 인문적 사고를 받아들이는 것도 여기에 관련되어 비로소 의미 있는 것이 될 수 있다. 이것은 우리 자신의 문제 설정의 지평을 잃지 않으면서 다른 지평의 주제를 생각하는 것이다. 이에 관해 떠오르는 것은 가다머가 말한 바와 같은 지평의 융합과 같은 일이나, 가다머가 말하는 것은 같은 전통 안에서의 과거와 현재의 관계에 대한 것이기 때문에 서로 다른 전통의 문화적 지평이 융합한다는 것은 조금 더 복잡한 일이 될 것이다. 물론 이것은 당위적 명제일 뿐 이러한 융합, 이러한 주체의 구성이 구체적으로 어떤 것이 될지는 전혀 분명하지 아니하다.

　우리 나름의 문화적 주체성, 학문적 주체성이 필요하다는 주장은 지금의 상황에서는 추상적인 주장에 불과하다. 그 결과의 하나는, 추상적 주장이 대체로 그러하듯이, 드높은 목소리의 자기 슬로건의 되풀이가 주체성을 대신한다는 것이다. 주체성의 영역에서 쉽게 확인되는 것은 정치적인 카테고리, 또는 한발 더 나아가는 것으로서 사회학적 카테고리이다. 민족주의나 민중주의 그리고 그것에 부수하는 종속적 개념들이 모든 현상, 정치나 사회 현상은 물론이려니와 문화와 정신의 현상에서도 유일한 분석의 도구가 되는 것이 그러한 경우이다. 이것은 지금의 상태에서 어찌할 수 없는 것인지도 모르지만, 우리는 이러한 개념들이 한 문화의 정신적 내용을 해석하는 데에서 극히 거친 도구밖에 제공하지 않는다는 것을 의식하지 아니할 수 없다. 우리의 전통에 입각한 주체성의 습득 문제는 앞으로 풀어 나가야 할 문제인 것이다.

　전통이 주체 형성의 힘으로 살아남는다는 것은 그것이 오늘의 문제를 생각하는 데에 보이지 않는 힘으로 살아 있어야 한다는 것을 말한다. 이것은 전통의 문제이기도 하지만, 전통 해석의 문제이기도 하다. 해석의 작업은 전통을 변화하는 흐름 속에서 살아 있게 하는 활동이다. 그것을 통해서 전통은 객체적 언어, 제도, 대상물에서 살아 있는 활동이 된다. 위에서 말한 바와 같이, 우리의 전통이 어찌하여 그 활동으로서의 기능을 상실하였는가는 간단히 답할 수 있는 문제가 아니다. 방금 말한 바와 같이 단순히 해석 작업의 중단으로 그렇게 되는 수가 있을 것으로도 생각된다. 거기에는 관념의 정치적 운명이 작용한다. 그러나 이 정치적 운명은 단순히 국제 정치에 있어서의 힘의 관계로 설명하기에는 너무 거대한 경우가 있는 것으로 보인다.

　상황의 변화는 전통의 언어에서 설명 능력을 완전히 빼앗아 가 버린다.

태극, 무극(無極), 기(氣), 리(理), 사단칠정(四端七情), 기운, 풍골, 정채 등의 개념이 우리의 현실을 얼마나 설명해 줄 수 있는가.(조동일 교수와 같은 경우가 있지만, 그의 노력이 얼마나 현실적 설명 능력을 회복할지는 모를 일이다.) 우리가 오늘날 우리의 상황을 문제화하기 위하여 사용하는 말들, 가령 주체성, 민족, 민중, 인권, 사회, 리얼리즘, 소설, 서사시, 서정시, 비극 등의 말들 ── 그리고 개념들 ── 은 현대에 와서 생겨난, 그것도 서양의 직접적 또는 간접적 영향 아래에서 생겨난 말들이다. 이것 자체가 우리의 현실이 바뀌었음을 말한다. 또는 경솔하게 현대화된 언어들로서 우리의 참 현실을 잘못 파악했을 가능성도 배제하지 못한다. 그 원인이 어디에 있든지 간에 지금 필요한 것은 오늘의 문제 의식에서 오늘의 어휘로부터 시작하여 옛날을 해석하고, 활동으로서의 옛 마음을 오늘에 돌이키거나 또는 잇는 작업이다. 이것은 단순히 복고 또는 복원의 작업은 아니다. 전통은 재해석으로만 다시 살아날 수 있다. 재해석은 오늘의 의식 속에서 해체 그리고 재구성하는 일이다. 이러한 과정에서 작용하는 것은 반성적 사유이다. 이 반성은 말할 것도 없이 사유하는 자가 사유로 돌아가는 행위이다. 이 되돌아감의 목적은 사물과 자아가 구성되는 본바탕을 드러내자는 것이다. 여기에서 우리는 객관적 사물의 독단론으로부터 해방되고 그것의 구성의 허실을 살필 수 있다.

역설적으로 이것 자체가 이미 서양적 사유의 훈련을 필요로 하는 것이다. 반성적 사유는 칸트 이후의 서양적 사유의 특징으로 보이기 때문이다. 관념들 ── 사람의 사유의 산물인 관념들 ── 도 사물화한다. 객관의 세계는 사물만이 아니라 관념으로도 구성된다. 전통도 대부분의 경우 사물화되어, 특히 끊임없는 해석의 전통이 중단될 때 그것은 오로지 사물화된 형식으로만 존재한다. 그것은 오늘의 현실을 생각하고 사는 데 장애물이 된다. 그것은 반성적 사유를 통하여 해체되어야 한다. 이 반성은 객관적 대상을 향하는 사유를 거두어 자신으로 돌리는 일인데, 그런 만큼 자신을 확인하는 행위이기도 하다. 이때 자신은, 철학적인 의미에서의 선험적 자아라고 하겠지만, 사실 그것은 사유하는 존재로서의 나를 말하기도 하고, 동시에 우리가 상식적으로 생각하는 바 충동, 감각, 감정 들이 우글거리는 공간으로서의 나이기도 하다. 그러나 그것이 어떤 것이든지 간에, 이 자아 확인의 중요성은 그것이 사물과 세계를 수용하고 또 그것을 구성하는 터전이라는 점에 있다. 그리하여 이 자아는 바깥 세계로 나가는 통로의 역할을 한다. 이 바깥 세계는 사실과 자연으로서의 나 자신도 포함한다.

그러므로 자아로 돌아간다는 것은 현실과 경험의 현장으로 돌아간다는 것을 말한다. 그리고 자아는 또한 구성적 활동을 포함하는 것인 만큼, 자아에의 복귀를 통해서 사물과 세계는 새로이 구성될 수 있다. 자아는 한편으로는 순수한 수용과 구성의 장이며 활동이다. 반성적 회귀는 이러한 순수성을 되찾자는 것이다. 그러나 다른 한편으로 이 순수성은 오로지 계속적으로 열려 있고 움직이고 있는 활동이라는 점에서만 순수하다. 그 이외에는 여러 가지 사실적 퇴적과 동기를 가지고 있다. 순수한 움직임으로서의 자아의 활동의 방향과 형상, 그 벡터(vector)는 역사적 퇴적에 의하여 상당 정도 결정된다. 한 전통의 문화적 습관은 이미 그 안에 작용하고 있다. 다만 그것은 객관적 사물로서 우리를 지배하기보다는 사유 활동의 일부가 됨으로써 새로운 창조성을 발휘할 수도 있고, 엄밀한 반성의 조건하에서 다른 주체화된 요소들과 결합하여 새로운 것으로 수정되기도 한다. 전통의 재해석 그리고 그것에 따르는 해체는 전통의 이러한 사유 활동에의 재귀를 의미한다.

반성적 사유의 방법이 더 구체적으로 어떠한 것이겠는가는 분명치 않다. 밝힌다 해도 그것은 하나로 말할 수 없는 여러 가지일 것이다. 다만 그 중에서 가장 간단한 것은 말할 것도 없이 계속적인 물음, 묻고 되묻는 물음이라 할 수 있다. 집요하게 되묻는 물음은 한편으로는 근본에 이르고 근본을 열어 놓는 방법이다. 다른 한편으로 그것은 주어진 사실이나 관념을 오늘날의 경험적 현실에 잇는 방법이다. 가령 매우 지엽적인 예를 들어 우리의 회화사를 보면, 정선(鄭歆) 등 18세기 회화의 특징으로 진경산수(眞景山水)가 이야기되는 것을 본다. 여기에서 진경이란 상상으로 재현한 중국의 산하가 아니라 실제 있는 우리나라의 산하를 그렸다는 것이겠는데, 우리는 회화 논의에서 진경의 의미에 대해서 이 이상의 해석을 발견하지 못한다. 그것이 어떤 의미에서 실제 있는 풍경을 재현한 것인지, 그 동기는 어디에서 나오며, 그것의 당대 문화와 사상에 대한 관계는 무엇인지, 또는 더 일반적으로 산수를 그림으로 재현한다는 것은 무엇을 뜻하는 것인지, 어떤 조건하에서 재현이 이루어졌다고 생각되는 것인지, 현실의 어떠한 재현도 현실은 아니기 때문에 문화적, 시대적으로 받아들여지는 재현의 사실성과 현실의 사실성의 차이는 무엇인지, 한 시대가 받아들이는 사실성의 기준은 그 시대의 사회적 사실과 과학적 진리를 어떻게 결정하고 제한하는 것인지, 이 결정과 제약은 그 시대의 삶에 또 일반적인 인간의 생존의 가능성에 무엇을 뜻하는지, 이러한 시대적 사실성의 문제는 오늘날 우리가 받아들이는 사실성의 조건과 어떻게 다른지, 오늘의 사실성이 오늘의 삶의 어떠한 가능성과 제약을 나타내고 있는지……. 이러한 질문들에 우리가 다 답하지는 아니하더라도, 그 질문들에 의하여 열리는 새로운 탐색의 장의 구성, 그 장에서의 새로운 담론의 구성이 없이는 어떤 산수화가 진경이라는 의미는 극히 한정된 의미밖에 지니니 못하며, 결국은 하나의 분류상의 꼬리표에 불과하게 되는 것이다. 이것은 서양의 리얼리즘 문제 — 회화 또는 더 나아가 문학의 — 에도 그대로 해당하는 것이다.

나는 이러한 예를 들어 보면서, 그것이 위에서의 문제의 설정의 거대함에 비해서는 너무 지엽적이라는 느낌을 어찌할 수 없다. 그러나 근본적인 물음에 의하여 관념의 물화 상태를 해체함으로써만, 어떠한 사물이나 관념이 새로이 의미 있는 것이 될 수 있다는 것은 분명하다. 그리고 여기에서 내가 말하고자 하는 것은, 이미 비친 바대로 물음의 방법이 적어도 학문이라는 세속적 차원에서는 서양의 근대 학문을 움직이는 동기이며 정신이라는 점이다. 근본적 회의, 이성 비판, 현상학적 반성, 이데올로기 비판 등으로 특징지어지는 철학적 탐색은 일관하여 무반성적으로 주어진 사물의 저편에 있는 근본에 이르거나 또는 근본의 부재를 드러내는 일에 관계된다. 이러한 철학적 탐색은 더 넓게 많은 서양 학문의 동기가 되는 것이기도 하다.

　이러한 서양 학문과의 연관성을 주목하는 것은, 오늘의 시점에서 서양에서든 비서양에서든 서양 학문 또는 서양 학문의 방법론적 정신은 불가결한 것이 되었다는 사실을 뜻한다. 논리와 사실의 관점에서의 물음이 과학의 근본적 자세임은 주지의 사실이다. 이러한 자세는 인문 과학에서도, 적어도 그것이 학문의 엄밀성을 주장하려면, 없을 수 없는 것이다. 그러나 인문 과학은 그것이 인간에 대한 탐구인 한은, 과학의 사실성의 범위를 넘어설 수밖에 없는 것으로 보인다. 오늘날과 같은 사실의 세계에서 그러한 질문은 학문적 체면을 손상하는 것으로 간주되는 까닭에 감추어지게 마련이지만, 사람에 대해서 생각하는 한 어떻게 살아야 하는 것인가 하는 질문은 학문적 질문, 특히 인문 과학적 질문에서 근본적 문제로 남아 있을 수밖에 없다. 그것은 과학이면 과학의 목표에 대한 질문을 불가피하게 하고, 다시 과학적 모험의 존재론적 근본에 대한 질문을 발하지 아니할 수 없게 한다.(이 마지막 변신에서 질문은 비로소 학문적 체면이 서는 질문이 되는 것으로 보인다.) 그리하여 그것은 과학 하는 인간, 존재에 대하여 물음을 발하는 인간에 대한 질문을 그 주제로 하게 된다. 여기에서 그것은 반성적이 된다. 비록 분명하게 주제화하여 그렇게 생각되지는 아니한다 하여도, 인간의 경험 —— 철학적일 수도 있고, 또는 예술적일 수도 있는 경험 —— 에 대한 질문은 이러한 테두리 안에서 정당성을 갖는다고 할 수 있다. 이러한 변모에도 불구하고 강한 물음, 데카르트의 '과장된 의심'은 여전히 학문적 탐구의 핵심적인 정신이다. 다만 이 물음은 방법적 성격을 가지고 있기 때문에 대부분의 경우 논리와 사실의 권위를 받아들인다. 또한 경험의 세계에서 논리는 전체성에 이르는 한 방법이기 때문에, 근본과 전체에 대하여 질문을 발하는 인간 활동에서도 논리는 방법적 요구이기도 하다.

이러한 특징들이 매우 단순화시킨 대로 서양 학문의 특징이고, 우리가 오늘의 세계를 의미 있는 것으로 다시 파악하려는 경우 그러한 특징을 가진 학문에의 의존은 불가피한 것이다. 물론 이렇게 말하면서 덧붙여 주목해야 하는 것은, 오늘의 현실의 의미화에서 서양 학문이 갖는 특권적 위치는 반드시 정신적 전통으로서의 그 우수성에 기인한 것이라고 말할 수 없다는 점이다. 위에서도 비친 바와 같이 그것의 생명력은 그것이 오늘날까지 지속해 온 해석의 역사와 더불어 있는 데에 기인한다. 또 그 지배적 위치는 그것이 현대의 세계를 만들어 낸 승리한 역사의 일부를 이루기 때문이기도 하다. 이것은 거꾸로는 적지 않게 그것이 살아 움직이는 해석의 힘을 유지해 온 것에도 힘입고 있다. 여기의 해석의 역사란 자연의 객관적 세계에 대한 해석을 포함한다. 마지막으로 서양의 문화 전통의 특권적 위치는 그것이 (국내적, 국제적 갈등과 투쟁이라는 반드시 긍정적으로만 볼 수 없는 경위를 통하여 부딪히게 된) 다원적 경험 세계와의 관계에서 전개되어 왔다는 데에서 온다고 할 수 있다. 이러한 다원적 세계가 오늘날 세계가 가고 있는 방향인 만큼 그것이 의미 있는 설명력을 가지게 되는 것은 당연하다. 그리고 이 경험적 다원성의 포용은 그대로 서양의 지적 전통의 강점이 된다. 경험 세계를 형식적 정합성 속에서 제어하고자 하는 인간의 지적 노력은 결국 형식적 가능성의 총체적 점검을 통한 경험의 예칙이기 때문이다. 이것은 주로 자연과 사회를 포함한 경험적 세계에 해당하는 것이고, 반드시 종교, 도덕, 윤리 또는 일반적으로 정신적 세계 또는 경험 가운데에서도 개체적 체험의 세계에까지 그대로 해당한다고 할 수 없을지 모르지만, 다른 한편으로 정신이나 체험의 직관 또는 진리가 객관적 사물들의 세계로부터 별개의 것으로 존재한다고 말할 수는 없다. 오늘날에 있어서 경험 세계 그리고 그 세계에서의 지적 기술은 이러한 초객관적인 영역에 이르기 위하여서라도 거쳐야만 하는 선단계이다. 그리고 이것은 많은 문제점들에도 불구하고, 정신의 문제까지도 더 풍부하게 하는 것이라고 할 수도 있다.

영문학의 정당성은 우리의 문제 구성에 관계되어서만 생겨난다. 그러나 다른 한편으로 이 문제의 구성 자체가 영문학 또는 서양학 일반을 요구한다. 주체적인 학문은 서양과 한국을 동시에 포용하며, 한편으로는 그것을 넘어서는 보편성의 전망을 갖는 것이라야 한다. 이것은 부질없는 망라주의나 공허한 보편성의 추구를 위한 것이 아니라, 오늘의 현실을 되돌아보면서 바른 물음을 묻는 데에 필요한 일이다. 즉 오늘의 문제의 지평에서 질문을 발하고 그에 답하기 위해서 그것은 불가피한 것이다. 그것은 한편으로 현실에의 간격 없는 접근, 또는 달리 말하여 우리를 오늘의 현실의 주체에 일치시킬 것을 요구하고, 다른 한편으로는 오늘을 지배하는 문제의 지평으로서 또 숨은 동기들로서, 우리의 전통과 서양의 학문에 대한 새로운 검토와 질문을 요구한다.

이렇게 말하는 것은 다시 되돌아보건대 오늘의 인문 과학의 과업의 방대함을 말하는 것이다. 그것은 한국의 전통에 대하여 다시 질문을 발하는 작업이어야 한다. 그리고 서양의 인문 과학 내지 과학의 논리적 사고와 반성적 사고를 필수적으로 지녀야 한다. 또 다른 한편으로는 이러한 사고는 실질적인 문제와 불가분의 관계에 있기 때문에, 서양 학문을 구성하는 여러 근본 개념을 문제화한다는 것을 말한다. 그리고 이것은 종합되고 체계화되어야 한다. 이러한 주문은 개인적으로나 집단적으로나 감당하기 어려운 주문임에 틀림없다. 그렇다 하더라도 이러한 작업이 이루어지기 전에는 참으로 우리에게 의미 있는 인문 과학은 불가능할 것이고, 그러한 바탕이 없는 한 영문학은 바르게 설 수 없는 학문으로 남아 있을 것이다. 그리하여 아마 상당히 오랫동안 영문학은 한편으로 영미와 서양의 학문에 종속하면서, 다른 한편으로 우리의 인문 과학의 문제 구성에 참여해야 하는 임시변통의 학문으로서 방황을 피할 수 없을지도 모른다.

그러나 문제의 제기는 그 나름으로 의미를 갖는다. 우리가 말한 것은 우리에게 세계적 지평을 가진 넓은 보편적 인문 과학이다. 본격적인 의미에서 그것은 지금 시점에서 바랄 수 있는 것이 아니다. 그러나 적어도 우리의 지향이 그러한 것일 수는 있을 것이고, 이 지향 속에서 우리는 질문을 시작할 수 있다. 사실 과학의 보편성이란 평면적 포괄성보다는 보편적 지향에로의 내적인 열림을 말하는 것일 경우가 많다.(이것은 철학의 보편성이 통일 과학 운동에서보다도 구체적, 철학적 질문의 보편적 연관에서 더욱 잘 드러나는 것과 같은 일이다.) 우리의 물음은 매우 좁은 영역에서일망정, 보편적 성격을 갖는 것이 될 수 있다.

5. 영문학 교육과 연구의 새 출발을 위하여: 약간의 시사

앞에서 말한 것과 같은 이러한 지향 속에서 실제적 프로그램을 조정해 나갈 수 있다. 영문학은 몇 개의 학문 영역의 교차점에서 성립한다.

(1) 영문학은 인문 과학의 일부이다. 우선 그것은 문학 연구의 일부이다. 그것은 서양 문학의 일부이고, 한국 문학에 대하여 특별한 관계를 가진다. 이러한 관점에서 요즘 들리는바, 인문 교육에서의 통합 지향은 영문학

의 존재를 위해서는 바른 방향의 움직임이라고 할 수 있다. 물론 개인적 역량의 한계에 추가하여 의미 있는 인문 과학의 문제는 언제나 초점이 뚜렷한 구체적 문제 설정에서 제기되는 것이므로, 연구 영역이나 관계 제도가 언어 영역에 따른 선택을 요구한다는 것을 무시하여서는 아니 될 것이다.

(2) 영문학은 구미 연구의 일부로서 존재한다. 문학이 단순한 장식적 교양 이상의 것이 되려면, 그것은 역사적, 사회적 현상의 일부로서 그것과의 인과 관계 또는 적어도 동기 관계에서 연구되어야 한다. 문학의 연구는 역사의 연구와 연대해서 이루어져야 한다.

(3) 영문학은 현대 연구의 일부이다. 우리가 영문학을 연구해야 하는 이유의 하나는 오늘날 우리가 살고 있는 세계를 단순히 외면적으로 근대화된 세계 이상으로 이해할 필요가 있기 때문이다. 우리가 서양이 만들어 낸 근대 속에서 사는 것이 분명하다면, 그것의 역사적 전개를 전체적으로 이해하는 것은 우리 자신의 상황을 이해하기 위해서 필요한 것이다. 근대성의 일부로서의 영문학에 대한 연구는 한편으로는 근대의 의미에 대한 역사적, 사회적, 정치적, 경제적, 국제적 이해를 위한 연구의 일부를 이룬다. 물론 이러한 총체적 과정 중 근대의 내면적 전개, 특히 문학에 표현된 내면적 전개에 초점이 놓이는 것은 당연하다. 그러나 다른 한편으로 근대를 바르게 안다는 것은 그것에 대한 타자가 되는 것들을 알지 않고는 불가능하다. 영문학 또는 서양의 정신적 표현에서의 전근대 부분은 이러한 점에서 빼놓을 수 없는 타자가 된다. 그리고 한국의 전통적 삶도 사실상 우리에게 가장 중요한 타자가 된다. 그리고 주의할 것은 근대의 연구는 반드시 근대를 긍정적으로 수용하자는 것을 뜻하는 것은 아니라는 점이다. 우리의 것이든 또는 다른 사회의 것이든, 전근대적 삶 그리고 비서구적 삶은 그 나름으로 중요한 인간적 삶의 가능성을 드러내는 것일 수 있다. 근대를 생각하면서 이러한 소멸된 또는 소멸되어 가는 삶의 양식은 매우 중요한 연구의

주제가 되어 마땅하다.

(4) 영문학은 인간의 교양적 형성에서 한 역할을 맡아야 한다. 영문학은 다른 문학의 경우나 마찬가지로 단순히 객관적 사물에 대한 연구도 아니고, 또 객관적 지식을 획득하고 제공하려는 학문도 아니다. 그것은 인간이 스스로를 알고 스스로의 가능성을 알고자 하는 노력에서 인문적 전통의 범례들을 보여 주고 해석하는 일을 한다. 이러한 기능이 학문 활동에 특별한 변화를 가져오지 않을지도 모르나, 이것을 잊지 아니하는 것은 필요한 일이다.

(5) 영문학은 한국 문화의 일부이다. 영문학 연구는 개인적인 의미에서의 인문 과학의 연구 또는 현대적 인간의 연구를 말할 뿐만 아니라 그러한 문제에 대한 한국 사회의 이해에 기여하는 것이라야 한다. 이것은 영문학의 연구가 주체적 문제의식에서 나와야 한다는 말도 되지만, 그러한 문제 설정과 답변이 우리 사회의 문제 영역에 통합되고, 그것에 기여하여야 한다는 말이 되기도 한다. 가장 간단하게는 오늘날 구미의 문제 설정에 따라서 씌어지는 좋은 논문들이 얼마나 많이 단순히 개인적 교양과 훈련 또는 취미의 관점에서만 기능을 발휘하고 있는가. 이러한 논문들은 우리의 문제 영역으로 방향을 다시 조정하여야 한다. 이것은 학문의 내적 차원에서의 문제이지만, 영문학은 일반적으로 한국 사회의 자기 이해, 근대 이해, 세계 이해에 기여하고, 새로운 한국인의 내적 형성에 더더욱 분명하게 기여하여야 한다. 이것은 학문적 문제 설정에서도 그러하지만, 연구의 결과를 널리 알리는 데에서도 드러나야 한다. 여기에 기초가 되는 것은 중요한 텍스트의 번역이다. 중요한 텍스트는 우리나라 안에서의 인문적 토의에서 기초적 텍스트가 될 수 있어야 한다. 그러기 위해서는 체계적인 번역 사업이 필요하다.

위에 말한 것은 대체적인 방향들을 말한 것이다. 더 상세한 프로그램들은 이 테두리 안에서 더 구체적으로 생각되어야 할 것이다. 위에서 말한 것들은 전부 우리가 개인적으로 수용할 수 있기에는 너무 많은 것을 요구하는 것으로 보인다. 중점적 선택의 전략이 요구되는 것임은 틀림이 없다. 어느 학문에서나 경험의 대상은 무한히 많다. 그럼에도 불구하고 그것을 다룰 만한 것으로 하려는 것이 바로 학문의 목적이다. 여기에 필요한 것이 이론이다. 다만 이론의 단순화를 거부하고 구체적 체험의 다양성과 풍요를 존중하려는 것이 바로 문학의, 또 문학 연구의 특성이라고 할 수 있다. 이 점을 인정하면서도 대상의 과잉에 당면해서 이론의 일반화와 단순화가 필요함은 불가피하다. 필요한 것은 지금까지 영문학에서 해 온 것보다 이론의 교육을 강화하는 것이다. 여기에는 문학 이론뿐만 아니라 근래에 구미에서 많이 볼 수 있게 된 문화 연구가 도움이 될 것이다. 또 전통적인 지성사나 철학사의 교수도 도움을 줄 수 있다.

물론 텍스트를 모르는 상황에서의 이론 학습이 폐단을 가진 것임은 말할 필요도 없다. 이론의 강화된 학습을 인정하면서, 최대한도로 텍스트의 학습이 있어야 한다는 것은 당연하다. 텍스트의 면밀한 강독 훈련은 바로 주체적 형성 과정의 핵심을 이루는 일이기도 하다. 그것은 주석학이 아니다. 나의 마음과 저자의 마음이 합쳐서 새로운 마음이 탄생하는 것은 텍스트의 정독을 통하여서이다. 그렇지 아니한 경우 인간 정신의 훈련은 이물질인 개념과 이념의 주입으로 끝난다.(문학 교육은 추상적 이론의 훈련과 텍스트의 정독을 통한 그것의 해체 그리고 궁극적으로 주체적 삶에서의 이론과 텍스트의 비판적 해체라는 과정을 의미한다.) 이 텍스트의 학습은 번역으로 어느 정도 양에 대한 요구를 충족시킬 수 있을 것이다. 그러나 이것은 임시변통에 불과하다. 영문학의 학습, 교수, 연구는 처음부터 매우 벅찬 일을 맡고 나섰다는 것을 분명히 인식해야 한다. 언어의 숙달 없이 깊은 의미에서 다른 문화를 이해한다는 것은 불가능하다. 전문가가 되고자 하는 사람들에게 언어 그리고 관계 언어의 숙달이 필수 불가결한 것은 자명하다. 그러나 나는 대학 교육에서, 또는 대학의 인문 교육에서 근대적 인간, 그리고 오늘의 세계를 주체적으로 이해하고 살아가는 인간을 교육하고자 한다면, 일반적으로 외국어 숙달이 필수적이란 점을 인정하여야 한다고 생각한다. 외국어 교육의 인문적 의미는, 쉬운 것만을 추구하는 오늘의 사회에서 새롭게 강조될 필요가 있다. 이것은 모든 대학 교육에 해당되는 것이지만, 영문학을 비롯한 외국 문학 학습자에게는 더욱 그러하다. 이 외국어에는, 참으로 의미 있는 학문 연구의 목적을 위해서는, 위에서 말한 바와 같이 우리 전통의 이해가 필수적이고, 그것의 가장 중요한 부분은 한문으로 이루어졌기 때문에 한문도 포함되어야 한다.

방금 말한 것을 다시 정리한다면,(여기에서 말하는 것은 정해진 교과목이 아니라 연구되어야 할 교과목의 목록일 뿐이다.) 영문학과의 교과목은 (1) 서양의 역사와 지성사, (2) 영미 사회에 대한 이해, (3) 문학 이론과 문화 연구, (4) 선택된 영문학 텍스트의 학습, (5) 한국 문학과 전통의 학습으로 이루어져야 한다. 물론 현실에서는 이것은 완전히 체계적일 수는 없고 여러 범위 안에서의 적절한 선택과 조합으로 구성될 수밖에 없을 것이다. 어느 경우에나 살아 있는 지적 작업이라는 관점에서 볼 때, 나열식 포괄성처럼 따분한 것은 없다. 많은 것은 문제 중심 또는 주제 중심으로 접근되는 것이 마땅하다. 또 그 내용이 무엇이 되든지 간에, 조금 전에 말한 것처럼 언어 학습, 영어와 한문 또 가능하다면 다른 언어의 학습이 필수적인 도구이며 목표가 되어야 함은 말할 것도 없다.

여기에서 말한 것은 추상적인 생각들에 불과하다. 다만 바라는 것은 이러한 문제에 대한 토의가 활발하게 이루어지고, 아주 구체적인 점에서 의미 있는 영문학 내지 외국 문학 교육 내용이 시험되고, 지금 우리가 안타깝게 보고 있는 자원과 재능과 시간의 낭비가 더 이상 계속되지 않았으면 하

는 것이다. 그리고 이에 덧붙일 것은 위에서 말한 것들은 결국 영문학의 중
요성에 대한 것들이고, 중요하다는 것은 어떠한 공리적 경제를 상정하고
서 말하는 것이라는 점이다. 그러나 많은 학문적 노력은 간단한 의미의 공
리적 경제를 초월한다. 그리하여 그것은 인간의 자유의 영역, 여유의 공간,
미지의 미래를 위한 예비의 공간이 된다. 학문은 이러한 것들을 포용하기
위해서 느슨한 조직을 가진 것이라야 한다. 위에 말한 것은 공리적 정당화
에 관계될 뿐이다.

(1996년)

한국 근대화 과정에서의 민주주의, 유교, 개인[1]

한국의 경제 성장의 성공담은 널리 알려지고, 논의의 대상이 된 바 있다. 그러나 민주주의에의 이행은 최근에야 해외에서도 주목을 받기 시작했다. 물론 이 이행에 불확실한 점이 있기는 하나, 한국은 지난 몇십 년간의 발전으로 인하여, 산업화와 민주주의를 조건으로 하는 현대 세계에의 진입을 성취하였다고 할 수 있다. 다른 비슷한 아세아 사회와 더불어 한국의 현대 세계에의 등장을 설명하기 위해서 사람들은 여러 가지 요인들을 거론하지만, 유교도 그 요인 중 중요한 것으로 종종 말하여진다. 유교는 한국의 패권적 이데올로기로서 근대 이전에 정치 체제의 기초 구도로서의 역할을 해 왔었다. 왕조 시대의 한국은 단일 이데올로기적 기획에 의해서 건설되고 망한, 세계에서도 드문 이념 국가로서, 20세기의 이데올로기 국가의 선구자였다.

---

1 University of British Columbia Centre for Korean Research 주최 '한국의 산업화' 심포지엄 발표 논문 요지.(편집자 주)

한국의 발전을 유교로 설명해 보려는 것은 자연스러운 일이다. 정치적 발전도 그러한 관점에서 설명될 수 있을까? 말할 것도 없이 여기에 간단한 답변이 있을 수 없다. 그러나 새로 이루어지는 민주적 이념이나 제도도 유교를 포함한 전통적 이념이나 제도와의 상호 작용 속에서 발전한다는 것은 당연한 일이다. 아세아 자본주의의 관찰자들은 일찍부터 그 유교적 관련에 주목하였다. 그리고 유교 윤리의 특징을 집단주의 또는 유기주의적 성향에서 본다. 이 집단주의의 성향이 현대 자본주의에 필요한 산업 노동의 기율을 부과하는 데에 도움이 되었다는 것이다. 그러나 바로 그 같은 요소는 민주주의의 발전에 장애 요인이 될 수 있다. 유교의 집단에 대한 강조는 쉽게 권위주의의 하수인이 될 수 있기 때문이다. 이에 대하여, 민주주의는, 무엇보다도, 집단의 요구로부터 개인을 방어하는 것을 그 핵심으로 한다고 할 수 있다. 유교에 기초한 역사적 제도나, 정치적 억압을 위하여 그것을 이용하려는 근년의 시도들은 유교의 세계에서 개인의 지위가 높지 아니함을 쉽게 예시해 준다.

물론 이렇게 극단적 대비로서만 말하는 것은 현실의 복합적 성격을 잘못 아는 것이고, 한국 민주주의의 많은 문제를 단순화하는 일이 된다. 민주주의의 중요한 특징이 개인의 중요성이라는 것은 틀린 말이 아니지만, 유교 사회나 다른 비서양 사회에 개인이 존재하지 않는다고 말하는 것은 옳지 아니하다. 또 서양 사회에서 개인이 절대적인 지위를 갖는 것처럼 말하는 것도 맞지 아니하다. 적절한 표현은 서양 민주주의에서 또 비서양 사회에서 개인, 그리고 개인이 놓여 있는 사회에 대한 생각이 다른 방식으로 존재한다고 하는 것이다.

서양 민주주의에서 개인이 중요하다고 할 때, 주의해야 할 것은 그것이 제도적으로 정당한 지위를 부여받는다는 점이다. 어느 사회에서 개인의 존재가 어느 정도의 정당성을 아니 가진 것은 아니겠으나, 서양에서 개인은 특히 강조된 정당성을 갖는다. 이것을 강하게 표현하고 있는 것이 법률 제도이다. 개인은 법률에 규정된 제도적 위치를 뜻한다. 인권의 문제와 관련해서, 캐나다의 철학자 찰스 테일러가 말한 바로는 서양 사회의 특징은 개인의 방어를 정치 제도 자체가 의무로서 받아들인다는 점이다. 물론 이것은 동시에 개인이 이 정치 제도 또 법률 제도의 규제하에 놓인다는 것을 말한다. 이것은 서양의 개인주의를 말하는 사람들이 자주 간과하는 점이다.

법률적으로 규정되는 개인은 서양의 역사적 제도 이외에 합리주의와 밀접한 관계를 가지고 있다. 합리주의적 세계관에서 세계는 분명한 개체적 존재로 구성되어 있으면서, 그것들은 법칙적 관계 속에서 하나가 된다. 철학이란 보다 복잡한 역사적 요인들의 그림자에 불과하지만, 바로 그림자이기 때문에 역사의 기본적 동력학을 보다 분명하게 드러내 줄 수 있다. 철학의 관점에서 이 합리주의는 모든 것을 제약 없는 주체적 사고에 근거하게 하면서, 이 주체를 이성적 법칙의 관점에서 파악하는 데카르트의 합리주의에 그 연원을 가지고 있다고 할 수 있다.

유교도 개인을 긍정하지 아니하는 것이 아니다. 다만 그것은 개인을 데카르트에서보다는 복잡한 사회관계와 내면적 과정 속에서 이해한다. 그런데 이 내면적 과정으로 이해한다는 말은 개인을 이성만으로는 판단할 수 없는 복잡한 속성을 가진 것으로 본다는 말이지만, 다른 한편으로는 이 과정은 데카르트적인 면을 가지고 있는 주체의 과정으로 생각할 수 있다. 데카르트에게 의심할 수 없는 근거가 중요하였던 것처럼, 유교 철학도 그 핵심에 반성의 철학을 가지고 있다. 이 반성도 의심할 여지가 없는 인식론적 근거를 확인하려 한다. 한국 유학에서의 사단칠정론은 이 근본적 인식론적 반성에 관계되어 있다. 이 인식론은 의심할 여지 없는 진리에 대한 반성적 탐구가 모든 인간적 기획에서 중요하다는 것을 인정한다. 그러나 개인의 지위라는 입장에서 더 중요한 것은 이 인식론적 탐구가 불가피하게 진리의 근거로서의 주체를 긍정하게 된다는 것이다. 물론 데카르트의 경우에나 성리학의 경우에나, 개인이나 사회가 근본적 반성이 드러나는 주체를 일상적으로 인지하는 것은 아니다. 보통의 서양인이 데카르트적인 철학자가 아니듯이, 보통의 한국인은 과거에나 지금에나 성리학자가 아니다. 그럼에도 보통 사람이 사는 것은 데카르트적인 또는 주자적인 주체가 구성하는 제도와 세계에서이다. 물론 그것은 철학적으로 또는 역사적으로 구성된 것으로 생각되기보다는 변함없는 사실로 받아들여진다.

반성의 유사성에도 불구하고 두 세계는 물론 전혀 다른 것이다. 그것은 두 가지의 반성의 발견의 결과의 차이 때문이기도 하고, 두 반성의 은밀한 예비적 연루로 인한 것이기도 하다. 성리학의 반성은 개인의 정서적 사회성을 의심할 여지 없는 근본으로 받아들이면서, 역사적으로 주어진 윤리적 관계를 그 당연한 결론이라 주장한다. 이러한 미끄러짐을 통하여, 유교는 형식주의와 정치적 보수 철학의 수인(囚人)이 된다. 데카르트의 주체 철학은 명증성을 추구하면서, 처음부터 명증성의 절차로서 역학과 수학을 받아들일 용의가 되어 있다. 이것은 외부 세계의 이성적 구성을 가능하게 하지만, 자아를 합리성의 구도 속에 존재하는, 사회적이고 정서적 측면이 사상된 수학적 주체로 단순화하는 결과를 가져온다. 개인에 대한 유교적 관점이나 데카르트적 관점은 어느 쪽이나 충분한 것이라고 할 수는 없다. 또 그 장단을 여기에서 논할 수는 없으나, 적어도 후자는 그 구성적 선명성에서 더 뛰어난 개념화 방식이라고 할 수 있다. 그 분석적 사고는 인간을 단순화하지만, 동시에 그 단순화를 통하여 많은 것을 보존할 수 있는 전체적 구도 — 법칙적 구도를 가능하게 하는 것으로 보인다. 여기에 대하여 유교의 반성은 인간의 복합성을 살리는 듯하면서 그 복합성을 구성하는 요인들의 개체성을 용해해 버린다.

이러한 철학적 속기술은 말할 것도 없이 복잡한 역사적 과정을 간단하게 살피는 방편에 불과하다. 그러나 이러한 개관은 한국 민주주의의 어떤 문제의 성격들을 밝히는 데에 도움이 될 수 있다. 그것은 문제가 서양의 민주 제도의 도입이 아니라, 새로운 인간학 — 단순히 철학적 또는 문화적으로 사유되는 것이 아니라 제도와 관습 속에 실천되는 인간학을 만들어 내는 일이라는 것을 말하여 준다. 그런 데다가 세계적으로 데카르트적 인간이 문제적인 것이 되어 가는 시기에 있어서 그러한 것이 요청되고 있는 것이다.

어쨌든 한 가지 확실한 것은, 오늘의 한국 민주주의에 문제가 있다면, 문제는 생물학적인 의미에서 또는 사회적인 의미에서 개인이 없다는 것은 아니다. 오늘의 한국에서처럼 개인 이익의 추구가 완전히 고삐 풀려 있는 사회도 그리 많지는 아니할 것이다. 그러나 그것은 사실적인 측면에서의 이야기이고, 수사학의 측면에서는 물론 완전히 집단의 정의만이 존재한다. 그리고 사람들이 모르는 것은 이 집단의 정의도 많은 경우 권력 추구 — 개인적인 권력 추구의 수단이 된다는 점이다. 우리에게 없는 것은 법률적인 의미에서의 개인이고, 이 부재는 한국 사회에 개인이 인간학적으로 미구성의 상태에 있다는 것을 말한다. 그러니까 그것을 드러내 줄 철학적 반성이 없는 것도 자연스럽다. 설사 한국이 원하는 것이 서양적 의미에서의 개인 중심의 사회가 아니라고 하더라도 개인의 제도적 지위의 구축은 불가피하다. 그것 없이는 사회는 개인이 없는 사회처럼 보이면서, 규제 없는 개인적 폭력으로 가득한 사회로 남아 있게 될 것이다.

우리가 어떤 사회를 원하든지 개인과 사회는 명증하게 구분되면서 다시 집단으로 구성되어야 한다. 어느 한쪽을 다른 한쪽에 매개 없이 흡수하는 것은 개인은 물론이려니와 참다운 의미에서의 협동적 공동체도 없는 결과가 될 것이다. 이것이 유교의 역사적 교훈이다. 그러면서 유교는 이 합리적 틀 안에서 보다 넓은 인간에 대한 이해를 제공할 수 있다. 그리고 이 이해를 수용하는 사회는 기존의 서양 사회보다는 더 인간적인 사회가 될 가능성이 크다.

(1997년)

정치와 사회 질서의 탈도덕화

오늘의 이 시점이 하나의 위기를 이룬다는 생각이 퍼져 있다. 이 생각이 틀린 것은 아니겠지만, 오늘의 위기가 평지에 일어난 갑작스러운 큰 바람이라고 할 수는 없다. 분명 사회와 집단의 운명에 위기가 있고 평상시가 있지만, 위기는 평상시의 누적된 원인들이 어떤 계기로 인하여 위험스러운 결함을 일으키는 것을 나타낼 뿐이다. 따라서 위기의 극복에도 하나의 명쾌한 방안이 있을 수 없다.

위기는 그 여러 원인들을 뒤돌아보게 한다. 이 반성적 검토는 필요한 것이면서도, 그것 자체가 위기의식을 강화하는 면도 가지고 있다. 사람의 생각은 현실을 그것보다 간단한 도식으로 쉽게 파악하거나 움직일 수 있게 하는 지렛대를 찾으려 한다. 위기의 사고는 어느 때보다도 하나의 원인에 의하여 현실을 구조적 전체로 환원하는 경향을 갖는다. 분명한 사고가 필요한 것은 틀림이 없지만, 생각의 전체성에 대하여, 현실의 다양성을 잊지 않는 것도 중요한 일이다. 현실은 구조와 제도에 붙잡히지 않는 수많은 우연적 실천과 그것의 역사적 누적을 포함하고 있다. 다만 역설적으로 사고에 거두어들여지지 않는 현실도 사람의 생각 속에 그러한 것으로 파악되어야 할 필요는 있다. 그리하여 생각의 질서는 반드시 포괄적 현실에 모순되는 것은 아니다.

최근의 경제 위기에 관련해서, 그것은 경제의 위기이면서 동시에 도덕의 위기라는 점이 많이 지적되는 것으로 보인다. 경제의 위기에 부정부패가 관계되어 있고, 근본적으로 우리 사회의 도덕성이 문제인 것은 틀림이 없다. 그러나 다른 한편으로 경제에 문제가 있는데, 그 원인이 경제가 아니라 다른 영역에서 발견된다고 하는 것은 이치에 맞는 말이 아니다. 이것은 일단 강조될 필요가 있다. 사실의 세계와 도덕의 세계를 가르지 않는 생각의 양식이 현실을 더 이해하기 어렵게 한다.

경제가 인간의 활동의 일부이고, 도덕과 윤리가 인간 활동의 내적 동기의 중요한 일부가 된다는 점에서, 도덕이 경제에 관계되지 않는다고 할 수는 없다. 경제학은 경제 인간의 경제적 동기에 의해 이루어지는 인간 활동이 경제라고 한다. 이 기본 가설에도 불구하고, 어떤 도덕적 관점이 여기에 영향을 미칠 수 있다는 것을 부정할 수는 없다. 도덕은 삶에 일정한 법칙성을 부여하는 것이라고 할 수 있는데, 이것은 개인의 삶에서보다도 사회 생활에서 큰 의미를 갖는 것이다. 사람과 사람 사이의 상호 관계를 규정하는 규범이 없이 여러 사람이 편하게 어울려 사는 사회가 성립할 수는 없다. 경제 활동이 사회 공간에서 이루어진다는 점에서, 경제도 도덕에 관계되는 것일 것이다. 도덕 질서를 포함한 규범적 질서가 없이는 경제 활동도 제대로 영위되기 어려울 것이다.

현대의 사회 과학은 인간의 행동을 인간의 내면이라는 미지수를 제거한 외적인 원인으로 설명하려 하고, 거기에서 나오는 사회 정책들은 외적인 요인들의 억제력과 강제력 또는 법칙성에 의해 인간의 행동을 조정하고자 한다. 그러나 도덕적 규칙이 없이, 외면적 유인이나 억제력만으로, 인간 행동의 법칙성 또는 규범성이 보장될 수 있을는지는 의문이다. 그런 점에서 이번의 경제 위기를 포함한 사회 위기에 도덕이 문제가 되는 것은 정당한 것이다. 그러나 도덕이 직접적인 원인의 위치에 있는 것은 아니다.

경제의 효율적 작용이 인간의 사회 행동에서 일정한 규범성을 요구하는 것은 사실이지만, 이 규범성은 도덕성을 의미하기보다는 합리성을 말한다. 이 합리성은 오늘의 삶의 행동을 조절하는 외적인 기구인 정치, 행정 그리고 법률 제도에 구현되는 것이라야 한다. 물론 합리성 또는 합리성의 여러 제도는 그것만으로 현실의 원리와 기구가 될 수 없다. 그것은 합리성의 문화에 의하여 뒷받침되어야 한다. 이것을 문화라고 하는 것은 그것이 제도적 표현을 가진 것이면서도 분명하게 의식되지 않는 사회적 습관으로 또 사람들의 마음의 내면의 원리로 작용하여야 한다는 뜻에서다. 그러니만큼 그것은 도덕의 경우와 비슷하게 내면적 결단의 계기를 가지고 있다. 또 그것은 궁극적으로는 삶에 대한 일정한 도덕적 판단에서 나오는 것이다. 그러나 합리성이 도덕에 일치하는 것은 아니다. 여기에서 정합성은 실제적인 차원에서의 능률성과 불가분의 관계에 있다. 합리성이 가치 중립적이며 도구적 성격을 가질 수 있다는 것은 많이 이야기된 바 있다.

그런데 합리성은 도덕과 모순 관계에 있다고 할 수도 있다. 합리성의 진전은 사회의 지배 원리로서 도덕이나 윤리가 쇠퇴하는 것과 병행할 수도 있다. 이것은 주로 서양사로부터 나오는 관찰이지만, 이것이 우리에게도 해당되는 것이라고 한다면, 오늘의 경제 위기에 대한 도덕적 반응은 어떤 각도에서는 전혀 사태를 바로 짚은 것이 아니다. 도덕과 합리성의 문제는 우리를 현대사의 핵심적 주제로 이끌어 간다. 근대화가 우리의 현대사의 한 커다란 주제인 것은 틀림이 없다. 서양사의 경험에 비추어 볼 때, 근대화는 제도와 문화의 관점에서 합리성의 진전을 의미하는 것이고, 그것은 도덕적 원칙에 의한 사회적 삶의 조직화를 다른 원리로 개편한다는 것을 의미한다. 다른 한편으로 도덕과 윤리가 인간의 삶의 근본이라는 것은 우리가 직관적으로 가지고 있는 그리고 결국은 현실적으로 중요한 통찰의 하나이다. 생각해 보아야 할 것은 아마 합리성과 도덕의 관계가 성급한 도덕 지상주의나 도덕적 이데올로기가 시사하는 것보다는 복잡한 것이라는 사실이다.

동서양이 서로 부딪치는 초기 단계에서, 흔히 말하여진 통속적인 대비의 공식은 동양은 정신, 서양은 물질이라는 것이었다. 흔히 단순한 상투형들이 그러하듯이, 이것은 틀린 것이라고만은 할 수 없는 진리를 가지고 있다. 동양 전통에서 정치의 질서가 도덕적 관점을 떠나서 생각될 수 없었는데 대해, 서양의 근대성의 한 동기가 종교는 물론 도덕적 관점을 떠나서 현실적 질서의 수립에 있었다는 사실은, 이러한 공식에 맞아 들어가는 것이라고 할 수 있다. 이것은 물론 역사를 그 지배적 이념의 관점에서 단순화하여 말하는 것이고, 복잡한 역사의 사실들을 모두 포용하여 말하는 것은 아니다. 그러나 단순화의 문제점은 사실의 단순화보다도 우리의 사고의 단순화에 있다고 할 수 있다. 우리는 도덕에 기초한 정치의 이념과 이 이념을 위한 실천의 노력이 반드시 그러한 현실을 구현해 주는 것이 아니라는 것을 간과한다. 종교와 정치의 분리는 서양에 있어서 근대 정치의 발전의 주요한 주제의 하나였다. 이것은 역사의 사실적 전개를 말하면서 또 추구된 이상이었다. 종교와 정치의 분리는 세속화의 흐름의 강화를 나타내면서, 동시에 종교의 현실 개입이 종교 자체의 타락을 가져온다는 우려를 표현한 것이었다.

대체로 황제와 법황을 한 몸에 모으는 정교일치주의(caesaropapism)의 폐단은 서양의 근대 정치 사상에서 흔히 지적되는 일이고, 또 그것의 방지를 위한 장치는 근대 민주주의 제도의 한 필수 사항이 되었다. 우리 사회에서의 도덕주의의 경과를 보면, 정치와 도덕의 일치도 비슷한 폐단을 가져오는 것이 아닌가 하는 생각을 하게 한다.

많은 인간의 이상과 이념들이 그러한 것처럼, 도덕도 사람의 삶을 북돋아 주는 것이면서, 동시에 그것을 억제하고 비틀어지게 하는 것일 수 있다. 도덕은 제약의 원리이다. 그러한 의미에서 그것은 자유의 원리에 반대된다. 도덕의 철학자들이 설득하려는 것은 도덕적 제약의 수락이 곧 진정한 자유의 실현이 된다는 것이다. 그러나 이러한 일치는 자율적인 개체에 의하여 지각되는 경우에 가능하다. 제도적으로 부과되는 도덕과 윤리는 이 자율적 계기를 부정함으로써 스스로를 부정한다. 그것은 쉽게 제도를 지배하는 힘에 봉사하는 수단이 된다. 제도화되지 않더라도 정치라는 힘의 각축장에 등장하는 도덕은 정치적 전략의 일부를 이룬다. 도덕적 수사가 유일한 사회관계의 언어가 된 세계에서, 이것은 사사로운 대인 관계에서도 마찬가지이다. 그것은 사회적으로나 개인적으로나 쉽게 지배 의지의 한 표현이 되는 것이다.

어떤 경우에나 밖으로부터 강요되는 도덕이란 자가당착에 빠지기 마련이지만, 강요하는 의지가 도덕적 완성을 목표로 하지 않는 것이 분명한 한, 도덕의 수단화는 필연적인 것이 된다. 우리에게 도덕을 요구하는 사람이나 제도가 자신이나 우리의 도덕적 완성을 목표로 하는 것일까. 반드시 음험한 동기가 개재된다는 말이 아니다. 우리 사회에 공통된 동기가 있고, 공통된 정치적 목표가 있다면, 그것은 경제적 부의 증대, 또는 만족할 만한 현실적인 삶의 성취일 것이다. 이러한 개인적 삶과 사회적 삶의 기본적 동기에 비추어 도덕적 수사는 여기에 복무할 뿐이다. 필요한 도덕이나 윤리가 있다면, 그것은 이 개인 생활과 사회생활의 동기를 적절히 실현하게 해주는 한도, 다시 말하여 능률적인 경제 질서 또 더 광범위하게는 합리적 사회 질서의 수립과 유지에 필요한 한도에서의 도덕과 윤리이다. 이것이 솔직하게 인정되지 않을 경우, 도덕은 사회의 근본적 지향과의 모순으로 하여 위선이나 나쁜 믿음의 수사로 전락할 뿐이다.

물론 모든 사람이 도덕이거나 현실의 이익이거나 다 같은 동기에 의하여 움직인다고 말할 수는 없다. 우리 사회의 경우 도덕적 수사를 통해 이해되는 현실 이익의 추구가 놀랍게 많은 사람들의 행동에 지배적인 동기가 되는 것은 사실이지만, 동기의 다양성을 인정할 때, 사회 질서 이념의 탈도덕화는 더 절실하다. 서양 사회에서 현대적 사회 질서의 발달은 도덕 가치의 다원성의 인정에 깊이 관계되어 있다. 다원적 가치의 세계에서 종교적 또는 윤리적 주장은 갈등과 분규의 원인이 되기 쉽다. 공공질서의 윤리를 제외한, 여타의 윤리적 도덕적 요구의 후퇴는 사회 평화를 유지하는 데 불가피한 것이었다. 그리하여 현대 국가 또는 현대적 민주 국가의 기본적인 질서는 특정한 도덕적 또는 윤리적 가치를 구현하는 것이라기보다는 여러 상충하는 이해관계 — 가치의 이해관계를 포함하는 이해관계 — 의 조정에 만족할 수밖에 없는 것이 되었다.

경제적 부에 대한 관심 그리고 현실적 삶의 이익만을 지향 목표로 하여 성립하는 정치 질서가 참으로 만족할 만한 삶의 질서가 될 수 있는가. 또는 사회와 정치의 관심이 그러한 기능에만 한정될 때, 그러한 기능도 제대로 발휘될 수 있는가. 탈가치 체제로서의 서양 여러 사회가 드러내는 문제점들 — 계속되는 사회적 갈등, 소외와 아노미, 인간의 자연과 전체 환경에 대한 왜곡되는 관계 등 — 은 이미 여기에 대한 경고가 되어 있다. 그러나 나는 정치와 사회 질서의 탈도덕화는 사회의 현실 이익보다는 진정한 도덕을 위해서 필요하다고 생각한다. 오늘의 상황은 모든 도덕을 왜곡하고 지배 의지의 시녀로 전락케 한다. 그리하여 도덕은 권력 의지로부터 분리됨으로써 비로소 독자적인 영역으로 돌아갈 수 있는 것으로 생각되는 것이다. 오늘의 정치와 정책 학문의 관심은 전적으로 필연성의 기교의 개발에 있다. 도덕은 설득과 토의와 깨우침의 과정으로만 형성되는 자유의 영역 또는 적어도 비공식적 영역에서만 존립한다.

도덕 없는 정치가 살 만한 정치가 된다는 것은 아니다. 다만 그것은 서로 분리되어 있으면서 여러 복합적 매개를 통하여 연결되어야 하는 것으로 생각된다. 도덕주의적 전통 속에서 이것은 특히 필요한 것으로 보인다. 정치는 현실적 조정의 기구로서 수단의 문제에 스스로를 한정할 필요가 있다. 여기에서 중요한 것은 합리적 사고이다. 다른 한편으로 정치가 수단이라는 것은 그것이 목적에 결부되지 않을 수 없다는 것을 말한다. 도덕은 목적으로서 정치에 투입된다. 그러나 이 목적은 공동체의 도덕적 생활 자체, 그 문화적 총체이다. 그리고 그것은 정치 기구를 통하여 정치에 투입되고 정치를 구성하는 것이 아니라, 하버마스가 공공 영역이라고 부르는 느슨한 토의의 장을 통하여 정치에 영향을 미친다.(하버마스는 이 영역의 정치적 효율성을 회의적으로 본 일이 있지만, 최근에 와서 다시 그것의 역할에 희망을 거는 것으로 보인다.)

주의할 것은 공동체의 도덕적 생활이 토의의 대상이 되어야 한다는 것은 이미 그 내용에 제약을 가한다는 사실이다. 그 도덕과 윤리는 다소간에 합리적인 것이 될 수밖에 없는 것이다. 물론 합리적 토의에는 합리성 속에 모든 가치가 수렴될 수 없다는 것도 포함될 수 있다. 이 조건하에서 가능한 도덕은 수단으로서의 합리성에도 연결되는 것이다. 사실 사회적 삶의 조정 수단으로서 합리성은 가치를 떠나서 이루어지는 것이면서도 가치 선택을 나타내고 있는 것이다. 그것은 다원적 가치를 추구하는 삶의 양식의 공존과 또 가치 선택을 초월한 삶의 긍정을 전제한다. 이성적 토의 속에서 선택될 수 있는 도덕적 가치도 이러한 긍정을 수락하는 것일 것이다. 그런 의미에서 사실 단순한 합리성의 사회 질서는 잠재적으로 도덕적 의미를 가진 것이다. 여기에 이어지는 도덕은 합리적 도덕 또는 적어도 합리성의 절차에 동의하는 보편성의 도덕일 가능성이 크다.

그러나 이런 제약은 다시 한 번 이러한 주제들의 현실적 전개가 쉽지 않음을 말해 준다. 합리성과 이성적 도덕과 윤리가 선택의 문제라면, 무엇이 이런 선택을 가능하게 하는가? 이 선택은 이성적 문화의 성립을 전제로 한다. 우리의 사회 철학의 근본적인 패러다임은 도덕주의적이다. 이성적 문화는 이 역사적 패러다임의 전환을 요구한다. 이 전환은 단순한 전환이 아니라 새로운 변증법적 통합을 가져올 것이다. 이러한 과정이 한 점의 선택의 문제가 아님은 말할 것도 없다. 최근의 경제 위기는, 조금 우원한 대로, 우리 사회의 자기 이해를 혼란케 하는 이런 근본적 테두리의 문제를 생각하게 한다.

(1998년)

출판과 긴 안목

출판은 두 가지 모순된 목적으로 추진되는 인간 활동이다. 명분의 측면에서 출판의 목적은 문화이다. 명예스러운 사업이라는 출판의 성과는 문화로부터 온다. 그리하여 문화는 출판의 현실적 경영의 문제에 관계없이 추구되어야 하는 목적으로 생각된다. 그것은 사업 경영의 현실적 법칙에 의하여 지배된다. 그것은 한 목적과 모순될 수 있다. 출판에는 이러한 모순된 면이 있고, 그 성패는 이 모순을 어떻게 균형 속에 유지하느냐에 달려 있다.

이윤만을 위하여 행해지는 출판 행위의 문제점은 새삼스럽게 지적할 필요도 없는 일이다. 그것은 다른 경제 분야에서의 이윤 추구와는 다른 성격을 가지고 있다. 돈을 벌려고 하는 것이 장사라고는 하지만, 돈을 벌려는 장사는 사람들의 삶의 영역에 필요한 물자와 수단을 공급해 주는 일이기도 하다. 공급품이 반드시 건전하고 풍부한 삶에 필요한 것이 아닌 경우가 있지만, 물질적 필요는 그런대로 어떤 필연적 법칙을 따른다. 정신의 영역에서 부정품의 공급은 그것이 전혀 필요하거나 필연적인 것이 아니기 때문에, 특히 혐오스러운 것으로 생각된다.

이윤과 분리하여 출판의 공익성을 생각할 때 그것은 공공사업이 되는 것이 마땅하고, 가장 간단하게 국가가 그 일을 맡는 것이 좋다고 생각할 수 있다. 사회주의 국가가 시도한 것이 이것이다. 그러나 이러한 방법은 출판을 국가의 시녀가 되게 함으로써, 언론, 사상, 학문의 자유를 심히 제한하는 결과를 가져온다. 그리고 국가나 다른 공공 기구를 생각할 때, 흔히 잊어버리는 것은 공공성의 행위자는 구체적인 사람들이고 사람들이 이루는 집단이라는 사실이다. 실제로 출판을 맡은 국가 기구란, 가령, 문학 출판의 경우, 문학가 동맹이고, 문학가 동맹이란 권력 관계 속에 있는 구체적 개인들 — 도덕적 정당성을 내걸고 있음으로써 더욱 독단적이 되고, 독재적이 되는 권력가들 — 이다. 사회주의 국가가 아니라 하더라도 많은 공공 기구나 공공 명분의 단체들의 활동을 보아도 알 수 있는 일이다.

자유 시장의 체제하에서도 출판은 그 모든 것을 문화를 위해 바쳐야 한다는 주장이 없는 것은 아니다. 시장 체제하에서 이러한 주장이 비현실적인 것은 말할 필요도 없다. 더 주의할 것은 출판의 문화적 명분에 대한 지나친 강조가 가져올 수 있는 도덕적 혼란이다. 우리는 여러 공공 성격의 일에 있어서, 명분이 사적 이익의 위장으로 사용되는 것을 본다. 그리고 그 당사자도 이를 스스로 의식하지 못하는 경우도 많다. 이것은 출판에서도 있을 수 있는 일이다. 출판이 국가의 특별한 보호를 요구할 때 내세워지는 것은 출판이 문화를 위한 고귀한 희생이라고 하는 주장이다. 그러나 모든 경우에 늘 그러한가? 또는 문화라는 명분은 보다 직접적으로 시장 원리의 한 부분이 될 수도 있다.

자본주의 비판론에서 더러 지적되어 온 것은 비판론 자체의 시장적 성격이다. 비판론은 쉽게 이윤 체제 속에 흡수된다. 또 그것은 시장에서의 새로운 상품의 성격을 가질 수도 있다. 이윤에 반대하는 문화 가치의 표방도 이윤 추구의 수단이 되는 것이다. 이러한 여러 변형에서 문화적 명분은 이윤과 냉소적으로 결합한다. 거대한 문화적 목적이 비문화적 행위를 정당화해 준다고 생각하는 것이다. 이러한 위대한 냉소주의는 출판에서만이 아니라 우리 사회의 모든 분야에 보편화된 태도이기도 하다. 그러나 모순된 계기를 포함할 수밖에 없으면서도 출판이 문화적 목적에 봉사하는, 공적 성격의 사업임에는 틀림이 없다. 지금의 상태에서 할 수 있는 일은 문화로서의 출판과 사업으로서의 출판 사이에 존재하는 모순을 의식하고 경계하면서 궁극적인 목적으로서의 문화가 수단으로서의 이윤 추구에 대하여 우위를 확보할 수 있게 하는 것이다.

그러나 오늘의 현실적 조건으로 출판이 경제적 생존 능력을 가져야 한다는 것은 틀림이 없다. 한편으로 문화적 기여의 방도를 찾으면서도, 일단은 팔릴 만한 책을 내면서 자립책을 구하는 것은 불가피하다. 그러나 오늘날 보는 바와 같은 베스트셀러의 추구는 출판을 완전히 이윤 사업으로 전락시킨다.(그것도 문화의 위선은 여전히 유지되지만.) 우리 사회 특유의 냉소주의는 솔직하게 베스트셀러가 저절로 되는 것이 아니라 만들어지는 것이라고 믿는다. 그것이 광고와 매체 조작과 판매 조작으로 이루어진다고 생각하는 것이다. 이것은 사실이다. 그럼에도 궁극적으로 베스트셀러의 정당성은 그것이 대중의 선택을 반영한다는 데 있을 것이다. 다만 그 선택의 문제점은 그것이 매우 좁은 현재적인 관심에 근거한다는 것이다. 이에 대하여 우리는 좀 더 복잡한 준거를 가진 바른 선택이 있을 가능성을 생각할 수 있다. 출판은 사실 이러한 바른 선택 능력의 사회적 기구 속에서 발전하고, 또 그러한 형성에 참여하는 것이라야 한다.

바른 선택이란 무엇인가? 가장 간단히 말하여, 수요자가 스스로의 필요에 맞는 것을 고르는 것이 바로 바른 선택이다. 그러나 스스로의 필요를 스스로의 필요로 아는 것이 얼마나 어려운가? 생명의 유지와 현실 생활에 가까운 일에서일수록, 스스로의 필요를 아는 것은 용이한 일이다. 그러나 가장 기본적인 생물학적 필요로, 가령 먹는 일과 같은 일로, 문화적으로 형성되고 사회의 이해관계에 의하여 조종될 수 있다고 할 때, 필요를 아는 것도 그렇게 쉬운 것은 아니다. 다른 문제 중의 하나는 여러 필요들의 균형을 이해하는 일이다. 하나의 필요의 충족은 종종 다른 필요의 요구에 모순될 수 있기 때문이다. 건전한 문화를 가진 사회라는 것은 인간의 필요에 대한 섬세한 이해와 더불어 그 균형의 총체에 대한 어떤 지속적인 준거를 가지고 있는 사회이다. 적어도 그러한 문화적 참조의 지평이 사람의 일에 어떤 한계를 정해 주고 방향을 잡아 준다. 건전한 사회에서는 출판도 이러한 지형에서 움직이고 이러한 지평의 유지에 참여한다.

문화와 출판의 테두리를 이렇게 말하는 것은 지나치게 커다란 주문을 하는 일처럼 들린다. 그러나 문화가 사람의 필요의 체계라는 점을 상기할 필요가 있다. 필요 이상으로 강한 동기가 있겠는가? 이러한 의미에서 문화의 준거야말로 베스트셀러를 만들어 내는 모체가 될 수 있다. 사람의 필요에 따른 선택이 오늘의 베스트셀러를 만들어 낸다. 똑같은 근거가 진정한 문화적 의미를 갖는 책을 팔리게 할 수 있다. 다만 이것이 현실이 되기 위해서는 긴 안목과 참을성을 가진 꾸준한 노력이 필요하다.

그럼에도 불구하고 이러한 생각은 이상론에 불과하다는 혐의를 벗기 어려울는지 모른다. 장기적인 안목은 사업 토대의 튼튼함에 관계되어 있다. 즉 긴 안목의 출판은 장기적 투자를 감당할 수 있는 자금을 필요로 한다. 우리 출판이 피상적이고 단기적인 판단과 기획, 그리고 판매량에 흔들리는 것은 사업 토대의 허약성에 기인한 것이다. 출판은 오늘날 대체로 영세 기업이거나 중소기업의 범위에 속한다.

규모가 작다는 것은 문제점이지만, 장점이 되는 면도 갖고 있다. 기동성이나 유연성은 출판 사업의 소규모성으로 하여 쉽게 생겨난다. 이것이 우리의 출판을 다양하게 하고 민주적이게 한다. 그리고 수준은 어떻든 간에, 지난 몇십 년간 문예 부흥의 시기라고 할 만한 문예의 흥성을 가져온 것도 이것에 관계되어 있다. 규모의 거대화는 이런 기동성, 다양성, 그리고 민주 성을 버리게 하는 결과를 낳을 수 있다. 그러나 그것이 여전히 문제이다. 이것이 위에서 말한 바와 같이, 출판 기획의 단기성이나 피상성의 원인이 되는 것인데, 이것은 필자들에게도 나쁜 환경이 된다. 작품으로 생활해 나 갈 수 있는 작가가 많지 않은 것도 여기에 관계되어 있지만, 생활이 되거나 또는 돈을 벌었다는 작가까지도 혹사되는 경향이 있는 것이 우리 문단의 현실이다. 혹사되는 원인은 대중 매체의 지나친 관심, 작가 자신의 대중적 명성의 유혹에 대한 취약성에도 있지만, 출판사의 지원 능력의 부족에도 있다. 우리 현대 문학의 수준에 한계를 긋고 있는 것의 하나가 이러한 작가 지원의 재정적 빈약성, 또는 그보다도 시간적 단기성이다.

규모의 문제를 어떻게 풀어 갈 것인가는 쉽게 답할 수 없다. 가장 간단 히는 독서 인구의 증가를 기대해 볼 수 있다. 인구로 보아 독서 인구는 제 한될 수밖에 없다고 할 수도 있다. 그러나 다른 한편으로 남한만의 인구, 또는 남북을 합친 인구를 적다고만 할 수 없다는 관점도 있을 수 있다. 우 리의 인구는 사실 유럽의 대국인 프랑스와 같은 나라와 비교해서 그렇게 적다고만 할 수는 없는 것이다. 그러나 독서 인구의 확대는 동시에 학교 제 도의 개혁, 노동 시간의 단축, 독서 공간의 확대, 외향적 사회 풍조의 변화 등 여러 가지의 커다란 사회 개혁의 전제에 이어져 있다.

이러한 변화들이 일어난다고 해도 재정 향상의 관점에서만 풀어 나갈 수는 없는 문제가 있다. 학술 출판의 문제는 판매량으로 해결할 수 없다. 모든 분야의 출판에서 방대한 시장을 가지고 있는 미국과 같은 나라에서 도 학술 출판은 출혈 출판이 되는 경우가 많다. 출판계는 정부, 대학, 문화 재단 등의 학술 출판 지원을 촉구할 필요가 있다. 그 이외에 할 수 있는 일은 출판계 자체가 이 문제를 자발적으로 해결하는 방법을 강구하는 일이다. 출판사들은 출연을 통해 비상업적 출판을 위한 기금을 출판 협회에 적립할 수 있다. 이러한 사업은 출판업계가 이윤을 초월한 문화의 창달에서 그 정당성을 찾고 그것을 사회에 대하여 밝히는 일이 될 것이다.

학술 출판 이외에도 시장 원리에 맡겨서는 안 될 부분들이 많이 있다. 그중의 하나는 번역의 분야이다. 우선 문제가 있는 것으로 보이는 것은 외국 도서의 번역이다. 국제적으로 출판 조약 등에 가입한 이래 외국 도서의 번역은 완전히 시장에 맡겨지고, 그 결과 악화에 의한 양화의 구축이 일어나게 되었다. 외국의 베스트셀러를 중심으로 한 흥미 위주의 책들이 새로운 번역의 주종이 되는 것은 우리 사회의 현황으로 보아 당연하다면 당연한 일이다. 여기에 문제가 있다는 사실은 충분히 인정되지 않고 있다. 우리는 아직도 다른 나라, 다른 문화에서 배워야 할 것이 많은 상태에 있다. 그렇지 않다고 하더라도 앞으로의 세계에서 정보의 세계화는 국가 생존의 중요한 조건이 되어 가고 있다. 그런데도 단기적이고 얄팍한 동기들이 아니라 멀고 긴 안목이 작용하지 못하고 있는 것이다.

번역의 문제는 우리 옛글의 현대화 부분에도 존재한다. 근년에 와서 문화계의 관심이 이전에 비할 수 없게 우리의 과거 문헌에 쏠리게 된 것은 매우 다행스러운 일이다. 그러나 번역은 물론 그 해설과 해석이 만족할 만한 수준에 이르렀다고 할 수는 없다. 대체로 외국어 번역의 경우보다는 낫다고 하겠으나 여기에도 무계획성, 한가한 노동력의 동원을 통한 졸속 작업이 아직도 지배적이다.

번역의 문제와 같은 것이 학술 출판의 경우처럼 반드시 공적 차원에서 대처되어야 할 문제라고 할 수는 없지만, 상황의 심각성에 비추어 어떤 해결책을 필요로 하고 있는 것은 틀림이 없다. 그것이 어떤 것이 되든지 간에 출판계는 이러한 문제의 해결을 적극적으로 추구함으로써 단순히 이윤 추구 사업체의 집단이 아니라 문화를 위한 공공 기구라는 사실을 보여 주어야 한다. 그러나 지금까지 출판 협회와 같은 기구가 이익 단체가 아니라 사회의 공공 기구로서 존경과 명성을 획득한 기구라는 소문은 들리지 않는다. 그렇게 되는 경우, 순수한 동기의 국가적 사회적 지원에 대한 요청은 용이해질 것이다.

(1999년)

런던 문학 축제와 사실적 글쓰기

1

나는 지난 3월 중순에 런던에서 개최된 '말'이라는 제목의 문학제를 참관할 기회가 있었다. 이 축제는 이번이 처음이라고 하는데, 규모는 상당히 큰 것이어서, 영어로 쓰는 세계의 작가 — 이것은 넓은 의미의 작가를 말하는 것으로서 우리가 흔히 말하는 작가 시인 이외에도 아동 문학의 작가, 논픽션 작가, 사학자, 과학 저술가 등을 포함하는 것이었다. 또 많이 모였다고 해서 모든 중요한 작가가 망라되었다는 것은 아니다. — 하여튼 작가 60여 명이 300여 개의 행사에 참여하는 것이었다. 그리고 또 그러한 것을 좋아하는 사람에게는 중요한 일임에 틀림이 없을, 노벨상 수상 작가로도 네이딘 고디머, 월레 소잉카, 데릭 월컷 등이 참가하였다. 그런데 그 규모에도 불구하고, 행사는 180군데 가까운 장소에 흩어져서 행해지는 것이기 때문에 커다란 행사라는 느낌을 한자리에서 느껴 볼 수는 없는 것이었다.

큰 대회장과 의식 절차와 집중적이고 공적인 관심을 기대하는 관점에서 인상적인 것은 그러한 기대와는 정반대로 이 큰 축제가 큰 행사의 형식이 아니라 소규모의 작은 행사들의 집합으로 구성되었다는 것이었다. 내가 참석한 행사는 런던 펜클럽에서 주최하는 200~300명의 사람들이 참석한 것도 있었지만, 주소도 쉽게 찾아내기 어려운 '시 다방(Poetry Cafe)'이라는 탁자 일고여덟 개의 다방의 지하실에서 10여 명이 모여 앉아 행해지는 행사도 있었다. 소잉카와 월컷의 일부 행사도 이곳에서 있었다.

　행사장이 크고 작은 여러 곳으로 분산된 것도 특징이지만, 이와 관련하여 흥미로운 것은 행사의 주체도 매우 다양한 연합적 성격을 가진 것이라는 사실이다. 이 대회는 그 규모에도 불구하고, 한 기관이 주최하는 것이 아니라, 스물여섯 개의 문화 관계 단체들 또는 문화에 관심을 가지고 있는 사업체들이 연합하여 지원하는 행사였다. 또 행사를 총괄하는 사람도, 지원 단체의 하나인 영국 문화원 인사의 설명으로는, 중앙 집권적인 기구가 아니라 피터 플로렌스라는 개인이라고 했다. 그는 영국 서부의 헤이온와이라는 소도시에서 고서점을 운영하는 사람으로 알려진 사람이다. 이 작은 지방 도시는 그의 아버지가 고서점을 차리고 전국적으로 알려지고 찾는 사람들이 많아지자, 다른 곳에도 고서점들이 생겨나서 유명한 곳이 된 곳이다. 플로렌스 부자는 여기에서 문학 축제 같은 것은 연 바가 있는데, 그 아들이 그 경험을 살려 이번 축제의 조직 총책임자가 된 것이다.

　이러한 여러 조건들이 이 행사의 규모에도 불구하고, 이미 비친 바와 같이, 이 행사로 하여금 요란한 축제 분위기와는 먼 차분한 행사가 되게 하였다. 놀라운 것은 이 행사가, 분명 주목할 만한 것임에도 불구하고 대중 매체에서도 별로 보도되지 아니하는 듯했다는 것이다. 내가 투숙한 호텔에서 배포하는 《타임》에서 본 것으로는, 자기들이 후원하는 역사가 사이먼 샤마 등의 행사의 광고를 이 신문에 실었을 뿐이었다. 시간이 나는 동안은 텔레비전을 지켜보았지만, 거기에도 별다른 보도는 없었다. 다른 이의 말로는 영국의 비관영 텔레비전 채널에는 보도가 있었다고 했다. 물론 그 이외에도 보도가 없을 수는 없었을 것이다. 아마 나의 인상은 객관적이라기보다는 주관적인 것이겠지만, 매체가 흥분하고 있는 것이 아니었던 것은 틀림이 없는 것 같았다.

그런데 생각해 보면 요란하지 않은 것이 정상일 것이다. 코소보에서는 때마침 전쟁이 시작되려는 참이었다. 그 외에도 영국 사회에는 실업자 문제라든가 새로운 교육 제도의 문제라든가 ─ 여러 가지 긴급한 현안들이 있고, 문학의 일이 그렇게 화급한 것일 수는 없을 것이다. 그리고 문학의 일이 축제를 통하여 그 열매를 맺는 것이 얼마나 될 것인가. 문학은 사건이 아니라 조용한 의식의 변화에 관련되어 있다. 그리고 어떤 경우에나 그것은 사회와 개인의 삶에 일어나는 수많은 급하거나 급하지 않는 일 가운데 비교적 급하지 않은, 조용하게 성숙해 가는 인간사인 것이다.

우리의 신문에서는 적어도 도하의 한 중요한 신문에서는 런던의 축제를 오히려 크게 보도하였다. 물론 이것은 보도할 만한 가치가 있는 일이었을 것이다. 개인적으로 놀라운 것은 나도 모른 사이에 내가 이 축제에 감동적으로 참가하고 참관기를 쓴 것으로 된 것이었다. 장거리 전화로 묻는 기자의 취재에 응하기는 하였었다. 나는 한 질문에 답하면서, 장관이 축사를 하고 하는 식의 법석이 있는 것은 아니라고 말하였다. 내가 쓴 일이 없는 글을 나의 이름으로 내보낸다는 것은 참으로 놀라운 일이었다. 정상적인 사회에서는 허용될 수 없는 일이다. 사람이 삶을 살아가는 데에는 자기 삶의 테두리를 이루는 세계를 알 필요가 있다. 이 세계를 다루는 사실들의 상당 부분들은 신문 등의 대중 매체에서 온다. 이러한 매체가 전달하는 사실이 마음대로 조작한 것이라고 생각하면, 그것은 참으로 가공할 일이다.

쓰지도 아니한 글을 쓴 것으로 만드는 상황을 어떻게 설명해야 할 것인

가. 이것은 개인적인 잘못의 문제이기도 하지만, 우리 사회의 어떤 경향에도 관계되는 것으로 생각된다. 사회적으로 볼 때 문제의 핵심은 그 기사에 부정확한 내용과 함께 이 축제가 커다란 열기와 축제 분위기 속에서 전개되는 것처럼 쓴 데 있을 것으로 짐작된다.

2

글에 있어서의 사실에 대한 충실성의 중요성은 신문 기사의 경우에만 해당되는 것은 아니다. 이러한 충실성은 문학의 글에서 신문에서보다도 더 필요한 것인지도 모른다. 우리가 보고 경험하고 느끼는 세계를 정확히 포착해 보려는 열의가 없이 쓰여진 글에 무슨 의의가 있을까. 이것은 상상 속에 존재하는 사실의 경우에도 마찬가지이다. 상상의 사실은 상상의 사실대로 마음대로 조작할 수 없는 엄숙성을 가지고 있기 때문이다. 그러나 사실 보도의 분야에서만이 아니라 일반적으로 우리의 글쓰기도 사실적 글쓰기의 관점에서 우리의 신문이나 비슷한 문제를 가지고 있다고 할 수 있다. 그리고 이 두 가지 글에 작용하는 원인도 비슷한 것일 것이다.

신문의 기사라는 것이 시간에 쫓기는 것이어서, 자칫 잘못하면 사실적 오류를 범하기 쉬운 것이라는 것을 제쳐 두고도 조작 기사를 쓰게 된 데에는 그럴 만한 이유가 있었을 것이다. 런던 문학 축제 기사를 작성한 기자는, 이미 말한 바와 같이, 그것을 대단한 것으로 보도할 필요를 느꼈을 것이다. 이 필요는 기사를 만든다는 사실 자체에서 저절로 나온다. 대단한 것이 아니라면 그렇게 큰 지면을 할애해서 기사를 만들 이유가 어디에 있는가. 같은 동기는 물론 모든 언어 행위에 작용한다. 중요한 전달 내용이 있는 것이 아니라면, 무엇 때문에 글을 쓸 것인가, 말을 하는 데에는 무언가

할 말이 있어야 되는 것이다. 할 만한 말이란 것은 무엇인가, 어떠한 말이 중요한 것인가.

이 중요성은 상당 정도 전달 매체로서의 말 자체의 기능에서 온다. 그것의 큰 테두리는 우선적으로 사회관계이다. 다른 사람에게 내 말을 듣게 하려면, 내 말이 그 사람의 관심 대상이 되어 마땅한 것일 필요가 있다. 글의 경우, 그것은 일상생활의 주고받는 말과는 달리 눈앞에 있는 것도 아니고 어떤 특정한 상대를 생각하는 것도 아닌, 소위 불특정 다수를 상대로 하는 말인데, 나의 글은 흥미를 제공하는 것이거나 공동 관심사에 관계되는 것일 필요가 있다. 또 내 말이 중요한 것이라고 하여도 상대방에게 그 중요성을 인식시켜야 하는 또 하나의 단계가 있다. 이러한 사정으로 하여 우리의 말은 저절로 과장된 것이 되기 쉽다. 작은 일을 남에게 이야기하는 경우 그것을 과장하여 말하는 일은 우리의 일상생활에서 흔한 일이다. 그리하여 크기를 말하면서 우리는 팔을 한껏 펴서 한 아름을 만들었다가 그것을 기도하듯 모은 두 손으로 줄이게 되는 경우가 많은 것이다.

이해관계는 사람들의 초미한 관심사이다. 아마 다른 사람이 우리의 이해를 가지고 적극적으로 말하여 오는 경우는 드물다고 우리는 생각한다. 그리하여 우리가 말하는 이해는 나나 당신의 이해가 아니라 우리의 이해가 되어야 한다. 또 말에 중요성을 부여하는 것은 도덕적 강제력을 가진 어떤 주장이다. 말은 윤리 도덕을 환기하거나 특히 민족이나 국가의 안위를 말하는 것이면 중요한 것이 된다. 그리하여 많은 말은 그 참 의도가 무엇이든지 간에 어떤 도덕적 명분을 내걸게 된다. 북한 문학을 연구하는데, 통일에 그 연구가 중요함을 말하는 경우를 나는 더러 보았다. 그냥 연구하면 정당성이 없는 것으로 생각되는 것이다. 이러한 엄숙한 정당화는 흔히 볼 수 있는 것이다. 화제의 중요성은 사회적으로 이미 정해져 있게 마련이고 그것은 사회의 도덕적 당위가 된다.

그런데 내용에 관계없이 사회적 다수의 관심사라는 것이 어떤 언표의 정당성의 근거가 되기도 한다. 이것은 현대 사회 특히 우리 사회에서 많이 보는 일이다. 이것이 대체로 신문에서 보는 중요성의 척도이다. 본질적으로 중요할 수 있는 일도, "……는 다수의 관심을 끌었다." 하는 식으로 표현될 수 있어야 중요하게 생각된다. 수는 집단적 에너지의 강도로 보충되기도 한다. 어떤 사건에 따르는 '열기'가 중요한 것은 이 때문이다.

이러한 관련에서 또 주목할 수 있는 일이 모든 것을 큰 열풍이라는 관점에서 파악하는 일이다. 하나의 현상은 여러 현상 가운데 하나로 있는 것이 아니라, 언제나 그 규모와 에너지로 하여 다른 현상을 대체하는 것으로 생각된다. 문화적 사건에서도 관심의 대상이 되는 것은 그것이 하나의 다른 현상을 휩쓸어 대체한다고 생각되어진다. 그리하여 대중 매체적 발상에서는 한 세대는 다른 세대를 싹쓸이로 대체하고, 한 경향은 또 다른 경향을 대체한다. 1990년대 작가는 1980년대 작가를 대체하고, 리얼리즘은 모더니즘을 대체하고 다시 포스트모더니즘은 모더니즘과 리얼리즘을 대체하고, 다른 한편으로 우리의 선택은 민족주의, 아니면 국제주의, 아니면 신자유주의, 아니면 제3의 길 — 하나밖에 없는 것으로 생각된다. 이것은 매체적 언어에 불과하지만, 이러한 말을 자주 하다 보면, 그것은 현실이 — 특히 사회적 기반과 문화가 옅은 곳에서 현실이 된다.

모든 것은 사회와 다수 대중에 의하여 결정된다. 이것은 말뿐이 아니라 말하는 사람의 중요성의 경우도 마찬가지이다. 많은 발언에는, 그 공적 표방에도 불구하고, 권력 의지가 숨어 있다. 거기에는 사회의 권력의 총계에서 내 몫을 또는 그 이상을 차지하려는 의지가 있는 것이다. 이것은 도덕적 언표의 경우에도 그러하다. 더 중요하게 그 근본적 기제를 이루고 있는 것은 사회성이다. 내용에 관계없이 사회적 다수만이 중요하다고 한다면, 나의 존재에 대한 정당성은 사회적 다수로부터 올 수밖에 없다.(도덕은 사회성에 묶이면서 약간은 다른 독자적인 내용을 갖는다. 물론 그것을 순전히 사회 역학적으로 이용할 수도 있지만) 사회적으로 부여되는 존재의 중요성은 대체로는 권력의 공식 기구에서의 위치로 결정된다. 그러나 권력에 반대되는 집단에서의 위치도 그에 준하여 한몫을 가지고 있다. 글의 경우에도 사회적 명분이 중요하다. 그리고 그 명분이 클수록 좋다. 그리고 전체성으로 이해되는 이 명분은 서로 갈등을 일으키기 때문에 상호 대체하여 출현하는 도리밖에 없다. 한 아이디어나 이야기는 앞의 아이디어나 이야기를 밀어붙이고 공존하고 있는 아이디어나 이야기를 휩쓸어 대체한다.

여기에서 사실 관련성은 별로 중요하지 않다. 결국 사실은 다수와 되풀이로써 결정된다. 이러한 말의 센세이셔널리즘의 뒤에 있는 것은 개인 존재의 사회적 정당화이다. 이 관점에서 중요한 것은 이름이 인구에 회자된다는 것이다. 신문이나 매체에 등장한다는 것은 자신의 사회적 존재 이유를 확인하는 데 중요한 구실을 한다. 런던 문학 축제를 보도한 기자는 나의 이름으로 글을 신문에 낸 것을 타인을 손상하는 것이 아니라 대가도 없이 타인에게 이익을 주는 것으로 생각하였을 가능성이 있다. 이러한 사회적 조건하에서 언어의 전달 기능이 왜곡되는 것은 불가피하다. 출발은 사회적 전달 기능이지만 결과는 개인의 사회적 존재 정당성 — 나아가 권력 확장이다. 모든 언어는 소위 언론 플레이의 성격을 갖는다. 그리하여 공적으로 행해지는 언어 그리고 궁극적으로는 개인 관계에서까지, 언어는 권력 놀이와 전략의 수단에 불과하다. 그 결과는 언어의 신빙성의 상실이다. 의사소통 또는 전달을 강조하는 일이 결국 소통과 전달을 어렵게 하는 것이다.

여기에 대하여 언어를 의미 있게 하는 것은 전달의 내용이다. 그것은 간단하게는 사실적 정보이다. 또는 그것에 기초하면서 별도로 정립되는 명제의 논리성 또는 규범성 — 보편화 가능성의 기준에 입각하는 규범성이다. 이러한 관점에서 중요한 것은 전달 내용의 타당성의 검증 절차인데, 이러한 기준과 절차는 물론 과학에서 가장 존중되는 것이다. 그러나 과학의 언어만이 아니라 모든 말의 건전성을 보장하는 것이 사실과 이치임에는 틀림이 없다.

문학적 언어는 그러한 기준과 상관이 없다고 할는지 모른다. 그러나 적어도 현실을 실감 있게 그리는 것이 문학 언어의 한 부분이라고 할 때, 문학도 이러한 언어의 사실과 논리의 관련을 벗어날 수는 없다. 서양 문학에서의 사실 문학을 말하면서, 리디아 긴즈버그는 이러한 사실주의 문학이 인간의 심리와 환경이 어울려 이루는 인간관계의 '조건성'을 탐색하는 쪽으로 발전하였다고 말한다. 물론 그것은 점점 더 복잡하고 정치한 인간관계를 탐색하는 것이기 때문에 그렇게 보이지 아니할는지도 모른다. 사실적 심리 소설의 정점을 톨스토이에서 보는 긴즈버그는 톨스토이의 분석은 '행동의 무한히 차별화된 조건성'의 분석이라고 말한다. 그의 서술은 인생의 세말사에 대한 이러한 분석의 흔적이다. 가령 『전쟁과 평화』에서 톨스토이가 싸움터에 쓰러진 로스토프를 두고, "매부리코 프랑스 병정의 얼굴 표정이 크게 닥쳐들고, 숨을 모으며 착검을 하고 덤벼 오는 이국인의 흥분한 얼굴이 그의 마음에 공포감을 불러일으켰다."라고 묘사할 때, 그는 그러한 사실적이고 심리적인 인과 관계를 보여 주고 있는 것이다. 물론 이러한 구체적인 사건의 인과 관계는 등장인물의 심리, 행동, 상호 관계, 역사의 추이의 분석에까지 이르게 된다. 모든 문학이 사실주의적인 것은 아니다. 그러나 어느 경우에나 현실 세계의 사실이 개입되지 아니하는 문학은 없다. 그리고 이 사실은 일정한 원리와의 상호 작용에 의하여 구성된다. 이 원리는 사실주의의 인과 관계일 수도 있고 더 널리는 상상력의 형식이라고 할 수도 있다.

하여튼 위에 말한 것과 관련하여 말의 바른 사용을 보증하는 것은 그 지시하는 사실과 그 구성 원리이다. 다시 말하여 소통을 위한 언어 사용에 있어서 — 그것이 의미 내용의 전달이든, 미적 체험의 전달이든, 전달 기능을 확보해 주는 것은 소통의 역학이 아니라 객관성에 대한 세심한 주의이다. 과학적 논술이나 미적 표현은 소통의 역학으로부터 일정한 거리를 유지하는 언어이다. 과학에서 소통을 위한 대중적 노력보다는 과학 언어 자체의 엄밀성이 중요한 것은 모두가 인정하는 바이다. 비슷하게 문학도, 아무리 긴급한 상황 현실을 제재로 한다고 하더라도, 사실과 그 구성 원리에 충실하여 문학이 된다. 대중적 흥분과 사회 역학에 연계된 도덕적 강요 그리고 그 역학이 지배하는 곳에서 충실한 문학이 나오기는 어려울 수밖에 없다.

몇 해 전 펜클럽 모임에서 나는 시인 김광규 씨가 우리 글에서 사실적 묘사가 적다는 것을 지적하는 것을 들었다. 그 자리에서 나는 『동국여지승람』과 같은 지리지 — 문학적 기술을 포함하고 있는 이러한 지리지로만 보아도 어느 시기에나 그러했다고 할 수만은 없지 않겠는가 하는 이의를 제기하였다. 그러나 김광규 씨의 말이 전적으로 옳다. 객관 묘사 — 그 밑에 들어 있는 사실, 현실과 상상의 사실에 대한 정직한 충실한 봉사 — 이것이 문학의 기초이고 모든 언어의 기초이다. 물론 기초가 건물의 전부는 아니다. 언어는 사회관계 속에 존재한다. 객관적 사실에 충실하다는 것은 언어 고유의 사회 역학에 저항한다는 것이다. 그러면서 언어는 사회 속으로 들어간다. 문학은 이 균형의 어딘가에 존재한다.

(1999년)

마구잡이 개발과 계획된 발전

　전통적으로 한국 사람은 바다를 멀리했다. 집을 짓거나 도시를 짓거나 모두 바다로부터 멀리 지었다. 그 나쁜 결과의 하나에 바다에 가까이 사는 사람들을 기피하는 것도 있다. 바다를 멀리한 것은 중요한 경제적 이점을 소홀히 한 결과가 되었을 뿐만 아니라 우리의 생각의 지평을 제한하였다. 다른 이점을 제쳐 두고라도 옛날에 바다를 통한 무역이야말로 나라의 부는 물론 과학적 발명과 철학적 사유의 가장 중요한 매개체였다. 우리는 이러한 것들을 놓친 것이다.

　신문화의 초기로부터 진취적인 새 역사를 생각하는 사람들이 바다를 중요한 상징으로 잡은 것은 자연스러운 일이었다. 이러한 우리의 역사적 배경으로부터 시작하였음에도 이제 우리는 세계적인 무역 국가가 되었고, 문화나 생각이나 사람이나 해외와의 교류가 그보다 활발할 수 없는 나라가 되었다. 이제 국토의 개발도 바야흐로 내륙에서 연안으로 움직여 가기 시작했다. 울산, 포항, 옥포, 여수, 광양 등 바닷가에 산업 기지를 건설하기 시작한 것은 이미 오래전부터이나, 서해안 고속 도로의 건설은 한국 사람이 일상적 삶에 있어서도 바다에 근접하여 살게 되었다는 것을 뜻하는 것으로 생각된다. 그동안 내륙을 개발해 왔듯이 이제는 어느 때보다도 활발하게 바다와 바닷가가 가속적으로 개발될 것으로 보인다. 그러나 그것이 땅이 보이지 않게 되고 하늘이 보이지 않게 되듯이 바다가 보이지 않는 개발이 될는지 아니면 그와는 다른 것이 될는지 이제 두고 볼 시기가 되었다.

바다 개발은 마구잡이가 아니라 참으로 계획된 발전이어야 한다. 우선 이렇게 생각해 볼 수 있다. 계획이란 하는 일에 생각이 들어가게 된다는 말인데, 이 생각은 하늘과 땅과 바다 그리고 신성한 것과 인간을 아끼고 드러나게 하는 것을 궁리하는 일을 말한다. 이 생각은 자연을 자연 그대로 방치하는 것을 포함한다. 해안과 습지의 자연 상태를 보존하는 것과 같은 일이 무계획의 계획일 것이다. 물론 개발하고 발전한다는 것은 바다와 연안의 경제적 이용을 꾀하는 일도 포함한다. 경제적 계산은 불가피하다. 경제란 여러 가지 관점에서 말하여질 수 있는 것이지만, 이 경제의 계산에는 무엇보다도 현지 주민의 이익 — 현지 주민이란 지역에 뿌리내리고 오래 살 사람을 말하는 것인데, 그의 관점이 들어가야 한다. 그러면서 경제적 개발은 자연의 형이상학적 측면을 훼손하지 않는 것이라야 할 것이다. 그런데 한자리에서 오래 사는 사람이라면 토지의 경우나 마찬가지로 바다의 경우에도 등한히 하지는 않을 것이 아닌가 하고 생각한다. 바다나 토지의 깊은 의미란 오랜 삶의 터로서의 자연을 말한 것에 다름 아니다.(물론 우리 사회의 문제는 땅이든 바닷가이든 일생을 또는 몇 세대를 한곳에 살 생각이 있는 사람이 거의 없어지고 값만 맞으면 무엇이든 팔아 치울 그런 사람들의 세상이 되었다는 점이지마는.)

육지의 발전이나 마찬가지로 바다의 발전도 자연의 의미가 보이게 하는 것이라는 말을 했다. 보이게 한다는 것은 비유적인 뜻으로 근원적인 삶의 모습이 느껴지는 여러 가지 인간의 존재 방식을 다 포함하는 것이라고 하여야겠지만, 문자 그대로 보이게 하여야 한다는 말이기도 하다. 산이나 바다에 전망 지점을 설치하여 국민으로 하여금 자연의 무한과 신비를 잠깐이나마 경험할 수 있게 한다는 것도 현실적으로 간단히 실현될 수 있는 일이 아니다. 그러니 정치 경제와 생태학과 사회학과 인구학과 미학을 조합하는 바다의 발전을 현실이 되게 한다는 것은 얼마나 어려운 일일까. 그러나 이제 우리도 지금 정도라도 살 만하게 되었고 또 여러 가지 시행착오도 거쳤으니, 지금 국토 발전과 삶의 의미에 대하여 조금 다른 생각을 할 때가 되지 않았나 한다.

지자요수(知者樂水), 인자요산(仁者樂山), 지자동(知者動), 인자정(仁者靜), 지자락(知者樂), 인자수(仁者壽). 산과 물을 즐기는 것은 삶의 높은 보람이다. 사람은 물과 산을 즐김으로써 그 움직임과 고요함을 즐기고 그리고 스스로의 마음의 움직임과 고요함을 안다.(바다는 움직임과 고요함을 아울러 가졌다고 할 수 있다.) 산과 물과 바다의 즐김으로써 얻어야 하는 것은 오래 사는 삶 ── 한 사람만이 아니라 여러 사람이 세대를 이어 오래 사는 삶이다. 인자수(仁者壽). 수라는 글자를 자전에서 찾아보면서 생각해 보니, 수는 오래 산다는 뜻 외에 단순히 목숨이라는 뜻이 있다. 어진 사람에게 중요한 것은 즐김을 넘어서 단순히 목숨을 온전히 하는 것이라는 뜻이 여기에 있는지 모른다. 그런데 수에는 찬양한다는 뜻이 있다. 어진 자는 찬양하는 자이다. 어진 자는 삶을 찬미하는 자이다.

정치의 가장 높은 이상은 즐거움과 삶의 찬미를 가능하게 하는 데에 있다. 그러한 삶을 오래 지속하게 하는 데 있다. 여기에는 삶을 지탱하는 현실적 기반으로서 정치 경제를 확실히 하는 것이 필요하다. 그러나 그것은 삶의 형이상학적 차원에서 완성된다. 적어도 정치의 궁극적 지평은 기릴 만한 삶의 실현이다.

(1999년)

큰 이야기의 죽음과 부활,『경희대학교 대학원 학술특강 자료집』(1998)

이론과 오늘의 상황 1 —《비평》창간사,《비평》창간호(1999년 상반기)

이론과 오늘의 상황 2(1999), 출처 미상

모더니즘과 근대 세계, '현대한국문학 100년 심포지엄: 20세기 한국문학 어떻게 볼 것인가' 발표문
(1999년 9월 17일)

 3장 심사, 단평

진지함과 견고함,《세계의 문학》제54호(1989년 겨울호)

이갑수,『신은 망했다』,《세계의 문학》제60호(1991년 여름호); 이갑수,『신은 망했다』(민음사,
1991)

『나, 후안 데 파레하』, 엘리자베스 보튼 데 트레비뇨, 김우창 옮김,『나 '후안 데 파레하'는』(민음사,
1992); 엘리자베스 보튼 데 트레비뇨, 김우창 옮김,『나, 후안 데 파레하』(다른, 2008)에 재수록

이기철,『지상에서 부르고 싶은 노래』,《세계의 문학》제70호(1993년 겨울호)

임영태,『우리는 사람이 아니었어』,《세계의 문학》제72호(1994년 여름호)

차창룡,『해가 지지 않는 쟁기질』,《세계의 문학》제74호(1994년 겨울호)

재확인한 박완서 문학 업적, 제25회 동인문학상 심사평(1994); 박완서,『나의 가장 나종 지니인 것』
(조선일보사, 1994)

김기택,『바늘구멍 속의 폭풍』,《세계의 문학》제78호(1995년 겨울호)

유하,『세운상가 키드의 사랑』,《세계의 문학》제82호(1996년 겨울호)

'뛰어난 화술' 백주은 씨의 시,《세계의 문학》제94호(1999년 겨울호)

2부 문학론과 그 테두리

구성적 사고와 반성적 사고 — 문학적 사고의 근원,《동서문학》제159호(1987년 10월호)

산의 시학, 산의 도덕학, 산의 형이상학 — 산과 한국의 시, 최정호 엮음,『산과 한국인의 삶』(나남,
1993)

문학과 철학의 사이에서 — 데카르트적 양식에 대하여,《철학과 현실》제19호(1993년 겨울호)

한국 문학의 보편성,《녹색평론》제15호(1994년 3~4월호)

소유와 아름다움, 김형국 엮음,『한국의 미래와 미래학』(나남, 1996)

삶의 공간에 대하여 — 오늘의 사회와 문학에 대한 이런저런 생각,《당대비평》제21호(1998년 3월호)

국제비교문학회 이사회 및 그리스 비교문학회 국제 대회 참가기,《비교문학》제23호(1998)

의식의 종이에 쓰는 글 —— 한국 문학과 세계 문학,《21세기 문학》제7호(1999년 가을호)

3부 정치와 문화 그리고 근대화

미래의 활력, 전위 예술; 참된 문화의 조건; 깨어지는 사회, 갈등 극복의 길, 이홍구 엮음,『한국의 21
세기』(조선일보사, 1987)

대학의 이성에 입각한 개방적 임용이어야,《대학교육》제28호(1987년 7월호)

구조적 폭력과 혁명적 폭력,《신동아》제348호(1988년 9월호)

권위주의 문화, 다원주의 문화, 보편적 문화,《월간 조선》제106호(1989년 1월호)

대학 총장은 왜 대학교수가 선출해야 하나,《신동아》제355호(1989년 3월호)

21세기 한국의 사회 문화 —— 내일의 사회와 문화에 대한 한 전망,《정경춘추》제4호(1990년 1월호)

국가 백년대계를 정권 편의에 맡겨서야,《신동아》제373호(1990년 10월호)

과학 교육과 연구의 국제화,《대학교육》제52호(1991년 7월호)

전 전성기의 문화 —— 외국 문화의 기여,《외국문학》제40호(1994년 가을호)

5·18 학살자와 개인의 책임,《말》제111호(1995년 9월호)

오늘의 시대와 내면의 길, 국민대학교 강연문(1996년 5월 16일)

한국의 영문학과 한국 문화,《안과밖》창간호(1996년 하반기)

한국 근대화 과정에서의 민주주의, 유교, 개인, '한국근대화반세기 2차 국제학술회의' 발표문 요지
(1997년 5월 20~21일)

정치와 사회 질서의 탈도덕화,《고대대학원신문》(1998)

출판과 긴 안목,《북앤이슈》창간호(1999년 1월호)

런던 문학 축제와 사실적 글쓰기,《동서문학》제233호(1999년 여름호)

마구잡이 개발과 계획된 발전,《현대해양》제354호(1999년 10월호)

김우창

1936년 전라남도 함평 출생. 서울대학교 문리과대학 정치학과에 입학해 영문학과로 전과했다. 미국 오하이오 웨슬리언대학교를 거쳐 코넬대학교에서 영문학 석사 학위를, 하버드대학교에서 미국 문명사 박사 학위를 취득했다. 서울대학교 영문학과 전임강사, 고려대학교 영문학과 교수와 이화여자대학교 학술원 석좌교수를 지냈으며《세계의 문학》편집위원,《비평》발행인이었다. 현재 고려대학교 명예교수, 대한민국예술원 회원으로 있다.

저서로『궁핍한 시대의 시인』(1977),『지상의 척도』(1981),『심미적 이성의 탐구』(1992),『풍경과 마음』(2002),『자유와 인간적인 삶』(2007),『정의와 정의의 조건』(2008),『깊은 마음의 생태학』(2014) 등이 있으며, 역서『가을에 부쳐』(1976),『미메시스』(공역, 1987),『나, 후안 데 파레하』(2008) 등과 대담집『세 개의 동그라미』(2008) 등이 있다. 서울문화예술평론상, 팔봉비평문학상, 대산문학상, 금호학술상, 고려대학술상, 한국백상출판문화상 저작상, 인촌상, 경암학술상을 수상했고, 2003년 녹조근정훈장을 받았다.

김우창 전집 7

문학과 그 너머 : 현대 문학과 사회에 관한 에세이, 1987~1999

1판 1쇄 찍음 2015년 11월 27일
1판 1쇄 펴냄 2015년 12월 14일

지은이 김우창
발행인 박근섭·박상준
펴낸곳 (주)민음사

출판등록 1966. 5. 19. 제16-490호
주소   서울시 강남구 도산대로 1길 62(신사동)
          강남출판문화센터 5층 (우편번호 06027)
대표전화 515-2000 | 팩시밀리 515-2007
홈페이지 www.minumsa.com

ⓒ김우창, 2015. Printed in Seoul, Korea

ISBN 978-89-374-5547-6 (04800)
ISBN 978-89-374-5540-7 (세트)